Hinter dem Pseudonym Trevanian verbirgt sich ein erfolgreicher englischsprachiger Schriftsteller, der mit seinen Romanen hervorragende ironisch-parodistische Superthriller geschrieben hat. Die internationale Presse rühmt seinen satirischen Esprit und sprachlichen Witz.

Von Trevanian sind außerdem als Knaur-Taschenbücher erschienen:

»Der Experte« (Band 535)
»Ein Herzschlag bis zur Ewigkeit« (Band 663)

Vollständige Taschenbuchausgaben 1988
Droemersche Verlagsanstalt Th. Knaur Nachf., München

Umschlaggestaltung Manfred Waller
Umschlagfoto Sammlung Menningen
Druck und Bindung Elsnerdruck, Berlin
Printed in Germany 5 4 3 2 1
ISBN 3-426-01732-6

TREVANIAN

Shibumi
oder Der leise Tod

Im Auftrag des Drachen

Zwei Thriller

Knaur

Trevanian:
Shibumi

oder Der leise Tod

Roman

Nikolai Hel, Sohn eines deutschen Vaters und einer russischen Mutter, beherrscht die Taktik des »Nackt/Tötens«, des unauffälligen Tötens mit Hilfe alltäglicher Gegenstände. Er hat diese Technik während seiner Jugend in Japan erlernt, wo er nach dem Tod seiner Eltern aufwuchs. Von dem Go-Meister Otake lernte er nicht nur die Kunst des Brettspiels, sondern auch die alten Geheimlehren des Fernen Ostens. Auf einem Schloß in den Pyrenäen, auf das er sich mit seiner Geliebten Hana zurückgezogen hat, um seine mystischen Fähigkeiten zu kultivieren, wird Nikolai Hel von seiner Vergangenheit als Berufskiller eingeholt…

Aus dem Amerikanischen von Gisela Stege

Jenen Männern zum Gedenken,
die hier auftreten als:

Kishikawa
Otake
de Lhandes
Le Cagot

Alle übrigen in diesem Buch genannten Personen und Organisationen ermangeln jeglicher realen Grundlage – obwohl einige von ihnen sich darüber nicht im klaren sind.

Spielphasen von Shibumi

Erster Teil: **Fuseki**
Eröffnungsstadium eines Spiels, bei dem das gesamte Spielbrett einbezogen wird

Zweiter Teil: **Sabaki**
Der Versuch, eine widrige Situation rasch und flexibel aufzulösen

Dritter Teil: **Seki**
Neutrale Position, bei der kein Spieler im Vorteil ist. Ein Patt

Vierter Teil: **Uttegae**
Aufopferungszug, ein Gambit

Fünfter Teil: **Shicho**
Sturmangriff

Sechster Teil: **Tsuru no Sugomori**
»Das Einfangen der Kraniche in ihrem Nest.« Ein elegantes Manöver, bei dem die feindlichen Steine erobert werden.

WASHINGTON

Über die Leinwand flimmerten in rascher Folge 9, 8, 7, 6, 5, 4, 3 ... Dann wurde der Projektor abgeschaltet, und in den Wandvertiefungen des privaten Vorführraums flammten die Lichter auf.
Über die Sprechanlage kam dünn und metallisch die Stimme des Filmvorführers. »Wir können, Mr. Starr.«
T. Darryl Starr, der einzige Zuschauer, drückte die Sprechtaste seines Kommunikationspultes. »He, Freundchen, sagen Sie mal, was sollen eigentlich diese Zahlen, die immer vor einem Film ablaufen?«
»Das ist das Startband, Sir«, antwortete der Filmvorführer. »Das hab' ich selber davorgeklebt. Als kleinen Scherz, sozusagen.«
»Als Scherz?«
»Jawohl, Sir. Ich meine ... Na ja, bei so 'nem Film ... Ich finde das komisch, wenn da ein Profi-Startband vorherläuft. Sie nicht?«
»Was soll daran komisch sein?«
»Na ja, ich meine ... Wo sich doch alle immer über Brutalität auf der Leinwand aufregen, und so ...«
T. Darryl Starr knurrte nur vor sich hin und rieb sich mit dem Handrücken die Nase; dann zog er die Pilotenbrille herab, die er sich ins kurz geschorene Haar geschoben hatte, als das Licht ausgegangen war.
Ein Scherz? Verdammt noch mal, wenn das hier sich tatsächlich als schlechter Scherz rausstellen sollte, dann gnade uns Gott! Wenn da irgendwas schiefgelaufen ist, kann ich einpacken. Und sollte auch nur der kleinste Schnitzer passiert sein, dann wette ich meinen Arsch, daß Mr. Diamond und sein Team auch drauf stoßen. Diese Korinthenkakker! Seit die die Aufsicht über die CIA-Operationen im Mittleren Osten übernommen hatten, war es anscheinend ihr Hauptvergnügen, jeden kleinsten Patzer aufs Korn zu nehmen.
Starr biß ein Ende seiner Zigarre ab, spuckte es auf den Teppichboden, befeuchtete die Bruchstelle mit gespitzten Lippen und setzte die Zigarre mit einem Streichholz, das er am Daumennagel anriß, in Brand. Als »Most Senior Field Operativ« – dienstältester Außenagent

– hatte er seine Quelle für kubanische Zigarren. Na ja, schließlich war er RHIP, eine *right honorable important person.*
Er rutschte tief in den Sitz hinein und hängte die Beine über die Lehne des Sessels vor sich; wie früher als Junge, wenn er sich einen Film im Lone Star Theater anschaute. Und wenn dann der Junge vor ihm protestierte, erbot sich Starr, ihm einen Fußtritt zu versetzen, daß ihm der Arsch zwischen die Schulterblätter rutschte. Und der andere machte unweigerlich einen Rückzieher, denn wer in Flat Rock wohnte, wußte genau, daß T. Darryl Starr ein ziemlicher Rowdy war, der den anderen Burschen die Rippen brechen konnte wie Streichhölzer.
Das war nun schon viele Jahre und Fußtritte her, doch Starr war ein Rowdy geblieben. Das mußte man sein, wenn man Most Senior Field Operative der CIA werden wollte. Und Erfahrung brauchte man dazu. Und mit allen Hunden gehetzt sein mußte man.
Und natürlich ein Patriot.
Starr sah auf seine Armbanduhr: zwei Minuten vor vier. Mr. Diamond hatte diese Vorführung auf vier Uhr angesetzt und würde Punkt vier erscheinen – auf die Sekunde genau. Und wenn Starrs Uhr nicht Glockenschlag vier anzeigte, sobald Diamond den Raum betrat, mußte sie wahrscheinlich zum Uhrmacher.
Abermals drückte er auf die Sprechtaste. »Wie ist der Film geworden?«
»Gar nicht so schlecht, wenn man bedenkt, unter welchen Bedingungen wir gedreht haben«, antwortete der Vorführer. »Das Licht im Rome International ist schwierig ... Eine Mischung aus natürlicher Beleuchtung und Leuchtstoffröhren. Ich mußte eine Kombination von CC-Filtern benutzen, die für die Stillstandprojektion ungünstig ist und die Scharfeinstellung problematisch macht. Und was die Farbqualität betrifft ...«
»Ich habe keine Lust, mir Ihre läppischen technischen Problemchen anzuhören.«
»Verzeihung, Sir. Ich wollte nur Ihre Frage beantworten.«
»Lassen Sie's bleiben!«
»Sir?«
Die Tür im Hintergrund des Vorführraums flog auf. Starr warf einen kurzen Blick auf seine Uhr: der Sekundenzeiger stand auf fünf Sekunden vor vier. Mit schnellem Schritt kamen drei Herren den Mittelgang herunter. Voran Mr. Diamond, ein drahtiger Endvierzi-

ger mit raschen, geschmeidigen Bewegungen, dessen erstklassig geschnittener Maßanzug seine akkuraten Denkgewohnheiten spiegelte. Dicht hinter ihm folgte Mr. Diamonds Erster Assistent, ein hochgewachsener, schlaksiger Mann, der ein wenig an einen Akademiker erinnerte. Mr. Diamond, der keine Minute seiner Zeit verschwendete, diktierte seine Memos sogar unterwegs zwischen zwei Besprechungen. Für diese Fälle trug der Erste Assistent ein Diktiergerät am Gürtel, dessen Minimikrofon am Metallgestell seiner Brille befestigt war. Er hielt sich immer dicht neben Mr. Diamond und setzte sich überall in seine Nähe, den Kopf stets geneigt, damit ihm keine der kanppen, monotonen Anweisungen seines Vorgesetzten entging.
Es entsprach der traditionellen Unbeweglichkeit der CIA-Mentalität, daß die Mitarbeiter es als humorvoll betrachteten, auf eine homosexuelle Verbindung zwischen Diamond und seinem stets dienstbereiten Assistenten anzuspielen. Zum größten Teil jedoch beschäftigten sich die Witzeleien mit der Frage, was wohl aus der Nase des Assistenten würde, wenn Mr. Diamond plötzlich einmal stehenbliebe.
Bei dem dritten, der hinterdreintrottete und anscheinend völlig verwirrt war von dem hektischen Tempo, mit dem hier gedacht und agiert wurde, handelte es sich um einen Araber, dessen westlich geschnittener dunkler Anzug teuer aussah, aber schlecht saß. Das lag allerdings nicht am Schneider, sondern an der Figur des Arabers, die sich für Kleidung, in der man Haltung und Disziplin wahren mußte, einfach nicht eignete.
Diamond wählte einen Sessel am Gang, durch die ganze Breite des Zuschauerraums von Starr getrennt; der Erste Assistent setzte sich unmittelbar hinter ihn, und der Palästinenser, in der Erwartung enttäuscht, man werde ihm einen Platz anweisen, ließ sich schließlich unbeholfen in einer der hinteren Reihen nieder.
Diamond wandte den Kopf ein wenig, damit das Minimikro den Schluß seines schnell gemurmelten Diktats aufnehmen konnte, und richtete seine Gedanken sofort wieder auf neue Probleme. »Erstatten Sie mir innerhalb der nächsten drei Stunden Bericht über den Stand folgender Projekte. Erstens: der Unfall auf der Nordsee-Bohrinsel – Verhinderung der Verbreitung des Vorfalls durch die Medien. Zweitens: dieser Professor, der den ökologischen Schaden entlang der Alaska-Pipeline untersucht – Beendigung seiner Arbeiten durch Scheinunfall.«
Beide Aufträge befanden sich in der Endphase, und Mr. Diamond

freute sich auf ein bißchen Tennis am Wochenende. Vorausgesetzt natürlich, die CIA-Hornochsen hatten das Unternehmen auf dem internationalen Flughafen von Rom nicht verpatzt. Es war ein unkomplizierter Präventivschlag, der absolut keine Probleme bot; in den vergangenen sechs Monaten, seit ihm die Muttergesellschaft die Aufsicht über die CIA-Tätigkeit im Mittleren Osten übertragen hatte, war er jedoch zu der Einsicht gelangt, daß keine Aktion so problemlos sein konnte, daß es den CIA-Leuten nicht gelang, einen kapitalen Bock zu schießen.

Diamond hatte Verständnis dafür, daß die Muttergesellschaft unauffällig im Hintergrund bleiben wollte und daher unter dem Deckmantel von CIA und NSA arbeitete, doch das machte seine Aufgabe nicht leichter. Auch hatte es ihn nicht amüsiert, als der Vorsitzende ihm unbekümmert riet, er solle doch die Beschäftigung der CIA-Agenten durch die Muttergesellschaft als ihren Beitrag zur Arbeitsbeschaffung für geistig Behinderte betrachten.

Da Diamond Starrs Arbeitsbericht noch nicht gelesen hatte, streckte er jetzt die Hand nach hinten aus. Der Erste Assistent hatte das vorausgesehen und hielt die Papiere für ihn bereit.

Während er die erste Seite überflog, sagte Diamond ohne die Stimme zu heben: »Starr, machen Sie die Zigarre aus.« Dann hob er kaum merklich die Hand, und die Wandleuchten erloschen.

Als es im Vorführraum dunkel wurde, schob Darryl Starr die Sonnenbrille wieder ins Haar zurück. Der Projektionsstrahl durchschnitt blauen Tabakqualm. Die Leinwand zeigte einen zittrigen Kameraschwenk durch die Halle eines großen, belebten Flughafens.

»Das ist Rome International«, erklärte Starr mit schleppendem Akzent. »Zeit: dreizehn Uhr vierunddreißig GMT. Flug 414 aus Tel Aviv ist soeben gelandet. Es dauert ein bißchen, bis sich was tut. Die italienischen Kameraden vom Zoll halten nicht viel von Schnellarbeit.«

»Starr?« sagte Diamond mißmutig.

»Sir?«

»Warum haben Sie die Zigarre nicht ausgemacht?«

»Also, ganz ehrlich, Sir, ich hab' gar nicht gehört, daß Sie mich darum gebeten haben.«

»Ich habe Sie nicht darum *gebeten.*«

Peinlich berührt, weil er in Gegenwart eines Fremden derart herumkommandiert wurde, nahm Starr ein Bein von der Rückenlehne des Vordersitzes und trat die fast noch frische Zigarre auf dem Teppichboden aus. Um sein Gesicht zu wahren, berichtete er weiter, als sei nichts geschehen. »Unser arabischer Freund hier wird sicher sehr beeindruckt sein von der Art und Weise, wie wir diesen Auftrag erledigt haben. War alles so glatt wie Katzendreck auf Linoleum.«

Totale: Zoll- und Einwanderungskontrolle. Eine Schlange von Passagieren wartet mehr oder weniger ungeduldig auf die Erledigung der Formalitäten. Angesichts der Inkompetenz und Indifferenz der Beamten lächeln nur noch jene Fluggäste freundlich, die Probleme mit ihrem Paß oder Gepäck befürchten. Ein alter Herr mit schneeweißem Spitzbart beugt sich über den Schalter, um dem Zollbeamten irgend etwas zum drittenmal zu erklären. Hinter ihm warten zwei junge Männer Mitte Zwanzig, braun gebrannt, in Khakishorts und offenen Hemden. Als sie im Weitergehen ihre Rucksäcke mit den Füßen vorwärts schieben, fährt die Kamera heran und holt die beiden in Halbtotale aus der umstehenden Menge heraus.

»Das sind unsere Zielpersonen«, erklärte Starr überflüssigerweise.

»Genau«, stimmte der Araber mit brüchiger Falsettstimme zu. »Den einen kenne ich; in seiner Organisation wird er Avrim genannt.«

Mit komisch übertriebener, galanter Verbeugung bietet der erste junge Mann einem hübschen rothaarigen Mädchen den Vortritt an. Sie lächelt dankend, schüttelt aber den Kopf. Der italienische Beamte mit seiner lächerlich kleinen Schirmmütze nimmt mit gelangweilter Geste den Paß des ersten jungen Mannes entgegen und klappt ihn auf, wobei sein Blick immer wieder zum Busen des jungen Mädchens abschweift, der unter der Baumwollbluse offensichtlich von keinem BH eingezwängt wird. Jetzt vergleicht er stirnrunzelnd das Gesicht des jungen Mannes mit seinem Foto.

»Das Paßbild der Zielperson wurde aufgenommen, bevor er sich diesen albernen Bart wachsen ließ«, erklärte Starr.

Achselzuckend stempelt der Einwanderungsbeamte den Paß. Der zweite junge Mann wird mit derselben Mischung aus Mißtrauen und Inkompetenz behandelt. Sein Paß wird sogar zweimal gestempelt, weil der italienische Beamte so sehr in die Bluse der Rothaarigen vertieft ist, daß er beim erstenmal vergißt, das Stempelkissen zu benutzen. Die jungen Männer nehmen ihre Rucksäcke und werfen sie sich über die Schulter. Entschuldigungen murmelnd, drücken sie sich seitlich durch eine Gruppe aufgeregter Italiener, eine große Familie, die eng aneinandergedrängt auf Zehenspitzen stehen, um einen ankommenden Verwandten zu begrüßen.

»Okay! Langsamer!« befahl Starr über die Sprechanlage. »Jetzt trifft die Scheiße den Ventilator.«

Der Projektor reduziert seine Geschwindigkeit auf ein Viertel.

Von einem flackernden Bild zum nächsten bewegen sich die jungen Männer, als wäre die Luft aus Gelantine. Als sich der erste umdreht, um jemandem in der wartenden Schlange zuzulächeln, wirkt die Bewegung wie ein Ballett bei Mondschwerkraft. Der zweite blickt über die Menge hinweg. Sein nonchalantes Lächeln gefriert. Er öffnet den Mund und stößt einen lautlosen Schrei aus, während aus seinem Khakihemd Blut herausschießt. Bevor er in die Knie brechen kann, reißt ihm ein zweiter Schuß die Wange fort. Die Kamera schwankt wie verrückt, ehe sie den anderen jungen Mann einfängt, der den Rucksack fallen gelassen hat und in alptraumhaftem Zeitlupentempo auf die Schließfächer zuläuft. Als ihn ein Schuß in die Schulter trifft, vollführt er in der Luft eine Pirouette. Graziös sinkt er gegen die Schließfächer und prallt wieder ab. Seine Hüfte speit Blut, und er rutscht seitwärts auf den blankgescheuerten Granitboden. Eine dritte Kugel reißt ihm den Hinterkopf weg.

Die Kamera schwenkt über die Flughafenhalle, sucht, verliert und findet von neuem zwei – verschwommen erkennbare – Männer, die auf die Glastür am Eingang zurennen. Das Bild wird scharf und zeigt, daß es sich um Asiaten handelt. Einer trägt eine automatische Waffe. Plötzlich krümmt er den Rücken, wirft die Arme empor und rutscht sekundenlang auf den Zehenspitzen vorwärts, bis er vornüber aufs Gesicht schlägt. Die Waffe fällt lautlos neben ihm zu Boden. Der zweite Mann hat die Glastüren erreicht, deren milchiges Licht seine dunkle Silhouette wie ein Heiligenschein umgibt. Er duckt sich, als eine Kugel das Glas neben seinem Kopf zerschlägt; er wirft sich herum und läuft auf einen offenen Fahrstuhl zu, aus dem eine Schar Kinder strömt. Ein kleines Mädchen sinkt in sich zusammen; ihr Haar weht, als wäre sie unter Wasser. Eine verirrte Kugel hat sie in den Magen getroffen. Der nächste Schuß trifft den Asiaten zwischen den Schulterblättern und wirft ihn langsam gegen die Wand neben dem Lift. Ein schmerzliches Lächeln auf den Lippen, greift er sich mit der Hand an den Rücken, als wolle er die Kugel herausholen. Die nächste durchschlägt seinen Handteller und dringt ihm ins Rückgrat. Er rutscht an der Wand herab und fällt mit dem Kopf in die

Fahrstuhlkabine. Die Tür schließt sich, geht aber wieder auf, weil sein Kopf den Mechanismus behindert. Sie schließt sich, geht wieder auf. Schließt sich, geht auf. Ein langer Schwenk durch die Halle. Von oben.

... Eine Cruppe, entsetzter, verstörter Kinder umringt das getroffene Mädchen. Ein kleiner Junge schreit lautlos ...

... Zwei Flughafenpolizisten, die kleinen italienischen Automatics im Anschlag, laufen auf die am Boden liegenden Asiaten zu. Einer von ihnen schießt noch ...

... Der alte Herr mit dem schneeweißen Spitzbart sitzt benommen in einer Blutlache, die Beine ausgestreckt wie ein Kind, das im Sandkasten spielt. Seine Miene drückt fassungsloses Staunen aus. Er war überzeugt, den Zollbeamten alles genau erklärt zu haben ...

... Einer der jungen Männer liegt auf seiner zerfetzten Wange, den Rucksack noch am Riemen über der Schulter ...

... Die Gruppe Italiener, die ihren Verwandten erwartet, vollführt ein getragenes Menuett grotesker Stellungen. Drei von ihnen liegen am Boden. Andere jammern, manche knien, und ein Junge dreht sich auf dem Absatz immer wieder rund herum, sucht eine Richtung, in die er fliehen oder laufen kann, um Hilfe zu holen ...

... Das rothaarige junge Mädchen steht wie erstarrt, die Augen vor Entsetzen geweitet, während sie auf den am Boden liegenden Israeli hinabstarrt, der ihr noch Sekunden zuvor höflich den Vortritt lassen wollte ...

... Die Kamera verweilt auf dem jungen Mann, der vor den Schließfächern am Boden liegt; er hat keinen Hinterkopf mehr ...

»Das – äh ... Das – äh ... Das – äh ... ist alles, Leute«, sagte Starr. Der Projektorstrahl erlosch, die Wandbeleuchtung flammte auf.

Starr drehte sich im Sessel, um Fragen von Mr. Diamond oder dem Araber entgegenzunehmen. »Nun?«

Diamond starrte noch immer auf die leere Filmleinwand. Drei Finger hatte er leicht an die Lippen gelegt, der Arbeitsbericht ruhte auf seinen Knien. Er ließ die Finger vom Mund zum Kinn gleiten. »Wie viele?« fragte er dann sehr ruhig.

»Sir?«

»Wie viele Tote hat es bei der Aktion gegeben?«

»Ich weiß, was Sie meinen, Sir. Das Ganze ist ein bißchen blutiger geworden als erwartet. Wir hatten es eigentlich so arrangiert, daß die italienische Polizei sich abseits halten sollte, aber die haben ihre

Instruktionen in den falschen Hals gekriegt – wie immer. Ich habe sogar selbst Schwierigkeiten gehabt. Ich mußte eine Beretta benutzen, damit die Kugeln zu den italienischen Waffen paßten. Und als Handfeuerwaffe ist die Beretta ungefähr soviel wert wie ein Furz im Wirbelsturm, wie mein alter Daddy gesagt hätte. Mit einer S & W hätte ich die Japsen mit zwei Schüssen erledigt und auf keinen Fall die arme Kleine getroffen, die zufällig in meine Schußlinie geriet. Gewiß, unsere Nisei-Boys hatten Anweisung, den ersten Teil der Aktion ruhig ein bißchen wüst zu gestalten, damit es aussähe wie ein Überfall des Schwarzen September. Aber diese hysterischen italienischen Polypen haben dann mit den Kugeln nur so in der Gegend rumgespritzt; wie eine Kuh, die auf nackten Fels pißt, wie mein alter Daddy gesagt hätte ...«

»Starr?« Diamonds Ton verriet tiefsten Abscheu. »Wie lautete die Frage die ich Ihnen gestellt habe?«

»Sie haben gefragt, wie viele Tote es gegeben hat.« Starrs Ton wurde lebhafter, und er legte die Kumpelmaske ab, hinter der er sich für gewöhnlich versteckte, um beim Partner den Eindruck zu erwecken, er habe es mit einem beschränkten Bauern zu tun. »Neun insgesamt.« Ein flüchtiges Grinsen, und das Näseln war wieder da. »Warten Sie mal. Da waren natürlich zuerst die beiden jüdischen Zielpersonen. Dann unsere beiden Nisei-Agenten, die ich maximal degradieren mußte. Und dann das arme Mädchen, das einfach in eine von meinen Kugeln reinlief. Und dieser alte Knabe, den eine verirrte Kugel erwischte. Und drei von dieser einheimischen Familie, die da rumlungerte, als der zweite Jude an ihnen vorbeilief. Rumlungern birgt eben seine Gefahren. Sollte von rechts wegen verboten werden.«

»Neun? Neun Tote, um zwei zu eliminieren?«

»Nun ja, Sir, Sie dürfen nicht vergessen, daß wir es so machen sollten, daß es wie ein Überfall des Schwarzen September aussah. Und diese Jungens neigen dazu, alles zu übertreiben. Die nehmen den Vorschlaghammer, wenn sie 'n Ei aufklopfen wollen – nichts für ungut, Mr. Haman.«

Diamond hob den Blick von dem Bericht, den er überflogen hatte. Haman? Dann fiel ihm ein, daß die einfallsreiche CIA dem arabischen Beobachter, der hinter ihm saß, diesen Decknamen verpaßt hatte.

»Schon gut, Mr. Starr«, entgegnete der Araber. »Wir sind hier, um zu lernen. Deswegen arbeiten einige unserer Rekruten im Rahmen eines Stipendiums laut Paragraph siebzehn des Kulturaustauschabkommens mit Ihren Leuten in der Reitschule zusammen. Um ehrlich zu sein, ich finde es bemerkenswert, daß sich ein Mann in Ihrer Position die Zeit nimmt, diesen Auftrag persönlich zu erledigen.«

Erfreut, aber um Bescheidenheit bemüht, wehrte Starr ab. »Nichts weiter dabei. Wenn man will, daß ein Auftrag tadellos ausgeführt wird, muß man ihn einem vielbeschäftigten Mann überlassen.«

»Pflegte das auch Ihr alter Daddy zu sagen?« fragte Mr. Diamond, ohne den Blick von dem Bericht zu heben, den er nach der Schnelllesemethode senkrecht die Mitte der Seite entlang verfolgte.

»Jetzt, da Sie es erwähnen – allerdings war das einer seiner Sprüche.«

»Ein richtiger Volksphilosoph, nicht wahr?«

»Ich hielt ihn eher für einen verdammten Mistkerl, Sir. Aber er hatte tatsächlich eine Begabung fürs Reden.«

Diamond seufzte durch die Nase und widmete sich wieder dem Bericht. Im Laufe der Monate, während der er im Auftrage der Muttergesellschaft alle CIA-Aktivitäten im Zusammenhang mit den Interessen der ölproduzierenden Länder überwachte, hatte er erfahren müssen, daß Männer wie Starr trotz ihrer institutionalisierten Unfähigkeit keineswegs wirklich dumm waren. Im Gegenteil, sie waren sogar erstaunlich intelligent – im mechanischen, problemlösenden Sinne des Wortes. In den schriftlichen Berichten über seine illegalen Aufträge ließ Starr niemals etwas von dieser primitiven Grammatik, von diesen obszönen Wortspielereien einfließen, sondern verwandte eine knappe, nüchterne Prosa, dazu bestimmt, der Phantasie die Flügel zu stutzen.

Aus seinem biographischen Printout hatte Diamond ersehen, daß Starr für die jüngeren CIA-Agenten so etwas wie eine Heldenfigur darstellte – der letzte der alten Garde aus Vorcomputerzeiten, aus den Tagen also, da die Aktionen der Gesellschaft mehr mit dem Austausch von Schüssen über die Berliner Mauer hinweg zu tun hatten als mit dem Manipulieren von Abgeordnetenstimmen durch das Sammeln von Beweisen führ ihre fiskalischen und sexuellen Vergehen.

T. Darryl Starr war vom selben Schlag wie jener abgehalfterte Zeitgenosse, der die Gesellschaft verließ, um unverständliche Spionageromane zu schreiben und außerdem in politischer Kriminalität seinen Kopf zu riskieren. Als seine groben Fehler dazu führten, daß er gefaßt wurde, bewahrte er trotziges Stillschweigen, während seine Kohorten grandiose *mea culpa*-Choräle anstimmten und mit enor-

mem Profit veröffentlichten. Nachdem er in einem komfortablen Gefängnis eine kurze Strafe abgesessen hatte, suchte er sein verängstigtes Schweigen zu vergolden, indem er auf jenes ungeschriebene Gesetz zurückgriff, das da besagt: »Du sollst niemanden verpfeifen – es sei denn, gedruckt.« Die Welt stöhnte auf wie über einen uralten Witz, doch Starr bewunderte diesen tolpatschigen Stümper. Sie vereinigten beide jene Mischung von Pfadfinder und Straßenräuber in ihrem Wesen, die typisch ist für die alten CIA-Hasen. Diamond sagte: »Den Ausführungen hier zufolge, Mr.... Haman, sind Sie bei diesem Präventivschlag als Beobachter zugegen gewesen.«
»Ganz recht. Das stimmt. Als Rekrut und Beobachter.«
»Warum aber wollten Sie dann diesen Film sehen, bevor Sie Ihren Vorgesetzten Bericht erstatteten?«
»Äh... Nun ja... Es ist nämlich so, daß ich...«
»Er konnte keinen Augenzeugenbericht liefern, Sir«, mischte sich Starr ungefragt ein. »Er war zwar oben bei uns im Mezzanin, als alles anfing, aber nach zehn Sekunden war von ihm schon nichts mehr zu sehen. Ein Mann, den wir zurückließen, um aufzuräumen, entdeckte ihn schließlich in der hintersten Kabine der öffentlichen Toilette.«
Der Araber lachte verlegen. »Das stimmt. Der Ruf der Natur kommt oft ebenso ungelegen wie empirisch.«
Der Erste Assistent runzelte verblüfft die Stirn. Empirisch? Meinte er vielleicht imperativ? Zwingend?
»Ich verstehe.« Diamond kehrte zum Studium des fünfundsiebzig Seiten langen Berichts zurück.
Voller Unbehagen ob des Schweigens setzte der Araber hastig hinzu: »Ich möchte ja nicht neugierig sein, Mr. Starr, aber es gibt da etwas, das ich nicht verstehe.«
»Schießen Sie los, Kumpel.«
»Warum haben wir bei dieser Aktion Asiaten eingesetzt?«
»Was? Ach so! Nun, Sie werden sich erinnern, daß wir übereinkamen, es solle so aussehen, als hätten Ihre eigenen Leute den Überfall inszeniert. Aber wir haben keine Araber in der Organisation, und die Jungens, die wir in der Reitschule ausbilden, werden mit solchen Situationen noch nicht fertig.« Starr hielt es für taktlos, hinzuzufügen, daß sie mit ihren angeborenen Unzulänglichkeiten wahrscheinlich niemals damit fertig werden würden. »Aber Ihre Leute vom Schwarzen September haben bei den Operationen der japanischen Roten Armee mitgemacht... und Japaner haben wir.«

Der Araber krauste verwirrt die Stirn. »Wollen Sie etwa behaupten, daß diese Japaner Ihre eigenen Leute waren?«
»Sie sagen es. Zwei Nisei-Agenten von der CIA Hawaii. Und zwar gute. Wirklich schade, daß wir sie exterminieren mußten, aber ihr Tod verleiht Ihrem sonst etwas dürftigen und wenig überzeugenden Bericht den Anschein der Wahrscheinlichkeit. Die Kugeln, die man aus ihnen rausholen wird, stammen aus einer Beretta, und die einheimischen Polizisten werden das Lob für ihre Eliminierung einstreichen. Die Papiere, die sie bei sich tragen, werden sie als Mitglieder der Roten Armee ausweisen, die ihren arabischen Brüdern in eurem sogenannten niemals ruhenden Kampf gegen die kapitalistischen Was-weiß-ichs zur Seite standen.«
»Ihre *eigenen* Leute?« wiederholte der Araber verblüfft.
»Keine Angst. Papiere, Kleidung, sogar die Essensreste, die man in ihrem Magen finden wird... alles echt Japan. Tatsächlich sind sie nur zwei Stunden vor dem *hit* – oder *slap*, wie wir es auch manchmal nennen – von Tokio herübergeflogen.«
Die Augen des Arabers leuchteten vor Bewunderung. Dies war genau die Art Organisation, die zu studieren ihn sein Onkel – und Präsident – in die Vereinigten Staaten geschickt hatte, mit dem Ziel, zu Hause eine ähnliche aufzubauen und damit ihre Abhängigkeit von den neu gewonnenen Verbündeten zu beenden. »Aber Ihre japanischen Agenten haben doch sicher nicht *gewußt*, daß sie... Wie nannten Sie das doch gleich?«
»Maximal degradiert werden sollten? Nein, das haben sie nicht gewußt. Es gibt eine Faustregel in unserer Arbeit: Die Aktiven sollen nicht mehr erfahren, als sie unbedingt wissen müssen, um ihren Auftrag auszuführen. Es waren gute Agenten, gewiß, doch wenn sie gewußt hätten, was ihnen bevorsteht, so hätte das ihrer Begeisterung möglicherweise Abbruch getan, wenn Sie verstehen, was ich meine.«
Diamond fuhr fort zu lesen; sein vertikal wandernder Blick eilte der verbindenden und analysierenden Tätigkeit seines Verstandes voraus, der die Daten in einer Weise aufnahm, sortierte und prüfte, die man am besten als intellektuelles peripheres Sehen beschreiben könnte. Sobald eine Information nicht zu den vorherigen paßte oder falsch klang, hielt er inne, kehrte zurück und fahndete nach dem Anstoß erregenden Detail.
Als er auf der letzten Seite angekommen war, begann seine innere

Alarmglocke zu schrillen. Er hielt inne, kehrte zur vorhergehenden Seite zurück und las konzentriert – diesmal horizontal. Seine Kinnmuskeln spielten. Er hob den Blick und tat etwas für ihn Charakteristisches: Er hielt den Atem an.
Der Erste Assistent blickte auf. Er kannte das Zeichen. Es gab Ärger.
Mit einem tiefen Seufzer reichte ihm Diamond den Bericht zurück. Ehe er das Problem nicht genau überprüft hatte, wollte er den arabischen Beobachter nicht informieren. Die Erfahrung hatte ihn gelehrt, daß es unklug und sinnlos ist, Arabern unnötige Informationen zu geben. Sie sind eine Belastung, die von diesen Leuten mit nicht sehr großem Anstand getragen wird.
»Nun?« erkundigte er sich, indem er den Kopf ein wenig nach hinten wandte. »Sind Sie zufrieden, Mr. Haman?«
Sekundenlang reagierte der Araber nicht auf seinen Decknamen; dann zuckte er zusammen und kicherte. »Ach so, ja. Nun, sagen wir, daß mich das Beweismaterial Ihres Filmes beeindruckt hat.«
»Sie meinen, beeindruckt, aber *nicht* zufriedengestellt?«
Der Araber zog den Hals ein, legte den Kopf schräg, hob die Handflächen und grinste schief wie ein verschlagener Teppichhändler. »Meine lieben Freunde, es ist nicht an mir, zufrieden oder unzufrieden zu sein. Ich bin lediglich ein Bote, ein Kontaktmann, das, was Sie vielleicht bezeichnen würden als ... einen ...«
»Laufjungen?« half Diamond ihm zuvorkommend aus.
»Mag sein. Ich kenne diesen Ausdruck nicht. Vor kurzem erfuhren unsere Geheimdienstagenten von dem Plan, die letzten beiden Helden des Vergeltungsschlages bei der Münchner Olympiade zu ermorden. Mein Onkel – und Präsident – sprach den Wunsch aus, diesen Plan vereitelt zu sehen ... Ist dieser Ausdruck richtig?«
»Es ist *ein* Ausdruck«, gab Diamond gelangweilt zu. Er verlor langsam die Geduld mit diesem Esel, der eher ein ungeheurer ethnischer Witz als ein menschliches Wesen war.
»Wie Sie sich erinnern werden, war die Vereitelung dieses gemeinen Anschlags eine Bedingung für die Fortsetzung unserer freundschaftlichen Beziehungen zur Muttergesellschaft im Hinblick auf die Ölversorgung. Die Muttergesellschaft in ihrer Weisheit beschloß, die Angelegenheit durch die CIA erledigen zu lassen – unter Ihrer persönlichen Aufsicht, Mr. Diamond. Ich möchte meinen tapferen Freund, Mr. Starr, nicht kränken, aber man muß doch verstehen, daß

unser Vertrauen in diese Organisation, seit gewisse Schnitzer einiger von der CIA ausgebildeter Männer zum Sturz eines überaus freundlichen und hilfsbereiten Präsidenten geführt haben, nicht mehr unbegrenzt ist.« Der Araber legte den Kopf schief und grinste entschuldigend zu Starr hinüber, der konzentriert seine Nagelhaut betrachtete.

»Unser Geheimdienst sah sich in der Lage, der CIA die Namen der zwei zionistischen Gangster zu übermitteln, die mit diesem verbrecherischen Anschlag beauftragt waren, sowie das annähernde Datum ihres Abflugs aus Tel Aviv«, fuhr der Araber fort. »Hinzu kamen ganz zweifellos noch Mr. Starrs eigene Informationsquellen, und er beschloß, die Tragödie mit Hilfe einer Technik abzuwenden, die Sie als Präventivschlag bezeichnen, das heißt, dafür zu sorgen, daß die Verbrecher exekutiert wurden, bevor sie ihre Untat begehen konnten – ein äußerst ökonomisches Verfahren. Nun haben Sie mir gerade gewisse audiovisuelle Beweise für den Erfolg der Aktion gezeigt. Das werde ich meinen Vorgesetzten berichten. An ihnen ist es dann, zufrieden oder unzufrieden zu sein – nicht an mir.«

Diamond, dessen Gedanken während Mr. Hamans wortreichem Monolog zumeist woanders gewesen waren, erhob sich. »Das wär's dann also.« Und ohne ein weiteres Wort schritt er, gefolgt von seinem Ersten Assistenten, den Gang zwischen den Sitzreihen hinauf.

Starr hängte ein Bein über die Sitzlehne vor sich und holte eine Zigarre heraus. »Wollen Sie's vielleicht noch einmal sehen?« fragte er den Araber über die Schulter.

»Das wäre mir angenehm.«

Starr drückte auf die Sprechtaste. »Hallo Kumpel! Laß noch mal laufen.« Das Licht wurde matter, und er schob die Sonnenbrille in das kurzgeschorene Haar hinauf. »Dann mal los. Wiederholung. Optimale Sendezeit«, deklamierte er mit übertrieben starkem Akzent.

Als er mit raschen Schritten den weiß gestrichenen Korridor des Centers entlangging, manifestierte sich Diamonds Wut einzig im scharfen Knallen seiner Lederabsätze auf den Fliesen. Er hatte sich dazu erzogen, seinen Gefühlen nur im minimalsten Rahmen Ausdruck zu verleihen, aber die leichte Spannung um seinen Mund und sein etwas abwesender Blick genügten dem Ersten Assistenten für die Erkenntnis, daß in ihm der Zorn wühlte.

Nachdem sie den Lift betreten hatten, schob der Erste Assistent eine

Magnetkarte in den Schlitz, der den Platz des Knopfes für den fünfzehnten Stock einnahm. Die Kabine sank schnell von der Haupthalle des Erdgeschosses in das Kellergeschoß, das die Tarnbezeichnung fünfzehnter Stock trug. Als Diamond die Leitung der CIA-Aktivitäten im Interesse der Muttergesellschaft übernahm, hatte er sich zuallererst ein Arbeitsareal mitten im Herzen des Centers eingerichtet. Das CIA-Personal hatte keinen Zutritt zum fünfzehnten Stock; die ganze Büroflucht war von Bleiplatten mit Wanzenschutz-Alarmanlagen umgeben, um die Organisation in ihrem Zustand traditioneller Ignoranz zu erhalten. Zum weiteren Schutz vor der Neugier der Regierung war Diamonds Büro mit einer direkten Computerverbindung zur Muttergesellschaft versehen, und zwar durch Kabel, die gegen die *parallel-line/incidental capacitance*-Abhörmethode gesichert waren, mit deren Hilfe die NSA Telefon- und Telegrafenverbindungen in den Vereinigten Staaten überwacht.

Diamond, in ständigem Kontakt mit den Ermittlungs- und Kommunikationsreinrichtungen der Muttergesellschaft, brauchte nicht mehr als ein zweiköpfiges Team: seinen Ersten Assistenten, einen begnadeten Künstler auf dem Gebiet der Computerbefragung, und Miß Swivven, seine Sekretärin.

Sie betraten einen weiten, offenen Arbeitsraum, dessen Wände und Teppiche in mattem Weiß gehalten waren. In der Mitte war ein Diskussionszentrum mit fünf leicht gepolsterten Sesseln und einem Tisch mit Mattglasplatte geschaffen worden, die auch als Bildschirm für die vom Computer erzeugten Bilder diente. Von den fünf Sesseln war nur ein einziger drehbar: der von Mr. Diamond. Die anderen waren fest mit dem Fußboden verschraubt und so konzipiert, daß sie nur minimalste Bequemlichkeit boten. Der Raum sollte der schnellen, konzentrierten Diskussion dienen und nicht dem unverbindlichen Geplauder.

In die Wand hinter dem Konferenzbereich war eine Datenbank eingebaut worden, die den Computer hier mit dem Hauptsystem der Muttergesellschaft verband: dem Fat Boy. Darüber hinaus enthielt die Konsole Fernseh-, Funkbild- und Fernschreibverbindungen mit Fat Boy für den Ausdruck verbaler und visueller Daten sowie lokale Speicherzellen für Kurzzeitspeicherung und Querverweise. Der Platz des Ersten Assistenten war hier, vor dieser Konsole, dem Instrument, auf dem er mit unnachahmlicher Meisterschaft und großer Hingabe zu spielen verstand.

Ein wenig erhöht, auf einem Podium, stand Diamonds persönlicher Schreibtisch: auffallend bescheiden, mit weißer Plastikplatte, nicht größer als fünfzig mal fünfundsechzig Zentimenter. Er besaß weder Schubladen noch Ablagefächer, keinerlei Möglichkeit, Material aus den Augen zu verlieren, also einen Vorgang zu verzögern, indem man ihn unter dem Vorwand, etwas anderes erledigen zu müssen, beiseite legte. Ein nach einem komplizierten Satz strenger Kriterien geordnetes Prioritätssystem beförderte jedes Problem erst dann auf seinen Schreibtisch, wenn genügend Unterlagen für eine Entscheidung vorhanden waren, die dann sehr schnell getroffen und der Fall somit erledigt wurde. Diamond verabscheute sowohl physisches wie emotionales Chaos.

Er ging zu seinem Schreibtischsessel (von einem Orthopäden so konstruiert, daß er der Ermüdung vorbeugte, ohne einschläfernden Komfort zu bieten) und setzte sich mit dem Rücken zu dem breiten, vom Fußboden bis zur Decke reichendem Fenster, durch das man auf ein Stück sauber gepflegten Parks blickte, in dessen Mitte der Finger des Washington-Monuments aufragte. Einen Augenblick blieb er still sitzen, die Handflächen wie zum Gebet zusammengelegt und mit den Zeigefingern ganz leicht die Lippen berührend. Der Erste Assistent hatte automatisch vor der Konsole Platz genommen und wartete auf Instruktionen.

Miß Swivven, die sie gehört hatte, kam aus dem Vorzimmer und nahm mit gezücktem Notizblock neben Diamonds Schreibtisch Platz. Sie war Ende Zwanzig, üppig gebaut und hatte dichtes, honigfarbenes Haar, das sie zu einem praktischen Knoten aufgesteckt trug. Ihr auffallendster Zug war eine extrem helle Haut, unter der sich die Adern als bläuliches Muster abzeichneten.

Ohne den Blick zu heben, löste Diamond die Hände von seinen Lippen und deutete mit den Fingerspitzen auf den Ersten Assistenten. »Diese beiden Israelis. Die gehörten doch zu einer Organisation. Name?«

»Die Munich Five, Sir.«

»Funktion?«

»Rache für die Ermordung der jüdischen Sportler bei der Münchner Olympiade. Speziell Auffindung und Liquidierung der beteiligten palästinensischen Terroristen. Inoffizielle Organisation. Hat nichts mit der Regierung von Israel zu tun.«

»Aha.« Diamond deutete mit dem Finger auf Miß Swivven. »Ich werde heute abend hier essen. Irdendwas Schnelles, Leichtes, aber ich brauche einen Proteinstoß. Sagen wir Bierhefe, flüssige Vitamine, Eigelb und ein halbes Pfund rohe Kalbsleber. Geben Sie's durch den Mixer.«

Miß Swivven nickte. Es würde eine lange Nacht werden.

Diamond drehte sich im Schreibtischsessel um und starrte abwesend zum Washington-Monument hinüber. Über den Rasen am Fuß des Denkmals marschierte dieselbe Gruppe Schulkinder, die jeden Tag um dieselbe Zeit dort vorbeikam. Ohne sich vom Fenster abzuwenden, sagte er über die Schulter: »Geben Sie mir einen Datenauszug über Munich Five.«

»Welche Indices, Sir?« fragte der Erste Assistent.

»Es handelt sich um eine kleine Organisation. Eine, die erst seit kurzem besteht. Beginnen wir mit ihrer Geschichte und ihren Mitgliedern.«

»Wie tief soll ich gehen?«

»Das überlasse ich Ihnen. Sie verstehen mehr davon.«

Der Erste Assistent drehte sich im Sessel und begann Fat Boy zu füttern. Seine Miene war starr, aber die Augen hinter den runden Brillengläsern funkelten vor Begeisterung. Fat Boy enthielt eine Sammlung von Informationen aus allen Computern der westlichen Welt sowie eine Fülle von Daten, die den Satelliten der Ostblockländer gestohlen worden waren. Es war eine Mischung, die von streng geheimen militärischen Informationen bis zu Unterlagen über Telefonrechnungen reichte und CIA-Erpressungsmaterial, Führerscheine aus Frankreich, Namen hinter Schweizer Nummernkonten und Adressenlisten von Werbefirmen in Australien umfaßte. Sie enthielt die brisantesten Informationen, aber auch die banalsten. Wer immer im industrialisierten Westen lebte, war von Fat Boy erfaßt. Er kannte seine Kreditwürdigkeit, seine Blutgruppe, seinen politischen Hintergrund, seine sexuellen Neigungen, seine Krankengeschichte, seine Schul- und Universitätsleistungen, besaß Proben seiner Telefongespräche, eine Kopie aller Telegramme, die er je abgeschickt oder erhalten hatte, Unterlagen über jeden Kreditkauf, über Militärdienst und Vorstrafen, über sämtliche Zeitungsabonnements, alle Steuerbescheide, Führerscheine, Fingerabdrücke, Geburtsurkunden – all das bei einem durchschnittlichen Bürger, an dem die Muttergesellschaft kein besonderes Interesse hatte. Richtete die Muttergesellschaft oder eine ihrer Input-Zweigstellen wie CIA, NSA und ihre Gegenparts in anderen demokratischen Ländern jedoch ihr besonderes Augenmerk auf eine Person, dann wußte Fat Boy mehr, sehr viel mehr über sie.

Fat Boy mit Daten zu füttern war die ständige Arbeit einer Armee von Mechanikern und Technikern, doch verwertbare Informationen aus ihm herauszuholen war Aufgabe eines Künstlers, eines Fachmanns mit erstklassiger Ausbildung, mit Fingerspitzengefühl und Inspiration. Das Problem lag darin, daß Fat Boy zuviel wußte. Tastete man ein bestimmtes Thema zu oberflächlich ab, erfuhr man möglicherweise nicht, was man wissen wollte. Ging man dagegen zu tief, wurde man mit einer unverständlichen Fülle winzigster Details überschüttet: Ergebnisse ehemaliger Urinproben, errugene Boy-Scout-Medaillen, Erwähnungen in den Jahrbüchern der High School, Bevorzugung eines bestimmten Toilettenpapiers. Die einzigartige Begabung des Ersten Assistenten lag in seinem hervorragenden Gespür für die richtigen Fragen an Fat Boy und für das Abrufen von Informationen auf der erforderlichen Ebene. Erfahrung und Instinkt ließen ihn die richtigen Indices, die richtigen Permutationen, die richtigen Rubriken, die richtigen Ebenen finden. Er beherrschte das Instrument Computer meisterhaft, und er liebte es. An seiner Datenbank zu sitzen und zu arbeiten war für ihn, was anderen Männern der Sex bedeutete oder vielmehr, was nach seiner Schätzung der Sex für andere Männer war.

Über die Schulter sagte Diamond zu Miß Swivven: »Wenn ich fertig bin, möchte ich mit diesem Starr sprechen und mit dem Araber, der Mr. Haman genannt wird. Sie sollen sich zur Verfügung halten.«

Unter den Fingern des Ersten Assistenten wurde die Konsole warm und begann leise zu summen. Schon kamen die ersten Antworten herein; Fragmente wurden in der Memorybank gespeichert; der Dialog hatte begonnen. Kein Gespräch mit Fat Boy glich dem anderen; ein jedes hatte sein eigenes Idiom, und der Reiz des gestellten Problems begann den beträchtlichen, wenn auch recht vordergründigen Intellekt des Ersten Assistenten zu delektieren.

Bis ein umfassendes Bild entstand, würden zwanzig Minuten vergehen. Diamond beschloß, diese Zeit zu nutzen. Er würde ein bißchen Gymnastik treiben, Sonne tanken, seinen Körper auf die lange Nacht vorbereiten und seinen Kopf frei machen. Mit einem Finger winkte er Miß Swivven, die ihm in das kleine Fitneßzimmer neben dem Hauptarbeitsraum folgte.

Während er sich bis auf die kurze Unterhose auszog, legte Miß

Swivven ein Paar runde, dunkle Augenschützer an, reichte ihm ein zweites Paar und schaltete die Reihen der Solarien ein, die entlang der Wände installiert waren. Auf einem schräggestellten Brett begann Diamond mit einer Folge von Rumpfbeugen, wobei seine Füße von samtüberzogenen Seilschlingen gehalten wurden, während Miß Swivven sich eng an die Wand preßte, um ihre empfindliche helle Haut soweit wie möglich vor den intensiven ultravioletten Lichtstrahlen zu schützen. Diamond verrichtete seine Rumpfbeugen langsam, um aus einer möglichst kleinen Anzahl möglichst viel Wirkung herauszuholen. Für einen Mann seines Alters besaß er eine ausgezeichnete Kondition, aber auf seinen Bauch mußte er ständig achtgeben. »Passen Sie auf«, sagte er mit gepreßter Stimme, während er sich aufrichtete, mit dem linken Ellenbogen das rechte Knie berührte und ein angestrengtes Grunzen unterdrückte, »ich muß einen der CIA-Gewaltigen hier zuziehen. Alarmieren Sie also irgend jemanden von ganz oben, der die letzte Säuberung auf der Verwaltungsebene überlebt hat.«

Der ranghöchste Verwaltungsbeamte unterhalb der politischen Marktschreier, die kamen und als Opferlämmer der erbosten öffentlichen Meinung wieder abtraten, war der Deputy International Liaison Duty Officer, ein internationaler Verbindungsmann, der nach den Anfangsbuchstaben seines Titels »Dildo« benannt wurde. Miß Swivven berichtete ihrem Chef, daß er sich noch im Haus befinde.

»Der reicht mir. Geben Sie Anweisung, daß er sich zur Verfügung hält. Ach ja – und streichen Sie meine Tennisverabredung für dieses Wochenende.«

Miß Swivvens Augenbrauen erschienen über dem Rand der dunklen Augenschützer. Diesmal mußte es sich um etwas sehr Wichtiges handeln. Diamond begann mit den Hanteln zu arbeiten. »Außerdem brauche ich für heute nachmittag, vielleicht auch noch länger, die Priorität für einen Q-Programmsprung auf Fat Boy.«

»Jawohl, Sir.«

»Okay. Was haben Sie bis jetzt notiert?«

»Proteinstoß in flüssiger Form. Mr. Starr und Mr. Haman aufhalten. Q-Sprung-Priorität auf Fat Boy beantragen.«

»Gut. Und setzen Sie an die erste Stelle eine Nachricht an den Vorsitzenden.« Vor Anstrengung ging Diamonds Atem keuchend. »Text: Präventivschlag Rome International möglicherweise unvollständig. Werde Alternativen prüfen, auswählen und berichten.«

Als Miß Swivven sieben Minuten später zurückkam, trug sie ein großes Glas mit einer dicklich-schaumigen, purpurnen Flüssigkeit, deren Farbe von der pürierten rohen Leber stammte. Diamond hatte die letzte Phase seiner Gymnastik begonnen und machte an einer festen Stahlstange isometrische Übungen. Jetzt hielt er inne und nahm seine Mahlzeit entgegen, während sie sich eng an die Wand preßte, um den Solarien auszuweichen, obwohl sie wußte, daß sie den Strahlen schon zu lange ausgesetzt gewesen war und ihre empfindliche Haut bereits verbrannt hatte. Der Job bei der Muttergesellschaft bot unzweifelhaft viele Vorteile – bezahlte Überstunden, Pensionsberechtigung, ärztliche Betreuung, Urlaubsmöglichkeit in den kanadischen Rockies, Weihnachtsferien –, doch zwei Aspekte ihrer Stellung fand Miß Swivven höchst unangenehm: daß sie ungefähr einmal pro Woche einen Sonnenbrand bekam und daß Mr. Diamond sie gelegentlich auf ganz unpersönliche Weise dazu benutzte, seine Spannungen abzubauen. Aber sie sagte sich mit philosophischem Gleichmut, einen perfekten Job gebe es nicht.

»Alles erledigt?« erkundigte sich Diamond, der sich schüttelte, als er das Glas ausgetrunken hatte.

»Jawohl, Sir.«

Ohne sich an ihrer Gegenwart zu stören, entledigte sich Diamond der Unterhose und betrat eine gläserne Duschkabine. Nachdem er den kalten Hahn voll aufgedreht hatte, fragte er über das Wasserrauschen hinweg: »Hat der Aufsichtsratsvorsitzende etwas auf meine Nachricht geantwortet?«

»Jawohl, Sir.«

Nach kurzem Schweigen sagte Diamond: »Scheuen Sie sich bitte nicht, mir seine Worte zu wiederholen, Miß Swivven.«

»Verzeihung, Sir?«

Diamond stellte die Dusche ab, kam heraus und trocknete sich mit rauhen Handtüchern ab, die den Kreislauf anregen sollten.

»Möchten Sie, daß ich Ihnen vorlese, was der Vorsitzende auf Ihre Nachricht geantwortet hat, Sir?«

Diamond seufzte tief. Wenn dieses Schaf nicht das einzige einigermaßen attraktive weibliche Wesen in der Gruppe der Spitzenklasse Stenotypistinnen gewesen wäre... »Das wäre nett von ihnen, Miß Swivven.«

Sie konsultierte ihren Notizblock, wobei sie die Augen unter dem grellen Licht der Solarien zusammenkniff. »Antwort: Vorsitzender an Diamond, J. O.: ›Fehlschlag bei dieser Operation nicht akzeptabel.‹«

Diamond, der sich zwischen den Beinen trockenrieb, nickte nachdenklich. Genau das hatte er erwartet.

Als er in den Arbeitsraum zurückkehrte, war sein Kopf klar und frisch für die bevorstehenden Entscheidungen; er hatte sich umgezogen und trug seine übliche Arbeitskleidung, einen blaßgelben Trainingsanzug, der locker und bequem saß und seine Rotisseriebräune vorteilhaft zur Geltung brachte.

Der Erste Assistent werkelte konzentriert und begeistert an seiner Konsole und entlockte Fat Boy einen hieb- und stichfesten Daten-Printout über die Munich Five.

Diamond saß in seinem Drehsessel und blickte auf die Mattglasplatte des Tisches. »Fangen Sie an«, forderte er. »Ablaufgeschwindigkeit fünfhundert Wörter pro Minute.« Schneller konnte er die Informationen nicht aufnehmen, denn die Daten kamen aus einem halben Dutzend internationaler Quellen, und Fat Boys mechanische Übersetzung ins Englische war so gestelzt und ungeschliffen wie das Idiom eines Clint-Eastwood-Films.

MUNICH FIVE, DIE ...
ORGANISATION ... INOFFIZIELL ... SPLITTERGRUPPE ... ZIEL GLEICH ELIMINIERUNG MITGLIEDER SCHWARZER SEPTEMBER DIE BETEILIGT AN MORD ISRAELISCHER SPORTLER BEI MÜNCHNER OLYMPIADE ...
ANFÜHRER UND SCHLÜSSELFIGUR GLEICH STERN, ASA ...
MITGLIEDER UND ANHÄNGER GLEICH LEVITSON, JOEL ... JARIV, CHAIM ... ZARMI, NEHEMIAH ... STERN, HANNAH ...

»Moment mal!« unterbrach Diamond. »Sehen wir sie uns doch mal der Reihe nach an. Geben Sie mir die Lebensläufe.«

STERN, ASA
GEBOREN 13 APRIL 1909 ... BROOKLYN, NEW YORK, USA ... CLINTON AVENUE ... APARTMENT 3B ...

Der Erste Assistent biß sich auf die Lippe. »Verzeihung, Sir.« Er hatte um eine Ebene zu tief gegriffen. Niemand fragte nach der Nummer der Wohnung, in der Asa Stern geboren war. Jedenfalls jetzt noch nicht. Er setzte die Suche um ein Mikron höher an.

Stern emigriert ins Protektorat Palästina ... 1931 ...
Beruf und/oder Tarnung ... Landwirt, Journalist, Dichter, Historiker ...
Beteiligt an Unabhängigkeitskampf ... 1945–1947 (nähere Angaben verfügbar) ... Gefangennahme durch britische Besatzungsmacht (nähere Angaben verfügbar) ... Wird nach Freilassung Kontaktmann für Stern Organisation und nahestehende Sympathisantengruppen (nähere Angaben verfügbar) ...
Setzt sich auf Farm zur Ruhe ... 1956 ...
Reaktiviert bei Münchner Olympiade-Affäre (nähere Angaben verfügbar) ...
Gegenwärtiger Störfaktor für Muttergesellschaft gleich Koeffizient .001 ...
Grund für niedrigen Koeffizienten gleich:
Diesermann jetzt tot, sub Krebs, sub Kehlkopf

»Das ist nur an der Oberfläche gekratzt, Sir«, erklärte der Assistent. »Soll ich tiefer gehen? Er ist offensichtlich die Zentralfigur.«
»Anscheinend. Aber tot. Nein, speichern Sie den Rest einfach in der Memorybank. Ich werde später darauf zurückkommen. Sehen wir uns lieber die übrigen Gruppenmitglieder an.«
»Sind schon auf Ihrem Schirm, Sir.«

Levitson, Joel
Geboren 25 Dezember 1954 ... Negav, Isreal ...
Vater gefallen ... Sechstagekrieg ... 1967 ...
Anschluss an Munich Five ... Oktober 1972 ...
Gestorben ... 25 Dezember 1976 ... (Identität zwischen Geburts- und Todesdatum registriert und als Zufall eingestuft)

»Stop!« befahl Diamond. »Gehen Sie, was den Tod dieses Jungen betrifft, mal ein bißchen tiefer.«
»Jawohl. Sir.«

Gestorben ... 25 Dezember 1976 ...
Opfer (vermutlich Hauptzielperson) einer Terroristenbombe ...

Schauplatz gleich Cafe in Jerusalem... Bombe tötete ausserdem sechs unbeteiligte Araber. Zwei Kinder erblindet...

»Okay, lassen wir das. Unwichtig. Schalten Sie wieder auf Oberflächenabruf.«

Gegenwärtiger Störfaktor für Muttergesellschaft gleich Koeffizient .001...
Grund für niedrigen Koeffizienten gleich:
Diesermann jetzt tot, sub multiple Frakturen, sub kollabierte Lunge...

Jariv, Chaim
Geboren 11 Oktober 1952... Elath, Israel...
Waise in Kibbuz aufgewachsen (nähere Angaben verfügbar)...
Anschluss an Munich five... 7 September 1972...
Gegenwärtiger Störfaktor für Muttergesellschaft gleich Koeffizient .64±...
Grund für Mezzo-Koeffizienten gleich:
Diesermann der Sache verschworen, aber keine Führerpersönlichkeit...

Zarmi, Nehemiah
Geboren 11 Juni 1948... Ashdod, Isreal...
Kibbuz/Universität/Militär (nähere Angaben verfügbar)...
Aktiver Guerillero, sub nichtgefördert (nähere Angaben über bekannte/wahrscheinliche/mutmaßliche Aktionen verfügbar)...
Anschluss an Munich Five... 7 September 1972...
Gegenwärtiger Störfaktor für Muttergesellschaft gleich Koeffizient .96±
Grund für hohen Koeffizienten gleich:
Diesermann der Sache verschworen und Führerpersönlichkeit...
Achtung! Achtung! Achtung! Achtung! Diesermann darf ohne Vorwarnung eliminiert werden!

Stern, Hannah
Geboren 1 April 1952 ... Skokie, Illinois, Usa ...
Universität/Soziologie und Romanische Sprachen/Aktive Campus Radikale (nsa/cia-Dossiers verfügbar) ...
Wiederhole! Wiederhole! Wiederhole!

Diamond blickte von der Bildschirm-Tischplatte auf. »Was ist los?«

»Etwas stimmt nicht, Sir. Fat Boy korrigiert sich.«

»Und?«

»Wir werden's gleich erfahren, Sir. Fat Boy ist an der Arbeit.«

Miß Swivven kam aus dem Maschinenraum. »Sir? Ich habe die verlangten Funkbilder der Mitglieder der Munich Five.«

»Bringen Sie sie herein, sobald sie ausgedruckt sind.«

»Jawohl, Sir.«

Der Erste Assistent hob Aufmerksamkeit heischend die Hand. »Hier haben wir's. Fat Boy korrigiert sich im Zusammenhang mit Starrs Bericht über den Präventivschlag in Rom. Er hat die Information gerade erst verarbeitet.«

Diamond las die rückprojizierte Meldung.

Annullierung Text bezüglich: Jariv, Chaim sub gegenwärtiger Störfaktor für Muttergesellschaft ...
Korrigierter Koeffizient gleich .001 ...
Grund für niedrigen Koeffizienten gleich:
Dieseperson eliminiert ...
Annullierung Text bezüglich: Zarmi, Nehemiah sub gegenwärtiger Störfaktor für Muttergesellschaft ...
Korrigierter Koeffizient gleich .001 ...
Grund für niedrigen Koeffizienten gleich:
Dieseperson eliminiert

Diamond lehnte sich zurück und schüttelte den Kopf. »Acht Stunden Verzögerung. Das könnte uns eines Tages mal in Schwierigkeiten bringen.«

»An Fat Boy liegt's nicht, Sir. Es liegt an der wachsenden Weltbevölkerung und an unserer eigenen Informationsexplosion. Manchmal denke ich, wir wissen zu viel über die Leute.« Bei dieser Vorstellung lachte der Erste Assistent. »Übrigens, Sir, haben Sie die veränderte Ausdrucksweise bemerkt?«

»Welche veränderte Ausdrucksweise?«

»DIESERMANN wurde durch DIESEPERSON ersetzt. Anscheinend hat Fat Boy die Tatsache verarbeitet, daß die Muttergesellschaft ein Arbeitgeber ist, der die Gleichberechtigung fördert.« Der Erste Assistent konnte den Stolz in seiner Stimme nicht unterdrücken.

»Na, wunderbar!« antwortete Diamond wenig überzeugt.

Miß Swivven kam aus dem Maschinenraum und legte fünf Funkbilder auf Diamonds Schreibtisch; dann nahm sie ihre anfängliche Position neben seinem Podest wieder ein und hielt ihren Stenoblock bereit.

Diamond suchte unter den Fotos nach der Aufnahme des einzigen Mitglieds der Munich Five, von dem man wußte, daß es nicht tot war: Hannah Stern. Er betrachtete ihr Gesicht, nickte und seufzte dann ergeben. Diese CIA-Idioten!

Der Erste Assistent wandte sich ihm zu und rückte nervös seine Brille zurecht. »Stimmt etwas nicht, Sir?«

Mit halb geschlossenen Augen blickte Diamond durch das zimmerhohe Fenster zum Washington-Monument hinüber, das die weiße Wolke, die jeden Abend um diese Zeit am Himmel aufzog, zu vergewaltigen drohte, und tippte mit dem Knöchel an seine Oberlippe. »Haben Sie Starrs Arbeitsbericht gelesen?«

»Überflogen, Sir. Hauptsächlich, um die Rechtschreibung zu korrigieren.«

»Was war das angebliche Reiseziel der jungen Israelis?«

Dem Ersten Assistenten hatte dieses rhetorische Mittel Mr. Diamonds, laut zu denken, schon immer Unbehagen bereitet. Er beantwortete nicht gern Fragen, ohne auf Fat Boy zurückzugreifen. »Wenn ich mich recht erinnere, waren sie nach London unterwegs.«

»Genau. Angeblich, um gewisse palästinensische Terroristen auf dem Flughafen Heathrow abzufangen, die eine Maschine nach Montreal entführen sollten. Nun gut. Wenn dieses Team der Munich Five nach London wollte, warum sind sie dann in Rom ausgestiegen? Flug 414 von Tel Aviv ist ein Direktflug nach London mit Zwischenlandung in Rom und Paris.«

»Tja also, Sir, da könnte es mehrere...«

»Und warum sollten sie schon sechs Tage bevor ihre Zielpersonen vom Schwarzen September nach Montreal fliegen wollten nach

England reisen? Warum sollten sie die ganze Zeit exponiert in London sitzen, wenn sie zu Hause hätten in Sicherheit bleiben können?«

»Nun ja, vielleicht hatten sie...«

»Und warum besaßen sie Tickets nach Pau?«

»Pau, Sir?«

»Starrs Arbeitsbericht. Seite zweiunddreißig unten bis Seite vierunddreißig Mitte. Beschreibung des Inhalts der Rucksäcke der Toten und ihrer Kleidung. Die Liste stammt von der italienischen Polizei. Unter anderem werden zwei Flugtickets nach Pau aufgeführt.«

Der Erste Assistent verschwieg, daß er keine Ahnung hatte, wo Pau überhaupt lag. Er nahm sich vor, bei nächster Gelegenheit Fat Boy danach zu fragen. »Was hat das alles zu bedeuten, Sir?«

»Es bedeutet, daß die CIA wieder einmal der Schweinebucht- und Watergate-Tradition gerecht geworden ist. Wieder einmal haben sie einen Bock geschossen.« Diamonds Kinnmuskeln spannten sich. »Die hirnlosen Wähler dieses Landes sind auf dem Holzweg, wenn sie sich vor den Gefahren interner Korruption bei der CIA fürchten. Wenn die unser Volk in die Katastrophe stürzt, dann keineswegs aus bösem Willen, sondern aus schierer Stupidität.« Er kehrte an seinen schlichten Schreibtisch zurück und griff nach dem Funkbild von Hannah Stern. »Fat Boy hat sich mit dieser Korrektur unterbrochen, während er sich mit Hannah Stern befaßte. Fangen wir doch da noch mal an. Und zwar etwas weniger oberflächlich.«

Aufgrund der vorliegenden Daten und der Lücken stufte Diamond Miß Stern als eine der relativ häufigen Randfiguren des Terrorismus ein. Junge intelligente Durchschnittsamerikanerin, der Sache verschworen. Er kannte den Typ. Wäre das noch Mode gewesen, wäre sie eine Liberale geworden. Sie gehörte zu der Art, die überall nach »Relevanz« suchte; die ihren Mangel an kritischer Urteilsfähigkeit als Vorurteilslosigkeit darstellte, die sich Gedanken über den Hunger in der Welt machte, jedoch mit einem riesigen, proteinverschlingenden Hund auf dem Campus herumspazierte – Symbol ihrer Liebe zu allen Lebewesen.

Nach Israel war sie zum erstenmal auf einer Sommerreise gekommen, um dort ihren Onkel in einem Kibbuz besuchen und – nach ihren eigenen Worten, von der NSA aus einem ihrer Briefe nach Hause zitiert – »um mein Judentum zu entdecken«.

Als Diamond diesen Satz las, konnte er einen Seufzer nicht unterdrükken. Miß Stern litt offensichtlich unter dem demokratischen Wahn, alle Menschen seien interessante Geschöpfe.
Fat Boy schrieb dieser Miß Stern als Störfaktor einen relativ niedrigen Koeffizienten zu; er hielt sie für eine typische junge intellektuelle Amerikanerin, die eine Rechtfertigung für ihr Dasein suchte, bis die Ehe, der Beruf oder ein künstlerisches Hobby ihre Ambitionen verwässerten. Ihre Persönlichkeitsanalyse ergab keine jener psychotischen Macken, wie sie der Stadtguerillero aufweist, der seine sexuellen Bedürfnisse durch Gewalttaten befriedigt. Ebensowenig war sie von jener verzweifelten Sucht nach Popularität besessen, die Schauspieler und Entertainer, denen es nicht gelingt, die Aufmerksamkeit der Öffentlichkeit aufgrund ihres Talents zu fesseln, veranlaßt, plötzlich bis dato unbemerkte soziale Überzeugungen in sich zu entdecken.
Nein, in Hannah Sterns Printout gab es nichts, das ihr besondere Aufmerksamkeit gesichert hätte – bis auf zwei Faktoren: Sie war Asa Sterns Nichte; und sie war das einzige überlebende Mitglied der Munich Five.
Diamond wandte sich an Miß Swivven. »Sorgen Sie dafür, daß Starr und dieser Araber ... Mr. Haman ... in zehn Minuten im Vorführraum sind.«
»Jawohl, Sir.«
»Und lassen Sie den Deputy ebenfalls kommen.« Er wandte sich an den Ersten Assistenten. »Sie arbeiten mit Fat Boy weiter. Ich wünsche eine nochmalige gründliche Überprüfung des Anführers Asa Stern. Sein Einfluß ist für uns der entscheidende Ansatzpunkt. Geben Sie mir eine Liste seiner Kontakte ersten Grades: Familie, Freunde, Komplizen, Mitarbeiter, Bekannte, Affären und so weiter.«
»Einen Moment noch, Sir.« Der Erste Assistent fütterte zwei Fragen in den Computer und dann einen Modifikator. »Äh ... Sir? Die Liste ersten Grades wird ... äh ... dreihundertsiebenundzwanzig Namen und Kurzbiographien enthalten. Und wenn wir zum zweiten Grad übergehen – Freunde von Freunden etc. –, erhöht sich diese Zahl nochmals beträchtlich. Dann hätten wir nahezu fünfunddreißig Millionen Namen. Sie sehen also, Sir, wir brauchen irgendein Prioritätskriterium.«
Der Erste Assistent hatte recht; eine schwierige Entscheidung, denn es gab buchstäblich Tausende von Möglichkeiten, eine Liste aufzustellen.

Diamond ließ sich die Auskunft über Asa Stern noch einmal durch den Kopf gehen. Eine ganz bestimmte Zeile reizte seine Intuition: Beruf und/oder Tarnung... Landwirt, Journalist, Dichter, Historiker. Also kein typischer Terrorist, sondern etwas viel Schlimmeres – ein romantischer Patriot.

»Ordnen Sie die Liste nach Emotionen. Gehen Sie nach den Indices, die auf Liebe, Freundschaft, Vertrauen schließen lassen. Verfolgen Sie die von den engsten bis zu den entferntesten.«

Mit leuchtenden Augen tat der Erste Assistent einen tiefen Atemzug und rieb sich ganz leicht die Fingerspitzen. Das war eine Herausforderung nach seinem Herzen, die Virtuosität an der Datenbank verlangte! Liebe, Freundschaft, Vertrauen – solch feinen Unterschieden und Schattierungen konnte man mit Methoden wie der Schliemann-*Backbit and Nonbit*-Theorie nicht beikommen. Kein Computer, nicht einmal Fat Boy, vermag unmittelbar auf derartige Rubriken zu antworten. Die Fragen müssen in Form von *nonfrequency* und *non sequitur exchange relationships* gestellt werden. In ihrer simpelsten Form *könnten* Handlungen, die aus keinem meßbaren Grund bzw. der linearen Logik widersprechend begangen werden, *vielleicht* auf unterliegende Motivationen wie Liebe, Freundschaft und Vertrauen hindeuten. Aber es mußte mit größter Behutsamkeit vorgegangen werden, denn dieselben Handlungen konnten ebensogut auch auf Haß, Geisteskrankheit oder Erpressung zurückzuführen sein. Darüber hinaus läßt im Fall Liebe die betreffende Handlungsweise nur selten Rückschlüsse auf ihren motivierenden Impuls zu. Besonders schwierig ist es, Liebe von Erpressung als Motiv zu unterscheiden.

Es war ein wunderbarer Auftrag, unendlich kompliziert. Als er die ersten Sondierungen einzufüttern begann, bewegten sich die Schultern des Ersten Assistenten rhythmisch vor und zurück, als manipuliere er mittels Körpersprache einen Spielautomaten.

Miß Swivven kehrte ins Zimmer zurück. »Sie werden im Vorführraum erwartet, Sir.«

»Gut. Bringen Sie diese Funkbilder mit. Was in aller Welt ist los mit Ihnen, Miß Swivven?«

»Gar nichts, Sir. Mein Rücken juckt, das ist alles.«

»Gott im Himmel!«

Als Darryl Starr den knappen Befehl erhielt, sich sofort mit dem Araber in den Vorführraum zu begeben, witterte er Ärger. Seine

Befürchtung verstärkte sich, als er seinen unmittelbaren Vorgesetzten mit finsterer Miene im Zuschauerraum vorfand. Der Deputy International Liaison Duty Officer nickte Starr einmal kurz zu und widmete dem Araber ein unverständliches Knurren. Er gab den ölreichen arabischen Scheichtümern die Schuld an vielen seiner gegenwärtigen Probleme, von denen die störende Gegenwart Mr. Diamonds in den Tiefen des CIA-Gebäudes nicht das geringste war, vor allem wegen seiner beißenden Kritik an jedem kleinen Ausrutscher bei der Arbeit.

Als die ölproduzierenden Araber zum erstenmal einen Ölboykott gegen den industrialisierten Westen veranstalteten, um ihn zu zwingen, seine moralischen und juristischen Versprechungen Israel gegenüber zu widerrufen, hatte der Deputy und andere CIA-Führer den Vorschlag gemacht, den Kontingenzplan NE385/8 (Unternehmen Sechs Zweiter Krieg) in Anwendung zu bringen. Nach diesem Plan sollten die von der CIA unterstützten Truppen der Orthodoxen Islamisch-Maoistischen Falange die arabischen Staaten vor der Versuchung der Habgier bewahren, indem sie über achtzig Prozent ihrer Ölverarbeitungsanlagen in einer Aktion besetzten, die weniger als eine Minute tatsächlichen Kampfes erforderte, wenn man sich auch darüber einig war, daß weitere drei Monate vergehen würden, bis man auch jene arabischen und ägyptischen Truppen überwältigt hätte, die in panischer Angst bis nach Rhodesien und Skandinavien fliehen würden.

Man war übereingekommen, das Unternehmen Sechs Zweiter Krieg anlaufen zu lassen, ohne den Präsidenten oder den Kongreß mit jenen verantwortungsvollen Entscheidungen zu belasten, die in einem Wahljahr so störend sind. Phase eins wurde eingeleitet, und die politischen Führer von Schwarz- und Moslemafrika erlebten eine Epidemie von Morden, einer oder zwei oder zwei sogar von Familienmitgliedern der Opfer ausgeführt. Für Phase zwei lief bereits der Countdown, als plötzlich alles wieder gestoppt wurde. Beweise für CIA-Unternehmungen waren an Untersuchungsausschüsse des Kongresses durchgesickert; Listen von CIA-Agenten gelangten an linke Zeitungen in Frankreich, Italien und im Nahen Osten; die interne CIA-Kommunikation versagte; in den CIA-Datenbanken tauchten umfassende Löschungen auf, die sie der biographischen Ansatzpunkte beraubten, mit denen sie normalerweise gewählte Regierungsmitglieder in Amerika unter Kontrolle hielten.

Und dann, eines Nachmittags, erschien Mr. Diamond mit seinem bescheidenen Mitarbeiterstab im Center; er brachte Befehle und Direktiven, die der Muttergesellschaft absolute Kontrolle über alle Aktionen verliehen, welche die ölproduzierenden Länder entweder direkt betrafen oder sie tangierten. Weder der Deputy noch seine Kollegen hatten je von dieser »Muttergesellschaft« gehört, daher wurde eine kurze Einführung gegeben. Wie sie erfuhren, war die Muttergesellschaft ein Konsortium der großen internationalen Öl-, Kommunikations- und Transportkonzerne, das die Energiewirtschaft und das Informationsnetz der westlichen Welt kontrollierte. Nach einiger Überlegung hatte die Muttergesellschaft entschieden, sie könne nicht dulden, daß die CIA sich weiterhin in Angelegenheiten mische, die ihren ölproduzierenden Freunden, mit deren Hilfe sie ihre Profite innerhalb von zwei Jahren hatte verdreifachen können, eventuell schaden oder sie verärgern würden.
Niemand bei der CIA dachte ernsthaft daran, gegen Mr. Diamond zu opponieren oder gar gegen die Muttergesellschaft, die die Karriere der meisten wichtigen Regierungsbeamten in Händen hielt – nicht nur durch direkte Unterstützung, sondern auch durch Einsatz der ihr zur Verfügung stehenden Medien zu dem Zweck, potentielle Kandidaten anzuschwärzen und zu demoralisieren, kurz, um das zu verbreiten, was die amerikanische Masse für die Wahrheit hielt.
Welche Chance hatte die skandalbelastete CIA also gegen eine Institution, die so mächtig war, daß sie Pipelines durch eine Tundra bauen konnte, die nachweislich ökologisch anfällig war? Wer vermochte sich gegen eine Organisation aufzulehnen, die die Regierungsausgaben für Forschung über Sonnen-, Wind-, Gezeiten- und geothermische Energie auf ein symbolisches Rinnsal hatte reduzieren können, um die Konkurrenz ihrer eigenen Atom- und Erdölgenossen auszuschalten? Wie konnte die CIA wirksam gegen eine Gruppe vorgehen, die so mächtig war, daß sie gemeinsam mit ihren Pentagon-Laufburschen die amerikanische Öffentlichkeit dazu brachte, die Lagerung von Atommüll mit reduzierten Halbwertzeiten hinzunehmen, und zwar so lange, bis die physikalischen Gesetze Fehlschlag und Katastrophe garantierten?
Bei der Übernahme der CIA brauchte die Muttergesellschaft keinerlei Intervention seitens der Regierungsexekutive zu befürchten, denn es war Wahljahr, und während dieser Zeit der Menschenscha-

cherei liegt die Öffentlichkeitsarbeit gänzlich darnieder. Und auch wegen der dreijährigen Nachwahlpause bis zur nächsten demokratischen Konvulsion machte sie sich keine großen Sorgen, denn die amerikanische Version der parlamentarischen Regierungsform sorgt dafür, daß genau die Eigenschaften des Intellekts und des Gewissens, die einen Mann für die verantwortungsvolle Führung einer mächtigen Nation geeignet machen, gleichzeitig jene sind, die ihn daran hindern, sich der demütigenden Aufgabe des Stimmensammelns und Abgeordnetentausches zu unterziehen. Es ist eine Binsenweisheit der amerikanischen Politik, daß der Mann, der eine Wahl zu gewinnen versteht, diesen Sieg nicht verdient.

Es gab einen einzigen peinlichen Moment für die Muttergesellschaft, als nämlich eine Gruppe naiver junger Senatoren beschloß, sich einmal näher mit den arabischen Millionen in Gestalt von Kurzzeitaktien zu befassen, die es ihnen gestatteten, die amerikanischen Banken zu manipulieren und die Wirtschaft des Landes als Sicherheit gegen die – wenn auch verschwindend geringe – Möglichkeiten zu benutzen, daß die Vereinigten Staaten versuchten, ihre moralischen Verpflichtungen gegenüber Israel einzulösen.

Doch diesen Untersuchungen wurde durch Kuwaits massive Drohung, sein Geld zurückzuziehen und die Banken krachen zu lassen, falls der Senat auf seinen Nachforschungen bestehe, Einhalt geboten. Mit beispiellosem rhetorischem Geschick berichtete der Ausschuß, er könne nicht mit Sicherheit sagen, ob die Nation erpreßbar sei, da man ihm nicht gestattet habe, die diesbezügliche Untersuchung fortzusetzen.

Bei dieser Vorgeschichte verweilten die mißmutigen Gedanken des Deputys über den Verlust seiner Kontrolle der Organisation, als er hörte, daß die Türen des Vorführraums aufgestoßen wurden; er erhob sich. Energischen Schrittes trat Diamond ein, gefolgt von Miß Swivven, die mehrere Printouts von Fat Boy und die Fotos der Mitglieder der Munich Five in der Hand hielt.

Als minimale Reaktion auf Diamonds Erscheinen lüftete Starr um ein geringes das Hinterteil und ließ sich mit einem Stöhnen sofort wieder zurücksinken. Der Araber sprang bei Miß Swivvens Herannahen auf, grinste und widmete ihr mit einer hastigen Verbeugung die ungeschickte Imitation europäischer Höflichkeit. Hübsches Weib, dachte er. Schön rund. Haut wie Schnee. Und üppig ausgestattet mit dem, was man hier als Vorbau bezeichnet.

»Ist der Vorführer da?« erkundigte sich Diamond, der abseits von den anderen Platz nahm.
»Jawohl, Sir«, antwortete Starr träge. »Wollen Sie sich den Film noch mal ansehen?«
»Ich will, daß ihr Idioten ihn euch noch mal anseht.«
Der Deputy war wenig erfreut darüber, mit einem einfachen Agenten in einen Topf geworfen zu werden, geschweige denn mit einem Araber, aber er hatte leiden gelernt, ohne zu klagen. Das war seine hervorstechendste Eigenschaft als Verwaltungsbeamter.
»Daß Sie sich den Film ansehen wollen, haben Sie uns nicht gesagt«, erwiderte Starr. »Der Vorführer hat ihn, glaube ich, noch nicht zurückgespult.«
»Dann soll er ihn rückwärts laufen lassen. Spielt keine Rolle.«
Starr gab seine Anweisungen über die Sprechanlage, und die Lichter an den Wänden erloschen.
»Starr?«
»Sir?«
»Machen Sie die Zigarre aus.«
...*Die Lifttür öffnet und schließt sich bis an den Kopf des toten japanischen Killers. Der Mann erwacht wieder zum Leben und gleitet an der Wand hinauf. Das Loch in seiner Handfläche verschwindet; er zieht sich die Kugel aus dem Rücken. Rückwärts läuft er durch eine Gruppe Schulkinder, von denen ein kleines Mädchen vom Fußboden aufspringt, während ein roter Fleck auf dem Kleidchen in ihren Magen zurückgesaugt wird. Als er den vom Gegenlicht verschleierten Haupteingang erreicht, duckt sich der Japaner, während Glasscherben sich zu einer Fensterscheibe zusammensetzen. Der zweite Killer springt vom Fußboden auf, fängt eine fliegende automatische Waffe ein und läuft mit ihr rückwärts, bis ein Schwenk ihn sich selbst überläßt und bei einem jungen Israeli haltmacht, der auf dem Fußboden liegt. Ein Vakuum zieht seine Schädeldecke wieder an Ort und Stelle; der Blutstrom kehrt in die Hüfte zurück. Er springt auf, läuft rückwärts und hebt im Vorbeilaufen seinen Rucksack auf. Die Kamera schwenkt weiter und findet den zweiten Israeli genau in dem Augenblick, als seine Wange sich wieder in sein Gesicht einfügt. Er erhebt sich von den Knien; Blut dringt in seine Brust zurück, und das Khakihemd flickt sich von selbst. Die beiden jungen Männer gehen rückwärts. Einer von ihnen dreht sich um und lächelt. Sie schlendern rückwärts durch eine Gruppe Italiener, die sich drängeln und auf*

Zehenspitzen recken, um einen ankommenden Verwandten zu begrüßen. Die beiden ziehen sich zum Einwanderungsschalter zurück, und der italienische Beamte saugt mit dem Stempel die Einreisegenehmigung aus ihren Pässen. Ein rothaariges Mädchen schüttelt den Kopf, lächelt dankend...

»Halt!« rief Mr. Diamond laut und jagte Miß Swivven einen Schrekken ein, die bisher noch niemals gehört hatte, daß er seine Stimme erhob.

Das junge Mädchen auf dem Bildschirm erstarrte; ein Wärmefilter dämpfte die Helligkeit, damit der Film nicht verbrannte.

»Sehen Sie das Mädchen, Starr?«

»Natürlich.«

»Können Sie mir etwas über sie sagen!«

Starr wunderte sich über diese scheinbar willkürliche Forderung. Er wußte, daß er irgendwie in der Tinte saß, und suchte Zuflucht hinter seiner tölpelhaften Kumpelmaske.

»Tja, also... Warten Sie mal. Sie hat 'n paar ganz schöne Dinger da, das steht mal fest. Einen knackigen, kleinen Hintern. Ein bißchen mager an den Armen und in der Taille für meinen Geschmack, aber, wie mein alter Daddy zu sagen pflegte: je dichter am Knochen, desto zarter das Fleisch!« Er zwang sich zu einem rauhen Lachen, in das der Araber einstimmte, um zu beweisen, daß er den Scherz verstanden hatte.

»Starr?« Diamonds Stimme klang monoton und fest. »Ich bitte Sie um einen Gefallen. Ich möchte, daß Sie sich bemühen, während der nächsten paar Stunden nicht mehr den Narren zu spielen. Ich will nicht von Ihnen unterhalten werden, und ich verbitte mir, daß Sie Ihre Antworten mit volkstümlichen Kommentaren ausschmücken. An dem, was hier vorgeht, ist wahrhaftig nichts Lächerliches. Der Tradition der CIA getreu, haben Sie wieder mal Mist gebaut, Starr. Haben Sie das begriffen?«

Während des nun folgenden Schweigens überlegte der Deputy, ob er sich gegen diese Diffamierung verwahren sollte, besann sich aber eines Besseren.

»Haben Sie mich verstanden, Starr?«

Ein Seufzer. Dann leise: »Jawohl, Sir.«

Der Deputy räusperte sich und sagte in seinem energischsten Ton: »Wenn die Agency irgendwie behilflich...«

»Starr? Erkennen Sie dieses junge Mädchen?« fuhr Diamond fort.

Miß Swivven nahm das Funkbild aus der Mappe und trug es zu Starr und dem Araber hinüber.
Starr hielt das Bild ein wenig schräg, damit er es im Dämmerlicht besser erkennen konnte. »Jawohl, Sir.«
»Und wer ist es?«
»Das junge Mädchen auf der Leinwand.«
»Ganz recht. Sie heißt Hannah Stern. Ihr Onkel war Asa Stern, Gründer der Munich Five. Sie war das dritte Mitglied des Kommandoteams.«
»Das dritte?« fragte Starr zurück. »Aber ... uns hat man gesagt, es säßen nur zwei von ihnen in der Maschine.«
»Wer hat Ihnen das gesagt?«
»Es stand in einer Geheimdienstmeldung, die wir von diesem Herrn hier bekommen haben.«
»Das stimmt, Mr. Diamond«, warf der Araber ein. »Unsere Agenten ...«
Aber Diamond hatte die Augen geschlossen und schüttelte den Kopf. »Starr? Wollen Sie mir erzählen, daß Sie aufgrund von Informationen aus *arabischen* Quellen eine Aktion angesetzt haben?«
»Nun ja, wir ... Jawohl, Sir.« Starrs Stimme war kaum noch vernehmlich. So gesehen, war das Ganze wirklich eine Dummheit. Es war, als überlasse jemand den Italienern die Organisation seiner Politik oder den Briten die Handhabung seiner Wirtschaftsbeziehungen.
»Ich finde«, meldete sich der Deputy, »wenn wir aufgrund unzulänglicher Informationen Ihrer arabischen Freunde einen Fehler gemacht haben, müssen die einen beträchtlichen Teil der Verantwortung dafür übernehmen.«
»Sie irren sich«, erwiderte Diamond. »Aber das ist Ihnen wahrscheinlich nichts Neues. Die Araber brauchen gar nichts zu tun. Die haben das Öl.«
Der arabische Vertreter nickte lächelnd. »Genau die Ansicht meines Onkels und Präsidenten, der oft genug gesagt hat, daß ...«
»Na schön.« Diamond erhob sich. »Sie drei halten sich zur Verfügung. Ich werde Sie in einer knappen Stunde rufen lassen. Es kommen gerade Backgrounddaten herein. Möglicherweise kann ich Ihren Patzer wieder ausbügeln.« Dicht gefolgt von Miß Swivven schritt er den Mittelgang hinauf.
Der Deputy räusperte sich, als wolle er etwas sagen, entschied dann

aber, Schweigen sei eine wirksamere Demonstration der Stärke. Er fixierte Starr mit einem langen Blick, verabschiedete sich von dem Araber und verließ das Theater.
»Na, Kumpel«, sagte Starr und stemmte sich aus dem Sessel hoch, »ich glaube, wir holen uns was zu essen, solange uns noch Zeit dazu bleibt. Sieht aus, als hätte die Scheiße den Ventilator getroffen.«
Der Araber nickte kichernd und versuchte sich vorzustellen, wie Kamelmist in der Gegend herumspritzte.
Eine Zeitlang wurde der Zuschauerraum von dem erstarrten Bild Hannah Sterns beherrscht, das von der Leinwand herablächelte. Als der Vorführer den Film ablaufen lassen wollte, blieb das Band stecken. Eine Amöbe aus braunem, blasenwerfendem Grind verbreitete sich über das junge Mädchen und verschlang es.

ETCHEBAR

Hannah Stern saß unter der Arkade, die den Marktplatz von Tardets umgab, an einem Cafétischchen. Stumpf starrte sie auf den dicken, körnigen Kaffeesatz in ihrer Tasse. Das Sonnenlicht lag grell auf den weißen Gebäuden rund um den Platz; die Schatten unter den Arkaden waren schwarz und kühl. Aus dem Innern des Cafés hinter ihr kamen die Stimmen vier alter Basken, die dort *mousse* spielten, eine endlose Litanei von *bai ... passo ... passo ... alla Jainkoa! ... passo ... alla Jainkoa ...* wobei dieser letzte Ausdruck alle erdenklichen Variationen von Nachdruck und Betonung durchlief, während die Spieler blufften, signalisierten, mogelten und Gott zum Zeugen dafür anriefen, daß sie nur Mist in der Hand hielten, oder IHN baten, diesen Schafskopf von Partner zu strafen, mit dem ER sie geschlagen hatte.
Während der letzten sieben Stunden hatte sich Hannah abwechselnd durch eine alptraumhafte Wirklichkeit gequält und sich von eskapistischen Phantasien treiben lassen, hin und her gezerrt zwischen Desorientierung und einem immer wiederkehrenden Schwindelgefühl. Der emotionale Schock hatte sie benommen gemacht, eine geistige Leere in ihr erzeugt. Doch jetzt, da sie unsicher am Rand eines Nervenzusammenbruchs balancierte, empfand sie eine unendliche Ruhe, ja sogar ein bißchen Müdigkeit.
Das Wirkliche, das Unwirkliche; das Wichtige, das Unbedeutende;

die Gegenwart, das Vergangene; die Kühle der Arkaden, die flimmernde Hitze des leeren Platzes; die Stimmen, die Europas älteste Sprache sprachen – das alles war unterschiedslos miteinander verschmolzen. Die es erlebte, war eine andere, eine, für die sie tiefstes Mitleid empfand, der sie aber nicht helfen konnte; eine, für die jede Hilfe zu spät kam.

Nach dem Massaker auf dem Internationalen Flughafen von Rom war sie irgendwie aus Italien heraus und zu diesem Café in einem baskischen Marktflecken gelangt. Betäubt, geistig mühsam dahinstolpernd, hatte sie in neun Stunden eintausendfünfhundert Kilometer zurückgelegt. Doch nun, da nur noch vier bis fünf weitere Kilometer vor ihr lagen, hatte sie ihre letzten Nervenkräfte verbraucht. Ihre Adrenalinreserven waren erschöpft, und es schien, als müsse sie hier in letzter Minute vor den Launen eines wichtigtuerischen Cafébesitzers kapitulieren.

Zuerst, als sie hatte zusehen müssen, wie ihre Kameraden abgeknallt wurden, war sie von Entsetzen und Fassungslosigkeit gepackt worden, von einer neurasthenischen Verwirrung, die bewirkte, daß sie wie erstarrt stehenblieb, während die Menschen an ihr vorbeihasteten, sie beinahe umrannten. Immer wieder Schüsse. Lautes Jammern der italienischen Familie, die einen Verwandten erwartete. Dann war sie in Panik geraten; blindlings hatte sie sich in Bewegung gesetzt, auf den Hautpeingang des Flughafens zu, auf den warmen Sonnenschein zu. Keuchend, in flachen Stößen atmete sie durch den Mund. Polizisten liefen an ihr vorbei. Sie zwang sich weiterzugehen. Dann merkte sie, daß sich ihre Rückenmuskeln in Erwartung der Kugel, die nicht kam, schmerzhaft verkrampften. Sie kam an einem alten Mann mit weißem Spitzbart vorbei, der wie ein spielendes Kind mit ausgestreckten Beinen auf dem Fußboden saß. Eine Wunde war nicht zu sehen, aber die dunkle Blutlache, in der er saß, wurde langsam immer größer. Er schien keine Schmerzen zu leiden, schaute nur fragend zu ihr empor. Sie brachte es nicht über sich stehenzubleiben. Als sie weiterging, trafen sich ihre Blicke. Sinnlos murmelte sie vor sich hin: »Verzeihung. Ich bitte Sie um Verzeihung.«

Eine dicke Frau aus der Gruppe der wartenden Familie war hysterisch geworden; sie klagte und schluchzte hemmungslos. Dabei widmete man ihr mehr Aufmerksamkeit als den verwundeten Familienmitgliedern. Sie war schließlich *la Mamma.*

Inmitten all dieses Durcheinanders, des Rennens und Schreiens, meldete sich eine ruhige, monotone Stimme mit dem ersten Aufruf für die Passagiere des Air-France-Fluges 470 nach Toulouse, Tarbes und Pau. Die Tonbandsprecherin ahnte nichts von dem Chaos unterhalb der Lautsprecher. Als die Ansage auf französisch wiederholt wurde, blieben die letzten Worte in Hannahs Bewußtsein haften. Flugsteig elf. Flugsteig elf.

Die Stewardeß ermahnte Hannah, ihre Sessellehne senkrecht zu stellen. »Ach ja. Verzeihung.« Als sie nach einer Minute wiederkam, bat sie Hannah, den Sicherheitsgurt anzulegen. »Was? Ach ja. Verzeihung.«

Die Maschine stieg in die dünne Wolkendecke hinauf und weiter ins frische, unendliche Blau. Die Motoren dröhnten; der Rumpf vibrierte. Hannah erschauerte vor Hilflosigkeit und Verlassenheit. Neben ihr saß ein Mann mittleren Alters, der in einer Zeitschrift blätterte. Von Zeit zu Zeit wanderte sein Blick über den Rand des Magazins hinweg zu ihren sonnengebräunten Beinen unter den kurzen Khakishorts. Sie spürte seinen Blick und schloß die beiden obersten Blusenknöpfe. Der Mann lächelte und räusperte sich. Gleich würde er sie ansprechen! Dieser Scheißkerl wollte mit ihr anbändeln! O Gott!

Und plötzlich wurde ihr schlecht.

Sie schaffte es noch bis zur Toilette, wo sie in dem engen Raum niederkniete und sich in die Klosettschüssel übergab. Als sie, bleich und erschöpft, den Abdruck der Fliesen auf ihren Knien, wieder herauskam, gab die Stewardeß sich fürsorglich, aber ein wenig überheblich, weil sie annahm, ein so kurzer Flug habe sie luftkrank gemacht.

Beim Anflug auf Pau zog die Maschine eine Schleife, und Hannah sah durchs Fenster das Panorama der schneebedeckten Pyrenäen, die sich scharf gegen die kristallklare Luft abzeichneten wie ein Meer im Sturm gefrorener Schaumkronen, wunderschön und majestätisch.

Irgendwo dort unten, auf der baskischen Seite der Gebirgskette, lebte Nikolai Hel. Wenn sie nur Mr. Hel erreichen könnte...

Erst als sie den Flugplatz verlassen hatte und draußen in der kühlen Luft stand, fiel ihr ein, daß sie kein Geld hatte. Das Geld hatte Avrim bei sich getragen. Sie würde per Autostop fortkommen müssen, und dabei kannte sie nicht einmal den Weg. Nun gut, sie konnte die Fahrer fragen. Daß es ihr nicht schwerfallen würde, mitgenommen zu werden, wußte sie. Wenn man hübsch ist und jung ... und vollbusig ...

Der erste Wagen brachte sie bis nach Pau, und der Fahrer erbot sich noch, ihr eine Übernachtungsmöglichkeit zu besorgen. Statt dessen überredete sie ihn, sie am Ortsende abzusetzen und ihr den Weg nach Tardets zu erklären. Die Gangschaltung schien sehr schwer zu bedienen zu sein, denn seine Hand rutschte zweimal vom Schalthebel ab und streifte ihr Knie. Fast unmittelbar nachdem er sie abgesetzt hatte, wurde sie abermals mitgenommen. Nein, er fahre nicht nach Tardets. Nur bis Oléron. Aber er könne ihr dort eine Übernachtungsmöglichkeit besorgen ...

Ein dritter Wagen, ein dritter zudringlicher Fahrer, und Hannah hatte das Dörfchen Tardets erreicht, wo sie sich im Café nach dem Weg erkundigte. Das erste Hindernis, auf das sie stieß, war der einheimische Dialekt, die *langue d'oc* mit einer starken Beimischung von Soultine-Baskisch, in dem der Ausdruck *une petite cuillère* acht Silben hat.

»Was suchen Sie denn?« fragte der Cafébesitzer, während sein Blick von ihren Brüsten zu ihren Beinen hinabwanderte.

»Das Château d'Etchebar. Den Wohnsitz von M. Nikolai Hel.«

Der Cafébesitzer runzelte die Stirn, schaute blinzelnd zu den Arkaden hinauf und kratzte sich mit einem Finger unter der Mütze, jener obligaten Kopfbedeckung der Basken, die sie nur im Bett, im Sarg oder als Schiedsrichter beim *Rebot*-Spiel abnehmen. Nein, diesen Namen habe er noch nie gehört. Hel, sagen Sie? (Er konnte das *h* aussprechen, weil es ein baskischer Laut ist.) Vielleicht wisse seine Frau etwas. Er werde sie fragen. Ob Mademoiselle inzwischen eine Erfrischung wünsche? Sie bestellte Kaffee, der bitter war, stark und mehrmals aufgewärmt und in einer Blechkanne gebracht wurde, deren Gewicht zur Hälfte aus dem Lötzinn des Kesselflickers bestand, die aber trotzdem noch tropfte. Der Cafébesitzer schien diesen Umstand zu bedauern, ihn jedoch mit dumpfer Schicksalsergebenheit hinzunehmen. Er hoffe, sie habe sich an dem Kaffee, der ihr aufs Bein getropft sei, nicht verbrannt. Er sei nicht heiß genug, um sich daran zu verbrennen? Gut. Gut. Er verschwand im Hintergrund des Cafés, angeblich, um sich nach M. Hel zu erkundigen.

Das war vor einer Viertelstunde gewesen.

Mit vor Erschöpfung geweiteten Augen starrte Hannah auf den sonnenbeschienen Platz hinaus, der leer war bis auf ein paar verbeulte

Autos, zumeist *Deu'ches* mit '64er Nummernschildern, die achtlos jeweils dort abgestellt waren, wo ihre Fahrer gerade gehalten hatten.

Mit ohrenbetäubendem Motorenlärm, knirschender Gangschaltung und einer stinkenden Auspuffwolke bog ein riesiger deutscher Laster um die Ecke; zwischen ihm und den *crépi*-Fassaden der Häuser blieb kaum eine Handbreit Abstand. Schwitzend, am Lenkrad kurbelnd, gelang es dem Deutschen, das Monstrum mit zischenden Luftdruckbremsen auf den Platz zu manövrieren, wo er allerdings auf ein besonders hartnäckiges Hindernis stieß: Zwei Baskinnen beanspruchten stur die Straßenmitte und tauschten mit unbewegter Miene, nur aus den Mundwinkeln zischelnd, den neuesten Dorfklatsch aus. Sie waren mittleren Alters, schwerfällig und breit gebaut und stapften auf stämmigen, krummen Beinen einher, ohne sich von der Frustration und der Wut des Lkw-Fahrers beeindrucken zu lassen, der hinter ihnen herkriechen mußte, wobei er erbitterte Verwünschungen ausstieß und hilflos mit der Faust aufs Lenkrad hämmerte.

Hannah Stern jedoch hatte jetzt keinen Sinn für dieses bildhafte Beispiel franko-deutscher Beziehungen in der EG, außerdem tauchte eben der Cafébesitzer wieder auf; sein dreieckiges Baskengesicht strahlte.

»Ach so, M. Hel suchen Sie!« rief er aus.

»Das sagte ich.«

»Ja, wenn ich gewußt hätte, daß Sie M. *Hel* meinen...« Er hob die Schultern und breitete die Hände in einer Geste aus, die andeuten sollte, eine etwas klarere Ausdrucksweise von Hannahs Seite hätte ihnen beiden zweifellos viel Mühe erspart.

Dann beschrieb er ihr den Weg zum Château d'Etchebar: zuerst, von Tardets aus (das *r* gerollt, *t* und *s* mitgesprochen), über den *gave*, dann durch das Dorf Abense-de-Haut (fünf Silben, *h* und *t* mitgesprochen), weiter durch Lichans (ohne Nasallaut, *s* mitgesprochen), dann die rechte Abzweigung nehmen, die in die Berge führt; aber auf gar keinen Fall die linke, sonst käme sie nach Licq.

»Ist das weit?«

»Nein, nicht sehr weit. Aber Sie wollen doch gar nicht nach Licq.«

»Ich meine, nach Etchebar. Ist es weit nach Etchebar?« Erschöpft

und nervlich am Ende, fühlte sich Hannah der überaus schwierigen Aufgabe, von einem Basken eine einfache Information zu bekommen, nicht mehr gewachsen.
»Nein, nicht sehr weit. Von Lichans aus vielleicht noch zwei Kilometer.«
»Und wie weit ist es bis Lichans?«
Er zuckte die Achseln. »Von Abense-de-Haut ungefähr zwei Kilometer. Sie können es nicht verfehlen. Wenn Sie sich bei der Gabelung nicht links halten. Denn *dann* verfehlen Sie es bestimmt. Weil Sie nämlich dann nach Licq kommen, wissen Sie.«
Die alten *mousse*-Spieler hatten ihre Partie unterbrochen und sich, angelockt von der Unruhe, die diese ausländische Touristin auslöste, zu dem Cafébesitzer gesellt. Sie berieten kurz auf baskisch und wurden sich schließlich einig, daß die junge Dame wirklich nach Licq kommen würde, wenn sie die linke Abzweigung nähme. Doch Licq sei schließlich auch kein übler Ort. Gab es da nicht die berühmte Geschichte von der Brücke bei Licq, die mit Hilfe des kleinen Volkes aus den Bergen gebaut worden war, das dann ...
»Hören Sie!« flehte Hannah. »Könnte mich vielleicht jemand zum Château d'Etchebar fahren?«
Kurze Konferenz zwischen dem Cafébesitzer und den *mousse*-Spielern. Meinungsverschiedenheiten, ausführliche Erklärungen und Bekanntgabe von Standpunkten. Dann übermittelte der Cafébesitzer das gemeinsam erarbeitete Verdikt.
»Nein.«
Man hatte sich darüber geeinigt, daß die Shorts tragende junge Ausländerin mit ihrem Rucksack zu jener Gruppe sportlicher Touristen zu rechnen sei, die zwar meist sehr freundlich waren, aber nur sehr wenig Trinkgeld gaben. Daher fand sich niemand, der sie nach Etchebar fahren wollte, und einzig der älteste *mousse*-Spieler wäre bereit gewesen, auf ihre Großzügigkeit zu spekulieren, aber der besaß leider keinen Wagen. Und außerdem konnte er nicht fahren.
Seufzend griff Hannah nach ihrem Rucksack. Doch der Cafébesitzer erinnerte sie an die Tasse Kaffee, die sie getrunken hatte, und da fiel ihr wieder ein, daß sie kein französisches Geld besaß. Sie erklärte ihm die Sachlage mit komisch gespielter Zerknirschung, versuchte sich mit einem Lachen über die Absurdität der Situation hinwegzuretten. Er aber starrte unbeirrt auf die unbezahlte Tasse Kaffee und verharrte in vorwurfsvollem Schweigen. Die *mousse*-Spieler diskutierten diese

neue Wendung der Dinge lebhaft. Was? Diese Touristin bestellte sich Kaffee, ohne dafür bezahlen zu können? Vielleicht war das ein Fall für die Polizei!
Schließlich stieß der Cafébesitzer einen zitternden Seufzer aus und sah mit einem Blick voller Tragik in den feuchten Augen zu ihr empor. Wollte sie tatsächlich behaupten, sie habe nicht mal die zwei Francs für den Kaffee – vergessen wir das Trinkgeld vorläufig – bloß diese armseligen zwei Francs für den Kaffee? Hier ging es ums Prinzip. Schließlich hatte *er* den Kaffee ja auch bezahlt; und *er* mußte das Gas bezahlen, mit dem das Wasser heiß gemacht wurde; und alle paar Jahre mußte *er* den Kesselflicker bezahlen, der die Kanne reparierte. *Er* war ein Mann, der seine Schulden bezahlte. Im Gegensatz zu gewissen anderen Leuten.
Hannah schwankte zwischen Zorn und Lachen. Sie konnte nicht fassen, daß so viel Theater um zwei Francs gemacht wurde. (Sie ahnte nicht, daß eine Tasse Kaffee in Wirklichkeit nur *einen* Franc kostete.) Niemals zuvor war sie dieser spezifisch französischen Version des Geizes begegnet, bei der das Geld – die Münze an sich – im Mittelpunkt aller Erwägungen steht und wichtiger ist als Waren, Komfort und Würde. Ja, wichtiger als wirklicher Reichtum. Sie konnte nicht wissen, daß diese Dörfler, obwohl sie baskische Namen trugen, durch und durch französisch geworden waren unter dem korrodierenden kulturellen Druck von Rundfunk, Fernsehen und staatlich gelenktem Schulwesen, dieser Medien, in denen die moderne Geschichte so interpretiert wird, daß jenes vielzitierte nationale Analgetikum entsteht: *la vérité à la Cinquième République*.
Beherrscht von der Mentalität des *petit commerçant*, teilten diese bäuerlichen Basken die gallische Auffassung vom Erwerb, nach der das Vergnügen, einhundert Francs zu verdienen, nichts ist im Vergleich zu der unerträglichen Qual beim Verlust eines Centimes.
Der Cafébesitzer, der schließlich einsah, daß seine stumme Zurschaustellung von Schmerz und Enttäuschung die zwei Francs auch nicht herbeizaubern konnte, entschuldigte sich mit ironischer Höflichkeit bei dem jungen Mädchen und sagte, er komme sofort zurück.
Als er zwanzig Minuten später, nach einer erregten Konferenz mit seiner Frau im Hinterzimmer, wieder zum Vorschein kam, fragte er sie: »Ist M. Hel ein Freund von Ihnen?«
»Ja«, schwindelte Hannah, die sich nicht näher über den Zweck ihres Besuches auslassen wollte.

»Ach so! Nun ja, dann wird M. Hel wohl Ihre Schulden begleichen, falls Sie selber es nicht können.« Er riß ein Blatt von seinem Block, den eine Reklame der Firma Byrrh zierte, und schrieb etwas darauf; dann faltete er den Zettel zweimal und glättete die Falzstellen mit dem Daumennagel. »Bitte geben Sie das M. Hel«, sagte er kalt.
Jetzt wurde sein Blick nicht mehr von ihren Brüsten und Beinen abgelenkt. Es gibt Dinge im Leben, die wichtiger sind als ein Flirt.

Hannah wanderte schon über eine Stunde, über den Pont d'Abense und den glitzernden Gave de Saison, dann langsam hinauf in die baskischen Berge und eine schmale, von der Sonne aufgeweichte Teerstraße entlang, gesäumt von uralten Steinmauern voller Eidechsen, die davonhuschten, wenn sie sich näherte. Auf den Wiesen weideten Schafe, die Lämmer auf unsicheren Füßen neben den Müttern, und rotbraune *vaches de Pyrénées* im Schatten knorriger Apfelbäume sahen ihr mit unendlich sanften, unendlich dummen Augen nach. Runde, mit üppigem Farn bewachsene Hügel umgaben und schützten das enge Tal, und hinter den Hügelkuppen ragten die schneebedeckten Berge empor, deren wild zerklüftete Grate sich scharf gegen den weitgespannten blauen Himmel abzeichneten. Hoch oben schwebte auf einer Thermik ein Habicht, dessen wie Finger gespreizte Schwungfedern den Wind abtasteten, während er den Boden nach Beute absuchte.
Die Hitze braute ein verwirrendes Potpourri von Düften: der Sopran wilder Blumen mischte sich mit den Mitteltönen geschnittenen Grases und frischen Schafdungs, und alles wurde untermalt vom aufdringlichen Basso profundo des weichen Teers.
Vor Müdigkeit unempfänglich für Landschaft und Gerüche, trottete Hannah mit gesenktem Kopf dahin, ganz auf die Spitzen ihrer Wanderschuhe konzentriert. Ihr Geist, von der sensorischen Überlastung der letzten zehn Stunden geschockt, fand Zuflucht in einer Trübung des Bewußtseins. Sie wagte nicht nachzudenken, sich vorzustellen, sich zu erinnern; denn dort, unmittelbar hinter der Barriere des Hier-und-Jetzt, lauerten Bilder, die ihr wehtun würden, wenn sie sie hereinließe. Nur nicht denken. Einfach weitergehen und die Schuhspitzen fixieren. Das Ziel ist Château d'Etchebar. Das Ziel ist, Nikolai Hel zu finden. Darüber hinaus existiert nichts. An einer Weggabelung machte sie halt. Die Straße rechts stieg steil zu dem auf einem Hügel gelegenen Dorf Etchebar empor, und hinter der Gruppe

von Stein- und *crépi*-Häusern lugte zwischen großen Kiefern, umgeben von einer hohen Steinmauer, die ausladende Fassade eines Gebäudes hervor, in dem sie das Schloß vermutete.

Sie seufzte tief auf und marschierte weiter; ihre Müdigkeit war eins geworden mit dem sie schützenden emotionalen Dämmerzustand. Wenn sie nur noch das Schloß erreichte... Wenn sie nur zu Nikolai Hel gelangte... Zwei Bauersfrauen in schwarzen Kleidern unterbrachen ihren Schwatz über eine niedrige Steinmauer hinweg und musterten die junge Fremde mit unverhohlener Neugier und offenem Mißtrauen. Wo wollte sie hin, dieses Flittchen, das seine Beine zeigte? Zum Schloß? Ach ja, das erklärte alles! Seit dieser Fremde das Château gekauft hatte, tauchten hier alle möglichen seltsamen Gestalten auf! Zugegeben, M. Hel war kein übler Mensch. Im Gegenteil, ihre Männer hatten ihnen erzählt, daß die baskische Freiheitsbewegung ihn außerordentlich schätzte. Und doch – er war ein Fremder. Das war nicht abzustreiten. Er lebte erst seit vierzehn Jahren im Schloß, während alle anderen Dorfbewohner (dreiundneunzig an der Zahl) ihre Namen auf Dutzenden von Grabsteinen rings um die Kirche finden konnten, hier frisch in Pyrenäengranit geschnitten, dort kaum noch zu entziffern auf uralten Steinen, die von Wind und Regen in fünfhundert Jahren glatt geschliffen worden waren. Sieh nur! Das Flittchen hat nicht mal die Brüste geschnürt! Sie will, daß die Männer sie anstarren, das ist es! Wenn sie nicht aufpaßt, wird sie mit einem vaterlosen Kind dasitzen! Und wer wird sie dann noch heiraten wollen? Sie wird im Haus ihrer Schwester Gemüse putzen und Böden scheuern müssen. Und der Mann ihrer Schwester wird sie belästigen, wenn er getrunken hat. Und eines Tages, wenn die Schwester so hochschwanger ist, daß sie es nicht mehr tun kann, wird die da dem Ehemann nachgeben! Wahrscheinlich in der Scheune. So geht es immer. Und die Schwester wird davon erfahren, und dann wird sie die da aus dem Haus jagen! Wo soll sie dann hin? Sie wird nach Bayonne gehen und eine Hure werden, so wird es enden!

Eine dritte Frau gesellte sich zu ihnen. Wer ist denn das Mädchen, das seine Beine zeigt? Wir wissen nur, daß sie eine Hure aus Bayonne ist. Und nicht mal Baskin! Glaubst du, sie ist vielleicht Protestantin? Aber nein, so weit würde ich nun doch nicht gehen. Nur eine armselige *putain*, die mit dem Mann ihrer Schwester geschlafen hat. So geht es immer, wenn man sich die Brüste nicht schnürt.

Ja, ja.

Als Hannah an ihnen vorbeikam, blickte sie auf und bemerkte die drei Frauen. »*Bonjour, mesdames*«, grüßte sie höflich.
»*Bonjour, mademoiselle*«, antworteten sie im Chor und zeigten ihr offenes baskisches Lächeln. »Machen Sie einen Spaziergang?« fragte die eine.
»Ja, Madame.«
»Wie schön! Sie haben's gut, daß Sie so viel Zeit haben.«
Ein Rippenstoß, der sofort erwidert wurde. Wie gewagt und gescheit, *es* beinahe offen auszusprechen!
»Suchen Sie das Château, Mademoiselle?«
»Ja.«
»Gehen Sie nur geradeaus weiter, dann finden Sie, was Sie suchen.«
Ein neuerlicher Rippenstoß, und eine prompte Antwort. Es war gefährlich, aber so köstlich aufregend, *es* beinahe offen auszusprechen!
Hannah stand vor dem schweren Eisentor. Kein Mensch war zu sehen, und es gab anscheinend keine Möglichkeit, zu klopfen oder zu klingeln. Das Schloß lag etwa hundert Meter weit zurück, am Ende einer langen gewundenen Allee. Gerade hatte sie sich entschlossen, es an einer der kleinen Pforten ein Stück weiter die Straße entlang zu versuchen, da fragte hinter ihr eine heisere Stimme: »Mademoiselle?«
Sie kehrte ans große Tor zurück, durch dessen Gitterstäbe ein alter Gärtner in blauer Arbeitsschürze sie prüfend musterte. »Ich möchte zu M. Hel«, erklärte sie.
»Ja«, antwortete der Gärtner mit jenem eingeatmeten *oui*, das nahezu alles bedeuten kann, nur nicht ja. Er hieß sie warten und verschwand zwischen den Alleebäumen. Kurz darauf hörte sie die Angeln eines Seitentors quietschen, und er winkte ihr mit einer ausholenden Armbewegung und einer tiefen Verbeugung, die ihn beinahe das Gleichgewicht gekostet hätte. Als sie an ihm vorbeiging, merkte sie, daß er angetrunken war. Tatsächlich war Pierre nie richtig betrunken. Aber er war auch nie völlig nüchtern. Die in regelmäßigen Abständen genossenen zwölf Glas Rotwein pro Tag bewahrten ihn vor beiden Exzessen.
Pierre wies ihr den Weg, begleitete sie aber nicht zum Haus, sondern kehrte an seine Arbeit zurück. Er beschnitt eine Buchsbaumhecke, die ein künstliches Labyrinth bildete. Pierre arbeitete niemals hastig,

aber er scheute die Arbeit auch nicht, unterbrach, belebte und verwischte er sich doch seinen Tag ungefähr alle halbe Stunde durch ein Glas Roten.
Hannah hörte das Klipp-Klapp der Heckenschere, das immer leiser wurde, je weiter sie die Allee zwischen den hohen, blaugrünen Zedern entlangschritt, deren tief herabhängende Äste ihr trauernd zuwinkten und mit wiegenden, rhythmischen Bewegungen die Schatten streiften. Ein leichter Wind flüsterte hoch in den Wipfeln wie die Flut über den Strand, und die tiefen Schatten spendeten Kühle. Sie fröstelte. Ihr war schwindlig nach dem langen Marsch, denn sie hatte den ganzen Tag nichts zu sich genommen als jenen Kaffee. Ihre Empfindungen waren zuerst vor Angst erstarrt und dann vor Verzweiflung zerschmolzen. Erstarrt, dann zerschmolzen. Die Wirklichkeit drohte ihr zu entgleiten.
Als sie den Fuß einer Marmorfreitreppe erreichte, die zur Terrasse emporführte, hielt sie inne, unsicher, ob sie sich weiter vorwagen solle.
»Kann ich Ihnen helfen?« erkundigte sich eine Frauenstimme von oben. Die Hand über die Augen gelegt, blinzelte Hannah zu der sonnenbeschienenen Terrasse hinauf. »Hallo! Ich bin Hannah Stern.«
»Kommen Sie nur herauf, Hannah Stern.« Da die Frau die Sonne im Rücken hatte, konnte Hannah ihr Gesicht nicht erkennen, nach ihrer Kleidung und ihren Bewegungen jedoch schien sie Asiatin zu sein, obwohl ihre weiche, modulierte Stimme nichts von dem stereotypen Zwitschern der Asiatinnen hatte. »Das ist einer jener Zufälle, die angeblich Glück bringen. Mein Name ist nämlich Hana – beinahe genau wie der Ihre. Auf japanisch heißt *hana* Blume. Und was bedeutet Hannah in Ihrer Sprache? Wahrscheinlich gar nichts, wie so viele westliche Namen. Wie schön, daß Sie gerade zur Teezeit kommen!«
Sie reichten sich nach europäischer Art die Hand, und Hannah staunte über die stille Schönheit dieser Frau, die sie mit einer Mischung aus Freundlichkeit und Humor zu mustern schien und deren Verhalten Hannah ein seltsames Gefühl des Beschütztseins und der Ruhe verlieh. Als sie nebeneinander über die breite, plattenbelegte Terrasse auf das Haus mit seiner klassischen Fassade und den vier *porte-fenêtres* zu beiden Seiten des Hauptportals zugingen, wählte die Frau die schönste Blüte aus dem Strauß, den sie geschnit-

ten hatte, und überreichte sie Hannah mit einer Geste, die ebenso spontan wie liebenswürdig wirkte. »Ich muß nur die Blumen ins Wasser stellen«, sagte sie. »Dann trinken wir Tee. Sind Sie eine Freundin von Nikolai?«

»Nein, eigentlich nicht. Mein Onkel war mit ihm befreundet.«

»Und Sie besuchen ihn auf Ihrer Reise. Wie reizend von Ihnen!« Sie öffnete die Glastüren, und sie betraten einen hellen Salon, wo auf einem niedrigen Tischchen vor einem Marmorkamin mit Kupferschirm der Tee bereitstand. Bei ihrem Kommen schloß sich im Hintergrund behutsam eine Tür. Während der wenigen Tage, die sie im Château d'Etchebar verbringen sollte, sah und hörte Hannah kein einziges Mal mehr von der Dienerschaft als Türen, die geschlossen wurden, sobald sie eintrat, lautlose Schritte am anderen Ende des Korridors oder das unbemerkte Erscheinen von Kaffee oder Blumen auf ihrem Nachttisch. Die Mahlzeiten wurden so vorbereitet, daß die Hausherrin sie persönlich servieren konnte. Eine Gelegenheit für sie, Gastfreundschaft und Fürsorge zu beweisen.

»Ihren Rucksack lassen Sie einfach dort in der Ecke stehen, Hannah«, sagte die Frau. »Und würden Sie bitte so gut sein und den Tee einschenken, während ich die Blumen in eine Vase stelle?«

Mit dem Sonnenlicht, das durch die Terrassentür hereinflutete, den mattblauen Wänden, den vergoldeten Zierleisten, den Möbeln – einer Mischung aus Louis-XV.-Stil und orientalischer Einlegearbeit –, mit dem Dampf, der sich aus der Teekanne durch einen Sonnenstrahl emporringelte und den Spiegeln überall, die aufhellten, reflektierten, verdoppelten, verdreifachten – mit all dem gehörte dieser Salon in eine andere Welt als jene, in der junge Männer auf Flughäfen erschossen wurden. Als Hannah aus einer silbernen Kanne Tee in Limogesporzellan mit leicht chinesischem Einschlag füllte, wurde sie von einem Schwindelgefühl erfaßt. Zuviel war in diesen letzten Stunden geschehen. Sie fürchtete ohnmächtig zu werden.

Ohne besonderen Grund erinnerte sie sich an das Gefühl der Orientierungslosigkeit, das sie als Kind in der Schule bisweilen gehabt hatte... Es war Sommer, sie langweilte sich, und ringsumher summten die leisen Geräusche der Außenwelt. Sie starrte ins Leere, bis die Gegenstände vor ihren Augen verschwammen. Und fragte sich: »Bin ich ich? Bin ich hier? Bin ich das wirklich, die diese Gedanken denkt? Ich? Ich selbst?«

Und als sie jetzt die graziösen, sicheren Bewegungen dieser schlanken

Asiatin beobachtete, die zurücktrat, um ihr Blumenarrangement zu mustern und hier und da eine kleine Korrektur anzubringen, versuchte Hannah verzweifelt, einen Halt in dieser Flut von Konfusion und Erschöpfung zu finden, die sie fortzuschwemmen drohte.
Wie seltsam, dachte sie. Von allem, was heute geschehen war: dem entsetzlichen Überfall auf dem Flughafen, dem traumähnlichen Flug nach Pau, dem anzüglichen Gerede der Fahrer, die sie mitgenommen hatten, dem idiotischen Cafébesitzer in Tardets, dem langen Marsch über die flimmernde Straße nach Etchebar – von all den Bildern hatte sich ihr am tiefsten der Weg durch die zederngesäumte Allee eingeprägt, das Frösteln in den tiefen Schatten, als der Wind wie Meeresrauschen durch die Baumwipfel strich. Es war eine andere Welt. Eine fremdartige.
War es denn möglich, daß sie hier saß und Tee in Limogestassen füllte, hier, wo sie in ihren engen Wandershorts und den schweren, eisenbeschlagenen Schuhen wahrscheinlich wie ein ausgemachter Tolpatsch wirkte?
War es wirklich erst wenige Stunden her, daß sie wie betäubt an dem alten Mann vorübergegangen war, der auf dem Fußboden im Rome International gesessen hatte? »Verzeihung«, hatte sie idiotischerweise zu ihm gesagt.
»Verzeihung«, sagte sie auch jetzt. Die schöne Frau hatte eine Bemerkung gemacht, die nicht durch die Schichten ihrer Gedanken und Depressionen gedrungen war.
Lächelnd nahm die Frau neben ihr Platz. »Ich sagte, es ist wirklich sehr schade, daß Nikolai im Moment nicht hier ist. Er ist seit einigen Tagen in den Bergen und kriecht in seinen geliebten Höhlen herum. Schreckliches Hobby! Aber ich erwarte ihn heute abend oder morgen früh zurück. So haben Sie Zeit genug, zu baden und vielleicht auch ein bißchen zu schlafen. Das wäre doch schön, nicht wahr, Hannah?«
Der Gedanke an ein heißes Bad und kühle Laken erschien Hannah wunderbar verlockend.
Die Frau zog lächelnd ihren Sessel näher an das Marmortischchen heran. »Wie nehmen Sie Ihren Tee?« Ihr Blick war offen und ruhig. Der Schnitt ihrer Augen war asiatisch, doch sie waren von haselnußbrauner Farbe mit goldenen Tupfen. Es gelang Hannah nicht, die Rasse zu erraten, der sie angehörte. Ihre Bewegungen waren eindeutig orientalisch, graziös und beherrscht; ihre Haut aber hatte die Farbe von *café au lait,* und der Körper in dem hochgeschlossenen Kleid aus

grüner chinesischer Seide verriet an Busen und Hüften unverwechselbar afrikanische Züge. Mund und Nase dagegen wirkten europäisch. Und ihre Stimme, genau wie ihr Lachen, klang kultiviert, leise und weich, als sie jetzt sagte: »Ja, ja, ich weiß. Es ist verwirrend.«
»Wie bitte?« Hannah empfand es als sehr peinlich, daß ihre Gedanken so leicht zu erraten waren.
»Ich bin das, was freundliche Menschen als ›Kosmopolitin‹, andere dagegen wohl eher als ›Promenadenmischung‹ bezeichnen. Meine Mutter war Japanerin, mein Vater anscheinend ein amerikanischer Mulatte, ein Soldat. Ich habe nie das Vergnügen gehabt, seine Bekanntschaft zu machen. Nehmen Sie Milch?«
»Wie bitte?«
»In den Tee.« Hana lächelte. »Möchten Sie lieber englisch sprechen?« fuhr sie in dieser Sprache fort.
»Offen gestanden, ja«, gab Hannah ebenfalls auf englisch zu, allerdings mit amerikanischem Akzent.
»Das habe ich mir gedacht, als ich Ihre Aussprache hörte. Also gut, sprechen wir englisch. Nikolai spricht es hier nur selten, und ich fürchte, daß mein Englisch allmählich einrostet.« In Wahrheit hatte sie einen kaum wahrnehmbaren Akzent; keine falsche Aussprache, sondern nur eine ganz leichte Überakzentuierung des britischen Englisch. Möglich, daß ihr Französisch ebenfalls nicht ganz akzentfrei war, aber das konnte Hannah mit ihrem ausländischen Ohr nicht feststellen.
Doch etwas anderes fiel ihr auf. »Es ist ja für zwei gedeckt! Haben Sie mich erwartet, Mrs. Hel?«
»Bitte, nennen Sie mich Hana. Ja, ich habe Sie erwartet. Der Mann aus dem Café in Tardets rief an und fragte, ob er Ihnen den Weg hierher beschreiben dürfe. Einen zweiten Anruf erhielt ich, als Sie durch Abense-de-Haut kamen, und einen dritten aus Lichans.« Hana lächelte fröhlich auf. »Nikolai genießt hier jeden erdenklichen Schutz. Er hält nicht viel von Überraschungen.«
»Warten Sie, da fällt mir ein ... Ich habe ja eine Nachricht für Sie.« Hannah zog den Zettel aus der Tasche, den ihr der Cafébesitzer mitgegeben hatte.
Hana faltete ihn auseinander, warf einen Blick darauf und lachte mit ihrer weichen Mollstimme. »Eine Rechnung. Und genau detailliert. Ach, diese Franzosen! Ein Franc für das Telefongespräch. Ein Franc für Ihren Kaffee. Und dazu noch weitere anderthalb Francs – das

Trinkgeld, das Sie seiner Schätzung nach gegeben hätten. Himmel, wir haben ein gutes Geschäft gemacht! Für nur dreieinhalb Francs haben wir das Vergnügen Ihrer Gesellschaft!« Lachend legte sie die Rechnung beiseite. Dann berührte sie Hannahs Arm mit ihrer warmen, trockenen Hand. »Mein Kind? Ich glaube, Sie merken gar nicht, daß Sie weinen.«

»Wie bitte?« Hannah hob die Hand an die Wange. Sie war naß von Tränen. Großer Gott, wie lange weinte sie wohl schon? »Verzeihung. Es ist nur... Heute morgen wurden meine Freunde... Ich muß unbedingt Mr. Hel sprechen!«

»Ich weiß, mein Kind, ich weiß. Aber jetzt trinken Sie zuerst mal Ihren Tee. Ich habe etwas hineingetan, das Ihnen Ruhe verschaffen wird. Anschließend zeige ich Ihnen Ihr Zimmer, wo Sie baden und sich ausschlafen können. Damit Sie frisch und schön aussehen, wenn Nikolai kommt. Ihren Rucksack können Sie hierlassen. Eines der Mädchen wird sich darum kümmern.«

»Ich möchte Ihnen aber noch erklären...«

Doch Hana hob abwehrend die Hand. »Erklärungen können Sie Nikolai geben. Und er sagt mir dann so viel, wie er für richtig hält.«

Als Hannah ihrer Gastgeberin die breite Marmortreppe hinauf folgte, die von der Halle nach oben führte, schluchzte sie immer noch und kam sich vor wie ein kleines Kind. Aber sie spürte, wie sich ein sanfter Friede in ihr ausbreitete. Was immer in dem Tee gewesen war, es nahm ihren Erinnerungen den Schmerz und schwemmte sie weit, weit fort. »Sie sind sehr liebenswürdig, Mrs. Hel«, sagte sie aufrichtig.

Hana antwortete mit leisem Lachen: »Nennen Sie mich doch bitte Hana. Wissen Sie, ich bin nämlich nicht Nikolais Frau. Ich bin seine Konkubine.«

WASHINGTON

Die Lifttüren öffneten sich lautlos, und Diamond betrat vor Miß Swivven die ganz in Weiß gehaltene Arbeitsflucht im fünfzehnten Stock.

»... und bitte mir aus, daß sie spätestens zehn Minuten nach der Aufforderung hier sind: Starr, der Deputy und dieser... dieser Araber. Haben Sie das?«

»Ja, Sir.« Miß Swivven begann sich unverzüglich in ihr Zimmerchen, wo sie alles Nötige veranlaßte, während der Erste Assistent sich von seinem Platz an der Konsole erhob.
»Ich habe Asa Sterns Kontakte ersten Grades, Sir. Sie kommen gerade herein.« Er empfand berechtigten Stolz. Es gab höchstens zehn Personen auf der Welt mit der Fähigkeit, aus Fat Boy eine auf so amorphen emotionalen Beziehungen beruhende Liste herauszuholen.
»Geben Sie mir ein Tisch-RP«, befahl Diamond und setzte sich in seinen Drehsessel am Kopf des Konferenztisches.
»Kommt sofort. Hoppla! Eine Sekunde noch, Sir. Die Liste ist um hundertachtzig Grad invertiert. Ich werde sie sofort umkehren.«
Es war typisch für die Unfähigkeit des Computers, zwischen Liebe und Haß, Zuneigung und Erpressung, Freundschaft und Schmarotzertum zu unterscheiden, daß eine nach solchen emotionalen Rubriken geordnete Liste in fünfzig Prozent der Fälle invertiert herauskam. Der Erste Assistent hatte diese Gefahr vorausgesehen und der Liste die Namen Maurice Herzog und Heinrich Himmler (beide unter H) hinzugefügt. Als der Ausdruck angab, Himmler sei von Asa Stern zutiefst bewundert, Herzog dagegen verabscheut worden, wagte der Erste Assistent die Vermutung, Fat Boy habe eine Kehrtwendung gemacht.
»Es ist doch hoffentlich keine bloße Aufzählung, wie?« erkundigte sich Diamond.
»Nein, Sir. Ich habe Punktdaten verlangt. Nur die markantesten Fakten zu jedem Namen, damit eine exakte Identifizierung ermöglicht wird.«
»Llewellyn, Sie sind ein verdammtes Genie.«
Der Erste Assistent nickte zerstreut, während er zusah, wie die Liste in IBM-Groteskschrift über den Bildschirm kroch.

STERN, DAVID
VERBINDUNG GLEICH SOHN . . . KARTE WEISS . . . STUDENT, AMATEURSPORTLER . . . GETÖTET 1972 sub MÜNCHNER OLYMPIADE . . .
STERN, JUDITH
VERBINDUNG GLEICH EHEFRAU . . . KARTE ROSA . . . WISSENSCHAFTLERIN, FORSCHERIN . . . GESTORBEN 1956 sub NATÜRLICHE URSACHE . . .

ROTHMANN, MOISHE
VERBINDUNG GLEICH FREUND ... KARTE WEISS ... PHILOSOPH, DICHTER ... GESTORBEN 1958 sub NATÜRLICHE URSACHE ...
KAUFMANN, S. L.
VERBINDUNG GLEICH FREUND ... KARTE ROT ... POLITISCHER AKTIVIST ... IM RUHESTAND ...
HEL, NIKOLAI ALEXANDROWITSCH
VERBINDUNG GLEICH FREUND ...

»Stop!« befahl Diamond. »Anhalten!«
Der Erste Assistent überflog die unmittelbar folgenden Informationen. »Allmächtiger!«
Diamond lehnte sich im Sessel zurück und schloß die Augen. Wenn die CIA was verpatzt, dann tut sie's gleich im großen Stil! »Nikolai Hel«, sagte Diamond tonlos.
»Sir?« fragte der Erste Assistent behutsam; unwillkürlich mußte er an den uralten Brauch denken, den Überbringer schlechter Nachrichten hinrichten zu lassen. »Dieser Nikolai Hel hat eine *violette* Karte.«
»Ich weiß ... Ich weiß.«
»Äh ... Sie wünschen wahrscheinlich einen kompletten Pull und Printout über Hel, Nikolai Alexandrowitsch, Sir?« erkundigte sich der Erste Assistent beinahe entschuldigend.
»Ja.« Diamond erhob sich und trat an das große Fenster, vor dem das angestrahlte Washington-Monument sich vom dunklen Nachthimmel abhob, während mehrere Doppelreihen von Autoscheinwerfern die Avenue entlang auf die Stadtmitte zukrochen – die gleichen Autoschlangen, die jeden Abend um diese Zeit hier entlangrollten. »Sie werden feststellen, daß der Pull erstaunlich mager ausfällt.«
»Mager, Sir? Bei einer violetten Karte?«
»Bei *dieser* violetten Karte.«
Nach dem Farbcodiersystem kennzeichneten violette Lochkarten die am schwersten faßbaren, vom Standpunkt der Muttergesellschaft her gefährlichsten Personen: jene, die ohne nationalistische oder ideologische Motivation arbeiteten, freiberufliche Agenten und Killer, die durch keinen auf ihre Regierung ausgeübten Druck unter Kontrolle gebracht werden konnten, jene, die für beide Seiten töteten.
Ursprünglich war das Farbcodiersystem für Fat Boy eingeführt worden, um hervorstechende Merkmale privater oder beruflicher Natur bei einer Person auf den ersten Blick kenntlich zu machen. Doch Fat

Boys naturbedingte Unfähigkeit, mit Abstraktionen und Nuancen zu arbeiten, stellte den Nutzwert dieses Systems von Anfang an in Frage. Das Problem erwuchs aus dem Umstand, daß Fat Boy nach bestimmten Inputprinzipien selbständig farbcodieren konnte.

Das erste dieser Prinzipien ging davon aus, daß nur Personen, die eine erwiesene oder potentielle Gefahr für die Muttergesellschaft und die von ihr kontrollierten Regierungen darstellten, mit farbcodierten Karten gekennzeichnet wurden, während alle anderen eine weiße Karte erhielten. Ein zweites Prinzip war, daß zwischen der Kartenfarbe und der Natur der weltanschaulichen Bindungen der jeweiligen Person eine symbolische Beziehung bestehen mußte. In seiner simpelsten Form funktionierte dieses Prinzip auch einwandfrei: Linke Agitatoren und Terroristen waren durch rote Karten gekennzeichnet, rechte Politiker und Aktivisten bekamen blaue, Sympathisanten mit der Linken rosafarbene, Helfershelfer der Ultrakonservativen hellblaue Karten. (Vorübergehend waren überzeugten Liberalen, dem politischen Symbolismus der Briten entsprechend, gelbe Karten zugeteilt worden, doch als Fat Boy die Möglichkeit wirksamer Aktionen von seiten der Liberalen errechnet hatte, erhielten sie wieder weiße Karten, das Kennzeichen politischer Machtlosigkeit.)

Das System der Farbcodierung erregte Kritik, als es auf kompliziertere Probleme angewandt wurde. Aktive Helfer der Provisorischen IRA und der verschiedenen Abwehrorganisationen von Ulster zum Beispiel bekamen aufs Geratewohl grüne oder orangefarbene Karten zugeteilt, denn Fat Boys Auffassung von Taktik, Philosophie und Effektivität der beiden Gruppen hatte zur Folge, daß er sie nicht unterscheiden konnte.

Ein weiteres schwerwiegendes Problem ergab sich aus Fat Boys blinder Logik bei der Zuteilung der verschiedenen Farben. Um zwischen chinesischen und europäischen kommunistischen Agenten unterscheiden zu können, erhielten die Chinesen gelbe Karten, die ihrer Herrschaft unterstehenden Europäer dagegen eine Mischung aus Rot und Gelb, woraus sich orangefarbene Karten ergaben – die aber waren identisch mit denen für die Nordiren. Solche willkürlichen Praktiken führten zu lästigen Mißverständnissen, zu denen unter anderem Fat Boys beharrliche Behauptung gehörte, Ian Paisley sei Albanier.

Der gravierendste Fehler in diesem Zusammenhang betraf die afrikanischen Nationalisten und die aktiven Amerikaner der Black-Power-

Bewegung. Mit einer gewissen rassischen Logik wurden beiden Gruppen schwarze Karten zugeteilt.

So konnten sie monatelang ungestört arbeiten, ohne von der Muttergesellschaft und ihren Filialen in den Regierungen beobachtet oder behindert zu werden, weil nämlich schwarze Schrift auf schwarzem Grund kaum zu entziffern ist.

Unter großem Bedauern wurde daher beschlossen, das Farbcodierungssystem aufzugeben – trotz der Millionen Dollar amerikanischer Steuergelder, die in das Projekt schon investiert worden waren.

Doch es ist leichter, Fat Boy ein System einzugeben, als es wieder zu löschen, denn SEIN Gedächtnis ist grenzenlos, und SEIN Beharren auf linearer Logik unerschütterlich. Daher blieb die Farbcodierung in rudimentärer Form erhalten. Die Agenten der Linken waren noch immer mit roten und rosafarbenen Karten gekennzeichnet, während Kryptofaschisten wie die Mitglieder des Ku-Klux-Klan blaue und die Angehörigen der American Legion hellblaue Karten hatten. Den Gesetzen der Logik folgend, wurden jene Personen, die für beide Seiten arbeiteten, mittels einer purpurfarbenen Karte identifiziert, doch Fat Boy hatte SEIN Problem mit den Plack-Power-Aktivisten nicht vergessen und mischte das Purpur mit Grau, bis es zu Violett wurde.

Im übrigen reservierte Fat Boy die violetten Karten für Personen, deren Spezialgebiet das Töten war.

Der Erste Assistent blickte fragend von seiner Konsole auf. »Äh ... Ich weiß nicht, was hier los ist, Sir. Fat Boy sendet fortwährend Statement/Korrektur/Statement/Korrektur-Schemata. Selbst bei den einfachsten Informationen stimmen seine verschiedenen Inputquellen nicht überein. Wir haben Altersangaben für Nikolai Hel von siebenundvierzig bis zweiundfünfzig. Und sehen Sie sich das an! Bei der Nationalität können wir zwischen russisch, deutsch, chinesisch, japanisch, französisch und costaricanisch wählen. Costaricanisch, Sir?«

»Die beiden letzten Auskünfte sind auf seine Pässe zurückzuführen; er besitzt einen französischen und einen costaricanischen Paß. Im Moment lebt er in Frankreich – jedenfalls war er vor kurzem noch dort. Die anderen Nationalitäten haben mit seiner Abstammung, seinem Geburtsort und seinen wichtigsten kulturellen Bezugspunkten zu tun.«

»Und was ist seine wahre Nationalität?«

Mr. Diamond fuhr fort, zum Fenster hinauszustarren. »Keine.«

»Sie scheinen einiges über den Mann zu wissen, Sir.« Der Ton des

Ersten Assistenten klang forschend, doch vorsichtig. Er war neugierig, andererseits aber auch zu klug, um Fragen zu stellen.
Eine Weile gab Diamond keine Antwort. Dann: »Ja«, sagte er. »Ich weiß einiges über ihn.« Er wandte sich vom Fenster ab und ließ sich schwer in seinen Schreibtischsessel sinken. »Machen Sie weiter mit den Nachforschungen. Graben Sie alles aus, was Sie finden können. Das meiste davon wird widersprüchlich, vage oder einfach falsch sein, aber wir müssen alles in Erfahrung bringen, was über ihn bekannt ist.«
»Dann glauben Sie, daß dieser Nikolai Hel etwas mit unserem Fall zu tun hat?«
»Bei unserem Pech? Höchstwahrscheinlich.«
»Inwiefern, Sir?«
»Das weiß ich nicht! Machen Sie weiter.«
»Jawohl, Sir.« Der Erste Assistent rief die nächsten Daten ab. »Äh... Sir? Wir haben hier drei in Frage kommende Geburtsorte für ihn.«
»Shanghai.«
»Sind Sie sicher, Sir?«
»Ja!« Und nach einer Pause: »Das heißt, relativ sicher.«

SHANGHAI

Wie gewöhnlich um diese Jahreszeit werden von See her kühle Abendwinde über die Stadt hin bis auf die warme Landmasse von China getrieben; und die Gardinen vor den Glastüren auf der Veranda der großen Villa in der Avenue Joffre in der französischen Niederlassung bauschen sich in der Brise.
General Kishikawa Takashi nimmt einen Go-Stein aus der Lackschale, dem *ke*, und hält ihn lässig zwischen der Spitze des Mittel- und dem Nagel des Zeigefingers. Einige Minuten vergehen schweigend, doch seine Gedanken sind nicht beim Spiel, das sich in der hundertsechsundsiebzigsten Phase befindet und anfängt, sich auf das Unvermeidliche hin zu konkretisieren. Der Blick des Generals ruht auf seinem Gegner, der seinerseits ganz in die Muster aus schwarzen und weißen Steinen auf dem mattgelben Brett vertieft ist. Kishikawa-san hat beschlossen, den Jungen nach Japan zu schicken und ihm diese Entscheidung noch heute abend mitzuteilen. Aber nicht gleich. Das

würde den Genuß an der Partie stören, und das wäre recht rücksichtslos, weil nämlich der Junge zum erstenmal gewinnt.
Die Sonne ist hinter der französischen Niederlassung über dem chinesischen Festland untergegangen. Innerhalb der alten Stadtmauern sind die Laternen entzündet worden, und der Geruch zahlloser Abendmahlzeiten erfüllt das Gewirr der engen Straßen. Auf dem Huangpu und dem Sutschou-Creek schimmern die matten Lichter der Wohnsampans, und alte Frauen mit an den Knöcheln zusammengebundenen Hosen schichten Steine auf, um die Kochfeuer in der Waage zu halten, denn der Wasserstand des Flusses ist niedrig, und die Sampans, deren Holzbäuche im gelben Schlamm stecken, haben sich auf die Seite gelegt. Menschen, die sich zum Abendessen verspätet haben, trotten über die Stealing-Hen-Brücke. Ein berufsmäßiger Briefschreiber schwingt nachlässig den Pinsel, denn er möchte sein Tagewerk beenden, und das junge Mädchen, für das er nach einer seiner »Sechzehn Niemals Versagenden Formeln« einen Liebesbrief konzipiert, ist Analphabetin und wird seine kalligraphische Nachlässigkeit nicht bemerken. Der Bund, diese Prachtstraße voll imposanter Handelshäuser und Hotels, prunkvolles Symbol kaiserlicher Macht und Selbstsicherheit, liegt schweigend im Dunkeln, denn die britischen *taipans* sind geflohen; die »North China Daily News« druckt keinen Klatsch, keine salbungsvollen Ermahnungen, keine höflichen Kommentare zur Weltlage mehr. Selbst das Sasson House, die eleganteste Fassade am Bund, erbaut vom Profit des Opiumhandels, ist zum profanen Hauptquartier der Besatzungsmacht herabgewürdigt worden. Die habgierigen Franzosen, die überheblichen Briten, die großspurigen Deutschen, die opportunistischen Amerikaner – sie alle sind fort. Shanghai befindet sich in der Gewalt der Japaner.
General Kishikawa sinniert über die unheimliche Ähnlichkeit zwischen dem jungen Mann ihm gegenüber und dessen Mutter: beinahe, als hätte Alexandra Iwanowna ihren Sohn parthenogenetisch hervorgebracht – ein Kunststück, das jene, die ihre überwältigende gesellschaftliche Glanzzeit erlebt hatten, ihr durchaus zugetraut hätten. Der junge Mann besitzt das gleiche kantige Kinn wie sie, die gleiche breite Stirn, die gleichen hohen Wangenknochen und die gleiche aristokratische Nase, der jener Fluch aller slawischen Gesichtszüge, dem Gesprächspartner das Gefühl zu verleihen, sie blickten in die Zwillingsmündung einer Schrotflinte, erspart geblieben ist. Faszinie-

render als alles übrige jedoch findet Kishikawa-san den Vergleich zwischen den Augen des Jungen und denen der Mutter. Da sind Ähnlichkeiten und Kontraste. Äußerlich gleichen sich beider Augen genau: sie sind groß, tiefliegend und von jenem erstaunlichen Flaschengrün, das der Familie der Gräfin eigen ist. Die krassen Gegensätze der Persönlichkeiten von Mutter und Sohn jedoch manifestieren sich in der Bestimmtheit und Intensität, der Weichheit und Härte der Blicke aus diesen eisenkieselfarbenen Augen. Während der Blick der Mutter bezauberte, ist der des Sohnes kühl. Während die Mutter ihre Augen benutzte, um Menschen zu fesseln, gebraucht der Junge die seinen, um sie zu übersehen. Was in ihrem Blick Koketterie war, ist in dem seinen Arroganz. Das Licht, das aus ihren Augen strahlte, ist in den seinen still und nach innen gekehrt. Ihre Augen verrieten Humor; die seinen Geist. Sie bezauberte; er beunruhigte.
Alexandra Iwanowna war eine Egozentrikerin; Nikolai ist ein Egoist.
Obwohl das asiatische Bezugssystem des Generals es nicht verzeichnet, sieht Nikolai nach westlichen Kriterien sehr jung für seine fünfzehn Jahre aus. Nur die Kälte seiner allzu grünen Augen und ein energischer Zug um den Mund verhindern, daß sein Gesicht für einen Mann zu zart, zu fein geschnitten wirkt. Ein gewisses Unbehagen über seine auffallende Schönheit veranlaßte Nikolai, sich von klein auf mit den härtesten Kampfsportarten zu befassen. Er übte sich im klassischen, eher altmodischen Jiu-Jitsu und spielte im internationalen Team gegen die Söhne der britischen *taipans* Rugby mit einer Wildheit, die an Brutalität grenzte. Obwohl Nikolai um das steife Ritual von Fair play und Sportsgeist wußte, mit dem sich die Briten vor einer ernsthaften Niederlage schützen, zog er die Verantwortung des Sieges dem Trost, mit Anstand verlieren zu können, entschieden vor. Im Grunde jedoch lagen ihm Mannschaftssportarten nicht, und er gewann oder verlor lieber aufgrund seiner eigenen Geschicklichkeit und Härte. Und seine emotionale Härte war so groß, daß er eigentlich immer gewann – mit schierer Willenskraft.

Alexandra Iwanowna gewann praktisch auch immer, aber nicht mit Willenskraft, sondern aus angestammtem Recht. Als sie im Herbst 1922 mit einem erstaunlichen Berg Gepäck, doch offensichtlich mittellos in Shanghai auftauchte, verließ sie sich darauf, daß ihre frühere gesellschaftliche Position in St. Petersburg ihr eine führende

Stellung in der wachsenden Gemeinde vertriebener Weißrussen sichern werde, die übrigens von den herrschenden Briten nicht etwa deshalb so genannt wurden, weil sie aus Bjelorußland kamen, sondern weil sie eindeutig nicht »rot« waren. Unverzüglich schuf sie sich einen Hofstaat von Bewunderern, zu denen die interessantesten Männer der Kolonie gehörten. Um Alexandra Iwanownas Interesse zu erregen, mußte man reich, gutaussehend oder geistreich sein; und es bereitete ihr ein immerwährendes Ärgernis, daß sie nur höchst selten zwei dieser Eigenschaften in einem Mann vereint fand, und alle drei in keinem einzigen.

In ihrem engeren Kreis gab es außer ihr keine Frauen, denn die Gräfin fand Frauen langweilig und hielt sie außerdem für überflüssig, da sie allein den Verstand und die Aufmerksamkeit von einem Dutzend Männern auf einmal zu beschäftigen vermochte und für eine Soirée-Atmosphäre sorgte, die geistreich, flott und um genau die richtige Spur *risqué* war. Aus Rache erklärten die unerwünschten Damen der internationalen Kolonie, daß nichts auf der Welt sie dazu bringen könnte, sich mit der Gräfin in der Öffentlichkeit sehen zu lassen, und wünschten nichts sehnlicher, als daß ihre Ehemänner und Verlobten dieses edle Gefühl für Anstand und Sitte teilen möchten. Mit verstohlenem Achselzucken, vielsagendem Räuspern und geschürzten Lippen deuteten diese Damen an, daß sie einen kausalen Zusammenhang zwischen zwei gesellschaftlichen Paradoxien vermuteten: zwischen dem Umstand nämlich, daß die Gräfin ein großzügiges Haus führte, obwohl sie völlig mittellos gekommen war, und dem, daß sie ständig von den begehrtesten Männern der internationalen Kolonie umschwärmt wurde, obwohl ihr doch all die Tugenden fehlten, die nach dem Urteil ihrer Mütter weitaus wichtiger und beständiger waren als Charme und Schönheit. Diese Frauen hätten die Gräfin mit Wonne zu jenen Weißrussinnen gezählt, die aus der Mandschurei nach China hereinkamen, alles verkauften, was sie an Wertgegenständen und Schmuck auf ihrer Flucht hatten mitnehmen können, und schließlich gezwungen waren, sich ihren Lebensunterhalt mit dem Verkauf ihres Schoßes zu verdienen. Doch dieser bequeme Ausweg wurde den strengen, selbstgerechten Damen durch den Umstand verwehrt, daß die Gräfin eine der am Zarenhof keinesfalls außergewöhnlichen Anomalien war: eine russische Adelige ohne einen Tropfen slawisches Blut in ihrem allzu sehr ins Auge fallenden (und möglicherweise käuflichen) Körper. Alexandra Iwanowna (deren Vater eigentlich Johann geheißen hatte) war eine Habsburgerin mit Nebenverbindungen zu einer unbedeutenden deutschen Adelsfamilie, die nach England emigriert war, ohne eine andere Empfehlung mitzubringen als ihr Protestantentum, und die als patriotische Geste ihren Namen geändert hatte, damit er weniger hunnisch klang. Dennoch behaupteten die tugendsamen Damen der Kolonie, daß selbst solch illustre Familienbande in diesen leichtlebigen Zeiten weder ein Beweis für korrekte Moral noch, entgegen der offensichtlichen Überzeugung der Gräfin, ein angemessener Ersatz dafür seien.

Während der dritten Saison ihrer Herrschaft über die feine Gesellschaft schien sich Alexandra Iwanownas Aufmerksamkeit auf einen hochmütigen jungen Preußen zu konzentrieren, der mit jener klaren, oberflächlichen, von jeglicher Sensibilität unbelasteten Intelligenz gesegnet war, die für seine Rasse typisch ist. Graf Helmut von Keitel zum Hel wurde ihr designierter ständiger Begleiter – ihr Schoßhund und Spielzeug. Zehn Jahre jünger als sie selbst, erfreute sich der Graf außerordentlicher Schönheit und beachtlicher sportlicher Meisterschaft. Er war ein erstklassiger Reiter und ein Fechter von Rang. Sie sah in ihm einen dekorativen Hintergrund für ihre eigene Person, und die einzige Bemerkung, die sie jemals in der Öffentlichkeit über ihr Verhältnis zu ihm machte, lautete, er sei »adäquates Zuchtmaterial«.

Sie hatte es sich zur Gewohnheit gemacht, die drückend schwülen Sommermonate in einer Villa im Hochland zu verbringen. Einmal kehrte sie im Herbst später als sonst nach Shanghai zurück, und von dem Tag an gehörte ein Säugling zu ihrem Haushalt. Der Form halber bat der junge von Keitel zum Hel um ihre Hand. Sie lachte darauf ein bißchen ironisch und antwortete, sie habe zwar immer die Absicht gehegt, sich als lebendes Argument gegen die Gleichstellung Minderrassiger ein Kind zuzulegen, hege aber nicht die geringste Lust, *zwei* Kinder im Haus zu haben. Er verbeugte sich mit jener steifen Verdrossenheit, die den Preußen als Ersatz für Würde dient, und kehrte noch im selben Monat nach Deutschland zurück.

Weit davon entfernt, den Jungen oder die Umstände seiner Geburt zu verbergen, machte sie ihn zum Paradestück ihres Salons. Als offizielle Aufforderungen es unumgänglich machten, daß sie ihm einen Namen gab, nannte sie ihn Nikolai Hel, wobei sie den Nachnamen von einem Flüßchen ausborgte, an das die Besitzungen derer von

Keitel grenzten. Alexandra Iwanownas Auffassung ihrer eigenen Rolle bei der Produktion des Jungen aber manifestierte sich darin, daß er mit vollem Namen Nikolai Alexandrowitsch Hel hieß.

Im Haus löste ein englisches Kindermädchen das andere ab, so daß sich zu den Sprachen, die er von der Wiege auf lernte: Französisch, Russisch und Deutsch, nun auch noch das Englische gesellte, wobei keine von ihnen bevorzugt wurde, es sei denn durch Alexandra Iwanownas Überzeugung, bestimmte Gedanken ließen sich am besten in einer bestimmten Sprache ausdrücken. So redete man von Liebe und anderen Trivialitäten auf französisch; diskutierte Tragödien und Katastrophen auf russisch; tätigte Geschäfte auf deutsch; und sprach mit den Dienstboten auf englisch.

Da Nikolais einzige Spielgefährten die Sprößlinge der Dienerschaft waren, lernte er auch Chinesisch, ja er gewöhnte es sich sogar an, in dieser Sprache zu denken, weil die größte Angst seiner Kindheit in der Vorstellung bestand, seine Mutter könne Gedanken lesen – und die Gräfin verstand kein Chinesisch.

Da nach Alexandra Iwanownas Meinung Schulen höchstens für Kaufmannskinder taugten, wurde Nikolais Erziehung einer Reihe von Hauslehrern anvertraut, die allesamt sehr dekorative junge Männer und seiner Mutter treu ergeben waren. Als sich herausstellte, daß Nikolai ein Interesse an und eine beachtliche Begabung für theoretische Mathematik zeigte, war seine Mutter keineswegs begeistert. Da ihr der derzeitige Hauslehrer jedoch versicherte, die Mathematik sei ein Studienfach ohne praktischen oder kommerziellen Nutzwert, befand sie, die Beschäftigung damit sei seinem Stande angemessen.

Die praktischen Aspekte in Nikolais sozialer Erziehung und seine Vergnügungen verdankte er der Gewohnheit, sich heimlich aus dem Haus zu stehlen und mit chinesischen Gassenjungen durch die engen Straßen und die verborgenen Winkel der wimmelnden, stinkenden und lärmenden Stadt zu streifen. Er sah, wie überhebliche junge britische Herrensöhnchen sich von ausgemergelten, tuberkulösen Rikscha-»Boys« ziehen ließen, die vor Anstrengung und Unterernährung schwitzten und Gazemasken trugen, um die europäischen Herren nicht mit ihrem Atem zu belästigen. Er sah *compradores* – eingeborene Handelsagenten –, fette, schleimige Mittelsmänner, die von der Ausbeutung ihres eigenen Volkes durch die Europäer profitierten und westliche Lebensart und Moral nachäfften. Nachdem sie ihren Gewinn eingestrichen und sich mit exotischen Speisen vollgestopft hatten, war es das größte Vergnügen dieser *compradores*, zwölf- bis dreizehnjährige Mädchen zu deflorieren, die in Hangtschou oder Sutschou für die von den Franzosen lizenzierten Freudenhäuser gekauft worden waren. Ihre Praxis der Defloration war ... nun, ungewöhnlich. Rächen konnten sich die Mädchen nur, indem sie, sofern sie schauspielerisch begabt waren, den einträglichen Trick anwendeten, sich möglichst oft deflorieren zu lassen. Nikolai erfuhr, daß alle Bettler, die die Passanten mit ihren faulenden Gliedern zu berühren drohten, Kleinkinder mit Nadeln stachen, damit sie mitleiderregend weinten, Touristen mit ihrer Forderung nach *kumshah* bedrängten und einschüchterten – daß sie alle, von dem Alten, der die Vorübergehenden verfluchte oder segnete, bis zu den halb verhungerten Kindern, die sich erboten, zum Vergnügen der Fremden unnatürliche Handlungen miteinander zu vollziehen, unter der Herrschaft seiner Allergefürchtetsten Majestät, des Königs der Bettler, standen, der eine merkwürdige Kombination von Gilde und Schutzorganisation leitete. Alles, was man in der City verlor, jeden, der sich in der City versteckte, jede Dienstleistung, die man in der City wünschte, konnte man mit Hilfe eines bescheidenen Beitrags für die Schatztruhe Seiner Majestät finden.

Unten am Hafen beobachtete Nikolai schwitzende Packer, wie sie die Laufplanken stählerner Schiffe und hölzerner Dschunken, deren Bug mit schielenden Augen bemalt war, auf und ab trotteten. Gegen Abend, wenn sie schon elf Stunden geschuftet und dabei ihr unaufhörliches, monotones *hei-ho, hei-ho* gesungen hatten, ließen die Kräfte der Lastträger nach, und zuweilen begann einer unter der Bürde zu stolpern. Dann griffen die *gurkhas* mit ihren Totschlägern und Eisenstangen ein, und der Faulpelz kam plötzlich wieder zu Kräften – oder zur ewigen Ruhe.

Und Nikolai sah, wie die Polizei ganz offen Bestechungsgelder von verschrumpelten Amahs annahm, die halbwüchsige Prostituierte verkuppelten. Er lernte die Geheimzeichen der »Grünen« und »Roten« erkennen, die die größten Geheimgesellschaften der Welt bildeten und deren Schutz- und Mordorganisationen alles, vom Bettler bis zum Politiker, zu ihren Mitgliedern zählten. Chiang Kaishek selbst war ein »Grüner« und hatte der Bande Gehorsam geschworen. Und die »Grünen« waren es, von denen junge Studenten, die das chinesische Proletariat organisieren wollten, ermordet und verstümmelt wurden. Nikolai war in der Lage, einen »Roten« oder »Grünen« an der Art zu erkennen, wie er ausspuckte oder seine Zigarette hielt.

Tagsüber lernte Nikolai von seinen Hauslehrern Mathematik, klassische Literatur und Philosophie. Abends lernte er auf der Straße Handel, Politik, aufgeklärten Imperialismus und Humanismus kennen.

Und bei Nacht hatte er seinen Platz neben der Mutter, bei der die erfolgreichsten Männer zu Gast waren, die Shanghai beherrschten und es von ihren Clubs und Handelshäusern am Bund aus weißbluteten. Was die meisten dieser Männer bei Nikolai für Schüchternheit und die klügsten unter ihnen für Zurückhaltung hielten, war in Wirklichkeit eiskalter Haß auf Kaufleute und Kaufmannsmentalität.

Die Zeit verging; Alexandra Iwanownas sorgfältig angelegte und von Experten verwaltete Investitionen gediehen, während der Rhythmus ihres Gesellschaftslebens sich ein wenig verlangsamte. Sie selbst wurde allmählich bequemer, träger, üppiger; doch ihr Feuer und ihre Schönheit reiften dabei, statt hinzuwelken, denn sie hatte jenen Familienzug geerbt, dank dessen ihre Mutter und ihre Tanten noch wie Dreißigerinnen aussahen, als sie die Grenze der Fünfziger längst überschritten hatten. Ehemalige Liebhaber wurden zu guten Freunden, und das Leben in der Avenue Joffre wurde ruhiger.

Alexandra Iwanowna bekam jetzt bisweilen kleine Ohnmachtsanfälle, aber sie kümmerte sich nicht weiter darum, sondern akzeptierte die gelegen kommenden Schwächeanwandlungen als wesentliches Element im Flirtarsenal einer Dame von Stand. Als ein Arzt ihres Zirkels, der schon seit Jahren darauf bestand, sie einmal gründlich zu untersuchen, die Anfälle auf ihr schwaches Herz zurückführte, machte sie dieser in ihren Augen körperlichen Belästigung eine symbolische Konzession und reduzierte ihre Empfangstage auf einen pro Woche; darüber hinaus aber nahm sie keinerlei Rücksicht auf ihren Körper.

»... und man behauptet, junger Mann, ich hätte ein schwaches Herz. Das ist im wesentlichen eine gefühlsbedingte Schwäche, und du mußt mir versprechen, sie nicht allzu sehr auszunutzen. Außerdem mußt du mir versprechen, dir einen besseren Schneider zu suchen. Nein, dieser Anzug!«

Am 7. Juli 1937 berichtete die »North China Daily News«, daß an der

Marco-Polo-Brücke bei Peking Schüsse zwischen Japanern und Chinesen gefallen seien. Unten, am Bund Nr. 3 im Shanghai-Club, waren sich die britischen *taipans* darüber einig, daß diese neueste Entwicklung in dem unsinnigen Kampf zwischen den Asiaten außer Kontrolle geraten könnte, wenn man sie nicht unverzüglich in die Hand nähme. Sie ließen Generalissimus Chiang Kai-shek wissen, daß sie es begrüßen würden, wenn er im Eilmarsch nach Norden zöge und die Japaner entlang einer Front bekämpfte, die ihre Handelshäuser vor diesem verdammt lästigen Krieg bewahren würde.
Der Generalissimus jedoch beschloß, die Japaner bei Shanghai zu erwarten – in der Hoffnung, sobald die internationale Kolonie gefährdet sei, werde das Ausland zu seinen Gunsten intervenieren.
Als das nicht klappte, begann er mit einer systematischen Belästigung der japanischen Firmen und Zivilisten der internationalen Kolonie, die zum Eklat führte, als Lieutenant Isao Oyama und sein Fahrer, Vollmatrose Yozo Saito, die am Abend des 9. August um halb sieben Uhr mit ihrem Wagen die Stadt verließen, um japanische Baumwollspinnereien zu inspizieren, von chinesischen Soldaten angehalten wurden.
Man fand sie neben der Monument Road, von Kugeln durchsiebt und sexuell verstümmelt.
Zur Vergeltung fuhren japanische Kriegsschiffe den Huangho hinauf. Tausend japanische Soldaten landeten, um ihre Handelsniederlassung in Chapei, am andern Ufen des Sutschou-Creek, zu schützen. Sie wurden von zehntausend chinesischen Elitesoldaten empfangen, die sich hinter Barrikaden eingegraben hatten.
Der Aufschrei der vom Wohlleben verwöhnten britischen *taipans* wurde unterstützt durch die schriftliche Forderung der europäischen und amerikanischen Botschafter in Nanking und Tokio, Shanghai aus der Kampfzone auszuklammern. Die Japaner gaben diesem Drängen nach, unter der Bedingung, daß die chinesischen Streitkräfte sich ebenfalls aus der entmilitarisierten Zone zurückzögen.
Am 12. August jedoch kappten die Chinesen sämtliche Telefonleitungen des japanischen Konsulats und der japanischen Handelsfirmen. Am folgenden Tag, Freitag, den 13., traf die chinesische achtundachtzigste Division auf dem Nordbahnhof ein und blockierte alle aus der Kolonie herausführenden Straßen. Sie wollten einen möglichst großen Puffer aus Zivilisten zwischen sich und die zahlenmäßig weit unterlegenen Japaner bringen.

Am 14. August flogen chinesische Piloten in von Amerikanern gebauten Northrops Shanghai an. Eine Sprengbombe durchschlug das Dach des Palace Hotels; eine andere explodierte vor dem Café Hotel. Es gab siebenhundertneunundzwanzig Tote und achthunderteinundsechzig Verwundete. Einunddreißig Minuten später bombardierte ein weiteres chinesisches Flugzeug den »Great World Amusement Park«, der als Flüchtlingslager für Frauen und Kinder diente. Man zählte eintausendundzwölf Tote und eintausendundsieben Verwundete.

Für die in der Falle sitzenden Chinesen gab es kein Entrinnen aus Shanghai; die Truppen des Generalissimus hatten alle Straßen gesperrt. Für die ausländischen *taipans* jedoch gab es natürlich Fluchtmöglichkeiten. Schwitzende Kulis ächzten und sangen *hei-ho, hei-ho,* während sie unter der Anleitung junger Herrensöhnchen in weißen Anzügen mit Kontrollisten in der Hand und beaufsichtigt von *gurkhas* mit ihren Totschlägern die Beute aus China die Laufplanken emporschleppten. Die Briten auf der »Raj Putana«, die Deutschen auf der »Oldenburg«, die Amerikaner auf der »President McKinley«, die Holländer auf der »Tasman« verabschiedeten sich voneinander, die Damen betupften mit winzigen Taschentüchlein ihre Augen, während die Herren Schmähreden gegen die unzuverlässigen und undankbaren Asiaten vom Stapel ließen und im Hintergrund die Schiffskapellen ein Durcheinander verschiedener Nationalhymnen ertönen ließen.

In jener Nacht eröffnete Chiang Kai-sheks Artillerie im Schutz der Barrikaden aus Sandsäcken und eingeschlossenen chinesischen Zivilisten das Feuer auf die im Fluß ankernden japanischen Schiffe. Die Japaner erwiderten das Feuer und zerstörten beide Arten von Barrikaden.

Während all dieser Vorgänge weigerte sich Alexandra Iwanowna, ihr Haus in der Avenue Joffre zu verlassen, einer inzwischen ausgestorbenen Straße, deren zerborstene Fenster dem Abendwind und den Plünderern offenstanden. Da sie keiner Nationalität angehörte, weder der sowjetischen noch der chinesischen oder britischen, stand sie außerhalb aller offiziellen Schutzsysteme. Zudem hatte sie ohnehin nicht die Absicht, in ihrem Alter ihr Haus und ihre sorgfältig zusammengestellte Einrichtung zu verlassen und sich Gott weiß wo anzusiedeln. Schließlich, so argumentierte sie, seien die Japaner, die sie kenne, nicht langweiliger als andere Männer und könnten als

Administratoren wohl kaum weniger tüchtig sein als die Engländer.
Ihren heftigsten Widerstand während des ganzen Krieges leisteten die Chinesen in Shanghai; drei Monate dauerte es, bis die zahlenmäßig unterlegenen Japaner sie vertreiben konnten. Bei dem Versuch, eine Intervention des Auslands zu provozieren, duldeten die Chinesen, daß eine Anzahl von Bombardierungs-»Irrtümern« den Zoll an Todesopfern und Zerstörungen durch japanischen Beschuß noch erhöhte.
Und sie hielten ihre Barrikaden quer über die Straßen intakt, um den Schutz durch den Puffer Zehntausender von Zivilisten – ihrer eigenen Landsleute – nicht zu verlieren.
Während dieser schrecklichen Monate gingen die zähen Chinesen Shanghais trotz des Beschusses durch die Japaner und der Bombardierung durch die von Amerikanern produzierten chinesischen Flugzeuge so gut wie möglich ihren alltäglichen Beschäftigungen nach. Zuerst wurden die Medikamente, dann die Lebensmittel, dann die Unterkünfte und schließlich das Wasser knapp; aber das Leben in der wimmelnden, verängstigten Stadt ging weiter; und die Banden der Jungens in blauem Drillich, mit denen Nikolai Streifzüge durch die Straßen unternahm, erfanden neue, grausamere Spiele, in denen die einstürzenden Häuserruinen, die verzweifelte Flucht in improvisierte Luftschutzkeller und das Baden in Geysiren aus geborstenen Wasserleitungen eine bevorzugte Rolle spielten. Einmal entrann Nikolai nur knapp dem Tod. Er befand sich mit anderen Gassenjungen in der Nähe der großen Warenhäuser, des »Wing On« und des »Sincere«, als einer der erwähnten »Irrtümer« chinesische Sturzkampfbomber über die belebte Nanking Road hinwegführte. Es war gerade Mittagspause, und so war eine dichte Menschenmenge auf der Straße, als das »Sincere« einen Volltreffer bekam und eine Hälfte des »Wing On« wegrasiert wurde. Schwere stuckverzierte Decken brachen auf die voller Entsetzen emporgewandten Gesichter der Menschen herab. Die Käufer in einem überfüllten Aufzug schrien auf, als ein Kabel riß und die Kabine in den Keller stürzte. Einer alten Frau, die vor einem explodierenden Fenster stand, wurde vorn das Fleisch vom Körper gefetzt, während sie von hinten unversehrt wirkte. Die Alten, die Lahmen, die Kinder wurden von Menschen, die in Panik gerieten, zertrampelt. Der Junge, der neben Nikolai stand, ächzte plötzlich und setzte sich auf die Straße. Er war tot; ein Steinsplitter hatte seine

Brust durchbohrt. Als das Krachen der Bomben und das Prasseln des einstürzenden Mauerwerks nachließ, stieg durch den verebbenden Lärm aus Tausenden von Kehlen schrilles Geschrei empor. Eine benommene Kundin suchte wimmernd in dem Scherbenhaufen, der kurz zuvor noch eine Vitrine gewesen war. Es war eine bezaubernde junge Frau, nach westlicher »Shanghai«-Mode in ein knöchellanges, bis übers Knie geschlitztes Gewand aus grüner Seide gekleidet, dessen kleiner Stehkragen den schlanken porzellanweißen Hals umrahmte. Ihre Blässe hätte man der Wirkung des Reispuders zuschreiben können, der bei den Töchtern der reichen chinesischen Kaufleute beliebt war, aber sie hatte einen anderen Grund. Die Frau suchte nach der Elfenbeinfigurine, die sie betrachtet hatte, als die Bombe fiel – und nach der Hand, in der sie sie gehalten hatte.
Nikolai lief davon.
Eine Viertelstunde später saß er auf einem Schutthaufen in einem ruhigen Viertel, in dem wochenlange Bombardements ganze Reihen von leeren, bröckelnden Hausruinen hinterlassen hatten. Trockenes Schluchzen schüttelte seinen Körper und schnitt in seine Lungen, aber er weinte nicht; keine Tränenspur durchzog den Trümmerstaub, der sein Gesicht bedeckte. In Gedanken wiederholte er immer wieder: »Northrop-Bomber. Amerikanische Bomber!«

Als die chinesischen Soldaten schließlich vertrieben und ihre Barrikaden niedergerissen waren, flohen Tausende von Zivilisten aus dieser Alptraumstadt mit den ausgebombten Häusern, an deren Innenwänden immer noch das Schachbrettmuster ehemaliger Wohnungen zu sehen war. In den Trümmern: ein zerrissener Kalender mit einem angekreuzten Datum, das verkohlte Foto einer jungen Frau, ein Selbstmordbrief und ein Lotterielos im selben Umschlag.
Durch eine grausame Ironie des Schicksals war der Bund, Monument des ausländischen Imperialismus, relativ unbeschädigt geblieben. Seine leeren Fensterhöhlen starrten hinaus auf die verwüstete Stadt, die von den *taipans* erbaut, ausgebeutet und dann verlassen worden war.
Nikolai gehörte zu der kleinen Schar blau gekleideter Chinesenkinder, die an den Straßenrändern standen, um sich die erste Parade der japanischen Besatzungstruppen anzusehen. Die Berichterstatter der Armee hatten klebriges Zuckerwerk und kleine *hinomaru*-Fähnchen mit dem Bild der aufgehenden Sonne verteilt, die die Kinder schwen-

ken sollten, damit die Filmkameras den Jubel der Menge festhalten konnten. Ein wichtigtuerischer junger Offizier, der die Veranstaltung leitete, vergrößerte die allgemeine Verwirrung mit seinen barsch gebellten Kommandos in einem von starkem Akzent gefärbten Chinesisch. Unschlüssig darüber, was er von dem Jungen mit den blonden Haaren und den grünen Augen halten sollte, steckte er Nikolai in die hinterste Reihe.

Nikolai hatte noch nie solche Soldaten gesehen – hart und kampferprobt, aber nichts weniger als Paradekrieger. Sie marschierten nicht im roboterhaften Gleichschritt der Deutschen oder der Briten; sie defilierten in ordentlichen, aber ungleichmäßigen Reihen hinter ernsten, jungen Offizieren mit Schnauzbart und komischen langen Degen.

Trotz der Tatsache, daß in den Wohnvierteln nur wenige Gebäude unversehrt waren, als die Japaner die Stadt besetzten, war Alexandra Iwanowna überrascht und verärgert, als in ihrer Einfahrt ein Stabswagen mit kleinen Standern an den Kotflügeln auftauchte und ein junger Offizier ihr in metallisch klingendem Französisch mitteilte, daß General Kishikawa Takashi, Gouverneur von Shanghai, bei ihr einquartiert werde. Ihr ausgeprägter Selbsterhaltungstrieb sagte ihr jedoch, es könnte von Vorteil sein, sich mit dem General auf freundschaftlichen Fuß zu stellen, vor allem, da so viele Annehmlichkeiten des Lebens inzwischen recht knapp geworden waren. Keine Sekunde lang zweifelte sie daran, daß der General sich automatisch in den Kreis ihrer Verehrer einfügen werde.

Sie irrte sich. Der General nahm sich zwar, obwohl er überaus beschäftigt war, die Zeit, ihr in seinem mit starkem Akzent behafteten, grammatikalisch aber einwandfreien Französisch zu versichern, er bedauere die kriegsbedingten Unbequemlichkeiten, die er ihrem Haushalt bereite, machte ihr aber unmißverständlich klar, daß sie in seinem und nicht er in ihrem Hause der Gast sei. Stets korrekt in seinem Verhalten ihr gegenüber, war der General jedoch viel zu vertieft in seine Arbeit, um Zeit für einen Flirt zu verschwenden. Anfangs war Alexandra Iwanowna verblüfft, später verärgert und schließlich fasziniert von der höflichen Indifferenz dieses Japaners, eine Haltung, die sie nie zuvor bei einem heterosexuellen Mann erlebt hatte. Er wiederum fand sie interessant, doch überflüssig. Und ihre Herkunft, die selbst den hochnäsigen Damen von Shanghai wider Willen Ehrfurcht abgerungen hatte, beeindruckte ihn nicht im geringsten. Gemessen an seinem tausendjährigen Samuraierbe war ihre Abstammung nichts weiter als ein paar Jahrhunderte hunnischer Häuptlingstradition.

Dennoch arrangierte er aus Höflichkeit einmal in der Woche ein Abendessen im westlichen Stil, wobei er während der oberflächlichen Konversation eine Menge über die Gräfin und ihren zurückhaltenden, in sich gekehrten Sohn erfuhr, sie hingegen kaum etwas über den General. Er war Ende Fünfzig – jung für einen japanischen General –, Witwer und hatte eine Tochter in Tokio. Obwohl ein sehr patriotischer Mensch insofern, als er die Natur seines Landes liebte – die Seen, Berge und nebelverhangenen Täler –, hatte er die militärische Laufbahn niemals als seine wahre Berufung betrachtet. Als junger Mann hatte er davon geträumt, Schriftsteller zu werden, obgleich er im Grunde immer gewußt hatte, daß die Tradition seiner Familie ihn letztlich zu einer Militärlaufbahn führen würde. Sein Stolz und sein Pflichtbewußtsein hatten ihn zu einem fleißigen, gewissenhaften Verwaltungsbeamten gemacht, seine Denkgewohnheiten jedoch veranlaßten ihn, das Militär als eine Nebenbeschäftigung zu betrachten, obwohl er mehr als die Hälfte seines Lebens in der Armee verbracht hatte. Seinen Verstand, nicht sein Herz; seine Zeit, nicht seine Leidenschaft widmete er seinem Beruf.

Infolge der unermüdlichen Bemühungen des Generals, die ihn häufig von frühmorgens bis Mitternacht in seinem Büro am Bund festhielten, begann sich die Stadt allmählich zu erholen. Die öffentlichen Dienste wurden wiederbelebt, die Fabriken instand gesetzt, und die chinesischen Bauern kamen wieder zum Markttag in die Stadt. Leben und Lärm kehrten in die Straßen zurück, und bisweilen hörte man sogar Lachen. Wenngleich nach zivilisiertem Maßstab noch keineswegs befriedigend, so waren die Lebensbedingungen für das chinesische Proletariat doch eindeutig besser als unter den Europäern. Es gab Arbeit, sauberes Wasser, sanitäre Anlagen, rudimentäre gesundheitliche Versorgung. Das Betteln wurde verboten, die Prostitution dagegen florierte natürlich, und es kamen zahlreiche Grausamkeiten vor, denn Shanghai war eine besetzte Stadt, und Soldaten sind nun mal brutalisiert.

Als General Kishikawas Gesundheit unter dieser selbstauferlegten Arbeitslast zu leiden begann, mäßigte er sein Tempo ein wenig und kam abends rechtzeitig zum Dinner nach Hause in die Avenue Joffre.

Eines Abends nach dem Essen erwähnte der General beiläufig, daß er besonders das Go-Spiel liebe. Nikolai, der sonst höchstens nur sprach, um direkte Fragen knapp zu beantworten, gestand ihm hierauf unaufgefordert, daß auch er in diesem Spiel bewandert sei. Der General vernahm belustigt, aber beeindruckt, daß der Junge dieses Geständnis in fehlerfreiem Japanisch vorbrachte. Als Nikolai dann erklärte, er habe Japanisch aus Büchern und unter Anleitung von Kishikawas Burschen gelernt, lachte er laut.

»Für ein Studium von nur sechs Monaten sprichst du sehr gut«, lobte der General.

»Es ist meine fünfte Sprache Sir. Alle Sprachen sind einander mathematisch ähnlich. Daher erlernt man jede weitere ein wenig leichter als die vorhergehenden. Und außerdem«, sagte er achselzuckend, »habe ich eine Begabung für Sprachen.«

Kishikawa-san war erfreut über die Art, wie Nikolai letzteres vorbrachte – ganz ohne Prahlerei, aber auch ohne britisches Understatement, sondern so, wie er etwa gesagt hätte, er sei Linkshänder oder habe grüne Augen. Zugleich mußte der General heimlich lächeln, weil ihm klar wurde, daß der Junge den ersten Satz offensichtlich geübt hatte, denn während jener vollkommen korrekt gewesen war, hatten seine folgenden Bemerkungen mehrere idiomatische und Aussprachefehler enthalten. Der General ließ sich seine Belustigung jedoch nicht anmerken; er wußte, daß Nikolai sich in einem Alter befand, in dem man sich selber überaus ernst nimmt und leidet, wenn man in Verlegenheit gebracht wird.

»Wenn du willst, helfe ich dir bei deinem Japanischstudium«, schlug Kishikawa-san vor. »Zuerst aber wollen wir sehen, ob du ein interessanter Gegner beim Go-Spiel bist.«

Nikolai wurde eine Vorgabe von vier Steinen zugestanden, und da der General am folgenden Tag viel Arbeit hatte, spielten sie nur eine kurze Partie auf Zeit. Nicht lange, und sie waren so sehr darin vertieft, daß Alexandra Iwanowna, die noch nie viel von geselligen Betätigungen gehalten hatte, deren Mittelpunkt sie nicht war, über einen Schwächezustand klagte und sich zurückzog.

Der General gewann, doch nicht so mühelos, wie er es erwartet hatte. Da er ein talentierter Amateur war, der den Profis mit minimaler Vorgabe harte Kämpfe lieferte, war er von Nikolais außergewöhnlicher Spieltaktik tief beeindruckt.

»Wie lange spielst du schon Go?« erkundigte er sich auf französisch,

um Nikolai der Mühe zu entheben, sich in einer ihm fremden Sprache ausdrücken zu müssen.
»Vier bis fünf Jahre, Sir.«
Der General runzelte die Stirn. »Fünf Jahre? Wie alt bist du denn?«
»Fünfzehn, Sir. Ich weiß, ich sehe jünger aus. Das ist eine Familieneigenschaft.«
Kishikawa-san nickte und lächelte, denn er dachte an Alexandra Iwanowna, die sich beim Ausfüllen ihrer Personalbögen für die Besatzungsmacht diese »Familieneigenschaft« zunutze gemacht und kühn ein Geburtsdatum eingesetzt hatte, nach dem sie im Alter von elf Jahren die Mätresse eines Generals der weißrussischen Armee gewesen sein und Nikolai zur Welt gebracht haben mußte, als sie noch weit unter zwanzig war. Der Geheimdienst des Generals hatte ihn längst über das Vorleben der Gräfin unterrichtet, doch er ließ ihr diese kleine Koketterie durchgehen, vor allem mit Rücksicht auf das, was er über ihre traurige Krankengeschichte wußte.
»Selbst für einen Mann von fünfzehn Jahren spielst du bemerkenswert gut, Nikko.« Im Verlauf ihres Spiels hatte der General diesen Kurznamen erfunden, der es ihm gestattete, das für seine Zunge mühsame *l* zu vermeiden. Er sollte sein persönlicher Name für Nikolai bleiben. »Ich nehme an, du hast bisher keine richtige Ausbildung im Go-Spiel gehabt, wie?«
»Nein, Sir. Ich habe überhaupt noch keine Ausbildung gehabt. Ich habe es aus Büchern gelernt.«
»Wirklich? Nun, das ist erstaunlich!«
»Mag sein, Sir. Aber ich bin sehr intelligent.«
Sekundenlang musterte der General das ausdruckslose Gesicht des Jungen, dessen absinthgrüne Augen seinen Blick frei und offen erwiderten. »Sag mal, Nikko, warum hast du dir ausgerechnet Go ausgesucht? Das ist doch ein fast ausschließlich japanisches Spiel. Von deinen Freunden kann es bestimmt keiner. Wahrscheinlich haben sie noch nicht mal davon gehört.«
»Eben darum habe ich es gewählt, Sir.«
»Aha.« Seltsamer Junge. Grenzenlos ehrlich und arrogant zugleich. »Hast du aus deinen Büchern auch gelernt, welche Eigenschaften erforderlich sind, um ein guter Go-Spieler zu werden?«
Nikolai überlegte einen Moment, ehe er antwortete. »Nun ja, Konzentrationsvermögen natürlich. Mut. Selbstbeherrschung. Das versteht sich von selbst. Aber noch wichtiger ist ein ... Ich weiß nicht,

wie ich es ausdrücken soll. Man muß sowohl ein guter Mathematiker sein als auch ein Poet. Als wäre die Poesie eine Naturwissenschaft oder die Mathematik eine Kunst. Wenn man ein guter Go-Spieler werden will, muß man ein Gefühl für Proportionen haben. Ich drücke mich nicht sehr gewandt aus, Sir. Es tut mir leid.«

»Im Gegenteil! Dein Versuch, das Unausdrückbare auszudrücken, ist sehr gut gelungen. Von diesen Eigenschaften, Nikko, die du aufgezählt hast – was glaubst du, in welchen davon deine Stärke liegt?«

»In der Mathematik, Sir. In Konzentration und Selbstbeherrschung.«

»Und deine Schwäche?«

»Das, was ich als Poesie bezeichnet habe.«

Stirnrunzelnd wandte der General den Blick von dem Jungen ab. Sonderbar, daß er das erkannt hatte! In seinem Alter hätte er noch nicht soviel Distanz zu sich selbst haben dürfen, daß er sich derart objektiv beobachten konnte. Es war zwar zu erwarten, daß Nikko die Erfordernisse bestimmter westlicher Eigenschaften für das Go-Spiel erfaßte, Eigenschaften wie Konzentration, Selbstbeherrschung und Mut. Doch die Erkenntnis der Notwendigkeit jener rezeptiven, sensitiven Eigenschaften, die er als Poesie bezeichnete, lag außerhalb der linearen Logik, die die Stärke des westlich geschulten Verstandes ist... und seine Grenze. Andererseits aber, da Nikolai zwar aus bestem europäischem Adel stammte, jedoch im Schmelztiegel China aufgewachsen war, konnte man ihn da überhaupt als Westler bezeichnen? Nun, ein Asiate war er jedenfalls auch nicht. Er gehörte keiner rassenspezifischen Kultur an. Oder sollte man in ihm lieber den einzigen Angehörigen seiner ganz persönlichen Kultur sehen?

»Sie und ich, Sir, wir teilen diese Schwäche.« Nikolais grüne Augen zwinkerten humorvoll. »Auf jenem Gebiet, das ich Poesie nenne, sind wir beide unzulänglich.«

Überrascht blickte der General auf. »Ach ja?«

»Jawohl, Sir. Meinem Spiel fehlt viel von dieser Eigenschaft. Und das Ihre besitzt zuviel davon. Dreimal während dieser Partie war Ihr Angriff nicht hart genug. Sie zogen das elegante Spiel dem konsequenten vor.«

Kishikawa-san lachte leise. »Woher willst du wissen, daß ich nicht auf dein Alter und deine relative Unerfahrenheit Rücksicht genommen habe?«

»Das wäre herablassend und unfreundlich gewesen, und beides sind

Sie meiner Ansicht nach nicht.« Wieder lächelten Nikolais Augen. »Schade, Sir, daß es im Französischen keine Höflichkeitssilben gibt. Dadurch wirkt meine Redeweise wahrscheinlich abrupt und unziemlich.«
»Ja, ein wenig. Darüber hatte ich auch gerade nachgedacht.«
»Es tut mir leid, Sir.«
Der General nickte. »Ich nehme an, du beherrschst auch das westliche Schachspiel?«
Nikolai zuckte die Achseln. »Ein wenig. Aber es interessiert mich nicht.«
»Wie würdest du es mit Go vergleichen?«
Nikolai überlegte einen Moment. »Nun ... Was Go für Philosophen und Krieger ist, das ist Schach für Buchhalter und Kaufleute.«
»Aha! Die Bigotterie der Jugend! Es wäre freundlicher, Nikko, wenn du sagtest, daß Go den Philosophen im Menschen, Schach dagegen den Kaufmann in ihm anspricht.«
Nikolai blieb jedoch fest. »Jawohl, Sir. Freundlicher schon. Aber weniger zutreffend.«
Der General erhob sich von seinem Kissen; er überließ es Nikko, die Steine einzuräumen. »Es ist spät, und ich brauche meinen Schlaf. Wenn du Lust hast, spielen wir bald wieder eine Partie zusammen.«
»Sir?« fragte Nikolai, als der General zur Tür ging.
»Ja?«
Nikolai hielt den Blick gesenkt, um sich vor der Demütigung einer möglichen Zurückweisung zu schützen. »Könnten wir Freunde werden, Sir?«
Der General schenkte der Frage die Beachtung, die ihr ernsthafter Ton verlangte. »Es wäre möglich, Nikko. Wir wollen's abwarten.«

In dieser Nacht entschied Alexandra Iwanowna endgültig, der General Kishikawa gehöre nicht zu der Sorte Männer, die sie bisher kennengelernt hatte, und klopfte an seine Schlafzimmertür.

Während der nächsten anderthalb Jahre lebten sie wie eine Familie zusammen. Alexandra Iwanowna wurde stiller, zufriedener, vielleicht auch ein bißchen rundlicher. Was sie an Lebhaftigkeit einbüßte, gewann sie jedoch an attraktiver Gelassenheit, so daß Nikolai seine Mutter zum erstenmal in seinem Leben mochte. Ohne Übereilung bauten er und der General eine Freundschaft zueinander auf, die

ebenso tief wie zurückhaltend war. Der eine hatte nie einen Vater gehabt, der andere niemals einen Sohn. Kishikawa-san bereitete es Freude, einen gelehrigen, gescheiten jungen Mann zu leiten und zu formen, wenn dieser auch zuweilen ein wenig zu kühne Meinungen vertrat und sich seiner Vorzüge ein wenig zu sicher war.
Alexandra Iwanowna fand im Schutz der starken, sanften Persönlichkeit des Generals emotionellen Halt. Ihm bereiteten ihr auflodderndes Temperament und ihre witzige Klugheit Abwechslung und Vergnügen. Zwischen dem General und der Gräfin herrschten Höflichkeit, Großzügigkeit, Sanftheit und körperliche Freuden. Zwischen dem General und dem Jungen bestanden Vertrauen, Aufrichtigkeit, Ausgeglichenheit, Zuneigung und Respekt.
Und dann, eines Abends nach dem Essen, scherzte Alexandra Iwanowna wie üblich über ihre lästigen Schwächezustände, zog sich zeitig zurück – und starb in derselben Nacht.

Der Himmel im Osten ist schwarz, doch über China leuchtet purpurne Abendröte. Draußen in der schwimmenden Stadt erlöschen die orangefarbenen und gelben Laternen, machen die Menschen auf den schrägen Decks der im Schlamm steckenden Sampans ihre Betten. Die Luft hat sich über den dunklen Ebenen des chinesischen Binnenlandes abgekühlt, die Brise vom Meer hat sich gelegt. Die Vorhänge blähen sich nicht mehr im Wind, als der General jetzt einen Stein auf dem Nagel des Zeigefingers balanciert, während seine Gedanken vom Spielbrett vor ihm abschweifen. Zwei Monate sind seit Alexandra Iwanownas Tod vergangen, und der General hat seinen Marschbefehl bekommen. Er kann Nikolai nicht mitnehmen, will ihn aber auch nicht in Shanghai zurücklassen, wo er keine Freunde hat und wo ihm das Fehlen einer offiziellen Staatsangehörigkeit selbst den rudimentärsten diplomatischen Schutz verwehrt. So hat er denn beschlossen, den Jungen nach Japan zu schicken.
Der General betrachtet prüfend die feinen Züge der Mutter, die ihm aus dem Gesicht des Jungen nüchterner, kantiger entgegentreten. Wo wird er Freunde finden, dieser junge Mann? Wo wird er einen Boden finden, in dem seine Wurzeln gedeihen, dieser Junge, der sechs Sprachen spricht und in fünfen denkt, dem aber jeglicher Grundstein einer nützlichen Ausbildung fehlt? Gibt es auf der Welt überhaupt einen Platz für ihn?
»Sir?«

»Ja? Ach so ... Äh ... Hast du gesetzt, Nikko?«
»Schon lange, Sir.«
»Ach ja. Entschuldige. Würdest du mir bitte deinen Zug zeigen?«
Nikolai deutete auf den Stein, und Kishikawa-san runzelte die Stirn, weil diese außergewöhnliche Plazierung eine Andeutung von *tenuki* verriet. Er zwang sich zur Konzentration, musterte sorgfältig das Spielbrett und überprüfte im Geist die Folgen jeder ihm zur Verfügung stehenden Plazierung. Als er aufblickte, waren Nikolais meergrüne Augen auf ihn gerichtet, und der Junge lächelte triumphierend. Das Spiel konnte noch stundenlang weitergehen, und das Ergebnis würde knapp ausfallen. Aber Nikolais Sieg war nicht mehr abzuwenden. Zum erstenmal.
Der General sah Nikolai einige Sekunden lang abwägend an, dann lachte er auf. »Nikko, du bist ein Teufel!«
»Das stimmt, Sir«, gab Nikolai vergnügt zu, denn er war ungeheuer zufrieden mit sich. »Sie waren nicht bei der Sache.«
»Und das hast du ausgenutzt?«
»Selbstverständlich.«
Der General begann seine Steine einzusammeln und sie in sein Go-*ke* zu legen. »Ja«, wiederholte er bei sich. »Selbstverständlich.« Dann lachte er abermals. »Was hältst du von einer Tasse Tee, Nikko?«
Kishikawa-sans größtes Laster war seine Gewohnheit, zu allen Tages- und Nachtzeiten starken, bitteren Tee zu trinken. In der Symbolsprache ihrer liebevollen, aber zurückhaltenden Freundschaft bedeutete die Einladung zu einer Tasse Tee die Aufforderung zu einem Plauderstündchen. Während der Bursche des Generals den Tee zubereitete, traten die beiden, in *yukatas* gehüllt, in die kühle Nachtluft der Veranda hinaus.
Nach einer Schweigepause, während der die Blicke des Generals über die Stadt schweiften, wo hier und da noch ein Licht innerhalb der ummauerten Altstadt blinkte und verriet, daß jemand feierte oder studierte oder starb oder sich verkaufte, fragte er Nikolai scheinbar zusammenhanglos: »Denkst du jemals über den Krieg nach, Nikko?«
»Nein, Sir. Er geht mich nichts an.«
Der Egoismus der Jugend. Der zuversichtliche Egoismus eines jungen Mannes, der in dem Bewußtsein aufgewachsen war, der Letzte und Beste einer sorgfältig gezüchteten Rasse zu sein, die ihren Anfang genommen hatte, lange bevor ein Kesselflicker Henry Ford wurde,

ein Geldwechsler zum Rothschild und ein Kaufmann zum Medici aufstiegen.

»Ich fürchte, Nikko, daß unser kleiner Krieg dich jetzt doch etwas angehen wird.« Nach dieser Einleitung berichtete der General dem jungen Mann von dem Befehl, der ihn an die Front rief, und von seinem Plan, Nikolai nach Japan zu schicken, wo er im Hause eines berühmten Go-Spielers und -Lehrers wohnen sollte.

»... bei meinem ältesten und besten Freund, Otake-san, den du dem Namen nach als Otake vom Siebten *Dan* kennen wirst.«

Nikolai war dieser Name tatsächlich bekannt. Er hatte Otake-sans glänzende Kommentare über das Mittelspiel gelesen.

»Ich habe dafür gesorgt, daß du mit den anderen Schülern bei Otake-san und seiner Familie wohnen kannst. Das ist eine große Ehre für dich, Nikko.«

»Dessen bin ich mir bewußt, Sir. Und ich finde es aufregend, von Otake-san lernen zu dürfen. Aber wird er es nicht verächtlich von sich weisen, seine Lehren an einen Amateur zu verschwenden?«

Der General lachte. »Verachtung entspricht nicht dem Stil meines alten Freundes. Ah! Unser Tee ist fertig.«

Der Bursche hatte das Go-*ban* aus *kaya* fortgeräumt und an seinen Platz, ein niedriges, für den Tee gedecktes Tischchen gestellt. Der General und Nikolai kehrten zu ihren Sitzkissen zurück. Nach der ersten Tasse lehnte sich Kishikawa-san ein wenig zurück und begann in sachlichem Ton zu sprechen. »Deine Mutter besaß, wie sich herausgestellt hat, sehr wenig Geld. Sie hatte ihre Investitionen auf kleine hiesige Firmen verteilt, die fast alle kurz vor unserem Einmarsch in Konkurs gingen. Die Besitzer dieser Firmen sind einfach mit dem Kapital in der Tasche nach England zurückgekehrt. Für Europäer macht die große moralische Krise des Krieges geringere ethische Überlegungen offensichtlich hinfällig. Es gibt noch das Haus ... doch darüber hinaus nur sehr wenig. Ich habe veranlaßt, daß das Haus für dich verkauft wird. Der Erlös ist für deinen Unterhalt und den Unterricht in Japan bestimmt.«

»Wie Sie es für richtig halten, Sir.«

»Gut. Sage mir, Nikko – wirst du Shanghai vermissen?«

Nikolai überlegte nur eine Sekunde. »Nein.«

»Wirst du dich in Japan einsam fühlen?«

Nikolai zögerte einen Augenblick. »Ja.«

»Ich werde dir schreiben.«

»Oft?«
»Nein, nicht oft. Einmal im Monat. Aber du mußt mir immer schreiben, wenn du das Bedürfnis danach hast. Vielleicht bist du dort weniger einsam, als du jetzt fürchtest. Bei Otake-san studieren noch einige andere junge Leute. Und wenn du Zweifel, Ideen, Fragen hast, wirst du feststellen, daß es sich lohnt, mit Otake-san darüber zu diskutieren. Er wird dir interessiert zuhören, aber er wird dich nicht mit seinen Ratschlägen belästigen.« Der General lächelte. »Obwohl ich glaube, daß du eine der Redegewohnheiten meines Freundes bisweilen ein wenig verwirrend finden wirst. Er spricht über alle Probleme mit den Termini des Go-Spiels.«
»Das klingt, als könnte ich ihn gern haben, Sir.«
»Ich bin sicher, daß du ihn gern haben wirst. Ich zolle ihm den allergrößten Respekt. Er besitzt eine Eigenschaft des ... wie soll ich es ausdrücken? ... des *shibumi.*«
»*Shibumi,* Sir?« Nikolai kannte das Wort, doch nur im Zusammenhang mit Gärten oder Architektur, wo es soviel bedeutete wie ein Understatement von Schönheit. »Wie verwenden Sie diesen Ausdruck hier, Sir?«
»Ach, eigentlich nicht fest umrissen. Und, wie ich fürchte, unzutreffend. Ein ungeschickter Versuch, eine unbeschreibbare Eigenschaft zu beschreiben. Wie du weißt, hat *shibumi* etwas zu tun mit größter Verfeinerung, die unter einer alltäglichen Erscheinung verborgen liegt. Es ist eine Aussage, so zutreffend, daß sie nicht deutlich definiert zu sein braucht, so genau, daß sie nicht außergewöhnlich zu sein braucht, so wahr, daß sie nicht real zu sein braucht. *Shibumi* ist eher Verstehen als Wissen. Sprechendes Schweigen. Im menschlichen Verhalten ist es Sittsamkeit ohne Prüderie. In der Kunst, in der das Wesen des *shibumi* die Form des *sabi* annimmt, ist es elegante Schlichtheit, ausdrucksvolle Kürze. In der Philosophie, in der *shibumi* als *wabi* erscheint, ist es geistige Gelassenheit, die nicht passiv ist, ist es Sein ohne die Angst des Werdens. Und in der Persönlichkeit des Menschen ist es ... Wie soll ich es sagen? Autorität ohne Herrschsucht. So etwas Ähnliches jedenfalls.«
Nikolais Phantasie war wie elektrisiert von diesem Konzept des *shibumi.* »Wie erreicht man dieses *shibumi,* Sir?«
»Man erreicht es nicht, man ... entdeckt es. Und nur sehr wenige, ganz und gar vergeistigte Menschen entdecken es je. Menschen wie mein Freund Otake-san.«

»Heißt das, man muß sehr viel lernen, um zum *shibumi* zu gelangen?«
»Es bedeutet eher, daß man den Zustand des Wissens durchmessen und zur Einfachheit gelangen muß.«
Von diesem Augenblick an war Nikolais Hauptziel im Leben, eine *shibumi*-Persönlichkeit zu werden; ein Mensch voll unerschütterlicher Ruhe. Dies war eine Berufung, die ihm offenstand, während die meisten anderen ihm aus Gründen der Herkunft, der Erziehung und der Veranlagung verschlossen blieben. Im Streben nach *shibumi* konnte er ungesehen brillieren, ohne die Aufmerksamkeit und Rachsucht der tyrannischen Massen auf sich zu ziehen.
Kishikawa-san zog ein kleines, in ein schlichtes Tuch gewickeltes Sandelholzkästchen unter dem Teetisch hervor und legte es in Nikolais Hände. »Ein kleines Abschiedsgeschenk, Nikko.
Nikolai neigte gerührt den Kopf und empfing das Päckchen mit großer Bewegung; er versagte es sich, seiner Dankbarkeit mit unzulänglichen Worten Ausdruck zu verleihen. Und das war seine erste bewußte *shibumi*-Handlung.
Obwohl sie noch bis tief in die Nacht hinein über die faßbare und die potentielle Bedeutung von *shibumi* sprachen, verstanden sie einander im Tiefsten, Wesentlichsten nicht. Für den General war *shibumi* eine Art Unterwerfung; für Nikolai war es eine Form der Macht.
Beide waren sie Gefangene ihrer Generation.

Nikolai reiste mit einem Schiff nach Japan, das verwundete Soldaten für einen Familienbesuch, eine Auszeichnung, einen Lazarettaufenthalt oder ein Leben unter der Last der Verstümmelung in die Heimat zurückbrachte. Der gelbe Schlamm des Jangtseflusses folgte dem Schiff noch meilenweit hinaus aufs offene Meer, und erst als das Khakigelb in Schieferblau überging, entfaltete Nikolai das schlichte Tuch, in das Kishikawa-sans Abschiedsgeschenk gehüllt war. In einem zierlichen Sandelholzkästchen lagen, in weiches Papier gewikkelt, damit sie keinen Schaden litten, zwei Go-*ke* aus schwarzem, in Heidatsu-Arbeit mit Silber eingelegtem Lack. Auf den Deckeln der Schalen schmiegten sich dunstverhüllte Teehäuser an die Ufer ungenannter Seen. Die eine Schale enthielt schwarze Nichi-Steine aus Kishiu, die andere weiße Steine aus Miyazaki-Perlmutt ... glänzend, bei jedem Wetter erstaunlich kühl, wenn man sie anfaßte.
Wer auch immer den zarten, jungen Mann beobachtete, der an der

Reling des rostigen Frachters lehnte und dessen grüne Augen gedankenlos dem Auf und Ab der Wellen folgten, während er über die beiden Geschenke nachsann, die der General ihm gemacht hatte – die Go-*ke* und die Lebensaufgabe des *shibumi*–, niemand hätte vermutet, daß aus ihm der höchstbezahlte Killer der Welt werden sollte.

WASHINGTON

Der Erste Assistent richtete sich von seiner Kontrollkonsole auf, seufzte tief, schob die Brille auf die Stirn und rieb sich die roten Druckstellen auf dem Nasenrücken. »Es wird schwierig sein, zuverlässige Informationen von Fat Boy zu bekommen, Sir. Die Inputquellen liefern dauernd einander widersprechende oder unvollständige Daten. Sind Sie sicher, daß er in Shanghai geboren ist?«
»Ziemlich sicher.«
»Tja, darüber haben wir überhaupt nichts. Chronologisch gesehen lautet die erste Auskunft, die ich bekommen konnte, daß er in Japan gelebt hat.«
»Na schön. Dann fangen Sie eben damit an.«
Der Erste Assistent meinte sich gegen die Verärgerung in Mr. Diamonds Ton wehren zu müssen. »So leicht, wie Sie sich das vorstellen, ist es nicht, Sir. Hören Sie nur eine Kostprobe von dem Unsinn, der mir vorgesetzt wird. Unter der Rubrik ›Sprachkenntnisse‹ habe ich Russisch, Französisch, Chinesisch, Deutsch, Englisch, Japanisch und Baskisch. *Baskisch?* Das kann doch nicht wahr sein, oder?«
»Es ist aber wahr.«
»Baskisch? Warum sollte jemand Baskisch lernen?«
»Ich weiß es nicht. Er hat es im Gefängnis studiert.«
»Im Gefängnis, Sir?«
»Darauf werden Sie später noch stoßen. Er hat drei Jahre in Einzelhaft verbracht.«
»Sie... Sie scheinen erstaunlich gut über ihn informiert zu sein, Sir.«
»Ich habe ihn jahrelang im Auge behalten.«
Der Erste Assistent hätte gern gefragt, warum er diesem Nikolai Hel eine so besondere Aufmerksamkeit gewidmet hatte, besann sich aber eines Besseren. »Na schön, Sir. Baskisch stimmt also. Aber wie ist es hiermit? Unsere ersten feststehenden Daten stammen aus der Zeit

unmittelbar nach dem Krieg, als er offenbar als Dechiffrierer und Übersetzer für die Besatzungsmacht arbeitete. Wenn wir aber davon ausgehen, daß er Shanghai zu dem von uns angenommenen Zeitpunkt verlassen hat, bleiben noch fünf oder sechs ungeklärte Jahre. Die einzige Auskunft, die Fat Boy mir über diesen Zeitraum gibt, klingt absolut unlogisch. Es heißt, er habe diese Jahre mit dem Studium eines Brettspiels verbracht. Eines Brettspiels namens Go – was immer das sein mag.«

»Ich glaube, das stimmt.«

»Ist denn das möglich? Den ganzen Zweiten Weltkrieg hat er damit verbracht, ein Brettspiel zu erlernen?« Der Erste Assistent schüttelte den Kopf. Weder er noch Fat Boy konnten sich mit Schlußfolgerungen abfinden, die nicht der soliden linearen Logik entsprangen. Und es war einfach unlogisch, daß ein internationaler Killer mit violetter Karte fünf oder sechs Jahre (großer Gott! Sie wußten ja nicht mal genau, wie viele!) damit verbracht haben sollte, ein albernes Brettspiel zu erlernen!

JAPAN

Nahezu fünf Jahre lang lebte Nikolai im Haus von Otake-san als Student und Familienmitglied. Otake vom Siebten Dan war ein Mann mit zwei entgegengesetzten Persönlichkeiten: Beim Wettkampf war er listig, kaltblütig, bekannt für unnachsichtiges Ausnutzen jeder kleinsten Schwäche oder geistigen Unbeweglichkeit im Spiel seines Gegners. Zu Hause jedoch, in seinem weitläufigen, eher desorganisierten Haushalt, inmitten seiner vielköpfigen Familie, zu der außer seinem Vater, seiner Frau und drei Kindern nie weniger als sechs Lehrlingsschüler gehörten, war Otake-san väterlich, großzügig, ja sogar bereit, zum Vergnügen seiner Kinder und Schüler den Clown zu spielen. Geld gab es niemals im Überfluß, aber sie lebten in einem kleinen Bergdorf, das kaum kostspielige Zerstreuungen bot, und so erwuchs daraus auch kein Problem. Hatten sie wenig, lebten sie bescheiden; hatten sie mehr, gaben sie das Geld großzügig aus.

Keines von Otake-sans Kindern besaß eine überdurchschnittliche Begabung für die Kunst des Go-Spiels. Und von seinen Schülern erfreute sich nur Nikolai jener unerklärlichen Konstellation von Talenten, die einen Spieler von Rang auszeichnen: Veranlagung zum

Ersinnen abstrakter schematischer Möglichkeiten; Sinn für mathematische Poesie, in dessen Licht das unendliche Chaos aus Wahrscheinlichkeiten und Permutationen sich unter dem Druck intensiver Konzentration zu geometrischen Blüten kristallisiert; Wille zum rücksichtslosen Krafteinsatz gegenüber den Schwächen des Opponenten.

Mit der Zeit entdeckte Otake-san bei Nikko jedoch eine zusätzliche Eigenschaft, die seinem Spiel zugute kam: Nikolai vermochte sich mitten in einer Partie für kurze Zeiträume in tiefster Ruhe zu entspannen, um anschließend geistig vollkommen erfrischt zum Spiel zurückzukehren.

Otake-san war es, der als erster erkannte, daß Nikolai ein Mystiker war. Wie die meisten Mystiker ahnte auch Nikolai nichts von seiner Begabung und wollte zuerst gar nicht glauben, daß andere Menschen keine derartigen Erlebnisse hatten. Ein Leben ohne mystische Entrückung konnte er sich nicht vorstellen, und jene, die ohne solche Erfahrungen leben mußten, bemitleidete er nicht, sondern betrachtete sie als Wesen anderer Art. Nikolais mystische Begabung kam eines Nachmittags ans Licht, als er mit Otake-san eine Übungspartie spielte, eine streng klassische Partie, bei der sie nur in geringfügigen Nuancen der Spielentwicklung von den Modellen der Lehrbücher abwichen. Etwa nach zweieinhalb Stunden spürte Nikolai, daß sich ihm das Tor zu Ruhe und zum Einssein öffnete, und er gestattete sich hindurchzugehen. Nach einer Weile verschwand das Gefühl wieder, und Nikolai saß regungslos, doch völlig entspannt da und fragte sich, warum sein Lehrer wohl zögerte, eine auf der Hand liegende Plazierung vorzunehmen. Als er aufschaute, sah er überrascht, daß Otake-sans Blick auf seinem Gesicht ruhte, statt auf dem Go-*ban*.

»Was ist, Lehrer? Habe ich einen Fehler gemacht?«

Otake-san musterte Nikolau aufmerksam. »Nein, Nikko. Deine beiden letzten Züge waren zwar nicht gerade brillant, aber falsch waren sie auch nicht. Nur ... wie kannst du spielen, während du vor dich hin träumst?«

»Ich – vor mich hin träumen? Ich habe nicht geträumt, Lehrer.«

»Wirklich nicht? Dein Blick war abwesend, dein Ausdruck leer. Du hast nicht mal auf das Brett geschaut, als du deine Plazierungen vornahmst. Du hast die Steine gesetzt und dabei in den Garten hinausgeblickt.«

Nikolai nickte lächelnd. Jetzt begriff er. »Ach so. Ich war gerade vom

Ausruhen zurückgekehrt. Deswegen habe ich natürlich nicht auf das Brett zu sehen brauchen.«

»Bitte, Nikko, erkläre mir, warum du nicht auf das Brett zu sehen brauchtest.«

»Ich... äh... nun ja, ich habe mich ausgeruht.« Nikolai sah, daß Otake-san ihn nicht verstand, und das verwirrte ihn, nahm er doch an, ein jeder Mensch habe mystische Erfahrungen.

Otake-san lehnte sich zurück und nahm noch eins von den Pfefferminzdrops, die er gewohnheitsmäßig lutschte, um die Schmerzen in seinem Magen zu lindern, die von den langen Jahren strenger Selbstbeherrschung unter dem Druck des professionellen Spielens herrührten. »Und jetzt erkläre mir, das du damit meinst, daß du dich ausgeruht hast.«

»Ich fürchte, ›ausruhen‹ ist nicht das richtige Wort dafür, Lehrer. Ich weiß nicht, wie man es nennt. Ich habe noch nie gehört, daß jemand eine Bezeichnung dafür gebraucht hätte. Aber Sie müssen dieses Gefühl, von dem ich spreche, doch kennen! Dieses Sichentfernen ohne wegzugehen. Dieses... Sie wissen schon... Dieses Hinüberfließen in einen Gegenstand und... äh... dieses Begreifen aller Dinge.«

Nikolai war verlegen. Die Erfahrung war zu selbstverständlich und zu elementar, um sie erklären zu können. Es war, als hätte der Lehrer ihn gebeten, ihm das Atmen zu erklären oder den Duft der Blumen. Nikolai war überzeugt, daß Otake-san genau wußte, was er meinte; schließlich brauchte er sich doch nur seine eigenen Ruhepausen zu vergegenwärtigen. Warum also stellte er ihm solche Fragen?

Otake-san streckte die Hand aus und berührte Nikolais Arm. »Ich verstehe, Nikko, daß es dir schwerfällt, es zu erklären. Und ich verstehe, glaube ich, ein wenig von dem, was du erlebst – nicht, weil ich es selbst erfahren, sondern weil ich darüber gelesen habe, denn es hat immer schon meine Neugier erregt. Man nennt so etwas Mystik.«

Nikolai lachte. »Mystik? Aber Lehrer...«

»Hast du jemals mit einem Menschen über dieses – wie hast du es noch genannt? – ›Sichentfernen ohne wegzugehen‹ gesprochen?«

»Also... Nein. Warum sollte man darüber sprechen?«

»Nicht mal mit unserem guten Freund Kishikawa-san?«

»Nein, Lehrer. Das Thema kam nie zur Sprache. Ich verstehe nicht, warum Sie mir diese Fragen stellen. Ich bin verwirrt. Und ich beginne mich zu schämen.«

Otake-san drückte seinen Arm. »Aber nein! Du brauchst dich nicht zu schämen. Hab keine Angst. Denn siehst du, Nikko, was du erlebst... das, was du ›Ausruhen‹ nennst... das erfahren nur sehr wenige Menschen, und wenn, dann höchstens andeutungsweise, solange sie noch sehr jung sind. Fromme Menschen versuchen ein solches Erlebnis durch Kasteiung und Meditation herbeizuführen, törichte mit Hilfe von Drogen. In allen Epochen und in allen Kulturkreisen war es nur wenigen Glücklichen vergönnt, diesen Zustand der Ruhe und des Einsseins mit der Natur (ich benutze diese Ausdrücke zur Beschreibung, weil es die sind, die ich gelesen habe) ohne jahrelange strenge Kasteiung zu erreichen. Anscheinend geschieht das bei diesen Auserwählten ganz selbstverständlich und leicht. Solche Menschen nennt man Mystiker. Das ist allerdings eine etwas unglückliche Bezeichnung, weil sie Anklänge an Religion und Magie in sich birgt. Im übrigen wirken alle Beschreibungen dieser Erlebnisse recht theatralisch. Was du als ›Ausruhen‹ bezeichnest, nennen andere Ekstase.«
Bei diesem Wort grinste Nikolai voll Unbehagen. Wie konnte man die realste Sache der Welt als Mystik bezeichnen? Wie konnte man das stillste Gefühl der Welt Ekstase nennen?
»Du lächelst über das Wort, Nikko. Aber das Erlebnis ist doch sicherlich angenehm, oder?«
»Angenehm? So habe ich es noch nie gesehen. Es ist... es ist notwendig.«
»Notwendig?«
»Nun ja, wie könnte man tagein, tagaus leben, wenn es zwischendurch kein Ausruhen gäbe?«
Otake-san lächelte. »Wir anderen müssen uns ohne dieses Ausruhen durchs Leben plagen.«
»Ich bitte um Verzeihung, Lehrer. Aber ein solches Leben kann ich mir einfach nicht vorstellen. Wo läge der Sinn eines derartigen Lebens?«
Otake-san nickte. Er hatte bei seiner Lektüre festgestellt, daß kein Mystiker fähig war, die Menschen zu verstehen, die seine Gabe nicht besaßen. Voller Unbehagen erinnerte er sich daran, daß der Verlust dieser Gabe – und die meisten verlieren sie früher oder später – bei den Mystikern Panik und tiefe Depressionen auslöst. Manche suchen Zuflucht in der Religion, weil sie hoffen, ihre mystischen Erlebnisse mit Hilfe der Meditation wiederzufinden. Manche begehen sogar

Selbstmord, weil ihnen ein Leben ohne mystische Entrückung sinnlos erscheint.
»Nikko? Ich bin, was die Mystik anbetrifft, schon immer überaus wißbegierig gewesen, deshalb gestatte mir bitte, dir ein paar Fragen über dieses ›Ausruhen‹ zu stellen. In meiner Lektüre benutzen die Mystiker, die über ihre Entrückungen berichten, immer sehr schwer faßliche Ausdrücke, viele scheinbare Widersprüche, viele poetische Paradoxa. Es ist, als versuchten sie etwas zu beschreiben, das zu kompliziert ist, um es in Worten auszudrücken.«
»Oder zu einfach, Sir.«
»Ja. Vielleicht ist es das. Zu einfach.« Otake-san preßte die Faust auf seinen Magen, um den Druck ein wenig zu lindern, und nahm sich noch ein Pfefferminzbonbon. »Wie lange hast du diese Erlebnisse schon?«
»Schon immer.«
»Seit deiner Kindheit?«
»Schon immer.«
»Aha. Und wie lange dauern sie jedesmal?«
»Das spielt keine Rolle, Lehrer. Es existiert dort keine Zeit.«
»Das Erlebnis ist also zeitlos?«
»Nein. Es gibt weder Zeit noch Zeitlosigkeit.«
Otake-san schüttelte lächelnd den Kopf. »Willst du mir auch mit so schwer faßlichen Ausdrücken und so poetischen Paradoxa kommen?«
Nikolai erkannte, daß diese übergreifenden Oxymora das, was so unendlich simpel war, chaotisch erscheinen ließen, aber er wußte nicht, wie er sich mit dem schwerfälligen Instrumentarium der Sprache ausdrücken sollte.
Otake-san kam ihm zu Hilfe. »Du willst also sagen, daß du während dieser Erlebnisse kein Gefühl für die Zeit hast? Daß du nicht weißt, wie lange sie dauern?«
»Ich weiß genau, wie lange sie dauern, Lehrer. Wenn ich mich entferne, gehe ich nicht weg. Ich bin, wo mein Körper ist, und gleichzeitig woanders. Ich träume nicht vor mich hin. Manchmal dauert eine Ruhepause ein bis zwei Minuten. Und manchmal dauert sie mehrere Stunden. Sie dauert eben genauso lange, wie es für mich notwendig ist.«
»Und kommen sie oft, diese... Ruhepausen?«
»Das ist verschieden. Höchstens zwei- bis dreimal am Tag. Aber

manchmal habe ich einen ganzen Monat lang keine Ruhepause. Dann fehlen sie mir wirklich sehr. Und ich fürchte, daß sie womöglich nie wiederkommen.«

»Kannst du diese Ruhepausen nach Belieben auslösen?«

»Nein. Aber ich kann sie abblocken. Und ich muß aufpassen, daß ich sie nicht blockiere, wenn ich sie brauche.«

»Wie blockierst du sie?«

»Indem ich wütend werde. Oder Haß empfinde.«

»Wenn du Haß empfindest, ist dir kein solches Erlebnis möglich?«

»Wie sollte es? Ausruhen ist das Gegenteil von Haß.«

»Also Liebe?«

»Es könnte Liebe sein, wenn es mit Menschen zu tun hätte. Aber es hat nichts mit Menschen zu tun.«

»Womit denn?«

»Mit allem. Mit mir. Das ist ein und dasselbe. Wenn ich mich ausruhe, ist alles und ich... Ich weiß nicht, wie ich es erklären soll.«

»Wirst du eins mit allem?«

»Ja. Nein, nicht ganz. Ich *werde* nicht eins mit allem. Ich *bin wieder* eins mit allem. Verstehen Sie, was ich meine?«

»Ich versuche es. Nehmen wir diese ›Ruhepause‹, die du hattest, als wir vorhin spielten. Beschreib mir doch bitte, wie die verlief.«

Nikolai hob hilflos die Hände. »Wie kann ich das?«

»Versuch es. Fang an mit: Wir spielten, und Sie hatten soeben den Stein sechsundfünfzig plaziert, und... Mach du weiter.«

»Es war Stein achtundfünfzig, Lehrer.«

»Nun gut, dann eben achtundfünfzig. Was geschah dann?«

»Nun ja... der Spielfluß war genau richtig, und da begann es mich zur Wiese zu führen. So fängt es immer an, mit einer Art Fließbewegung... mit einem Fluß oder Strom oder mit dem Wind, der Wellen in einem reifen Reisfeld beschreibt, mit dem Glitzern von Blättern in einer Brise, mit vorüberziehenden Wolken. Und wenn die Struktur des Go-Spiels klassisch und schön fließt, kann mich auch das auf die Wiese führen.«

»Auf die Wiese?«

»Ja. Das ist der Ort, an den ich gelange. Daran erkenne ich, daß ich mich ausruhe.«

»Handelt es sich um eine wirkliche Wiese?«

»Selbstverständlich.«

»Um eine Wiese, auf der du einmal gewesen bist? Um einen Ort, an den du dich erinnerst?«

»Nein, in meiner Erinnerung gibt es sie nicht. Im reduzierten Zustand bin ich noch nie dort gewesen.«

»Reduziert?«

»Sie wissen schon... Wenn ich in meinem Körper bin und nicht ausruhe.«

»Dann ist das normale Leben für dich ein reduzierter Zustand?«

»Für mich ist die Zeit, die ich in der Ruhe verbringe, normal. Während die Zeit hier... begrenzt ist, und... ja, eben reduziert.«

»Erzähl mir mehr von deiner Wiese, Nikko.«

»Sie ist dreieckig. Und steigt an, von mir fort. Das Gras ist hoch. Es gibt keine Tiere. Kein Wesen ist jemals über das Gras geschritten oder hat es gefressen. Es gibt Blumen, eine leichte Brise... warm. Blaßblauer Himmel! Ich freue mich immer sehr, wieder das Gras zu sein.«

»Du *bist* das Gras?«

»Wir sind einer das andere. Wie die Brise und das goldene Sonnenlicht. Wir sind alle... miteinander vermischt.«

»Aha. Ich verstehe. Deine Beschreibung dieser mystischen Erlebnisse ist den anderen, von denen ich gelesen habe, sehr ähnlich. Und diese Wiese ist das, was die Autoren als den ›Einstieg‹ oder ›Weg‹ bezeichnen. Hast du sie schon einmal so betrachtet?«

»Nein.«

»Gut. Was geschieht dann?«

»Gar nichts. Ich ruhe. Ich bin überall zugleich. Und alles ist unwichtig und schön. Und dann... fange ich an, mich zu reduzieren. Ich löse mich vom Sonnenlicht und von der Wiese und schrumpfe, kehre in mein körperliches Ich zurück. Die Ruhepause ist vorbei.« Nikolai lächelte unsicher. »Ich fürchte, ich habe es nicht sehr gut beschrieben, Lehrer. Es ist etwas, das... das man einfach nicht beschreibt.«

»Nein, du hast es sehr gut beschrieben, Nikko. Du hast in mir eine Erinnerung geweckt, die ich beinahe verloren hatte. Ein- oder zweimal als Kind – im Sommer, glaube ich – habe auch ich eine kurze Entrückung erlebt. Ich habe einmal gelesen, daß die meisten Menschen als Kinder zuweilen ein mystisches Erlebnis haben, dieser Zeit aber schon bald entwachsen. Und sie vergessen. Würdest du mir noch etwas erklären? Wie kommt es, daß du Go spielen kannst, während du entrückt bist, während du auf der Wiese weilst?«

»Also, ich bin hier und dort gleichzeitig. Ich entferne mich, aber ich gehe nicht weg. Ich bin Teil dieses Zimmers und des Gartens.«
»Und ich, Nikko? Bist du auch Teil von mir?«
Nikko schüttelte den Kopf. »An meinem Ruheplatz gibt es keine Lebewesen. Ich bin das einzige Wesen, das sehen kann. Ich sehe für uns alle, für das Sonnenlicht, für das Gras.«
»Aha. Und wie kannst du deine Steine setzen, ohne auf das Brett zu schauen? Woher weißt du, wo sich die Linien kreuzen? Woher weißt du, wo ich meinen letzten Stein plaziert habe?«
Nikolai zuckte die Achseln. Das war zu offensichtlich, um erst erklärt werden zu müssen. »Ich bin Teil von allem, Lehrer. Ich teile... nein... Ich fließe mit allem. Mit dem Go-*ban*, mit den Steinen. Das Brett und ich sind einer im anderen. Wie sollte ich da das Spielmuster nicht kennen?«
»Du siehst also vom Inneren des Brettes aus?«
»Innen und außen sind dasselbe. Aber ›sehen‹ ist auch nicht ganz richtig. Wenn man überall ist, braucht man nicht zu ›sehen‹.« Nikolai schüttelte den Kopf. »Ich kann's nicht erklären.«
Otake-san drückte ganz leicht Nikolais Arm, dann zog er seine Hand zurück. »Ich will dich nicht weiter ausfragen. Ich muß gestehen, daß ich dich um den mystischen Frieden, den du findest, beneide. Vor allem beneide ich dich darum, daß du deine Gabe so natürlich findest – ohne die Konzentration und die Übungen, die selbst heilige Männer bei der Suche danach aufwenden müssen. Aber wenn ich dich auch beneide, so habe ich doch auch Angst um dich. Wenn die Ekstase – wie ich es vermute – zu einem natürlichen und notwendigen Teil deines Innenlebens geworden ist, was soll dann aus dir werden, wenn diese Gabe einmal nachläßt, wenn dir diese Erlebnisse versagt werden?«
»Daß das geschieht, Lehrer, kann ich mir nicht vorstellen.«
»Ich weiß. Aber aus meiner Lektüre habe ich gelernt, daß diese Gabe verschwinden und man den Weg zur inneren Ruhe verlieren kann. Irgend etwas kann geschehen, das dich mit grenzenlosem, nie nachlassendem Haß erfüllt oder mit Angst, und dann verschwindet die Gabe plötzlich.«
Die Vorstellung, er könnte die natürlichste und wichtigste psychische Funktion seines Lebens verlieren, versetzte Nikolai in Unruhe. Von einer Welle der Panik ergriffen, erkannte er, daß schon die Angst, sie zu verlieren, den Verlust bewirken könnte. Er wollte weg von diesem Gespräch, weg von diesen neuen und unbegreiflichen Zweifeln. Er

senkte den Blick auf das Go-*ban*, überlegte, wie er auf einen solchen Verlust reagieren würde.
»Was würdest du tun, Nikko?« fragte Otake-san nach kurzem Schweigen.
Nikolai hob den Blick vom Spielbrett; seine grünen Augen waren ruhig und ausdruckslos. »Wenn mir jemand meine Ruhepausen nähme – ich würde ihn töten.«
Das sagte er mit einer fatalistischen Gelassenheit, und Otake-san erkannte, daß kein Zorn, sondern die schlichte Wahrheit aus seinen Worten sprach. Die ruhige Sicherheit dieser Antwort war es, die Otake-san am stärksten beunruhigte.
»Aber, Nikko, nehmen wir an, es sei kein Mensch, der dir diese Gabe wegnimmt. Nehmen wir an, es geschähe aufgrund einer Situation, eines Ereignisses, eines Lebensumstandes. Was tätest du dann?«
»Ich würde versuchen, die Ursache zu vernichten, ganz gleich, was es ist. Ich würde sie strafen.«
»Würde dir das den Weg zur Ruhe wieder öffnen?«
»Ich weiß es nicht, Lehrer. Aber es wäre die mindeste Rache, die ich für einen so schweren Verlust üben könnte.«
Otake-san seufzte, teils aus Kummer über diese ganz besondere Schwäche Nikkos, teils aus Mitleid mit dem, der eines Tages die Schuld am Verlust seiner Gabe tragen würde. Er bezweifelte nicht im geringsten, daß der junge Mann tun würde, was er gesagt hatte. Nirgends verrät sich die Persönlichkeit eines Menschen so deutlich wie beim Go-Spiel, wenn seine Taktik von jemandem interpretiert wird, der Erfahrung und Intelligenz genug besitzt, sie richtig zu deuten. Und Nikolais Spiel, so brillant und wagemutig es auch sein mochte, barg den ästhetischen Makel der Gefühlskälte und einer beinahe unmenschlichen Konzentration auf das Ziel. Da er Nikolais Taktik studiert hatte, wußte Otake-san, daß sein Starschüler zu Ruhm gelangen und der erste Nichtjapaner werden konnte, der zu den höheren Dans emporstieg; aber er wußte ebenso, daß der Junge im weniger hochgeistigen Spiel des Lebens weder Ruhe noch Glück finden würde. Daß Nikko die Gabe besaß, sich in die mystische Entrückung zurückzuziehen, war ein Segen, ein Ausgleich. Aber es war auch ein Danaergeschenk.
Otake-san seufzte noch einmal auf und betrachtete das Mosaik der Steine. Ungefähr ein Drittel der Partie war beendet. »Ist es dir recht, Nikko, wenn wir jetzt nicht weiterspielen? Mein Magen macht mir

wieder zu schaffen. Und die Entwicklung ist so klassisch, daß der Keim des Ergebnisses bereits Wurzel geschlagen hat. Ich glaube kaum, daß einer von uns noch einen schwerwiegenden Fehler begehen würde. Du etwa?«

»Nein, Sir.« Nikolai war froh, das Spielbrett und den kleinen Raum verlassen zu dürfen, in dem er zum erstenmal gehört hatte, daß seine mystische Zuflucht nicht gegen alles gefeit war – daß etwas geschehen konnte, das ihm diesen wesentlichsten Teil seines Lebens entreißen würde. »Wie dem auch sei, Lehrer, ich glaube, Sie hätten um sieben oder acht Steine gewonnen.«

Otake-san warf einen letzten Blick auf das Brett. »Um so viele? Ich hätte eigentlich eher gedacht, es wären höchstens fünf bis sechs.« Lächelnd sah er Nikko an. Das war ihre Art zu scherzen.

In Wirklichkeit hätte Otake-san um mindestens ein Dutzend Steine gewonnen, und sie wußten es beide.

Die Jahre vergingen, und die Jahreszeiten wechselten friedlich im Hause der Otakes, wo überlieferte Rollen, Loyalität, harte Arbeit und fleißiges Lernen durch Spiel, Übermut und Zuneigung aufgewogen wurden, welch letzterer es dadurch, daß man sie weitgehend geheimhielt, keineswegs an Aufrichtigkeit mangelte.

Selbst in ihrem kleinen Gebirgsdorf, wo die dominanten Akkorde im Gleichklang mit dem Zyklus von Säen und Ernten ertönten, bildete der Krieg eine stete Hintergrundmusik. Junge Männer, die jedermann kannte, gingen zum Militär, und einige von ihnen kehrten nie wieder zurück. Einschränkungen und noch härtere Arbeit wurden zum täglichen Brot der Daheimgebliebenen. Große Aufregung entstand, als am 8. Dezember 1941 die Nachricht vom Überfall auf Pearl Harbor kam; erfahrene Männer waren sich einig darin, daß der Krieg höchstens ein Jahr dauern würde. Sieg um Sieg wurde von begeisterten Stimmen über den Rundfunk verkündet, als die Armee den europäischen Imperialismus aus dem Pazifik vertrieb.

Dennoch murrten einige Bauern insgeheim über die unmöglichen Abgabequoten, die ihnen auferlegt wurden, und man spürte den zunehmenden Mangel an Konsumgütern. Otake-san beschäftigte sich jetzt hauptsächlich mit dem Verfassen von Kommentaren, denn als patriotische Reaktion auf den allgemeinen Ernst der Lage waren die Go-Turniere zahlenmäßig eingeschränkt worden. Gelegentlich berührte der Krieg den Otake-Haushalt auch etwas unmittelbarer. An einem Winterabend kam der mittlere Sohn der Familie zerknirscht und zutiefst beschämt nach Hause, weil er von seinen Klassenkameraden als *yowamushi*, als schwächlicher Wurm, verspottet worden war: Während der anstrengenden nachmittäglichen Freiübungen, bei denen alle Jungen auf dem schneebedeckten Schulhof nackt bis zur Taille turnen mußten, um physische Härte und »Samurai-Geist« zu beweisen, hatte er Fausthandschuhe an den empfindlichen Händen getragen.

Und Nikolai hörte von Zeit zu Zeit, daß man ihn als Fremden, als *gaijin* – Rotkopf –, bezeichnete, und zwar in einem Ton, dessen mißtrauischer Beigeschmack den von chauvinistischen Lehrern gepredigten Fremdenhaß spiegelte. Im Grunde hatte er jedoch kaum unter seinem Außenseiterstatus zu leiden. General Kishikawa hatte dafür gesorgt, daß in seinen Personalpapieren die Mutter als Russin (neutral) und der Vater als Deutscher (Verbündeter) ausgewiesen wurde. Außerdem stand Nikolai unter dem Schutz des Respekts, den man im Dorf für Otake-san hegte, diesem berühmten Go-Spieler, der dem Dorf die Ehre erwies, es zu seinem Wohnsitz zu erwählen.

Als Nikolais Spielkunst so große Fortschritte gemacht hatte, daß er an Vorrunden teilnehmen und Otake-san als Schüler zu den großen Meisterschaftsturnieren begleiten durfte – die in abgelegenen Erholungsorten stattfanden, wo die Spieler vor den Ablenkungen der Außenwelt geschützt werden konnten –, hatte er zum erstenmal Gelegenheit, den Kampfgeist, mit dem Japan in den Krieg zog, aus erster Hand mitzuerleben. Auf den Bahnhöfen wurden lärmende Abschiedsfeiern für die Rekruten gegeben, und auf großen Transparenten stand zu lesen:

Herzlichen Glückwunsch zur Einberufung

und:

Wir beten um Schlachtenglück für euch.

Er hörte von einem Jungen aus dem Nachbardorf, der bei der Musterung durchgefallen war und darum gebettelt hatte, trotzdem auf irgendeinen Posten gestellt zu werden, damit er die unaussprechliche Schande der Wehruntauglichkeit nicht auf sich nehmen mußte. Seine Bitten wurden ignoriert, und man schickte ihn mit der Bahn nach Hause. Am Fenster stehend, starrte er hinaus und murmelte immer wieder vor sich hin: *Haji desu, haji desu.* Zwei Tage später wurde sein Leichnam an der Bahnstrecke gefunden. Er hatte es vorgezogen, sich der Schande zu entziehen, statt zu den Verwandten

und Freunden zurückzukehren, die ihn mit so großem Stolz und Jubel verabschiedet hatten.
Für das japanische Volk war dieser Krieg wie für seine Feinde ein gerechter, ein Krieg, zu dem man sie gezwungen hatte. Es lag ein gewisser Stolz der Verzweiflung in dem Bewußtsein, daß dieses winzige Japan, ohne nennenswerte natürliche Ressourcen außer dem Kampfgeist seiner Bevölkerung, allein gegen die Horden der Chinesen, gegen die ungeheuren Industriemächte von Amerika und Australien sowie gegen – bis auf vier – sämtliche europäische Nationen stand. Und jeder, der denken konnte, wußte, wenn die Japaner durch diese Übermacht erst genügend geschwächt worden waren, würde die erdrückende Masse der Sowjetunion über sie herfallen.
Zunächst jedoch gab es nur Siege. Als man im Dorf erfuhr, daß Tokio von Doolittle bombardiert worden war, nahmen die Bewohner die Nachricht voller Bestürzung und Empörung auf. Bestürzung, weil man ihnen versichert hatte, Japan sei unverwundbar. Empörung, weil, wenn auch die Wirkung des Bombardements nur gering war, die amerikanischen Flieger ihre Brandbomben willkürlich geworfen und Privathäuser und Schulen zerstört, aber – ironischer Zufall – nicht eine einzige Fabrik oder militärische Einrichtung getroffen hatten. Als Nikolai von den amerikanischen Bombern hörte, fielen ihm sofort die Northrop-Flugzeuge ein, die das Warenhaus »The Sincere« in Shanghai bombardiert hatten. Noch immer sah er die puppenhafte junge Chinesin in ihrem grünen Seidenkleid mit dem steifen, kleinen Kragen um den porzellanweißen Hals und mit dem bleichen Gesicht unter dem Reispuder vor sich, wie sie nach ihrer verlorenen Hand suchte.
Obwohl der Krieg alle Aspekte des Lebens beeinflußte, war er nicht das beherrschende Thema in Nikolais prägenden Jugendjahren. Drei Dinge waren ihm weit wichtiger: die regelmäßigen Fortschritte in seiner Ausbildung; die erholsamen und wiederbelebenden Phasen mystischer Ruhe wann immer seine psychische Kraft nachließ; und, in seinem siebzehnten Lebensjahr, die erste Liebe.
Mariko gehörte zu Otake-sans Schülern: ein scheues, zierliches junges Mädchen, nur ein Jahr älter als Nikko, der zwar die geistige Härte fehlte, um eine große Spielerin zu werden, deren Taktik jedoch ausgeklügelt und raffiniert war. Nikolai bestritt mit ihr zahlreiche Übungspartien, bei denen sie hauptsächlich das Eröffnungs- und das Mittelspiel trainierten. Ihre Scheu und seine Zurückhaltung ergänz-

ten einander gut, und häufig saßen sie abends in dem kleinen Garten, wo sie ein wenig plauderten und viel schwiegen.
Zuweilen wanderten sie auf dem einen oder anderen Botengang zusammen ins Dorf hinunter; dann beendete wohl ein flüchtiges Aneinanderstoßen der Arme unvermittelt ihr Gespräch und löste verlegenes Schweigen aus. Und dann, eines Tages, griff Nikolai mit einer Kühnheit, die nichts von dem halbstündigen inneren Kampf ahnen ließ, der dieser Geste vorausgegangen war, über das Spielbrett hinweg nach ihrer Hand. Schluckend und verzweifelt ihre Aufmerksamkeit auf das Brett konzentrierend, erwiderte Mariko den Druck seiner Finger, ohne ihn anzusehen, und während des restlichen Vormittags war das Spiel der beiden äußerst mangelhaft, während ihre Hände ineinander lagen, die des Mädchens feucht aus Angst vor Entdeckung, die seine zitternd vor Erschöpfung wegen der unbequemen Armhaltung; aber er wagte seinen Griff nicht zu lockern, geschweige denn ihre Hand loszulassen, aus Furcht, sie könne das als Zurückweisung auslegen.
Erleichtert hörten beide den Ruf zum Mittagessen, das Prickeln heimlicher Sünde und Liebe jedoch pulsierte noch den ganzen Tag in ihrem Blut. Und am Tag darauf tauschten sie einen flüchtigen Kuß.
In einer Frühlingsnacht, als Nikolai fast achtzehn war, wagte er sich in Marikos kleine Schlafkammer. In einem Haus, in dem so viele Menschen auf so engem Raum zusammenlebten, war ein nächtlicher Besuch ein Abenteuer voll verstohlener Gesten, leisen Geflüsters und angehaltenen Atems, während beim kleinsten wirklichen oder eingebildeten Geräusch das Herz des einen wild gegen die Brust des anderen pochte.
Ihr Liebesspiel war ungeschickt, tastend, unendlich sanft.

Obwohl Nikolai und General Kishikawa einander jeden Monat schrieben, konnte der General sich während seiner fünf Lehrjahre nur zweimal für einen kurzen Urlaub in Japan von seinen Pflichten als Verwaltungsoffizier freimachen.
Der erste Besuch dauerte nur einen Tag, denn der General verbrachte den größten Teil seines Urlaubs in Tokio bei seiner Tochter, die erst kürzlich verwitwet war: ihr Mann, ein Marineoffizier, war mit seinem Schiff beim Sieg in der Korallensee gesunken, während sie mit ihrem ersten Kind schwanger war. Nachdem er ihr in der Trauer beigestanden und für ihr Wohlergehen gesorgt hatte, unterbrach der

General seine Rückreise kurz, um die Otakes zu besuchen und Nikolai ein Geschenk in Gesalt zweier Bücherkisten zu bringen, die er aus beschlagnahmten Bibliotheken zusammengestellt hatte, weil er fand, der Junge dürfe seine Sprachbegabung nicht vernachlässigen. Die Bücher waren auf russisch, englisch, deutsch, französisch und chinesisch geschrieben, wobei letztere für Nikolai kaum von Nutzen waren, weil er in den Straßen Shanghais zwar fließend ein gewisses Gebrauchs-Chinesisch sprechen, niemals aber die Schrift lesen gelernt hatte. Daß die Sprachkenntnisse des Generals auf das Französische begrenzt waren, erwies sich an der Tatsache, daß die beiden Kisten vier Ausgaben von *Les Misérables* in vier verschiedenen Sprachen enthielten – und, soweit Nikolai es beurteilen konnte, womöglich noch eine fünfte auf chinesisch.

An jenem Abend aß der General mit Otake allein, aber die beiden vermieden es, über den Krieg zu diskutieren. Als Otake-san Nikolais Arbeit und Fortschritte lobte, übernahm der General freudig die Rolle des japanischen Vaters, setzte die Begabung seines Schützlings herab und versicherte, es sei überaus freundlich von Otake, sich mit einem so faulen und unfähigen Schüler zu belasten. Aber den Stolz, der in seinen Augen leuchtete, konnte er nicht verbergen.

Der Besuch des Generals fiel mit dem *jusanya* zusammen, dem Fest der Herbstlichen Mondbetrachtung. Auf einem Altar im Garten wurden dort, wo die Mondstrahlen sie treffen würden, Gaben von Blumen und Herbstgräsern dargebracht. In normalen Zeiten hätten die Opfergaben aus Obst und Speisen bestanden, jetzt aber, bei der kriegsbedingten Lebensmittelknappheit, setzte Otakes gesunder Menschenverstand seiner Traditionsverbundenheit eine Grenze. Er hätte zwar wie seine Nachbarn die Speisen erst darbieten und sie am nächsten Tag auf den Familientisch bringen können, doch so etwas war für ihn undenkbar.

Nach dem Essen saß der General mit Nikolai im Garten, und sie sahen zu, wie sich der aufgehende Mond aus den Baumwipfeln löste.

»Also, Nikko, nun erzähle. Hast du *shibumi*, dein Ziel, erreicht, wie du es dir vorgenommen hattest?« In seiner Stimme schwang ein liebevoll-neckender Ton.

Nikolai senkte den Blick. »Ich war voreilig, Sir. Ich war jung.«

»Jünger, ja. Wahrscheinlich hast du festgestellt, daß das Fleisch und die Jugend beachtliche Hindernisse für deine Bemühungen sind. Mag sein, daß es dir mit der Zeit gelingt, jene lobenswerte Verfeinerung des Verhaltens und der äußeren Erscheinung auszubilden, die man als *shibusa* bezeichnen könnte. Ob du aber jemals die profunde Schlichtheit des Geistes erreichen wirst, die wirkliches *shibumi* ist, sei dahingestellt. Suchen sollst du danach, selbstverständlich. Aber sei auch bereit, mit Anstand Bescheideneres zu akzeptieren. Damit müssen sich die meisten von uns zufriedengeben.«

»Vielen Dank für Ihre Unterweisung, Sir. Aber ich würde den Mißerfolg in dem Bemühen, ein Mann des *shibumi* zu werden, dem Erfolg im Streben nach einem geringeren Ziel vorziehen.«

Der General nickte lächelnd. »Ja, natürlich würdest du das. Ich hatte gewisse Aspekte deiner Persönlichkeit außer acht gelassen. Wir waren zu lange getrennt.« Eine Zeitlang genossen sie schweigend den Garten. »Sag, Nikko, bleibst du mit deinen Sprachen auch in der Übung?«

Nikolai gestand, daß er beim Durchblättern einiger der Bücher, die ihm der General mitgebracht hatte, feststellen mußte, daß sein Deutsch und sein Englisch einrosteten.

»Das darfst du nicht zulassen. Vor allem dein Englisch mußt du üben. Wenn der Krieg vorbei ist, werde ich nicht in der Lage sein, dir zu helfen, und du hast außer deiner Sprachbegabung nichts, womit du etwas anfangen könntest.«

»Das klingt, als würden wir den Krieg verlieren, Sir.«

Kishikawa-san blieb lange still, und Nikolai las Trauer und Müdigkeit in seinem Gesicht, das im Mondlicht blaß und verschwommen wirkte. »Letztlich werden alle Kriege verloren. Von beiden Seiten, Nikko. Die Zeiten, in denen die Schlachten zwischen Berufskriegern ausgefochten wurden, sind vorbei. Jetzt finden die Kriege zwischen gegnerischen Industriekapazitäten, zwischen gegnerischen Völkern statt. Die Russen werden mit ihrem Meer gesichtsloser Menschen die Deutschen besiegen. Die Amerikaner mit ihren anonymen Fabriken werden uns besiegen. Letzten Endes.«

»Und was werden Sie tun, wenn das geschieht, Sir?«

Der General schüttelte langsam den Kopf. »Das spielt keine Rolle. Ich werde bis zuletzt meine Pflicht tun. Ich werde weiterhin sechzehn Stunden am Tag administrative Bagatellprobleme bearbeiten. Ich werde weiterhin als Patriot funktionieren.«

Nikolai musterte ihn fragend. Noch nie hatte er Kishikawa-san bisher von Patriotismus sprechen hören.

Der General lächelte matt. »Aber ja, Nikko! Ich bin wirklich ein

Patriot. Kein Patriot der Politik, der Ideologie, der Militärkapellen oder des *hinomaru.* Aber dennoch ein Patriot. Ein Patriot der Gärten wie diesem, der Mondfeste, der Feinheiten des Go-Spiels, des Gesangs unserer Frauen beim Reispflanzen, der Kirschbäume in ihrer kurzen Blütezeit – all dessen, was japanisch ist. Daß ich weiß, wir werden diesen Krieg verlieren, hat nichts damit zu tun, daß ich weiterhin meine Pflicht tun muß. Verstehst du das, Nikko?«

»Die Worte ja, Sir.«

Der General lachte leise. »Vielleicht steckt auch nicht mehr dahinter. Geh jetzt zu Bett, Nikko. Laß mich bitte noch ein Weilchen allein. Morgen früh werde ich abreisen, bevor du erwachst, aber es hat mir Freude gemacht, diese kurze Zeit mit dir zu verbringen.«

Nikko neigte den Kopf und erhob sich. Noch lange, nachdem er gegangen war, saß der General da und betrachtete ruhig den mondbeschienenen Garten.

Sehr viel später erfuhr Nikolai, daß General Kishikawa Geld für den Unterhalt und die Ausbildung seines Schützlings hatte zurücklassen wollen, aber Otake-san hatte die Summe zurückgewiesen mit der Begründung, wenn Nikolai wirklich ein so unwürdiger Schüler sei, wie es der General behauptete, wäre es unmoralisch von ihm, sich seine Ausbildung bezahlen zu lassen. Der General sah seinen alten Freund an und schüttelte lächelnd den Kopf. Mit List hatte man ihn dazu gebracht, eine Gefälligkeit anzunehmen.

Das Kriegsglück wandte sich gegen die Japaner, die ihre begrenzte Produktionskapazität in einen kurzen, totalen Krieg investiert hatten, der zu einem günstigen Frieden führen sollte. Überall, wohin man sah, waren Anzeichen der bevorstehenden Niederlage erkennbar: in dem hysterischen Fanatismus der Regierungs-Durchhalteparolen im Radio, in den Berichten der Flüchtlinge über verheerende Flächenbombardierungen von Wohnvierteln durch amerikanische Flugzeuge, im zunehmenden Mangel an den notwendigsten Verbrauchsgütern.

Selbst in ihrem kleinen Dorf wurden, nachdem die Bauern ihre Produktionsquoten abgeliefert hatten, die Lebensmittel knapp, und oft genug lebte die Otake-Familie von *zosui,* einer Suppe aus gehackten Möhren und Steckrüben mit Reis, die nur durch Otakesans ausgeprägten Sinn für Humor genießbar wurde. Er aß gestenreich, mit übertriebenen Äußerungen des Behagens, rollte die Augen und klopfte sich den Magen so komisch, daß seine Kinder und Schüler lachen mußten und den faden, pappigen Geschmack auf ihrer Zunge vergaßen. Anfangs wurden Flüchtlinge aus der Stadt noch voller Mitleid versorgt; mit der Zeit jedoch wurden diese zusätzlichen hungrigen Mäuler zur Last, die Flüchtlinge wurden geringschätzig *sokaijin* genannt, und die Bauern murrten immer heftiger über diese nutzlosen Leute, die reich oder bedeutend genug waren, um dem Grauen der Städte entfliehen zu können, es aber nicht fertigbrachten, für ihren Unterhalt zu arbeiten.

Otake-san selbst hatte sich immer nur einen einzigen Luxus gegönnt: seinen Garten. Als der Krieg fortschritt, grub er ihn um und pflanzte Gemüse. Charakteristisch für ihn war nur, daß er die Steckrüben, Rettiche und Möhren bunt durcheinander säte, so daß ihre grünen Köpfe dem Auge gefällige Muster bildeten. »Gewiß, das macht es mühsamer, sie zu pflegen, doch wenn wir in unserem verzweifelten Kampf ums Überleben auf die Schönheit verzichten, dann haben die Barbaren uns schon besiegt.« Schließlich mußte die Regierung in ihren Rundfunksendungen hier und da zugeben, daß eine Schlacht oder eine Insel verloren war, denn hätte sie das nicht getan, sie hätte in Anbetracht der anderslautenden Berichte heimkehrender Verwundeter auch noch die letzte Glaubwürdigkeit verloren. Jedesmal, wenn eine solche Niederlage verkündet wurde (und immer begleitet von der Behauptung, es handele sich um einen taktischen Rückzug, um eine Frontbegradigung oder um eine Verkürzung der Nachschubwege), endete die Nachrichtensendung mit dem alten beliebten Lied *Umi Yukaba,* dessen süße herbstliche Melodie zum Leitmotiv dieser Ära der Dunkelheit und der Verluste wurde.

Otake-san reiste jetzt nur noch sehr selten zu Go-Turnieren, denn die Transportmittel wurden ausschließlich für militärische und industrielle Zwecke gebraucht. Ganz wurden das Nationalspiel und die Berichte über wichtige Wettbewerbe in den Zeitungen jedoch nicht aufgegeben, denn die Regierung sah ein, daß dies eine der traditionellen Feinheiten der japanischen Kultur war, für die das Volk kämpfte.

Immer wenn Nikolai seinen Lehrer zu diesen seltenen Turnieren begleitete, wurde er Zeuge der Kriegsfolgen. Er sah Städte, die dem Erdboden gleichgemacht, Menschen, die obdachlos geworden waren. Aber den Durchhaltewillen des Volkes hatten die Bomben nicht brechen können. Daß strategische (das heißt gegen die Zivilbevölkerung gerichtete) Bombenangriffe den Kampfesmut eines Volkes lähmen können, ist eine ironische Fiktion. In Deutschland, England und Japan bewirkten diese strategischen Bombenangriffe nur, daß die Menschen sich der gemeinsamen Sache um so intensiver bewußt wurden und daß sich ihr Widerstandsgeist in der Feuerprobe gemeinsam erduldeter Leiden festigte.

Einmal, als der Zug stundenlang auf einem Bahnhof hielt, weil die Strecke beschädigt war, ging Nikolai langsam auf dem Bahnsteig auf und ab. Überall auf der Station standen reihenweise Tragbahren mit Verwundeten, die ins Lazarett gebracht werden sollten. Einige waren schneeweiß vor Schmerzen und wie versteinert von der Anstrengung, sie zu verbergen, aber nicht einer schrie; nirgends war ein Stöhnen zu hören. Alte Menschen und Kinder gingen, Tränen des Mitleids in den Augen, von einer Bahre zur anderen, beugten sich über die Verwundeten und murmelten: »Danke. Danke. *Gokuro sama. Gokuro sama.*«

Eine gebeugte alte Frau kam auf Nikolai zu und starrte in sein abendländisches Gesicht mit den seltsamen, glasgrünen Augen. Ihre Miene verriet keinen Haß, nur eine Mischung aus Verwunderung und Enttäuschung. Traurig schüttelte sie den Kopf und wandte sich wieder ab.

Nikolai ging zu einem ruhigeren Teil des Bahnsteigs, setzte sich und betrachtete eine dicke Wolke. Er entspannte sich und konzentrierte seine Gedanken auf ihr langsames Dahingleiten am blauen Himmel, und wenige Minuten darauf entfloh er in eine kurze mystische Entrückung, in der ihn das Geschehen um ihn herum und sein rassenbedingtes Schuldbewußtsein nicht mehr berühren konnten.

Der zweite Besuch des Generals erfolgte gegen Ende des Krieges. Er traf an einem Frühlingsnachmittag unangekündigt ein und forderte Nikolai nach einem kurzen Gespräch mit Otake-san auf, ihn auf eine kleine Reise zu begleiten, weil er sich die Kirschblüte am Kajikawafluß bei Niigata ansehen wollte. Bevor der Zug landeinwärts durch die Berge fuhr, trug er sie in nördlicher Richtung durch den Industriestreifen zwischen Yokohama und Tokio, wo er nur zögernd auf einem durch Bombardierungen und Überbeanspruchung geschwächten Bahnkörper dahinkroch, vorbei an endlosen Trümmerfeldern, entstanden durch wahllos gesetzte Bombenteppiche, die Wohnhäuser und Fabriken, Schulen und Tempel, Geschäfte, Theater und Kranken-

häuser in Schutt und Asche gelegt hatten. Nur hier und da ragte der zerfetzte Stumpf eines Schornsteins empor; alles andere war wegrasiert.
Der Zug wurde durch weitläufige Vororte um Tokio herumgeleitet. Ringsumher sah man die Zeugen des großen Luftangriffs vom 9. März, bei dem über dreihundert B-29 die Wohnviertel von Tokio mit Brandbomben eingedeckt hatten. Ein sechzehn Quadratmeilen großes Areal der Stadt wurde zu einem Inferno mit Temperaturen von über tausend Grad Celsius, in denen Dachziegel schmolzen und das Straßenpflaster Blasen warf. Flammenwände sprangen von Haus zu Haus, über Kanäle und Flüsse hinweg, kreisten Massen von Panik erfaßter Zivilisten ein, Menschen, die von einer der immer weiter schrumpfenden Inseln der Sicherheit zur anderen hasteten und vergebens einen Ausweg aus dem zunehmend enger werdenden Feuerring suchten. Die Bäume in den Parks zischten und dampften, bis sie sich dem Brennpunkt näherten und mit lautem Krachen im Bruchteil einer Sekunde von den Wurzeln bis zur Krone in Flammen standen. Ganze Horden von Menschen wateten in die Kanäle, um der entsetzlichen Hitze zu entgehen; doch sie wurden von der Menge, die vom Ufer aus schreiend nachdrängte, immer tiefer ins Wasser geschoben, bis sie den Boden unter den Füßen verloren. Ertrinkende Mütter mußten ihre Kinder fallen lassen, die sie bis zur letzten Sekunde hoch über dem Kopf gehalten hatten.
Der Flammenwirbel sog an seiner Basis Luft nach und löste einen Feuersturm von Hurrikanstärke aus, der brüllend hineinfegte und die Feuersbrunst nährte. So furios waren die wirbelnd tobenden Aufwinde, daß amerikanische Flugzeuge, die über der Stadt kreisten, um Luftaufnahmen zu machen, meterhoch emporgeschleudert wurden.
Viele von denen, die in jener Nacht starben, waren einfach hilflos erstickt. Die gierigen Flammen hatten ihnen buchstäblich den Atem aus den Lungen gerissen.
Die Japaner, die keinen wirksamen Jagdschutz mehr hatten, waren den Bomberwellen, die ihre Phosphorbrände über die Stadt verteilten, hilflos ausgeliefert. Feuerwehrmänner weinten vor Verzweiflung und Scham, während sie nutzlose Schläuche zu den Flammenwänden hinüberzerrten. Die geborstenen, dampfenden Wasserrohre lieferten nur noch träge Rinnsale.
Als der Morgen dämmerte, schwelte die Stadt immer noch, und an

jedem Trümmerhaufen leckten winzige Flammenzungen, die nach Resten von Brennbarem suchten. Wo man hinsah, lagen Tote. Einhundertunddreißigtausend. Die verkohlten, geschrumpften Leichen wurden wie Klafterholz auf den Schulhöfen aufgeschichtet. Ältere Ehepaare starben eng aneinandergeschmiegt, die Körper in einer letzten Umarmung zusammengeschweißt. Die Kanäle waren verstopft von Toten, die auf dem immer noch warmen Wasser schaukelten.
Schweigende Gruppen von Überlebenden wanderten auf der Suche nach Angehörigen von einem Haufen verkohlter Leichname zum andern. Unter jedem Stoß fand man eine Anzahl Münzen, die bis zum Schmelzpunkt erhitzt worden waren und sich bis zum Erdboden durch die Toten hindurchgebrannt hatten. Eine fleischlose junge Frau wurde in einem Kimono gefunden, der vom Feuer unberührt geblieben schien, doch als man den Stoff anfaßte, zerfiel er zu Asche.
In späteren Jahren hatten die Westmächte ein schlechtes Gewissen wegen der Vorkommnisse in Hamburg und Dresden, denn dort hatte es sich um Opfer europäischer Völker gehandelt. Nach der Bombardierung von Tokio am 9. März jedoch beschrieb das »Time«-Magazin diesen Luftangriff als einen »Traum, der Wirklichkeit geworden ist«, als Experiment an dem man erkenne, daß »richtig in Brand gesetzte japanische Städte wie Zunder brennen«.
Und noch stand Hiroshima bevor.
Während der Fahrt saß General Kishikawa steif und stumm auf seinem Platz; sein Atem ging so flach, daß man unter dem zerdrückten Zivilanzug, den er trug, keine Bewegung sah. Selbst als das Grauen der Wohnviertel von Tokio hinter ihnen lag und der Zug in die unvergleichliche Schönheit der Berge und Hochplateaus hinaufstieg, sagte Kishikawa-san kein Wort. Um das Schweigen zu brechen, erkundigte sich Nikolai höflich nach der Tochter des Generals und nach seinem kleinen Enkel in Tokio. Doch kaum hatte er die Frage ausgesprochen, da wußte er, was geschehen sein mußte. Warum sonst hätte der General wohl in diesen letzten Kriegsmonaten Urlaub bekommen?
Als er endlich sprach, war Kishikawa-sans Blick freundlich, doch Nikolai konnte tiefe Trauer und Verlassenheit in seinen Augen lesen. »Ich habe nach ihnen gesucht, Nikko. Doch das Viertel, in dem sie wohnten, war... Es existierte nicht mehr. Deswegen habe ich beschlossen, ihnen bei den Kirschblüten von Kajikawa Lebewohl zu sagen, weil ich dort einmal mit meiner Tochter gewesen bin, als sie

noch klein war, und weil ich auch einmal mit meinem... Enkel hinzufahren hoffte. Willst du mir helfen, Abschied von ihnen zu nehmen, Nikko?«

Nikolai räusperte sich. »Wie kann ich helfen, Sir?«

»Indem du mit mir unter den Kirschbäumen spazierengehst. Indem du mich mit dir reden läßt, wenn ich das Schweigen nicht länger ertrage. Du bist wie ein Sohn für mich, und du...« Der General schluckte mehrmals und senkte den Blick.

Eine halbe Stunde später drückte der General die Finger an seine Augen und schniefte ein wenig. Dann sah er Nikolai an. »Also gut. Erzähl mir von dir, Nikko. Machst du Fortschritte bei deinem Spiel? Ist *shibumi* immer noch dein Ziel? Wie geht es der Familie Otake – haben sie's sehr schwer?«

Und Nikolai bekämpfte das Schweigen mit einer Sturzflut von Banalitäten, die den General vor der kalten Stille in seinem Herzen abschirmen sollten.

Drei Tage lang wohnten sie in einem altmodischen Hotel in Niigata und gingen jeden Morgen zum Ufer des Kajikawa hinunter, wo sie gemächlich zwischen den Reihen der blühenden Kirschbäume einherwanderten. Aus der Ferne glichen die Bäume duftigen rosa Wolken. Der Pfad und die Straße waren mit einer Blütenschicht bedeckt, überall schwebten rosa Blättchen herab und starben im Augenblick ihrer größten Schönheit. Kishikawa-san fand in dieser eigenartigen Symbolik Trost.

Sie sprachen selten auf ihren Spaziergängen, und wenn, dann nur leise. Ihre Kommunikation bestand aus Gedankenfragmenten, geäußert mit einzelnen Worten oder Satzbruchstücken, doch sie verstanden einander genau. Zuweilen setzten sie sich an die hohen Uferbefestigungen des Flusses und starrten in das vorbeiströmende Wasser, bis es schien, als stehe der Fluß still und sie selber trieben stromaufwärts. Der General trug Kimonos in Braun- und Rosttönen, während Nikolai in die dunkelblaue Studentenuniform mit dem steifen Kragen und der Schirmmütze auf dem hellen Haar gekleidet war. So sehr boten sie das typische Bild von Vater und Sohn, daß die Vorübergehenden verblüfft waren, wenn sie die ungewöhnliche Augenfarbe des jungen Mannes bemerkten.

Am letzten Tag blieben sie länger als sonst unter den Kirschbäumen, wanderten bis in den Abend hinein durch die breite Allee. Als das Tageslicht allmählich erlosch, schien vom Boden ein gespenstischer

Schimmer emporzusteigen, der die Bäume von unten beleuchtete und den Blütenschnee akzentuierte. Ruhig begann der General zu sprechen, ebensosehr zu sich selbst wie zu Nikolai. »Wir haben Glück gehabt. Wir durften die drei schönsten Tage der Kirschblüte genießen. Den Tag der Verheißung, da sie noch nicht ganz entfaltet sind. Dann den perfekten Tag der Verzauberung. Und heute haben sie ihren Höhepunkt bereits überschritten. Dies ist der Tag des Erinnerns. Der traurigste von allen dreien – aber der reichste. In all dem liegt eine Art... Trost?... Nein, eher Erquickung. Und wieder einmal fällt mir auf, was für ein billiger Gaunertrick die Zeit doch ist. Ich bin sechsundsechzig, Nikko. Von deinem Standpunkt aus gesehen – der du in die Zukunft blickst – sind sechsundsechzig Jahre eine sehr lange Zeit. Es ist mehr als das Dreifache deiner gesamten Lebenserfahrung. Von meinem Standpunkt aus jedoch – der ich in die Vergangenheit schaue – waren diese sechsundsechzig Jahre wie das Herabschweben einer Kirschblüte. Ich habe das Gefühl, mein Leben war ein Bild, hastig gezeichnet, doch nie sorgfältig ausgetuscht... aus Zeitmangel. Zeit. Erst gestern – aber vor über fünfzig Jahren – ging ich mit meinem Vater an diesem Fluß entlang. Damals gab es noch keine Uferbefestigungen; und keine Kirschbäume. Das war gestern – und dennoch in einem anderen Jahrhundert. Unser Sieg über die russische Marine lag noch zehn Jahre weit in der Zukunft. Unser Kampf an der Seite der Alliierten im großen Krieg war noch über zwanzig Jahre entfernt. Ich sehe noch das Gesicht meines Vaters. (Und in der Erinnerung blicke ich stets zu ihm empor.) Ich weiß noch, wie groß und stark sich seine Hand für meine kleinen Finger anfühlte. Und in der Brust spüre ich immer noch – als hätten die Nerven ein eigenständiges Gedächtnis – das wehmütige Ziehen, das ich damals empfand, weil ich nicht fähig war, meinem Vater zu sagen, daß ich ihn liebte. Wir waren es nicht gewohnt, in so offenen und direkten Worten miteinander zu reden. Ich sehe noch jeden Zug in dem zwar strengen, aber feingeschnittenen Profil meines Vaters. Fünfzig Jahre. Doch all die unbedeutenden, hektischen Dinge, die so schrecklich wichtigen und dennoch inzwischen vergessenen Dinge, die den dazwischenliegenden Zeitraum ausfüllten, brechen in sich zusammen und fallen heraus aus meiner Erinnerung. Ich glaubte immer, meinen Vater zu bedauern, weil ich ihm nie sagen konnte, daß ich ihn liebte. Dabei war *ich* es, den ich bemitleidete. Denn ich brauchte das Aussprechen dieser Worte mehr, als er sie zu hören brauchte.«

Das Licht, das von der Erde aufstieg, wurde schwächer, und der Himmel färbte sich purpurn; im Westen schoben sich Gewitterwolken blauviolett und lachsfarben über den Horizont.
»Und ich erinnere mich an ein anderes Gestern, als meine Tochter noch ein kleines Mädchen war. Da gingen wir auch hier spazieren. Und jetzt, in diesem Augenblick, erinnern sich die Nerven in meiner Hand an das Gefühl ihrer pummeligen Fingerchen in den meinen. Diese Bäume waren damals gerade erst gepflanzt worden – elende, dürre Stämmchen, mit weißen Tuchstreifen an Stützpfosten festgebunden. Wer hätte gedacht, daß solch komische junge Stämmchen alt und weise genug werden könnten, um uns zu trösten, ohne uns Ratschläge aufzudrängen? Ich möchte wissen ... ich möchte wissen, ob die Amerikaner sie alle fällen werden, weil sie keine greifbaren Früchte tragen. Ja, wahrscheinlich. Und wahrscheinlich in bester Absicht.«
Nikolai empfand leises Unbehagen. Noch nie hatte Kishikawa-san sich ihm so rückhaltlos geöffnet. Ihr Verhältnis zueinander war stets von verständnisvoller Zurückhaltung geprägt gewesen.
»Als ich dich das letztemal besuchte, Nikko, da bat ich dich, deine Sprachbegabung zu pflegen. Hast du das getan?«
»Ja, Sir. Zwar hatte ich keine Gelegenheit, etwas anderes zu sprechen als Japanisch, aber ich habe alle Bücher gelesen, die Sie mir mitgebracht haben, und manchmal halte ich in den verschiedenen Sprachen Selbstgespräche.«
»Vor allem auf englisch, hoffe ich.«
Nikolai starrte ins Wasser. »Am allerwenigsten auf englisch.«
Kishikawa-san nickte. »Weil das die Sprache der Amerikaner ist?«
»Ja.«
»Kennst du einen Amerikaner?«
»Nein, Sir.«
»Aber du haßt sie trotzdem?«
»Es ist nicht schwer, Barbarenbastarde zu hassen. Ich brauche sie nicht persönlich zu kennen, um sie als Rasse hassen zu können.«
»Oh, aber siehst du, Nikko, die Amerikaner sind keine Rasse. Und das ist ihr Kardinalfehler. Sie sind, wie du schon sagtest, Bastarde.«
Nikolai sah ihn verwundert an. Wollte der General die Amerikaner in Schutz nehmen? Vor drei Tagen erst war er an Tokio vorbeigefahren und hatte die Folgen des größten Brandbombenangriffs in diesem Krieg gesehen, eines Angriffs, der sich vor allem gegen die Wohnvier-

tel und die Zivilisten richtete. Kishikawa-sans eigene Tochter ... und sein Enkel ...

»Ich kenne die Amerikaner, Nikko. Ich habe vorübergehend unter dem Militärattaché in Washington gearbeitet. Habe ich dir schon mal davon erzählt?«

»Nein, Sir.«

»Nun ja, ich war kein sehr erfolgreicher Diplomat. Um in der Diplomatie zu reüssieren, muß man eine gewisse Flexibilität des Gewissens, eine elastische Einstellung zur Wahrheit entwickeln. Beides fehlte mir. Aber ich lernte die Amerikaner kennen und ihre Tugenden und Fehler beurteilen. Sie sind äußerst geschickte Kaufleute und haben großen Respekt vor finanziellem Erfolg. Diese Tugenden mögen dir mager und billig erscheinen, aber sie stehen im Einklang mit den Wertvorstellungen der industrialisierten Welt. Du bezeichnest die Amerikaner als Barbaren, und damit hast du natürlich recht. Das weiß ich sogar noch besser als du. Ich weiß, daß sie Gefangene gefoltert und sexuell verstümmelt haben. Ich weiß, daß sie Männer mit ihren Flammenwerfern in Brand gesetzt haben, um zu sehen, wie weit sie noch laufen konnten, bevor sie zusammenbrachen. Jawohl, Barbaren. Aber, Nikko, unsere eigenen Soldaten haben ähnliche Dinge getan, jeder Beschreibung spottende grausame und scheußliche Dinge. Krieg, Haß und Angst haben aus unseren eigenen Landsleuten Bestien gemacht. Und wir sind keine Barbaren; unser Moralgefühl hätte von tausend Jahren der Zivilisation und Kultur gestählt sein müssen. In gewisser Weise ist gerade die Tatsache, daß sie Barbaren sind, für die Amerikaner eine Entschuldigung – oder nein, entschuldigen kann man so etwas nicht – eine Erklärung also. Und wie können wir die Brutalität der Amerikaner verurteilen, deren Kultur nichts ist als eine dünne Lackschicht, ein im Verlauf einiger Jahrzehnte zusammengehauenes Flickwerk, wenn wir selbst, trotz unserer tausendjährigen reinblütigen Zucht und Tradition brüllende Bestien ohne Mitleid und Humanitätsgefühl sind? Amerika wurde schließlich vom Abschaum und von den Versagern Europas besiedelt. Im Lichte dieser Erkenntnis müssen wir sie als unschuldig betrachten. So unschuldig wie eine Natter, so unschuldig wie ein Schakal. Gefährlich und verschlagen, aber nicht sündig. Du hast sie als verachtenswerte Rasse bezeichnet. Sie sind keine Rasse. Sie sind nicht einmal eine Kultur. Sie sind ein kultureller Brei aus den Resten und Abfällen des europäischen Banketts. Im günstigsten Fall sind sie eine salonfähige Technologie. Statt einer Ethik haben sie Vorschriften. Quantität hat für sie die Funktion, die für uns die Qualität besitzt. Was für uns Ehre und Schande bedeutet, das ist für sie Gewinn und Verlust. Außerdem darfst du nicht in Begriffen wie Rasse denken; Rasse ist nichts, Kultur ist alles. Von der Rasse her bist du ein Abendländer; kulturell gesehen jedoch bist du keiner, und daher bist du eben auch keiner. Jede Kultur hat ihre Stärken und Schwächen, die man nicht gegeneinander aufwiegen kann. Das einzig absolut sichere Kriterium ist, daß eine Verschmelzung von Kulturen stets in einer Mischung ihrer schlechtesten Eigenschaften resultiert. Das Böse an einem Menschen oder einer Kultur ist das starke, bösartige Tier tief im Innern. Das Gute an einem Menschen oder einer Kultur erwächst aus der anfälligen, künstlichen Hinzufügung einer ausgleichenden Zivilisation. Und wenn Kulturen sich untereinander kreuzen, gewinnen unweigerlich die dominanten niedrigen Elemente die Oberhand. Du siehst also, wenn du die Amerikaner beschuldigst, Barbaren zu sein, enthebst du sie damit in Wirklichkeit der Verantwortung für ihre Empfindungslosigkeit und Oberflächlichkeit. Nur wenn du auf ihren Bastardcharakter als solchen hinweist, triffst du ihren eigentlichen Fehler. Und ist Fehler überhaupt der richtige Ausdruck? Schließlich werden in der Welt der Zukunft, einer Welt der Kaufleute und Mechaniker, die niedrigen Instinkte des Bastards dominieren. Der Abendländer bestimmt die Zukunft, Nikko. Eine harte und unpersönliche Zukunft der Technologie und Automation, gewiß – aber dennoch die Zukunft. Du wirst in dieser Zukunft leben müssen, mein Sohn. Es nützt dir nichts, den Amerikanern mit Verachtung zu begegnen. Du mußt versuchen, sie zu verstehen, und sei es nur, um dich vor ihnen zu schützen.«

Kishikawa-san hatte sehr leise, beinahe wie zu sich selbst gesprochen, während sie im schwindenden Licht langsam den breiten Pfad entlangschritten. Sein Monolog klang wie eine Lektion, die ein liebevoller Lehrer einem eigenwilligen Schüler erteilt; und Nikolai hatte gesenkten Kopfes mit ungeteilter Aufmerksamkeit zugehört. Nach minutenlangem Schweigen lachte Kishikawa-san leicht und klatschte in die Hände. »Genug davon! Ratschläge helfen nur dem, der sie gibt, und das auch nur insofern, als er sein Gewissen erleichtert. Letztlich wirst du doch tun, was das Schicksal und deine Erziehung diktieren, und meine Ratschläge werden deine Zukunft nicht mehr beeinflussen, als eine Kirschblüte, die in den Fluß fällt, seinen Lauf ändert. Eigentlich wollte ich mit dir über etwas anderes sprechen, und das habe ich bisher vermieden, indem ich mich über Kultur und Zivilisation und die Zukunft verbreitete – Themen, so tief und zugleich so vage, daß man sich gut dahinter verstecken kann.«

Während die Nacht sich senkte und eine kühle Brise vom Fluß heraufstieg, die die Kirschblüten wie dichte rosa Schneeflocken herabrieseln ließ, die ihre Wangen streiften und Haare und Schultern bedeckten, schlenderten sie schweigend dahin. Am Ende des breiten Pfades gelangten sie an eine Brücke, auf deren höchstem Punkt sie stehenblieben und in die schwach phosphoreszierende Gischt hinabblickten, die sich dort bildete, wo der Fluß gegen die Felsen brandete. Der General holte tief Atem und stieß ihn langsam durch die geschürzten Lippen aus, während er sich innerlich für das stählte, was er Nikolai sagen wollte.

»Dies ist unser letztes Gespräch, Nikko. Man hat mich nach Mandschukuo versetzt. Wir erwarten den Angriff der Russen, sobald wir so schwach sind, daß sie ohne Risiko am Krieg – und damit am Sieg – teilnehmen können. Daß von den Kommunisten gefangengenommene Stabsoffiziere am Leben bleiben werden, ist unwahrscheinlich. Viele wollen lieber *seppuku* begehen, als die Schmach der Kapitulation auf sich zu nehmen. Ich habe beschlossen, ebenfalls diesen Weg einzuschlagen – aber nicht, weil ich der Schande entgehen will. Meine Teilnahme an diesem bestialischen Krieg hat mich – und ich fürchte, alle anderen Soldaten auch – so sehr entehrt, daß *seppuku* mich nicht mehr zu reinigen vermag. Doch selbst wenn die Handlung keine Rechtfertigung sein kann, so birgt sie doch wenigstens ... Würde. Ich bin während dieser letzten drei Tage, während wir hier unter den Kirschbäumen wandelten, zu diesem Entschluß gekommen. Vor einer Woche, solange meine Tochter und mein Enkel als Geiseln des Schicksals festgehalten wurden, fühlte ich mich noch nicht frei, mich auf diese Weise vor der Schande zu bewahren. Jetzt aber ... jetzt haben mich die Umstände befreit. Es tut mir leid, dich den Stürmen des Zufalls überlassen zu müssen, Nikko, denn du warst mir wie ein Sohn. Aber –« Kishikawa-san seufzte tief auf, »aber ich sehe keine Möglichkeit, dich vor dem, was auf dich zukommt, zu beschützen. Ein entehrter, besiegter alter Soldat würde kein Schutz und Schirm für dich sein. Du bist weder Japaner noch Europäer. Ich bezweifle, ob überhaupt jemand dich schützen kann. Und weil ich dir nicht helfen kann, wenn ich bleibe, fühle ich mich frei zu gehen. Hast du

Verständnis dafür, Nikko? Und gibst du mir deine Zustimmung?« Nikolai starrte lange in die Stromschnellen und suchte nach der richtigen Antwort. »Ihr Rat und Ihre Zuneigung werden mich immer begleiten. Auf diese Weise können Sie mich niemals wirklich verlassen.«

Die Ellbogen aufs Brückengeländer gestützt, blickte der General in das geisterhafte Schimmern der Gischt hinab und nickte bedächtig.

Die letzten Wochen im Hause der Otakes waren eine traurige Zeit. Nicht wegen der Gerüchte von Rückschlägen und Niederlagen, die sich von allen Seiten mehrten; auch nicht wegen der Lebensmittelknappheit und des schlechten Wetters, die zusammen bewirkten, daß der Hunger zum steten Gefährten wurde; sondern weil Otake vom Siebten *Dan* im Sterben lag. Seit Jahren hatte die Spannung des professionellen Spielens auf höchster Ebene sich in immerwährenden Magenkrämpfen bemerkbar gemacht, die er mit seinen Pfefferminzdrops linderte; doch dann wurden die Schmerzen immer schlimmer, und schließlich diagnostizierte man Magenkrebs. Als sie erfuhren, daß Otake-san im Sterben lag, beendeten Nikolai und Mariko ihre Affäre ohne Diskussion und ganz selbstverständlich. Die Last unerklärlicher Scham, die allen heranwachsenden Japanern eigen ist, verbot es ihnen, sich einer so lebensvollen Aktivität wie der Liebe hinzugeben, während ihr Lehrer und Freund dem Tode nahe war.

Einer jener Ironien des Lebens zufolge, die uns immer wieder in Erstaunen versetzen, obwohl die Erfahrung behauptet, die Ironie sei die verbreitetste Ausdrucksform des Schicksals, begannen die anderen Hausbewohner sie erst zu verdächtigen, als sie ihre körperliche Beziehung gelöst hatten. Solange sie in ihr gefährliches und aufregendes Liebesleben verstrickt waren, hatte die Angst vor Entdeckung sie in ihrem Verhalten zueinander in der Öffentlichkeit zu äußerster Vorsicht veranlaßt. Sobald sie sich jedoch keiner beschämenden Handlung mehr schuldig fühlten, wagten sie mehr Zeit miteinander zu verbringen, miteinander durch die Straßen zu gehen oder draußen im Garten zu sitzen; und jetzt erst begann die Familie mit Seitenblicken und gehobenen Augenbrauen heimliche, wenn auch liebevolle Bemerkungen über sie auszutauschen.

Wenn sie ihr Übungsspiel ergebnislos abgebrochen hatten, unterhielten sie sich oft darüber, was wohl die Zukunft bringen würde, wenn der Krieg verloren und ihr geliebter Lehrer gestorben sei. Wie würde das Leben aussehen, wenn sie nicht mehr zum Otake-Haushalt gehörten, wenn amerikanische Soldaten das Land besetzten? Stimmte es, was sie gehört hatten, daß nämlich der Tenno sie aufrufen würde, in einem letzten Versuch, den Feind vor den Küsten Japans zurückzuschlagen, ihr Leben fürs Vaterland hinzugeben? Und würde der Tod nicht letztlich einem Leben unter der Barbarenherrschaft vorzuziehen sein?

Über solche Fragen diskutierten sie, als Otakes jüngster Sohn Nikolai eines Abends mitteilte, der Lehrer wünsche ihn zu sprechen. Otake-san erwartete ihn in seinem Sechs-Matten-Arbeitszimmer, dessen Schiebetüren auf den kleinen Garten mit dem dekorativ angepflanzten Gemüse hinausgingen. An diesem Abend wurden die grünen und braunen Töne draußen von einem ungesunden Nebel gedämpft, der von den Bergen herunterkam. Die Luft im Zimmer war feucht und kühl, und der süßliche Geruch faulender Blätter mischte sich mit dem köstlich kräftigen Aroma brennenden Holzes. Außerdem lag ein schwacher Duft von Pfefferminz in der Luft, denn Otake-san nahm immer noch seine Pfefferminzdrops, obwohl sie den Krebs nicht hatten hemmen können.

»Es ist sehr liebenswürdig von Ihnen, mich zu empfangen, Lehrer«, sagte Nikolai nach einigen Minuten des Schweigens. Der formelle Ton seiner Worte gefiel ihm nicht, aber er fand keinen Mittelweg zwischen der Zuneigung und dem Mitgefühl, die er empfand, und der ernsten Feierlichkeit, die diesem Augenblick innewohnte. Im Verlauf der letzten drei Tage hatte Otake-san mit jedem seiner Kinder und Studenten einzeln lange Gespräche geführt, und Nikolai, sein vielversprechendster Schüler, war der letzte.

Otake-san deutete auf die Matte neben sich, und Nikolai kniete im rechten Winkel zu ihm nieder, in jener höflichen Position, die es gestattete, daß der Ältere im Gesicht des Jüngeren lesen konnte, während seine eigenen Züge unbeobachtet blieben. Voll Unbehagen über das lange Schweigen versuchte Nikolai es mit Banalitäten zu überbrücken. »Nebel von den Bergen ist ungewöhnlich um diese Jahreszeit, Lehrer. Manche behaupten, er ist ungesund, aber er verleiht dem Garten eine neue Schönheit, und den ...«

Otake-san hob die Hand und schüttelte ganz leicht den Kopf. Dazu war jetzt keine Zeit. »Ich will von der Großspiellage reden, Nikko, bin mir aber im klaren darüber, daß meine Verallgemeinerungen durch die Erfordernisse lokal begrenzter Züge und Bedingungen eingeschränkt werden.«

Nikolai nickte stumm. Es war Otake-sans Angewohnheit, immer, wenn es um etwas Wichtiges ging, in Go-Formeln zu sprechen. Wie General Kishikawa einmal gesagt hatte, war für den Lehrer das Leben eine vereinfachte Metapher für Go.

»Wird dies eine Lektion werden, Lehrer?«

»Nicht direkt.«

»Dann eine Zurechtweisung?«

»Es könnte dir so vorkommen. In Wirklichkeit ist es eine Kritik. Aber nicht nur an dir. Eine Kritik... Eine Analyse dessen, was in meinen Augen eine unstabile und gefährliche Kombination darstellt: du und dein zukünftiges Leben. Beginnen wir mit der Feststellung, daß du ein brillanter Spieler bist.« Otake-san hob die Hand. »Nein! Bemühe dich nicht um höfliche Floskeln der Selbstverleugnung. Ich habe Spieler gekannt, die ebenso brillant waren wie du, aber noch nie einen in deinem Alter, und auch keinen, der noch lebt. Doch ein erfolgreicher Mensch hat andere Vorzüge als Brillanz, darum werde ich dich nicht mit unqualifizierten Komplimenten belasten. In deinem Spiel, Nikko, liegt etwas Beunruhigendes. Etwas Abstraktes, Unfreundliches. Dein Spiel ist irgendwie unorganisch... nicht lebendig. Es besitzt die Schönheit eines Kristalls, aber ihm fehlt die Schönheit einer Blüte.«

Nikolais Ohren wurden rot, aber in seiner Miene waren weder Verlegenheit noch Zorn zu lesen. Strafen und Korrigieren sind das Recht, ja die Pflicht eines Lehrers.

»Ich sage nicht, daß dein Spiel mechanisch und berechenbar wäre, denn das ist es selten. Das verhindert schon dein erstaunlicher...«

Otake-san sog plötzlich den Atem ein und hielt ihn an, die Augen blicklos auf den Garten gerichtet. Nikolai hielt die Augen gesenkt, um seinen Lehrer nicht dadurch in Verlegenheit zu bringen, daß er seinen Kampf mit dem Schmerz beobachtete. Lange Sekunden verstrichen, und noch immer atmete Otake-san nicht weiter. Dann entließ er die Luft mit einem kleinen Keuchlaut aus der Kehle, wo er sie gewaltsam zurückgehalten hatte, und stieß sie ganz langsam aus, wobei er vorsichtig prüfte, ob sich der Schmerz nicht wieder einstellte. Als die Krise vorüber war, atmete er zweimal lange und dankbar durch den offenen Mund. Dann blinzelte er mehrmals und nahm den Faden wieder auf.

»... Was dein Spiel davor bewahrt, mechanisch und berechenbar zu werden, ist dein erstaunlicher Wagemut, doch selbst dieser Zug wird von etwas Unmenschlichem beeinträchtigt. Du spielst nur gegen die Situation auf dem Spielbrett; die Bedeutung – ja, die Existenz – deines Gegners aber leugnest du. Hast du mir nicht selbst erzählt, daß du in deinen Phasen mystischer Entrückung, aus denen du Kraft und Ruhe gewinnst, ohne Beziehung zum Gegner spielst? Darin liegt etwas Diabolisches. Etwas grausam Überlegenes. Sogar Arrogantes. Etwas, das sich mit dem Ziel des *shibumi* nicht vereinbaren läßt. Ich mache dich darauf nicht aufmerksam, weil ich dich korrigieren und belehren will, Nikko. Denn diese Eigenschaften liegen in dir verankert und sind unveränderlich. Und ich weiß nicht einmal genau, ob ich dich ändern wollte, wenn ich es könnte; denn diese deine Fehler sind zugleich deine Stärken.«

»Sprechen wir nur vom Go-Spiel, Lehrer?«

»Wir sprechen in Ausdrücken des Go-Spiels.« Otake-san schob die Hand unter den Kimono und drückte sie fest auf seinen Magen, während er noch ein Pfefferminzbonbon nahm. »Bei all deiner Brillanz, mein lieber Schüler, bist du doch nicht unverwundbar. Da ist zum Beispiel dein Mangel an Erfahrung. Du verschwendest deine Konzentration auf die Lösung von Problemen, auf die ein erfahrenerer Spieler aufgrund von Gewohnheit und Erinnerung reagiert. Doch diese Schwäche ist nicht von Bedeutung. Erfahrung kannst du dir aneignen, wenn du alles Überflüssige sorgfältig vermeidest. Verfalle nicht in den Fehler des Handwerkers, der sich mit zwanzigjähriger Erfahrung in seinem Fach brüstet, während er in Wirklichkeit nur ein einziges Jahr Erfahrung gehabt hat – aber das zwanzigmal. Und ärgere dich nicht über den Erfahrungsvorgang, den ältere Menschen haben. Vergiß nicht, daß sie für diese Erfahrung in der Münze des Lebens zahlen und eine Börse leeren mußten, die nicht wieder gefüllt werden kann.« Otake-san lächelte schwach. »Und denke daran, daß die Alten möglichst viel aus ihrer Erfahrung machen müssen, weil sie alles ist, was ihnen noch bleibt.«

Eine Zeitlang war Otake-sans Blick matt und nach innen gekehrt, während er auf den Garten hinausstarrte, dessen Konturen im feinen Nebel verschwammen. Mit sichtlicher Anstrengung holte er seine Gedanken aus der Ewigkeit zurück, um seine letzte Lektion zu beenden. »Nein, nicht dein Mangel an Erfahrung ist dein größter Fehler, Nikko. Sondern dein Hochmut. Deine Niederlagen werden dir

nicht von jenen beigebracht werden, die brillanter sind als du, sondern von den Geduldigen, den Schwerfälligen, den Mittelmäßigen.«
Nikolai runzelte die Stirn. Das paßte zu dem, was Kishikawa-san ihm unter den Kirschbäumen am Kajikawa gesagt hatte.
»Deine Verachtung für alles Mittelmäßige macht dich blind für dessen ungeheure primitive Macht. Du bist geblendet von deiner eigenen Brillanz, unfähig, bis in die dunklen Winkel des Zimmers zu sehen, die Augen aufzumachen und die potentielle Gefahr der Massen, der Masse Mensch zu erkennen. Sogar jetzt, während ich dir dies sage, mein lieber Schüler, kannst du einfach nicht daran glauben, daß mindere Menschen, ganz gleich, in welcher Zahl, dich wirklich und wahrhaftig besiegen könnten. Doch wir leben im Zeitalter des mittelmäßigen Menschen, der stumpf ist, farblos und langweilig – aber unfehlbar siegreich. Die Amöbe überlebt den Tiger, weil sie sich teilt und in ihrer unsterblichen Monotonie weiterexistiert. Die Massen sind die letzten Tyrannen. Sieh nur, wie in der Kunst *Kabuki* verblaßt und *No* dahinwelkt, während populäre Romane von Gewalttätigkeit und geistlosen Taten den Verstand des Massenlesers überschwemmen! Und sogar in diesem zahmen Genre wagt es kein Autor, einen Mann zu ersinnen, der seinem durchschnittlichen Helden wirlich überlegen ist, denn in seinem Zorn über diese Schmach würde der Massenmensch seinen *yojimbo,* den Kritiker, ausschicken, um ihn zu verteidigen. Das Gebrüll der Schwerfälligen ist unverständlich, aber ohrenbetäubend. Sie haben kein Hirn, aber sie haben tausend Arme, um dich zu fangen, dich festzuhalten und zu sich herabzuziehen.«
»Sprechen wir immer noch von Go, Lehrer?«
»Ja. Und von seinem Schatten: dem Leben.«
»Welchen Rat geben Sie mir?«
»Meide den Kontakt mit den Mittelmäßigen. Tarne dich mit Höflichkeit. Gib dich unbeteiligt und distanziert. Lebe für dich allein und suche *shibumi.* Vor allem aber laß dich nicht zu Wut und Aggression gegen die Masse hinreißen. Tarne dich, Nikko.«
»General Kishikawa hat mir beinahe dasselbe gesagt.«
»Zweifellos. Wir haben an seinem letzten Abend hier lange über dich gesprochen. Keiner von uns konnte sich ein Bild davon machen, wie sich die Westler dir gegenüber verhalten werden, wenn sie kommen. Doch am meisten sind wir besorgt wegen deines Verhaltens ihnen gegenüber. Du bist ein zu unserer Kultur Bekehrter und besitzt den

typischen Fanatismus der Konvertiten. Das ist einer deiner Charakterfehler. Und solche Fehler führen zu ...« Otake-san zuckte die Achseln.
Nikolai nickte, senkte den Blick und wartete geduldig, bis ihn sein alter Lehrer entließ.
Nach kurzem Schweigen nahm Otake-san noch ein Pfefferminzbonbon und sagte. »Soll ich dir ein großes Geheimnis verraten, Nikko? All die Jahre lang habe ich den Leuten erklärt, ich nähme diese Pfefferminzdrops, um meine Magenschmerzen zu lindern. Die Wahrheit ist, sie schmecken mir einfach. Nur ist es würdelos für einen Erwachsenen, in der Öffentlichkeit Bonbons zu lutschen.«
»Ohne *shibumi*, Sir.«
»Ganz recht.« Otake-san schien einen Moment zu träumen. »Ja. Vielleicht hast du recht. Vielleicht ist der Bergnebel wirklich ungesund. Aber er verleiht dem Garten eine melancholische Schönheit, und dafür sollten wir ihm dankbar sein.«

Nach der Einäscherung wurden Otake-sans letzte Verfügungen für Familie und Schüler in die Tat umgesetzt. Die Familie suchte ihre Habseligkeiten zusammen, um zu Otakes Bruder zu ziehen. Die Schüler kehrten nach Hause zurück. Nikolai, jetzt über zwanzig, obwohl er höchstens wie fünfzehn aussah, wurde das Geld ausgehändigt, das General Kishikawa für ihn hinterlegt hatte, und ihm wurde bedeutet, er dürfe darüber nach eigenem Gutdünken verfügen. Dabei empfand er jenes aufregende gesellschaftsbedingte Schwindelgefühl, das absolute Freiheit im Zusammenspiel mit Ziellosigkeit bewirkt.
Am 3. August 1945 hatte sich der gesamte Otake-Haushalt mit Kisten und Kasten auf dem Bahnsteig versammelt. Nikolai hatte weder Zeit noch Gelegenheit, Mariko zu sagen, was er empfand. Doch es gelang ihm, eine besondere Betonung und Zärtlichkeit in sein Versprechen zu legen, sie so bald wie möglich zu besuchen, wenn er erst einmal in Tokio Fuß gefaßt hatte. Er freute sich auf diesen Besuch, denn Mariko hatte ihm oft begeistert von ihrer Familie und ihren Freunden erzählt – von ihrem Zuhause in ihrer Heimatstadt Hiroshima.

WASHINGTON

Der Erste Assistent schob seinen Stuhl von der Konsole zurück und schüttelte den Kopf. »Da gibt's nicht viele Ansatzpunkte, Sir. Fat Boy hat nichts Definitives über Hel vor seiner Ankunft in Tokio.« Der Ton des Ersten Assistenten verriet Verärgerung; er war entrüstet über Menschen, deren Leben so zwielichtig oder ereignislos verlief, daß es Fat Boy keine Gelegenheit gab, seine Fähigkeit, alles zu wissen und alles aufzudecken, zu demonstrieren.

»Hm-m«, knurrte Mr. Diamond geistesabwesend, während er fortfuhr, sich Notizen zu machen. »Keine Sorge, von jetzt an werden die Daten eimerweise kommen. Hel arbeitete kurz nach dem Krieg für die Besatzungsmacht, und von da an blieb er mehr oder weniger im Blickfeld unserer Beobachter.«

»Sind Sie sicher, daß Sie diese Sondierung wirklich brauchen, Sir? Sie scheinen doch schon alles über ihn zu wissen.«

»Eine Wiederholung kann nie schaden. Hören Sie, mir ist da gerade etwas eingefallen. Alles, was für uns bisher auf einen Zusammenhang zwischen Nikolai Hel und den Munich Five mit Hannah Stern hindeutet, ist eine Verbindung ersten Grades zwischen Hel und dem Onkel. Vergewissern wir uns doch mal, daß wir keinem Phantom nachjagen. Fragen Sie Fat Boy, wo Hel jetzt steckt.« Er drückte auf einen Summer an der Seite seines Schreibtisches.

»Jawohl, Sir«, antwortete der Erste Assistent und wandte sich wieder der Konsole zu.

Auf Diamonds Signal erschien Miß Swivven. »Sir?«

»Zweierlei. Erstens: Besorgen Sie mir sämtliche greifbaren Fotos von Hel, Nikolai Alexandrowitsch. Llewellyn wird Ihnen den ID-Code seiner violetten Karte geben. Zweitens: Setzen Sie sich mit Mr. Able von der OPEC-Interessengruppe in Verbindung, und bitten Sie ihn, so bald wie möglich herzukommen. Wenn er eintrifft, bringen Sie ihn zu mir, zusammen mit dem Deputy und diesen beiden Idioten, die den Bock geschossen haben. Sie werden die drei herunterbegleiten müssen; sie haben keinen Zutritt zum fünfzehnten Stock.«

»Jawohl, Sir.« Beim Hinausgehen zog Miß Swivven die Tür zum Funkbildraum um ein weniges zu fest ins Schloß. Mr. Diamond blickte auf und fragte sich, was in sie gefahren sein mochte.

Fat Boy reagierte auf die Befragung; seine Antwort erschien ratternd auf dem Terminal des Ersten Assistenten. »Aha ... Dieser Hel hat anscheinend mehrere Wohnsitze. Eine Wohnung in Paris, ein Haus an der dalmatinischen Küste, eine Sommervilla in Marokko, eine Wohnung in New York, eine weitere in London – ah, da haben wir's! Letzter bekannter Wohnsitz ist ein Château im blutenden Dorf Etchebar. Das scheint sein Hauptwohnsitz zu sein, jedenfalls nach der Zeit zu urteilen, die er in den letzten fünfzehn Jahren dort verbracht hat.«

»Und wo liegt dieses Etchebar?«

»Äh... in den baskischen Pyrenäen, Sir.«

»Warum wird es als ›blutendes‹ Dorf bezeichnet?«

»Darüber habe ich mich auch schon gewundert, Sir.« Der Erste Assistent befragte den Computer und kicherte, als er die Antwort bekam. »Erstaunlich! Der arme Fat Boy hatte Schwierigkeiten beim Übersetzen vom Französischen ins Englische. Das Wort *bled* ist offenbar die französische Bezeichnung für ›Weiler‹, ›Flecken‹. Fat Boy fehlübersetzte es mit ›bleeding‹ – ›blutend‹. Zuviel Input aus britischen Quellen in letzter Zeit, nehme ich an.«

Mr. Diamond starrte ungeduldig auf den Rücken des Ersten Assistenten. »Na schön, nehmen wir an, das wäre interessant. Also. Hannah Stern hatte einen Flug von Rom nach Pau gebucht. Fragen Sie Fat Boy nach dem nächsten Flughafen bei diesem Etchebar. Wenn es Pau ist, wissen wir, daß wir mit Schwierigkeiten zu rechnen haben.«

Die Frage wurde an den Computer weitergegeben. Der RP-Schirm flimmerte, dann erschien eine Liste von Flughäfen in der Reihenfolge ihrer Entfernung von Etchebar. Der erste auf dieser Liste war Pau.

Diamond nickte schicksalsergeben.

Der Erste Assistent seufzte und schob den Zeigefinger unter seine Stahlbrille, um sich die roten Druckstellen zu massieren. »So sieht's also aus. Wir haben guten Grund zu der Annahme, daß Hannah Stern Kontakt mit einem Mann mit einer violetten Karte aufgenommen hat. Auf der ganzen Welt gibt es nur noch drei Inhaber von violetten Karten, und unser Mädchen hat einen davon gefunden. Scheißspiel!«

»Ganz recht. Nun gut, wir wissen jetzt wenigstens mit Sicherheit, daß Nikolai Hel in dieser Sache drinsteckt. Gehen Sie wieder an Ihr Maschinchen und holen Sie alles heraus, was über ihn verfügbar ist, damit wir Mr. Able informieren können, sobald er eintrifft. Beginnen Sie mit seiner Ankunft in Tokio.«

Die Besatzungsmächte waren die Herren des Tages; die Verkünder der Demokratie diktierten ihr Glaubensbekenntnis vom Dai-Ichi-Gebäude aus, das nur durch einen Wassergraben vom kaiserlichen Palast getrennt war, bezeichnenderweise von dort aber nicht gesehen werden konnte. Japan war ein physischer, ökonomischer und emotionaler Trümmerhaufen, die Besatzer jedoch stellten ihren idealistischen Kreuzzug weit über die weltliche Sorge um das Wohlergehen des besiegten Volkes; eine gewonnene Stimme war mehr wert als ein verlorenes Leben.

Wie Millionen andere gehörte Nikolai Hel zum Strandgut, das sich vom Chaos des Nachkriegskampfes ums Überleben treiben ließ. Die emporschnellende Inflation verwandelte seinen kleinen Geldvorrat bald in Makulatur. Er suchte Arbeit bei den japanischen Kolonnen, die Trümmerfelder von Minen räumten, angesichts seiner Rasse jedoch mißtrauten die Vorarbeiter seinen Motiven und bezweifelten seine Bedürftigkeit. Auch konnte er bei keiner der Besatzungsmächte Zuflucht nehmen, da er nicht Bürger eines ihrer Staaten war. So tauchte er in der Flut der Obdachlosen unter, der Arbeitslosen, der Hungrigen, die durch die Stadt streiften und in Parks, unter Brücken und in Bahnhöfen schliefen. Es gab ein Überangebot von Arbeitern, aber zuwenig Arbeit, und nur die jungen Frauen vermochten Dienstleistungen zu bieten, die den rauhen, übersättigten Soldaten, den neuen Herren, begehrenswert erschienen.

Als sein Geld verbraucht war, lebte Nikolai zwei Tage lang ohne zu essen und kehrte abends von seiner Arbeitssuche in den Shimbashi-Bahnhof zurück, wo er mit Hunderten von anderen schlief, die hungrig und heimatlos waren wie er. Sie suchten sich einen Platz auf oder unter den Bänken und in den Reihen, die eng aneinandergedrängt die Zwischenräume füllten, schlummerten unruhig oder fuhren, von Hunger gequält, aus drückenden Alpträumen hoch. Jeden Morgen trieb die Polizei sie hinaus, damit der Verkehr nicht behindert wurde. Und an jedem Morgen gab es acht bis zehn unter ihnen, die auf die Stöße der Polizisten nicht reagierten. Hunger, Krankheit, Alter und mangelnder Lebenswille hatten sie über Nacht von der Bürde des Lebens befreit.

Mit Tausenden von anderen wanderte Nikolai durch die regennassen Straßen und suchte nach Arbeit; suchte schließlich nach einer Gelegenheit zum Stehlen. Aber es gab keine Arbeit, und es gab nichts,

was des Stehlens wert gewesen wäre. Seine hochgeschlossene Schüleruniform war stellenweise schmutzverkrustet und ständig feucht, und von seinen Schuhen war einer undicht. Er hatte die Sohle abgerissen, weil sie sich gelöst hatte und ihm die Würdelosigkeit ihres Flip-Flaps unerträglich erschien. Später wünschte er, er hätte sie lieber mit einem Tuchfetzen festgebunden.
Am Abend des zweiten Tages ohne Nahrung kehrte er im Regen erst spät zum Shimbashi-Bahnhof zurück. Unter dem hohen Stahlgewölbe drängten sich gebrechliche alte Männer und verzweifelte Frauen mit Kindern, die ihre wenigen Habseligkeiten in Tuchfetzen zusammengerollt hatten und sich auf ihrem Platz mit einer stillen Würde einrichteten, die Nikolai mit Stolz erfüllte. Nie zuvor hatte er die Schönheit der japanischen Geisteshaltung richtig gewürdigt. Eng aneinandergedrängt, verängstigt, hungrig und frierend, begegneten sie einander selbst in dieser Situation emotionaler Spannungen mit dem gesellschaftlichen Schmieröl und gemurmelten Höflichkeitsformeln. Einmal, bei Nacht, versuchte ein Mann einer jungen Frau etwas zu stehlen; es gab ein kurzes, beinahe lautloses Handgemenge in einer finsteren Ecke des großen Wartesaals, und der Gerechtigkeit war schnell und endgültig Genüge getan.
Nikolai hatte das Glück, einen Platz unter einer Bank zu finden, wo jene, die sich während der Nacht erleichtern mußten, nicht auf ihn treten konnten. Auf der Bank über ihm lag eine Frau mit zwei Kindern, eines davon noch ein Baby. Leise sprach sie auf die beiden ein, bis sie einschliefen, nachdem sie die Mutter schüchtern darauf hingewiesen hatten, daß sie sehr hungrig seien. Sie erzählte ihnen, der Großvater sei in Wirklichkeit gar nicht tot, sondern werde sie bald abholen kommen. Später zeichnete sie Wortbilder ihres Dörfchens am Meer. Nachdem die Kinder eingeschlafen waren, weinte die Mutter still vor sich hin.
Der alte Mann auf dem Fußboden neben Nikolai arrangierte mit großer Sorgfalt seine Wertsachen auf einem zusammengefalteten Stück Stoff dicht neben seinem Gesicht, bevor er sich zur Ruhe legte. Sie bestanden aus einem Becher, einem Foto und einem Brief, den er so oft entfaltet und wieder zusammengelegt hatte, daß die Falzstellen dünn und ausgefranst waren. Es war ein Standardkondolenzbrief von der Armee. Bevor er die Augen schloß, wünschte der alte Mann dem jungen Fremden neben sich gute Nacht, und Nikolai wünschte ihm lächelnd dasselbe.

Bevor er in einen unruhigen Schlaf sank, brachte Nikolai seine Gedanken zur Ruhe und floh vor dem ätzend nagenden Hungergefühl in eine mystische Entrückung. Wenn er von seiner kleinen Wiese mit dem wogenden Gras und dem goldenen Sonnenschein wiederkehrte, war er satt, obwohl er hungrig, von Frieden erfüllt, obwohl er verzweifelt war. Aber er wußte, daß er morgen Arbeit oder Geld finden mußte, wenn er nicht sterben wollte.

Als die Polizei sie kurz vor Tagesanbruch hinauswarf, war der alte Mann neben ihm tot. Nikolai packte Becher, Foto und Brief in sein eigenes Bündel, denn es kam ihm grausam vor, das, was der alte Mann so heiliggehalten hatte, zusammenfegen und wegwerfen zu lassen.

Um die Mittagszeit war Nikolai auf seiner Suche nach Arbeit oder etwas zum Stehlen bis in den Hibiya-Park gekommen. Der Hunger war jetzt nicht mehr nur eine Frage des ungestillten Appetits, sondern ein scharfer Krampf, eine sich ausbreitende Schwäche, die seine Beine schwer und seinen Kopf leicht machte. Als er in der Flut verzweifelter Menschen dahintrieb, schlugen Wogen der Irrealität über ihm zusammen; Menschen und Dinge waren abwechselnd unterschiedslose Formen oder erstaunlich faszinierende Objekte. Manchmal ließ er sich von einem Strom gesichtsloser Menschen dahintragen, ließ ihre Energie und Zielstrebigkeit auf sich übergehen, ließ seine Gedanken wandern und wie ein verträumtes Karussell ohne Sinn kreisen. Der Hunger brachte die mystische Entrückung dicht an die Oberfläche seines Bewußtseins, und Ansätze zur Versenkung endeten in unvermitteltem Rücksturz in die Realität. Er ertappte sich dabei, wie er dastand und eine Mauer oder das Gesicht eines Passanten anstarrte, in dem Gefühl, dies sei ein bemerkenswertes Ereignis. Kein Mensch hatte bisher diesen bestimmten Ziegelstein mit Aufmerksamkeit und Zuneigung betrachtet. Er war der erste! Niemand hatte bisher das Ohr dieses Mannes so klar und deutlich gesehen. Das mußte doch etwas zu bedeuten haben! Nicht wahr?

Das schwindelerregende Hungergefühl, das zersprungene Spektrum der Realität, das ziellose Dahintreiben waren verlockend angenehm, doch irgend etwas in seinem Innern warnte ihn, daß sie auch gefährlich seien. Er mußte da herauskommen, sonst würde er sterben. Sterben? Sterben? Hatte dieses Wort eine Bedeutung?

Eine kleine, aber heftig drängende Menschenwoge trug ihn zum Parktor hinaus auf eine breite Straßenkreuzung, die mit einem

Durcheinander von Militärfahrzeugen, Holzkohlenautos, klingelnden Straßenbahnen und wackeligen Fahrrädern vor zweirädigen, mit unglaublich schweren und unförmigen Lasten beladenen Karren verstopft war. Es hatte einen kleinen Unfall gegeben, daher war der Verkehr in allen Richtungen einen Häuserblock weit zum Stillstand gekommen, während ein hilfloser japanischer Polizist mit riesigen weißen Handschuhen versuchte, zwischen dem russischen Fahrer eines amerikanischen Jeeps und dem australischen Fahrer eines amerikanischen Jeeps zu vermitteln.
Gegen seinen Willen wurde Nikolai von den Neugierigen, die durch alle Lücken zwischen dem stehenden Verkehr hindurchsickerten und die Verwirrung noch vergrößerten, vorwärtsgeschoben. Der Russe sprach nur Russisch, der Australier nur Englisch, der Polizist nur Japanisch; und alle drei waren in eine heftige Diskussion über Schuld und Verantwortung vertieft. Nikolai wurde gegen die Seite des australischen Jeeps gepreßt, dessen Insasse, ein Offizier, voll Unbehagen, aber mit stoischer Ruhe geradeaus starrte, während sein Fahrer wütend schrie, er werde diese Angelegenheit nur allzugern von Mann zu Mann mit dem russischen Fahrer, dem russischen Offizier, mit beiden zugleich und, wenn es sein müßte, mit der ganzen verdammten Roten Armee regeln.
»Haben Sie's sehr eilig, Sir?«
»Was?« Der australische Offizier war überrascht, von diesem zerlumpten Bengel in der verdreckten japanischen Schuluniform auf englisch angesprochen zu werden. Es dauerte ein paar Sekunden, bis er an den grünen Augen in dem mageren jungen Gesicht erkannte, daß er keinen Asiaten vor sich hatte. »Selbstverständlich habe ich's eilig! Ich habe in –« er drehte das Handgelenk und sah auf die Uhr – »ich hatte vor zwölf Minuten eine Besprechung!«
»Ich werde Ihnen helfen«, erklärte Nikolai. »Für Geld.«
»Wie bitte?« Der affektierte Akzent klang nach dem Englisch der Kolonialherren, die sich nur zu oft berufen fühlen, englischer zu tun als die Engländer.
»Geben Sie mir Geld, dann helfe ich Ihnen.«
Der Offizier warf einen zweiten verdrießlichen Blick auf seine Uhr. »Na schön. Nun mach schon!«
Die Australier verstanden nicht, was Nikolai sagte, zuerst auf japanisch zu dem Polizisten, dann auf russisch zu dem Offizier der Roten Armee, aber sie hörten mehrmals den Namen »MacArthur«. Die Erwähnung

dieses Imperators über dem Tenno zeitigte eine verblüffende Wirkung. Innerhalb von fünf Minuten war eine Schneise durch das Chaos der Fahrzeuge gebahnt, und der australische Jeep wurde auf den Rasen des Parks umgeleitet, wo er querfeldein zu einem breiten Kiesweg gelangen, sich zwischen verblüfften Spaziergängern hindurchwinden und schließlich über einen Bordstein in eine Seitenstraße holpern konnte, so daß er den Verkehrsstau mit den wütend blökenden Hupen und den schrillen Klingeln weit hinter sich ließ. Nikolai war auf den Platz neben dem Fahrer gesprungen. Sobald sie freie Bahn hatten, befahl der Offizier dem Fahrer anzuhalten.
»Na schön. Was schulde ich dir?«
Nikolai hatte keine Ahnung vom augenblicklichen Wert ausländischer Währung. Blindlings griff er sich eine Zahl heraus. »Hundert Dollar.«
»*Hundert Dollar?* Bist du verrückt?«
»Zehn Dollar«, verbesserte sich Nikolai hastig.
»Du nimmst, was du kriegen kannst, wie?« spottete der Offizier. Aber er zückte die Brieftasche. »Großer Gott! Ich habe überhaupt kein Besatzungsgeld bei mir. Fahrer?«
»Tut mir leid, Sir. Bin völlig blank.«
»Hm. Hör zu, ich mache dir einen Vorschlag. Gleich da drüben liegt mein Büro.« Er deutete auf das San-Shin-Gebäude, das Kommunikationszentrum der alliierten Besatzungstruppen. »Komm mit, dann werde ich dafür sorgen, daß du dein Geld bekommst.«
Im San-Shin-Gebäude übergab der Offizier Nikolai dem Rechnungsbüro mit der Anweisung, einen Beleg für zehn Dollar Besatzungsgeld auszustellen; dann verschwand er, um wenigstens dem Rest seiner Besprechung beizuwohnen, doch nicht ohne Nikolai vorher mit einem raschen Blick gemustert zu haben. »Hör mal. Du bist kein Engländer, wie?« Zu dieser Zeit sprach Nikolai englisch mit dem Akzent seiner britischen Gouvernanten, und der Offizier konnte den vornehmen Akzent dieses Bengels nicht mit seiner zerlumpten Kleidung und seiner verwahrlosten Erscheinung in Einklang bringen.
»Nein«, antwortete Nikolai.
»Aha!« sagte der Offizier hörbar erleichtert. »Das dachte ich mir.« Damit begab er sich zu den Lifts.
Eine halbe Stunde lang saß Nikolai auf einer Holzbank vor dem Büro und wartete, bis er an der Reihe war, während im Korridor um ihn

herum Leute auf englisch, russisch, französisch und chinesisch diskutierten. Das San-Shin-Gebäude war einer der wenigen Knotenpunkte, an denen die verschiedenen Besatzungsmächte zusammenkamen, und man spürte die Reserviertheit und das Mißtrauen unter der oberflächlichen Kameraderie. Über die Hälfte der Menschen, die hier arbeiteten, waren Zivilangestellte, und die Amerikaner überwogen die anderen zahlenmäßig genauso stark, wie ihre Soldaten die übrigen Truppen in ihrer Gesamtheit überwogen. Hier hörte Nikolai zum erstenmal das grollende *r* und die metallischen Vokale der amerikanischen Aussprache.

Bis die amerikanische Sekretärin die Tür öffnete und seinen Namen aufrief, war ihm übel geworden, und er wäre beinahe eingeschlafen. Im Vorzimmer drückte man ihm ein Formular in die Hand, das er ausfüllen sollte, während die junge Sekretärin wieder an ihre Schreibmaschine zurückkehrte und nur gelegentlich einen verstohlenen Blick zu diesem unmöglichen Menschen in den schmutzigen Kleidern hinüberwarf. Doch ihre Neugier war nur flüchtig; ihre Aufmerksamkeit galt im Grunde ausschließlich der Verabredung, die sie am Abend mit einem Major hatte, der nach Aussage der anderen Mädchen wirklich nett sein und seine Auserwählte stets in ein richtig vornehmes Restaurant führen sollte, wo er ihr etwas besonders Schönes bot – vorher.

Als er ihr sein Formular übergab, warf die Sekretärin nur einen kurzen Blick darauf, zog die Augenbrauen hoch und stieß ein verächtliches Schnaufen aus. Dennoch brachte sie es der Dame, die das Büro leitete. Innnerhalb weniger Minuten wurde Nikolai zu ihr gerufen.

Die Bürovorsteherin war in den Vierzigern, rundlich und freundlich. Sie stellte sich als Miß Goodbody vor. Nikolai lächelte nicht.

Miß Goodbody deutete auf Nikolais Formular. »Weißt du, du mußt das richtig ausfüllen.«

»Ich kann nicht. Ich meine, ich kann nicht alle Fragen beantworten.«

»Du kannst nicht?« Jahre pflichtbewußten Beamtentums zuckten vor dieser Vorstellung zurück. »Was soll das heißen ...« Sie konsultierte die oberste Zeile. »... Nikolai?«

»Ich kann keine Adresse angeben. Ich habe nämlich keine. Und ich habe auch keine Ausweisnummer. Und keinen – wie hieß das noch gleich? – Arbeitgeber.«

»Arbeitgeber, ja. Die Einheit oder Organisation, bei der du arbeitest oder bei der deine Eltern arbeiten.«
»Ich habe keinen Arbeitgeber. Spielt das eine Rolle?«
»Nun, wir können nichts auszahlen ohne ein Belegformular, das genau ausgefüllt ist. Das verstehst du doch, oder?«
»Ich habe Hunger.«
Sekundenlang war Miß Goodbody ratlos. Sie beugte sich vor. »Gehören deine Eltern zur Besatzungsmacht, Nikolai?« Sie war zu der Vermutung gelangt, daß er ein Soldatenbankert sein mußte, der von zu Hause weggelaufen war.
»Nein.«
»Bist du etwa allein hier?« fragte sie ungläubig.
»Ja.«
»Nun...« Stirnrunzelnd zuckte sie die Achseln. »Wie alt bist du?«
»Einundzwanzig.«
»Ach du liebe Zeit! Entschuldigen Sie. Ich dachte... Ich meine, Sie sehen eher aus wie vierzehn oder fünfzehn. Aber nun gut, das ist etwas ganz anderes. Also warten Sie mal. Was machen wir denn nur?« In Miß Goodbody schlummerte ein ausgeprägter mütterlicher Trieb, die Sublimation eines Lebens unerprobter Sexualität. Sie fühlte sich seltsam hingezogen zu diesem jungen Mann, der wie ein mutterloses Kind wirkte, dem Alter nach aber ein potentieller Lebensgefährte war. Miß Goodbody stufte diese Melange einander widersprechender Gefühle kurzerhand als christliche Nächstenliebe ein.
»Könnten Sie mir nicht einfach meine zehn Dollar geben? Oder wenigstens fünf?«
»So geht das nicht, Nikolai. Selbst wenn wir eine Möglichkeit finden, dieses Formular auszufüllen, wird es noch zehn Tage dauern, bis es alle zuständigen Stellen durchlaufen hat.«
Nikolai spürte, wie seine Hoffnung sank. Er war noch zu unerfahren, um zu wissen, daß die feingesponnenen Netze der Bürokratie so unauflösbar waren wie das Pflaster, das er tagtäglich trat. »Dann bekomme ich mein Geld also nicht?« fragte er tonlos.
Miß Goodbody zuckte die Achseln und stand auf. »Tut mir leid, aber... Hören Sie zu. Ich habe jetzt Mittagspause. Kommen Sie mit mir in die Angestellten-Cafeteria. Dort essen wir erst mal einen Happen, und dann überlegen wir, ob wir was arrangieren können.«

Sie lächelte Nikolai zu und legte ihm die Hand auf die Schulter. »Wollen wir?«
Nikolai nickte.

Die nächsten drei Monate, bis Miß Goodbody in die Vereinigten Staaten zurückversetzt wurde, blieben ihr für immer aufregend und strahlend in Erinnerung. Nikolai war fast wie ein Kind, das sie nie gehabt hatte, und er war gleichzeitig ihr einziges länger andauerndes Verhältnis. Sie wagte es nie, die komplexen Gefühle, die während dieser Monate in ihrem Verstand und ihrem Körper prickelten, zu diskutieren oder auch nur in Gedanken zu analysieren. Ohne Zweifel genoß sie es, daß Nikolai sie brauchte, genoß sie die Sicherheit seiner Abhängigkeit von ihr. Außerdem war sie von Natur aus ein guter Mensch, der gern jemandem half, der ihrer Hilfe bedurfte. Und in ihre sexuelle Beziehung spielte ein Kitzel köstlich empfundener Scham hinein, erwachsen aus der Pikanterie, gleichzeitig Mutter und Geliebte zu sein, ein zu Kopf steigendes Gebräu aus Zuneigung und Sünde.
Nikolai bekam seine zehn Dollar nicht; das Problem, einen Beleg ohne Ausweisnummer zu bearbeiten, erwies sich sogar für Miß Goodbodys über zwanzigjährige Erfahrung mit der Bürokratie als zu schwierig. Doch es gelang ihr, Nikolai dem Leiter des Übersetzungsbüros vorzustellen, und binnen einer Woche arbeitete er acht Stunden am Tag, übersetzte Dokumente oder wohnte endlosen Konferenzen bei, wo er in zwei bis drei Sprachen die wortreichen und vorsichtigen Erklärungen wiederholte, die die Abgeordneten in der Öffentlichkeit abzugeben wagten. Dabei lernte er, daß die Kommunikation in der Diplomatie in erster Linie die Aufgabe hat, Sinngehalte zu verschleiern.
Sein Verhältnis zu Miß Goodbody war freundschaftlich und von Höflichkeit geprägt. Sobald er konnte, erstattete er ihr trotz ihres Protestes die Auslagen für seine Kleidung und Toilettenartikel zurück und bestand darauf, einen Teil der gemeinsamen Lebenskosten zu übernehmen. So gern, daß er ihr etwas schulden wollte, mochte er sie nun auch wieder nicht. Das sollte nicht heißen, daß er sie überhaupt nicht mochte – sie war kein Mensch, den man nicht mögen konnte; sie weckte einfach nicht derart intensive Gefühle. Zuweilen war ihr sinnloses Geplapper störend und ihre übertriebene Fürsorge lästig; aber sie gab sich, wenn auch recht ungeschickt, so große Mühe,

Rücksicht zu nehmen, und war so tränenreich dankbar für ihre sexuellen Erlebnisse, daß er sie mit aufrichtiger Zuneigung duldete, mit einer Zuneigung, wie man sie für ein tolpatschiges Schoßhündchen empfindet.
Nikolai litt im Zusammenleben mit Miß Goodbody nur unter einem einzigen größeren Problem. Wegen der hohen Konzentration von tierischen Fetten in ihrer Nahrung haben Abendländer eine leicht unangenehme Ausdünstung an sich, die den Geruchssinn der Japaner verletzt und ihre Leidenschaft spürbar dämpft. Bis Nikolai sich daran gewöhnt hatte, fiel es ihm schwer, in sexuelle Erregung zu geraten, und es dauerte ziemlich lange, bis er den Höhepunkt erreichte. Gewiß, Miß Goodbody hatte empirisch gesehen nur Vorteile von diesem ihr unbewußten Makel; da sie jedoch kaum Vergleichsmöglichkeiten besaß, betrachtete sie Nikolais sexuelle Ausdauer als ganz normal. Ermutigt durch ihre Erfahrungen mit ihm, stürzte sie sich nach ihrer Rückkehr in die Vereinigten Staaten in mehrere kurzlebige Affären, die aber alle relativ enttäuschend verliefen. Zuletzt wurde sie die »große, alte Dame« der Feministinnenbewegung. Nicht ganz ohne Erleichterung sah Nikolai Miß Goodbodys Schiff die Anker lichten und zog aus der ihr von der Regierung zugewiesenen Wohnung in ein Haus um, das er sich im Asakusa-Viertel im Nordwesten Tokios gemietet hatte; ein eher altmodisches Logis, wo er in verborgener Eleganz – beinahe *shibumi* – leben konnte und mit den Abendländern lediglich während der vierzig Wochenstunden in Kontakt zu kommen brauchte, in denen er seinen Lebensunterhalt verdiente, der dank seines relativ hohen Gehalts und vor allem dank seines Zugangs zum Warenangebot der amerikanischen »Post Exchanges« und »Commissaries« nach japanischen Maßstäben wahrhaft luxuriös war. Nikolai war inzwischen im Besitz jener wichtigsten aller menschlichen Kostbarkeiten: er hatte Personalpapiere. Er verdankte sie einer augenzwinkernden kleinen Verschwörung zwischen Miß Goodbody und einigen ihrer Freunde bei der Behörde. Nikolai besaß jetzt einen Ausweis, der ihn als Zivilangestellten der Amerikaner kennzeichnete, und einen zweiten, der ihm die russische Staatsangehörigkeit bescheinigte. In dem höchst unwahrscheinlichen Fall, daß er von amerikanischer Militärpolizei angehalten wurde, konnte er seinen russischen Ausweis vorzeigen; und bei allen anderen neugierigen Völkerschaften den amerikanischen. Das Verhältnis zwischen den Russen und den Amerikanern war auf Mißtrauen und gegenseitiger Angst

gegründet, und sie vermieden es ebenso sorgfältig, sich wegen Belanglosigkeiten mit den Staatsangehörigen der anderen Seite anzulegen, wie ein Mann, der die Straße überqueren will, um eine Bank auszurauben, es vermeiden würde, eine Verkehrsübertretung zu begehen.

Im Verlauf des folgenden Jahres wurden Nikolais Leben und Arbeit abwechslungsreicher. Was seine Arbeit anging, so beauftragte man ihn manchmal damit, in der kryptographischen Abteilung Sphinx/FE auszuhelfen, bevor dieser Geheimdienst von der unersättlichen, neuen bürokratischen Infraregierung CIA geschluckt wurde. Eines Tages konnte dort eine dechiffrierte Nachricht nicht ins Englische übersetzt werden, weil das Russisch, in das man sie übertragen hatte, sich als blühender Unsinn entpuppte. Nikolai bat, das ursprüngliche Kryptogramm einsehen zu dürfen. Dank seiner Neigung zur reinen Mathematik, seiner beim Go-Training entwickelten und geförderten Fähigkeit, in abstrakten Permutationen zu denken, und seiner Versiertheit in sechs Sprachen, gelang es ihm relativ schnell, die Dechiffrierfehler aufzuspüren. Er fand heraus, daß die ursprüngliche Nachricht falsch verschlüsselt worden war, und zwar von jemandem, der ein gestelztes Russisch schrieb, das – seltsam genug – der chinesischen Satzordnung folgte, wodurch eine Nachricht herausgekommen war, die die komplizierten Dechiffriermaschinen der Sphinx/FE in Verwirrung stürzte. Nikolai hatte Chinesen gekannt, die ihr gebrochenes Russisch auf eben diese gestelzte Manier sprachen, daher konnte er, sobald er den Code hatte, den Inhalt der Mitteilung mühelos enträtseln. Aber die Kryptographen mit ihrer Buchhaltermentalität waren beeindruckt und Nikolai galt von nun an als »Wunderknabe«, denn die meisten seiner Arbeitskollegen hielten ihn immer noch für ein halbes Kind.

Bald wurde Nikolai ganz zur Sphinx/FE versetzt, stieg sowohl im Rang als auch im Gehalt um eine Stufe höher und durfte seine Tage in einem winzigen abgelegenen Büro verbringen, wo er sich mit dem Spiel amüsierte, Nachrichten zu entwirren und zu übersetzen, die ihn nicht im geringsten interessierten.

Mit der Zeit und sehr zu seiner eigenen Überraschung gelangte Nikolai zu einer Art emotionalem Waffenstillstand mit den Amerikanern, mit denen er zusammenarbeitete. Das bedeutete nicht, daß er sie mögen oder ihnen vertrauen lernte; aber er merkte, daß sie nicht die amoralischen, verderbten Menschen waren, die sie ihrem politischen und militärischen Verhalten nach zu sein schienen. Gewiß, sie waren kulturell unreif, unüberlegt und ungeschickt, sie waren materialistisch und historisch kurzsichtig, laut, aufdringlich und im gesellschaftlichen Umgang unendlich ermüdend; im Innern jedoch waren sie gutherzig und gastfreundlich, jederzeit bereit, ja sogar fest entschlossen, ihren Reichtum und ihre Ideologie mit der ganzen Welt zu teilen.

Vor allem kam er zu der Erkenntnis, daß alle Amerikaner Kaufleute waren, daß der Kern des vielzitierten amerikanischen Genius, des »Yankee Spirit«, das Kaufen und Verkaufen war. Sie gingen mit ihrer demokratischen Ideologie regelrecht hausieren, und der gewaltige Druck der Rüstungsabkommen und Wirtschaftspressionen unterstützte sie dabei. Ihre Kriege waren überdimensionale Übungen in Produktion und Versorgung. Ihr Regierungssystem bestand aus einer Kette von Sozialverträgen. Ihre Bildung verkauften sie in Stundeneinheiten. Ihre Eheschließungen waren emotionale Handelsverträge, sofort gebrochen, wenn eine Partei ihren Verpflichtungen nicht nachkam. Ehre bestand für sie in fairem Handel. Und sie waren keineswegs die klassenlose Gesellschaft, für die sie sich ausgaben, sondern eine Einklassengesellschaft: die handeltreibende. Ihre Elite waren die Reichen; ihre Arbeiter und Bauern sahen sie günstigstenfalls als mängelbehaftete Versager, die sich die monetäre Leiter zur Mittelschicht emporzuklimmen bemühten. Die Wertmaßstäbe der Bauern und Proletarier Amerikas waren die gleichen wie die der Versicherungsvertreter und leitenden Angestellten, der Unterschied bestand einzig darin, daß sich die Wertmaßstäbe der Unterschicht in bescheideneren Wohlstandssymbolen ausdrückten: Motorboot statt Jacht, Kegelverein statt Country Club, Atlantic City statt Monaco.

Erziehung und Veranlagung gemeinsam hatten bewirkt, daß Nikolai Achtung und Respekt vor den echten Gesellschaftsklassen empfand: den Bauern, den Handwerkern, den Künstlern, den Soldaten, den Gelehrten, den Priestern. Aber er hatte nur Verachtung übrig für die künstliche Gesellschaftsklasse der Kaufleute, die Gewinn aus dem Kauf und Verkauf von Dingen herausschlagen, die sie nicht selber herstellen, die Macht und Reichtum in einem Maß ansammeln, das in keiner Relation zu ihrem Arbeitsaufwand steht, und die verantwortlich sind für alles, was Kitsch, für alles, was Veränderung ohne Fortschritt, für alles, was Verbrauch ohne Nutzen ist.

Dem Rat seiner Mentoren folgend, bewahrte Nikolai nach außen hin eine unauffällige Fassade unbeteiligten *shibumis* und hielt seine wahre Meinung vor den Kollegen sorgfältig verborgen. Er kam ihrer Eifersucht zuvor, indem er gelegentlich Hilfe bei einem einfachen Entschlüsselungsproblem erbat oder seine Fragen so formulierte, daß sie fast mit der Nase auf die korrekten Antworten gestoßen wurden. Sie ihrerseits behandelten ihn wie eine Art Freak, ein intellektuelles Phänomen, einen Wunderknaben von einem anderen Stern. Insofern waren sie sich der genetischen und kulturellen Kluft, die sie von ihm trennte, dumpf bewußt, nur daß in ihren Augen sie es waren, die drinnen saßen, während er draußen blieb.

Und das kam ihm durchaus gelegen, denn sein eigentliches Leben konzentrierte sich auf sein Haus mit dem schönen Innenhof am Ende einer schmalen Nebenstraße im Asakusa-Bezirk. In dieses altmodische Viertel im nordwestlichen Teil der Stadt drang die Amerikanisierung nur langsam vor. Gewiß, kleine Werkstätten produzierten bereits Imitationen von Zippo-Feuerzeugen und Zigarettenetuis mit der Abbildung einer Dollarnote auf dem Deckel, und in einigen Bars hörte man japanische Orchester spielen, die den »Big Band«-Sound imitierten, während forsche junge Sängerinnen sich schrill durch »Don't Sit Under the Apple Tree With Anyone Else But Me« mühten, man sah zuweilen einen jungen Mann, der sich kleidete wie ein Filmgangster, weil er das für modern und amerikanisch hielt, und es gab eine Rundfunkwerbung auf englisch, die den Hörern versicherte, Akadama-Wein mache alle, die ihn tränken, »sehl, sehl glücklich«. Aber all das drang nicht unter die Oberfläche, und in Nikolais Bezirk wurde im Spätmai noch immer das Fest der Sanja Matsuri gefeiert, bei dem die Straßen blockiert waren von schwitzenden jungen Männern, die unter dem Gewicht der schwarz lackierten, reich vergoldeten Sänften schwankten, während ihre Augen in einer sakebeschwingten Trance leuchteten und sie unter ihrer Last taumelten und *washoi, washoi* sangen, angeführt von phantastisch tätowierten, nur mit einem *fundoshi*-Lendentuch bekleideten Männern, deren Schultern, Arme, Schenkel und Rücken von dem augenverwirrenden »Anzug aus Tinte« bedeckt waren.

Nikolai stapfte, auf dem Heimweg von diesem Fest, vom Sake benommen durch den Regen, als er Herrn Watanabe traf, einen ehemaligen Drucker, der auf der Straße Streichhölzer verkaufte, weil ihm sein Stolz das Betteln verbot, obwohl er schon zweiundsiebzig war und alle Angehörigen verloren hatte. Nikolai behauptete, drin-

gend Streichhölzer zu benötigen, und erbot sich, den ganzen Vorrat aufzukaufen. Herr Watanabe war hoch erfreut, ihm zu Diensten sein zu können, da dieses Geschäft den Hunger wieder um einen weiteren Tag bannen würde. Doch als er entdeckte, daß der Regen die Streichhölzer verdorben hatte, verbot ihm sein Ehrgefühl, sie zu verkaufen, ungeachtet Nikolais Erklärung, er suche für ein Experiment, das er vorhabe, gerade nasse Streichhölzer.
Am folgenden Morgen erwachte Nikolai mit einem Sakekater und einer recht verschwommenen Erinnerung an sein Gespräch mit Herrn Watanabe, mit dem er am Abend zuvor *soba* an einer Bude gegessen hatte, die mit einem Vordach ausgestattet war, damit der Regen den Gästen nicht in die Suppe platschte; schon bald erfuhr er, daß er einen ständigen Logiergast hatte. Innerhalb einer Woche nistete sich in Herrn Watanabe das Gefühl ein, er sei für Nikolai und den Tagesablauf im Asakusa-Haus unentbehrlich, und es wäre unfreundlich von ihm, diesen einsamen jungen Mann zu verlassen.
Die Tanaka-Schwestern wurden einen Monat später Haushaltsmitglieder. Als Nikolai in der Mittagspause einen Spaziergang im Hibiya-Park machte, begegnete er den beiden robusten Landmädchen von achtzehn und einundzwanzig Jahren, die vor einer Überschwemmung im Norden mit darauffolgender Hungersnot geflohen und nun so arm waren, daß sie sich den Passanten anbieten mußten. Nikolai war ihr erster potentieller Kunde, daher sprachen sie ihn so ungeschickt und schüchtern an, daß er trotz seines Mitleids lachen mußte, denn erfahrenere Dirnen hatten ihnen einen spärlichen englischen Wortschatz beigebracht, der nur aus den drastischsten und vulgärsten Bezeichnungen für anatomische Einzelheiten und sexuelle Spielarten bestand. Kaum hatten sie sich im Asakusa-Haus eingenistet, verwandelten sie sich wieder in fleißige, fröhlich kichernde Bauernmädchen und wurden zum Gegenstand ewiger Sorge – und bekümmerter Zuneigung – des Herrn Watanabe, der sehr strenge Vorstellungen vom geziemenden Verhalten junger Mädchen besaß. Es ergab sich ganz natürlich, daß die Tanaka-Schwestern bald Nikolais Bett teilten, wo ihre angeborene bäuerliche Vitalität in spielerischem Erproben ungewöhnlicher und häufig unwahrscheinlicher akrobatischer Stellungen Ausdruck fand. Sie befriedigten das Verlangen des jungen Mannes nach sexueller Verwirklichung, unbelastet von emotionalem Engagement über Zuneigung und Zärtlichkeit hinaus.
Wie Frau Shimura, die neueste Mitbewohnerin, in sein Haus gekom-

men war, konnte Nikolai nicht genau sagen. Sie war einfach da, als er eines Abends heimkam, und blieb. Frau Shimura war Mitte Sechzig, rauh, verdrießlich, ständig mürrisch, unendlich gut und eine wunderbare Köchin. Zwischen Herrn Watanabe und ihr gab es einen kurzen Kampf um die Territorialherrschaft, der auf der Walstatt des täglichen Marktganges ausgefochten wurde, denn Herr Watanabe war für die Haushaltskasse verantwortlich, während Frau Shimura über die tägliche Speisefolge zu entscheiden hatte. Schließlich vereinbarten sie, die Lebensmitteleinkäufe gemeinsam zu tätigen, sie für die Qualität, er für die Preise verantwortlich; und wehe dem armen Gemüsehändler, der ins Kreuzfeuer ihrer Gefechte geriet.

Nikolai sah in seinen Gästen keine Dienstboten, einfach weil sie sich nicht als solche fühlten. Im Gegenteil, es war Nikolai, der keine genau festgelegte Rolle und die damit verbundenen Rechte im Haus zu haben schien, außer der, daß er das Geld verdiente, von dem sie alle lebten.

Während dieser Monate der Freiheit und der neuen Erfahrungen entwickelten sich Nikolais Verstand und Gefühle auf vielen verschiedenen Gebieten. Den Muskeltonus bewahrte er sich durch das Studium und die Ausübung eines geheimnisvollen Zweiges der Kriegskunst, der den Gebrauch einfacher Haushaltsartikel als tödliche Waffen lehrt. Ihn faszinierte die mathematische Klarheit und kalkulierte Präzision dieses raffinierten Kampfsystems, dessen Name traditionsgemäß niemals laut ausgesprochen, sondern durch Superponierung der Schriftzeichen *hoda* (nackt) und *korosu* (töten) dargestellt wurde. Während seiner ganzen späteren Laufbahn war Nikolai zwar nur selten bewaffnet, aber niemals ohne Waffe; denn in seinen Händen konnte ein Kamm, eine Streichholzschachtel, eine zusammengerollte Zeitung, eine Münze, ja sogar ein gefaltetes Blatt Papier zum Mordinstrument werden.

Seinen Verstand trainierte das faszinierende intellektuelle Polster des Go-Spiels. Selber spielte er jetzt nicht mehr, dafür war dieses Spiel für ihn zu eng mit seinem Leben bei Otake-san, mit kostbaren und zarten, nun nicht mehr existierenden Dingen verknüpft; und es war besser, das Tor des Bedauerns fest zu verschließen. Aber er las immer noch Kommentare zu interessanten Partien und löste für sich allein auf dem Brett Problemsituationen. Die Arbeit im San-Shin-Gebäude war rein mechanisch und stellte keine größere intellektuelle Herausforderung dar als das Lösen eines Kreuzworträtsels; um wenigstens einen Teil seiner Geisteskräfte zu mobilisieren, begann Nikolai an einem Buch mit dem Titel »Rosen und Dornen auf dem Weg zu Go« zu arbeiten, das später privat unter einem Pseudonym herausgegeben wurde und sich bei den *aficionados* des Spiels einer gewissen Beliebtheit erfreute. Das Buch war ein kunstvoll angelegter Scherz in Gestalt eines Berichts und Kommentars zum Spiel eines fiktiven Meisters um die Jahrhundertwende. Während das Spiel des »Meisters« dem durchschnittlichen Spieler klassisch, ja sogar brillant erscheinen mußte, gab es überall kleine Schnitzer und irrelevante Plazierungen, die beim erfahreneren Leser Stirnrunzeln hervorriefen. Das wirkliche Vergnügen an diesem Buch lag im Kommentar eines gutinformierten Dummkopfs, dem es gelang, jedem Schnitzer den Anschein kühner Glanzleistung zu verleihen, und der die Grenzen der Vorstellungskraft strapazierte, indem er den einzelnen Zügen Metaphern für Leben, Schönheit und Kunst beifügte, allesamt überaus raffiniert und gelehrt vorgetragen, doch bar jeder Bedeutung. Das Buch war in der Tat eine subtile, geschickte Parodie auf das intellektuelle Parasitentum der Kritiker, und das Vergnügen daran entsprang zum großen Teil dem Bewußtsein, daß sowohl die Spielfehler als auch der wortreiche Nonsens des Kommentars so gut kaschiert waren, daß die meisten Leser bei der Lektüre ernst und zustimmend nicken würden.

Am Ersten eines jeden Monats schrieb Nikolai an Otake-sans Witwe und erhielt als Antwort Familiennachrichten über ehemalige Schüler und die Otake-Kinder. Auf diesem Wege wurde ihm auch Marikos Tod in Hiroshima bestätigt.

Als er von dem Atombombenabwurf hörte, hatte er sofort befürchtet, Mariko könnte unter den Opfern sein. Mehrmals schrieb er an die Adresse, die sie ihm gegeben hatte. Die ersten Briefe verschwanden in dem allgemeinen Chaos nach der Bombardierung, der letzte aber kam zurück mit dem Vermerk, diese Adresse existiere nicht mehr. Eine Zeitlang spielte er Vogel Strauß und stellte sich vor, Mariko sei vielleicht bei Verwandten zu Besuch gewesen, als die Bombe fiel, oder sie habe etwas aus einem tiefen Keller geholt, oder sie habe vielleicht ... So konstruierte er Dutzende von unwahrscheinlichen Möglichkeiten für ihr Überleben. Aber sie hatte ihm fest versprochen, ihm über Frau Otake zu schreiben, und es kam nie ein Brief von ihr.

Innerlich war er auf die endgültige Gewißheit schon vorbereitet, als die Nachricht von Otake-sans Witwe kam. Dennoch fühlte er sich

eine Zeitlang bedrückt und leer und empfand bitteren Haß auf die Amerikaner, mit denen er zusammenarbeitete. Aber er war bemüht, sich von diesem Haß zu befreien, weil solch schwarze Gedanken den Weg zur mystischen Entrückung blockierten, in der doch für ihn die Rettung vor den verzehrenden Auswirkungen von Depression und Trauer lag. Deshalb wanderte er einen ganzen Tag lang allein und ohne etwas wahrzunehmen durch die Straßen seines Bezirks und gab sich der Erinnerung an Mariko hin, ließ vor seinem geistigen Auge seine Gedächtnisbilder von ihr vorüberziehen, rief sich die Freude, die Angst und die Scham ihrer sexuellen Begegnungen zurück, lächelte über kleine gemeinsame Scherze und Streiche. Am späten Abend sagte er ihr Lebewohl und schob sie voll zärtlicher Zuneigung von sich. Zurück blieb eine herbstliche Leere, aber kein brennender Schmerz und Haß, so daß es ihm wieder gelang, auf seine dreieckige Wiese zu fliehen und eins zu werden mit dem Sonnenlicht und dem wogenden Gras, wo er Kraft und Ruhe fand.
Auch mit dem Verlust von General Kishikawa fand er sich ab. Seit ihrem letzten langen Gespräch unter den schneienden Kirschbäumen am Kajikawa hatte Nikolai keinerlei Nachricht mehr von ihm erhalten. Er wußte, daß der General in die Mandschurei versetzt worden war; er hörte, daß die Russen während der letzten Kriegstage, als ein Eingreifen kein militärisches Risiko mehr, dafür aber großen politischen Gewinn bedeutete, über die Grenze hinweg angegriffen hatten; und aus Gesprächen mit Überlebenden erfuhr er, daß einige hohe Offiziere Zuflucht im *seppuku* gesucht und die in die Gefangenschaft der Kommunisten Geratenen die Qualen der »Umerziehungslager« nicht überstanden hatten.
Nikolai tröstete sich mit dem Gedanken, daß Kishikawa-san wenigstens der Demütigung entgangen war, in die brutale Maschinerie der japanischen Kriegsverbrecherkommission zu geraten, wo die Gerechtigkeit durch einen tief eingewurzelten Rassenhaß pervertiert wurde, der japanische Amerikaner in Konzentrationslager schickte, während Deutsch- und Italo-Amerikaner (ansehnliche Wählergruppen) von der Rüstungsindustrie profitieren durften; und das trotz der bekannten Tatsache, daß die Nisei-Soldaten in der amerikanischen Armee ihren Patriotismus hinlänglich bewiesen hatten, indem sie zu den am meisten ausgezeichneten und dezimierten Einheiten gehörten, und die gedemütigt wurden, indem man sie aus Angst vor ihrer Loyalität japanischen Truppen gegenüber nur auf dem europäischen

Kriegsschauplatz einsetzte. Die japanischen Kriegsverbrecherprozesse waren von derselben rassistischen Idee des Untermenschentums infiziert, die es zugelassen hatte, daß eine Uranbombe auf ein bereits um Frieden bittendes, besiegtes Land geworfen wurde und daß ihr kurz darauf aus Gründen wissenschaftlicher Neugier auch noch eine größere Plutoniumbombe folgte.

Was Nikolai am stärksten bedrückte, war, daß die große Masse der Japaner die Bestrafung ihrer militärischen Führer sogar guthieß – und zwar nicht aus dem japanischen Motiv, daß viele von ihnen ihre persönliche Gier nach Macht und Ruhm vor die Interessen ihres Landes und Volkes gestellt hatten, sondern aus dem abendländischen Grund, daß diese Männer irgendwie gegen rückwirkende, auf einer fremden Moralvorstellung beruhende menschliche Verhaltensmaßregeln verstoßen hatten. Viele Japaner schienen nicht zu begreifen, daß hier die Propaganda der Sieger zur Geschichte der Besiegten wurde.

Jung und innerlich vereinsamt, auf schmalem Grat im Schatten der Besatzungsmächte überlebend, deren Wertmaßstäbe und Methoden er nicht annehmen wollte, brauchte Nikolai ein Ventil für seine Energie und Frustration. Und fand es in seinem zweiten Jahr in Tokio in einem Sport, der ihn aus der wimmelnden schmutzigen Großstadt in die nicht besetzten, von Amerikanern unbehelligten Berge führte: der Höhlenforschung.

Er hatte es sich angewöhnt, mit den jungen Japanern zu Mittag zu essen, die in der Kraftfahrzeugabteilung des San Shin arbeiteten, weil er sich unter ihnen wohler fühlte als bei den ständig mit metallischer Stimme witzelnden amerikanischen Kryptographen. Da Englischkenntnisse auch für den niedrigsten Job Voraussetzung waren, hatten die meisten in der Kfz-Abteilung eine Universität besucht, und einige der Männer, die Jeeps wuschen und Offiziere chauffierten, waren graduierte Ingenieure, die in einem ruinierten Land ohne Arbeitsstellen ihren Lebensunterhalt nicht anders verdienen konnten.

Zuerst waren die jungen Japaner steif und verlegen in Nikolais Gegenwart, aber es dauerte nicht lange, und sie akzeptierten ihn in der offenen, freien Art der Jugend als grünäugigen Japaner, der das Pech gehabt hatte, seine Mongolenfalte zu verlieren. Er wurde in ihren Kreis aufgenommen und teilte sogar ihren rauhen, hämischen Spott über die sexuellen Mißgeschicke der amerikanischen Offiziere, die sie chauffierten. All diese Witze hatten dieselbe lächerliche Figur

zum Gegenstand: den stereotypen Amerikaner, der pausenlos und blindlings geil, aber faktisch unfähig ist.
Während einer dieser Mittagspausen, als alle unter dem Wellblechdach eines Wetterschutzes saßen und aus Blechbüchsen Reis und Fisch, die Ration für die japanischen Hilfswilligen, aßen, kam auch das Thema Höhlenforschung zur Sprache. Drei der ehemaligen Studenten waren begeisterte Höhlenforscher oder waren es wenigstens vor dem letzten, verzweifelten Kriegsjahr und dem Chaos der Besetzung gewesen. Sie sprachen von den Freuden und Mühen ihrer Expeditionen in die Berge und beklagten es, daß sie jetzt weder das nötige Geld noch die nötige Ausrüstung zum Weitermachen besaßen. Nikolai lebte zu dieser Zeit schon sehr lange in der Stadt, deren Lärm und Gedränge seine sensiblen, ans ruhige Dorfleben gewöhnten Nerven räderte. Er fragte die jungen Männer über den Höhlensport aus und erkundigte sich, was für Proviant und Ausrüstungsgegenstände man dazu brauchte. Wie sich herausstellte, waren die Bedürfnisse minimal, jedoch bei dem Almosen, das ihnen die Besatzungsmächte zahlten, für sie unerschwinglich. Nikolai erbot sich zu besorgen, was sie benötigten, wenn sie ihn mitnehmen und in diesen Sport einführen würden. Sein Angebot wurde begeistert angenommen, und zwei Wochen später fuhren sie zu viert für ein Wochenende in die Berge, kletterten bei Tag in den Höhlen herum und verbrachten die Nächte in billigen Gebirgskneipen, wo sie zuviel Sake tranken und bis tief in die Nacht hinein diskutierten, wie es gescheite junge Männer auf der ganzen Welt tun; ihre Gespräche führten vom Wesen der Kunst über derbe Zweideutigkeiten zu Zukunftsplänen, zu an den Haaren herbeigezogenen Wortspielereien, zu improvisiertem *haiku*, zu schlüpfrigen Späßen, zu Politik, zu Sex, zu Erinnerungen, zum Schweigen.
Schon nach der ersten Stunde unter der Erde war Nikolai klar, daß dies der geeignete Sport für ihn war. Sein biegsamer, drahtiger Körper schien wie geschaffen für das Gleiten durch enge Passagen. Die rasche, genaue Berechnung von Methode und Risiko wurde erleichtert durch das Denktraining, das ihm das Go-Spiel vermittelt hatte. Und die Faszination der Gefahr war für ihn geradezu unwiderstehlich. Bergsteigen hätte ihm nicht zugesagt, denn der dabei in aller Öffentlichkeit zur Schau gestellte Wagemut beleidigte sein Gefühl für *shibumi* und würdevolle Zurückhaltung. In den Höhlen jedoch waren Risiko und Wagemut etwas Persönliches, Stilles, Unbeobach-

tetes; und sie besaßen obendrein die Würze, daß hier primitive, animalische Ängste mitspielten. Arbeitete man sich senkrecht einen Kamin hinab, so erweckte die Angst vor dem Fallen, die allen Tieren angeboren ist, einen Nervenkitzel, der noch verstärkt wurde durch das Bewußtsein, daß man in gähnende schwarze Leere hinabstürzen würde und nicht in die dekorative Landschaft, die der Bergsteiger unter sich sieht. In den Höhlen spürte man die ständige Gegenwart von Kälte und Nässe, Auslöser für Urängste des Menschen, die beim Höhlenkletterer durchaus begründet sind, denn die meisten schweren und tödlichen Unfälle in diesem Sport sind auf Unterkühlung zurückzuführen. Außerdem waren da die animalische Furcht vor der Dunkelheit, vor der endlosen Schwärze, und der stets gegenwärtige Gedanke an die Möglichkeit, sich im Labyrinth der Spalten und Durchbrüche zu verirren, die zum Teil so eng waren, daß an Umkehren aufgrund der Beschaffenheit des menschlichen Körpers nicht zu denken war. Plötzliche Überschwemmungen konnten die engen Höhlen binnen weniger Minuten ohne Vorwarnung unter Wasser setzen. Und hinzu kam das ständige bedrückende Gefühl, daß dicht über dem Kletterer, häufig sogar seinen Rücken streifend, wenn er durch einen engen Tunnel kroch, Tausende von Tonnen Fels hingen, die eines Tages unweigerlich der Schwerkraft gehorchen und den Durchgang verschütten würden.

Es war der perfekte Sport für Nikolai.

Besonders die subjektiven Gefahren empfand er als anregend und attraktiv. Es machte ihm Freude, Geisteskraft und Körperbeherrschung gegen die geheimsten und primitivsten Ängste des Tieres in sich zu setzen, die Angst vor der Dunkelheit, vor dem Fall, die Angst vor dem Ertrinken, vor der Kälte und vor der Einsamkeit, das Risiko, dort unten auf ewig verlorenzugehen, die ständig von der Vorstellungskraft berufene Erosion der vielen Tonnen Gestein über ihm. Hauptverbündete des Höhlensportlers sind Logik und umsichtiges Planen. Seine größten Feinde sind Phantasie und Panik. Für einen Höhlensportler ist es leicht, ein Feigling, und schwer, tapfer zu sein, denn er arbeitet allein, ungesehen, unkritisiert, ungelobt. Nikolai freute sich über die Gegner, die sich ihm stellten, und über die geheime Arena, in der er ihnen entgegentrat. Er genoß den Gedanken, daß die meisten seiner Feinde in ihm selbst steckten und daß seine Siege unbemerkt blieben.

Und dann gab es das unvergleichliche Entzücken des Wiederauftauchens aus der Höhle. Langweilige, alltägliche Dinge gewannen nach mehreren Stunden unter der Erde an Farbe und Wert, vor allem, wenn eine besiegte Gefahr hinter ihm lag. Er atmete die frische Luft mit gierigen Zügen ein. Eine Tasse bitterer Tee wärmte die steifgefrorenen Hände, erfreute das Auge mit seiner satten Farbe, duftete köstlich, glitt wie eine Hitzewelle durch die Kehle, war ein Bankett subtil abgestufter Aromata. Der Himmel leuchtete in eindrucksvollem Blau, das Gras war auffallend grün. Es tat gut, von einem Kameraden einen kräftigen Schlag auf den Rücken zu bekommen, von einer menschlichen Hand berührt zu werden. Es tat wohl, Stimmen zu hören und Geräusche zu machen, die die eigenen Gefühle verrieten, die eigenen Ideen mitteilten, die Freunde amüsierten. Alles war neu, war da, um in vollen Zügen genossen zu werden.

Für Nikolai besaß die erste Stunde nach dem Auftauchen beinahe die Erlebnisintensität, die er von seinen mystischen Entrückungen her kannte. In dieser kurzen Stunde, bevor Dinge und Erfahrungen wieder ins Alltägliche zurücksanken, war er beinahe eins mit dem goldenen Sonnenlicht und dem duftenden Gras.

Die vier jungen Männer stiegen an jedem freien Wochenende in die Berge, und obwohl ihr Amateurniveau und die behelfsmäßige Ausrüstung ihnen höchstens erlaubte, in Höhlen herumzuklettern, die nach internationalem Forscherstandard recht bescheiden waren, wurde es jedesmal ein gründlicher Test ihrer Willenskraft, ihres Durchhaltevermögens und ihrer Geschicklichkeit, gefolgt von Abenden voll Kameradschaft, Gesprächen, Sake und begeistert aufgenommenen harten Witzen. Obwohl Nikolai im späteren Leben weltweiten Ruhm für seine Teilnahme an wichtigen unterirdischen Expeditionen ernten sollte, blieben diese Lernklettereien, was Spaß und Abenteuer betraf, unübertroffen.

Als er dreiundzwanzig Jahre alt war, hatte Nikolai zu einem Lebensstil gefunden, der die meisten seiner Bedürfnisse befriedigte und ihn für die meisten Verluste entschädigte – bis auf den General Kishikawas. Zum Ersatz für die Otake-Familie hatte er sein Asakusa-Haus mit Menschen gefüllt, die in etwa die angestammten Rollen von Familienmitgliedern übernahmen. Er hatte seine Kindheit und eine noch fast kindliche Liebe verloren; doch er befriedigte seine körperlichen Bedürfnisse mit Hilfe der unverwüstlichen, erfindungsreichen Tanaka-Schwestern. Seine ehemals alles beherrschende Beschäftigung mit den geistigen Übungen und Freuden des Go-Spiels war von den emotionalen und körperlichen des Höhlensports abgelöst worden. Auf eine seltsame und nicht ganz gesunde Art machte sein quälender Haß auf die Nationen, die sein Volk und seine Jugend zerstört hatten, sich durch das Training im Nackt/Töten-Kampfstil Luft; denn während der Übungsstunden stellte er sich immer vor, rundäugige Gegner vor sich zu haben, und dann war ihm wohler.

Der größte Teil dessen, was er verloren hatte, war persönlich und organisch gewesen, der Ersatz dafür war zum größten Teil mechanisch und äußerlich; aber die Kluft, die dazwischenlag, wurde weitgehend durch seine gelegentlichen Ausflüge in den Seelenfrieden mystischer Erlebnisse überbrückt.

Der beschwerlichste Teil seines Lebens waren die vierzig Wochenstunden, die er im Untergeschoß des San-Shin-Gebäudes mit bezahlter Fronarbeit verbrachte. Erziehung und Ausbildung hatten ihn mit den inneren Ressourcen zur Befriedigung seiner Bedürfnisse auch ohne energieverschlingende Tätigkeit zum Erwerbszweck ausgestattet, wie sie für die Männer seiner gleichmacherischen Abteilung lebensnotwendig war, da es ihnen schwerfiel, sich ohne Arbeit die Zeit zu vertreiben und ihre Daseinsberechtigung nachzuweisen. Vergnügen, Lernen und Bequemlichkeit waren für ihn ausschlaggebend; er brauchte weder die Krücke der Anerkennung noch die Bestätigung der Macht oder das Narkotikum der Ausschweifung. Die Umstände erforderten es leider, daß er Geld verdiente, und ironischerweise ausgerechnet bei den Amerikanern. (Obwohl Nikolais Kollegen ein Sammelsurium aus Amerikanern, Briten und Australiern waren, herrschten die amerikanischen Methoden, Wertmaßstäbe und Zielsetzungen vor, daher sah er in den Briten bald unvollständige und in den Australiern angehende Amerikaner.)

Die Amtssprache im Crypto Center war Englisch, doch Nikolais Gefühl für Wohlklang schreckte vor dem halbverschluckten Brei oder dem affektierten Gewinsel der britischen Oberklasse ebenso zurück wie vor dem metallischen Geschwätz und dem Bogensehnen-Singsang der Amerikaner und entwickelte einen ganz persönlichen Akzent, der zwischen den amerikanischen und den britischen Lauten lag. Dieser Kunstgriff veranlaßte seine englischsprechenden Bekannten sein Leben lang, ihn für einen geborenen Engländer zu halten, der aber »von anderswo« stammte.

Zuweilen suchten die Kollegen Nikolai in ihre Pläne für Ausflüge oder Parties einzubeziehen; es wäre ihnen nicht im Traum eingefallen, daß das, was sie als freundlich herablassende Geste einem Fremden gegenüber betrachteten, in Nikolais Augen anmaßende Gleichmacherei bedeutete.

Doch diese ärgerliche Annahme ihrer Gleichwertigkeit verdroß Nikolai nicht so sehr wie ihre kulturelle Konfusion. Die Amerikaner schienen Lebensstandard mit Lebensqualität zu verwechseln, Chancengleichheit mit institutionalisierter Mittelmäßigkeit, Dreistigkeit mit Tapferkeit, Machismo mit Männlichkeit, Freizügigkeit mit Freiheit, Weitschweifigkeit mit Wortgewandtheit, Vergnügen mit Freude – kurz gesagt, bei ihnen herrschten alle Mißverständnisse derer, die glauben, Gerechtigkeit bedeute gleiches Recht für alle statt gleiches Recht für Gleiche.

Wenn er besonders versöhnlich gestimmt war, betrachtete er die Amerikaner als Kinder – als energiegeladene, neugierige, naive, gutherzige, schlecht erzogene Kinder –, und da sah er kaum einen Unterschied zwischen Amerikanern und Russen. Beide waren gesunde, kräftige, körperlich tüchtige Völker, beide zeichneten sich im materiellen Wettbewerb aus, beide zeigten sich durch Schönheit verwirrt, beide waren voll Überheblichkeit davon überzeugt, daß ihre Ideologie die alleinseligmachende sei, beide waren infantil und streitsüchtig, und beide waren voll Überheblichkeit davon überzeugt, daß ihre Ideologie die alleinseligmachende sei, beide waren infantil und streitsüchtig, und beide waren äußerst gefährlich. Gefährlich deshalb, weil ihre Spielsachen kosmische Waffen waren, die die Existenz der Zivilisation bedrohten. Die Gefahr lag weniger in ihrer Bösartigkeit als in ihrer Tölpelhaftigkeit. Welche Ironie, wenn man sich vorstellte, daß die Zerstörung der Welt nicht das Werk eines Machiavelli, sondern eines Sancho Pansa sein würde!

Daß seine Existenz von solchen Leuten abhing, bereitete ihm Unbehagen, aber es gab keine Alternative für ihn, und deshalb ignorierte er dieses Gefühl, so gut er konnte. Erst im nassen, stürmischen März seines zweiten Jahres in Tokio sollte er erfahren, daß, wer sich mit Wölfen zu Tisch setzt, nie weiß, ob er nun Gast oder Hauptgericht ist.

Dem melancholischen Wetter zum Trotz machte sich die Unbesiegbarkeit des japanischen Lebenswillens in dem fröhlichen, optimistischen Lied »Ringo no Uta« bemerkbar, das die ganze Nation kannte und das Tausende von Menschen, die sich vom physischen und emotionalen Ruin des Krieges erholten, halblaut vor sich hinsummten oder -sangen. Der grausame Hunger der letzten Winter war vorüber; die Überschwemmungen der letzten Frühjahre und die schlechten Ernten lagen hinter ihnen; und das Gefühl verbreitete sich, daß die Welt allmählich wieder gesundete. Ungeachtet der nassen Märzwinde hatten die Bäume angefangen, das zartgrüne Kleid des Frühlings anzulegen, und grüßten als Boten der Fülle. Als Nikolai an jenem Morgen sein Büro betrat, war er so guter Stimmung, daß er tatsächlich einen ulkigen Charme in dem verhaßten militärischen Kürzel an seiner Tür zu entdecken glaubte: SCAP/COMCEN/SPHINX-FE (N-CODE/D-CODE).

In Gedanken versunken machte er sich daran, einen Maschinenausstoß abgefangener Nachrichten der sowjetischen Besatzungsmacht in der Mandschurei aufzuarbeiten, einfach verschlüsselte Routinemeldungen. Da er sich für die militärischen und politischen Spielchen der Russen und Amerikaner nicht interessierte, beschäftigte er sich normalerweise mit diesen Texten, ohne sich um ihren Inhalt zu kümmern, ungefähr wie ein guter Stenograph sein Stenogramm abtippt, ohne es wirklich zu lesen. Aus diesem Grund hatte er sich bereits der nächsten Aufgabe zugewandt, als ihm die Bedeutung dessen aufging, was er soeben gelesen hatte. Er zog das Blatt aus dem Korb mit den auslaufenden Meldungen und las es noch einmal durch.

General Kishikawa Takashi wurde von den Russen auf dem Luftweg nach Tokio gebracht, wo er als Kriegsverbrecher ersten Grades vor Gericht gestellt werden sollte.

WASHINGTON

In Begleitung von Miß Swivven betraten die vier Herren den Lift und warteten schweigend, während sie ihre magnetisch codierte Karte in den Schlitz mit der Aufschrift »15. Stock« steckte. Der arabische Terroristenlehrling mit dem Decknamen Mr. Haman verlor das Gleichgewicht, als der Lift entgegen seiner Erwartung mit hoher Geschwindigkeit in die Tiefen des Gebäudes sank. Er stolperte gegen Miß Swivven, die aufschrie. »Verzeihung, Madame. Ich hatte angenommen, daß es vom Erdgeschoß zum fünfzehnten Stockwerk aufwärts gehen müßte. Vom mathematischen Standpunkt aus gesehen wäre das wohl auch der Fall, aber ...«

Ein Stirnrunzeln seines OPEC-Vorgesetzten stoppte den Fluß seines Falsettgeschwätzes, und er wandte seine Aufmerksamkeit Miß Swivvens glattem Nacken zu.

Dem OPEC-Mittelsmann (mit dem Decknamen Mr. Able, weil er der Spitzenmann in einer Able-Baker-Charlie-Dog-Kombination war), waren Fistelstimme und Ungeschicklichkeit seines arabischen Landsmanns peinlich. Als Oxford-Absolvent der dritten Generation, dessen Familie seit langer Zeit die kulturellen Vorteile der Beteiligung an der Ausbeutung seines Volkes durch die Briten genoß, verachtete Mr. Able diesen parvenühaften Sohn eines Kameltreibers, der vermutlich auf Öl gestoßen war, als er einen Zeltpflock im Übereifer zu tief in den Boden rammte.

Außerdem ärgerte er sich darüber, daß man ihn mitten aus einem intimen geselligen Beisammensein abgerufen hatte, damit er sich um irgendein nicht näher erläutertes Problem kümmere, das seinen Ursprung zweifellos in der Unfähigkeit seines Landsmanns und dieser Barbaren von der CIA hatte. Und hätte hinter diesem Befehl nicht die Autorität des Aufsichtsratsvorsitzenden der Muttergesellschaft gestanden, er hätte ihn kurzerhand ignoriert, denn als er unterbrochen wurde, hatte er gerade das Vergnügen einer äußerst charmanten und angenehm erregenden Plauderei mit einem bezaubernden jungen Mann gehabt, dessen Vater amerikanischer Senator war.

Der Deputy reagierte auf die hochmütige Verachtung des OPEC-Mannes, indem er im Hintergrund der Kabine blieb und angestrengt so tat, als sei er mit wichtigeren Dingen als dieser Bagatelle beschäftigt.

Darryl Starr wiederum war bemüht, den Eindruck kühler Indifferenz zu erwecken, indem er mit den Münzen in seiner Tasche klimperte und tonlos durch die Zähne pfiff.

Mit spürbarem Ruck kam der Fahrstuhl zum Stehen, und Miß Swivven schob eine zweite Magnetkarte in den Schlitz, die ihnen die Tür öffnete. Der Kameltreiber nutzte die Gelegenheit, ihr schnell den Hintern zu tätscheln. Sie zuckte zusammen und wich ihm aus.

Aha, dachte er. Ein anständiges Mädchen. Vermutlich Jungfrau. Um so besser. Auf Jungfräulichkeit legen die Araber größten Wert, denn sie scheuen den Vergleich – und das mit gutem Grund.

Darryl Starr und der Deputy musterten beide ihre Umgebung, der eine offen, der andere ein wenig verstohlener, denn keiner von ihnen hatte bisher Zutritt zum »fünfzehnten Stock« ihres Gebäudes gehabt.

Mr. Able jedoch schüttelte Diamond kurz die Hand und fragte barsch: »Was soll das Ganze? Ich habe nicht die geringste Lust, mich einfach hierherzitieren zu lassen, vor allem nicht an einem Abend, an dem ich etwas Besseres zu tun hatte.«
»Sie werden noch weniger erfreut sein, wenn ich Ihnen alles erkläre«, entgegnete Diamond. Er wandte sich an Darryl Starr. »Setzen Sie sich! Ich will Ihnen klarmachen, wie ungeheuerlich ihr Patzer in Rom gewesen ist.«
Starr zuckte mit gespielter Gleichgültigkeit die Achseln und schob sich in einen der weißen Plastiksessel am Konferenztisch mit der Mattglasplatte für die Projektion von Computerdaten. Der Kameltreiber war in die Aussicht vertieft, die das Panoramafenster bot.
»Mr. Haman?« sagte Diamond.
Die Nase an die Scheibe gepreßt, betrachtete der Araber begeistert das Muster der Autoscheinwerfer, die langsam am Washington-Monument vorbeizogen – die Scheinwerfer derselben Wagen, die pünktlich um diese Zeit an jedem Abend über die Allee krochen.
»Mr. Haman?« wiederholte Diamond.
»Was? Ach ja! Ich vergesse immer wieder diesen Decknamen, den man mir verpaßt hat. Ist das nicht komisch?«
»Hinsetzen!« befahl Diamond unlustig.
»Wie bitte?«
»Hinsetzen!«
Verlegen grinsend gesellte sich der Araber zu Starr an den Tisch, während Diamond dem Vertreter der OPEC bedeutete, er möge am Kopfende Platz nehmen, und sich selbst in seinem orthopädisch konstruierten Drehsessel auf dem Podium niederließ. »Sagen Sie, Mr. Able, was wissen Sie über den Präventivschlag heute vormittag auf dem Flughafen von Rom?«
»So gut wie gar nichts. Ich belaste mich nicht mit taktischen Einzelheiten. Mein Gebiet ist die ökonomische Strategie.« Er schnippte ein unsichtbares Stäubchen von der scharfen Bügelfalte seiner Hose.
Diamond nickte knapp. »Wir dürften beide nicht mit diesen Dingen belastet werden, aber die Beschränktheit Ihrer Leute und die Unfähigkeit der meinen machen es leider erforderlich ...«
»Einen Moment mal ...« fiel ihm der Deputy ins Wort.
»... machen es leider erforderlich, daß wir die Sache selbst in die Hand nehmen. Ich möchte Ihnen die Hintergrundinformationen

vermitteln, damit Sie wissen, womit wir es hier zu tun haben. Miß Swivven, führen Sie bitte Protokoll.« Diamond musterte den CIA-Deputy mit scharfem Blick. »Warum stehen Sie so herum?«
Mit verkniffenem Mund und geblähten Nasenflügeln antwortete der Deputy: »Vielleicht warte ich darauf, daß Sie mir befehlen, mich hinzusetzen, wie Sie es bei den anderen getan haben.«
»Das können Sie haben.« Diamonds Miene war ausdruckslos und angewidert. »Hinsetzen!«
Der Deputy nahm mit einer Miene neben Starr Platz, als habe er einen diplomatischen Sieg errungen.
Während der nun folgenden Konferenz wirkte Mr. Diamonds bissiger Ton einschüchternd auf alle außer Mr. Able, denn sie hatten an vielen Projekten und Problemen zusammengearbeitet und dabei einen gewissen gegenseitigen Respekt entwickelt, der ganz gewiß nicht auf Freundschaft beruhte, sondern auf der Achtung vor Eigenschaften, die beiden gemeinsam waren, verwaltungstechnisches Geschick nämlich, die Fähigkeit zur klaren Analyse von Problemen und die Kunst, Entscheidungen zu treffen, ohne sich von romantischen Moralvorstellungen behindern zu lassen. Ihre Aufgabe war es, die hinter ihnen stehenden Mächte in allen paralegalen und außerdiplomatischen Transaktionen zwischen den arabischen ölproduzierenden Ländern und der Muttergesellschaft zu vertreten, deren Interessen eng miteinander verknüpft waren, obwohl keiner dem anderen über die Grenzen des gemeinsamen Gewinns hinaus vertraute. Die von Mr. Able vertretenen Nationen besaßen in der internationalen Arena einen Einfluß, der weit über die begrenzten Gaben und Fähigkeiten ihrer Völker hinausging. Die industrialisierte Welt hatte sich leichtsinnigerweise vom arabischen Öl vollkommen abhängig gemacht, obwohl man wußte, daß der Vorrat nicht unerschöpflich, ja sogar relativ begrenzt war. Es war das Ziel der Entwicklungsländer, die durchaus erkannten, daß sie nur darum die Hätschelkinder der technologischen Welt waren, weil das so dringend benötigte Öl zufällig unter ihrem steinigen oder sandigen Boden lag, dieses Öl und die damit verbundene politische Macht in dauerhaftere Wohlstandsquellen zu verwandeln, bevor die Erde dieser gefährlichen Flüssigkeit endgültig beraubt war, und darum kauften sie eifrig Grundbesitz auf der ganzen Welt, erwarben Firmen, infiltrierten Bankkonzerne und übten im gesamten industrialisierten Westen finanziellen Druck auf Persönlichkeiten der Politik aus. Bei der Ausführung ihrer Pläne

kamen ihnen gewisse Vorteile zugute. Erstens konnten sie rasch manövrieren, weil sie nicht mit dem zähen politischen System der Demokratie belastet waren. Zweitens waren die westlichen Politiker korrupt und käuflich. Drittens war die Masse der Abendländer habgierig, faul und ohne Gefühl für Geschichte, denn das Atomzeitalter hatte sie gelehrt, ständig in Erwartung des Jüngsten Tages zu leben und sich daher nur um Behaglichkeit und Wohlstand während ihrer eigenen Lebensspanne zu sorgen.

Die Gruppe der Energiekonzerne, aus denen die Muttergesellschaft bestand, hätte den erpresserischen Würgegriff der arabischen Nationen jederzeit abschütteln können. Denn Rohöl ist wertlos, solange es nicht zu einem profitbringenden Umweltverschmutzer verarbeitet worden ist, und sie allein kontrollierten die Einrichtungen zur Vorratslagerung und Verteilung. Das Langzeitziel der Muttergesellschaft war es jedoch, das Damoklesschwert planmäßiger Ölverknappungen zu benutzen, um sämtliche Energiequellen in ihre Gewalt zu bringen: Kohle, Atomkraft, Sonnenenergie, Erdwärme. Aufgrund der zwischen ihnen bestehenden Symbiose half die OPEC der Muttergesellschaft, indem sie Ölknappheit kreierte, wenn diese Pipelines durch gefährdete Tundra bauen, größere Regierungsinvestitionen zur Erforschung von Sonnen- und Windenergie verhindern oder natürliche Benzindefizite auslösen wollte, um eine Aufhebung der Preisbindung zu erreichen. Als Gegenleistung half die Muttergesellschaft den OPEC-Ländern auf vielerlei Weise, nicht zuletzt dadurch, daß sie während des Ölembargos politischen Druck ausübte, um die westlichen Nationen daran zu hindern, das Naheliegendste zu tun, nämlich das Land zu besetzen und das Öl für das Wohl der Allgemeinheit zu beschlagnahmen. Das erforderte eine größere rhetorische Geschicklichkeit, als die Araber ahnten, denn die Muttergesellschaft lancierte zur selben Zeit umfangreiche Werbeprogramme, die dem Volk vorspiegelten, sie bemühe sich, Amerika von ausländischen Ölimporten unabhängig zu machen. Für diese Kampagne setzte sie Großaktionäre ein, die zugleich beliebte Stars der Unterhaltungsbranche waren, um die Unterstützung der Öffentlichkeit für ihre Erforschung eigener Energiequellen, ihre Gefährdung der Menschheit durch Atommüll, ihre Verseuchung der Meere durch Bohrinseln und den leichtfertigen Umgang mit Ölfrachtern zu gewinnen.

Sowohl die Muttergesellschaft als auch die OPEC-Länder befanden sich in einer prekären Übergangssituation; die eine versuchte ihr

Ölmonopol in eine Hegemonie über alle anderen Energiequellen zu verwandeln, damit ihre Macht und ihr Profit nicht mit der Erschöpfung des Ölvorrates dahinschwanden; die anderen waren bestrebt, ihren Ölreichtum in industriellen und territorialen Besitz in der ganzen westlichen Welt umzusetzen. Und um sich den Weg durch diese schwierige und gefährliche Phase zu ebnen, hatten sie Mr. Diamond und Mr. Able unbegrenzte Vollmacht für die Beseitigung der drei bedrohlichsten Hindernisse zum Erfolg gegeben: der angestrengten Bemühungen der PLO, ihren Störwert einzusetzen, um einen Anteil an der Beute der Araber zu erringen; des gedankenlosen und ungeschickten Eingreifens der CIA und ihres Sinnesorgans, der NSA; und Israels hartnäckiger, selbstsüchtiger Forderung nach einer Chance zum Überleben.

Um es deutlicher auszudrücken: Es war Mr. Diamonds Aufgabe, die CIA und, kraft der internationalen Gewalt der Muttergesellschaft, die Aktionen der Westmächte zu kontrollieren; während Mr. Able das Amt zufiel, die einzelnen Araberstaaten an der Kandare zu halten. Vor allem das letztere war sehr schwierig, weil diese Regierungen ein labiles Gemisch aus mittelalterlicher Diktatur und chaotischem Militärsozialismus darstellten.

Aber ihr Hauptproblem war es, die PLO in Schach zu halten. Sowohl die OPEC als auch die Muttergesellschaft hielten die Palästinenser für eine Pestbeule, deren Gefahrenherd in keinem Verhältnis zu ihrer wahren Bedeutung stand, aber die Launen des Schicksals hatten sie und ihr unbequemes Anliegen zu einem Angelpunkt der divergierenden arabischen Nationen gemacht. Alle wären sie wegen ihrer Dummheit und Bösartigkeit gern losgeworden, aber leider sind diese Krankheiten zwar übertragbar, doch nicht tödlich. Immerhin, Mr. Able tat, was in seinen Kräften stand, um zu verhindern, daß ein Zündfunke übersprang und sie Schaden anrichten konnten; in jüngster Zeit hatte er ihnen ziemlich viel Sprengkraft genommen, indem er die Katastrophe im Libanon auslöste.

Aber er hatte nicht verhindern können, daß palästinensische Terroristen den Schnitzer mit dem Olympiamassaker von München ausheckten, wodurch jahrelange antijüdische Propaganda zunichte gemacht wurde, die dank des latenten Antisemitismus im Westen bereits schöne Früchte getragen hatte. Mr. Able hatte getan, was er konnte; er hatte Mr. Diamond vorher vor diesem Zwischenfall gewarnt. Und Diamond hatte die Information an die westdeutsche

Regierung weitergegeben, in der Annahme, man würde dort alles Weitere veranlassen. Statt dessen hatte man in Bonn die Hände in den Schoß gelegt und es einfach geschehen lassen.

Obwohl Diamond und Able auf eine lange Zusammenarbeit zurückblicken konnten, herrschte zwischen ihnen zwar eine gewisse gegenseitige Achtung, aber keine Freundschaft. Diamond empfand Unbehagen bei dem Gedanken an Mr. Ables sexuelle Ambiguität. Darüber hinaus ergrimmten ihn die kulturelle Überlegenheit und die gesellschaftliche Sicherheit des Arabers, denn Diamond war in den Straßen der New Yorker West Side aufgewachsen und wurde, wie so viele aufgestiegene Proletarier, von jenem umgekehrten Snobismus beherrscht, der gute Erziehung für einen Charakterfehler hält.

Mr. Able seinerseits hegte Diamond gegenüber eine Geringschätzung, die er gar nicht erst zu kaschieren trachtete. Er sah sich selbst als Patrioten und Edelmann, der sich bemühte, seinem Volk für die Zeit, da es kein Öl mehr geben würde, eine neue Machtbasis zu schaffen. Diamond dagegen betrachtete er als den Prototyp des Amerikaners, dessen Auffassung von Ehre und Würde nur von Gewinnsucht diktiert wurde. Er hielt die Amerikaner für ein dekadentes Volk, dessen Vorstellung von feiner Lebensart sich in weichem Toilettenpapier erschöpft. Verwöhnte Kinder, die auf ihren Highways dahinrasen, mit ihren CB-Geräten spielen und so tun, als seien sie Piloten des Zweiten Weltkriegs. Wie mußte es um den Charakter eines Volkes bestellt sein, dessen meistgekaufter Dichter Rod McKuen ist, dieser Howard Cosell der Lyrik?

Solchen und ähnlichen Gedanken hing Mr. Able nach, als er mit ausdrucksloser Miene, ein höflich distanziertes Lächeln auf den Lippen, am Kopfende des Konferenztisches saß. Er gestattete es sich nie, seine Verachtung allzu deutlich zu zeigen, denn er wußte, daß sein Volk mit diesen Amerikanern zusammenarbeiten mußte, bis sie es geschafft hatten, ihnen die eigene Nation vor der Nase wegzukaufen.

Mr. Diamond hatte sich in seinem Sessel zurückgelehnt und betrachtete die Zimmerdecke, während er überlegte, wie er dieses Problem so aufs Tapet bringen konnte, daß die Schuld nicht ganz und gar auf seiner Seite zu sein schien. »Na schön«, begann er, »zuerst die Vorgeschichte. Nach dem Patzer bei der Münchner Olympiade bekamen wir Ihre Zusage, daß Sie die PLO unter Kontrolle behalten und in Zukunft eine derart schlechte Presse verhindern würden.«

Mr. Able seufzte tief auf. Nun, wenigstens hatte Diamond nicht mit der Flucht der Kinder Israel durchs Rote Meer begonnen!
»Als kleines Trostpflaster für sie«, fuhr Diamond fort, »haben wir dafür gesorgt, daß dieser Dingsda vor der UNO auftreten und seine albernen Drohungen gegen die Juden vorbringen durfte. Trotz all Ihrer Versprechungen entdeckten wir jedoch kürzlich, daß eine Zelle des Schwarzen September – darunter zwei der am Münchner Massaker Beteiligten – Ihre Erlaubnis für eine idiotische Flugzeugentführung in Heathrow erhalten hatte.«
Mr. Able zuckte die Achseln. »Die Absichten müssen sich immer den Umständen anpassen. Ich schulde Ihnen keineswegs Erklärungen für alles, was wir tun. Es muß Ihnen genügen, wenn ich sage, daß dieses letzte Blutbad der Preis dafür war, daß sie abwarten, bis der Druck durch die Amerikaner Israels Verteidigungspotential schwächt.«
»Und wir haben dem zugestimmt. Als passive Hilfe habe ich die CIA angewiesen, sich jeglicher Gegenaktionen gegen den Schwarzen September zu enthalten. Wahrscheinlich war der Befehl überflüssig, da die traditionelle Unfähigkeit dieser Organisation jede eventuelle Handlung ihrerseits ohnehin wirksam neutralisiert hätte.«
Der Deputy räusperte sich, um zu protestieren, doch Diamond brachte ihn mit erhobener Hand zum Schweigen und fuhr fort: »Wir sind sogar einen Schritt über die passive Unterstützung hinausgegangen. Als wir erfuhren, daß eine kleine inoffizielle Gruppe von Israelis den Verantwortlichen für das Münchner Massaker auf der Spur war, beschlossen wir, mit einem Präventivschlag einzugreifen. Der Anführer dieser Gruppe war ein gewisser Asa Stern, ein ehemaliger Politiker, dessen Sohn zu den in München getöteten Sportlern gehörte. Da wir wußten, daß Stern an unheilbarem Krebs litt – er starb vor zwei Wochen – und daß seine kleine Gruppe nur aus einer Handvoll idealistischer junger Amateure bestand, nahmen wir an, die vereinten Kräfte Ihres arabischen Geheimdienstes und unserer CIA würden genügen, sie auszulöschen.«
»Und sie genügten nicht?«
»Nein, sie genügten nicht. Diese beiden Herren hier am Tisch waren für das Unternehmen verantwortlich, obwohl der Araber in Wirklichkeit kaum mehr war als ein Agent in der Ausbildung. Durch eine sehr blutige Aktion in aller Öffentlichkeit gelang es ihnen, zwei von drei Mitgliedern der Stern-Gruppe zu eliminieren – zusammen mit

sieben Unbeteiligten. Ein Mitglied jedoch, ein junges Mädchen, namens Hannah Stern, die Nichte des verstorbenen Anführers, entkam.«

Mr. Able seufzte und schloß die Augen. Konnte in diesem Land mit seiner schwerfälligen Regierungsform denn niemals etwas einwandfrei klappen? Wann würden diese Leute endlich einsehen, daß die Welt sich in einer postdemokratischen Ära befand? »Sie sagten, *ein* junges Mädchen sei bei diesem Präventivschlag entkommen? Das kann doch nicht allzu tragisch sein. Ich kann mir nicht vorstellen, daß eine Frau ganz allein nach London fliegt und ohne Hilfe sechs bestens trainierte und erfahrene palästinensische Terroristen umbringt, die nicht nur den Schutz Ihrer und meiner Organisation genießen, sondern dank Ihrer Fürsprache auch den der britischen MI-5 und MI-6. Der Gedanke ist einfach lächerlich!«

»Gewiß, das wäre lächerlich. Aber Miß Stern fliegt gar nicht nach London. Wir wissen ziemlich genau, daß sie nach Frankreich geflogen ist. Außerdem haben wir Grund zu der Annahme, daß sie sich jetzt oder binnen kurzem mit einem gewissen Nikolai Hel in Verbindung setzen wird, einem Mann mit violetter Karte, der durchaus in der Lage ist, trotz Ihrer, meiner und britischer Agenten die Angehörigen des Schwarzen September zu eliminieren und dennoch rechtzeitig zu einer Lunchverabredung wieder zu Hause in Frankreich zu sein.«

Mr. Able sah Diamond forschend an. »Ist das etwa Bewunderung, die ich in Ihrem Ton entdecke?«

»Nein! Bewunderung würde ich es nicht nennen. Aber Hel ist ein Mann, den wir nicht unterschätzen dürfen. Ich werde Sie über seinen Werdegang informieren, damit Sie die Notwendigkeit der Maßnahmen einsehen, die wir treffen müssen, um diesen Schnitzer wiedergutzumachen.« Diamond wandte sich an den Ersten Assistenten, der bescheiden vor seiner Konsole gewartet hatte. »Lassen Sie mal den Printout über Hel durchlaufen.«

Und während Fat Boys Daten nüchtern und prosaisch auf der Tischplatte vor ihnen abrollten, umriß Diamond kurz die biographischen Umstände, die dazu geführt hatten, daß Nikolai Hel erfuhr, General Kishikawa sei in russischer Gefangenschaft und solle der Kriegsverbrecherkommission vorgeführt werden.

Nikolai erbat und erhielt unbezahlten Urlaub, um seine Zeit und Energie uneingeschränkt der Suche nach dem General widmen zu können. Die folgende Woche war ein Alptraum, ein verzweifeltes, zeitlupenhaft ablaufendes Anrennen gegen die schwammigen, doch unüberwindlichen Barrieren aus Amtsschimmel, innerbehördlicher Geheimniskrämerei, internationalem Mißtrauen, bürokratischer Trägheit und individueller Gleichgültigkeit. Seine Bemühungen bei der japanischen Zivilregierung blieben ergebnislos. Denn deren System war statisch ind festgefahren, weil die Besatzungsmächte der japanischen Neigung zu Überorganisation und Autoritätsteilung, die dem einzelnen die Bürde der Verantwortung für Irrtümer erleichtern sollten, Elemente einer wesensfremden Demokratie aufgepfropft hatten, die eine für unrentable Regierungsformen typische geschäftige Untätigkeit mit sich brachten.
Daraufhin wandte sich Nikolai an die Militärregierung und schaffte es durch seine Hartnäckigkeit, ein Stück des Mosaiks der Ereignisse zusammenzusetzen, die zur Gefangennahme des Generals geführt hatten. Dabei mußte er notgedrungen gefährlich auffallend in Erscheinung treten, obwohl ihm klar war, daß es für jemanden, der mit gefälschten Papieren und ohne den Schutz einer offiziellen Staatsangehörigkeit lebte, mehr als ein Wagnis bedeutete, die Bürokraten aufzustöbern, die am besten im reizlosen Klima des dysfunktionellen Status quo gedeihen.
Das Ereignis dieser Woche emsigen Suchens und Forschens war mager. Wie Nikolai hörte, war Kishikawa-san der Kriegsverbrecherkommission von den Sowjets übergeben worden, die auch die Anklage in seinem Prozeß übernahmen, und befand sich gegenwärtig im Sugamo-Gefängnis. Zu seinem Verteidiger hatte man einen amerikanischen Gerichtsoffizier bestellt, der Nikolai jedoch erst empfing, nachdem ihn dieser mit zahllosen Briefen und Anrufen bombardiert hatte, und auch dann nur ganz früh am Morgen auf eine knappe halbe Stunde.
Nikolai erhob sich schon vor Tagesanbruch und fuhr mit einer überfüllten Straßenbahn zum Yotsuya-Bezirk. Ein regnerischer, schiefergrauer Morgen zog am östlichen Himmel auf, als er über die Akebonobashi schritt, die Brücke der Dämmerung, hinter der sich die häßliche Masse der Ichigaya-Kaserne erhob, die zum

Symbol der unmenschlichen Maschinerie westlicher Justiz geworden war.
Eine dreiviertel Stunde lang saß er auf einer Holzbank vor der Kanzlei des Verteidigers im Kellergeschoß und wartete, bis ihn eine gereizte und überarbeitete Sekretärin in Captain Thomas' vollgestopftes Büro führte. Ohne von der Niederschrift einer Aussage, in der er las, aufzublicken, deutete der Captain auf einen Stuhl. Erst als er fertig war und eine Randnotiz hinzugefügt hatte, hob er endlich den Kopf.
»Ja?« Sein Ton war weniger schroff als erschöpft. Er war allein für die Verteidigung von sechs angeklagten Kriegsverbrechern verantwortlich und mußte, im Vergleich zu der ungeheuren Ermittlungs- und Organisationsmaschinerie, die der Anklage in den Büros über ihm zur Verfügung stand, mit äußerst begrenztem Personal und ebenso begrenzten Mitteln arbeiten. Seiner inneren Ausgeglichenheit abträglich war überdies, daß Captain Thomas eine höchst idealistische Meinung von der Fairneß der angelsächsischen Rechtsprechung hatte und sich so uneingeschränkt in ihrem Dienst aufrieb, daß aus jedem seiner Worte Müdigkeit, Frustration und bitterer Fatalismus sprachen. Er wollte nichts weiter, als dies alles hinter sich bringen, um dann ins Zivilleben und in seine kleinstädtische Anwaltskanzlei in Vermont zurückkehren zu können.
Nikolai erklärte ihm lang und breit, er suche Auskunft über General Kishikawa.
»Warum?«
»Weil er mein Freund ist.«
»Ihr Freund?« fragte der Captain zweifelnd.
»Jawohl, Sir. Er... er hat mir sehr geholfen, als ich damals in Shanghai war.«
»Aber Sie waren doch noch ein Kind!«
»Ich bin dreiundzwanzig, Sir.«
Der Captain hob die Augenbrauen. Wie alle anderen, ließ auch er sich durch Nikolais ererbte Veranlagung einer jugendlichen Erscheinung täuschen. »Verzeihung. Ich hatte Sie für viel jünger gehalten. Was meinen Sie damit, daß Kishikawa Ihnen geholfen hat?«
»Er hat sich nach dem Tod meiner Mutter um mich gekümmert.«
»Aha. Sie sind Engländer, nicht wahr?«
»Nein.«

»Ire?« Wieder einmal bewirkte sein Akzent, daß man ihn als »von anderswo« einstufte.
»Nein, Captain. Ich arbeite bei SCAP als Übersetzer.« Er hielt es für geratener, das unbequeme Puzzle seiner Nationalität – oder vielmehr das Fehlen einer solchen – zu umgehen.
»Wollen Sie sich als Leumundszeuge anbieten?«
»Ich möchte ihm helfen – wie immer ich kann.«
Captain Thomas nickte und tastete nach einer Zigarette. »Ehrlich gesagt, ich glaube nicht, daß Sie ihm viel helfen können. Wir haben zuwenig Personal hier und sind überarbeitet. Ich bin gezwungen, mich auf die Fälle zu konzentrieren, bei denen Hoffnung auf Erfolg besteht. Und in die Kategorie gehört Kishikawas Fall zweifellos nicht. Das klingt für Sie möglicherweise gefühlskalt, trotzdem halte ich es für besser, aufrichtig zu Ihnen zu sein.«
»Aber ... Ich kann einfach nicht glauben, daß General Kishikawa irgendeine Schuld oder gar ein Verbrechen auf sich geladen hat. Wie lautet die Anklage gegen ihn?«
»Er ist in Klasse A eingestuft worden: Verbrechen gegen die Menschlichkeit – was immer man darunter verstehen mag.«
»Aber wer sagt gegen ihn aus? Und was soll er getan haben?«
»Keine Ahnung. Die Anklage liegt in den Händen der Russen, und die gestatten erst am Tag vor der Verhandlung Einblick in ihre Dokumente und Quellen. Wahrscheinlich geht es um seine Tätigkeit als Militärgouverneur von Shanghai. Unsere russischen Propagandafreunde haben verschiedentlich den Namen ›Tiger von Shanghai‹ für ihn verwendet.«
»›Tiger von ...‹ Aber das ist doch Unsinn! Er war Verwaltungsbeamter. Er hat dafür gesorgt, daß die Wasserversorgung wieder funktionierte, die Krankenhäuser ... Wie kann man nur ...«
»Während seiner Dienstzeit als Gouverneur wurden vier Männer verurteilt und hingerichtet. Wußten Sie das?«
»Nein, aber ...«
»Nach allem, was mir bekannt ist, hätten diese vier Männer Mörder, Plünderer oder Sexualverbrecher sein können. Mit Sicherheit weiß ich jedoch, daß die Zahl der Hinrichtungen wegen Kapitalverbrechen während der zehnjährigen Herrschaft der Briten im Durchschnitt vierzehn Komma sechs betrug. Daher sollte man meinen, dieser Vergleich müßte positiv für Ihren Freund ausfallen. Doch die Männer, die unter seinem Regime hingerichtet wurden, werden heute als

›Volkshelden‹ gefeiert. Und Volkshelden kann man nicht einfach hinrichten lassen. Vor allem nicht, wenn man als ›Tiger von Shanghai‹ bekannt ist.«

»Kein Mensch hat ihn jemals so genannt!«

»Aber jetzt wird er so genannt.« Captain Thomas lehnte sich zurück und preßte die Zeigefinger auf seine tief in den Höhlen liegenden Augen. Dann zerrte er, um wieder munter zu werden, an seinem sandfarbenen Haar. »Und ich wette den Hintern meiner Großmutter, daß dieser Name bei der Verhandlung mindestens hundertmal aufs Tapet kommen wird. Tut mir leid, wenn ich defätistisch klinge, aber ich weiß zufällig, daß den Sowjets sehr viel daran liegt, diesen Prozeß zu gewinnen. Sie machen einen Riesen-Propagandawirbel um den Fall. Zweifellos ist Ihnen bekannt, daß sie ziemlich hart unter Beschuß genommen wurden, weil sie ihre Kriegsgefangenen nicht repatriiert, sondern sie allesamt nach Sibirien in sogenannte ›Umerziehungslager‹ geschickt haben, damit sie voll indoktriniert in die Heimat zurückkehren können. Außerdem haben sie keinen einzigen Kriegsverbrecher ausgeliefert – bis auf Kishikawa. Deswegen wurde diese ganze Geschichte sorgfältig von ihnen geplant, weil es eine Gelegenheit für sie war, der Welt zu zeigen, daß sie trotz allem ihre Pflicht tun, die japanischen kapitalistischen Imperialisten nach Kräften ausmerzen und dem Sozialismus den Weg bereiten. Sie, Mr. Hel, scheinen diesen Kishikawa für unschuldig zu halten. Okay, das mag richtig sein. Aber ich versichere Ihnen, daß er sämtliche Qualifikationen für einen Kriegsverbrecher aufweist. Denn sehen Sie, die wichtigste Qualifikation für diese Ehre ist es, zu den Verlierern zu gehören. Und das tut er – unbestreitbar.« Captain Thomas steckte sich am Rest seiner Zigarette die nächste an und zerdrückte den Stummel der ersten in einem überquellenden Aschenbecher. Mit unfrohem Lachen stieß er den Rauch aus. »Können Sie sich ausmalen, was aus FDR oder General Patton geworden wäre, wenn die andere Seite gesiegt hätte? Angenommen natürlich, die wäre auch so selbstgerecht gewesen, Kriegsverbrecherprozesse zu inszenieren. Verdammt, die einzigen, denen man nicht den Titel ›Kriegstreiber‹ verpaßt hätte, wären die hinterwäldlerischen Isolationisten gewesen, die dafür gesorgt haben, daß wir uns nicht dem Völkerbund anschlossen. Und die wären zweifellos als Marionettenregierung eingesetzt worden, genau wie auch wir hier die Oppositionsmitglieder ins Parlament gebracht haben. Das ist der Lauf der Welt, mein Sohn. Und jetzt muß

ich wieder an die Arbeit. Morgen habe ich vor Gericht einen alten Mann zu verteidigen, der an Krebs eingeht und behauptet, niemals etwas anderes getan zu haben, als die Befehle des Tenno zu befolgen. Zweifellos jedoch wird man ihn den ›Leoparden von Luzon‹ oder den ›Puma von Pago-Pago‹ nennen. Und wissen Sie was, mein Junge? Es ist gar nicht so unmöglich, daß er tatsächlich der Leopard von Luzon war. Aber so oder so – es spielt keine Rolle.«
»Darf ich ihn denn wenigstens sehen? Besuchen?«
Captain Thomas hatte den Blick schon wieder auf die Akten des nächsten anstehenden Falles gesenkt. »Was?«
»Ich möchte General Kishikawa besuchen. Darf ich das?«
»Dazu kann ich Ihnen nicht verhelfen. Er ist ein Gefangener der Russen. Bei denen müssen Sie die Genehmigung einholen.«
»Ja, aber wie kommen *Sie* denn zu ihm?«
»Überhaupt nicht.«
»Sie haben noch nicht einmal mit ihm gesprochen?«
Captain Thomas richtete die geröteten Augen auf ihn. »Es dauert noch sechs Wochen, bis er vor Gericht kommt. Gegen den Leoparden von Luzon dagegen wird morgen verhandelt. Gehen Sie zu den Russen. Vielleicht können die Ihnen helfen.«
»Und an wen muß ich mich da wenden?«
»Weiß der Teufel, mein Junge. Keine Ahnung.«
Nikolai erhob sich. »Aha. Vielen Dank.«
Als er schon beinahe die Tür erreicht hatte, setzte Captain Thomas noch hinzu: »Es tut mir leid, mein Sohn. Ehrlich.«
Nikolai nickte und ging hinaus.
In den nun folgenden Monaten sollte Nikolai oft über den Unterschied zwischen Captain Thomas und seinem russischen Gegenspieler, Oberst Gorbatow, nachdenken. Sie waren symbolische Variable der Denkweise der Supermächte und ihrer Methode, mit Menschen und Problemen fertigzuwerden. Der Amerikaner war aufrichtig bekümmert, mitfühlend, abgehetzt, unorganisiert – und absolut nutzlos gewesen. Der Russe dagegen war mißtrauisch, indifferent, gut vorbereitet und informiert, aber letztlich doch von einigem Wert für Nikolai, der in einem großen, hartgepolsterten Sessel saß, während der Oberst nachdenklich in seinem Glas Tee rührte, bis die beiden großen Zuckerstücke zerfielen und auf dem Glasboden umherwirbelten, ohne sich ganz aufzulösen jedoch.
»Möchten Sie wirklich keinen Tee?« fragte der Oberst.

»Nein, danke.« Nikolai zog es vor, keine Zeit auf gesellschaftliche Formen zu verschwenden.
»Ich persönlich bin geradezu teesüchtig. Wenn ich mal sterbe, wird der Arzt, der mich obduziert, feststellen, daß ich von innen gegerbt bin wie Sohlenleder.« Der Russe lächelte mechanisch über diesen uralten Witz, dann stellte er das Glas in den Metallhalter zurück. Er löste die runde Stahlbrille von den Ohren und reinigte die Gläser, oder vielmehr, er verteilte den Schmutz gleichmäßig mit Daumen und Zeigefinger. Dabei richtete er seinen verhangenen Blick auf den jungen Mann ihm gegenüber. Gorbatow war weitsichtig, daher sah er Nikolais jungenhaftes Antlitz mit den ungewöhnlichen grünen Augen ohne Brille deutlicher. »Sie sind also ein Freund von General Kishikawa. Ein Freund, der um sein Wohlergehen besorgt ist. Stimmt das?«
»Jawohl, Herr Oberst. Und wenn ich kann, möchte ich ihm gern helfen.«
»Durchaus begreiflich. Wozu wären Freunde sonst da?«
»Auf jeden Fall hätte ich gern Ihre Erlaubnis, ihn im Gefängnis zu besuchen.«
»Selbstverständlich hätten Sie die gern. Das kann ich verstehen.« Der Oberst setzte die Brille wieder auf und schlürfte seinen Tee. »Sie sprechen übrigens sehr gut russisch, Herr Hel. Mit einem sehr vornehmen Akzent. Sie haben eine sorgfältige Ausbildung genossen.«
»Ich brauchte keine Ausbildung. Meine Mutter war Russin.«
»Ach ja, natürlich.«
»Ich habe nie Unterricht in Russisch bekommen. Es war eine der Sprachen meiner Kinderstube.«
»Ich verstehe.« Es war Gorbatows Trick, dem anderen die Last der Gesprächsführung aufzubürden und ihn auszuhorchen, indem er nur gelegentlich durch eine eingeworfene Bemerkung andeutete, er sei noch nicht ganz überzeugt. Nikolai ließ ihm diese leicht durchschaubare Taktik hingehen, weil er des ewigen Kampfes müde und nach all den Sackgassen und falschen Wegen frustriert und begierig war, endlich etwas über Kishikawa-san zu erfahren. Er lieferte dem Oberst mehr Informationen als nötig, merkte aber schon während er sprach, daß seine Erklärungen nicht glaubhaft klangen. Diese Erkenntnis bewog ihn, alles noch eingehender zu erklären, doch seine detaillierten Ausführungen ließen das, was er sagte, noch weniger nach Wahrheit klingen.

»Bei uns zu Hause, Herr Oberst, bin ich schon in der Kinderstube mit Russisch, Französisch, Deutsch und Chinesisch aufgewachsen.«

»Dann muß es aber sehr eng gewesen sein in Ihrer Kinderstube.« Nikolai versuchte zu lachen, aber der Laut klang dünn und kaum überzeugend.

»Und Englisch«, fuhr Oberst Gorbatow fort, »Englisch sprechen Sie natürlich auch, nicht wahr?« Die Frage wurde auf englisch gestellt – mit einem leicht britischen Akzent.

»O ja«, antwortete Nikolai auf russisch. »Und Japanisch. Aber das sind angelernte Sprachen.«

»Also nicht aus der Kinderstube?«

»Wie ich Ihnen bereits erklärte.« Sofort bereute Nikolai den rüden Ton, den er angeschlagen hatte.

»Aha.« Der Oberst lehnte sich in seinem Schreibtischsessel zurück und betrachtete Nikolai mit einer Spur von Belustigung in den asiatisch geschnittenen Augen. »Ja«, sagte er schließlich, »sehr gut ausgebildet. Und entwaffnend jung. Aber trotz all Ihrer Kinderstuben- und Nachkinderstubensprachen, Herr Hel, sind Sie doch eigentlich Amerikaner, nicht wahr?«

»Ich *arbeite* für die Amerikaner. Als Übersetzer.«

»Aber Sie haben unten einen amerikanischen Ausweis vorgelegt.«

»Der wurde mir wegen meiner Arbeit ausgestellt.«

»Aber natürlich! Ich verstehe. Nur hatte ich Sie, wenn ich mich recht erinnere, nicht gefragt, für wen Sie arbeiten – das wissen wir nämlich längst –, sondern welche Staatsangehörigkeit Sie besitzen. Sind Sie Amerikaner oder nicht?«

»Nein, Herr Oberst, das bin ich nicht.«

»Was sind Sie dann?«

»Nun ja ... Eher Japaner als etwas anderes, glaube ich.«

»Ach ja? Bitte entschuldigen Sie, aber für mich sehen Sie nicht sehr japanisch aus.«

»Meine Mutter war, wie ich schon sagte, Russin. Und mein Vater war Deutscher.«

»Aha! Das erklärt alles. Eine typisch japanische Abstammung.«

»Ich verstehe nicht, was für eine Bedeutung meine Staatsangehörigkeit haben soll.«

»Das brauchen Sie auch nicht zu verstehen. Bitte beantworten Sie einfach meine Frage.«

Die plötzliche Kälte im Ton des Obersten veranlaßte Nikolai, seinen wachsenden Zorn und seine Frustration zu bezähmen. Er holte tief Luft. »Ich bin in Shanghai geboren. Hierher, nach Japan, kam ich während des Krieges – unter dem Schutz von General Kishikawa, einem Freund meiner Familie.«

»Und welche Staatsangehörigkeit besitzen Sie?«

»Keine.«

»Wie unangenehm für Sie!«

»Allerdings. Ich konnte nicht einmal meinen Lebensunterhalt verdienen.«

»Davon bin ich überzeugt, Herr Hel. Und da Sie in so großen Schwierigkeiten steckten, ist es nur allzu leicht verständlich, daß Sie bereit waren, praktisch alles zu tun, um zu einer Anstellung und zu einem Verdienst zu kommen.«

»Oberst Gorbatow, ich bin kein Spion der Amerikaner. Ich bin ihr Angestellter, nicht ihr Agent.«

»Sie machen da feine Unterschiede, deren Bedeutung mir, wie ich gestehen muß, entgeht.«

»Warum sollten die Amerikaner ein Gespräch mit General Kishikawa suchen? Aus welchem Grund sollten sie ein so kompliziertes Theater inszenieren, nur um Kontakt mit einem Offizier herzustellen, der nichts war als ein einfacher Verwaltungsangestellter?«

»Genau das hätte ich gern von Ihnen gewußt, Herr Hel.« Der Oberst lächelte.

Nikolai erhob sich. »Ich stelle fest, Herr Oberst, daß dieses Gespräch Sie mehr amüsiert als mich. Ich möchte Ihre kostbare Zeit nicht länger in Anspruch nehmen. Bestimmt warten irgendwo noch ein paar Fliegen darauf, daß Sie ihnen die Flügel ausreißen!«

Gorbatow lachte laut auf. »Diesen Ton habe ich seit Jahren nicht mehr gehört! Nicht nur der kultivierte Klang des höfischen Russisch, sondern auch das Mitschwingen hochmütiger Verachtung! Wunderbar! Setzen Sie sich, junger Mann. Setzen Sie sich. Und erzählen Sie mir, warum Sie General Kishikawa sehen müssen.«

Müde und ausgepumpt sank Nikolai in den hartgepolsterten Sessel zurück. »Das ist so einfach, daß Sie es mir sicher nicht glauben werden. Kishikawa-san ist mein Freund. Er ist fast wie ein Vater für mich. Jetzt ist er allein, ohne Familie, und sitzt im Gefängnis. Ich muß ihm helfen, so gut ich kann. Wenigstens muß ich ihn sehen ... mit ihm sprechen.«

»Eine schlichte Geste kindlicher Anhänglichkeit. Absolut begreiflich. Wollen Sie wirklich keinen Tee?«
»Wirklich nicht, danke.«
Während der Oberst sein Glas nachfüllte, schlug er einen Aktendekkel auf und überflog den Inhalt. Nikolai vermutete, daß die Zusammenstellung dieser Akte der Grund für seine dreistündige Wartezeit in den Vorzimmern des Hauptquartiers der sowjetischen Besatzungsmacht gewesen war.
»Wie ich sehe, besitzen Sie auch Papiere, die Sie als Bürger der UdSSR ausweisen. Sie müssen zugeben, das ist so ungewöhnlich, daß ich eine Erklärung verlangen kann, nicht wahr?«
»Ihre Informationsquellen innerhalb der SCAP sind offenbar gut.«
Der Oberst zuckte lässig die Achseln. »Es geht.«
»Ich hatte eine Freundin, die mir die Anstellung bei den Amerikanern besorgte. Die hat mir auch den amerikanischen Ausweis verschafft...«
»Entschuldigen Sie, Herr Hel. Ich scheine mich heute nachmittag nicht recht verständlich auszudrücken. Ich habe Sie nicht nach Ihren amerikanischen Papieren gefragt. Ich interessiere mich im Augenblick nur für Ihren russischen Ausweis.«
»Ich wollte Ihnen den Zusammenhang gerade erklären.«
»Ach so! Pardon.«
»Sie müssen wissen, daß diese Dame sich darüber im klaren war, daß ich Schwierigkeiten bekommen könnte, falls die Amerikaner entdeckten, daß ich kein Bürger der Vereinigten Staaten bin. Um dem vorzubeugen, ließ sie mir zusätzlich Papiere ausstellen, die mir die russische Staatsangehörigkeit bescheinigten, damit ich sie neugierigen amerikanischen MPs vorzeigen und so einer peinlichen Befragung aus dem Weg gehen könnte.«
»Und wie oft trat die Notwendigkeit auf, diesen ungewöhnlichen Ausweg zu benutzen?«
»Noch nie.«
»Eine Zahl, die kaum eine so große Mühe rechtfertigt. Und warum ausgerechnet russisch? Warum haben Sie nicht irgendeine andere Nationalität aus Ihrer überfüllten Kinderstube gewählt?«
»Wie Sie ja bereits festgestellt haben, sehe ich nicht gerade asiatisch aus. Und die Einstellung der Amerikaner den Deutschen gegenüber kann man wohl kaum als freundlich bezeichnen.«

»Während ihre Einstellung den Russen gegenüber von Brüderlichkeit und Teilnahme geprägt ist, wie?«
»Natürlich nicht. Aber die Amerikaner mißtrauen Ihnen und fürchten Sie, und deswegen behandeln sie sowjetische Staatsangehörige nicht so anmaßend wie andere.«
»Ihre Freundin war sehr klug, Herr Hel. Bitte sagen Sie mir doch, warum sie sich Ihretwegen so große Mühe gab. Warum sie ein so großes Risiko einging.«
Nikolai gab keine Antwort, doch sein Schweigen war beredt genug.
»Ich verstehe«, behauptete Oberst Gorbatow. »Natürlich. Und außerdem war Miß Goodbody schließlich eine Frau, die nicht mehr an der Last erster Jugendblüte zu tragen hatte.«
Nikolai errötete vor Zorn. »Sie wissen ja alles!«
Gorbatow nahm die Brille ab und grinste spöttisch. »Sagen wir, ich weiß einiges. Über Miß Goodbody, zum Beispiel. Und über Ihren Haushalt im Asakusa-Bezirk. Tz, tz, tz. Zwei junge Damen auf einmal, um Ihr Bett zu wärmen? Ausschweifende Jugend! Außerdem weiß ich, daß Ihre Mutter die Gräfin Alexandra Iwanowna war. O ja, einiges weiß ich über Sie.«
»Und Sie haben mir die ganze Zeit geglaubt, nicht wahr?«
Gorbatow zuckte die Achseln. »Zutreffender wäre es zu sagen, daß ich gewisse Einzelheiten glaube, mit denen Sie Ihre Geschichte ausgeschmückt haben. Ich weiß, daß Sie vergangenen –« ein kurzer Blick in den Aktenhefter – »vergangenen Dienstag um halb acht Uhr morgens Captain Thomas vom Stab des Gerichtshofs für Kriegsverbrecher aufgesucht haben. Vermutlich teilte er Ihnen mit, er könne in der Angelegenheit General Kishikawas nichts für Sie tun, weil dieser, abgesehen von der Tatsache, daß er als Kriegsverbrecher gegen die Gesetze der Menschlichkeit verstoßen habe, außerdem der einzige ranghohe Offizier der japanischen kaiserlichen Armee sei, der die Strapazen des Umerziehungslagers überlebt habe, und daher eine vom Prestige- und Propagandawert her überaus wichtige Persönlichkeit für uns darstelle.« Der Oberst hakte seine Brille wieder hinter die Ohren. »Ich fürchte, junger Mann, Sie können dem General nicht helfen. Und wenn Sie Ihre Absichten weiterverfolgen, wird der amerikanische Geheimdienst Sie unter die Lupe nehmen. Und wenn mein Waffenbruder und Verbündeter, Captain Thomas, nichts für Sie tun konnte, dann kann ich ganz gewiß nichts für Sie

tun. Denn schließlich ist er ja der Verteidiger, während ich die Anklage vertrete. Wollen Sie wirklich kein Glas Tee?«
Nikolai griff nach dem letzten Strohhalm. »Captain Thomas hat mir gesagt, wenn ich den General besuchen wollte, müßte ich Ihre Genehmigung einholen.«
»Ganz recht.«
»Nun?«
Der Oberst drehte seinen Schreibtischsessel dem Fenster zu und starrte, mit dem Zeigefinger an seine Schneidezähne klopfend, in den regnerischen Tag hinaus. »Sind Sie sicher, daß er Ihren Besuch wünscht, Herr Hel? Ich habe mit dem General gesprochen. Er ist ein sehr stolzer Mann. Es wird ihm unangenehm sein, in seinem gegenwärtigen Zustand vor Ihnen zu erscheinen. Er hat zweimal versucht, Selbstmord zu begehen, und wird nun sehr streng überwacht. Sein gegenwärtiger Zustand ist entwürdigend.«
»Ich *muß* ihn sehen. Ich schulde ihm ... sehr viel.«
Der Oberst nickte, ohne sich vom Fenster abzuwenden. Er schien in seine eigenen Gedanken versunken.
»Nun?« erkundigte sich Nikolai nach einer Weile.
Gorbatow antwortete nicht.
»Darf ich den General besuchen?«
Mit fremder, tonloser Stimme sagte der Oberst: »Ja, natürlich.« Dann wandte er sich zu Nikolai um und lächelte. »Ich werde sofort das Nötige veranlassen.«

Obwohl er in dem schaukelnden Wagen der Yamate-Hochbahn so eng eingekeilt stand, daß er durch seine nassen Kleider hindurch die Körperwärme der anderen Passagiere spürte, fühlte sich Nikolai in seiner Konfusion und seinen bitteren Zweifeln allein und verlassen. Durch kleine Lücken zwischen den Umstehenden sah er unten, trostlos in der nassen Kälte und durch die bleiernen Wolken jeglicher Farbe beraubt, die Stadt vorbeigleiten.
In Oberst Gorbatows Erlaubnis zu einem Besuch bei Kishikawa-san hatte eine versteckte Drohung gelegen, und Nikolai hatte sich schon den ganzen Morgen bedrückt und hilflos gefühlt, so sehr bedrängten ihn böse Vorahnungen. Vielleicht hatte Gorbatow recht gehabt, als er meinte, dieser Besuch sei am Ende doch keine liebevolle Geste. Aber er konnte und wollte nicht zulassen, daß der General seinem bevorstehenden Prozeß, seiner Erniedrigung, allein entgegensah. Das wäre

ein Akt der Gleichgültigkeit gewesen, den er sich niemals hätte verzeihen können. Aber fuhr er denn jetzt um seines eigenen Seelenfriedens willen ins Sugamo-Gefängnis? Waren seine Motive im Grunde selbstsüchtig?
An der Komagome-Station, eine Haltestelle vor dem Sugamo-Gefängnis, hatte Nikolai auf einmal das Bedürfnis auszusteigen, nach Hause zu fahren oder wenigstens eine Zeitlang umherzuwandern und zu überlegen, was er da eigentlich vorhatte. Doch diese Warnung kam zu spät. Bevor er sich zur Tür durchdrängen konnte, schloß sie sich bereits, und der Zug fuhr an. Er war überzeugt, daß er hätte aussteigen sollen. Aber er war ebenso überzeugt, daß er seinen Plan jetzt ausführen würde.

Oberst Gorbatow war großzügig gewesen: Er hatte dafür gesorgt, daß Nikolai eine ganze Stunde bei Kishikawa-san bleiben durfte. Doch nun, da Nikolai in dem kalten Sprechzimmer saß und die Wände mit der abblätternden grünen Farbe anstarrte, fragte er sich, ob er denn wirklich genug zu sagen hatte, um eine ganze Stunde zu füllen. An der Tür standen ein japanischer Wärter und ein amerikanischer Militärpolizist, die sich gegenseitig ignorierten; der Japaner blickte stur zu Boden, während der Amerikaner seine Aufmerksamkeit auf die Härchen konzentrierte, die er sich aus den Nasenlöchern zupfte. Bevor man Nikolai ins Sprechzimmer ließ, hatte man ihn in einem Vorraum mit peinlicher Gründlichkeit durchsucht. Die in Papier gewickelten Reiskuchen, die er mitgebracht hatte, waren ihm von dem amerikanischen Militärpolizisten abgenommen worden, der Nikolai wegen seines Ausweises für einen Amerikaner hielt und erklärte: »Tut mir leid, Kumpel. Aber Eßwaren dürfen hier nicht mitgebracht werden. Dieser – äh – wie heißt er doch noch? – also dieser *Gook*-General hat schon mal versucht, sich umzubringen. Deswegen können wir's nicht riskieren, daß er vielleicht Gift in die Finger kriegt. Kapiert?«
Nikolai bejahte. Und da er wußte, daß er sich mit den Behörden gutstellen mußte, wenn er Kishikawa-san helfen wollte, scherzte er mit dem Militärpolizisten: »Ja, Sergeant, ich weiß, was Sie meinen. Manchmal wundert man sich wirklich, wieso überhaupt ein japanischer Offizier den Krieg überlebt hat, wo die doch alle zum Selbstmord neigen.«
»Genau. Und wenn dem da was passiert, sitze ich mit dem Arsch im

Dreck. He! Was ist denn das?« Der Sergeant hielt ein kleines, magnetisches Go-Brett empor, das Nikolai in letzter Minute eingesteckt hatte, für den Fall, daß es nichts mehr zwischen ihnen zu sagen gäbe und die Situation zu peinlich würde.
Nikolai zuckte die Achseln. »Ein Spiel. Eine Art japanisches Schach.«
»Ach ja?«
Der japanische Wärter, der unbeholfen herumgestanden hatte, weil er sich in dieser Situation recht überflüssig vorkam, bestätigte seinem amerikanischen Kollegen stolz in gebrochenem Englisch, daß es sich in der Tat um ein japanisches Brettspiel handele.
»Tja, ich weiß nicht recht, Kumpel. Ich bin nicht sicher, ob Sie das mit reinnehmen dürfen.«
Nikolai zuckte abermals die Achseln. »Das müssen Sie entscheiden, Sergeant. Ich dachte nur, wir könnten uns damit die Zeit vertreiben, falls der General keine Lust zum Reden hat.«
»Ach, Sie sprechen *Gook*?«
Nikolai hatte sich oft gefragt, wieso ausgerechnet dieser Ausdruck, eine verballhornte Version des koreanischen Namens für ihr eigenes Volk, zur verächtlichen Standardbezeichnung des amerikanischen Militärs für alle Asiaten geworden war.
»Ja, ich spreche Japanisch.« Nikolai wußte, daß man dort, wo die Vernunft auf sture Ignoranz trifft, nur mit Täuschungsmanövern weiterkommt. »Sie haben doch sicher aus meinem Ausweis ersehen, daß ich bei Sphinx arbeite.« Er fixierte den Sergeant mit festem Blick und nickte verstohlen zu dem japanischen Wärter hinüber, um anzudeuten, er sei nicht geneigt, sich näher über den Zweck seines Besuches auszulassen, solange fremde Ohren mithörten.
Der Militärpolizist runzelte beim Nachdenken vor Anstrengung die Stirn, dann nickte er verständnisinnig. »Ach so! Ich hatte mich schon gewundert, wieso ein Amerikaner diesen *Gook*-General besucht.«
»Dienst ist Dienst.«
»Genau. Na ja, dann wird es wohl in Ordnung gehen. Ein harmloses Brettspiel kann ja keinen Schaden anrichten.« Er gab das Miniatur-Go-Brett zurück und führte Nikolai ins Sprechzimmer.
Fünf Minuten später wurde eine Tür geöffnet, und General Kishikawa trat ein, gefolgt von zwei weiteren Wärtern: einem anderen Japaner und einem untersetzten Russen mit den undurchdringlichen fleischigen Zügen der slawischen Bauern. Nikolai erhob sich grüßend; die beiden neuen Wachen nahmen an der Wand Aufstellung.

Als Kishikawa-san näherkam, neigte Nikolai unwillkürlich in der Geste des Gehorsamen den Kopf. Dies entging den japanischen Wärtern nicht; die beiden tauschten einen flüchtigen Blick, hielten aber zum Glück den Mund.
Der General schlurfte vorwärts und nahm Nikolai gegenüber an dem rohen Holztisch Platz. Als er nach einer Weile den Blick hob, war der junge Mann zutiefst erschüttert. Er hatte zwar eine Veränderung in Kishikawa-sans Zügen erwartet, eine Erschütterung seiner ruhigen, sanften Art, aber auf das, was er sah, war er nicht vorbereitet.
Der Mann ihm gegenüber war alt, gebrechlich, zusammengesunken. Seine transparente Haut und die tastenden, unsicheren Bewegungen wirkten sonderbar priesterhaft. Als er endlich sprach, klang seine Stimme farblos und monoton, so als sei die Kommunikation eine sinnlose Last. »Warum bist du gekommen, Nikko?«
»Um bei Ihnen zu sein, Sir.«
»Aha.«
Es entstand ein längeres Schweigen, weil Nikolai nicht wußte, was er sagen sollte, und der General nichts zu sagen hatte. Schließlich übernahm Kishikawa-san mit einem langen zitternden Seufzer die Verantwortung für das Gespräch, denn er wollte nicht, daß dieses Schweigen für Nikolai peinlich wurde. »Du siehst prächtig aus, Nikko. Geht es dir gut?«
»Ja, Sir.«
»Schön. Schön. Du wirst deiner Mutter mit jedem Tag ähnlicher. In deinen Augen sehe ich die ihren.« Er lächelte schwach. »Man hätte eurer Familie klarmachen sollen, daß dieses Grün für Jade oder antikes Glas bestimmt ist, nicht aber für menschliche Augen. Es ist verwirrend.«
Nikolai zwang sich zu einem Lächeln. »Ich werde mit einem Augenarzt sprechen, Sir. Vielleicht gibt es Mittel gegen diese Ungeschicklichkeit der Natur.«
»Ja. Tu das.«
»Ich verspreche es.«
»Gut.« Der General wandte den Blick ab und schien Nikolais Gegenwart sekundenlang zu vergessen. Dann fragte er: »Und wie steht es sonst mit dir?«
»Ganz gut. Ich arbeite bei den Amerikanern. Als Übersetzer.«
»Wirklich? Und akzeptieren Sie dich?«
»Sie ignorieren mich, aber das ist ebensogut.«

»Nein, besser.«
Wieder entstand ein kurzes Schweigen, das Nikolai mit oberflächlichem Geplauder zu brechen suchte. Doch Kishikawa-san hob abwehrend die Hand.
»Du hast natürlich Fragen an mich. Ich werde dir alles kurz berichten, und dann brauchen wir nicht mehr darüber zu sprechen.«
Nikolai neigte zustimmend den Kopf.
»Wie du weißt, war ich in der Mandschurei. Ich wurde krank – Lungenentzündung. Als ich mit hohem Fieber bewußtlos im Lazarett lag, griffen die Russen an. Und als ich wieder zu mir kam, befand ich mich in einem Umerziehungslager unter strenger Bewachung, so daß ich keine Möglichkeit hatte, jenen Weg zu gehen, auf dem so viele meiner Kameraden der Würdelosigkeit der Kapitulation und den Demütigungen der … Umerziehung entronnen sind. Außer mir gerieten nur noch ganz wenige Offiziere in Gefangenschaft. Die wurden deportiert, und man hat nie mehr etwas von ihnen gehört. Unsere Bewacher waren der Ansicht, Offiziere seien zur Umerziehung nicht geeignet oder ihrer nicht wert. Ich vermutete anfangs, mein Schicksal würde das gleiche sein, und erwartete es mit so viel Gelassenheit, wie ich nur aufbringen konnte. Aber nein. Augenscheinlich glaubten die Russen, es könnte *ihren* Plänen für die Zukunft unseres Landes nützen, wenn sie *einen* gründlich umerzogenen Offizier im Generalsrang nach Japan schickten. Man wandte viele … viele … viele Methoden an. Die körperlichen waren am leichtesten zu ertragen – Hunger, Schlafentzug, Schläge. Aber ich bin ein halsstarriger alter Mann und lasse mich nicht so leicht umerziehen. Da ich keine Verwandten in Japan habe, die als Geiseln hätten dienen können, ließ sich bei mir die emotionelle Zuchtrute nicht anwenden, mit deren Hilfe man andere in die Knie gezwungen hatte. Eine lange Zeit verging. Anderthalb Jahre, glaube ich. Man kann den Jahreslauf nicht so gut verfolgen, wenn man nie Tageslicht sieht und wenn Standhaftigkeit gemessen wird an weiteren fünf Minuten … noch fünf Minuten … Fünf Minuten halte ich es noch aus.« Eine Weile verlor sich der General in Erinnerungen an erlittene Torturen. Dann nahm er, ganz leicht zusammenzuckend, seine Erzählung wieder auf. »Manchmal verloren sie die Geduld mit mir und begingen den Fehler, mir Ruhepausen der Bewußtlosigkeit zu schenken. So verging eine lange Zeit. Monate, in Minuten gemessen. Dann brachen sie plötzlich all ihre Bemühungen um meine Umerziehung

ab. Ich nahm natürlich an, daß man mich töten würde. Aber sie hatten sich etwas viel Entwürdigenderes für mich ausgedacht. Ich wurde gebadet und entlaust. Eine Flugreise. Eine lange Eisenbahnfahrt. Noch eine Flugreise. Dann war ich hier. Einen Monat lang ließen sie mich im unklaren über das, was sie mit mir vorhatten. Dann, vor zwei Wochen, erhielt ich den Besuch eines Oberst Gorbatow. Er war ganz offen zu mir. Jede Besatzungsmacht hatte ihr Kontingent an Kriegsverbrechern geliefert. Nur die Sowjets hatten keine zu bieten und erhielten somit keine unmittelbare Beteiligung an der Maschinerie der internationalen Justiz. Das heißt, bis ich kam.«

»Aber, Sir...«

Kishikawa-san hob beschwichtigend die Hand. »Ich beschloß, mich dieser letzten Demütigung zu entziehen. Aber ich hatte keine Möglichkeit zur Befreiung. Einen Gürtel haben sie mir nicht gelassen. Meine Kleidung besteht, wie du siehst, aus fester Leinwand, die zu zerreißen ich nicht die Kraft habe. Ich esse mit einem Holzlöffel aus einem hölzernen Napf. Ich darf mich nur elektrisch rasieren, und auch das nur unter strenger Aufsicht.« Der General lächelte ein trübes Lächeln. »Die Sowjets schätzen mich anscheinend sehr. Der Gedanke, sie könnten mich verlieren, macht ihnen Sorge. Vor zehn Tagen begann ich zu hungern. Es fiel mir leichter, als du dir vorstellen magst. Man drohte mir zwar, doch wenn ein Mensch entschlossen ist nicht weiterzuleben, so beraubt er den Gegner der Macht, wirksame Drohungen auszusprechen. Schließlich... schnallten sie mich auf einen Tisch, zwangen mir einen Gummischlauch in den Hals und ernährten mich auf flüssigem Wege. Es war grauenvoll... demütigend... essen und erbrechen gleichzeitig. Es war entwürdigend. Darum versprach ich, wieder zu essen. Und hier bin ich.«

Während dieser stockenden Erklärung hatte Kishikawa-san den Blick nicht von der rauhen Tischplatte gehoben.

Nikolais Augen brannten von zurückgehaltenen Tränen. Er starrte geradeaus und wagte es nicht, die Lider zu schließen, weil ihm die Tränen sonst über die Wangen gelaufen wären und seinen Vater – das heißt, seinen Freund – in Verlegenheit gebracht hätten.

Kishikawa-san atmete tief durch und hob den Kopf. »Nein. Nein, Nikko, das hat keinen Sinn. Die Wärter beobachten uns. Diese Genugtuung darfst du ihnen nicht gönnen.« Er streckte die Hand aus und tätschelte Nikolais Wange so energisch, daß es wie ein ermahnender Klaps wirkte. Der amerikanische Sergeant richtete sich miß-

trauisch auf und machte sich bereit, seinen Genossen von Sphinx vor diesem *Gook*-General zu schützen.
Doch Nikolai rieb sich mit beiden Händen das Gesicht, als ob er abgespannt sei, und befreite sich so von den Tränen.
»Gut!« sagte Kishikawa mit neuerwachender Energie. »Jetzt blühen am Kajikawa bald wieder die Kirschbäume. Wirst du hinfahren?«
Nikolai schluckte. »Ja.«
»Das ist schön. Dann haben die Besatzungsmächte sie also nicht gefällt?«
»Gefällt nicht...«
Der General nickte. »Und hast du Freunde, Nikko?«
»Ich... Es leben ein paar Leute bei mir.«
»Wenn ich mich recht erinnere, schrieb mir unser Freund Otake kurz vor seinem Tod, da sei ein junges Mädchen in seinem Haus, eine Schülerin – es tut mir leid, ich kann mich nicht mehr auf ihren Namen besinnen. Aber du warst für ihre Reize anscheinend nicht ganz unempfänglich. Triffst du sie noch?«
Nikolai überlegte, bevor er antwortete. »Nein, Sir«, sagte er dann.
»Doch hoffentlich kein Streit?«
»Nein, Sir. Kein Streit.«
»Ja, ja, in deinem Alter ändern sich die Gefühle schnell. Mit den Jahren wirst du entdecken, daß man sich an manche voll verzweifelter Hoffnung klammert.« Die Anstrengung, Nikolai mit leichtem Geplauder über sein Unbehagen hinwegzuhelfen, schien Kishikawa-sans letzte Kräfte zu erschöpfen. Im Grunde gab es nichts, was er wirklich sagen, und nach den Erlebnissen der letzten zwei Jahre auch nichts, was er gern hören wollte. Er senkte den Kopf, starrte auf die Tischplatte und entglitt in den engen Zyklus der Gedankenfetzen und Erinnerungen aus der Kindheit, mit denen er seine Empfindungen zu betäuben gelernt hatte.
Zuerst fand auch Nikolai in diesem Schweigen Trost. Dann wurde ihm klar, daß sie es nicht gemeinsam erlebten, sondern einzeln und isoliert. Er holte das kleine Go-Brett und das Päckchen mit den Metallsteinen aus der Tasche und stellte beides auf den Tisch.
»Wir können eine ganze Stunde zusammenbleiben, Sir.«
Kishikawa-san zwang seine Gedanken in die Gegenwart zurück. »Was? Ach so, ja. Oh, ein Spiel! Ja, das ist gut. Damit können wir uns gemeinsam beschäftigen, ohne Schmerz zu empfinden. Aber ich habe lange nicht gespielt.«

»Ich habe seit Otake-sans Tod auch nicht mehr gespielt, Sir.«
»Ach, wirklich?«
»Ja. Ich fürchte, ich habe die Jahre der Ausbildung verschwendet.«
»Nein. Solche Übung ist niemals verschwendet. Du hast gelernt, dich uneingeschränkt zu konzentrieren, klug zu denken. Abstraktionen zu lieben, in Distanz von alltäglichen Dingen zu leben. Nein, es war keine Verschwendung. Komm, wir spielen.«
Unwillkürlich suchte General Kishikawa in der Erinnerung an ihre erste gemeinsam verbrachte Zeit Zuflucht und vergaß darüber, daß Nikolai ihm als Spieler inzwischen weit überlegen war: Er bot ihm eine Vorgabe von zwei Steinen, die Nikolai natürlich akzeptierte. Eine Zeitlang spielten sie eine unsichere, mittelmäßige Partie, konzentrierten sich nur gerade so weit, daß jene Geisteskräfte absorbiert wurden, die sie sonst mit Erinnerungen und Zukunftsängsten gequält hätten. Schließlich blickte der General auf und seufzte lächelnd. »Es hat keinen Zweck, Nikko. Ich spiele schlecht und vertreibe die ganze *aji* aus dem Spiel.«
»Ich ebenfalls.«
Kishikawa-san nickte. »Ja. Du auch.«
»Wenn Sie es wünschen, Sir, spielen wir bald einmal wieder. Bei meinem nächsten Besuch. Vielleicht sind wir dann beide besser.«
»Ach, hast du Erlaubnis für einen zweiten Besuch?«
»Ja. Oberst Gorbatow hat dafür gesorgt, daß ich morgen wiederkommen darf. Danach ... werde ich bei ihm einen neuen Antrag stellen und abwarten.«
Der General schüttelte den Kopf. »Ein sehr gerissener Mann, dieser Oberst.«
»Inwiefern, Sir?«
»Er hat es geschafft, meinen ›Stein der Zuflucht‹ vom Brett zu entfernen.«
»Sir?«
»Was meinst du wohl, Nikko, warum sie dir erlaubt haben, mich zu besuchen? Aus Mitleid? Nein. Weißt du, sobald sie mir jede Möglichkeit genommen hatten, in einen ehrenvollen Tod zu fliehen, beschloß ich, den Prozeß in Schweigen durchzustehen, in einem möglichst würdigen Schweigen. Ich wollte nicht, wie andere vor mir es getan haben, mich dadurch zu retten suchen, daß ich Freunde und Vorgesetzte belastete. Das hat Oberst Gorbatow und seinen Landsleuten nicht gepaßt. Es hätte sie um den Propagandawert ihres einzigen

Kriegsverbrechers betrogen. Aber sie konnten nichts dagegen machen. Ich stand über den Sanktionen, die sie mir androhten, und auch über der Verlockung ihrer Milde. Und sie hatten keine emotionalen Geiseln gegen mich, weil meine Familie, wie sie wußten, bei dem Großangriff auf Tokio umgekommen war. Doch dann... dann sandte das Schicksal dich.«

»Mich, Sir?«

»Gorbatow war scharfsichtig genug zu erkennen, daß du deine prekäre Position bei der Besatzungsmacht nicht durch den Versuch, mich zu besuchen, aufs Spiel setzen würdest, es sei denn, du liebtest und ehrtest mich. Und er folgerte – durchaus zutreffend –, daß ich diese Gefühle erwidere. So hat er nun doch seine emotionale Geisel bekommen. Er hat dir gestattet, mich zu besuchen, um mir zu zeigen, daß er dich in der Hand hat. Und er *hat* dich in der Hand, Nikko. Du bist ungeheuer verwundbar. Du hast keine Staatsbürgerschaft, es gibt kein Konsulat, das dich schützt, keine Freunde, die sich um dich sorgen, und du lebst mit gefälschten Papieren. Das hat er mir alles selbst erzählt. Ich fürchte, mein Sohn, er hat ›die Kraniche in ihrem Nest eingeschlossen‹.«

Die Bedeutung von Kishikawa-sans Worten dämmerte Nikolai erst allmählich. All die Zeit, all die Mühe, die er auf den Versuch verwandt hatte, Kontakt mit dem General aufzunehmen, sein ganzer verzweifelter Kampf gegen behördliche Indifferenz hatten letztlich nur zur Folge, daß dem General der Schutzpanzer des Schweigens geraubt wurde. Er war kein Trost für Kishikawa-san; er war eine Waffe gegen ihn. Nikolai empfand eine Mischung aus Zorn, Scham, Empörung, Selbstmitleid und Kummer.

Um die Augen des Generals spielte ein müdes Lächeln. »Es ist nicht deine Schuld, Nikko. Und auch nicht die meine. Es ist eben Schicksal. Pech. Wir wollen nicht mehr davon reden. Wenn du wiederkommst, spielen wir weiter, und ich verspreche dir, ein besserer Gegner zu sein.«

Der General erhob sich und ging zur Tür, wo er stehenblieb, um sich von dem japanischen und dem russischen Wärter hinausführen zu lassen, die ihn aber warten ließen, bis Nikolai dem amerikanischen Militärpolizisten zunickte, der wiederum seinen Kollegen ein zustimmendes Zeichen gab. Eine Zeitlang blieb Nikolai wie benommen sitzen und löste mit dem Fingernagel mechanisch die Metallsteine von dem magnetischen Brett.

Der amerikanische Sergeant kam herüber und fragte ihn in vertraulichem Ton: »Na? Haben Sie rausgebracht, was Sie wissen wollten?«

»Nein«, antwortete Nikolai geistesabwesend. Und dann setzte er hinzu: »Nein, aber wir werden uns noch einmal unterhalten.«

»Wollen Sie ihn wieder mit diesem albernen *Gook*-Spiel einseifen?«

Nikolai warf dem Sergeant aus seinen grünen Augen einen eiskalten Blick zu.

Voller Unbehagen erklärte der Militärpolizist begütigend: »Ich meine ... Na ja, das ist doch bloß so'ne Art Schach oder Dame oder so, nicht wahr?«

In der Absicht, diesem Proleten einen gehörigen Denkzettel zu erteilen und ihn seine Geringschätzung für die westliche Zivilisation spüren zu lassen, antwortete Nikolai: »Go ist im Verhältnis zum Schach des Westens, was die Philosophie im Verhältnis zu doppelter Buchführung ist.«

Aber Beschränktheit ist ein wirksamer Schutz sowohl gegen Belehrung als auch gegen Strafe. Die Antwort des Sergeant lautete schlicht und naiv: »Ohne Scheiß?«

Ein nadelfeiner Regen stach Nikolai in die Wange, als er von der Brücke der Morgendämmerung zu der grauen Mauer der Ichigaya-Kasernen hinüberstarrte, deren Umrisse vom Nebel verwischt, aber nicht gemildert wurden, und deren von mattgelbem Licht erhellte Fensterreihen erkennen ließen, daß die japanischen Kriegsverbrecherprozesse ihren Fortgang nahmen.

Er stand an das Geländer gelehnt, den Blick ins Leere gerichtet, während ihm der Regen aus den Haaren übers Gesicht und in den Nacken lief. Sein erster Impuls beim Verlassen des Sugamo-Gefängnisses war gewesen, Captain Thomas gegen die Russen und gegen Oberst Gorbatows emotionale Erpressung um Hilfe zu bitten. Doch als ihm der Gedanke kam, hatte er gleichzeitig erkannt, wie sinnlos es wäre, sich an die Amerikaner zu wenden, deren Einstellung und Absichten hinsichtlich der Behandlung japanischer Volksführer sich grundsätzlich mit denen der Sowjets deckten. Nachdem er aus der Straßenbahn ausgestiegen und ziellos im Regen umhergewandert war, hatte er hier auf der Brücke haltgemacht, um eine Weile ins Wasser zu starren und seine Gedanken zu ordnen. Das war vor einer halben Stunde gewesen, doch immer noch war er von der in ihm tobenden Mischung aus kochendem Zorn und entnervender Hilflosigkeit wie gelähmt.

Obgleich sein Zorn der Liebe zu seinem Freund und der Sohnespflicht ihm gegenüber entsprang, war er im Grunde doch von Selbstmitleid bestimmt. Es war entsetzlich, daß *er* das Werkzeug sein sollte, mit dem Gorbatow Kishikawa-san die Würde des Schweigens rauben wollte. Diese Ungerechtigkeit war in ihrer Ironie einfach ungeheuerlich. Nikolai war jung und glaubte noch immer, die grundlegende Triebfeder des Schicksals sei die Gerechtigkeit; und Karma hielt er für ein System, statt für einen ausgeklügelten Kunstgriff.

Als er so im Regen auf der Brücke stand und in bittersüßes Selbstmitleid hinabglitt, da war es nur natürlich, daß ihm der Gedanke an Selbstmord kam. Die Vorstellung, Gorbatow seiner wirksamsten Waffe zu berauben, war tröstlich, bis er einsah, daß es eine leere Geste sein würde. Bestimmt würde man Kishikawa-san von seinem Tod nicht in Kenntnis setzen, sondern ihm sagen, man habe Nikolai als Geisel zur Garantie der Mitarbeit des Generals in Haft genommen. Erst später, wenn Kishikawa-san sich mit Geständnissen, die andere Menschen belasteten, entehrt hatte, würde man ihm die grausame Wahrheit sagen: man würde ihm mitteilen, daß Nikolai schon lange tot sei und daß er, Kishikawa, sich selber entehrt und unschuldige Freunde sinnlos in Gefahr gebracht habe.

Der Wind peitschte ihm in Stößen entgegen und trieb ihm den Regen ins Gesicht. Nikolai suchte am Geländer Halt, weil die Wogen der Hilflosigkeit so stark gegen ihn brandeten, daß er schwankte. Und dann erinnerte er sich mit unwillkürlichem Erschauern an einen furchtbaren Gedanken, der ihm während des Gesprächs mit dem General gekommen war. Kishikawa-san hatte ihm von seinem Versuch erzählt, in den Hungerstreik zu treten, und von der furchtbaren Demütigung, die man ihm zugefügt hatte, als man ihm einen Schlauch durch die sich ständig verkrampfende Speiseröhre zwang, um ihn auf diese Weise zu ernähren. In jenem Augenblick hatte sich Nikolai der Gedanke aufgedrängt, daß er, wäre er Zeuge dieser Demütigung gewesen, die Hand ausgestreckt und dem General zur Flucht in den Tod verholfen hätte. Die Ausweiskarte aus Plastik in Nikolais Tasche, im Nackt/Töten-Stil verwendet, hätte als Waffe durchaus genügt. Das Ganze wäre in einer Sekunde vorüber gewesen.

Die Vorstellung, Kishikawa-san aus dem Gefängnis seines elenden

Lebens zu befreien, war Nikolai kaum durch den Kopf geschossen, als er sie auch schon weit von sich wies, weil sie ihm doch allzu schrecklich vorkam. Jetzt aber, hier im Regen, angesichts jener Maschinerie rassistischer Vergeltung, der Kriegsverbrecherprozesse, kehrte der Gedanke zurück, und dieses Mal setzte er sich fest. Es war natürlich besonders bitter, daß das Schicksal ausgerechnet von ihm verlangte, den einzigen Menschen zu töten, der ihm nahestand. * Ein ehrenvoller Tod war jedoch das einzige Geschenk, das er seinem Freund zu bieten hatte. Und er erinnerte sich an die uralte Weisheit: Wer muß die schweren Dinge tun? Der, der es kann. Diese Tat würde natürlich Nikolais letzte sein. Er würde die ganze Wut und Enttäuschung der Sieger auf sich herabbeschwören, und sie würden ihn strafen. Ein Selbstmord wäre wesentlich einfacher für Nikolai als der Plan, den General eigenhändig zu erlösen. Aber er wäre auch völlig sinnlos – und selbstsüchtig.

Als er im Regen zur U-Bahn-Station ging, verspürte Nikolai einen eiskalten Klumpen im Magen, war aber sonst völlig gelassen. Endlich sah er seinen Weg!

In jener Nacht konnte er weder schlafen noch die Gesellschaft der lebhaften, überschäumenden Tanaka-Schwestern ertragen, deren bäuerliche Kraft zu einer ihm fremden Welt des Lichts und der Hoffnung zu gehören schien und daher auf ihn nicht nur banal, sondern auch störend wirkte. Allein in der Dunkelheit eines Zimmers, das auf den kleinen Garten hinausging, die Wände zur Seite geschoben, damit er den Regen auf den breitblättrigen Pflanzen trommeln und auf dem Kies leise zischeln hörte, vor der Kälte nur durch einen wattierten Kimono geschützt, kniete er neben einem

* Im Verlauf dieses Buches wird Nikolai Hel sich mehrfach der Methoden der Nackt/Töten-Taktik bedienen, doch werden diese niemals detailliert beschrieben. In einem früheren Buch schilderte der Autor eine gefährliche Bergbesteigung. Bei dem Versuch, jenen Roman in einen geschmackvollen Film umzusetzen, kam ein ausgezeichneter junger Bergsteiger ums Leben. In einem späteren Buch erklärte der Autor eingehend eine Möglichkeit, Bilder aus einem gut bewachten Museum zu stehlen. Kurz nachdem die italienische Ausgabe des Buches erschienen war, wurden in Mailand drei Gemälde nach der beschriebenen Methode entwendet, von denen zwei irreparable Schäden davontrugen.

Die Verantwortung der Gesellschaft gegenüber veranlaßt den Autor nun, genaue Schilderungen von Methoden und Ereignissen zu unterlassen, die zwar für eine Handvoll Leser interessant sein, möglicherweise jedoch dazu führen könnten, daß Uneingeweihten Schaden entsteht.

Gleichermaßen wird der Autor auch gewisse hochentwickelte Sexualtechniken nicht vollständig darlegen, da sie für Neulinge unter Umständen gefährlich, mit Sicherheit aber schmerzhaft sein würden.

Holzkohlenofen, dessen Feuer schon längst erloschen war und der sich nur noch lauwarm anfühlte. Zweimal hatte er Zuflucht in einer mystischen Entrückung gesucht, doch seine Seele war zu sehr von Furcht und Haß erfüllt, um ihn die Schwelle des Vergessens überqueren zu lassen. Obwohl er es damals noch nicht wußte, sollte Nikolai nie mehr den Zugang zu seiner kleinen Bergwiese finden, auf der er sich ausgeruht hatte, indem er eins wurde mit Gras und goldenem Sonnenschein. Die nun folgenden Ereignisse sollten in ihm eine unüberwindliche Barriere des Hasses errichten, die ihn von der Ekstase trennte.

Am frühen Morgen fand Herr Watanabe Nikolai immer noch kniend im Gartenzimmer; er hatte nicht einmal gemerkt, daß der Regen aufgehört hatte und einer harschen Kälte gewichen war. Herr Watanabe schloß fürsorglich die Schiebewände und entzündete den Kohleofen, während er kopfschüttelnd etwas über die leichtsinnige Jugend vor sich hinmurmelte, die für ihre Torheit letztlich würde bezahlen müssen.

»Ich möchte Sie und Frau Shimura sprechen«, sagte Nikolai in so ruhigem Ton, daß der Fluß von Herrn Watanabes väterlichen Ermahnungen abrupt versiegte.

Eine Stunde darauf knieten sie nach einem leichten Frühstück zu dritt um einen niedrigen Tisch mit der aufgerollten Übereignungsurkunde für das Haus und einem etwas formlos gehaltenen Dokument, in dem Nikolai niedergelegt hatte, daß er all seinen Besitz den beiden Alten zu gleichen Teilen hinterlasse. Er erklärte ihnen, daß er am Nachmittag fort müsse und höchstwahrscheinlich nicht wiederkommen werde. Es werde Schwierigkeiten geben; Fremde würden kommen, Fragen stellen und ihnen ein paar Tage lang das Leben schwer machen; danach jedoch werde sich wohl niemand mehr um den kleinen Haushalt kümmern. Nennenswerte Geldsummen besaß Nikolai nicht, da er den größten Teil seines Verdienstes sofort ausgab. Was er hatte, lag in ein Tuch gewickelt auf dem Tisch. Wenn Herr Watanabe und Frau Shimura nicht genug verdienen könnten, um das Haus zu unterhalten, erklärte er, so seien sie berechtigt, es zu verkaufen und den Erlös nach Belieben zu verwenden. Es war Frau Shimura, die darauf bestand, einen Teil als Mitgift für die Tanaka-Schwestern beiseite zu legen.

Als alles geregelt war, tranken sie gemeinsam Tee und unterhielten sich über geschäftliche Einzelheiten. Nikolai hatte gehofft, der Last

des Schweigens ausweichen zu können, doch bald waren die wenigen Themen erschöpft, und es gab nichts mehr zu sagen.
Ein kulturbedingter Fehler der Japaner ist ihr Unbehagen selbst beim aufrichtigen Ausdruck von Emotionen. Manche neigen dazu, ihre Gefühle mit stoischem Schweigen zu kaschieren oder sie hinter einer Barriere höflicher Floskeln zu verstecken. Andere suchen Zuflucht in emotionalem Überschwang, in übersteigerter Dankbarkeit und Besorgnis.
Es war Frau Shimura, die Halt im Schweigen suchte, während Herr Watanabe hemmungslos weinte.

Die vier Wachen bauten sich mit den gleichen übertriebenen Sicherheitsvorkehrungen wie am Tag zuvor zu beiden Seiten der Tür des kleinen Sprechzimmers auf. Die Japaner wirkten nervös und verlegen; der amerikanische Militärpolizist gähnte gelangweilt; und der untersetzte Russe schien zu träumen, was er in Wirklichkeit sicher nicht tat. Zu Beginn seines Gesprächs mit Kishikawa-san testete Nikolai die Wachen, indem er zuerst japanisch sprach. Er merkte gleich, daß der Amerikaner kein Wort verstand, bei dem Russen jedoch war er sich nicht ganz so sicher, deshalb machte er eine völlig sinnlose Bemerkung und entdeckte ein ganz leichtes Stirnrunzeln. Als Nikolai zu Französisch überging und die Japaner augenscheinlich nichts mehr verstanden, der Russe hingegen nach wie vor aufzumerken schien, war er überzeugt, daß es sich bei diesem Mann trotz des Anscheins slawischer intellektueller Unbeweglichkeit nicht um einen gemeinen Soldaten handelte. Daher war es erforderlich, einen anderen Verständigungscode zu finden. Er entschied sich für die Kryptographie des Go-Spiels und erinnerte den General beim Aufbau des kleinen Magnetspielbrettes daran, daß Otake-san stets das Idiotikon seines heißgeliebten Spiels benutzt hatte, wenn er von wichtigen Dingen sprach.
»Möchten Sie das Spiel fortsetzen, Sir?« erkundigte sich Nikolai. »Die Atmosphäre ist negativ geworden: *Aji ga warui.*«
Kishikawa-san blickte ein wenig verwirrt zu ihm auf. Sie hatten erst ungefähr vier bis fünf Züge gemacht, daher war diese Bemerkung höchst sonderbar.
Drei weitere Züge wurden schweigend gespielt, bevor der General zu ahnen begann, was Nikolai wohl gemeint haben könnte. Er testete seine Vermutung, indem er sagte: »Mir scheint, daß sich unser Spiel

im *korigatachi* befindet und ich in meiner Position festgenagelt bin, ohne die Möglichkeit einer Weiterentwicklung.«

»Nicht ganz, Sir. Ich sehe die Möglichkeit eines *sabaki,* aber natürlich müßten Sie sich den *hama* anschließen.«

»Wäre das nicht gefährlich für dich? Entstünde dadurch nicht eine *ko*-Situation?«

»Eigentlich eher *uttegae.* Doch ich sehe keinen anderen Ausweg für Ihre Ehre – und für die meine.«

»Nein, Nikko. Du bist zu liebenswürdig. Diese Geste kann ich nicht annehmen. Für dich wäre ein solcher Zug eine äußerst gefährliche Attacke, ein selbstmörderisches *de.*«

»Ich bitte nicht um Ihre Erlaubnis. In eine solche Situation kann ich Sie unmöglich bringen. Da ich allein entschieden habe, wie ich weiterspielen will, werde ich Ihnen die Konfiguration erklären. Man glaubt, ein *tsuru no sugomori* zu haben. In Wirklichkeit steht man aber vor einem *seki.* Man wollte Sie mit einem *shicho* in die Enge treiben, aber mir ist es vergönnt, Ihr *shicho atari* zu sein.«

Aus den Augenwinkeln sah Nikolai, daß einer der japanischen Wärter die Stirn runzelte. Offenbar spielte er selbst ein wenig und merkte, daß kein rechter Sinn in diesem Gespräch lag.

Nikolai langte über den rohen Holztisch und legte dem General die Hand auf den Arm. »Pflegevater, die Partie wird in zwei Minuten enden. Gestatten Sie mir, Sie zu führen.«

Tränen der Dankbarkeit stiegen in Kishikawa-sans Augen. Er wirkte zerbrechlicher als zuvor, uralt und zugleich kindlich. »Aber ich kann doch nicht zulassen ...«

»Ich handele ohne Ihre Erlaubnis, Sir. Ich habe beschlossen, einen Akt liebevollen Ungehorsams zu vollführen. Ich bitte Sie nicht einmal um Vergebung.«

Nach kurzem Überlegen nickte Kishikawa-san. Ein leichtes Lächeln drückte die Tränen aus seinen Augen; sie rollten zu beiden Seiten der Nase hinab. »Dann führe mich.«

»Wenden Sie den Kopf und sehen Sie zum Fenster hinaus, Sir. Der Himmel ist bedeckt, und es regnet, doch bald wird die Zeit der Kirschblüte kommen.«

Kishikawa wandte den Kopf und blickte gelassen hinaus auf das Rechteck nassen grauens Himmels. Nikolai zog einen Bleistift aus der Tasche und hielt ihn lässig zwischen den Fingern. Während er

sprach, konzentrierte er sich auf die Schläfe des Generals, wo unter der durchsichtigen Haut schwach der Puls klopfte.
»Wissen Sie noch, wie wir unter den Kirschblüten am Kajikawa spazierengegangen sind, Sir? Richten Sie Ihre Gedanken bitte darauf. Denken Sie daran, wie Sie vor Jahren dort mit Ihrer Tochter spazierengegangen sind, ihre kleine Hand in der Ihren. Denken Sie daran, wie Sie am selben Flußufer mit Ihrem Vater spazierengegangen sind, Ihre kleine Hand in der seinen. Konzentrieren Sie sich auf diese Erinnerungen.«
Kishikawa-san senkte den Blick und zwang seine Gedanken zur Ruhe, während Nikolai leise weitersprach. Die einschläfernde Monotonie seiner Stimme war dabei weit wichtiger als die Worte. Nach ein paar Sekunden blickte der General zu Nikolai auf; die Andeutung eines Lächelns ließ Fältchen an seinen Augenwinkeln erscheinen. Er nickte.
Dann wandte er sich wieder der grauen tropfnassen Szene vor dem Fenster zu.
Während Nikolai in leisem Ton weitersprach, war der amerikanische Militärpolizist selbstvergessen damit beschäftigt, mit dem Fingernagel etwas zwischen seinen Zähnen hervorzuholen; bei dem gescheiteren der beiden japanischen Wärter jedoch, den der Inhalt dieses Gesprächs beunruhigte und verwirrte, spürte Nikolai Nervosität. Plötzlich, mit einem Aufschrei, machte der Russe einen Satz nach vorn.
Zu spät.

Sechs Stunden lang saß Nikolai in einem fensterlosen Vernehmungszimmer, nachdem er sich ohne Gegenwehr und Erklärungen den völlig verdutzten, unsicheren und daher gewalttätigen Wachen ergeben hatte. In seiner ersten Wut hatte ihn der amerikanische MP-Sergeant zweimal mit dem Gummiknüppel geschlagen, einmal auf die Schulter und einmal quer übers Gesicht. Durch den zweiten Schlag war seine Augenbraue über dem darunterliegenden harten Knochenwulst geplatzt. Weh tat es nicht, aber es blutete stark, und Nikolai litt unter der schmutzigen Würdelosigkeit der Verletzung.
Aus Angst vor Strafe dafür, daß ihnen ihr Gefangener vor der Nase umgebracht worden war, schrien die Wachen Nikolai Drohungen ins Gesicht, während sie hastig Alarm gaben und den Gefängnisarzt riefen. Als der umständliche, konfuse japanische Doktor eintraf, konnte er für den General nichts mehr tun, denn dieser war ein paar

Sekunden nach Nikolais Tat nervlich und eine Minute später tatsächlich tot gewesen. Kopfschüttelnd, den Atem zwischen den Zähnen einsaugend, als wolle er ein ungezogenes Kind tadeln, versorgte der Arzt Nikolais geplatzte Braue – offensichtlich erleichtert, etwas unternehmen zu können, was seine begrenzten Fähigkeiten nicht überforderte.

Während zwei neue japanische Wärter Nikolai bewachten, machten die beiden anderen ihren Vorgesetzten Meldung, jeder mit einer Version, die sie selbst schuldlos dastehen ließ, während ihre Kollegen irgendwo zwischen unfähig und perfide angesiedelt wurden.

Als der MP-Sergeant wiederkam, wurde er von drei weiteren Amerikanern begleitet: keine Russen, keine Japaner. Die Abrechnung mit Nikolai war eine rein amerikanische Angelegenheit.

Unter unheilschwangerem Schweigen wurde Nikolai durchsucht, entkleidet und sodann in die gleiche grobe, »selbstmordsichere« Gefängniskluft gesteckt, die der General getragen hatte; dann wurde er barfuß, mit auf dem Rücken gefesselten Händen, in den kahlen Vernehmungsraum gebracht, wo er nun stumm auf einem am Boden festgeschraubten Metallstuhl saß.

Um seine Vorstellungskraft zu dämpfen, konzentrierte Nikolai seine Gedanken auf das Mittelstadium eines klassischen Spiels zwischen zwei Go-Meistern einer berühmten Schule, ein Spiel, das er im Verlauf seiner Lehrzeit bei Otake-san auswendig gelernt hatte. Er rekapitulierte die Plazierungen, indem er das Brett mal von der Seite des einen, mal von der des anderen Spielers betrachtete und die jeweiligen Möglichkeiten untersuchte. Die beträchtlichen Anforderungen an Erinnerungsvermögen und Konzentration genügten, die fremde, chaotische Welt um ihn her versinken zu lassen.

Vor der Tür erklangen Stimmen, Schlüssel klapperten, Riegel klirrten, und dann traten drei Männer ein. Einer von ihnen war der MP-Sergeant, der so eifrig in seinen Zähnen gebohrt hatte, als Kishikawa-san starb. Der zweite war ein stämmiger Mann in Zivil, dessen Schweinsaugen jenen nervösen, von materialistischer Empfindungslosigkeit getrübten Blick oberflächlicher Intelligenz besaßen, wie man ihn bei Politikern, Filmproduzenten und Autoverkäufern findet. Der dritte, mit den Rangabzeichen eines Majors auf den Schultern, war ein schmaler sensibler Mann mit dicken blutleeren Lippen und hängenden Augenlidern. Dieser dritte nahm auf dem Stuhl Nikolai gegenüber Platz, während der stämmige Zivilist sich hinter

Nikolai aufbaute und der Sergeant sich in der Nähe der Tür postierte.
»Ich bin Major Diamond.« Der Offizier lächelte, doch seine Stimme war farblos und besaß jenen metallischen Mandibular-Ton, in dem sich die kraftvollen Laute der Proletarier mit einer überlagernden Schicht angelernter Feinheiten mischen – eine Stimme, wie man sie von Nachrichtensprecherinnen aus den Vereinigten Staaten kennt.
Als sie eintrafen, hatte Nikolai gerade über einen Zug in dem Meisterspiel nachgedacht, der den Anschein eines *tenuki* erweckte, in Wahrheit aber eine subtile Reaktion auf den Zug des Gegners war. Bevor er aufblickte, konzentrierte er sich auf das Brett und prägte sich die Spielsituation ein, damit er später von hier aus weiterdenken konnte. Erst dann richtete er den Blick seiner ausdruckslosen, flaschengrünen Augen auf das Gesicht des Majors.
»Was sagten Sie?«
»Ich bin Major Diamond von der CIA.«
»Ach ja?« Nikolais Gleichgültigkeit war nicht gespielt.
Der Major öffnete seinen Aktenkoffer und nahm drei zusammengeheftete maschinengeschriebene Blätter heraus. »Wenn Sie dieses Geständnis unterzeichnen würden, könnten wir alles viel schneller abwickeln.«
Nikolai warf einen Blick auf das Dokument. »Ich glaube, ich möchte lieber nichts unterschreiben.«
Diamond preßte verärgert die Lippen zusammen. »Sie leugnen den Mord an General Kishikawa?«
»Ich leugne gar nichts. Ich habe meinem Freund zur Flucht aus diesem ...« Nikolai unterbrach sich. Es war zwecklos, dem Mann etwas erklären zu wollen, das er mit seiner merkantilen Einstellung unmöglich verstehen konnte. »Major, ich halte es für sinnlos, dieses Gespräch fortzusetzen.«
Major Diamond warf dem stämmigen Zivilisten hinter Nikolai einen Blick zu; dieser beugte sich ein wenig vor und sagte: »Hör mal zu, Bürschchen. Du solltest lieber unterschreiben. Wir wissen alles über deine Arbeit für die Roten.«
Nikolai machte sich nicht die Mühe, den Mann anzusehen.
»Du willst doch wohl nicht abstreiten, daß du dich mit einem gewissen Oberst Gorbatow in Verbindung gesetzt hast!« bohrte der Zivilist weiter.
Nikolai holte tief Luft und antwortete nicht. Das zu erklären war zu

kompliziert, und außerdem spielte es keine Rolle, ob sie es verstanden oder nicht.

Der Zivilist packte Nikolai an der Schulter. »Du sitzt ganz schön in der Tinte, mein Junge! Also unterschreib jetzt dieses Geständnis, sonst...«

Major Diamond runzelte die Stirn und schüttelte einmal kurz den Kopf; der Zivilist lockerte seinen Griff. Der Major stützte die Hände auf die Knie, beugte sich vor und sah Nikolai voll besorgten Mitgefühls in die Augen. »Ich will versuchen, es Ihnen auseinanderzusetzen. Sie sind im Augenblick noch verwirrt, und das ist durchaus begreiflich. Wir sind darüber informiert, daß die Russen hinter dem Mord an General Kishikawa stecken. Wie ich gestehen muß, wissen wir leider nicht, warum. Das ist eine der Fragen, die zu klären Sie uns helfen sollen. Ich will ganz offen mit Ihnen sein. Wir wissen, daß Sie seit geraumer Zeit für die Russen arbeiten. Wir wissen, daß Sie sich mit gefälschten Papieren in eine streng geheime Abteilung der Sphinx/FE eingeschlichen haben. Man hat bei Ihnen einen russischen und einen amerikanischen Ausweis gefunden. Überdies wissen wir, daß Ihre Mutter Kommunistin und Ihr Vater Nazi war; daß Sie sich während des Krieges in Japan aufhielten und daß zu Ihren Kontakten unter anderem militaristische Elemente der japanischen Regierung gehörten. Einer dieser Kontakte war General Kishikawa.« Major Diamond schüttelte den Kopf und lehnte sich wieder zurück. »Sie sehen also, wir wissen eine ganze Menge über Sie. Und ich fürchte, es spricht alles gegen Sie. Das meinte mein Kollege hier, als er sagte, daß Sie in der Tinte sitzen. Möglicherweise kann ich Ihnen jedoch helfen ... falls Sie zur Zusammenarbeit mit uns bereit sind. Also, wie ist es?«

Nikolai stand der Irrelevanz all dieses Geredes hilflos gegenüber. Kishikawa-san war tot; er selbst hatte getan, was er als Freund tun mußte; er war bereit, die Strafe dafür auf sich zu nehmen; alles andere war unwichtig.

»Wollen Sie bestreiten, was ich gesagt habe?« fragte Major Diamond.

»Sie haben da eine Handvoll Fakten, Major, aus denen Sie lächerliche Schlüsse ziehen.«

Diamond preßte die Lippen zusammen. »Wir haben unsere Informationen von Oberst Gorbatow persönlich.«

»Aha.« Gorbatow wollte ihn also dafür bestrafen, daß er ihm sein Propaganda-Prunkstück genommen hatte, indem er diesen Amerikanern Halbwahrheiten zukommen und die Schmutzarbeit von ihnen erledigen ließ. Wie typisch slawisch, diese Hinterhältigkeit, diese verdrehte Unredlichkeit!

»Gewiß«, fuhr Diamond fort, »wir nehmen nicht alles, was uns die Russen mitteilen, für bare Münze. Deswegen wollen wir Ihnen Gelegenheit geben, uns Ihre Version der Geschichte zu erzählen.«

»Es gibt keine Geschichte.«

Der Zivilist berührte wieder seine Schulter. »Willst du abstreiten, daß du General Kishikawa während des Krieges kanntest?«

»Nein.«

»Willst du abstreiten, daß er zur japanischen Militär- und Industriemaschinerie gehörte?«

»Er war Soldat.« Zutreffender wäre es, wenn er gesagt hätte, er sei ein Krieger gewesen, doch dieser Unterschied hätte für die Amerikaner mit ihrer Kaufmannsmentalität keine Bedeutung gehabt.

»Willst du abstreiten, daß du ihm nahestandest?« fragte der Zivilist weiter.

»Nein.«

Jetzt übernahm Major Diamond wieder das Verhör; sein Ton und Ausdruck sollten andeuten, er sei unparteiisch und gebe sich Mühe, Nikolai zu verstehen. »Ihre Papiere *waren* gefälscht, nicht wahr?«

»Ja.«

»Wer hat Ihnen geholfen, sie zu beschaffen?«

Nikolai schwieg.

Der Major nickte lächelnd. »Ich verstehe. Sie wollen keinen Freund belasten. Dafür habe ich vollstes Verständnis. Ihre Mutter war Russin, nicht wahr?«

»Der Staatsangehörigkeit nach, ja. Aber sie hatte kein slawisches Blut.«

Der Zivilist mischte sich wieder ein. »Du gibst also zu, daß deine Mutter Kommunistin war?«

Nikolai mußte über die bittere Ironie der Vorstellung von Alexandra Iwanowna als Kommunistin lächeln. »Major, soweit meine Mutter sich überhaupt für Politik interessierte – und das tat sie so gut wie gar nicht –, stand sie rechts von Attila.« Er wiederholte das Wort »Attila«, wobei er es fälschlicherweise auf der zweiten Silbe betonte, damit die Amerikaner es auch verstanden.

»Natürlich«, entgegnete der Zivilist. »Und du willst wohl auch abstreiten, daß dein Vater Nazi war.«

»Mag sein, daß er einer war. Nach allem, was ich von ihm gehört habe, mag er dumm genug dafür gewesen sein. Ich habe ihn nie persönlich kennengelernt.«

Diamond nickte. »Sie geben also im Grunde zu, Nikolai, daß der Großteil unserer Anschuldigungen richtig ist?«

Nikolai schüttelte seufzend den Kopf. Er hatte nun seit zwei Jahren ständigen Kontakt mit der amerikanischen Militärmentalität, aber er konnte immer noch nicht diese hartnäckige Tendenz begreifen, Tatsachen in das bequeme Schema vorgefaßter Meinungen zu zwingen. »Wenn ich Sie recht verstehe, Major – und offen gestanden, es ist mir gleichgültig, ob ich Sie verstehe oder nicht –, dann beschuldigen Sie mich, Kommunist und Nazi zugleich zu sein, ein enger Freund General Kishikawas und gleichzeitig sein gedungener Mörder, ein japanischer Militarist und gleichzeitig ein sowjetischer Spion. Außerdem scheinen Sie zu glauben, die Russen hätten den Auftrag erteilt, einen Mann zu ermorden, den sie der Würdelosigkeit der Kriegsverbrecherprozesse zu unterwerfen gedachten, damit auch für sie ein bißchen vom Propagandaruhm abfällt. Und all dies beleidigt nicht Ihren Sinn für logische Wahrscheinlichkeit?«

»Wir geben nicht vor, jeden einzelnen Winkelzug zu verstehen«, gestand der Major.

»Nein, wirklich? Sehr angemessen, diese Bescheidenheit.«

Der Griff des Zivilisten auf seiner Schulter wurde schmerzhaft. »Wir dulden keine Unverschämtheiten von dir! Du steckst bis über beide Ohren in der Scheiße, mein Junge. Dieses Land steht unter militärischer Besatzung, und du bist staatenlos, mein Lieber! Wir können mit dir machen, was wir wollen, ohne daß sich Konsulate oder Botschaften einmischen.«

Major Diamond schüttelte den Kopf; der Zivilist löste seinen Griff und trat zurück. »Ich glaube kaum, daß uns dieser Ton weiterbringt. Er lächelte ein wenig zögernd, dann fuhr er fort: »Doch was mein Kollege sagt, ist richtig. Sie haben ein Kapitalverbrechen begangen, das mit dem Tode bestraft wird. Aber es gibt Wege, auf denen Sie uns beim Kampf gegen den internationalen Kommunismus helfen können. Ein kleines bißchen Mitarbeit Ihrerseits, und wir könnten etwas zu Ihren Gunsten arrangieren.«

Nikolai erkannte den Schacherton des feilschenden Händlers. Wie alle Amerikaner war dieser Major im Innersten ein Kaufmann; alles hatte seinen Preis, und der beste Mann war der, der am geschicktesten zu handeln verstand.

»Sie verstehen mich?« fragte Diamond.
»Ich höre Sie«, berichtigte Nikolai.
»Na und? Werden Sie mitarbeiten?«
»Sie meinen, indem ich Ihr Geständnis unterschreibe?«
»Das und noch mehr. Das Geständnis bezichtigt die Russen der Anstiftung zum Mord. Überdies wollen wir etwas über die Leute hören, die Ihnen geholfen haben, sich in die Sphinx/FE einzuschleichen. Und über die russischen Agenten hier und über ihre Kontakte mit nicht erfaßten japanischen Militaristen.«
»Major. Die Russen haben mit meiner Tat nichts zu tun. Glauben Sie mir, die Politik dieser Leute ist mir vollkommen gleichgültig, genauso gleichgültig wie die Ihre. Sie und die Russen sind doch nur zwei etwas unterschiedliche Varianten ein und derselben Sache: der Tyrannei der Mittelmäßigkeit. Ich habe keinen Grund, die Russen zu decken.«
»Dann unterschreiben Sie das Geständnis also?«
»Nein.«
»Aber Sie sagten doch gerade ...«
»Ich sagte, daß ich die Russen weder decken noch ihnen helfen werde. Doch ebensowenig beabsichtige ich, Ihnen zu helfen. Wenn Sie mich hinrichten lassen wollen – mit oder ohne die Komödie einer Militärgerichtsverhandlung –, dann bitte, tun Sie es!«
»Wir *werden* Ihre Unterschrift für das Geständnis bekommen, Nikolai.«
Nikolais grüne Augen blickten Major Diamond gelassen an. »Ich nehme von nun an nicht mehr teil an diesem Gespräch.« Er senkte die Lider und konzentrierte sich wieder auf das Mosaik der Steine in der Go-Partie, die er sich eingeprägt hatte. Er begann die verschiedenen Reaktionen auf jenen klugen Zug zu erwägen, der *tenuki* zu sein schien.
Der Major und der stämmige Zivilist nickten sich zu, dann zog der letztere ein schwarzes Lederetui aus der Tasche. Nikolai ließ sich nicht in seiner Konzentration stören, als der Militärpolizist ihm den Ärmel hochstreifte und der Zivilist die Luft aus der Kanüle drückte, indem er eine helle Flüssigkeit aus der Spritze aufsteigen ließ.

Als er sich sehr viel später an die Ereignisse der nun folgenden zweiundsiebzig Stunden zu erinnern suchte, kamen Nikolai nur winzige zusammenhanglose Mosaiksteinchen des Erlebten in den Sinn; das Bindemittel chronologischer Sequenz aber war von den Drogen, mit denen man ihn vollpumpte, zerstört worden. Die einzig zutreffende Analogie, die ihm für diese Art des Erlebens einfiel, war die zu einem Film, in dem dieselbe Person sowohl Schauspieler als auch Zuschauer war – ein Film, der zugleich im Zeitlupen- und im Zeitraffertempo ablief, mit Standfotos und Überblendungen, ein Film, dessen Tonstreifen die Geräusche der einen Szene mit denen der anderen vertauschte, dessen Bilder, die kurz aufblitzten, eher erfühlt als gesehen wurden, ein Film mit langen Streifen unterbelichteter, verwackelter Bilder und einem Dialog, der viel zu langsam abgespielt wurde, breiig, im Baßton.

Zu diesem Zeitpunkt hatte der amerikanische Geheimdienst gerade erst damit begonnen, bei Verhören mit Drogen zu experimentieren, und man machte noch häufig Fehler, die bisweilen den Verstand der Testpersonen zerstörten. Der stämmige Zivilist probierte an Nikolai so manche Chemikalie und Kombination aus, versetzte sein Opfer aus Versehen in Hysterie oder komaähnliche Indifferenz und erzielte zuweilen Wirkungen, die sich gegenseitig aufhoben, so daß Nikolai vollkommen ruhig und klar wirkte, in Wirklichkeit aber so desorientiert war, daß die Antworten, die er bereitwillig gab, nicht das geringste mit dem Inhalt der Fragen zu tun hatten.

Während der ganzen drei Tage empfand Nikolai in den Momenten, da er den Kontakt mit sich selbst wiederfand, eine unendliche panische Angst. Sie attackierten seinen Verstand und beschädigten ihn vermutlich, dabei beruhte Nikolais genetische Überlegenheit ebensosehr auf seinem Intellekt wie auf seinen Sinnen. Er fürchtete, daß sie ihn geistig kaputtmachten; dann würde eine jahrhundertelange selektive Zucht auf das Niveau menschlichen Trümmerschutts, das seinen Peinigern eignete, reduziert werden.

Häufiger jedoch war seine Persönlichkeit gespalten, und Nikolai, der Zuschauer, empfand zwar Mitleid für Nikolai, den Schauspieler, konnte ihm aber nicht beistehen. Während jener kurzen Perioden, in denen er logisch denken konnte, versuchte er sich den alptraumhaften Verzerrungen hinzugeben, den Wahnsinn seiner Wahrnehmungen zu akzeptieren. Denn er spürte intuitiv, daß, wenn er sich gegen die schubweisen Entstellungen der Realität wehrte, bei dieser Anstrengung irgend etwas in ihm zerbrechen und er nie mehr auf den Weg zurück finden würde.

Dreimal während dieser zweiundsiebzig Stunden verloren seine Peiniger die Geduld und erlaubten dem MP-Sergeant, das Verhör auf der konventionelleren dritten Stufe fortzusetzen. Er tat dies mittels eines dreiundzwanzig Zentimeter langen, mit Eisenspänen gefüllten Leinwandschlauchs. Die Wirkung dieser Waffe war entsetzlich. Sie zerfetzte die Haut nur selten, zertrümmerte aber darunterliegende Knochen und Gewebeteile.

Als zivilisierter Mensch, der eine solche Behandlung nicht mitansehen konnte, verließ Major Diamond während der Prügelszenen stets den Raum, um den Folterungen, die er selbst befohlen hatte, nicht zuschauen zu müssen. Der Arzt jedoch blieb stets dabei, denn es interessierte ihn, wie unter starkem Drogeneinfluß zugefügte Schmerzen sich auswirkten. Die drei Phasen der körperlichen Folter hatten auf Nikolais Wahrnehmungsvermögen unterschiedliche Effekte. An die erste erinnerte er sich überhaupt nicht. Wäre sein rechtes Auge nachher nicht zugeschwollen gewesen, und wäre nicht warmes Blut unter einem losen Zahn hervorgesickert, er hätte nicht gewußt, daß überhaupt etwas mit ihm geschehen war. Die zweite Prügelei war unerträglich qualvoll. Die residuelle Wirkung der Drogen hatte in diesem Moment zur Folge, daß er jedes Gefühl ungeheuer intensiv wahrnahm. Seine Haut war so empfindlich, daß schon die Berührung seiner Kleider schmerzte, und die Luft, die er einatmete, löste ein Stechen in den Nasenlöchern aus. In diesem hypertaktilen Zustand waren die Qualen der Folter unbeschreiblich. Er sehnte sich nach Bewußtlosigkeit, doch der Sergeant war so geschickt, daß er ihm niemals diese barmherzige Ausflucht gewährte.

Die dritte Sitzung war nicht so schmerzhaft, dafür aber um so beängstigender. Bei absoluter, doch krankhafter geistiger Klarheit war Nikolai gleichzeitig Empfänger und Beobachter der Schläge. Wiederum war er Zuschauer und Schauspieler, und er betrachtete das, was geschah, mit nur sehr geringem Interesse. Er fühlte nichts; die Drogen hatten seine Nerven kurzgeschlossen. Das Entsetzliche lag in der Tatsache, daß er die Schläge *hören* konnte, als würde das Geräusch durch empfindliche Mikrofone in seinem Fleisch verstärkt. Er hörte das scharfe Reißen des Gewebes; er hörte das trockene Platzen der Haut; er hörte das körnige Knirschen brechender Knochen; er hörte das beschleunigte Pulsieren seines Blutes. Im Spiegel des Spiegels seines Bewußtseins empfand er gelassenes Entsetzen. Ihm war klar, daß es krankhaft war, all dies zu hören, während er überhaupt nichts fühlte, und solch eine anästhetische Indifferenz diesem Geschehen gegenüber zu empfinden ging über die Grenze zum Wahnsinn hinaus.

Einmal trieb sein Verstand an die Oberfläche der Realität; da erklärte er dem Major, er sei Kishikawas Sohn, und es sei ein grober Fehler, ihn nicht zu töten, denn wenn er am Leben bliebe, könne der Major ihm nicht entkommen. Er sprach breiig; seine Zunge war von den Drogen geschwollen, seine Lippen waren von den Schlägen geplatzt; doch seine Schergen hätten ihn ohnehin nicht verstanden: Er hatte unbewußt französisch gesprochen.

Mehrmals während des dreitägigen Verhörs wurden ihm die Handschellen, die seine Hände auf dem Rücken festhielten, abgenommen. Der Arzt stellte fest, daß seine Finger schneeweiß und eiskalt waren, weil das Blut nicht in ihnen zirkulieren konnte; deswegen nahm man ihm für einige Minuten die Fesseln ab, massierte die Druckstellen und legte ihm die Eisen dann wieder an. Sein Leben lang trug Nikolai als Andenken an diese Fesseln bräunliche Narbenarmbänder.

In der dreiundsiebzigsten Stunde unterschrieb Nikolai, ohne zu wissen, was er tat, und auch ohne sich dafür zu interessieren, das Geständnis, das die Russen belastete. So sehr war er der Realität entrückt, daß er mit japanischen Schriftzeichen quer über die ganze Seite schrieb, obwohl man versucht hatte, seine zitternde Hand an den unteren Rand zu führen. Dadurch war das Geständnis wertlos, und die Amerikaner sahen sich schließlich gezwungen, seine Unterschrift zu fälschen, was sie natürlich von Anfang an hätten tun können.

Das Schicksal, das dieses »Geständnis« schließlich erlebte, verdient es, als Beispiel geheimdienstlicher Stümperei festgehalten zu werden. Einige Monate später, als die amerikanischen Sphinx-Leute es für opportun hielten, ihren russischen Gegenspielern einen Warnschuß vor den Bug zu setzen, wurde Oberst Gorbatow das Dokument von Major Diamond persönlich vorgelegt, der dem Oberst schweigend am Schreibtisch gegenübersaß und dessen Reaktion auf diesen vernichtenden Beweis der russischen Spionagetätigkeit abwartete.

Der Oberst überflog die Seiten mit gut gespielter Gleichgültigkeit; dann löste er seine runde Stahlbrille von den Ohren und polierte sie mit entnervender Gründlichkeit zwischen Daumen und Zeigefinger, bevor er sie wieder hinter die Ohren hakte. Mit der Unterseite seines Löffels zerdrückte er dann das Stückchen Zucker in seiner Teetasse, trank einen großen Schluck und stellte die Tasse in die Untertasse zurück.

»Na und?« sagte er träge.
Das war alles. Die drohende Geste war gemacht und ignoriert worden und hatte nicht die geringste Wirkung auf die geheimen Aktivitäten der beiden Großmächte in Japan gezeitigt.
Für Nikolai verschwammen die letzten Stunden des Verhörs in verwirrenden, aber nicht unangenehmen Träumen. Sein Nervensystem war von den verschiedenen Drogen so zerrüttet, daß es nur minimal funktionierte, und sein Verstand hatte sich in sich selbst zurückgezogen. Er glitt von einer Stufe der Irrealität zur anderen hinüber, und alsbald sah er sich am Ufer des Kajikawa in einem Regen von Kirschblüten dahinwandern. Neben ihm, doch so weit von ihm entfernt, daß General Kishikawa dazwischengepaßt hätte, wäre er dort gewesen, wanderte ein junges Mädchen. Obwohl er sie nie kennengelernt hatte, wußte er, daß es die Tochter des Generals sein mußte. Das junge Mädchen sprach davon, daß sie eines Tages heiraten und einen Sohn bekommen würde. Und ganz nebenbei erwähnte sie noch, daß sie und ihr Sohn sterben, in den über Tokio abgeworfenen Brandbomben verbrennen würden. Sobald sie das gesagt hatte, schien es nur logisch, daß sie sich in Mariko verwandelte, die in Hiroshima gestorben war. Nikolai freute sich sehr, sie wiederzusehen, und sie spielten eine Übungspartie Go, wobei sie schwarze Kirschblüten als Steine benutzte und er weiße. Dann wurde Nikolai selbst zu einem der Steine und blickte aus der mikroskopischen Position auf dem Brett auf die gegnerischen Steine, die immer dicker werdende Mauern rings um ihn aufrichteten. Er versuchte, Verteidigungs-»Augen« zu bilden, doch sie entpuppten sich alle als unecht, und darum begann er die gelbe Fläche des Brettes zu fliehen; die schwarzen Striche rasten an ihm vorbei, als er an Tempo zulegte, bis er über den Rand des Brettes hinaus in eine undurchdringliche Dunkelheit fiel, die sich in eine Zelle verwandelte ...
... Wo er erwachte.
Die Zelle war frisch gestrichen – grau – und besaß keine Fenster. Das Deckenlicht war so schmerzhaft grell, daß er die Augen zukneifen mußte, um sein Sehvermögen zu schützen.
In dieser Zelle verbrachte Nikolai drei Jahre in Isolierhaft.
Der Übergang vom Alptraum des Verhörs zu den Jahren der Isolation unter der Last der sogenannten »Schweigebehandlung« war nicht abrupt. Zuerst täglich, dann weniger häufig erhielt Nikolai Besuch von jenem umständlichen, zerstreuten japanischen Gefängnisarzt,

der den Tod des Generals bestätigt hatte. Die Behandlung bestand nur aus Schutzverbänden; Versuche, die Schnitte kosmetisch zu behandeln oder zerschmetterte Knochenteile und Kallus zu entfernen, wurden nicht unternommen. Bei jeder Sitzung schüttelte der Arzt wiederholt den Kopf, sog den Atem durch die Zähne ein und murmelte leise vor sich hin, so als wollte er ihn für die Beteiligung an dieser sinnlosen Gewalttätigkeit tadeln.

Die japanischen Wärter hatten Anweisung, kein Wort mit dem Gefangenen zu reden; während der ersten Tage war es jedoch notwendig, ihm die grundlegenden Verhaltensvorschriften beizubringen. Wenn sie dann mit ihm sprechen mußten, benutzten sie stets barsche Imperative und einen scharfen Stakkatoton, der nicht auf persönlicher Antipathie beruhte, sondern lediglich die unüberbrückbare Kluft zwischen Gefangenem und Wärter zum Ausdruck brachte. Sobald die Routine sich eingespielt hatte, sprachen sie nicht mehr mit ihm, und so hörte er während des größten Teils der folgenden drei Jahre keine andere menschliche Stimme als seine eigene. Abgesehen von einer halben Stunde pro Vierteljahr, wenn er Besuch von einem untergeordneten Gefängnisbeamten bekam, der für das leibliche und psychische Wohlergehen der Häftlinge verantwortlich war. Beinahe ein Monat verging, bis die letzten Nachwirkungen der Drogen in seinem Verstand und seinen Nerven abklangen, und erst dann konnte er es wagen, in seiner Wachsamkeit vor unerwarteten Rückfällen in Alpträume voller Raum-Zeit-Verzerrungen ein wenig nachzulassen, die ihn hinterrücks überfielen und in den Wahnsinn trieben, bis er keuchend und schwitzend in einer Ecke seiner kleinen Zelle hockte, des letzten Restes an Kraft beraubt und halb verrückt vor irrsinniger Angst, der seinem Geist zugefügte Schaden könne am Ende unheilbar sein.

Es gab im Zusammenhang mit dem Verschwinden von Hel, Nikolai Alexandrowitsch (TA/737804) keinerlei Nachforschungen. Es gab keine Bemühungen, ihn zu befreien oder seinen Prozeß zu beschleunigen. Er war staatenlos; er besaß keine Papiere; kein Konsulatsbeamter kam, um seine Bürgerrechte zu vertreten.

Die einzige kleine Bewegung, die Nikolai Hels Verschwinden im zähen Fluß der Routine erzeugte, war ein kurzer Besuch von Frau Shimura und Herrn Watanabe im San-Shin-Gebäude einige Wochen nach seiner Verhaftung. Die beiden hatten nächtelang flüsternd miteinander beraten und endlich ihren ganzen Mut zusammen-

nommen, um diese hoffnungslose Geste im Dienste ihres Wohltäters zu machen. An einen unbedeutenden Beamten abgeschoben, brachten sie ihre Fragen mit leiser Stimme, in hastigen Worten und unter zahllosen Beweisen schüchterner Demut vor. Frau Shimura übernahm das Reden, während Herr Watanabe sich nur verbeugte und angesichts der unberechenbaren Gewalt der Besatzungsmächte und ihres unergründlichen Verhaltens den Blick gesenkt hielt. Sie wußten genau, daß sie mit diesem Besuch in der Höhle des Löwen, bei den Amerikanern, ihr Heim und das bißchen Sicherheit, das Nikolai ihnen geschenkt hatte, aufs Spiel setzten; Ehrgefühl und Redlichkeit befahlen ihnen jedoch, das Risiko einzugehen.
Die einzige Folge dieser zaghaften, ängstlichen Nachfragen war der Besuch eines Trupps Militärpolizei im Asakusa-Haus, der dort nach Beweisen für Nikolais Verbrechen fahndete. Im Verlauf dieser Suche beschlagnahmte der Einsatzleiter als wichtiges Beweismittel Nikolais kleine Sammlung von Kiyonobu- und Sharaku-Drucken, die er erstanden hatte, wann immer er es sich leisten konnte, voller Betrübnis darüber, daß ihre Besitzer durch die wirtschaftliche und moralische Anarchie der Besatzung gezwungen waren, sich von diesen Schätzen zu trennen, und begierig, das Seine zu tun, um sie vor dem Zugriff der Barbaren zu schützen.
Wie sich herausstellte, übten diese Drucke einen gewissen Einfluß auf den Niedergang der gleichmacherischen Kunst Amerikas aus. Der Offizier, der sie beschlagnahmt hatte, schickte sie nach Hause, wo sein geistig minderbemittelter Sohn die freien Flächen prompt mit Buntstiften ausmalte und sich dabei so genial innerhalb der vorgegebenen Linien hielt, daß die liebevolle Mutter in ihrer Überzeugung von der Kreativität des Kindes bestärkt wurde und seine Erziehung auf die Kunst ausrichtete. Dieser begabte Knabe wurde später aufgrund seiner mechanischen Präzision bei der Darstellung von Lebensmittelkonservendosen ein führender Künstler der Pop-Art-Szene.
Während seiner dreijährigen Gefangenschaft wartete Nikolai unausgesetzt auf seinen Prozeß wegen Spionage und Mord, doch nie wurde ein Verfahren gegen ihn eingeleitet; er wurde weder vor Gericht gestellt noch verurteilt und kam daher auch nicht in den Genuß jener spartanischen Privilegien, deren sich die übrigen Häftlinge erfreuen durften. Die japanischen Verwalter des Sugamo-Gefängnisses standen vollkommen unter der Fuchtel der Besatzer und hielten Nikolai in Isolierhaft, weil man es ihnen befohlen hatte – obwohl er eine

unliebsame Ausnahme in ihrem strikten Organisationssystem bildete. Er war der einzige Insasse, der nicht Japaner war, der einzige, den man nicht verurteilt hatte, und der einzige, der in Isolierhaft saß, ohne gegen die Gefängnisvorschriften verstoßen zu haben. Er wäre eine höchst lästige Verwaltungsanomalie gewesen, hätten die Verantwortlichen ihn nicht behandelt, wie Verwaltungsbeamte alle Manifestationen störender Individualität behandeln: Sie ignorierten ihn. Sobald er nicht mehr von den plötzlichen Anfällen der Drogenpanik heimgesucht wurde, begann sich Nikolai an die Routine und den unveränderlichen Rhythmus seines isolierten Daseins zu gewöhnen. Seine Zelle war ein fensterloser, zwei Quadratmeter großer Raum aus grauem Beton mit einem Oberlicht, das in die Decke eingelassen und mit dickem, bruchsicherem Glas geschützt war. Das Licht brannte Tag und Nacht. Zuerst haßte Nikolai diese ununterbrochene Helligkeit, die es ihm nicht gestattete, sich in den Schutz des Dunkels zurückzuziehen, und die ihn nur unruhig schlafen ließ. Doch als im späteren Verlauf seiner Gefangenschaft dreimal die Birne ausbrannte und er in völliger Finsternis leben mußte, bis der Wärter es bemerkte, wurde ihm klar, daß er sich so an die ständige Beleuchtung gewöhnt hatte, daß absolute Dunkelheit, die sich wie ein lastendes Gewicht auf ihn zu legen schien, ihm Angst einflößte. Die drei Besuche eines Kalfaktors, der unter strenger Aufsicht des Wärters die Birne auswechseln mußte, waren die einzigen Ereignisse, welche die etablierte, zuverlässige Routine von Nikolais Leben unterbrachen, das heißt, bis auf einen kurzen Stromausfall, der in seinem zweiten Jahr im Gefängnis mitten in der Nacht auftrat. Die unvermittelte Dunkelheit ließ Nikolai aus dem Schlaf hochfahren, und er saß, in die Finsternis starrend, regungslos auf dem Rand seiner Stahlpritsche, bis das Licht wieder anging und er endlich weiterschlafen konnte.

Abgesehen von dem Licht besaß der frisch gestrichene, graue Würfel, in dem Nikolai leben mußte, nur noch drei Merkmale: das Bett, die Tür und die Toilette. Das Bett bestand aus einer schmalen, in die Wand eingelassenen Eisenplatte, deren Beine im Betonboden verankert waren. Aus hygienischen Gründen stand diese Pritsche nach westlicher Art ein Stück über dem Fußboden, aber nur etwa zwanzig Zentimeter. Aus Sicherheitsgründen und um Material zu vermeiden, das zum Selbstmord hätte verwendet werden können, besaß das Bett weder Bretter noch eine Stahlfedermatratze, sondern bestand aus nichts als dieser glatten Stahlplatte mit zwei gesteppten Decken darauf, die für Wärme sorgen sollten. Das Bett stand unmittelbar gegenüber der Tür, die von den drei Attributen der Zelle wohl das komplizierteste war. Sie bestand aus schwerem Stahl und bewegte sich lautlos in sorgfältig geschmierten Angeln; außerdem paßte sie so genau in ihren Rahmen, daß die Luft in der Zelle komprimiert wurde, wenn sich die Tür schloß, und der Gefangene vorübergehend Ohrensausen bekam. In die Tür war ein Beobachtungsfenster aus dickem, drahtverstärktem Glas eingelassen, durch das die Wärter regelmäßig das Verhalten des Gefangenen überwachten. Ganz unten in der Tür befand sich eine vernietete Klappe zum Durchreichen des Essens. Das dritte Charakteristikum der Zelle war eine geflieste Vertiefung im Boden: die Hocktoilette. Mit japanischer Rücksicht auf Würde war sie in einer Ecke der Wand untergebracht, an der sich die Tür befand, damit der Insasse seine Notdurft nicht im Blickfeld der Wärter zu verrichten brauchte. Senkrecht über dieser Einrichtung war ein Belüftungsrohr von drei Zoll Durchmesser in die Betondecke eingelassen.

Innerhalb des strengen Rahmens der Isolierhaft war Nikolais Leben mit kleinen Ereignissen ausgefüllt, die den Zeitablauf akzentuierten und maßen. Zweimal pro Tag, morgens und abends, bekam er durch die Türklappe sein Essen, und am Morgen gab es überdies einen Eimer Wasser und ein kleines Stückchen körniger Seife, die einen dünnen, fettigen Schaum abgab. Täglich wusch er sich von Kopf bis Fuß, spülte sich mit Händen voll Wasser sauber, trocknete sich mit seinem groben, wattierten Hemd ab und benutzte was an Wasser übriggeblieben war, um die Toilette zu reinigen.

Seine Kost war karg, aber gesund: unpolierter Reis, Eintopf aus Gemüse und Fisch und dazu dünner, lauwarmer Tee. Die Gemüse wechselten mit den Jahreszeiten ein wenig und waren immerhin nicht so zerkocht, daß sie ihren Nährwert verloren hätten. Gebracht wurde ihm das Essen auf einem unterteilten Metalltablett und mit einem Paar Wegwerfstäbchen, die am unteren Ende verbunden waren. Wenn sich die kleine Klappe öffnete, wartete der Kalfaktor stets, bis der Gefangene das benutzte Tablett mit den gebrauchten Stäbchen und der Papierhülle (sogar über sie mußte Rechenschaft abgelegt werden) zurückgegeben hatte, bevor er die neue Mahlzeit hineinreichte.

Zweimal pro Woche wurde zur Mittagszeit seine Zellentür geöffnet, und ein Wärter winkte ihn wortlos heraus. Da die Wärter nicht mit ihm sprechen durften, fand die Kommunikation ausschließlich durch umständliche und manchmal auch komische Pantomimen statt. Er folgte dem Wärter ans Ende des Korridors, wo sich eine schwere Stahltür (sie quietschte jedesmal in den Angeln) auf einen Innenhof öffnete, einen schmalen Gang zwischen zwei gesichtslosen Gebäuden, der an beiden Seiten von hohen Backsteinmauern gesäumt war; hier, unter einem Rechteck offenen Himmels, durfte er zwanzig Minuten lang allein an der frischen Luft spazierengehen. Er wußte, daß er von den Wachen im Turm am Ende des Hofes ständig beobachtet wurde, doch ihre Fenster reflektierten den Himmel, daher konnte er sie nicht sehen und sich so der Illusion hingeben, ganz allein und beinahe frei zu sein. Bis auf zweimal, als er hohes Fieber hatte, nahm er diese zwanzig Minuten im Freien stets wahr, auch wenn es draußen regnete oder schneite; und nach dem ersten Monat benutzte er diese Zeit dazu, auf dem kleinen Hof hin und her zu laufen so schnell er konnte, die Muskeln zu strecken und möglichst viel von der Energie, die in ihm gärte, zu verbrauchen.

Am Ende des ersten Monats, als die Nachwirkungen der Drogen abgeklungen waren, faßte Nikolai den Entschluß, seine Gefangenschaft zu überleben; der Anstoß dazu entsprang zum Teil seiner eingewurzelten Hartnäckigkeit und zum Teil dem lebenserhaltenden Gedanken an Rache. Er aß jedesmal alles auf, was man ihm brachte, und trieb zweimal am Tag, jeweils nach dem Essen, energisch Gymnastik in der Zelle, entwickelte Übungen, die jeden Muskel in seinem drahtigen Körper straff und elastisch hielten. Nach diesen Trainingsperioden nahm er in einer Zellenecke den Lotussitz ein und konzentrierte sich auf das Pulsieren des Blutes in seinen Schläfen, bis er den inneren Frieden einer halbtiefen Meditation erreichte – ein schwacher Ersatz für das verlorene Ausruhen der Seele in mystischer Entrückung, doch ausreichend, um seinen Verstand gelassen und klar zu erhalten, unbeeinflußt von Verzweiflung und Selbstmitleid. Er erzog sich dazu, niemals über die Zukunft nachzudenken, sondern vorauszusetzen, daß es eine für ihn geben würde, denn die Alternative hätte zu selbstzerstörerischer Verzweiflung geführt.

Nach mehreren Wochen beschloß er, seine Zuversicht, eines Tages herauszukommen und sein Leben wieder aufnehmen zu können, dadurch zu nähren, daß er den Ablauf der Zeit verfolgte. Willkürlich nannte er den folgenden Tag Montag und setzte ihn als den ersten

April fest. Er hatte sich um nur acht Tage geirrt, doch das sollte er erst drei Jahre später erfahren.
Sein einsames Leben in der Zelle war nun ausgefüllt. Zwei Mahlzeiten, einmal Waschen, zwei Gymnastikeinlagen und zwei Meditationen am Tag. Zweimal pro Woche das Vergnügen, den schmalen Freiluftgang hinauf und hinunter laufen zu dürfen. Einmal im Monat Besuch von einem Barbierkalfaktor, der ihn rasierte und ihm mit einer handbetriebenen Haarschneidemaschine den Kopf so bearbeitete, daß einen Zentimeter lange Stoppeln zurückblieben. Dieser alte Gefangene befolgte zwar das Sprechverbot, zwinkerte und grinste ihm aber ständig zu, um die Kameradschaft zwischen ihnen zu betonen. Ebenfalls einmal im Monat, jeweils zwei Tage nach dem Besuch des Barbiers, war bei der Rückkehr von seinem Spaziergang die Bettwäsche gewechselt, und die Wände und Fußboden der Zelle tropften von Wasser mit einem Desinfektionsmittelzusatz, dessen Gestank noch drei oder vier Tage später in der Luft lag.
Eines Morgens, nachdem er sechs Monate stumm in seiner Zelle verbracht hatte, wurde er von einem Geräusch aus seiner Meditation gerissen. Jemand schloß die Zellentür auf. Zuerst reagierte er verärgert und auch ein wenig ängstlich auf diese vermeintliche Unterbrechung seiner sonst so beständigen Routine. Später erfuhr er, daß dieser Besuch keine Unterbrechung der Routine, sondern im Gegenteil das abschließende Element der Zyklen war, die sein Leben einteilten. Einmal in sechs Monaten wurde er von einem ältlichen, überarbeiteten Beamten besucht, dessen Aufgabe es war, sich um die leiblichen und psychischen Bedürfnisse der Insassen dieses so fortschrittlichen Gefängnisses zu kümmern. Der alte Mann stellte sich als Herr Hirata vor und erklärte Nikolai, sie hätten ausnahmsweise Sprecherlaubnis. Er setzte sich auf Nikolais niedrige Pritsche, stellte seinen vollgestopften Aktenkoffer neben sich, öffnete ihn, suchte einen Fragebogen heraus und schob ihn in das Klemmbrett auf seinem Schoß. Mit heiserer gelangweilter Stimme stellte er Fragen über Nikolais Gesundheitszustand und Befinden und hakte jedesmal, wenn Nikolai nickte, die entsprechende Frage ab.
Nachdem er mit seiner Bleistiftspitze die Reihe noch einmal entlanggefahren war, um sicherzustellen, daß alle nötigen Fragen beantwortet waren, blickte Herr Hirata ihn mit feuchten müden Augen an und fragte, ob Herr Hel (Heru) offizielle Gesuche stellen wollte oder Beschwerden abzugeben habe.

Nikolai schüttelte automatisch den Kopf... Dann aber fiel ihm etwas ein. »Ja«, wollte er sagen. Aber seine Kehle war so zugeschwollen, daß nur ein krächzender Laut herauskam. Und ihm wurde auf einmal klar, daß er das Sprechen nicht mehr gewohnt war. Er räusperte sich und versuchte es noch einmal. »Ja, Sir. Ich hätte gern Bücher, Papier, Federhalter und Tinte.«

Herrn Hiratas dicke gekrümmte Brauen hoben sich, er wandte den Blick ab und sog die Luft zwischen den Zähnen ein. Das war eindeutig eine ausgefallene Bitte. Es würde sehr schwierig sein sie zu erfüllen. Es würde Ärger geben. Dennoch notierte er das Gesuch sorgfältig in der für diesen Zweck vorgesehenen Spalte.

Nikolai merkte erstaunt, wie sehnsüchtig er sich Bücher und Papier wünschte, obwohl er ganz genau wußte, daß er damit den Fehler beging, auf etwas zu hoffen und eine Enttäuschung zu riskieren, wodurch er das labile Gleichgewicht seines seelischen Dämmerzustandes gefährdete, in dem jeder Wunsch unterdrückt und jegliche Hoffnung auf das Maß neutraler Erwartung reduziert worden war. Trotzdem sprach er tapfer weiter. »Es ist meine einzige Chance, Sir.«

»Ihre einzige Chance?«

»Ja, Sir. Ich habe nichts...« Nikolai bagann wieder zu krächzen und räusperte sich abermals. Das Sprechen fiel ihm so schwer! »Ich habe nichts, womit ich mich geistig beschäftigen kann. Und ich glaube, ich werde wahnsinnig.«

»Und?«

»Ich habe häufig Selbstmordgedanken.«

»Ach!« Herr Hirata runzelte die Stirn und sog den Atem ein. Warum mußten nur immer solche Probleme auftauchen? Probleme, für die es keine eindeutigen Richtlinien in der Dienstvorschrift gab. »Ich werde Ihren Antrag weiterleiten, Herr Heru.«

Seinem Ton entnahm Nikolai, daß der Bericht ohne Nachdruck abgefaßt werden und sein Antrag im bodenlosen Morast der Bürokratie versinken würde. Er hatte bemerkt, daß Herrn Hiratas Blick immer wieder auf sein zerschlagenes Gesicht fiel, dessen Narben und Schwellungen noch dunkelrot waren, und daß er den Blick jedesmal voll Unbehagen abwandte. Nikolai legte die Finger auf seine geplatzte Braue. »Das waren nicht Ihre Wärter, Sir. Die meisten Verletzungen stammen von den Verhören durch die Amerikaner.«

»Die *meisten*? Und die übrigen?«

Nikolai blickte zu Boden und räusperte sich. Seine Stimme war heiser und schwach, dabei mußte er jetzt unbedingt flüssig und überzeugend sprechen! Er nahm sich vor, seine Stimme nie wieder so einrosten zu lassen. »Ja, die meisten. Die übrigen ... Ich muß gestehen, daß ich mir einige selbst zugefügt habe. In der Verzweiflung bin ich mit dem Kopf gegen die Wand gerannt. Das war dumm und unwürdig, doch da ich nichts habe, womit ich mich geistig beschäftigen kann ...« Er brach ab und hielt den Blick gesenkt.

Herr Hirata erwog beunruhigt die Auswirkungen von Wahnsinn und Selbstmord eines Häftlings auf seine Karriere, vor allem jetzt, da er in wenigen Jahren pensioniert werden sollte. Er versprach zu tun, was in seinen Kräften stand, und verließ dann die Zelle, gequält von jener schlimmsten aller Torturen für Beamte: der Notwendigkeit, eine selbständige Entscheidung zu treffen.

Als Nikolai zwei Tage darauf von seinem zwanzigminütigen Hofgang zurückkehrte, fand er am Fuß seiner Eisenpritsche ein in Papier gewickeltes Paket, das drei alte, verschimmelt riechende Bücher, einen Block mit fünfzig Blatt Schreibpapier, eine Flasche amerikanische Tinte und einen billigen, doch nagelneuen Füllfederhalter enthielt.

Kaum jedoch schlug er die Bücher auf, da ließ er sie niedergeschmettert wieder sinken. Sie waren nutzlos. Herr Hirata war zu einer antiquarischen Buchhandlung gegangen und hatte (von seinem eigenen Geld, um das verwaltungstechnische Problem zu umgehen, einen formellen Antrag für Gegenstände stellen zu müssen, die möglicherweise verboten waren) die drei billigsten Bücher gekauft, die er finden konnte. Da er außer Japanisch keine andere Sprache beherrschte und aus Hels Akten wußte, daß er Französisch las, kaufte Herr Hirata aus einem Stapel Bücher, die einst zur Bibliothek eines Missionspriesters gehört hatten und während des Krieges von der Regierung beschlagnahmt worden waren, das, was er für französisch hielt. Nun war dieser Priester Baske gewesen, und so waren die Bücher auf baskisch geschrieben. Allesamt vor 1920 gedruckt, enthielt eines eine für Kinder verfaßte Schilderung baskischer Lebensweise, bebildert mit steifen, retuschierten Fotos und Zeichnungen von ländlichen Szenen. Obwohl das Buch auf französisch geschrieben war, besaß es für Nikolai keinen Wert. Das zweite Buch war ein schmales Bändchen baskischer *dictons*, Parabeln und Volkserzählungen, links auf baskisch, rechts auf französisch. Das dritte war ein französisch-baskisches Wörterbuch, zusammengestellt im Jahre 1889 von einem Priester aus Haute Soule, der in einer geschwollenen und endlos langen Einleitung versuchte, das Studium der baskischen Sprache mit den Tugenden der Frömmigkeit und Demut gleichzusetzen.

Entmutigt warf Nikolai die Bücher hin und hockte sich in die Ecke der Zelle, die er für seine Meditationen reserviert hatte. Da er so dumm gewesen war, auf etwas zu hoffen, bezahlte er jetzt dafür in der Münze der Enttäuschung. Er weinte bitterlich, und bald schon entrang sich ihm unwillkürlich ein wahrhaft herzzerreißendes Schluchzen. Er wechselte in die Toilettenecke hinüber, damit die Wärter seinen Zusammenbruch nicht mitansehen konnten. Erstaunt und erschrocken entdeckte er, wie dicht unter der Oberfläche diese furchtbare Verzweiflung schlummerte, und das, obwohl er sich dazu erzogen hatte, nach einer starren Routine zu leben und jeden Gedanken an Vergangenheit und Zukunft zu meiden. Endlich zwang er sich erschöpft und tränenleer zu einer halbtiefen Meditation und stellte sich, als er wieder ruhiger war, seinem Problem.

Frage: Warum hatte er so verzweifelt auf diese Bücher gehofft, daß er sich dem Schmerz einer möglichen Enttäuschung aussetzte? Antwort: Ohne es sich einzugestehen, hatte er intuitiv erkannt, daß sein durch das Go-Training geschliffener Intellekt etwas von einem Reihenschlußmotor hatte, der, wenn er nicht belastet wurde, immer schneller lief, bis er durchbrannte. Deswegen hatte er sein Leben auf eine strenge Routine reduziert und deswegen verbrachte er mehr Zeit als nötig in dem angenehmen Vakuum der Meditation. Er hatte niemanden, mit dem er sprechen konnte, und vermied sogar das Nachdenken. Gewiß, Eindrücke gingen ihm ungerufen durch den Kopf, aber das waren zum größten Teil inhaltslose Bilder ohne die lineare Logik in Worte gefaßter Gedanken. Es war ihm nicht bewußt gewesen, daß er den Gebrauch seines Verstandes aus Angst, er könnte sich in dieser isolierten, stummen Zelle in Panik und Verzweiflung verrennen, möglichst vermied, und doch hatte er sofort die Gelegenheit genutzt, Bücher und Papier zu bekommen, denn er hatte sich so unsagbar nach der Gesellschaft der Bücher und der geistigen Beschäftigung mit ihnen gesehnt.

Und *das* sollten nun diese Bücher sein? Eine landeskundliche Beschreibung für Kinder, ein dünnes Bändchen mit Volksweisheiten und ein Wörterbuch, zusammengestellt von einem frommen Priester!

Und das meiste davon auf baskisch, einer Sprache, von der Nikolai kaum je etwas gehört hatte und von der er nichts wußte, als daß sie die älteste Sprache Europas und mit den anderen Sprachen der Welt ebensowenig verwandt war wie die Basken samt ihrer merkwürdigen Blutgruppenverteilung und Kopfform mit einer anderen menschlichen Rasse.

Schweigend hockte Nikolai da und analysierte sein Problem. Es gab nur eine einzige Lösung für ihn: Er mußte die Bücher irgendwie nutzen. Mit ihrer Hilfe würde er Baskisch lernen. Denn hier hatte er schließlich weit mehr in der Hand als den Stein von Rosette; hier hatte er Seite für Seite eine genaue Übersetzung und außerdem ein Lexikon. Sein Verstand war auf die abstrakte, kristallklare Geometrie des Go-Spiels trainiert. Er hatte mit der Kryptographie gearbeitet. Er würde eine baskische Grammatik schreiben! Und seine anderen Sprachen ebenfalls lebendig erhalten. Er würde baskische Volkserzählungen ins Russische, Englische, Japanische und Deutsche übersetzen. Im Kopf konnte er sie überdies in sein grobes Straßenchinesisch übertragen, mehr aber leider nicht, denn er hatte nie chinesisch schreiben gelernt.

Er nahm das Bettzeug von seiner Pritsche und verwandelte die Eisenplatte in einen Schreibtisch, vor den er sich hinkniete, um Bücher, Füller und Papier auszubreiten. Zuerst versuchte er, seine Erregung zu zügeln, damit man nicht schließlich doch noch beschloß, ihm diesen Schatz wieder zu nehmen und ihn in das zu stürzen, was Saint-Exupéry die Folter der Hoffnung genannt hatte. Tatsächlich wurde sein nächster Hofgang zur Qual, und als in die Zelle zurückkam, war er innerlich darauf gefaßt, daß seine Bücher verschwunden waren. Und als er sie dann doch vorfand, überließ er sich hemmungslos den Freuden der so lange entbehrten geistigen Arbeit.

Nach der Entdeckung, daß er beinahe den Gebrauch seiner Stimme verlernt hatte, machte er es sich zur Gewohnheit, täglich mehrere Stunden hindurch Selbstgespräche zu führen, indem er Situationen des täglichen Lebens erfand oder die politische und geistige Geschichte der Völker rezitierte, deren Sprachen er beherrschte. Zuerst war es ihm peinlich, laut vor sich hin zu sprechen, denn er wollte nicht, daß die Wärter glaubten, er verliere den Verstand. Bald aber wurde ihm das Lautdenken zur Gewohnheit, und er murmelte den ganzen Tag über vor sich hin. Von seinen drei Gefängnisjahren her behielt Hel sein Leben lang die Eigenart, mit so leiser Stimme zu

sprechen, daß es fast ein Flüstern und nur dank seiner präzisen Aussprache zu verstehen war.
In späteren Jahren sollte dieses präzise Halbgeflüster auf die Leute, mit denen ihn sein ausgefallener Beruf in Kontakt brachte, eine einschüchternde und grauenerregende Wirkung ausüben. Und jene, die den fatalen Fehler begingen, ihn zu hintergehen, vernahmen in ihren Alpträumen aus tiefen Schatten heraus oft seine leise, exakte Flüsterstimme.
Das erste *dicton* im Buch der Volksweisheiten lautete *Zahar hitzak, zuhur hitzak* und wurde übersetzt mit »Alte Sprüche sind weise Sprüche«. Sein unzulängliches Lexikon lieferte ihm nur das Wort *zahar* mit der Bedeutung alt. Und so lauteten die ersten Notizen für seine kleine Amateurgrammatik:
Zuhur= weise.
Plural im Baskischen entweder »ak« oder »zak«.
Wurzel für »Sprichwörter/Redensarten/Sprüche« entweder »hit« oder »hitz.«
Merke: Verb »sagen/sprechen« vermutlich auf dieser Wurzel aufgebaut. Merke: Parallele Strukturen erfordern möglicherweise kein einfaches Verb des Seins.
Aus diesen mageren Anfängen konstruierte Nikolai eine Grammatik der baskischen Sprache – Wort um Wort, Begriff um Begriff, Struktur um Struktur. Von vornherein zwang er sich, jedes Wort, das er lernte, laut auszusprechen, um es in seinem Verstand zum Leben zu erwecken. Da er keine Anleitung hatte, unterliefen ihm mehrere Fehler, die sein gesprochenes Baskisch für immer kennzeichnen sollten – sehr zum Vergnügen seiner baskischen Freunde. So dachte er sich zum Beispiel, das *h* müsse stumm sein wie im Französischen. Außerdem mußte er zwischen mehreren Möglichkeiten entscheiden, wie das baskische *x* auszusprechen sei. Wie ein *z*, wie ein *sch*, ein *tch* oder wie ein gutturales deutsches *ch*. Willkürlich wählte er das letztere. Falsch, wie er später zu seinem Bedauern feststellen sollte.
Sein Leben war jetzt ausgefüllt, ja übervoll mit Beschäftigungen, die er abbrechen mußte, ehe er ihrer müde wurde. Der Tag begann mit dem Frühstück und dem Waschen mit kaltem Wasser. Nachdem er seine überschüssige Kraft mit isometrischen Übungen verbraucht hatte, gestattete er sich eine halbe Stunde halbtiefer Meditation. Dann Studium des Baskischen bis zur Abendmahlzeit, dann wieder

Gymnastik, bis der Körper ausgepumpt und müde war. Anschließend eine halbe Stunde Meditation. Dann Schlaf.
Seine Spaziergänge zweimal die Woche draußen auf dem schmalen Hof zweigte er von der Zeit für das Studium des Baskischen ab. Und jeden Tag, wenn er aß oder Gymnastik trieb, führte er in einer der von ihm beherrschten Sprachen Selbstgespräche, um sie frisch und einsatzbereit zu halten. Da es genau sieben Sprachen waren, wies er jeder von ihnen einen Wochentag zu, so daß sein persönlicher Kalender lautete: Monday, BTOPHNK, lai-bai-sam, jeudi, Freitag, Larunbat und Nitiyoo-bi.
Das wichtigste Ereignis in den Jahren von Nikolai Hels Isolierhaft war die Ausbildung seines Proximitätssinnes.
Diese Entwicklung erfolgte ganz ohne sein Zutun, ja in den Anfangsstadien sogar ohne seine bewußte Wahrnehmung. Erforscher paraperzeptiver Phänomene vermuten, der Proximitätssinn sei zu Beginn der Entwicklung des Menschen ebenso stark und allgemein verbreitet gewesen wie die übrigen fünf Sinne, sei jedoch durch Nichtgebrauch allmählich abgestumpft, als sich der Mensch über seine ursprüngliche Jägerexistenz hinausentwickelte. Außerdem beruhte die extraphysische Natur dieses »sechsten Sinns« auf gewissen Energien des Zentralcortex, die der rationalen Logik, deren Art des Verständnisses und des Arrangierens von Erlebnissen letztlich das Menschentier kennzeichnen sollte, diametral entgegengesetzt sind. Gewiß, bestimmte primitive Kulturen bewahren immer noch rudimentäre Proximitätsfähigkeiten, und auch kultivierte Menschen empfangen gelegentlich Impulse von den verkümmerten Resten ihres Proximitätssystems, empfinden ein gewisses Prickeln, wenn man sie von hinten anstarrt oder an sie denkt, haben wohl auch ein unbestimmtes, verschwommenes Gefühl des Wohlbefindens oder des Verhängnisses; doch das sind flüchtige, schemenhafte Gefühle, die man achzelzuckend abtut, weil sie im Rahmen prosaischer, logischer Weltanschauung nicht verstanden werden und nicht verstanden werden können und weil man, wollte man sie akzeptieren, die äußerst bequeme Überzeugung aufgeben müßte, daß alle Phänomene sich stets im Bereich des rationalen Spektrums bewegen.
Gelegentlich und unter Umständen, die nur zum Teil erforscht sind, entwickelt sich der Proximitätssinn auch bei einem modernen Menschen zur vollen Blüte. In mancher Hinsicht war Nikolai Hel typisch für jene wenigen, die ein voll ausgebildetes Proximitätssystem

besitzen. Sein ganzes Leben war in geistigen und nach innen gerichteten Bahnen verlaufen. Er war ein Mystiker gewesen und hatte ekstatische Entrückungen erlebt, empfand daher also keine Scheu vor dem Extralogischen. Das Go-Spiel hatte seinen Intellekt so trainiert, daß er in fließenden Permutationen dachte, statt in dem simplen Problemlösungsraster der westlichen Kulturen. Dann hatte ein schockierendes Erlebnis ihn für lange Zeit auf sich selbst reduziert. All diese Faktoren stimmten genau mit jenen überein, die den einen Menschen unter Millionen kennzeichnen, der in unserer Zeit die zusätzliche Gabe (oder Bürde) des Proximitätssinnes besitzt.

Dieses ursprüngliche Perzeptionssystem entwickelte sich in Nikolai so langsam und stetig, daß er selbst es ein ganzes Jahr lang nicht entdeckte. Seine Gefängnisexistenz verlief in so vielen kurzen, sich ständig wiederholenden Abschnitten, daß er keinerlei Gefühl für das Vergehen der Zeit außerhalb der Gefängnismauern hatte. Er beschäftigte sich nie mit sich selbst und litt niemals an Langeweile. In scheinbarem Widerspruch zu den Gesetzen der Physik wiegt die Zeit nur schwer, wenn sie unausgefüllt ist.

Die bewußte Erkenntnis seiner Gabe wurde ausgelöst durch einen neuerlichen Besuch von Herrn Hirata. Nikolai saß über seinen Büchern, als er plötzlich den Kopf hob und (auf deutsch, denn es war Freitag) laut sagte: »Komisch. Warum kommt Herr Hirata heute?« Dann sah er auf seinen improvisierten Kalender und stellte fest, daß tatsächlich seit Herrn Hiratas letztem Besuch schon sechs Monate vergangen waren.

Einige Minuten darauf unterbrach er seine Studien abermals, um sich zu fragen, wer wohl der Fremde bei Herrn Hirata war, denn die Person, deren Näherkommen er spürte, war keiner der ihm vertrauten Wärter, von denen jedem ein bestimmtes Charakteristikum vorausging, das Nikolai sofort erkannte.

Kurze Zeit später wurde die Zellentür aufgeschlossen, und Herr Hirata trat ein, begleitet von einem jungen Mann, der sich für die Sozialarbeit im Strafsystem ausbilden ließ und sich schüchtern im Hintergrund hielt, während der Ältere routiniert seinen Fragebogen durchging und gewissenhaft jede Antwort auf seinem Klemmbrett abhakte.

Auf die letzte und wichtigste Frage antwortete Nikolai, er brauche wieder Papier und Tinte, woraufhin Herr Hirata den Kopf schieflegte und die Luft durch die Zähne sog, um auf die überwältigenden

Schwierigkeiten bei der Genehmigung eines solchen Antrags hinzuweisen. Etwas in seinem Verhalten verriet Nikolai jedoch, daß man seinem Gesuch stattgeben würde. Als Herr Hirata gehen wollte, hielt Nikolai ihn zurück: »Entschuldigen Sie. Sind Sie vor ungefähr zehn Minuten schon einmal an meiner Zelle vorbeigekommen?«

»Vor zehn Minuten? Nein. Warum?«

»Sie sind nicht an meiner Zelle vorbeigekommen? Haben Sie dann vielleicht an mich gedacht?«

Die beiden Gefängnisbeamten wechselten einen kurzen Blick. Herr Hirata hatte seinen Lehrling auf den labilen Geisteszustand dieses Gefangenen hingewiesen, der bedenklich zum Selbstmord neigte.

»Nein«, begann der Ältere, »ich glaube nicht, daß ich ... Äh, einen Moment! Aber ja! Kurz bevor wir diesen Flügel betraten, habe ich mit dem jungen Mann hier über Sie gesprochen.«

»Aha!« sagte Nikolai. »Daher also. Das erklärt es.«

Seine Besucher wechselten beunruhigte Blicke. »Was erklärt es?«

Nikolai sah ein, daß es ebenso schwierig wie hoffnungslos sein würde, einer Beamtenseele etwas so Abstraktes und Ätherisches wie den Proximitätssinn zuzumuten; deshalb schüttelte er den Kopf und antwortete nur: »Ach nichts. Unwichtig.«

Herr Hirata zuckte die Achseln und ging.

An diesem und am folgenden Tag dachte Nikolai über diese neue Fähigkeit nach, die er an sich entdeckt hatte und die es ihm ermöglichte, auf parasensuellem Wege die körperliche Nähe und auf ihn gerichtete Konzentrationen anderer Menschen zu erfassen. Während der zwanzig Minuten seiner Laufübungen auf dem kleinen Hof unter dem Rechteck stürmischen Himmels schloß er beim Gehen die Augen und versuchte, ob er sich auf einen Punkt der Mauer konzentrieren und spüren konnte, wenn er sich ihm näherte. Wie er feststellte, gelang es ihm, ja, er konnte sich sogar mit geschlossenen Augen so lange drehen, bis er die Orientierung verlor, und sich trotzdem auf einen Riß in der Mauer oder einen seltsam geformten Stein zu konzentrieren, direkt darauf zugehen, die Hand ausstrecken und die Mauer im Umkreis von ein paar Zentimetern von der betreffenden Stelle berühren. Bis zu einem gewissen Grad funktionierte der Proximitätssinn also auch bei toten Gegenständen. Während er dies ausprobierte, spürte er, daß ein Strom menschlicher Konzentration auf ihn gerichtet war, und er wußte, obwohl er durch das den Himmel spiegelnde Glas der Wachttürme nicht hindurchsehen konnte, daß er von den Männern dort oben beobachtet wurde und daß sie sein Verhalten diskutierten. Er unterschied die verschiedenen Impulse der aufgefangenen Konzentration und konnte daraus ablesen, daß es zwei Männer waren: ein willensstarker und ein labilerer – oder vielleicht einer, den die Kapriolen eines halb verrückten Gefangenen nicht interessierten.

In seine Zelle zurückgekehrt, dachte er weiter über seine Gabe nach. Seit wann besaß er sie? Woher kam sie? Wo lagen ihre potentiellen Möglichkeiten? Soweit er sich anfangs zu erinnern meinte, hatte sie sich erst während dieses letzten Gefängnisjahres entwickelt. Und zwar so langsam, daß er nicht zu sagen vermochte, wann es damit eigentlich angefangen hatte. Seit einiger Zeit wußte er nun schon, ohne darüber nachzudenken, wann sich die Wärter seiner Zelle näherten und ob es der Kleine mit den glasigen Augen war oder der, der wie ein Polynesier aussah und wahrscheinlich Ainu-Blut in den Adern hatte. Und stets wußte er beinahe sofort nach dem Aufwachen, welcher Kalfaktor ihm das Frühstück bringen würde.

Aber hatte es nicht schon vor dem Gefängnis Spuren von dieser Gabe gegeben? Ja. Aber natürlich! Allmählich dämmerte es ihm. Er hatte schon immer schwache, rudimentäre Signale von seinem Proximitätssystem empfangen. Sogar als Kind hatte er jedesmal, wenn er ein Haus betrat, sofort gespürt, ob es leer war oder ob sich jemand darin aufhielt. Und auch, wenn sie nichts sagte, hatte er stets gewußt, ob seine Mutter eine Pflicht oder Aufgabe ihm gegenüber erfüllt oder vergessen hatte. Wenn er in ein Zimmer kam, spürte er die verebbende Aufladung der Luft durch eine kürzlich stattgefundene Auseinandersetzung oder durch einen Liebesakt. Aber er hatte immer geglaubt, das seien Wahrnehmungen, die jeder Mensch habe. Bis zu einem gewissen Grad hatte er damit auch recht. Viele Kinder – und einige Erwachsene – nehmen gelegentlich durch die Rudimente ihres Proximitätssystems solche unmerklichen Vibrationen wahr, obwohl man sie meist mit Erklärungen wie »Launen«, »Reizbarkeit« oder »Intuition« abtut.

Das einzig Ungewöhnliche an Nikolais Kontakt mit seinem Proximitätssystem war dessen Beständigkeit. Er war immer für seine Botschaften empfänglich gewesen.

Zum erstenmal deutlich bemerkbar gemacht hatte sich diese Gabe der außersinnlichen Wahrnehmung während der Höhlenforschungsexpeditionen mit seinen japanischen Freunden, obwohl er ihr zu jener Zeit weder längeres Nachdenken gewidmet noch ihr einen Namen gegeben hatte. Unter den besonderen Bedingungen der absoluten Dunkelheit, der konzentrierten, im Hintergrund lauernden Angst und der extremen körperlichen Anstrengung schalteten sich Nikolais primitive Naturkräfte der zentralen Cortex in sein Wahrnehmungssystem ein. Steckte er mit Kameraden tief unten in einem unbekannten Labyrinth, wo er sich, Millionen Tonnen Fels nur wenige Zentimeter über seinem Rücken, eine Verwerfung entlangschob, während die Anstrengung in seinen Schläfen pochte, brauchte er nur die Augen zu schließen (um den mächtigen Impuls seines Wahrnehmungssystems zu überwinden, sogar in absoluter Finsternis Energie durch die Augen zu verströmen), und schon konnte er seinen Proximitätssinn vorausschicken und mit hundertprozentiger Sicherheit sagen, in welcher Richtung freier Raum und in welcher undurchdringlicher Fels zu finden war. Zuerst rissen die Freunde Witze über seine »Ahnungen«. Eines Abends, als sie am Eingang zu einem tagsüber erforschten Höhlensystem im Biwak saßen, wandte sich die träge Unterhaltung Nikolais unheimlichem Orientierungssinn zu. Ein junger Mann vertrat die Ansicht, Nikolai interpretiere feine Echos seines Atems und des Knackens seiner Gelenke, wittere möglicherweise auch Geruchsunterschiede der Luft unter der Erde und komme durch diese kaum wahrnehmbaren, aber ganz sicher nicht mystischen Signale zu seinen berühmten »Ahnungen«. Nikolai akzeptierte diese Erklärung bereitwillig; es war ihm egal.

Einer aus seiner Gruppe, der Englisch lernte, um bei der Besatzungsmacht einen besseren Job zu bekommen, schlug Nikolai kräftig auf die Schulter und knurrte: »Gekonnt, wie ihr Okzidentalen euch *orientiert*!«

Und ein anderer, ein magerer Junge mit einem Affengesicht, der Clown des Teams, behauptete, es sei überhaupt nicht erstaunlich, daß Nikolai im Dunkeln sehen könne. Er sei schließlich ein Mann des Zwielichts.

Der Ton, in dem er das sagte, verriet, daß es ein Scherz sein sollte; sekundenlang jedoch herrschte Schweigen rings um das Lagerfeuer, weil alle versuchten, dieses verzwickte Wortspiel zu enträtseln, das typisch war für den Humor des Affengesichtigen. Und als es einem nach dem anderen dämmerte, stöhnten sie alle auf und baten, sie zu verschonen, und einer warf seine gelbe Mütze nach dem Witzbold.*

Während der anderthalb Tage, die Nikolai in seiner Zelle der Erforschung seines Proximitätssinns widmete, entdeckte er weitere Details über dessen Beschaffenheit. Zunächst einmal handelte es sich nicht um einen einfachen Sinn wie beim Hören oder Sehen. Einen besseren Vergleich bot da schon der Tastsinn, diese komplizierte Konstellation von Reaktionen, die Sensibilität für Hitze und Druck, Kopfschmerzen und Übelkeit, die Fahrstuhlgefühle des Steigens und Fallens und durch die Mittelohrflüssigkeit die Kontrolle über das Gleichgewicht einschließt, alle miteinander recht unzulänglich unter der Bezeichnung »Tastsinn« zusammengefaßt. Im Fall des Proximitätssinns gibt es zwei ausgeprägte Gruppen der Sinnesreaktion, die qualitative und die quantitative; und es gibt zwei umfassende Kategorien der Kontrolle, die aktive und die passive. Der quantitative Aspekt befaßt sich weitgehend mit bloßer Nähe, mit der Entfernung und Richtung beweglicher und unbeweglicher Objekte also. Nikolai merkte schon bald, daß die Reichweite seiner Wahrnehmungen im Fall unbeweglicher, passiver Objekte – eines Buches, eines Steins oder eines vor sich hin träumenden Menschen – ziemlich begrenzt war. Das Vorhandensein eines solchen Objekts konnte er passiv bis zu höchstens vier oder fünf Metern spüren; danach waren die Signale zu schwach, um noch aufgefangen zu werden. Wenn sich Nikolai jedoch auf das Objekt konzentrierte und eine Energiebrücke bildete, konnte er die effektive Entfernung ungefähr verdoppeln. Und wenn es sich bei dem Objekt um ein Lebewesen handelte, das an Nikolai dachte und eine eigene Energiebrücke bildete, konnte die Entfernung nochmals verdoppelt werden. Der zweite Aspekt des Proximitätssinns, der qualitative, konnte nur bei menschlichen Objekten erfaßt werden. Nikolai nahm nicht nur Entfernung und Richtung einer Sendequelle wahr, sondern erkannte durch sympathetische Schwingungen seiner eigenen Emotionen auch die Qualität der Emissionen: freundlich, antagonistisch, bedrohlich, liebevoll, verwirrt, zornig, lüstern. Da das gesamte System von der zentralen Hirnrinde

* Das Wortspiel erinnerte in seiner heimtückischen Abwegigkeit beinahe an Shakespeare. Es basierte auf der Tatsache, daß Nikolai von seinen japanischen Freunden »Nikko« gerufen wurde, weil sie dem für ihre Zunge schwierigen *l* aus dem Weg gehen wollten. Und die bequemste Aussprache des Namens Hel für die Japaner ist *Heru.*

gesteuert wurde, ließen sich die primitiven Gefühle am deutlichsten übertragen: Angst, Haß, Wollust.

Nachdem er diese skizzenhaften Feststellungen über seine Gabe gemacht hatte, wandte Nikolai die Gedanken von ihr ab und widmete sich wieder seinen Studien und der Aufgabe, seine Sprachkenntnisse lebendig zu erhalten. Es war ihm klar, daß seine Gabe, solange er im Gefängnis saß, über den Unterhaltungswert eines Gesellschaftsspiels hinaus kaum von Nutzen war. Er konnte nicht ahnen, daß dieser hochentwickelte Proximitätssinn ihm später nicht nur weltweiten Ruhm als hervorragender Höhlenforscher einbringen, sondern ihm darüber hinaus in seinem Beruf als professioneller Liquidator internationaler Terroristen sowohl als Waffe wie auch als Schutz dienen sollte.

WASHINGTON

Mr. Diamond blickte von dem auf die Tischplatte projizierten Text auf und wandte sich an den Ersten Assistenten. »Okay, brechen Sie hier ab und überspringen Sie zeitlich ein Stück. Geben Sie uns einen kurzen Überblick über seine Antiterrorismus-Aktivitäten vom Zeitpunkt der Entlassung aus dem Gefängnis bis heute.«

»Jawohl, Sir. Ich brauche nur einen Moment Zeit für die neue Eingabe.« Mit Hilfe von Fat Boy und den geschickten Manipulationen des Ersten Assistenten hatte Diamond seine Gäste über die Fakten von Nikolai Hels Leben bis zur Mitte seines Gefängnisaufenthaltes informiert, wobei er gelegentlich aus eigener Erinnerung Erläuterungen und Hintergrunddetails hinzufügte. Das Ganze hatte nur zweiundzwanzig Minuten gedauert, weil Fat Boy auf verzeichnete Vorgänge und Tatsachen beschränkt war; Beweggründe, Leidenschaften und Ideale waren seiner Fachsprache fremd. Während dieser zweiundzwanzig Minuten hatte Darryl Starr in seinem weißen Plastiksessel gehockt und sich nach einer Zigarre gesehnt, aber er wagte nicht, sich eine anzustecken. Mißgelaunt vermutete er, daß ihm die Einzelheiten aus dem Leben dieses *Gook*-Sympathisanten als eine Art Strafe für den Fehlschlag auf dem Flughafen von Rom aufgezwungen wurden, sozusagen als Vergeltung dafür, daß er das Mädchen hatte entkommen lassen. Um sein Gesicht zu wahren, hatte er eine Miene gelangweilter Schicksalsergebenheit aufgesetzt, an seinen Zähnen gesogen und gelegentlich einen tiefen Seufzer ausgestoßen. Doch etwas störte ihn weit mehr als der peinliche Gedanke, wie ein unbotmäßiger Schüler bestraft zu werden: Er spürte, daß Diamonds Interesse an Nikolai Hel über den beruflichen Rahmen hinausging. Es war etwas Persönliches damit verbunden, was Starr erschreckte, denn seine jahrelange Erfahrung in den Schützengräben der CIA-Unternehmungen hatte ihn gelehrt, in einen auszuführenden Auftrag unter keinen Umständen persönliche Gefühle einzubringen.

Wie es sich für den Neffen eines bedeutenden Mannes und einen CIA-Terrorlehrling gehörte, legte der PLO-Kameltreiber zunächst strikte Aufmerksamkeit für die Informationen auf dem Glas des Konferenztisches an den Tag, doch schon bald glitt sein Blick weitaus häufiger zu der straffen geröteten Haut der Beine von Miß Swivven, die er zuweilen mit seiner Version verführerischer Galanterie angrinste.

Der Deputy reagierte auf jedes neue Informations-Teilchen mit einem kurzen Kopfnicken, das den Eindruck erwecken sollte, die CIA sei über alles auf dem laufenden, und er hake die angeführten Punkte lediglich in Gedanken ab. In Wirklichkeit hatte die CIA keinen Zugang zu Fat Boy, während das biographische Computersystem der Muttergesellschaft seit langem schon alles, was sich in den Bandspeichern von CIA und NSA befand, übernommen und verarbeitet hatte.

Mr. Able schließlich hatte den Schein leichter Langeweile und rudimentärer Höflichkeit gewahrt, obwohl gewisse Episoden aus Hels Lebenslauf ihn faszinierten, vor allem jene, die auf Mystik und die seltene Gabe des Proximitätssinns hinwiesen, denn sein verfeinerter Geschmack bevorzugte das Okkulte und Exotische, was er durch seine sexuelle Vielseitigkeit hinlänglich bewies.

Im benachbarten Maschinenraum ertönte ein gedämpftes Klingeln, und Miß Swivven erhob sich, um die Funkbilder von Nikolai Hel zu holen, die Mr. Diamond verlangt hatte. Minutenlang herrschte Schweigen im Konferenzraum; nur das Summen und Klicken der Konsole war zu vernehmen, an der der Erste Assistent Fat Boys internationale Datenspeicher abtastete und bestimmte Einzelheiten in seine eigene Kurzzeit-Speichereinheit übernahm. Mr. Diamond zündete sich eine Zigarette an (er gestattete sich genau vier pro Tag) und drehte seinen Sessel so, daß er das beleuchtete Washington-Monument draußen vor Augen hatte, während er mit dem Fingerknöchel nachdenklich gegen seine Zähne klopfte.

Mr. Able seufzte vernehmlich, strich elegant die Bügelfalte eines Hosenbeins zurecht und warf einen Blick auf seine Uhr. »Hoffentlich sind wir hier bald fertig. Ich habe nämlich heute abend etwas vor.« Die ganze Zeit über hatte ihn das Bild dieses Ganymeds von Senatorsohn verfolgt.

»Aha«, sagte Diamond, »da sind sie ja.« Er streckte die Hand nach den Fotos aus, die Miß Swivven hereinbrachte, und blätterte sie flüchtig durch. »Sie sind in chronologischer Reihenfolge geordnet. Das erste ist die Vergrößerung eines Paßfotos, das aufgenommen wurde, als er bei Sphinx/FE in der Abteilung für Krytographie anfing.«

Er reichte es Mr. Able weiter, der das durch überstarke Vergrößerung körnige Foto betrachtete. »Interessantes Gesicht. Stolz. Fein. Ernst.«

Er schob dem Deputy das Foto zu, der, als sei es ihm bereits bekannt, nur einen flüchtigen Blick darauf warf und es dann an Darryl Starr weitergab.

»Du grüne Neune«, sagte Starr verblüfft. »Der sieht ja aus wie ein Teenager! Fünfzehn, sechzehn, würde ich sagen.«

»Sein Aussehen ist irreführend«, erklärte Diamond. »Als die Aufnahme gemacht wurde, war er wahrscheinlich schon um die dreiundzwanzig Jahre alt. Die jugendliche Erscheinung ist ein Familien-Charakteristikum. Nikolai Hel ist heute zwischen fünfzig und dreiundfünfzig, doch wie man mir sagte, sieht er immer noch aus wie ein Mittdreißiger.«

Der palästinensische Kameltreiber griff nach dem Foto, das jedoch an Mr. Able zurückgereicht wurde. Dieser betrachtete es noch einmal aufmerksam und fragte dann: »Was ist mit den Augen? Sie sehen so merkwürdig aus. Irgendwie künstlich.«

Sogar auf diesem Schwarzweißfoto besaßen Hels Augen eine so unnatürliche Transparenz, daß sie wie unterbelichtet wirkten.

»Ja«, bestätigte Diamond, »seine Augen sind wirklich seltsam. Sie sind von einem merkwürdig leuchtenden Grün, wie die Farbe alter Glasflaschen. Das ist sein auffallendstes Kennzeichen.«

Mr. Able sah Diamond prüfend von der Seite an. »Kennen Sie diesen Mann persönlich?«

»Ich...Ich interessiere mich seit Jahren für ihn«, antwortete Diamond ausweichend, während er das zweite Foto herumreichte.

Als Mr. Able dieses Bild sah, zuckte er zusammen. Das konnte unmöglich derselbe Mann sein! Die Nase war gebrochen und nach links gedrückt. Über die rechte Wange lief ein dicker Narbenwulst, ein zweiter, schräg über der Stirn, spaltete eine Augenbraue. Die Unterlippe war geschwollen und aufgesprungen, und unter dem linken Jochbein prangte eine dicke Beule. Die Augenlider waren geschlossen, das Gesicht entspannt.

Mr. Able schob das Foto vorsichtig dem Deputy zu, als scheute er sich, es zu berühren.

Der Palästinenser streckte die Hand danach aus, doch das Foto wurde

bereits an Starr weitergegeben. »Ach du dicke Scheiße! Der sieht ja aus, als wäre er gegen 'ne Lokomotive gerannt!«
»Was Sie da sehen«, erläuterte Diamond, »sind die Folgen eines peinlichen Verhörs durch den amerikanischen Geheimdienst. Das Foto wurde drei Jahre nach dem Verhör aufgenommen, während der Patient wegen einer kosmetischen Operation anästhetisiert war. Und hier ist er eine Woche nach der Operation.« Diamond schob das nächste Bild über den Konferenztisch.
Das Gesicht war aufgrund der Operation noch immer ein wenig geschwollen, die Spuren der Verunstaltungen waren jedoch vollständig beseitigt, und eine allgemeine Straffung hatte sogar die feinen Linien und Zeichen des Alterns entfernt.
»Und wie alt war er hier?« erkundigte sich Mr. Able.
»Zwischen vierundzwanzig und achtundzwanzig.«
»Verblüffend! Er sieht jünger aus als auf dem ersten Foto.«
Der Palästinenser legte den Kopf schief, um das Bild erkennen zu können, das an ihm vorbeigereicht wurde.
»Dies hier sind Vergrößerungen von Paßfotos. Das costaricanische wurde kurz nach der kosmetischen Operation, das französische ein Jahr später aufgenommen. Wir glauben, daß er außerdem noch einen albanischen Paß besitzt, aber davon haben wir keine Kopie.«
Mr. Able sah die Paßbilder durch, die wie üblich überbelichtet und von sehr schlechter Qualität waren. Ein Detail fesselte seine Aufmerksamkeit besonders, und er kehrte noch einmal zu dem französischen Foto zurück. »Ist das wirklich derselbe Mann?«
Diamond ließ sich das Foto geben und warf einen kurzen Blick darauf. »Doch, das ist Hel.«
»Aber die Augen ...«
»Ich weiß. Weil seine seltsame Augenfarbe jede Tarnung zunichte machen würde, besitzt er mehrere Paare ungeschliffener Kontaktlinsen, deren Mitte hell ist, die aber eine gefärbte Iris haben.«
»Dann kann er sich seine Augenfarbe also aussuchen. Interessant!«
»O ja! Hel ist genial.«
Der OPEC-Mann lächelte. »Jetzt habe ich zum zweitenmal Bewunderung in Ihrem Ton entdeckt.«
Diamond musterte ihn kalt. »Sie irren.«
»Wirklich? Ich verstehe. Sind das die neuesten Fotos, die Sie von diesem genialen – aber nicht bewunderten – Mr. Hel besitzen?«
Diamond griff nach dem restlichen Stapel Fotos und warf sie lässig auf

den Tisch. »Ja, aber wir haben noch eine ganze Menge. Und allesamt sind typische Beispiele für die Tüchtigkeit der CIA.«
Der Deputy hob in gequälter Resignation die Brauen.
Mr. Able durchblätterte die Fotos mit ratlosem Stirnrunzeln; dann schob er sie zu Starr hinüber.
Der Palästinenser sprang auf und legte klatschend die Hand auf den Stapel; und als ihn die anderen ob dieser erstaunlich rüden Geste ärgerlich anfunkelten, begann er verlegen zu grinsen. Er zog die Fotos zu sich heran und betrachtete sie eingehend.
»Das verstehe ich nicht«, meinte er schließlich. »Was soll das?«
Auf jedem Foto war die zentrale Figur verwackelt. Die Bilder waren in unterschiedlichen Milieus aufgenommen – in Cafés, auf der Straße, am Strand, auf der Zuschauertribüne beim Jai-alai, auf einem Flughafen –, und alle wiesen die charakteristische Bildkompression von Teleobjektiv-Aufnahmen auf; aber auf keinem einzigen von ihnen war der Mann zu erkennen, der fotografiert worden war, denn jedesmal hatte er sich in dem Moment, als der Verschluß klickte, plötzlich bewegt.
»Das kann ich wirklich nicht begreifen«, verkündete der Kameltreiber, als wäre das etwas Besonderes. »Das kann mein Verstand einfach nicht . . .verstehen.«
»Wie es scheint«, erklärte Diamond, »kann man Hel nicht fotografieren, wenn er es nicht will, obwohl wir Grund zu der Annahme haben, daß ihn die Versuche der CIA, ihn zu überwachen und seine Aktionen zu verzeichnen, gleichgültig lassen.«
»Warum aber verdirbt er dann jede Aufnahme?« erkundigte sich Mr. Able.
»Zufall. Es hat mit seinem Proximitätssinn zu tun. Er spürt es, wenn sich die Aufmerksamkeit eines anderen Menschen auf ihn konzentriert. Anscheinend ist die Empfindung, von einer Kameralinse fixiert zu werden, identisch mit dem Gefühl, durch das Zielfernrohr eines Gewehrs beobachtet zu werden, und den Druck auf den Auslöser empfindet er offenbar so wie die Betätigung des Abzugs.«
»Und duckt sich jedesmal in dem Moment, in dem das Foto geschossen wird«, folgerte Mr. Able. »Erstaunlich. Wirklich erstaunlich!«
»Ist das Bewunderung, die ich da heraushöre?« fragte Mr. Diamond anzüglich.
Mr. Able neigte anerkennend den Kopf. »Touché. Aber eines muß ich Sie noch fragen. Dieser Major, der bei dem brutalen Verhör Nikolai

Hels eine Rolle spielte, hieß Diamond wie Sie. Mir ist die Neigung Ihrer Landsleute, sich ihre Namen unter Edelsteinen und -metallen auszuwählen, natürlich bekannt – in der Geschäftswelt wimmelt es von Pearls, Rubys und Golds –, aber die zufällige Übereinstimmung der Namen in diesem Fall bereitet mir doch Unbehagen. Denn der Zufall ist schließlich die Hauptwaffe des Schicksals.«
Diamond stieß den Stapel Fotos mit dem unteren Rand auf die Tischplatte, um sie zu ordnen, legte sie dann beiseite und antwortete leichthin: »Dieser Major Diamond war mein Bruder.«
»Sieh mal an«, sagte Mr. Able.
Darryl Starr musterte Diamond besorgt; er sah seine Bedenken hinsichtlich des persönlichen Engagements bestätigt.
»Sir?« meldete sich der Erste Assistent. »Ich habe den Ausdruck von Hels Antiterrorismus-Aktivitäten.«
»Gut. Bringen Sie ihn auf den Tisch. Aber bitte nur in groben Zügen. Keine Einzelheiten. Ich möchte diesen Herren lediglich ein Gefühl für das vermitteln, was uns erwartet.«
Wenngleich Diamond ausdrücklich eine Oberflächenauskunft über Hels bekannte Antiterrorismus-Aktivitäten verlangt hatte, war der erste Überblick, der auf dem Konferenztisch erschien, doch so knapp, daß Diamond sich verpflichtet fühlte, ihn zu ergänzen. »Hels erste Aktion richtete sich strenggenommen nicht gegen Terroristen. Wie Sie sehen, war es ein Anschlag auf den Leiter einer sowjetischen Handelskommission in Peking, kurz nachdem die chinesischen Kommunisten ihre Herrschaft über das Land gefestigt hatten. Diese Aktion war so geheim, daß die meisten Bänder von der CIA gelöscht worden waren, ehe die Muttergesellschaft verlangte, daß von allen Aufzeichnungen Duplikate an Fat Boy gegeben würden. Kurz gesagt ging es um folgendes: Die amerikanischen Geheimdienste befürchteten die Bildung einer sowjetisch-chinesischen Koalition, obwohl es zahlreiche Konfliktgründe zwischen den beiden Staaten gab: Fragen des Grenzverlaufs, der Ideologie, der ungleichen industriellen Entwicklung und nicht zuletzt rassenbedingtes Mißtrauen. Die klugen Köpfe entwarfen einen Plan, wie man die unterschwelligen Differenzen ausnutzen und eine sich anbahnende Union verhindern könnte. Sie schlugen vor, einen Agenten nach Peking zu schicken, der den Leiter der sowjetischen Kommission umbringen und ihm inkriminierende Direktiven aus Moskau unterschieben sollte. Die Chinesen würden dann glauben, die Russen hätten einen der Ihren geopfert, um

als Vorwand für den Abbruch der Verhandlungen einen Krisenfall zu inszenieren. Die Sowjets, die es ja besser wußten, würden annehmen, die Chinesen hätten diesen Schlag geführt – und zwar aus demselben Grund. Und wenn die Chinesen als Beweis für die Hinterhältigkeit der Russen die inkriminierenden Direktiven vorgelegt hätten, würden die Sowjets behaupten, Peking habe die Dokumente gefälscht, um ihren eigenen feigen Überfall zu decken. Die Chinesen, die genau wußten, daß das nicht der Fall war, würden sich in ihrer Überzeugung bestätigt sehen, das Ganze sei ein russisches Komplott.

Daß der Plan funktioniert hat, ist durch die Tatsache bewiesen, daß die chinesisch-russischen Beziehungen sich niemals ernsthaft gebessert haben und heutzutage derart von Mißtrauen und Feindseligkeit geprägt sind, daß die westlichen Blockstaaten mühelos den einen gegen den anderen ausspielen und dadurch eine ihnen mit Sicherheit überlegene Allianz verhindern können.

Das kleine Hindernis, das diesem genialen Plan der klugen Köpfe anfangs im Wege stand, war die schier unüberwindliche Schwierigkeit, einen Agenten zu finden, der genügend Chinesisch verstand, um sich unentdeckt in diesem Land bewegen zu können, der aber gleichzeitig im Notfall für einen Russen durchgehen konnte und der darüber hinaus bereit war, einen Auftrag zu übernehmen, der wenig Erfolgschancen und nach dem Attentat so gut wie gar keine Fluchtmöglichkeiten bot. Der Agent mußte hochintelligent, mehrsprachig, ein ausgebildeter Killer und in einer verzweifelten Lage sein, daß er einen Auftrag annahm, der noch nicht einmal eine Überlebenschance von eins zu hundert bot.

Die CIA startete einen *key-way sort* und fand unter den in ihrem Machtbereich verfügbaren Männern nur einen einzigen, der all diese Bedingungen erfüllte...«

JAPAN

Es war Frühherbst, der vierte, den Hel in seiner Zelle des Sugamo-Gefängnisses verbrachte. Er kniete gerade, in ein kniffliges Problem der baskischen Grammatik vertieft, auf dem Fußboden vor seinem Schreibtisch-Bett, als er spürte, wie die Haarwurzeln in seinem Nacken zu prickeln begannen. Er hob den Kopf und konzentrierte sich auf die Projektionen, die er empfing. Die Aura der Person, die

näherkam, war ihm unbekannt. Er vernahm Geräusche an seiner Zellentür, dann wurde sie aufgestoßen. Ein freundlich lächelnder Wärter mit einer dreieckigen Narbe auf der Stirn, den Nikolai noch nie gesehen oder wahrgenommen hatte, trat herein.
Der Wärter räusperte sich. »Kommen Sie bitte mit.«
Hel krauste die Stirn. Die O ... *nasai*-Form? Respektvolle Anrede von einem Wärter einem Gefangenen gegenüber? Sorgfältig ordnete er seine Notizen und schloß das Buch; dann erst erhob er sich. Er befahl sich, ruhig und vorsichtig zu sein. Diese nie dagewesene Unterbrechung der Routine konnte Hoffnung bedeuten ... ebensogut aber auch Gefahr. Vor dem fremden Wärter hergehend, verließ er die Zelle.
»Mr. Hel? Freut mich, Sie kennenzulernen.« Der elegante junge Mann erhob sich, als Hel das Sprechzimmer betrat, und schüttelte ihm herzlich die Hand. Der Kontrast zwischen seinem maßgeschneiderten *Ivy-League*-Anzug mit der seidenen Krawatte und Hels zerdrückter grauer Gefängniskluft war ebenso groß wie der zwischen ihrer äußeren Erscheinung und ihrem Auftreten. Der selbstbewußte CIA-Agent war robust und athletisch; er übte jene schulterklopfende, Vornamen gebrauchende Jovialität, die den amerikanischen Vertreter kennzeichnet. Hel dagegen, schlank und drahtig, war zurückhaltend und kühl. Der Agent, bekannt für seine Gabe, überall und sofort Vertrauen zu erwecken, war ein Mann des Wortes und der Logik. Hel war ein Mensch der tieferen Bedeutung und der Untertöne. Sie waren wie Rammbock und Rapier.
Der Agent bedeutete dem Wärter mit einem Kopfnicken, er könne gehen. Hel setzte sich auf den äußeren Rand eines Stuhls, denn da er drei Jahre lang keinen anderen Sitzplatz gekannt hatte als seine Stahlpritsche, hatte er es verlernt, sich anzulehnen und zu entspannen. Nachdem so lange kein Mensch mehr höflich mit ihm gesprochen hatte, fand er das gewandte Geplauder des Agenten weniger beunruhigend als läppisch.
»Ich habe uns Tee bestellt«, erklärte der Agent mit jener rauhen Burschikosität, die er im gesellschaftlichen Umgang immer höchst wirkungsvoll gefunden hatte. »Eins muß man diesen Japanern ja lassen: Sie machen einen guten Tee – das, was meine englischen Freunde *a nice cuppa* nennen würden.« Er lachte über seinen mißlungenen Versuch, den Cockney-Akzent zu imitieren.
Hel beobachtete ihn schweigend und genoß ein wenig die Tatsache, daß der Amerikaner durch den Anblick seines zerschlagenen Gesichtes so

sehr aus dem Gleichgewicht gebracht wurde, daß er zunächst unbehaglich wegblickte, sich dann aber zwang, ihn ohne erkennbaren Abscheu offen anzusehen.
»Sie machen einen recht gesunden Eindruck, Mr. Hel. Ich hatte eigentlich erwartet, daß die Auswirkungen Ihrer körperlichen Untätigkeit sich bemerkbar machen würden. Aber Sie haben natürlich einen Vorteil vor uns da draußen: Sie essen nicht zuviel. Wenn Sie mich fragen – die meisten Leute essen einfach zuviel. Der menschliche Körper käme mit einer weit geringeren Nahrungsmenge aus. Wir verstopfen sozusagen das Rohr mit Verpflegung, meinen Sie nicht auch? Ah, da kommt der Tee!«
Der Wärter kam mit einem Tablett herein, auf dem eine dicke Kanne und zwei henkellose japanische Tassen standen. Der Agent schenkte ein – tapsig wie ein gutmütiger Bär, als wäre mangelnde Geschicklichkeit ein Zeichen von Virilität. Hel nahm die dargebotene Tasse, trank aber nicht.
»Prost!« sagte der Agent vor dem ersten Schluck. Dann schüttelte er lachend den Kopf. »Ich glaube, beim Teetrinken sagt man nicht Prost. Was sagt man da eigentlich?«
Hel stellte seine Tasse neben sich auf den Tisch. »Was wollen Sie von mir?«
Ausgebildet in überzeugender Rhetorik von Mann zu Mann und im Umgang mit kleinen Gruppen, vermeinte der Agent eine gewisse Kälte in Hels Verhalten zu entdecken; also befolgte er die Richtlinien seiner Ausbildung und ging auf das Ambiente des Feedback ein. »Ich glaube, Sie haben recht, Mr. Hel. Wir kommen am besten gleich zur Sache. Sehen Sie, ich habe mir Ihren Fall angesehen, und wenn Sie mich fragen, so hat man Ihnen übel mitgespielt. Das ist jedenfalls meine Meinung.«
Hel richtete den Blick auf das offene, freimütige Gesicht des jungen Mannes, das er am liebsten zerschlagen hätte. Um diesen Impuls zu unterdrücken, senkte er seinen Blick schnell wieder und antwortete: »So, so. Ist sie das?«
Der Agent klappte sein Grinsen zusammen und packte es ein. Er würde nicht länger um den heißen Brei herumreden. Er würde ihm einfach die Wahrheit sagen. In seinem Überredungskurs hatte er sich ein Motto eingeprägt: Übersieh niemals die Wahrheit; richtig angewandt, kann sie eine wirksame Waffe sein. Aber vergiß nicht, daß Waffen durch zu häufigen Gebrauch stumpf werden.

Er beugte sich vor und sagte in freimütigem, mitfühlendem Ton: »Ich glaube, ich kann Sie hier herausholen, Mr. Hel.«
»Um welchen Preis?«
»Spielt das eine Rolle?«
Hel überlegte einen Moment. »Ja.«
»Okay. Wir haben einen Auftrag zu vergeben. Sie sind der richtige Mann dafür. Als Lohn bieten wir Ihnen die Freiheit.«
»Meine Freiheit habe ich... Sie meinen, der Lohn ist meine Freilassung.«
»Wie immer Sie es nennen wollen.«
»Was für eine Art ›Freiheit‹ bieten Sie denn?«
»Wie bitte?«
»Freiheit – um was zu tun?«
»Ich kann Ihnen nicht folgen. Freiheit, Mann – Libertät! Sie können tun, was Sie wollen, können gehen, wohin Sie wollen.«
»Ach so, ich verstehe! Sie bieten mir außerdem eine Staatsangehörigkeit und eine beträchtliche Geldsumme an.«
»Nun ja... nein. Ich meine... Passen Sie auf, ich bin ermächtigt, Ihnen die Freiheit zu bieten, aber niemand hat etwas von Staatsangehörigkeit oder Geld gesagt.«
»Verzeihung, ich möchte sicher sein, daß ich Sie verstehe. Sie bieten mir also die Möglichkeit, in Japan umherzuwandern, jederzeit wieder verhaftet zu werden, staatenlos zu sein, und die Freiheit, überall hinzugehen und alles zu tun, was kein Geld kostet. Ist das richtig?«
Die zunehmende Verunsicherung des Agenten bereitete Hel Genugtuung. »Äh... Ich sage nur, daß die Geldfrage und die der Staatsangehörigkeit nicht diskutiert worden sind.«
»Ich verstehe.« Hel erhob sich. »Kommen Sie wieder, wenn Sie die Einzelheiten Ihres Angebots ausgearbeitet haben.«
»Wollen Sie mich denn nicht nach dem Auftrag fragen, den Sie übernehmen sollen?«
»Nein. Ich vermute, daß er mit außergewöhnlichen Schwierigkeiten verbunden ist. Sehr gefährlich. Wahrscheinlich Mord. Sonst wären Sie nicht hier.«
»Also, Mr. Hel, Mord würde ich es eigentlich nicht nennen. Diese Bezeichnung ist nicht zutreffend. Es ist eher wie... wie ein Soldat, der für sein Vaterland kämpft und dabei einen Feind tötet.«
»Genau, was ich sagte: Mord.«
»Bitte, von mir aus. Nennen Sie es, wie Sie wollen.«

»Das werde ich. Guten Tag.«
Der Agent hatte allmählich den Eindruck, daß er manipuliert wurde, während seine gesamte Ausbildung in der Kunst der Überredung doch darauf abzielte, daß er die anderen manipulierte. Darum griff er auf seine gewohnte Abwehrmethode zurück und spielte den Kumpel. »Okay, Mr. Hel. Ich werde mit meinen Vorgesetzten sprechen und sehen, was ich für Sie herausholen kann. Ich stehe in dieser Angelegenheit auf Ihrer Seite. He, warten Sie – wissen Sie was? Ich habe mich nicht einmal vorgestellt. Tut mir leid.«
»Keine Ursache. Wer Sie sind, interessiert mich nicht.«
»Nun gut. Aber lassen Sie sich einen Rat von mir geben, Mr. Hel. Nutzen Sie diese Chance. Das Glück klopft nicht zweimal an Ihre Tür, glauben Sie mir.«
»Eine tiefschürfende Erkenntnis. Stammt dieses Epigramm von Ihnen?«
»Wir sehen uns morgen.«
»Gut. Aber sagen Sie dem Wärter, er soll zweimal anklopfen, wenn er kommt. Ich möchte ihn nicht mit dem Glück verwechseln.«

Im Hauptquartier Fernost der CIA im Kellergeschoß des Dai-Ichi-Gebäudes wurden Hels Forderungen diskutiert. Eine Staatsangehörigkeit war leicht zu beschaffen. Nicht die amerikanische natürlich. Dieses Privileg blieb übergelaufenen sowjetischen Balletttänzern vorbehalten. Aber man konnte eine Staatsangehörigkeit von Panama, Nicaragua oder Costa Rica arrangieren – von irgendeinem Land, in dem die CIA am Machthebel saß. Das würde zwar ein kleines Bakschisch für die einheimischen Behörden kosten, aber es ließ sich einrichten.
Was allerdings die Bezahlung betraf, so zögerte man schon eher. Nicht, weil man mit dem elastischen Budget sparsam umgehen mußte, sondern weil man es aus protestantischem Respekt vor dem Profit als Zeichen von Gottes Gnaden nicht gern verschwendete. Und verschwendet würde es zweifellos sein, denn die mathematische Wahrscheinlichkeit, daß Hel lebend zurückkehrte, war mehr als gering. Ein weiteres fiskalisches Problem waren die Unkosten, die daraus entstehen würden, daß man Hel für eine kosmetische Operation in die Vereinigten Staaten schaffen mußte, denn mit einem so unvergeßlichen Gesicht wie dem jetzigen hatte er keine Chance, nach Peking zu gelangen. Doch sie hatten keine andere Wahl. Der

keyway sort hatte nur eine Lochkarte erbracht – Hel war der einzige Mann, der diesen Auftrag ausführen konnte.
Okay. Sagen wir Staatsangehörigkeit von Costa Rica und einhundert Tausender. Nächste Frage...
Doch als sie sich am folgenden Morgen im Sprechzimmer wiedersahen, mußte der amerikanische Agent feststellen, daß Hel eine weitere Forderung hatte. Er würde den Auftrag nur übernehmen, wenn die CIA ihm die gegenwärtigen Adressen der drei Männer beschaffte, die ihn verhört hatten: die des Arztes, des MP-Sergeants und die von Major Diamond.
»Einen Moment mal, Mr. Hel! Auf so etwas können wir uns nicht einlassen. Die CIA schützt ihre Mitglieder. Wir können sie Ihnen doch nicht auf dem Präsentierteller ausliefern. Nehmen Sie Vernunft an, Mann! Lassen Sie die Vergangenheit ruhen. Also, was meinen Sie?«
Hel erhob sich und bat den Wärter, ihn in seine Zelle zurückzubringen. Der junge Amerikaner mit dem offenen Gesicht schüttelte seufzend den Kopf. »Na schön. Ich werde die Zentrale anrufen und sehen, was sich machen läßt. Okay?«

WASHINGTON

»... und ich vermute, Mr. Hel war erfolgreich bei seiner Unternehmung«, sagte Mr. Able. »Denn wäre er das nicht gewesen, müßten wir jetzt nicht hier sitzen und uns mit ihm befassen.«
»Ganz recht«, erwiderte Diamond. »Wir kennen zwar keine Einzelheiten, aber vier Monate, nachdem er über Hongkong nach China eingeschleust worden war, erhielten wir die Nachricht, daß er von einer Buschpatrouille der Fremdenlegion in Französisch-Indochina aufgelesen worden sei. Er war in ziemlich schlechter Verfassung... verbrachte einige Monate in Saigon im Krankenhaus... Dann verschwand er eine Zeitlang aus unserem Blickfeld und tauchte schließlich als freiberuflicher Konterterrorist wieder auf. Wir haben eine lange Liste von Anschlägen auf Terroristengruppen und Einzelpersonen, an denen er beteiligt war, zumeist im Sold von Regierungen, die ihn durch ihre Geheimdienste engagierten.« Er wandte sich an den Ersten Assistenten. »Lassen wir sie mal ablaufen.« Kurze Informationen über Eliminierungsaktionen leuchteten eine nach der anderen auf

der Platte des Konferenztisches auf, als Fat Boy Nikolai Hels Karriere von den frühen fünfziger bis zur Mitte der siebziger Jahre abspulte. Gelegentlich bat der eine oder andere der Herren um einen Stop und erkundigte sich bei Diamond nach Einzelheiten.

»Herrgott im Himmel!« rief Darryl Starr an einer Stelle. »Dieser Kerl arbeitet wahrhaftig für beide Seiten! In den Staaten hat er sowohl *Weathermen* als auch *Tri-Ks* aufs Korn genommen; in Belfast hat er gegen beide Parteien des Irish Stew losgeschlagen; er scheint praktisch für alle und jeden gearbeitet zu haben, bis auf die Araber, die Junta-Griechen, die Spanier und die Argentinier. Und haben Sie die Waffen gesehen, die er benutzt hat? Abgesehen von konventionellen Dingern wie Handfeuerwaffen und Nervengasrohren gab es da so ausgefallene Sachen wie einen Taschenkamm, einen Trinkstrohhalm, ein gefaltetes Blatt Papier, einen Türschlüssel, eine Glühbirne ... Dieser Kerl würde einen ja mit den eigenen Unterhosen erdrosseln, wenn man nicht aufpaßt!«

»Ja«, sagte Diamond. »Das hat mit seiner Ausbildung im Nackt/Töten zu tun. Man schätzt, daß Nikolai Hel in einem normal eingerichteten Zimmer westlichen Stils knapp zweihundert absolut tödliche ›Waffen‹ vorfindet.«

Starr schüttelte den Kopf und pfiff durch die Zähne. »So einen Burschen zu beseitigen dürfte schwerer sein, als Rotz vom Fingernagel zu schnippen.«

Mr. Able erblaßte angesichts des unappetitlichen Vergleichs.

Der PLO-Kameltreiber schüttelte den Kopf und schnalzte mit der Zunge. »Ich begreife nicht, warum er so exorbitante Summen für seine Aufträge bekommt. In meiner Heimat ist ein Menschenleben umgerechnet nur etwa zwei Dollar und fünfunddreißig Cent wert.«

Diamond warf ihm einen müden Blick zu. »Ein durchaus angemessener Preis für einen Ihrer Landsleute. Der Grund, warum Regierungen bereit sind, Hel für die Eliminierung von Terroristen so hoch zu bezahlen, ist hauptsächlich der, daß Terrorismus die sparsamste Form von Kriegführung darstellt. Bedenken Sie, wieviel es kosten würde, eine Truppe aufzustellen, die in der Lage wäre, jeden einzelnen Staatsangehörigen vor Überfällen auf der Straße, zu Hause oder in seinem Wagen zu beschützen. Es kostet ja schon Millionen von Dollar, nur nach dem Opfer einer Entführung durch Terroristen zu suchen. Da ist es wesentlich billiger für die Regierungen, den Terroristen für ein paar hunderttausend eliminieren zu lassen und gleichzeitig die

regierungsfeindliche Propaganda eines Prozesses zu vermeiden.«
Diamond wandte sich an den Ersten Assistenten. »Wieviel bekommt Hel für einen Auftrag?«
Der Erste Assistent stellte Fat Boy die einfache Frage. »Knapp über eine Viertelmillion, Sir. In Dollar. Aber seit 1963 weigert er sich offenbar, seine Bezahlung in amerikanischer Währung zu akzeptieren.«
Mr. Able kicherte. »Ein weiser Mann! Selbst wenn er den Weg zur nächsten Bank im Laufschritt zurücklegte, um die Dollars gegen kaufkräftiges Geld einzutauschen, würde ihn die Wertminderung so einiges an fiskalischer Erosion kosten.«
»Aber«, fuhr der Erste Assistent fort, »das Gesamtmittel ergibt ein schiefes Bild. Man könnte sich eher eine Vorstellung von seinem Honorar machen, wenn man den Durchschnitt nähme.«
»Wieso das?« erkundigte sich der Deputy, erfreut, auch etwas sagen zu können.
»Er nimmt gelegentlich anscheinend auch mal einen Auftrag ohne Bezahlung an.«
»Ach, wirklich?« fragte Mr. Able. »Das ist erstaunlich. In Anbetracht seiner Erlebnisse, als er sich in der Hand der Besatzungsmächte befand, und seiner Neigung, in einem Stil zu leben, der seinem Geschmack und seiner Erziehung entspricht, hätte ich eher angenommen, daß er für den arbeitet, der ihm am meisten bietet.«
»Nicht immer«, berichtigte Diamond. »Seit 1967 hat er Aufträge für verschiedene militante jüdische Gruppen auch ohne Bezahlung ausgeführt – irgendwie eine verdrehte Form von Bewunderung für ihren Kampf gegen zahlenmäßig überlegene Feinde.«
Mr. Able lächelte dünn.
»Nehmen wir einen anderen Fall«, fuhr Diamond fort. »Er hat ohne Bezahlung für die ETA-6, die baskische Befreiungsbewegung, gearbeitet. Dafür schützen sie jetzt ihn und sein Château in den Bergen. Und dieser Schutz ist äußerst wirksam. Uns sind allein drei Fälle von Männern bekannt, die in die Berge gingen, um sich für irgendeine Helsche Aktion zu rächen, und die dann spurlos verschwunden sind. Und immer wieder übernimmt Hel einen Auftrag aus dem einfachen Grund, daß er die Unternehmungen einiger Terroristengruppen verabscheut. Zum Beispiel vor nicht allzu langer Zeit für die Regierung der Bundesrepublik Deutschland. Geben Sie uns den mal rüber, Llewellyn.«
Und die Männer um den Konferenztisch lasen, wie Hel sich in eine

bekannte deutsche Terroristengruppe eingeschlichen und erreicht hatte, daß der Mann, nach dem die Gruppe sich nannte, verhaftet und eine Frau getötet wurde.
»Daran war er auch beteiligt?« erkundigte sich Mr. Able mit einer Andeutung von Ehrfurcht.
»Das war ein dicker Hund«, mußte Starr zugeben. »Ohne Scheiß.«
»Ja, aber die höchste Bezahlung für einen Auftrag hat er in den Vereinigten Staaten bekommen«, entgegnete Diamond. »Und interessanterweise war es ein Privatmann, der dahintersteckte. Lassen Sie laufen, Llewellyn.«
»Welcher war das, Sir?«
»Los Angeles – Mai vierundsiebzig.«
Als die Projektion kam, erklärte Diamond: »Sie werden sich zweifellos daran erinnern. Fünf Mitglieder einer Bande von Stadtguerillas und Dieben, die sich Symbiotisch-Maoistische Falange nannten, wurden nach einem einstündigen Feuergefecht überwältigt, bei dem dreihundertfünfzig Mann von SWAT, FBI und CIA Tausende von Schüssen auf das Haus abgaben, in dem sich die Gruppe verbarrikadiert hatte.«
»Und was hatte Hel damit zu tun?« fragte Starr.
»Er war von einer bestimmten Person beauftragt worden, die Guerillas aufzustöbern und zu beseitigen. Ein Plan wurde entwickelt, nach dem Polizei und FBI einen Tip erhalten sollten, und zwar zeitlich so arrangiert, daß sie erst eintreffen würden, nachdem die Dreckarbeit schon getan war und sie nur noch die Lorbeeren zu ernten brauchten. Unglücklicherweise für Hel trafen sie eine halbe Stunde zu früh ein, so daß er sich noch im Haus befand, als es umstellt, das Feuer eröffnet und Gas- und Brandbomben hineingeworfen wurden. Er mußte den Fußboden durchbrechen und sich darunter verbergen, während das Haus über ihm niederbrannte. In dem Durcheinander der letzten Minuten gelang es ihm, herauszukommen und sich unter die Beamten zu mischen. Anscheinend hatte er sich wie ein SWAT-Mann angezogen: kugelsichere Weste, Baseballkappe und was sonst noch dazugehört.«
»Wenn ich mich recht erinnere«, wandte Mr. Able ein, »wurde doch berichtet, daß während der Polizeiaktion auch aus dem Haus heraus geschossen wurde.«
»So lautete die offizielle Version. Zum Glück kam niemand auf die Idee zu fragen, warum von dreihundertfünfzig Mann Polizei (und

Gott weiß wie vielen Neugierigen) trotz zwei Maschinenpistolen und einem Arsenal von Hand- und Faustfeuerwaffen, die man in den verkohlten Trümmern fand, nach einstündiger Schießerei kein einziger auch nur einen Kratzer abgekriegt hatte.«

»Aber ich meine mich an das Foto einer Backsteinmauer mit Einschußlöchern zu erinnern.«

»Natürlich. Wenn man ein Haus mit über dreihundert schießwütigen Bullen umstellt und sie das Feuer eröffnen läßt, gehen eine ganze Menge Kugeln zum einen Fenster hinein und zum anderen wieder hinaus.«

Mr. Able lachte. »Sie wollen behaupten, daß Polizei, FBI und CIA sich gegenseitig beschossen haben?«

Diamond zuckte resigniert die Achseln. »Für zwanzigtausend im Jahr bekommt man eben keine Genies.«

Der Deputy glaubte seine Organisation verteidigen zu müssen. »Ich möchte Sie daran erinnern, daß die CIA ausschließlich in beratender Funktion anwesend war. Mordaufträge zu übernehmen ist uns im Inland gesetzlich verboten.«

Alle sahen ihn schweigend an, bis Mr. Able sich mit einer Frage an Diamond wandte: »Warum gab diese Person denn so viel Geld aus und beauftragte eigens Mr. Hel mit diesem Anschlag, den die Polizei doch wohl nur allzu bereitwillig ausgeführt hätte?«

»Die Polizei hätte vielleicht jemand gefangengenommen. Und dieser Gefangene hätte in einem Prozeß vielleicht ausgesagt.«

»Aha. Verstehe.«

Diamond wandte sich an den Ersten Assistenten. »Lassen Sie jetzt mal schneller durchlaufen. Den Rest von Hels bekannten Aktivitäten brauchen wir uns bloß kurz anzusehen.«

In rascher, chronologischer Folge liefen die Daten von einer Aktion nach der anderen über die Tischplatte. San Sebastian, Auftraggeber ETA-6; Berlin, Auftraggeber Regierung der Bundesrepublik Deutschland; Kairo, Auftraggeber UDA; Belfast, Auftraggeber UDA; Belfast, Auftraggeber britische Regierung – und so weiter und so fort. Dann riß der Datenstrom plötzlich ab.

»Er hat sich vor zwei Jahren zur Ruhe gesetzt«, erklärte Diamond.

»Ja also, wenn er sich zur Ruhe gesetzt hat . . .« Mr. Able hob die Hände in einer Geste, die die Frage andeuten sollte, warum um alles in der Welt man sich dann solche Sorgen machte.

»Leider besitzt Mr. Hel ein außerordentlich stark entwickeltes

Pflichtbewußtsein Freunden gegenüber. Und Asa Stern war sein Freund.«

»Sagen Sie, Diamond: Im Computer-Printout hier ist schon mehrmals das Wort ›Stunt‹ aufgetaucht. Das verstehe ich nicht ganz.«

»Das hat mit Hels Berechnungssystem für seine Honorare zu tun. Er bezeichnet seine Aktionen als Stunts; und das Honorar berechnet er genau wie ein Stuntman beim Film, auf der Basis von zwei Faktoren: des Schwierigkeitsgrads und der Größe der Gefahr im Falle eines Fehlschlags. Wenn ein Anschlag zum Beispiel dadurch erschwert wird, daß man an die Zielperson nur schwer herankommt oder das Eindringen in eine Organisation sehr schwierig ist, setzt er den Preis herauf. Sind die Folgen seiner Tat wegen der Unfähigkeit der Organisation, gegen die sich die Aktion richtet, nicht allzu schwerwiegend, setzt er den Preis herab (wie zum Beispiel bei IRA und CIA). Oder nehmen wir den umgekehrten Fall: Hels letzter Stunt, ehe er aufhörte. Es gab da einen Mann in Hongkong, der seinen Bruder aus dem kommunistischen China herausholen lassen wollte. Für jemanden wie Hel bedeutete das keine allzu großen Schwierigkeiten, daher würde man meinen, das Honorar wäre relativ niedrig ausgefallen. Hels Strafe, hätte man ihn geschnappt, wäre jedoch der Tod gewesen. Deswegen setzte er den Preis herauf. Verstehen Sie?«

»Wieviel hat er für diesen ... diesen Stunt denn bekommen?«

»Geld überhaupt keins – seltsamerweise. Dem Mann, der ihn beauftragt hatte, gehört eine Schule für die teuersten Konkubinen der Welt. Er kauft im ganzen Orient weibliche Säuglinge auf und bildet sie in Takt und guten Manieren aus. Nur ungefähr eine von fünfzig entwickelt sich zu einem so schönen und tüchtigen Produkt, daß er sie in sein exklusives Geschäft aufnimmt. Die übrigen läßt er nützliche Berufe erlernen und entläßt sie, sobald sie achtzehn sind. Die Mädchen können übrigens jederzeit gehen, doch weil sie fünfzig Prozent ihrer jährlichen Einnahmen behalten dürfen – das sind zwischen ein- und zweihunderttausend Dollar –, arbeiten sie gewöhnlich etwa zehn Jahre bei ihm und ziehen sich in der Blüte ihres Lebens mit zirka fünfhunderttausend auf dem Konto aus dem Berufsleben zurück. Dieser Mann hatte nun eine besonders hervorragende Schülerin, eine ungefähr dreißigjährige Frau, die pro Jahr eine Viertelmillion einbrachte. Als Bezahlung für das Herausschmuggeln des Bruders erbat sich Hel zwei Jahre lang ihre Dienste. Sie lebt jetzt mit ihm auf seinem Château. Ihr Name ist Hana, sie ist zum Teil Japanerin, zum Teil Negerin, zum Teil Weiße. Übrigens, ein interessanter Gag: Diese Schule firmiert nach außen hin als christliches Waisenhaus. Die Mädchen tragen dunkelblaue Uniformen, und die Frauen, die sie ausbilden, Nonnengewänder. Das Ganze nennt sich ›Waisenhaus der Passion‹.«

Starr stieß einen leisen Pfiff aus. »Wenn Sie sagen, daß diese Puppe, die Hel sich da geangelt hat, eine Viertelmillion pro Jahr bekommt, dann möchte ich wissen, wie teuer bei der eine einzelne Nummer ist!«

»In Ihrem Fall«, antwortete Diamond trocken, »ungefähr hundertfünfundzwanzigtausend.«

Der PLO-Kameltreiber schüttelte den Kopf. »Dieser Nikolai Hel muß aber sehr viel Geld haben.«

»Nicht so viel, wie man vielleicht annehmen würde. Denn erstens kostet die Vorbereitung seiner Stunts eine ganze Menge, vor allem, wenn er die Regierung des Landes, in dem der Anschlag stattfinden soll, neutralisieren muß. Das geschieht durch die Informationsvermittlung eines Mannes, den wir bis jetzt noch nicht ausfindig machen konnten, eines Mannes, der nur als ›der Gnom‹ bekannt ist. Er sammelt Fakten, die Regierungen und politischen Persönlichkeiten schaden könnten. Hel kauft ihm die Informationen ab und benutzt sie zur Erpressung, um sich so davor zu schützen, daß die Regierungen seine Aktionen zu behindern suchen. Und solche Informationen sind sehr, sehr teuer. Außerdem gibt er viel Geld für Höhlenexpeditionen in Belgien, den Alpen und seinen eigenen Bergen aus. Das ist sein Hobby, und zwar ein kostspieliges. Und schließlich ist da noch sein Château. In den fünfzehn Jahren, die er es besitzt, hat er etwas über zwei Millionen hineingesteckt, um es in seinen ursprünglichen Zustand zurückverwandeln zu lassen. Von überall her hat er die letzten Meister unter den Steinmetzen, Holzschnitzern, Ziegelbrennern und was sonst noch alles geholt. Und die Einrichtung ist noch einmal zwei Millionen wert.«

»Dann«, sagte Mr. Able, »lebt er also in Pracht und Herrlichkeit, Ihr Nikolai Hel.«

»In Pracht, ja. Aber spartanisch. Das Château ist streng zeitgerecht restauriert worden. Kein Strom, keine Zentralheizung, nichts Modernes außer einer unterirdischen Telefonleitung, über die er von der Ankunft eines jeden Fremden informiert wird.«

Mr. Able nickte. »Dann hat also ein Mann mit einer Erziehung des achtzehnten Jahrhunderts in der herrlichen Abgeschiedenheit der Berge eine Welt des achtzehnten Jahrhunderts für sich geschaffen. Interessant! Aber es überrascht mich doch, daß er nicht nach Japan zurückgekehrt ist, um dort in dem Stil zu leben, in dem er erzogen worden ist.«

»Nach allem, was ich gehört habe, beschloß er, Japan zu verlassen, als er nach der Entlassung aus dem Gefängnis entdeckte, wie sehr die traditionelle Lebensweise und die Moralgesetze des alten Japan vom Amerikanismus ›pervertiert‹ worden waren. Bis jetzt ist er kein einziges Mal mehr dort gewesen.«

»Wie klug von ihm! So wird das Japan seiner Erinnerung für ihn immer das bleiben, was es in ruhigeren, vornehmeren Zeiten gewesen ist. Schade, daß er unser Feind sein muß. Ihr Mr. Hel würde mir sehr gefallen.«

»Warum nennen Sie ihn immer *meinen* Mr. Hel?«

Mr. Able lächelte. »Stört Sie das?«

»Jede Dummheit stört mich. Aber kommen wir auf unser Problem zurück. Nein, Nikolai Hel ist nicht so reich, wie Sie vermuten. Er braucht sogar sehr wahrscheinlich Geld, und da könnten wir eventuell einhaken. Er besitzt ein paar Morgen Land in Wyoming, Wohnungen in einem halben Dutzend Hauptstädten der Welt und eine Berghütte in den Pyrenäen, aber auf seinem Schweizer Bankkonto liegt kaum eine halbe Million. Er muß noch immer die Unkosten seines Châteaus und seiner Höhlenexpeditionen decken. Und selbst wenn er die Wohnungen und seinen Landsitz in Wyoming verkaufte, würde das Leben im Château nach seinen Maßstäben ein recht bescheidenes sein.«

»Ein Leben des ... Wie hieß das noch gleich?« erkundigte sich Mr. Able mit süffisantem Lächeln, wohl wissend, daß er Diamond damit ärgerte.

»Ich weiß nicht, was Sie meinen.«

»Dieses japanische Wort für alles Zurückhaltende und Untertriebene.«

»*Shibumi!*«

»Ja, richtig. Also selbst ohne weitere Stunts würde Ihr – ich meine, *unser* Mr. Hel in der Lage sein, ein Leben des *shibumi* zu führen.«

»Ich wäre da nicht so sicher«, mischte sich Starr ins Gespräch. »Nicht mit einem Super-Betthäschen für hunderttausend pro Sprung in die Buntkarierten.«

»Sie halten den Mund, Starr!« befahl Diamond.
Der PLO-Kameltreiber, dem nicht ganz klar war, was hier vorging, hatte sich vom Konferenztisch erhoben und war ans Fenster getreten, wo er stehenblieb und zusah, wie sich unten ein Krankenwagen mit Blaulicht durch den stehenden Verkehr fädelte – genau wie dieselbe Ambulanz es an jedem Abend zu genau derselben Minute tat. Starrs deftige Ausdrucksweise hatte sein Interesse erregt, und so blätterte er nun in seinem englisch-arabischen Taschenwörterbuch und murmelte vor sich hin: »Betthäschen ... Betthäschen ...«, als plötzlich das Washington-Monument und die breite belebte Straße verschwanden und das Fenster sich mit gleißend grellem Licht füllte.
Der Kameltreiber schrie auf, warf sich zu Boden und schützte in Erwartung der Explosion seinen Kopf mit Händen und Armen.
Jeder der Anwesenden reagierte auf für ihn charakteristische Weise. Starr sprang auf und zog blitzschnell seine Magnum. Miß Swivven sank in einen Sessel. Der Deputy verbarg sein Gesicht hinter einem Blatt Papier. Diamond schloß die Augen und schüttelte den Kopf über all die Esel, mit denen er es zu tun hatte. Mr. Able betrachtete gelangweilt seine Fingernägel. Nur der Erste Assistent, der ganz in seinen technologischen Gedankenaustausch mit Fat Boy versunken war, hatte überhaupt nichts gemerkt.
»Mein Gott, so stehen Sie doch wieder auf!« sagte Diamond. »Es ist nichts passiert. Der Film ist gerissen, das ist alles.«
»Ja, aber« stotterte der Kameltreiber.
»Sie sind mit dem Lift hier heruntergefahren. Sie müssen doch gemerkt haben, daß Sie sich unter der Erde befinden!«
»Ja, aber ...«
»Haben Sie etwa geglaubt, Sie sähen aus dem fünfzehnten Stock nach unten?«
»Nein, aber ...«
»Miß Swivven, stellen Sie den Projektor ab, und merken Sie vor, daß er repariert werden muß.« Diamond wandte sich an Mr. Able. »Ich habe ihn installieren lassen, um eine angenehmere Arbeitsatmosphäre zu erzeugen und um zu verhindern, daß man hier unten das Gefühl hat, im Bauch der Erde eingeschlossen zu sein.«
»Und es ist Ihnen gelungen, sich selbst an der Nase herumzuführen?«
Er bekam keine Antwort.
Starr schob die Pistole ins Halfter zurück und funkelte wütend das

Fenster an, so als wollte er ihm sagen, diesmal habe es noch einmal Glück gehabt.

Mit verlegenem Grinsen rappelte sich der Kameltreiber auf. »Junge, Junge, das war gut! Ich glaube, diesmal hab' ich mich wirklich zum Narren gemacht!«

Draußen im Maschinenzimmer legte Mrs. Swivven einen Schalter um, worauf das gleißende Licht am Fenster erlosch und ein mattweißes Rechteck hinterließ, das auf den Raum drückte und seine Größe zu reduzieren schien.

»Also«, sagte Diamond, »Sie haben jetzt gehört, mit was für einem Mann wir's zu tun haben. Nun möchte ich über unsere Strategie sprechen, und deswegen wäre es mir lieber, wenn Sie beide das Zimmer verließen.« Er winkte Starr und dem PLO-Kameltreiber zum Fitneßraum. »Warten Sie dort drinnen, bis wir Sie rufen.«

Bemüht gleichgültig gegenüber diesem Hinauswurf schlenderte Starr zur Tür, gefolgt von dem Araber, der immer noch versicherte, daß er sich diesmal wohl zum Narren gemacht habe.

Als die Tür sich hinter ihnen geschlossen hatte, wandte Diamond sich an die beiden Herren, die am Konferenztisch sitzengeblieben waren, und redete sie an, als sei der Erste Assistent gar nicht anwesend, was in mancher Beziehung ja auch zutraf.

»Lassen Sie mich erklären, was wir meiner Ansicht nach unternehmen sollten. Zunächst einmal ...«

»Einen Moment, Mr. Diamond«, unterbrach ihn Mr. Able. »Ich hätte da noch eine Frage. Wie stehen Sie persönlich zu Nikolai Hel?«

»Wie meinen Sie das?«

»Also hören Sie! Es ist doch offensichtlich, daß Sie ein besonderes Interesse an diesem Mann haben. Sie sind über so viele Einzelheiten informiert, die nicht im Computer-Printout erscheinen ...«

Diamond zuckte die Achseln. »Schließlich hat er eine violette Karte. Und es ist meine Aufgabe, auf dem laufenden zu bleiben über ...«

»Entschuldigen Sie bitte, wenn ich Sie schon wieder unterbreche, aber Ausreden interessieren mich nicht. Sie haben zugegeben, daß der Offizier, der Nikolai Hels Verhör leitete, Ihr Bruder war.«

Diamond starrte den OPEC-Störenfried sekundenlang an. »Ganz recht. Major Diamond war mein Bruder. Mein älterer Bruder.«

»Sie standen Ihrem Bruder sehr nahe?«

»Als meine Eltern starben, hat er für mich gesorgt. Er hat mich unterstützt, während er selbst noch als Werkstudent das College absolvierte. Sogar als er sich bei der OSS – einer reinen WASP-Organisation – und später bei der CIA nach oben arbeitete, hat er mich ...«

»Ersparen Sie mir die familiären Einzelheiten. Wäre es korrekt zu sagen, daß Sie ihm sehr nahestanden?«

»Durchaus korrekt.« Diamonds Stimme klang halb erstickt.

»Also gut. Nun ist da ein Punkt, über den Sie bei Ihrer Skizze von Nikolai Hels Leben auffallend schnell hinweggegangen sind. Sie erwähnten, daß er als Bezahlung für den Peking-Auftrag, für den er aus dem Gefängnis entlassen wurde, unter anderem die damalige Adresse der drei Männer verlangte, die für die Folterungen bei seinen Verhören verantwortlich waren. Darf ich annehmen, daß er diese Adressen nicht verlangt hat, um ihnen Weihnachtskarten zu schicken oder *Hanukkah*-Grüße?«

Diamonds Kinnmuskeln zuckten.

»Mein lieber Freund, wenn diese Angelegenheit so ernst ist, wie Sie zu vermuten scheinen, und wenn Sie meine Hilfe bei der Bereinigung der Situation erwarten, dann muß ich um Aufklärung über alles bitten, was mit dem Fall zusammenhängt.«

Diamond legte die Handflächen aneinander und hakte die Daumen unters Kinn. Er sprach hinter seinen Fingern hervor, was seine Stimme mechanisch und tonlos erscheinen ließ. »Ungefähr ein Jahr, nachdem Hel in Indochina auftauchte, fand man den Arzt, der ihm während der Verhöre die Drogen verabreicht hatte, tot in seiner Abtreibungsklinik in Manhattan auf. Der Coroner bezeichnete den Tod in seinem Bericht als Unfall, einen unglücklichen Sturz, bei dem eines der Reagenzgläser, die er trug, zerbrochen und ihm in die Kehle gedrungen war. Zwei Monate später kam der MP-Sergeant, der den physischen Teil des Verhörs durchgeführt hatte und inzwischen in die Vereinigten Staaten zurückversetzt worden war, bei einem Autounfall ums Leben. Er war scheinbar am Steuer eingeschlafen, mit dem Wagen von der Straße abgekommen und eine steile Klippe hinuntergestürzt. Genau drei Monate darauf befand sich Major Diamond – mittlerweile Lieutenant Colonel Diamond – dienstlich in Bayern. Dort hatte er einen Skiunfall.« Diamond hielt inne und tippte mit dem Zeigefinger an seine Unterlippe.

»Wie ich annehme, ein unglücklicher Sturz?« erkundigte sich Mr. Able.

»Ganz recht. Nach allem, was man feststellen konnte, war er ungeschickt gesprungen. Man fand ihn mit einem Skistock in der Brust.«
»Hm-hm«, machte Mr. Able nach einer Weile. »So beschützt die CIA also die Ihren. Es muß doch sehr befriedigend für Sie sein, Macht über die Organisation zu haben, die das Leben Ihres Bruders als Teil eines Honorars verhökerte.«
Diamond blickte zum Deputy hinüber. »Ja. Es ist mir eine große Genugtuung.«
Der Deputy räusperte sich. »Ich bin der CIA eigentlich erst im Frühjahr . . .«
»Eines interessiert mich noch«, unterbrach Mr. Able. »Warum haben Sie bisher noch keinen Vergeltungsschlag gegen Hel geführt?«
»Ich hab's schon einmal versucht. Und ich werde es wieder tun. Ich habe Zeit.«
»Sie haben es einmal versucht? Wann war denn . . . Ach ja, natürlich! Diese Polizisten, die das Haus in Los Angeles umstellten und eine halbe Stunde früher als geplant das Feuer eröffneten! Das war also Ihre Initiative?«
Diamond nickte, als verneige er sich vor einem applaudierenden Publikum.
»Dann unterliegt dem Ganzen von Ihrer Seite ja wohl doch ein Motiv der Rache.«
»Ich handele zum Wohl der Muttergesellschaft. Der Vorsitzende hat mich wissen lassen, daß ein Fehlschlag diesmal nicht akzeptiert werden kann. Wenn Hel eliminiert werden muß, um den Erfolg der Septembristen bei dieser Flugzeugentführung zu garantieren, jawohl, dann wird mir das eine persönliche Genugtuung sein. Dann heißt es, ein Leben gegen das andere, und nicht, wie bei ihm, drei Morde für einmal Prügel.«
»Ich glaube kaum, daß er sie als Morde ansieht. Eher wahrscheinlich als Hinrichtungen. Und wenn ich mich nicht irre, waren es keineswegs die Schmerzen der Prügel, für die er sich gerächt hat.«
»Was denn sonst?«
»Die *Demütigung*, die sie für ihn darstellten. Aber das würden Sie niemals verstehen.«
Diamond stieß ein kurzes Lachen aus. »Glauben Sie wirklich, Hel besser zu kennen als ich?«
»In gewisser Weise, ja – trotz der langen Jahre, in denen Sie ihn und

seine Aktionen beobachtet haben. Denn wissen Sie, er und ich, wir stammen – von unseren kulturell bedingten Verschiedenheiten abgesehen – aus derselben Schublade. Sie werden diesen Hel nie deutlich sehen, denn Sie mustern ihn über die undefinierbare, doch unüberwindliche Hürde der Erziehung hinweg – über einen weiten, unüberbrückbaren Abgrund, wie es im Koran oder einem dieser Bücher heißt. Doch begeben wir uns nicht auf das Niveau persönlicher Bewertungen hinab. Bestimmt haben Sie diese beiden Plebejer nicht nur hinausgeschickt, um sich an angenehmer Gesellschaft zu erfreuen.«

Diamond blieb einen Moment lang schweigend sitzen; dann atmete er kurz durch und sagte: »Ich habe beschlossen, Hel in seinem Château einen Besuch abzustatten.«

»Dann würden Sie ihm also zum ersten Mal persönlich begegnen?«

»Ja.«

»Und haben Sie bedacht, daß es möglicherweise schwieriger sein wird, aus diesen Bergen wieder herauszukommen als hinein?«

»Das habe ich. Aber ich glaube, daß ich Mr. Hel davon überzeugen kann, wie dumm es wäre, Miß Stern zu helfen. Denn es gibt keinen vernünftigen Grund, warum er diesen Auftrag für ein irregeleitetes junges Mädchen aus der Mittelschicht, das er nicht einmal kennt, ausführen sollte. Hel hat für Amateure jeglicher Couleur nichts als Verachtung übrig, inklusive die des Terrors. Miß Stern mag sich als edelmütige Kämpferin im Dienst der Menschenrechte betrachten, aber ich versichere Ihnen, daß Hel in ihr nichts sehen wird als ein lästiges Furunkel am Arsch.«

Mr. Able wiegte zweifelnd den Kopf. »Selbst wenn wir annehmen, daß Mr. Hel in Miß Stern eine proktogene Belästigung sieht – ob im Sinne Ihres originellen Wortspiels oder nicht, sei dahingestellt –, bleibt doch die Tatsache, daß Hel ein Freund des verstorbenen Asa Stern war, und Sie haben selbst gesagt, daß er sich Freunden gegenüber stets sehr loyal verhält.«

»Richtig. Aber wir können finanziellen Druck auf ihn ausüben. Wie wir wissen, hat er sich zur Ruhe gesetzt, sobald er genug Geld zusammengespart hatte, um ein bequemes Leben zu führen. Ein Stunt gegen unsere Freunde von der PLO würde überaus kostspielig sein. Wahrscheinlich verläßt sich Hel darauf, daß er zur finanziellen Absicherung notfalls sein Land in Wyoming verkaufen kann. Doch ich brauche nur zwei Stunden, und das Land gehört nicht mehr ihm.

Alle Unterlagen darüber, daß er es jemals erworben hat, werden verschwinden und durch Beweise dafür ersetzt werden, daß dieses Land der Muttergesellschaft gehört.« Diamond lächelte. »Als kleinen Nebenbonus gibt es auf diesem Grundstück etwas Kohle, die profitbringend abgebaut werden kann. Um seine finanzielle Klemme komplett zu machen, genügen zwei Kabel des Vorsitzenden in die Schweiz, und Hels Geld auf seinem Schweizer Konto wird ebenfalls verschwinden.«

»Und auf der Habenseite der Muttergesellschaft wieder auftauchen?«

»Zum Teil. Den Rest werden die Banken als Unkosten einbehalten. Die Schweizer sind alles andere als bescheiden. Es ist ein calvinistischer Glaubensgrundsatz, daß der Himmel Eintrittsgeld verlangt, damit der Pöbel draußen bleibt. Übrigens beabsichtigte ich diese finanziellen Strafaktionen in jedem Fall durchzuführen, ob Hel nun Miß Sterns Auftrag ablehnt oder nicht.«

»*In memoriam* Ihres Bruders?«

»Wenn Sie wollen, können Sie es so auffassen. Aber es verhindert außerdem, daß Hel sich zum Störfaktor für die Muttergesellschaft und für jene Länder, deren Interessen Sie vertreten, auswächst.«

»Und wenn der finanzielle Druck nicht genügt, um ihn zu überzeugen?«

»Für diesen Fall habe ich natürlich noch einen zweiten Plan in petto. Die Muttergesellschaft wird Druck auf die britische Regierung ausüben, damit sie keine Mühe scheut, die Männer des Schwarzen September, die am Olympia-Massaker von München beteiligt waren, zu schützen. Die Engländer werden dafür sorgen müssen, daß die Männer ungestört die Maschine nach Montreal entführen können. Dazu wird es keines übermäßig großen Druckes bedürfen, denn nun, da die Ölfelder in der Nordsee produktiv werden, sind Englands wirtschaftliche Interessen weit enger mit denen der OPEC verknüpft als mit denen des übrigen Westens.«

Mr. Able lächelte. »Offen gestanden kann ich mir nicht vorstellen, daß die Burschen vom MI-5 und MI-6 Hel wirksam zu behindern verstehen. Die verschwenden ihre Energie doch zum größten Teil darauf, phantasievolle Memoiren über ihre wagemutigen Unternehmungen während des Zweiten Weltkriegs zu verfassen.«

»Richtig. Aber sie können immerhin als Störfaktor dienen. Außerdem werden wir uns der Dienste der französischen Polizei versichern, die uns helfen soll, Hel in Frankreich festzuhalten. Und wir eröffnen eine weitere Front. Hel würde niemals versuchen, nach England zu gelangen, um die Septembristen zu eliminieren, ohne zuvor die britische Polizei neutralisiert zu haben. Wie ich Ihnen schon sagte, erreicht er das, indem er von einem Informationshändler, den man ›den Gnom‹ nennt, Erpressungsmaterial kauft. Seit Jahren hat der Gnom die internationalen Bemühungen zunichte gemacht, ihn aufzuspüren und außer Gefecht zu setzen. Dank der hervorragenden Dienste *Ihrer* Kommunikationshelfer kommt ihm die Muttergesellschaft allmählich näher. Wir wissen jetzt, daß er in der Nähe von Bayonne lebt, und wir arbeiten eifrig daran, ihn endgültig festzunageln. Wenn wir ihn kriegen, bevor Hel zu ihm gelangt, können wir verhindern, daß Hel die britische Polizei erpreßt.«

Mr. Able lächelte. »Sie sind äußerst einfallsreich, Mr. Diamond – wenn es um Ihre persönliche Rache geht.« Er wandte sich plötzlich an den Deputy. »Haben Sie etwas hinzuzufügen?«

Der Deputy schreckte auf: »Pardon? Wie bitte?«

»Lassen Sie nur.« Mr. Able warf abermals einen Blick auf seine Uhr. »Machen wir weiter. Sie haben mich zweifellos nicht hierher gebeten, damit ich Ihr Arsenal von Taktiken und Interventionen bewundere. Vielmehr brauchen Sie offensichtlich meine Hilfe für den höchst unwahrscheinlichen Fall, daß alle Maschinerien, die Sie in Gang gesetzt haben, versagen und es Hel trotzdem gelingt, die Septembristen auszuschalten.«

»Genau. Und eben weil das ein bißchen heikel ist, wollte ich diese beiden Idioten nicht dabeihaben, wenn wir uns darüber unterhalten. Ich akzeptiere die Tatsache, daß die Länder, die Sie vertreten, verpflichtet sind, die PLO zu schützen, was bedeutet, daß die Muttergesellschaft ebenfalls dazu verpflichtet ist, und auch die CIA. Aber seien wir offen zueinander. Wir alle wären glücklicher, wenn die Palästina-Frage (und damit die Palästinenser) einfach von der Bildfläche verschwänden. Sie sind ein unangenehmes, undiszipliniertes, bösartiges Volk, das von der Geschichte zufällig zum Symbol arabischer Einheit auserkoren wurde. Stimmen Sie mir soweit zu?«

Mr. Able winkte ab; das Offensichtliche brauchte man nicht zu bestätigen.

»Nun gut. Betrachten wir unsere Position, falls alles versagen und Hel es tatsächlich schafften sollte, die Septembristen zu eliminieren. Alles, was wir dann unternehmen müßten, wäre, die PLO davon zu überzeugen, daß wir mit ganzer Kraft für sie eingetreten sind. In

Anbetracht ihrer barbarischen Disposition würden sie sich, glaube ich, damit zufriedengeben, daß wir in ihrem Namen Nikolai Hel und alles, was er besitzt, vernichten.«

»Sozusagen den Boden salzen?« sinnierte Mr. Able.

»Genau.«

Mr. Able schwieg eine Weile, den Blick gesenkt, mit dem Zeigefinger an der Oberlippe spielend. »Doch, ich glaube, wir können uns soweit tatsächlich auf die unreife Mentalität der PLO verlassen. Sie würde einen drastischen Racheakt als Beweis dafür akzeptieren, daß wir in ihrem Interesse handeln – vorausgesetzt, er fiele wirklich grausam genug aus.« Er lächelte vor sich hin. »Und glauben Sie nur nicht, es sei mir entgangen, daß eine solche Eventualität es Ihnen gestatten würde, zwei Fliegen mit einer Klappe zu schlagen. Sie würden das anstehende taktische Problem lösen und gleichzeitig Ihren Bruder rächen. Wäre es Ihnen womöglich sogar lieber, daß all Ihre Pläne mißlingen und Nikolai Hel irgendwie durchkommen und die Septembristen eliminieren würde, damit Sie die Todesstrafe über ihn verhängen können?«

»Ich werde alles tun, was in meiner Macht steht, um diesen Anschlag zu verhindern. Das wäre das beste für die Muttergesellschaft, und deren Interessen haben Vorrang vor meinen persönlichen Gefühlen.«

Diamond warf einen Blick zum Ersten Assistenten hinüber. Es war nicht ausgeschlossen, daß dieser dem Vorsitzenden über Diamonds Loyalität zur Muttergesellschaft Bericht erstatten würde.

»Das wär's dann also«, sagte Mr. Able und stand auf. »Falls Sie mich jetzt nicht mehr brauchen, werde ich mich wieder meinen gesellschaftlichen Pflichten widmen, von denen Sie mich mit Ihren Problemen fortgeholt haben.«

Diamond klingelte nach Miß Swivven, damit sie Mr. Able hinausbegleitete.

Der Deputy stand auf und räusperte sich. »Mich werden Sie wohl auch nicht mehr benötigen, wie?«

»Habe ich das je getan? Doch ich erwarte, daß Sie sich zu meiner Verfügung halten, um meine Anweisungen auszuführen. Sie können gehen.« Diamond wies den Ersten Assistenten an, die Informationen über Nikolai Hel zurücklaufen zu lassen und sich bereitzumachen, sie noch einmal zu projizieren, und zwar langsam genug für das Niveau von Darryl Starr und dem PLO-Kameltreiber, die eben aus dem Fitneßraum zurückkehrten.

Der Araber, der sein englisch-arabisches Lexikon einsteckte, rieb sich die entzündeten Augen und beschwerte sich klagend: »Mein Gott, Mr. Diamond! In diesem Zimmer kann man wirklich nicht lesen. Die Lampen an den Wänden sind viel zu grell!«

»Ich möchte, daß Sie beide sich hierher setzen und sich jede Einzelheit über Nikolai Hel einprägen – alles, was in Ihren Kopf hineingeht, und wenn es die ganze Nacht dauert. Ich habe beschlossen, Sie mitzunehmen, wenn ich den Mann aufsuche – nicht, weil Sie mir nützlich sein könnten, sondern weil Sie verantwortlich sind für diese Panne. Ich werde dafür sorgen, daß Sie die Geschichte bis zum Ende mit durchstehen.«

»Verdammt großzügig von Ihnen«, murmelte Starr.

Diamond wandte sich an Miß Swivven, die gerade vom Aufzug zurückkam. »Notieren Sie. Erstens: Hels Grundbesitz in Wyoming – eliminieren. Zweitens: Geld in der Schweiz – eliminieren. Drittens: Der Gnom – Suche intensivieren. Viertens: MI-5 und MI-6 alarmieren und instruieren. Also, Llewellyn, beginnen Sie mit dem Durchlauf für unsere unfähigen Freunde hier. Und Sie beide sollten beten, daß Nikolai Hel nicht schon untergetaucht ist.«

GOUFFRE PORTE-DE-LARRAU

Nikolai Hel befand sich in diesem Augenblick 393 Meter unter der Erde und drehte sich langsam am Ende eines einen halben Zentimeter starken Seils. Fünfundsiebzig Meter unter ihm, in der Samtschwärze der Höhle nicht zu erkennen, ragte die Spitze eines riesigen Geröllkegels empor, eine Ansammlung von Gesteinstrümmern, die im Lauf von Jahrtausenden aus dem natürlichen Schacht herabgefallen waren. Am Fuß dieses Geröllkegels wartete sein Partner darauf, daß er seinen elften Abstieg durch den gewundenen Schacht beendete, der sich über ihm emporschraubte wie ein überdimensionaler Korkenzieher.

Die beiden jungen Basken, die am Rand des *gouffre* fast vierhundert Meter über ihm die Winde bedienten, hatten doppelte Gleitklemmen gesetzt, die das Seil hielten, während sie eine leere Seiltrommel mit einer vollen vertauschten. Dies war der entnervendste Augenblick des Abstiegs – und der unbequemste. Entnervend, weil Hel sich jetzt, nachdem er neunzig Minuten lang durch den engen, gewundenen

Schacht geklettert war, vorsichtig durch Engpässe, an schmalen Felskanten, tückischen Diedern und engen Durchlässen vorbei hinabgetastet hatte, wobei er sich niemals der Schwerkraft anvertrauen durfte, da das Seil locker durchhing, um ihm genügend Bewegungsfreiheit zu geben – weil er sich also jetzt ganz auf das Seil verlassen mußte. Während des gesamten Abstiegs hatte er ständig Schwierigkeiten mit dem Seil gehabt, das sich zu verfangen oder mit der Telefonleitung zu verheddern drohte, die an seiner Seite verlief. Doch gegen all diese Probleme im Schacht, von denen manche eine Herausforderung, manche auch nur ein Ärgernis waren, gab es den ständigen Trost der Felswände, die, im Schein seiner Helmlampe ganz nah, zumindest theoretisch Halt boten, falls etwas mit dem Seil oder der Winde schiefgehen sollte.

Jetzt aber hatte er den Schacht hinter sich, baumelte unmittelbar unter der Decke der ersten großen Höhle, deren Wände aus dem Lichtkreis seiner Helmlampe zurückgewichen waren, und hing in einer unendlichen Leere: das gemeinsame Gewicht seines Körpers, der vierhundert Meter Seil und des wasserdichten Behälters für Lebensmittel und Ausrüstungsgegenstände hing nun einzig und allein an zwei Gleitklemmen vierhundert Meter über ihm. Hel hatte vollstes Vertrauen in dieses System aus Klemmen und Winde, das er persönlich entwickelt und in seiner eigenen Werkstatt gebaut hatte. Es war relativ primitiv und wurde durch Pedale betrieben, die von den kräftigen Beinen der jungen Basken oben getreten wurden und eine so niedrige Übersetzung hatten, daß der Abstieg nur sehr langsam erfolgte. Die Sicherheitsklemmen bissen sich in das Seil und hielten es an, sobald es eine gewisse Ablaufgeschwindigkeit überschritt. Der Lagerpunkt bestand aus einem Dreibein aus Aluminiumrohren, die unmittelbar über dem engen Einstieg am Grund des *gouffre* ein Tipi bildeten. Er verließ sich vollkommen auf dieses mechanische System, das verhindern sollte, daß er im Dunkeln auf die Spitze jenes Geröll- und Steinhaufens hinabstürzte, der etwa die Hälfte der ersten großen Höhle füllte, fluchte aber dennoch über die Burschen oben und flehte sie in Gedanken an, sich zu beeilen. Er mußte durch den Mund atmen, denn er hing mitten in einem Wasserfall, der Ausmündung eines unterirdischen Flusses in den Schacht in 370 Meter Tiefe, der ihn zwang, die letzten fünfundneunzig Meter frei hängend durch einen eiskalten Sprühnebel zurückzulegen. Trotz der fest anliegenden Gummiabschlüsse der Ärmel sickerte das Wasser an seinen Armen

empor und versetzte seinen verschwitzten Achselhöhlen einen gehörigen Schock. Seine Helmlampe war in diesem Katarakt nutzlos, deswegen schaltete er sie aus und blieb schlaff in dem hallenden Tosen und Brausen des Wassers hängen, obwohl ihm die Gurte, die ihn hielten, Rippen und Schritt aufscheuerten. Daß er nichts sehen konnte, hatte einen gewissen Vorteil. Denn bei diesem gewundenen, verzwickten Abstieg hatte sich das Seil immer weiter aufgedreht, und als er sich mit dem ganzen Gewicht daran hängte und nach dem Durchbruch durch die Decke der ersten Höhle frei schwebte, begann es sich mit ihm zu drehen, zuerst langsam, dann schneller, dann wieder langsamer, ein kurzer Halt, und anschließend drehte es sich in die entgegengesetzte Richtung. Hätte er den Neigungswinkel der Gischt ringsum sehen können, wäre ihm schwindlig geworden; in dieser absoluten Finsternis hatte er jedoch höchstens ein Gefühl des Aufgeblasenwerdens, denn durch die Fliehkraft wurden bei diesen Drehbewegungen Arme und Beine vom Körper weggespreizt.
Hel spürte, wie er ein Stückchen emporgezogen wurde, weil die Sicherheitsklemmen gelöst werden mußten; dann kam ein magenhebender Sturz von mehreren Zentimetern, als sein Gewicht auf die neue Seiltrommel übertragen wurde, und dann begann unter ständigem Drehen das Herablassen durch den Wasserfall, der sich schon bald in dichten Sprühnebel auflöste. Schließlich entdeckte er ein verschwommenes Licht unter sich, wo ihn sein Kletterpartner erwartete – in sicherem Abstand von der Fallinie eventueller Steine, des Wassers und – Gott behüte – auch Hels. Das Scharren seines baumelnden Behälters verkündete Hel, daß er die Spitze des Geröllkegels erreicht hatte; also zog er beide Beine an, damit die erste Berührung mit dem Fels im Sitzen erfolgte, denn die Burschen oben würden beim geringsten Lockern der Seilspannung bremsen, und es wäre äußerst schwierig, wollte er versuchen, seine Gurte abzulegen, während er am Rand eines Felsbrockens hoch auf den Zehenspitzen stand. Le Cagot kam schnell herangeklettert, um ihm beim Ablegen der Gurte und der Ausrüstungsgegenstände behilflich zu sein, denn Hels Arme und Beine waren durch das Stoppen der Blutzirkulation in der nassen Kälte steif geworden, und seine Finger, mit denen er hilflos an Gurten und Schnallen hantierte, waren dick geschwollen und gefühllos.
»Na also, Niko!« dröhnte Le Cagot, und seine Baßstimme hallte in der großen Höhle wider. »Nun hast du dich doch entschlossen, mir einen

Besuch abzustatten! Wo warst du so lange? Bei den beiden Eiern Christi, ich dachte schon, du hättest aufgegeben und wärst nach Hause gegangen. Komm schnell! Ich habe uns einen Tee gekocht.«
Le Cagot hievte sich den Behälter auf die Schulter und begann den unsicheren Geröllkegel hinabzuklettern, wobei er seinen Weg geschickt durch bekanntes Gelände nahm und lockere Steine, die eine Lawine auslösen konnten, mied. Hel, der die Hände öffnete und schloß, um die Blutzirkulation wieder in Gang zu bringen, folgte gewissenhaft den Spuren seines Partners, denn Le Cagot kannte sich auf diesem trügerischen und wackligen Geröllkegel weit besser aus als er. Der rauhbeinige alte Baskenpoet war schon seit Tagen hier unten, hatte am Fuß des Kegels ein Basislager eingerichtet und kurze Vorstöße in die kleinen Höhlen und Galerien unternommen, die von der Haupthöhle ausgingen. Die meisten davon endeten an Felsblökken und Steilwänden oder liefen in Spalten aus, die zu eng zum Durchzwängen waren.
Le Cagot kramte in dem Behälter, den Hel mitgebracht hatte. »Was ist denn das? Du hattest mir doch fest versprochen, mir eine Flasche Izarra mitzubringen! Sag bloß nicht, du hast ihn auf dem Weg hier herunter allein ausgetrunken! Wenn du mir das angetan hast, Niko, werde ich dich, bei den apostolischen Eiern Pauls des I., züchtigen müssen, obwohl mir das sehr leid täte, denn du bist trotz deiner unglückseligen Abstammung ein guter Mann.« Le Cagot war fest davon überzeugt, daß jeder Mensch, der das Pech hatte, kein geborener Baske zu sein, an einem tragischen genetischen Makel litt.
»Die Flasche muß da irgendwo drin sein«, erwiderte Hel, der sich lang auf einem flachen Felsblock ausgestreckt hatte und vor angenehm-schmerzhafter Erleichterung seufzte, als seine verspannten Muskeln sich zu lockern begannen.
In den vergangenen vierzig Stunden, während Le Cagot das Basislager eingerichtet und kleine periphere Erkundungsgänge unternommen hatte, hatte Hel elfmal die Tour den *gouffre*-Schacht hinauf und hinunter gemacht, um Lebensmittel, Ausrüstungsgegenstände, Nylonseile und Fackeln zu holen. Was er jetzt am dringendsten brauchte, waren ein paar Stunden Schlaf, die er sich in der ewigen Dunkelheit einer Höhle zu jeder Zeit holen konnte, auch wenn draußen heller Tag war.
Nikolai Hel und Beñat Le Cagot betrieben seit sechzehn Jahren zusammen Höhlenforschung, hatten miteinander die meisten der

großen Systeme Europas durchklettert und gelegentlich mit ihren Entdeckungen und neuen Tiefen- und Entfernungsrekorden Schlagzeilen in der kleinen Welt der Speläologen gemacht. Im Lauf der Jahre hatte sich automatisch eine Aufgabenteilung zwischen ihnen ergeben. Le Cagot, trotz seiner fünfzig Jahre ein Bulle an Kraft und Ausdauer, ging immer zuerst hinunter und räumte beim Abstieg gründlich auf, befreite Simse und Dieder von losen Gesteinsbrocken, die durch das Seil heruntergeschleudert werden und einen Mann, der unten im Schacht stand, erschlagen konnten. Stets nahm er ein Batterietelefon mit und errichtete in sicherem Abstand von der Fallinie des Gesteins und des Wassers ein Basislager. Da Hel geschmeidiger und taktisch geschickter war, übernahm er, wenn der Zugangsschacht gewunden war und man die Sachen nicht ohne einen Begleitmann hinablassen konnte, die Zubringertrips. Gewöhnlich genügten zwei bis drei Touren. Diesmal jedoch hatten sie allem Anschein nach ein riesiges Netz von Höhlen und Galerien entdeckt, deren Erforschung eine umfangreiche Ausrüstung erforderte; daher hatte Hel elf aufreibende, zermürbende Wege machen müssen. Und jetzt, da diese Aufgabe erledigt war und sein Körper nicht mehr von der durch die Gefahr ausgelösten nervlichen Belastung aufrechtgehalten wurde, überwältigte ihn die Müdigkeit, und seine verkrampften Muskeln lockerten sich unter Schmerzen.
»Weißt du was, Niko? Ich habe meinen scharfen, glänzenden Verstand einem großen Problem zugewandt.« Le Cagot goß sich ein ansehnliches Quantum Izzara in den Schraubverschluß der Taschenflasche. Nach zweitägiger Einsamkeit in der dunklen Höhle gierte seine gesellige Natur nach Unterhaltung, die für ihn aus an ein dankbares Publikum gerichteten Monologen bestand. »Ich habe mir folgendes überlegt. Ich habe festgestellt, daß alle Höhlenforscher verrückt sind – ausgenommen natürlich die baskischen, bei denen das, was bei anderen Wahnsinn ist, eine Manifestation von Mut und Abenteuerlust darstellt. Stimmst du mir zu?«
Hel knurrte nur etwas Unverständliches, denn er sank bereits in einen tiefen Schlaf, der ihm den harten Fels, auf dem er lag, weich und bequem erscheinen ließ.
»Aber, wirst du jetzt protestieren, ist es gerecht zu behaupten, der Höhlenforscher sei verrückter als der Bergsteiger? Es ist gerecht! Und warum? Weil der Höhlenforscher gefährlichere Probleme zu überwinden hat. Der Bergsteiger hat es lediglich mit Anforderungen an

seinen Körper und seine Kraft zu tun. Der Höhlenforscher dagegen muß mit Anforderungen an seine Nerven und mit Urängsten fertig werden. Das primitive Tier, das im Menschen schlummert, hegt gewisse tief eingewurzelte Ängste, gegen die weder Logik noch Intelligenz etwas ausrichten können. Er fürchtet sich vor der Dunkelheit. Er fürchtet sich davor, unter der Erde zu sein, an einem Ort, den er von Kind auf als Heimat des Bösen zu betrachten gelernt hat. Er fürchtet sich vor dem Alleinsein. Er fürchtet sich davor, gefangen, eingeschlossen zu sein. Er fürchtet sich vor dem Wasser, dem er in uralter Zeit entstieg, um Mensch zu werden. Sein primitivster Alptraum ist es, in die Finsternis zu stürzen oder sich im Labyrinth eines unbekannten Chaos zu verirren. Und der Höhlenforscher stellt sich – verrückt, wie er ist – all diesen alptraumhaften Bedingungen freiwillig. Deswegen ist er verrückter als der Bergsteiger, denn was er ununterbrochen aufs Spiel setzt, ist seine geistige Gesundheit. Darüber habe ich nachgedacht, Niko... Niko? Niko? Was, du schläfst, während ich mit dir rede? Elender Faulpelz! Bei den verräterischen Eiern des Judas schwöre ich, daß es nicht einen unter tausend gibt, der schlafen würde, während ich rede! Du beleidigst den Dichter in mir! Das ist ja, als würde man vor einem Sonnenuntergang die Augen oder vor einer baskischen Melodie die Ohren verschließen! Weißt du das, Niko? Niko? Bist du tot? So antworte doch – ja oder nein? Na schön, zur Strafe werde ich deinen Anteil Izzara auch austrinken.«

Der Schacht des Höhlensystems, das sie erforschen wollten, war im Jahr zuvor zufällig entdeckt, anfangs jedoch geheimgehalten worden, weil ein Teil des konischen *gouffre* darüber in Spanien lag und die Gefahr bestand, daß die spanischen Behörden den Eingang verschließen würden, wie sie es nach dem tragischen Absturz und Tod von Marcel Loubens im Jahre 1952 mit dem Gouffre Pierre-Saint-Martin getan hatten. Im Laufe des Winters hatte eine Gruppe junger Basken dann die Grenzsteine Stück für Stück verschoben, so daß der *gouffre* schließlich ganz in Frankreich lag. Sie hatten zwanzig Markierungen jeweils um ein weniges weitergerückt, um die spanischen Grenzpolizisten, die in diesem Gebiet patrouillierten, zu täuschen. Diese Grenzberichtigung erschien ihnen absolut legitim; denn schließlich war das gesamte Gebiet Baskenland, und für sie galten die willkürlich von den beiden Besatzungsmächten gezogenen Grenzen nicht.

Es gab aber noch einen anderen Grund für das Verschieben der

Grenzsteine. Da Le Cagot und die beiden jungen Basken an der Winde bekannte Aktivisten der ETA waren, konnte ein Auftauchen der spanischen Grenzpolizei, während sie in der Höhle arbeiteten, bedeuten, daß sie ihr Leben in einem spanischen Gefängnis beschließen mußten.

Obwohl der Gouffre Porte-de-Larrau in relativ großer Entfernung von jenen trichterförmigen Vertiefungen lag, die das Gebiet um den Pic d'Anie charakterisieren und ihm die Bezeichnung »Gruyère von Frankreich« eingetragen haben, war er zuweilen von neugierigen Höhlenforscherteams aufgesucht worden, die ihn jedoch alle zu ihrer Enttäuschung »trocken« fanden, das heißt, der Schacht war schon nach wenigen Metern von Gesteinstrümmern verstopft. Mit der Zeit sprach es sich in der kleinen Gemeinde der Höhlenforscher herum, daß es keinen Sinn hatte, die lange Klettertour zum Gouffre Porte-de-Larrau hinauf zu machen, zumal es in dem weiten *gouffre*-Feld oberhalb von Sainte-Engrace doch soviel mehr Möglichkeiten zu sportlicher Betätigung gab, dort, wo die Berghänge und Hochplateaus mit den konischen Vertiefungen der *gouffres* übersät waren, die durch Einbrüche von Oberflächenfels und Erdreich in die Höhlensysteme des kalkhaltigen Gesteins darunter entstanden waren. Vor einem Jahr jedoch hatten zwei Schafhirten, die auf den hochgelegenen Weiden ihre Herden grasen ließen, am Rand des Gouffre Porte-de-Larrau gesessen, um ihr Frühstück einzunehmen: frischen Käse, hartes Brot und *xoritzo*, eine kräftige, rote Wurst, von der ein kleiner Bissen genügt, um einen großen Mundvoll Brot zu würzen. Einer der beiden warf gedankenlos einen Stein in den Trichter des *gouffre* hinab und sah überrascht, daß von dort unten zwei Krähen aufflogen. Es ist eine bekannte Tatsache, daß Krähen ihr Nest nur über sehr tiefen Schächten bauen, weswegen es ihm verwunderlich schien, daß diese Vögel über der kleinen Delle des Gouffre Larrau nisteten. Neugierig geworden, kletterten die beiden in den Trichter hinab und warfen Steine in den Schacht. Wegen des Echos, ausgelöst von den Steinen und dem Geröll, das sie im Fallen mitnahmen, konnten sie unmöglich abschätzen, wie tief der Schacht wirklich war, eines jedoch war ganz gewiß: Es handelte sich nicht mehr um eine kleine Delle. Anscheinend hatte das große Erdbeben von 1962, bei dem das Dorf Arrete fast völlig zerstört worden war, auch einige Steine aus dem Geröllpfropfen gelöst, der bis dahin den Schacht blockierte.

Als die beiden Hirten zwei Monate später mit der zweiten Transhumanz wieder ins Tal hinabkamen, berichteten sie Beñat Le Cagot von ihrer Entdeckung, denn sie wußten, daß der polternde Barde des baskischen Separatismus ein passionierter Höhlensportler war. Er verpflichtete sie zum Schweigen und informierte Nikolai Hel, bei dem er in Sicherheit leben konnte, wann immer seine jüngsten Aktionen in Spanien einen Aufenthalt dort besonders riskant erscheinen ließen.

Weder Hel noch Le Cagot wagten es, sich allzu großer Freude über die Entdeckung hinzugeben. Denn ihnen war klar, daß keine großen Chancen bestanden, auf dem Grund des Schachts – falls sie überhaupt so weit kamen – ein größeres Höhlensystem zu entdecken. Aller Wahrscheinlichkeit nach hatte das Erdbeben nur den obersten Teil des Schachts freigelegt. Oder sie würden, wie schon so oft, feststellen müssen, daß jahrhundertelanger Einbruch durch den *gouffre* den Geröllkegel darunter so hoch aufgefüllt hatte, daß er das Dach der Höhle erreichte, seine Spitze bis in den Schacht eindrang und ihn endgültig verstopfte.

Trotz all dieser zum Schutz vor Enttäuschung vorgebrachten Zweifel beschlossen sie jedoch, sofort zu einer ersten kurzen Erforschung aufzubrechen – einfach nur hinabzusteigen und sich ein wenig umzusehen, nichts Besonderes.

Mit dem Herbst kam schlechtes Wetter in die Berge gezogen, und das war ein Vorteil, denn es würde den Spaniern die Lust zu intensiven Grenzpatrouillen nehmen (die Franzosen waren derartigen Anstrengungen ohnehin abhold). Das rauhe Wetter würde die Arbeit jedoch erschweren, wenn sie Dinge, die sie für ihre Erkundungstour brauchten, wie Winde, Seiltrommeln, Batterietelefone, Stützdreibein und andere Ausrüstungsgegenstände sowie Lebensmittel, in die Berge hinaufschafften.

Le Cagot tat diese Probleme verächtlich ab und erinnerte Hel daran, daß Schmuggeln von Konterbande über die Berge eine traditionelle Beschäftigung von Soultain-Basken war.

»Wußtest du, daß wir einmal ein Klavier von Spanien herübergebracht haben?«

»Ich habe davon gehört. Wie habt ihr das bloß gemacht?«

»Aha! Das würden die Flachhüte wohl gern wissen! Tatsächlich war es ziemlich einfach. Wieder mal ein unüberwindliches Problem, das sich angesichts baskischer Erfindungsgabe in Luft auflöst.«

Hel nickte schicksalsergeben. Sinnlos, dieser Geschichte jetzt aus-

weichen zu wollen, denn die verschiedenen Beweise für die rassische Überlegenheit der Basken bildeten das Lieblingsthema von Le Cagots Monologen.
»Weil du, Niko, trotz deines fürchterlichen Akzents so was Ähnliches wie ein Ehrenbaske bist, werde ich dir also erklären, wie wir das Klavier rübergeschafft haben. Aber du mußt mir dein Ehrenwort geben, dieses Geheimnis bis ins Grab zu bewahren. Versprichst du mir das?«
»Wie bitte?« Hel war mit den Gedanken woanders gewesen.
»Ich akzeptiere dein Versprechen. Wir haben es folgendermaßen gemacht: Wir haben das Klavier Ton um Ton rübergetragen. Es waren achtundachtzig Touren. Der Bursche, der das mittlere C trug, stolperte und verbeulte es, und darum hat dieses Klavier bis auf den heutigen Tag zwei H nebeneinander. Und das ist die reine, heilige Wahrheit. Das schwöre ich dir bei den unrettbaren Eiern des Sankt Judas! Warum sollte ich dich belügen?«
Zweieinhalb Tage brauchten sie, um alle Gerätschaften zum *gouffre* hinaufzubringen, einen Tag, um alles aufzubauen und zu testen, dann begann die Arbeit des Erkundens. Hel und Le Cagot stiegen abwechselnd in den Schacht, räumten das Geröll von den schmalen Simsen, schlugen scharfe Kanten ab, die das Seil zu beschädigen drohten und durchstießen die dreieckigen Gesteinsblöcke, die den Schacht versperrten. Dabei konnte sich jeder dieser Blöcke als zu festgerammt erweisen, um durchstoßen zu werden, konnte sich jeder von ihnen als die Spitze des alles verstopfenden Geröllkegels entpuppen – und ihre Entdeckungsexpedition hätte ein unrühmliches Ende gefunden.
Wie sich herausstellte, verlief der Schacht nicht senkrecht nach unten, sondern bildete eine Art Schraube, in der sich das Seil so stark verdrehte, daß sie jedesmal, wenn sie an ein Stück freien Falls kamen, zuallererst ihr ganzes Gewicht an das Seil hängen und sich dem schwindelerregenden Vor- und Zurückspulen überlassen mußten, das notwendig war, um das Seil wieder glatt zu bekommen. Und nicht nur Blöcke mußten sie beseitigen und Geröll von den Simsen fegen, sondern oft genug auch, vor allem in Engpässen, am gewachsenen Fels herumklopfen, um für das Seil eine wenigstens einigermaßen freie Bahn zu schaffen, damit es herabgelassen werden konnte, ohne über scharfe Steinkanten zu scheuern, denn dadurch wäre es früher oder später zu stark beschädigt worden, und es war ohnehin schon besonders dünn: ein Sicherheitslimit von einhundert Prozent, wenn Le Cagot mit seinen zweiundachtzig Kilo und einem gefüllten Behälter

daran hing. Beim Konstruieren der Pedalwinde hatte Hel absichtlich das leichteste Seil gewählt – aus zwei Gründen: wegen der Flexibilität in den Korkenzieherpassagen und wegen des Eigengewichts. Nicht das Gewicht der Seiltrommeln verursachte ihm Kopfzerbrechen; seine eigentliche Sorge galt dem Gewicht des abgespulten Seils. Wenn man drei- bis vierhundert Meter tief unten hing, verdreifachte das Eigengewicht des Seils die Arbeitslast der Männer an der Winde.

Da es im Schacht immer stockdunkel war, verloren sie bald jedes Zeitgefühl und stellten beim Herauskommen häufig verwundert fest, daß es bereits Abend war. Jeder von ihnen arbeitete, solange die Kräfte reichten, um möglichst wenig Zeit mit dem Heraufholen des einen und dem Hinablassen des anderen zu verschwenden. Es gab erregende Momente, wenn eine Verstopfung endlich brach und zehn Meter offenen Schachts freigab; dann brachen sie beide in Jubel aus, der Mann am unteren Seilende und der andere oben am Telefonkopfhörer. Ein anderes Mal wiederum gelang es zwar, eine Blockade zu beseitigen, doch die Gesteinstrümmer fielen nur ein bis zwei Meter tief auf die nächste Barriere hinab und verstärkten diese dadurch noch.

Die jungen Männer an der Winde hatten noch keine Erfahrung mit dieser Arbeit und vergaßen einmal sogar, die Sicherheitsklemmen aufzusetzen. Unten hing gerade Hel am Seil und hämmerte mit einem kurzstieligen Handpickel an einer pyramidenförmigen Blockade aus vier Steinen herum. Unvermittelt gaben die Steine unter ihm nach. Das Seil über ihm war schlaff. Er stürzte . . .

Ungefähr dreißig Zentimeter tief bis auf die nächste Blockade.

Für den Bruchteil einer Sekunde war er ein toter Mann. Und er blieb eine Weile schweigend da unten hocken, weil der gewaltige Adrenalinstoß seinen Magen zum Flattern gebracht hatte. Dann setzte er den Kopfhörer auf und gab mit seiner leisen Gefängnisstimme langsam glasklare Anweisungen für die Verwendung der Klemmen. Und machte sich wieder an die Arbeit.

Waren Hel und Le Cagot körperlich zu erschöpft, an Knien und Fingerknöcheln zu verkratzt, waren ihre Unterarme zu verkrampft, um mit der Faust den Eispickelgriff fest zu umschließen, legten sie sich in der *artzain chola* eines Schäfers schlafen, die nur während der Sommerweidezeit an der Flanke des Pic d'Orhy, der höchsten Erhebung im Baskenland, benutzt wurde. Zu verkrampft und verspannt, um sofort einzuschlafen, plauderten sie noch eine Weile, während der Wind klagend um die Südflanke des Pic d'Orhy strich. Und hier hörte

Hel zum erstenmal das Sprichwort, demzufolge alle Basken, wo immer sie sein mögen, unaufhörlich ein romantisches fieberhaftes Sehnen nach Eskual-herri empfinden.

Orhiko choria Orhin laket: »Die Vögel von Orhy sind nur in Orhy glücklich.«

Die schlimmste und von der schwersten Frustration gekennzeichnete Phase ihrer Erkundungstour war jedoch jene, die sie in 365 Meter Tiefe an einer gewaltigen Blockade verbrachten, wo sie in einem unablässigen Regen eisigen Sickerwassers arbeiten mußten. Sie hörten das Dröhnen und Rauschen eines unterirdischen Flusses, der sich dicht unter ihnen in den Schacht ergoß. Dem Geräusch nach zu urteilen, stürzte das Wasser nach dem Eintritt in den Schacht in große Tiefe hinab, daher war anzunehmen, daß es den Rest des Schachtes von Barrieren freigehalten hatte. Als Hel nach drei Stunden, in denen er auf das festgeklemmte Gestein eingehämmert hatte, wieder nach oben kam, war er leichenblaß und zitterte vor Kälte am ganzen Körper; sein Lippen waren von der Unterkühlung blau, Hände und Gesicht vom stundenlangen Hängen im kalten Wasser fahl und runzlig. Le Cagot lachte herzhaft über ihn und prahlte, er werde gleich sehen, wie der Fels vor der Kraft eines Basken erbebe und freiwillig weiche. Aber er war noch nicht sehr lange im Schacht, da kam seine Stimme schon keuchend und spuckend durchs Telefon, verfluchte die Blockade, den eiskalten Regen, den dämlichen Schacht, die Berge, den Höhlensport und die gesamte Schöpfung bei den rauchenden Eiern des Heiligen Geistes! Dann herrschte auf einmal Stille. Und schließlich kam seine Stimme atemlos und gedämpft wieder: »Es fängt an zu rutschen. Seht zu, daß diese verdammten Klemmen festsitzen. Wenn ich falle und meinen Adoniskörper beschädige, werde ich raufkommen und eine Menge Arschtritte verteilen!«

»Warte!« schrie Hel ins Telefon, denn das Seil hing noch durch, damit Le Cagot mehr Bewegungsfreiheit hatte.

Mit einem Grunzen kam der letzte Schlag, dann spannte sich auf einmal das Seil. Eine Zeitlang blieb alles ruhig; kurz darauf rief er mit angestrengter und metallisch klingender Stimme: »Das wär's, Freunde und Bewunderer! Wir sind durch. Und ich hänge in einem gottverdammten Wasserfall.« Kurze Pause. »Übrigens, ich habe mir den Arm gebrochen.«

Hel atmete einmal tief durch und vergegenwärtigte sich das Schema

des Schachts. Dann fragte er mit seiner ruhigen, leisen Stimme durchs Telefon: »Schaffst du es mit einer Hand durch den Korkenzieher?«
Keine Antwort von unten.
»Beñat? Meinst du, daß du es schaffst?«
»In Anbetracht der Alternative sollte ich es wohl lieber versuchen.«
»Wir werden alles schön langsam und ruhig machen.«
»Das wäre sehr nett von euch.«
Auf Hels Anweisung begann einer der jungen Männer in die Pedale zu treten. Das System hatte eine so niedrige Übersetzung, daß sie ein sehr langsames Tempo einhalten konnten, und auf den ersten zwanzig Metern gab es auch keine Schwierigkeiten. Aber dann kam Le Cagot an den Korkenzieher, der sich beinahe achtzig Meter emporschraubte. Hier konnten sie ihn nicht mehr ziehen, denn die Nischen und Schlitze, die sie in den Fels gehauen hatten, um dem Seil freien Durchgang zu sichern, waren nur wenige Zentimeter breit. Le Cagot mußte also klettern und sich immer wieder irgendwo feststemmen, um hinaufzurufen, man möge das Seil nachlassen, damit er emporlangen und es aus einem schmalen Schlitz herausschleudern konnte. Und das alles mit einer Hand.
Zuerst kam Le Cagots Stimme regelmäßig über die Leitung – scherzend und Lieder summend, die gewohnten Manifestationen seiner gewaltigen Aufschneiderei. Es war üblich, daß er unter der Erde ständig redete und sang. Er behauptete, als Poeten und Egoisten erfreue ihn der von Widerhall und Echo angereicherte Klang seiner Stimme besonders. Hel hatte immer gewußt, daß dieses Geplauder außerdem noch den Zweck erfüllte, die Stille zu unterbrechen und Dunkelheit und Einsamkeit zu vertreiben, aber er hatte nie darüber gesprochen. Diesmal jedoch dauerte es nicht lange, und das Singen, Scherzen und Fluchen, mit dem er sonst vor denen prahlte, die oben geblieben waren, und außerdem seine Angst vor der Gefahr beschwichtigte, wich allmählich dem schweren Rasseln mühsamen Atmens. Gelegentlich, wenn eine Bewegung Schmerzwellen durch seinen gebrochenen Arm jagte, vernahmen sie ein unterdrücktes Stöhnen.
Hinauf und hinab ging das Seil. Ein paar Meter hinauf, dann brauchte Le Cagot an einer Stelle Bewegungsfreiheit, um das Seil wieder klarzumachen. Hätte er beide Hände frei gehabt, er hätte mit

der einen ständig das Seil über sich klarhalten und so relativ zügig hinaufklettern können.
Der Junge an den Pedalen war erschöpft, also stoppten sie das Seil mit den Sicherheitsklemmen, während der andere junge Mann seinen Platz einnahm. Das Treten war jetzt, da über die Hälfte des Seilgewichts auf den Trommeln hing, leichter geworden, doch Le Cagot kam trotzdem nur langsam und unregelmäßig voran. Zwei Meter hinauf; drei Meter nachlassen, um das Seil loszubekommen; dann wieder anziehen; einen Meter hinauf; zwei Meter hinab; zweieinhalb Meter hinauf.
Hel unterhielt sich nicht übers Telefon mit Le Cagot. Die beiden waren alte Freunde, und Hel wollte ihn nicht dadurch kränken, daß er den Anschein erweckte zu glauben, der Baske brauche die psychologische Stütze des aufmunternden Gesprächs. Ausgepumpt von der Nervenanspannung und den unwillkürlichen, doch sinnlosen Versuchen, Le Cagot durch sympathetische Muskelbewegungen und Körpersprache heraufzuhelfen, stand Hel, der sich sehr überflüssig fühlte, neben der Seiltrommel und lauschte auf Le Cagots keuchenden Atem, der über die Telefonleitung kam. Das Seil war alle zehn Meter mit einem roten Strich markiert, daher konnte Hel, indem er zusah, wie es sich langsam aufrollte, genau feststellen, wo im Schacht Le Cagot sich gerade befand. In Gedanken sah er die Gesteinsformationen vor sich: den kleinen Sims, wo er sich mit den Zehen festhalten konnte; den verkanteten Dieder, wo sich das Seil bestimmt verfangen würde, den Flaschenhals, in dem der gebrochene Arm zweifellos furchtbare Schmerzen aushalten mußte.
Le Cagots Atem kam keuchend und stoßweise. Hel verfolgte das Seil mit den Augen; Le Cagot mußte jetzt an der schwierigsten Stelle des Aufstiegs sein, einem Doppeldieder in vierundvierzig Meter Tiefe. Unmittelbar darunter gab es einen schmalen Sims, wo man zu einem ersten *jackknife squeeze* ansetzen konnte, ein Manöver zum Erklettern eines Kamins, der stellenweise so eng war, daß man sich höchstens mit Knien und Fersen festklemmen konnte, der aber an anderer Stelle so breit wurde, daß höchstens Fußsohlen und Nacken als Stütze dienten, ein Manöver also, das selbst für einen Mann mit zwei gesunden Armen schwierig genug war. Und die ganze Zeit mußte der Kletterer das durchhängende Seil davor bewahren, sich oben zwischen den Überhängen zu verfangen.
»Stop!« ertönte Le Cagots erschöpfte Stimme. Er war vermutlich jetzt

an dem Sims, legte den Kopf in den Nacken und spähte im Schein seiner Helmlampe zu dem unteren der beiden Dieder empor. »Ich glaube, ich werde mich hier einen Moment ausruhen.«
Ausruhen? dachte Hel. Auf einem sechs Zentimeter breiten Sims ausruhen?
Das schien das Ende zu sein. Le Cagot war ausgepumpt. Anstrengung und Schmerzen hatten ihn fertiggemacht, und das härteste Stück lag noch vor ihm. Sobald er an dem Doppeldieder vorbei war, würde das Seil sein Gewicht tragen, und sie konnten ihn wie einen Sack Hirse nach oben ziehen. Doch diesen Doppeldieder mußte er allein schaffen.
Der Junge an den Pedalen sah Hel mit vor Angst geweiteten schwarzen Augen an. Papa Cagot war für diese Burschen ein Volksheld. Denn hatte er nicht der Welt auf seinen Tourneen durch die Universitäten Englands und der Vereinigten Staaten, wo engagierte junge Menschen seinem Revolutionärsgeist applaudierten und mit gespannter Aufmerksamkeit den Versen lauschten, die sie nicht verstanden, bewiesen, wie einzigartig die baskische Lyrik ist? Und war er, Papa Cagot, nicht mit Hel, diesem Ausländer, nach Spanien hinübergegangen, um dreizehn Basken zu retten, die ohne Gerichtsverhandlung im Gefängnis saßen?
Le Cagots Stimme kam über den Draht. »Ich glaube, ich werde hier ein Weilchen bleiben.« Er keuchte und krächzte jetzt nicht mehr, sondern sprach mit einer gelassenen Resignation, die gar nicht zu seiner sonst so geräuschvollen Persönlichkeit paßte. »Hier gefällt es mir nicht schlecht.«
Ohne genau zu wissen, was er tun würde, begann Nikolai mit seiner leisen Stimme ins Telefon zu sprechen. »Neandertaler. Ja, wahrscheinlich sind sie Neandertaler.«
»Wovon redest du?« erkundigte sich Le Cagot.
»Von den Basken.«
»Das ist ja an sich lobenswert. Aber was hat das mit Neandertalern zu tun?«
»Ich habe mich mit dem Ursprung der baskischen Rasse befaßt. Du kennst die Fakten genauso wie ich. Die Basken haben die einzige noch lebendige präarische Sprache. Und es gibt gewisse Anzeichen dafür, daß sie eine Rasse sind, die mit dem übrigen Europa nichts gemein hat. Die Blutgruppe Null findet man höchstens bei vierzig Prozent der Europäer, aber bei nahezu sechzig Prozent der Basken. Und die Blutgruppe B ist bei den Eskualdun so gut wie unbekannt. All das

weist darauf hin, daß wir es mit einer ganz und gar eigenen Rasse zu tun haben, die von einem anderen Primatenvorfahren abstammt.«

»Niko, ich möchte dich warnen. Dieses Gerede nimmt eine Wendung, die mir nicht gefällt!«

»... und dann ist da auch noch die Kopfform. Der Rundschädel der Basken ist mit dem der Neandertaler näher verwandt als mit dem höheren Cro-Magnon, von dem die kultivierteren Völker der Erde abstammen.«

»Bei den zwei nassen Eiern von Johannes dem Täufer, Niko – du bringst es noch fertig und machst mich wütend!«

»Ich will ja nicht sagen, daß es die Intelligenz ist, in der sich die Basken von den Menschen unterscheiden. Denn schließlich haben sie viel gelernt, als sie ihren spanischen Herren und Meistern zu Füßen saßen ...«

»Ach!«

»... nein, es ist eher eine Frage der Physis. Während die Basken eine Art schnell aufflackernder Kraft und Wagemut haben – hervorragend geeignet für einen Hüpfer ins Heu mit einem Mädchen oder für einen Raubüberfall –, müssen sie passen, sobald es um Zähigkeit geht, um Ausdauer ...«

»Laßt das Seil ein Stück runter!«

»Nicht, daß ich ihnen deswegen einen Vorwurf mache. Jeder ist nun mal so, wie er ist. Ein Trick der Natur, eine Falte im Zeitablauf hat diese minderwertige Rasse in einem gebirgigen Winkel der Welt erhalten, wo sie nur überleben konnte, weil – seien wir ehrlich! – kein Mensch dieses öde Land des Eskual-herri wollte.«

»Ich komme rauf, Niko! Genieß die Sonne, solange du kannst! Heute ist dein letzter Tag!«

»Quatsch, Beñat! Sogar *ich* hätte Schwierigkeiten mit diesem Doppeldieder. Und ich habe zwei gesunde Arme und leide nicht an dem Makel, ein Neandertaler zu sein.«

Le Cagot antwortete nicht mehr. Nur sein schwerer Atem kam noch durch den Draht, und manchmal, wenn sein gebrochener Arm einen Stoß einstecken mußte, ein unterdrücktes Stöhnen.

Jetzt zwanzig Zentimeter weit, dann dreißig, holte der Junge an der Winde das Seil ein; die Augen fest auf die Markierung gerichtet, die durch die Dreifußhalterungen kamen, schluckte er mitfühlend bei jedem tierischen Keuchen, das in seinen Kopfhörern dröhnte. Der andere Junge hielt das gespannte Seil in der Hand – eine nutzlose Geste der Hilfeleistung.

Hel nahm seine Kopfhörer ab und setzte sich an den Rand des *gouffre*. Er konnte jetzt nichts mehr tun und wollte nicht hören, wie Beñat stürzte, falls es schiefging. Er senkte den Blick und versetzte sich in eine mitteltiefe Meditation, die seine Gefühle narkotisierte. Und tauchte erst wieder auf, als ein Ruf des Burschen an der Winde ihn aufschreckte. Die Vierzigmetermarkierung war in der Halterung. Sie konnten ihn ans Seil nehmen! Hel stand neben dem engen Schlund des Einstiegs. Unten hörte er Le Cagots schlaffen Körper an den Schachtwänden entlangscharren. Kerbe um Kerbe holten ihn die jungen Männer herauf – unendlich langsam und vorsichtig, damit sie ihm nicht unnötig weh taten. Das Sonnenlicht drang höchstens ein bis zwei Meter tief in das dunkle Loch, daher lagen nur wenige Sekunden zwischen dem Auftauchen von Le Cagots Gurtgeschirr und dem Moment, da er frei, bewußtlos und mit aschfahlem Gesicht am Flaschenzug hing.

Als er wieder zu sich kam, lag Le Cagot, den Arm in einer improvisierten Schlinge, auf einem Kastenbett in der *artzain xola* des Schäfers. Während die jungen Basken ein Reisigfeuer entfachten, saß Hel auf der Bettkante und blickte in das wettergegerbte Gesicht seines Kameraden mit den tief eingesunkenen Augen und der sonnenbraunen Haut, die unter dem dichten rostroten graugesprenkelten Bart immer noch grau war von dem erlittenen Schock.

»Möchtest du einen Schluck Wein?« fragte Hel.

»Ist der Papst eine Jungfrau?« Le Cagots Stimme klang schwach und rauh. »Spritz du ihn für mich, Niko. Zwei Dinge gibt es, die ein Einarmiger nicht fertigbringt. Und eines davon ist, aus einem *xahako* zu trinken.«

Da das Trinken aus einem Ziegenleder-*xahako* eine Frage der automatischen Koordination von Hand und Mund ist, stellte Nikolai sich ungeschickt an und spritzte ein paar Tropfen daneben.

Le Cagot hustete und würgte beim Schlucken des unbeholfen dargebotenen Weins. »Du bist die mieseste Krankenschwester der Welt, Niko. Das schwöre ich bei den verschluckten Eiern des Jonas!«

Hel lächelte. »Und was ist das zweite, das ein Einarmiger nicht tun kann?« fragte er ruhig.

»Das werde ich dir nicht sagen, Niko. Es ist zu unanständig, und du bist zu jung.«

In Wirklichkeit war Nikolai sogar älter als Le Cagot, aber er wirkte um fünfzehn Jahre jünger.
»Es ist Nacht, Beñat. Morgen früh bringen wir dich ins Tal. Dann werde ich einen Veterinär kommen lassen, der dir den Arm wieder einrenkt. Ärzte arbeiten nämlich nur am Homo sapiens.«
Da fiel es Le Cagot wieder ein. »Hoffentlich habe ich dich nicht allzu schwer verletzt, als ich nach oben kam, Niko. Aber du hast es herausgefordert. Wie man so schön sagt: *Nola neurtcen baituçu; Hala neurtuco çare Çu.*«
»Ich werde die Prügel, die du mir verpaßt hast, schon überleben.«
»Gut.« Le Cagot grinste. »Du hast wirklich ein schlichtes Gemüt, mein Freund. Glaubst du tatsächlich, ich hätte dein kindisches Spiel nicht durchschaut? Du wolltest mich in Zorn versetzen, damit ich die Kraft aufbringe, es bis nach oben zu schaffen. Aber es hat nicht funktioniert...«
»Nein, es hat nicht funktioniert. Die baskische Seele ist zu subtil für mich.«
»Sie ist zu subtil für alle außer Sankt Peter – der übrigens selber Baske war, obwohl das nur sehr wenige wissen. Und jetzt erzähle: Wie sieht unsere Höhle aus?«
»Ich war noch nicht unten.«
»Du warst noch nicht unten? *Alla Jainkoa!* Aber ich bin nicht bis auf den Grund gekommen! Wir haben sie noch nicht richtig in Besitz genommen. Was, wenn nun irgendein Esel von Spanier zufällig den Schacht findet und die Höhle für sich beansprucht?«
»Na schön. Morgen früh werde ich runtergehen.«
»Gut. Und jetzt gib mir noch etwas Wein. Aber halte den Schlauch diesmal still! Nicht wie ein Dreikäsehoch, der versucht, seinen Namen in den Schnee zu pinkeln!«

Am nächsten Morgen stieg Hel hinunter. Der Weg war bis ganz unten hin frei. Er kam durch den Wasserfall an die Stelle, wo der Schacht in die große Höhle mündete. Als er da hing und sich am Seil drehte, während die Jungen oben ihn mit den Klemmen hielten, weil sie die Trommeln auswechseln mußten, wurde ihm klar, daß sie einen spektakulären Fund gemacht hatten. Die Höhle besaß so gewaltige Ausmaße, daß das Licht seiner Helmlampe nicht bis zu den Wänden reichte.
Kurz darauf landete er auf dem Gipfel des Geröllkegels, wo er sein

Geschirr abschnallte und an einem Felsbrocken befestigte, damit er es später wiederfand. Nachdem er den Steinhaufen, auf dem die Felsbrocken in prekärem Gleichgewicht lagen, vorsichtig hinabgeklettert war, stand er ungefähr zweihundert Meter tiefer auf dem Boden der Höhle. Er entzündete eine Magnesiumfackel und hielt sie ein wenig hinter sich, so daß das Licht ihn nicht blendete. Die Höhle war riesig – größer als eine Kathedrale –, und nach jeder Richtung zweigten Myriaden von Gängen ab. Aber der unterirdische Fluß strömte auf Frankreich zu, und daher würde das, wenn sie zurückkehrten, die Richtung ihrer Hauptforschungen sein. Obwohl ihn die natürliche Neugier des Höhlenveteranen plagte, versagte Nikolai es sich, ohne Le Cagot weiter vorzudringen. Denn das hätte er als unfair empfunden. Er bahnte sich also einen Weg den Geröllkegel hinauf und legte sein Geschirr wieder an.

Vierzig Minuten später kam er im *gouffre* ans Licht eines dunstigen Morgens. Nach kurzer Rast half er den jungen Männern, das Dreibein aus Aluminiumrohr und die Verankerungskabel für die Winde abzumontieren. Sie rollten mehrere schwere Felsbrocken über die Öffnung – einmal, um sie vor jedem zu verbergen, der zufällig des Weges kam, zum anderen aber auch, damit im folgenden Frühjahr die Schafe nicht hineinstürzen konnten.

Sie verteilten Felstrümmer und Steine über die Stelle, um die Abdrücke der Winde und der Kabelenden zu verwischen, doch sie wußten, daß die sicherste Tarnung der herannahende Winter besorgen würde.

Als er wieder in der *artzain xola* eintraf, erstattete Hel Le Cagot Bericht, der trotz seines schmerzenden Arms in Begeisterung geriet.

»Gut, Niko! Im nächsten Sommer kommen wir wieder. Hör zu. Während du unten warst, habe ich über etwas nachgedacht. Wir müssen unserer Höhle doch einen Namen geben, nicht wahr? Und dabei möchte ich gerecht verfahren. Schließlich warst du der erste Mann unten, obwohl wir auch nicht vergessen dürfen, daß die letzte Blockade nur dank meines Mutes und meiner Geschicklichkeit durchbrochen wurde. Und nachdem ich all dies berücksichtigt habe, bin ich auf den idealen Namen gekommen.«

»Und der wäre?«

»Le Cagots Höhle. Na, wie klingt das?«

Hel lächelte. »Es ist gerecht, Beñat. Weiß Gott, es ist gerecht.«

All das war nun schon ein ganzes Jahr her. Als der Schnee auf den Bergen schmolz, waren sie wieder heraufgekommen und hatten mit den Erkundungs- und Kartographierungstouren begonnen. Und jetzt waren sie so weit, daß sie ihre Hauptexpedition entlang des unterirdischen Flusses unternehmen konnten.
Seit über einer Stunde hatte Hel, voll angekleidet und in Stiefeln, auf seiner Felsplatte geschlafen, während Le Cagot sich die Zeit damit vertrieb, daß er sich mit sich selbst und mit dem schlafenden Hel unterhielt und nebenbei die Flasche Izarra leerte. Immer abwechselnd nahm er einen Schluck für sich selbst und einen für Nikolai.
Als Hel sich endlich wieder regte, weil der Druck des harten Felslagers sogar seinen ohnmachtsähnlichen Erschöpfungsschlaf störte, unterbrach Le Cagot seinen Monolog und versetzte dem Gefährten einen Stoß mit der Stiefelspitze. »He, Niko! Willst du ewig weiterschlafen? Wach endlich auf und sieh dir an, was du getan hast! Die halbe Flasche Izarra hast du ausgetrunken, du gieriger Mistkerl!«
Hel richtete sich auf und streckte die verkrampften Muskeln. Während des Schlafes war die feuchte Kälte der Höhle ihm bis tief in die Knochen gedrungen. Er langte nach der Flasche und entdeckte, daß sie leer war.
»Die andere Hälfte habe ich getrunken«, gestand Le Cagot. »Aber ich mache dir gern einen Tee.« Während Beñat mit dem Spirituskocher hantierte, befreite sich Hel von seinen Gurten und dem Fallschirmspringeranzug, der an Hals und Handgelenken mit Gummikanten versehen worden war, damit kein Wasser eindringen konnte. Er zog die vier dünnen Sweater aus, die seinen Körper warm hielten, ersetzte den untersten durch einen trockenen Jumper aus lockerem Strickstoff und zog die drei nassen Pullover wieder darüber. Sie waren aus guter baskischer Wolle gestrickt und hielten selbst in nassem Zustand warm. All dies geschah beim Licht einer selbstkonstruierten Lampe: einer Zehnwattbirne, verbunden mit einer wachsversiegelten Autobatterie, die, wenn auch primitiv, doch den Zweck erfüllte, die nervenzermürbende Finsternis zu bannen, die von allen Seiten auf sie eindrang. Eine frisch gefüllte Batterie hielt die kleine Lampe vier Tage lang Tag und Nacht in Gang, und sie konnte bei Bedarf durch den nunmehr erweiterten Flaschenhals und den Doppeldieder hinaufgeschickt werden, um an dem pedalbetriebenen Generator, der auch die Telefonbatterie speiste, frisch aufgeladen zu werden.
Hel zog Gamaschen und Stiefel aus. »Wieviel Uhr ist es?«

Le Cagot brachte ihm eine Blechtasse voll Tee. »Kann ich dir nicht sagen.«
»Wieso nicht?«
»Wenn ich das Handgelenk umdrehe, kippe ich deinen Tee auf den Boden – darum, du Esel! Hier, nimm!« Le Cagot schüttelte die Finger, denn die Tasse war heiß. »Jetzt kann ich auf meine Uhr sehen. Auf dem Grund von Le Cagots Höhle – und möglicherweise auch andernorts auf der Welt – ist es genau sechs Uhr siebenunddreißig!«
»Gut.« Hel schüttelte sich, als er die dünne Brühe trank, die Le Cagot als Tee bezeichnete. »Dann haben wir fünf bis sechs Stunden Zeit zum Essen und Ausruhen, bevor wir dem Fluß in diesen großen, nach unten führenden Tunnel folgen. Hast du alles bereitgelegt?«
»Haßt der Teufel das Weihwasser?«
»Hast du den Brunton-Kompaß überprüft?«
»Ist Babyscheiße gelb?«
»Bist du sicher, daß das Gestein kein Eisen enthält?«
»Hat Moses Waldbrände gelegt?«
»Und ist das Fluoreszin verpackt?«
»Ist Franco ein Arschloch?«
»Na gut. Dann werde ich jetzt in meinen Schlafsack kriechen und eine Mütze voll Schlaf nehmen.«
»Wie kannst du jetzt schlafen? Heute ist doch der große Tag! Viermal sind wir in diesem Loch hier unten gewesen, haben gemessen, Karten gezeichnet, markiert. Und jedesmal haben wir dem Wunsch widerstanden, dem Flußlauf zu folgen, weil wir das größte Abenteuer bis zuletzt aufsparen wollten. Aber jetzt ist der Augenblick gekommen! Da kann man doch unmöglich schlafen! Niko? Niko? Verdammt noch mal!« Le Cagot zuckte seufzend die Achseln. »Soll einer die Orientalen verstehen.«
Zusammen würden sie zwanzig Pfund fluoreszierende Farbe mitnehmen, die sie in den unterirdischen Fluß kippen wollten, sobald sie ihm nicht mehr folgen konnten, weil ihnen der Weg entweder durch einen Einbruch versperrt war oder das Wasser in einem Abfluß verschwand. Nach ihren Berechnungen mußte der Fluß in den Torrent von Holçarté münden, und Hel hatte während des Winters, als Le Cagot in Spanien seinem Patriotismus frönte, die ganze Länge jener herrlichen Schlucht inspiziert, wo der Wildbach ein zweihundert Meter tiefes Bett in den Fels gegraben hatte. Er hatte mehrere Einmündungen

unterirdischer Flüsse gefunden, aber nur eine, deren Strömungsgeschwindigkeit und Position sie zu einem möglichen Kandidaten machte. In wenigen Stunden würden zwei junge baskische Höhlenforscher an dieser Mündung ihr Lager aufschlagen und abwechselnd das Wasser beobachten. Beim ersten Auftauchen einer Farbspur in der Strömung würden sie nach ihrer mit der Le Cagots abgestimmten Uhr die Zeit notieren. Aufgrund dieser Zeitnahme und ihrer ungefähren navigatorischen Berechnungen im Höhlensystem würden Hel und Le Cagot dann beurteilen, ob es eventuell möglich war, dem Fluß im Taucheranzug unter Wasser zu folgen und das große Finale jeder gründlichen Erforschung einer Höhle zu erleben: eine Tour vom senkrechten Einstiegsschacht bis an die Luft und das Licht der Mündung. Nach fünf Stunden Tiefschlaf erwachte Hel, wie er es immer tat, unmittelbar und vollständig, jedoch ohne einen Muskel zu regen oder die Augen aufzuschlagen. Sofort meldete sich sein hochentwickelter Proximitätssinn. In seiner Reichweite befand sich nur eine einzige Person, und deren Schwingungen waren unscharf, gestreut, schwach. Die Person träumte entweder im Wachen, meditierte oder schlief. Dann hörte er Le Cagots Bariton schnarchen.

Le Cagot lag in seinem Schlafsack; nur sein langes Haar und der rostrote Bart waren im matten Schein der Zehnwattbirne zu erkennen. Hel erhob sich und zündete die blaue Flamme des Spirituskochers. Während das Wasser kochte, suchte er in den Lebensmittelbehältern nach seinem Tee, einem starken, bitteren *cha*, den er so lange ziehen ließ, bis er doppelt soviel Koffein enthielt wie Kaffee.

Als ein Mann, der sich allen körperlichen Aktivitäten uneingeschränkt hingab, war Le Cagot ein sehr tiefer Schläfer. Er rührte sich nicht einmal, als Hel seinen Arm aus dem Schlafsack zog, um auf seine Uhr zu sehen. Sie mußten aufbrechen. Hel stieß Beñat in die Seite, erhielt als Reaktion aber nichts als ein Knurren und einen gemurmelten Fluch. Er stieß ihn abermals an, und Le Cagot drehte sich auf die Seite, rollte sich ein und hoffte, diese Belästigung werde sich in Luft auflösen. Als das Wasser an den Seiten des Topfes winzige Bläschen zu bilden begann, versetzte Hel seinem Kameraden einen dritten und noch kräftigeren Stoß. Da erwachte Le Cagot endlich.

Ohne sich umzudrehen, knurrte er verschlafen: »Es gibt ein altes baskisches Sprichwort, das heißt, wer einen Schlafenden stört, muß sterben.«

»Wir müssen alle sterben.«

»Siehst du? Wieder ein Beweis für die Richtigkeit unserer Volksweisheiten.«
»Komm schon, steh auf!«
»Warte mal! Laß mir um Gottes willen eine Minute Zeit, um mich zurechtzufinden!«
»Ich werde jetzt meinen Tee austrinken und mich auf den Weg machen. Wenn ich zurückkomme, werde ich dir von der Höhle erzählen.«
»Na schön.« Wütend arbeitete sich Le Cagot aus dem Schlafsack und hockte, finster über seinem Tee brütend, neben Hel auf der Felsplatte.
»Jesus, Maria, Joseph und der Esel! Was für ein Tee ist denn das?«
»Gebirgs-*cha.*«
»Schmeckt wie Pferdepisse.«
»Da muß ich mich auf dein Wort verlassen. Leider habe ich keine so gründlichen kulinarischen Erfahrungen wie du.«
Hel leerte seine Tasse, dann wog er die beiden Rucksäcke und wählte den leichteren. Er nahm seine Rolle Edelrid-Seil und einen dicken Karabinerhaken, an dem er einen Ring kleinerer Karabiner befestigte. Dann kontrollierte er rasch die Seitentasche seines Rucksacks, um sich zu vergewissern, daß auch das Standardsortiment von Kletterhaken für die verschiedenen Gesteinsformationen vorhanden war. Zuletzt tauschte er die Batterien seiner Helmlampe gegen frische aus. Diese Lampe war auch eine seiner Erfindungen und beruhte auf der für Versuchszwecke benutzten Gerard/Simon-Batterie, einem kleinen, aber starken Zylinder, von dem acht Stück zwischen Kopfteil und Futter des Helms paßten. Es gehörte zu Hels Hobbies, in seiner Werkstatt Ausrüstungsgegenstände für die Höhlenforschung zu entwerfen und anzufertigen. Zwar dachte er nicht daran, sich diese Erfindungen patentieren oder sie fabrikmäßig herstellen zu lassen, doch alte Höhlenforscherfreunde beschenkte er oft mit Prototypen.
Hel blickte auf Le Cagot hinab, der immer noch schmollend vor seinem Tee hockte. »Du findest mich am Ende des Höhlensystems. Ich werde leicht zu erkennen sein: Ich bin der mit dem Siegerblick.« Damit betrat er den langen Korridor, den das Flußbett bildete.
»Bei den felsigen Eiern von St. Peter, du hast die Seele eines Sklaventreibers! Wußtest du das?« rief Le Cagot ihm nach, während er hastig seine Gerätschaften zusammensuchte und dabei vor sich hinmurmelte: »Ich könnte schwören, er hat Falangeblut in den Adern!«

Kurz nachdem er die Galerie betreten hatte, blieb Hel stehen, um auf Le Cagot zu warten. Das ganze Theater des Ermahnens und Schimpfens war Teil des Zeremoniells ihrer Freundschaft. Hel war durch seine Persönlichkeit, seine Geschicklichkeit als Pfadfinder, die auf seinem Proximitätssinn beruhte, und seine körperliche Geschmeidigkeit zum Führer prädestiniert. Le Cagots bullige Kraft und Ausdauer bestimmten ihn zum Schlußmann beim Höhlenklettern. Von Anfang an hatten sie ein Schema eingeführt, das es Le Cagot gestattete, sein Gesicht und seine Selbstachtung zu wahren. Er war es, der die Geschichten erzählte, wenn sie aus den Höhlen herauskamen. Er war es, der ununterbrochen fluchte, tyrannisierte und maulte wie ein verzogenes Kind. Der Dichter in Le Cagot hatte für sich die Rolle des *miles gloriosus*, des falstaffischen Clown zurechtgezimmert – allerdings mit einem schwerwiegenden Unterschied zum wirklichen Prahlhans: Seine Aufschneiderei stützte sich auf eine lange Vorgeschichte verwegenen, lachenden Mutes bei zahllosen Guerillaaktionen gegen die Faschisten, die sein Volk in Spanien unterdrückten.
Als Le Cagot Hel eingeholt hatte, stiegen sie gemeinsam den schrägen, sich rasch verengenden Einschnitt hinab, dessen Boden und Wände durch die Arbeit des unterirdischen Flusses glattgerieben worden waren und die Formationsstruktur des Höhlensystems verrieten. Der Fels über ihnen war reiner Kalkstein, der Boden, über den das Wasser strömte, uralter Schiefer. Seit Äonen war Sickerwasser durch den porösen Kalk bis auf den undurchlässigen Schiefer gedrungen, über den es abfloß, um sich in der Tiefe einen Auslaß zu suchen. Allmählich hatte das leicht säurehaltige Sickerwasser den Kalkstein unmittelbar über dem Schiefer aufgelöst und sich eine Art Wasserleitung geschaffen. Und mit der Zeit hatte es auch die Ränder dieser Röhre angenagt, bis sie unterhöhlt war und Einbrüche entstanden, deren Trümmer das Wasser geduldig durch Absorption und Abschleifen erodierte; und auch das Geröll selbst wirkte als Schleifmittel, wenn es mit der Strömung davongetragen wurde, half beim Unterhöhlen, löste weitere Einbrüche aus und vervielfachte damit die Wirkung: So hatte sich über Hunderttausende von Jahren durch eine geometrische Progression, bei der die Wirkung zugleich Ursache war, dieses große Höhlensystem entwickelt. Die Hauptarbeit geschah durch das lautlose, allmähliche, doch unablässige Abschleifen und Auflösen, und nur gelegentlich wurde dieses geduldige Wirken vom hochdramatischen geologischen Paukenschlag eines größeren Ein-

sturzes unterbrochen, der meistens von den Erdbeben ausgelöst wurde, die typisch waren für dieses unterirdische System von Verwerfungen und Spalten, das über Tage seinen Ausdruck in einer Karstlandschaft mit den scharfen Felsvorsprüngen, den häufigen trichterförmigen Vertiefungen und den *gouffres* fand, die der Region ihren Ruf als günstiger Platz für Höhlenforschung eingetragen hatten.

Über eine Stunde lang folgten sie dem Korridor allmählich nach unten, während die Seiten und das Dach ihres Tunnels sich langsam immer mehr verengten, bis sie sich auf einem schmalen Sims neben dem brausenden Strom dahinschoben, dessen Bett ein tiefer, vertikaler Einschnitt von nicht mehr als zwei Meter Breite, aber von über zehn Meter Tiefe war. Das Dach senkte sich immer weiter, und sie kamen nur noch mühsam tief gebückt vorwärts, während die Rucksäcke am Fels über ihnen entlangscheuerten. Als sie dann fast in der Hocke auf diesem schmalen Sims dahinkriechen mußten, so daß ihre Beinmuskeln zu versagen drohten, begann Le Cagot lautstark über die Schmerzen in seinen zitternden Knien zu fluchen.

Als der Gang immer enger wurde, quälte sie beide ein beunruhigender Gedanke. Wäre es nicht bittere Ironie, wenn ihre Expedition nach all den Vorbereitungen und dem Herbeischleppen von Vorräten hier enden würde? Wenn dieser sanft geneigte Gang in ein Schlundloch mündete, in dem der Fluß einfach verschwand?

Der Tunnel krümmte sich allmählich nach links. Und plötzlich wurde ihr schmaler Sims von einer vorspringenden Felsnase blockiert, die über den schnell dahinschießenden Fluß hinausragte. Hel konnte nicht um den Vorsprung herumsehen, und durch das Flußbett konnte er auch nicht waten: Es war zu tief in diesem schmalen Einschnitt, und selbst wenn es das nicht gewesen wäre – die Möglichkeit, daß sich im Dunkeln weiter vorn ein vertikales Schlundloch befand, genügte, ihn von dem Versuch abzuhalten. Es gingen Geschichten von Höhlenkletterern um, die beim Durchwaten unterirdischer Flüsse unversehens in ein solches Schlundloch getreten waren. Man behauptete, sie seien ein- bis zweihundert Meter tief durch eine brausende Wassersäule hinabgesogen worden, an deren Fuß ihr Körper in einem riesigen »Gigantenkessel« aus kochendem Schaum und Geröll umhergewirbelt wurde, bis er so klein zermahlen war, daß er mit dem Strom davongespült werden konnte. Und Monate später wurden dann in den engen, von den einmündenden Strömen gegrabenen

Schluchten Ausrüstungs- und Kleidungsstücke gefunden. Das war natürlich Lagerfeuerlatein und bestand fast durchweg aus Lügen und Übertreibungen. Doch wie alle Volkserzählungen spiegelten auch diese Geschichten durchaus reale Ängste, und für die meisten Höhlenforscher in jenen Bergen ist der Alptraum eines unerwarteten Schlundloches weitaus entnervender als die Vorstellung, aus einer Wand zu stürzen, von einer Lawine erwischt oder sogar von einem Erdbeben in einer Höhle überrascht zu werden. Es ist nicht der Gedanke an das Ertrinken, der das Schlundloch so bedrohlich erscheinen läßt, sondern die Vorstellung, in diesem kochenden Gigantenkessel zu winzigen Fragmenten zermahlen zu werden.
»Na?« erkundigte sich Le Cagot, und seine Stimme hallte in dem engen Tunnel wider. »Was siehst du?«
»Nichts.«
»Wie beruhigend. Willst du ewig da stehenbleiben? Ich kann jedenfalls nicht mehr lange hier hocken wie ein Berner Schafhirte mit Durchfall!«
»Hilf mir lieber, den Rucksack abzunehmen.«
In ihrer verkrampften, gebückten Stellung war es nicht leicht, Hel den Rucksack vom Rücken zu ziehen; sobald er ihn jedoch abgelegt hatte, konnte er sich ein wenig aufrichten. Der Einschnitt war so schmal, daß er sich mit dem Gesicht zum Fluß hinstellen, mit den Füßen festen Halt suchen und sich an die gegenüberliegende Wand fallen lassen konnte. In dieser Stellung drehte er sich vorsichtig auf den Rücken, die Schultern gegen die Wand des Einschnitts gestemmt, während ihm drüben am Sims seine Vibram-Stiefelstollen Halt gaben. In dieser Position stemmte er sich mit Schultern, Handflächen und Fußsohlen wie durch einen waagerechten Kamin Zentimeter um Zentimeter unter der vorspringenden Felsnase hindurch, während der Fluß nur etwa dreißig Zentimeter unter ihm dahintoste. Es war eine anstrengende, erschöpfende Passage. Er scheuerte sich die Hände wund, aber er kam langsam vorwärts. Le Cagots dröhnendes Lachen füllte die ganze Höhle. »*Olá*! Und wenn es jetzt plötzlich breiter wird, Niko? Vielleicht solltest du lieber anhalten, damit ich dich als Brücke benutzen kann. So schafft es dann wenigstens einer von uns.« Er lachte abermals.
Aber zum Glück wurde die Passage nicht breiter. Hinter der Felsnase verengte sich der Einschnitt, während das Dach sich über die Reichweite von Hels Helmlampe hinauswölbte. Es gelang ihm, sich auf den

unterbrochenen Sims zurückzustemmen. Hier schob er sich, immer noch leicht nach links gekrümmt, vorsichtig weiter. Als seine Lampe ihm zeigte, daß die Diaklase, durch die sie gekommen waren, an einem Einbruch von Felsgestein, unter dem der Fluß gurgelnd verschwand, abrupt endete, war er zutiefst enttäuscht.

Am Fuß dieser Einbruchs-*raillère* angekommen, sah er sich um und entdeckte, daß er auf dem Boden einer großen Keilformation stand, die hier unten nur wenige Meter breit war, jedoch weit über den Lichtkreis seiner Lampe hinausragte. Er ruhte sich einen Moment aus und begann dann den Aufstieg in dem von der Diaklase und der Geröllwand gebildeten Winkel. Halt für Hände und Füße gab es genug, aber der Fels war porös und bröcklig, und so mußte jede Stelle erst sorgfältig geprüft, jeder Halt gründlich getestet werden, um sicherzugehen, daß er nicht brach. Nachdem er langsam und geduldig dreißig Meter weit geklettert war, zwängte er sich durch eine Lücke zwischen zwei riesigen, schräg aneinandergelehnten Felsbrocken. Und dann stand er auf einem flachen Vorsprung, von dem aus er weder nach vorn noch seitlich einen freien Blick hatte. Er klatschte in die Hände und lauschte. Das Echo kam spät, hohl und mehrfach gebrochen. Er befand sich am Eingang einer großen Höhle.

Eilig machte er sich auf den Rückweg zur Felsnase; er hangelte sich an einem doppelten Seil hinab, das er für den Wiederaufstieg an Ort und Stelle ließ. Von seiner Seite der Felsnase aus rief er zu Le Cagot hinüber, der sich ein Stück in den Tunnel zurückgezogen hatte, wo er sich mit Hinterteil und Absätzen einklemmen und sich von der zittrigen Erschöpfung der hockenden Position ein wenig erholen konnte.

Le Cagot kam Hel an der Felsnase entgegen. »Na? Geht's weiter?«

»Da hinten ist ein Riesenloch.«

»Phantastisch!«

Die Rucksäcke wurden an einer Leine um die Nase herumgezogen, dann wiederholte Le Cagot Hels Kamintraverse, wobei er sich unablässig bitter beschwerte und die Felsnase bei den trompetenden Eiern Josuas und den beiden ungastlichen Eiern des Schankwirts verfluchte.

Da Hel das Seil hängen gelassen und einen großen Teil des verrotteten Gesteins weggeräumt hatte, war die Tour den Gerölleinbruch hinauf nicht mehr besonders schwierig. Als sie die Lücke zwischen den beiden sich gegenseitig stützenden Felsplatten, später Schlüsselloch getauft, durchkrochen hatten und gemeinsam auf dem flachen Vorsprung standen, entzündete Le Cagot eine Magnesiumfackel, und zum erstenmal in den vielen Jahrtausenden ihrer Existenz fiel der Blick eines Menschen auf das geradezu höllische Chaos der großen Höhle.

»Bei den brennenden Eiern des Dornbuschs«, sagte Le Cagot mit ehrfurchtsvoll gedämpfter Stimme. »Eine steigende Höhle!«

Es war ein häßlicher, doch zugleich grandioser Anblick. Die »steigende« Höhle, jener unfertige Schmelztiegel der Schöpfung, reduzierte das Ego dieser beiden menschlichen Insekten um ein beträchtliches, als sie, die nicht einmal zwei Meter groß waren, irgendwo zwischen dem hundert Meter tiefer liegenden Höhlenboden und der über hundert Meter hohen zerklüfteten und verrotteten Deckenkuppel auf ihrem kleinen Steinsplitter standen. Die meisten Höhlen wirken still und ewig, doch »steigende« Höhlen sind furchtbar anzusehen in ihrem organischen Chaos. Alles hier war zerrissen und frisch; der Boden tief unten verschwand unter Schichten von haushohen Felsbrocken und Geröll; und das Dach trug die Narben neuer Einbrüche. Es war eine in den Wehen des Entstehens begriffene Höhle, eine jugendliche Höhle, unschön und unzuverlässig, noch im Stadium des »Steigens«, das heißt, ihr Boden hob sich mit jedem Einbruch und mit dem Geröll, das immer wieder von der Decke fiel. Schon bald (in zwanzig- bis fünfzigtausend Jahren) würde sie sich vermutlich stabilisieren und eine ganz normale Höhle werden. Oder sie würde fortfahren zu »steigen«, bis sie die Erdoberfläche erreichte und mit dem letzten Einbruch die trichterförmige Vertiefung des klassischen »trockenen« *gouffre* bildete. Die Jugend und Instabilität der Höhle waren natürlich relativ und mußten im Licht geologischer Zeitmaßstäbe gesehen werden. Die »frischen« Narben an der Decke mochten drei, vielleicht aber auch hundert Jahre alt sein.

Die Fackel erlosch, und es dauerte eine Zeitlang, bis ihre Augen sich wieder an das matte Licht der Helmlampen gewöhnt hatten. In der funkensprühenden Finsternis hörte Hel Le Cagot feierlich sagen: »Ich taufe dich auf den Namen Le-Cagot-Höhle.«

An dem Plätschern, das gleich darauf erklang, erkannte Hel jedoch, daß Le Cagot kein geweihtes Wasser an diese Taufe verschwendete.

»Wird das denn nicht zu Verwechslungen führen?« fragte er ihn.

»Wie meinst du das?«

»Die erste Höhle trägt doch denselben Namen.«

»Hm. Stimmt. Nun, dann nenne ich das hier eben Le Cagots Chaos. Wie findest du das?«

»Gut.«

»Aber ich habe deine Beteiligung an dieser Entdeckung keineswegs vergessen, Niko. Ich habe beschlossen, den scheußlichen Vorsprung da hinten, um den wir so mühsam herumturnen mußten, Hels Felsnase zu taufen. Wie findest du das?«

»Mehr kann ich wirklich nicht verlangen.«

»Richtig. Gehen wir weiter?«

»Sobald ich fertig bin.« Hel kniete sich mit dem Kompaß vor sein Notizbuch und schrieb im Licht seiner Helmlampe die geschätzte Entfernung und Richtung auf, wie er es seit dem Aufbruch aus dem Basislager am Geröllkegel ungefähr alle hundert Meter getan hatte. Nachdem er alles wieder in seinem wasserdichten Rucksack verstaut hatte, sagte er: »Fertig. Gehen wir.«

Vorsichtig von Felsbrocken zu Felsbrocken kletternd, begannen sie das Chaos zu durchqueren, zwängten sich durch Spalten und Winkel, umgingen behutsam schwere, schrägstehende Felsen, die so hoch wie Scheunen waren. Der Ariadnefaden des unterirdischen Flusses sikkerte unsichtbar, tief unter mehreren Schichten von Felsbrocken verborgen, dahin, gabelte sich, floß wieder zusammen und fädelte sich in tausend Strängen über den Schieferboden am Grund der Höhle. Die jüngeren Einbrüche, die nicht der Erosion ausgesetzt waren, die an der Erdoberfläche Scharfkantiges so schnell glatthobelt, hatten einen wahnwitzigen Irrgarten aus riskant im Gleichgewicht liegenden Platten und Blöcken geschaffen, deren unglaubliche Schräglage der Schwerkraft zu spotten schien, und das Ganze erzielte den gleichen Effekt wie ein Trickhaus auf dem Jahrmarkt, in dem das Wasser bergauf zu fließen scheint und das, was eben wirkt, gefährlich schräg geneigt ist. Das Gleichgewicht mußte ausschließlich mit dem Gefühl statt mit dem Auge gewahrt werden, und sie mußten sich nach dem Kompaß richten, weil ihr Orientierungssinn auf diesem vielfach gewundenen Pfad durch den schwindelerregenden Wahnsinn des Chaos gelähmt wurde. Die Probleme des Pfadfindens waren jenen, die sich beim Marsch über eine markierungslose Mondlandschaft stellen, genau entgegengesetzt. Es gab eine verwirrende Vielfalt ins Auge fallender Charakteristika, die das Gedächtnis überschwemmten und blockierten. Und die ungeheure schwarze Leere über ihnen lastete drückend auf ihrem Unterbewußtsein, das ohnehin schon die Bürde

dieser genarbten, unsichtbaren Gesteinskuppel zu tragen hatte, die herabzustürzen drohte und von der schon der zehntausendste Teil sie wie Ameisen zerquetschen würde.
Ungefähr zwei Stunden und fünfhundert Meter später hatten sie das Chaos so weit überwunden, daß sie bis ans andere Ende der Höhle sehen konnten, wo sich das Dach herabsenkte, um sich mit dem Gewirr zerklüfteten, jungen Fallgesteins zu vereinen. Während der letzten halben Stunde hatte sich rings um sie her ein Geräusch verstärkt, das so allmählich aus dem Ambiente des Gurgelns und Rauschens tief unten heraufgestiegen war, daß sie es erst richtig wahrnahmen, als sie innehielten, um sich auszuruhen und den zurückgelegten Weg aufzuzeichnen. Die tausend Arme des Flusses unten verflochten sich immer enger, und die Töne, die die Höhle erfüllten, umfaßten eine ganze Skala vom hellen Zimbelklang bis zum dröhnenden Baß. Es war ein Wasserfall, ein riesiger Wasserfall irgendwo hinter diesem Zusammenstoß von Dach und Geröll, der den Ausweg aus der Höhle zu blockieren schien.
Über eine Stunde suchten sie an der Geröllwand entlang, zwängten sich durch Felsspalten und von tonnenschweren Platten gebildete Zelte, fanden aber nirgends einen Durchlaß. An diesem Ende des Chaos gab es keine Felsblöcke mehr, sondern nur rohe, junge Platten, von denen einige so groß waren wie ein Dorf-*frontón*, andere senkrecht emporwuchsen, einige flach lagen oder unmögliche Winkel bildeten und wieder andere zu drei Vierteln ihrer Länge über Abgründe hinausragten, gehalten nur vom Gegengewicht einer zweiten Platte. Und unablässig verlockte das volle Brausen des Wasserfalls hinter diesem Einbruch sie, nach einem Durchgang zu suchen.
»Ruhen wir uns lieber ein bißchen aus!« schrie Le Cagot endlich über den Lärm hinweg, setzte sich auf das Bruchstück einer Felsplatte, warf seinen Rucksack ab und kramte darin nach Zwieback, Käse und *xoritzo.* »Hast du keinen Hunger?«
Hel schüttelte den Kopf. Er kritzelte in seinem Notizbuch, wagte kühne Einschätzungen verschiedener Richtungen und, da das Klinometer seines Brunton-Kompasses in der Wildnis des Chaos nutzlos war, sogar noch kühnere des Neigungswinkels.
»Könnte das da hinter der Wand die Ausmündung des Flusses sein?« erkundigte sich Le Cagot.
»Ich glaube nicht. Wir haben erst etwas über die Hälfte der Entfernung

zum Torrent von Holçarté zurückgelegt und sind mindestens noch zweihundert Meter zu hoch.«

»Und wir können nicht mal zum Wasser runter, um die Farbe reinzuschütten. Überaus ärgerlich, diese Wand! Und schlimmer noch: der Käse ist alle. Wohin willst du?«

Hel hatte seinen Rucksack abgeworfen und begann freihändig an der Wand emporzuklettern. »Ich möchte mir mal ansehen, wie es da oben ausschaut.«

»Versuch's lieber etwas weiter links.«

»Warum? Siehst du da vielleicht irgendwas?«

»Nein. Aber ich sitze direkt in deiner Fallinie und fühle mich hier zu wohl, um mich zu erheben.«

Sie hatten bisher noch nicht daran gedacht, es mit der Spitze des Plattenbergs zu versuchen, denn selbst wenn es dort oben eine Möglichkeit zum Durchzwängen gab, würden sie unmittelbar über dem Wasserfall herauskommen, und diese tosende Kaskade war vermutlich unüberwindlich. Da Basis und Flanken des Gesteinshaufens jedoch keinen Durchlaß boten, blieb ihnen wirklich nur noch die Spitze.

Eine halbe Stunde später hörte Le Cagot über sich ein Geräusch. Er legte den Kopf in den Nacken, damit der Schein seiner Lampe nach oben fiel. Hel kam im Dunkeln herabgeklettert. Als er die Felsplatte erreichte, ließ er sich erschöpft nieder und streckte sich lang aus, den Kopf auf seinen Rucksack, einen Arm über das Gesicht gelegt. Er war völlig ausgepumpt, keuchte vor Anstrengung, und das Glas seiner Helmlampe war bei einem Sturz gesprungen.

»Willst du wirklich nichts essen?« erkundigte sich Le Cagot.

Hel, der die Augen geschlossen hatte, in keuchenden Stößen atmete und dem trotz der feuchten Kälte in der Höhle der Schweiß über Gesicht und Brust rann, reagierte auf diesen makabren Humor seines Begleiters, indem er die baskische Version des weltweiten Zeichens für Feindschaft zeigte: Er steckte den Daumen in seine Faust und schob sie Le Cagot unter die Nase. Dann ließ er die Hand sinken und blieb heftig keuchend liegen. Das Schlucken tat ihm weh; seine Kehle war so ausgedörrt, daß sie schmerzte. Le Cagot reichte ihm seinen *xahako,* und Hel trank gierig, hielt anfangs die Öffnung an die Zähne, weil er im Dunkeln nichts sehen konnte, entfernte sie dann immer weiter vom Mund und dirigierte den dünnen Weinstrahl gefühlsmäßig weit hinten in seine Kehle. Er preßte den Sack behutsam, doch

gleichmäßig, schluckte immer, wenn sein Mund sich gefüllt hatte, und trank so lange, daß Le Cagot um seinen Wein bangte.
»Na?« erkundigte er sich murrend. »Hast du einen Durchgang gefunden?«
Hel nickte grinsend.
»Wo bist du herausgekommen?«
»Direkt über dem Wasserfall.«
»Scheiße!«
»Nein, ich glaube, es gibt einen Weg rechts herum, durch das Sprühwasser nach unten.«
»Hast du ihn schon ausprobiert?«
Achselzuckend deutete Hel auf sein zersprungenes Lampenglas. »Ja. Aber ich schaffe es nicht allein. Du mußt mich von oben sichern. Es gibt da eine gute Belegmöglichkeit.«
»Du hättest es nicht allein versuchen sollen. Eines Tages bringst du dich noch dabei um, Niko. Und dann tut es dir leid.«
Als er sich durch das verwirrende Labyrinth der Spalten gezwängt hatte und neben Hel auf einem schmalen Sims direkt über dem brausenden Wasserfall stand, war Le Cagot von Bewunderung überwältigt. Es ging hier sehr tief hinunter, und das Sprühwasser stieg wie eine Dunstwand durch die windstille Luft an der Wassersäule empor und brodelte und kochte wie ein Dampfbad von vierzig Grad Celsius. Alles, was sie in diesem Dunst erkennen konnten, war der Beginn des Falles dicht unter ihnen und rechts und links von ihrem Sims ein paar Meter glitschigen Felsens. Hel ging nach rechts voraus, wo der Sims sich bald – nur noch wenige Zentimeter breit – um die Kante der Höhlenöffnung herumzog. Es war ein abgenutzter gerundeter Sims, über den sich anscheinend früher einmal der Wasserfall ergossen hatte. Wegen des kakophonischen Lärms, den das Wasser machte, konnten sie sich lediglich per Zeichensprache verständigen, als Hel seinem Freund den »guten« Belegplatz zeigte, den er gefunden hatte: einen Felsvorsprung, in den Le Cagot sich nur mit Mühe hineinzwängen konnte, um das Sicherungsseil um Hels Taille von dort aus schießen zu lassen, damit dieser sich langsam am Rand des Katarakts hinabarbeiten konnte. Die natürliche Abstiegslinie würde ihn durch die Gischt, durch den Wasservorhang und – hoffentlich – hinter diesen führen. Le Cagot, der grimmig über diesen »guten« Platz schimpfte, während er sich in die Spalte zwängte und einen Sicherungshaken in den Kalkstein über sich trieb, maulte verdrossen, ein

Kletterhaken in Kalkstein sei nichts weiter als eine psychologische Dekoration.

Kurz darauf begann Hel den Abstieg; jedesmal, wenn er zugleich einen Fußhalt und einen Riß im Felsen fand, in den er einen Haken schlagen und dann sein Seil durch die Öse ziehen konnte, hielt er inne. Zum Glück war der Fels noch ziemlich zerklüftet und bot ausreichend Finger- und Zehenhalt; der Richtungswechsel des Wasserfalls war erst vor relativ kurzer Zeit erfolgt, so daß das Wasser den Rand noch nicht hatte abschleifen können. Als er zwanzig Meter tief gekommen war und das Seil durch acht Karabinerhaken geführt hatte, wurde es gefährlich, es nachzuziehen: Der Widerstand des vor Nässe schweren Seils hob seinen Körper fast aus dem Fußhalt, und diese Schwächung der Position erfolgte natürlich gerade dann, wenn Le Cagot von oben Seil nachließ und daher am wenigsten in der Lage war, ihn zu halten, sollte er abrutschen.

Zentimeterweise schob er sich durch die Gischt, bis die ölig-schwarze, silbrig schimmernde Wand des Wasserfalls nur noch dreißig Zentimeter von seiner Helmlampe entfernt war; dann hielt er inne und bereitete sich auf den kritischsten Moment des Abstiegs vor.

Zuerst mußte er eine Anzahl Haken einschlagen, damit er unabhängig von Le Cagot arbeiten konnte, der das Seil vielleicht gerade dann festhielt, wenn Hel unter dem Wasserfall angekommen war und, geblendet durch die herabstürzenden Wassermassen, nach Haltepunkten tastete, die er nicht sehen konnte, und wenn er zusätzlich das gesamte Gewicht des stürzenden Wassers mit Rücken und Schultern auszuhalten hatte. Er mußte sich so viel lose Seillänge verschaffen, daß es durch den Wasservorhang reichte, denn vorher würde er nicht Luft holen können. Andererseits, je mehr Seil er sich gestattete, desto tiefer würde er fallen, sollte ihn die Kraft des Wassers umreißen. Er beschloß, drei Meter zu nehmen. Gern hätte er sich mehr gegönnt, damit das Seil nicht zu Ende ging, wenn er sich unter der Wassersäule befand, doch sein Verstand sagte ihm, daß drei Meter die oberste Grenze darstellten, denn damit würde er, sollte er fallen und das Bewußtsein lange genug verlieren, um ertrinken zu können, wenn er unter dem Wasser hing, aus der Fallinie des Katarakts herauspendeln.

Er schob sich an den metallisch glänzenden Wasservorhang heran, bis dieser nur noch wenige Zentimeter von seinem Gesicht entfernt war, und hatte sogleich das schwindelnde Gefühl, die Wassermassen ständen still, während er selbst durch das Tosen und die Gischt emporsteige. Er streckte die Hand durch den Vorhang, der sich zu einem schweren, pulsierenden Armband um sein Handgelenk schloß, und tastete nach dem geeignetsten Halt, den er finden konnte. Seine Finger schoben sich in einen scharfen kleinen Spalt, der hinter dem Wasser verborgen war. Er lag allerdings tiefer, als ihm lieb war, denn er wußte, das Gewicht des Wassers auf seinem Rücken würde ihn hinabdrücken, und ein höherer Handhalt wäre weit besser gewesen, weil der Druck seine Finger dann noch fester hineingepreßt hätte. Aber es war der einzige Spalt, den er finden konnte, und außerdem begann seine Schulter vom ständigen Aufprall des Wassers auf seinen ausgestreckten Arm zu ermüden. Mehrmals holte er tief Luft und atmete jedesmal restlos aus, denn wie er wußte, ist es weit eher das angesammelte Kohlendioxyd in der Lunge, das den Menschen zum Luftholen zwingt, als der Mangel an Sauerstoff. Das letztemal atmete er besonders tief ein und spannte dabei sein Zwerchfell so weit es ging. Dann stieß er ein Drittel der Luft wieder aus und schwang sich in den Wasserfall hinein. Es war fast komisch. Und eindeutig eine Antiklimax.

Der Wasservorhang war keine zwanzig Zentimeter dick, und mit derselben Bewegung, mit der er sich hineingehievt hatte, schwang er sich auch schon hindurch und hinter die Kaskade. Dort fand er einen festen Sims und darunter eine senkrechte Ecke mit einem Geröllhaufen, den man so leicht hinabklettern konnte, daß ein Kind den Abstieg hätte wagen können.

Der Weg war so klar und eindeutig, daß er ihn gar nicht erst auszuprobieren brauchte; deswegen kehrte Hel durch den Wasservorhang zurück und stieg zu Le Cagots Warteplatz hinauf, um ihm – den Kopf so eng an den seinen gepreßt, daß ihre Helme aneinanderstießen – die Nachricht von der günstigen Situation ins Ohr zu brüllen. Sie beschlossen, das Seil hängen zu lassen, damit ihnen der Rückweg leichter wurde, und stiegen einer nach dem andern hinab bis zum Fuß der mit Geröll angefüllten *book corner.* Es war ein seltsames Phänomen: Sobald sie hinter den schwarzsilbernen Vorhang des Wasserfalls gelangten, konnten sie beinahe mit normaler Lautstärke sprechen, so als sperre das Wasser jedes Geräusch aus. Hinter dem Fall war es weit ruhiger als draußen. Je weiter sie abstiegen, desto zerrissener wirkte der glänzende Vorhang, denn eine Menge Wasser verwandelte sich in Gischt, und der Druck des Falls war an seinem Fuß wesentlich geringer als oben. Die große Masse hatte sich verteilt, und es war eher, als kletterten sie durch einen Platzregen als durch einen Wasserfall. Vorsichtig tasteten sie sich durch den blendenden eisigen Dunst über spiegelglatten, von jeglichem Geröll befreiten Felsboden. Der Sprühnebel wurde zunehmend dünner, und dann standen sie in der klaren dunklen Luft, und das Brausen des Falles blieb hinter ihnen zurück. Sie machten halt und sahen sich um. Es war überwältigend: Sie standen in einer Diamanthöhle von sehr viel menschlicheren Dimensionen als das schreckliche Chaos Le Cagots; es war eine regelrechte Touristenhöhle, ohne Zugang für Touristen.

Obwohl es Verschwendung war, brachte die Neugier sie dazu, eine weitere Magnesiumfackel zu opfern.

Atemberaubend schön! Hinter ihnen wirbelten wogende Dunstwolken träge im Sog des stürzenden Wassers. Um sie herum und über ihnen waren die Wände, naß und tropfend, mit Aragonitkristallen besetzt, die zu glitzern begannen, sobald Le Cagot die Fackel schwenkte. Entlang der Nordwand kam ein erstarrter Wasserfall aus Flußstein den Fels herab und staute sich unten wie gefrorener Toffee. Im Osten schienen gestaffelte, einander überlappende Vorhänge aus Kalkspat, zart und rasiermesserscharf, sanft in einer unmerklichen Höhlenbrise zu wehen. Dicht an den Wänden wiesen Haine von schlanken Kristallstalaktiten auf stumpfe Stalagmiten herab, und hier und da wurde der Wald von einer dicken Säule beherrscht, zusammengewachsen aus einer ganzen Gruppe dieser geduldigen Speläotheme.

Sie sprachen kein Wort, bis der gleißende Schein sich orangerot färbte und endlich erlosch und das Glitzern der Wände übersprang in die tanzenden Lichtfunken in ihren Augen, die sich allmählich wieder dem relativ matten Licht ihrer Helmlampen anpaßten. Le Cagots Stimme war ganz uncharakteristisch gedämpft, als er sagte: »Wir wollen sie Zazpiak-Bat-Höhle nennen.«

Hel nickte. *Zazpiak bat:* »Aus sieben werde eins«, das Motto all derer, welche die sieben baskischen Provinzen zu einer einzigen transpyrenäischen Republik vereinigen wollten. Ein unrealisierbarer Traum, dessen Erfüllung wahrscheinlich nicht einmal wünschenswert wäre, aber ein brauchbarer Ansporn für die Aktivitäten der Männer, die romantische Gefahr höher schätzten als sichere Langeweile, Männer, die vielleicht grausam und dumm sein konnten, nie aber kleinlich oder feige. Daher war es nur recht und billig, daß der Wolkenkuk-

kucksheim-Traum von einer geeinten baskischen Nation durch diese schier unzugängliche Märchenhöhle repräsentiert wurde.
Hel hockte sich nieder und stellte mit seinem Klinometer eine ungefähre Berechnung der Entfernung bis zur Spitze des Wasserfalls an, dann übte er sich ein wenig im Kopfrechnen. »Wir sind jetzt fast auf der Höhe des Torrent von Holçarté. Die Mündung kann nicht mehr weit von hier sein.«
»Ja«, antwortete Le Cagot, »aber wo ist der Fluß? Was hast du mit ihm gemacht?«
Wie immer, wenn der Weg relativ einfach war, übernahm Le Cagot jetzt die Führung durch die Zazpiak-Bat-Höhle. Sie wußten beide, daß Nikolai der bessere Felstaktiker war; Le Cagot brauchte das nicht erst einzugestehen, und Hel mußte es nicht betonen. Die Führung wechselte mit der Beschaffenheit einer Höhle. Hel führte durch Schächte, an Wänden hinab, über Simse, während Le Cagot die Führung übernahm, sobald sie Höhlen und pittoreske Passagen betraten, die er somit »entdeckte« und taufte.
Während er voranging, erprobte Le Cagot in der Höhle seine Stimme, indem er eines der klagenden, atonalen baskischen Lieder anstimmte, dessen Klang den Beweis für die Fähigkeit seiner Rasse, ästhetische Schmerzen zu ertragen, lieferte. Das Lied war von jener einmaligen baskischen Onomatopöie bestimmt, die über die bloße Nachahmung von Geräuschen und Klängen hinausgeht und eine Imitation von Emotionen darstellt. Im Refrain war von einem Mann die Rede, der eine Arbeit nachlässig (*kirrimarra*) und in verwirrter Hast (*tarrapatakan*) ausführte.
Als er das Ende der Diamanthöhle erreichte, hielt Le Cagot inne und blieb vor einer breiten niedrigen Galerie stehen, die sich vor ihnen wie ein schwarzer zahnlos grinsender Mund öffnete. Und sie hielt tatsächlich einen Witz bereit.
Le Cagot richtete seine Lampe in den Gang. Die Schrägung nahm ein wenig zu, überstieg aber nicht fünfzehn Grad, und die Passage war so hoch, daß man drinnen aufrecht stehen konnte. Es war eine Promenade, ein regelrechter Boulevard! Und noch interessanter war, daß es sich hier höchstwahrscheinlich um den letzten Teil des Höhlensystems handelte. Er tat einen Schritt vorwärts – und schlug unter dem lauten Geklapper seiner Ausrüstung der Länge nach hin.
Der Boden der Galerie war dick mit Tonmergel bedeckt, so glatt und glitschig wie Wagenschmiere, und Le Cagot rutschte auf dem Rücken

den Hang hinab – zuerst zwar nicht besonders schnell, aber doch unaufhaltsam, denn er war nicht in der Lage, seine unfreiwillige Schlittenfahrt zu stoppen. Fluchend tastete er nach einem Halt, doch alles war mit der schleimigen Masse bedeckt, und nirgends gab es Steine oder Felsvorsprünge, an denen er sich hätte festhalten können. Seine Anstrengungen bewirkten lediglich, daß sein Körper sich drehte und er nunmehr mit dem Kopf voran hinabrutschte, halb aufgerichtet, hilflos, wütend und lächerlich anzuschauen. Er bekam immer mehr Fahrt. Und Hel, oben am Eingang des Mergelschachts, mußte zusehen, wie das Licht seiner Helmlampe kleiner wurde und langsam rotierte wie der Strahl eines Leuchtturms. Er konnte nichts tun. Die Situation war im Grunde komisch, doch wenn ein Abgrund am Ende des Schachtes lauerte...

Es gab keinen Abgrund am Ende des Schachts. Hel hatte noch nie in dieser Tiefe eine Mergelrinne erlebt. In beträchtlicher Entfernung, etwa sechzig Meter vor ihm, kam das Licht plötzlich zum Stehen. Kein Laut war zu hören, kein Hilferuf. Hel fürchtete schon, Le Cagot sei gegen die Seitenwände des Ganges geschleudert worden und zerschmettert liegengeblieben.

Dann drang jedoch Le Cagots Stimme durch den Schacht herauf: brüllend vor Zorn und Wut, wegen der einander überlagernden Schwingungen kaum zu verstehen, aber ganz eindeutig im Ton zutiefst verletzten Stolzes. Nur ein Fetzen dieses von den Wänden ringsum widerhallenden Ausbruchs war auszumachen: »... bei den perforierten Eiern des heiligen Sebastian!«

Le Cagot war also unverletzt. Die Situation wäre einfach komisch gewesen, hätte er nicht ihre einzige Seilrolle mitgenommen, und nicht einmal dieser Stier von Urt konnte eine Seilrolle sechzig Meter weit bergauf werfen.

Hel stieß einen tiefen Seufzer aus. Er mußte also zurück durch die Zazpiak-Bat-Höhle, durch die Basis des Wasserfalls, die Geröllecke hinauf, abermals durch den Wasservorhang und dann noch die schwierige Klettertour durch die eisige Gischt bewältigen, um das Seil zu holen, das sie dort hängen gelassen hatten, um sich den Rückweg zu erleichtern. Allein der Gedanke daran machte ihn müde.

Aber ... Er legte den Rucksack ab. Sinnlos, ihn mitzuschleppen. Dann rief er die Mergelrinne hinab, jeweils eine Pause zwischen den Worten machend, damit er trotz des Widerhalls zu verstehen war: »Ich ... gehe ... Seil ... holen!«

Der Lichtpunkt unten bewegte sich. Le Cagot war aufgestanden. »Ja . . . tu . . . das!« kam es zurück. Unvermittelt verschwand jedoch das Licht, und das Echo eines Körpers, der ins Wasser klatscht, drang herauf, gefolgt von einer Serie zorniger, brüllender, keuchender, spuckender Flüche. Dann war das Licht wieder da.
Hels Gelächter dröhnte weithin durch Galerie und Höhle. Le Cagot war anscheinend in den Fluß gefallen, der irgendwo da unten wieder aufgetaucht sein mußte. Was für ein Anfängerlapsus!
Noch einmal hallte Le Cagots Stimme durch die Mergelrinne herauf. »Wenn . . . du . . . runterkommst . . . bringe . . . ich . . . dich um!«
Hel lachte und machte sich auf zum Wasserfall.
Eine Dreiviertelstunde später war er wieder oben am Mergelschacht und befestigte das Seil mit einem Klemmkeil in einem Riß.
Zuerst versuchte er es mit einer vom Seil gebremsten Rutschpartie auf beiden Füßen, doch damit hatte er kein Glück. Der Mergel war zu glatt. Im Handumdrehen saß er auf dem Hosenboden und rutschte mit den Füßen voran bergab, während sich zwischen seinen Beinen ein schlammiger Bug aus schwarzem Mergel bildete, der sich bis über die Hüften hinaufschob. Es war ein widerliches Zeug, ein unwürdiges Hindernis, zwar recht problematisch, doch ohne die Erhabenheit der echten Herausforderungen einer Höhle: Felsabstürze und verrottetes Gestein, senkrechte Schächte und knifflige Spalten. Es war eine Mücke von Problem, idiotisch und ärgerlich, dessen Überwindung keine Lorbeeren einbrachte. Mergelrinnen werden von allen Höhlenforschern gehaßt, die schon einmal in ihnen herumrutschen mußten.
Als Hel lautlos an seine Seite glitt, hockte Le Cagot auf einer ebenen Felsplatte und aß Zwieback mit einem Stück *xoritzo*. Noch immer gekränkt über die beschämende Rutschpartie und tropfnaß vom Sturz ins Wasser, ignorierte er den Freund ganz einfach. Hel sah sich um. Kein Zweifel, hier war das Höhlensystem zu Ende. Die Kammer besaß die Größe eines kleineren Hauses oder der Empfangshalle seines Châteaus in Etchebar. Augenscheinlich war sie zuweilen mit Wasser gefüllt, denn die Wände waren glatt und der Boden frei von Geröll. Die Platte, auf der Le Cagot seine Mahlzeit einnahm, bedeckte zwei Drittel des Fußbodens, und in der hinteren Ecke befand sich eine glatte kubische Vertiefung von etwa fünf Metern im Quadrat – ein regelrechter »Weinkeller« von Abflußkanal, der den tiefsten Punkt des gesamten Höhlensystems darstellte. Hel trat an den Rand des Weinkellers und richtete den Strahl seiner Lampe nach unten. Die

Seitenwände waren glatt, aber es sah aus wie ein recht einfacher Eckenaufstieg, weshalb er sich wunderte, daß Le Cagot nicht hinabgeklettert war, um der erste am Ende der Höhle zu sein.

»Ach, das wollte ich dir überlassen«, erklärte der Baske.

»Oho! Eine plötzliche Anwandlung von Fair play?«

»Du sagst es.«

Irgend etwas stimmte da nicht. Le Cagot war, obwohl Baske bis auf die Knochen, in Frankreich erzogen worden, und der französischen Mentalität ist der Begriff des Fair play vollkommen fremd; es ist ein Volk, das Generationen von Aristokraten hervorgebracht hat, aber keinen einzigen Gentleman; eine Kultur, in der das Legale die Fairneß ersetzt; eine Sprache, in der das einzige Wort für ehrliches Spiel der geborgte englische Ausdruck ist.

Aber es hatte keinen Sinn, dazustehen und den Boden des Weinkellers jungfräulich bleiben zu lassen. Hel blickte hinab, suchte nach dem besten Halt.

...Augenblick mal! Dieses Klatschen vorhin. Le Cagot war ins Wasser gefallen. Aber wo war das Wasser?

Vorsichtig senkte Hel die Stiefelspitze in den Weinkeller. Nach ein paar Zentimetern durchbrach sie die Oberfläche eines Teiches, so klar und rein, daß er wie Luft wirkte. Die bizarren Formen der Felsen auf seinem Grund waren so scharf gezeichnet, daß niemand auf die Idee gekommen wäre, sie befänden sich unter Wasser.

»Du Mistkerl!« flüsterte Hel vor sich hin. Dann lachte er laut auf. »Und du bist geradewegs da reingestiegen, wie?«

Kaum hatte er seinen Stiefel wieder herausgezogen, da verschwanden die Wellen von der Wasseroberfläche, geglättet von einer starken Saugströmung darunter. Hel kniete sich neben den Weinkeller und untersuchte ihn fasziniert. Die Oberfläche war keineswegs unbewegt; sie wurde von der starken Strömung unten nur glattgezogen. Tatsächlich senkte sie sich sogar ein wenig, und als er den Finger hineinsteckte, spürte er ein kräftiges Zerren, während dahinter kleine Kielwasserwellen erschienen. Auf dem Grund der Vertiefung konnte er eine dreieckige Öffnung ausmachen – zweifellos der Abfluß des Wassers. Er hatte schon mehrmals derartige Trickteiche in Höhlen gesehen; Teiche, in die das Wasser ohne Blasen, die seine Strömung markieren, einfloß und deren Wasser vollkommen von den Mineralien und Mikroorganismen befreit war, die ihm gewöhnlich Farbe verleihen.

Der untersuchte die Wände der kleinen Höhle nach Spuren einer Hochwasserlinie. Anscheinend war der Ausfluß durch die dreieckige Röhre dort unten relativ konstant, während das Volumen des unterirdischen Flusses durch Regenfälle und Sickerwasser variierte. Diese ganze Kammer und die Mergelrinne hinter ihr dienten demnach als eine Art Zisterne, die den Unterschied zwischen Zufluß und Abfluß auffing. Das bot eine Erklärung dafür, daß so tief unter der Erdoberfläche Mergel auftauchte. Zweifellos war die Kammer, in der sie saßen, zeitweise mit Wasser gefüllt, das durch die lange Rinne zurückgestaut wurde. Ja, in den seltenen Fällen schwerer Wolkenbrüche endete der Wasserfall dort hinten vermutlich in einem flachen See, der den Boden der Zazpiak-Höhle bedeckte. Das war wohl auch der Grund für die abgestumpften Stalagmiten in der Diamanthöhle. Wären sie zu einem anderen Zeitpunkt gekommen, etwa in einer Woche nach heftigen Regenfällen, dann wäre ihre Expedition wahrscheinlich in der Zazpiak-Höhle zu Ende gewesen. Zwar hatten sie von Anfang an geplant, irgendwann später einmal, wenn sich die Zeitmessung mit dem Farbtest als günstig erwies, mit einer Taucherausrüstung die Mündung zu erforschen. Doch wenn sie in der Höhle oben auf einen seichten See gestoßen wären, hätte Hel unter Wasser kaum diese Mergelrinne gefunden, er wäre sie nicht hinabgeschwommen, hätte nicht diesen Weinkellerabfluß entdeckt, wäre nicht durch die dreieckige Öffnung hinausgeschwommen und hätte es nicht durch diese starke Strömung bis zur Mündung geschafft. Sie konnten von Glück sagen, daß sie ihre Expedition nach einer langen Trockenperiode unternommen hatten.

»Na?« fragte Le Cagot mit einem Blick auf die Uhr. »Wollen wir die Farbe reinschütten.«

»Wie spät ist es?«

»Kurz vor elf.«

»Dann laß uns bis zur vollen Stunde warten. Das erleichtert die Berechnungen.« Hel blickte auf die unsichtbare Wasserfläche hinab. Schwer zu glauben, daß auf ihrem Grund, zwischen den klar erkennbaren Felsformationen, eine mächtige Strömung dahinschoß und sog.

»Ich wünschte, ich wüßte zweierlei«, sagte er.

»Nur zweierlei?«

»Ich wünschte, ich wüßte, wie schnell dieses Wasser fließt. Und ich möchte wissen, ob die dreieckige Röhre dort frei ist.«

»Nehmen wir an, wir bekommen eine günstige Zeitmessung – sagen

wir, zehn Minuten –, wirst du dann versuchen durchzuschwimmen, wenn wir nächstes Mal runterkommen?«
»Selbstverständlich. Auch wenn's fünfzehn Minuten sind.«
Le Cagot schüttelte den Kopf. »Das ist zu lange, Niko. Fünfzehn Minuten durch eine solche Röhre, dazu braucht man eine Menge Seil, wenn ich dich, falls du auf Schwierigkeiten stößt, gegen den Strom wieder hochziehen muß. Nein, lieber nicht. Zehn Minuten ist das Maximum. Wenn's länger dauert, sollten wir passen. Es ist gar nicht so schlecht, wenn man Mutter Natur noch ein paar Geheimnisse läßt.«
Le Cagot hatte natürlich recht.
»Hast du Brot in deinem Rucksack?« erkundigte sich Hel.
»Was willst du damit?«
»Aufs Wasser legen.«
Le Cagot warf ihm ein Stück von seiner Baguette hinüber; Hel legte es behutsam auf die Wasseroberfläche und beobachtete es genau. Langsam begann es unterzusinken, schien in Zeitlupe durch klare Luft zu fallen, während es in den unsichtbaren Wellen pulste und vibrierte. Es war ein irrealer, unheimlicher Anblick, und die beiden Männer sahen fasziniert zu. Dann plötzlich, wie durch Zauberkraft, war das Brotstückchen verschwunden. Es war in die Strömung unten geraten und schneller, als das Auge folgen konnte, in die Röhre hineingesogen worden.
Le Cagot stieß einen leisen Pfiff aus. »Ich weiß nicht, Niko. Das sieht ziemlich gefährlich aus.«
Aber Hel traf bereits vorläufige Entscheidungen. Er würde ohne Schwimmflossen, mit den Füßen zuerst, in die Röhre hineingleiten müssen, denn bei dieser Strömung mit dem Kopf voran durch die Öffnung zu schießen wäre Selbstmord, falls er da drinnen auf einen blockierenden Felsbrocken stieß. Außerdem wollte er, sollte er nicht hindurchgelangen, mit dem Kopf zuerst wieder herauskommen, damit er Le Cagots Gewicht am Sicherungsseil verstärken konnte, indem er mit den Füßen ruderte.
»Das gefällt mir nicht, Niko. Das kleine Loch da unten könnte dich umbringen und, was weitaus schlimmer wäre, die Zahl meiner Bewunderer um einen reduzieren. Außerdem vergiß bitte nicht, daß das Sterben eine ernsthafte Angelegenheit ist. Wenn ein Mensch mit einer Sünde auf dem Gewissen stirbt, kommt er nach Spanien.«
»Wir haben einige Wochen Zeit, um uns alles genau zu überlegen.

Wenn wir wieder draußen sind, werden wir in Ruhe darüber reden und sehen, ob es sich lohnt, eine Taucherausrüstung runterzubringen. Nach allem, was wir bis jetzt wissen, könnte unser Farbtest schließlich ergeben, daß die Röhre für einen Schwimmversuch zu lang ist. Wieviel Uhr ist es?«
»Gleich elf.«
»Dann wollen wir jetzt die Farbe reinschütten.«
Die fluoreszierende Farbe, die sie mitgebracht hatten, war in Zweikilosäcken verpackt. Hel zerrte sie aus den Rucksäcken, La Cagot schnitt die Ecken ab und reihte sie am Rand des Weinkellers auf. Als der große Zeiger auf zwölf stand, warfen sie alle vier Säcke hinein. Grellgrüner Rauch quoll aus den Schnitten, als die Säcke ins kristallklare Wasser hinabsanken. Zwei von ihnen verschwanden sofort durch die dreieckige Röhre, doch die beiden anderen blieben am Grund liegen, und ihre wolkigen Farbströme flossen horizontal auf die Röhre zu, bis endlich auch die nahezu leeren Säcke von der Strömung erfaßt wurden. Drei Sekunden später war das Wasser wieder klar und still.
»Weißt du was, Niko? Ich habe beschlossen, diesen kleinen Teich Le Cagots Seele zu nennen.«
»Ach ja?«
»Ja. Weil er so klar und rein und durchsichtig ist.«
»Und so heimtückisch und gefährlich?«
»Weißt du, Niko, allmählich steigt in mir der Verdacht auf, daß du ein Mann der Prosa bist. Das ist ein Fehler.«
»Niemand ist vollkommen.«
»Faß dich an die eigene Nase.«
Der Rückweg zum Fuß des Geröllkegels verlief relativ schnell. Dieses neuentdeckte Höhlensystem war schließlich ein sehr sauberes und leichtes, ohne lange Kriechstrecken durch enge Passagen und um Einbrüche herum, ohne Abgründe, die es zu überwinden galt, denn der unterirdische Fluß wand sich durch ein hartes, festes Schieferbett.
Die jungen Basken an der Winde waren erstaunt, ihre Stimmen schon Stunden, bevor sie erwartet wurden, über die Kopfhörer des Feldtelefons zu vernehmen.
»Wir haben eine Überraschung für Sie«, sagte einer von ihnen über den Draht.
»Was denn?« erkundigte sich Le Cagot.

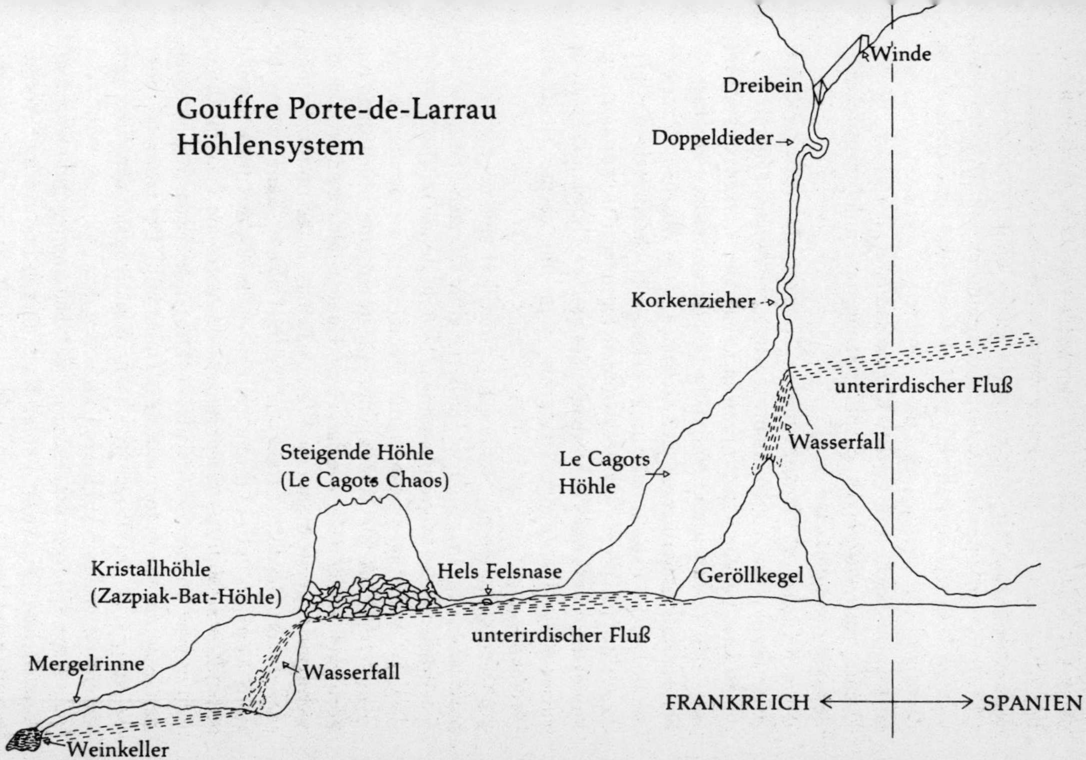
Gouffre Porte-de-Larrau
Höhlensystem
Winde
Dreibein
Doppeldieder
Korkenzieher
unterirdischer Fluß
Wasserfall
Le Cagots
Höhle
Steigende Höhle
(Le Cagots Chaos)
Geröllkegel
Hels Felsnase
Kristallhöhle
(Zazpiak-Bat-Höhle)
unterirdischer Fluß
Mergelrinne
Wasserfall
Weinkeller
FRANKREICH
SPANIEN

»Warten Sie, bis Sie oben sind. Dann werden Sie's schon erfahren.«

Die lange Tour von der Spitze des Geröllkegels zum Beginn des Korkenzieherschachtes war für beide Männer überaus anstrengend. Der Druck auf Zwerchfell und Brustkorb durch das Hängen in den Fallschirmgurten ist unheimlich stark, und schon manch einer ist daran erstickt. Eben dieses Zusammenpressen des Zwerchfells war auch die Ursache für Christi Kreuzestod – ein Vergleich, der Le Cagots Aufmerksamkeit nicht entging und ihm entsprechende Bemerkungen entlockte.

Um die Tortur des Hängens in den Gurten und des Ringens nach Atem abzukürzen, traten die Burschen an der Winde heldenmütig in die Pedale, bis der Mann unten innerhalb des Korkenziehers Halt fand, sich ausruhen und ein bißchen Sauerstoff tanken konnte.

Hel kam als letzter herauf; den größten Teil der Ausrüstung hatte er für zukünftige Expeditionen unten gelassen. Nachdem er den Doppeldieder an schlaffem Seil überwunden hatte, war es nur noch ein kurzes Stück bis zum Trichterboden des *gouffre*. Und dann tauchte er auf aus der blendenden Finsternis ... in eine ebenso blendende Helligkeit.

Während sie unten die Höhle erforschten, war eine ungewöhnliche atmosphärische Inversion in die Berge eingedrungen und hatte das gefährlichste aller Wetterphänomene bewirkt: eine »Milchsuppe«.

Seit mehreren Tagen schon hatten Hel und seine Bergsteigerfreunde gewußt, daß sich die Wetterbedingungen auf eine Milchsuppe hin entwickelten, denn wie alle Basken der Haute Soule waren sie ständig, wenn auch unbewußt, auf die Wetterschemata eingestimmt, die man vom ausdrucksvollen baskischen Himmel ablesen kann, wenn die herrschenden Winde in ihrem uralten regelmäßigen Turnus um den Kompaß streichen. Zuerst fegt *Ipharra*, der Nordwind, die Wolken fort und zaubert ein kaltes grünlichblaues Licht in den baskischen Himmel, das die fernen Berge tönt und sie in Dunst hüllt. Das *Ipharra*-Wetter ist nur von kurzer Dauer, denn bald schon dreht sich der Wind nach Osten und wird zum kühlen *Iduzki-haizea*, dem »sonnigen Wind«, der sich jeden Morgen erhebt, sich aber bei Sonnenuntergang legt, wodurch das Paradoxon kühler Nachmittage und warmer Abende bewirkt wird. Die feuchte und doch klare Luft schärft die Umrisse der Landschaft, vor allem, wenn die Sonne tief steht und ihre schrägen Strahlen die Struktur von Büschen und Bäumen hervorheben; die Feuchtigkeit mattiert jedoch die Einzelheiten der fernen Berge, tönt sie bläulich, macht ihre Umrisse weich, verwischt die Grenze zwischen Bergen und Himmel. Dann, eines Morgens, blickt man hinaus und stellt fest, daß die Luft kristallklar geworden ist, daß die fernen Berge ihren blauen Dunst verloren, daß sie sich enger ums Tal geschlossen haben und mit ihren messerscharfen Silhouetten in das kräftige Blau des Himmels eingeätzt sind. Dies ist die Zeit des *Hego-churia,* des »weißen Südostwindes.« Im Herbst beherrscht der *Hego-churia* nicht selten wochenlang das Wetter und bringt die großartigste Jahreszeit des Pays Basque mit sich. Mit einer Art schicksalhafter Gerechtigkeit wird der strahlende Glanz des *Hego-churia* dann vom wilden Toben des *Haize-hegoa* abgelöst, jenes knochentrockenen Südwindes, der um die Flanken der Berge brüllt, in den Dörfern Fensterläden zerschmettert und Dachziegel losreißt, schwache Bäume bricht und blendende Staubwirbel über den Erdboden jagt. Nach echtem Baskenbrauch, in dem das Paradoxe das Normale repräsentiert, ist dieser gefährliche Südwind samtwarm. Selbst während er die Täler hinabfegt und die ganze Nacht hindurch an den Häusern rüttelt, stehen die Sterne klar und groß am Himmel. Es ist ein kapriziöser Wind, der so plötzlich nachläßt, daß das Schweigen wirkt wie die Stille nach einem Schuß, um dann mit voller Wut wieder aufzuleben, die von Menschenhand geschaffenen Dinge zu zerstören, die von Gott geschaffenen Dinge zu testen und umzuformen und mit seinem unablässigen Kreischen um die Häuserecken und dem winselnden Klagen in den Schornsteinen die Menschen gereizt zu machen und an ihren Nerven zu zerren. Und weil der *Haize-hegoa* so kapriziös und gefährlich, so schön und unbarmherzig, so enervierend und sinnlich ist, wird er in baskischen Sprichwörtern oft als Symbol für die Frau verwendet. Wenn seine Kraft schließlich erschöpft ist, schwenkt der Südwind nach Westen um, von wo er Regen und dicke Wolken mitbringt, deren Bäuche sich düster-grau blähen, deren Ränder jedoch silbrig schimmern. Es gibt – wie für alles im Baskenland – auch für dieses Phänomen ein altes Sprichwort: *Hegoak hegala urean du* – »Der Südwind fliegt mit einem Flügel im Wasser.« Der Segen, den der Südwestwind bringt, fällt dicht und senkrecht und tut dem Boden wohl. Aber dann schwenkt er wieder um und bringt den *Haize-belza,* den »schwarzen Wind«, mit seinen böigen Strömungen, die den Regen waagerecht vor sich hertreiben und Schirme nutzlos, ja sogar auf komische Art heimtückisch werden lassen. Dann, eines Abends, lichtet sich der

Himmel plötzlich, und der Wind an der Erdoberfläche erstirbt, obwohl die Strömungen in großer Höhe weiterhin Wolkenschichten über den Himmel jagen und sie zu Fetzen auseinanderreißen. Wenn die Sonne sinkt, werden schimärenhafte Archipele grauer Wolle südwärts gejagt, wo sie sich an den Flanken der hohen Berge golden und rostbraun auftürmen. Dieses Schauspiel von atemberaubender Schönheit dauert nur einen Abend. Am nächsten Morgen herrscht wieder das grünliche Licht des *Ipharra.* Der Nordwind ist zurückgekehrt. Der Zyklus beginnt von vorn. Obwohl die Winde, jeder mit seiner ausgeprägten Persönlichkeit, regelmäßig um den Kompaß kreisen, kann man unmöglich behaupten, das baskische Wetter sei berechenbar; denn in manchen Jahren gibt es drei bis vier solcher Zyklen, in anderen hingegen nur einen. Außerdem gibt es innerhalb des jeweils vorherrschenden Windes Unterschiede an Stärke und Dauer. Ja, manchmal durchläuft der Wind in einer einzigen Nacht einen ganzen Turnus, und am nächsten Morgen scheint es, als sei eine der dominanten Phasen übersprungen worden. Und es gibt jene ausgewogenen Perioden zwischen zwei Winden, in denen keiner stark genug ist, die Oberhand zu gewinnen. Dann sagen die Gebirgsbasken: »Heute haben wir kein Wetter.«

Und wenn es kein Wetter gibt, keine Windregung in den Bergen, dann kommt zuweilen der schöne Killer: die Milchsuppe. Dicke Lagen von Nebel entwickeln sich, blendend weiß, weil sie von der grellen Sonne darüber aufgehellt werden. Eine starke Milchsuppe macht die Augen tränen; sie ist undurchdringlich, so dicht und hell, daß die ausgestreckte Hand einer blassen Geisterhand gleicht und die Füße sich in milchiger Grelle verlieren. Eine größere Milchsuppe bringt Verhältnisse mit sich, die gefährlicher sind als Blindheit; sie verursacht Schwindelgefühle und Sinnestäuschungen. Ein mit den baskischen Bergen wohlvertrauter Mann kann sich in der finstersten Nacht sicher bewegen. Daß er nicht sehen kann, löst eine kompensierende Schärfung der übrigen Sinne aus; das Streichen des Windes über seine Wange zeigt ihm an, daß er sich einem Hindernis nähert; leichte Geräusche rollender Steinchen verraten ihm den Neigungswinkel des Bodens und die Entfernung. Und die Schwärze ringsum ist niemals ungebrochen; die weit geöffneten Pupillen nehmen stets irgendwo am Himmel einen Schimmer wahr.

In einer Milchsuppe jedoch kommt es nicht zu diesen kompensierenden Sinnesreaktionen. Die begriffsstutzigen Augennerven, überflutet und gereizt vom Licht, melden dem zentralen Nervensystem hartnäckig, sie könnten sehen, und so entspannen sich Gehör und Tastsinn und schlummern ein. Kein Wind bringt subtile Anhaltspunkte für die Entfernung, denn Wind und Milchsuppe können nicht koexistieren. Und die Geräusche sind trügerisch, denn der Ton trägt zwar weit und klar durch die feuchtigkeitsgeladene Luft, scheint aber wie unter Wasser von allen Seiten zugleich zu kommen.

In solch eine Milchsuppe stieg Hel nun aus der Finsternis des Kletterschachtes empor. Als er seine Fallschirmgurte ablegte, ertönte irgendwo oben am Rand des *gouffre* Le Cagots Stimme.

»Das ist die versprochene Überraschung.«

»Wie schön.«

Als Hel die *gouffre*-Wand emporkletterte, konnte er vage fünf Gestalten bei der Winde ausmachen. Er mußte bis auf einen Meter herangehen, um in den anderen beiden die jungen Basken zu erkennen, die unten in der Holçarté-Schlucht kampiert hatten, um auf das Austreten der Farbe aus dem unterirdischen Fluß zu warten. »Seid ihr durch diese Suppe raufgestiegen?« erkundigte sich Nikolai.

»Sie fing an sich zu bilden, als wir kamen. Wir haben es grade noch knapp geschafft.«

»Und wie sieht's weiter unten aus?«

Da sie alle Bergkenner waren, wußten sie, was er meinte.

»Noch grauer.«

»Viel grauer?«

»Viel grauer.«

Wenn der Nebel unten noch grauer war, wäre es Wahnsinn, in diesem Berggelände, das wie ein Schweizer Käse mit trügerischen Rissen und steilen *gouffres* durchsetzt war, hinabzusteigen. Sie würden also bergauf klettern müssen und hoffen, aus dem Nebel herauszukommen, bevor sie den Gipfel erreichten. Das ist immer das beste in einer Milchsuppe, denn es ist relativ schwierig, berg*auf* zu fallen.

Allein hätte Hel es allerdings trotz des blendenden Nebels dank seiner besonderen Wahrnehmungsfähigkeiten durchaus geschafft. Er hätte sich auf die Kombination seines Proximitätssinnes und seiner eingehenden Kenntnis der Berge verlassen und sich vorsichtig durch das Terrain, das in dem blendenden Dunst verborgen lag, hinuntergetastet. Die Verantwortung für Le Cagot und die vier jungen Basken jedoch konnte er nicht auf sich nehmen.

Da es unmöglich war, weiter als einen Meter deutlich und weiter als drei Meter überhaupt etwas zu sehen, seilten sie sich an, und Hel führte bei diesem langsamen, vorsichtigen Aufstieg, wählte den längeren, bequemeren Weg um Felsbuckel, über Geröllhalden und am Rand tiefer *gouffres* entlang. Die Nebelwand wurde zwar nicht dichter, aber, je weiter sie sich der Sonne näherten, um so blendender. Nach einer Dreiviertelstunde brach Hel unvermittelt zu Sonnenlicht und freiem blauem Himmel durch, und die Szene, die sich ihm darbot, war wunderschön und ehrfurchtgebietend. In der absoluten Stille der Nebelschicht löste die nach oben durchbrechende Bewegung seines Körpers träge Wirbel und Wellen aus, die hinter ihm langsam weiterkreisten und in denen das Seil verschwand, das ihn mit dem Mann unter ihm verband, der zwar nur zehn Meter tiefer stand, aber hinter der milchigen Wand verborgen war. Er selbst befand sich fast in Augenhöhe mit einer Plattform dichten weißen Nebels, der sich flach und reglos Hunderte von Kilometern weit erstreckte und alle Täler unten ausfüllte, als wäre es Schnee. Durch diese Nebeldecke ragten die Gipfel der baskischen Pyrenäen empor, im hellen Sonnenlicht klar und scharf wie Steinchen eines in weichem Gips verlegten Mosaiks. Und oben spannte sich der für das Baskenland typische dunkelblaue Himmel. Die Stille war so vollkommen, daß er das Rauschen und Klopfen des Blutes in seinen Schläfen hörte.

Dann vernahm er jedoch einen anderen Laut: die Stimme Le Cagots, der von unten fragte: »Sollen wir hier ewig rumstehen? Bei den klagenden Eiern des Jeremias, du hättest dich erleichtern sollen, bevor wir aufbrachen!« Und als er durch die Nebelschicht kam, fügte er noch hinzu: »Aha, ich verstehe. Du hast dieses baskische Schauspiel für dich allein bewundern wollen, während wir da unten wie Köder an der Angel hingen! Du bist selbstsüchtig, Niko.«

Die Sonne sank bereits, also gingen sie ein wenig schneller, damit sie, um die Bergflanke herum, noch vor Einbruch der Dunkelheit den Schutz der höchsten *artzain xola* erreichten. Als sie ankamen, fanden sie sie schon von zwei alten Schäfern besetzt, die die Milchsuppe von der anderen Seite hier heraufgetrieben hatte. Ihre schweren Rucksäcke verrieten, daß sie sich nebenberuflich als Schmuggler betätigten. Die baskische Mentalität fühlt sich beim Schmuggeln wohler als beim Handeln, das Wildern liegt ihr mehr als das Jagen. Gesellschaftlich akzeptierte Betätigungen lassen in ihren Augen die rechte Würze vermissen.

Es gab einen Austausch von Begrüßungen und Wein. Als ein

Flugzeug über ihnen erschien, machte Le Cagot das Zeichen der »Faust« für die Eindringlinge, womit er sagen wollte, daß, wäre sein Wille Macht, diese Maschine vom Himmel fallen würde wie ein verwundeter Vogel, daß der spanische Boden mit den Leichen von zweihundert dummen Urlaubern auf dem Weg nach Lissabon übersät und somit die Welt von der Bürde der Übervölkerung befreit werden würde, denn jeder, der bei einem so perfekten Augenblick einfach weiterflog, war für ihn eindeutig eine entbehrliche Kreatur.
Als Le Cagot sich erst einmal in Rage geredet hatte, begann er seine Verwünschungen auf alle Ausländer auszudehnen, die seine Berge entweihten: die Touristen, die Wanderer, die Jäger und vor allen Dingen die Skifahrer, die abscheuliche Maschinen in den Bergen installierten, weil sie zu verweichlicht waren, um selber bergauf zu steigen, und die häßliche Hotels und lärmende Après-Ski-Vergnügungsstätten bauten. Dieses dreckige Scheißvolk! Nur wegen dieser großmäuligen Skiläufer und ihrer kichernden Häschen hatte der Herrgott am achten Tag gesagt, er wolle auch Waffen erschaffen.
Einer der alten Schäfer nickte weise und bestätigte, daß diese Ausländer durch die Bank böse seien. »*Atzerri; otzerri.*«
Wie es das Ritual der Konversation zwischen Fremden verlangte, ergänzte Hel dieses uralte *dicton* mit dem Satz: »Aber ich glaube, *chori bakhoitzari eder bere ohantzea.*«
»Richtig«, antwortete Le Cagot. »*Zahar hitzak, zuhur hitzak.*«
Hel lächelte. Denn das war der erste baskische Satz gewesen, den er vor Jahren in seiner Zelle des Sugamo-Gefängnisses gelernt hatte. »Mit der eventuellen Ausnahme dieses einen«, sagte er.
Die alten Schmuggler erwogen seine Erwiderung einen Moment, dann lachten sie beide laut auf und schlugen sich auf die Knie. »*Hori phensatu zuenak, ongi afaldu zuen!*« (Ein Engländer mit einer klugen Story »ernährt sich davon«. Im Rahmen des baskischen Kulturkreises ist es der Zuhörer, der sich daran delektiert.)
Sie saßen schweigend, aßen und tranken bedächtig, während die Sonne unterging und das Gold und Rostrot der Wolkenbank erlosch. Einer der jungen Höhlenforscher streckte mit zufriedenem Knurren die Beine aus und erklärte, das sei das richtige Leben für ihn. Hel lächelte vor sich hin, denn er wußte, daß dies vermutlich keineswegs das richtige Leben für diesen jungen Mann bleiben würde, den Fernsehen und Radio zu verführen trachteten. Genau wie die meisten jungen Basken würde er sich schließlich in die Fabriken der Groß-

städte locken lassen, damit seine Frau einen Kühlschrank haben und er in einem Café mit Plastiktischchen Coca-Cola trinken konnte – das bequeme Leben, Produkt des französischen Wirtschaftswunders.
»Das hier ist wirklich ein schönes Leben«, bestätigte Le Cagot träge. »Ich bin viel gereist, habe die Welt in meiner Hand um und um gedreht wie einen Stein mit hübscher Maserung und habe dabei folgendes entdeckt: Der Mensch ist am glücklichsten, wenn er ein Gleichgewicht zwischen seinen Bedürfnissen und seinem Besitz herstellt. Nun aber lautet die große Frage: Wie erreicht er dieses Gleichgewicht? Er könnte es tun, indem er seinen Besitz auf das Niveau seiner Bedürfnisse anhebt, aber das wäre dumm. Es würde nämlich bedeuten, daß er unnatürliche Dinge tun müßte – handeln, schachern, knausern, arbeiten. Ergo? Ergo erreicht der weise Mann dieses Gleichgewicht dadurch, daß er seine Bedürfnisse auf das Niveau seines Besitzes senkt. Und das tut man am besten, indem man die kostenlosen Dinge des Lebens schätzen lernt: Berge, Lachen, Poesie, Wein, von einem Freund dargeboten, ältere und dickere Frauen. Ja, und ich? Ich bin durchaus in der Lage, mich mit dem zufriedenzugeben, was ich besitze. Es geht nur darum, daß man von Anfang an genug davon abkriegt!«
»Le Cagot«, bat einer der alten Schmuggler, der es sich in einer Ecke der *artzain xola* bequem gemacht hatte. »Erzählst du uns eine Geschichte zum Einschlafen?«
»Ja«, stimmte sein Gefährte bei. »Erzähl uns etwas von alten Dingen.« Als echter Volkspoet, der lieber eine Geschichte erzählt als schreibt, begann Le Cagot mit seiner vollen Baßstimme Fabeln zu spinnen, während die anderen lauschten oder schlummerten. Jeder von ihnen kannte diese Geschichten, doch das Vergnügen daran lag in der Kunst des Erzählens. Und das Baskische ist eine Sprache, die sich weit besser zum Geschichtenerzählen eignet als zum Austausch von Informationen. Niemand kann lernen, das Baskische schön zu sprechen; das ist, wie Augenfarbe und Blutgruppe, eine Eigenschaft, die angeboren sein muß. Es ist eine sehr subtile Sprache mit ihrer umschreibenden Wortordnung, ihren vagen Deklinationen, ihren doppelten Konjugationen, sowohl synthetisch als auch periphrastisch, mit ihren alten »Erzähl«-Formen, die sich mit formalen Verbschemata mischen und nur von sehr wenigen Regeln bestimmt sind. Baskisch, das ist ein Lied, dessen Text die Ausländer wohl lernen können, dessen Melodie sie aber niemals beherrschen werden.

Le Cagot erzählte von der *Basa-andere*, der wilden Frau, die die Männer auf besonders angenehme Art und Weise tötet. Es ist weithin bekannt, daß die *Basa-andere* schön und für die Liebe geschaffen ist und daß das weiche, goldene Haar, das ihren ganzen Körper bedeckt, seltsam anziehend wirkt. Hat ein Mann das Pech, ihr im Wald unversehens zu begegnen (man trifft sie immer an einem Bach kniend, wo sie das Haar auf ihrem Bauch mit einem goldenen Kamm strählt), dann wendet sie sich zu ihm um, bannt ihn mit einem bezaubernden Lächeln, legt sich zurück, hebt die Knie und bietet ihm ihren Körper dar. Ein jeder weiß, daß die Lust, die sie einem Mann schenkt, so überwältigend ist, daß er daran sterben muß, und dennoch sind zahllose Männer, den Rücken in der Agonie unvorstellbarer Lust gebogen, bereitwillig in den Tod gegangen.
Einer der alten Schmuggler behauptete, er habe einmal einen Mann in den Bergen gefunden, der genau auf diese Art gestorben sein müsse, denn in seinen glasigen, starren Augen habe eine schreckenerregende Mischung aus Angst und Lust gestanden.
Und der schüchternste der jungen Basken betete zu Gott, er möge ihm die Kraft zum Widerstand verleihen, sollte er jemals auf die *Basa-andere* mit ihrem goldenen Kamm treffen. »Du sagst, Le Cagot, daß sie am ganzen Körper mit goldenem Haar bedeckt ist? Ich kann mir behaarte Brüste einfach nicht vorstellen. Sind denn die Brustwarzen überhaupt zu sehen?« Le Cagot schniefte und streckte sich auf dem Boden aus. »Um ehrlich zu sein, das kann ich dir nicht aus eigener Erfahrung sagen, mein Junge. Diese Augen haben die *Basa-andere* nie gesehen. Und ich bin froh darüber, denn wären wir uns einmal begegnet, wäre es die arme junge Dame gewesen, die vor lauter Lust hätte sterben müssen.«
Der Alte lachte, riß ein Paar Grashalme aus und warf sie nach dem Poeten. »Wahrlich, Le Cagot, du steckst so voller Scheiß, wie Gott voller Gnade ist.«
»Richtig«, gab Le Cagot ruhig zu. »Stimmt. Habt ihr schon mal die Geschichte gehört von der ...«

Als der Morgen kam, war die Milchsuppe verschwunden, von den nächtlichen Winden davongefegt. Bevor sie aufbrachen, bezahlte Hel die jungen Männer für ihre Hilfe und bat sie, die Winde und den Dreifuß auseinanderzunehmen und in einer Scheune in Larrau zu lagern, da sie bereits die nächste Expedition in ihre Höhle planten, diesmal mit Taucherausrüstung, denn die beiden, die unten bei der Mündung in die Holçarté-Schlucht Wache gehalten hatten, hatten das Auftauchen der Farbe im Wasser acht Minuten nach der vollen Stunde vermerkt. Obwohl acht Minuten keine sehr lange Zeit sind, konnten sie doch eine beträchtliche Entfernung bedeuten, wenn man die Geschwindigkeit der Wasserströmung durch die dreieckige Röhre am Grund des Weinkellers in Betracht zog. Wenn aber diese Wasserröhre nicht blockiert oder zu eng war für einen Mann, würde ihnen vielleicht die Freude zuteil werden, ihre Höhle vom Einstiegschacht bis zur Mündung des unterirdischen Flusses zu durchmessen, bevor sie das Geheimnis ihrer Existenz mit der Höhlenforscherbruderschaft teilten.

Hel und Le Cagot trotteten und rutschten die Bergflanke bis zu dem schmalen Weg hinab, auf dem sie Hels Volvo abgestellt hatten. Hel versetzte der Tür nach seiner Gewohnheit einen kräftigen Tritt mit dem Stiefel und begutachtete die entstandene Delle voller Genugtuung. Dann stiegen sie ein und fuhren ins Dorf Larrau hinunter, wo sie haltmachten, um ein Frühstück aus Brot, Käse und Kaffee einzunehmen, nachdem sie sich zuvor den größten Dreck vom Körper geschrubbt hatten.

Die Wirtin war eine energische Witwe mit kraftvollem, üppigem Körper und einem breiten Lachen, die zwei Räume ihres Hauses als Café, Restaurant und Tabakladen benutzte. Mit Le Cagot verband sie seit vielen Jahren ein Verhältnis, denn jedesmal, wenn die Lage in Spanien zu brenzlig für ihn wurde, kam er durch den Wald von Irraty, der an dieses Dorf grenzte, nach Frankreich herüber. Seit undenklichen Zeiten war der Wald von Irraty sowohl Zuflucht als auch Passierweg für Schmuggler und Banditen gewesen, die von den baskischen Provinzen unter spanischer in jene unter französischer Besatzung herüberwechselten. Aufgrund einer alten Tradition gilt es als unhöflich – und gefährlich –, jemandem, dem man in diesem Wald begegnet, zu zeigen, daß man ihn erkennt.

Als sie das Café betraten, noch nicht ganz trocken vom Waschen unter der Pumpe im Hof, wurden sie sofort von dem halben Dutzend alter Männer, die hier ihren vormittäglichen Schoppen tranken, mit Fragen bestürmt. Wie es gelaufen sei, oben im *gouffre*? Ob es wirklich eine Höhle unter dem Loch gebe?

Le Cagot bestellte, die Hand besitzergreifend auf der Hüfte der Wirtin, das Frühstück. Er brauchte nicht lange zu überlegen, wie er

das Geheimnis der Höhle bewahren sollte, denn er verfiel automatisch in die baskische Gewohnheit, direkte Fragen mit einer irreführenden Umschreibung zu beantworten, die dennoch keine wirkliche Lüge war.
»Nicht alle Löcher führen zu Höhlen, meine Freunde.«
Die Augen der Wirtin funkelten voller Lust über seine Antwort, die sie als Zweideutigkeit verstand. Mit geschmeichelter Koketterie schob sie seine Hand von ihrer Hüfte.
»Und habt ihr spanische Grenzer getroffen?« erkundigte sich einer.
»Nein, es blieb mir erspart, die Hölle mit weiteren Faschistenseelen belasten zu müssen. Freut Sie das, Hochwürden?« Mit diesen letzten Worten wandte sich Le Cagot an den hageren Revolutionspriester, der im dunkelsten Winkel des Cafés hockte und sofort das Gesicht abgewandt hatte, als er und Hel eintraten. Pater Xavier nährte einen glühenden Haß gegen Le Cagot und Hel. Obwohl er sich niemals selbst der Gefahr stellte, wanderte er unermüdlich von Grenzdorf zu Grenzdorf, predigte die Revolution und suchte die Ziele der baskischen Unabhängigkeit an die der Kirche zu binden – die baskische Manifestation jener allgemeinen Bemühung seitens der Gotteshändler, sich nun, da die Welt kein guter Markt mehr für Höllendrohung und Seelenrettung war, in gesellschaftliche und politische Fragen einzumischen.
Der Haß des Priesters (den dieser selbst als »gerechten Zorn« bezeichnete) gegen Le Cagot beruhte auf der Tatsache, daß Lobpreisung und Heldenverehrung, die rechtmäßig den ordinierten Führern der Revolution zukamen, diesem gotteslästernden und skandalösen Mann galten, der einen Teil seines Lebens im Land der Wölfe, außerhalb des Pays Basque, verbracht hatte. Aber Le Cagot war wenigstens ein Sohn des Landes. Dieser Hel jedoch, mit dem verhielt es sich ganz anders. Der war ein Ausländer, der niemals zur Messe ging und mit einer asiatischen Frau zusammenlebte. Und es dünkte den Priester höchst ärgerlich, daß die jungen baskischen Höhlenkletterer, Burschen, die sich ihre Idole aus den Reihen der Priesterschaft hätten erwählen sollen, überall Geschichten von seinen Höhlenforschererfolgen verbreiteten und von den Zeiten, als er mit Le Cagot nach Spanien hinübergeschlichen und in ein Militärgefängnis in Bilbao eingedrungen war, um ETA-Häftlinge zu befreien. Hel gehörte zu jenen Männern, die die Revolution vergiften und ihre Energien von der Errichtung einer baskischen Theokratie ablenken konnten, einer

letzten Festung des fundamentalistischen Katholizismus in einem Land, in dem christliche Praktiken primitiv und tief eingewurzelt waren und wo der Schlüssel zum Himmelstor eine unfehlbare Waffe der Macht darstellte. Kurz nachdem er sich in Etchebar niedergelassen hatte, begannen bei Hel anonyme Droh- und Haßbriefe einzutreffen. Zweimal kam es zu »spontaner« mitternächtlicher Katzenmusik vor seinem Château, und mehrmals wurden lebende Katzen, in brennendes Stroh gewickelt, gegen die Hauswände geschleudert, wo sie ihre Todesqual laut herausschrien. Obwohl ihn die Erfahrung gelehrt hatte, diese fanatischen Priester zu verachten, die Kinder nur zu dem Zweck in den Tod locken, um die Frage der Sozialreform mit der Kirche verknüpfen und dadurch ihre Institution vor der natürlichen Atrophie angesichts von Wissen und Aufklärung schützen zu können, hätte er vielleicht dennoch diese primitive Belästigung ignoriert. Aber er gedachte das Baskenland nun, da die japanische Kultur von westlichen Wertmaßstäben infiziert worden war, zu seiner Heimat zu machen und mußte daher diesen Beleidigungen ein Ende setzen, denn die baskische Mentalität verspottet jeden, der sich lächerlich machen läßt. Die anonymen Briefe und die Massenhysterie der Katzenmusik waren Manifestationen von Feigheit, und Hel hatte die Angst des Intellektuellen vor Feiglingen, die weitaus gefährlicher sind als tapfere Männer, sobald sie sich dem Gegner an Zahl überlegen wissen oder Gelegenheit haben, hinterrücks zuzuschlagen, denn sie müssen maximalen Schaden anrichten, weil sie die Vergeltung fürchten, sollte der Angegriffene überleben.

Durch Le Cagots Verbindungen entdeckte Hel den Urheber dieser feigen Aktionen, und einige Monate später traf er den Priester zufällig im Hinterzimmer eines Cafés von Sainte-Engrace, wo er stumm eine kostenlose Mahlzeit verzehrte und hin und wieder einen Blick zu Nikolai hinüberwarf, der mit mehreren Dorfbewohnern ein Glas Roten trank – mit Männern, die zuvor am Tisch des Priesters gesessen und seinen weisen Reden und Frömmeleien gelauscht hatten.

Als die Männer zu ihrer Arbeit aufbrachen, setzte sich Hel an den Tisch des Priesters. Pater Xavier wollte aufstehen, doch Hel packte sein Handgelenk und zwang ihn auf seinen Stuhl zurück. »Sie sind ein guter Mann, Hochwürden«, sagte er mit seiner leisen Gefängnisstimme. »Ein heiliger Mann. Und in diesem Moment sind Sie

dem Himmel näher, als Sie ahnen. Essen Sie Ihren Teller leer, und hören Sie mir gut zu. Ich wünsche keine anonymen Briefe und keine Katzenmusik mehr. Haben Sie mich verstanden?«
»Ich fürchte, ich verstehe nicht...«
»Essen Sie!«
»Was?«
»Essen Sie!«
Pater Xavier schob sich eine Gabel voll *piperade* in den Mund und kaute lustlos.
»Essen Sie schneller, Hochwürden. Füllen Sie Ihren Bauch mit Nahrung, die Sie sich nicht verdient haben.«
Die Augen des Priesters waren naß vor Wut und Angst, aber er schaufelte Gabel um Gabel in seinen Mund und schluckte so hastig, wie er nur konnte.
»Wenn Sie in dieser Gegend bleiben wollen, Hochwürden, und wenn Sie noch nicht bereit sind, vor Ihren Herrgott zu treten, werden Sie von jetzt an folgendes tun: Jedesmal, wenn wir uns in einem Dorf begegnen, werden Sie dieses Dorf sofort verlassen. Jedesmal, wenn wir uns auf einem Weg treffen, werden sie von diesem Weg heruntertreten und mir, wenn ich vorbeigehe, den Rücken zuwenden. Sie können schneller essen!«
Der Priester erstickte fast, und als Hel ging, keuchte und würgte er in hilfloser Wut. Am selben Abend erzählte Nikolai die Geschichte seinem Freund Le Cagot mit der Anweisung, sie überall die Runde machen zu lassen. Er hielt es für unerläßlich, diesen Feigling öffentlich zu demütigen.

»He, warum antworten Sie mir nicht, Pater Esteka*?« fragte Le Cagot. Der Priester erhob sich und verließ das Café. Le Cagot rief hinter ihm her: »*Holá*! Wollen Sie nicht Ihre *piperade* aufessen?«
Da sie katholisch waren, konnten die alten Männer im Café nicht gut lachen; da sie aber außerdem Basken waren, grinsten sie.
Le Cagot tätschelte der Wirtin den Hintern und schickte sie das Essen holen. »Ich glaube kaum, daß wir uns hier einen Freund gewonnen haben, Niko. Und er ist ein Mann, vor dem man sich hüten muß.« Le Cagot lachte. »Schließlich war sein Vater Franzose und sehr aktiv in der Résistance.«

* *Esteka* ist der baskische Ausdruck für »sexuelle Unzulänglichkeit«.

Hel lächelte. »Hast du je einen Franzosen kennengelernt, der nicht dabei war?«

»Richtig. Es ist erstaunlich, daß Deutschland es geschafft hat, Frankreich mit so wenigen Divisionen zu halten, wenn man bedenkt, daß alle, die nicht die Ressourcen der Deutschen reduzierten, indem sie sich schlau und en masse ergaben und die Nazis so zwangen, sie zu ernähren, tapfer und kühn in der Résistance gekämpft haben. Gibt es auch nur *ein* Dorf ohne seine Place de la Résistance? Aber wir sollten doch wohl lieber fair sein; man muß nämlich wissen, was die Franzosen unter Résistance verstehen. Jeder Hotelier, der einem Deutschen zuviel berechnete, war in der Résistance. Jede Hure, die einem deutschen Soldaten den Tripper anhängte, war eine Friedenskämpferin. Und all jene, die zwar gehorchten, dabei aber böswillig mit einem fröhlichen *Bonjour* hinterm Berg hielten, waren Helden der Befreiungsfront.«

Hel lachte. »Bist du nicht ein bißchen zu hart gegen die Franzosen?«

»Es ist die Geschichte, die hart gegen sie ist. Ich meine die wirkliche Geschichte, nicht die *vérité à la Cinquième République*, wie sie in den französischen Schulen gelehrt wird. Ehrlich gesagt, bewundere ich die Franzosen mehr als alle anderen Ausländer. Denn in den Jahrhunderten, die sie als Nachbarn der Basken lebten, haben sie wertvolle Tugenden von ihnen gelernt – Verständnis, philosophische Einsicht, einen gewissen Sinn für Humor –, und das macht sie zu den besten unter den Fremden. Aber ich muß dennoch zugeben, daß sie ein lächerliches Volk sind, genau wie man eingestehen muß, daß die Briten Stümper, die Italiener unfähig, die Amerikaner neurotisch, die Deutschen wildromantisch, die Araber bösartig, die Russen Barbaren sind und die Holländer Käse machen. Nimm zum Beispiel jene besondere Manifestation französischer Lächerlichkeit, die sie zu dem Versuch treibt, ihre kurzsichtige Hingabe an das Geld mit dem Streben nach dem Phantom *gloire* zu verbinden. Dieselben Leute, die ihren Burgunder wegen eines geringen Profits verwässern, geben bereitwillig Millionen von Francs für die atomare Verseuchung des Pazifiks aus, in der Hoffnung, man werde sie für technologisch ebenso stark wie die Amerikaner halten. Sie sehen sich als den flinken David, der gegen den habgierigen Goliath kämpft. In den Augen der restlichen Welt gleichen ihre Unternehmungen dem albernen Egoismus des verliebten Ameisenmännchens, das am Bein einer Kuh emporklettert und ihr versichert, es werde behutsam sein.«

Le Cagot blickte nachdenklich auf die Tischplatte. »Im Augenblick weiß ich nichts weiter über die Franzosen zu sagen.«
Die Witwe hatte sich zu ihnen an den Tisch gesetzt, rückte dicht an Le Cagot heran und preßte ihr Knie gegen das seine. »He, Sie haben Besuch unten auf Etchehelia«, berichtete sie Hel, die baskische Bezeichnung für sein Château benutzend. »Ein junges Mädchen. Eine Ausländerin. Gestern abend angekommen.«
Hel war keineswegs erstaunt darüber, daß sich die Nachricht bereits bis nach Larrau, drei Berge und fünfzehn Kilometer von seinem Wohnsitz entfernt, herumgesprochen hatte. Die Neuigkeit war zweifellos höchstens vier Stunden nach dem Eintreffen der Besucherin in allen umliegenden Dörfern bekannt gewesen.
»Was wissen Sie über das Mädchen?« erkundigte er sich.
Die Witwe zuckte die Achseln und zog die Mundwinkel herunter, um anzudeuten, sie sei nur über ein paar unwichtige Tatsachen informiert. »Sie hat *chez* Jaureguiberry Kaffee getrunken und konnte ihn dann nicht bezahlen. Sie ist den ganzen Weg von Tardets nach Etchebar zu Fuß gegangen und von den Bergen aus mehrmals gesehen worden. Sie ist jung, aber nicht zu jung zum Gebären. Sie trug kurze Hosen, die ihre Beine sehen ließen, und es heißt, daß sie einen vollen Busen hat. Sie wurde von Ihrer Freundin in Empfang genommen, die auch ihre Rechnung bei Jaureguiberry beglichen hat. Sie spricht mit englischem Akzent. Und die alten Klatschbasen im Dorf behaupten, sie sei eine Hure aus Bayonne, die von ihrer Ferme verjagt worden ist, weil sie mit dem Mann ihrer Schwester geschlafen hat. Sie sehen also, man weiß nur wenig über sie.«
»Sie ist jung und hat einen vollen Busen, sagst du?« fragte Le Cagot neugierig. »Dann ist sie zweifellos auf der Suche nach mir, nach dem höchsten und vollendetsten Erlebnis.«
Die Witwe kniff ihn in den Oberschenkel.
Hel erhob sich. »Ich glaube, ich fahre jetzt nach Hause, bade und schlafe mich aus. Kommst du mit?«
Le Cagot warf der Witwe einen Seitenblick zu. »Was meinst du – soll ich mitfahren?«
»Ist mir doch egal, was du tust, Alter.« Doch als er aufstehen wollte, zog sie ihn am Gürtel auf den Stuhl zurück.
»Vielleicht bleibe ich doch lieber noch ein bißchen, Niko. Aber heute abend werde ich kommen und mir dein junges Mädchen mit den nackten Beinen und dem großen Busen ansehen. Wenn sie mir

gefällt, gebe ich dir möglicherweise die Ehre und dehne meinen Besuch etwas länger aus. Autsch!«

Hel bezahlte und ging zu seinem Volvo hinaus, dem er einen Tritt gegen den hinteren Kotflügel versetzte. Dann fuhr er nach Hause.

CHATEAU D'ETCHEBAR

Nachdem er auf dem Dorfplatz von Etchebar geparkt (er duldete keine Autos auf seinem Grundstück) und dem Dach seines Wagens einen verabschiedenden Fausthieb versetzt hatte, schritt Hel den Privatweg zum Château entlang und empfand dabei, wie immer, wenn er heimkehrte, eine väterliche Zuneigung zu diesem perfekten Haus aus dem siebzehnten Jahrhundert, in das er jahrelange Hingabe und Millionen von Schweizer Franken gesteckt hatte. Dieses Besitztum war ihm das Liebste auf der Welt, eine physische und emotionale Festung gegen das zwanzigste Jahrhundert.

Auf dem Pfad, der hinter dem schweren Tor zum Haus hinaufführte, blieb er stehen, um die Erde um einen frisch gepflanzten Strauch fester zu klopfen, und noch während er damit beschäftigt war, spürte er das Nahen jener vagen, gestreuten Aura, die nur Pierre, seinem Gärtner, gehören konnte.

»*Bonjour, M'sieur*«, begrüßte ihn Pierre mit seiner Leierstimme, als er Hel durch den Nebel der seit dem Aufstehen in aller Herrgottsfrühe in regelmäßigen Abständen genossenen Gläser Roten erkannte.

Hel nickte ihm zu. »Wie ich höre, haben wir einen Gast, Pierre.«

»Das ist richtig. Ein junges Mädchen. Sie schläft noch. Die Frauen haben mir erzählt, sie ist eine Hure aus...«

»Ich weiß. Ist Madame schon aufgestanden?«

»Aber sicher! Sie wurde vor zwanzig Minuten von Ihrer Ankunft benachrichtigt.« Pierre blickte zum Himmel auf und nickte weise. »Ah, ah, ah«, murmelte er kopfschüttelnd. Hel merkte, daß er eine Wettervoraussage machen wollte, so wie er es jedesmal tat, wenn sie sich auf dem Grundstück begegneten. Alle Basken von Haute Soule sind überzeugt, aufgrund ihrer Abstammung aus dem Gebirge und der vielen baskischen Volksweisheiten, die sich mit Wettervorzeichen befassen, über eine besondere angeborene Gabe für meteorologische Prognosen zu verfügen. Pierres Voraussagen, gegeben mit einer ruhigen Sicherheit, die keineswegs darunter litt, daß seine Behauptungen sich regelmäßig als falsch erwiesen, bildeten seit fünfzehn Jahren, seit der Dorftrunkenbold von diesem Ausländer in den Rang eines Gärtners erhoben und zu dessen offiziellem Verteidiger gegen den Klatsch geworden war, das Hauptthema seiner Gespräche mit M'sieur Hel.

»Ah, M'sieur, es wird regnen, bevor der Tag zu Ende geht.« Pierre nickte mit ergebener Überzeugung. »Es hat also keinen Zweck, diese Blumen heute noch zu setzen.«

»Tatsache, Pierre?« Wie viele hundertmal hatten sie dieses gleiche Gespräch schon geführt?

»Ja, M'sieur, Tatsache. Gestern abend waren die kleinen Wölkchen über den Bergen bei Sonnenuntergang rot und golden. Ein todsicheres Zeichen.«

»Wirklich? Aber die Regel lautet doch genau umgekehrt. Heißt es nicht: *Arrats gorriak eguraldi?*«

»So lautet die Regel, M'sieur. Aber –« mit schlau und verschmitzt glitzernden Augen tippte Pierre sich an die lange Nase – »es kommt immer auf die Mondphase an.«

»Ach ja?«

Pierre nickte langsam mit geschlossenen Augen und lächelte herablassend über die Unwissenheit aller Ausländer, sogar solch eigentlich recht tüchtiger Männer wie M'sieur Hel. »Wenn der Mond zunimmt, lautet die Regel so, wie Sie eben sagten; aber wenn er abnimmt, ist es genau umgekehrt.«

»Ich verstehe. Dann heißt es bei abnehmendem Mond also: *Goiz gorriak dakarke uri?*«

Pierre krauste die Stirn; es war ihm unangenehm, zu einer eindeutigen Voraussage gezwungen zu werden. Er überlegte einen Moment, dann antwortete er: »Das kommt drauf an, M'sieur.«

»Davon bin ich überzeugt.«

»Und ... außerdem gibt es noch eine zusätzliche Komplikation.«

»Die Sie mir sicherlich erklären werden.«

Pierre warf einen unsicheren Blick in die Runde und wechselte zum Französischen über, um die Gefahr, die Erdgeister zu beleidigen – die natürlich nur Baskisch verstanden – zu vermeiden. »*Vous voyez, M'sieur, de temps en temps, la lune se trompe*!«

Hel atmete tief ein und schüttelte den Kopf. »Guten Morgen, Pierre.«

»Guten Morgen, M'sieur.« Pierre schlurfte den Pfad hinab, um nachzusehen, ob vielleicht noch etwas anderes seine Aufmerksamkeit erforderte.
Mit geschlossenen Augen vor sich hinträumend, saß Hel in der japanischen Holzwanne, deren Wasser ihm bis zum Hals reichte und so heiß war, daß das Hineingleiten eine Empfindung an der Grenze zwischen Schmerz und Wohltun ausgelöst hatte. Die Mädchen hatten den holzbeheizten Wasserboiler angezündet, sobald sie hörten, daß M. Hel von Larrau herüberkam, und als er sich gründlich abgeschrubbt und eine Schockdusche mit eiskaltem Wasser genommen hatte, war der japanische Zuber schon gefüllt, und durch die kleine Badestube wogte dichter Dampf.
Hana döste ihm gegenüber auf einer etwas erhöhten Bank, die es ihr gestattete, ebenfalls bis zum Hals im Wasser zu sitzen. Wie immer, wenn sie gemeinsam badeten, hatten sie ihre Beine lässig ineinander verschlungen.
»Möchtest du etwas über deine Besucherin hören, Nikolai?«
Hel schüttelte langsam den Kopf; er wollte sich nicht in seiner komatösen Entspannung stören lassen. »Später«, murmelte er nur.
Nach einer Viertelstunde war das Wasser so weit abgekühlt, daß sie sich im Zuber bewegen konnten, ohne Schmerz zu empfinden. Hel öffnete die Augen und lächelte Hana schläfrig zu. »Ich werde alt, meine Freundin. Nach ein paar Tagen in den Bergen ist das Bad für mich jetzt eher eine medizinische Notwendigkeit als ein Vergnügen.«
Hana erwiderte sein Lächeln und drückte seinen Fuß zwischen den ihren. »War es eine gute Höhle?«
Er nickte. »Eine bequeme. Eine Höhle zum Spazierengehen, ohne längere Kriechstrecken, ohne Siphons. Dennoch war die Anstrengung für meine Körperkräfte mehr als genug.«
Er stieg die Stufen an der Seite des Zubers hinauf und schob den gepolsterten Paravent zurück, der den Baderaum von dem kleinen japanischen Garten trennte, an dem er seit fünfzehn Jahren arbeitete, um ihn vollkommen zu gestalten, und der nach seiner Schätzung in weiteren fünfzehn akzeptabel sein würde. Dampfwolken quollen an ihm vorbei in die kühle Luft hinaus, die sich auf seiner von der Hitze prickelnden und gespannten Haut angenehm erfrischend anfühlte. Er hatte die Erfahrung gemacht, daß ein heißes Bad, zwanzig Minuten leichte Meditation, eine Stunde Liebe und eine kurze Dusche beleben-

der auf seinen Körper und Geist wirkten als eine ganze Nacht Schlaf; und diese Routine hielt er ein, wann immer er von einer Höhlenexpedition oder – in alten Zeiten – von einem konterterroristischen Unternehmen zurückkehrte.
Hana verließ die Wanne ebenfalls und zog einen leicht wattierten Kimono über ihren noch nassen Körper. Dann half sie ihm in seinen Badekimono, und sie wanderten nebeneinander durch den Garten. – Er hielt kurz inne, um einen Klangstein in dem Bach zurechtzurücken, der dem kleinen Teich entsprang, denn im Augenblick war der Wasserstand niedrig, und der Ton, den der Bach auslöste, für seinen Geschmack zu hell. Die Badestube mit ihren dicken Holzbohlenwänden lag halb versteckt in einem Bambushain, der den Garten auf drei Seiten umgab. Ihr gegenüber stand ein niedriges Häuschen aus dunklem Holz und Papierschiebewänden, in dessen japanischem Zimmer er studierte und meditierte und in dessen »Waffenraum« er das Instrumentarium seines Berufs aufbewahrte, aus dem er sich kürzlich zurückgezogen hatte. Den Abschluß auf der vierten Seite des Gartens bildete die Rückseite des Châteaus, von dem die beiden japanischen Gebäude abgerückt waren, um die Perfektion seiner Marmorfassade nicht zu stören. Er hatte einen ganzen Sommer darauf verwandt, mit zwei Handwerkern, die er zu diesem Zweck eigens aus Kyushu hatte kommen lassen und die alt genug waren, um noch mit Holz und Dübeln umgehen zu können, an diesen japanischen Häusern zu arbeiten.
Vor einem niedrigen Lacktischchen kniend, mit Blick auf den japanischen Garten, nahmen sie eine leichte Mahlzeit ein, die aus Melonenbällchen (warm, um den Moschusgeschmack hervorzuheben), Reineclauden (grüngelb, eiskalt und saftig), ungewürzten Reiskuchen und einem halben Glas Iroulèguy bestand.
Nach dem Essen erhob sich Hana. »Soll ich die Schiebetüren schließen?«
»Laß eine offen, damit wir den Garten sehen können.«
Hana lächelte. Nikolai und sein Garten ... Wie ein Vater mit einem zarten, jedoch eigensinnigen Kind! Der Garten war ihm das kostbarste seiner Besitztümer, und oft kam er unangekündigt von einer Reise zurück, zog sich schnell um und arbeitete stundenlang im Garten, bevor jemand erfuhr, daß er überhaupt zu Hause war. Für ihn war der Garten mit seinen subtilen Gliederungen eine Verwirklichung von *shibumi*, und die Tatsache, daß er seine höchste Voll-

endung vielleicht nicht mehr erleben würde, trug eine herbstliche Note von Wahrheit und Trauer zugleich in sich.

Sie ließ ihren Kimono fallen. »Wollen wir eine Wette abschließen?«

Er lachte. »Na schön. Der Gewinner bekommt ... Laß sehen ... Wie wär's mit einer halben Stunde ›Wonne des Rasiermessers‹?«

»Wunderbar! Ich werde sie sehr genießen.«

»Bist du deiner so sicher?«

»Mein lieber Freund, du warst drei Tage lang in den Bergen. Dein Körper hat Liebe akkumuliert, aber kein Ventil dafür gefunden. Du bist bei dieser Wette ziemlich im Nachteil.«

»Das werden wir sehen.«

Bei Hana und Nikolai war das Vorspiel ebensosehr geistiger wie physischer Natur. Sie waren beide Liebeskundige der Stufe IV – sie durch ihre exzellente Ausbildung, er aufgrund der Selbstdisziplin, die er schon als Jugendlicher gelernt hatte, und dank seines Proximitätssinns, der es ihm ermöglichte, die Empfindungen seiner Partnerin zu belauschen und genau zu erkennen, wie stark ihre Klimaxkontraktionen gerade waren. Bei diesem Spiel ging es darum, den Partner zuerst zum Höhepunkt zu bringen, und es wurde ohne verbotene Techniken und Regeln gespielt. Der Sieger gewann die »Wonne des Rasiermessers«, eine intensiv entspannende und erregende Massage, bei der die Haut von Armen, Beinen, Brust, Rücken, Bauch und Schambein mit einem scharf geschliffenen Rasiermesser gestreichelt wird. Diese prickelnde Wonne und die im Hintergrund lauernde Gefahr eines Ausrutschers erfordern es, daß der Körper dessen, der die Massage erhält, völlig gelockert ist, denn das ist die einzige Alternative zu der fast unerträglichen Spannung und Lust. Bezeichnenderweise beginnt die »Wonne des Rasiermessers« bei den Extremitäten, und wenn die Klinge sich den erogenen Zonen nähert, die vor Lust und dem drohenden Schatten der Angst allmählich in Glut geraten, fluten Wogen angenehmen Schauders über den Körper. Diese Technik involviert im Bereich der erogenen Zonen feine Nuancen, die zu beschreiben allzu gefährlich wäre.

Die »Wonne des Rasiermessers« gipfelt in einem schnellen oralen Liebesakt.

Wer von beiden die Wette gewann, indem er den anderen zuerst zum Höhepunkt brachte, wurde mit der »Wonne des Rasiermessers« belohnt, doch ihre Art, das Spiel zu betreiben, war von ganz besonderer Natur. Sie kannten einander so genau, daß sie sich gegenseitig sehr schnell bis zur Schwelle der Klimax bringen konnten, und so wurde der eigentliche Kampf dort ausgetragen, auf dem schmalen Grat zwischen Hingabe an die Lust und absoluter Selbstbeherrschung.

Erst nachdem er aus dem Sugamo-Gefängnis entlassen wurde und sein Leben im Westen begann, nahm Hels sexuelles Erleben allmählich Gestalt und Ausdruck an. Bis dahin hatte er nichts weiter als Amateurspielereien betrieben. Sein Verhältnis zu Mariko war im Grunde nicht körperlich, sondern vielmehr eine jugendliche Liebelei gewesen, und ihre ungeschickten sexuellen Experimente waren nichts als eine Fußnote zu dieser sanften und unsicher tastenden Zuneigung.

Mit den Tanaka-Schwestern erreichte Hel dann Stufe I der Liebeskunst, jenes gesunde, primitive Stadium sexueller Neugier, in dem kräftige junge Tiere, überschäumend in ihrem Drang, die Art zu erhalten, sich gegenseitig an ihren Körpern üben. Die Stufe I ist, obwohl plebejisch und monoton, äußerst lehrreich und aufrichtig, und Hel genoß die Zeit, die er in diesem Stadium verbrachte, sehr, bedauerte jedoch, daß die Instinkte so vieler Menschen durch die Zivilisation verkrüppelt werden, so daß sie die starke, schweißtreibende Liebeskunst der Stufe I nur ertragen können, wenn sie sich als Romanze, Liebe, Zuneigung oder auch nur als Selbstverwirklichung tarnt. In ihrer Verwirrung bauen sie Verbindungen auf den Treibsand der Leidenschaft. Hel hielt es für sehr bedauerlich, daß die ungebildete Masse Einblick in die romantische Literatur bekommen hatte, denn dadurch wurden Erwartungen aufgebaut, deren Erfüllung jenseits aller Wahrscheinlichkeit lag, und das trug viel zu jener ehelichen Pflichtvergessenheit bei, wie sie für die westlichen sexuell noch unreifen Menschen typisch ist.

Während seines kurzen Verweilens auf Stufe II – der Verwendung von Sex als psychologischem Aspirin, als soziale Narkose, als eine Art Aderlaß, um Fieber und inneren Druck zu senken – erhielt Hel einen flüchtigen Einblick in die Stufe IV sexueller Erfahrung. Und weil ihm klar wurde, daß die sexuelle Aktivität einen gewichtigen Teil seines Lebens ausmachen würde, und weil er Dilettantismus in jeder Form haßte, begann er sich systematisch zu präparieren. Professionelles taktisches Training erhielt er in Ceylon und in den exklusiven Bordellen von Madagaskar, wo er vier Monate ver-

brachte und bei Frauen jeglicher Rasse und Kultur in die Lehre ging.
Stufe III, die sexuelle Schlemmerei, ist wohl die höchste, die jemals von Okzidentalen, ja sogar von den meisten Orientalen erreicht wird. Hel brachte dieses Stadium gemächlich und mit beträchtlichem Appetit hinter sich, weil er jung, sein Körper kraftvoll und straff und seine Phantasie erfinderisch war. Es bestand keine Gefahr, daß er in den sexuellen schwarzen Messen künstlicher Stimulierung versank, mit der die perversen Jetsetter und die schmierigen Intellektuellen der literarischen Szene und der Filmwelt ihre abgestumpften Nervenenden und ihre erloschene Vorstellungskraft zu kompensieren suchten, indem sie sich einer in des anderen lauem Fleisch und Geilheit wälzten.
Schon in dem sexuellen *Smorgasbord* der Stufe III begann Hel mit so verfeinerten Taktiken wie Klimaxverzögerung und mentalem Verkehr zu experimentieren. Er fand es amüsant, sexuelle Techniken mit der Go-Nomenklatur zu belegen. Bezeichnungen wie *aji keshi, ko, furikawari* und *hane* waren ausgezeichnete belehrende Bilder, während andere, wie etwa *kaketsugi, nozoki* und *yosu-miru* auf die Liebeskunst nur mit einer gewaltsamen, an Prokrustes gemahnenden Verwendung der Metapher übertragen werden konnten.
Mit dreißig hatten Hels sexuelle Interessen und Fähigkeiten ihn ganz von selbst zur Stufe IV hingeführt, der »Endphase« des Spiels, in der Erregung und Klimax relativ triviale Abschlußgesten einer Partie sind, die die gesamte Geisteskraft und Klugheit des Meisterschafts-Go, das Training einer ceylonesischen Hure sowie die Ausdauer und Geschicklichkeit eines begabten Bergsteigers im sechsten Grad erfordert. Sein bevorzugtes Spiel war eine eigene Erfindung, die er »*kikashi*-Sex« nannte. Es konnte nur mit einem Partner gespielt werden, der ebenfalls Stufe IV der Liebeskunst erreicht hatte, und selbst dann nur, wenn beide sich besonders stark fühlten. Das Spiel fand statt in einem kleinen, ungefähr sechs *tatamis* umfassenden Raum. Beide Partner waren in konventionelle Kimonos gekleidet und knieten, die Rücken zwei einander gegenüberliegenden Wänden zugekehrt, voreinander. Jeder mußte nun einzig und allein durch Konzentration bis an die Grenze des Höhepunkts gelangen und dort verharren. Körperlicher Kontakt war nicht gestattet, nur geistige Konzentration und Gesten, die mit einer Hand ausgeführt werden konnten.

Ziel dieses Spiels war es, den anderen zum Höhepunkt zu bringen, ehe man ihn selbst erreichte, und es gelang am besten, wenn es regnete.
Mit der Zeit ließ Hel vom *kikashi*-Sex ab, teils, weil es etwas zu anstrengend, teils, weil es eine einsame, selbstsüchtige Erfahrung war, ohne die Zuneigung und Zärtlichkeit des Nachspiels, das die schönsten Liebesstunden auszeichnet.

Hana hatte die Augen fest geschlossen; ihre Lippen spannten sich über den Zähnen. Sie versuchte sich aus der verzwickten Position zu befreien, in der er sie hielt, aber er gab nicht nach.
»Ich dachte, wir hätten vereinbart, daß du das nicht darfst«, flehte sie.
»Wir haben überhaupt nichts vereinbart.«
»Aber Nikko ... Ich kann nicht! ... Ich kann nicht mehr zurückhalten! Du verdammtes Biest!«
Sie bog den Rücken durch und stieß vor Anstrengung, die Klimax zurückzuhalten, einen kleinen Quietscher aus.
Ihre Lust steckte Hel an, der nun endlich auch nachgab und unmittelbar nach ihr zum Höhepunkt kam. Doch dann begann die Alarmglocke seines Proximitätssinns zu schrillen. Sie tat nur so! Ihre Aura tanzte nicht, wie es beim Höhepunkt der Fall sein mußte! Er versuchte seinen Geist ganz zu entleeren und seine Klimax zurückzuhalten, aber es war zu spät. Er hatte den Damm der Selbstbeherrschung durchbrochen.
»Du Teufel!« stöhnte er, als er kam.
Sie lachte und gelangte wenige Sekunden nach ihm zum Höhepunkt.

Sie lag auf dem Rücken und summte schläfrig vor Vergnügen, als er das Rasiermesser langsam über ihre Hinterbacken führte, einen perfekten Körperteil, der die Feinheiten ihres japanischen Blutes mit der kräftigen Form der schwarzen Rasse vereinte. Er küßte sie sanft und fuhr mit der Massage fort.
»In zwei Monaten ist deine Pflichtzeit bei mir vorüber, Hana.«
»Hmm-hmm.« Sie wollte sich den Genuß nicht vom Sprechen beeinflussen lassen.
»Hast du dir meinen Vorschlag überlegt? Hast du darüber nachgedacht, ob du bei mir bleiben möchtest?«
»Hmm-hmm.«
»Und?«

»Anh-nh-nh-nh-nh.« Der langgezogene Laut sollte bedeuten: »Zwing mich bitte nicht zum Reden.«
Er lachte, drehte sie auf den Rücken und setzte die Erregungsmassage mit äußerster Konzentration auf Technik und Details fort. Hanas körperlicher Zustand war ideal. Sie war Mitte Dreißig, so jung also, wie eine Frau gerade noch sein kann, wenn sie trotzdem die Ausbildung und Erfahrung einer großen Liebeskünstlerin hat. Da sie ihrem Körper die sorgfältigste Pflege widmete und da ihre ideale Mischung aus asiatischen, schwarzen und weißen Erbteilen sie alterslos erscheinen ließ, würde sie noch weitere fünfzehn Jahre in der Blüte des Lebens stehen. Es war eine Freude, sie anzusehen und sie zu berühren. Ihr größter Vorzug lag in der Fähigkeit, Genuß rückhaltlos und anmutig zu akzeptieren.
Als die »Wonne des Rasiermessers« sich ihren erogenen Zonen genähert und sie ganz feucht und passiv gemacht hatte, beendete er das Spiel mit seinem klassischen schnellen Finish. Und eine Zeitlang lagen sie dann in jener entspannten Umarmung zweier Liebender, deren Körper im gleichen Rhythmus atmen.
»Ich *habe* darüber nachgedacht, ob ich bleiben soll, Nikko«, sagte sie jetzt, und ihre Stimme summte gegen seine Brust. »Es gibt viele Gründe, die mich dazu bewegen könnten. Dies ist der schönste Fleck auf der ganzen Erde. Ich werde dir immer dankbar sein dafür, daß du mir diesen verborgenen Winkel des Baskenlandes gezeigt hast. Du hast dir hier ein Leben in *shibumi*-Luxus geschaffen, das wahrhaftig sehr attraktiv ist. Und dann bist da noch du selbst, so ernst und unnachgiebig, wenn du mit der Außenwelt zu tun hast, aber so jungenhaft und unbeschwert in der Liebe. Ich kann dir einen gewissen Charme nicht absprechen.«
»Vielen Dank.«
»Und außerdem muß ich gestehen, daß man weit seltener einen in der Liebe vollendet gebildeten Mann findet als eine ausgezeichnet trainierte Frau. Aber ... es ist sehr einsam hier. Ich weiß zwar, daß ich jederzeit die Freiheit habe, nach Bayonne oder Paris zu fahren – und ich amüsiere mich großartig, wenn ich dort bin –, aber das Leben hier ist dennoch einsam für eine Frau, deren Interessen und Bedürfnisse so fein geschliffen worden sind wie die meinen, ungeachtet all deiner Aufmerksamkeiten und des Vergnügens an deiner Unterhaltung und trotz der kraftstrotzenden Unzüchtigkeiten unseres Freundes Le Cagot.«

»Das kann ich verstehen.«
»Für dich ist es etwas ganz anderes, Nikko. Du bist von Natur aus ein Einsiedler. Du verachtest die Außenwelt, du brauchst sie nicht. Auch ich finde die meisten Leute dort draußen langweilig oder ärgere mich über sie. Aber ich bin keine echte Einsiedlerin, und ich besitze eine stark ausgeprägte Neugier. Und dann ... es gibt da noch ein anderes Problem.«
»Ja?«
»Nun, wie soll ich es ausdrücken? Persönlichkeiten wie meine und deine sind dazu geschaffen, andere zu dominieren. Jeder von uns sollte in der Gesellschaft wirken, der Masse prickelnde Würze und Struktur verleihen. Wir beide ganz allein zusammen an einem Ort, das ist wie eine Verschwendung von Pikantem in einem einzigen Gang einer sonst fade schmeckenden Mahlzeit. Verstehst du mich?«
»Heißt das, du bist entschlossen, mich zu verlassen, wenn deine Pflichtzeit um ist?«
Sie blies einen Atemstrom über die Haare auf seiner Brust hin. »Es heißt, daß ich mich noch nicht entschieden habe.« Eine Weile schwieg sie, dann fuhr sie fort: »Am liebsten hätte ich, glaube ich, das Beste von beiden Welten, verbrächte die Hälfte eines jeden Jahres hier, um mich auszuruhen und bei dir zu lernen, und die andere Hälfte dort draußen, wo ich mein Publikum in Erstaunen versetzen könnte.«
»Ich sehe nichts Unmögliches in dieser Idee.«
Sie lachte. »Es würde bedeuten, daß du dich jedes Jahr sechs Monate lang mit den braungebrannten, langbeinigen, geistlosen Nymphen der Côte Basque bescheiden müßtest. Schauspielerinnen, Fotomodelle und so weiter. Meinst du, daß du das fertigbrächtest?«
»Genauso leicht, wie du dich mit kräftigen jungen Männern mit prachtvollem Muskeltonus und ehrlichen, aber leeren Augen zufriedengeben könntest. Für uns beide wäre das, als lebten wir ausschließlich von Hors d'oeuvres. Aber warum nicht? Hors d'oeuvres können sehr schmackhaft sein, wenn sie auch übersättigen, ohne wirklichen Nährwert zu haben.«
»Ich muß es mir überlegen, Nikko. Der Gedanke ist sehr attraktiv.« Sie stützte sich auf einen Ellenbogen und blickte in seine halbgeschlossenen belustigten Augen hinab. »Aber die Freiheit ist auch attraktiv. Vielleicht fasse ich überhaupt keinen Entschluß.«
»Das wäre bereits eine Art Entschluß.«

Sie zogen sich an und gingen unter dem durchlöcherten Kupferkasten duschen, den der erste aufgeklärte Besitzer des Schlosses vor nahezu dreihundert Jahren zu eben diesem Zweck konstruiert hatte.
Erst als sie im creme- und goldfarben ausgeschlagenen Salon beim Tee saßen, erkundigte Hel sich nach der Besucherin.
»Sie schläft noch. Als sie gestern abend ankam, war sie verzweifelt. Sie ist von Rom nach Pau geflogen, bis Tardets per Anhalter gefahren und dann hierher zu Fuß marschiert. Obwohl sie sich Mühe gab, höflich Konversation zu machen und die Regeln des Anstands zu wahren, merkte ich sofort, daß sie bis ins Innerste erschüttert war. Sie fing beim Teetrinken an zu weinen. Weinte, ohne es selbst zu merken. Ich gab ihr etwas zur Beruhigung und brachte sie dann zu Bett. Doch in der Nacht hatte sie Alpträume und wachte mehrmals auf. Also blieb ich auf ihrer Bettkante sitzen, streichelte ihr das Haar und sang ihr etwas vor, bis sie wieder ruhig geworden war und einschlief.«
»Was für Probleme hat sie denn?«
»Sie erzählte während der Nacht davon. Es hat da eine scheußliche Geschichte auf dem Flughafen von Rom gegeben. Zwei von ihren Freunden wurden erschossen.«
»Von wem?«
»Das hat sie nicht gesagt. Vielleicht weiß sie es selbst nicht.«
»Warum wurden die beiden erschossen?«
»Ich habe keine Ahnung.«
»Hat sie dir erzählt, warum sie zu uns gekommen ist?«
»Anscheinend waren sie alle drei hierher unterwegs. Sie hatte kein Geld bei sich, nur ihre Flugkarte.«
»Hat sie dir ihren Namen genannt?«
»Ja. Hannah Stern. Ihr Onkel sei ein Freund von dir, sagte sie noch.«
Hel stellte die Tasse hin, schloß die Augen und stieß einen tiefen Seufzer aus. »Asa Stern war mein Freund. Er ist tot. Ich stand in seiner Schuld. Einmal wäre ich ohne seine Hilfe umgekommen.«
»Und diese Schuld – erstreckt sie sich auch auf das junge Mädchen?«
»Wir werden sehen. Was sagtest du noch – die Schießerei im Rome International war gestern nachmittag?«
»Oder am Vormittag; ich bin mir nicht sicher.«
»Dann müßte es um zwölf in den Nachrichten kommen. Wenn sie

aufwacht, schick sie mir bitte rüber. Ich bin im Garten. Ach ja, ich glaube, Le Cagot wird heute zum Abendessen kommen – falls er seine Verpflichtungen in Larrau bis dahin erfüllt hat.«

Hel arbeitete anderthalb Stunden im Garten, stutzte hier, kontrollierte da, immer eine zurückhaltende, subtile Wirkung im Auge. Er war kein Künstler, aber er war sensibel; und so fehlte seinem Garten, dem wichtigsten Ausdruck seiner Sehnsucht nach Kreativität, zwar *sabi*, aber er wies die *shibui*-Züge auf, die die japanische Kunst von der mechanischen Dynamik der westlichen und der aufdringlichen Übertreibung der chinesischen unterscheiden. Sein Garten verströmte die süße Melancholie, die verzeihende Traurigkeit, die in der Vorstellungswelt der Japaner die Schönheit charakterisieren. Es herrschte eine beabsichtigte Unvollkommenheit und eine organische Schlichtheit, die zunächst ästhetische Spannungen erzeugte, um sie dann zu befriedigen, und die etwa so funktionierte wie Gleichgewicht und Ungleichgewicht in der westlichen Kunst.

Kurz vor zwölf brachte ihm ein Diener einen Batterieempfänger, und Hel hörte sich im Waffenraum die Mittagsnachrichten des BBC World Service an. Sie wurden von einer Frau gesprochen, deren unverwechselbare Stimme schon seit Jahren eine Quelle der Belustigung für die internationale anglophone Gemeinde bildete. Zu der ohnehin merkwürdigen, BBC–typischen Aussprache fügte sie nämlich noch einen abgehackten, halberstickten Ton, den ihre weltweite Zuhörerschaft seit langem für die Folge eines schlecht sitzenden Suppositoriums hielt, wenngleich es lebhafte Diskussionen und hohe Wetten zwischen denen gab, die behaupteten, das Suppositorium bestehe aus Sandpapier, und jenen, die mehr zu der Eiswürfeltheorie tendierten.

Versteckt zwischen den alltäglichen Meldungen von stürzenden Regierungen, vom fallenden Dollar und über Bombenexplosionen in Belfast war eine Beschreibung des Massakers im Rome International. Zwei Japaner, später aufgrund der mitgeführten Papiere als im Auftrag des Schwarzen September arbeitende Angehörige der Roten Armee Fraktion identifiziert, hatten das Feuer mit automatischen Waffen eröffnet und zwei junge Israelis getötet, deren Identität jedoch nicht bekanntgegeben wurde. Die Mörder von der Roten Armee waren bei einem anschließenden Schußwechsel mit der italienischen Polizei und ein paar Spezialagenten getötet worden. Einige unschuldige Zivilisten waren ums Leben gekommen. Und nun zu etwas erfreulicheren Meldungen ...

»Mr. Hel?«
Er stellte das Radio ab und winkte der jungen Frau, die an der Tür des Waffenraums stand. Sie trug frische Khakishorts und eine Bluse mit kurzen Ärmeln, deren oberste drei Knöpfe offenstanden. Im Hinblick auf Hors d'oeuvres war sie wirklich ein appetitliches Häppchen: lange kräftige Beine, schlanke Taille, aggressiver Busen, rötliches, vom Waschen duftig-weiches Haar. Eher Soubrette als Heroine, befand sie sich in jenem kurzen, aufreizenden Stadium zwischen Fohlenhaftigkeit und voller Reife. Doch ihr Gesicht war noch ganz weich und zeigte keine Linien der Erfahrung; so verlieh der Schock, unter dem sie noch immer stand, ihren Zügen einen Ausdruck schmollender Verstocktheit.
»Mr. Hel?« wiederholte sie unsicher.
»Kommen Sie her und nehmen Sie Platz, Miß Stern.«
Sie wählte einen Sessel unter einem Regal mit Metallgegenständen, die sie nicht als Waffen erkannte, und lächelte schwach. »Ich weiß nicht, warum, aber ich hatte Sie mir älter vorgestellt. Onkel Asa sprach immer von Ihnen als einem Freund, einem Mann seines Alters.«
»Wir waren auch gleichaltrig; wir gehörten derselben Ära an. Obwohl das nichts zur Sache tut.« Er musterte sie unverhohlen, versuchte sie einzuschätzen und fand sie unzulänglich.
Voll Unbehagen unter dem kalten Blick seiner flaschengrünen Augen suchte sie Zuflucht in oberflächlichem Geplauder. »Ihre Frau – Hana, meine ich – war wirklich sehr liebenswürdig zu mir. Sie hat in der vergangenen Nacht an meinem Bett gesessen und ...«
Mit einer knappen Handbewegung unterbrach er sie. »Erzählen Sie mir zunächst von Ihrem Onkel. Warum hat er Sie hergeschickt? Und dann berichten Sie mir die Einzelheiten des Zwischenfalls auf dem Flughafen von Rom. Außerdem müssen Sie mir erklären, wie Ihre Pläne aussehen und was ich damit zu tun habe.«
Von seinem geschäftsmäßigen Ton überrascht, atmete sie tief durch, nahm ihre Gedanken zusammen und begann ihre Geschichte charakteristischerweise mit ihrer eigenen Person. Sie erzählte, daß sie in Skokie aufgewachsen sei, die Northwestern University besucht habe, aktives Interesse an politischen und sozialen Fragen genommen und nach dem Examen beschlossen habe, ihren Onkel in Israel zu besuchen – um ihre Wurzeln zu finden, ihr Judentum zu entdecken.

Bei ihren letzten Worten senkte Hel die Lider und stieß einen kurzen Seufzer aus. Mit einer ungeduldigen Handbewegung bat er sie fortzufahren.

»Onkel Asa hatte sich vorgenommen, die Mörder von München zu bestrafen, aber das wissen Sie natürlich schon.«

»Es ging ein Gerücht um. In unseren Briefen haben wir derartige Dinge freilich niemals erwähnt. Als ich anfangs davon hörte, fand ich es sehr töricht von Ihrem Onkel, aus dem Ruhestand wieder hervorzukommen und einen solchen Versuch zu wagen, zumal seine alten Freunde und Kontaktmänner doch längst entweder gestorben oder zu Politikern verkommen waren. Ich kann nur annehmen, daß es sich um die Verzweiflungstat eines Mannes handelte, der wußte, daß er an einer unheilbaren Krankheit litt.«

»Aber er organisierte unsere Zelle vor anderthalb Jahren, und die Krankheit brach erst vor wenigen Monaten aus.«

»Das ist nicht wahr. Ihr Onkel war seit mehreren Jahren krank. Es gab nur zwei kurze Remissionen. Zu dem Zeitpunkt, an dem er, wie Sie sagten, Ihre Zelle organisierte, bekämpfte er die Schmerzen mit Drogen. Das könnte der Grund für sein getrübtes Denkvermögen sein.«

Hannah Stern blickte stirnrunzelnd zur Seite. »Das klingt aber nicht, als hielten Sie viel von meinem Onkel.«

»Im Gegenteil, ich hatte ihn sehr gern. Er war ein brillanter Denker und ein Mann mit einem hochherzigen Geist – ein Mann des *shibumi.*«

»Ein Mann des – was?«

»Lassen Sie nur. Ihr Onkel hat nie in die Terrorszene gepaßt. Er war emotionell dafür nicht geeignet, und das spricht sehr für ihn als Menschen. In besseren Zeiten hätte er das ruhige Leben eines Philosophen oder Gelehrten geführt. Doch er besaß einen leidenschaftlichen Sinn für Gerechtigkeit, und zwar nicht nur im Hinblick auf sein eigenes Volk. So wie die Dinge vor fünfundzwanzig Jahren in Israel lagen, standen leidenschaftlichen und hochherzigen Männern, die keine Feiglinge waren, nur sehr beschränkte Möglichkeiten offen.«

Hannah war nicht an Hels leise, beinahe flüsternde Gefängnisstimme gewöhnt, daher mußte sie sich ziemlich weit vorneigen, um ihn verstehen zu können.

»Wenn Sie meinen, ich hätte Ihren Onkel nicht geschätzt, dann irren Sie sich sehr. Es gab vor sechzehn Jahren in Kairo eine Situation, in

der er seine Sicherheit, möglicherweise sogar sein Leben riskierte, um mir zu helfen. Und was noch wichtiger ist, er riskierte darüber hinaus den Erfolg eines Projekts, dem er sich sehr verschrieben hatte. Mich hatte eine Kugel in die Seite erwischt. Die Lage war so, daß ich es nicht wagen konnte, ärztliche Hilfe zu suchen. Als ich ihn traf, war ich zwei Tage lang mit einem blutdurchtränkten Stoffetzen unter dem Hemd durch Hintergassen geschlichen, weil ich mich nicht in ein Hotel traute. Ich war vom Fieber benommen. Nein, ich schätze ihn wirklich sehr. Und ich stehe in seiner Schuld.« Hel sagte es mit leiser monotoner Stimme, freilich ohne die Dramatik, die Hannah mit Aufrichtigkeit verbunden hätte. Er erzählte ihr diese Dinge, weil sie – um ihres Onkels willen – ein Recht besaß, das Ausmaß seiner Ehrenschuld kennenzulernen. »Nach dieser Sache damals in Kairo habe ich Ihren Onkel nie wiedergesehen. Unsere Freundschaft wuchs im Laufe der Jahre aufgrund eines Briefwechsels, den wir beide als Ventil für das Testen von Ideen, den Austausch von Ansichten über Bücher, die wir lasen, für Klagen über das Schicksal und das Leben an sich benutzten. Wir waren zwei einander sehr nahestehende Fremde.« Hel fragte sich, ob das junge Mädchen eine derartige Verbindung überhaupt begreifen konnte. Nachdem er diese Frage verneint hatte, konzentrierte er sich auf das anstehende Problem. »Nun gut, nachdem sein Sohn in München ermordet worden war, bildete Ihr Onkel eine Zelle, die ihm bei seiner Strafexpedition helfen sollte. Wie viele Mitglieder, und wo sind sie jetzt?«
»Ich bin die einzige, die übrig ist.«
»*Sie* haben mit zu der Zelle gehört?«
»Ja. Warum? Erscheint Ihnen das...«
»Spielt keine Rolle.« Jetzt war Hel endgültig überzeugt, daß Asa Stern in drogenumnebelter Verzweiflung gehandelt hatte, als er dieses weiche College-Häschen in eine Aktionszelle aufnahm. »Wie groß war die Zelle?«
»Wir waren fünf. Wir nannten uns die Munich-Five.«
Wieder ließ er die Lider sinken. »Wie dramatisch! Es gibt doch nichts Schöneres, als einen Stunt lauthals zu proklamieren.«
»Wie bitte?«
»Zu fünft in der Zelle? Ihr Onkel, Sie, die beiden in Rom Ermordeten – und wer war der fünfte? David O. Selznik?«
»Ich verstehe nicht, was Sie meinen. Der fünfte Mann kam bei einer

Bombenexplosion in einem Café in Jerusalem um. Er und ich, wir waren . . . wir waren . . .« In ihren Augen glänzten Tränen.
»Natürlich waren Sie! Eine aufregende Variante der üblichen Urlaubsromanzen! Und eine der hübschen Nebenwirkungen, wenn man eine überzeugte junge Revolutionärin ist und die Verantwortung für die ganze Menschheit auf seinen Schultern trägt. Na schön. Erzählen Sie, wie weit Ihr Projekt gediehen war, als Asa starb.«
Hannah war verwirrt und verletzt. Dies war ganz und gar nicht der Mann, den ihr Onkel beschrieben hatte, der ehrliche Profi, der darüber hinaus ein kultivierter Mensch war, der seine Schulden bezahlte und sich weigerte, für die brutalsten unter den nationalen und kommerziellen Machthabern zu arbeiten. Wie konnte ihr Onkel nur einen Mann geschätzt haben, der so wenig menschliches Mitgefühl erkennen ließ? Der so wenig Verständnis zeigte?
Hel verstand sie natürlich nur allzu gut. Er hatte schon öfter hinter diesen fanatischen Amateuren aufräumen müssen. Er wußte, wenn der Sturm losbrach, liefen sie entweder feige davon oder sie schossen – aus eben dieser Feigheit – alles nieder, was ihnen vor die Waffe geriet.
Überrascht stellte Hannah fest, daß keine Tränen kamen, daß ihr Fluß durch Hels kühles Festhalten an Fakten und Informationen gehemmt wurde. Schniefend sagte sie: »Onkel Asa hatte Informationsquellen in England. So erfuhr er, daß die beiden letzten Überlebenden der Münchner Mörder mit einer Gruppe des Schwarzen September ein von Heathrow startendes Flugzeug entführen wollten.«
»Wie groß war die Gruppe?«
»Fünf bis sechs. Wir wußten es nicht genau.«
»Wußten Sie, welche von ihnen in München dabei waren?«
»Nein.«
»Sie wollten also einfach alle fünf umlegen?«
Sie nickte.
»Ich verstehe. Und Ihre Kontakte in England? Welcher Art sind die, und was werden sie für Sie tun?«
»Es sind Stadtguerillas, die für die Befreiung Nordirlands von der englischen Gewaltherrschaft kämpfen.«
»O Gott!«
»Wissen Sie, irgendwie sind alle Freiheitskämpfer Brüder. Unsere Taktiken mögen verschieden sein, aber unsere Ziele sind letztlich die gleichen. Wir alle ersehnen den Tag, an dem . . .«

»Bitte!« unterbrach er sie. »Also, was wollten diese IRA-Brüder für Sie tun?«
»Na ja... die Septembristen im Auge behalten. Uns Unterkunft beschaffen, sobald wir in London eintrafen. Und sie wollten uns mit Waffen versorgen.«
»›Uns‹, das heißt wohl Sie und die beiden, die in Rom umgekommen sind, wie?«
»Ja.«
»Ich verstehe. Nun gut, erzählen Sie mir jetzt bitte, was sich in Rom abgespielt hat. Die BBC hat die Stuntmen als japanische Angehörige der Roten Armee identifiziert, die für die PLO arbeiteten. Ist das richtig?«
»Ich weiß es nicht.«
»Waren Sie denn nicht dort?«
»Ja! Natürlich war ich dort!« Sie riß sich zusammen. »Aber in dem Durcheinander... sterbende Menschen... Schüsse überall...« In ihrer Not erhob sie sich und kehrte diesem Mann, der sie, das spürte sie instinktiv, absichtlich quälte und testete, den Rücken zu. Sie nahm sich vor, nicht zu weinen, aber die Tränen kamen trotzdem. »Tut mir leid. Ich war völlig außer mir. Benommen. Ich erinnere mich nicht an alles.« Vor Nervosität und weil sie mit den Händen nichts anzufangen wußte, griff sie nach einer unscheinbaren Metallröhre auf dem Regal an der Wand über ihr.
»Nicht anfassen!«
Sie zuckte erschrocken zurück, weil er zum erstenmal die Stimme erhoben hatte. Ein Anflug selbstgerechter Wut durchzuckte sie. »Ich wollte Ihre Spielsachen nicht kaputtmachen!«
»Aber die hätten Sie kaputtmachen können.« Seine Stimme klang wieder leise und melodisch. »Das ist nämlich eine Nervengasröhre. Wenn Sie am Schaft gedreht hätten, wären Sie jetzt tot. Und was viel schlimmer ist: Ich auch.«
Sie schnitt eine Grimasse, zog sich vom Waffenregal zurück und trat an die offene Schiebetür, die in den Garten hinausführte. Sie lehnte sich an den Rahmen, um ihre Selbstbeherrschung zurückzugewinnen.
»Junge Dame, ich werde Ihnen helfen, sofern das möglich ist. Ich muß freilich gestehen, daß es vielleicht nicht möglich sein wird. Ihre kleine Amateurorganisation hat so ungefähr jeden erdenklichen Fehler gemacht, und sich mit den IRA-Idioten zu verbinden, war nicht der

geringste davon. Dennoch schulde ich es Ihrem Onkel, Sie bis zu Ende anzuhören. Vielleicht kann ich Sie beschützen und dafür sorgen, daß Sie in den Bourgeoiskomfort Ihres Elternhauses zurückkehren, wo Sie Ihre sozialen Ambitionen ausleben können, indem Sie gegen die Verschmutzung der Nationalparks protestieren. Aber wenn ich Ihnen helfen soll, muß ich wissen, wie die Steine auf dem Brett liegen. Also heben Sie sich Ihre Leidenschaft und Theatralik für Ihre Memoiren auf, und beantworten Sie meine Fragen so präzise und so knapp wie möglich. Wenn Sie dazu im Augenblick nicht in der Lage sind, können wir uns später unterhalten. Doch es kann sein, daß ich sehr schnell handeln muß. Im typischen Verlauf einer Partie wie dieser arbeitet die Zeit nach einem Präventivschlag (und das ist der Überfall auf dem Rome International vermutlich gewesen) für die anderen. Wollen Sie jetzt reden, oder wollen wir erst zu Mittag essen?«

Hannah glitt auf den *tatami*-Boden hinab. Sie lehnte den Rücken an den Türrahmen und blickte hinaus. Vor dem sonnendurchfluteten Garten hob ihr Profil sich ab wie eine kostbare Kamee. Nach einer Weile sagte sie: »Entschuldigen Sie. Ich habe viel durchgemacht.«

»Das bezweifle ich nicht. Aber jetzt erzählen Sie mir von dem Überfall. Tatsachen und Eindrücke, keine Emotionen!«

Sie senkte den Blick und malte mit dem Fingernagel kleine Kreise auf ihren gebräunten Oberschenkel; dann zog sie die Knie an die Brust und umschlang sie mit den Armen. »Also gut. Avrim und Chaim gingen vor mir durch die Paßkontrolle. Ich wurde von dem italienischen Beamten aufgehalten, der ein bißchen mit mir flirtete und auf meinen Busen starrte. Sicher hätte ich meine Bluse bis obenhin zuknöpfen sollen. Schließlich stempelte er meinen Paß, und ich wollte in die Halle gehen. Dann fielen auf einmal Schüsse. Ich sah Avrim laufen ... und fallen ... sein Kopf war an der einen Seite ganz ... ganz ... Einen Moment, bitte.« Sie schniefte und holte mehrmals tief Luft. »Ich fing auch an zu laufen ... Alles rannte und schrie durcheinander ... Ein alter Mann mit weißem Bart wurde getroffen ... ein Kind ... eine dicke alte Frau. Dann kamen Schüsse von der anderen Seite der Halle und vom Balkon, und die asiatischen Killer wurden getroffen. Dann kamen plötzlich keine Schüsse mehr, nur noch Schreie, und überall blutende, verletzte Menschen. Chaim lag bei den Schließfächern, die Beine ganz komisch verdreht. Er war ins Gesicht getroffen worden. Und da bin ich ... einfach weggegangen.

Ich bin einfach weggegangen. Ich wußte nicht, was ich tat oder wohin ich wollte. Dann hörte ich die Lautsprecheransage für die Maschine nach Pau. Und ich bin einfach weitergegangen bis zum Flugsteig. Und ... und das ist alles.«
»Na schön. Sehr gut. Und jetzt beantworten Sie mir noch folgendes: Waren Sie selber auch eine Zielperson?«
»Wie bitte?«
»Hat irgend jemand direkt auf Sie geschossen?«
»Ich weiß es nicht! Woher soll ich das wissen?«
»Haben die Japaner automatische Waffen benutzt?«
»Was?«
»Haben die Schüsse rat-a-tat gemacht, oder bäng! bäng! bäng!«
Sie warf ihm einen bösen Blick zu. »Ich weiß, was eine automatische Waffe ist. Wir haben in den Bergen damit geübt.«
»Rat-a-tat oder bäng bäng?«
»Es waren Maschinenpistolen.«
»Und wurde jemand getroffen, der in Ihrer Nähe stand?«
Sie überlegte angestrengt, die Knie fest an die Lippen gepreßt. »Nein. Niemand, der in meiner Nähe war.«
»Wenn Profis mit automatischen Waffen niemanden in Ihrer Nähe getroffen haben, dann waren Sie auch keine Zielperson. Möglicherweise hat man gar nicht gewußt, daß Sie zu den beiden gehörten. Vor allem, wenn Sie erst einige Zeit nach ihnen durch die Paßkontrolle kamen. Na schön. Bitte, denken Sie jetzt ganz konzentriert an die Schüsse, die vom Balkon herunterkamen und die japanischen Killer töteten. Was ist Ihnen daran aufgefallen?«
Sie schüttelte den Kopf. »Gar nichts. Ich erinnere mich an überhaupt nichts. Es waren keine automatischen Waffen.« Sie warf Hel einen schiefen Blick zu. »Sie machten bäng bäng.«
Er lächelte. »So ist's richtig. Humor und Zorn sind uns jetzt weitaus nützlicher als die weicheren Gefühle. Also, der Rundfunk berichtete etwas von ›Spezialagenten‹, die die italienischen Polizisten begleitet hätten. Können Sie mir über die etwas sagen?«
»Nein. Die Leute auf dem Balkon habe ich überhaupt nicht gesehen.«
Hel nickte und senkte den Kopf, die Handflächen fest zusammengepreßt, die Zeigefinger an die Lippen gelegt. »Lassen Sie mir einen Moment Zeit; ich muß das alles erst gründlich durchdenken.« Er richtete die Augen auf das Flechtmuster der *tatamis* und verfolgte es

mit starrem Blick, während er die erhaltenen Informationen rekapitulierte.

Hannah saß im Türrahmen auf dem Boden und schaute hinaus in den japanischen Garten, wo das von dem kleinen Bach reflektierte Sonnenlicht durch die Bambusblätter glitzerte. Sie war ein typisches Kind ihrer Klasse und Kultur, und als solchem fehlten ihr die inneren Ressourcen, die unabdingbar sind, will man die Wonne des Schweigens genießen. So aber wurde sie schon bald unruhig. »Warum gibt es keine Blumen in Ihrem ...«

Ohne aufzublicken hob er Schweigen gebietend die Hand.

Vier Minuten darauf schaute er sie an. »Was?«

»Wie bitte?«

»Irgendwas mit Blumen.«

»Ach so! Nicht weiter wichtig. Ich wollte nur wissen, warum Sie keine Blumen in Ihrem Garten haben.«

»Es gibt drei Blumen darin.«

»Drei Arten?«

»Nein. Drei Blumen. Jede davon ist das Symbol einer Blütezeit. Im Moment befinden wir uns allerdings zwischen zwei Blüteperioden. Nun gut, fassen wir mal zusammen, was wir bis jetzt wissen oder als sicher annehmen können. Daß der Überfall in Rom entweder von der PLO oder den Septembristen organisiert wurde, ist ziemlich eindeutig; ebenso, daß sie von Ihren Absichten Kenntnis erhalten hatten – vermutlich durch Ihre Londoner IRA-Kameraden, die ihre eigene Mutter in ein türkisches Serail verkaufen würden, wenn nur der Preis hoch genug wäre (und wenn die Türken nicht zuviel Selbstachtung besäßen, um von dem Angebot Gebrauch zu machen). Das Auftauchen japanischer Fanatiker von der Roten Armee dürfte auf Septembristen hinweisen, die häufig andere vorschicken, um sich selbst die gefährliche Arbeit zu ersparen, denn sie schätzen persönliche Risiken nicht sehr. Doch hier wird die Sache kompliziert. Die Stuntmen wurden innerhalb von Sekunden erledigt – von Männern, die oben auf dem Balkon postiert waren. Wahrscheinlich jedoch nicht von der italienischen Polizei, denn das war schnelle saubere Arbeit. Ich möchte wetten, daß der Verrat verraten wurde. Warum? Der einzige Grund, der sich anbietet, wäre der, daß die japanischen Stuntmen nicht lebend geschnappt werden sollten. Aber warum? Vielleicht, weil sie gar nicht von der Roten Armee waren. Und das würde uns natürlich zur CIA bringen. Oder zur Muttergesellschaft, die der CIA übergeordnet ist. Und die die Macht über die ganze amerikanische Regierung in Händen hält.«

»Was ist denn das, die Muttergesellschaft? Davon habe ich noch nie gehört.«

»Davon haben nur wenige Amerikaner gehört. Es ist eine Kontrollorganisation der wichtigsten internationalen Öl- und Energiekonzerne. Die liegen schon ewig am Busen der Araber und benutzen diese armen unwissenden Tröpfe als Bauern im Schachspiel ihrer künstlich erzeugten Knappheiten und Profitschneidereien. Die Muttergesellschaft ist ein zäher Gegner; durch nationalistischen Druck kommt man nicht an sie heran. Denn obwohl sie einen riesigen Medienrummel um ihre treu-amerikanischen (oder -britischen oder -deutschen oder -holländischen) Töchter macht, sind das in Wirklichkeit internationale Infraregierungen, deren Patriotismus sich einzig im Profit ausdrückt. Es ist nicht unwahrscheinlich, daß auch Ihr Vater Aktionär dieser Muttergesellschaft ist, genau wie die Hälfte aller lieben grauhaarigen alten Damen in Ihrem Land.«

Hannah schüttelte den Kopf. »Ich kann mir nicht vorstellen, daß die CIA mit den Leuten vom Schwarzen September gemeinsame Sache macht. Die Vereinigten Staaten unterstützen Israel; sie sind Verbündete.«

»Sie unterschätzen die Elastizität des Gewissens in Ihrem Land. Seit dem Ölembargo haben die Amerikaner eine scharfe Kehrtwendung gemacht. Ihre Hingabe an den Ehrbegriff schwankt proportional zur Sorge um ihre Zentralheizung. Es ist eine typische Eigenschaft der Amerikaner, daß sie nur kurze Ausbrüche von Tapferkeit und Aufopferung kennen. Deswegen liegt ihnen Krieg weit mehr als verantwortungsbewußter Frieden. Denn der Gefahr können sie ins Auge sehen, nicht aber der Unbequemlichkeit. Sie vergiften ihre Luft, um Mücken zu töten. Sie erschöpfen ihre Energiequellen, um sich elektrische Messer anschaffen zu können. Wir dürfen nie vergessen, daß es in Vietnam stets genug Coca-Cola für die Soldaten gab.«

Hannah verspürte einen kleinen chauvinistischen Stich. »Halten Sie es für fair, derart zu verallgemeinern?«

»Ja. Verallgemeinerungen sind nur unangebracht, wenn man sie auf einzelne anwendet. Aber sie sind die einzig wirksame Möglichkeit, die Masse zu beschreiben. Und Ihr Land ist eine Demokratie, also eine Diktatur der Masse.«

»Ich weigere mich zu glauben, daß Amerikaner an diesem blutigen

Terror auf dem Flughafen beteiligt waren. Unschuldige Kinder und alte Männer...«
»Sagt Ihnen der sechste August etwas?«
»Der sechste August? Nein. Warum?« Sie zog die Knie noch fester an ihre Brust.
»Ist nicht wichtig.« Hel erhob sich. »Ich muß ein bißchen über die Sache nachdenken. Wir unterhalten uns heute nachmittag weiter.«
»Werden Sie mir helfen?«
»Wahrscheinlich. Aber vielleicht nicht so, wie Sie es sich vorstellen. Übrigens, können sie einen gutgemeinten Rat verkraften?«
»Was denn für einen?«
»Es ist indiskret von einer jungen Dame, die so reichlich mit Schamhaaren gesegnet ist wie Sie, so kurze Shorts zu tragen und eine so offenherzige Haltung einzunehmen. Es sei denn, Sie wollten beweisen, daß Ihr rotes Haar echt ist. Wollen wir jetzt essen gehen?«
Der Lunch war auf einem runden Tischchen im westlichen Salon angerichtet, mit Blick auf den gepflegten Rasen und die Allee, die zum Haupttor hinabführte. Die *porte fenêtres* standen offen, und die langen Vorhänge blähten sich träge im Wind, der einen leichten Zederndüft hereinwehte. Hana trug ein langes Kleid aus pflaumenblauer Seide. Als Hel und Hannah eintraten, lächelte sie ihnen zu, während sie letzte Hand an einen Tischschmuck aus zarten glockenförmigen Blüten legte. »Pünktlich wie immer. Der Lunch ist gerade serviert worden.« In Wirklichkeit wartete sie bereits seit zehn Minuten, doch es gehörte zu ihren Künsten, anderen das Gefühl zu verleihen, sie beherrschten die gesellschaftliche Etikette. Ein Blick in Hannahs Gesicht verriet ihr, daß die Unterredung mit Hel nicht gut für das Mädchen verlaufen war, daher nahm sie bereitwillig die Bürde der Konversation auf sich.
Als Hannah ihre gestärkte Leinenserviette entfaltete, bemerkte sie, daß ihr nicht das gleiche serviert worden war wie Hana und Hel. Für sie gab es ein Stück Lammfleisch, geeisten Spargel in Mayonnaise und Pommes frites, während die anderen nur frisches oder leicht gedünstetes Gemüse mit ungeschältem Reis aßen.
Lächelnd erklärte Hana ihr: »Unser Alter und unsere früheren Ausschweifungen zwingen uns heute, mit dem Essen ein bißchen vorsichtig zu sein, mein Kind. Doch unseren Gästen muten wir diese spartanische Diät nicht zu. Und wenn ich selbst einmal verreise, nach

Paris zum Beispiel, dann esse ich, als wäre ich halb verhungert. Essen ist für mich eine Art gezähmtes Laster. Eines, das besonders schwierig zu bändigen ist, wenn man in Frankreich lebt, wo das Essen, je nach Ansicht des Beurteilers, entweder das zweitbeste oder das schlechteste der Welt ist.«

»Wie meinen Sie das?« erkundigte sich Hannah.

»Vom Standpunkt des Schlemmers aus betrachtet steht das französische Essen gleich hinter der klassischen chinesischen Küche an zweiter Stelle. Aber die Speisen werden so zubereitet, mit Saucen übergossen, gespickt und geschabt und gestopft und gewürzt, daß sie vom Nährwert her einer Katastrophe gleichkommen. Deswegen hat auch kein anderes westliches Volk einerseits so große Freude am Essen und andererseits so große Schwierigkeiten mit der Leber wie die Franzosen.«

»Und was halten Sie vom amerikanischen Essen?« fragte Hannah mit ironischem Lächeln, denn sie gehörte zu jener weitverbreiteten Art von Amerikanern, die im Ausland ihre Welterfahrenheit dadurch beweisen wollen, daß sie alles Amerikanische herabsetzen.

»Darüber kann ich wirklich nicht urteilen; ich war noch nie in Amerika. Aber Nikolai hat dort gelebt, und er sagte mir, daß es bestimmte Gebiete gibt, auf denen die amerikanische Küche hervorragend ist.«

»Ach, wirklich?« Hannah musterte Nikolai hochmütig. »Es überrascht mich zu hören, daß Mr. Hel etwas Gutes über Amerika oder die Amerikaner zu sagen weiß.«

»Es sind nicht die Amerikaner, die mich so verärgern; es ist der Amerikanismus: eine gesellschaftliche Krankheit der postindustriellen Welt, die unweigerlich eine merkantile Nation nach der anderen anstecken muß und die nur deshalb als ›amerikanisch‹ bezeichnet wird, weil Ihr Volk den am weitesten fortgeschrittenen Fall dieser Krankheit darstellt. Es ist etwa so, wie man von der spanischen Grippe oder von der japanischen Enzephalitis Typ B spricht. Die Symptome des Amerikanismus sind der Verlust der Arbeitsethik, ein Schrumpfen der inneren Ressourcen und das ständige Bedürfnis nach äußerer Stimulierung, gefolgt von geistigem Verfall und moralischer Stumpfheit. Man erkennt das Opfer an seinem unablässigen Bemühen, Kontakt mit sich selbst zu finden, zu glauben, seine geistige Schwäche sei ein interessanter psychologischer Knacks, in seiner Flucht vor der Verantwortung einen Beweis dafür zu sehen, daß er und sein Leben weit offen seien für neue Erfahrungen. In den letzten Stadien ist der Erkrankte so tief gesunken, daß er nach der trivialsten aller menschlichen Beschäftigungen giert: dem Vergnügen. Was aber das Essen angeht, so wird niemand leugnen, daß die Amerikaner sich in einer kleinen Sparte wirklich auszeichnen – in der des Snack nämlich. Und ich argwöhne, daß eine vielsagende Symbolik darin liegt.«

Hana mißbilligte Hels unhöflichen Ton, und als sie zum Sideboard ging, um Hannahs Teller noch einmal zu füllen, schlug sie ein anderes Thema an. »Mein Englisch ist leider nicht perfekt. Es gibt hier mehr als nur einen Spargel, aber ›Spargels‹ klingt doch ein bißchen komisch. Gibt es da einen besonderen Plural, Nikolai? Vielleicht etwas ganz Ausgefallenes, vom Lateinischen Entlehntes?«

»So etwas würde man nur benutzen, wenn man zu jenem überinformierten, aber ungebildeten Typ gehört, der in Concerti für Celli geht und hinterher Capuccini trinkt. Oder der, wenn er Amerikaner ist, zum Nachtisch Himbeer-Jell-I bestellt.«

»*Arrêtes un peu et sois sage*«, warnte Hana mit leichtem Kopfschütteln. Dann lächelte sie Hannah zu. »Ist er nicht gräßlich, wenn er auf die Amerikaner zu sprechen kommt? Das ist ein Charakterfehler von ihm. Sein einziger, wie er mir versichert. Übrigens, Hannah, ich wollte Sie schon lange fragen, was Sie an der Universität gehört haben?«

»Was ich gehört habe?«

»Welches Fach Sie studiert haben«, erklärte Hel.

»Ach so! Soziologie.«

Er hätte es sich denken können. Soziologie, diese deskriptive Pseudowissenschaft, die ihre Ungenauigkeit mit statistischer Vernebelung tarnt, während sie sich in der schmalen Informationslücke zwischen Psychologie und Anthropologie mästet. Dieses Nichtstudium, das so viele Amerikaner wählen, um die vierjährigen intellektuellen Ferien zu rechtfertigen, mit denen man in den USA seine Jugend verlängert.

»Was haben Sie denn studiert?« erkundigte sich Hannah gedankenlos bei ihrer Gastgeberin.

Hana lächelte vor sich hin. »Ach ... ein bißchen Psychologie, Anatomie, Ästhetik ... So in der Richtung.«

Hannah widmete sich ihrem Spargel und fragte beiläufig: »Sie beide sind nicht verheiratet, wie? Ich meine ... Sie haben da gestern abend diesen Scherz gemacht, daß Sie Mr. Hels Konkubine seien.«

Hanas Augen weiteten sich vor ungläubiger Verwunderung. Sie war diese taktlose Neugier, die im angelsächsischen Kulturkreis mit bewundernswerter Offenheit verwechselt wird, nicht gewöhnt. Hel bedeutete Hana mit schadenfroh-unschuldigem Blick, sie solle selber darauf antworten.

»Nun ja ...«, begann Hana. »Es ist richtig, Mr. Hel und ich sind nicht verheiratet. Und es stimmt wirklich, daß ich seine Konkubine bin. Möchten Sie vielleicht ein Dessert? Wir haben gerade die erste Ernte der wunderbaren Kirschen aus Itxassou erhalten, auf die die Basken mit vollem Recht stolz sind.«

Hel wußte, daß Hana nicht so leicht davonkommen würde, und beobachtete sie grinsend, als Hannah Stern fortfuhr: »Ich glaube, was Sie meinen, ist nicht Konkubine. Im Englischen ist eine Konkubine eine Frau, die für ... na ja, für sexuelle Dienste engagiert wird. Ich glaube vielmehr, Sie meinen Mätresse. Aber auch dieser Begriff ist heute überholt. Jetzt sagt man ganz einfach, zwei Leute leben zusammen.«

Hana sah Hel hilfesuchend an. Er lachte und antwortete an ihrer Stelle: »Hanas Englisch ist in Wirklichkeit ausgezeichnet. Das mit dem Spargel war nur ein Scherz. Sie kennt den Unterschied zwischen einer Mätresse, einer Konkubine und einer Ehefrau sehr genau. Eine Mätresse ist ihrer Entlohnung nicht sicher, eine Ehefrau bekommt keine; und beide sind sie Amateure. Aber jetzt versuchen Sie mal die Kirschen.«

Hel saß auf einer Steinbank mitten zwischen den Zuchtbeeten, die Augen geschlossen, das Gesicht zum Himmel gewandt. Wenn der Bergwind auch kühl war, so drang doch das matte Sonnenlicht durch seinen *yukata* und machte ihn warm und schläfrig. Er verharrte an der wohligen Schwelle zum Einschlummern, bis er die sich nähernde Aura einer Person wahrnahm, die bedrückt und sehr nervös sein mußte.

»Setzen Sie sich, Miß Stern«, forderte er sie auf, ohne die Augen zu öffnen. »Ich muß Ihnen ein Kompliment über Ihr Verhalten bei Tisch machen. Sie haben kein einziges Mal von Ihren Problemen gesprochen und anscheinend gespürt, daß wir in diesem Haus die Welt nicht mit an den Eßtisch nehmen. Ehrlich gesagt, ich hatte Ihnen soviel Taktgefühl nicht zugetraut. Die meisten Menschen Ihres Alters und Ihrer Herkunft sind so stark auf sich selbst konzentriert, so intensiv

mit dem beschäftigt, was sie gerade bewegt, daß ihnen nicht klar wird, wie entscheidend Stil und Form sind, und daß Substanz nur ein vorübergehender Mythos ist.« Er öffnete die Augen und lächelte über seinen geglückten Versuch, den amerikanischen Akzent zu imitieren: »Es kommt nicht darauf an, was man tut, sondern wie man es tut.«
Hannah hockte sich vor ihm auf die Marmorbalustrade, die Oberschenkel von ihrem Gewicht plattgedrückt. Sie war barfuß und hatte seinen Rat, weniger freizügige Shorts anzuziehen, nicht befolgt. »Sie sagten, wir müßten uns noch einmal unterhalten?«
»Hm-m. Ja. Aber zunächst möchte ich mich für meinen unhöflichen Ton entschuldigen, sowohl bei unserem Gespräch heute vormittag als auch bei Tisch. Ich war ärgerlich und erzürnt. Ich lebe jetzt seit beinahe zwei Jahren im Ruhestand, Miß Stern. Ich übe den Beruf der Terroristeneliminierung nicht mehr aus; ich widme mich nur noch meinem Garten, der Höhlenforschung, dem Belauschen des Grases, wenn es wächst, und der Suche nach einem tiefen, inneren Frieden, den ich vor vielen Jahren verloren habe – verloren, weil gewisse Umstände mich mit Haß und Wut erfüllten. Und jetzt kommen Sie mit Ihrer Bitte um Hilfe daher, die ich um Ihres Onkels willen nicht zurückweisen kann. Und mir droht die Gefahr, wieder in diesen Beruf voll Gewalt und Angst zurückzumüssen. Und diese Angst ist ein beträchtlicher Faktor meines Ärgers über Sie. Denn meine Arbeit birgt stets ein gewisses Quantum Antichance. Ganz gleich, wie gut ausgebildet man ist, wie vorsichtig, wie kaltblütig – die Odds akkumulieren sich im Lauf der Jahre; und dann kommt eine Zeit, da Pech und Antichance schwer in die Waagschale fallen. Nicht, daß ich bei meiner Arbeit Glück gehabt habe – ich mißtraue dem Glück –, aber ich bin auch nie sehr vom Pech verfolgt worden. Daher wartet ein gerüttelt Maß an Unglück auf mich. Ich habe häufig die Münze geworfen, und immer lag der Kopf oben. Also warten ungefähr zwanzig Jahre Adler auf ihre Chance. Egal! Was ich Ihnen erklären wollte, war der Grund für meine Unhöflichkeit Ihnen gegenüber. Es geschah hauptsächlich aus Angst. Und aus Verärgerung. Inzwischen hatte ich Zeit zum Überlegen. Und ich glaube, ich weiß, was ich zu tun habe. Zum Glück ist die richtige Handlungsweise in diesem Fall zugleich auch die sicherste.«
»Heißt das, daß Sie mir nicht helfen wollen?«
»Im Gegenteil. Ich werde Ihnen helfen, indem ich Sie nach Hause schicke. Meine Schuld Ihrem Onkel gegenüber erstreckt sich zwar auf

Sie, da er Sie zu mir geschickt hat; aber sie erstreckt sich nicht auf irgendeine abstrakte Vorstellung von Rache oder auf eine Organisation, der Sie angehören.«
Sie blickte stirnrunzelnd weg, zu den Bergen hinüber. »Diese Auffassung Ihrer Verpflichtung meinem Onkel gegenüber ist äußerst bequem für Sie selbst.«
»Wie sich herausgestellt hat, ja.«
»Aber... mein Onkel hat der Jagd nach diesen Killern seine letzten Lebensjahre gewidmet, und wenn ich jetzt nichts unternehme, wäre das alles umsonst gewesen.«
»Sie können gar nichts unternehmen. Ihnen fehlt die Ausbildung, die Erfahrung, die Organisation. Sie hatten ja nicht mal einen Plan, der diesen Namen verdient hätte.«
»Hatten wir doch!«
Er lächelte. »Nun gut. Betrachten wir einmal Ihren Plan. Sie sagten, die Leute des Schwarzen September wollten eine Maschine von Heathrow entführen. Ihre Gruppe sollte vermutlich im Augenblick der Entführung zuschlagen. Hätten Sie sie im Flugzeug überfallen oder ehe sie an Bord gingen?«
»Das weiß ich nicht.«
»Das wissen Sie nicht?«
»Nach Onkel Asas Tod war Avrim der Anführer. Er hat uns nicht mehr gesagt, als er für unerläßlich hielt – für den Fall, daß einer von uns gefangengenommen würde, oder so. Aber ich glaube nicht, daß wir sie in der Maschine angreifen wollten. Ich glaube, wir hätten sie auf dem Flugsteig exekutiert.«
»Und wann sollte der Überfall stattfinden?«
»Am Morgen des Siebzehnten.«
»Bis dahin sind es noch sechs Tage. Warum wollten Sie dann so früh nach London? Warum sich sechs Tage lang exponieren?«
»Wir wollten ja gar nicht nach London. Wir wollten hierher, zu Ihnen. Onkel Asa wußte genau, daß wir ohne ihn nicht viel Aussicht auf Erfolg hatten. Er hatte gehofft durchzuhalten, um uns begleiten und führen zu können. Das Ende kam zu schnell für ihn.«
»Dann hat *er* Sie hierhergeschickt? Das glaube ich nicht.«
»Er hat uns nicht direkt hergeschickt. Er hat nur mehrmals von Ihnen gesprochen. Er sagte, falls wir in Schwierigkeiten kämen, könnten wir Sie aufsuchen, und Sie würden uns helfen.«

»Sicher hat er gemeint, daß ich Ihnen nach dem Überfall bei der Flucht helfen würde.«
Sie zuckte die Achseln.
Er seufzte. »Dann wollten Sie also zu dritt bei Ihren IRA-Kontakten in London die Waffen abholen, sich sechs Tage lang in der Stadt rumtreiben, ein Taxi nach Heathrow nehmen, in die Flughalle stürmen, die Zielpersonen im Warteraum ausmachen und sie abknallen. War das Ihr Plan?«
Ihre Kinnmuskeln spannten sich; sie wandte den Blick ab. So formuliert, klang es tatsächlich ziemlich dumm.
»Und damit, Miß Stern, stellt sich trotz Ihres Abscheus und Ihres Entsetzens über den Zwischenfall in Rom heraus, daß Sie genau die gleiche blutige Gewalttat planten – eine blindwütige Schießerei auf einem überfüllten Flugsteig. Tote Kinder, erschossene alte Frauen, herumfliegende Fleischfetzen, während die überzeugten jungen Revolutionäre sich mit blitzenden Augen und wehenden Haaren ihren Weg in die Geschichte freischießen. War es das, was Sie geplant hatten?«
»Wenn Sie damit sagen wollen, daß wir nicht anders sind als diese Killer, die die Sportler in München ermordet oder meine Kameraden in Rom erschossen haben...«
»Der Unterschied liegt auf der Hand. *Das* waren gut organisierte Profis.« Er unterbrach sich. »Verzeihen Sie. Sagen Sie mir bitte folgendes: Was für Hilfsquellen hatten Sie?«
»Hilfsquellen?«
»Ja. Abgesehen von Ihren IRA-Kontakten – und ich glaube, die können wir unbesorgt vergessen –, auf was für Ressourcen stützten Sie sich? Waren die Burschen, die in Rom starben, gut ausgebildet?«
»Avrim, ja. Chaim hatte, glaube ich, bis dahin noch nie mit solchen Dingen zu tun gehabt.«
»Und Geld?«
»Geld? Nun, wir hofften, Sie würden uns etwas geben. Viel brauchten wir ja nicht. Wir dachten, daß wir ein paar Tage hierbleiben könnten, mit Ihnen reden, uns Rat und Anweisungen holen. Dann wollten wir direkt nach London fliegen und dort am Tag vor dem Unternehmen eintreffen. Was wir brauchten, war nur das Geld für den Flug und ein bißchen was für Extraausgaben.«
Hel schloß die Augen. »Sie armes, dummes, todbringendes Mädchen!

Wenn ich so etwas ausführen wollte wie das, was ihr im Sinn hattet, würde das zwischen hundert- und hundertfünfzigtausend Dollar kosten. Ganz abgesehen von meinem Honorar. Das wären nur die Kosten für das Arrangement. Es ist teuer, hineinzukommen, und es ist häufig noch teurer, wieder herauszugelangen. Ihr Onkel hätte das wissen müssen.« Er blickte zum Horizont hinauf. »Ich komme langsam zu der Auffassung, daß er einen Selbstmordangriff geplant hatte.«
»Das glaube ich nicht! Er hätte uns niemals in den Tod geführt, ohne uns etwas davon zu sagen!«
»Er wollte Sie vermutlich gar nicht nach vorn schicken. Er wollte euch drei Kinder wohl nur als Rückendeckung benutzen und hoffte, das Unternehmen selbst ausführen zu können, so daß ihr in der allgemeinen Verwirrung entkommen konntet. Und außerdem...«
»Was, außerdem?«
»Nun, wir dürfen nicht vergessen, daß er wegen seiner starken Schmerzen schon ziemlich lange Medikamente nahm. Wer weiß denn, was er sich gedacht hat? Wer weiß denn, wieviel ihm zuletzt überhaupt noch von seiner Denkfähigkeit geblieben war?«
Sie zog ein Knie an die Brust, umschlang es mit den Armen, und wieder wurden ihre roten Schamhaare sichtbar. Sie preßte die Lippen auf ihr Knie und starrte darüber hinweg in den Garten hinaus. »Ich weiß nicht, was ich tun soll.«
Hel betrachtete sie durch halb geschlossene Lider. Armes verirrtes Küken! Suchte Sinn und Aufregung im Leben, während ihre Kultur und Herkunft sie dazu verdammten, einen Kaufmann zu heiraten und mit ihm Werbemanager in die Welt zu setzen. Sie war verängstigt und unsicher und doch immer noch nicht ganz bereit, ihre Liebelei mit Gefahr und Bedeutung aufzugeben und zu einem Leben der Ordnung und des Besitzes zurückzukehren. »Es bleibt Ihnen wirklich kaum eine Wahl. Sie müssen nach Hause. Es wird mir eine Freude sein, Ihnen das Ticket zu bezahlen.«
»Ausgeschlossen!«
»Es wird Ihnen nichts anderes übrigbleiben.«
Sekundenlang lutschte sie an ihrem Knie. »Mr. Hel – darf ich Sie Nikolai nennen?«
»Auf gar keinen Fall!«
»Mr. Hel, Sie wollen mir klarmachen, daß Sie mir nicht helfen werden. Stimmt's?«

»Ich helfe Ihnen, indem ich Ihnen zur Heimkehr rate.«
»Und wenn ich mich weigere? Wenn ich auf eigene Faust weitermache?«
»Sie würden scheitern – und mit ziemlicher Sicherheit umkommen.«
»Das weiß ich. Die Frage ist, könnten Sie zulassen, daß ich es allein versuche? Würde Ihr Schuldgefühl meinem Onkel gegenüber das gestatten?«
»Sie bluffen.«
»Und wenn ich das nicht tue?«
Hel wandte den Blick ab. Durchaus möglich, daß dieses Bourgeoisfrätzchen durchtrieben genug war, ihn hineinzuziehen, oder ihn wenigstens zwang zu entscheiden, wie weit Loyalität und Ehrgefühl bei ihm gingen. Er bereitete sich darauf vor, sie und sich selbst zu testen, als er spürte, daß sich jemand näherte. Er fühlte, daß es nur Pierre sein konnte, und als er sich umdrehte, sah er auch wirklich den Gärtner vom Schloß her auf sie zuschlurfen.
»Guten Tag, M'sieur, M'selle. Muß ein angenehmes Leben sein, wenn man Zeit hat, sich zu sonnen.« Er zog einen gefalteten Zettel aus der Tasche seines blauen Arbeitskittels und überreichte ihn Hel mit feierlichem Ernst; dann erklärte er, daß er sich nicht aufhalten könnte, weil es tausend Dinge zu tun gäbe, und trottete in Richtung seines Torhäuschens davon, denn es war Zeit, den Tag durch ein weiteres Glas erträglicher zu machen.
Hel las die Nachricht, die Pierre gebracht hatte.
Dann faltete er den Zettel wieder zusammen und klopfte sich damit gegen die Lippen. »Anscheinend, Miß Stern, werden wir doch nicht die freie Wahl zum Handeln haben. In Tardet sind drei Fremde eingetroffen, die Fragen stellen. Über mich und, weit beunruhigender, auch über Sie. Man beschreibt mir die Fremden als Engländer oder *Amérlos* – die Leute im Dorf können die Akzente nicht unterscheiden. Sie werden von französischer Sonderpolizei begleitet, und die scheint überaus kooperativ zu sein.«
»Aber woher könnte jemand wissen, daß ich hier bin?«
»Da gibt es tausend Möglichkeiten. Ihre Freunde, die in Rom umgebracht wurden – trugen die Flugtickets bei sich?«
»Ich glaube schon. Das heißt, ja. Jeder hatte sein eigenes Ticket. Aber die waren nicht hierher, sondern für Pau ausgestellt.«
»Nahe genug. Ich bin nicht ganz unbekannt.« Hel schüttelte den Kopf

über diesen weiteren Beweis ihres Dilettantismus. Profis kauften immer Tickets nach Orten, die weit über ihren Bestimmungsort hinaus lagen, denn Buchungen wurden computerisiert und waren somit den Regierungsstellen und der Muttergesellschaft zugänglich.

»Was glauben Sie, wer diese Männer sein könnten?« fragte Hannah.

»Ich weiß es nicht.«

»Und was werden Sie tun?«

Er zuckte die Achseln. »Sie zum Abendessen einladen.«

Nachdem er Hannah verabschiedet hatte, saß Hel eine halbe Stunde allein in seinem Garten; er beobachtete, wie sich dickbäuchige Gewitterwolken um die Bergrücken sammelten, und dachte über die Position der Steine auf dem Brett nach. Etwa gleichzeitig kam er zu zwei voneinander unabhängigen Feststellungen: Es würde noch heute abend regnen, und der klügste Schritt dem Feind gegenüber würde es sein, selbst die Initiative zu ergreifen.

Vom Waffenraum aus telefonierte er mit dem Hôtel Dabadie, wo die Amerikaner abgestiegen waren. Der Anruf erforderte ein gewisses Maß an Verhandlungsgeschick. Die Dabadies würden die drei *Amérlos* am Abend zwar gern zum Dinner ins Château hinaufschicken, aber da sei das Problem der Mahlzeiten, die sie eigens für die Gäste zubereitet hätten. Schließlich verdiente ein Hotel sein Geld an den verkauften Mahlzeiten und nicht an den Zimmern. Hel versicherte ihnen, es sei nur angemessen und durchaus gerecht, die bestellten Mahlzeiten auf die Rechnung zu setzen. Es sei weiß Gott nicht die Schuld der Dabadies, daß die Fremden sich erst im letzten Moment entschlossen hätten, bei M. Hel zu speisen. Geschäft sei Geschäft. Und da Lebensmittelverschwendung Sünde sei, wäre es vielleicht am besten, wenn die Dabadies das Vorbereitete selbst äßen und den Abbé dazu einlüden.

Er fand Hana in der Bibliothek, wo sie, die komische kleine rechteckige Brille auf der Nase, die sie zum Lesen brauchte, am Fenster saß und in ein Buch vertieft war. Als er eintrat, blickte sie ihm über den Rand der Brille hinweg entgegen. »Gäste zum Essen?« fragte sie.

Er streichelte ihr die Wange. »Ja, drei. Amerikaner.«

»Wie schön! Dann haben wir mit Hannah und Le Cagot eine richtige Dinnerparty beisammen!«

»Die haben wir.«
Sie legte ein Lesezeichen ins Buch und klappte es zu. »Gibt es Ärger, Nikko?«
»Ja.«
»Hat es etwas mit Hannah und ihren Schwierigkeiten zu tun?«
Er nickte.
Sie lachte unbekümmert. »Und erst heute morgen, als du mich aufgefordert hast, jeweils die Hälfte eines Jahres bei dir zu verbringen, wolltest du mich damit überreden, daß du die Ruhe und Einsamkeit deines Hauses angepriesen hast.«
»Es wird bald wieder friedlich bei uns sein. Schließlich habe ich mich zur Ruhe gesetzt.«
»Kannst du das? Kann man sich wirklich ganz aus einem solchen Beruf zurückziehen? Aber ich muß mich beeilen! Wenn wir Gäste erwarten, muß ich jemanden ins Dorf runterschicken. Denn Hannah wird etwas zum Anziehen brauchen. In diesen Shorts kann sie unmöglich zum Dinner kommen, jedenfalls nicht mit ihrer reichlich unbekümmerten Einstellung zu sittsamen Posen.«
»Ach wirklich? Ist mir noch gar nicht aufgefallen.«

Ein lautes Begrüßungsgebrüll von der Allee, ein Krach, als die *porte fenêtres* im Salon so kräftig zugeschlagen wurden, daß das Glas klirrte, ein geräuschvolles Suchen nach Hana, die in der Bibliothek saß, eine stürmische Umarmung mit einem laut schmatzenden Kuß auf die Wange, ein Schrei nach wenigstens einer Andeutung von Gastfreundschaft in Gestalt eines Gläschens Wein, und das ganze Haus wußte, daß Le Cagot von seinen Pflichten in Larrau zurückgekehrt war. »Also, wo ist das junge Mädchen mit dem üppigen Busen, von dem das ganze Tal redet? Bringt sie zu mir, auf daß sie ihrem Schicksal begegne!«
Hana erklärte ihm, die junge Dame ruhe sich aus, doch Nikolai arbeite in seinem japanischen Garten.
»Den will ich nicht sehen! Von dem habe ich in den letzten drei Tagen genug gehabt. Hat er dir schon von meiner Höhle erzählt? Ich mußte deinen Nikolai praktisch hindurchschleppen. Es ist traurig, Hana, aber er wird langsam alt. Zeit, daß du an deine Zukunft denkst und dich nach einem alterslosen Mann umsiehst – vielleicht nach einem robusten baskischen Poeten?«
Lachend antwortete Hana, sein Bad werde in einer halben Stunde

bereit sein. »Und du könntest dich ein bißchen fein machen. Wir erwarten Gäste zum Dinner.«
»Aha, Publikum! Wunderbar. Na schön, dann hole ich mir meinen Wein in der Küche. Habt ihr noch diese junge Portugiesin?«
»Wir haben mehrere.«
»Dann werde ich ein paar Kostproben machen. Und warte nur, bis du mich in Gala siehst! Vor ein paar Monaten habe ich mir einen wirklich eleganten Anzug zugelegt, aber bisher hatte ich noch keine Gelegenheit, ihn vorzuführen. Ein Blick auf mich in meinen neuen Kleidern, und du wirst dahinschmelzen wie Butter in der Sonne, bei den Eiern ...«
Hana warf ihm einen Blick zu, und sofort befleißigte er sich einer dezenteren Ausdrucksweise.
»... bei der Ekstase der heiligen Therese. Na, dann will ich mich mal in die Küche verdrücken.« Türenschlagend und laut nach Wein rufend, stapfte Le Cagot davon.
Hana sah ihm lächelnd nach. Vom ersten Augenblick ihrer Bekanntschaft an hatte er sie liebgewonnen, und seine polternde Art, ihr Komplimente zu machen, war Teil eines ständigen Sperrfeuers hyperbolischer Galanterie. Sie ihrerseits schätzte sein rauhes ehrliches Wesen und freute sich, daß Nikolai in diesem legendären Basken einen so treuen und unterhaltsamen Freund gefunden hatte. Sie sah tatsächlich eine legendäre Gestalt in ihm, einen Dichter, der für sich selbst eine exzentrische, romantische Rolle geschaffen hatte und nun den Rest seines Lebens damit verbrachte, sie zu spielen. Einmal hatte sie Hel gefragt, was wohl die Ursache dafür sei, daß der Barde sich mit dieser Schelmenfassade der *Opera buffa* panzern mußte. Die Einzelheiten durfte Hel ihr nicht verraten, denn damit hätte er einen Vertrauensbruch begangen, obwohl Le Cagot selbst gar nicht wußte, daß er sich ihm anvertraut hatte, weil ihr Gespräch an einem Abend stattgefunden hatte, an dem der Poet in tiefe Trauer und Nostalgie versunken und darüber hinaus stockbetrunken gewesen war. Vor vielen Jahren war der sensible junge Mann, der später die Rolle des Le Cagot übernehmen sollte, Professor für baskische Literatur gewesen und hatte einen Lehrstuhl in Bilbao innegehabt. Er heiratete eine schöne und sanfte spanische Baskin, und sie bekamen ein Kind. Eines Abends nahm er ohne besonderes Engagement an einer Studentendemonstration gegen die Unterdrückung der baskischen Kultur teil. Seine Frau begleitete ihn, obwohl sie sich nicht für Politik interes-

sierte. Die Bundespolizei sprengte die Demonstration mit Waffengewalt. Die junge Frau wurde erschossen. Le Cagot wurde verhaftet und verbrachte die nächsten drei Jahre im Gefängnis. Als ihm endlich die Flucht gelang, erfuhr er, daß sein Kind während seiner Haftzeit gestorben war. Der junge Mann begann zu trinken und beteiligte sich an sinnlosen und entsetzlich gewalttätigen Aktionen gegen die Regierung. Er wurde abermals verhaftet; er entkam wiederum, aber den jungen Gelehrten gab es nicht mehr. An seine Stelle war Le Cagot getreten, die unverwundbare Karikatur, Le Cagot, der durch seine patriotische Lyrik, seine Anteilnahme an der Sache der baskischen Separatisten und seine überlebensgroße Persönlichkeit, die ihm Einladungen zu Vorträgen und Dichterlesungen an Universitäten in der gesamten westlichen Welt eintrug, zur Legende wurde. Den Namen, mit dem er seine selbsterschaffene Figur belegte, hatte er sich von den Cagots ausgeborgt, jener alten Pariarasse von Unberührbaren, die einst eine besondere Spielart des Christentums praktizierten, wodurch sie sich den Zorn und Haß ihrer baskischen Nachbarn zuzogen. Die Cagots suchten im Jahre 1514 mit einer Bittschrift an Papst Leo X. um Beistand gegen diese Verfolgungen nach. Der wurde ihnen zwar grundsätzlich gewährt, doch die Beschränkungen und Demütigungen, die sie ertragen mußten, gingen unverändert bis zum Ende des neunzehnten Jahrhunderts weiter, als sie aufhörten, als eigenständige Rasse zu existieren. Die Verfolgungen nahmen verschiedene Formen an. Sie mußten an ihrer Kleidung das ins Auge fallende Zeichen der Cagots in Gestalt eines Gänsefußes tragen. Sie durften nicht barfuß gehen. Sie durften keine Waffen tragen. Sie durften keine öffentlichen Plätze besuchen, und selbst beim Betreten einer Kirche mußten sie eine speziell für sie eingebaute niedrige Seitentür benutzen, die noch heute in vielen Dorfkirchen zu sehen ist. Sie durften bei der Messe nicht neben den anderen Gläubigen sitzen und nicht das Kreuz küssen. Sie konnten zwar Land pachten und es bebauen, aber sie durften ihre Produkte nicht verkaufen. Bei Todesstrafe war ihnen verboten, außerhalb ihrer Rasse zu heiraten oder sexuelle Beziehungen zu pflegen.

Alles, was den Cagots blieb, waren die handwerklichen Berufe. Viele Jahrhunderte lang waren sie, sowohl durch Verbot als auch durch Privileg, die einzigen Holzfäller, Zimmerleute und Tischler des Landes. Später rekrutierten sich aus ihren Reihen auch die baskischen Maurer und Weber. Weil man ihre mißgestalteten Körper komisch fand, wurden sie zu den Wandermusikanten und Schauspielern ihrer Zeit, und das meiste von dem, was heutzutage im Baskenland als Volkskunst und -brauchtum bewundert wird, stammt in Wirklichkeit von den verachteten Cagots.

Lange war man der Ansicht, die Cagots seien eine Rasse für sich, die aus dem östlichen Europa stammte und die die Westgoten vor sich hergetrieben hatten, bis sie, wie Endmoränen vor einem Gletscher, in den unwirtlichen Pyrenäen deponiert wurden. Doch die jüngste Forschung hat Anzeichen dafür gefunden, daß es sich um isolierte Gruppen baskischer Aussätziger handelte, ursprünglich aus Gründen der Prophylaxe geächtet, durch ihre Krankheit körperlich geschwächt und durch erzwungene Inzucht schließlich mit deutlich erkennbaren Charakteristika gezeichnet. Diese Theorie würde auch einen großen Teil der verschiedenen Beschränkungen, die ihnen auferlegt wurden, erklären.

Der Volksmund behauptet, die Cagots und ihre Nachkommen hätten keine Ohrläppchen gehabt. Bis auf den heutigen Tag werden in den traditionsgebundeneren Baskendörfern kleinen Mädchen im Alter von fünf bis sechs Jahren die Ohrläppchen durchstochen, damit sie Ringe darin tragen können. Ohne den Grund für diese Tradition zu kennen, folgen die Mütter dem uralten Brauch, um zu demonstrieren, daß ihre Töchter Ohrläppchen besitzen.

Heute sind die Cagots verschwunden; sie sind entweder ausgestorben oder sie haben sich mit der baskischen Bevölkerung vermischt (es ist riskant, letzteres in einer baskischen Kneipe auszusprechen), und ihr Name wird nur noch als Schimpfwort für alte Betschwestern benutzt.

Der junge Dichter, dessen Sensibilität durch die Ereignisse verhärtet worden war, wählte Le Cagot als Pseudonym, um die allgemeine Aufmerksamkeit auf die prekäre Situation der zeitgenössischen baskischen Kultur zu lenken, die Gefahr läuft, unterzugehen wie die unterdrückten Barden und Minnesänger vergangener Zeiten.

Kurz vor sechs trottete Pierre zum Dorfplatz von Etchebar hinunter; die kumulative Wirkung seiner gleichmäßig über den Tag verteilten Schoppen hatte ihn inzwischen so weit von der Tyrannei der Schwerkraft befreit, daß er halb gleitend, halb schwebend in Richtung Volvo zu navigieren vermochte. Er sollte zwei Ensembles abholen, die Hana telefonisch bestellt hatte, nachdem sie Hannah nach ihrer Kleidergröße gefragt und sie in europäische Maße umgerechnet hatte. Und außer den Kleidern sollte Pierre dann noch drei Dinnergäste aus dem Hôtel Dabadie abholen. Nachdem er den Türgriff zweimal verfehlt hatte, zog Pierre seine Baskenmütze tiefer in die Stirn und konzentrierte seine gesamte Aufmerksamkeit auf die nicht unbeträchtliche Aufgabe, in den Wagen zu steigen, was ihm zuletzt auch tatsächlich gelang. Doch da fiel ihm plötzlich ein, daß er etwas vergessen hatte. Er schlug sich an die Stirn, stieg umständlich wieder aus, versetzte dem hinteren Kotflügel, M'sieur Hels Ritual imitierend, einen kräftigen Tritt und zwängte sich auf den Fahrersitz zurück. Bei seinem angeborenen, typisch baskischen Mißtrauen allem Technischen gegenüber beschränkte Pierre den Gebrauch der Gänge stets auf den ersten und den Rückwärtsgang und fuhr grundsätzlich mit gezogenem Choke, wobei er die ganze Straßenbreite samt beiden Rändern beanspruchte. Vereinzelte Schafe, Kühe, Menschen und wacklige Solex-Mopeds, die unerwartet vor seiner Stoßstange auftauchten, verschonte er, indem er das Lenkrad scharf herumriß und sich dann, ganz auf sein Gefühl vertrauend, zur Straßenmitte zurücktastete. Von der verweichlichenden Einrichtung der Fußbremse hielt er nicht viel, und auch die Handbremse betrachtete er ausschließlich als Instrument zum Parken. Da er stets anhielt, ohne die Kupplung zu treten, ersparte er sich die Mühe, den Motor abzustellen, der jedesmal, wenn er sein Ziel erreicht hatte und den Bremshebel anzog, fürchterlich bockte und abgewürgt wurde. Zum Glück für die Bauern und die Dorfbewohner zwischen dem Château und Tardets eilte dem Alten der Lärm, den das Klappern und Rattern der verbeulten Volvokarosserie machte, einen halben Kilometer voraus, so daß den meisten noch Zeit genug blieb, sich schnell hinter einen Baum zu retten oder über eine Steinmauer zu setzen. Pierre empfand einen gerechtfertigten Stolz auf seine Fahrkünste, denn noch nie hatte er einen Unfall gebaut. Und das war um so löblicher, als er doch immer wieder rücksichtslosen und leichtsinnigen Fahrern begegnete, die er beobachtete, wie sie im Graben oder auf dem Trottoir landeten oder sich ineinander verkeilten, während er mit überlegener Miene bei Rotlicht durchfuhr oder Einbahnstraßen in der verkehrten Richtung benutzte. Aber es war weniger die ungeschickte Waghalsigkeit der anderen Fahrer, die Pierre so störte, als vielmehr deren Unverschämtheit ihm gegenüber, denn häufig riefen sie ihm vulgäre Dinge nach, und er konnte schon nicht mehr zählen, wie oft er im Rückspiegel einen Finger, eine Faust oder sogar einen ganzen Unterarm gesehen hatte, die ihm voller Wut die *figue* zeigten.

Pierre brachte den Volvo bockend und hustend auf der Mitte des Marktplatzes von Tardets zum Stehen und kletterte mühsam hinter dem Lenkrad hervor. Nachdem er sich den Zeh an der verbeulten Tür wundgestoßen hatte, begab er sich auf seine Botengänge, freilich nicht ohne zuvor mit alten Freunden gemütlich ein Gläschen geleert zu haben.

Niemand fand es verwunderlich, daß Pierre dem Wagen beim Ein- und Aussteigen jeweils einen Schlag oder Tritt versetzte, denn Volvodreschen war im südwestlichen Frankreich inzwischen zu einer allgemein geübten Sitte geworden, die mitunter sogar in so weit entfernten Orten wie etwa Paris gepflegt wurde. Ja, von Touristen in die kosmopolitischen Zentren der ganzen Welt getragen, entwickelte Volvodreschen sich allmählich zu einem richtigen Kult, und das freute Nikolai Hel, denn er hatte damit angefangen.

Vor einigen Jahren, als er für das Château einen Allzweckwagen suchte, hatte Hel den Rat eines Freundes befolgt und sich einen Volvo zugelegt, weil er meinte, ein so teurer und dabei so häßlicher, so unbequemer, so lahmer und so viel Benzin schluckender Wagen müßte zum Ausgleich dafür bestimmt andere Vorzüge besitzen. Und tatsächlich wurde ihm versichert, diese Vorzüge seien Widerstandsfähigkeit und guter Service. Sein Kampf gegen den Rost begann am dritten Tag; und viele kleine Konstruktions-, Design- und Einrichtungsfehler (falsch gefluchtete Räder, durch die seine Reifen nach fünftausend Kilometern abgefahren waren, ein Scheibenwischer, der peinlichst jeden Kontakt mit dem Glas vermied, ein Kofferraumschloß, das man mit beiden Händen betätigen mußte, so daß das Ein- und Ausladen zu einer Burlesque ungeschickter Bewegungen wurde) erforderten ständige Besuche bei dem einhundertfünfzig Kilometer entfernt wohnenden Händler. Nach dessen Ansicht allerdings hatte sich der Hersteller um diese Probleme zu kümmern, nach Meinung des Herstellers wiederum lag die Verantwortung beim Händler. Und so beschloß Nikolai, nachdem er monatelang höfliche, doch vage Briefe desinteressierten Bedauerns von der Firma erhalten hatte, in den sauren Apfel zu beißen und den Wagen für den strapaziösen Transport von Schafen oder für das Bugsieren von Ausrüstungsgegenständen über steile holprige Bergpfade einzusetzen, in der Hoffnung, die Karre werde dann bald auseinanderfallen und den Erwerb eines Fahrzeugs mit einer verläßlicheren Service-Infrastruktur rechtfertigen. Aber leider hatte sich zwar der Ruf der Firma für guten Service als falsch erwiesen, der Ruf des Wagens, widerstandsfähig zu sein, schien jedoch berechtigt, denn wenn er auch schlecht lief, so lief er jedenfalls unentwegt. Unter anderen Umständen hätte Hel Widerstandsfähigkeit als Vorzug einer Maschine betrachtet und geschätzt; doch in der Aussicht, daß nun seine Probleme noch jahrelang weiterzugehen drohten, fand er keinen Trost.

Als er daher einmal Pierres Kunstfertigkeit als Chauffeur erlebt hatte, gedachte Hel die Marter abzukürzen, indem er Pierre gestattete, den Wagen zu fahren, wann immer er wollte. Aber auch dieser Plan schlug fehl, weil ein ironisches Schicksal den guten Pierre vor jedem Unfall bewahrte. Und so lernte Hel seinen Volvo allmählich als eine der eher komischen Bürden des Lebens zu akzeptieren, gestattete es sich jedoch, seiner Frustration dadurch Ausdruck zu verleihen, daß er dem Wagen beim Ein- und Aussteigen jedesmal einen Tritt oder einen Fausthieb versetzte.

Es dauerte nicht lange, und seine Höhlenforscherfreunde begannen ebenfalls seinen Volvo zu treten, wenn sie an ihm vorbeikamen – zuerst aus Spaß, dann aus Gewohnheit. Binnen kurzem versetzten sie und ihre Kameraden sogar einem jeden Volvo, den sie passierten, einen Schlag. Und mit der Unlogik aller Modetorheiten begann sich das Volvodreschen überallhin auszubreiten – hier in Gestalt eines Protests gegen das Establishment, dort als Ausdruck jugendlichen Übermuts, hier als Symbol des Antimaterialismus, dort als Manifestation des Insidertums.

Sogar Besitzer anderer Volvos begannen die Dreschmaschine zu tolerieren, denn das bewies, daß sie sich in den Kreisen der international Geschulten bewegten. Und es gab Volvobesitzer, die insgeheim ihre eigenen Wagen verbeulten, um sich ganz unverdient den Ruf des Kosmopoliten zu verschaffen. Es liefen außerdem hartnäckige, wenn auch vermutlich unzutreffende Gerüchte um, nach denen Volvo plante, ein vorverbeultes Modell auf den Markt zu bringen, um die Smartsetter für ein Automobil zu gewinnen, das alle anderen Vorzüge der Sicherheit der Passagiere geopfert hatte (obwohl bei vielen Modellen noch Firestone-500-Reifen verwendet wurden) und das sich vor allem an jene wohlhabenden Egozentriker wandte, die meinten, die Erhaltung ihres Lebens sei für das Schicksal der Menschheit von ausschlaggebender Bedeutung.

Nach dem Duschen fand Hel im Ankleidezimmer seinen Anzug im Edwardian-Stil aus feinem schwarzem Wollstoff bereitgelegt, der Gäste im schlichten Straßenanzug oder solche in Abendgarderobe vor dem peinlichen Gefühl bewahren sollte, entweder zu fein oder zu salopp angezogen zu sein. Oben an der Haupttreppe traf er Hana, die ein bodenlanges Kleid im Kanton-Stil trug, das von der gleichen gesellschaftlichen Mehrdeutigkeit war wie sein Anzug.

»Wo ist Le Cagot?« erkundigte er sich, als sie in den kleinen Salon hinuntergingen, in dem sie ihre Gäste erwarten wollten. »Ich habe seine Anwesenheit heute schon mehrmals gespürt, aber ich habe ihn weder gehört noch gesehen.«

»Ich nehme an, er ist auf seinem Zimmer und zieht sich um.« Hana stieß ein leises Lachen aus. »Er hat mir erklärt, sein neuer Anzug würde mich so überwältigen, daß ich hingerissen in seine Arme sinken müßte.«

»O Gott!« Le Cagots Geschmack, sowohl was Kleider als auch was alle anderen gesellschaftlichen Dinge betraf, neigte zu opernhafter Übertreibung. »Und Miß Stern?«

»Sie war beinahe den ganzen Nachmittag auf ihrem Zimmer. Du scheinst sie bei eurem Gespräch heute recht unsanft behandelt zu haben.«

»Hm-m-m.«

»Sie wird herunterkommen, sobald Pierre ihre Kleider bringt. Möchtest du die Speisefolge hören?«

»Nein, danke. Ich bin überzeugt, sie ist perfekt.«

»Das nicht, aber angemessen. Diese Gäste geben uns Gelegenheit, den Rehbock loszuwerden, den der alte M. Ibar uns geschenkt hat. Er hängt jetzt eine gute Woche und dürfte gerade richtig sein. Gibt es etwas Besonderes, das ich über unsere Gäste wissen sollte?«

»Es sind Fremde für mich. Sogar Feinde, wenn ich mich nicht täusche.«

»Wie soll ich sie behandeln?«

»Wie alle Gäste unseres Hauses. Mit deinem ganz besonderen Charme, bei dem sich jeder Mann interessant und bedeutend vorkommt. Ich möchte diese Leute aus dem Gleichgewicht bringen, sie verunsichern. Es sind Amerikaner. Ähnlich wie wir beiden uns bei einem Barbecue unbehaglich fühlen würden, leiden sie bei einem eleganten Dinner an gesellschaftlichem Schwindelgefühl. Selbst ihr *gratin*, der Jetset, ist kulturell gesehen so unecht wie die Küche der Fluggesellschaften.«

»Was in aller Welt ist ein ›Barbecue‹?«

»Ein primitives Stammesritual, bei dem Pappteller, Ellbogen, angekohltes Fleisch, *hush puppies* und Bier die Hauptrolle spielen.«

»Ich wage nicht zu fragen, was *hush puppies* sind.«

»Tu's nicht.«

Sie saßen, die Finger ineinander verflochten, in dem dämmrigen Salon. Die Sonne war hinter den Bergen versunken, und durch die offenen *porte fenêtres* drang ein silbriger Schimmer, der vom Parkboden aufzusteigen und bis in die Äste der schwarzgrünen Fichten zu dringen schien, ein Schauspiel, das durch die Nähe des drohenden Gewitters flüchtig und daher besonders liebenswert erschien.

»Wie lange hast du in Amerika gelebt, Nikko?«

»Ungefähr drei Jahre, gleich nachdem ich Japan verlassen hatte. Ich habe sogar jetzt noch eine Wohnung in New York.«

»Ich wollte New York schon immer einmal sehen.«

»Du wärst enttäuscht. New York ist eine verängstigte Stadt, in der jedermann mit hängender Zunge dem Geld nachjagt: die Bankiers ebenso wie die Straßenräuber, die Geschäftsleute ebenso wie die Huren. Wenn du auf der Straße ihre Augen beobachtest, siehst du darin zweierlei: Angst und Wut. Es sind reduzierte Menschen, die hinter dreifach verschlossenen Türen hocken. Sie kämpfen gegen Männer, die sie nicht hassen, und schlafen mit Frauen, die sie nicht lieben. Sie treiben haltlos in einer rassisch gemischten Gesellschaft und borgen sich Brosamen und Abfälle von allen Kulturen der Welt. Kir ist ein beliebtes Getränk bei jenen, die immer ›in‹ sein wollen; und sie bevorzugen Perrier, obwohl sie in einem Dorf namens Saratoga selbst eines der besten Mineralwasser der Welt fördern. Ihre feinsten französischen Restaurants bieten Mahlzeiten, für die wir hier dreißig Francs bezahlen würden, um das Zehnfache an, und der Service zeichnet sich durch eine unerträgliche Hochnäsigkeit der Kellner aus, die zumeist ungeschliffene Bauern sind, aber zufällig die Speisekarte lesen können. Doch die Amerikaner lassen sich gern von Kellnern schlecht behandeln. Denn daraus ergibt sich die einzige Möglichkeit für sie, ein Urteil über die Qualität der Speisen abzugeben. Andererseits, wenn man unbedingt in einer amerikanischen Großstadt leben will – was selbst im besten Fall immer noch eine grausame und ausgefallene Strafe ist –, dann schon lieber im echten New York als in seinen Imitationen weiter im Inland. Und es gibt wirklich auch einiges Positive an New York. Harlem besitzt echte Atmosphäre. Die städtische Bibliothek ist adäquat. Es gibt einen Mann namens Jimmy Fox, der ist der beste Barmixer von ganz Nordamerika. Und zweimal geriet ich sogar in ein Gespräch über das Wesen des *shibui* – nicht *shibumi,* natürlich nicht! Denn es liegt eher in der Kapazität ihres merkantilen Geistes, über die Charakteristika des Schönen zu sprechen als über das Wesen der Schönheit an sich.«

Hana riß ein langes Streichholz an und entzündete die Lampe auf dem Tischchen vor ihnen. »Aber ich erinnere mich, daß du einmal gesagt hast, dein Besitz in Amerika gefiele dir.«

»O ja, aber der liegt nicht in New York. Ich habe ein paar tausend Hektar Land im Staat Wyoming, in den Bergen.«

»Wy-om-ing. Das klingt romantisch. Ist es schön dort?«

»Eher erhaben, würde ich sagen. Die Landschaft ist zu zerklüftet und rauh, um schön zu sein. Im Vergleich zu unseren Pyrenäen wirkt Wyoming wie eine flüchtige Tuschzeichnung neben einem Ölgemälde. Die amerikanische Landschaft ist an vielen Orten attraktiv. Leider ist sie von Amerikanern bewohnt. Aber das gleiche könnte man wohl auch von Griechenland oder Irland behaupten.«

»Ja. Ich weiß genau, was du meinst. Ich war auch schon einmal in Griechenland. Ich habe dort ein Jahr lang im Dienst eines Reeders gestanden.«

»Ach ja? Davon hast du mir nie erzählt.«

»Es war nicht erwähnenswert. Er war sehr reich und sehr vulgär, und er versuchte, Klasse und Prestige zu kaufen, gewöhnlich in Gestalt auffallender Ehefrauen. Während ich bei ihm war, umgab ich ihn mit ruhigem Komfort. Etwas anderes hat er nie von mir verlangt. Aber zu der Zeit konnte er auch nichts anderes mehr verlangen.«

»Ich verstehe. Ah, da ist Le Cagot!«

Hana hatte ihn nicht kommen hören, denn Le Cagot war leise die Treppe heruntergeschlichen, um sie mit seiner strahlenden Pracht zu überraschen. Hel mußte lächeln, denn dem Freund ging eine Aura voraus, die jungenhaften Mutwillen und verschmitzte Freude verriet.

Er stand an der Tür, deren Rahmen sein massiger Körper fast füllte und breitete die Arme aus, um seine eleganten neuen Kleider zur Geltung zu bringen. »Seht her! Schau doch, Niko! Gleich wirst du vor Neid zerspringen!«

Offenbar hatte er sich den Abendanzug bei einem Theaterverleih besorgt. Es war ein bunt zusammengewürfeltes Kostüm, das mit der weißseidenen Halsbinde an Stelle einer Krawatte und der reichbestickten Brokatweste, von zwei Reihen Rheinkieselknöpfen verziert, wohl dem *fin de siècle* entstammte. Der schwarze, ziemlich lange Schwalbenschwanz war an den Aufschlägen mit grauer Seide überzogen. Mit seinem frischgewaschenen, in der Mitte gescheitelten Haar und dem buschigen Bart, der über die Halsbinde herunterreichte, wirkte er wie ein russischer Großfürst in mittleren Jahren, der als Glücksspieler verkleidet auf einem Mississippi-Dampfer reist. Die große Teerose am Revers mutete seltsamerweise korrekt an und stand durchaus im Einklang mit diesem Potpourri robusten schlechten Geschmacks. Den langen *makila* wie ein Spazierstöckchen schwingend, schritt Le Cagot stolzgeschwellt auf und ab. Der *makila* befand sich schon seit Generationen im Besitz seiner Familie; das glatt polierte Eschenholz wies zahlreiche Narben und Kerben auf, und von dem Marmorknauf fehlte ein Stück – Beweise dafür, daß der Stock von Großvätern und Urgroßvätern zur Selbstverteidigung benutzt worden war. Der Knauf eines *makila* läßt sich abschrauben und gibt eine zwanzig Zentimeter lange Klinge frei, während der Stock in der Linken dem Parieren von Schlägen dient und der schwere Marmorknauf eine wirksame Schlagwaffe darstellt. Der *makila,* heute fast ausschließlich zum Schmuck und nur bei offiziellen Anlässen getragen, spielte in früheren Zeiten eine sehr wichtige Rolle für die persönliche Sicherheit eines Basken, wenn er nachts allein auf der Straße sein oder im Gebirge umherwandern mußte.
»Das ist wirklich ein schöner Anzug!« lobte Hana mit gutgespieltem Ernst.
»Nicht wahr? Meinst du nicht auch?«
»Wie bist du an dieses ... diesen Anzug gekommen?« erkundigte sich Hel.
»Eine gewisse Person hat ihn mir verehrt.«
»Wegen einer verlorenen Wette?«
»Keineswegs. Er ist das Geschenk einer Frau, als Anerkennung für ... Aber Einzelheiten zu verraten wäre ungalant. Also, wann wird gegessen? Wo bleiben die Gäste?«
»Sie kommen gerade die Allee herauf.« Hel erhob sich und ging in die Empfangshalle hinüber.
Le Cagot spähte durch die *porte fenêtres,* konnte aber nichts erken-

nen, denn Abenddämmerung und Gewitter hatten den letzten Silberschimmer verschlungen. Da er jedoch an Hels Proximitätssinn gewöhnt war, vertraute er darauf, daß sich tatsächlich irgend jemand dem Haus näherte.

Im selben Augenblick, als Pierre draußen nach dem Griff der Türglocke langte, öffnete Hel. Er hatte die Kronleuchter der Halle im Rücken, und so konnte er die Gesichter seiner drei Gäste genau betrachten, während das seine im Schatten lag. Er erkannte in einem von ihnen eindeutig den Anführer, der zweite war ein revolververdächtiger CIA-Typ, Jahrgang '53, und der dritte ein Araber mit unausgeprägter Persönlichkeit. Alle drei zeigten Spuren erlittener emotionaler Erschöpfung, eine Folge der Fahrt über die Bergstraße ohne Scheinwerfer und Pierres stolz zur Schau getragener, bemerkenswerter Fahrkünste.

»Bitte, kommen Sie herein.« Hel trat zur Seite, um sie in die Empfangshalle vorausgehen zu lassen, wo Hana ihnen lächelnd entgegenkam.

»Es ist wirklich sehr freundlich von Ihnen, unsere Einladung so kurzfristig anzunehmen. Ich bin Hana. Das ist Nikolai Hel. Und hier stelle ich Ihnen unseren lieben Freund, M. Le Cagot, vor.« Sie bot allen dreien die Hand.

Der Anführer fand als erster seine Selbstsicherheit wieder. »Guten Abend. Darf ich vorstellen? Mr. Starr. Mr. ... Haman. Und mein Name ist Diamond.« Das letzte Wort wurde von einem Donnerschlag unterstrichen.

Hel lachte laut auf. »Wie peinlich! Die Natur scheint melodramatischer Stimmung zu sein.«

CHATEAU D'ETCHEBAR

Nach ihrer halsbrecherischen Autofahrt mit Pierre in dem verbeulten Volvo gewannen die drei Gäste den ganzen Abend keinen Boden mehr unter den Füßen. Diamond hatte eigentlich geplant, Hel gegenüber sofort zur Sache zu kommen, aber das war offenbar unmöglich. Während Hana die kleine Gesellschaft vor dem Dinner zu einem Glas Lilett in den blaugoldenen Salon führte, blieb Diamond ein wenig zurück und sagte zu Hel: »Ich nehme an, Sie möchten wissen, warum ...«
»Nach dem Essen!«
Diamond erstarrte für einen Augenblick; dann lächelte er mit der Andeutung einer Verbeugung, eine Geste, die er sofort als zu gekünstelt bereute. Dieser verdammte Donnerschlag!
Hana schenkte ein, reichte *Canapés* herum und leitete das Gespräch so souverän, daß Darryl Starr sie schon bald »Ma'am« nannte und das Gefühl hatte, ihr Interesse an Texas und texanischen Problemen sei Ausdruck einer kaschierten Bewunderung für ihn selbst; der PLO-Lehrling, der sich Haman nannte, grinste und nickte bei jedem Beweis der Fürsorge für seine Bequemlichkeit und sein Wohlergehen. Sogar Diamond ertappte sich dabei, daß er ihr seine Eindrücke vom Baskenland schilderte und sich geistreich bedeutend vorkam. Alle fünf Männer erhoben sich, als Hana sich entschuldigte, sie müsse sich um die junge Dame kümmern, die mit ihnen zu Abend essen werde.
Eine fast greifbare Stille entstand, als sie gegangen war, und Hel ließ die daraus erwachsende Peinlichkeit ungerührt auf seinen Gästen lasten, während er sie mit zurückhaltender Belustigung musterte.
Es war Darryl Starr, der mit einer geeigneten Bemerkung das Schweigen brach. »Schönes Haus haben Sie hier.«
»Möchten Sie es besichtigen?« erkundigte sich Hel.
»Tja, also ... Nein, machen Sie meinetwegen keine Umstände.«
Hel sprach ein paar Worte auf baskisch mit Le Cagot, der zu Starr hinüberging, ihn mit rauher Bonhomie am Arm packte, aus dem Sessel emporzog und sich erbot, ihm Garten und Waffenraum zu

zeigen. Starr versicherte, er fühle sich durchaus wohl, wo er sei, und lehnte dankend ab, doch Le Cagots Grinsen war von einem unmißverständlichen schmerzhaften Griff um Starrs Oberarm begleitet.
»Machen Sie mir das Vergnügen, mein lieber Freund«, sagte er. Starr zuckte, so gut es ging, die Achseln und folgte ihm.
Diamond war beunruhigt, hin und her gerissen zwischen dem dringenden Wunsch, die Situation in den Griff zu bekommen, und einem Impuls, den er selbst als kindisch erkannte, nämlich zu beweisen, daß seine gesellschaftlichen Umgangsformen ebenso geschliffen waren wie die Hels. Er merkte, daß sowohl er als auch die Situation manipuliert wurden, und das mißfiel ihm. Um überhaupt etwas zu sagen, bemerkte er: »Wie ich sehe, trinken Sie vor dem Dinner nichts, Mr. Hel.«
»Ganz recht.«
Nikolai hatte nicht die Absicht, es Diamond leichtzumachen, indem er auf höfliche Eröffnungszüge reagierte; er würde einfach jede Geste annehmen und die Last der Initiative immer wieder an Diamond zurückgeben, der lachend meinte: »Wissen Sie, ich muß sagen, Ihr Fahrer ist wirklich ein merkwürdiger Kerl.«
»Ach ja?«
»Ja. Er stellte den Wagen auf dem Dorfplatz ab, und wir mußten den Rest des Weges zu Fuß zurücklegen. Ich war überzeugt, daß uns das Gewitter einholen würde.«
»Ich dulde keine Autos auf meinem Grundstück.«
»Ja, aber stellen Sie sich vor, nachdem er den Wagen geparkt hatte, versetzte er der vorderen Tür einen Tritt, der zweifellos eine Beule hinterlassen hat.«
Hel entgegnete stirnrunzelnd: »Wie merkwürdig! Ich werde ihn zur Rede stellen müssen.«
In diesem Moment traten Hana und Miß Stern ein. Das Mädchen wirkte elegant und begehrenswert in dem zartgemusterten sommerlichen Kleid, das sie aus der von Hana besorgten Kollektion gewählt hatte. Hel beobachtete Hannah genau, als ihr die beiden Herren vorgestellt wurden, und wider Willen mußte er die Selbstbeherrschung und Gelassenheit bewundern, mit der sie die Männer begrüßte, die den Mord an ihren Kameraden in Rom verschuldet hatten. Hana winkte sie an ihre Seite und lenkte die allgemeine Aufmerksamkeit geschickt auf Hannahs Jugend und Schönheit, während sie gleichzeitig das Mädchen so behutsam leitete und

führte, daß nur Hel das Gefühl der Irrealität wahrnahm, von dem Hannah beherrscht wurde. Einmal, als er ihrem Blick begegnete, nickte er ihr ob ihrer Selbstsicherheit anerkennend zu. Dieses Mädchen hatte also doch Substanz. Vielleicht, wenn sie vier bis fünf Jahre mit einer Frau wie Hana zusammenleben könnte... Wer weiß?

Aus der Halle erklang dröhnendes Gelächter, und gleich darauf kam Le Cagot, den Arm um Starrs Schulter gelegt, wieder herein. Der Texaner wirkte ziemlich verunsichert, und sein Haar war zerzaust, doch Le Cagot hatte seinen Auftrag erfüllt: das Schulterhalfter unter Starrs linker Achsel war leer.

»Ich weiß ja nicht, wie es um euch steht, liebe Freunde«, sagte Le Cagot in seinem akzentreichen Englisch mit dem übermäßig gerollten *r* eines Franzosen, der diesen schwierigen Konsonanten endlich beherrscht, »aber ich bin halb verhungert. *Bouffons!* Ich könnte für drei essen!«

Das Dinner, beim Schein von zwei Kerzenleuchtern auf dem Tisch und einigen Wandlampen serviert, war zwar nicht üppig, aber gut: Forelle aus dem nahen *gave*, Rehbraten mit Cumberlandsauce und frisches Gemüse, auf japanische Art zubereitet. Die einzelnen Gänge waren durch Gespräche unterbrochen, und zum Abschluß wurde vor dem Dessert aus Obst und Käse ein erlesener Salat serviert. Jedes *entrée* und *relevé* war von den entsprechenden Weinen begleitet, und das besondere Problem von Wild in Obstsauce löste ein feiner Rosé, der den Geschmack zwar nicht eigens unterstrich, ihn aber auch nicht abschwächte. Mit leichtem Unbehagen bemerkte Diamond, daß Hel und Hana während der ersten Gänge nur Reis und Gemüse zu sich nahmen und sich den anderen erst beim Salat anschlossen. Außerdem trank zwar die Gastgeberin Wein mit ihnen, Hels Glas wurde jedoch aus jeder Flasche kaum mehr als benetzt, so daß er insgesamt nicht einmal ein ganzes Glas leerte.

»Sie trinken gar nicht, Mr. Hel?« erkundigte er sich.

»Aber ja, das sehen Sie doch! Nur finde ich zwei Schluck Wein eben nicht köstlicher als einen.«

Als Weinkenner zu gelten und in ihrem vergeblichen Bemühen, Geschmacksnuancen zu beschreiben, pseudopoetisch zu werden, ist eine Sucht unter den gesellschaftlich gewandteren Amerikanern, und Diamond hielt sich für einen Experten. Er schlürfte, bewegte den Wein mit der Zunge und kostete geräuschvoll, als er den Rosé, der

zum Rehbraten serviert wurde, probierte. Endlich sagte er: »Ahhh, Tavel ist noch lange nicht gleich Tavel.«
Hel runzelte die Stirn. »Äh... das ist sicher richtig«, murmelte er. »Aber das *ist* doch ein Tavel, nicht wahr?«
Als Hel daraufhin nur die Achseln zuckte und diskret das Thema wechselte, bekam Diamond vor Verlegenheit eine Gänsehaut im Nacken. Er war so sicher gewesen, daß es Tavel war!
Während des ganzen Dinners wahrte Hel ein distanziertes Schweigen; er ließ Diamond nur selten aus den Augen, obwohl sein Blick auf einen imaginären Punkt dicht hinter ihm gerichtet schien. Mühelos entlockte Hana den Gästen nacheinander Histörchen und Witze und freute und amüsierte sich so darüber, daß jeder das Gefühl hatte, alle anderen an Klugheit und Charme zu übertreffen. Selbst Starr, der nach der groben Behandlung durch Le Cagot einsilbig und schmollend dagesessen hatte, erzählte Hana schon bald von seiner Jugend in Flatrock, Texas, und seinen abenteuerlichen Kämpfen gegen die *Cooks* in Korea.
Le Cagot widmete sich anfangs ausschließlich der Aufgabe, sich mit Speisen vollzustopfen. Aber es dauerte nicht lange, und die Enden seiner vornehmen Halsbinde hingen schlaff herab, der lange Schwalbenschwanz wurde beiseite gelegt, und als er bereit war, die Unterhaltung an sich zu reißen und die Gäste ausführlich mit seinen herzhaften und nicht selten schlüpfrigen Geschichten zu amüsieren, saß er hemdsärmelig in seiner auffallenden Weste mit den Knöpfen aus Rheinkiesel da. Sein Platz war unmittelbar neben Hannah, und plötzlich legte er aus heiterem Himmel seine große warme Hand auf ihren Oberschenkel, drückte ihn freundschaftlich und sagte: »Schönes Kind, antworten Sie mir jetzt mal ganz ehrlich: Beabsichtigen Sie, Ihr unbezähmbares Verlangen nach mir heftig zu bekämpfen? Oder haben Sie schon die Waffen gestreckt? Ich frage nur, damit ich weiß, wie ich vorgehen soll. Inzwischen aber essen Sie, mein Kind, essen Sie! Sie werden all Ihre Kräfte brauchen. Also! Die Herren sind aus Amerika, eh? Ich war schon dreimal in Amerika. Deswegen ist auch mein Englisch so gut. Man könnte mich wirklich für einen Amerikaner halten, eh? Bei meinem Akzent, meine ich.«
»O ja, zweifellos!« antwortete Diamond, dem es allmählich dämmerte, wie wichtig für Männer wie Hel und Le Cagot die Symbolik des guten Stils sogar ihren Feinden gegenüber war, und der ihnen beweisen wollte, daß er bei jedem Spiel mithalten konnte.

»Aber sobald die Leute die Lauterkeit in meinen Augen leuchten sähen und die Musik meiner Gedanken vernähmen, wäre ich natürlich durchschaut. Dann würden Sie erkennen, daß ich kein Amerikaner sein kann.« Hel suchte ein Lächeln hinter der Serviette zu verbergen.
»Sie sind recht hart gegen die Amerikaner«, sagte Diamond zu Le Cagot gewandt.
»Mag sein«, gab der zu. »Und vielleicht bin ich auch ungerecht gegen sie. Aber wir kriegen hier nur den Abschaum zu sehen: Pfeffersäcke auf Urlaub mit ihren aufdringlichen Weibern, Soldaten mit ihren kaugummikauenden Papiermachépüppchen, junge Leute, die ›zu sich selbst finden‹ wollen, oder – und das sind die Allerschlimmsten – akademische Kulis, denen es immer wieder gelingt, die zuständigen Gremien davon zu überzeugen, daß es der Welt besser erginge, ließe man sie mit einem saftigen Stipendium auf Europa los. Manchmal habe ich den Eindruck, Amerikas Hauptexportartikel sind zerstreute Professoren auf Bildungsurlaub. Stimmt es eigentlich, daß jeder Amerikaner über fünfundzwanzig einen Doktortitel hat?« Le Cagot hielt die Zügel fest in der Hand, und nun begann er mit einer seiner Abenteuergeschichten, die sich, wie all seine Erzählungen, auf ein tatsächliches Erlebnis stützte, aber von ihm mit zahlreichen Ausschmückungen versehen wurde, um der eher langweiligen Wahrheit die nötige Würze zu geben. Überzeugt, daß Le Cagot die Situation noch eine ganze Weile unter Kontrolle behalten würde, ließ Hel sein Gesicht zu einer höflich-belustigten Miene erstarren und begann in Gedanken jene Züge zu erwägen und zu ordnen, mit denen er nach dem Dinner das Spiel eröffnen wollte.
Le Cagot hatte sich wieder an Diamond gewandt. »Ich werde für Sie mal ein bißchen Licht in die Geschichte bringen, amerikanischer Gast meines Freundes. Ein jeder weiß, daß Basken und Faschisten seit Anbeginn der Menschheitsgeschichte Gegner sind. Aber nur wenige kennen den wirklichen Grund für diese uralte Feindschaft. Es war eigentlich unsere Schuld, muß ich gestehen. Vor vielen Jahren hörten die Basken nämlich auf, einfach an den Straßenrand zu scheißen, und damit entzogen wir der Falange ihre Hauptnahrungsquelle. Das ist die hochheilige Wahrheit, das schwöre ich bei Methusalems gerunzelten ...«
»Beñat?« wurde er von Hana unterbrochen, die mit einem Kopfnikken auf das junge Mädchen wies.

»... bei Methusalems gerunzelten *Brauen*. Was ist los mit dir, Hana?« fragte er, und seine Augen waren vor gekränkter Unschuld feucht. »Glaubst du vielleicht, ich hätte meine Manieren vergessen?«

Hel schob seinen Stuhl zurück und stand auf. »Mr. Diamond und ich haben etwas Geschäftliches zu besprechen. Ich schlage vor, daß ihr den Cognac auf derTerrasse nehmt – bevor das Gewitter kommt.«

Als sie aus der großen Halle in den japanischen Garten hinaustraten, ergriff Hel Diamond beim Arm. »Gestatten Sie mir, Sie zu führen. Ich habe vergessen, eine Laterne mitzunehmen.«

»Ach? Ich bin natürlich über Ihren legendären Proximitätssinn informiert, aber ich wußte nicht, daß Sie auch im Dunkeln sehen können.«

»Kann ich auch nicht. Aber wir befinden uns auf meinem eigenen Grund und Boden. Vielleicht darf ich Ihnen raten, das nicht zu vergessen.«

Im Waffenraum entzündete Hel zwei Spirituslampen und winkte Diamond zu einem niedrigen Tischchen, auf dem eine Flasche und Gläser standen. »Bedienen Sie sich. Ich komme gleich wieder.« Er trug eine Lampe zu einem Bücherschrank, in dem Kästen mit zahllosen Karteikarten standen, insgesamt ungefähr zweihunderttausend. »Darf ich annehmen, daß Diamond Ihr richtiger Name ist?«

»Sie dürfen.«

Hel suchte nach der entsprechenden Schlüsselkarte, auf der sämtliche Querverweise zu Diamond vermerkt waren. »Und Ihr Vorname?«

»Jack O.« Diamond mußte lächeln, als er Hels primitive Kartothek in Gedanken mit seinem eigenen, hochentwickelten Informationssystem Fat Boy verglich. »Ich sah keine Veranlassung, einen Decknamen zu benutzen, da ich annahm, die Ähnlichkeit zwischen mir und meinem Bruder würde Ihnen ohnehin nicht entgehen.«

»Ihr Bruder?«

»Erinnern Sie sich nicht an ihn?«

»Nicht so ohne weiteres.« Leise vor sich hinmurmelnd, blätterte Hel einen Karteikasten durch. Da seine Kartei in sechs Sprachen abgefaßt war, hatte er die Stichwörter phonetisch geordnet. »D. DA, D-Ai, D-AI-M... Ah, da haben wir's ja! Diamond, Jack O. Nehmen Sie sich einen Drink, Mr. Diamond. Mein Ordnungssystem ist ein wenig umständlich, und seit ich mich zur Ruhe gesetzt habe, hatte ich wenig Übung in seiner Benutzung.«

Diamond war überrascht, daß Hel sich überhaupt nicht an seinen Bruder erinnerte. Um seine momentane Verwirrung zu kaschieren, griff er zur Flasche und studierte das Etikett. »Armagnac?«
»Hm-m-m.« Hel prägte sich einen Querverweis ein und suchte nach der entsprechenden Karte. »Wir sind hier ganz in der Nähe des Armagnac-Gebietes. Sie werden diesen hier sehr alt und sehr gut finden. Aha, Sie stehen also im Dienste der Muttergesellschaft, wie? Dann darf ich wohl annehmen, daß Sie durch Ihren Computer bereits eine ganze Menge Informationen über mich bekommen haben. Deswegen müssen Sie mir schon noch ein bißchen Zeit lassen, damit ich mit Ihnen gleichziehen kann.«
Diamond nahm sein Glas, wanderte damit im Zimmer umher und betrachtete die ungewöhnlichen Waffen in ihren Gestellen und auf den Regalen an der Wand. Einige von ihnen kannte er: die Nervengasröhre, luftgetriebene Glassplitterprojektoren, Trockeneisgewehre und so fort. Andere dagegen waren ihm fremd: einfache Metallscheiben, ein Apparat, der aus zwei kurzen Hickorystäben, verbunden mit einem Metallstück, bestand, ein winziger Kegel, gearbeitet wie ein Fingerhut, der in eine nadelscharfe Spitze auslief. Auf dem Tisch neben der Armagnac-Flasche entdeckte er eine kleine französische Automatic. »Eine recht gewöhnliche Waffe inmitten all dieser Exotika«, bemerkte er.
Hel blickte von der Karteikarte auf, die er gerade studierte. »Ach ja, ich habe sie auch gesehen, als wir hereinkamen. Die ist nicht von mir. Sie gehört Ihrem Begleiter, diesem ungehobelten Cowboy aus Texas. Ich dachte, er würde sich ohne Waffe wohler fühlen.«
»Der fürsorgliche Gastgeber!«
»Vielen Dank.« Hel legte die Karte, die er gerade gelesen hatte, beiseite und zog eine andere Schublade auf, um unter dem nächsten Stichwort weiterzusuchen. »Diese Automatic ist übrigens sehr aufschlußreich. Offenbar hatten Sie beschlossen, wegen der lästigen Durchsuchung auf den Flughäfen unbewaffnet zu reisen. Ihr Mann bekam die Waffe erst, als Sie hier gelandet waren. Ihr Fabrikat verrät mir, daß nur die französische Polizei Ihnen dazu verholfen haben kann. Und das bedeutet, daß Sie die französischen Behörden in der Tasche haben.«
Diamond zuckte die Achseln. »Frankreich braucht eben auch Öl. Genau wie jede andere Industrienation.«
»Ja. *Ici on n'a pas d'huile, mais on a des idées.*«

»Und das heißt?«
»Eigentlich gar nichts. Ein Werbespruch der innenpolitischen Propaganda hier. Also wie ich sehe, war der Major Diamond aus Tokio Ihr Bruder. Das ist interessant – wenn auch nicht allzusehr.« Nun, da er darauf achtete, bemerkte Hel eine gewisse Ähnlichkeit zwischen den beiden: das schmale Gesicht, die stechenden schwarzen engstehenden Augen, die sichelförmige Nase, die schmale Ober- und die schwere blutleere Unterlippe, eine gewisse Gespanntheit im Ausdruck.
»Ich dachte, Sie hätten das sofort erraten, als Sie meinen Namen hörten.«
»Ach, im Grunde hatte ich ihn fast vergessen. Schließlich war unsere Rechnung beglichen. Dann arbeiten Sie also in der Frührentnerabteilung der Muttergesellschaft, wie? Das paßt wahrhaftig zur Karriere Ihres Bruders.«
Vor einigen Jahren hatte die Muttergesellschaft entdeckt, daß ihre Direktoren nach dem fünfzigsten Lebensjahr merklich an Produktivität nachließen – und zwar genau zu dem Zeitpunkt, da die Gesellschaft ihnen die höchsten Gehälter bezahlte. Das Problem wurde Fat Boy unterbreitet, der eine Lösung in Gestalt der Frühpensionierungsabteilung fand, die das unerwartete Hinscheiden eines kleinen Prozentsatzes dieser Herren organisierte, was gewöhnlich im Urlaub und meist aufgrund eines scheinbaren Schlaganfalls oder Herzinfarkts bewerkstelligt wurde. Die Summen, die die Muttergesellschaft damit einsparte, waren beträchtlich. Bevor Diamond zum Kontrollorgan der Muttergesellschaft über CIA und NSA avancierte, war er der Leiter dieser Abteilung gewesen.
»... und so scheint es, daß beide, Sie und Ihr Bruder, eine Möglichkeit gefunden haben, Ihren angeborenen Sadismus mit den Bequemlichkeiten und Vorteilen der Arbeit für Großorganisationen zu vereinbaren, er bei Armee und CIA, Sie bei den Ölkonzernen. Sie sind beide Produkte des ›Amerikanischen Traums‹, des merkantilen Irrglaubens. Nichts weiter als gescheite junge Männer, die um jeden Preis weiterkommen wollen.«
»Aber wenigstens ist keiner von uns zum gedungenen Mörder geworden.«
»Unsinn! Jeder, der für eine Firma arbeitet, die Luft und Wasser verschmutzt und vergiftet und Bodenschätze ausbeutet, ist ein Mörder. Die Tatsache, daß Sie und Ihr unbeweinter Bruder aus dem

institutionellen und patriotischen Hinterhalt morden, befreit Sie nicht von dem Vorwurf, Mörder zu sein. Es bedeutet lediglich, daß Sie beide Feiglinge sind.«
»Glauben Sie, ein Feigling würde sich so in die Höhle des Löwen wagen, wie ich es hier bei Ihnen getan habe?«
»Eine gewisse Sorte von Feiglingen, ja. Die nämlich, die Angst vor der eigenen Feigheit hat.«
Diamond stieß ein hohles Lachen aus. »Sie hassen mich wirklich, nicht wahr?«
»Ganz und gar nicht. Denn Sie sind kein Mensch, Sie sind ein Organisationslakai. Man kann nicht Sie als Individuum hassen; man kann nur die gesamte Bande hassen. Auf jeden Fall gehören Sie nicht zu denen, die so intensive Gefühle wie Haß erwecken. Abscheu wäre eine treffendere Bezeichnung.«
»Und trotz aller Geringschätzung, die Sie aufgrund Ihres Erbgutes und Ihrer Erziehung gegen uns hegen, sind es solche wie ich – wir, die Sie höhnisch als Kaufmannskaste abtun –, die Sie engagieren und von Ihnen ihre schmutzige Arbeit tun lassen.«
Hel zuckte gelassen die Achseln. »Das ist schon immer so gewesen. Während der ganzen Menschheitsgeschichte haben die Händler sich feige hinter die Mauern der Städte verkrochen, während die Ritter kämpften, um sie zu beschützen; und die Händler haben zum Dank dafür immer gekatzbuckelt und gedienert und die Speichellecker gespielt. Doch eigentlich kann man es ihnen nicht verdenken. Sie sind nicht zum Mut erzogen worden. Und warum auch: Tapferkeit kann man nicht auf die Bank tragen.« Hel las die letzte Informationskarte und warf sie auf den Stapel, der später wieder eingeordnet werden sollte. »Na schön, Diamond. Jetzt weiß ich, wer Sie und was Sie sind. Das heißt, jedenfalls weiß ich so viel über Sie, wie ich es für nötig halte.«
»Ich nehme an, Sie haben Ihre Informationen vom Gnom?«
»Ein großer Teil davon stammt von der Person, die Sie den Gnom nennen.«
»Wir würden viel darum geben zu wissen, wie dieser Mann zu seinen Informationen gelangt.«
»Zweifellos. Natürlich würde ich es Ihnen nicht sagen, selbst wenn ich es wüßte. Doch Tatsache ist, daß ich nicht die geringste Ahnung habe.«
»Aber Sie kennen seine Identität und seinen Aufenthaltsort?«

Hel lachte. »Selbstverständlich! Der Herr und ich, wir sind alte Freunde.«
»Er ist nicht mehr und nicht weniger als ein Erpresser.«
»Unsinn! Er ist ein Meister in der Kunst der Informationsbeschaffung. Er hat noch nie Geld dafür genommen, daß er die Fakten verschweigt, die er aus der ganzen Welt zusammenträgt.«
»Nein, aber er versorgt Männer wie Sie mit Informationen, die Sie vor Verfolgung durch Regierungen schützen, und damit verdient er eine Menge Geld.«
»Dieser Schutz ist auch eine Menge Geld wert. Doch wenn es Sie beruhigt, Diamond: Der Mann, den Sie den Gnom nennen, ist schwer krank. Er wird das Ende dieses Jahres wohl nicht mehr erleben.«
»Dann werden Sie also bald schutzlos sein.«
»Er wird mir fehlen, weil er ein geistreicher, charmanter Mensch ist. Doch geschäftlich ist sein Verlust für mich nicht weiter relevant. Ich habe mich, wie Fat Boy Ihnen sicher verraten hat, ganz vom Metier zurückgezogen. Also, wie ist es – wollen wir jetzt zur Sache kommen?«
»Vorher hätte ich noch eine Frage an Sie.«
»Ich habe ebenfalls eine Frage an Sie, aber lassen wir das lieber bis später. Und damit wir keine Zeit mit langen Erläuterungen vergeuden, gestatten Sie mir, Ihnen die Lage mit ein paar Sätzen zu schildern, und Sie korrigieren mich, sobald ich mich irre.« Hel lehnte sich mit dem Rücken an die Wand; sein Gesicht lag im Schatten, seine leise Gefängnisstimme klang monoton. »Beginnen wir mit dem Mord an den israelischen Sportlern in München durch den Schwarzen September. Zu den Getöteten gehörte Asa Sterns Sohn. Asa Stern schwört Rache. Zu diesem Zweck organisiert er eine jämmerliche kleine Amateurzelle – denken Sie wegen der Unwirksamkeit seiner Bemühungen aber bitte nicht schlecht von Mr. Stern; er war ein guter Mann, doch er war unheilbar krank und stand zeitweilig unter Drogen. Der arabische Geheimdienst bekommt Wind von seiner Aktivität. Die Araber bitten – wahrscheinlich durch einen OPEC-Vertreter – die Muttergesellschaft, diesen Störfaktor auszuschalten. Die Muttergesellschaft überträgt Ihnen die Aufgabe in der Erwartung, daß Sie dafür Ihre CIA-Rowdies einsetzen. Sie hören, daß die Vergeltungszelle – ich glaube, sie nannten sich die Munich Five – nach London unterwegs ist, um die letzten Überlebenden der Münch-

ner Attentäter zu beseitigen. Die CIA arrangiert einen Präventivschlag auf dem Rome International. Übrigens, vermute ich richtig, daß die beiden Schwachköpfe drüben im Haus an diesem Überfall beteiligt waren?«
»Stimmt.«
»Und Sie wollen sie nun bestrafen, indem Sie sie zwingen, die Trümmer zu beseitigen?«
»So ungefähr.«
»Sie gehen ein großes Risiko ein, Mr. Diamond. Ein einfältiger Mitarbeiter ist gefährlicher als ein gescheiter Gegner.«
»Meine Sache.«
»Gewiß. Nun gut, Ihre Leute erledigen den Auftrag in Rom unvollständig und machen dabei sehr viel Dreck. Im Grunde sollten Sie froh sein, daß sie überhaupt etwas erledigen konnten. Bei dieser Kombination von arabischer Intelligenz und CIA-Kompetenz können Sie von Glück sagen, daß die Burschen nicht den falschen Flughafen erwischt haben. Aber das ist, wie Sie richtig bemerkten, Ihre Sache. Irgendwann – vermutlich als der Überfall in Washington rekapituliert wurde – fanden Sie heraus, daß die Israelis gar nicht nach London wollten. Sie hatten Flugtickets nach Pau bei sich. Und Sie entdeckten, daß eines der Zellenmitglieder, jene Miß Stern, mit der Sie vorhin gegessen haben, von Ihren Killern übersehen worden war. Ihr Computer konnte eine Verbindung zwischen Asa Stern und mir nachweisen, und das Flugziel Pau bestätigte Ihren Verdacht. War es so?«
»Mehr oder weniger.«
»Gut. Das wäre die Vorgeschichte. Jetzt ist der Ball, glaube ich, in Ihrem Feld.«
Diamond hatte sich noch nicht entschieden, wie er sein Anliegen vortragen sollte, und welche Kombination von Drohungen und Versprechungen am ehesten geeignet wäre, Nikolai Hel zu neutralisieren. Um Zeit zu gewinnen, deutete er auf ein Paar Pistolen mit merkwürdig gebogenem Griff, der an altmodische Duellwaffen erinnerte, und mit Neun-Zoll-Doppelläufen, die sich an der Mündung trichterförmig verbreiterten. »Was ist denn das?«
»Schrotpistolen, sozusagen.«
»Schrotpistolen?«
»Ja. Ein holländischer Industrieller hat sie eigens für mich anfertigen lassen. Ein Dankgeschenk für einen sehr heiklen Auftrag, bei dem ich

seinen Sohn befreien sollte, der von molukkischen Terroristen in einem Eisenbahnzug gefangengehalten wurde. Wie Sie sehen, hat jede Pistole zwei Hämmer, die gleichzeitig auf spezielle Schrotpatronen mit schweren Ladungen aus Fünf-Millimeter-Kugellagern fallen. Sämtliche Waffen in diesem Raum sind jeweils für eine bestimmte Situation konstruiert worden. Diese hier zum Beispiel sind für Nahschüsse im Dunkeln bestimmt oder um beim Eindringen in ein Haus ein Zimmer voller Menschen in Sekundenschnelle auszuschalten. Bis zu zwei Meter Abstand von der Mündung bestreuen sie eine Fläche von einem Meter Durchmesser.« Hels flaschengrüne Augen musterten Diamond aufmerksam.

»Beabsichtigen Sie, den Abend mit Gesprächen über Waffen zu verbringen?« fragte er dann.

»Nein. Ich vermute, Miß Stern hat Sie gebeten, ihr bei der Beseitigung der Septembristen, die jetzt in London sind, zu helfen?«

Hel nickte wortlos.

»Und sie hielt es für selbstverständlich, daß Sie ihr helfen würden – wegen Ihrer Freundschaft mit ihrem Onkel?«

»Sie war dieser Ansicht.«

»Und was beabsichtigen Sie zu tun?«

»Ich beabsichtige, mir Ihre Offerte anzuhören.«

»Meine Offerte?«

»Das machen Kaufleute doch, nicht wahr? Offerten?«

»Ich würde es nicht direkt Offerte bezeichnen.«

»Wie würden Sie es dann bezeichnen?«

»Ich würde von der Vorlage einer Abschreckungsaktion sprechen, die zum Teil bereits in Kraft getreten ist, zum Teil abrufbereit steht, für den Fall, daß Sie so töricht sein und versuchen sollten, uns zu behindern.«

Hels Lippen verzogen sich zu einem Lächeln, das seine Augen nicht teilten. Er machte eine kreisende Handbewegung, die Diamond aufforderte fortzufahren.

»Ich gebe zu, daß es unter anderen Umständen weder die Muttergesellschaft noch die arabischen Länder, denen wir eng verbunden sind, kümmern würde, was mit diesen mordlustigen Wahnsinnigen von der PLO geschieht. Doch innerhalb der arabischen Gemeinschaft herrschen im Augenblick kritische Zeiten, und die PLO ist zu einer Art Banner geworden, um das sich andere scharen, mehr zu einer Frage der Public Relations als des privaten Engagements. Aus diesem

Grund ist die Muttergesellschaft verpflichtet, sie zu schützen. Und das heißt, daß man Ihnen nicht gestatten wird, die Leute auszuschalten, die diese Maschine in London entführen wollen.«
»Und wie will man mich daran hindern?«
»Erinnern Sie sich, daß Ihnen einmal mehrere tausend Morgen Land in Wyoming gehörten?«
»Darf ich annehmen, daß das Tempus, das Sie wählen, kein grammatikalischer Lapsus ist?«
»Ganz recht. Ein Teil dieses Besitzes liegt in Boyle County, der Rest in Custer County. Wenn Sie sich an die Countyverwaltungen wenden, werden Sie erfahren, daß es keinerlei Unterlagen über den Erwerb dieses Grundstücks durch Sie gibt. Im Gegenteil, die Akten beweisen, daß das in Frage stehende Land einer der Muttergesellschaft angegliederten Organisation gehört und seit vielen Jahren gehört hat. Es gibt dort ein bißchen Kohle, die man im Tagebau abräumen kann.«
»Wollen Sie andeuten, daß man mir das Land zurückgeben wird, wenn ich mich kooperativ verhalte?«
»Keineswegs. Dieses Land, der größte Teil Ihrer Altersversorgung, ist Ihnen zur Strafe dafür genommen worden, daß Sie es überhaupt wagen, sich in die Angelegenheiten der Muttergesellschaft einzumischen.«
»Darf ich annehmen, daß diese Strafe auf Ihre persönliche Initiative zurückgeht?«
Diamond legte den Kopf auf die Seite. »Ich hatte das Vergnügen, sie auszutüfteln.«
»Sie sind ein bösartiges, kleines Schwein. Wollen Sie andeuten, daß man das Land schonen und die Kohle nicht abbauen wird, wenn ich mich aus der Londoner Affäre heraushalte?«
Diamond schob die Unterlippe vor. »Tja also, ich fürchte, eine solche Zusage kann ich nicht machen. Amerika braucht all seine natürlichen Energiequellen, um von ausländischer Versorgung unabhängig zu werden.« Er lächelte über diese Nachäfferei abgedroschener Parteischlagworte. »Und außerdem: Schönheit kann man nicht auf die Bank tragen.« Er genoß seinen Triumph.
»Dann verstehe ich nicht, was das soll, Diamond. Wenn Sie mir das Land wegnehmen und zerstören, was immer ich auch tue – welches Druckmittel bleibt Ihnen dann noch, um meine Handlungsweise zu beeinflussen?«

»Wie gesagt, die Wegnahme Ihres Grundbesitzes ist nur ein Warnschuß vor den Bug. Und eine Strafe.«
»Ich verstehe. Eine ganz persönliche Strafe. Von Ihnen. Für Ihren Bruder?«
»Ganz recht.«
»Er hatte den Tod verdient, das wissen Sie. Man hat mich drei Tage lang gefoltert. Selbst jetzt, nach all diesen Operationen, ist mein Gesicht noch nicht wieder voll beweglich.«
»Er war mein Bruder! Und jetzt betrachten wir mal die übrigen Sanktionen und Strafen, die Ihnen drohen, falls Sie nicht zur Zusammenarbeit bereit sind. Unter der Rubrik KL-433, Codenummer 45-389-75, hatten Sie schätzungsweise anderthalb Millionen Dollar in Goldbarren auf der Bundesbank in Zürich liegen. Das war beinahe der gesamte Rest des Vermögens, mit dem Sie sich zur Ruhe setzen wollten. Bitte, beachten Sie wiederum das Tempus.«
Hel schwieg einen Moment. »Auch die Schweizer brauchen Öl.«
»Auch die Schweizer brauchen Öl«, echote Diamond. »Das Geld wird sieben Tage nach der erfolgreichen Flugzeugentführung durch die Septembristen wieder auf ihrem Konto erscheinen. Sie sehen also, statt ihre Pläne zu vereiteln und sie gar zu töten, wäre es weit günstiger für Sie, alles zu tun, was in Ihrer Macht steht, um sicherzustellen, daß die Palästinenser Erfolg haben.«
»Und mein Geld in der Schweiz dient außerdem Ihnen als ganz persönlicher Schutz, wie?«
»Genau. Sollte mir oder meinen Begleitern etwas zustoßen, solange wir Ihre Gäste sind, wird dieses Geld spurlos verschwinden – aufgrund eines simplen Buchungsfehlers.«
Hel trat an die Schiebetür, die in seinen japanischen Garten hinausführte. Der Regen war da, er trommelte auf dem Kies und ließ die Spitzen der schwarz-silbrig glänzenden Blätter vibrieren. »Ist das alles?«
»Noch nicht ganz. Wir sind uns darüber klar, daß Sie wahrscheinlich noch einige hunderttausend hier und da als Notgroschen deponiert haben. Eine Persönlichkeitsanalyse, die Fat Boy von Ihnen gemacht hat, bestätigte uns, es sei durchaus möglich, daß Sie Empfindungen wie Loyalität einem verstorbenen Freund und seiner Nichte gegenüber allen Erwägungen Ihres persönlichen Vorteils voranstellen würden. Resultat selektiver Fortpflanzung und der Unterweisung in japanischen Ehrbegriffen, nicht wahr? Auf diesen törichten Schach-

zug sind wir ebenfalls vorbereitet. Zunächst einmal ist für die britische MI-5 und MI-6 Alarmstufe I gegeben worden; sie werden Ausschau nach Ihnen halten und Sie verhaften, sobald Sie den Fuß auf englischen Boden setzen. Zu ihrer Unterstützung sind die französischen Organe für innere Sicherheit angewiesen, dafür zu sorgen, daß Sie Ihre unmittelbare Umgebung nicht verlassen. Ihre Personenbeschreibung hängt überall aus. Sobald man Sie außerhalb Ihres eigenen Dorfes entdeckt, wird ohne Warnung auf Sie geschossen. Nun bin ich zwar vertraut mit Ihren zahlreichen früheren Erfolgen wider alle Chancen, und mir ist durchaus klar, daß die Kräfte, die wir mobilisiert haben, für Sie nur einen Störfaktor darstellen und keine wirksame Abschreckung. Aber wir verfolgen diese Strategie dennoch, und zwar aus taktischen Gründen. Die Muttergesellschaft muß *deutlich sichtbar* alles tun, was in ihrer Macht steht, um die Londoner Septembristen zu schützen. Sollte sich dieser Schutz als unwirksam erweisen – und ich hoffe beinahe, daß er es tut –, muß die Muttergesellschaft *deutlich sichtbar* Strafen verhängen – Strafen von einer Intensität, die unsere arabischen Freunde zufriedenstellt. Und Sie wissen ja, wie diese Leute sind. Um ihren Rachedurst zu stillen, wären wir gezwungen, etwas sehr Durchgreifendes und sehr ... Phantasievolles zu tun.«

Hel schwieg einen Moment. »Ich sagte Ihnen zu Beginn unserer Plauderei, daß ich eine Frage an Sie hätte, Krämer. Hier ist sie. Warum sind Sie gekommen?«

»Das sollte sich doch von selbst beantworten.«

»Vielleicht habe ich mich nicht klar genug ausgedrückt. Warum sind *Sie* gekommen? Warum haben Sie keinen Boten geschickt? Warum zeigen Sie mir Ihr Gesicht und gehen das Risiko ein, daß ich mich an Sie erinnere?«

Einen Moment starrte Diamond ihn an. »Ich will ehrlich zu Ihnen sein ...«

»Brechen Sie meinetwegen nur nicht mit liebgewordenen Gewohnheiten!«

»Ich wollte Sie persönlich vom Verlust Ihres Grundbesitzes in Wyoming unterrichten. Ich wollte Ihnen persönlich das ganze Ausmaß der Strafen ausmalen, die ich ersonnen habe, sollten Sie die Unvorsichtigkeit begehen, der Muttergesellschaft nicht zu gehorchen. Das bin ich meinem Bruder schuldig.«

Hels ausdrucksloser Blick richtete sich auf Diamond, der steif vor

Trotz dastand, einen Schimmer in seinen Augen, der die Angst in ihm verriet. Er hatte einen gefährlichen Schritt gewagt, dieser Krämer. Er hatte den Schutz der Gesetze und Systeme verlassen, hinter denen sich Organisationslakaien wie er gewöhnlich verbergen und aus denen sie ihre Macht schöpfen, und war das Risiko eingegangen, Nikolai Alexandrowitsch Hel sein Gesicht zu zeigen. Diamond war sich im Unterbewußtsein klar über seine abhängige Anonymität, über seine Rolle als gesellschaftliches Insekt, das hektisch in den Nestern von Profit und Erfolg herumstöberte. Wie andere seiner Kaste auch, fand er inneren Trost in der Cowboylegende. In diesem Augenblick sah Diamond sich selbst als mannhaften Individualisten, der mutig die staubige Straße einer Hollywood-Kulisse entlangschreitet, die Hand nur Zentimeter über dem Computer im Halfter. Es ist bezeichnend für die amerikanische Kultur, daß der Cowboy zu ihrem prototypischen Helden wurde: ein ungebildeter, ungeschliffener Wanderarbeiter der viktorianischen Zeit. Im Grunde war Diamonds Rolle absurd: der Tom Mix des Big business als Gegner eines *yojimbo* mit Garten. Diamond verfügte über das ausgedehnteste Computersystem der Welt; Hel hatte ein paar Karteikarten. Diamond hatte alle Regierungen des industrialisierten Westens in der Tasche; Hel hatte ein paar baskische Freunde. Diamond repräsentierte Atomenergie, die Ölvorräte der Erde, die Symbiose von Militär und Industrie, die korrupten und korrumpierenden Regierungen, eingesetzt von einer Masse, die sich der Verantwortung entledigen wollte; Hel dagegen repräsentierte *shibumi*, ein verblaßtes Konzept zurückhaltender Schönheit. Und doch war deutlich, daß Hel bei jedem Kampf, den sie ausfechten mochten, einen nicht unbeträchtlichen Vorteil besaß.

Hel wandte den Blick ab und schüttelte unmerklich den Kopf. »Es muß sehr unangenehm sein, Ihre Rolle zu spielen.«

Während des beiderseitigen Schweigens hatten sich Diamonds Fingernägel tief in seine Handflächen gegraben. Jetzt räusperte er sich. »Was immer Sie von mir halten mögen, ich kann nicht glauben, daß Sie die Ihnen noch verbleibenden Jahre für eine Geste opfern wollen, die bei niemandem Anerkennung fände, außer bei diesem unbedarften bourgeoisen Küken, das ich beim Dinner kennengelernt habe. Ich glaube, ich weiß schon, was Sie tun werden, Mr. Hel. Sie werden diese Angelegenheit in aller Ruhe überdenken und zu dem Schluß kommen, daß eine Handvoll sadistischer Araber es nicht wert sind, dieses

Heim und das Leben, das Sie sich hier aufgebaut haben, für sie zu opfern; Sie werden einsehen, daß Ihre Ehrenschuld sich nicht auf die verzweifelten Hoffnungen eines kranken und von Drogen verwirrten Mannes erstreckt; und am Ende werden Sie sich entschließen, nicht einzugreifen. Einer der Gründe für diese Entscheidung wird sein, daß Sie es für unter Ihrer Würde halten, eine leere Geste der Tapferkeit zu machen, nur um mich, einen Mann, den Sie verabscheuen, zu beeindrucken. Ich erwarte keineswegs, daß Sie mir auf der Stelle eine Verzichterklärung geben. Das wäre demütigend, zu schmerzlich für Ihr kostbares Gefühl für Würde. Aber schließlich werden Sie es doch tun. Um ehrlich zu sein, ich wünschte fast, Sie würden beharrlich bleiben. Es wäre ein Jammer, wenn all die Strafen, die ich mir für Sie ausgedacht habe, nicht verwirklicht würden. Aber zum Glück für Sie besteht der Aufsichtsratsvorsitzende der Muttergesellschaft darauf, daß die Septembristen nicht behindert werden. Wir arrangieren nämlich gerade die sogenannten Friedensgespräche von Camp David, in deren Verlauf Israel gezwungen werden wird, die Truppen von seinen südlichen und östlichen Grenzen abzuziehen. Als Abfallprodukt dieser Gespräche wird die PLO aus dem Machtspiel im Mittleren Osten hinausgedrängt werden. Die Leute haben ihren Zweck als Störfaktor erfüllt. Aber der Vorsitzende will, daß wir die Palästinenser so lange in Sicherheit wiegen, bis dieser Coup stattfinden kann. Wie Sie sehen, Mr. Hel, schwimmen Sie in tiefen Gewässern und haben es mit Mächten zu tun, die jenseits der Dimensionen von Schrotpistolen und hübschen Gärtchen liegen.«

Hel musterte Diamond einen Moment schweigend. Dann wandte er sich dem Garten zu. »Dieses Gespräch ist beendet«, erklärte er ruhig.

»Ich verstehe.« Diamond zog eine Visitenkarte aus der Tasche. »Sie können mich unter dieser Nummer erreichen. Ich werde in etwa zehn Stunden wieder in meinem Büro sein. Sobald Sie mir mitteilen, daß Sie sich entschlossen haben, sich nicht in diese Angelegenheit einzumischen, werde ich sofort die Freigabe Ihres Schweizer Bankkontos veranlassen.«

Da Hel seine Anwesenheit nicht mehr zu bemerken schien, legte Diamond die Visitenkarte auf den Tisch. »Für diesmal gibt es zwischen uns nichts mehr zu besprechen, also werde ich jetzt aufbrechen.«

»Was? Ach ja. Sie finden sicher allein hinaus, Diamond. Hana wird

Ihnen Kaffee servieren, bevor sie Sie und Ihre Lakaien ins Dorf zurückbringen läßt. Pierre hat sich während der letzten Stunden zweifellos so gut mit Wein gestärkt, daß er sich in der richtigen Verfassung befindet, um Ihnen eine unvergeßliche Fahrt zu bescheren.«

»Na schön. Aber zuerst... Da war noch diese Frage, die ich Ihnen stellen wollte.«

»Ja, ich höre?«

»Der Rosé, den es zum Essen gab. Was war das?«

»Ein Tavel, natürlich.«

»Habe ich es doch gewußt!«

»Nein, das haben Sie nicht. Sie haben es nur fast gewußt.«

Der Teil des Gartens, der sich bis zu dem japanischen Häuschen erstreckte, war eigens für das Lauschen auf den Regen angelegt worden. In jeder Regenzeit arbeitete Hel wochenlang barfuß und nur mit durchnäßten Shorts bekleidet am Einstimmen dieses Gartenstücks. Die Wasserrinnen und -rohre wurden gebohrt und geformt, Pflanzen um- und abermals umgesetzt, Kies verteilt und Klangsteine im Wasserlauf arrangiert, bis das Zusammenspiel des sopranhohen Zischens des Regens auf dem Kies, des baßtiefen Tropfens auf breitblättrigen Pflanzen, der flötendünnen Resonanz zitternder Bambusblätter und des Kontrapunktes im gurgelnden Bachlauf in der Lautstärke so ausgeglichen war, daß, wenn man in der Mitte des mit *tatamis* ausgelegten Zimmers saß, kein Laut den anderen übertönte. Der konzentrierte Zuhörer konnte eine Schwingung aus dem Hintergrund hervorholen oder, wenn er seine Aufmerksamkeit auf eine andere richtete, die erste zurücksinken lassen, so wie ein an Schlaflosigkeit Leidender sich auf das Ticken einer Uhr einstimmen kann, wann immer er will. Die Konzentration, die erforderlich ist, um das Instrument eines gut gestimmten Gartens zu beherrschen, genügt, um die alltäglichen Sorgen und Ängste vergessen zu lassen, doch diese schmerzstillende Eigenschaft ist nicht das Hauptziel des Gärtners, dem das Anlegen eines Gartens wichtiger sein muß als der Genuß daran.

Hel saß im Waffenraum und hörte Regen, aber ihm fehlte die innere Ruhe, ihm zu lauschen. Es lag ein negatives *aji* in dieser Affäre. Sie war nicht aus einem Guß, und sie war auf gefährliche Weise... persönlich. Es war Hels Taktik, gegen das Muster der Steine auf dem Spielbrett zu kämpfen, nicht aber gegen inkonsequente Gegner aus

Fleisch und Blut. In diesem Fall würden Schritte aus unlogischen Motiven heraus unternommen werden; menschliche Filter würden sich zwischen Ursache und Wirkung schieben. Das Ganze roch nach Leidenschaft und saurem Schweiß.

Mit einem tiefen Atemzug stieß Hel einen langen Seufzer aus. »Nun?« fragte er laut. »Was halten Sie von all dem?«

Er bekam keine Antwort. Er spürte, wie ihre Aura zwischen dem Wunsch zur Flucht und der Angst sich zu rühren hin und her zuckte. Er schob die Tür zum Teezimmer auf und winkte sie zu sich herein.

Hannah Stern stand an der Tür, die Haare klatschnaß vom Regen; das durchweichte Kleid klebte ihr am Körper. Es war ihr unangenehm, beim Horchen ertappt zu werden, aber ihr Trotz hinderte sie daran, sich zu entschuldigen. In ihren Augen überwog die schwerwiegende Bedeutung der anstehenden Angelegenheit die Rücksicht auf gesellschaftliche Normen und höfliches Verhalten. Hel hätte ihr erklären können, daß die »kleineren« Tugenden auf lange Sicht diejenigen sind, die wirklich zählen. Auf Höflichkeit ist mehr Verlaß als auf die gefühlsbeladenen Tugenden des Mitgefühls, der Nächstenliebe und der Aufrichtigkeit; schlichtes Fair play ist wichtiger als abstrakte Gerechtigkeit. Die Haupttugenden neigen stets dazu, sich unter dem Druck bequemer Rationalisierung aufzulösen. Gute Manieren aber sind und bleiben gute Manieren; sie halten dem Sturm der Ereignisse unwandelbar stand.

Hel hätte ihr dies alles erklären können, aber er war an ihrer geistigen Weiterbildung nicht interessiert und hatte kein Verlangen danach, das Unvollkommene zu garnieren. Sie hätte ohnehin nur die Worte verstanden, und selbst wenn sie deren Bedeutung ergründete – was nützten die Barrieren und Fundamente guter Manieren einer Frau, die ihr Leben in irgendeinem Scarsdale verbringen würde?

»Nun?« fragte er abermals. »Was halten Sie also davon?«

Hannah schüttelte den Kopf. »Ich hatte ja keine Ahnung, daß die so... so organisiert, so... so kaltblütig sind! Ich habe Ihnen eine Menge Scherereien gemacht, nicht wahr?«

»Ich mache Sie für nichts, was bisher geschehen ist, verantwortlich. Ich weiß schon lange, daß ich eine Schuld mit dem Schicksal zu begleichen habe. In Anbetracht der Tatsache, daß meine Arbeit gegen die Normen der sozialen Struktur verstoßen hat, hätte ich eine gewisse Menge Pech erwarten sollen. Ich habe dieses Pech nicht gehabt, daher habe ich eine Schicksalsschuld, eine Portion Antichance gegen mich. Sie waren nur das Vehikel zur Wiederherstellung des Schicksalsgleichgewichts, aber ich halte Sie nicht für die Ursache. Können Sie mir folgen?«

Sie zuckte die Achseln. »Was werden Sie tun?«

Das Gewitter zog ab; der aufsteigende Wind blies vom Garten herein und ließ Hannah in ihrem nassen Kleid erschauern.

»Da drüben in der Kommode liegen wattierte Kimonos. Ziehen Sie das nasse Zeug aus.«

»Danke, es geht schon.«

»Tun Sie, was ich Ihnen sage! Die tragische Heldin mit einem Schnupfen ist eine allzu absurde Vorstellung.«

Es paßte zu ihren zu kurzen Shorts, der zu weit aufgeknöpften Bluse und dem Erstaunen, das Hannah vortäuschte (das sie aber selbst für echt hielt), wenn Männer sie als Objekt betrachteten, daß sie jetzt ihr nasses Kleid ablegte, bevor sie den trockenen Kimono hervorholte. Sie hätte sich nie eingestanden, daß sie aus ihrem begehrenswerten Körper, der verfügbar zu sein schien, gesellschaftlichen Nutzen zog. Und wenn sie daran gedacht hätte, dann hätte sie ihren automatischen Exhibitionismus als gesundes Akzeptieren des eigenen Körpers bezeichnet, als den begrüßenswerten Mangel an Hemmungen.

»Was werden Sie tun?« fragte sie abermals, als sie sich in den warmen Kimono hüllte.

»Richtiger wäre es zu fragen: was werden *Sie* tun? Wollen Sie noch immer weitermachen? Sich von der Brücke stürzen in der Hoffnung, daß ich hinterherspringe?«

»Würden Sie das denn tun? Hinterherspringen?«

»Ich weiß es nicht.«

Hannah starrte in den dunklen Garten hinaus und wickelte sich fester in den bequemen Kimono. »Ich weiß nicht... Ich weiß nicht... Gestern erst war alles noch so klar. Ich wußte genau, was ich zu tun hatte, was der richtige und gerechte Weg war.«

»Und nun?«

Sie zuckte die Achseln und schüttelte den Kopf. »Ihnen wäre es sicher lieber, wenn ich nach Hause zurückkehrte und alles vergäße, nicht wahr?«

»Ja. Und das könnte unter Umständen gar nicht so einfach sein, wie Sie glauben. Diamond weiß über Sie Bescheid. Es wird ein bißchen Mühe kosten, Sie heil und sicher nach Hause zu befördern.«

»Und was wird aus den Septembristen, die unsere Sportler in München ermordet haben?«
»Oh, die werden sterben. Jeder Mensch muß einmal sterben.«
»Aber... wenn ich nun einfach nach Hause fliege, wäre dann Avrims und Chaims Tod nicht sinnlos gewesen?«
»Allerdings. Es war ein sinnloser Tod, aber daran kann nichts, was Sie tun, etwas ändern.«
Hannah trat ganz nahe an Hel heran und blickte mit verwirrter, verzweifelter Miene zu ihm auf. Sie wollte in den Arm genommen, getröstet werden, wollte hören, daß alles bald wieder gut sein würde.
»Sie werden ziemlich rasch entscheiden müssen, was Sie nun anfangen wollen. Kommen Sie, wir gehen ins Haus zurück. Heute nacht können Sie alles in Ruhe überschlafen.«

Sie fanden Hana und Le Cagot auf der vom Regen abgekühlten Terrasse. Ein böiger Wind war dem Gewitter gefolgt, und die Luft roch frisch und rein. Als sie näher kamen, ging Hana auf sie zu und griff mit einer unbewußten Geste des Trostes nach Hannahs Hand.
Le Cagot lag auf einer Steinbank, die Augen geschlossen, das Cognacglas noch zwischen den Fingern; dann und wann ging sein schwerer Atem in leichtes Schnarchen über.
»Er ist mitten in einer Geschichte eingeschlafen«, berichtete Hana.
»Hana«, sagte Hel, »Miß Stern wird nur noch heute nacht bei uns bleiben. Würdest du bitte dafür sorgen, daß ihre Sachen bis morgen früh gepackt sind? Ich möchte sie auf die Hütte raufbringen.« Er wandte sich an Hannah. »Ich habe eine Hütte in den Bergen. Dort werden Sie sicher sein, bis ich mir überlegt habe, wie ich Sie heil zu Ihren Eltern zurückschicken kann.«
»Ich habe noch nicht entschieden, ob ich nach Hause will.«
Statt einer Antwort versetzte Hel Le Cagots Stiefel einen Tritt. Der stämmige Baske zuckte zusammen und schmatzte ein paarmal mit den Lippen. »Wo war ich stehengeblieben? Ach ja, ich wollte dir gerade von den drei Nonnen in Bayonne erzählen. Also, als ich die kennenlernte...«
»Nein, Beñat, diese Geschichte wolltest du nicht erzählen, weil du dich in Damengesellschaft befindest.«
»Wirklich? Na gut! Sehen Sie, schönes Mädchen, diese Geschichte würde nämlich Ihre Leidenschaft entflammen. Und wenn Sie wirklich

zu mir kommen, dann möchte ich, daß es aus eigenem Antrieb geschieht und nicht aus blinder Lust. Was ist aus unseren Gästen geworden?«

»Die sind längst fort. Vermutlich schon in die Staaten zurückgekehrt.«

»Niko, ich möchte dir jetzt in aller Offenheit mal was sagen. Mir gefallen diese Kerle nicht. In ihren Augen lauert Feigheit, das macht sie gefährlich. Du mußt in Zukunft entweder eine bessere Sorte Gäste einladen oder riskieren, daß du meine Gönnerschaft verlierst. Hana, du wunderbare, begehrenswerte Frau – möchtest du mit mir ins Bett gehen?«

Hana lächelte. »Nein, danke, Beñat.«

»Ich bewundere deine Selbstbeherrschung. Wie ist es mit Ihnen, kleines Mädchen?«

»Sie ist müde«, antwortete Hana für sie.

»Na ja, ist vielleicht auch ganz gut so. Es würde sonst ein bißchen eng werden in meinem Bett, mit diesem molligen portugiesischen Küchenmädchen. Also! Ich entziehe euch jetzt mit Bedauern den Reiz und den Charme meiner Gegenwart, aber diese herrliche Maschine, die mein Körper ist, muß jetzt entleert werden und anschließend ruhen. Gute Nacht, Freunde.« Stöhnend kam er auf die Füße und wollte gehen; doch da bemerkte er Hannahs Kimono. »Was sehen meine alten Augen? Was ist aus Ihrem Kleid geworden? Aber Niko! Gier ist ein großes Laster. Na ja... Dann gute Nacht.«

Hana hatte ihm sanft die Spannung aus Rücken und Schultern massiert, während er träge auf dem Bauch lag; jetzt streichelte sie sein Haar, bis er beinahe eingeschlafen war. Sie streckte sich über ihm aus, schmiegte ihren Schoß an sein Gesäß, ihre Arme und Beine an die seinen, schützte ihn mit ihrem warmen Körper, schenkte ihm Ruhe und Entspannung. »Du bist in Schwierigkeiten, nicht wahr?« flüsterte sie.

Er murmelte zustimmend.

»Was wirst du tun?«

»Ich weiß noch nicht. Zunächst einmal das Mädchen von hier fortschaffen. Möglicherweise denken sie, ihr Tod würde meine Schuld ihrem Onkel gegenüber aufheben.«

»Bist du sicher, daß sie sie nicht finden werden? In diesen Tälern gibt es kein Geheimnis.«

»Nur die Männer in den Bergen werden wissen, wo sie ist. Und das sind meine Leute; die sprechen nicht mit der Polizei – aus Prinzip und Tradition.«
»Und was dann?«
»Ich weiß es nicht. Ich muß darüber nachdenken.«
»Soll ich dir Lust verschaffen?«
»Nein, ich bin zu verkrampft. Laß mich heute mal selbstsüchtig sein und dir Lust bereiten.«

LARUN

Hel erwachte bei Tagesanbruch und arbeitete zwei Stunden im Garten, bevor er sich mit Hana in dem mit *tatanis* ausgelegten Zimmer mit Blick auf den frisch geharkten Kiesweg, der sich bis zum Bach hinabzog, zum Frühstück setzte. »Mit der Zeit, Hana, wird es ein ganz akzeptabler Garten werden. Ich hoffe, daß du dann hier bist, um ihn mit mir zu genießen.«
»Ich habe mir die Sache überlegt, Nikko. Die Idee hat einen gewissen Reiz. Du warst sehr überzeugend, heute nacht.«
»Ich mußte Streß abbauen. Das ist ein Vorteil.«
»Wenn ich selbstsüchtig wäre, würde ich hoffen, daß du immer so im Streß bist.«
Er lachte. »Ach ja! Würdest du ins Dorf hinuntertelefonieren und für Miß Stern den nächsten Flug in die Vereinigten Staaten buchen? Die Route ist Pau–Paris, Paris–New York, New York–Chicago.«
»Dann verläßt sie uns also?«
»Noch nicht gleich. Ich kann noch nicht riskieren, sie ohne Deckung zu lassen. Aber die Buchung wird im Computer der Fluggesellschaft gespeichert und sofort an Fat Boy weitergereicht werden. Das wird sie von ihrer Fährte abbringen.«
»Und wer ist ›Fat Boy‹?«
»Ein Computer. Mein größter Feind. Er rüstet dumme Menschen mit Informationen aus.«
»Du klingst bitter, heute morgen.«
»Bin ich auch. Ich bemitleide mich sogar.«
»Ich wollte diesen Ausdruck vermeiden, aber er ist zutreffend. Und so was paßt nicht zu dir.«

»Ich weiß.« Er lächelte. »Kein Mensch auf der Welt würde es wagen, mich derart zu kritisieren, Hana. Du bist ein Schatz.«
»Es ist meine Aufgabe, ein Schatz zu sein.«
»Stimmt. Übrigens, wo ist Le Cagot? Ich habe ihn noch gar nicht herumpoltern hören.«
»Er ist vor einer Stunde mit Miß Stern losgezogen. Er will ihr ein paar verlassene Dörfer zeigen. Ich muß sagen, sie schien recht guter Laune zu sein.«
»Die Seichten erholen sich immer schnell. Einem Kissen kann man keine Wunden schlagen. Wann kommen sie zurück?«
»Spätestens zum Lunch. Ich habe Beñat einen *gigot*-Braten versprochen. Du sagtest, daß du Hannah zur Hütte hinaufbringen willst. Wann werdet ihr aufbrechen?«
»In der Abenddämmerung. Ich werde beobachtet.«
»Wirst du die Nacht über oben bleiben.«
»Hm-m. Ich glaube schon. Der Rückweg ist mir im Dunkeln zu gefährlich.«
»Ich weiß, du magst Hannah nicht, aber...«
»Ich mag ihren Typ nicht, diese Nervenkitzel suchenden Mittelklasseweiber, die sich mit der Erregung des Terrors und der Revolution aufputschen. Ihre bloße Existenz hat mich bereits eine Menge gekostet.«
»Wirst du sie strafen, wenn du oben bei ihr bleibst?«
»Darüber habe ich noch nicht nachgedacht.«
»Sei nicht zu hart mit ihr. Sie ist ein gutes Kind.«
»Sie ist vierundzwanzig. In diesem Alter hat man kein Recht mehr, ein Kind zu sein. Und außerdem ist sie nicht gut. Sie ist höchstens nett.«
Er wußte nur zu gut, was Hana meinte, als sie von »bestrafen« sprach. Er hatte gelegentlich an jungen Frauen, die ihn verärgerten, Vergeltung geübt, indem er mit ihnen ins Bett ging und sein ganzes taktisches Geschick und seine exotische Ausbildung einsetzte, um ihnen ein Erlebnis zu verschaffen, das sie danach nie wieder erreichten und ihr Leben lang vergeblich in anderen Liebesabenteuern oder Ehen suchten.
Was Hana betraf, so empfand sie keinerlei Eifersucht auf Hannah; das wäre ihr lächerlich vorgekommen. Während der zwei Jahre, die sie bisher zusammen verbracht hatten, war ihnen beiden immer wieder die Möglichkeit gegeben gewesen, kleinere Reisen zu unternehmen

und sexuelle Abwechslung zu suchen, eine Befriedigung ihrer physischen Neugier, die ihren Appetit schärfte und im Vergleich das, was sie aneinander besaßen, um so kostbarer erscheinen ließ. Hana hatte einmal im Scherz geklagt, er habe bei diesem Arrangement das bessere Los gezogen, denn ein sexuell gut ausgebildeter Mann könne mit einer bereitwilligen Amateurin jederzeit relativ befriedigende Höhen der Lust erreichen, während es auch der begnadetsten und erfahrensten Frau schwerfalle, mit dem ungeschickten Instrument eines übereifrigen Mannes mehr zu erzielen als einen leichten Anflug von Lust. Dennoch vergnügte sie sich gelegentlich mit einem der muskulösen jungen Männer aus Paris oder von der Côte d'Azur, genoß ihn aber hauptsächlich als Objekt physischer Schönheit: ein Spielzeug.

Sie fuhren die gewundene Talstraße entlang, die schon in die Schatten des sinkenden Abends getaucht war. Die Berge, die zu ihrer Linken schroff emporragten, wirkten wie gesichtslose geometrische Formen, während die zu ihrer Rechten von den horizontalen Strahlen der untergehenden Sonne rosig und bernsteingelb gefärbt wurden. Als sie aus Etchebar abfuhren, hatte Hannah begeistert von ihrem schönen Spaziergang mit Le Cagot erzählt, der sie durch die verlassenen Dörfer des Hochlands geführt hatte, wo ihr auffiel, daß die abwandernden Bauern von jeder Kirchturmuhr die Zeiger entfernt hatten. Le Cagot erklärte ihr, die Leute hätten es für unerläßlich gehalten, die Uhrzeiger zu demontieren, weil ja niemand mehr da war, der die Uhren aufziehen konnte, und man durfte doch nicht zulassen, daß Gottes Uhren falsch gingen. Diese Strenge des primitiven baskischen Katholizismus drückte sich auch in einem *memento mori* am Turm einer der verlassenen Kirchen aus: »Jede Stunde verwundet, die letzte tötet.«

Jetzt war sie schweigsam, eingeschüchtert von der einsamen Schönheit der Berge, die so schroff aus dem engen Tal emporstiegen, daß sie überzuhängen schienen. Zweimal runzelte Hel die Stirn, warf ihr einen flüchtigen Blick zu und stellte fest, daß ihr Ausdruck sanft und ihr Mund zu einem stillen Lächeln verzogen war. Die Alphadisposition ihrer Aura, ganz und gar ungewöhnlich und unerwartet bei einem Menschen, den er als naseweises Nichts eingestuft hatte, zog ihn an und überraschte ihn. Es waren Schwingungen der Ruhe und des inneren Friedens. Er wollte sie gerade nach ihrem Entschluß hinsichtlich der Septembristen fragen, als seine Aufmerksamkeit von einem Wagen abgelenkt wurde, der ihnen nun mit Standlicht folgte und immer mehr aufholte. Der Gedanke schoß ihm durch den Kopf, Diamond oder seine Lakaien von der französischen Polizei könnten erfahren haben, daß er das Mädchen in ein sicheres Versteck bringen wollte, und seine Hände packten das Lenkrad fester, während er sich die Einzelheiten der Straße einprägte und überlegte, wo er den Wagen zum Überholen zwingen und ihn dann in den Abgrund drängen konnte, der sich links neben ihnen entlangzog. Er hatte einen ausführlichen Lehrgang im offensiven Fahren mitgemacht und fuhr seither wegen solcher Notfälle wie diesem hier nur noch so schwere Wagen wie seinen verdammten Volvo.

Die Straße verlief nie geradeaus, sondern folgte in Windungen und Kurven dem Verlauf der Schlucht. Es gab keine Möglichkeit zum ungefährdeten Überholen, doch das würde französische Autofahrer, die ja für ihre pubertäre Überholsucht weithin berüchtigt sind, natürlich nicht stören. Der Wagen hinter ihnen rückte immer näher, bis er nur mehr einen knappen Meter von Hels Stoßstange entfernt war. Der Fahrer ließ jetzt die Scheinwerfer aufleuchten und drückte ununterbrochen auf die Hupe, und in einer engen, unübersichtlichen Kurve raste er schließlich an ihnen vorbei.

Hel entspannte sich erleichtert und verlangsamte das Tempo, um ihn ungefährdet vorbeizulassen. Hupe und Scheinwerfer verrieten ihm, daß es sich nicht um einen Mordversuch handelte. Kein Profi würde einen Überfall so unbedacht ankündigen. Ihr Verfolger war nichts weiter als ein kindischer französischer Autofahrer.

Väterlich tadelnd schüttelte Hel den Kopf, als der Peugeot mit der viel zu geringen Antriebsleistung beim Überholmanöver den Motor quälte; die Handknöchel des jungen Fahrers leuchteten schneeweiß am Lenkrad, und seine Augen schienen vor Anstrengung den Wagen auf der Straße zu halten, beinahe aus ihren Höhlen zu quellen.

Im Lauf der Zeit hatte Hel die Erfahrung gemacht, daß nur ältere nordamerikanische Autofahrer dank der großen Entfernungen, die sie gewohnheitsmäßig auf guten Straßen und mit starken Motoren zurücklegen, gegen das Auto als Spielzeug und Männlichkeitssymbol gefeit sind. Die infantile Rücksichtslosigkeit der französischen Fahrer ärgerte ihn zwar ziemlich oft, aber doch nicht so sehr wie die der Italiener, die ihr Auto als Verlängerung des Penis, oder die der Briten, die es als Ersatz dafür benutzen.

Als sie das Tal durchquert hatten, ging es auf einer ungepflasterten Straße, die sich wand wie eine Schlange im Todeskampf, ungefähr eine halbe Stunde in Richtung auf die Berge von Larun steil empor. Einige der Haarnadelkurven waren zu eng für den Wendekreis des Volvo, und er mußte mehrmals zurücksetzen, manchmal sogar bis an den mit Schotter bedeckten Rand des Abgrunds. Er mußte ständig im ersten Gang fahren, und die Straße stieg so steil an, daß sie wieder aus der Nacht auftauchten, die sich schon über das Tal gesenkt hatte, und nun im wechselnden Zwielicht des Hochgebirges weiterfuhren: blendende Helle auf der Windschutzscheibe, sobald sie sich nach Westen wandten, und gleich darauf, wenn ein Felsvorsprung die sinkende Sonne verdeckte, pechschwarze Nacht.

Doch selbst diese primitive Straße endete bald, und sie fuhren auf einer schwach ausgeprägten Radspur weiter, die sich in die stoppelige Bergwiese eingedrückt hatte. Die untergehende Sonne stand jetzt als riesiger roter Ball am Himmel und verschmolz bald darauf mit dem flammenden Horizont. Die Schneefelder auf den Gipfeln hoch über ihnen glühten rosig, dann violett und endlich purpurn vor dem schwarzen Firmament. Die ersten Sterne glitzerten links im Osten, während im Westen rings um den blutroten Rand der sinkenden Sonne der Himmel noch dunstig-blau schimmerte.

Bei einem Granitfelsen machte Hel halt und zog die Handbremse an. »Von hier aus müssen wir zu Fuß weiter. Es sind noch ungefähr zweieinhalb Kilometer.«

»Bergauf?« erkundigte sich Hannah.

»Meistens, ja.«

»Gott, Ihre Berghütte liegt aber wirklich einsam!«

»Das ist ihr größter Vorzug.« Sie stiegen aus und holten Hannahs Rucksack, wobei sie wieder einmal die unvermeidliche Frustration beim Betätigen des diabolischen Kofferraumverschlusses erlebten. Sie waren schon zwanzig Meter weit gegangen, da fiel ihm ein, daß er sein Ritual vergessen hatte. Anstatt umzukehren, hob er jedoch einen scharfkantigen Stein auf und schleuderte ihn nach dem Wagen – ein gut gezielter Wurf, der eines der hinteren Fenster traf und ein großes Spinnennetz aus gesprungenem Sicherheitsglas hinterließ.

»Was sollte denn das?« fragte ihn Hannah.

»Nur eine Geste. Mensch gegen System. Gehen wir. Sie halten sich dicht hinter mir. Ich kenne den Pfad auswendig.«

»Wie lange muß ich denn allein hier oben bleiben?«

»Bis ich weiß, was ich mit Ihnen anfangen soll.«
»Bleiben Sie wenigstens heute nacht hier?«
»Ja.«
Eine volle Minute verstrich, bis sie endlich sagte: »Ich bin froh.«

Er schlug ein zügiges Tempo an, denn das Tageslicht erlosch rasch. Hannah war jung und kräftig und konnte mühelos mit ihm Schritt halten. Sie ging schweigend, fasziniert von dem schnellen und doch subtilen Farbwechsel des Sonnenuntergangs im Gebirge, hinter ihm her. Abermals, wie schon zuvor unten im Tal, entdeckte er eine überraschende Alphaschattierung in ihrer Aura – jenes rasch aufflakkernde, mittelstarke Signal, das er mit Meditation und Seelenfrieden verband, aber keineswegs mit den charakteristischen Signaturschwingungen westlicher Menschen.
Als sie die letzte Bergwiese vor der engen Schlucht überquerten, die zur Hütte hinaufführte, blieb Hannah unvermittelt stehen.
»Was ist?«
»Schauen Sie doch! Die Blumen. Solche habe ich noch nie gesehen.«
Sie beugte sich zu den hartstengeligen, goldbestäubten Glöckchen hinab, die im letzten Schimmer des Abendlichts gerade noch zu erkennen waren.
Hel nickte. »Sie blühen nur auf dieser und noch auf einer anderen Wiese dort drüben.« Er zeigte nach Westen, zur Tafel der Drei Könige hinüber, die in der Dämmerung versank. »Wir sind hier knapp über zwölfhundert Meter hoch. Sowohl hier als auch auf dem Berg da drüben wachsen sie nur in dieser Höhe. Die Einheimischen nennen sie Herbstaugen, aber die meisten Leute haben sie noch nie gesehen, weil sie nur drei, vier Tage lang blühen.«
»Wunderschön! Aber es ist doch schon fast dunkel, und sie sind trotzdem immer noch offen.«
»Ihre Blüten schließen sich nie. Man sagt, sie lebten nur so kurze Zeit, daß sie nicht zu schlafen wagen.«
»Wie traurig!«
Er zuckte die Achseln.

Sie saßen einander an einem kleinen Tisch gegenüber und aßen zu Abend, während sie durch die Spiegelglaswand auf die steile enge Schlucht, den einzigen Zugang zur Hütte, hinausblickten. Normalerweise hätte es Hel Unbehagen bereitet, von Kerzen beleuchtet vor einer großen Glaswand zu sitzen, während die Landschaft draußen im Dunkeln lag. Aber das doppelte Spiegelglas war kugelsicher.

Die Hütte war aus einheimischen Steinen gebaut und sehr einfach aufgeteilt: Es gab nur einen einzigen großen Raum mit einem freitragenden Schlafbalkon. Als sie ankamen, hatte er Hannah zunächst mit sämtlichen Eigenheiten der Hütte vertraut gemacht. Der Bach, der aus einem ewigen Schneefeld weiter oben entsprang, floß direkt unter der Hütte entlang, so daß man das Wasser durch eine Falltür holen konnte, ohne das Haus verlassen zu müssen. Der vierhundert Liter fassende Öltank, der Herd und Ofen speiste, war mit den gleichen Steinen verkleidet wie die Hütte, damit er nicht durch Schüsse beschädigt werden konnte. Eine Stahlplatte schützte die einzige Tür. Die Speisekammer war aus dem Granitfelsen herausgehauen worden, der eine Wand der Hütte bildete, und enthielt Lebensmittelvorräte für dreißig Tage. In die kugelsichere Spiegelglaswand war eine kleine Scheibe eingelassen, die man herausbrechen konnte, um durch die Öffnung in die tiefer gelegene Schlucht zu feuern, die jeder, der sich der Hütte näherte, heraufkommen mußte. Ihre Wände waren glatt, und alle als Deckung geeigneten Felsblöcke waren herausgestemmt und hinuntergerollt worden.

»Mein Gott, hier könnte man sich ja ewig gegen eine ganze Armee verteidigen!« rief Hannah aus.

»Nicht gegen eine Armee, und nicht auf ewig, aber es würde eine kostspielige Belagerung werden.« Von einem Gestell nahm er ein halbautomatisches Gewehr mit Zielfernrohr und reichte es ihr. »Können Sie damit umgehen?«

»Tja... Ich glaube schon.«

»Aha. Nun, die Hauptsache ist, daß Sie schießen, wenn Sie jemanden die Schlucht heraufkommen sehen, der keinen *xahako* bei sich trägt. Ob Sie ihn treffen oder nicht, ist unwichtig. Der Knall eines Schusses trägt weit hier in den Bergen, und binnen einer halben Stunde wird Hilfe zur Stelle sein.«

»Was ist ein... äh...«

»Ein *xahako* ist ein Weinschlauch so wie der hier. Jeder Schäfer und Schmuggler in diesen Bergen weiß, daß Sie hier sind. Sie alle sind meine Freunde. Und alle tragen *xahakos* bei sich. Nur ein Fremder käme ohne.«

»Bin ich wirklich in so großer Gefahr?«

»Ich weiß es nicht.«

»Aber warum sollten die mich denn umbringen wollen?«
»Ich bin gar nicht sicher, daß sie es wollen. Aber möglich wäre es schon. Vielleicht glauben sie, mein Interesse an dem Überfall in London wäre erloschen, wenn Sie nicht mehr am Leben sind und ich nichts mehr unternehmen könnte, um meine Schuld Ihrem Onkel gegenüber abzutragen. Das wäre allerdings ein sträflicher Irrtum, denn wenn man Sie umbrächte, während Sie in meiner Obhut sind, wäre ich gezwungen, einen Gegenschlag zu führen. Doch wir haben es hier mit Kaufmanns- und Soldatenmentalitäten zu tun, und deren intellektuelles Idiom ist nun einmal die Dummheit. Aber jetzt wollen wir ausprobieren, ob Sie mit allen Einrichtungen hier fertig werden.«
Er unterwies sie im Anzünden von Ofen und Herd, im Wasserschöpfen aus dem Bach durch die Falltür und im Nachladen des Gewehrs.
»Übrigens, vergessen Sie nicht, täglich von diesen Mineraltabletten zu nehmen. Das Wasser unter der Hütte ist Schmelzwasser. Es enthält also keine Mineralien und wird mit der Zeit die Mineralien aus Ihrem Körper herausschwemmen.«
»Großer Gott, wie lange muß ich denn hierbleiben?«
»Ich weiß es nicht. Eine Woche, vielleicht auch zwei. Sobald die Septembristen das Flugzeug entführt haben, sind Sie wieder in Sicherheit.«
Während er aus Lebensmittelkonserven in der Speisekammer ein Abendessen zusammenstellte, war sie in der Hütte umhergeschlendert.
Und nun saßen sie sich an dem runden Tischchen vor der Glaswand gegenüber. Das Kerzenlicht warf weiche Schatten auf ihr junges Gesicht, das noch keine erkennbaren Züge von Persönlichkeit und Erfahrung trug. Sie hatte während der Mahlzeit geschwiegen und mehr Wein getrunken als gewöhnlich, und jetzt waren ihre Augen feucht und schimmerten. »Ich möchte Ihnen sagen, daß Sie sich meinetwegen keine Sorgen mehr zu machen brauchen. Ich weiß jetzt, was ich tun muß. Heute morgen habe ich beschlossen, nach Hause zurückzukehren und mir Mühe zu geben, all diesen Zorn und dieses ... Häßliche zu vergessen. Es paßt nicht in meine Welt. Und außerdem ist mir klar geworden, daß das alles ... ich weiß nicht recht ... daß das alles irgendwie unwichtig ist.« Geistesabwesend spielte sie mit der Kerzenflamme, strich mit dem Finger so schnell hindurch, daß sie sich nicht daran verbrannte. »Ich habe gestern nacht

etwas sehr Merkwürdiges erlebt. Unheimlich. Aber wunderschön. Und die Nachwirkung spürte ich heute den ganzen Tag lang.«
Hel dachte an die Alphaschwingungen, die er wahrgenommen hatte.
»Ich konnte nicht einschlafen. Da stand ich auf und wanderte im Dunkeln in Ihrem Haus herum. Schließlich ging ich in den Garten hinaus. Die Luft war kühl, aber es wehte überhaupt kein Wind. Ich setzte mich an den Bach und beobachtete das dunkle Glitzern des Wassers. Ich starrte hinein, ohne an etwas Bestimmtes zu denken, und dann plötzlich spürte ich... Es war ein Gefühl, fast wie eine Erinnerung aus meiner Kindheit. Auf einmal waren der frühere Druck, die Verwirrung und die Angst verschwunden. Sie lösten sich auf, und ich fühlte mich ganz leicht. Ich hatte das Gefühl, als würde ich irgendwo hingetragen, an einen Ort, an dem ich noch nie gewesen bin, den ich aber trotzdem sehr gut kenne. Es war sonnig und still, und überall um mich herum wuchs Gras; und ich schien alles begreifen zu können. Beinahe als wäre ich... Ach, ich weiß nicht. Beinahe als wäre ich... Autsch!« Hastig zog sie die Hand zurück und steckte den verbrannten Finger in den Mund.
Hel schüttelte lachend den Kopf, und sie lachte mit. »Das war dumm von mir«, sagte sie.
»Stimmt. Ich glaube, Sie wollten ausdrücken, es war beinahe so, als wären Sie und das Gras und die Sonne eins, Teile eines übergeordneten Ganzen.«
Den Finger an den Lippen, starrte sie ihn verblüfft an. »Woher wissen Sie das?«
»Andere haben auch schon ein solches Erlebnis gehabt. Sagten Sie nicht, daß Sie sich an ähnliche Empfindungen aus Ihrer Kindheit erinnern?«
»Na ja, nicht direkt erinnern. Nein, eigentlich überhaupt nicht erinnern. Es ist einfach so: Als ich dort war, hatte ich das Gefühl, daß es nichts Neues und Unbekanntes für mich sei. Es war etwas, das ich zuvor schon erlebt hatte – aber ich erinnere mich nicht wirklich daran, es schon einmal erlebt zu haben. Verstehen Sie, was ich sagen will?«
»Ich glaube schon. Sie könnten teilgehabt haben an der atavistischen...«
»Warten Sie, ich weiß! Tut mir leid, ich wollte Sie nicht unterbrechen, aber ich kann Ihnen sagen, wie es war. Es war wie das schönste *high* von Pot oder was anderem, wenn man in einer ganz

großartigen Stimmung ist und alles einfach perfekt läuft. Na ja, nicht ganz genau so, denn mit Gras kriegt man das ja nicht so hin, aber es war, wie man sich vorstellt, daß es sein könnte. Wissen Sie, was ich meine?«

»Nein.«

»Sie haben noch nie Pot oder was Ähnliches genommen?«

»Nein. Das habe ich nicht nötig. Meine inneren Ressourcen sind vollkommen intakt.«

»Na ja. Jedenfalls so ungefähr war das.«

»Aha. Was macht Ihr Finger?«

»Ach, dem geht's gut. Wissen Sie, nachdem letzte Nacht dieses Gefühl vorbei war, saß ich da, in Ihrem Garten, ganz ausgeruht und mit klarem Kopf. Und war überhaupt nicht mehr konfus. Ich wußte, daß es keinen Sinn hat, die Septembristen bestrafen zu wollen. Mit Gewalttätigkeit erreicht man nichts. Sie führt zu nichts. Jetzt will ich, glaube ich, nur noch nach Hause. Und erst mal versuchen, mich selbst zu finden. Und dann vielleicht ... Ach, ich weiß nicht. Sehen, was um mich herum geschieht. Mich damit auseinandersetzen.« Sie schenkte sich noch ein Glas Wein ein und trank es aus; dann legte sie Hel die Hand auf den Arm. »Ich glaube, ich habe Ihnen viel Ärger gemacht.«

»Der amerikanische Ausdruck dafür ist, wenn ich mich recht entsinne, ›ein Geschwür am Arsch‹.«

»Ich wünschte, ich könnte das irgendwie gutmachen.«

Er lächelte über ihre ungeschickte Anspielung.

Sie schenkte sich noch ein Glas Wein ein und fragte: »Glauben Sie, Hana hat etwas dagegen, daß Sie hier sind?«

»Warum sollte sie?«

»Na ja, ich meine ... Glauben Sie, sie hat etwas dagegen, daß wir die Nacht zusammen verbringen?«

»Was wollen Sie mit dieser Formulierung ausdrücken?«

»Was? Na ja ... daß wir zusammen schlafen werden.«

»Zusammen schlafen?«

»Im selben Zimmer, meine ich. Sie wissen genau, was ich meine.«

Er musterte sie wortlos. Daß sie die mystische Entrückung erlebt hatte, selbst wenn es sich bei ihr nur um ein einmaliges, durch eine Überlast von Spannung und Verzweiflung ausgelöstes Erlebnis handelte und nicht um die Funktion eines Geistes in Ausgeglichenheit und Frieden, verlieh ihr in seinen Augen einen gewissen Wert. Doch diese neue Anerkennung war nicht ganz frei von einer Art Neid darauf, daß dieses spatzenhirnige Schäfchen in der Lage sein sollte, einen Zustand zu erreichen, der ihm seit Jahren und vielleicht für immer verschlossen blieb. Er analysierte diesen Neid bei sich als unreif, doch das genügte nicht, um ihn zu vertreiben.

Sie hatte stirnrunzelnd in die Kerzenflamme gestarrt und ihre Gefühle zu ordnen versucht. »Ich muß Ihnen etwas sagen.«

»Müssen Sie wirklich?«

»Ich möchte aufrichtig zu Ihnen sein.«

»Sparen Sie sich die Mühe.«

»Aber ich möchte es! Schon lange ehe ich Sie kennenlernte, mußte ich häufig an Sie denken... Es war so etwas Ähnliches wie Tagträumen. All die Geschichten, die mir mein Onkel von Ihnen erzählte. Ich war wirklich verblüfft, wie jung Sie sind – wie jung Sie aussehen, meine ich. Und ich glaube, wenn ich meine Gefühle untersuche, dann gibt es da eine Art Vaterprojektion. Da sitzen Sie nun vor mir, die große Legende in Fleisch und Blut. Ich war ängstlich und verwirrt, und Sie haben mich beschützt. Ich erkenne die psychologischen Impulse, die mich zu Ihnen hinziehen, genau. Sie nicht?«

»Haben Sie schon mal an die Möglichkeit gedacht, daß Sie ein vorwitziges kleines Frauenzimmer mit einem gesunden und unkomplizierten Verlangen nach Zärtlichkeit sein könnten? Oder finden Sie das psychologisch zu wenig subtil?«

Sie sah ihn an und nickte ernst. »Sie verstehen es ausgezeichnet, einem den Kopf zurechtzusetzen, nicht wahr? Sie lassen dem anderen nicht viel, um seine Blöße zu bedecken.«

»Ganz recht. Und vielleicht ist es tatsächlich unhöflich von mir. Tut mir leid. Aber ich glaube, die Wahrheit sieht so aus: Sie sind allein, einsam, verwirrt. Sie wollen gestreichelt und getröstet werden. Aber Sie wissen nicht, wie Sie darum bitten sollen, weil Sie ein Produkt der westlichen Kultur sind; also bieten Sie mir etwas an, bieten mir Ihren Körper im Tausch für Zärtlichkeit. Das ist kein ungewöhnlicher Handel für die Frauen des Westens. Denn schließlich sind sie darauf angewiesen, mit den Männern des Westens Handel zu treiben, deren Auffassung vom sozialen Austausch starr und borniert ist und die für gutes Geld nackten Sex verlangen, weil das die einzige Form des Handelns ist, die ihnen kein Unbehagen bereitet. Miß Stern, wenn Sie es wünschen, dürfen Sie heute nacht

mit mir schlafen. Ich werde Sie in den Armen halten und Sie trösten, wenn es das ist, was Sie wollen.«
Dankbarkeit und zuviel Wein ließen ihre Augen feucht werden. »Ja, o ja. Das möchte ich.«

Aber das Tier, das tief im Menschen lauert, läßt sich nur selten von guten Vorsätzen an die Kette legen. Als ihre Zärtlichkeiten seinen Körper weckten und er von ihr die Alpha-Theta-Synkopierung empfing, die sexuelle Erregung begleitet, da war seine Reaktion nicht ausschließlich von dem Wunsch gelenkt, sie vor einer Zurückweisung zu bewahren.
Sie war außerordentlich reif und bereit; all ihre Nervenenden warteten dicht unter der Oberfläche und waren beinahe beängstigend empfänglich. Da sie noch jung war, erwies es sich als etwas schwierig, ständig Feuchtigkeit in ihr zu erzeugen, von diesem rein mechanischen Nachteil abgesehen konnte er sie jedoch ohne besondere Anstrengung auf dem Höhepunkt halten.
Als sich ihre Augen öffneten, bat sie flehend: »Nein ... bitte ... Nicht schon wieder! Ich kann nicht mehr! Ich sterbe, wenn es noch einmal kommt!« Doch ihre unwillkürlichen Kontraktionen kamen immer schneller, und dann keuchte sie im vierten Orgasmus, den er hinzog, bis ihre Fingernägel sich in den Flor des Teppichs krallten.
Er dachte an Hanas Warnung, Hannahs zukünftige Erlebnisse nicht durch einen Vergleich zu trüben, und außerdem reizte es ihn nicht, selber zum Höhepunkt zu kommen; also holte er sie langsam zurück, streichelte und beruhigte sie, während ihre Gesäß-, Bauch- und Oberschenkelmuskeln nach den wiederholten Orgasmen vor Erschöpfung zitterten und sie still, halb bewußtlos und mit einem Gefühl, als müsse ihr das Fleisch von den Knochen schmelzen, dalag.
Er wusch sich im eisigen Schneewasser; dann stieg er auf den Balkon hinauf und legte sich schlafen.
Kurze Zeit später spürte er, daß sie sich lautlos näherte. Er rückte beiseite, machte ihr Platz in seinen Armen, in seinem Schoß. Kurz vor dem Einschlafen sagte sie träumerisch: »Nikolai?«
»Bitte nennen Sie mich nicht beim Vornamen«, murmelte er.
Sie schwieg eine Weile. »Mr. Hel? Erschrecken Sie bitte nicht darüber, es ist sicher nur etwas Vorübergehendes. Aber in diesem Augenblick liebe ich Sie.«

»Seien Sie doch nicht albern!«
»Wissen Sie was?«
Er antwortete nicht.
»Ich wünschte, es wäre Morgen und ich könnte hinausgehen und Ihnen einen Strauß von diesen Blumen pflücken... von diesen Herbstaugen, die wir vorhin gesehen haben.«
Er lachte und zog sie an sich. »Gute Nacht, Miß Stern.«

ETCHEBAR

Es war schon später Vormittag, als Hana das Klatschen einer Steinplatte im Bach hörte und, als sie aus dem Château trat, Hel mit aufgekrempelten Hosenbeinen, die Unterarme tropfnaß, damit beschäftigt fand, die Klangsteine umzuarrangieren.
»Ob ich wohl jemals Perfektion erreichen werde, Hana?«
Sie schüttelte den Kopf. »Das kannst nur du allein beurteilen, Nikko. Ist Hannah sicher in der Hütte untergebracht?«
»Ja. Ich glaube, die Mädchen haben inzwischen das Wasser heiß gemacht. Hast du Lust, mit mir zu baden?«
»Selbstverständlich.«
Sie saßen einander gegenüber, die Füße wie immer ineinander verschlungen, die Augen geschlossen, ihre Körper schwerelos.
»Ich hoffe, du warst nett zu ihr«, murmelte Hana schläfrig.
»War ich.«
»Und du? Wie war es für dich?«
»Für mich?« Er öffnete die Augen. »Madame, haben Sie im Moment etwas Dringendes auf Ihrem Terminkalender?«
»Ich muß in meinem *carnet de bal* nachsehen, aber möglicherweise kann ich Ihnen zu Gefallen sein.«

Kurz nach Mittag, als er hoffen durfte, daß die örtliche PTT wenigstens andeutungsweise funktionierte, meldete Hel ein Transatlantikgespräch mit der Nummer an, die Diamond ihm gegeben hatte. Er hatte beschlossen, der Muttergesellschaft mitzuteilen, daß Hannah Stern nach Hause zurückkehren und die Septembristen in Ruhe lassen werde. Er vermutete, daß Diamond bei dem Gedanken, Nikolai Hel abgeschreckt zu haben, persönliche Genugtuung empfinden würde, aber so wie ein Lob aus seinem Munde ihn nie hätte mit Stolz erfüllen können, so vermochte ihn Diamonds Verachtung auch nicht zu beschämen.

Es würde über eine Stunde dauern, bis das träge und senile französische Fernsprechsystem sein Gespräch durchgestellt hatte, und er wollte sich die Wartezeit mit einem Inspektionsgang über seinen Besitz verkürzen. Er fühlte sich unbeschwert, versöhnlich gestimmt gegen jeden und alles, und er genoß jene allgemeine Euphorie, die dem knappen Entrinnen einer Gefahr folgt. Aus einer Konstellation nicht fest umrissener Gründe hatte er sich dagegen gesträubt, in eine Angelegenheit hineingezogen zu werden, die von persönlichen Gefühlen und Leidenschaften bestimmt war.

Als er durch das Ligusterlabyrinth auf dem Ostrasen schlenderte, begegnete er Pierre, der sich in seinem gewohnten Nebel weinseliger Zufriedenheit befand. Der Gärtner blickte zum Himmel auf und verkündete feierlich: »Ah, M'sieur. Es wird bald einen Sturm geben. Alle Zeichen deuten darauf hin.«

»Ach ja?«

»O gewiß, daran besteht kein Zweifel. Die kleinen Morgenwölkchen treiben auf die Flanke des *ahuñe-mendi* zu. Die ersten *ursoa* sind heute mittag das Tal hinaufgezogen. Die *sagarra* hat ihre Blätter im Wind gedreht. Das sind zuverlässige Zeichen. Ein Sturm ist unvermeidlich.«

»Schade. Wir könnten ein bißchen Regen gebrauchen.«

»Stimmt, M'sieur. Aber sehen Sie! Da kommt M'sieur Le Cagot. Wie elegant er aussieht!«

Le Cagot kam ihm über den Rasen entgegen, immer noch in der zerdrückten, theatralischen Pracht seines Anzugs von vor zwei Tagen. Als er sich näherte, schwankte Pierre mit der Erklärung davon, es gäbe viele tausend Dinge zu tun, die seine besondere Aufmerksamkeit erforderten.

Hel begrüßte seinen Freund. »Ich habe dich eine ganze Weile nicht gesehen, Beñat. Wo hast du gesteckt?«

»*Bof*. Ich war oben in Larrau bei der Witwe, der ich das Feuer im Leib löschen mußte.« Le Cagot wirkte unruhig, seine Scherze klangen mechanisch und einstudiert.

»Eines Tages, Beñat, wird diese Witwe dich in die Falle locken, und dann bist du ... He, was ist los mit dir? Was ist passiert?«

Le Cagot legte ihm beide Hände auf die Schultern. »Ich habe schlechte Nachrichten für dich, mein Freund. Etwas Schreckliches ist gesche-

hen. Das junge Mädchen mit den prallen Brüsten... Dein Besuch...«
Hel schloß die Augen und wandte den Kopf ab. Nach einer Weile fragte er leise: »Tot?«
»Leider, ja. Ein *Contrabandier* hörte die Schüsse. Als er die Hütte erreichte, war sie schon tot. Man hat sie... Sie haben oft, sehr oft auf sie geschossen.«
Hel holte lange und tief Luft und hielt dann den Atem einen Moment zurück; endlich stieß er ihn langsam aus, um so den ersten Schock zu absorbieren und den Ansturm einer sinnverwirrenden Wut zu betäuben. Seine Gedanken vollkommen abgeschaltet, schlug er den Rückweg zum Château ein, während Le Cagot ihm, sein Schweigen respektierend, in kurzem Abstand folgte.
Zehn Minuten lang saß Hel auf der Schwelle des *tatami*-Zimmers und starrte in den Garten hinaus; Le Cagot hockte zusammengesunken neben ihm. Dann wurde sein Blick plötzlich wieder klar, und er sagte tonlos: »Also gut. Wie sind sie in die Hütte gelangt?«
»Das brauchten sie gar nicht. Sie wurde auf der Wiese unterhalb der Schlucht gefunden. Anscheinend hatte sie Blumen gepflückt. Sie hielt einen dicken Strauß in der Hand, als man sie fand.«
»Kleines Dummchen«, sagte Hel in einem Ton, der beinahe liebevoll klang. »Weiß man, wer sie erschossen hat?«
»Ja. Heute, ganz früh am Morgen, wurden unten im Dorf Lescun zwei Ausländer gesehen. Ihre Beschreibung paßt auf den *Amérlo* aus Texas, der bei dir war, und diese kleine Rotznase von Araber.«
»Aber woher wußten sie, wo sie sich aufhielt? Nur unsere Leute waren darüber informiert.«
»Es gibt nur eine Möglichkeit. Jemand muß uns verraten haben.«
»Einer von *unseren* Leuten?«
»Ich weiß, ich weiß!« Le Cagot preßte die Worte zwischen zusammengebissenen Zähnen hervor. »Ich habe mich umgehört. Früher oder später werde ich rauskriegen, wer es war. Und dann, bei den prophetischen Eiern Josephs in Ägypten, dann schwöre ich, daß die Klinge meiner *makila* sein schwarzes Herz durchbohren wird!« Le Cagot schämte sich und war empört darüber, daß einer seiner eigenen Landsleute, ein Baske aus seinen Bergen, so große Schande über sein Volk gebracht hatte. »Was meinst du, Niko? Wollen wir sie uns schnappen, diesen *Amérlo* und den Araber?«
Hel schüttelte den Kopf. »Die sitzen inzwischen in einer Maschine

mit Kurs auf die Vereinigten Staaten. Aber ihre Zeit wird kommen.«

Le Cagot schlug die Fäuste so hart gegeneinander, daß die Haut über einem Fingerknöchel platzte. »Aber *warum*, Niko? Warum haben sie so ein winziges Küken umgebracht? Was konnte sie denn schon groß anrichten, das arme Kind?«

»Sie wollten verhindern, daß ich eingreife. Sie glaubten, sie könnten meine Schuld dem Onkel gegenüber tilgen, indem sie die Nichte umbrachten.«

»Darin irren sie sich natürlich.«

»Selbstverständlich.« Hel richtete sich auf; sein Verstand begann jetzt mit völlig anderen Schwingungen zu arbeiten. »Wirst du mir helfen, Beñat?«

»Ob ich dir helfen werde? Läßt Spargel deine Pisse stinken?«

»Man hat hier überall in der Gegend Männer des französischen Sicherheitsdienstes mit dem Auftrag verteilt, mich umzulegen, falls ich versuche, die Gegend zu verlassen.«

»*Bof!* Der einzige Charme dieser Sicherheitspolizisten ist ihre sagenhafte Unfähigkeit.«

»Trotzdem können sie mir lästig werden. Und möglicherweise haben sie ja auch Glück. Wir müssen sie neutralisieren. Erinnerst du dich an Maurice de Lhandes?«

»Der Mann, den sie den Gnom nennen? Natürlich!«

»Ich muß mich mit ihm in Verbindung setzen. Wenn ich nach England gelangen will, brauche ich seine Hilfe. Heute nacht werden wir über die Berge nach Spanien gehen, nach San Sebastian. Ich brauche ein Fischerboot, das mich die Küste entlang nach Saint-Jean-de-Luz bringt. Könntest du das arrangieren?«

»Würde eine Kuh an Lots Frau lecken?«

»Übermorgen fliege ich von Biarritz nach London. Man wird sämtliche Flughäfen überwachen. Aber sie haben nicht genügend Leute, und das ist günstig für uns. Ich möchte, daß ab übermorgen mittag an die Behörden Meldungen durchsickern, ich sei in Oloron, Pau, Bayonne, Bilbao, Mauléon, Saint-Jean-Pied-de-Port, Bordeaux, Sainte-Engrace und Dax gesehen worden – überall zur selben Zeit. Ich will, daß ihr Kommunikationssystem in Verwirrung gerät, damit die Meldung aus Biarritz nur ein Tropfen in einem Strom von Informationen ist. Wird das gehen?«

»Ob das gehen wird? Hat... Mir fällt gerade kein passendes Sprichwort dafür ein. Natürlich wird es gehen, Niko. Jetzt ist es wieder wie früher, nicht wahr?«

»Leider.«

»Mich nimmst du natürlich mit!«

»Nein. So etwas ist nichts für dich.«

»*Holá!* Laß dich nur nicht von den grauen Haaren in meinem Bart täuschen! In diesem Körper lebt ein junger Mann! Ein sehr ungebärdiger junger Mann!«

»Das ist es nicht. Wenn ich in ein Gefängnis einbrechen oder eine Wachstation wegpusten müßte, dann gäbe es keinen, den ich lieber mitnähme als dich. Aber diesmal handelt es sich um etwas, das nicht mit Mut allein zu bewältigen ist. Diesmal muß ich unauffällig vorgehen.«

Nach seiner Gewohnheit war Le Cagot vor die Tür des *tatami*-Zimmers getreten, hatte sich abgewandt und seine Hose aufgeknöpft, um sich beim Sprechen zu erleichtern. »Glaubst du etwa, ich könnte nicht unauffällig sein? Ich bin die Diskretion persönlich! Ich bin ein Chamäleon, ich kann mich jeder Umgebung anpassen und unsichtbar machen!«

Hel mußte lächeln. Dieser selbst erschaffene Volksmythos, der da vor ihm stand, prächtig anzusehen in seinem zerdrückten *fin de siècle*-Abendanzug, dessen Rheinkieselknöpfe an der Brokatweste in der Sonne glitzerten, dieser Bulle, der, seine Baskenmütze tief über die Sonnenbrille herabgezogen, sein rostroter stahlgrau melierter Bart so lang, daß er die seidene Halsbinde bedeckte, und der die sturmerprobte *makila* unter den Arm geklemmt hatte, während er mit einer Hand seinen Penis hielt und Urin verspritzte wie ein Schuljunge – dieser Mann behauptete, diskret und unauffällig zu sein?

»Nein. Ich möchte dich lieber nicht mitnehmen, Beñat. Du kannst mir viel besser helfen, wenn du arrangierst, um was ich dich gebeten habe.«

»Und dann? Was soll ich tun, während du weg bist und dich amüsierst? Beten und Däumchen drehen?«

»Ich will dir was sagen. Während ich unterwegs bin, kümmerst du dich um die Vorbereitungen für die Erforschung deiner Höhle, ja? Du schaffst den Rest der Geräte, die wir brauchen, den Einstiegschacht hinunter. Die Taucheranzüge, die Sauerstofftanks. Und wenn ich zurück bin, werden wir versuchen, sie vom Eingang bis zum Ende zu durchklettern. Was hältst du davon?«

»Besser als nichts. Aber viel ist es wirklich nicht.«
Ein Dienstmädchen kam herein und meldete Hel, er werde im Haus verlangt.
Er fand Hana mit dem Telefonhörer in der Linken, die Rechte über die Sprechmuschel gelegt, in der Butlerspantry. »Es ist dieser Mr. Diamond. Er will deinen Anruf von vorhin aus den Vereinigten Staaten beantworten.«
Hel schaute das Telefon an, dann senkte er den Blick zu Boden. »Sag ihm, er wird bald von mir hören.«

Sie hatten ihre Mahlzeit im *tatami*-Zimmer beendet und beobachteten nun den abendlichen Wechsel der Schatten draußen im Garten. Er hatte ihr gesagt, daß er ungefähr eine Woche lang fort sein würde.
»Hat es mit Hannah zu tun?«
»Ja.« Er sah keinen Grund ihr mitzuteilen, daß das Mädchen tot war.
Nach kurzem Schweigen sagte sie: »Wenn du zurückkommst, ist mein Aufenthalt bei dir bald zu Ende.«
»Ich weiß. Und du wirst dich entscheiden müssen, ob du unser gemeinsames Leben fortsetzen möchtest.«
»Ich weiß.« Sie senkte den Blick, und zum erstenmal entdeckte er einen Anflug von Röte auf ihren Wangen. »Nikko? Wäre es eigentlich sehr dumm, wenn wir daran dächten zu heiraten?«
»Heiraten?«
»Ach, laß nur. Ein dummer Gedanke, der mir durch den Kopf ging. Ich glaube, ich würde es selbst nicht wollen.« Sie hatte die Idee sehr behutsam vorgetragen und war vor seiner ersten Reaktion sofort zurückgeschreckt.
Minutenlang blieb er in Gedanken versunken sitzen. »Nein, dieser Vorschlag ist überhaupt nicht dumm. Wenn du dich entschließt, mir Jahre deines Lebens zu schenken, müssen wir natürlich etwas unternehmen, um deine Zukunft zu sichern. Laß uns das ausdiskutieren, wenn ich zurück bin.«
»Ich könnte nie wieder davon anfangen, Nikko.«
»Das ist mir klar, Hana. Aber ich kann es.«

SAINT-JEAN-DE-LUZ/BIARRITZ

Das offene Fischerboot pflügte durch den Wellenpfad des untergehenden Mondes, Quecksilber auf dem Meer, ein Effekt, wie vom Pinsel eines Kitschaquarellisten hingetupft. Der Dieselmotor tuckerte asthmatisch und keuchte noch einmal auf, als er abgestellt wurde. Der Kiel lief knirschend auf den Kiesstrand, und das Boot legte sich schräg. Hel kletterte über Bord; dann stand er, den Duffelbag über der Schulter, knietief in der Brandung. Sein Winken wurde vom Boot aus mit einer unbestimmten Geste erwidert, und er watete, die Leinenhose schwer vom Wasser, auf die verlassene Küste zu. Die geflochtenen Sohlen seiner *Espadrilles* bohrten sich tief in den Sand. Der Motor hustete, begann von neuem sein rhythmisches Tuckern, und das Boot hielt wieder aufs Meer hinaus, an der stumpfschwarzen Küste entlang mit Kurs auf Spanien.
Vom Grat einer Düne aus sah er die Lichter der Cafés und Bars rings um den kleinen Hafen von Saint-Jean-de-Luz, wo die Fischerboote sich verschlafen auf dem öligen Wasser der Liegeplätze wiegten. Er verlagerte das Gewicht des Duffelbags ein wenig und machte sich auf den Weg ins Café zum Walfisch, um seine telegraphische Dinnerbestellung zu bestätigen. Der Cafébesitzer war Chefkoch in Paris gewesen, ehe er sich in seinem Heimatdorf zur Ruhe setzte. Es machte ihm Spaß, gelegentlich seine Kunst beweisen zu können, vor allem, wenn M. Hel ihm im Hinblick auf Speisenfolge und Unkosten *carte blanche* gab. Das Dinner sollte im Haus von Monsieur de Lhandes zubereitet und serviert werden, jenes »vornehmen kleinen Gentleman«, der in einer alten Villa am Meer wohnte und sich niemals auf den Straßen von Saint-Jean-de-Luz blicken ließ, weil seine Physiognomie schlecht erzogene Kinder zu Bemerkungen, ja vielleicht sogar zu Spott hätte hinreißen mögen. M. de Lhandes war Liliputaner, kaum mehr als einen Meter groß, ein Mann von über sechzig Jahren.

Als Hel an die Hintertür klopfte, spähte Mademoiselle Pinard zunächst mißtrauisch durch einen Vorhang; doch dann verzog sich ihr Gesicht zu einem strahlenden Lächeln, und sie öffnete mit einladender Geste die Tür. »Ah, Monsieur Hel! Herzlich willkommen! Es ist schon viel zu lange her, daß wir Sie zuletzt gesehen haben. Kommen Sie, kommen Sie nur herein! Mein Gott, Sie sind ja ganz naß! Monsieur de Lhandes freut sich schon sehr auf das Abendessen mit Ihnen!«

»Ich möchte Ihren Fußboden nicht naß machen, Mademoiselle Pinard. Darf ich meine Hose ausziehen?«

Mademoiselle Pinard errötete und gab ihm entzückt einen Klaps auf die Schulter. »Aber Monsieur Hel! Spricht man so mit einer Dame? Nein, diese Männer!« Getreu ihrem altbewährten Ritual unschuldiger Flirterei erschien sie verwirrt und erfreut zugleich. Mademoiselle Pinard war etwas über fünfzig; sie war schon immer etwas über fünfzig gewesen. Hochgewachsen und dürr mit trockenen nervösen Händen und einem alles andere als geschmeidigen Gang, war sie mit einem Gesicht geschlagen, das viel zu lang war für ihre winzigen Augen und den schmalen Mund, so daß es zum größten Teil aus Stirn und Kinn zu bestehen schien. Wäre dieses Gesicht charakteristischer geprägt gewesen, hätte man sie häßlich nennen können; so aber war sie bloß unscheinbar. Mademoiselle Pinard war aus dem Holz, aus dem alte Jungfern geschnitzt sind, und ihrer unantastbaren Tugend hatte der Umstand, daß sie seit nunmehr dreißig Jahren Bernard de Lhandes' Gefährtin, Krankenschwester und Geliebte war, keineswegs Abbruch getan.

Mademoiselle Pinard war eine von den Frauen, die *»Zut!«* sagen, oder *»Ma foi!«*, wenn sie einmal über die Grenzen des guten Geschmacks hinaus entrüstet sind.

Als sie ihn in das Zimmer führte, in dem er bei jedem seiner Besuche übernachtete, sagte sie leise: »Monsieur de Lhandes geht es im Augenblick gar nicht gut, müssen Sie wissen. Ich bin froh, daß Sie ihm heute abend Gesellschaft leisten, aber Sie müssen sehr vorsichtig sein. Er ist dem Herrgott sehr nahe. Wochen, höchstens ein paar Monate noch, sagt der Arzt.«

»Ich werde vorsichtig sein, Darling. So, da wären wir. Möchten Sie mit hereinkommen, während ich mich umziehe?«

»Aber Monsieur!«

Hel zuckte die Achseln. »Na schön. Doch eines Tages wird Ihre Verteidigungsbastion in sich zusammenfallen, Mademoiselle Pinard. Und dann... Oh, aber dann!«

»Sie Ungeheuer! Und Sie wollen ein Freund von Monsieur de Lhandes sein? Nein, diese Männer!«
»Wir sind alle Opfer unseres Appetits, Mademoiselle. Hilflose Opfer. Sagen Sie, wie weit ist das Dinner?«
»Der Chef und seine Gehilfen klappern schon den ganzen Tag in der Küche herum. Alles ist fertig.«
»Dann sehen wir uns beim Dinner und befriedigen unseren Appetit gemeinsam.«
»Aber Monsieur!«

Sie nahmen das Abendessen im größten Zimmer des Hauses ein, in einem Raum, dessen Wände von Regalen mit Büchern gesäumt waren, die, ohne jede Ordnung gestapelt und aufgereiht, von de Lhandes' begeistertem Lerneifer zeugten. Da er es für abscheulich hielt, beim Essen zu lesen – also eine Passion durch die andere zu verwässern –, war de Lhandes auf die Idee gekommen, Bibliothek und Speisezimmer zu kombinieren, und der lange Refektoriumstisch diente nun beiden Beschäftigungen. Zu dritt saßen sie an einem Ende dieses Tisches, Bernard de Lhandes am Kopfende, Hel zu seiner Rechten und Mademoiselle Pinard links von ihm. Wie fast alle seine Möbel waren Tisch und Stühle verkürzt worden und jetzt etwas zu hoch für de Lhandes und etwas zu niedrig für seine seltenen Gäste. Doch das, so hatte de Lhandes einmal zu Hel gesagt, sei ja das Wesen des Kompromisses: ein Zustand, der niemanden ganz zufriedenstellt, der aber jedem das beruhigende Gefühl verleiht, der andere sei ebenfalls benachteiligt.
Die Mahlzeit war fast beendet, und nun ruhten und plauderten sie zwischen den letzten Gängen. Es hatte Newakaviar mit heißen, in Servietten servierten Blinis gegeben, Saint-Germain-Royal (an dem de Lhandes eine Spur zuviel Minze kritisierte), Suprême de Sole aus Château Yquem, Wachteln in Asche (de Lhandes meinte, Walnußholz wäre bestimmt besser für das Feuer gewesen, das Aroma der Eichenspäne sei jedoch auch akzeptabel), Lammrücken à la Edward VII (de Lhandes bedauerte, daß er nicht kalt genug sei, räumte aber ein, daß Hels Vorkehrungen ein wenig überstürzt erfolgt waren), Riz à la Grecque (die Spur zuviel roten Pfeffer schrieb de Lhandes dem Geburtsort des Küchenchefs zu), Morcheln (die Spur zuwenig Zitronensaft schrieb de Lhandes dem Charakter des Küchenchefs zu), florentinische Artischockenböden (die krasse Unausgewogenheit von

Gruyère und Parmesan in der Sauce Mornay schrieb de Lhandes dem Starrsinn des Küchenchefs zu, denn man hatte ihn früher schon auf diesen Fehler hingewiesen) und Salat Danicheff (den de Lhandes zu seiner leichten Verärgerung perfekt fand).
Von jedem Gang kostete de Lhandes nur die winzigsten Bissen, die es ihm gerade noch gestatteten, das Zusammenspiel der einzelnen Geschmacksnuancen am Gaumen zu genießen. Denn sein Herz, seine Leber und das Verdauungssystem waren derart ruiniert, daß der Arzt ihm nur völlig ungewürzte Speisen gestattete. Hel aß schon aus Gewohnheit sehr wenig. Und Mademoiselle Pinards Appetit war zwar gut, doch ihre Auffassung von erlesenen Tischmanieren gestattete ihr nur kleine Häppchen, an denen sie endlos mit mahlenden Bewegungen der Vorderzähne mümmelte wie ein Kaninchen, während sie sich mit der Serviette häufig und geziert die schmalen Lippen betupfte. Ein Grund dafür, daß der Chef des Cafés zum Walfisch ab und zu so bereitwillig ein großes Essen für Monsieur Hel zubereitete, war das üppige Festmahl, an dem sich seine Familie und seine Freunde stets später an einem solchen Abend delektieren durften.
»Es ist eine Schande, wie wenig wir essen, Nikolai«, sagte de Lhandes mit seiner erstaunlich tiefen Stimme. »Du mit deiner mönchischen Einstellung zum Essen, und ich mit meiner ruinierten Gesundheit! Wenn ich so in den Speisen herumstochere, komme ich mir vor wie ein stinkreicher Zehnjähriger in einem Luxusbordell.«
Mademoiselle Pinard verschwand sekundenlang hinter ihrer Serviette.
»Und diese Fingerhüte voll Wein!« klagte de Lhandes. »O Gott, daß ich so tief gesunken bin! Ich, ein Mann, der dank Wissen und Geld die Völlerei zur großen Kunst erhoben hatte! Das Schicksal ist entweder ironisch oder gerecht, ich weiß es nicht. Aber sieh mich an! Ich esse, als wäre ich eine blutleere Nonne, die ihre Träume vom jungen Curé büßen muß!«
Die Serviette verbarg Mademoiselle Pinards Erröten.
»Wie krank bist du wirklich, alter Freund?« erkundigte sich Hel. Offenheit war eine alte Gewohnheit zwischen ihnen.
»Todkrank. Mein Herz gleicht eher einem Schwamm als einer Pumpe. Ich habe mich jetzt seit – wie lange? – fünf Jahren zurückgezogen. Und von diesen fünf habe ich der lieben Mademoiselle Pinard vier Jahre lang nicht mehr von Nutzen sein können – es sei denn, als Zuschauer natürlich.«

Die Serviette.
Den Abschluß des Dinners bildeten eine Eisbombe, Früchte, *glacés variés* – kein Cognac, keine *digestifs* –, dann zog sich Mademoiselle Pinard zurück, damit die Herren sich ungestört unterhalten konnten.
De Lhandes rutschte von seinem Stuhl herunter und begab sich – zweimal innehaltend, um Atem zu schöpfen – zum Kamin, wo er sich in einen niedrigen Sessel setzte, der ihn nichtsdestoweniger zwang, die Beine lang auf den Sitz zu strecken.
»Für mich sind alle Sessel *chaises-longues,* mein Freund.« Er lachte. »Also gut. Was kann ich für dich tun?«
»Ich brauche Hilfe.«
»Selbstverständlich. Obwohl wir gute Kameraden sind, würdest du nicht mitten in der Nacht mit einem Boot angefahren kommen, nur um ein Dinner zu schmähen, indem du mit der Gabel darin herumstocherst. Wie du weißt, habe ich mich seit mehreren Jahren aus dem Informationsgeschäft zurückgezogen, aber ich habe immer noch ein paar Brosamen aus alten Zeiten übrig und werde dir helfen, so gut ich kann.«
»Ich muß dir aber gestehen, daß man mir mein Geld genommen hat und ich dich nicht sofort bezahlen kann.«
De Lhandes winkte ab. »Ich schicke dir eine Rechnung aus der Hölle. Du wirst sie an den angesengten Ecken erkennen. Geht es um eine Einzelperson oder um eine Regierung?«
»Um eine Regierung. Ich muß nach England. Man wird mich dort erwarten. Es handelt sich um eine sehr schwerwiegende Angelegenheit, daher muß mein Ansatzpunkt entsprechend wirksam sein.«
De Lhandes seufzte. »O je! Ich wollte, es wäre Amerika. Gegen die habe ich etwas in der Hand, da würde die Freiheitsstatue sich sofort hinlegen und die Beine breit machen. Aber England? Gar nichts. Bruchstücke und Kleinkram. Einiges davon allerdings ziemlich saftig, aber etwas wirklich Großes – leider nein.«
»Was hast du denn?«
»Ach, nur das Übliche. Nichts Besonderes. Homosexualität im Foreign Office ...«
»Das ist nicht neu.«
»Auf dieser Ebene aber interessant. Und ich habe Fotos. Es gibt wohl kaum etwas so Lächerliches wie die Haltung eines Mannes bei der Liebe. Vor allem, wenn er nicht mehr zu den Jüngsten zählt. Was

habe ich sonst noch? Ach ja ... ein bißchen Ungebärdigkeit in der königlichen Familie? Eine abgeblockte Untersuchung des Flugzeugunglücks, das diesen ... du weißt schon, wen ... das Leben gekostet hat?« De Lhandes blickte zur Decke empor und überlegte, was er sonst noch in den Akten hatte. »Ach ja, es gibt Beweise dafür, daß das Techtelmechtel zwischen den arabischen Ölinteressen und der City doch weit intimer ist als allgemein angenommen wird. Und eine Menge über einzelne Regierungsangehörige – zumeist steuerliche und sexuelle Unregelmäßigkeiten. Bist du ganz sicher, daß du nichts über die Vereinigten Staaten willst? Ich habe da einen richtigen Knüller. Eine unverkäufliche Information. Zu groß für beinahe jeden herkömmlichen Zweck. Das wäre, als wollte man ein Ei mit einem Vorschlaghammer aufklopfen.«

»Nein, danke, es muß unbedingt England betreffen. Ich habe keine Zeit, von Washington aus einen indirekten Druck auf London zu inszenieren.«

»Hm-hm-hm. Ich will dir was sagen. Du nimmst einfach den ganzen Krempel. Sorge dafür, daß er veröffentlicht wird, schön ein Knallbonbon nach dem anderen. Ein Skandälchen nach dem anderen. Alle zusammengenommen werden das Vertrauen in die Regierung erschüttern – du weißt ja, wie. Ein einzelner Pfeil allein ist nicht stark genug, aber gebündelt ... Wer weiß? Mehr kann ich dir leider nicht bieten.«

»Dann muß es eben auch so reichen. Wollen wir es wie üblich arrangieren? Ich nehme die Fotokopien? Und wir benutzen ein ›Druckknopf‹-Auslösesystem mit den deutschen Zeitschriften als Hauptempfänger?«

»Das hat bisher noch nie versagt. Bist du sicher, daß dir nicht doch etwas an dem bronzenen Hymen der Freiheitsstatue liegt?«

»Ich wüßte nicht, was ich damit anfangen sollte.«

»Na ja, im günstigsten Fall eine recht schmerzhafte Vorstellung. Also – kannst du heute nacht hierbleiben?«

»Wenn es geht, gern. Ich fliege morgen mittag von Biarritz ab und darf nicht vorzeitig erkannt werden. Die Polizei hat ein Kopfgeld auf mich ausgesetzt.«

»Schade. Sie sollten dich lieber als den letzten überlebenden Vertreter deiner Spezies unter Naturschutz stellen. Weißt du, Nikolai Alexandrowitsch, ich habe in letzter Zeit über dich nachgedacht. Nicht oft, denn wenn man den kritischen Moment des Lebens erreicht, verbringt man nicht mehr viel Zeit mit dem Nachdenken über die Nebendarsteller in der eigenen Farce. Und eine der am schwersten verdaulichen Erkenntnisse ist für den Egozentriker die, daß er in jeder Biographie außer der seinen eine Nebenrolle spielt. Ich bin Statist in deinem Leben, du in meinem. Wir kennen uns seit über zwanzig Jahren, von unseren Geschäften abgesehen aber (und von den Geschäften muß man immer absehen) haben wir insgesamt vielleicht zwölf Stunden intimer Gespräche und aufrichtiger Anteilnahme an den Gedanken und Gefühlen des anderen miteinander verbracht. Ich kenne dich, Nikolai, praktisch einen Tag. Im Grunde ist das gar nicht so schlecht. Die meisten guten Freunde und Ehepaare (das ist nur selten ein und dasselbe) könnten sich nach einem ganzen Leben, in dem sie Heim und Ärger, territoriale Abgrenzungen und Auseinandersetzungen miteinander geteilt haben, nicht zwölf Stunden ehrlicher Anteilnahme rühmen. Und so kenne ich dich einen Tag, mein Freund, und habe dich lieben gelernt. Ich muß mich selber sehr dafür loben, denn es ist nicht leicht, dich zu lieben. Bewundern? Ja, natürlich. Respektieren? Wenn die Angst ein Bestandteil des Respektes ist, dann selbstverständlich. Aber lieben? Das ist etwas ganz anderes, weil die Liebe nämlich den Wunsch zur Vergebung birgt, und es ist sehr schwer, dir zu vergeben. Halb heiliger Asket, halb Vandale und Marodeur, bietest du dich der Vergebung einfach nicht an. In der einen Gestalt stehst du über ihr, in der anderen darunter. Und du verachtest sie in jedem Fall. Ja, man hat sogar das Gefühl, du würdest einem Menschen, der dir vergibt, niemals vergeben. (Das bedeutet möglicherweise nicht viel, aber es rollt so schön von der Zunge, und ein Lied besteht nun einmal aus Text *und* Melodie.) Und nachdem ich dich zwölf Stunden lang kenne, wage ich dich zu komprimieren, auf eine Definition zu reduzieren, und bezeichne dich als mittelalterlichen Antihelden.«

Hel lächelte. »Ein mittelalterlicher Antiheld? Was in aller Welt soll denn das sein?«

»Wer hat das Wort, du oder ich? Ich bitte mir ein bißchen schweigenden Respekt vor den Sterbenden aus. Es kommt zum Teil daher, daß du Japaner bist – kulturell gesehen, meine ich. Nur in Japan fiel die klassische Epoche mit der mittelalterlichen zusammen. Im Westen werden Philosophie, Kunst, politische und gesellschaftliche Ideale alle mit Perioden vor oder nach dem Mittelalter identifiziert – mit Ausnahme jener glanzvollen Steinbrücke zu Gott, der Kathedrale.

Nur in Japan war das feudale Stadium zugleich auch das philosophische. Uns im Westen ist die Vorstellung des Kriegerpriesters, des Kriegerwissenschaftlers, ja sogar des Kriegerindustriellen geläufig. Aber der Kriegerphilosoph? Nein, diese Vorstellung stört unseren Sinn für das Konventionelle. Wir sprechen von ›Tod und Gewalttat‹, als wären die beiden zwei Manifestationen desselben Impulses. In Wirklichkeit ist der Tod gerade das Gegenteil der Gewaltat, die ja stets mit dem Kampf ums Leben verbunden ist. Unsere Philosophie konzentriert sich auf die Bewältigung des Lebens; eure auf die Bewältigung des Todes. Wir suchen Erkenntnis; ihr sucht Würde. Wir lernen festzuhalten; ihr lernt loszulassen. Sogar die Bezeichnung ›Philosoph‹ ist irreführend, denn unsere Philosophen sind stets von dem Bedürfnis geleitet worden, ihre Erkenntnisse mitzuteilen (ja, aufzudrängen); während die euren (möglicherweise aus selbstsüchtigen Impulsen) damit zufrieden waren, ihren separaten und privaten Frieden zu finden. Für den Okzidentalen liegt etwas beunruhigend Feminines (im Sinne von *yang-isch*, falls diese Wortschöpfung dein Ohr nicht beleidigt) in eurer Auffassung von Männlichkeit. Kaum von den Schlachtfeldern zurück, legt ihr weiche Gewänder an und schlendert mit bewunderndem Mitgefühl für die fallende Kirschblüte durch eure Gärten; und ihr seht sowohl in der Sanftmut als auch in der Tapferkeit Manifestationen der Männlichkeit. Auf uns wirkt das zumindest kapriziös, wenn nicht gar heuchlerisch. Übrigens, was macht dein Garten?«
»Er macht sich.«
»Und das heißt?«
»Er wird mit jedem Jahr schlichter.«
»Da! Siehst du? Diese gottverdammte Neigung der Japaner zum Paradoxen, das sich als Syllogismus herausstellt! Sieh dich an! Ein Kriegergärtner! Du bist wahrhaftig ein mittelalterlicher Japaner, genau wie ich sagte. Und außerdem bist du ein Antiheld – nicht in dem Sinn, in dem Kritiker und Gelehrte, die danach gieren, Titel vor ihre Namen hängen zu dürfen, diese Bezeichnung benutzen und oft genuß mißbrauchen. Denn was die Antihelden nennen, sind doch in Wirklichkeit nur unglaubwürdige Helden oder attraktive Bösewichter – der dicke Polizist oder Richard III. Der wahre Antiheld hingegen ist eine Variation des Helden – nicht ein Clown mit einer Hauptrolle, auch kein Zuschauer, der seine gewalttätigen Phantasien ausleben darf. Sondern der Antiheld führt, wie der klassische Held, die Massen

zur Erlösung. Es gab eine Zeit in der Komödie der menschlichen Entwicklung, da schien die Rettung in Richtung auf Ordnung und Organisation zu liegen, und so organisierten und führten alle großen Helden des Westens ihre Gefolgsleute gegen den Feind: das Chaos. Jetzt begreifen wir, daß der Erzfeind nicht das Chaos, sondern die Organisation, nicht Divergenz, sondern Angleichung, nicht Primitivismus, sondern Fortschritt ist. Und der neue Held – der Antiheld – macht aus dem Angriff auf die Organisation, aus der Zerstörung des Systems eine Tugend. Jetzt sehen wir ein, daß die Rettung für die Menschheit in der nihilistischen Richtung liegt, aber wie weit entfernt, das wissen wir immer noch nicht.« De Lhandes hielt inne, um Atem zu holen, dann schien er fortfahren zu wollen. Doch unvermittelt traf sich sein Blick mit dem Hels, und er begann zu lachen. »Ach was! Genug davon. Außerdem habe ich eigentlich gar nicht mit dir gesprochen.«

»Das war mir seit einiger Zeit klar.«

»Es ist Tradition in westlichen Tragödien, daß man einem Mann vor seinem Tod eine längere Rede zu halten gestattet. Sobald er in die unerbittliche Maschinerie des Schicksals geraten ist, die ihn zu seinem pathetischen Abgang befördert, kann nichts mehr, was er sagt oder tut, sein Los ändern. Aber es ist ihm gestattet, seinen Fall darzulegen und ausgiebig mit den Göttern zu hadern – und sei es in jambischen Trimetern.«

»Auch wenn er dadurch den Fluß der Erzählung stört?«

»Zum Teufel damit! Für zwei Stunden Narkose gegen die Realität, zwei Stunden der ungefährlichen, da nachempfundenen Beteiligung an der Welt der Taten und des Todes, sollte man bereit sein, den Preis von einigen Minuten der Einsicht zu zahlen. Strukturell perfekt oder nicht. Aber wie du willst. Na schön. Sag mal, erinnern sich die Regierungen noch an den ›Gnom‹? Und suchen sie immer noch den Erdball ab in der Hoffnung, seinen Schlupfwinkel zu finden, und knirschen sie noch vor frustrierter Wut mit den Zähnen?«

»Das tun sie allerdings, Maurice. Erst kürzlich war so ein *Amérlo*-Schuft bei mir und hat nach dir gefragt. Er hätte seine Genitalien geopfert, um zu erfahren, wie du an deine Informationen kommst.«

»Wirklich? Nun, wenn er ein *Amérlo* ist, hätte er vermutlich nicht viel riskiert. Was hast du ihm geantwortet?«

»Ich habe ihm alles gesagt, was ich weiß.«

»Und das ist nichts. Gut. Offenheit ist eine Tugend. Weißt du, in Wirklichkeit habe ich gar keine besonders subtilen oder komplizierten Informationsquellen. Nein, die Muttergesellschaft und ich schöpfen aus denselben Daten. Ich habe nämlich Zugang zu Fat Boy, und zwar habe ich mir die Dienste eines der höhergestellten Computersklaven gekauft, eines Mannes namens Llewellyn. Mein Vorteil liegt nur darin, daß ich es besser verstehe als sie, zwei und zwei zusammenzuzählen. Oder, genauer gesagt, ich bin in der Lage, anderthalb und einzweidrittel so zu addieren, daß zehn herauskommt. Ich bin nicht besser informiert als sie; ich bin lediglich gerissener.«

Hel lachte. »Sie würden so ziemlich alles dafür geben, dich zu finden und zum Schweigen zu bringen. Du bist sehr lange der Bambus unter ihren Fingernägeln gewesen.«

»Ha! Dieses Bewußtsein verschönt meine letzten Tage, Nikolai. Den Regierungslakaien ein Ärgernis zu sein, hat mir das Leben lebenswert gemacht. Und es war ein gefahrvolles Leben. Wenn man mit Informationen handelt, hortet man Waren, die sehr schnell zu Ladenhütern werden. Im Gegensatz zum Cognac werden Informationen billiger, je älter sie sind. Nichts ist langweiliger als die Sünden von gestern. Und manchmal erwarb ich recht teure Stücke, nur um mitansehen zu müssen, wie sie durch undichte Stellen ruiniert wurden. Ich weiß noch, wie ich einmal ein ganz heißes Ding aus den Vereinigten Staaten gekauft hatte: das, was dann später als Watergateskandal bekannt wurde. Und während ich die Ware auf Lager hatte und darauf wartete, daß du oder ein anderer Internationaler sie als Waffe gegen die amerikanische Regierung kaufen würde, spürten ein paar ehrgeizige Reporter die Story auf, erkannten darin eine Chance, ihr Glück zu machen – *et voilà*. Das Material war über Nacht wertlos für mich geworden. Mit der Zeit verfaßte jeder dieser Verbrecher ein Buch oder trat in einer Fernsehsendung auf, wo er seinen Anteil an der Vergewaltigung der amerikanischen Bürgerrechte beschrieb, und jeder wurde von der stupiden amerikanischen Öffentlichkeit reichlich dafür bezahlt, die anscheinend eine merkwürdige Neigung hat, sich die Nase in die eigene Scheiße stoßen zu lassen. Findest du es nicht auch ungerecht, daß ich jetzt mit unbrauchbarer Ware im Wert von mehreren hunderttausend Dollar dasitze, während sogar der Meisterbösewicht ein Vermögen verdient, indem er im Fernsehen mit diesem britischen Blutsauger auftritt, der doch hinlänglich bewiesen hat, daß er sich für Geld bei jedem anbiedert, sogar bei Idi Amin? Ein wahrhaft seltsamer Beruf, den ich da ausübe.«

»Hast du dein Leben lang mit Informationen gehandelt, Maurice?«

»Bis auf ein kurzes Zwischenspiel als Basketballchampion, ja.«

»Alter Esel!«

»Hör zu, laß uns mal einen Moment ernst bleiben. Du hast gesagt, das, was du planst, wäre schwierig. Ich würde mir nie anmaßen, dir einen Rat zu erteilen, aber hast du dir mal überlegt, daß du eine ganze Zeit lang im Ruhestand gelebt hast? Ist deine geistige Kondition noch intakt?«

»So ziemlich. Ich betreibe viel Höhlensport, und dank des Trainings wird mein Verstand von der Angst nicht allzu sehr blockiert. Und zum Glück arbeite ich ja bloß gegen die Briten.«

»Das ist allerdings ein Vorteil. Die Burschen von MI-5 und MI-6 gehen üblicherweise so subtil vor, daß ihre Fehlschläge gar nicht auffallen. Und trotzdem ... Irgend etwas stimmt nicht bei dieser Sache. Nikolai Alexandrowitsch. Es liegt etwas in deinem Ton, das mich beunruhigt. Nicht direkt Zweifel, aber ein gewisser gefährlicher Fatalismus. Hast du beschlossen, diesmal draufzugehen?«

Hel schwieg eine Weile. »Du bist ein ausgezeichneter Beobachter, Maurice.«

»C'est mon métier.«

»Ich weiß. Ja, Maurice, es stimmt etwas nicht, es ist etwas sehr Schmutziges an diesem Fall. Mir ist klar, daß ich durch meine Rückkehr aus dem Ruhestand das Schicksal herausfordere. Und ich glaube, daß diese Angelegenheit mich letztlich vernichten wird. Nicht die Aufgabe, die vor mir liegt. Die Septembristen, um die es dabei geht, werde ich relativ leicht von der Last ihres Lebens befreien können. Aber danach wird die Sache bedenklich. Man wird versuchen, mich zu bestrafen. Vielleicht akzeptiere ich die Strafe, vielleicht auch nicht. Wenn nicht, werde ich wieder an die Front gehen. Ich verspüre eine gewisse –« er zuckte die Achseln – »eine gewisse emotionale Ermüdung. Nicht direkt fatalistische Resignation, sondern eher eine gefährliche Indifferenz. Wenn sich die Würdelosigkeiten häufen, wäre es möglich, daß ich keinen besonderen Grund mehr sehe, mich ans Leben zu klammern.«

De Lhandes nickte. Diese Einstellung Hels hatte er gespürt. »Ich verstehe. Gestatte mir einen Vorschlag, alter Freund. Wie du sagst, erweisen mir die Regierungen die Ehre, immer noch meinen Tod herbeizusehnen. Sie würden eine Menge darum geben zu erfahren, wer und wo ich bin. Falls du in die Klemme gerätst, hast du meine Erlaubnis, mit dieser Information zu handeln.«

»Maurice!«

»Nein, nein! Ich leide nicht an einem Anfall quixotischer Heldenmütigkeit. Ich bin zu alt, um einer derartigen Kinderkrankheit zum Opfer zu fallen. Aber es wäre der letzte Streich, den wir ihnen spielen könnten. Denn siehst du, du würdest ihnen eine taube Nuß verkaufen. Bis sie hier sind, werde ich nicht mehr leben.«

»Vielen Dank, aber das könnte ich niemals tun. Nicht deinetwegen, sondern meinetwegen.« Hel erhob sich. »Tja, ich brauche ein bißchen Schlaf. Die nächsten vierundzwanzig Stunden werden anstrengend sein. Fast ausschließlich geistige Arbeit, ohne die Belebung körperlicher Gefahr. Vor Tagesanbruch muß ich fort.«

»Nun gut. Ich für meinen Teil werde, glaube ich, noch ein paar Stunden aufbleiben und die Freuden eines schlechten Lebens Revue passieren lassen.«

»Schön. *Au revoir*, alter Freund.«

»Nein, nicht *au revoir*, Nikolai.«

»Ist es so nahe?«

De Lhandes nickte.

Hel beugte sich hinab und küßte seinen Kameraden auf beide Wangen. »*Adieu*, Maurice.«

»*Adieu*, Nikolai.«

Er war schon an der Tür, als de Lhandes ihn noch einmal zurückhielt.

»Ach, Nikolai. Würdest du mir einen Gefallen tun?«

»Jeden.«

»Estelle ist in diesen letzten Jahren wunderbar zu mir gewesen. Wußtest du, daß sie Estelle heißt?«

»Nein.«

»Also, ich möchte ihr eine Freude machen, eine Art Abschiedsgeschenk. Würdest du zu ihr hineinschauen? Zweite Tür oben an der Treppe. Und sag ihr bitte hinterher, daß es ein Geschenk von mir war.«

Hel nickte. »Es wird mir ein Vergnügen sein, Maurice.«

De Lhandes starrte ins verlöschende Feuer. »Ihr auch, hoffe ich«, murmelte er.

Hel richtete seine Ankunft auf dem Flughafen von Biarritz so ein, daß er sich nur kurze Zeit ungeschützt in der Öffentlichkeit aufhalten mußte. Er hatte Biarritz, das nur geographisch zum Baskenland gehört, noch nie richtig gemocht; Deutsche, Engländer und der internationale *Smart Set* hatten es zu einer Art Brighton an der Biscaya herabgewürdigt.

Er war noch keine fünf Minuten in der Halle, als sein Proximitätssinn jene direkte und intensive Observation wahrnahm, die er bereits erwartet hatte, da er wußte, daß man an allen Ausreisepunkten nach ihm Ausschau halten würde. Er lehnte sich an die Bartheke, wo er einen *jus d'ananas* trank, und ließ den Blick über die Menge wandern. Sofort entdeckte er den jungen französischen Beamten der Sonderpolizei in gewollt unauffälligem Zivil mit Sonnenbrille. Er stieß sich von der Theke ab und ging geradewegs auf den Mann zu. Je näher er ihm kam, desto deutlicher spürte er die Nervosität und Verwirrung des jungen Burschen.

»Entschuldigen Sie, Monsieur«, begann Hel in einem mit starkem deutschem Akzent gewürzten Französisch, »ich bin gerade angekommen und weiß nicht, wie ich jetzt weiter muß nach Lourdes. Könnten Sie mir vielleicht helfen?«

Unsicher musterte der junge Beamte Hels Gesicht. Der Mann entsprach im wesentlichen der Beschreibung, das heißt, bis auf die dunkelbraunen Augen. (Hel trug gefärbte Kontaktlinsen.) Im Signalement stand jedoch nichts davon, daß er Deutscher war. Und außerdem hätte er ja das Land verlassen müssen, statt anzukommen. Mit ein paar kurzen Worten verwies der Polizist ihn an die Information.

Als er davonging, spürte Hel, wie ihm der Mann nachstarrte, aber seine Konzentration war jetzt deutlich von Verwirrung beeinträchtigt. Er würde dieses Zusammentreffen natürlich melden, doch ohne die nötige Überzeugung. Und das Zentralbüro würde in diesem Augenblick aus einem halben Dutzend Städtchen gleichzeitig Meldungen von Hels Auftauchen erhalten. Dafür sorgte Le Cagot.

Als Hel die Wartehalle durchquerte, rannte ihm ein flachshaariger Junge zwischen die Beine. Er fing das Kind auf, damit es nicht stürzte.

»Rodney! Oh, bitte verzeihen Sie, Monsieur!« Die hübsche Frau Ende Zwanzig war sofort zur Stelle, entschuldigte sich bei Hel und tadelte das Kind in einem Atemzug. Sie war Engländerin und trug ein leichtes Sommerkleid, dessen großzügiger Ausschnitt nicht nur ihre Sonnenbräune zeigte, sondern auch die Stellen, die weiß geblieben waren. Mit einem Wortschwall jenes brutal verstümmelten Französisch, das aus der Überzeugung der Briten resultiert, Ausländer, die etwas Wichtiges zu sagen hätten, würden sich zweifellos in einer normalen Sprache ausdrücken, erklärte die Frau, der Junge sei ihr Neffe, sie befinde sich mit ihm auf der Rückreise von einem kurzen Urlaub, werde die nächste Maschine nach England nehmen, sei unverheiratet und heiße Alison Browne, hinten mit einem e.

»Mein Name ist Nikolai Helm.«

»Freut mich sehr, Mr. Hel.«

Das war's. Sie hatte das *m* nicht gehört, weil sie nicht darauf vorbereitet war. Sie war eine britische Agentin, die die Aktionen der Franzosen unterstützen sollte.

Hel antwortete ihr, er hoffe, sie bekämen in der Maschine Plätze nebeneinander, worauf sie ihn verführerisch anlächelte und versprach, mit dem Ticketverkäufer darüber zu reden. Er erbot sich, sie und den kleinen Rodney zu einem Obstsaft einzuladen, und sie akzeptierte mit der Bemerkung, normalerweise nähme sie von fremden Herren keine Einladungen an, doch dies sei eine Ausnahme, denn schließlich wären sie ja buchstäblich übereinander gestolpert. (Gekicher.)

Während sie mit ihrem Taschentuch eifrig an einem Saftflecken auf Rodneys Kragen herumtupfte, wobei sie sich so weit vorbeugte, daß man nicht übersehen konnte, daß sie keinen BH trug, entschuldigte sich Hel für einen Moment.

In einer Geschenkboutique erstand er ein billiges Souvenir von Biarritz, einen passenden Karton, eine Schere und Einwickelpapier: einen Bogen weißes Seidenpapier und einen Bogen teure Metallfolie. Alles zusammen nahm er mit auf die Herrentoilette, verpackte hastig das Geschenk, kehrte an die Bar zurück und überreichte das Päckchen Rodney, der zu weinen begonnen hatte und heftig an Miß Brownes Hand zerrte.

»Nur eine Kleinigkeit zum Andenken an Biarritz. Hoffentlich haben Sie nichts dagegen?«

»Na ja, eigentlich sollte ich es nicht annehmen. Aber da es für den Jungen ist... Unser Flug ist übrigens schon zweimal aufgerufen worden. Sollten wir nicht an Bord gehen?«

Hel erklärte ihr, die Franzosen mit ihrer zwanghaften Sucht nach

Ordnung pflegten die Flüge immer viel zu früh auszurufen; man habe noch reichlich Zeit. Er versuchte sie abzulenken und plauderte über die Möglichkeit, sich in London wiederzusehen. Zum Dinner vielleicht?
Im letzten Moment erst gingen sie zum Flugsteig hinüber, wo Hel sich vor Miß Browne und dem kleinen Rodney in die Warteschlange einreihte. Sein Duffelbag passierte die Röntgenkontrolle ohne Schwierigkeiten. Während er eilig auf die Maschine zuschritt, die ihre Jets schon auf Touren brachte, hörte er hinter sich Miß Brownes laute Proteste und die ärgerlichen Fragen der Sicherheitsbeamten. Als das Flugzeug startete, blieb Hel das Vergnügen, die verführerische Miß Browne und den kleinen Rodney zur Seite zu haben, erspart.

HEATHROW

Die Passagiere, die durch den Zoll mußten, wurden je nach ihrem Status zu verschiedenen Warteschlangen gewiesen: »Britische Staatsangehörige«, »Commonwealth-Angehörige«, »EG-Angehörige« und »Sonstige«. Da Hel mit seinem costaricanischen Paß reiste, zählte er eindeutig zu den »Sonstigen«. Er kam jedoch gar nicht erst dazu, sich in die entsprechende Schlange einzureihen, denn zwei lächelnde junge Männer traten auf ihn zu, deren stämmige Körper ihre ziemlich auffallenden Carnaby-Street-Anzüge deformierten und deren breite Gesichter sich ausdruckslos hinter Schnauzbart und Sonnenbrille verbargen. Wie immer, wenn er sich modernen jungen Männern gegenübersah, rasierte Hel sie in Gedanken und schnitt ihnen die Haare, um sich zu vergewissern, mit wem er es wirklich zu tun hatte.
»Bitte kommen Sie mit, Mr. Hel«, sagte der eine, während der andere ihm den Duffelbag abnahm. Dann nahmen sie ihn in die Mitte und eskortierten ihn zu einer Tür ohne Klinke am Ende der Ankunftshalle.
Auf zweimaliges Klopfen öffnete ein uniformierter Beamter die Tür von innen und trat zur Seite, um sie durchzulassen. Wortlos gingen sie bis ans Ende eines langen fensterlosen Korridors in Behördengrün, wo sie abermals an eine Tür klopften. Ein junger Mann öffnete ihnen, der aus demselben Guß war wie die beiden Wachen, und dann erklang eine vertraute Stimme.

»Nur herein, Nikolai! Wir haben gerade noch Zeit für ein Gläschen Brandy und einen kleinen Plausch, bevor du die Maschine für den Rückflug nach Frankreich besteigst. Lassen Sie sein Gepäck nur hier – ja, danke. Und Sie drei warten bitte draußen.«
Hel nahm in einem Sessel neben dem niedrigen Teetischchen Platz und winkte ab, als sein Gegenüber fragend die Brandyflasche hob.
»Ich dachte, man hätte dich endlich kassiert, Fred.«
Sir Wilfred Pyles spritzte einen Schuß Soda in seinen Brandy. »So etwa das gleiche hatte ich von dir angenommen. Aber da sitzen wir nun, wie zwei Bravos von gestern, und wieder einmal auf gegnerischen Seiten. Genau wie früher. Willst du wirklich keinen? Nein? Na schön, irgendwo auf der Welt wird die Sonne wohl hinter der Rahnock stehen – also dann Prost!«
»Wie geht's deiner Frau?«
»Besser denn je.«
»Grüß sie schön, wenn du sie siehst.«
»Hoffentlich nicht so bald! Sie ist letztes Jahr gestorben.«
»Das tut mir leid.«
»Überflüssig. Haben wir jetzt genug Konversation getrieben?«
»Was mich betrifft, ja.«
»Gut. Also, man hat mich aus der Mottenkiste geholt, als von unseren Petroleumherren die Nachricht kam, du seist unterwegs hierher. Ich soll mich deiner annehmen. Vermutlich dachte man sich, ich könnte am besten mit dir fertig werden, nachdem wir beide, du und ich, dieses Spielchen schon so oft betrieben haben. Man beauftragte mich, dich hier abzufangen, dich möglichst über dein Begehren auf unserem vernebelten Eiland auszuhorchen und dafür zu sorgen, daß du in eine Maschine verfrachtet wirst, die dich dorthin zurückbringt, von wo du gekommen bist.«
»So leicht haben die sich das vorgestellt?«
Sir Wilfred schwenkte sein Brandyglas. »Nun ja, du weißt doch, wie diese jungen Leute sind. Immer schön nach den Vorschriften und bloß keine Komplikationen.«
»Und was meinst du selber dazu, Fred?«
»Tja, ich bin der Meinung, daß es bestimmt nicht so einfach sein wird. Ich befürchte, daß du mit ein paar recht unangenehmen Druckmitteln gekommen bist, die du von deinem Freund, dem Gnom, erworben hast. Wenn mich nicht alles täuscht, liegen die Fotokopien in deinem Gepäck.«

»Ganz oben drauf. Du solltest sie dir mal ansehen.«
»Das werde ich auch, wenn du nichts dagegen hast.« Sir Wilfred öffnete den Reißverschluß des Duffelbags und nahm einen Aktenhefter heraus. »Gibt es drin vielleicht sonst noch was, wovon ich erfahren sollte? Rauschgift? Subversive oder pornographische Literatur?«
Hel lächelte.
»Nein? Das hatte ich fast befürchtet.« Er schlug den Aktenhefter auf und begann die Informationen Blatt für Blatt durchzusehen, während sich seine dichten weißen Augenbrauen bei jedem unangenehmen Punkt hoben. »Übrigens«, erkundigte er sich zwischendurch, »was in aller Welt hast du nur mit Biß Browne angestellt?«
»Miß Browne? Ich kenne keine ...«
»Aber, aber! Keine Ausflüchte zwischen alten Feinden! Wie wir hörten, sitzt sie im Augenblick in einem französischen Untersuchungsgefängnis, während die Franzmänner immer wieder ihr Gepäck durchwühlen. Der Bericht, den wir erhielten, war ziemlich ausführlich; man hatte sogar die amüsante Tatsache nicht ausgelassen, daß sich der Kleine, der ihr als Tarnung diente, prompt in die Hosen machte und das Konsulat für einen neuen Anzug aufkommen muß.«
Hel konnte nicht anders, er mußte lachen.
»Na los doch! Unter uns. Was hast du mit ihr gemacht?«
»Tja, also sie kam auf mich zu mit einer Finesse wie ein Furz im Bathyskaph, und ich habe sie neutralisiert. Die Ausbildung bei euch ist auch nicht mehr das, was sie früher mal war. Das dumme Ding hat ein Geschenk angenommen.«
»Was für ein Geschenk?«
»Nur ein billiges Souvenir von Biarritz. In Seidenpapier verpackt. Aber ich hatte aus Metallfolie die Silhouette eines Revolvers ausgeschnitten und zwischen die Seidenpapierlagen geschoben.«
Sir Wilfred verschluckte sich fast vor Lachen. »Und dann hat der Röntgenschirm jedesmal, wenn das Päckchen durchkam, einen Revolver ausgemacht, und die armen Beamten konnten nichts finden! Köstlich! Darauf muß ich einen trinken.« Er schenkte sich noch einmal ein und widmete sich dann wieder den inkriminierenden Informationen, wobei er sich gelegentlich einen Ausruf gestattete, wie etwa: »Ach, wirklich? Hätte ich nicht von ihm gedacht. – Aha, darüber wissen wir schon seit längerem Bescheid. Trotzdem sollte es nicht an die Öffentlichkeit dringen. – Ach du liebe Zeit! Das ist aber

wirklich häßlich! Wie in aller Welt kann er das nur erfahren haben?«
Als er alle Unterlagen gesichtet hatte, stieß Sir Wilfred die Blätter sorgfältig mit dem unteren Rand auf den Tisch, um sie zu ordnen, und legte sie in den Aktenhefter zurück. »Nichts dabei, was uns als Einzelinformation erpressen könnte.«
»Das ist mir durchaus klar, Fred. Aber insgesamt? Jeden Tag etwas davon an die deutsche Presse?«
»Hm-hm. Allerdings. Das würde sich jetzt, wo die Wahlen am Horizont auftauchen, katastrophal auf das Vertrauen in die Regierung auswirken. Ich nehme an, die Informationen sind durch den ›Druckknopf‹-Modus gesichert?«
»Selbstverständlich.«
»Hatte ich befürchtet.«
Informationen durch den »Druckknopf«-Modus zu sichern, bedeutete, alles war so arrangiert, daß sie sofort an die Presse gegeben wurden, wenn nicht eine bestimmte Nachricht bis zwölf Uhr mittags eines jeden Tages eintraf. Hel hatte eine Liste von dreizehn Adressen bei sich, an die er jeden Vormittag ein Kabel schicken sollte. Zwölf davon waren blinde Adressen, eine gehörte einem Mitarbeiter von Maurice de Lhandes, der bei Empfang der Meldung einen weiteren Mittelsmann anrufen sollte, der wiederum de Lhandes selbst benachrichtigen mußte. Der zwischen Hel und de Lhandes verabredete Code war einfach und beruhte auf einem wenig bekannten Gedicht von Barro; aber die Geheimdienstler würden mehr als vierundzwanzig Stunden benötigen, um den einen Buchstaben des einen Wortes aus der Nachricht herauszufiltern, der als Auslösesignal galt. Der Ausdruck »Druckknopf« war von einer Art menschlicher Bombe entlehnt, die so funktionierte, daß die Ladung nicht detonieren konnte, solange der Mann auf einen Knopf drückte. Jeder Versuch aber, ihn anzugreifen oder zu erschießen, führte unweigerlich dazu, daß er den Knopf losließ.
Sir Wilfred überdachte die Situation einen Moment. »Es stimmt, deine Informationen könnten Schaden anrichten. Aber wir haben strikten Befehl von der Muttergesellschaft, dieses Geschmeiß vom Schwarzen September zu beschützen, und wir haben genausowenig Lust, den Zorn der Muttergesellschaft auf unsere Häupter herabzubeschwören, wie jedes andere Industrieland auch. Wie es scheint, muß ich zwischen zwei Übeln wählen.«

»Ja, so scheint es.«

Sir Wilfred schürzte die Unterlippe und musterte Hel abschätzend durch zusammengekniffene Lider. »Was du hier tust, Nikolai, ist ein äußerst exponiertes, gefährliches Wagnis – uns so einfach in die Arme zu laufen. Man muß dir sehr viel geboten haben, um dich anzuheuern.«

»Im Gegenteil. Für diesen Auftrag werde ich nicht bezahlt.«

»Hm-hm. Darauf hätte ich als zweite Möglichkeit getippt.« Er stieß einen langen Seufzer aus. »Gefühle sind tödlich, Nikolai. Aber das weißt du natürlich. Na schön, ich will dir was sagen. Ich werde meinen Vorgesetzten deine Informationen vorlegen. Wir müssen abwarten, was sie dazu zu sagen haben. Bis dahin werde ich dich wohl irgendwo verstecken müssen. Wie wär's, hättest du Lust, ein, zwei Tage auf dem Land zu verbringen? Ich führe schnell ein paar Telefonate, damit die Regierungsknaben ihren Denkapparat in Gang setzen, und dann bringe ich dich mit meiner Karre raus.«

MIDDLE BUMLEY

Sir Wilfreds tadellos erhaltener 1931er Rolls knirschte über den Kies einer gewundenen Privatauffahrt und hielt an der *porte cochère* eines langgestreckten Hauses, dessen Charme hauptsächlich in seinem ästhetischen Wirrwarr lag, hervorgerufen durch das planlose Nebeneinander vieler verschiedener architektonischer Impulse.

Über den Rasen kam ihnen eine sportliche Frau unbestimmbaren Alters in Begleitung zweier junger Mädchen Mitte Zwanzig entgegen.

»Ich glaube, du wirst es hier recht amüsant finden, Nikolai«, sagte Sir Wilfred. »Unser Gastgeber ist ein alter Esel, aber er ist nicht anwesend. Die Frau ist ein bißchen überspannt, aber die Töchter sind durchaus gefällig. Sie haben sich in dieser Hinsicht sogar einen gewissen Ruf erworben. Wie findest du das Haus?«

»In Anbetracht eurer britischen Neigung zur Angeberei – so wie du deinen Rolls als alte Karre bezeichnest – wundert es mich, daß du das Haus nicht als siebenunddreißig rauf, sechzehn runter beschrieben hast.«

»Ah, Lady Jessica!« wandte Sir Wilfred sich an die Dame im rüschenbesetzten Sommerkleid, dessen undefinierbare Farbe sie

wahrscheinlich als »Rosenasche« bezeichnet hätte. »Dies ist der Gast, von dem ich Ihnen am Telefon erzählt habe. Nikolai Hel.«
Ihre feuchte Hand drückte die seine. »Freut mich, Sie hier bei uns zu haben. Sie kennenzulernen, meine ich. Das ist Broderick, meine Tochter.«
Hel schüttelte einem übermäßig mageren jungen Mädchen die Hand. Ihre Augen standen riesig in dem abgezehrten Gesicht.
»Ein seltsamer Name für ein Mädchen, ich weiß«, fuhr Lady Jessica fort, »aber mein Mann wollte unbedingt einen Jungen – ich meine, er wollte einen Jungen in dem Sinne, daß er einen Sohn zeugen wollte – nicht in dem anderen Sinn – du meine Güte, was müssen Sie von ihm denken? Aber statt dessen kriegte er Broderick – oder vielmehr, wir kriegten sie.«
»In dem Sinne, daß Sie ihre Eltern waren?« Hel suchte dem hageren Mädchen seine Hand zu entziehen.
»Broderick ist Fotomodell«, erklärte die Mutter.
Das hatte Hel sich schon gedacht. Sie trug den leeren Ausdruck, die gewisse Schlaffheit der Haltung und die verkrümmte Wirbelsäule zur Schau, die das Modeideal des Augenblicks kennzeichneten.
»Nichts Besonderes, wirklich.« Broderick versuchte unter ihrem dick aufgetragenen Make-up zu erröten. »Nur hier und da mal ein Gelegenheitsjob für eine internationale Zeitschrift.«
Die Mutter tätschelte ihr den Arm. »Sag bitte nicht ›Gelegenheitsjob‹, mein Kind. Was soll Mr. Hel nur von dir denken!«
Ein Räuspern ihrer zweiten Tochter veranlaßte Lady Jessica zu den Worten: »Ach ja, und das hier ist Melpomene. Es wäre denkbar, daß sie eines Tages zur Bühne geht.«
Melpomene war ein kräftiges Mädchen mit üppigem Busen, stämmigen Knöcheln, dicken Unterarmen, rosigen Wangen und klarem Blick. Ohne Hockeyschläger wirkte sie irgendwie unvollkommen. Ihr Händedruck war fest und energisch. »Nennen Sie mich einfach Pom. Das tun alle.«
»Äh... wenn wir uns jetzt ein bißchen frisch machen dürften?« schlug Sir Wilfred vor.
»Aber natürlich! Die Mädchen werden Ihnen alles zeigen – ich meine natürlich, wo Ihre Zimmer sind und so. Nein, was müssen Sie von uns denken!«
Als Hel seinen Duffelbag auspackte, klopfte Sir Wilfred an die Tür und kam herein. »Na, was hältst du von diesem Versteck, Nikolai?

Dürfte für ein paar Tage bestimmt ganz gemütlich sein, während die Oberen über das Unvermeidliche nachdenken, eh? Ich habe mit ihnen telefoniert, und sie meinen, sie würden morgen früh zu einem Entschluß kommen.«

»Sag mal, Fred – habt ihr die Septembristen observieren lassen?«

»Deine Zielpersonen? Selbstverständlich.«

»Angenommen, deine Regierung stimmt meinem Vorschlag zu. Dann müßte ich das gesamte Hintergrundmaterial haben, das euch zur Verfügung steht.«

»Hab' ich mir schon gedacht. Übrigens, ich habe den Herren versichert, daß du diese Aktion – sollte ihr Entschluß entsprechend ausfallen – ohne Hinweis auf ein geheimes Einverständnis oder gar eine Verantwortung unsererseits durchführen wirst. Das ist doch richtig, nicht wahr?«

»Nicht ganz. Aber ich kann es so einrichten, daß die Muttergesellschaft trotz möglichen Verdachts niemals ein geheimes Einverständnis *nachweisen* kann.«

»Na ja, immer noch besser als nichts.«

»Zum Glück hast du mich abholen lassen, bevor ich durch die Paßkontrolle kam; also taucht meine Ankunft nicht in euern Computern und somit auch nicht in den ihren auf.«

»Darauf würde ich mich allerdings nicht verlassen. Die Muttergesellschaft hat Millionen von Augen und Ohren.«

»Stimmt. Weißt du auch wirklich ganz genau, daß dies hier ein absolut sicheres Haus ist?«

»Aber ja! Die Damen sind zwar nicht gerade das, was man als sehr subtil bezeichnen könnte, doch sie besitzen eine Eigenschaft, die mindestens ebensoviel wert ist: Sie sind ahnungslos. Sie haben nicht die geringste Vorstellung von dem, was wir hier tun. Sie wissen nicht mal, womit ich mein Geld verdiene. Und der Herr des Hauses – falls man ihn so bezeichnen kann – macht uns schon gar keine Schwierigkeiten. Wir lassen ihn nämlich nur selten ins Land.«

Sir Wilfred erklärte, Lord Biffen lebe als Doyen einer Schar altersschwacher Steuerhinterzieher in der Dordogne, die sie zum Unbehagen und Abscheu der einheimischen Bauern verpesten. Die Biffens seien ein typisches Beispiel ihrer Art: irischer Adel, in jeder zweiten Generation finanziell durch einen Schuß amerikanisches Metzgerblut saniert. Der jetzige Lord hatte sich in seiner Sucht, möglichst viele Steuern zu hinterziehen, übernommen und in zwielichtige Geschäfte in den Freihäfen der Bahamas eingelassen. Dadurch hatte die Regierung ihn und seinen britischen Besitz in der Hand, und er verhielt sich kooperativ, indem er in Frankreich blieb, solange man es von ihm verlangte, wo er auf seine Art den gerissenen Geschäftsmann spielte, das heißt den einheimischen Frauen antike Möbel und Automobile abschwindelte, stets darauf bedacht, die Post vor seiner Frau abzufangen, damit sie seinen miesen kleinen Schurkereien nicht auf die Spur kam. »Ein alter Dummkopf! Du kennst den Typ. Auffallende Krawatten, Shorts zu Straßenschuhen und Kniestrümpfen. Aber die Frau und die Töchter samt dem Besitz hier sind für uns zuweilen recht nützlich. Was hältst du denn nun von der Alten?«

»Ein bißchen allzu besessen.«

»Hm-hm. Ich weiß, was du meinst. Nur, wenn du fünfundzwanzig Jahre bloß das gekriegt hättest, was der alte Knabe zu bieten hat, wärst du wohl auch ein bißchen spermabesessen. Aber wollen wir jetzt nicht hinuntergehen?«

Am nächsten Morgen nach dem Frühstück schickte Sir Wilfred die Damen fort und machte es sich mit seiner letzten Tasse Kaffee bequem. »Ich habe heute morgen schon mit den Oberen telefoniert, Nikolai. Sie sind zur Kooperation bereit – unter einigen Bedingungen allerdings.«

»Die aber möglichst minimal sein sollten.«

»Erstens verlangen sie die Zusicherung, daß diese Informationen nie wieder gegen sie verwendet werden.«

»Die hättest du ihnen sofort geben können. Du weißt genau, daß der Mann, den ihr den Gnom nennt, die Originale immer sofort vernichtet, wenn der Handel abgeschlossen ist. Auf dieser Gepflogenheit beruht sein guter Ruf.«

»Ganz recht. Und ich werde sie auch dahingehend beruhigen. Die zweite Bedingung lautet, ich soll ihnen Bericht erstatten, das heißt, ihnen versichern, daß ich deinen Plan sorgfältig geprüft habe, daß ich ihn für wasserdicht halte und sicher bin, daß die Regierung nicht unmittelbar hineingezogen wird.«

»In unserem Geschäft ist nie etwas wasserdicht.«

»Na schön. Also annähernd wasserdicht. Du wirst mich daher ins Vertrauen ziehen, mich über die Einzelheiten deiner hinterhältigen Machenschaften informieren müssen.«

»Bestimmte Einzelheiten kann ich dir erst geben, wenn ich euren Observationsbericht über die Septembristen gelesen habe. Aber ich kann's dir in groben Zügen umreißen.«
Binnen einer Stunde hatten sie sich auf Hels Vorschlag geeinigt, obwohl Sir Wilfred Bedenken wegen des Verlustes der Maschine hatte, da es sich ausgerechnet um eine Concorde handelte. » . . . und es hat uns ohnehin Mühe genug gekostet, der Welt das verdammte Ding aufzuschwatzen.«
»Meine Schuld ist es nicht, daß es sich bei der fraglichen Maschine um dieses unwirtschaftliche, umweltverschmutzende Monstrum handelt.«
»Gewiß. Gewiß.«
»Es sieht also jetzt folgendermaßen aus, Fred: Wenn eure Leute ihre Rolle gut spielen, müßte der Stunt ablaufen, ohne daß die Muttergesellschaft Beweise für eure Mitarbeit hat. Einen besseren Plan konnte ich in den zwei Tagen, die mir blieben, nicht ausknobeln. Also, was meinst du?«
»Die Einzelheiten wage ich meinen Oberen nicht mitzuteilen. Das sind Politiker – die unzuverlässigste Sorte von allen. Aber ich werde ihnen erklären, daß ich den Plan unserer Kooperation für wert erachte.«
»Gut. Wann bekomme ich die Observationsberichte über die Septembristen?«
»Werden heute nachmittag durch Kurier gebracht. Weißt du was, Nikolai? Mir ist da etwas eingefallen. So wie dein Plan aussieht, brauchst du im Grunde gar nicht dabei zu sein. Wir könnten die Araber allein beseitigen, und du könntest sofort nach Frankreich zurückkehren.«
Hel sah Sir Wilfred zehn Sekunden lang schweigend an. Dann brachen beide gleichzeitig in lautes Gelächter aus.
»Na schön –« Sir Wilfred winkte ab, »versuchen kann man's ja. Gehen wir jetzt erst mal zum Lunch. Und vielleicht bleibt sogar noch etwas Zeit für einen kleinen Mittagsschlaf, bevor die Observationsberichte eintreffen.«
»Ich wage kaum auf mein Zimmer zu gehen.«
»Wirklich? Haben sie dich letzte Nacht auch heimgesucht?«
»Allerdings. Aber ich habe sie prompt rausgeworfen.«
»Spare in der Zeit, dann hast du in der Not, sage ich immer.«

Sir Wilfred saß dösend, gewärmt von der hinter der Terrasse versinkenden Sonne, in seinem Sessel. Auf der anderen Seite des weißen Gartentischchens sah Hel die Observationsberichte über die PLO-Aktivitäten durch.

»Da haben wir's!« sagte er schließlich.

»Wie bitte? Hm? Was haben wir?«

»Ich hatte in der Liste der Kontakte und Bekanntschaften, die die Septembristen seit ihrer Ankunft hier gemacht haben, nach etwas ganz Bestimmtem gesucht.«

»Wonach denn?«

»Sie waren zweimal mit diesem Mann zusammen, den ihr als ›Pilgrim Y‹ identifiziert habt. Er arbeitet bei einem Küchenservice für die Fluggesellschaften.«

»Ach wirklich? Ich kenne die Akten nicht. Ich wurde in diese Sache erst – unfreiwillig, muß ich betonen – hineingezogen, als du auftratest. Was war das mit deinem Küchenservice?«

»Nun, die Septembristen würden natürlich niemals versuchen, ihre Waffen durch eure Sperren zu schmuggeln. Sie ahnen doch nicht, daß eure Regierung passiv mit ihnen kooperiert. Deswegen mußte ich herausfinden, wie sie ihre Waffen an Bord bringen wollten. Sie haben auf eine recht ausgeleierte Methode zurückgegriffen. Die Waffen kommen mit den vorbereiteten Mahlzeiten an Bord. Die Küchenlieferwagen werden nur oberflächlich durchsucht. In ihnen kann man praktisch alles schmuggeln.«

»Dann weißt du also jetzt, wo ihre Waffen versteckt sind. Na und?«

»Ich weiß, wo sie sich die Waffen holen müssen. Und genau dort werde ich mich aufhalten.«

»Und was ist mit dir? Wie willst du deine eigenen Waffen an Bord bringen, ohne einen Beweis für unsere Mittäterschaft zu hinterlassen?«

»Ich bringe meine Waffen ganz offen durch alle Kontrollen.«

»Ach ja! Das hatte ich im Moment vergessen. Nackt/Töten, und so. Einen Mann mit einem Trinkstrohhalm erstechen. Hat uns viel Ärger bereitet, all die Jahre hindurch.«

Hel klappte die Akte zu. »Bis zum Abflug der Maschine haben wir noch zwei Tage Zeit. Womit wollen wir die verbringen?«

»Mit Ausruhen – hier, nehme ich an. Wo wir in Deckung sind.«

»Wirst du dich zum Dinner umziehen?«

»Nein, ich glaube, ich werde heute abend gar nicht zum Essen kommen. Ich hätte deinem Beispiel folgen und auf den Mittagsschlaf verzichten sollen. Mußte mich mit allen beiden rumschlagen. Und werde vermutlich bis an mein Lebensende humpeln.«

HEATHROW

Die Maschine war fast bis auf den letzten Platz besetzt, die Passagiere nur Erwachsene, von dem Typ, der sich den Zuschlag für eine Concorde leisten kann. Paare plauderten; Stewards und Stewardessen beugten sich über Sitze und gaben die beruhigenden Laute routinierter Kindermädchen von sich; Geschäftsleute fragten einander, in welcher Branche sie tätig seien; Platznachbarn, die sich nicht kannten, äußerten jene Nichtigkeiten, die zu Verabredungen in Montreal führen sollten; die auffällig Eifrigen steckten die Nase in Geschäftsunterlagen und -berichte oder fingerten ostentativ an Taschendiktiergeräten herum; die Ängstlichen plapperten ständig davon, wie sehr sie sich auf den Flug freuten, und versuchten angestrengt, lässig zu wirken, während sie verstohlen die Broschüren über die Notausgänge und über das Verhalten im Falle einer Gefahr studierten.
Ein muskulöser junger Araber und seine gutgekleidete Begleiterin nahmen in der letzten Reihe Platz, nur durch einen Vorhang vom Serviceraum getrennt, wo die Lebensmittel und Drinks lagerten. Neben dem Vorhang hatte ein Steward Aufstellung genommen, der mit ausdruckslosen flaschengrünen Augen auf das Araberpaar hinablächelte.
Zwei andere junge Araber, scheinbar wohlhabende Studenten, kamen an Bord und wählten Plätze in der Mitte der Passagierkabine. Kurz ehe die Türen geschlossen wurden, kam dann noch ein fünfter Araber, der wie ein Geschäftsmann wirkte, durch den Verbindungsgang in die Maschine geeilt und erklärte dem Steward an der Tür hastig, er habe es gerade noch geschafft, obwohl er bis zum letzten Moment aufgehalten worden sei. Er ging bis ganz nach hinten durch und nahm dem arabischen Paar gegenüber Platz, dem er freundlich zunickte.
Mit ohrenbetäubendem Brüllen wuchteten die Maschinen die Concorde vom Flugsteig fort, und bald schwang sich der flachnasige Pterodaktylus in die Lüfte.
Als das Zeichen zum Öffnen der Sicherheitsgurte aufleuchtete, erhob

sich die hübsche Araberin. »Geht es hier zur Damentoilette?« erkundigte sie sich schüchtern lächelnd bei dem grünäugigen, braungebrannten Steward.

Der Mann hatte eine Hand hinter dem Vorhang verborgen. Während er ihr Lächeln erwiderte, drückte er auf einen Knopf, und zwei weiche Gongschläge echoten durch die Kabine. Sofort senkten alle hundertsechsunddreißig Passagiere, bis auf die PLO-Araber, den Kopf und starrten angestrengt auf die Rückenlehnen der Sitze vor ihnen.

»Dort drüben bitte, Madam«, sagte Hel und hielt ihr den Vorhang auf.

Im selben Moment richtete der arabische Geschäftsmann eine undeutliche Frage an Hel, die dessen Aufmerksamkeit ablenken sollte, während die junge Frau die Waffen aus dem Speisebehälter holte.

»Aber gern, Sir«, antwortete Hel, die Frage scheinbar mißverstehend. »Ich werde Ihnen sofort eine bringen.«

Als er sich umwandte und der jungen Frau folgte, zog er seinen Kamm aus der Tasche und schloß den Vorhang hinter sich.

»He, warten Sie!« rief der arabische Geschäftsmann, aber Hel war schon verschwunden.

Drei Sekunden später kam er mit einer Zeitschrift in der Hand zurück. »Tut mir leid, Sir, aber wir haben leider kein Exemplar des *Paris Match* mehr an Bord. Darf ich Ihnen dafür diese anbieten?«

»Idiot!« murmelte der Geschäftsmann, der unsicher auf den geschlossenen Vorhang starrte. Hatte dieser grinsende Dummkopf das Mädchen denn nicht bemerkt? War sie, als er ihr nachging, tatsächlich in die Damentoilette gelaufen? Wo *war* sie?

Eine ganze Minute verging. Die vier Araber waren zutiefst beunruhigt darüber, daß das Mädchen nicht wie geplant mit einer automatischen Waffe in der Hand wieder auftauchte, und so entging es ihnen auch, daß alle anderen Passagiere mit gesenktem Kopf dasaßen und auf die Rückenlehnen der Vordersitze starrten.

Unfähig, sich noch länger zu beherrschen, erhoben sich die beiden arabischen Studenten, die in der Mitte der Passagierkabine gesessen hatten und gingen nach hinten. Als sie sich dem lächelnden, vor sich hinträumenden Steward mit den grünen Augen näherten, wechselten sie beunruhigte Blicke mit dem älteren Geschäftsmann und dem muskulösen Begleiter der jungen Frau. Der ältere Araber bedeutete den beiden mit einem Kopfnicken, hinter den Vorhang zu gehen.

»Kann ich Ihnen helfen?« erkundigte sich Hel, der die Zeitschrift zu einem festen Zylinder gerollt hatte.
»Toilette«, murmelte der eine, während der andere sagte: »Schluck Wasser.«
»Werde ich Ihnen sofort servieren, Sir«, sagte Hel. »Die Toilette natürlich nicht«, scherzte er mit dem größeren der beiden.
Sie gingen an ihm vorbei, und er folgte ihnen hinter den Vorhang.
Vier Sekunden später kam er wieder heraus, einen besorgten Ausdruck im Gesicht. »Sir«, sagte er vertraulich zu dem älteren Geschäftsmann, »sind Sie vielleicht zufällig Arzt?«
»Arzt? Nein. Warum?«
»Ach, nichts weiter. Keine Sorge. Der Gentleman hatte einen kleinen Unfall.«
»Einen Unfall?«
»Keine Sorge. Ich hole jemanden von der Kabinencrew zu Hilfe. Nichts Ernstes.«
Hel hielt einen Trinkbecher aus Plastik in der Hand, den er zusammengedrückt und in der Mitte geknickt hatte.
Der Geschäftsmann erhob sich und trat in den Mittelgang.
»Wenn Sie nur für einen Augenblick bei ihm bleiben könnten, Sir, während ich jemanden hole«, sagte Hel, der dem Geschäftsmann ins Serviceabteil folgte.
Zwei Sekunden später stand er wieder auf seinem Posten und schaute mit jenem Ausdruck unbestimmten Mitgefühls über die Passagiere hin, dessen sich alle Flugstewards befleißigen. Als sein Blick den beunruhigten Augen des muskelbepackten jungen Mannes neben ihm begegnete, zwinkerte er ihm zu und sagte: »Es war nichts weiter. Schwindelanfall, vermutlich. Vielleicht zum erstenmal in einer Überschallmaschine. Der andere Gentleman kümmert sich um ihn. Leider spreche ich nicht Arabisch.«
Eine Minute verging. Noch eine. Die Nervosität des muskulösen jungen Mannes wuchs, während dieser idiotische Steward, der neben ihm stand, einen populären Schlager summte, mit leerem Blick vor sich hinstarrte und mit dem Namensschild aus Plastik spielte, das an seinem Jackenaufschlag steckte.
Eine weitere Minute verging.
Der muskulöse junge Mann konnte sich nicht länger beherrschen. Er sprang auf und riß den Vorhang zur Seite. Auf dem Boden lagen seine vier Kameraden in der schlaffen Pose des Todes. Die Kante des

Namensschildes spürte er schon nicht mehr; er war nerventot, bevor er den Boden berührte.

Abgesehen von dem zischenden Brüllen der Flugzeugmotoren herrschte Stille in der Maschine. Alle Passagiere starrten stur geradeaus. Die Angehörigen der Kabinencrew standen unbeweglich und blickten unbeirrt auf die buntbemalte Plastikwand vor ihnen.

Hel griff zum Bordtelefon. Seine leise Stimme klang metallisch über den Draht. »Bitte bleiben Sie ruhig, meine Herrschaften. Blicken Sie nicht zurück. Wir werden in fünfzehn Minuten landen.« Er legte den Hörer auf und wählte die Pilotenkanzel. »Geben Sie die Nachricht genau nach Anweisung heraus. Anschließend öffnen Sie den Umschlag in Ihrer Tasche und befolgen die gegebenen Landevorschriften.«

Die Pterodaktylus-Nase senkte sich wieder, die Concorde schoß brüllend hinab und setzte zur Landung auf einem vorübergehend geräumten Militärflugplatz in Nordschottland an. Als die Maschine zum Stehen kam und die Motoren schwiegen, wurde der Notausgang geöffnet, und Hel trat auf eine fahrbare Treppe hinaus, die man an die Maschine herangeschoben hatte. Anschließend bestieg er den alten 1931er Rolls, der der Concorde quer übers Flugfeld gefolgt war, und sie fuhren davon.

Kurz bevor sie zum Kontrollgebäude abbogen, drehte Hel sich noch einmal vorsichtig um und sah, daß die Passagiere ebenfalls ausstiegen und sich unter der Leitung des Mannes, der die Rolle des Oberstewards gespielt hatte, in Viererreihen neben der Maschine aufbauten. Fünf große Militärbusse überquerten das Flugfeld, um die Leute abzuholen.

Sir Wilfred saß an dem verkratzten Holzschreibtisch des Kontrollbüros und trank einen Whisky, während Hel die Stewarduniform mit seinem eigenen Anzug vertauschte.

»Hat die Durchsage glaubwürdig geklungen?« erkundigte sich Hel.

»Äußerst dramatisch. Überaus wirksam. Der Pilot meldete, daß die Maschine entführt werde, und brach mitten in der Durchsage ab. Von da an kam nichts mehr als Schweigen und statische Geräusche.«

»Und war er auf einem offenen Kanal, so daß auch unabhängige Quellen euren Bericht bestätigen können?«

»Er muß von mindestens einem halben Dutzend Funkstellen im Nordatlantik gehört worden sein.«

»Gut. Also dann werden eure Suchflugzeuge morgen mit Berichten von treibenden Flugzeugtrümmern zurückkommen, ja?«
»Absolut richtig.«
»Man wird Meldung machen, daß das Wrack gefunden ist, und dann wird die Nachricht über den BBC World Service gesendet, daß es Anhaltspunkte für eine Explosion gibt und daß man annimmt, eine Bombe im Besitz der arabischen Flugzeugentführer sei versehentlich explodiert und habe die Maschine zerrissen?«
»Genau.«
»Wie sehen eure Pläne hinsichtlich der Maschine aus, Fred? Die Versicherungen werden doch sicher neugierig sein.«
»Überlaß das uns. Und wenn nichts anderes von unserem Empire übrigbleiben sollte, so werden wir immer noch jene Neigung zum Doppelspiel behalten, die uns denTitel ›Perfides Albion‹ eingetragen hat.«
Hel lachte. »Na schön. Es muß ziemlich schwierig gewesen sein, so viele Agenten aus ganz Europa zusammenzuholen und sie als Scheinpassagiere einzusetzen.«
»Allerdings. Und die Piloten nebst Crew waren RAF-Angehörige, denen nur sehr wenig Zeit blieb, sich auf einer Concorde zurechtzufinden.«
»Das sagst du mir jetzt!«
»Hätte ich dich nervös machen sollen, alter Freund?«
»Es tut mir leid, daß ich dich mit dem Problem belasten mußte, hundertfünfzig Leute in das Geheimnis einzuweihen. Aber es war die einzige Möglichkeit, den Stunt durchzuführen, ohne eure Regierung der Rache der Muttergesellschaft auszusetzen. Und schließlich waren es ja eure eigenen Leute.«
»Stimmt schon. Doch das ist immer noch keine Gewähr für ewige Zuverlässigkeit. Aber ich habe dafür gesorgt, daß dieses Problem ebenfalls gelöst wird.«
»Wirklich? Wie denn?«
»Was glaubst du wohl, wohin die Busse fahren?«
Hel rückte seine Krawatte zurecht und zog den Reißverschluß seines Duffelbags zu. »Alle hundertfünfzig?«
»Es gibt keine andere Möglichkeit, die absolut wasserdicht wäre, alter Freund. Und in zwei Tagen werden wir die Eliminierungscrew auch noch eliminieren müssen. Aber alles hat seine positive Seite, wenn man nur eifrig genug danach sucht. Sieh mal, in unserem Land

herrscht momentan ein ziemlich lästiges Arbeitslosenproblem, und diese Aktion wird für gescheite junge Männer und Frauen eine große Anzahl von Positionen im Geheimdienst freimachen.«
Hel schüttelte den Kopf. »Fred, du bist wirklich ein hartgesottenes altes Fossil!«
»Mit der Zeit kriegt sogar die Seele eine Hornhaut. Willst du wirklich keinen Abschiedsdrink?«

CHATEAU D'ETCHEBAR

Seine Muskeln entspannten sich im kochendheißen Wasser, sein Körper wurde schwerelos, und Hel döste träumerisch vor sich hin, während er Hanas Füße locker mit den seinen umschloß. Es war ein kühler Tag für die Jahreszeit. Dichter, wogender Dampf füllte das kleine Badehaus.

»Du warst sehr müde, als du gestern abend nach Hause kamst«, sagte Hana nach einem längeren schläfrigen Schweigen.

»Soll das eine Kritik sein?« murmelte er, ohne die Lippen zu bewegen.

Sie lachte ein wenig. »Im Gegenteil. Müdigkeit ist bei unseren Spielen höchstens von Vorteil.«

»Da hast du recht.«

»War deine Reise... erfolgreich?«

Er nickte.

Sie zeigte, was seine Angelegenheiten betraf, niemals Neugier; das verbot ihre Erziehung, doch die hatte sie andererseits auch gelehrt, ihm stets Gelegenheit zu verschaffen, von seiner Arbeit zu sprechen, falls er dazu Lust hatte. »Und deine Geschäfte? Waren es die gleichen wie damals, als wir uns in China kennenlernten?«

»Dasselbe Genre, aber eine andere Kategorie.«

»Und diese unangenehmen Männer, die uns hier besucht haben – hatten die auch damit zu tun?«

»Sie waren nicht an Ort und Stelle, aber sie waren der Feind.« Sein Ton änderte sich. »Hör zu, Hana. Ich möchte, daß du Urlaub machst. Geh für ein paar Wochen nach Paris oder ans Mittelmeer.«

»Erst zehn Stunden wieder zu Hause, und schon willst du mich loswerden?«

»Es könnte mit diesen ›unangenehmen Männern‹, wie du sie nennst, Ärger geben Und ich will dich in Sicherheit wissen. Außerdem –« er lächelte, »du könntest wahrscheinlich die Würze von ein oder zwei kräftigen jungen Burschen gebrauchen.«

»Und was ist mit dir?«

»Ach, ich werde für den Feind praktisch unerreichbar sein. Ich gehe in die Berge und arbeite in der Höhle, die Beñat und ich entdeckt haben. Dort werden sie mich bestimmt nicht finden.«
»Wann soll ich abreisen, Nikko?«
»Heute noch. Sobald du kannst.«
»Und du meinst nicht, daß ich hier, unter dem Schutz unserer Freunde aus den Bergen, in Sicherheit bin?«
»Diese Kette ist gerissen. Der kleinen Miß Stern ist etwas zugestoßen. Jemand hat uns verraten.«
»Ich verstehe.« Sie drückte seinen Fuß zwischen den ihren. »Sei vorsichtig, Nikko.«
Das Wasser war so weit abgekühlt, daß behutsame Bewegungen möglich waren, und Hel schöpfte sich mit den Fingern Wellen heißeren Wassers über den Bauch. »Hana? Du sagtest neulich, du könntest das Thema Heirat nicht mehr aufs Tapet bringen, und ich antwortete darauf, daß ich es könnte und es auch tun würde. Jetzt ist es soweit.«
Lächelnd schüttelte sie den Kopf. »Ich habe während der letzten Tage lange darüber nachgedacht, Nikko. Nein, keine Ehe. Das wäre zu albern für Menschen wie dich und mich.«
»Also willst du fort von hier?«
»Nein.«
»Was dann?«
»Ich möchte gar keine Pläne machen! Leben wir einfach jeweils nur für einen Monat zusammen, ja? Vielleicht für immer – aber wir wollen jeweils nur für einen Monat planen. Wäre dir das recht, Nikko?«
Er lächelte und schob seine Füße zwischen die ihren. »Ich habe dich sehr gern, Hana.«
»Ich habe dich sehr gern, Nikolai.«
»Bei den skeptischen Eiern des ungläubigen Thomas! Was geht hier vor?« Le Cagot hatte die Tür zur Badestube aufgerissen und ließ beim Eintreten unwillkommene kühle Luft herein. »Fabriziert ihr beide eure private Milchsuppe? Schön, daß du wieder da bist, Niko! Du mußt dich einsam gefühlt haben ohne mich.« Er lehnte sich an den großen Holzzuber und stützte das Kinn auf den Rand. »Und dich wiederzusehen, Hana, ist besonders schön. Weißt du, daß ich dich zum erstenmal ganz erblicke? Ich will ehrlich zu dir sein: Du bist eine begehrenswerte Frau. Und das ist ein großes Lob von dem begehrenswertesten Mann der Welt, also trag es mit Würde.«
»Raus hier!« knurrte Hel ihn an – nicht, weil ihm seine Nacktheit

peinlich war, sondern weil Le Cagots Neckereien wirkungslos verpufft wären, wenn er nicht so tat, als schnappte er nach dem Köder.
»Er schreit mich an, um seine Freude über das Wiedersehen zu verbergen, Hana. Ein uralter Trick. Heilige Mutter im Himmel, was hast du für schöne Brüste! Bist du sicher, daß in deinem genetischen Eintopf nicht auch ein Stückchen Baske herumschwimmt? He, Niko, wann wollen wir nachsehen, ob es am anderen Ende von Le Cagots Höhle Luft und Licht gibt? Der Sauerstofftank ist unten, der Taucheranzug – alles bereit.«
»Von mir aus können wir heute noch aufbrechen.«
»Und wann?«
»In zwei Stunden. Und jetzt raus!«
»Gut. Dann bleibt mir noch Zeit für einen Besuch bei eurem portugiesischen Küchenmädchen. Also, ich gehe. Und ihr müßt sehen, wie ihr ohne meine Gesellschaft zurechtkommt.« Er knallte die Tür so energisch hinter sich zu, daß der Dampf wild durcheinanderwirbelte.
Sie liebten sich und frühstückten miteinander, und dann begann Hana ihre Koffer zu packen. Sie hatte beschlossen, nach Paris zu reisen, weil die Pariser Bourgeoisie Ende August noch Urlaub machte und die Stadt frei und natürlich sein würde.
Hel werkelte eine Zeitlang im Garten, der nach seiner Abwesenheit ein bißchen ungepflegt wirkte. Hier fand ihn Pierre.
»Ah, M'sieur, die Wetterzeichen sind ganz durcheinander.«
»Wirklich?«
»Wirklich. Es regnet seit zwei Tagen, und jetzt kann weder der Ostwind noch der Nordwind die Oberhand gewinnen, und was das zu bedeuten hat, wissen Sie ja.«
»Nein, aber Sie werden es mir zweifellos sofort erklären.«
»Es wird gefährlich sein im Gebirge, M'sieur. Jetzt ist die Zeit der Milchsuppe.«
»Sind Sie sicher?«
Pierre tippte sich mit dem Zeigefinger an die bläulich schimmernde Trinkernase, eine Geste, die besagen sollte, es gäbe Dinge zwischen Himmel und Erde, die nur ein Baske mit Sicherheit wissen könnte, und eines davon sei das morgige Wetter.
Hel zog aus Pierres Versicherungen einigen Trost. Wenigstens würden sie sich bestimmt nicht mit einer Milchsuppe herumschlagen müssen.

Der Volvo rollte auf den Dorfplatz von Larrau, wo sie die jungen Basken abholen wollten, die die Pedalwinde bedienten. Sie parkten vor dem Café der Witwe, während eines der Kinder, die an der Kirchenmauer *pala* spielten, herübergelaufen kam und Hel den Freundschaftsdienst erwies, der Kühlerhaube des Wagens mit seinem Stock einen kräftigen Hieb zu versetzen, wie er es von ihm schon so oft gesehen hatte. Hel dankte dem Jungen und folgte Le Cagot ins Café.

»Warum hast du deine *makila* mitgenommen, Beñat?« Er bemerkte erst jetzt, daß Le Cagot seinen alten baskischen Stockdegen unter den Arm geklemmt hatte.

»Weil ich mir geschworen habe, ihn so lange bei mir zu tragen, bis ich den Schurken gefunden habe, der das arme kleine Mädchen verraten hat. Und dann werde ich, bei den säuglingsmordenden Eiern des Herodes, seine Brust damit durchlöchern. Komm, trinken wir einen mit der Witwe! Ich werde ihr eine Freude machen und ihr die Hand aufs Hinterteil legen.«

Die jungen Basken, die schon seit dem Morgen auf sie warteten, gesellten sich zu ihnen und diskutierten eifrig bei einem Glas Wein die Frage, ob es M'sieur Hel wohl gelingen würde, durch den unterirdischen Fluß ans Tageslicht hinauszuschwimmen. Sobald diese Exkursion erfolgreich abgeschlossen war, sollte das Höhlensystem offiziell als entdeckt gemeldet werden. Und dann konnten sie endlich selbst hinabsteigen und – was noch wichtiger war – später ausführlich davon berichten.

Zweimal schob die Witwe Le Cagots Hand fort; dann hatte sie ihre Tugendhaftigkeit deutlich genug demonstriert und ließ ihn ihre breite Kehrseite tätscheln, während sie neben dem Tisch stehenblieb und dafür sorgte, daß sein Glas stets gefüllt war.

Kurz darauf öffnete sich im Hintergrund die Tür zum WC, und Pater Xavier betrat die niedrige Bar; seine Augen glänzten vom stärkenden Wein und der Ekstase des Fanatismus.

»Nun?« wandte er sich an die jungen Basken. »Sitzt ihr jetzt schon mit diesem Ausländer und seinem unzüchtigen Freund zusammen? Trinkt ihren Wein und lauscht ihren Lügen?«

»Sie müssen sich heute morgen aber einen reichlich großen Schluck von Seinem Blut genehmigt haben, Pater Esteka«, erwiderte Le Cagot. »Sie haben ja wirklich ein Quentchen Courage geschluckt.«

Pater Xavier fauchte etwas Unverständliches vor sich hin und ließ sich an einem Tisch am anderen Ende des Raumes nieder.
»*Holá*«, fuhr Le Cagot fort. »Wenn Ihr Mut gar so groß ist, warum kommen Sie dann nicht mit uns in die Berge hinauf, he? Wir werden in ein unergründliches Loch hinabsteigen, aus dem es keinen Ausgang gibt. Ein kleiner Vorgeschmack auf die Hölle für Sie – damit Sie sich daran gewöhnen.«
»Laß ihn«, ermahnte Hel den Freund leise. »Soll dieser lächerliche Bastard doch im eigenen Haß schmoren.«
»Gottes Auge ist überall!« fauchte der Priester und funkelte Hel wütend an. »Seinem Zorn entgeht niemand.«
»Halt den Mund, Betschwester!« sagte Le Cagot. »Sonst kriegst du meine *makila* dorthin, wo es dem Bischof peinlich wäre!«
Hel legte ihm beschwichtigend die Hand auf den Arm. Dann tranken sie ihren Wein aus und gingen.

GOUFFRE PORTE-LARRAU

Hel hockte auf der flachen Steinplatte, die ihr Basislager neben dem Geröllkegel begrenzte, und schaltete die Helmlampe ab, um die Batterien zu schonen. Er lauschte übers Feldtelefon auf Le Cagots niemals abreißenden Strom von Geplauder, Geschimpfe und Gesang, mit dem er beim Herabklettern die beiden jungen Basken oben an der Pedalwinde anfeuerte und unterhielt. Am unteren Ende des Korkenziehers machte er eine Atempause, bevor er sich in Le Cagots Höhle und hinunter in den Wasserfall abseilen ließ, wo er dann, sich ständig drehend, hängenbleiben mußte, während die beiden Helfer oben das Seil abklemmten und die Trommeln auswechselten.
Nachdem er ihnen befohlen hatte, sich zu beeilen und ihn nicht ewig dort baumeln zu lassen wie Christus am Kreuz, wenn er nicht hinaufkommen und ihnen beträchtlichen körperlichen Schaden zufügen sollte, rief er: »Achtung, Niko – ich komme runter!«
»Ist ja auch die Richtung, in der die Schwerkraft wirkt«, bemerkte Hel, der Ausschau hielt nach dem Licht von Le Cagots Helmlampe, das durch den Nebel des Wasserfalls auftauchen mußte.
Ein paar Meter unterhalb der Erweiterung des Schachtes zur Höhle wurde das Seil angehalten, und der Baske am Telefon erklärte, sie müßten jetzt die Trommeln auswechseln.

»Beeilt euch ein bißchen!« forderte Le Cagot. »Diese eiskalte Dusche tut meiner Männlichkeit Abbruch.«
Hel dachte gerade über das Problem nach, wie sie den schweren Sauerstofftank bis in den Weinkeller am Ende des Höhlensystems schaffen sollten, und war froh, daß er sich dabei auf Le Cagots Stierkräfte verlassen konnte, als ein erstickter Ruf durch die Telefonleitung kam. Gleich darauf ertönte ein scharfer Knall. Seine erste Reaktion war der Gedanke, es müsse etwas gerissen sein. Ein Seil? Das Dreibein? Instinktiv versteifte sich sein Körper in kinästhetischem Mitgefühl für Le Cagot. Zwei weitere kurze Explosionen. Schüsse!
Dann Stille.
Hel sah, durch die Gischt des Wasserfalls verzerrt, Le Cagots Lampe jedesmal aufblitzen, wenn sich der Freund langsam am Ende des Seils drehte.
»Was zum Teufel ist da los?« erkundigte sich Le Cagot durchs Telefon.
»Keine Ahnung.«
Jetzt kam eine dünne, ferne Stimme über den Draht. »Ich habe Sie gewarnt, Mr. Hel. Ich habe Ihnen geraten, sich aus dieser Sache rauszuhalten.«
»Diamond?« fragte Hel überflüssigerweise.
»Ganz recht. Der Kaufmann. Der, der es nicht wagen würde, Ihnen Auge in Auge gegenüberzutreten.«
»Nennen Sie das Auge in Auge?«
»Nah genug ist es.«
Le Cagots Stimme klang durch den furchtbaren Druck auf Brust und Zwerchfell, den das Hängen in den Gurten verursachte, halb erstickt.
»Was ist da los?«
»Diamond?« Hel zwang sich zur Ruhe. »Was ist mit den Jungens an der Winde?«
»Beide tot.«
»Aha. Hören Sie. Ich bin es doch, den Sie wollen, nicht wahr? Und ich befinde mich unten in der Höhle – nicht am Seil. Der da am Seil hängt, das ist mein Freund. Ich kann Ihnen erklären, wie Sie ihn runterlassen müssen.«
»Wie käme ich dazu?«
Im Hintergrund hörte Hel Darryl Starrs Stimme. »Das ist der

Scheißkerl, der mir die Kanone abgenommen hat. Lassen Sie den bloß hängen. Soll er sich bis in alle Ewigkeit da unten weiterdrehen, das Schwein!«
Dann ertönte ein kindisches Kichern: der PLO-Clown, den sie Haman nannten.
»Wie kommen Sie darauf, daß ich mich in Ihre Angelegenheiten eingemischt habe?« fragte Hel im Plauderton, obgleich er fieberhaft Zeit zum Nachdenken zu gewinnen suchte.
»Die Muttergesellschaft hat ihre Spione auch ganz in der Nähe unserer englischen Freunde – nur um sich ihrer absoluten Loyalität zu versichern. Ich glaube, Sie haben unsere Miß Biffen kennengelernt, Sie wissen doch, das junge Fotomodell?«
»Wenn ich hier rauskomme, Diamond ...«
»Sparen Sie sich den Atem, Hel. Zufällig weiß ich, daß Sie in ›einem unergründlichen Loch‹ stecken, ›aus dem es keinen Ausweg gibt‹.«
Hel atmete tief durch. Genau das waren Le Cagots Worte nachmittags im Café der Witwe gewesen.
»Ich habe Sie gewarnt«, fuhr Diamond fort, »daß wir einen Gegenschlag von einer Intensität führen würden, die die sadistischen Neigungen unserer arabischen Freunde befriedigt. Sie werden schön langsam sterben, und das wird unseren Verbündeten Genugtuung verschaffen. Übrigens habe ich auch für ein anschauliches Mahnmal Ihrer Bestrafung gesorgt. Ihr kostbares Château? Vor anderthalb Stunden hat es aufgehört zu existieren.«
»Diamond ...« Hel wußte eigentlich gar nichts zu sagen, aber er wollte Diamond am anderen Ende der Leitung ein bißchen festhalten.
»Le Cagot bedeutet Ihnen nichts. Warum wollen Sie ihn da hängen lassen?«
»Weil es eine Beigabe ist, die unsere arabischen Freunde belustigen wird.«
»Hören Sie, Diamond – es werden bald andere Männer kommen, um die beiden oben abzulösen. Sie werden uns finden und herausholen.«
»Das ist nicht wahr. Das ist sogar eine enttäuschend plumpe Lüge. Aber um jeder Möglichkeit, daß jemand zufällig auf den Tatort stößt, zuvorzukommen, werde ich Leute raufschicken, die Ihre Baskenfreunde hier oben begraben, den ganzen Kram abmontieren und Felsbrocken über das Loch wälzen, um den Einstieg zu verdecken. Das

sage ich Ihnen aus reiner Menschenfreundlichkeit, damit Sie sich keine falschen Hoffnungen machen.«
Hel antwortete nicht.
»Wissen Sie noch, wie mein Bruder aussah, Hel?«
»Vage.«
»Gut. Vergessen Sie's nicht.«
Es knackte in den Kopfhörern, die oben abgenommen und achtlos beiseite geworfen wurden.
»Diamond? Diamond?« Hel umklammerte die Telefonleitung mit den Fingern. Aber das einzige Geräusch war jetzt Le Cagots mühsames Atmen.
Hel schaltete seine Helmlampe und die mit der Batterie verbundene Zehnwattbirne an, damit Le Cagot unter sich etwas sehen konnte und sich nicht so verlassen fühlte.
»Na, was sagst du dazu, alter Freund?« kam Le Cagots halberstickte Stimme über die Leitung. »Nicht gerade der Exitus, den ich für diese malerische Erscheinung, die ich für mich erfunden habe, gewählt hätte.«
Einen verzweifelten Augenblick lang erwog Hel den Versuch, an den Felswänden emporzuklettern, vielleicht sogar bis über Le Cagots Position hinaus, und ein Seil zu ihm hinabzulassen.
Unmöglich! Es würde Stunden dauern, bis er mit Bohrer und Expansionshaken diese glatte überhängende Wand bewältigt hätte, und Le Cagot wäre schon längst tot, erstickt in den Gurten, die ihm schon jetzt die Luft aus den Lungen preßten.
Konnte Le Cagot sich vielleicht der Gurte entledigen und am Seil bis zum Einstieg in den Korkenzieher hinaufklettern? Doch es war sehr unwahrscheinlich, daß er es von dort aus unangeseilt bis an die Oberfläche schaffte.
Er unterbreitete Beñat trotzdem den Vorschlag per Telefon.
Le Cagots Stimme war nur noch ein heiseres Flüstern. »Kann nicht... Rippen... Wassergewicht...«
»Beñat!«
»Um Gottes willen, was ist denn?«
Hel war eine letzte Möglichkeit eingefallen: das Telefonkabel. Es war zwar nicht fest verankert, und die Chance, daß es das Gewicht eines Mannes aushielt, war gering; aber es bestand die winzige Hoffnung, daß es sich oben irgendwo verfangen, vielleicht in das Kletterseil verheddert hatte.

»Beñat? Kommst du an das Telefonkabel? Kannst du deine Gurte durchschneiden?«
Le Cagot hatte keine Luft mehr zum Antworten, doch an den Vibrationen des Telefonkabels erkannte Hel, daß er seinen Anweisungen zu folgen versuchte. Eine Minute verging. Zwei. Hoch unter dem Höhlendach tanzte das verschwommene Licht der Helmlampe. Le Cagot klammerte sich ans Telefonkabel, säbelte mit letzter Kraft, am Rande der Bewußtlosigkeit, an den Haltegurten herum.
Er packte das nasse Telefonkabel, so fest er konnte, und durchtrennte den letzten Gurt. Sein Gewicht zerrte am Kabel – und riß es ab.
»Jesus!« schrie er.
Seine Helmlampe kam auf Hel zugestürzt. Das Kabel ringelte sich zu Hels Füßen. Mit dumpfem Klatschen schlug Le Cagots Körper an der Kuppe des Geröllkegels auf, prallte ab, rollte inmitten einer Lawine von Steinen und Schutt weiter und blieb keine zehn Meter von Hel entfernt mit dem Kopf nach unten liegen.
»Beñat!«
Hel eilte zu ihm. Er war nicht tot. Der Brustkorb war eingedrückt; in keuchenden Stößen drang blutiger Schaum aus seinem Mund. Der Helm hatte zwar den ersten Aufprall abgefangen, sich aber dann gelöst. Le Cagot blutete aus Nase und Ohren. Da er mit dem Kopf nach unten hing, erstickte er an seinem eigenen Blut.
So behutsam wie möglich hob Hel Le Cagots Oberkörper an und bettete ihn bequemer. Es spielte keine Rolle mehr, ob er ihm durch die Bewegung schadete; der Mann lag im Sterben. Hel verfluchte die unverwüstliche baskische Kondition, die seinem Freund eine schnelle Erlösung durch den Tod verwehrte.
Le Cagots Atem ging hastig und flach; seine offenen Augen weiteten sich unnatürlich. Er hustete – eine Bewegung, die ihm unerträgliche Schmerzen bereitete.
Hel streichelte die blutbenetzte bärtige Wange.
»Wie ...« Le Cagot erstickte fast an dem Wort.
»Still, Beñat. Nicht sprechen.«
»Wie ... sehe ich aus?«
»Großartig.«
»Hat es mein Gesicht nicht erwischt?«
»Du bist schön wie ein junger Gott.«
»Gut.« Eine Schmerzwelle durchlief seinen Körper, und Le Cagot biß

die Zähne zusammen. Einige waren beim Sturz herausgebrochen.
»Der Priester...«
»Ruhe, mein Freund. Wehr dich nicht. Laß dich einfach fallen.«
»Der Priester!« Der blutige Schaum an den Mundwinkeln verdickte sich schon.
»Ich weiß.« Diamond hatte Le Cagots Beschreibung der Höhle als unergründliches Loch zitiert. Der einzige, der sie gehört haben konnte, war der Fanatiker, Pater Xavier. Und er mußte es auch gewesen sein, der Hannahs Versteck verraten hatte. Seine Informationsquelle, sein Fat Boy, war der Beichtstuhl.
Endlose drei Minuten lang waren Le Cagots gurgelnde Atemzüge das einzige Geräusch in der Höhle. Das Blut, das aus seinen Ohren quoll, begann zu gerinnen.
»Niko?«
»Still. Ruh dich aus.«
»Wie sehe ich aus?«
»Fabelhaft, Beñat.«
Plötzlich versteifte sich Le Cagots Körper, und tief aus seiner Kehle drang ein dünnes Winseln. »Jesus!«
»Schmerzen?« fragte Hel hilflos, weil er nicht wußte, was er sagen sollte.
Der Anfall ging vorüber, und Le Cagots Körper schien in sich zusammenzufallen. Er schluckte Blut und würgte hervor: »Was hast du gefragt?«
»Ob du Schmerzen hast?« wiederholte Hel.
»Nein... danke... Ich habe alles, was ich brauche.«
»Dummkopf!« sagte Hel leise.
»Aber nicht schlecht für einen Abgang.«
»Nein, wahrhaftig nicht schlecht.«
»Ich wette, du findest bestimmt keinen so guten, wenn du gehen mußt.«
Hel kniff beide Augen fest zu, um die Tränen zurückzuhalten, während er seinem Freund unablässig die Wange streichelte.
Le Cagots Atem stockte und riß ab. Seine Beine zuckten krampfhaft. Dann kehrte der Atem wieder, ein hastiges Keuchen tief in der Kehle. Sein zerschmetterter Körper zuckte in einem letzten wahnsinnigen Schmerz, und er rief laut: »Ach! Bei den vier Eiern von Jesus, Maria, Joseph und...«
Hellrotes Lungenblut schoß aus seinem Mund, und er war tot.

Hel stöhnte vor Erleichterung, als er die schmerzhaft einschneidenden Gurte des Sauerstoffzylinders abstreifte und ihn in eine Spalte zwischen zwei schroffen Felsplatten klemmte, die von der Decke der Steigenden Höhle gestürzt waren. Er ließ sich, das Kinn auf der Brust, zu Boden sinken, während er in zitternden Zügen die Lunge mit Luft füllte und dann so tief ausatmete, daß es in seiner Lunge stach und er husten mußte. Trotz der feuchten Kälte in der Höhle rann ihm der Schweiß aus den Haaren. Er kreuzte die Arme vor der Brust und betastete vorsichtig die wunden Striemen auf seinen Schultern, wo der Sauerstoffzylinder trotz der drei Pullover unter dem Fallschirmspringeranzug die Haut aufgescheuert hatte. Ein Sauerstofftank ist eine unbequeme Last bei engen Durchgängen und schwierigen Kletterpartien. Zurrt man ihn fest, behindert er die Bewegungen und läßt Arme und Finger absterben; sitzt er zu lose, scheuert er die Haut auf, schwingt hin und her und stört auf gefährliche Weise das Gleichgewicht.

Als sein Atem wieder ruhig ging, trank er einen großen Schluck mit Wasser verdünnten Wein aus seinem *xahako,* dann streckte er sich auf einer Felsplatte aus, ohne erst den Helm abzunehmen. Er hatte so wenig Gepäck wie möglich: den Tank, so viel Seil, wie er tragen konnte, den nötigsten Vorrat an Eisenhaken, zwei Fackeln, seinen *xahako,* die Tauchermaske in einem gummierten Beutel, der außerdem eine wasserdichte Stablampe enthielt, und eine Tüte Traubenzuckerwürfel für schnelle Energiezufuhr. Doch selbst diese allernotwendigste Last war für seinen Körper zuviel. Er war es gewöhnt, unbeschwert durch Höhlen zu klettern, frei zu führen und sich mit möglichst wenigen Dingen zu belasten, während der bärenstarke Le Cagot den Großteil ihrer Ausrüstung schleppte. Jetzt fehlte ihm die Kraft des Freundes; und es fehlte ihm die emotionale Unterstützung durch den ununterbrochenen Fluß seiner Späße, Schimpfkanonaden und Lieder.

Jetzt war er ganz allein. Seine Kraftreserven waren verbraucht, seine Hände zerfetzt und steif. Der Gedanke an Schlaf war köstlich, verführerisch ... tödlich. Wenn er einschlief, das wußte er, würde die Kälte in ihn hineinkriechen, die angenehme narkotisierende Kälte. Nur nicht einschlafen! Schlaf ist Tod. Ausruhen, aber ohne die Augen zu schließen. Die Augen schließen, aber ohne einzuschlafen. Nein! Nur nicht die Augen schließen! Seine Brauen stiegen empor, so sehr strengte er sich an, die Lider nicht über die müden Augen sinken zu lassen. Nicht einschlafen! Nur einen Moment ausruhen. Nicht einschlafen. Nur einen Moment die Augen schließen. Nur die Augen ... schließen ...

Er hatte Le Cagot neben dem Geröllhaufen liegen lassen, wo er gestorben war. Es war nicht nötig, ihn zu begraben; die ganze Höhle würde nun, da Diamonds Leute Steine über die Öffnung gewälzt hatten, ein riesiges Mausoleum sein. Le Cagot würde auf ewig im Herzen seiner baskischen Berge ruhen.

Als das Blut endlich zu fließen aufhörte, hatte Hel ihm sanft das Gesicht abgewischt und ihn mit einem Schlafsack zugedeckt.

Anschließend hatte er sich neben den Leichnam gehockt, sich in eine mitteltiefe Meditation zu versenken und seine aufgewühlten Gefühle zu bezähmen gesucht. Er hatte zwar nur flüchtige Sekunden inneren Friedens erreicht, doch als er sich in die Gegenwart zurückholte, war er frisch genug, um seine Situation zu überdenken. Die Entscheidung fiel nicht schwer; eine Alternative gab es nicht. Die Chance, daß er es allein und viel zu schwer bepackt diesen langen Schacht entlang, um Hels Felsnase herum, durch das Gewirr der Steigenden Höhle, durch den Wasserfall bis in die Kristallhöhle, dann diese ekelhafte Mergelrinne hinunter bis in den Weinkeller schaffte – die Chance, daß er all diese Hindernisse ohne Le Cagots Sicherung und Hilfe überwinden konnte, war gering. Aber es war eine Art Pascalscher Wette. So gering die Chance auch war, seine einzige Hoffnung lag in diesem Versuch. Er würde jetzt noch keinen Gedanken an die Aufgabe verschwenden, durch das Schlundloch am Grund des Weinkellers schwimmen zu müssen, diesen Abfluß, durch den das Wasser mit solcher Wucht schoß, daß es die Oberfläche des Teiches glättete und in eine leichte Krümmung zog. Er würde ein Problem nach dem anderen angehen.

Die Überwindung von Hels Felsnase hätte seinem Unternehmen beinahe ein Ende gesetzt. Er hatte ein Seil an den Sauerstofftank geknüpft und ihn vorsichtig auf den schmalen Sims gelegt, der parallel zu dem durch den keilförmigen Einschnitt dahinströmenden Fluß verlief; dann war er die Felsnase mit einem anstrengenden Absatz-Schulter-Stemmschluß angegangen, hatte sich fast in voller Länge zurückgelegt, die Knie vor Anstrengung zitternd, während das zusätzliche Gewicht des wie ein Bandelier kreuzweise über seine Brust geschlungenen Seils seinen Körper herabzuziehen drohte. Als das Hindernis überwunden war, stand er vor der Aufgabe, den Tank nachzuholen. Und es gab keinen Le Cagot, der ihm das Seil nachreichte. Es blieb ihm nichts anderes übrig, als am Seil zu ziehen, bis der Tank ins Wasser fiel, und, wenn er auf dem Grund des Flusses aufschlug, das Seil möglichst rasch wieder einzuholen. Aber er war nicht schnell genug; der Tank schoß unter Wasser an ihm vorbei und wurde mit dem zuckenden, tanzenden Seil weitergetrieben. Er hatte keinen Sicherungspunkt; als sich das Seil plötzlich spannte, wurde er von dem schmalen Sims gerissen. Aber er durfte nicht loslassen! Den Tank zu verlieren hieß alles verlieren. Breitbeinig überspannte er den schmalen Einschnitt, einen Stiefel auf dem Sims, die Stollen des anderen flach gegen die glatte Wand gegenüber gestemmt, an der es auch nicht die Spur eines Fußhaltes gab. Er brauchte die ganze Kraft seiner Beine, um sich in dieser Stellung halten zu können; die Sehnen an seinem Schritt standen wie Stricke hervor, weit überdehnt und exponiert. Das Seil lief rasend schnell durch seine Hände. Er biß die Zähne zusammen und schloß die Fäuste um die Leine. Ein heißer Schmerz durchzuckte ihn, als seine Handflächen die Reibung des nassen Seils aufnahmen, das sofort tief in sie einschnitt. Hinter seinen Fäusten rann Wasser, vor ihnen Blut. Um den Schmerz verkraften zu können, brüllte er so laut los, daß sein Schrei durch die enge Schlucht hallte. Doch niemand hörte ihn.

Der Tank kam zum Stillstand!

Gegen den Strom zog er ihn Hand über Hand zu sich heran, das Seil wie geschmolzenes Eisen in seinen wunden Handflächen, die Sehnen in seinem Schritt verkrampft und pochend. Als seine Rechte die Gurte des Tanks berührte, zog er ihn zu sich herauf und hängte ihn sich um den Hals. Mit diesem Gewicht auf der Brust war es freilich mehr als riskant, sich auf den Sims zurückzuschwingen. Zweimal stieß er sich von der glatten Wand ab, zweimal schwankte er, fiel wieder zurück und fing sich mit der flachen Schuhsohle ab, während sein Schritt sich anfühlte, als würde er reißen. Beim dritten Versuch schaffte er es und stand keuchend an die Wand gelehnt, nur die Absätze auf dem Sims, die Zehen über den tosenden Strom hinausragend.

Er schleppte sich zu der nicht weit entfernten Geröllwand hinüber, die den Weg in die Steigende Höhle versperrte, und sank erschöpft, den Tank vor der Brust, in den Handflächen rasenden Schmerz, in der *book corner* zu Boden.

Lange durfte er hier nicht bleiben. Sonst würden seine Hände steif werden, und er könnte sie nicht mehr gebrauchen.

Er hievte sich den Tank wieder auf den Rücken und überprüfte Verschlüsse und Sichtscheibe der Maske. Wenn die beschädigt wurden, war es aus. Doch die Maske hatte die Stöße des Tanks wie durch ein Wunder überstanden. Nun begann er die mühselige Kletterpartie über die Ecke der Geröllwand, unter der der Fluß verschwunden war. Wie zuvor, fand er zwar auch diesmal zahlreiche Hand- und Fußhalte, aber es handelte sich um poröses, morsches Gestein, von dem ganze Brocken unter seinen Händen abbrachen, während die Steinsplitter sich tief in seine wunden Handflächen gruben. Das Herz klopfte ihm krampfartig in der Brust und drückte Stöße von Blut in seine Schläfen. Als er es schließlich bis zu dem flachen Sims zwischen zwei einander stützenden Felsplatten geschafft hatte, dem Schlüsselloch zur Steigenden Höhle, legte er sich flach auf den Bauch und ruhte sich aus, die Wange auf die Steine gepreßt, während der Speichel ihm aus den Mundwinkeln rann.

Er fluchte, weil er sich zu lange ausgeruht hatte. Seine Handflächen wurden klebrig vom Wundwasser und krümmten sich klauenartig wie Hummerscheren. Er rappelte sich auf, blieb stehen, und langsam öffnete und schloß er seine Hände, um so die Kruste des Schmerzes zu durchbrechen, bis sie wieder beweglich waren.

Eine nicht meßbare Zeit lang stolperte er durch die Steigende Höhle, tastete sich um hausgroße Felsbrocken herum, neben denen er wie ein Zwerg wirkte, drückte sich zwischen einander stützenden Felsplatten hindurch – jüngster Verbruch aus dem zerklüfteten Höhlendach weit über der Reichweite seiner Helmlampe –, schob sich vorsichtig über gefährlich hängendes Gestein, das schon längst der Schwerkraft nachgegeben hätte, wäre es der Erosion der Außenwelt ausgesetzt gewesen. Nach dem Fluß konnte er sich jetzt nicht richten, denn der verlor sich tief unter dem Chaos des Verbruchs, aufgelöst in Tausende von Rinnsalen, die sich einen Weg über den Schieferboden der Höhle suchten. Dreimal verlor er vor Ermattung und Müdigkeit die Richtung, und das Furchtbare daran war, daß er mit blindem Herumstolpern kostbare Energie verschwendete. Jedesmal zwang er sich, stehenzubleiben und sich zu beruhigen, bis ihm sein Proximitätssinn den Weg zum nächsten Durchgang wies.

Endlich aber gab es ein Geräusch, nach dem er sich richten konnte. Als er sich dem Ende der Steigenden Höhle näherte, vereinten sich die Wasserrinnsale tief unten wieder, und er wurde sich ganz allmählich des Rauschens und Donnerns bewußt, das der große Wasserfall verursachte, der in die Kristallhöhle hinabstürzte. Vor ihm senkte sich die Höhlendecke und vereinte sich mit einer Sperrmauer aus zerklüftetem frischem Verbruch. Diese Wand emporzuklettern, durch das irrwitzige Netzwerk der Risse und Kamine, dann wieder auf der anderen Seite hinab durch den tosenden Wasserfall, und das alles, ohne von Le Cagot gesichert zu werden – das war der gefährlichste und schwierigste Teil des Unternehmens. Davor mußte er sich ausruhen.

Hel streifte die Gurte seines Sauerstofftanks ab und ließ sich schwer auf einen Stein nieder, das Kinn auf die Brust gepreßt, nach Atem ringend, während der Schweiß ihm aus den Haaren in die Augen rann.

Er hatte einen großen Schluck aus seinem *xahako* getrunken und sich dann lang auf der Felsplatte ausgestreckt, ohne erst den Helm abzunehmen.

Sein ganzer Körper schrie nach Ruhe. Aber er durfte nicht einschlafen. Schlaf ist Tod. Nur einen Moment ausruhen. Nicht einschlafen. Nur einen Moment die Augen schließen. Nur die Augen... schließen...

»Ach!« Er fuhr hoch, aus dem leichten qualvollen Schlaf gerissen durch das Bild von Le Cagots Helmlampe, die von der Höhlendecke auf ihn herabgestürzt kam. Er richtete sich auf, fröstelnd und schwitzend zugleich. Der Schlaf hatte ihm keine Erholung gebracht; in seinem Körper akkumulierten sich die Giftstoffe der Müdigkeit; seine Hände glichen zwei steifen Paddeln; seine Schultermuskeln hatten sich verknotet; seine Kehle war von der Übelkeit wiederholter Adrenalinschocks zugeschnürt.

Er saß in sich zusammengesunken da; es war ihm gleichgültig, ob er jetzt weiterging oder nicht. Doch dann brach zum erstenmal die furchtbare Bedeutung dessen, was Diamond am Feldtelefon gesagt hatte, über ihn herein. Sein Château existierte nicht mehr? Was hatten sie damit gemacht? War Hana ihnen entkommen?

Die Sorge um sie und das Bedürfnis, Le Cagot zu rächen, übten auf seinen Körper die gleiche Wirkung aus, wie Nahrung und Ruhe es getan hätten. Er klaubte die letzten Traubenzuckerwürfel aus der Tüte, kaute sie und spülte sie mit dem Rest seines Wasser-Wein-Gemischs herunter. Es würde einige Minuten dauern, bis der Zucker vom Blutstrom aufgenommen wurde. Er biß die Zähne zusammen und begann mit der Aufgabe, seine Hände wieder geschmeidig zu machen, den frischen Schorf aufzubrechen, den stechenden Schmerz der Bewegung zu ertragen.

Als er wieder zupacken konnte, schnallte er sich den Sauerstofftank um und begann die mühselige Kletterpartie den Berg von Verbruch empor, der den Eingang zur Kristallhöhle blockierte. Ihm fiel ein, wie Le Cagot ihm beim letzten Mal gesagt hatte, er solle es ein bißchen weiter links versuchen, weil er genau in seiner Fallinie säße und sich zu wohl fühle, um weiterzurücken.

Zweimal mußte er sich aus den Gurten des Tanks herauskämpfen, während er sich an prekäre Halte klammerte, weil der Spalt, durch den er sich zwängte, zu eng war für Mann und Tank, wenn er nicht Gefahr laufen wollte, die auf seiner Brust baumelnde Maske zu beschädigen. Jedesmal achtete er sorgsam darauf, daß der Tank sicher gelagert war, denn beim Fallen wäre vielleicht der Verschluß beschädigt worden oder gar der Zylinder explodiert, und ohne Sauerstoff hätte er keine Möglichkeit mehr gehabt, die letzte Strecke zu durchschwimmen, so daß die ganze bisherige Mühe und Qual umsonst gewesen wäre.

Als er den schmalen Sims unmittelbar oberhalb des tosenden Wasserfalls erreichte, lenkte er den Strahl seiner Lampe in die Tiefe, aus der feiner Sprühnebel aufstieg und in der windstillen Luft wogte. Er machte nur eben lange genug halt, um wieder ein wenig zu Atem zu kommen und sein rasendes Herz zu beruhigen. Von nun an durfte er sich nicht mehr längere Zeit ausruhen, durfte weder Beinen und Händen Gelegenheit geben, steif zu werden, noch der Angst gestatten, seine Entschlußkraft zu lähmen.

Das ohrenbetäubende Donnern des Wasserfalls und der wirbelnde Sprühnebel schützten seinen Verstand vor jedem Gedanken, der weiter gereicht hätte als bis zu der unmittelbar vor ihm liegenden Aufgabe. Er schob sich den glitschigen, abgeschliffenen Sims entlang, der einst den Abschluß des Wasserfalls gebildet hatte, bis er den Felsvorsprung fand, von dem aus Le Cagot ihn während des ersten Abstiegs vor dem blanken Vorhang stürzender Wassermassen gesichert hatte. Diesmal würde es keine Sicherung geben. Er ließ sich zentimeterweise hinab und stieß bald auf den ersten Haken, den er damals eingeschlagen hatte; er ließ einen Karabiner einschnappen, verknotete das doppelt geschlungene Seil und wiederholte diesen Prozeß bei jedem Haken, um seinen Sturz abzukürzen, sollte er aus der Wand fallen. Aber wieder, wie beim ersten Mal, dauerte es nicht lange, und die Reibung des Seils in den Karabinerhaken erschwerte das Nachziehen und machte es gefährlich, denn die Anstrengung drohte ihn aus den knappen Fuß- und Fingerhalten, die er in der Wand entdeckte, herauszuheben.

Wasser und Seil marterten seine Handflächen, und er klammerte sich immer fester an die Haltegriffe, als wollte er den Schmerz durch absichtliche Übertreibungen bestrafen. Als er an den Punkt gelangte, wo er den Wasservorhang durchbrechen und sich hinter den Fall schwingen mußte, entdeckte er, daß er kein Seil mehr nachziehen konnte. Das Gewicht des Wassers auf dem Seil, die Anzahl der Karabiner, durch die es gezogen war, und seine ständig zunehmende Schwäche machten es ihm einfach unmöglich. Er würde das Seil zurücklassen und von hier aus ungesichert weiterklettern müssen. Wie beim letzten Mal streckte er den Arm durch den silbrigschwarzen Wasservorhang, der sich sofort zu einem schweren pulsierenden Armband um sein Handgelenk schloß. Er tastete herum und stieß auf die unsichtbar hinter dem Wasser liegende kleine scharfe Spalte, in die er damals seine Finger gekrallt hatte. Das Tauchen durch den Wasserfall würde diesmal schwieriger sein. Der Tank bot dem Wasser eine zusätzliche Angriffsfläche; seine Finger waren wund und gefühllos; und seine letzten Kraftreserven waren erschöpft. Eine einzige glatte Bewegung. Einfach hindurchschwingen. Hinter der Kaskade liegt ein schöner Sims samt einer *book corner* mit einem Geröllhaufen, über den man leicht hinabklettern kann. Er holte dreimal ganz tief Luft und schwang sich durch den Wasservorhang.

Kürzliche Regengüsse hatten den Fall um das Doppelte anschwellen lassen und ihn auch doppelt so schwer gemacht. Das Gewicht trommelte auf Helm und Schultern und suchte ihm den Tank vom Rücken zu schlagen. Seine gefühllosen Finger wurden aus der scharfen Spalte gerissen; und er stürzte.

Als erstes fiel ihm die relative Stille auf. Und dann das Wasser. Er saß hinter dem Fall, am Fuß des Geröllhaufens, und war bis zur Hüfte naß. Möglicherweise war er eine ganze Weile bewußtlos gewesen, aber er hatte keine Vorstellung von der Zeit. In seiner Erinnerung folgten die Ereignisse dicht aufeinander: das Hämmern des Wassers auf Rücken und Tank; der Schmerz, als seine wunden Finger aus der Spalte gerissen wurden; Geklapper, Lärm, Schmerz, Schock, als er auf den Geröllhaufen schlug und kopfüber hinabkugelte – und dann dieses relative Schweigen und das hüfttiefe Wasser, wo früher nur nasser Fels gewesen war. Die Stille war keine Einbildung; die Sinne hatte es ihm nicht verschlagen. Er hatte ja schon letztes Mal bemerkt, daß der Wasserfall das Tosen zu dämpfen schien, sobald er sich hinter dem Vorhang befand. Aber das Wasser hier? Bedeutete das etwa, daß kürzlich Regen durchgesickert war und den Boden der Kristallhöhle in einen See verwandelt hatte?

War er verletzt? Er bewegte die Beine; sie waren in Ordnung. Die Arme ebenfalls. Seine rechte Schulter war angeknackst. Er konnte sie zwar heben, doch bei der Bewegung spürte er einen knirschenden Schmerz. Wahrscheinlich eine Prellung. Schmerzhaft, aber nicht weiter behindernd. Gerade hatte er entschieden, daß er den Sturz wunderbarerweise unverletzt überstanden hatte, als er sich plötzlich eines merkwürdigen Gefühls bewußt wurde. Seine Zähne standen nicht richtig aufeinander. Der geringste Versuch, den Mund zu öffnen, verursachte ihm solche Pein, daß er spürte, wie ihm die Besinnung schwand. Sein Kiefer war gebrochen.

Die Atemmaske. Hatte sie den Sturz überstanden? Er nahm sie aus dem Gummibeutel und untersuchte sie im Scheine seiner Lampe, der immer gelblicher wurde, weil die Batterien allmählich versagten. Die Sichtscheibe war gesprungen.

Es war ein nadelfeiner Riß, der halten mochte, solange die Gummiverbindungsstücke nicht gezerrt oder verdreht wurden. Aber wie groß war die Chance, daß eben das in der reißenden Strömung am Grund des Weinkellers nicht geschah? Verschwindend gering.

Wenn er aufrecht stand, reichte ihm das Wasser bis zur Mitte des Schienbeins. Er watete in die Kristallhöhle hinaus, wo das Wasser tiefer, der eiskalte Dunstschleier hinter ihm dünner wurde.

Eine der beiden Magnesiumfackeln war bei dem Sturz zerbrochen, die zweite ganz mit dem fettigen Pulver überzogen, das sehr sorgfältig abgewischt werden mußte, bevor er sie anzünden konnte, damit die Flammen nicht an der Fackel herabliefen und ihm die Hand verbrannten. Er steckte sie an; sie zischte und erblühte zu grellweißem Licht, illuminierte die fernen, mit glitzernden Kristallen besetzten Felswände und hob die Schönheit der Kalkspatrüschen und der schlanken Stalaktiten aus dem Dunkel. Doch diese führten nicht mehr, wie beim letzten Mal, auf stumpfe Stalagmiten hinab. Vielmehr war der Höhlenboden zu einem seichten See geworden, der die niedrigen

Speläotheme völlig verdeckte. Seine Befürchtungen hatten sich also bestätigt: Ein kürzlicher Regen hatte dieses tiefer liegende Ende des Höhlensystems überschwemmt; die gesamte Länge der Mergelrinne am anderen Höhlenende lag unter Wasser.
Hels erster Impuls war, aufzugeben, an den Rand der Höhle zu waten und sich einen Sims zu suchen, auf dem er sich ausruhen und in Meditation versenken konnte. Die vor ihm liegende Aufgabe erschien ihm hoffnungslos, die Mathematik der Wahrscheinlichkeit zu riskant. Anfänglich hatte er gedacht, diese letzte Aufgabe, das Schwimmen durch den Weinkeller zum Ausgang, würde vom psychologischen Standpunkt aus am einfachsten sein. Ohne jede Alternative, das Gewicht und die Ausdehnung des gesamten Höhlensystems hinter sich, würde die letzte Strecke von der Kraft der Verzweiflung getragen werden. Ja, er hatte sogar geglaubt, die Chance, daß er es schaffte, würde größer sein als mit Le Cagots Sicherung, denn dann hätte er nur bis zur Hälfte seines Durchhaltevermögens gekämpft, weil er den Rest seiner Energie, sollte der Weg blockiert oder zu lang sein, zur Rückkehr brauchte. So aber, hatte er gehofft, würden seine Chancen sich beinahe verdoppeln, da es für ihn allein durch diese Wassermassen keine Umkehr gab.
Und jetzt stand die Kristallhöhle unter Wasser, und die Strecke, die er durchschwimmen mußte, war doppelt so lang. Der Vorteil der Verzweiflung hatte aufgehört zu existieren.
Würde es nicht besser sein, den Tod mit Würde zu erwarten, als sich wie ein panikgetriebenes Tier gegen das Schicksal zu wehren? Welche Chance blieb ihm denn noch? Die kleinste Kinnbewegung löste einen Schock unerträglichen Schmerzes aus; seine Schulter war steif und knirschte schmerzhaft im Gelenk; seine Handflächen waren zerfetzt; selbst die verdammte Sichtscheibe der Atemmaske würde der Strömung jener unterirdischen Wasserleitung nicht widerstehen können. Diese Aufgabe war nicht mal ein Vabanquespiel. Es war, als ob man mit dem Schicksal Münzen warf, und das Schicksal setzte jedesmal sowohl auf Kopf als auch auf Adler. Er konnte also nur gewinnen, wenn die Münze auf dem Rand landete.
Schwerfällig watete er zur Seitenwand der Höhle hinüber, wo Flußspat wie erstarrter Toffee herabrann. Hier wollte er sitzen bleiben und auf das Ende warten.
Die Fackel verlosch, und die ewige Höhlenfinsternis umschloß seinen Geist mit erdrückendem Gewicht. Lichtfünkchen zuckten – wie

winzige Kristallorganismen unter dem Mikroskop – bei jeder Augenbewegung durch die Dunkelheit. Dann verloschen auch sie, und die Finsternis war vollkommen.

Nichts auf der Welt würde leichter sein, als dem Tod mit Würde, mit *shibumi*, entgegenzusehen.

Und Hana? Und dieser wahnsinnige Dritte-Welt-Priester, der zum Tod von Le Cagot und Hannah Stern beigetragen hatte? Und Diamond?

Ja, ja. Schon gut, verdammt noch mal! Er klemmte die wasserdichte Stablampe zwischen zwei Aragonitvorsprünge und schloß in ihrem Licht die Atemmaske an den Sauerstofftank an. Er stöhnte vor Schmerz, als er die Verschlüsse mit seinen zerfetzten Fingern befestigen mußte. Nachdem er die Gurte vorsichtig über seine verletzte Schulter gestreift hatte, öffnete er das Ventil und tropfte etwas Wasser auf die Sichtscheibe, um sie vom Atemdunst zu befreien. Der Druck der Maske auf seinen gebrochenen Kiefer war schmerzhaft, aber einigermaßen erträglich.

Seine Beine waren unversehrt; also würde er schwimmen und die Lampe in die gesunde Hand nehmen. Sobald es tief genug war, glitt er ins Wasser und schwamm – Schwimmen fiel ihm leichter als Waten.

In dem durchsichtig klaren Wasser der Höhle, unverschmutzt von Organismen, holte der Schein der Stablampe die Konturen der Felsvorsprünge auf dem Grund ans Licht, so deutlich, als lägen sie in freier Luft. Erst als er sich der Mergelrinne näherte, spürte er den Einfluß der Strömung – eher ein Sog nach vorn als ein Schub von hinten.

Der Wasserdruck verschloß ihm die Ohren, so daß er seinen Atem überlaut in den Höhlungen des Kopfes vernahm.

Als er in die Mergelrinne eindrang, wurde der Sog stärker, und die Macht des Wassers wirbelte seinen Körper auf das tieferliegende Schlundloch des Weinkellers zu. Von hier aus würde er nicht mehr schwimmen können, sondern die Strömung würde ihn tragen, ihn hindurchreißen; seine Kraft mußte sich einzig auf die Verlangsamung des Tempos und das Korrigieren der Richtung konzentrieren. Der Sog der Strömung war eine unsichtbare Gewalt; das Wasser enthielt keine Luft, keine Partikel, keine Anhaltspunkte für die Tonnenkraft, die ihn unwiderstehlich gepackt hielt.

Erst als er sich an einem Sims festhalten wollte, um einen Moment zu verschnaufen und sich zu sammeln, bevor er in den Weinkeller eindrang, bekam er die ganze Wucht der Strömung zu spüren. Seine Finger wurden von dem Sims weggerissen, er selbst auf den Rücken geworfen und unaufhaltsam auf das Schlundloch zugetragen. Er versuchte sich umzudrehen, zu rollen, denn wenn er überhaupt eine Chance haben wollte, mußte er unbedingt mit den Füßen zuerst in die Abflußröhre hineinkommen. Würde er aber mit dem Kopf voran gegen ein Hindernis geschleudert, so war dies das Ende.

Unerklärlicherweise ließ der Sog nach, sobald er sich im Schlundloch befand, und er sank, die Füße gegen die dreieckige Röhre unten gerichtet, allmählich dem Grund entgegen. Er holte tief Luft und spannte all seine Nerven, denn er dachte daran, wie die Strömung die Farbtüten damals so schnell davongerissen hatte, daß ihnen das Auge nicht zu folgen vermochte.

Beinahe träge trieb sein Körper zum Grund des Schlundlochs hinab. Das war sein letzter deutlicher Eindruck.

Die Strömung packte ihn, und er schoß in die Röhre hinein. Sein Fuß stieß gegen ein Hindernis; das Bein knickte ab; das Knie schlug ihm vor die Brust; er drehte sich; die Stablampe war verschwunden; er spürte einen Schlag gegen die Wirbelsäule und einen weiteren gegen die Hüfte.

Und dann hing er an einem Blockstein fest. Das Wasser toste an ihm vorbei und zerrte mit aller Kraft an seinem Körper. Die Maske verfing sich, die Sichtscheibe flog heraus, und die Scherben verletzten ihn im Vorbeiwirbeln am Bein. Aus Angst hatte er bereits mehrere Sekunden die Luft angehalten, doch nun hämmerte die Atemnot in seinen Schläfen. Wasser strömte ihm übers Gesicht und wirbelte in seine Nase hinauf. Es war dieser verdammte Tank! Er war hier eingeklemmt, weil die Öffnung zu eng war für Körper und Zylinder zusammen! Seine letzten Kräfte auf die rechte Hand konzentriert, packte er das Messer, das ihm die Strömung sofort zu entreißen suchte. Er mußte den Tank loswerden! Das Gewicht der Strömung auf den Zylinder preßte die Gurte eisern an seine Schultern. Er konnte die Klinge nicht darunterschieben, sondern mußte das Gewebe von oben her direkt auf seiner Brust durchsäbeln.

Weißglühender Schmerz.

Sein Puls hämmerte, sein Kopf drohte zu platzen. Seine Kehle rang krampfhaft nach Luft. Fester schneiden! So schneid doch, verdammt noch mal!

Der Tank war los; als er fortgerissen wurde, verletzte er ihm den Fuß. Aber er war wieder in Bewegung, wurde von der Wasserkraft herumgewirbelt. Das Messer war weg. Mit einem gräßlichen knirschenden Geräusch schlug etwas auf seinen Hinterkopf. Sein Zwerchfell hob sich, rang nach Luft. Sein Herz hämmerte im Kopf, während er in einem Chaos aus Schaum und Luftblasen kreiste.
Luftblasen ... Schaum ... Er konnte sehen! Emporschwimmen! Schwimmen!

ETCHEBAR

Hel parkte den Volvo auf dem verlassenen Dorfplatz von Etchebar und stieg schwerfällig aus; er vergaß die Tür hinter sich zu schließen und versäumte es sogar, dem Wagen seinen rituellen Schlag zu versetzen. Er atmete tief ein und stieß die Luft ganz langsam aus; dann schritt er die gewundene Straße zu seinem Château hinauf.

Hinter halbgeschlossenen Fensterläden beobachteten ihn die Frauen des Dorfes und ermahnten ihre Kinder, nur nicht draußen zu spielen, solange M. Hel noch in Sicht war. Acht Tage waren vergangen, seit M. Hel mit Le Cagot in die Berge hinaufgestiegen war, und dann waren diese schrecklichen uniformierten Männer ins Dorf gekommen und hatten Furchtbares im Château angerichtet. Seitdem hatte kein Mensch M. Hel gesehen; es wurde gemunkelt, er sei tot. Und jetzt, da er zu seinem zerstörten Schloß zurückkehrte, wagte niemand, ihn zu begrüßen. In diesem alten Hochgebirgsdorf dominierten noch die primitiven Instinkte; jedermann wußte, wie gefährlich es war, sich mit den vom Unglück Geschlagenen einzulassen, denn das Unglück war ansteckend. Und war es schließlich nicht Gottes Wille, daß dieses Furchtbare geschehen mußte? Wurde der Ausländer nicht dafür gestraft, daß er mit einer Asiatin zusammenlebte, womöglich ohne den Segen des Priesters? Und wer konnte wissen, für welche anderen Sünden ihn Gott noch strafte? O ja, Mitleid empfinden durfte man – das verlangte die Kirche sogar von einem Christen –, aber mit denen zu verkehren, die Gott strafte, wäre äußerst unklug gewesen. Man mußte barmherzig sein, gewiß, aber nicht bis an die Grenze persönlichen Risikos.

Als Hel über die Allee hinaufschritt, konnte er noch nicht erkennen, was sie seinem Schloß angetan hatten; die weitausladenden Fichten verbargen es vor dem Blick. Aber als er den Fuß der Terrasse erreichte, breitete sich die Zerstörung in ihrem ganzen Ausmaß vor ihm aus. Hauptgebäude und Ostflügel waren vollkommen vernichtet, die Wände gesprengt und die Trümmer in alle Himmelsrichtungen verstreut; Granit- und Marmorblöcke hatten sich noch in fünfzig

Meter Entfernung tief in den verkohlten Rasen gegraben; eine niedrige, gezackte Mauer umsäumte gähnende Kellerhöhlen voll tiefer Schatten und modrigem Sickerwasser aus unterirdischen Quellen. Der größte Teil des Westflügels stand noch, war aber ausgebrannt. Die Zimmer waren dort, wo die Verbindungswände weggerissen waren, ungeschützt der Witterung preisgegeben; Fußböden waren durchgesackt, verkohlte Balken hingen zerborsten in die darunterliegenden Räume hinab. Fenster und *porte fenêtres* gähnten leer, und über ihnen wiesen dort, wo die Flammen emporgeschlagen waren, breite Rußpfeile gen Himmel. Ein leichter Wind, der die Vorhangfetzen bewegte, trug den Geruch von verbrannter Eiche herüber.

Als er sich einen Weg durch die Trümmer bahnte, um die noch stehenden Mauern des Westflügels zu begutachten, hörte er keinen anderen Laut als das Flüstern des Windes in den Bäumen. An drei Stellen fand er Bohrlöcher in den Granitblöcken. Die Ladungen, mit denen man sie gefüllt hatte, waren nicht detoniert, doch man hatte sich anscheinend mit der Zerstörung durch das Feuer zufriedengegeben.

Was ihn am schmerzlichsten traf, war der Anblick des japanischen Gartens. Die Eindringlinge hatten offenbar Anweisung gehabt, sich besonders auf ihn zu konzentrieren. Sie hatten Flammenwerfer benutzt. Der Klangbach wand sich durch verkohlte Stoppeln, und auf seiner Oberfläche schwamm selbst jetzt, nach einer Woche, noch ein öliger Rückstand. Das Badehaus und der Bambushain waren verschwunden, doch schon schoben sich wieder neue Sprossen durch den rußgeschwärzten Boden: Bambus, das kräftigste aller Gräser, läßt sich nicht ausrotten.

Das *tatami*-Zimmer und der angrenzende Waffenraum waren verschont geblieben. Dieses zierliche Gebäude hatte sich vor dem Sturm gebeugt und ihn überlebt.

Als er durch den verwüsteten Garten wanderte, stoben unter seinen Schuhen kleine Wölkchen feiner schwarzer Asche auf. Schwerfällig setzte er sich auf die Stufen zum *tatami*-Zimmer und ließ die Beine baumeln. Es war seltsam und irgendwie rührend, daß auf dem niedrigen Lacktischchen das Teegeschirr völlig unversehrt stand.

Als er so dasaß, den Kopf vor tiefer Müdigkeit gesenkt, spürte er, daß Pierre sich ihm näherte.

Die Stimme des Alten klang fast erstickt vor Kummer. »Ach M'sieur!

Ach M'sieur! Sehen Sie doch nur, was sie uns angetan haben! Arme Madame! Haben Sie sie gesehen? Geht es ihr gut?«
Während der letzten vier Tage hatte Hel im Krankenhaus von Oloron den Platz an Hanas Bett nur verlassen, wenn die Ärzte es ihm befahlen.
Als Pierre den körperlichen Zustand seines *patron* erkannte, sah er ihn voller Mitgefühl in den tränennassen Augen an. »Aber sehen Sie sich nur an, M'sieur!« Unter Hels Kinn und über seinen Kopf war eine Mullbinde gewickelt, die die Kinnlade während des Heilvorgangs in der richtigen Lage halten sollte; die Prellungen im Gesicht waren noch immer grün und blau; sein Oberarm war unter dem Hemd fest an den Körper gebunden, damit er die Schulter nicht bewegen konnte, und beide Hände waren vom Handgelenk bis zum zweiten Fingerknöchel bandagiert.
»Sie sehen auch nicht viel besser aus, Pierre«, entgegnete er mit durch die geschlossenen Zähne gedämpfter Stimme.
Pierre zuckte die Achseln. »Ach, ich komme schon wieder auf die Beine. Aber sehen Sie? Unsere Hände gleichen sich!« Er hob die seinen und zeigte Hel dicke Mullverbände, die den Gel auf seinen verbrannten Handflächen schützten. Über seinem Auge prangte ein Bluterguß.
Auf Pierres offenem Hemd entdeckte Hel einen dunklen Fleck. Anscheinend war ihm ein Glas Wein aus den ungeschickten bandagierten Händen gerutscht. »Was ist mit Ihrem Kopf passiert?«
»Das waren diese Banditen, M'sieur. Einer von ihnen hat mich mit dem Gewehrkolben niedergeschlagen, als ich sie aufhalten wollte.«
»Erzählen Sie mir, wie alles passiert ist.«
»Ach, M'sieur! Es war einfach grauenhaft!«
»Erzählen Sie nur. Beruhigen Sie sich und erzählen Sie.«
»Wollen wir nicht lieber ins Torhaus gehen? Da könnte ich Ihnen ein Glas Wein anbieten. Und dann werde ich Ihnen alles erzählen.«
»Na schön.«
Als sie zu Pierres Torhäuschen kamen, machte der alte Gärtner den Vorschlag, M. Hel könne jetzt bei ihm wohnen, denn seine Hütte hatten die Banditen verschont.
Hel saß in einem tiefen Sessel mit zerbrochenen Sprungfedern, aus dem Pierre zuvor eine Menge Krimskrams entfernt hatte, um für den Gast Platz zu schaffen. Der Alte hatte aus der Flasche getrunken, weil sie wohl leichter zu halten war als ein Glas, und starrte nun von dem

kleinen Fenster seines Wohnraumes im ersten Stock über das weite Tal hinaus.

»Ich war bei der Arbeit, M'sieur. Tausend Sachen waren zu erledigen. Madame hatte in Tardets telefonisch einen Wagen bestellt, der sie dahin bringen sollte, wo die Flugzeuge landen, und ich wartete auf ihn. Da hörte ich weit hinten über den Bergen so ein Brummen. Es wurde immer lauter. Und dann kamen sie wie riesige fliegende Insekten, ganz tief über die Gipfel, dicht über der Erde.«

»Wer kam?«

»Die Banditen! In *autogiros.*«

»In Hubschraubern?«

»Ja. Zwei. Mit fürchterlichem Getöse landeten sie im Park, und dann spuckten die häßlichen Maschinen viele Männer aus. Die hatten alle Gewehre. Sie trugen grüngefleckte Anzüge und hatten orangefarbene Mützen auf. Sie liefen auf das Château zu und riefen dabei einander etwas zu. Ich schrie hinter ihnen her, sie sollten verschwinden. Die Küchenmädchen kreischten und flohen ins Dorf. Ich lief hinter den Banditen her und drohte ihnen, ich würde alles M'sieur Hel erzählen, wenn sie nicht sofort wieder verschwänden. Einer von ihnen schlug mich mit seinem Gewehrkolben, und ich fiel zu Boden. Furchtbares Krachen! Explosionen! Und die ganze Zeit hockten die *autogiros* auf dem Rasen, und ihre Flügel drehten sich immer rund herum. Als ich wieder aufstehen konnte, lief ich zum Château. Ich wollte sie aufhalten, M'sieur. Ich wollte sie wirklich aufhalten!«

»Ich weiß.«

»Ja, aber sie liefen schon wieder zu ihren Maschinen zurück. Und ich wurde wieder niedergeschlagen! Als ich dann zum Château kam... Ach M'sieur! Alles weg! Nur noch Rauch und Flammen! Alles kaputt! Alles! Und dann, M'sieur... O gnädiger Gott im Himmel! Dann sah ich Madame in dem brennenden Haus am Fenster stehen. Rings um sie her ein Flammenmeer. Ich rannte hinein. Brennende Trümmer fielen auf mich herab. Als ich sie erreichte, stand sie ganz einfach da. Sie konnte nicht hinausfinden! Die Fenster waren ihr entgegengeborsten, und die Glasscherben... O Gott, M'sieur, die Glasscherben!« Pierre konnte die Tränen nicht mehr zurückhalten. Er riß sich die Baskenmütze herunter und bedeckte sein Gesicht damit. Eine diagonale Linie über der Stirn trennte die weiße Kopfhaut von seinem gebräunten, wettergegerbten Gesicht. Seit vierzig Jahren hatte er die Mütze im Freien nicht abgesetzt. Er trocknete sich die Augen, schniefte vernehmlich und setzte die Mütze wieder auf. »Ich habe Madame bei der Hand genommen und sie hinausgeführt. Überall war der Weg von brennenden Trümmern versperrt. Ich mußte sie mit den bloßen Händen beiseiteräumen. Aber ich bin rausgekommen! Ich habe sie hinausgebracht! Nur diese Glasscherben...« Pierre brach zusammen; er schluckte laut, und Tränen tropften von seiner Nase.

Hel erhob sich und schloß den Alten in die Arme. »Sie waren sehr tapfer, Pierre.«

»Aber ich bin doch der *patron*, wenn Sie nicht hier sind! Und ich habe es nicht geschafft, sie aufzuhalten.«

»Sie haben alles Menschenmögliche getan.«

»Ich wollte sie aufhalten!«

»Das weiß ich.«

»Und Madame? Wird sie wieder gesund werden?«

»Sie wird am Leben bleiben.«

»Und ihre Augen?«

Hel wandte den Blick ab, atmete ganz langsam ein und dann wieder aus. Eine Zeitlang schwieg er. Endlich räusperte er sich und sagte: »Wir haben sehr viel zu tun, Pierre.«

»Aber M'sieur, was denn? Das Château ist hin.«

»Wir werden aufräumen und reparieren, was noch zu reparieren ist. Ich brauche Ihre Hilfe. Sie sollen die geeigneten Männer einstellen und sie bei der Arbeit anleiten.«

Pierre schüttelte den Kopf. Er hatte es nicht geschafft, das Château zu schützen. Er verdiente kein Vertrauen mehr.

»Ich möchte, daß Sie persönlich die Männer aussuchen. Räumen Sie die Trümmer auf. Machen Sie den Westflügel wetterfest. Reparieren Sie, was repariert werden muß, damit wir den Winter überstehen können. Und im nächsten Frühjahr beginnen wir dann mit dem Wiederaufbau.«

»Aber M'sieur! Es wird ewig dauern, das Château wieder aufzubauen!«

»Ich habe nicht gesagt, daß wir damit fertig werden, Pierre.«

Pierre überlegte. »Na schön«, sagte er dann. »Na schön. Ach ja, Sie haben Post, M'sieur. Einen Brief und ein Päckchen. Sie müssen hier irgendwo liegen.« Er wühlte in dem Chaos von sitzlosen Stühlen,

leeren Schachteln und sonstigem, jeder Beschreibung spottenden Sperrmüll, mit dem er sein Heim möbliert hatte. »Ah ja! Das sind sie. Genau dort, wo ich sie hingelegt hatte.«
Päckchen und Brief stammten beide von Maurice de Lhandes. Während Pierre sich mit einem Schluck aus der Flasche stärkte, las Hel den Brief:

Mein lieber Freund!
Meinen ersten Versuch dieser Epistel habe ich zerrissen und weggeworfen, weil er mit einem so melodramatischen Satz begann, daß ich darüber lachen mußte und fürchtete, Dir würde er peinlich sein. Doch ich finde keine bessere Möglichkeit, Dir mitzuteilen, was ich Dir sagen möchte. Deshalb also hier jene erste pathetische Formulierung:
Wenn Du dies liest, Nikolai, bin ich nicht mehr am Leben.
(Hier bitte innehalten, bis mein geisterhaftes Gelächter und Deine mitfühlende Verlegenheit abgeklungen sind.)
Es gibt viele Gründe für meine freundschaftlichen Gefühle für Dich, die ich hier zitieren könnte, aber folgende drei werden genügen. Erstens: Genau wie ich, hast Du den Regierungen und Konzernen stets Grund zu Angst und Sorge gegeben. Zweitens: Du warst außer Estelle der letzte Mensch, mit dem ich im Leben gesprochen habe. Und drittens: Du hast nicht nur niemals auf meine körperliche Mißgestaltung angespielt, Du hast sie auch nie übersehen oder meine Gefühle verletzt, indem Du von Mann zu Mann mit mir darüber zu sprechen suchtest.
Anbei sende ich Dir ein Geschenk (das Du gieriges Biest wahrscheinlich bereits geöffnet hast). Es enthält etwas, das Dir eines Tages vielleicht von Nutzen sein mag. Erinnerst Du Dich, daß ich Dir sagte, ich hätte etwas gegen die Vereinigten Staaten von Amerika in der Hand? Etwas so Dramatisches, daß die Freiheitsstatue sich hinlegen und Dir jede Öffnung darbieten würde, die Du zu benutzen wünschtest? Nun, hier ist es.
Ich sende Dir nur die Fotokopien; die Originale habe ich vernichtet. Der Feind wird jedoch nie erfahren, daß sie nicht mehr existieren, und ebensowenig weiß er, daß ich tot bin. (Erstaunlich, wie merkwürdig es mir vorkommt, dies im Präsens zu formulieren!)
Sie werden niemals erfahren, daß sich die Originale nicht, durch den üblichen Druckknopf-Modus gesichert, in meinem Besitz befinden;

mit ein wenig schauspielerischem Talent sollte es Dir also möglich sein, sie nach Deinem Belieben zu manipulieren.
Wie Du weißt, hat mich meine angeborene Intelligenz stets vor der Torheit bewahrt, an ein Leben nach dem Tod zu glauben. Aber man kann immerhin auch als Toter noch einen gewissen Störfaktor darstellen – und dieser Gedanke erfreut mich sehr.
Bitte besuche Estelle von Zeit zu Zeit und sorge dafür, daß sie sich begehrenswert fühlt. Und grüße mir Deine wundervolle Asiatin sehr herzlich!
In aufrichtiger Freundschaft,

Maurice.

PS. Habe ich neulich beim Dinner übrigens erwähnt, daß den Morcheln etwas Zitronensaft fehlte? Ich hätte es erwähnen sollen!

Hel zerriß die Verschnürung um das Päckchen und überflog den Inhalt. Eidesstattliche Erklärungen, Fotos, Akten, allesamt Unterlagen in Verbindung mit Personen und Regierungsorganisationen, die in den Mord an John F. Kennedy und in die Vertuschung wichtiger Aspekte des Attentats verwickelt waren. Besonders interessant schienen die Aussagen einer Person, die als der »Mann mit dem Regenschirm« bezeichnet wurde, einer anderen, die als der »Mann auf der Feuertreppe« aufgeführt war, und einer dritten, genannt das »Hügelkommando«.
Hel nickte. Das war allerdings gefährlicher Zündstoff.

Nach einer einfachen Mahlzeit aus Wurst, Brot und Zwiebeln, heruntergespült mit billigem Rotwein in Pierres unordentlichem Wohnzimmer, machten sie einen Spaziergang über das Grundstück, hielten sich aber sorgfältig von dem schmerzerfüllenden Anblick der Ruine des Châteaus fern. Es wurde bereits Abend, lachsrote und violette Federwölkchen sammelten sich an den Bergspitzen.
Hel sagte, er würde für einige Tage verreisen; bei seiner Rückkehr könnte dann mit den Reparaturarbeiten begonnen werden.
»Wollen Sie mir das wirklich anvertrauen, M'sieur? Nachdem ich Sie so im Stich gelassen habe?« Pierre empfand Selbstmitleid. Er war zu der Erkenntnis gekommen, er hätte Madame besser beschützen können, wäre er nüchtern gewesen.
Hel wechselte das Thema. »Was können wir morgen für Wetter erwarten, Pierre?«

Der Alte warf einen lustlosen Blick zum Himmel, dann zuckte er gleichgültig die Achseln. »Keine Ahnung, M'sieur. Ehrlich gesagt, ich kann das Wetter gar nicht vorhersagen. Ich tue nur so...«
»Aber Pierre! Ihre Wettervorhersagen waren immer zutreffend. Ich verlasse mich auf sie, und bisher haben sie mir immer geholfen.«
Stirnrunzelnd suchte Pierre sich zu erinnern. »Wirklich, M'sieur?«
»Ohne Ihren guten Rat würde ich mich nicht in die Berge wagen.«
»Wirklich?«
»Ich bin überzeugt, daß zur Wetterprophezeiung Weisheit, Alter und baskisches Blut erforderlich sind. Das Alter werde ich mit der Zeit zweifellos erreichen, die Weisheit vielleicht sogar auch. Aber das baskische Blut...« Seufzend schlug Hel nach einem Strauch am Wegrand.
Pierre dachte eine Weile schweigend über diese Worte nach. Schließlich erwiderte er: »Wissen Sie was? Ich glaube, Sie haben recht, M'sieur. Es ist wahrscheinlich eine Begabung. Sogar ich tue zwar so, als ob es an den Zeichen am Himmel liegt, aber in Wirklichkeit ist es eine Begabung – eine Fähigkeit, die nur mein Volk besitzt. Sehen Sie zum Beispiel, daß die Himmelsschäfchen dort ein rostbraunes Fell haben? Also, dazu muß man unbedingt wissen, daß der Mond in seiner abnehmenden Phase steht und daß die Vögel heute morgen sehr tief geflogen sind. Aus diesen Zeichen kann ich mit Sicherheit voraussagen, daß...«

DIE KIRCHE VON ALOS

Pater Xavier hielt den Kopf gesenkt und hatte die Finger an die Schläfe gepreßt, so daß die verschwommenen Züge der alten Frau hinter dem Gitter des Beichtstuhls zum größten Teil von seiner Hand verdeckt waren. Es wirkte wie eine Haltung mitfühlenden Verständnisses, die es ihm jedoch gestattete, seinen eigenen Gedanken nachzuhängen, während die Büßerin monoton weiterplapperte, jeden kleinsten Fehltritt erwähnte und hoffte, Gott durch die ermüdende Banalität ihrer Sünden davon zu überzeugen, daß sie keiner größeren Untat schuldig war. Sie hatte inzwischen den Punkt erreicht, an dem sie begann, auch die Sünden ihrer Mitmenschen zu beichten – Vergebung zu erbitten dafür, daß sie nicht stark genug gewesen war, ihren Mann am Trinken zu hindern, daß sie sich den bösen Klatsch von

Madame Ibar, ihrer Nachbarin, angehört hatte, daß sie ihrem Sohn gestattet hatte, die Messe zu versäumen und statt dessen an der Wildschweinjagd teilzunehmen.

Automatisch bei jeder Pause einen ermunternden, fragenden Laut von sich gebend, beschäftigte sich Pater Xavier in Gedanken mit dem Problem des Aberglaubens. Heute morgen bei der Messe hatte der Wanderprediger sich eines uralten Aberglaubens bedient, um die Aufmerksamkeit der Gemeinde zu fesseln und seiner Botschaft des Glaubens und der Revolution Nachdruck zu verleihen. Er selbst war natürlich zu gebildet, um die primitiven Ängste zu teilen, von denen die Frömmigkeit der Gebirgsbasken gekennzeichnet ist; als Soldat Christi jedoch hielt er es für seine Pflicht, jede Waffe einzusetzen, die sich ihm bot, um einen Streich für die militante Kirche zu führen. Er kannte den alten Aberglauben, der besagte, das Schlagen einer Uhr während der *Sagara* (der Wandlung) sei ein unfehlbares Zeichen unmittelbar bevorstehenden Todes. Also hatte er ganz unten neben dem Altar, wo er sie gut sehen konnte, eine Uhr plaziert und die *Sagara* so eingerichtet, daß sie genau mit dem Stundenschlag zusammenfiel. Durch die Gemeinde war ein hörbares Raunen gegangen, gefolgt von abgrundtiefer Stille. Und er hatte dieses Vorzeichen eines drohenden Todes aufgegriffen und den Leuten erklärt, es bedeutete das Ende der Unterdrückung des baskischen Volkes sowie den Tod gottloser Einflüsse innerhalb der revolutionären Bewegung. Der Erfolg – manifestiert zum Teil durch mehrere Einladungen zum Abendessen und Übernachten in den Häusern einheimischer Bauern, zum Teil durch einen außergewöhnlich starken Besuch der abendlichen Beichte (sogar einige Männer waren gekommen, aber natürlich ausschließlich alte) – hatte ihn durchaus zufriedengestellt.

Würde diese letzte Frau mit ihrem Katalog unwichtiger Übertreibungen denn niemals zu Ende kommen? Der Abend nahte, vertiefte die Düsterkeit der alten Kirche, und er spürte erste Regungen des Hungers. Kurz bevor diese in Selbstmitleid schwelgende Schwätzerin kam und ihren massigen Körper in den Beichtstuhl zwängte, hatte er einen Blick hinausgeworfen und festgestellt, daß sie die letzte für heute war. Er stieß einen leisen Seufzer aus und unterbrach ihren Strom der läßlichen Sünden, indem er sie seine Tochter nannte, ihr versicherte, Christus verstehe und verzeihe alles, und ihr eine Buße von vielen langen Gebeten auferlegte, damit sie sich wichtig genug vorkam.

Als sie endlich aus dem Beichtstuhl trat, lehnte er sich behaglich zurück, um ihr Zeit zum Verlassen der Kirche zu geben. Unziemliche Eile auf dem Weg zu einer Essenseinladung hätte höchst unangemessen gewirkt. Gerade wollte er sich erheben, als der Vorhang abermals raschelte und ein neuer Bußfertiger sich in den Schatten des Beichtstuhls schob.

Pater Xavier seufzte ungeduldig.

Eine sehr leise Stimme sagte: »Sie haben nur noch wenige Sekunden für ein Gebet, Pater.«

Der Priester versuchte durch das Gitter in die Schatten des Beichtstuhls zu spähen und keuchte vor Entsetzen auf. Er sah eine Gestalt mit einer Binde um den Kopf, ähnlich dem Kinnband, das man den Toten anlegte, um ihren Mund geschlossen zu halten! Ein Geist? Pater Xavier, viel zu gebildet, um abergläubisch zu sein, wich vor dem Gitter zurück, soweit es nur ging, und streckte sein Kruzifix aus. »Weiche! *I! Abi!*«

Die leise Stimme sagte: »Denken Sie an Beñat Le Cagot.«

»Wer bist du? Was ...«

Das Weidengitter barst, und die Spitze von Le Cagots *makila* drang in den Brustkorb des Priesters, durchbohrte ihm das Herz und nagelte ihn an die Wand des Beichtstuhls.

Nie mehr sollte es gelingen, den Glauben der Dorfleute an das Todesurteil der *Sagara* zu erschüttern, denn dieser hatte sich vollauf bestätigt. Und in den folgenden Monaten wurde ein neuer farbiger Faden in die Volkslegende um Le Cagot gewoben – des Mannes, der auf geheimnisvolle Weise in den Bergen verschwunden war, von dem man aber behauptete, er tauche jedesmal auf, wenn baskische Freiheitskämpfer ihn am dringendsten brauchten. Aus eigener Kraft, von Rache getrieben, war Le Cagots *makila* bis zum Dorf Alos geflogen, um jenen heuchlerischen Priester zu bestrafen, der ihn so schnöde verraten hatte.

NEW YORK

Als er in dem eleganten Privataufzug stand – Gott sei Dank ohne Musikberieselung –, bewegte Hel vorsichtig seine Kinnlade von einer Seite zur anderen. In den acht Tagen, die er gebraucht hatte, um diese Zusammenkunft zu arrangieren, war sein Körper gut geheilt. Der

Unterkiefer war zwar noch steif, benötigte aber nicht mehr die alberne Mullbinde; seine Hände waren noch empfindlich, die Verbände aber waren verschwunden, genauso wie die letzten gelblichen Spuren des Blutergusses auf der Stirn.
Der Aufzug hielt; die Tür öffnete sich direkt in ein Vorzimmer, wo ein Sekretär sich erhob und ihn mit leerem Lächeln begrüßte. »Mr. Hel? Der Vorsitzende wird Sie gleich empfangen. Der andere Gentleman wartet schon drinnen. Möchten Sie auch hineingehen?« Der Sekretär war ein hübscher junger Mann mit seidenem, bis zur Brust offenstehendem Hemd und enggeschnittener Hose aus einem weichen Material, unter dem sich die Wölbung seines Penis wirkungsvoll abzeichnete. Er begleitete Hel in ein Empfangszimmer, das eingerichtet war wie die gute Stube eines wohlhabenden Bauernhauses: behäbige Polstersessel mit geblümtem Bezug, Spitzenvorhänge, ein niedriger Teetisch, zwei Lincoln-Schaukelstühle, Nippes in einer verglasten Etagère, auf einem Klavier gerahmte Familienfotos von drei Generationen.
Der Gentleman, der sich von dem dickgepolsterten Sofa erhob, hatte zwar semitische Züge, sprach jedoch mit reinem Oxford-Akzent. »Mr. Hel? Ich freue mich sehr, Sie kennenzulernen. Ich bin Mr. Able und vertrete in Fällen wie diesem die Interessen der OPEC-Länder.« Sein Handschlag war von einem zusätzlichen Druck begleitet, der auf seine sexuellen Neigungen schließen ließ. »Bitte, nehmen Sie doch Platz, Mr. Hel. Der Vorsitzende wird gleich kommen. Es hat sich im letzten Moment noch etwas ergeben, und sie wurde abberufen.«
Hel wählte den am wenigsten geschmacklosen Sessel. »Sie?« fragte er.
Mr. Able lachte melodisch. »Ach, wußten Sie nicht, daß der Vorsitzende eine Frau ist?«
»Nein. Warum wird sie dann aber nicht *die* Vorsitzende genannt oder wenigstens mit einer von diesen häßlichen Wortschöpfungen bedacht, mit denen die Amerikaner unter Aufopferung der Euphonie ihr soziales Gewissen erleichtern: Geschäftsperson, Milchperson, Verbindungsperson – und so weiter?«
»Oh, Sie werden feststellen, daß der Vorsitzende sich niemals von Konventionen knebeln läßt. Nachdem sie eine der mächtigsten Personen der Welt geworden ist, braucht sie nicht mehr um Anerkennung zu werben; und Gleichberechtigung wäre für sie ein gewaltiger Schritt abwärts.« Mr. Able lächelte und legte kokett den Kopf auf die

Schulter. »Wissen Sie, Mr. Hel, ich habe eine Menge über Sie erfahren, bevor Ma mich zu dieser Sitzung einlud.«

»Ma?«

»Jeder, der dem Vorsitzenden nahesteht, nennt sie Ma. Ein kleiner Familienscherz. Oberhaupt der Muttergesellschaft, verstehen Sie?«

»Ich verstehe.«

Die Tür zum Vorzimmer wurde geöffnet, und ein muskulöser junger Mann mit makelloser Sonnenbräune und goldblonden Locken trug ein Tablett herein.

»Stellen Sie's nur dort hin«, wies Mr. Able ihn an. Dann wandte er sich wieder Hel zu: »Ma wird mich zweifellos bitten, das Einschenken zu übernehmen.«

Der hübsche Beachboy ging wieder hinaus, nachdem er den Teetisch gedeckt hatte: dickes billiges Porzellan mit blauem Weidenmuster.

Mr. Able bemerkte den Blick, mit dem Hel das Geschirr musterte. »Ich weiß, was Sie denken, Mr. Hel. Ma umgibt sich gern mit Dingen, die sie als ›gemütlich‹ bezeichnet. Von Ihrer bewegten Vergangenheit, Mr. Hel, erfuhr ich vor einiger Zeit anläßlich einer Informationssitzung. Selbstverständlich hätte ich nie erwartet, Sie persönlich kennenzulernen – jedenfalls nicht, nachdem Mr. Diamond uns von Ihrem Tod unterrichtet hatte. Bitte glauben Sie mir, daß ich zutiefst bedauere, was die Sonderpolizei der Muttergesellschaft Ihrem Wohnsitz angetan hat. Für mich ist das ein unverzeihlicher Vandalismus.«

»So, ist es das?« Hel wurde ungeduldig wegen der Verzögerung und hatte keine Lust, lange mit diesem Araber zu plaudern. Er stand auf und trat ans Klavier mit dem Arrangement von Familienfotos. In diesem Moment öffnete sich die Tür zum Büro, und der Vorsitzende kam herein.

Eilfertig sprang Mr. Able auf. »Mrs. Perkins, darf ich Ihnen Nikolai Hel vorstellen?«

Sie ergriff Hels Hand und drückte sie herzlich mit rundlichkurzen Pummelfingern. »Liebe Güte, Mr. Hel, Sie können sich gar nicht vorstellen, wie sehr ich mich darauf gefreut habe, Sie kennenzulernen.« Mrs. Perkins war eine mollige Frau Mitte Fünfzig. Klare mütterliche Augen, Hals unter mehreren Kinnschichten verborgen, graues, zum Knoten aufgestecktes Haar, aus dessen Netz sich einige Strähnen gelöst hatten, mächtiger Busen, runde Unterarme mit

Grübchen an den Ellbogen, das Ganze in ein purpurnes Seidenkleid gezwängt. »Wie ich sehe, betrachten Sie gerade meine Familie. Mein Stolz und meine Freude, wie ich immer sage. Das da, das ist mein kleiner Enkel. Ein richtiger Racker. Und das ist Mr. Perkins. Ein großartiger Mann. Cordon-bleu-Koch und ein wahrer Zauberer, was Blumen angeht.« Sie schenkte den Fotos ein zärtliches Lächeln und schüttelte mit liebevollem Besitzerstolz den Kopf. »Nun ja, vielleicht sollten wir uns jetzt doch lieber den Geschäften widmen. Nehmen Sie Tee, Mr. Hel?« Mit einem erleichterten Seufzer ließ sie sich in einem der Lincoln-Schaukelstühle nieder. »Ich wüßte wirklich nicht, wie ich ohne meinen Tee zurechtkommen sollte.«

»Haben Sie sich die Unterlagen angesehen, die ich Ihnen zugeschickt habe, Mrs. Perkins?« Er hob verneinend die Hand in Mr. Ables Richtung, denn er zog es vor, auf einen aus Beuteln bereiteten Tee zu verzichten.

Der Vorsitzende beugte sich vor und legte Hel die Hand auf den Arm. »Bitte, nennen Sie mich doch einfach Ma. Alle Welt tut das.«

»Haben Sie sich die Unterlagen angesehen, Mrs. Perkins?«

Das herzliche Lächeln auf ihrem Gesicht erlosch, und ihre Stimme wurde beinahe metallisch hart. »Das habe ich.«

»Wie Sie sich erinnern werden, habe ich als Vorbedingung für unsere Verhandlungen die Forderung gestellt, Mr. Diamond dürfte nichts davon erfahren, daß ich noch am Leben bin.«

»Und ich habe diese Bedingung akzeptiert.« Sie warf Mr. Able einen kurzen Blick zu. »Der Inhalt von Mr. Hels Akte ist ausschließlich für meine Augen bestimmt. Sie werden sich in dieser Hinsicht meiner Führung überlassen müssen.«

»Gewiß, Ma.«

»Und?« fragte Hel.

»Ich will nicht leugnen, daß Sie uns da in eine Klemme gebracht haben, Mr. Hel. Aus verschiedenen Gründen ist uns daran gelegen, die Situation nicht ausgerechnet jetzt zu komplizieren, da unser Kongreß die Energievorlage von diesem Cracker auseinandernimmt. Wenn ich die Lage recht verstehe, wären wir schlecht beraten, einen Gegenschlag gegen Sie zu führen, da wir dadurch die Freigabe der Informationen an die europäische Presse auslösen würden. Sie befinden sich gegenwärtig in den Händen einer Person, die Fat Boy als den Gnom identifiziert. Ist das richtig?«

»Das ist richtig.«

»Dann ist es also eine Preisfrage, Mr. Hel. Was *ist* Ihr Preis?«
»Mehrere Punkte. Zunächst haben Sie mir einigen Landbesitz in Wyoming genommen. Den will ich wiederhaben.«
Weit erhaben über etwas so Triviales, winkte der Vorsitzende mit der Pummelhand ab.
»Und ich verlange, daß Ihre Tochterfirmen in einem Umkreis von dreihundert Meilen um meinen Besitz jeglichen Tagebau einstellen.«
Mrs. Perkins' Kinnmuskeln spannten sich vor mühsam beherrschtem Zorn, der Blick ihrer kalten Augen ruhte auf Hel. Dann blinzelte sie zweimal und antwortete: »Gut.«
»Zweitens wurde von meinem Schweizer Bankkonto Geld gestohlen.«
»Aber gewiß doch. Gewiß! Ist das alles?«
»Nein. Mir ist klar, daß Sie jede dieser Aktionen nach Belieben rückgängig machen können. Deswegen werde ich die fraglichen Informationen auf unbestimmte Dauer in Bereitschaft halten. Sollten Sie mich in irgendeiner Form belästigen, wird der Knopf losgelassen.«
»Ich verstehe. Fat Boy hat mir mitgeteilt, daß der Gnom ziemlich schwer erkrankt sein soll.«
»Dieses Gerücht ist mir auch zu Ohren gekommen.«
»Ist Ihnen klar, daß Sie Ihren Schutz verlieren, wenn er stirbt?«
»Nicht ganz, Mrs. Perkins. Denn er müßte nicht nur sterben, sondern Ihre Leute müßten sich auch vergewissern, daß er tot ist. Und ich weiß zufällig, daß Sie ihn bisher nicht finden konnten, ja nicht einmal eine Ahnung haben, wie er überhaupt aussieht. Ich vermute, daß Sie die Suche nach ihm verstärken werden, aber ich zähle darauf, daß er sich an einem Ort versteckt hat, wo Sie ihn niemals aufstöbern werden.«
»Das werden wir sehen. Sonst stellen Sie keine Forderungen an uns?«
»Doch, ich stelle weitere Forderungen an Sie. Ihre Leute haben mein Haus zerstört. Wahrscheinlich kann es nie wieder im alten Zustand aufgebaut werden, da es keine Handwerker mehr von der Qualität derer gibt, die es errichtet haben. Aber ich will es immerhin versuchen.«
»Wieviel?«
»Vier Millionen.«

»Kein Haus ist vier Millionen Dollar wert!«
»Jetzt sind es schon fünf Millionen.«
»Mein lieber Junge, ich habe meine berufliche Laufbahn mit weniger als einem Viertel davon begonnen, und wenn Sie glauben ...«
»Sechs Millionen.«
Mrs. Perkins preßte die Lippen zusammen. Es herrschte absolutes Schweigen, während Mr. Able nervös die Augen von den beiden abwandte, die sich über den Teetisch hinweg ansahen, sie mit eiskaltem, starren Blick, er mit halbgesenkten Lidern über lächelnden grünen Augen.
Mrs. Perkins tat einen langen, beruhigenden Atemzug. »Nun gut. Aber das sollte lieber Ihre letzte Forderung sein.«
»Leider ist sie das aber nicht.«
»Ihr Preis hat die Höchstgrenze erreicht. Von einem bestimmten Punkt an ist das, was für Amerika gut ist, nicht unbedingt auch für die Muttergesellschaft gut.«
»Ich glaube, Mrs. Perkins, meine letzte Forderung wird Ihnen zusagen. Hätte Ihr Mr. Diamond seinen Auftrag exakt ausgeführt, hätte er sein Urteilsvermögen nicht von seiner persönlichen Feindschaft mir gegenüber trüben lassen, dann ständen Sie jetzt nicht vor diesem Dilemma. Meine letzte Forderung lautet: Geben Sie mir Diamond. Und ich verlange den CIA-Gangster namens Starr und den PLO-Kameltreiber, den Sie Mr. Haman nennen. Betrachten Sie dies bitte nicht als zusätzliche Zahlung. Denn ich erweise Ihnen einen Dienst, indem ich Unfähigkeit bestrafe.«
»Und das ist Ihre letzte Forderung?«
»Das ist meine letzte Forderung.«
Der Vorsitzende wandte sich an Mr. Able. »Wie haben Ihre Leute auf den Tod der Septembristen bei diesem Flugzeugunglück reagiert?«
»Bisher glauben sie immer noch, daß es genau das war: ein Flugzeugunglück. Daß es sich um Mord handelte, haben wir ihnen nicht mitgeteilt. Wir wollten erst Ihre Anweisungen abwarten, Ma.«
»Aha. Und dieser Mr. Haman – der ist, glaube ich, mit dem Führer der PLO verwandt, nicht wahr?«
»Ganz recht, Ma.«
»Wie wird man seinen Tod aufnehmen?«
Mr. Able überlegte einen Moment. »Wir werden möglicherweise noch einmal Konzessionen machen müssen. Aber ich meine, das dürfte sich arrangieren lassen.«

Mrs. Perkins wandte sich wieder an Hel. Sekundenlang starrte sie ihn wortlos an. »Einverstanden«, sagte sie schließlich kalt.
Hel nickte. »Es soll folgendermaßen organisiert werden. Sie zeigen Diamond die Informationen über den Kennedy-Mord, die Sie in Händen haben. Sie werden ihm auseinandersetzen, Sie hätten die Spur des Gnoms, wüßten jedoch außer ihm niemanden, dem Sie den Auftrag, ihn zu töten und die Originale zu beschaffen, anvertrauen könnten. Er wird einsehen, wie gefährlich es wäre, anderen Personen Einblick in dieses Material zu gewähren. Sie werden Diamond anweisen, sich in das spanisch-baskische Dorf Oñate zu begeben. Dort wird sich ein Führer bei ihm melden, der ihn ins Gebirge bringt, wo sie angeblich den Gnom finden sollen. Von da an übernehme ich alles Weitere. Ach, und noch eins – etwas überaus Wichtiges. Ich wünsche, daß alle drei gut bewaffnet sind, wenn sie in die Berge gehen.«
»Haben Sie alles verstanden?« fragte sie Mr. Able, ohne den Blick von Hels Gesicht zu wenden.
»Jawohl, Ma.«
Sie nickte. Dann wich der strenge Ausdruck von ihrem Gesicht, und sie drohte Hel lächelnd mit dem Finger. »Sie sind ein sehr tüchtiger Bursche, junger Mann. Ein echter Roßtäuscher. Sie hätten es auf dem kommerziellen Sektor weit gebracht. Sie haben die Anlagen zu einem wirklich hervorragenden Geschäftsmann.«
»Ich überhöre diese Beleidigung.«
Mrs. Perkins lachte, daß ihre Kinnschichten bebten. »Wie erfrischend wäre es, mit Ihnen einen langen Schwatz zu halten, mein Sohn! Aber in einem anderen Büro warten leider schon wieder Leute auf mich. Wir haben da ein Problem mit Jugendlichen, die gegen eines unserer Atomkraftwerke demonstrieren. Die jungen Menschen sind heutzutage auch nicht mehr das, was sie mal waren, aber ich liebe sie trotzdem, die kleinen Teufel.« Sie stemmte sich aus dem Schaukelstuhl hoch. »Ach Gott, es stimmt schon, was man so sagt: Die Pflichten einer Frau nehmen kein Ende.«

PLATEAU/COL PIERRE SAINT-MARTIN

Diamond war nicht nur gereizt und körperlich erschöpft, sondern hatte außerdem das unangenehme Gefühl, daß er ziemlich albern wirkte, wie er da blind durch den grellweißen Nebel tappte und sich gehorsam an ein Stück Seil klammerte, das sich der Führer um die Taille gebunden hatte, dessen geisterhafte Gestalt er in weniger als drei Meter Entfernung nur gelegentlich ausmachen konnte. Ein Seil um Diamonds Taille führte hinab in den grellen Dunst, wo Starr sich an seinem verknoteten Ende hielt; und der Texaner wiederum war mit dem PLO-Lehrling Haman verbunden, der sich jedesmal bitterlich beschwerte, wenn sie sich zu einer kurzen Rast auf einen der feuchten Felsbrocken des hohen *col* setzten. Der Araber war stundenlange körperliche Anstrengungen nicht gewöhnt; seine neuen Bergschuhe scheuerten ihm die Knöchel wund, und die Muskeln seines Unterarms zitterten vor Anspannung bei dem krampfhaften Griff um das Seil, das ihn mit den anderen verband und das er nicht loszulassen wagte, aus Angst, den Kontakt mit ihnen zu verlieren und blind und allein in dieser wilden Gegend zurückbleiben zu müssen. So hatte er sich das Abenteuer ganz und gar nicht vorgestellt, als er sich vor zwei Tagen in seinem Hotelzimmer in Oñate vor dem Spiegel in Positur gestellt hatte, eine romantische Gestalt in Bergkleidung und Stiefeln, eine schwere Magnum im Halfter an der Hüfte. Er hatte sogar geübt, die Waffe möglichst schnell zu ziehen, und den hart dreinblickenden Profi im Spiegel gebührend bewundert. Er erinnerte sich noch genau, wie erregt er einen Monat zuvor gewesen war, als er auf dieser Bergwiese sein Magazin in den zuckenden Körper der Jüdin geleert hatte, nachdem sie von Starr umgelegt worden war.

Genauso aufreizend wie das körperliche Unbehagen war für Diamond das unablässige Summen und Singen des drahtigen alten Bergführers, der sie bedächtig um den Rand zahlloser tiefer, mit dichtem Nebel gefüllter Spalten herumführte, deren gefährliche Natur er ihnen mit ausholenden Gesten klargemacht hatte, indem er – nicht ohne Galgenhumor – Augen und Mund weit aufriß und einen Abstürzenden mimte, der hilflos mit den Armen wedelte, die Hände im Gebet erhob und die Augen in wilder Angst verdrehte. Nicht nur das nasale Winseln der baskischen Melodien nagte an Diamonds Geduldsfaden, sondern auch die Tatsache, daß die Stimme aufgrund des merkwürdigen Unterwassereffekts einer Milchsuppe von überall zugleich zu kommen schien.

Diamond hatte versucht, den Führer zu fragen, wie lange sie sich noch durch diese Milchsuppe tasten müßten, wie weit es noch bis dorthin sei, wo sich der Gnom angeblich versteckt hielt. Aber die einzige Antwort waren ein Grinsen und ein kurzes Kopfnicken gewesen. Als sie von einem spanischen Basken, der sie im Dorf aufgesucht hatte, am Fuß der Berge diesem Führer übergeben worden waren, hatte Diamond ihn gefragt, ob er Englisch verstünde, und der kleine Alte hatte ihm grinsend geantwortet: »*A lee-tle bit.*« Als Diamond einige Zeit später wissen wollte, wie lange es noch dauern würde, bis sie ihr Ziel erreichten, hatte der Führer abermals geantwortet: »*A lee-tle bit.*« Das war eine seltsame Erwiderung, die Diamond veranlaßte, den Alten nach seinem Namen zu fragen. »*A lee-tle bit.*« Na fein! Einfach großartig!

Diamond begriff durchaus, warum der Vorsitzende ihn beauftragt hatte, diese Angelegenheit persönlich zu erledigen. Daß Ma ihm eine so explosive Information anvertraute, war eine besondere Auszeichnung und ihm nach der gewissen Kühle in ihren Mitteilungen, seit die Septembristen bei dieser Flugzeugexplosion umgekommen waren, besonders willkommen. Aber sie waren jetzt seit zwei Tagen in den Bergen, angeseilt wie Kinder, die Blindekuh spielen, und stolperten durch diese grellweiße Milchsuppe, die ihre Augen mit stechendem Licht blendete. Sie hatten eine kalte unbequeme Nacht auf steinigem Boden verbringen müssen, nachdem sie ein Abendessen aus hartem Brot, fetter scharfgewürzter Wurst, die ihnen den Mund verbrannte, und saurem Wein aus einem Spritzsack eingenommen hatten, mit dem Diamond nicht umzugehen verstand. Wie lange dauerte es wohl noch, bis sie das Versteck des Gnoms endlich erreichten? Wenn nur dieser blöde Bauer mit seinem ewigen Gesinge aufhören würde!

Und das tat er in just diesem Moment. Diamond hätte den grinsenden Führer fast umgerannt, weil dieser inmitten eines mit Steinen übersäten kleinen Plateaus stehengeblieben war, über das sie sich, stets vorsichtig die gefährlichen *gouffres* meidend, einen Weg gebahnt hatten.

Als Starr und Haman zu ihnen stießen, bedeutete der Führer ihnen, sie müßten hier warten, während er selbst aus irgendeinem Grund vorausgehen würde.

»Wie lange werden Sie fortbleiben?« erkundigte sich Diamond, jedes Wort, als könnte das helfen, langsam und deutlich artikulierend.

»*A lee-tle bit*«, lautete die Antwort des Führers, und er verschwand in der dicken Waschküche. Einen Moment darauf schien seine Stimme von allen Seiten zugleich zu kommen. »Machen Sie sich's nur bequem, meine Freunde.«

»Dieser Scheißkerl spricht also doch Englisch«, rief Starr. »Was zum Teufel geht hier vor?«
Diamond schüttelte den Kopf, beunruhigt und verwirrt über die totale Stille ringsum.
Minuten verstrichen; das Gefühl von Verlassenheit und Gefahr wurde so stark, daß es sogar den ewig jammernden Araber zum Schweigen brachte. Starr zog den Revolver und entsicherte ihn.
Scheinbar von fern und nah gleichzeitig kam Nikolai Hels charakteristische leise Stimme. »Ist Ihnen schon ein Licht aufgegangen, Diamond?«
Angestrengt spähten sie in die blendende Helle. Nichts.
»Jesus Christus!« flüsterte Starr.
Haman begann leise zu wimmern.
Keine zehn Meter von ihnen entfernt stand Hel unsichtbar im weißen Nebel. Den Kopf ein wenig schiefgelegt, konzentrierte er sich, um die drei völlig verschiedenen Energiemuster auseinanderzuhalten, die von seinen Gegnern ausgingen. Sein Proximitätssinn entdeckte in allen dreien panische Angst, jedoch von unterschiedlicher Qualität. Der Araber stand praktisch vor dem Zusammenbruch. Starr war im Begriff, wild in die blendende Milchsuppe hineinzufeuern. Diamond rang um Selbstkontrolle.
»Verteilt euch!« flüsterte Starr. Er war der Profi.
Hel spürte, wie Starr sich nach links begab, während der Araber sich auf Hände und Knie niederließ und dann, vor sich nach dem Rand eines tiefen *gouffre* tastend, den er nicht sehen konnte, nach rechts hinüberkroch. Diamond stand wie angewurzelt.
Hel spannte die Doppelhähne der beiden Schrotpistolen, die ihm vor Jahren der holländische Industrielle geschenkt hatte. Die von Starr ausgehende Aura näherte sich von links. Hel packte den Griff, so fest er konnte, zielte auf den Mittelpunkt der Aura des Texaners und drückte ab.
Das Krachen der abgefeuerten Schrotpatronen war ohrenbetäubend. Das Explosionsmuster der achtzehn Kugellager sprengte einen Riß in den Nebel, und sekundenlang sah Hel, wie der Texaner, die Arme ausgebreitet, die Füße in der Luft, Brust und Gesicht völlig zerfetzt, rückwärts geschleudert wurde. Gleich darauf schob sich die Milchsuppe wieder zusammen, und das Loch war verschwunden.
Hel ließ die Pistole aus der gefühllosen Hand fallen. Der Schmerz des Rückstoßes pochte bis in den Ellbogen hinauf.

Die Ohren des Arabers dröhnten von der Explosion, und er begann leise zu wimmern. Jede Faser in ihm drängte zur Flucht, aber in welche Richtung? Erstarrt hockte er auf Händen und Knien, während sich zwischen den Beinen seiner Khakihose ein brauner Fleck ausbreitete. So dicht wie möglich an den feuchten Boden gepreßt schob er sich vorwärts, spähte angestrengt in den blendenden, weißen Nebel hinein. Vor ihm nahm ein Felsbrocken Gestalt an, dessen graue Geisterform sich jedoch erst dreißig Zentimeter vor seinem Gesicht verdichtete. Trost suchend, lautlos vor sich hin schluchzend, umarmte er den Stein.

Hels Stimme klang leise und nah. »Lauf, Kameltreiber!«

Der Araber keuchte erschrocken auf und machte einen Satz zur Seite. Sein letzter langgezogener Schrei verhallte, als er in den Schlund eines tiefen *gouffre* stürzte und unten mit dumpfem Klatschen aufschlug.

Als das nachhallende Prasseln gelöster Steine verstummt war, lehnte Hel sich an den Felsbrocken und atmete, die zweite Pistole in der herabhängenden Hand, einmal tief durch. Dann richtete er seine Konzentration auf Diamond, der regungslos ein Stück links von ihm im Nebel hockte.

Nach dem unerwarteten Schrei des Arabers dröhnte die Stille in Diamonds Ohren. Er atmete möglichst flach durch den Mund, um nur ja kein Geräusch zu machen; sein Blick schoß hin und her durch den grellen Nebelvorhang, seine Haut prickelte in Erwartung des Schmerzes.

Eine zehn Sekunden währende Ewigkeit verstrich, dann hörte er Hels leise Gefängnisstimme. »Nun? Ist es nicht genauso, wie Sie es sich ausgedacht hatten, Diamond? Jetzt sind die Machismo-Phantasien eines Konzernlakaien endlich Wahrheit geworden. Der Cowboy Auge in Auge mit dem *yojimbo*. Macht es Spaß?«

Diamond wandte den Kopf von einer Seite zur anderen und suchte verzweifelt die Richtung auszumachen, aus der die Stimme kam. Sinnlos! Jede Richtung schien zu stimmen.

»Ich will Ihnen helfen, Diamond. Sie befinden sich jetzt annähernd acht Meter von mir entfernt.«

In welcher Richtung? In welcher Richtung?

»Sie können ruhig schießen, Diamond. Vielleicht haben Sie ja Glück.«

Nur nicht sprechen! Er wird auf meine Stimme schießen!

Diamond hielt seine schwere Magnum mit beiden Fäusten umklammert und feuerte in den Nebel hinein. Noch einmal nach links, dann nach rechts, dann wieder etwas weiter nach links. »Du Schwein!« schrie er, immer noch schießend. »Du elendes Schwein!«
Zweimal klickte der Hammer auf leeres Metall.
»Scheißkerl!« Mit Mühe senkte Diamond die Pistole, während sein ganzer Oberkörper vor Frustration und Verzweiflung zitterte.
Mit der Fingerspitze berührte Hel sein Ohrläppchen. Es war feucht und schmerzte ein wenig. Ein Steinsplitter von einer dicht neben ihm in den Felsen geschlagenen Kugel hatte ihn gestreift. Er hob die zweite Schrotpistole und richtete sie auf den Punkt in der Milchsuppe, von dem das rasche Pulsieren einer von Todesangst erfüllten Aura ausging.
Dann hielt er inne und ließ die Waffe sinken. Wozu die Mühe? Diese unerwartete Milchsuppe hatte die Katharsis der Rache, die er geplant hatte, in ein mechanisches Abschlachten hilfloser Kreaturen verwandelt. Eine solche Situation bot keine Genugtuung, kein Messen von Können und Mut. Hel, der wußte, daß sie zu dritt und gut bewaffnet sein würden, hatte absichtlich nur diese beiden Pistolen mitgebracht und sich auf zwei Schüsse beschränkt. Er hatte gehofft, die Begegnung dadurch zu einem echten Kampf zu gestalten.
Aber so? Und dieser völlig verstörte Kaufmann da draußen im Nebel? Der war einfach zu unwürdig für eine angemessene Strafe.
Hel begann lautlos von dem Felsblock wegzuschleichen; er wollte Diamond allein und verängstigt in der Milchsuppe zurücklassen, gemartert von der bangen Erwartung, daß ihn jeden Moment der Tod durchbohren würde.
Doch dann blieb er stehen. Ihm fiel ein, daß Diamond ein Diener der Muttergesellschaft war, ein Konzernlakai. Hel dachte an Hochsee-Bohrtürme, die das Meer verunreinigten, an Tagebau auf jungfräulichem Boden, an Öl-Pipelines durch die Tundra, an Atomkraftwerke, erbaut gegen die Proteste derer, die letztlich unter der Verseuchung leiden mußten. Er erinnerte sich an das alte Sprichwort: Wer muß die schweren Dinge auf sich nehmen? Der, der es kann. Mit einem tiefen Seufzer und voller Ekel, der ihm bitter in die Kehle stieg, drehte er sich um und hob den Arm.
Diamonds tierischer Schrei wurde eingeschlossen von dem Krachen der Pistole und seinem Echo. Durch einen wogenden Riß im Nebelvorhang sah Hel sekundenlang einen zerschmetterten Körper, der

sich in der Luft drehte und rücklings in die Dunstwand hineingeschleudert wurde.

CHATEAU D'ETCHEBAR

Hanas Pose verriet maximale Hingabe; ihre einzigen Waffen in diesem Spiel waren genußvolles Stöhnen und die wellenförmigen Vaginalkontraktionen, in denen sie Meisterin war. Hel hatte den Vorteil, abgelenkt und im Durchhalten von der Aufgabe unterstützt zu werden, jede Bewegung strikt kontrollieren zu müssen, da ihre Stellung sehr kompliziert und ausgefallen war und der kleinste Fehler empfindliche Schmerzen auslösen konnte. Ungeachtet dieses Vorteils war er es, der schließlich durch zusammengebissene Zähne murmelte: »Du kleiner Teufel!«

Sofort als sie spürte, daß er den Höhepunkt erreicht hatte, preßte sie aufatmend nach außen und vereinte sich, ihrer Freude laut und beseligt Ausdruck verleihend, mit ihm im Orgasmus.

Nach einigen Minuten des Ausruhens in dankbarer, zärtlicher Umarmung schüttelte er lächelnd den Kopf. »Mir scheint, ich habe wieder verloren.«

»Es scheint so, ja.« Sie lachte verschmitzt.

Hana saß, der verkohlten Ruine des Gartens zugewandt, in der Türöffnung des *tatami*-Zimmers; der Kimono bauschte sich um ihre Hüften; ihr Oberkörper war bis zur Taille nackt, um das Massieren und Streicheln zu empfangen, das sie als Preis für dieses Spiel ausgesetzt hatte. Hel kniete hinter ihr, fuhr mit den Fingerspitzen an ihrer Wirbelsäule entlang und schickte kleine, prickelnde Wellen bis in ihren Nacken und in ihre Haarwurzeln hinauf.

Mit lächelnden Augen, alle Muskeln seines Gesichts entspannt, ließ er seine Gedanken in melancholischer Freude und herbstlichem Frieden umherwandern. In der vergangenen Nacht hatte er einen endgültigen Entschluß gefaßt und war dafür belohnt worden.

Stundenlang hatte er ganz allein im Waffenraum gekniet und die Lage der Steine auf dem Spielbrett erwogen. Früher oder später würde die Muttergesellschaft unweigerlich seinen schwachen Panzer durchbrechen. Entweder würden ihre hartnäckigen Nachforschungen ergeben, daß de Lhandes tot war, oder die Fakten im Zusammenhang mit

Kennedys Tod würden schließlich durch andere Quellen ans Licht kommen. Und dann würden sie ihn jagen.

Er konnte sich wehren, der gesichtslosen Konzernhydra zahllose Arme abschlagen, doch letztlich würde sie Sieger bleiben. Und wahrscheinlich mit etwas so Unpersönlichem wie einer Bombe oder etwas so Ironischem wie einer verirrten Kugel. Wo lag darin die Würde? Wo blieb das *shibumi*? Nun waren die Kraniche also in ihrem Nest gefangen. Er würde in Frieden und Einvernehmen mit Hana leben, bis sie kamen. Dann würde er sich aus dem Spiel zurückziehen. Freiwillig. Durch eigene Hand.

Fast unmittelbar, nachdem er zu dieser Erkenntnis über den Stand des Spiels und des einzig möglichen Schrittes zu einem würdigen Abschluß gekommen war, spürte Hel, wie Jahre aufgestauten Abscheus und Hasses von ihm abfielen. Sobald sie von der Zukunft getrennt ist, wird die Vergangenheit zu einer unbedeutenden Parade trivialer Ereignisse, die nicht mehr zusammenhängen, nicht mehr wirksam oder gar schmerzhaft sind.

Es drängte ihn, Rechenschaft über sein Leben abzulegen, die Bruchstücke zu untersuchen, die er mit sich herumgeschleppt hatte. Bis tief in die Nacht hinein, während der warme Südwind sich in den Dachbalken wiegte, kniete er vor dem Lacktischchen, auf dem sich zwei Gegenstände befanden: die Go-Schalen, die Kishikawa-san ihm geschenkt hatte, und der vergilbte offizielle Beileidsbrief, mit den vom häufigen Auseinander- und wieder Zusammenfalten ausgefransten Knicken, den er aus dem Shimbashi-Bahnhof mitgenommen hatte, weil er alles symbolisierte, was von dem würdevollen alten Mann, der in jener Nacht starb, übriggeblieben war.

Während all der Jahre, die er ruhelos im Westen umhergezogen war, hatte er drei geistige Rettungsanker bei sich getragen: die Go-Schalen, Symbol der Zuneigung zu seinem Pflegevater, den verblichenen Brief, Symbol für die japanische Geisteshaltung, und seinen Garten – nicht den Garten, den sie zerstört hatten, sondern die Idee des Gartens in seiner Phantasie, deren unvollkommener Ausdruck dieses Stückchen Land gewesen war. Solange er diese drei Dinge besaß, fühlte er sich reich und vom Glück begünstigt.

Sein neu befreiter Geist ließ sich von flüchtiger Idee zu flüchtiger Erinnerung treiben, und bald darauf befand er sich – wie selbstverständlich – auf seiner dreieckigen Wiese, eins mit dem goldenen Sonnenschein und dem Gras.

Daheim – nach so langen Wanderjahren!
»Nikko?«
»Hm-hm?«
Sie schmiegte ihren Rücken an seine nackte Brust. Er drückte sie an sich und küßte ihr Haar. »Nikko, hast du mich wirklich nicht gewinnen lassen?«
»Warum sollte ich?«
»Weil du ein sehr seltsamer Mensch bist. Und ein sehr netter.«
»Ich habe dich nicht gewinnen lassen. Und um es dir zu beweisen, werden wir nächstes Mal um die maximale Strafe spielen.«
Sie lachte leise. »Mir ist ein Wortspiel eingefallen – ein englisches.«
»Ach ja?«
»Ich hätte sagen sollen: Du bist dran.«
»Aber das ist ja schrecklich!« Er umarmte sie von hinten und legte die Hände um ihre Brüste.
»Das einzig Tröstliche an allem ist doch dein Garten, Nikko. Ich bin so froh, daß sie ihn verschont haben! Nach all den Jahren, nach all der Liebe und Arbeit, die du hineingesteckt hast, hätte es mir das Herz gebrochen, wenn sie deinen Garten zerstört hätten.«
»Ich weiß.«
Sie brauchte nicht zu wissen, daß es keinen Garten mehr gab.
Und jetzt war es Zeit, Tee zu trinken, den er für sie bereitet hatte.

Trevanian:

Im Auftrag des Drachen

Roman

»Trevanian ist der neue und vielleicht der größte Meister des Thrillers«, schreibt die Kritik über den Autor, dessen verfilmter Roman »Im Auftrag des Drachen« auf Anhieb ein Welterfolg wurde.
Held dieses vielgerühmten Romans ist Jonathan Hemlock, ein in jeder Hinsicht ungewöhnlicher Mann. Er ist nicht nur ein anerkannter Kunsthistoriker und ein weltbekannter Bergsteiger, er ist auch der eigenwilligste und unbequemste Mitarbeiter der Spezialabteilungen »Spürhund« und »Strafaktion« des amerikanischen Geheimdienstes. In Aktion treten diese Abteilungen immer dann, wenn einer der eigenen Leute von der Gegenseite liquidiert worden ist.
Der Auftrag, den Hemlock dieses Mal erhält, soll sein letzter sein – und sein schwierigster werden: Er soll einen unbekannten Feindagenten beseitigen, der – soviel man weiß – an einer Besteigung der berüchtigten Eiger-Nordwand teilnehmen wird. Hemlock soll ihn notfalls am Berg erledigen. Eine mörderische Besteigung beginnt...

Titel der amerikanischen Originalausgabe »The Eiger Sanction«

Aus dem Amerikanischen von Werner Peterich

Montreal *16. Mai*

An diesem Abend hatte es auf dem Boulevard St. Laurent geregnet, und immer noch standen dreieckige Pfützen auf dem unebenen Bürgersteig. Jetzt hatte der Regen zwar aufgehört, aber es war noch so frisch, daß CII-Agent Wormwood seinen leichten, hellbraunen Regenmantel anbehielt. Eigentlich mochte er lieber Trenchcoats, aber er wagte es nicht, einen zu tragen, weil er wußte, daß seine Kollegen ihn deswegen auf den Arm nehmen würden. Dafür klappte Wormwood wenigstens den Kragen des Regenmantels hoch und vergrub die Hände tief in den Taschen. Eine dieser Hände hatte er fest um ein Stück Bubble-Gum geschlossen, das er vor zwanzig Minuten auf dem für Fremde gesperrten Gelände des Sainte-Justine-Krankenhauses von einem übelriechenden Zwerg zugesteckt bekommen hatte. Der Gnom war unversehens aus den Sträuchern hervorgetreten und hatte Wormwood einen gehörigen Schrecken eingejagt, so daß er zusammengefahren war, was er dadurch zu kaschieren versucht hatte, daß er die Bewegung in eine Karatehaltung übergehen ließ. Sich den Anschein von raubkatzenhafter Geschmeidigkeit zu geben, wäre vielleicht wirkungsvoller gewesen, aber er hatte nun einmal das Pech gehabt, in einen Rosenbusch hineinzutreten.

Wormwoods Schritte hallten deutlich in der immer leerer werdenden Straße wider. Was ihn beflügelte, war das Gefühl – nun ja, nicht etwas Bedeutendes geleistet, wohl aber seine Sache gut gemacht zu haben. Dieser Job war jedenfalls nicht in die Hose gegangen. Sein Spiegelbild huschte über ein dunkles Schaufenster, und er war nicht unzufrieden mit dem, was er sah. Der zuversichtliche Blick und sein entschlossener Gang machten die hängenden Schultern und das immer schütterer werdende Haar mehr als wett. Wormwood kehrte die Handflächen nach vorn, um seine Schultern zu straffen; irgend jemand hatte ihm einmal gesagt, eine männliche Haltung erreiche man am besten dadurch, daß man die Handflächen nach vorn kehre. Das war zwar höchst unbequem und bewirkte eher, daß er watschelte wie ein Pinguin, aber er tat es trotzdem jedesmal, wenn er daran dachte.

Er wurde schmerzlich daran erinnert, daß er vor kurzem in einen Rosenbusch hineingetreten war, entdeckte jedoch, daß er sich von dieser lästigen Pein befreien konnte, indem er den Zwickel seiner Hose mit dem Daumen und Zeigefinger packte und die Naht aus der Gesäßspalte herauszog. Das tat er denn auch von Zeit zu Zeit, ohne sich um die verwunderten Blicke der Passanten zu kümmern.

Er war zufrieden. »Man muß eben die Traute haben«, sagte er sich. »Ich

wußte, daß ich es schaffen würde, und ich hab's auch geschafft!« Insgeheim spielte er mit dem Gedanken, daß man das Unglück anziehe, wenn man es erwarte – und der Ausgang der letzten paar Aufträge, die er ausgeführt hatte, schien diese Theorie zu bestätigen. Im allgemeinen hielt Wormwood an solchen Theorien nie lange fest. Mit dem Problem des Kahlwerdens hatte er nach dem Grundsatz fertigwerden wollen: Trag es kurz, und du behältst es lang! Also hatte er stets einen Bürstenschnitt getragen, der ihn weniger bedeutend aussehen ließ, als es nötig gewesen wäre, aber die Haare waren ihm trotzdem weiter ausgegangen. Eine Zeitlang hatte er sich an die Vorstellung geklammert, daß eine frühe Glatze auf ungewöhnliche Virilität schließen ließ, doch einschlägige Erfahrungen hatten ihn dann gezwungen, auch diese Hypothese fallenzulassen.
»Diesmal komm ich unbehelligt nach Haus! Keine Komplikationen! Morgen früh um sechs bin ich wieder in den Staaten!«
Seine Hand schloß sich fester um den Bubble-Gum. Noch einen Mißerfolg konnte er sich nicht leisten. Seine Kollegen im Hauptquartier sprachen von ihm schon als von der »Ein-Mann-Schweinebucht«!
Als er nach links in die Lessage Lane einbog, schien die Straße menschenleer. Kein Laut war zu hören. Es fiel ihm auf, aber er nahm es einfach nicht zur Kenntnis. Als er sich auf der St. Dominique Street wieder nach Süden wandte, war es dort so still, daß das Echo seiner Schritte von den Fassaden der unbeleuchteten, eintönigen Backsteinhäuser wie kleine Schläge auf ihn zurückzufallen schien. Das Schweigen störte ihn nicht; betont unbekümmert pfiff er leise vor sich hin.
»Dieses Positiv-Denken bringt einen wirklich weiter«, dachte er aufgekratzt. »Gewinner gewinnen eben, daran ist nicht zu rütteln.«
Dann zog sich sein rundes, jungenhaftes Gesicht nachdenklich zusammen, und er überlegte, ob dann wohl auch Verlierer immer verlieren müßten. Er versuchte, sich an den Logik-Kursus am College zu erinnern. »Nein«, zu diesem Schluß kam er nach einiger Zeit, »das folgert nicht notwendigerweise daraus. Verlierer müssen nicht immer verlieren. Aber Gewinner, die gewinnen eben immer!« Ihm war wohler, nachdem er das herausgefunden hatte.
Er war jetzt nur einen Häuserblock von dem drittklassigen Hotel entfernt, in dem er abgestiegen war. Von weitem sah er bereits die schadhafte rote Neonreklame: H TEL.
»Fast schon wieder zu Haus – unbehelligt!«
Er erinnerte sich an die Instruktionen, die sie ihm im Ausbildungslager des CII eingebimst hatten: Sein Ziel steuere man stets von der gegenüberliegenden Straßenseite aus an! Also überquerte er die Straße. Den Grund für diese Regel hatte er freilich nie so recht begriffen, er sah darin

höchstens ein Zeichen von Wichtigtuerei; doch dafür eine Erklärung zu fordern, wäre ihm genausowenig in den Sinn gekommen, wie etwa einem Befehl nicht zu gehorchen.

Die schmiedeeisernen Straßenlaternen in der St. Dominique Street waren der Verhäßlichung der Stadt noch nicht zum Opfer gefallen und nicht durch Leuchtstofflampen ersetzt worden, deren Licht das Lippenrot schwarz erscheinen ließ. Es machte Wormwood Spaß, wenn er seinen Schatten unter seinen Füßen hervorgleiten und sich vor ihm in die Länge ziehen sah, bis die nächste Lampe das Feld beherrschte und seinen immer kürzer werdenden Schatten hinter ihn warf. Er blickte über die Schulter zurück und bewunderte dieses lustige Schattenspiel – und prallte dabei unversehens gegen einen Laternenpfahl. Nachdem er sich von dem Schock erholt hatte, blickte er wütend die Straße hinauf und hinunter: Es hatte ihn doch wohl niemand gesehen?

Jemand *hatte* ihn gesehen, doch das wußte Wormwood nicht, und so funkelte er den tückischen Laternenpfahl böse an, straffte die Schultern, indem er die Handflächen nach vorn kehrte, und ging hinüber zu seinem Hotel.

Die Halle roch beruhigend nach jenem penetranten Gemisch aus Schimmel, Lysol und Urin, das für heruntergekommene Hotels so charakteristisch ist. Späteren Berichten zufolge mußte Wormwood das Hotel zwischen elf Uhr fünfundfünfzig und elf Uhr siebenundfünfzig betreten haben. Aber wann genau auch immer – wir können uns darauf verlassen, daß er sich des genauen Zeitpunkts vergewisserte und sich wie stets am Leuchtzifferblatt seiner Armbanduhr erfreute. Zwar hatte er gehört, daß man von dem Leuchtstoff, den man für Zifferblätter verwendet, Hautkrebs bekäme, doch glaubte er das Risiko reichlich dadurch wettzumachen, daß er das Rauchen aufgegeben hatte. Er hatte es sich angewöhnt, jedesmal nach der Uhr zu sehen, sobald er sich an einem dunklen Ort befand. Wozu hatte man schließlich eine Uhr mit Leuchtzifferblatt? Vermutlich war es die Zeitspanne, die er brauchte, diese Überlegung anzustellen, welche den Unterschied zwischen elf Uhr fünfundfünfzig und elf Uhr siebenundfünfzig ausmachte.

Als er die spärlich beleuchtete und mit einem muffigen, abgetretenen Läufer belegte Treppe hinaufstieg, mußte er wieder daran denken, daß »Gewinner gewinnen«. Seine Hochstimmung verflog jedoch, als er das Husten aus dem Zimmer nebenan hörte, ein gequältes, röchelndes, krankhaftes Gehuste, das sich die ganze Nacht über in immer neuen, krampfartigen Anfällen wiederholte. Gesehen hatte er den alten Mann im Zimmer nebenan nie, aber er haßte dieses Gehuste, das ihn bis zum Morgen wachgehalten hatte.

Als er draußen vor seiner Zimmertür stand, holte er den Bubble-Gum aus der Tasche und untersuchte ihn. »Wahrscheinlich ein Mikrofilm, und vermutlich steckt er zwischen dem Gummi und dem Papier – dort, wo normalerweise die beigelegten kleinen Comicstrips stecken.«

Sein Schlüssel drehte sich in dem ausgeleierten Schloß. Als er die Tür hinter sich geschlossen hatte, atmete er erleichtert auf. »Ja, da gibt's nichts«, dachte er. »Gewinner...«

Aber der Gedanke wurde erstickt, noch während er ihn dachte. Er war nicht allein im Zimmer.

Mit einer blitzschnellen Reaktion, zu der seine Ausbilder ihm gratuliert hätten, ließ er den Bubble-Gum samt dem Papier, in das er eingewickelt war, im Mund verschwinden und hatte ihn bereits halb heruntergeschluckt, als ihm am Hinterkopf der Schädel eingeschlagen wurde. Es war wirklich ein höllischer Schmerz, aber das Geräusch war noch viel schrecklicher. Es war so ähnlich, wie wenn man in knackigen Stangensellerie hineinbiß und sich dabei die Ohren zuhielt – nur viel näher.

Das Geräusch, das der zweite Schlag hervorrief, hörte er durchaus deutlich – ein schmatzendes Knirschen –, aber eigentümlicherweise tat dieser Schlag nicht weh.

Aber dann tat etwas weh. Er konnte es zwar nicht sehen, aber er wußte, daß sie ihm die Kehle durchschnitten. Die Vorstellung allein ließ ihn erschauern, und er hoffte, daß ihm nicht übel werden würde. Dann machten sie sich über seinen Bauch her. Etwas Kaltes sägte in seinen Bauch hinein und wieder heraus. Der alte Mann im Nebenzimmer hustete und würgte. Wormwoods Geist raste dem Gedanken nach, der durch seine erste Angst abgewürgt worden war.

»Gewinner gewinnen«, dachte er. Dann starb er.

New York *2. Juni*

»... eines jedenfalls sollten Sie in diesem Semester gelernt haben: daß es zwischen Kunst und Gesellschaft keine irgendwie relevante Beziehung gibt, mögen die populären Propheten der Massenkultur und der Massenpsychologie noch so hochfliegende Bekenntnisse dafür abgeben; die kommen nämlich zu hanebüchenen Pauschalurteilen, wenn sie sich auf Gebiete vorwagen, von denen sie nichts verstehen. Die Begriffe ›Gesellschaft‹ und ›Kunst‹ haben nichts miteinander gemein, ja, sie schließen sich geradezu gegenseitig aus. Die Reglementierungen und Einengungen...«

Dr. Jonathan Hemlock, Professor für Kunstgeschichte, haspelte seine Schlußvorlesung in diesem Semester ab – er haßte diese »Kunst und Gesellschaft« betitelte Massenvorlesung, doch war sie nun einmal das tägliche Brot für seine Abteilung, und er mußte sie jedes Jahr wieder halten. Sein Vortragsstil war durch und durch ironisch, ja, von geradezu ätzender Schärfe, und trotzdem war er außerordentlich beliebt bei den Studenten, von denen jeder einzelne annahm, sein Nachbar winde sich unter Dr. Hemlocks überlegener Verachtung. Für sie war seine schneidende Kälte Ausdruck einer attraktiven Verbitterung angesichts einer mitleidlosen bourgeoisen Welt, der Inbegriff jenes Weltschmerzes, welcher der romantischen Seele junger Studenten in den ersten Semestern so teuer ist.

Hemlocks Beliebtheit bei den Studenten hatte verschiedene Gründe, die alle nichts miteinander zu tun hatten. Erstens war er mit siebenunddreißig Jahren der jüngste Ordinarius der kunstgeschichtlichen Abteilung. Die Studenten nahmen daher an, er sei ein Liberaler. Doch das war er nicht, genausowenig wie er ein Konservativer, ein Ultra-Konservativer, ein Gegner der Prohibition, ein Isolationist oder ein Sozialist fabianischer Prägung war. Er interessierte sich nur für die Kunst, und Dinge wie Politik, studentische Freiheit, Feldzug gegen die Armut, die hoffnungslose Lage der Neger, der Krieg in Vietnam und die Ökologie waren ihm vollkommen gleichgültig, ja, sie langweilten ihn geradezu. Trotzdem stand er nun einmal in dem Ruf, ein Professor nach dem Herzen der Studenten zu sein. Wenn er seinen Schülern zum Beispiel wieder gegenübertrat, nachdem die Vorlesungen wegen einer Studentenrevolte eine Zeitlang ausgefallen waren, machte er sich unverhohlen über die Verwaltung lustig, die weder die Fähigkeit noch den Mumm hatte, so eine lächerliche Demonstration zu unterdrücken. Die Studenten sahen darin eine Kritik am Establishment und bewunderten ihn deshalb nur um so mehr.

»... schließlich gibt es nur Kunst und Nicht-Kunst. So etwas wie Kunst

der Schwarzen, soziale Kunst, junge Kunst, Pop-Kunst oder Massen-Kunst gibt es einfach nicht. Das sind nichts weiter als fiktive, bedeutungslose Klassifizierungen, die man sich ausgedacht hat, um die verkrampften Pinseleien irgendwelcher Nichtskönner zu beweihräuchern, die...«
Studenten, die von Hemlocks Heldentaten als international bekannter Bergsteiger gelesen hatten, waren von der Kombination Gelehrter/Sportler beeindruckt, und das trotz der Tatsache, daß er schon seit etlichen Jahren keine bedeutendere Besteigung mehr unternommen hatte. Und die jungen Damen wiederum fühlten sich von seiner eisigen Zurückhaltung angezogen, hinter der sie eine leidenschaftliche und geheimnisvolle Natur vermuteten. Dabei hatte er so gar nichts von einem Romantiker. Er war schlank und von durchschnittlicher Größe, und nur seine zielstrebigen, drahtigen Bewegungen sowie seine verschleierten graugrünen Augen waren dazu angetan, in ihren sexuellen Träumereien eine Rolle zu spielen.

Wie nicht anders zu erwarten, erstreckte sich seine Beliebtheit nicht auch noch auf das Professorenkollegium. Was seine Kollegen ihm übelnahmen, waren sein akademischer Ruf, seine Weigerung, in irgendwelchen Komitees mitzuarbeiten, seine Gleichgültigkeit allen ihren Vorhaben und Vorschlägen gegenüber und sein vielbesprochenes Studenten-Charisma – ein Ausdruck, der sich aus ihrem Mund immer so anhörte, als meinten sie damit das Gegenteil von wissenschaftlicher Integrität. Was ihn aber vor allem vor ihrem giftigen Gerede schützte, war das Gerücht, er sei reich und unabhängig und wohne in einem Landhaus auf Long Island. Als typische akademische Liberale waren die Kollegen selbst unbewiesenem, nur Gerüchten zufolge bestehendem Reichtum gegenüber wie vor den Kopf geschlagen und wußten nicht, wie sie sich zu ihm stellen sollten. Sie konnten diese Gerüchte weder als falsch entlarven noch bestätigen, denn keiner von ihnen war jemals in sein Haus eingeladen worden, und es war auch kaum anzunehmen, daß sie jemals dorthin eingeladen werden würden.

»... das Verständnis von Kunst ist nichts, was man lernen kann. Dazu bedarf es besonderer Gaben – Gaben, von denen Sie selbstverständlich annehmen, daß Sie sie besitzen, weil man Sie in dem Glauben erzogen hat, Sie wären alle gleich geschaffen. Dabei bedeutet das nichts weiter, als daß Sie einander gleichen...«

Die Worte kamen wie mechanisch aus seinem Mund, und so erlaubte Hemlock seinen Augen, die vorderste Reihe des amphitheatralisch ansteigenden Hörsaals entlangzuschweifen. Wie gewöhnlich saßen dort lächelnde, nickende, hirnlose Mädchen, die ihre Röcke zu hoch gezogen hatten, und deren Knie unbewußt auseinanderklafften. Ihm fuhr der Gedanke durch den Kopf, daß sie mit ihrem Lächeln, das sie ihm zuwandten, und mit ihren runden, leeren Augen aussähen wie eine ganze Reihe von Üs. Mit Studentinnen ließ er sich nie ein: Studenten, Jungfrauen und Betrunkene hielt man sich besser vom Leibe. Gelegenheiten gab es mehr als genug, und moralische Bedenken hätten ihn auch nicht abgehalten; aber er war nun einmal ein Sportsmann, und für ihn hatte das Aufs-Kreuz-Legen dieser Gänse etwas von Hochwildjagd mit Zielfernrohr oder vom Dynamit-Fischen vor einem Staudamm.

Wie immer fiel das Läuten der Pausenglocke mit dem letzten Wort seiner Vorlesung zusammen, und so schloß er damit, daß er den Studenten einen friedlichen, von keinerlei schöpferischen Gedanken getrübten Sommer wünschte. Sie klatschten wie immer am letzten Vorlesungstag, und er verließ raschen Schrittes den Hörsaal.

Als er um eine Ecke des Korridors bog, stieß er auf eine Studentin im Minirock, mit langem schwarzem Haar und einem Augen-Make-up wie bei einer Ballerina. Wiederholt aufgeregt nach Luft ringend, erklärte sie ihm, wieviel Spaß ihr seine Vorlesung gemacht habe, und daß sie jetzt mehr Verständnis für die Kunst habe als je zuvor.

»Wie schön.«

»Mein Problem ist nur, daß ich einen Notendurchschnitt von *B* haben muß, Dr. Hemlock, sonst verliere ich mein Stipendium.«

Er angelte in der Tasche nach den Schlüsseln für sein Büro.

»Und ich fürchte, bei der Abschlußprüfung schaffe ich es bei Ihnen nicht ganz – ich habe zwar viel Gefühl für die Kunst, aber Gefühl kann man ja nicht immer zu Papier bringen.« Sie blickte zu ihm auf, nahm allen Mut zusammen und versuchte, schrecklich vielsagende Augen zu machen. »Also, wenn ich irgend etwas tun kann, um eine bessere Note zu bekommen – ich meine, ich wäre bereit, alles zu tun, wirklich.«

Hemlock sprach mit sonorer Stimme. »Und über die Implikationen dieses Angebots sind Sie sich völlig im klaren?«

Sie nickte und schluckte, und ihre Augen leuchteten erwartungsvoll.

Vertraulich senkte er die Stimme. »Haben Sie irgend etwas vor heute abend?«

Sie räusperte sich und sagte, nein, sie habe nichts vor.

Hemlock nickte. »Wohnen Sie allein?«

»Meine Zimmergenossin ist diese Woche verreist.«

»Gut. Dann schlage ich Ihnen vor, Sie nehmen sich Ihre Bücher vor und lernen, bis Sie nicht mehr sitzen können. Das ist meines Wissens der sicherste Weg, zu einer guten Note zu kommen.«

»Aber...«

»Ja?«

Sie wurde ganz klein. »Danke.«
»Es war mir ein Vergnügen.«
Langsam ging sie den Korridor hinunter, und Hemlock betrat leise vor sich hinsummend sein Büro. Großartig hatte er das gemacht! Aber seine Hochstimmung verflog. Auf dem Schreibtisch fand er Notizen, die er sich gemacht hatte, Erinnerungen an Rechnungen, die bald fällig sein würden oder es längst waren. Die Gerüchte, die an der Universität über seinen Reichtum umgingen, entbehrten jeder Grundlage; in Wahrheit gab Hemlock jedes Jahr ein bißchen mehr als dreimal soviel aus, wie er durch seine Tätigkeiten als Universitätslehrer, Autor und Gutachter verdiente. Den überwiegenden Teil seines Geldes – etwa vierzigtausend pro Jahr – verdiente er durch Nebenbeschäftigungen. Jonathan Hemlock arbeitete für die Abteilungen »Spürhund« und »Strafaktion« des CII. Er war ein Mörder.
Das Telefon summte, er drückte auf den Knopf, der aufgeleuchtet war, und nahm den Hörer ab. »Ja?«
»Hemlock? Können Sie reden?« Die Stimme gehörte Clement Pope, Mr. Dragons erstem Assistenten. Es war unmöglich, diese verkrampfte, leicht belegte Sprechweise nicht sofort wiederzuerkennen. Pope spielte gern den Spion.
»Was kann ich für Sie tun, Pope?«
»Mr. Dragon möchte Sie sprechen.«
»Das hab ich mir fast gedacht.«
»Können Sie in zwanzig Minuten 'rüberkommen?«
»Nein.« Eigentlich hätten zwanzig Minuten mehr als gereicht, aber Jonathan verabscheute die Leute von »Spürhund« und »Strafaktion«.
»Wie wär's mit morgen?«
»Es geht um eine Angelegenheit von höchster Wichtigkeit. Er will Sie *jetzt* sehen.«
»Dann also in einer Stunde.«
»Hören Sie, Mann, wenn ich Sie wäre, würd' ich mich auf die Socken machen und so schnell wie...« Aber Jonathan hatte bereits aufgelegt.
Die nächste halbe Stunde machte Jonathan sich in seinem Büro zu schaffen. Als er sicher war, daß er etwas später als zur angegebenen Zeit in Dragons Büro sein würde, rief er ein Taxi und verließ den Campus.

Als der schmierige, altersschwache Fahrstuhl ihn bis zum obersten Stockwerk eines gesichtslosen Bürohauses in der Third Avenue hinaufbeförderte, nahm Jonathan automatisch all die vertrauten Einzelheiten wahr: die abblätternde graue Farbe an den Wänden, die Stempel der Jahresinspektion, die aufs Geratewohl übereinander hingehauen worden waren,

die Gewichtsbegrenzungen der Firma Otis, zweimal ausgekratzt und wegen der sinkenden Leistung dieses alten Kastens immer etwas mehr herabgesetzt. Er dachte an alles, was ihn die nächste halbe Stunde erwarten würde, und diese Vorschau bereitete ihm Unbehagen.
Der Fahrstuhl hielt und schaukelte weich, als die Türen sich ratternd öffneten. Er stieg in der obersten Büroetage aus, wandte sich nach links und stieß die schwere, feuersichere Eisentür mit der Aufschrift *Kein Zutritt* auf, die ins Treppenhaus führte. Auf den naßkalten Zementstufen, einen Werkzeugkasten neben sich, hockte ein riesiger Neger in einem Overall. Jonathan grüßte nickend und stieg an ihm vorbei die Treppe hoch. Nach etwa fünfzehn Stufen endete sie, und Jonathan ging durch eine weitere feuersichere Tür; hier war früher einmal der Dachboden des Gebäudes gewesen, ehe das CII sich dort eingenistet hatte. Der Krankenhausgeruch, an den er sich so deutlich erinnerte, erfüllte den Korridor, in dem eine wie ein Hefeteig aufgegangene Putzfrau mit einem Mop träge immer wieder dieselbe Stelle wischte. Auf einer Bank neben einer Tür mit der Aufschrift *Yurasis Dragon, Beratungsdienst* saß ein muskulöser Mann in einem dunklen Anzug, die Aktenmappe auf den Knien. Der Mann erhob sich und stellte sich vor Jonathan hin, der es haßte, von diesen Leuten angefaßt zu werden. Alle: der Negerhandwerker, die Putzfrau und der Geschäftsmann waren CII-Wachen; und der Werkzeugkasten, der Mopstiel und die Aktentasche enthielten samt und sonders Schußwaffen.
Breitbeinig, die Hände an der Mauer, stand Jonathan da, peinlich berührt von der Untersuchung und ärgerlich auf seine Verlegenheit darüber, daß der Geschäftsmann ihn und seine Kleidung mit kundiger Hand filzte.
»Der ist neu«, sagte der Geschäftsmann und zog einen Füllfederhalter aus Jonathans Tasche. »Für gewöhnlich haben Sie doch einen französischen – dunkelgrün und gold.«
»Den hab ich verloren.«
»Ach so. Ist dieser mit Tinte gefüllt?«
»Es ist ein Füllfederhalter.«
»Tut mir leid. Entweder bewahre ich ihn für Sie auf, bis Sie wieder 'rauskommen, oder ich muß ihn ausprobieren. Und wenn ich ihn ausprobiere, muß ich Ihre schöne Tinte verspritzen.«
»Behalten Sie ihn doch einfach bis nachher.«
Der Geschäftsmann trat beiseite und gab Jonathan den Weg ins Büro frei.
»Sie haben achtzehn Minuten Verspätung, Hemlock«, sagte Mrs. Cerberus tadelnd, als er die Tür hinter sich schloß.
»Das kommt wohl ungefähr hin.« Jonathan wurde von dem überwältigenden Krankenhausgeruch des Vorzimmers förmlich erschlagen. Mrs.

Cerberus in ihrer gestärkten weißen Krankenschwesterntracht war pummelig, aber muskulös und trug das graue Haar ziemlich kurz. Ihre kalten Augen waren in schmale, durch Fettsäcke gebildete Schlitze eingebettet, ihre schmirgelpapierrauhe Haut schien täglich mit Soda und Wurzelbürste geschrubbt zu werden, und auf ihrer schmalen Oberlippe schimmerte ein aggressiver Damenbart.
»Sie sehen heute geradezu zum Anbeißen aus, Mrs. Cerberus.«
»Mr. Dragon hat es nicht gern, daß man ihn warten läßt«, knurrte sie.
»Wer von uns hat das schon gern?«
»Sind Sie gesund?« fragte sie, schien jedoch nicht wirklich um ihn besorgt.
»Einigermaßen.«
»Keine Erkältung? Soweit Sie wissen, einen Kontakt mit irgendwelchen Infektionen?«
»Nur das übliche: Gürtelrose, Syphilis, Elefantiasis.«
Sie funkelte ihn an. »Na gut, dann gehen Sie hinein.« Sie drückte auf einen Knopf, woraufhin sich die Tür hinter ihr öffnete, wandte sich dann wieder ihren Papieren auf dem Schreibtisch zu und kümmerte sich nicht weiter um Jonathan.
Er trat in den windfangartigen Zwischenraum. Die Tür hinter ihm schloß sich ratternd, und er stand in dem dämmerigen roten Licht, das Mr. Dragon als Übergang von dem strahlenden Weiß seines Vorzimmers zur völligen Dunkelheit seines eigenen Arbeitszimmers installiert hatte. Jonathan wußte, daß er sich rascher an die Dunkelheit gewöhnte, wenn er die Augen schloß. Gleichzeitig zog er sich den Mantel aus. Die Temperatur in diesem Zwischenraum und in Mr. Dragons Zimmer wurde ständig auf dreißig Grad gehalten. Die leichteste Erkältung, der geringste Kontakt mit irgendwelchen Grippeviren würde Mr. Dragon für Monate arbeitsunfähig machen. Er besaß gegen Krankheiten so gut wie keine natürliche Widerstandskraft.
Die Tür zu Mr. Dragons Arbeitszimmer machte »klick!« und glitt automatisch auf, als die kühlere Luft, die Jonathan beim Eintritt in den Zwischenraum hineingebracht hatte, wieder auf dreißig Grad erhitzt war.
»Treten Sie näher, Hemlock«, ließ sich Mr. Dragons metallische Stimme aus dem Dunkel jenseits der Tür vernehmen.
Jonathan streckte die Hände vor und tastete sich an einen großen Ledersessel heran, der, wie er wußte, gegenüber von Mr. Dragons Schreibtisch stand.
»Etwas weiter nach links, Hemlock.«
Als er Platz nahm, konnte er schwach den Ärmel seines weißen Hemdes erkennen. Allmählich gewöhnten sich seine Augen an die Dunkelheit.

»Nun? Wie ist es Ihnen in den letzten Monaten ergangen?«
»So lala.«
Dragon ließ ein knappes, abgehacktes Lachen vernehmen, das aus nicht mehr und nicht weniger als einem dreimal hervorgestoßenen »Ha!« bestand. »Das kann man wohl sagen! Wir haben – selbstverständlich nur zu Ihrem Schutz – ein Auge auf Sie gehabt, und man hat mir gesagt, es gäbe da ein Bild auf dem schwarzen Markt, in das Sie sich verliebt hätten.«
»Ja. Einen Pissarro.«
»Dann brauchen Sie also Geld. Zehntausend Dollar, wenn ich recht unterrichtet bin. Ein teurer Spaß.«
»Das Bild ist unbezahlbar.«
»Nichts ist unbezahlbar, Hemlock. Der Preis für dieses Bild ist das Leben eines Mannes in Montreal. Ich habe Ihre Schwärmerei für Leinwand und Farbkrusten nie begriffen. Irgendwann müssen Sie mir das einmal beibringen.«
»So etwas läßt sich nicht erlernen.«
»Entweder man besitzt es oder man besitzt es nicht – wie?«
»Man hat's oder man hat's nicht.«
Dragon seufzte. »Für diese Feinheiten muß man wohl mit Ihrer Muttersprache geboren sein.« Kein Akzent, höchstens eine gewisse übergenaue Diktion verriet Dragons fremde Herkunft. »Aber wie dem auch sei, ich darf mich über Ihre Sammelleidenschaft nicht lustig machen. Ohne sie bräuchten Sie weniger häufig Geld, und wir müßten auf Ihre Dienste verzichten.« Nach und nach, gleichsam wie eine Fotografie auf dem Boden einer Entwicklerschale, begann Mr. Dragon aus der Dunkelheit hervorzutreten. Jonathans Pupillen erweiterten sich. Schon im voraus spürte er den Ekel, den er gleich empfinden würde.
»Lassen Sie mich Ihre Zeit nicht über Gebühr in Anspruch nehmen.«
»Womit Sie zweifellos meinen: Kommen wir zur Sache.« Dragons Stimme klang enttäuscht. Wider Willen hatte er eine gewisse Zuneigung zu Jonathan gefaßt; er hätte gern mit jemandem geplaudert, der außerhalb der geschlossenen Welt des internationalen Mördersyndikats stand. »Nun, schön. Einer unserer Männer – Deckname: Wormwood – ist in Montreal umgebracht worden. Beteiligt waren an seiner Beseitigung zwei Leute. ›Spürhund‹ hat einen von ihnen aufgestöbert. Sie werden die Strafaktion gegen diesen Mann übernehmen.«
Jonathan lächelte über den geheimnisvollen CII-Jargon, in dem »maximale Zurückversetzung« soviel hieß wie Ausmerzen durch Tötung, »persönlicher Druck« Erpressung, »nasse Arbeit« Ermordung und »Strafaktion« Mord als Vergeltung für Mord. Seine Augen hatten sich an die

Dunkelheit gewöhnt, und Dragons Gesicht war nun verschwommen sichtbar. Sein Haar war weiß wie Seide und gekräuselt wie Schaffell. Seine Gesichtszüge, die in dem immer weiter weichenden Dämmer schwammen, waren ausdruckslos wie Alabaster. Dragon, der »Drache«, verkörperte eine der bizarrsten Launen der Natur: Er war ein vollkommener Albino. Daher seine Lichtempfindlichkeit – seinen Augen und seinen Lidern fehlte es an der schützenden Pigmentierung. Außerdem war er von Geburt an nicht in der Lage, weiße Blutkörperchen in genügender Anzahl zu produzieren. Deshalb mußte er jeden Kontakt mit Menschen vermeiden, die Krankheitskeime übertragen konnten. Ferner hatte er sich zweimal im Jahr einem totalen Blutaustausch zu unterziehen. Sein Leben lang, ein halbes Jahrhundert also, hatte Dragon im Dunkeln gelebt, außerhalb der Gesellschaft anderer Menschen und vom Blute anderer lebend – eine Daseinsform, die nicht ohne Auswirkungen auf seinen Charakter geblieben war.
Jonathan konzentrierte sich auf Dragons Gesicht und wartete darauf, daß der abstoßende Zug sichtbar würde. »Sie sagen, Ihr Spürhund hat nur *einen* der Beteiligten aufgestöbert?«
»Dem zweiten sind sie auf der Spur. Ich hoffe, daß sie wissen, wer es ist, bis Sie in Montreal eintreffen.«
»Beide werde ich aber nicht übernehmen. Das wissen Sie doch.«
Jonathan hatte eine Art von moralischem Abkommen mit sich selbst getroffen, das darin bestand, nur dann für das CII zu arbeiten, wenn es finanziell nötig wäre. Er mußte auf der Hut sein, daß ihm nicht auch sonst noch Strafaktionen aufgehalst wurden.
»Vielleicht ist es aber doch nötig, daß Sie beide Aufgaben übernehmen, Hemlock.«
»Dann vergessen Sie's.« Jonathan spürte, wie seine Hände sich um die Armlehnen seines Sessels klammerten. Dragons Augen wurden sichtbar. Bar jeder Eigenfärbung, war die Iris von einem widerwärtigen Rosa wie bei einem Kaninchen und die Pupille blutrot. Unwillkürlich angeekelt, mußte Jonathan den Blick abwenden.
Dragon war gekränkt. »Aber, aber! Wir werden über die zweite Aktion reden, wenn es soweit ist.«
»Vergessen Sie's. Außerdem habe ich einige schlechte Nachrichten für Sie.«
Dragon lächelte nachsichtig. »Zu mir kommen die Leute selten mit guten Nachrichten.«
»Diese Strafaktion wird Sie zwanzigtausend Dollar kosten.«
»Das Doppelte Ihres üblichen Honorars? Ich muß schon sagen, Hemlock!«

»Zehntausend brauche ich für den Pissarro. Und weitere zehntausend für mein Haus.«
»Ihre Haushaltsplanung interessiert mich nicht. Sie brauchen also zwanzigtausend Dollar. Normalerweise zahlen wir Ihnen zehntausend für eine Strafaktion. Und hier geht es um zwei Aufträge. Das könnte also gerade hinkommen.«
»Ich habe Ihnen doch schon gesagt, daß ich nicht beide Aufträge übernehmen werde. Ich verlange zwanzigtausend für einen.«
»Und ich sage, daß zwanzigtausend mehr sind, als der Auftrag wert ist.«
»Dann schicken Sie jemand anders!« Für einen flüchtigen Augenblick verlor Jonathans Stimme ihre Gelassenheit.
Sofort wurde Dragon unruhig. Leute, die mit Strafaktionen betraut wurden, waren in besonderem Maße dem psychischen Streß ihrer Arbeit und den damit verbundenen Gefahren ausgesetzt, und er war darauf geeicht, Anzeichen dessen zu erkennen, was er »Zermürbungserscheinungen« nannte. Im vergangenen Jahr hatte es bei Jonathan in der Tat einige Anzeichen dafür gegeben. »Seien Sie doch vernünftig, Hemlock! Im Augenblick haben wir niemand sonst zur Verfügung. Es hat – nun ja, einige Ausfälle in der Abteilung gegeben.«
Jonathan lächelte. »Ich verstehe.« Und nach einem kurzen Schweigen: »Wenn Sie aber sonst niemand haben, bleibt Ihnen keine andere Wahl. Zwanzigtausend.«
»Sie haben überhaupt kein Gewissen, Hemlock.«
»Aber das haben wir doch schon immer gewußt.« Damit spielte er auf die Ergebnisse einiger psychologischer Tests an, denen er sich während seiner Dienstzeit beim Armeegeheimdienst im Koreakrieg hatte unterziehen müssen. Nachdem die Tests wiederholt worden waren, um das einmalige Reaktionsmuster zu bestätigen, das bei den ersten Tests ermittelt worden war, hatte der Chefpsychologe der Armee seine Beobachtungen in völlig unwissenschaftlicher Prosa zusammengefaßt:

»... Wenn man bedenkt, daß seine Kindheit durch die Erfahrung größter Armut und Gewalttätigkeit geprägt war (dreimal vom Jugendgericht wegen schwerer Körperverletzung bestraft, Taten, die jeweils dadurch provoziert worden waren, daß er von anderen Jugendlichen gefoltert worden war, die ihm seine außergewöhnliche Intelligenz und sein gutes Ansehen bei den Lehrern übelnahmen), und in Anbetracht der Demütigungen, die er nach dem Tod seiner Mutter von gleichgültigen Verwandten einstekken mußte (der Vater ist unbekannt), ist manches in seinem unsozialen, widersprüchlichen, unangenehm überheblichen Verhalten verständlich, ja, vielleicht gar nicht anders zu erwarten.

Ein Verhaltensmuster ist besonders auffällig. Die Testperson hat rigorose Ansichten, wenn es um Freundschaften geht. Für ihn gibt es keine größere Verpflichtung als die Freundestreue, nichts Schändlicheres als Untreue. Keine Strafe würde in seinen Augen ausreichen, eine Person dafür büßen zu lassen, wenn sie seine Freundschaft ausnutzt und mißbraucht. Außerdem ist er der Meinung, daß andere gleichfalls diesem persönlichen Ehrenkodex entsprechend zu handeln haben. Psychologisch gesehen scheint dieses Verhaltensmuster eine Überkompensierung des Gefühls zu sein, daß er von seinen Eltern im Stich gelassen wurde.
Die Testperson weist in ihrer Persönlichkeitsstruktur eine nach meiner und meiner Kollegen Erfahrung einzigartige Besonderheit auf, die uns zwingt, seine Vorgesetzten, die für ihn verantwortlich sind, zu warnen: Diesem Mann mangelt es vollkommen an normalen Schuldgefühlen. Er hat überhaupt kein Gewissen. Es ist uns nicht gelungen, irgendwelche Spuren einer Negativreaktion auf Sünde, Verbrechen, Sexualität oder Gewalttätigkeit bei ihm festzustellen. Damit soll nicht etwa behauptet werden, daß er labil wäre. Im Gegenteil, er ist nur allzu beständig – allzu beherrscht. Und zwar in ganz abnormem Maß.
Vielleicht ist er für die Arbeit im Armeegeheimdienst ideal geeignet, doch muß ich geltend machen, daß die Testperson meiner Ansicht nach als Persönlichkeit irgendwie unvollständig ist. Und, gesellschaftlich gesehen, äußerst gefährlich.«

»Sie weigern sich also, beide Strafaktionen zu übernehmen, Hemlock, und Sie bestehen auf zwanzigtausend für die eine.«
»So ist es.«
Einen Moment lang ließ Dragon seine rosaroten Augen nachdenklich auf Jonathan ruhen und rollte einen Bleistift zwischen den Handflächen. Dann stieß er sein knappes und abgehacktes Ha-ha-ha aus. »Nun gut. Diesmal haben Sie gewonnen.«
Jonathan erhob sich. »Ich nehme an, ich habe in Montreal Kontakt mit der Abteilung ›Spürhund‹ aufzunehmen?«
»Jawohl. Die Montrealer Sektion ›Ahornblatt‹ von ›Spürhund‹ untersteht Miß Felicity Arce – ich nehme an, daß sie sich so ausspricht wie *arse*, Arsch. Von ihr erhalten Sie Ihre Instruktionen.«
Jonathan zog seinen Mantel an.
»Und was die zweite Strafaktion betrifft, Hemlock: Sobald ›Spürhund‹ die Identität des zweiten Begleiters festgestellt hat...«
»Für die nächsten sechs Monate werde ich schätzungsweise kein Geld mehr brauchen.«
»Und was ist, wenn wir Sie brauchen?«

Jonathan gab keine Antwort. Er machte die Tür zum Zwischenraum auf, und Dragon zuckte bei dem dämmerigen roten Licht zusammen.

In die Helligkeit des Vorzimmers blinzelnd, bat Jonathan Mrs. Cerberus um die Adresse der Sektion »Ahornblatt«.

»Hier.« Resolut hielt sie ihm ein kleines weißes Kärtchen vor die Nase und gab ihm fünf Sekunden, sich das, was darauf stand, einzuprägen. Dann ordnete sie sie wieder in ihre Kartei ein. »Ihre Kontaktperson wird Miß Felicity Arce sein.«

»Dann wird sie also tatsächlich so ausgesprochen. Was es nicht alles gibt!«

Da es jetzt auf Spesen des CII ging, nahm Jonathan für die ganze Strecke von Dragons Büro bis zu seinem Heim am North Shore von Long Island ein Taxi.
Ein Gefühl von Frieden und Geborgenheit überkam ihn, als er die schwere Eichentür des Vestibüls hinter sich zumachte, die er so belassen hatte, wie sie war, als er die Kirche zu einem Wohnhaus umgebaut hatte. Über die Wendeltreppe mit dem gotischen Deckengewölbe stieg er zum Chor hinauf, den er zu einem weiträumigen, das gesamte ehemalige Kirchenschiff überblickenden Schlafzimmer und zu einem sieben mal sieben Meter großen Badezimmer umgebaut hatte, in dessen Mitte das von ihm als Badewanne benutzte römische Badebecken tief in den Boden eingelassen war. Während das heiße Wasser aus vier Wasserhähnen zugleich ins Becken rauschte und das Bad sich mit Dampf füllte, zog er sich aus, bürstete sorgfältig seinen Anzug ab, legte ihn zusammen und packte seinen Koffer für Montreal. Dann ließ er sich beherzt in das sehr heiße Wasser hineingleiten. Ohne auch nur einen einzigen Gedanken an Montreal zu verschwenden, aalte er sich. Gewiß, er kannte keine Gewissensbisse, aber frei von Angst war er keineswegs. Diese Strafaktionen waren – genauso wie einst schwierige Bergbesteigungen – mit einem Höchstmaß an Nervenspannung verbunden. Der Luxus dieses römischen Bades – es hatte ihn das Honorar einer Strafaktion gekostet – war mehr als eine schwelgerische Reaktion auf die Entbehrungen seiner Kindheit; er gehörte ganz einfach zu seinem ungewöhnlichen Handwerk.
In einen japanischen Kimono gehüllt, stieg er von der Chorempore hinunter und betrat durch schwere Doppeltüren den Hauptraum seines Hauses. Die Kirche war in der klassischen Kreuzform gebaut, und das gesamte Mittelschiff hatte er als offenen Wohnraum belassen. Eines der Querschiffe war in einen gewächshausähnlichen Wintergarten umgewandelt worden: Das farbige Glas der Fenster hatte er durch normales Glas ersetzen und inmitten der tropischen Vegetation ein steinernes Becken mit einem Springbrunnen anlegen lassen. Das andere Querschiff säumten Bücherregale, es diente als Bibliothek.
Barfüßig tappte er durch das hochgewölbte, mit Steinplatten ausgelegte Mittelschiff. Das durch die Lichtgaden hereinfallende Licht entsprach ganz seiner Vorliebe für dämmerige Interieurs und von niemand einsehbare weite Räume. Nachts konnte er mit einem speziellen Scheinwerfersystem die Fenster von außen beleuchten, die dann Farbcollagen auf die Wände zauberten. Ganz besonders entzückte ihn dieser Effekt, wenn es

regnete und das farbige Licht an den Wänden tanzte und zu rieseln schien.
Er öffnete eine Tür und stieg die zwei Stufen zu seiner Bar hinab, mixte sich einen Martini und schlürfte ihn genüßlich, stützte dabei seine Ellbogen auf die Bar in seinem Rücken und betrachtete stolz und zufrieden sein Heim.
Nach einer Weile hatte er das Bedürfnis, mit seinen Bildern zusammenzusein, und so stieg er die gewundene Steintreppe in die Krypta hinunter, wo er sie aufgehängt hatte. Ein halbes Jahr lang hatte er Abend für Abend geschuftet, um den Fußboden zu legen und die Wandpaneele aus einem italienischen Renaissancepalazzo einzubauen, die zeitweilig die Halle eines Ölmagnaten in dessen Landhaus am North Shore geschmückt hatten. Jonathan zog die Tür hinter sich zu und knipste die Beleuchtung an. Von den Wänden leuchteten ihm die Farben von Monet, Cézanne, Utrillo, van Gogh, Manet, Seurat, Degas, Renoir und Mary Cassat entgegen. Gemächlich ging er in dem Raum hin und her, grüßte jeden einzelnen seiner geliebten Impressionisten. An jedem dieser Bilder hing er, denn jedes besaß einen eigentümlichen Zauber und übte eine besondere Wirkung auf ihn aus; eines wie das andere erinnerte ihn an die Mühen und auch an die Gefahren, denen er sich unterzogen hatte, um diese Bilder zu erwerben.
Für seine Größe war der Raum nur spärlich mit Möbeln ausgestattet: mit einem bequemen, keiner besonderen Stilperiode zugehörigen Diwan, einem Lederpuff mit Schlaufen daran, um ihn herumzuziehen und sich vor diesem oder jenem Bild niederzulassen, einem freistehenden Franklinkamin und dem dazugehörigen Vorrat an Zedernkloben in einer italienischen Truhe daneben sowie einem Bartolomeo-Cristofore-Flügel, den er renoviert hatte und auf dem er mit größter Präzision, wenn auch mit wenig Seele, spielte. Den Boden bedeckte ein alter Keschan aus dem Jahre 1914 – der einzige wirklich vollkommene Orientteppich. Und in der Ecke, nicht weit vom eisernen Kamin, stand ein kleiner Schreibtisch, an dem er meistens zu arbeiten pflegte. Über dem Schreibtisch und überhaupt nicht mit allem anderen in Einklang stehend, waren wahllos ein Dutzend Fotografien an der Wand befestigt. Es waren gestellte Amateuraufnahmen aus den Bergen von Alpinisten mit verlegenen oder jungenhaften Clownsgesichtern – mutige Männer, die nicht ohne Hemmungen vor eine Kamera treten konnten und ihre Verlegenheit hinter lächerlichen Verrenkungen zu verbergen trachteten. Die meisten Bilder zeigten Jonathan zusammen mit seinem alten Bergkameraden Big Ben Bowman, der vor seinem Unfall die meisten der bekannten Gipfel der Welt mit dem für ihn typischen Fehlen jeglichen Raffinements bezwungen hatte: Ben hatte sie

mit brutaler Kraft und einem unbeugsamen Willen erklettert. Zusammen hatten sie ein sonderbares, aber sehr tüchtiges Gespann abgegeben: Jonathan, der Taktiker, und Big Ben, das gipfelstürmende Tier.
Nur eine der Fotografien zeigte einen Mann, der kein Alpinist war. An seine einzige echte Freundschaft mit einem Mitglied der internationalen Geheimdienstwelt erinnerte Jonathan ein Foto, auf dem der ermordete Henri Baq mit verzerrtem Gesicht in die Kamera grinste – Henri Baq, dessen Tod Jonathan eines Tages rächen würde.
Er ließ sich an seinem Schreibtisch nieder und trank seinen Martini aus. Dann holte er aus einer Schublade ein Tabakpäckchen hervor und füllte den Kopf einer reichverzierten Wasserpfeife, die er auf der Brücke vor dem Cassatt niederstellte. Er hockte sich auf den Lederpuff, rauchte und ließ den befreiten Blick liebevoll über die Leinwand wandern. Unversehens, wie aus heiterem Himmel, mußte er auch jetzt daran denken, daß er seinen ganzen Lebensstil – seine akademische Laufbahn, die Kunst, sein Haus – der armen Miß Ophel verdankte.
Die arme Miß Ophel. Diese ausgetrocknete, ewig aufgeregte, zerbrechliche alte Jungfer! Miß Ophel mit den Spinnweben vor dem Loch! So nannte er sie insgeheim immer, wiewohl er so vernünftig gewesen war, den Zurückhaltenden und Dankbaren zu spielen, als sie ihn im Jugendheim besucht hatte. Miß Ophel hatte ganz für sich allein in einem Denkmal schlechten victorianischen Geschmacks am Rande von Albany gelebt. Sie war der letzte Sproß einer Familie, die ihr Vermögen mit Düngemitteln gemacht hatte, die den Erie-Kanal heruntertransportiert worden waren. Nach ihr sollte es keine Ophels mehr geben. Das bescheidene Maß an Mütterlichkeit, das sie besaß, verschwendete sie an Katzen, Vögel und junge Hunde mit zuckersüßen Kosenamen. Eines Tages kam sie auf den Gedanken, daß Wohltätigkeit sie auf andere Gedanken bringen könne – und überdies auch noch nützlich sei. Allerdings stand ihr nicht der Sinn danach, sich höchstpersönlich in die Slums zu begeben, die nach Urin stanken, und Kinderköpfe zu streicheln, die womöglich verlaust waren. Sie beauftragte vielmehr ihren Anwalt, sich nach einem Bedürftigen umzusehen, der möglichst bildungsfähig und ein feiner Kopf sein sollte. Und dieser Rechtsanwalt fand Jonathan.
Jonathan war damals gerade in einem Jugendgefängnis und saß eine Strafe dafür ab, daß er versucht hatte, den Bevölkerungsüberschuß der North Pearl Street um zwei boshafte irische Burschen zu verringern, die aus der Tatsache, daß Jonathan die Lehrer der Fünften Volksschule mit seinem Wissen und seiner geistigen Beweglichkeit erstaunte, den Schluß gezogen hatten, er müsse schwul sein. Jonathan war zwar kleiner als sie, schlug jedoch bereits zu, als die anderen beiden noch »Na, du?« riefen,

und hatte außerdem nicht vergessen, sich die ballistischen Vorteile eines halben Meters Bleirohr zu sichern, das er auf dem Weg hatte liegen sehen. Passanten waren dazwischengefahren und hatten die Irenjungen davor bewahrt, ihn noch weiter zu hänseln – aber schöne Männer würden sie wohl nie mehr werden.

Als Miß Ophel Jonathan besuchte, stellte sie fest, daß er friedfertig und höflich, ein heller Kopf und mit seinen sanften Augen und zarten Zügen sonderbar anziehend war – ein Junge also, der es ganz gewiß »wert« sei. Und als sie auch noch feststellte, daß er genausowenig ein Zuhause hatte wie ihre Welpen und Vögel, war die Sache abgemacht. Kurz nach seinem vierzehnten Geburtstag zog Jonathan in das Haus von Miß Ophel ein, und nach einer Reihe von Intelligenz- und Eignungstests bekam er einen Hauslehrer nach dem anderen, die ihn alle auf das College vorbereiteten.

Um seine Bildung zu vertiefen, nahm sie ihn jeden Sommer mit nach Europa, wo er seine natürliche Sprachbegabung und – für ihn höchst bedeutsam – seine Liebe zu den Alpen und zum Bergsteigen entdeckte. Am Abend seines sechzehnten Geburtstags gab es eine kleine Feier, nur für sie beide, mit Champagner und Petits fours. Miß Ophel wurde ein bißchen beschwipst, vergoß einige Tränen über ihr leeres Leben und wurde sehr zärtlich zu Jonathan. Sie umarmte ihn und küßte ihn mit ihren trokkenen Lippen. Dann schloß sie ihn fester in die Arme.

Am nächsten Morgen hatte sie eine süße kleine Bezeichnung für dies Spielchen gefunden, und von da an bat sie ihn schüchtern fast jeden Abend, es mit ihr zu treiben.

Im Jahr danach schrieb sich Jonathan nach einer ganzen Reihe von Eignungsprüfungen im Alter von siebzehn Jahren an der Harvard-Universität ein. Kurz vor seinem Abschlußexamen – er war damals neunzehn – entschlief Miß Ophel friedlich. Mit dem überraschend kleinen Rest ihres Erbes setzte Jonathan seine Ausbildung fort und fuhr ab und zu in die Schweiz, wo er sich als Alpinist einen Namen zu machen begann.

Sein erstes Universitätsexamen hatte Jonathan in vergleichender Sprachwissenschaft abgelegt, wobei ihm vor allem seine Neigung zu logischem Denken sowie seine Sprachbegabung zugute kamen. Auf diesem Gebiet hätte er auch weitermachen können, wäre da nicht einer jener Zufälle gewesen, die unserem Leben ungeachtet unserer eigenen Pläne eine ganz bestimmte Richtung geben können.

Aus einer Laune heraus übernahm er einen Ferienjob und half einem Kunsthistoriker beim Katalogisieren jener künstlerischen Restbestände, die von der Konfiszierung der Nazi-Kunstschätze nach dem Krieg noch geblieben waren. Die Krumen dieses abermals entwendeten Diebesgutes waren an einen amerikanischen Zeitungskönig gefallen, der Abfall davon wiederum einer Universität vermacht worden – gewissermaßen als eine Art Beruhigungsspritze für das amerikanische Gewissen, ein einst putzmunteres und gesundes Organ, das erst vor kurzem die Vergewaltigung von Hiroshima ohne ersichtlichen Schaden überstanden hatte.

Im Verlauf dieser Katalogisierungsarbeit hatte Jonathan ein kleines Ölbild unter der Rubrik »Meister unbekannt« geführt, obgleich es laut Verpackungsaufkleber von einem unbedeutenden italienischen Renaissancemaler stammen sollte. Der Professor machte ihm wegen dieses Versehens Vorwürfe, doch Jonathan hatte behauptet, es sei kein Irrtum.

»Woher wollen Sie denn das so genau wissen?« fragte der Professor belustigt.

Über diese Frage war nun wiederrum Jonathan verwundert. Er war noch jung und nahm an, Professoren wüßten auf ihrem Gebiet Bescheid. »Nun, das ist doch ganz klar. Von dem Maler haben wir letzte Woche ein Bild gesehen, aber dieses hier ist nicht von derselben Hand gemalt. Sie brauchen es sich doch nur anzusehen.«

Dem Professor war nicht wohl in seiner Haut. »Woher wollen Sie denn das wissen?«

»Aber sehen Sie es sich doch an! Selbstverständlich, es ist auch möglich, daß das andere falsch etikettiert war. Das kann ich natürlich nicht wissen.«

Das Bild wurde von Experten untersucht, und dabei stellte es sich heraus, daß Jonathan recht hatte. Eines der Gemälde stammte von einem Schüler des unbedeutenden Malers. Das war aktenkundig und seit dreihundert Jahren allgemein bekannt gewesen; nur durch das Erinnerungssieb der Kunstgeschichte war es hindurchgerutscht.

Wer das vergleichsweise unwichtige Bild nun gemalt hatte, schien dem Professor weniger interessant als Jonathans geradezu unheimliche Fähigkeit, das herausgefunden zu haben. Nicht einmal Jonathan selbst konnte erklären, warum er, wenn er die Arbeiten eines Malers studiert hatte, jedes andere Werk desselben Meisters unfehlbar erkannte. Diese Fähigkeit war spontan und instinktiv, aber man konnte sich felsenfest auf sie verlassen. Mit Rubens und seiner Werkstatt freilich hatte er Schwierigkeiten, und van Gogh mußte er gewissermaßen als zwei Persönlichkeiten betrachten – eine vor dem Zusammenbruch und dem Aufenthalt in St. Rémy, die andere danach –, doch im allgemeinen waren seine Urteile unanfechtbar. Es dauerte nicht lange, und er wurde für eine Reihe von größeren Museen und seriösen Sammlern unentbehrlich.

Nach dem Abschluß seines Studiums übernahm er eine Lehrerstelle in New York und begann, Aufsätze in wissenschaftlichen Zeitschriften zu publizieren. Ein Artikel nach dem anderen erschien in rascher Folge, und in ebenso rascher Folge erschien eine Frau nach der anderen in seinem Appartement in der Zwölften Straße, und die Monate vergingen in einem angenehmen, wenn auch wenig sinnvollen Dasein. Dann jedoch, eine Woche, nachdem sein erstes Buch die Druckerei verlassen hatte, fanden seine Freunde und Mitbürger, er sei besonders geeignet, in Korea als Kugelfang zu dienen.

Es ergab sich, daß er nicht oft dazu kam, Kugeln abzufangen, und die wenigen, die sich überhaupt in seine Richtung verirrten, wurden schon vorher von anderen Amerikanern abgefangen. Da er intelligent war, steckte man ihn in den Geheimdienst der Armee – er wurde der Abteilung »Sphinx« zugeteilt. Vier sinnlos vergeudete Jahre hindurch verteidigte er sein Volk gegen die Aggressionen des Linksimperialismus, indem er unternehmungslustigen amerikanischen Soldaten auf die Schliche kam, als sie ihr Einkommen dadurch aufzubessern versuchten, daß sie amerikanisches Heeresgut auf den Schwarzmärkten von Japan und Deutschland verschoben. Diese Aufgabe brachte es mit sich, daß er viel reiste, wobei es ihm gelang, einen beachtlichen Anteil von Zeit und Geld, der eigentlich der Regierung gehörte, fürs Bergsteigen zu verwenden und außerdem Material zu sammeln, das ihm dazu verhalf, seinen akademischen Ruf durch Publikationen ständig auf Hochglanz zu halten.

Nachdem die Amerikaner den Nordkoreanern zu gelegener Zeit ihre Lektion erteilt hatten, wurde Jonathan wieder ins Zivilleben entlassen, und er fing mehr oder weniger dort wieder an, wo er aufgehört hatte. Sein Leben verlief angenehm und in keiner bestimmten Richtung. Das Unterrichten fiel ihm leicht und ging fast automatisch; seine Artikel bedurften selten einer Überarbeitung, die er ihnen auch nie zuteil werden ließ – das heißt, sie wurden so veröffentlicht, wie er sie spontan formuliert hatte. Was sein gesellschaftliches Leben betraf, so genoß er seine Wohnung und schlief mit den Frauen, die er kennenlernte, sofern die Verführung nicht allzuviel Energie kostete, was im allgemeinen der Fall war. Dieses angenehme Leben jedoch wurde nach und nach von seiner wachsenden Sammelleidenschaft unterminiert. Während seiner Arbeit bei der »Sphinx« in Europa war ihm ein halbes Dutzend gestohlener Impressionisten in die Hände geraten. Diese ersten Erwerbungen entzündeten in ihm das unauslöschliche Feuer des Sammlers. Gemälde zu betrachten und zu bewundern genügte ihm nicht mehr – er mußte sie auch besitzen. Kanäle zum Untergrund und zum schwarzen Markt standen ihm durch seine Beziehungen zur »Sphinx« offen, und sein unvergleichliches Auge bewahrte ihn davor, übers Ohr gehauen zu werden. Seine Einkünfte allerdings erwiesen sich für Bedürfnisse dieser Art als zu gering.

Zum erstenmal in seinem Leben wurde Geld wichtig für ihn. Und genau zu diesem Zeitpunkt tauchte etwas auf, was ihn noch mehr Geld kosten sollte. Er entdeckte eine prächtige aufgelassene Kirche auf Long Island, in der er augenblicklich die ideale Bleibe für sich und seine Bilder erkannte.

Seine drückenden Geldsorgen sowie seine Ausbildung bei der »Sphinx« und seine besondere Persönlichkeitsstruktur, der jegliches Schuldgefühl fehlte – all das machte ihn reif für Mr. Dragon.

Eine Weile saß Jonathan sinnend da und überlegte, wo er den Pissarro aufhängen sollte, sobald er ihn von dem Geld erworben hätte, das er für die Strafaktion in Montreal erhalten würde. Dann stand er träge auf, putzte die Wasserpfeife und stellte sie fort, setzte sich an seinen Flügel, spielte ein wenig Händel und ging dann zu Bett.

Montreal *5. Juni*

Der hochgelegene Komplex von Wohngebäuden war typisch für die demokratische Mittelklassenarchitektur. Sämtliche Mieter konnten zwar einen Blick vom La Fontaine Park erhaschen, aber keiner konnte ihn wirklich gut sehen, manche sogar nur unter akrobatischen Verrenkungen auf ihren engen, versetzt gebauten Balkonen. Der Haupteingang bestand aus einer großen, schweren Glasplatte, deren Angeln fünfundzwanzig Zentimeter vom Rand angebracht worden waren; die Eingangshalle war mit einem roten Spannteppich ausgelegt, Farne aus Plastik standen herum, ein Lift mit gepolsterten Wänden stand zur Verfügung, und ringsum war die Halle mit bedeutungslosen Wappenschildern geschmückt.

Jonathan stand in dem sterilen Korridor, wartete, daß auf sein Klingelzeichen hin ein Summer ertönte und blickte flüchtig, aber voller Abscheu auf den Schweizer Reliefdruck eines Cézanne, der dem Ganzen einen Hauch von Luxus verleihen sollte. Die Tür ging auf, und er drehte sich um.

Sie war körperlich durchaus wohlgestaltet, ja sogar üppig; aber kaum in Geschenkverpackung, wenn man so sagen darf. In ihrem maßgeschneiderten Tweedkostüm schien sie eher wie zum Postversand verpackt. Dichtes, flachsblondes Haar, starke Backenknochen, volle Lippen, und der Busen wehrte sich sichtlich dagegen, von der Kostümjacke eingezwängt zu werden. Flacher Bauch, ausladende Hüften, lange Beine, schlanke Fesseln. Sie hatte Schuhe an, doch Jonathan nahm an, daß ihre Zehen nicht minder wohlgeformt waren.

»Miß...?« Er schob die Augenbrauen in die Höhe, um sie dazu zu bringen, den Namen selbst zu nennen, denn er war sich immer noch nicht sicher, ob er wirklich wie *arse* – also Arsch – ausgesprochen wurde.

»Felicity Arce«, sagte sie und streckte ihm gastfreundlich die Hand entgegen. »Kommen Sie doch herein. Ich freue mich darauf, Sie kennenzulernen, Hemlock. Man hält große Stücke auf Sie in unseren Kreisen, wissen Sie das?«

Sie trat beiseite, und er trat ein. Die Wohnung stand ganz im Einklang mit dem Gebäude: teuer, aber stillos. Als sie sich die Hand gaben, bemerkte er, daß ihr Unterarm mit einem dichten Flaum weicher, goldener Härchen bedeckt war, was er als ein gutes Zeichen zu deuten wußte.

»Sherry?« erkundigte sie sich.

»Nicht am fortgeschrittenen Abend.«

»Whisky?«

»Ja, bitte.«
»Scotch oder Bourbon?«
»Haben Sie Laphroaig?«
»Leider nein.«
»Dann ist es egal.«
»Setzen Sie sich doch, während ich uns einschenke.« Sie ging zur eingebauten Hausbar hinüber, die ganz auf antik gemacht war, unter der altweißen Farbe jedoch wohl nur billiges Fichtenholz verbarg. Ihre Bewegungen waren energisch, um die Taille herum jedoch erfreulich fließend. Er setzte sich in die Ecke einer quer in den Raum gestellten Couch und wandte sich der anderen Ecke zu, so daß es ausgesprochen unhöflich gewesen wäre, wenn sie sich irgendwo anders hingesetzt hätte als dort. »Wissen Sie«, begann er, »diese Wohnung ist von geradezu monumentaler Häßlichkeit. Allerdings schätze ich, daß Sie sehr gut sein werden.«
»Sehr gut?« fragte sie über die Schulter hinweg, während sie reichlich Whisky in die Gläser goß.
»Im Bett mit mir. Ein bißchen mehr Wasser, bitte.«
»So?«
»Das kommt ziemlich hin.«
Sie lächelte und schüttelte den Kopf, als sie mit den Gläsern zurückkehrte. »Wir haben andere Dinge zu tun, als miteinander ins Bett zu gehen, Hemlock.« Trotzdem setzte sie sich auf die Couch, als er sie mit einer lässigen Handbewegung dazu aufforderte.
Er nahm einen kleinen Schluck. »Wir haben doch Zeit für beides. Aber das liegt natürlich ganz bei Ihnen. Überlegen Sie sich's, und in der Zwischenzeit erzählen Sie mir, was ich über diese Aktion wissen muß.«
Miß Arce blickte zur Decke hinauf und schloß einen Moment lang die Augen, um sich zu konzentrieren. »Der Mann, den sie umgebracht haben, hatte den Decknamen Wormwood – ein kleiner Fisch.«
»Und was hat er hier in Kanada gemacht?«
»Keine Ahnung. Irgend etwas für das CII-Hauptquartier. Aber das geht uns ja auch nichts weiter an.«
»Nein, da haben Sie wohl recht.« Jonathan streckte die Hand aus, und sie legte mit leichtem zustimmendem Fingerdruck die ihre hinein. »Fahren Sie fort.«
»Nun ja, Wormwood bekam in einer kleinen Pension an der Casgrain Avenue eins über den Schädel – hmm, das muß angenehm sein. Kennen Sie den Teil der Stadt?«
»Nein.« Er fuhr fort, ihr die Innenseite der Handgelenks zu streicheln.
»Glücklicherweise ließ das CII ihn von einem zweiten Mann beschatten. Der befand sich im Zimmer nebenan und hörte, wie sie ihn erledigten.

Sobald die beiden Killer fort waren, ging er in Wormwoods Zimmer hinüber und durchsuchte routinemäßig seine Leiche. Dann verständigte er sofort ›Spürhund‹ und ›Strafaktion‹, und Mr. Dragon setzte mich unverzüglich auf den Fall an.«
Jonathan küßte sie sanft. »Willst du mir weismachen, daß der Beschatter nebenan saß und zuließ, daß sie diesen Wormwood fertigmachten?«
»Noch einen Whisky?«
»Nein, vielen Dank.« Er erhob sich und zog sie hinter sich her. »Wo ist es? Hier hindurch?«
»Das Schlafzimmer? Ja.« Sie folgte ihm. »Du mußt ja wissen, wie sie vorgehen, Hemlock. Der Beschatter hat die Aufgabe, zu beobachten und sich nicht einzumischen. Aber wie dem auch sei, es scheint, als hätten sie einen neuen Trick ausprobiert.«
»So? Was für einen Trick denn? Es tut mir leid, Herzchen, aber diese Häkchen machen mich immer ganz konfus.«
»Laß nur, ich mach das schon. Sie haben sich immer mit dem Problem herumgeschlagen, wie sie die Geräusche und die Bewegungen des Beschatters kaschieren könnten, wenn sie ihn im Zimmer nebenan einquartieren. Und jetzt sind sie auf die Idee gekommen, er solle gerade Geräusche machen, statt zu versuchen, still zu sein...«
»Mein Gott! Bewahrst du diese Laken im Kühlschrank auf?«
»Das ist eben Seide – nur für dich! Sie haben experimentiert, mit einer Bandaufnahme vom Gehuste eines alten Mannes, die lassen sie Tag und Nacht laufen, geben also zu verstehen, daß nebenan jemand ist – allerdings jemand, von dem niemand annehmen würde, daß er ein Agent sein könnte. Oh, da bin ich sehr erregbar. Jetzt kribbelt es, aber gleich nicht mehr. Ist das nicht phantastisch?«
»Der hustende alte Mann? Ja, phantastisch.«
»Nun ja, sobald Mr. Dragon mir das Formblatt B-3611 schickte, habe ich mich an die Arbeit gemacht. Es war kinderleicht. An der Außenseite hab ich es besonders gern.«
»Ja, das habe ich gespürt.«
»Wie es scheint, war dieser Wormwood doch nicht ganz so unbrauchbar. Er erwischte nämlich einen der beiden Männer irgendwie. Der Beschatter sah, wie sie das Hotel verließen, und selbst vom Fenster aus konnte er genau erkennen, daß einer von ihnen hinkte. Der andere – der, der unverletzt war – muß es mit der Angst bekommen haben, denn er rannte – ach, tut das gut! – er rannte auf der gegenüberliegenden Straßenseite gegen einen Laternenpfahl. Als er stehenblieb, um sich von seiner Benommenheit zu erholen, erkannte unser Mann ihn. Der Rest war ein Kinderspiel.«
»Und wie heißt mein Mann?«

»Kruger. Garcia Kruger. Ein ganz schlimmer Bursche.«
»Das mit dem Namen meinst du doch nicht ernst?«
»Mit Namen meine ich es immer ernst. Ooochchch! Hkn, khn, khn!!«
»Was heißt das: ein ganz schlimmer Bursche?«
»Die Art, wie er Wormwood zugerichtet hat. Er – aaah, das tut gut. Er... Er...«
»Setz deine Fußsohlen richtig auf!«
»Gut. Wormwood verschluckte den Kassiber, den er bei sich hatte, und Kruger suchte mit dem Messer danach. Gurgel und Bauch. Ooohhh! Hkn, khn, khn! Oh ja... ja... ja...«
»Liest du viel Joyce?«
Sie zwängte die Worte durch die fest zusammengebissenen Zähne, wobei jedesmal ein wenig Luft aus ihrer verkrampften Luftröhre entwich.
»Nein. Ooochch! Wieso?«
»Unwichtig. Und was ist mit dem anderen Mann?«
»Dem, der hinkte? Weiß ich noch nicht. Nur daß er kein Profi ist, davon sind wir überzeugt.«
»Woher wollt ihr wissen, daß er kein Profi ist?«
»Ihm wurde schlecht, als Kruger Wormwood aufschlitzte. Mußte kotzen, mitten auf den Fußboden. Ooochchch-aaa-hhh-aaa-hhh-ooochchch!« Sie bog ihren kräftigen Rücken durch und stemmte ihn vom Bett ab. Er kam gleichzeitig mit ihr.
Eine Weile streichelten sie sich nur sanft, dann lösten sie sich behutsam voneinander.
»Weißt du, Hemlock« – ihre Stimme war sanft, klang entspannt, aber auch ein bißchen zitterig von der Anstrengung – »du hast wirklich wunderschöne Augen. Irgendwie tragikomische Augen.«
Das hatte er erwartet. Hinterher redeten sie immer von seinen Augen.
Etwas später hockte er auf dem Rand ihrer Badewanne und hielt ein Gummisäckchen hoch in dem fruchtlosen Bemühen, dem Wasser zu erlauben, sich selbst einen Pegel zu suchen. Ein Teil seines Charmes beruhte auf solchen kleinen Aufmerksamkeiten.
»Ich habe über Ihre Pistole nachgedacht, Hemlock!«
»Ja und, was ist damit?«
»Nach der Information von Mr. Dragon benutzen Sie eine ziemlich großkalibrige Waffe.«
»Stimmt. Es bleibt mir gar nichts anderes übrig, ich bin nämlich kein besonders guter Schütze. Fertig?«
»Mhm.«
Sie zogen sich an und tranken in dem sterilen Wohnzimmer noch einen Whisky. In allen Einzelheiten berichtete Miß Arce noch einmal von den

Gewohnheiten und dem Tagesablauf von Garcia Kruger und beantwortete Fragen, die Jonathan ihr stellte. Schließlich sagte sie: »All das steht in der Akte, die wir für Sie angelegt haben. Sie sollten sie durchlesen und dann vernichten. Und hier ist Ihre Pistole.« Sie reichte ihm ein dickes braunes Paket. »Sehen wir uns noch einmal?«

»Halten Sie das für klug?«

»Nein, da haben Sie wohl recht. Aber darf ich Ihnen etwas sagen? Gerade als ich – nun, auf dem Höhepunkt – können Sie sich vorstellen, was mir ausgerechnet da einfiel?«

»Nein.«

»Ich mußte daran denken, daß Sie ein Killer sind.«

»Und hat Sie das gestört?«

»Aber nein. Ganz im Gegenteil! Ist das nicht komisch?«

»Nein, das ist durchaus üblich, wirklich.« Er nahm die Akte und die Waffe und ging zur Tür. Sie folgte ihm und wartete auf einen Abschiedskuß; die Frostigkeit, die nach dem Koitus von ihm ausging, machte ihr nichts aus.

»Vielen Dank auch«, sagte sie leise, »für den Rat, die Füße richtig aufzusetzen, meine ich. Das hilft, wirklich.«

»Ich liebe die Vorstellung, die Menschen etwas bereichert zu haben, wenn sie von mir gehen.«

Sie reichte ihm die Hand, und er nahm sie. »Sie haben wirklich wunderschöne Augen, Hemlock. Ich bin glücklich, daß Sie gekommen sind.«

»Lieb von Ihnen, daß ich durfte.«

Als er draußen auf dem Korridor auf den Aufzug wartete, war er froh darüber, wie der Abend verlaufen war. Es war einfach und unkompliziert gewesen und hatte vorübergehend Erleichterung verschafft: wie ein Gang auf die Toilette. Das war die Art Beischlaf, wie er sie am liebsten hatte. Im allgemeinen war sein Geschlechtsleben nicht aufregender als, sagen wir, die Tagträume des durchschnittlichen Junggesellen. Freilich neigte er stets einem Höhepunkt zu, wenn er im Begriff stand, eine Strafaktion zu vollziehen. Zu einem hatte er dabei für diese Dinge mehr Gelegenheit als sonst, zum anderen erregte ihn die bevorstehende Gefahr sexuell – vielleicht ein mikroskopisch kleiner Beweis für jene pervertierte Naturkraft, derzufolge in Kriegszeiten mehr Kinder geboren werden als sonst. Wenn er erst mit einer Frau im Bett war, so war er sehr gut. Sein technisches Können hatte nichts mit der Rammelei als solcher zu tun, in dieser Hinsicht war er wohl nicht anders als die Mehrzahl aller Männer. Und wie wir gesehen haben, war diese Fertigkeit auch nicht die Folge seines Werbens und sorgfältiger Vorbereitung. Sie war vielmehr das Ergebnis seines bemerkenswerten Stehvermögens und seiner reichen Erfahrung.

Was seine Erfahrungen betrifft, so braucht darüber nichts weiter gesagt zu werden, als daß er sich selten dazu hinreißen ließ, aus reiner Neugierde den Kopf zu verlieren. Nach Ankara, Osaka und Neapel waren ihm keine Stellungen und keine technischen Nuancen mehr fremd. Im übrigen gab es nur zwei Arten von Frauen, mit denen er noch nichts zu tun hatte: mit australischen Abos und mit Eskimos. Und was das betrifft, so hatte er seines ausgeprägten Geruchssinns wegen keinerlei Ehrgeiz, diese ethnischen Lücken zu schließen.
Der weitaus wichtigste Grund für sein geradezu episch ausgedehntes Stehvermögen war eine Besonderheit seines Tastsinns und der damit verbundenen Nerven. Jonathan spürte nichts, wenn er mit jemandem schlief. Das heißt, er hatte nie jene auf einen bestimmten Körperteil beschränkte Ekstase kennengelernt, die wir mit dem Höhepunkt in Verbindung bringen. Gewiß, sein Organismus produzierte regelmäßig Samen, und daß es so viel war, störte ihn, beeinträchtigte seinen Schlaf und lenkte ihn von seiner Arbeit ab. Daher empfand er es als eine große Erleichterung, wenn er ihn los wurde. Aber Erleichterung bedeutete in seinem Fall das Ende eines Unlustgefühls – nicht Lustgewinn.
Daher war er seiner bemerkenswerten Selbstbeherrschung wegen im Grunde mehr zu bedauern als um die Tüchtigkeit zu beneiden, die sie ihm garantierte.

Montreal *9. Juni*

Er rauchte seine Zigarette zu Ende und spülte den Inhalt des Aschenbechers dann die Toilette hinunter. Völlig angekleidet saß er auf dem Bett und machte eine Entspannungsübung, um sich zu beruhigen, atmete tief und regelmäßig durch, entspannte dadurch jeden einzelnen Muskel seines Körpers, legte die Fingerspitzen leicht aneinander und konzentrierte sich auf seine gekreuzten Daumen. Das Dämmerlicht in seinem Hotelzimmer wurde von Lanzen von Sonnenlicht durchbohrt, die durch die nur teilweise hochgestellten Lamellen der Jalousien hindurchdrangen. Winzige Staubteilchen schwebten in diesen Lichtbündeln.

Den Vormittag hatte er damit zugebracht, noch einmal Garcia Krugers Tagesablauf durchzugehen, ehe er den Bericht der Abteilung »Spürhund« vernichtete. Dann hatte er zwei Kunstgalerien besucht, war gemächlich spazierengegangen und hatte bewußt seinen Stoffwechsel gebremst, um sich auf die vor ihm liegende Aufgabe vorzubereiten.

Als Körper und Geist völlig bereit waren, erhob er sich langsam von seinem Bett, um die oberste Schublade einer Kommode aufzuziehen und eine braune, oben wie ein Lunchpaket geschlossene Tüte hervorzuholen, die freilich nichts zu essen enthielt, sondern die mit einem Schalldämpfer versehene Pistole, die Miß Arce ihm gegeben hatte. Eine zweite, genauso aussehende, aber zusammengefaltete Tüte steckte er in die Manteltasche, und dann verließ er das Zimmer.

Krugers Büro lag in einer schmalen und schmutzigen Seitengasse der St.-Jacques-Straße in der Nähe des Bonaventure-Güterbahnhofs. »Kuba-Import und -Export – Garcia Kruger«: ein hochtrabender Name für eine Firma, die niemals Schiffsladungen empfing oder verschickte, und ein lächerlicher Name für einen Mann, der das Zufallsprodukt eines Samens war, den ein deutscher Seemann im Schoß einer Dame mittelmeerischer Herkunft zum Austragen zurückgelassen hatte. Vor dem Haus spielten ein paar Kinder unter den Treppenstufen, die auf die Straße herunterführten, *cache-cache* oder Verstecken. Auf der Flucht vor einem Verfolger prallte ein zerlumpter Gassenjunge mit hungrigem Gesicht und aerodynamisch anliegenden Ohren mit Jonathan zusammen, der ihn festhielt, damit er nicht hinfiel. Der Junge war überrascht und verlegen und machte ein finsteres Gesicht, um sein Unbehagen zu verbergen.

»Ich fürchte, um dich ist's geschehen, mein Junge«, sagte Jonathan auf französisch. »Einen protestantischen Bürger anzurempeln ist ein Terrorakt der FLQ. Wie heißt du?«

Der Junge hörte Jonathans nur zum Schein gestrenger Stimme an, daß

er ihn bloß aufziehen wollte, und spielte das Spiel mit. »Jacques«, erwiderte er mit dem breiten Diphthong »au« des Quebecer Gassenjargons. Jonathan tat, als habe er ein Notizbuch in der Hand. »J-a-c-q-u-e-s. Richtig! Wenn das noch mal vorkommt, übergebe ich dich Monsieur Elliot.«
Nach einem Augenblick der Unentschlossenheit grinste der Junge Jonathan an und lief fort, um weiterzuspielen.
Garcia Kruger teilte die zweite Etage mit einem Zahnarzt und einem Tanzlehrer. Die untere Hälfte der Fenster war mit Firmenschildern und Reklameplakaten zugekleistert. Gleich hinter der Eingangstür fand Jonathan den Pappkarton, den Miß Arce nach seinen Instruktionen dort abgestellt hatte. Er trug ihn die ausgetretene Holztreppe hinauf, und die lockeren Metallträger quietschten unter seinen Tritten. Nach der strahlenden Helligkeit und dem häßlichen Straßenlärm war es im Korridor kühl und still. Sowohl der Zahnarzt als auch der Tanzlehrer waren für heute schon nach Hause gegangen, doch Jonathan wußte aus seiner Akte, daß er Kruger noch in seinem Büro vorfinden würde.
Auf sein Klopfen ertönte von innen eine gereizte Stimme: »Ja, wer ist denn da?«
»Ich möchte zu Dr. Fouchet«, sagte Jonathan, und ahmte ganz annehmbar die schmeichelnde und dummdreiste Stimme eines Vertreters nach.
Die Tür ging ein paar Zentimeter auf, und über die Sicherheitskette hinweg blickte Kruger ihn an. Er war großgewachsen, ausgemergelt, glatzköpfig, hatte sich einen Tag lang nicht rasiert und in den Augenwinkeln kleine weiße Schleimfleckchen. Sein blauweißgestreiftes Hemd war unter den Armen verschwitzt und zerknittert, und auf der Stirn trug er ein Pflaster über einer Schramme, die zweifellos von seinem Zusammenprall mit dem Laternenpfahl herrührte.
Mit dem Pappkarton auf dem Arm und der Papiertüte darauf, die er mit dem Kinn festklemmte, wirkte Jonathan linkisch und nicht sehr tüchtig. »Hallo. Ich bin Ed Benson. Von den Arlington-Werken.«
Kruger sagte kurz angebunden, der Zahnarzt habe schon Feierabend gemacht, und schickte sich an, die Tür zu schließen. Rasch erklärte Jonathan, er habe Dr. Fouchet versprochen, ein Muster ihrer neuesten Zahnprothesenmasse vorbeizubringen, habe sich jedoch verspätet,» ... und das noch nicht mal aus geschäftlichen Gründen«, wie er, verständnisheischend mit den Augen zwinkernd, hinzufügte.
Kruger gab durch sein vulgäres Lachen zu verstehen, daß er begreife, und seinen Zähnen nach zu urteilen schien er nur höchst selten zum Zahnarzt hinüberzugehen. Aber sein Ton war nicht besonders zuvorkommend. »Ich hab doch gesagt, er ist schon weg.«
Jonathan zuckte mit den Achseln. »Hm, wenn er weg ist, kann man nichts

machen.« Er schickte sich an, wieder umzukehren, doch dann, als sei ihm eine Idee gekommen, sagte er: »Sagen Sie mal, könnte ich nicht das Muster bei Ihnen lassen, Sir? Sie könnten es Dr. Fouchet doch morgen früh geben.« Er zeigte sein entwaffnendstes Lächeln. »Damit würden Sie mir verdammt aus der Patsche helfen.«

Widerstrebend sagte Kruger, er werde das Paket übernehmen. Jonathan wollte es ihm reichen, doch die Sicherheitskette war im Weg. Kruger ließ die Tür mit einem wütenden Knall ins Schloß fallen, hakte die Kette aus und machte die Tür wieder auf. Als Jonathan eintrat, redete er in einem fort; wie heiß es draußen sei, daß es aber nicht so sehr die Hitze als vielmehr die Luftfeuchtigkeit sei, die einen so fertigmache. Kruger knurrte und wandte sich ab, um aus dem Fenster zu sehen, und überließ es Jonathan, das Paket irgendwo in dem unaufgeräumten Büro abzustellen.

Plopp! machte es – der dumpfe Knall einer Achtunddreißiger mit Schalldämpfer, die aus einer Papiertüte heraus abgeschossen wurde.

Kruger wurde herumgewirbelt und prallte gegen die Ecke zwischen zwei Fenstern mit der spiegelverkehrten Aufschrift »Kuba-Import«. Fassungslos starrte er Jonathan an.

Jonathan ließ ihn keinen Moment aus dem Auge und erwartete, daß er eine Bewegung auf ihn zu machen würde.

Kruger jedoch hob die Handflächen nach vorn – eine rührende Geste, so, als wolle er sagen: »Warum?«

Jonathan überlegte, ob er nicht noch einen Schuß abfeuern sollte.

Zwei entsetzlich lange Sekunden blieb Kruger dort stehen, als sei er an die Wand genagelt.

Jonathan wurde unruhig. »Ach, nun komm schon!«

Dann erst rutschte Kruger an der Wand herunter, während der Tod seine Augen umflorte und sie für immer in einem bestimmten Fokus verharren ließ. Der weiße Schleim in den Augenwinkeln war immer noch da. Weil er Kruger nie zuvor gesehen hatte und man ihm daher auch kein Motiv hätte unterstellen können, hatte Jonathan keine Angst, entdeckt zu werden. Er faltete die zerrissene Tüte zusammen, steckte sie zusammen mit der Pistole in die zweite Tüte, die er mitgebracht hatte.

Kein Mensch trägt eine Pistole in einer braunen Tüte mit sich herum.

In der flimmernden Helligkeit der Straße spielten die Kinder immer noch zwischen den Treppenaufgängen. Der kleine Jacques sah Jonathan aus Krugers Haus herauskommen und winkte ihm über die Straße hinweg zu. Jonathan stieß mit dem Zeigefinger vor und tat so, als schieße er auf den Jungen, der die Hände hochwarf und sich wie ein kleiner Schauspieler im Todeskampf aufs Pflaster fallen ließ. Beide lachten.

Montreal/New York/Long Island *10. Juni*

Während er wartete, daß das Flugzeug zur Startbahn rollte, breitete Jonathan seine Aktenmappe und seine Papiere auf dem Nebensitz aus und fing an, sich Notizen für einen Artikel zu machen, den er längst hatte schreiben wollen – »Toulouse-Lautrec – Ein soziales Gewissen« – und den er dem Herausgeber einer Kunstzeitschrift mit leicht liberaler Tendenz versprochen hatte. Jonathan konnte sich ungeniert ausbreiten, denn wenn er auf Spesen des CII reiste, buchte er immer zwei Plätze nebeneinander, um vor unerwünschter Unterhaltung sicher zu sein. Diesmal freilich war die extravagante Vorsichtsmaßnahme überflüssig, denn das Abteil der ersten Klasse war nahezu leer.

Sein Gedankenstrom wurde unterbrochen durch die väterliche und plebejische Stimme des Piloten, die ihm mitteilte, wohin und in welcher Höhe sie jetzt fliegen würden. Das Interesse an seinem Artikel über Toulouse-Lautrec war einfach nicht stark genug, diese Unterbrechung zu überleben, und so blätterte er in einem Buch, das er rezensieren wollte. Es handelte sich um eine Abhandlung mit dem Titel *Tilman Riemenschneider – Der Mensch und seine Zeit.* Mit dem Autor war Jonathan bekannt, und er wußte, daß das Buch sowohl Laien wie Fachleute ansprechen sollte, also einen Kompromiß darstellte und zwischen schwülstig und scharfsinnig schwankte. Trotzdem gedachte er, es wohlwollend zu rezensieren - getreu seiner Theorie, die sicherste Methode, eine Spitzenposition auf irgendeinem Gebiet zu behaupten, bestehe darin, Männer von eindeutig geringeren Fähigkeiten zu fördern und zu unterstützen.

Unversehens und in einem Augenblick, da ihm das überhaupt nicht paßte, stieg ihm der Duft ihres Parfums in die Nase – ein herber und doch unaufdringlicher Duft, den er bis heute nicht vergessen hat.

»Sind das beides Ihre Sitze?« fragte sie.

Er nickte, ohne von seiner Arbeit aufzublicken. Zu seiner großen Enttäuschung hatte er aus den Augenwinkeln heraus gesehen, daß sie Uniform trug, was genügte, sie abzulehnen; denn für ihn waren Stewardessen wie Krankenschwestern, etwas, womit man sich nur in fremden Städten abgab, wenn man sonst keine Frau fand.

»Veblen nannte das treffend ›aufwendigen Verbrauch‹.« Ihre Stimme war wie warmer, fließender Honig.

Überrascht, daß eine Stewardeß Bildung verriet, klappte er das Buch zu und blickte in gelassene Augen, die ihn amüsiert ansahen. Braun und weich waren sie, mit Flecken von Goldflitter darin. »Und das würde auch gut auf Mimi im letzten Akt passen.«

Sie lachte perlend – kräftige weiße Zähne und ein wenig kecke, volle Lippen. Dann hakte sie seinen Namen auf einer Liste ab, die sie auf einem Brettchen festgeklemmt hatte, und ging nach hinten, um sich um die anderen Fluggäste zu kümmern. Mit unverhohlener Neugier betrachtete er ihr strammes Gesäß mit der typisch afrikanischen Form, die schwarze Frauen in einen so vorteilhaften Blickwinkel rückt. Dann seufzte er und schüttelte den Kopf. Er wandte sich wieder der Riemenschneiderstudie zu, doch seine Augen wanderten über die Seiten, ohne aufzunehmen, was er las. Später machte er sich einige Notizen; dann nickte er ein.

»Scheiße?« fragte sie, die Lippen nahe an seinem Ohr.

Er wachte auf, drehte den Kopf und blickte zu ihr hinauf. »Wie bitte?« Seine Kopfwendung brachte ihren Busen zehn Zentimeter vor seine Nase, doch er wandte die Augen nicht von den ihren.

Sie lachte – wieder der Goldflitter in ihren Augen – und ließ sich auf der Armlehne nieder.

»*Sie* haben diese Unterhaltung begonnen, indem Sie ›Scheiße‹ sagten, stimmt's?« fragte er.

»Nein, ich hab's nicht gesagt, ich hab's gefragt.«

»Verträgt sich denn das mit Kaffee, Tee und Milch?«

»Nur auf den Fluglinien der Konkurrenz. Ich warf einen Blick über Ihre Schulter auf Ihr Notizbuch und sah das Wort ›Scheiße‹ mit zwei Ausrufungszeichen dahinter. Deshalb meine Frage.«

»Ach so! Ja, das war mein Kommentar über den Inhalt dieses Buches, das ich besprechen muß.«

»Eine fäkalische Studie also?«

»Nein. Ein schlampiges Stück Arbeit, aufgemotzt durch eine nicht stichhaltige Logik und verschachtelte Sätze.«

Sie grinste. »Nicht stichhaltige Logik kann ich ja noch verkraften, aber Schachtelsätze gehen mir auf den Wecker.«

Die leicht asiatisch schräggestellten Mandelaugen, in denen der Schalk saß, gefielen Jonathan. »Ich kann einfach nicht glauben, daß Sie eine Stewardeß sind.«

»Nach dem Motto: Was macht ein Mädchen wie Sie in . . . ? Ich bin gar keine Stewardeß. Ich bin eine verkleidete Flugzeugentführerin.«

»Wie beruhigend. Wie heißen Sie?«

»Jemima.«

»Ach, machen Sie keine Witze!«

»Bestimmt, ich nehme Sie nicht auf den Arm. Ich heiße wirklich so: Jemima Brown. Meine Mutter hatte es nun mal mit der Folklore.«

»Ganz wie Sie wollen, solange wir beide uns einig sind, daß ein solcher Name für ein schwarzes Mädchen einfach zuviel ist.«

»Ich weiß nicht. Die Menschen vergessen einen nicht so leicht, wenn man Jemima heißt.« Sie rückte sich auf der Armlehne zurecht, und ihr Rock rutschte nach oben.
Jonathan bemühte sich, es nicht zu bemerken. »Und ich bezweifle, daß Männer Sie leicht vergessen, selbst wenn Sie Fred hießen.«
»Du liebe Güte, Dr. Hemlock! Gehören Sie vielleicht zu den Männern, die versuchen, mit Stewardessen anzubändeln?«
»Normalerweise nicht, aber offenbar bin ich in der Beziehung entwicklungsfähig. Woher wissen Sie, wie ich heiße?«
Sie setzte eine ernste Miene auf und tat vertraulich. »Das ist eine geheimnisvolle Fähigkeit, die ich besitze – Namen fliegen mir einfach zu. Eine Gabe, gewissermaßen. Zuerst sehe ich mir einen Typ ganz genau an. Dann konzentriere ich mich. Dann sehe ich in der Passagierliste nach, und voilà – schon ist der Name da.«
»Na schön! Und wie nennen die Leute Sie, wenn sie es nicht mit der Folklore haben?«
»Jem. Nur schreiben sie ihn dann wie ›gem‹ – Gemme.« Als leise ein Gong ertönte, blickte sie auf. »Wir werden gleich landen. Sie müssen Ihren Sicherheitsgurt anlegen.« Dann ging sie nach hinten, um sich um die weniger interessanten Fluggäste zu kümmern.
Gern hätte er sie zum Abendessen oder zu sonst etwas eingeladen, aber der richtige Augenblick war verpaßt, und gesellschaftlich gesehen gibt es nun einmal keine größere Sünde, als jemanden im falschen Augenblick einzuladen. Folglich seufzte er und wandte seine Aufmerksamkeit dem verschobenen Spielzeug-New-York zu, das im Fenster unter ihm auftauchte.

Im John-F.-Kennedy-Flughafen sah er Jemima flüchtig noch einmal. Während er ein Taxi herbeiwinkte, lief sie zusammen mit zwei anderen Stewardessen an ihm vorbei. Die drei hatten es offenbar eilig und gingen im Gleichschritt, und ihm kam wieder seine allgemeine Abneigung gegen die Gattung zum Bewußtsein. Es würde nicht ganz der Wahrheit entsprechen, wollte man behaupten, daß er sie während der langen Fahrt vom Flugplatz bis nach Hause aus seinem Denken ausschloß; aber immerhin brachte er es fertig, sie in den dämmerigen Hintergrund seines Bewußtseins zu verbannen. Es war sonderbar tröstlich zu wissen, daß es sie dort draußen gab – als ob ganz unten im Ofen unter einer dicken Schicht Asche noch etwas Glut läge, die den Ofen warmhielt.

Jonathan genoß das dampfende Wasser in seinem römischen Bad. Allmählich verflog die Spannung der letzten paar Tage, entkrampften sich

die Muskelstränge in seinem Nacken, wich der Druck hinter seinen Augen, entspannten sich zögernd seine Kiefermuskeln. Der Knoten der Angst in seinem Magen jedoch löste sich nicht auf.
Ein Martini an seiner Bar, eine Pfeife vor seiner Bildersammlung in der Krypta; schließlich kramte er in seiner Küche nach etwas Eßbarem. Seine Suche wurde mit ein paar dänischen Zwiebäcken, einem Glas Erdnußbutter, einer Dose Kimchee und einem Piccolochampagner belohnt. Dieses gastronomische Durcheinander trug er in das Querschiff hinüber, das er in einen Wintergarten verwandelt hatte, setzte sich dort neben dem leise plätschernden Brunnen nieder und ließ sich vom Geräusch des Wassers und den angenehmen Strahlen der einfallenden Sonne einlullen.
Kleine Schweißperlen auf seinem Rücken juckten leise, als er einzuschlafen begann, und der Friede des Hauses kam über ihn.
Doch dann, plötzlich, fuhr er zusammen – fassungslos ihn anstarrende Augen mit weißem Schleim in den Augenwinkeln verjagten ihn aus seinem Traum. Ihm wurde übel.
Ich werde zu alt für solche Sachen, klagte er. Wie habe ich mich bloß jemals auf so etwas einlassen können?

Drei Wochen, nachdem die Entdeckung der verlassenen Kirche seinen Bedarf an Geld noch weiter gesteigert hatte, nahm er in Brüssel an einer Tagung teil und lebte sorglos auf Kosten der Ford Foundation. An einem feuchten, sturmgepeitschten Abend suchte ein CII-Agent ihn in seinem Hotelzimmer auf, und nachdem er eine Weile um den heißen Brei herumgeredet hatte, bat er ihn schließlich, seinem Land einen Dienst zu erweisen. Jonathan hatte sich erst ausgeschüttet vor Lachen, dann verlangte er nähere Erklärungen. Für einen Mann wie ihn, mit »Sphinx«-Ausbildung, war die Aufgabe ziemlich einfach: Sie wollten nichts weiter von ihm, als daß er einen Briefumschlag in die Aktenmappe eines italienischen Tagungsteilnehmers schmuggle. Schwer zu sagen, warum er sich schließlich einverstanden erklärte, es zu tun. Er langweilte sich, gewiß, und das Honorar, die Belohnung in klingender Münze, die man ihm in Aussicht stellte, kam gerade in dem Augenblick, wo er seinen ersten Monet aufgestöbert hatte. Hinzu kam jedoch, daß der Italiener gerade vor kurzem die Stirn gehabt hatte anzudeuten, er verstehe von den Impressionisten fast genausoviel wie Jonathan.
Auf jeden Fall erledigte er die Angelegenheit. Was in dem Umschlag drin war, sollte er nie erfahren; er hörte nur später, der Italiener sei von Agenten seiner eigenen Regierung aufgegriffen und wegen Verschwörung ins Gefängnis gesteckt worden.
Bei seiner Rückkehr nach New York wartete ein Umschlag mit zweitau-

send Dollar auf ihn – für Auslagen, wie es in einer beigefügten Notiz hieß.

In den folgenden Monaten übernahm er drei ähnliche Botengänge für das CII und wurde jedesmal in gleicher Weise großzügig dafür honoriert, so daß er in der Lage war, ein Bild und etliche Skizzen zu erwerben. Die Kirche jedoch überstieg immer noch seine Möglichkeiten. Er fürchtete, ein anderer würde ihm sein Haus – in Gedanken war es bereits sein Haus – vor der Nase wegschnappen, wiewohl diese Furcht eigentlich ziemlich unbegründet war. Die meisten Gemeinden auf Long Island gaben ihre traditionellen Kirchen zugunsten von Holzbaracken in Fertigbauweise auf, die für ihren Umgang mit Gott offenbar besser geeignet zu sein schienen.

Der Höhepunkt seiner Arbeit für das CII – einer Art Probezeit, wie er später feststellte – kam in Paris, wo er in den Weihnachtsferien ein texanisches Museum beim Ankauf beriet – und den Leuten klarzumachen versuchte, daß kleine Gemälde ebenso wertvoll sein könnten wie großformatige. Das CII konstruierte eine Aufgabe, bei der es um nichts Schlimmeres ging als darum, einem französischen Regierungsbeamten kompromittierendes Material in die Notizbücher zu schmuggeln. Unseligerweise kam der Betroffene dazu, als Jonathan gerade dabei war. Zuerst verlief der Kampf, der sich daraufhin entspann, ziemlich schlecht. Während die beiden sich packten und ringend durch das Zimmer rollten, ließ Jonathan sich dadurch ablenken, daß er versuchte, eine erlesen schöne Schäferin aus Limoges-Prozellan zu schützen, die ständig Gefahr lief, von einem zierlichen Beistelltischchen heruntergestoßen zu werden. Zweimal ließ er den Franzosen fahren, um sie aufzuhalten, als sie umzufallen drohte, und beide Male nutzte sein Gegner die Gelegenheit, ihm mit einem Spazierstock auf Schultern und Rücken einzudreschen. Mehrere Minuten ging der Kampf hin und her. Dann hatte plötzlich der Franzose die kleine Statue in der Hand und schleuderte sie auf Jonathan. Ernüchtert, geschockt und empört über die vorsätzliche Zerstörung von soviel Schönheit, sah Jonathan, wie sie an einem Marmorkamin zerschellte. Er brüllte vor Zorn auf und versetzte ihm mit voller Wucht einen Handkantenschlag auf den Brustkorb unmittelbar unterm Herzen. Der Tod trat augenblicklich ein.

Später an diesem Abend saß Jonathan am Fenster eines Cafés auf der Place St. Georges und sah zu, wie der langsam herniederrieselnde Schnee um die Vorübergehenden herumwirbelte. Er war selber überrascht, daß das einzige, was er – abgesehen von einigen Schrammen – spürte, ein Gefühl tiefen Bedauerns über die Schäferin aus Limoges war. Trotzdem kam er zu dem unwiderruflichen Schluß, niemals wieder für das CII zu arbeiten.

An einem Spätnachmittag, kurz nach Beginn des Wintersemesters, wurde er in seinem Büro durch den Besuch von Clement Pope bei seiner Arbeit unterbrochen. Er hatte vom ersten Augenblick an eine Abneigung gegen diesen schleimigen Speichellecker gefaßt, die ihn niemals wieder verlassen sollte.

Nachdem Pope vorsichtig die Tür zu seinem Büro hinter sich geschlossen, in dem Raum für Jonathans Assistenten nachgesehen und überdies auch noch einen Blick aus dem Fenster auf den mit Schneeresten bedeckten Campus geworfen hatte, erklärte er bedeutungsvoll: »Ich bin vom CII. Von der Abteilung SS.«

Jonathan blickte kaum von seinen Papieren auf. »Tut mir leid, Mr. Pope, aber für Ihre Leute zu arbeiten, macht mir keinen Spaß mehr.«

»SS ist die Abkürzung für ›Spürhund‹ und ›Strafaktion‹. Schon mal von uns gehört?«

»Nein.«

Pope strahlte. »Unsere Sicherheitsvorkehrungen sind eben unübertroffen. Deshalb hat auch noch niemand von uns gehört.«

»Ich bin sicher, daß Sie Ihren Ruf verdienen. Aber jetzt habe ich zu tun.«

»Wegen diesem Franzmann brauchen Sie sich keine grauen Haare wachsen zu lassen, mein Junge. Unsere Leute in Paris haben die Sache vertuscht.« Er setzte sich auf den Rand von Jonathans Schreibtisch und durchblätterte die ersten Papiere, die er dort vorfand.

Jonathans Magen krampfte sich zusammen. »Raus mit Ihnen!«

Pope lachte. »Glauben Sie wirklich, daß ich durch diese Tür verschwinde, Kumpel?«

Jonathan schätzte die Entfernung zwischen ihnen ab. »Entweder durch die Tür oder durchs Fenster. Vergessen Sie nicht, daß wir hier im vierten Stock sitzen.« Sein sanftes, entwaffnendes Lächeln gelang ihm wie von selbst.

»Na, na, Kumpel...«

»Und machen Sie, daß Sie da von meinem Schreibtisch runterkommen!«

»Hören Sie doch mal zu, mein Junge...«

»Hören Sie doch bloß auf, mich ›mein Junge‹ oder ›Kumpel‹ zu nennen!«

»Mann, hätte ich nicht meine Befehle...« Pope spannte die Schultermuskeln und schätzte für einen Augenblick die Lage ab, doch dann rutschte er vom Schreibtisch herunter. »Mr. Dragon will Sie sprechen.« Und dann, um nicht das Gesicht zu verlieren: »Und zwar sofort.«

Jonathan ging hinüber in eine Ecke seines Büros und ließ aus der Kaffeemaschine einen Becher mit Kaffee vollaufen.

»Wer ist dieser Mr. Dragon?«

»Mein Vorgesetzter.«

»Darunter kann ich mir nicht sonderlich viel vorstellen.«
»Er möchte mit Ihnen sprechen.«
»Das haben Sie schon mal gesagt.« Jonathan setzte den Becher ab.
»Schön, machen wir also einen Termin aus.«
»Er soll hierher kommen? Sie machen wohl Witze?«
»Tu ich das?«
»Klar.« Pope runzelte die Stirn und rang sich dann zu einem Entschluß durch. »Hier, lesen Sie das, Kumpel.«
Er zog einen geschlossenen Brief aus der Manteltasche und reichte ihn Jonathan.

Sehr geehrter Dr. Hemlock,
wenn Sie diesen Brief lesen, ist es meinem Boten nicht gelungen, Sie allein kraft seiner persönlichen Ausstrahlung zu überzeugen. Das wundert mich nicht. Selbstverständlich hätte ich persönlich zu Ihnen kommen sollen, aber es geht mir leider nicht gut, und meine Zeit ist begrenzt.
Ich möchte Ihnen einen Vorschlag unterbreiten, der Sie sehr wenig Zeit kostet und der es Ihnen ermöglichen würde, jährlich etwa dreißigtausend Dollar dazuzuverdienen, natürlich steuerfrei. Ein Einkommen dieser Größenordnung, glaube ich, würde es Ihnen erlauben, jene Kirche auf Long Island zu kaufen, auf die Sie Ihr Auge geworfen haben, und würde Ihnen vielleicht sogar die Möglichkeit geben, Ihre illegale Gemäldesammlung noch wesentlich zu erweitern.
Wie Sie sehen, versuche ich, Sie mit meinem Wissen über Ihr Leben und Ihre Geheimnisse zu beeindrucken, und ich hoffe sehr, daß mir das gelungen ist.
Falls Sie interessiert sind, begleiten Sie bitte Mr. Pope zu meinem Büro, wo Sie kennenlernen werden

Ihren ergebenen
Yurasis Dragon

Jonathan las den Brief zu Ende und steckte ihn dann sorgfältig wieder in den Umschlag.
»Nun?« fragte Pope. »Was sagen Sie jetzt, Kumpel?«
Jonathan lächelte ihn an, als er sich erhob und das Zimmer durchmaß. Pope erwiderte sein Lächeln, als Jonathans Handrücken ihm ins Gesicht klatschte und ihn aus dem Gleichgewicht brachte.
»Ich habe Sie gewarnt, mich noch einmal ›Kumpel‹ zu nennen. Dr. Hemlock tut's doch auch.«
Tränen standen Pope vor Wut und Schmerz in den Augen, doch er beherrschte sich. »Kommen Sie jetzt mit mir?«

Jonathan warf den Brief auf seinen Schreibtisch. »Ja, ich glaube, ich komme mit.«
Ehe sie gingen, nahm Pope den Brief und steckte ihn zurück in die Manteltasche. »Mr. Dragons Name erscheint nirgendwo in den Vereinigten Staaten auf irgendeinem Stück Papier«, erklärte er. »Ehrlich gesagt, ich habe es noch nie erlebt, daß er irgend jemand einen Brief geschrieben hätte.«
»So?«
»Das sollte Eindruck auf Sie machen.«
»Offenbar mache ich Eindruck auf Mr. Dragon.«

Stöhnend erwachte Jonathan. Die Sonne war untergegangen, und der Wintergarten war von grauem, ungastlichem Dämmerlicht erfüllt. Jonathan stand auf und reckte sich, um seine steifgewordenen Rückenmuskeln zu lockern. Der Abend trieb einen bleiernen Himmel vom Meer herüber. Draußen schimmerten die chartreusegrünen Unterseiten der Blätter matt in der stillen Luft. Fernes Donnergrollen kündigte einen heftigen Regen an.
Er trottete zur Küche hinüber. Regen sehnte er sich immer herbei, und er war darauf vorbereitet, ihn zu empfangen. Als ein paar Minuten später der Sturm über die Kirche hinwegfegte, saß Jonathan, ein Buch auf dem Schoß und eine Kanne Kakao auf dem Tisch neben sich, bereits auf seinem gepolsterten Sessel wie auf einem Thron. Jenseits des begrenzten Lichtkreises, in dem er las, zitterten schwache Muster von Gelb, Rot und Grün über die Wände, als der Regen die farbigen Glasfenster herunterrann. Hin und wieder leuchteten die Formen innerhalb des Raumes auf und tanzten im zuckenden Blitz. Regen prasselte auf das Bleidach; heulend fuhr der Wind um die Ecken.
Zum erstenmal erlebte er dieses Ritual: den alten Aufzug im Haus an der Third Avenue, die verkleideten Wachtposten vor Mr. Dragons Büro, die häßliche und superhygienische Miß Cerberus, die rote Beleuchtung und den überheizten Zwischenraum.
Langsam weitete sich die Iris seiner Augen, und sie unterschieden verschwommene Formen. Und zum erstenmal traten Mr. Dragons blutrote Augen hervor, versetzten ihm einen Schock und machten ihn fast krank.
»Stört Sie mein Äußeres, Hemlock?« fragte Dragon mit seiner künstlich klingenden, metallisch klirrenden Stimme. »Ich persönlich habe mich damit abgefunden. Das Leiden kommt höchst selten vor – fast ist es so etwas wie eine Auszeichnung. Genetische Launen der Natur wie diese deuten auf ganz besondere Abstammung hin. Ich nehme an, die Habsburger waren auf ihre Bluterkrankheit genauso stolz wie ich.« Die pergamentene

Haut um Dragons Augen herum legte sich in tausend Fältchen, als er lächelte und sein dürres Ha-ha-ha ausstieß.
Die trockene, metallische Stimme, die künstliche Umgebung und das ständige Starren dieser scharlachroten Augen bewirkten, daß Jonathan wünschte, mit dieser Unterhaltung zu einem Ende zu kommen.
»Könnten Sie nicht zur Sache kommen?«
»Ich habe nicht die Absicht, unsere kleine Unterhaltung über Gebühr in die Länge zu ziehen, aber ich habe nun einmal sehr wenig Gelegenheit, mich mit gebildeten Menschen zu unterhalten.«
»Richtig. Ich habe ja Ihren Mr. Pope kennengelernt.«
»Er ist ein ergebener und pflichtgetreuer Mitarbeiter.«
»Was sollte er sonst sein?«
Dragon schwieg einen Augenblick. »Hm, kommen wir zur Sache. Wir haben ein Angebot auf eine verlassene gotische Kirche auf Long Island gemacht. Sie wissen, welche ich meine. Wir haben die Absicht, sie abreißen und das Terrain in ein Trainingsgelände für unsere Mitarbeiter ausbauen zu lassen. Wie gefällt Ihnen das, Hemlock?«
»Fahren Sie fort.«
»Falls Sie sich uns anschließen, werden wir unser Angebot zurückziehen, und Sie erhalten einen größeren Vorschuß, der ausreichen dürfte, eine Anzahlung zu machen. Aber ehe ich fortfahre, sagen Sie mir bitte eines: Wie haben Sie darauf reagiert, als Sie feststellten, daß Sie diesen Franzosen umgebracht hatten, der die Porzellanfigur zerschmetterte?«
Um die Wahrheit zu gestehen: Jonathan hatte seit dem Morgen nach diesem Vorfall überhaupt nicht mehr an ihn gedacht. Das sagte er Dragon.
»Phantastisch! Einfach phänomenal! Das bestätigt das Psychogramm von ›Sphinx‹ voll und ganz. Keine Spur von Schuldgefühlen! Sie sind zu beneiden.«
»Woher wissen Sie das mit der Porzellanfigur?«
»Wir haben vom Dach eines gegenüberliegenden Gebäudes alles mit einem Teleobjektiv gefilmt.«
»Woraus ich schließen darf, daß Ihr Kameramann sich ganz zufällig dort oben befunden hat.«
Dragon ließ sein dreifaches trockenes »Ha« vernehmen. »Sie glauben doch wohl nicht, der Franzose wäre rein zufällig hineinmarschiert?«
»Er hätte mich umbringen können.«
»Richtig. Und das wäre wirklich bedauerlich gewesen. Aber wir mußten nun einmal wissen, wie Sie unter Druck reagieren, ehe wir uns entschlossen, Ihnen dieses hübsche Angebot zu machen.«
»Und was genau wollen Sie von mir?«
»Wir nennen es die Ausführung von Strafaktionen.«

»Und wie nennen andere Leute es?«
»Mord.« Dragon war enttäuscht, als dieses Wort keinerlei sichtbare Auswirkung auf Jonathans Gesichtsausdruck hatte. »Eigentlich ist es gar nicht so verworfen, wie es sich für ein jungfräuliches Ohr anhört, Hemlock. Wir beseitigen nur Leute, die unsere CII-Agenten in der Ausübung ihres Berufes umgebracht haben. Diese Vergeltungsmaßnahme ist der einzige Schutz, den die armen Kerle haben. Erlauben Sie mir, daß ich Ihnen ein bißchen von der Entstehung unserer Organisation erzähle, während Sie sich überlegen, ob Sie zu uns stoßen wollen oder nicht. Die Abteilungen ›Spürhund‹ und ›Strafaktion‹...«

Ins Leben gerufen wurde das CII nach dem Zweiten Weltkrieg. Es war ein Zusammenschluß der verschiedenen Büros, Agenturen, Abteilungen und Zellen, die während des Krieges mit Aufgaben des Geheimdienstes und der Spionage betraut waren. Daß diese Gruppen zum siegreichen Ausgang des Krieges beigetragen hatten, läßt sich nicht beweisen, aber man hat behauptet, daß sie weniger Sand ins Getriebe gestreut hätten als ihre Gegenspieler in Deutschland, vornehmlich wohl deshalb, weil sie weniger tüchtig und ihre Fehler aus diesem Grund weniger auffällig waren.
Die Regierung hatte erkannt, daß es nicht ratsam wäre, jene gesellschaftlichen Außenseiter und psychologischen Mutanten, wie sie sich im paramilitärischen Brackwasser von Spionage und Gegenspionage sammeln, nach dem Krieg auf die Zivilbevölkerung loszulassen, und daß mit den einhundertzwei Organisationen, die wie Pilze aus dem Boden geschossen waren, etwas geschehen müsse. Die Kommunisten spielten das Stiehl-die-Akten-und-fotografiere-alles-Spiel offensichtlich mit größter Begeisterung, und folglich riefen unsere gewählten Volksvertreter in einer Anwandlung von ehrgeizigem »Ich auch!« den riesigen verwaltungstechnischen Golem des CII ins Leben.
Funk, Fernsehen und Zeitungen sprechen vom CII als dem *Central Intelligence Institute*, was ein Resultat schöpferischer Überlegung sein muß, denn in Wahrheit handelt es sich bei CII nicht um eine Abkürzung, sondern um die römische Zahl 102 – also um die einhundertzwei kleineren Organisationen, aus denen die Abteilung gebildet wurde.
Innerhalb von zwei Jahren war das CII zu einem politischen Phänomen von alarmierenden Ausmaßen geworden. Sein Netz spannte sich über die gesamten Vereinigten Staaten, ja die ganze Welt, und die Informationen, die das CII über die sexuellen Besonderheiten und die finanziellen Machenschaften vieler unserer bedeutenderen politischen Köpfe gesammelt hat, machten die Organisation völlig unangreifbar und autonom. In der

Praxis wurde der Präsident vom CII immer erst nach vollzogener Tat unterrichtet.
Innerhalb von vier Jahren brachte das CII es fertig, daß unser Spionagesystem in ganz Europa verspottet wurde, daß das Bild vom »bösen Amerikaner« entstand, daß wir dreimal an den Rand eines Krieges gerieten und ein solcher Wust von trivialem und privatem Material angesammelt wurde, so daß man zwei Computersysteme in der unterirdischen Zentrale in Washington installieren mußte – eines, um verlorengegangene Daten wiederzufinden, und eines, um das Riesenmaterial überhaupt zu sichten.
Infolge der bürokratischen Systemen innewohnenden tückischen Eigengesetzlichkeit fuhr die Organisation fort, sich machtmäßig und personell weiter auszudehnen. Diese Expansion wurde plötzlich gebremst und kam eines Tages unerwartet ganz zum Stillstand. Die Computer des CII informierten die Verantwortlichen über eine erstaunliche Tatsache: Die Personalverluste außerhalb von Amerika waren etwa genauso groß wie die Zahlen der ehrgeizigen Bewerber zu Hause. Ein Team von Analytikern der *Information Limited* wurde engagiert, dieser unglaublichen Abnutzungserscheinung auf den Grund zu gehen, und man stellte fest, daß 36 Prozent der Verluste aus Überläufern bestanden; 27 Prozent beruhten auf unsachgemäßer Behandlung von Lochkarten (und man riet dem CII, diese Verluste einfach hinzunehmen, da es leichter sei, diese Männer abzuschreiben, als die gesamte Lohn- und Personalabteilung umzuorganisieren); vier Prozent der Verluste wurden auf unsachgemäßen Umgang mit Sprengstoffen zurückgeführt, und zwei Prozent waren ganz einfach »verloren« – Opfer der europäischen Eisenbahnfahrpläne.
Die verbleibenden 31 Prozent waren ermordet worden. Verluste durch Ermordung stellten ein ganz besonderes Problem dar. Da die Agenten des CII im Ausland nicht im Auftrag der dortigen Behörden, oft sogar zum Schaden der jeweiligen ausländischen Regierung arbeiteten, konnten sie sich auch nicht um finanziellen Schutz bemühen. Als echte Verwaltungsmenschen beschlossen die Leiter des CII, man müsse eine besondere Abteilung aufbauen, die sich mit diesem Problem beschäftigen solle. Sie verließen sich auf ihre Computer, um den Mann hierfür zu finden, der das Zeug dazu hatte, die neue Abteilung zu leiten, und die Karte, die bei der letzten Siebung zurückblieb, trug den Namen von Yurasis Dragon. Um Mr. Dragon in die Vereinigten Staaten zu bringen, war es nötig, ihn von Beschuldigungen reinzuwaschen, die im Zusammenhang mit gewissen kleineren Massentötungen standen und beim Tribunal für Kriegsverbrechen vorlagen, doch das CII hielt diese Aufgabe als für der Mühe wert.
Die neue Abteilung wurde »Spürhund« und »Strafaktion« genannt, also SS. Die hausinterne Bezeichnung – *Sweat Shop* – beruht auf den beiden

Anfangsbuchstaben und ist eine Rückbildung und Verballhornung von *Wet Shop*, einer Bezeichnung, die selbstverständlich mit dem Jargonausdruck *wet work* – nasse Arbeit – zu tun hat und vornehmlich den Tatbestand des Tötens ausdrückt. Die Abteilung »Spürhund« erledigte, wie schon der Name sagt, das Aufspüren von Leuten, die für die Ermordung von CII-Agenten verantwortlich sind, wohingegen die Abteilung »Strafaktion« die Schuldigen mit dem Tode bestrafte.
Es war typisch für Dragons Sinn für Dramatik, daß alle Angehörigen der Abteilung »Strafaktion« Decknamen trugen, die irgendwie etwas mit Giften zu tun haben. »Wormwood«, also Wermut, war Kurier der Abteilung »Strafaktion« gewesen. Außerdem arbeitete eine wunderschöne Eurasierin für die Abteilung, die jedesmal mit dem Todeskandidaten (gleich, ob Mann oder Frau) ins Bett ging, ehe sie ihren Auftrag ausführte. Ihr Deckname war Belladonna. Jonathan bekam von Dragon übrigens niemals einen Decknamen. Offensichtlich hielt er es für einen Akt der Vorsehung, daß Jonathan bereits einen für einen Gelehrten wahrhaft passenden Namen trug: Hemlock, also Schierling – das Gift des Sokrates.

Dragon tischte Jonathan eine schöngefärbte und romantische Version all dieser Tatsachen auf. »Nun, wie steht's, Hemlock – machen Sie mit, stoßen Sie zu uns?«
»Und wenn ich mich weigere?«
»Ich hätte Sie nicht hierher gebeten, wenn ich das für wahrscheinlich hielte. Wenn Sie sich weigern, wird die Kirche, an die Sie Ihr Herz gehängt haben, abgerissen werden, und Ihre persönliche Freiheit ist dann leider in Gefahr.«
»Wieso?«
»Wir wissen alles über die Bilder, die Sie gesammelt haben. Und die staatsbürgerliche Pflicht würde es von uns verlangen, daß wir die Behörden verständigen, es sei denn, wenn wir das täten, würden wir einen guten und bewährten Mitarbeiter verlieren.« Die blutroten Augen blinkerten. »Sind Sie unser Mann?«
Um Jonathan drehte sich unversehens alles, als ihm über dem Buch auf seinem Schoß der Kopf auf die Brust sackte. Er holte erschrocken Luft und zwinkerte herab auf die Seite, an deren Inhalt er sich nicht mehr erinnerte. Der Kakao war kalt geworden, und obendrauf hatte sich eine schokoladefarbene Haut gebildet. Es donnerte nicht mehr, und der Wind hatte sich gelegt; nur der Regen trommelte noch gleichmäßig und einschläfernd gegen die farbigen Fenster. Jonathan wandte sich um, knipste das Licht aus und ging dann mit einer Sicherheit, wie sie auf langer Gewohnheit beruht, durch das dunkle Schiff. Immer noch abgespannt nach einem

mit Nichtstun verbrachten Tag, blieb er eine Weile vor seinem mächtigen Bett aus dem sechzehnten Jahrhundert stehen, blickte über die Chorbalustrade hinüber zu den gedämpften bunten Fenstern, lauschte hierhin und dorthin, nahm das Geräusch des Regens wahr und überhörte es dann wieder.

Die Spannung von Montreal verkrampfte ihm immer noch den Magen. Die ersten Schichten des Schlafs schlossen sich sanft über ihm, verflogen jedoch jählings, als er angstgepeitscht hochfuhr. Bewußt beschwor er in seinem Geist Bilder herauf und versuchte, die weißen Schleimflecken in gewissen Augenwinkeln zu vertreiben. Zuletzt konzentrierte er sich auf den Goldflitter warmer brauner Augen.

Plötzlich war er hellwach und mußte sich übergeben. Unbewußt hatte er das Bedürfnis danach bekämpft, aber jetzt konnte er einfach nicht mehr. Nachdem er sich übergeben hatte, lag er splitternackt über eine Stunde auf den kalten Bodenfliesen seines Badezimmers und versuchte, seine Gedanken zu sammeln.

Dann ging er wieder zu Bett und kehrte zurück zu dem Bild von den Goldflitteraugen.

Als Jonathan erwachte, fühlte er sich weder frisch, noch war er bester Laune. Erst mußte er ganze Schichten von Unbehagen durchstoßen. Traumreste mischten sich mit der auf ihn eindringenden Wirklichkeit. War es Wirklichkeit oder war es Traum? Auf jeden Fall versuchte irgend jemand, ihm seinen Schmuck wegzunehmen, die Familienjuwelen – nein, Gemmen waren es.

Seine Lenden kribbelten. Durch schmale Augenschlitze, die nicht größer werden wollten, versuchte er sein Zimmer zu fixieren. »Ach nein!« krächzte er dann. »Was zum Teufel, machst du da, Cherry?«

»Guten Morgen, Jonathan«, sagte sie fröhlich. »Hat das gekitzelt?«

Er stöhnte und drehte sich auf den Bauch.

Cherry, die nur mit ihren Tennisshorts bekleidet war, schlüpfte zu ihm unter die Decke und brachte ihre Lippen ganz nahe an sein Ohr.

»Knusper, knusper, Knäuschen«, sagte sie und knapperte daran.

»Laß mich«, ließ er gedämpft seine Stimme aus dem Kopfkissen heraus vernehmen. »Wenn du mich nicht in Ruhe läßt, werde ich...« Ihm fiel keine geeignete Strafe ein, und so stöhnte er nur.

»Was wirst du dann tun?« fragte sie aufgekratzt. »Mich vergewaltigen? Ach, weißt du, ich habe letzthin viel über das Vergewaltigtwerden nachgedacht. Gut ist es nicht, denn das läßt den beiden Beteiligten keine Gelegenheit, zwischenmenschliche Beziehungen aufzubauen. Aber es ist immer noch besser als Onanieren. Man ist dabei nicht so einsam. Verstehst du, was ich meine? Wenn du also versessen darauf bist, mir Gewalt anzutun, dann bleibt mir wohl nichts anderes übrig, als es hinzunehmen wie eine Frau.« Und damit warf sie sich herum und streckte Arme und Beine von sich wie ein gekreuzigter Sankt Andreas.

»Ach, Cherry, Cherry! Ich sollte dir wirklich den Hintern versohlen.«

Augenblicklich legte sie das Kinn in die Handfläche, stützte sich auf den Ellenbogen und war ganz Ernst und Besorgnis. »Für einen Sadisten hab ich dich eigentlich nie gehalten, Jonathan. Aber es ist wohl die Pflicht einer liebenden Frau, den sexuellen Besonderheiten ihres Mannes Rechnung zu tragen.«

»Du bist keine liebende, sondern eine läufige Frau. Aber wie du willst! Ich gebe mich geschlagen! Ich steh schon auf. Warum gehst du nicht runter und machst mir einen Kaffee?«

»Der steht bereits fix und fertig neben dir, du ungestümer Liebhaber. Ich hab ihn schon gekocht, ehe ich heraufkam.« Auf dem Nachttisch stand ein Tablett mit Kaffeekanne und zwei Tassen. Als er sich aufsetzte, stopfte

sie ihm die Kissen in den Rücken, dann schenkte sie ihm Kaffee ein und reichte ihm die Tasse, die er nur mit Mühe im Gleichgewicht halten konnte, als sie wieder ins Bett hineinkletterte und sich so neben ihn setzte, daß ihre Schultern und Hüften sich berührten, und auch noch das eine Bein über das seine legte. Jonathan spürte, daß das Oberliga-Sexspiel für den Augenblick vorbei war, doch war sie immer noch bis zum Nabel nackt, und ihrer Bikinibräune wegen stachen ihre weißen Brüste vorteilhaft vom warmen Kupferton ihrer übrigen Haut ab.
»He, Jonathan?« sagte sie ernst und blickte dabei auf den Boden ihrer Tasse. »Darf ich dich mal was fragen? Es stimmt doch, daß der frühe Morgen die beste Zeit für mich wäre, an dich ranzukommen, oder? Es stimmt doch, daß Männer morgens oft mit einer Erektion aufwachen, ja?«
»Das bedeutet im allgemeinen, daß sie pinkeln müssen«, knurrte er in seine Tasse hinein.
Schweigend verdaute sie diese Information. »Die Natur ist eben verschwenderisch«, kommentierte sie dann niedergedrückt. Doch dann schnellte ihre Laune wieder nach oben. »Aber keine Angst. Eines Tages werde ich dich schon noch überrumpeln, wenn du mal nicht aufpaßt, und dann – bums!«
»Bums?«
»Nicht sonderlich lautmalerisch, was?«
»Hoffentlich!«
Einen Augenblick war sie in sich zurückgezogen, dann wandte sie sich wieder an ihn und fragte: »Es liegt nicht an mir, oder? Ich meine, wenn ich keine Jungfrau mehr wäre, würdest du mit mir schlafen, nicht wahr?«
Er verschränkte die Hände hinter dem Kopf und reckte sich bis in die Zehen hinein. »Bestimmt. Sofort. Bums!«
»Denn«, verfolgte sie ihren Gedankengang weiter, »schließlich bin ich einigermaßen hübsch und schrecklich reich, und schlecht gebaut bin ich auch nicht.« Sie hielt inne und wartete auf ein Kompliment von ihm. »He! Wir sprachen gerade darüber, wie ich gebaut bin!«
Abermals hielt sie inne. »Na, zumindest meine Brüste können sich doch sehen lassen, stimmt's?«
Er blickte nicht hinüber. »Gewiß doch. Sie sind großartig.«
»Jetzt hör aber auf! Guck sie dir doch mal an! Vielleicht sind sie nach gängigen Maßstäben ein bißchen klein, aber dafür sind sie fest und süß, findest du nicht auch?«
Er legte eine Hand unter eine ihrer Brüste und begutachtete sie mit professioneller Kurzsichtigkeit. »Sehr schön«, lautete sein Urteil. »Und dann sind es auch noch zwei, was etwas ganz Besonderes ist.«

»Und warum gibst du dann nicht deinen Widerstand auf und schläfst mit mir?«
»Weil du so süß verlegen bist. Und außerdem bist du noch Jungfrau. Die süße Verlegenheit könnte ich ja noch verzeihen in der Annahme, daß du die mit der Zeit schon ablegst, aber Jungfräulichkeit – nie! Also, warum ziehst du jetzt nicht wieder deine Bluse an?«
»Nei-ein! Lieber nicht. Wer weiß? Vielleicht löst das bei dir plötzlich einen normalen Impuls aus, und – bäng-bäng!«
»Bäng-bäng?«
»Das klingt besser als bums! Komm, ich schenk dir noch Kaffee ein.«
Sie goß ihm ein und trug ihre eigene Tasse hinüber an den Rand der Empore, wo sie sich gegen die Balustrade lehnte und gedankenverloren über das Mittelschiff hinwegblickte.
Cherry war Jonathans nächste Nachbarin. Mit ihren Haustieren und Dienstboten bewohnte sie ein weitläufiges Landhaus, das nicht ganz einen halben Kilometer weiter an derselben Straße lag. Sie teilten sich die Kosten des künstlich angelegten Sandstrandes, der die beiden Grundstücke miteinander verband. Ihr verstorbener Vater, der Syndikus James Mathew Pitt, hatte das Anwesen erst kurz vor seinem Tod erworben, und Cherry machte es Spaß, es zu verwalten. Wenn er auf Reisen ging, vertraute Jonathan ihr sein Haus sowie die Bezahlung der für das Grundstück anfallenden Rechnungen an. Aus diesem Grund hatte er ihr einen Schlüssel geben müssen, und sie ging hier ein und aus, um sich Bücher aus seiner Bibliothek zu holen und für ihre Partys Anleihen aus seinem Sektvorrat zu machen. Er nahm an diesen Partys niemals teil, denn er legte keinen Wert darauf, die freizügigen jungen Leute ihres Kreises kennenzulernen. Überflüssig zu sagen, daß sie nichts weiter von ihm wußte, als daß er Professor und Kunstkritiker war und, soweit sie wußte, einigermaßen wohlhabend und unabhängig. Niemals war sie eingeladen worden, sich seine private Kunstsammlung unten in der Krypta anzusehen.
Nach und nach hatte ihr Sexspiel bestimmte Formen angenommen und bestand jetzt im wesentlichen aus episch breiten Verführungsversuchen ihrerseits und stoischen Weigerungen, diesen zu verfallen, seinerseits. Das Ganze beruhte auf der stillschweigenden Übereinkunft, daß Jonathans Rolle darin zu bestehen habe, sie sich in dieser Beziehung vom Hals zu halten. Sie hätte nicht gewußt, was tun, wäre ihm jemals eingefallen, es nicht zu tun. Diese Rangelei entbehrte niemals eines gewissen Reizes, denn beide gaben sich ihr mit viel Humor hin. Außerdem enthielt das Ganze als Würze noch die vage Möglichkeit, es könnte sich doch einmal etwas daraus ergeben, und so hatte ihre Beziehung stets einen Anflug von echtem Sex.

Nach einem ausgedehnten Schweigen sagte Cherry plötzlich, ohne sich nach ihm umzuwenden: »Bist du dir eigentlich klar darüber, daß ich die einzige vierundzwanzig Jahre alte Jungfrau auf ganz Long Island bin – die paar an Händen und Füßen gelähmten sowie eine Handvoll Nonnen ausgenommen? Und daran bist einzig und allein du schuld. Du bist es der Menschheit schuldig, mir endlich den Anstoß zu geben.«
Schwungvoll drehte Jonathan die Beine aus dem Bett. »Wenn ich mich nicht mit Jungfrauen einlasse, so ist das bei mir nicht nur eine Frage der Ethik, sondern auch eine Frage der Mechanik. Ein Mädchen zu entjungfern, fällt einem Mann in meinem Alter schon verdammt schwer.«
»Okay! Bestraf dich nur selbst! Versag dir die Wonnen des Fleisches. Mir macht das nichts aus!« Sie folgte ihm ins Badezimmer, wo sie die Stimme erheben mußte, um das in die römische Badewanne rauschende Wasser zu übertönen. »Und dabei macht es mir doch was aus, weißt du. Schließlich, irgend jemand *muß* mir doch einmal den Anstoß geben.«
Von der Toilette rief er herüber: »Und irgend jemand muß auch den Müll wegtragen. Aber ich bestimmt nicht.« Das unterstrich er, indem er die Wasserspülung zog.
»Hübsche Analogie!«
Er kehrte zurück ins Badezimmer und ließ sich in das heiße Wasser gleiten. »Warum ziehst du dich nicht an und bereitest uns ein schönes Frühstück?«
»Ich will deine Geliebte sein, nicht deine Frau.« Dennoch ging sie zögernd zurück ins Schlafzimmer.
»Und zieh dir dein Hemd über, ehe du hinuntergehst!« rief er hinter ihr her. »Du könntest draußen Mr. Monk begegnen.« Mr. Monk war der Gärtner.
»Ich möchte mal wissen, ob der vielleicht bereit wäre, mich von dieser schmachvollen Keuschheit zu befreien.«
»Mit dem Gehalt, das er von mir bekommt, bestimmt nicht«, brummte Jonathan vor sich hin.
»Ich nehme an, du möchtest deine Eier roh«, rief sie, als sie hinausging.

Nach dem Frühstück ging sie im Wintergarten auf und ab, während er seine Morgenpost in die Bibliothek hinübertrug, wo er ein bißchen arbeiten wollte. Überrascht und ein wenig beunruhigt stellte er fest, daß der übliche blaue Umschlag vom CII mit dem Honorar in bar nicht dabei war. Routinemäßig wurde es stets am Abend nach seiner Rückkehr von einer Strafaktion von einem Boten in seinen Briefkasten gesteckt. Er war jedoch sicher, daß es sich hier nicht um ein Versehen handelte. Irgend etwas führte Dragon im Schilde. Aber es blieb ihm nichts anderes übrig, als abzuwarten, und so sah er sich seine Kontoauszüge an und stellte fest, wenn er die zehntausend für den neuen Pissarro ausgegeben und seinen Gärtner für den Sommer im voraus bezahlt hatte, blieb nur noch sehr wenig übrig. Auf großem Fuß würde er in diesem Jahr nicht leben können, aber immerhin, er würde zurechtkommen. Seine Hauptsorge war, daß er dem Kunsthehler in Brooklyn das Geld für heute versprochen hatte. Er beschloß zu telefonieren und ihn zu überreden, das Bild noch einen weiteren Tag für ihn aufzuheben.

»...ja, aber wann *können* Sie es denn abholen, Jonathan?« fragte der Händler. Seine Stimme klang wegen der überartikulierten Konsonanten des Levantiners sehr rauh.

»Morgen, nehme ich an. Oder übermorgen.«

»Kommen Sie übermorgen. Morgen will ich mit meiner Familie 'raus nach Jones Beach. Und Sie werden die zwölftausend bei sich haben, wie abgemacht?«

»Die *zehn*tausend wie abgemacht.«

»Waren es nur zehn?« fragte der Händler mit kummervoller Stimme.

»Es waren nur zehn.«

»Ach, Jonathan, was mach ich bloß? Ich lasse zu, daß meine Freundschaft zu Ihnen die Zukunft meiner Kinder gefährdet. Aber – abgemacht ist abgemacht. Ich bin Philosoph. Ich verstehe, mit Anstand zu verlieren. Aber bringen Sie das Geld unbedingt vor Mittag. Es ist gefährlich, ein solches Objekt hier bei mir aufzubewahren. Außerdem habe ich noch einen Interessenten.«

»Das ist natürlich gelogen!«

»Ich lüge nicht, ich stehle. Ich habe wirklich einen Interessenten. Er hat heute Kontakt mit mir aufgenommen. Wenn Sie also das Bild nicht verlieren wollen, dann seien Sie pünktlich. Sie verstehen?«

»Ich verstehe.«

»Gut. Alsdann! Und wie geht's der Familie?«

»Ich bin Junggeselle. Es ist doch immer wieder dasselbe. Sie fragen mich jedesmal, wie es meiner Familie geht, und ich sage Ihnen jedesmal, daß ich nicht verheiratet bin.«

»Ach, ich bin eben vergeßlich. Hab ich nicht auch vergessen, daß es nur zehntausend waren? Aber im Ernst, Sie sollten sich eine Familie anschaffen. Was soll das Leben, wenn man keine Kinder hat, für die man arbeitet? Können Sie mir das sagen?«

»Übermorgen bin ich bei Ihnen.«

»Ich freue mich darauf. Seien Sie pünktlich, Jonathan. Es ist noch ein anderer Käufer da.«

»Das haben Sie mir schon gesagt.«

Etliche Minuten, nachdem er aufgelegt hatte, saß Jonathan mit düsterer Miene am Schreibtisch. Die Angst, daß ihm der Pissarro durch die Lappen gehen könnte, legte sich bedrückend auf seine Stimmung. Beunruhigt überlegte er, was wohl im Kopf von Mr. Dragon vorging.
»Hast du Lust, ein paar Bälle zu klopfen?« rief Cherry vom anderen Ende des Schiffes herüber.
Es hat keinen Sinn, herumzusitzen und sich zu mopsen, und so sagte er zu. Der Sturm hatte die Wolken vom Himmel gefegt, und es war ein strahlendheller Tag voller Sonne geworden. Eine Stunde lang spielten sie Tennis, dann löschten sie ihren Durst mit zwei Piccolos. Sie tat es ihm in seiner profanen Gewohnheit nach und trank den Champagner aus der Flasche, als wäre es Bier. Später schwammen sie ein bißchen im Meer, um sich abzukühlen.
Cherry schwamm in ihren Tennisshorts, und als sie aus dem Wasser herauskam, waren ihre Hosen fast durchsichtig.
»Ich komme mir vor wie ein italienisches Starlet«, erklärte sie und blickte an sich hinunter auf das dunkle Dreieck, das durch ihre nassen Shorts hindurchschimmerte.
»Ich auch«, sagte er und ließ sich auf den heißen Sand fallen. Eine Weile plauderten sie, während sie aus ihrer Faust Sand auf seinen Rücken rieseln ließ. Sie erwähnte, daß sie das Wochenende mit einigen ihrer Freunde auswärts verbringen würde und lud ihn ein, mitzukommen, doch er lehnte ab. Ihre allzu jungen und übertrieben liberalen Freunde mit ihrem nomadischen Liebesleben und ihrer überspannten Denkweise langweilten ihn.
Ein kühler Wind fuhr in kurzen Stößen den Strand herunter – ein Vorbote des Regens, der gegen Abend wieder einsetzen würde, und nachdem Cherry Jonathan ohne allzuviel Hoffnung nochmals aufgefordert hatte, sie in sein warmes Bett zu nehmen, ging sie nach Hause.
Auf dem Rückweg zu seiner Kirche erblickte Jonathan seinen Gärtner, Mr. Monk. Einen Moment lang überlegte er, ob er sich nicht davonschleichen solle, um nicht mit ihm zusammenzutreffen, doch dann ärgerte ihn die Vorstellung, vor einem Angestellten Angst zu haben, und so ging er tapfer weiter. Mr. Monk war der beste Gärtner auf der ganzen Insel, war jedoch nicht sonderlich gefragt. Er litt an der Wahnvorstellung, Gras, Blumen und Sträucher wären samt und sonders seine persönlichen Feinde, die es darauf abgesehen hätten, ihn diabolisch und mit List und Tücke ins Verderben zu jagen. Er hatte die Angewohnheit, Unkraut mit geradezu sadistischem Vergnügen auszureißen, die Hecken zu schneiden, als gälte es, sie zu bestrafen, und das Gras wutentbrannt zu mähen und es dabei ständig mit Schimpfworten aus der Fäkalsphäre zu überhäufen.

Und wie zum Hohn wuchsen, blühten und gediehen Gärten und Anlagen unter seiner Hand, was er als eine absichtliche Beleidigung betrachtete und woraufhin sein Haß sich nun noch um so mehr über sie ergoß.
So brummelte er auch vor sich hin, als er den Rand einer Blumenrabatte mit dem Spaten bestrafte. Jonathan trat verlegen hinzu, beinahe schüchtern, und sagte: »Nun, wie steht's, Mr. Monk?«
»Was? Ach, Sie sind es, Dr. Hemlock! Bescheiden steht's, kann ich Ihnen nur sagen! Diese verdammten Blumen wollen immer bloß Wasser, Wasser, Wasser, Wasser! Eine Bande von Scheiße fressenden geilen Gewächsen ist das. Wasserköpfe! Sagen Sie mal, was für ein Badeanzug war das eigentlich, den Ihre Nachbarin da eben trug? Ich konnte richtig durchsehen, bis auf ihre Pietzen. Bißchen geschielt haben die. Nun sehen Sie sich bloß mal diesen Spaten an – in der Mitte durchgebogen. Andere macht man heute gar nicht mehr. Taugen einen Scheißdreck! Haben Sie noch die Zeiten erlebt, in denen ein Spaten...«
Jonathan murmelte entschuldigend, alles sehe sehr gut aus, und dann verzog er sich und schlich nach Hause.
Sobald er in die kühle, beruhigende Weite des gewölbten Schiffes eingetreten war, stellte er fest, daß er Hunger hatte, und richtete sich ein leichtes Mittagessen, bestehend aus Macadamia-Nüssen, polnischer Wurst, einem Apfel und einem Piccolo. Dann rauchte er eine Pfeife, entspannte sich und nahm sich fest vor, nicht auf das Klingeln des Telefons zu lauern. Dragon würde Kontakt mit ihm aufnehmen, wenn es an der Zeit war. Das beste war, man wartete einfach auf ihn.
Um auf andere Gedanken zu kommen, ging er hinunter in seine Galerie und verbrachte einige Zeit bei seinen Bildern. Als er soviel Kraft aus ihnen gezogen hatte, wie sie ihm im Augenblick geben konnten, setzte er sich an den Schreibtisch und arbeitete, allerdings wenig zielbewußt, an seinem Lautrec-Artikel, aus dem jedoch nicht so recht etwas werden wollte. Immer wieder schweiften seine Gedanken ab, und er überlegte, was Dragon wohl vorhabe – und dachte an seinen Pissarro, der ihm zu entgehen drohte. Ohne es jemals in Worte gefaßt zu haben, war er sich doch schon seit geraumer Zeit darüber klar, daß er nicht weiter für das CII arbeiten könne. Sein Gewissen spielte bei diesem wachsenden Unbehaben selbstverständlich keine Rolle. Das einzige, was ihn quälte, wenn er ein Mitglied der erbärmlichen Subkultur der Spionage umbrachte, war der Ärger darüber, überhaupt mit ihnen zu tun zu haben. Vielleicht war es die Erschöpfung. Möglicherweise auch die Spannung der letzten Tage. Wenn es nur eine Möglichkeit gäbe, seinen Lebensstil aufrechtzuerhalten, sein Haus und seine Sammlung zu behalten, ohne an diese Dragons, Popes und Melloughs gebunden zu sein...

Miles Mellough! Er biß die Zähne zusammen, als er an diesen Mann dachte. Zwei Jahre lang hatte er jetzt schon geduldig darauf gewartet, daß das Schicksal ihm eine Chance gab, Miles umzulegen. Ehe diese Schuld nicht beglichen war, durfte er die sichere Deckung durch den CII auf keinen Fall verlassen.

Er hatte nur sehr wenigen Menschen jemals gestattet, seinen Schutzpanzer aus kühler Distanziertheit zu durchbrechen. Jenen gegenüber, die das fertiggebracht hatten, bewahrte er eine geradezu verbissene Treue – und von seinen Freunden erwartete er, daß sie seine rigorosen Ansichten über Freundschaft und Treue teilten. Doch im Laufe seines Lebens waren nur vier Männer nahe genug an ihn herangekommen, um seiner Freundschaft teilhaftig zu werden – und damit freilich auch das damit verbundene Risiko einzugehen, seinen Zorn auf sich zu ziehen. Da war Big Ben Bowman, den er schon seit drei Jahren nicht mehr gesehen hatte, mit dem er jedoch auf Berge geklettert war und Bier getrunken hatte. Und Henri Baq, ein französischer Geheimagent mit der Gabe, über alles lachen zu können – ein Mann, dem man vor zwei Jahren ein Messer in den Leib gerammt hatte. Und Miles Mellough, der für Baqs Tod verantwortlich war und einst zu Henris und Jonathans engsten Freunden gehört hatte.

Der vierte war der Grieche gewesen, der Jonathan während einer Strafaktion verraten hatte. Nur dank einer glücklichen Fügung sowie dadurch, daß er nachts verzweifelt vier Meilen durch das nächtliche Meer geschwommen war, hatte Jonathan sein Leben retten können. Selbstverständlich hätte Jonathan so vernünftig sein und einsehen sollen, daß jeden Mann, der einem zyprischen Griechen vertraute, ein trojanisches Schicksal erwartete – was ihn jedoch nicht daran gehindert hatte, ruhig den richtigen Zeitpunkt abzuwarten, bis er ihm in Ankara ins Garn lief. Der Grieche hatte keine Ahnung, daß Jonathan von seinem Verrat wußte – vielleicht hatte er den ganzen Vorfall auch schon vergessen, denn schließlich war er Grieche –, und so nahm er das Geschenk (es handelte sich um seinen Lieblingsarrak) ohne zu zögern an. Der Inhalt der Flasche war mit Stechapfelgift versetzt worden. Der alte Türke, der das erledigt hatte, benutzte die uralte Methode, die Stechapfelsamen zu verbrennen und den Rauch mit einer irdenen Schale aufzufangen, über die dann der Arrak gegossen wurde.

Der Grieche lebte jetzt für immer in einer Irrenanstalt, wo er zusammengekauert in einer Ecke hockte, hin und her schaukelte und endlos einen einzigen Ton vor sich hinsummte.

Da er mit dem Griechen abgerechnet hatte, mußte nur noch Miles Melloughs Schuld beglichen werden. Jonathan war fest davon überzeugt, daß Miles ihm eines Tages über den Weg laufen würde.

Das Klingeln des Telefons riß ihn aus seinen morbiden und zusammenhanglosen Träumereien heraus.
»Hemlock? Wir haben Nachricht aus Montreal. Glatte Arbeit, Kumpel!« Clement Popes klirrende Versicherungsvertreterstimme genügte, um Jonathan auf die Palme zu bringen.
»Mein Geld war heute morgen nicht im Briefkasten, Pope.«
»Was Sie nicht sagen!«
Jonathan holte tief Atem, um sich zu beherrschen. »Ich möchte mit Dragon sprechen.«
»Sprechen Sie mit mir. Ich bring die Sache schon in Ordnung.«
»Ich werde meine Zeit nicht mit einem Schleimscheißer verplempern. Holen Sie Dragon an den Apparat.«
»Soll ich nicht lieber zu Ihnen hinauskommen, damit wir uns in aller Ruhe unterhalten können?« Pope machte sich lustig über ihn. Er wußte, daß Jonathan es sich nicht leisten konnte, mit ihm gesehen zu werden. Da Dragon aus verständlichen Gründen sein Domizil nicht verlassen durfte, galt nach außenhin Pope als Leiter der Abteilung SS. Sich mit ihm sehen zu lassen war gleichbedeutend damit, am nächsten Morgen einen Aufkleber mit der Aufschrift »Unterstützt das CII« am Wagen zu haben.
»Wenn Sie zu Ihrem Geld kommen wollen, dann sollten Sie sich lieber dazu entschließen, mit uns zusammenzuarbeiten, Kumpel. Dragon spricht nicht übers Telefon mit Ihnen, aber Sie können ihn hier sprechen.«
»Wann?«
»Gleich. Er möchte, daß Sie sich in den nächsten Zug setzen.«
»Na schön. Aber erinnern Sie ihn nochmals daran, daß ich fest mit diesem Geld rechne.«
»Ich bin fest davon überzeugt, das weiß er auch so, mein Junge.« Pope legte auf.
Eines Tages, das schwor Jonathan sich, eines Tages werde ich mit diesem Scheißkerl allein in einem Zimmer sein. Und zehn Minuten genügen... Nachdem er es sich noch einmal überlegt hatte, kam er zu dem Schluß, daß fünf reichen würden.

»Sie sehen heute nachmittag ganz besonders attraktiv aus, Mrs. Cerberus.«
Sie machte sich nicht einmal die Mühe aufzublicken. »Schrubben Sie sich die Hände im Ausguß dort drüben. Und nehmen Sie die grüne Seife.«
»Das ist ja neu.« Jonathan trat an den Spülstein, der wie in Krankenhäusern einen mit dem Ellenbogen zu bedienenden Hebelhahn anstelle des normalen Hahns hatte.
»Dieser Aufzug ist verdreckt«, sagte sie, und ihre Stimme war genauso schuppig wie ihre Haut. »Und Mr. Dragon ist äußerst geschwächt. Er ist am Ende einer Phase.« Was soviel bedeutete, daß sein Blut wie alle halbe Jahre ausgetauscht werden mußte.
»Haben Sie die Absicht, Blutspender für ihn zu spielen?« fragte Jonathan und rieb sich unter dem heißen Gebläse die Hände trocken.
»Wir haben nicht dieselbe Blutgruppe.«
»Darf ich Ihrem Ton entnehmen, daß Sie das bedauern?«
»Mr. Dragon hat eine sehr seltene Blutgruppe«, erwiderte sie und war sichtlich stolz darauf.
»Für Menschen bestimmt. Kann ich jetzt hinein?«
Sie starrte ihn prüfend an, geradezu diagnostizierend. »Irgendwelche Erkältungssymptome? Grippe? Verdauungsstörungen?«
»Nur einen leichten Schmerz im Hintern, aber erst seit kurzem.«
Mrs. Cerberus drückte auf den Summer auf ihrem Schreibtisch und bedeutete ihm mit einer Handbewegung, in den Zwischenraum einzutreten, ohne daß sie auf diese letzte Bemerkung einging.
Das übliche rote Licht brannte zwar nicht, aber die plötzliche Hitze war erstickend wie eh und je. Die Tür zu Dragons Büro öffnete sich mit einem Klicken. »Treten Sie ein, Hemlock.« Dragons metallische Stimme zitterte ein wenig. »Bitte, entschuldigen Sie, daß heute das rote Licht fehlt. Ich bin noch empfindlicher als sonst, und sogar dieses schwache Licht schmerzt meinen Augen.«
Jonathan tastete sich vor bis zu dem Ledersessel. »Wo bleibt mein Geld?«
»Hemlock wie er leibt und lebt! Nicht lange drum herumgeredet. Nur keine Zeit mit den üblichen Liebenswürdigkeiten vertun! Die Slums lassen sich eben nie verleugnen.«
»Ich brauche das Geld.«
»Richtig. Sonst könnten Sie ja Ihren Zahlungsverpflichtungen wegen des Hauses nicht nachkommen – ganz zu schweigen von dem Pissarro, auf den Sie Ihr Auge geworfen haben. Wie ich höre, ist übrigens ein weiterer

Interessent aufgetaucht. Es wäre ein Jammer, wenn Ihnen das Bild durch die Lappen ginge.«
»Wollen Sie mir mein Honorar vorenthalten?«
»Erlauben Sie mir eine rein theoretische Frage, Hemlock. Was würden Sie tun, wenn ich es täte?«
»Diese hier anzünden.« Jonathan griff mit den Fingern in die Brusttasche seines Hemdes.
»Und was haben Sie dort Schönes?« Dragons Stimme verriet keinerlei Besorgnis. Er wußte, wie gründlich seine Leute jeden untersuchten, der zu ihm kam.
»Ein Heftchen Zündhölzer. Wissen Sie, wie schmerzhaft es für Ihre Augen wäre, wenn ich eins nach dem anderen anzündete?«
Dragon riß seine dünnen Finger automatisch vor die Augen, aber er wußte, daß seine pigmentlose Haut ihn nur wenig schützen würde. Er zwang sich, kühl zu bleiben, und sagte: »Ausgezeichnet, Hemlock. Sie bestätigen das Vertrauen, das ich in Sie setze. In Zukunft werden meine Leute also auch nach Streichhölzern suchen müssen.«
»Und mein Honorar?«
»Liegt dort auf dem Tisch. Übrigens hatte ich die ganze Zeit über die Absicht, es Ihnen zu geben. Ich habe es nur zurückbehalten, um sicherzugehen, daß Sie auch wirklich herkommen würden, um sich meinen Vorschlag anzuhören.« Er stieß seine drei dürren »Ha« aus. »Das war wirklich gut, das mit den Streichhölzern.« Sein Lachen ging in ein schwaches, pfeifendes Husten über, und eine Weile konnte er nicht sprechen. »Es tut mir leid, aber es geht mir wirklich nicht gut.«
»Um Sie zu beruhigen«, sagte Jonathan und steckte das dicke Kuvert mit den Geldscheinen in die Jackentasche, »sollte ich Ihnen sagen, daß ich gar keine Streichhölzer bei mir habe. Ich rauche ja nie in der Öffentlichkeit.«
»Ja, natürlich. Das hatte ich ganz vergessen.« Seine Stimme verriet aufrichtige Bewunderung. »Das war sehr gut! Verzeihen Sie, daß ich übertrieben aggressiv schien. Ich bin eben im Augenblick gar nicht gut beisammen, und das macht mich unwirsch.«
Jonathan mußte über dieses ungewöhnliche Wort lächeln. Bisweilen verriet Dragons Englisch durch die ungewöhnliche Wortwahl, die übergenaue Aussprache und den Gebrauch falscher Redewendungen denn doch den Ausländer. »Was soll das alles bedeuten, Dragon?«
»Ich habe einen Auftrag, den Sie übernehmen müssen.«
»Ich dachte, darüber hätten wir bereits gesprochen. Sie wissen doch, daß ich nur dann einen Job übernehme, wenn ich Geld brauche. Warum setzen Sie nicht einen von Ihren anderen Leuten ein?«
Die rosa und blutrot gefärbten Augen wurden sichtbar. »Das würde ich

ja tun, wenn das möglich wäre. Ihre Widerspenstigkeit macht mir nur Ungelegenheiten. Diesen Auftrag kann aber nur ein erfahrener Bergsteiger ausführen, und wie Sie sich denken können, gibt es von denen in unserer Abteilung nicht gerade viele.«

»Ich habe schon seit über drei Jahren keinen Berg mehr von oben gesehen.«

»Daran haben wir gleichfalls gedacht. Sie haben aber Zeit genug, sich wieder in die richtige Kondition zu bringen.«

»Und warum brauchen Sie ausgerechnet einen Bergsteiger?«

»Über die Einzelheiten kann ich nur dann mit Ihnen reden, wenn Sie bereit sind, diesen Auftrag zu übernehmen.«

»Dann vergessen Sie's.«

»Da ist aber noch etwas, Hemlock, und das könnte Sie vielleicht umstimmen.«

»Da bin ich aber gespannt.«

»Einer unserer ehemaligen Mitarbeiter – ein früherer Freund von Ihnen, wenn ich recht unterrichtet bin – ist in die Sache verwickelt.«

Dragon machte eine Pause, um den Namen gebührend wirken zu lassen. »Miles Mellough.«

Nach einem Augenblick sagte Jonathan: »Miles geht Sie nichts an. Mit dem werde ich schon auf meine Weise fertig.«

»Sie sind ein unbeugsamer Mann, Hemlock. Hoffentlich brechen Sie sich nicht doch einmal das Genick, wenn Sie gezwungen werden, sich zu beugen.«

»Wieso gezwungen?«

»Ach, irgend etwas wird mir schon einfallen.« Seine Stimme zitterte bedenklich, und er preßte die Hand auf die Brust, um den Schmerz zu lindern. »Wenn Sie hinausgehen, würden Sie bitte Mrs. Cerberus zu mir hereinbitten? Bitte, seien Sie doch so nett.«

Jonathan drückte sich in die nicht sehr tiefe Eingangsnische des Bürohauses, in dem Dragon sein Domizil hatte, und versuchte, sich vor dem Regen zu schützen, der in dicken Tropfen herniederfiel und auf dem Bürgersteig versprühte. Das Rauschen des Regens übertönte den verworrenen Straßenlärm. Ein leeres Taxi kam langsam die Straße herauf, und Jonathan sprang hinaus ins Freie, um seinen Platz in der Reihe von Bittstellern einzunehmen, die winkten und riefen, während das Taxi majestätisch vorüberrollte; doch der Taxichauffeur pfiff zufrieden vor sich hin und grübelte zweifellos über ein kompliziertes Problem der russischen Grammatik nach. Jonathan kehrte in den Schutz des schmalen Eingangs zurück und betrachtete verdrossen seine Umgebung. Die Straßenbeleuch-

tung ging an, und die künstliche Helligkeit im Dunkel des Sturms ließ einen glauben, es sei Abend. Wieder rollte ein Taxi heran, und Jonathan trat wider besseres Wissen doch an den Rinnstein; immerhin bestand die Chance, daß der Chauffeur nicht unabhängig und reich war und ein gewisses Interesse daran haben könnte, etwas Geld zu verdienen. Dann sah er, daß das Taxi besetzt war. Als er sich umdrehte, hörte er, wie der Fahrer hupte. Jonathan blieb verwirrt stehen und wurde noch nasser. Der Fahrer winkte ihn heran. Jonathan zeigte auf seine Brust, und ihm stand die etwas lächerliche Frage »Ich?« ins Gesicht geschrieben. Die hintere Tür öffnete sich, und Jemima rief: »Wollen Sie nun einsteigen, oder gefällt es Ihnen dort draußen so gut?«
Jonathan sprang hinein, und das Taxi reihte sich wieder in den allgemeinen Verkehr ein, voller Verachtung für das Protestgehupe von einem Wagen, der fast auf die Gegenfahrbahn abgedrängt wurde.
»Ich möchte ja nicht aufdringlich sein«, sagte Jonathan, »aber Sie sehen wirklich hinreißend aus. Woher kommen Sie? Hab ich schon gesagt, daß Sie bezaubernd aussehen?« Er freute sich wie ein kleiner Junge, sie wiederzusehen. Es war, als hätte er oft an sie gedacht. Was aber wohl nicht stimmte, wie er dann zugeben mußte. Warum sollte er auch?
»Ich sah, wie Sie da herauskamen«, erklärte sie, »und Sie sahen so komisch aus, daß ich einfach Mitleid mit Ihnen hatte.«
»Aha. Nun, da sind Sie auf einen uralten Trick hereingefallen. Ich versuche immer, komisch auszusehen, wenn ich im Regen fast umkomme. Man weiß ja nie, ob nicht vielleicht eine Stewardeß vorüberkommt, die Mitleid mit einem hat.«
Der Taxichauffeur drehte sich um, blickte mit der klassischen Gleichgültigkeit gegenüber dem vorbeiflutenden Verkehr nach hinten und sagte: »Das kostet Doppeltarif, Mister.«
Jonathan sagte ihm, das sei schon in Ordnung.
»Wir sind nämlich nicht verpflichtet, bei so einem Regen extra für einen zweiten Fahrgast unterwegs anzuhalten.« Er geruhte, kurz auf den entgegenkommenden Verkehr zu schauen.
Jonathan sagte, daß er ihm das hoch anrechne.
»Himmel, sonst würde ja jeder daherkommen und die ganze verdammte Stadt mitnehmen, wenn wir nicht Doppeltarif verlangen, das wissen Sie ja wohl selbst.«
Jonathan neigte sich vor und lächelte dem Fahrer im Rückspiegel höflich zu: »Warum teilen wir uns nicht die Arbeit, Freund? Sie fahren, und wir unterhalten uns.« Dann fragte er Jemima: »Wie bringen Sie es bloß fertig, so ruhig und hinreißend auszusehen, obwohl Sie doch vor Hunger fast umkommen?«

»Komme ich vor Hunger fast um?« Die Goldflitter tanzten belustigt in ihren warmen braunen Augen.
»Ganz bestimmt tun Sie das. Ein Wunder, daß Sie das noch nicht bemerkt haben.«
»Ich nehme an, daß Sie mich zum Essen einladen wollen.«
»Richtig geraten.«
Unschlüssig sah sie ihn an. »Damit wir uns recht verstehen: Wenn ich Sie im Regen aufgegabelt habe, so bedeutet das nicht, daß ich Sie im üblichen Sinne aufgegabelt hätte – mit allen Konsequenzen, meine ich.«
»Du lieber Himmel, wir kennen uns doch kaum! Was soll das überhaupt heißen? Wie steht's nun mit dem Essen?«
Sie überlegte einen Moment, schien hin- und hergerissen. Doch dann sagte sie: »Nein. Ich glaube, lieber doch nicht.«
»Wenn Sie nun nicht nein gesagt hätten, wie hätte denn dann die Alternative dazu ausgesehen?«
»Steak, Rotwein und ein bißchen gut angemachten Salat.«
»Geritzt.« Jonathan beugte sich vor und sagte dem Fahrer, er solle nach Süden fahren, zu einer Adresse in der Vierzehnten Straße.
»Woll'n Sie sich's nicht noch mal überlegen, Mister?«
»Fahren Sie schon!«
Als das Taxi vor dem Restaurant hielt, berührte Jemima Jonathan am Ärmel. »Ich hab Sie vor dem Weggeschwemmtwerden bewahrt, und Sie laden mich zum Essen ein. Damit sind wir quitt, einverstanden? Nach dem Essen geht jeder nach Hause – seinem eigenen Zuhause. Okay?«
Er nahm ihre Hand und blickte ihr ernst in die Augen. »Gem, Sie haben verdammt wenig Vertrauen zu Ihren Mitmenschen.« Er drückte ihre Hand. »Sagen Sie mir's – wer war's, der Mann meine ich, der es zerstört hat?«
Sie lachte, und der Taxichauffeur fragte, ob sie nun aussteigen wollten oder nicht. Während Jemima die paar Schritte zum Restaurant hinüberrannte, zahlte Jonathan und sagte dem Taxifahrer, er sei ein Goldstück gewesen. Sein letztes Wort verstand der Fahrer im Rauschen des Regens und des allgemeinen Verkehrs nicht; er starrte Jonathan einen Moment an, kam dann aber doch zu dem Schluß, daß es ratsamer sei wegzufahren, und fuhr mit kreischenden Rädern an.
Das Restaurant war einfach und teuer, ganz aufs Essen abgestellt und nicht darauf, seine Inneneinrichtung bewundern zu lassen. Teils weil er in festlicher Stimmung war und teils um auf Jemima Eindruck zu machen, bestellte Jonathan eine Flasche Lafite.
»Darf ich einen 1959er vorschlagen?« fragte der Weinkellner ganz in dem Bewußtsein seiner Wichtigkeit.

»Wir sind keine Franzosen«, erklärte Jonathan und wandte die Augen nicht von Jemima.
»Wie bitte, Sir?« Die Wölbung seiner Brauen drückte jene Mischung von Hochmut und Märtyrertum aus, wie sie Kellnern der höheren Ränge eigen ist.
»Wir sind keine Franzosen. Unausgereifte Jahrgänge können uns nicht reizen. Bringen Sie uns einen '53er oder, falls Sie den nicht haben, einen '55er.«
Als der Kellner ging, fragte Jemima: »Ist dieser Lafite etwas Besonderes?«
»Sie haben noch nie Lafite getrunken?«
»Nein.«
Jonathan gab dem Kellner durch ein Zeichen zu verstehen, er möge noch einmal zurückkommen. »Vergessen Sie den Lafite. Bringen Sie uns statt dessen einen Haut-Brion.«
In der Annahme, dieser Sinneswandel habe finanzielle Gründe, strich der Kellner betont umständlich den Lafite auf seinem Block aus und notierte sich den Haut-Brion.
»Warum haben Sie das getan?« fragte Jemima.
»Bloß aus Sparsamkeit, Miß Brown. Ein Lafite ist zu teuer, um ihn bloß so runterzutrinken.«
»Woher wollen Sie wissen, ob ich ihn nicht genossen hätte?«
»Ach, bestimmt hätten Sie ihn genossen, aber zu schätzen hätten Sie ihn nicht gewußt.«
Jemima betrachtete ihn aus zusammengekniffenen Augen. »Wissen Sie was? Ich hab so das Gefühl, daß Sie nicht besonders nett sind.«
»Nettsein ist eine Eigenschaft, die weit überschätzt wird. Durch Nettsein kämpft ein Mann sich nach oben, wenn er nicht den Mumm hat, seine Ellbogen zu gebrauchen, oder wenn er keine Klasse besitzt, um wirklich brillant zu sein.«
»Darf ich Sie zitieren?«
»Na, das werden Sie vermutlich ohnehin tun.«
»Aha – frei nach dem Motto: sprach Johnson zu Boswell?«
»Nein, James Abbott McNeill Whistler zu Wilde. Aber nicht schlecht geraten.«
»Ein Gentleman hätte so getan, als würde ich recht haben. Immerhin hatte ich recht damit, daß Sie nicht besonders nett sind.«
»Ich werd's wieder wettmachen und durch andere Eigenschaften ausgleichen. Durch Geistreich- oder Romantischsein. Oder vielleicht auch bloß dadurch, daß ich mich schrecklich für Sie interessiere, was tatsächlich stimmt, in gewisser Weise jedenfalls.« Er zwinkerte ihr zu.

»Sie wollen mich auf den Arm nehmen.«
»Ich geb's zu. Es ist alles bloß Mache. Ich tue bloß so, als wäre ich ein Mann von Welt, doch das ist bloß ein Panzer, um meine leicht verwundbare Hypersensibilität vor Zugluft zu schützen.«
»Jetzt nehmen Sie mich auf den Arm und auf die Schippe obendrein.«
»Wie gefällt Ihnen denn unser Pingpongspiel?«
»Hilfe, ich geb's auf.«
Jonathan lachte und beließ es bei diesem Schlagabtausch.
Jemima seufzte und schüttelte den Kopf. »Mann, Sie sind in Gesellschaft wirklich ein As, hab' ich recht? Ich ziehe ja selbst gern Leute auf und mache mit Vorliebe in der Unterhaltung logische Sprünge, bis meinen Zuhörern schwindlig wird. Aber das ist nicht einmal Oberliga für Sie, stimmt's?«
»Ich wußte gar nicht, daß man es Oberligaspiel nennen könnte. Schließlich gibt es doch nur eine Mannschaft und nur einen Spieler.«
»Jetzt geht's schon wieder los.«
»Nehmen wir uns Zeit und essen wir erst einmal.«
Der Salat war knackig frisch, die Steaks waren riesig und wunderbar gebraten, und beides spülten sie mit dem Haut-Brion hinunter. Das ganze Essen über plauderten sie zwanglos miteinander, fanden ihr Vergnügen daran, das Thema bei einem besonderen Wort oder Einfall schwirren zu lassen, sprachen von Kunst, Politik und unangenehmen Kindheitserlebnissen, kamen auf soziale Probleme zu sprechen, hielten sich aber bei einem Thema nur so lange auf, wie es sie amüsierte. Beide hatten sie Freude daran, sich über etwas lustig zu machen, und nahmen weder sich selbst noch große Namen in Kunst und Politik allzu ernst. Oft erwies es sich als unnötig, einen Satz zu Ende zu sprechen – der andere ahnte die Pointe bereits und nickte zustimmend oder lachte darüber. Und ab und zu schwiegen sie auch für einen Moment gemeinsam, genossen dieses Schweigen und entspannten sich dabei, und keiner hielt es für nötig, die Unterhaltung als Schutz gegen echte Kommunikation aufrechtzuerhalten. Sie saßen am Fenster. Mal rauschte der Regen, mal ließ er wieder nach. Als sie die Berufe und Ziele der Vorübergehenden rieten, kam es zu den absurdesten Mutmaßungen. Ohne es zu merken, behandelte Jonathan Gem, als sei sie ein Mann – ein alter Freund von ihm. Er ließ sich rückhaltlos vom Strom der Unterhaltung treiben und vergaß völlig die überlegene Hänselei, die für gewöhnlich die Grundlage seines Geplauders abgab, wenn er mit einer Frau ins Bett gehen wollte.
»Ein Universitätsprofessor?« fragte Gem ungläubig. »Das wollen Sie mir doch nicht weismachen, Jonathan. Sie zerstören meine sämtlichen Klischeevorstellungen.«

»Und wie steht's mit Ihnen als Stewardeß? Wie sind Sie überhaupt jemals darauf gekommen?«
»Ach, ich weiß nicht. Ich bin von der Universität abgegangen, nachdem ich zuvor Semester für Semester mein Hauptfach gewechselt hatte, versuchte dann, einen Job als Expertin auf dem Gebiet der Renaissance zu finden, fand jedoch nichts Entsprechendes in den Stellenausschreibungen. Und da schien es mir ganz annehmbar, so durch die Welt zu gondeln. Außerdem machte es mir Spaß, die erste schwarze Stewardeß bei meiner Luftfahrtgesellschaft zu sein – ich war gewissermaßen ihre Renommiernegerin.« Dieses Wort betonte sie gespreizt, gab zu verstehen, daß sie jeden lächerlich fand, der es benutzte. »Und wie steht es mit Ihnen? Wie sind Sie dazu gekommen, Universitätsprofessor zu werden?«
»Ach, ich kam frisch von der Universität und versuchte, einen Job als Experte auf dem Gebiet der Renaissance...«
»Schon gut, schon gut! Lassen wir's.«
Im Lauf ihrer Unterhaltung bekam Jonathan heraus, daß ihr Zwischenaufenthalt in New York drei Tage dauern würde, was ihm selbstverständlich sehr gefiel. Wieder ließen sie sich wohlig in ein ausgedehntes Schweigen hineintreiben.
»Was ist denn so komisch?« fragte sie, als er leicht lächelte.
»Nichts«, sagte er. »Ich.«
»Ist das ein und dasselbe?«
»Ich dachte nur gerade...« Liebevoll lächelte er sie über den Tisch hinweg an. »Mir fiel gerade auf, daß ich bei Ihnen gar nicht erst versuche, besonders geistreich zu erscheinen, und daran liegt mir normalerweise sehr viel.«
»Und was ist mit dem Pingpongspiel?«
»Ach, das war doch nur aufgesetzt, damit wollte ich Sie blenden. Und dabei liegt mir im Grunde gar nichts daran, Sie zu blenden.«
Sie nickte und sah aus dem Fenster, schenkte ihre Aufmerksamkeit dem unregelmäßigen Aufsprühen des Lichts, wenn die Regentropfen auf den Pfützen tanzten. Nach einer Weile sagte sie: »Das ist nett von Ihnen.«
Er wußte genau, was sie meinte. »Ja, nett schon, aber gleichzeitig macht es einen auch ein bißchen verlegen.«
Abermals nickte sie, und beide wußten, daß es auch sie ein wenig verlegen machte.
Eine ganze Serie von schwindelerregenden Einfällen, die zu nichts weiter führten, brachte sie auf das Thema Häuser, und Jonathan geriet richtig in Begeisterung, als er von seinem eigenen erzählte. Eine halbe Stunde lang beschrieb er ihr die Einzelheiten und gab sich größte Mühe, damit sie alles förmlich vor sich sah. Aufmerksam hörte sie zu und gab ihm mit

den Augen sowie durch kleine Bewegungen mit dem Kopf zu verstehen, daß sie ganz bei der Sache sei und an seiner Begeisterung teilnehme. Als er unversehens innehielt und ihm klar wurde, daß er ununterbrochen nur von seinen Angelegenheiten geredet hatte, ohne im geringsten auf sie einzugehen, sagte sie: »Es muß ein schönes Gefühl sein, ein Haus so sehr zu lieben. Und man selbst wird dadurch überhaupt kein bißchen belastet.«

»Wie meinen Sie das?«

»Ein Haus erhebt eben emotional keine Ansprüche an einen. Es belastet einen nicht damit, daß es die Liebe erwidert. Sie verstehen schon, was ich meine.«

Das verstand er sogar sehr gut, aber ihr psychologischer Scharfsinn versetzte ihm einen Stich. Ihm ging auf, daß es ihm Spaß machen würde, sie bei sich zu Hause zu haben – einen ganzen Tag nur mit ihr dazusitzen und sich mit ihr zu unterhalten. Er sagte es ihr.

»Das klingt sehr verlockend. Aber jetzt geht es nicht. Das wäre nicht gut. Ich gable Sie mit einem Taxi auf, wir essen zusammen, und schon haben wir nichts Eiligeres zu tun, als zu Ihnen nach Hause zu fahren. Technisch gesprochen wäre das gleichbedeutend mit einer ›schnellen Eroberung‹. Und mir scheint, das ist nicht das richtige für uns.«

Er pflichtete ihr bei, daß das nicht das richtige für sie beide sei. »Aber wir könnten ja schließlich eine Art Abkommen schließen. Es müßte uns doch möglich sein, ein oder zwei Tage lang *nicht* miteinander ins Bett zu gehen.«

»Sie würden mogeln.«

»Ja, wahrscheinlich.«

»Und wenn Sie nicht mogeln, würde ich es tun.«

»Das höre ich gern.«

Das Restaurant war im Begriff zu schließen, und ihr Kellner hatte bereits mehrmals gestört und ihnen mehrere überflüssige Dienste aufdrängen wollen. Jonathan gab ihm ein übertrieben großes Trinkgeld – und zwar für die angenehme Zeit, die er hier hatte verbringen können, nicht für das, was geboten worden war, denn das hatte er kaum wahrgenommen.

Sie beschlossen, zu Fuß zu ihrem Hotel zurückzukehren, denn nach dem Regen waren die Straßen leer und kühl, und das Hotel war nicht allzu weit entfernt. Gemächlich schlenderten sie dahin, unterhielten sich manchmal angeregt, um dann wieder längere Zeit in Schweigen zu verfallen. Sie hatte ihm die Hand in die Armbeuge gelegt, und wenn ihr irgend etwas auffiel, machte sie ihn mit leisem Fingerdruck darauf aufmerksam, was er mit einer sanften Bewegung seiner Armmuskeln erwiderte.

Überraschend schnell standen sie schließlich vor ihrem Hotel. In der Halle reichten sie sich die Hand, und sie sagte: »Einverstanden, wenn ich morgen früh mit dem Zug zu Ihnen hinauskomme? Sie können mich vom Bahnhof abholen, und dann sehen wir uns Ihre Kirche gemeinsam an, ja?«

»Das wäre... wirklich wunderbar.«

»Gute Nacht, Jonathan.«

»Gute Nacht.«

Er ging zu Fuß bis zum Bahnhof. Unterwegs stellte er fest, daß er die Stadt weniger häßlich fand als sonst. Der Regen vermutlich.

Long Island *12. Juni*

Er schlurfte durch die ganze Weite seines auf der Empore gelegenen Schlafzimmers und bemühte sich, seinen Kaffee nicht überschwappen zu lassen; trotzdem geriet ihm einiges in die Untertasse. Was er in der Hand hielt, war eine große Café-au-lait-Schale mit zwei Henkeln daran, und ein paar Minuten lang lehnte er sich an die Balustrade, trank schlürfend große belebende Schlucke und blickte voller Stolz und Freude über das weite Mittelschiff hin, dessen Dämmer von flach einfallenden Strahlen der Morgensonne in den verschiedensten Farben durchbrochen wurde. Richtig zur Ruhe kam er immer nur dann, wenn er sein Heim um sich herum hatte wie einen Panzer. Seine Gedanken gingen hin und her zwischen freudiger Erwartung, als er an Jemima dachte, und einem unbestimmten Unbehagen über den Ton seiner letzten Unterhaltung mit Dragon.
Später, unten in seiner Galerie, raffte er sich auf und versuchte, mit seinem Lautrec-Artikel voranzukommen. Er machte sich ein paar Bleistiftnotizen, doch dann brach die Mine. Und damit hatte es sich dann. Schicksal! Er hätte weitermachen, sich mühevoll durch eine uninspirierte, teigige Prosa hindurchpflügen können – aber nicht, wenn er sich dazu erst den Bleistift anspitzen mußte. Es war ja nicht seine Schuld, daß der abgebrochen war.
Auf dem Schreibtisch vor ihm lag der blaue Umschlag von Dragon, ein fettes Bündel von Hundert-Dollar-Scheinen. Er nahm es zur Hand, suchte einen sicheren Ort, wo er ihn unterbringen konnte, fand jedoch nichts Geeignetes und legte ihn wieder zurück auf den Schreibtisch. Für jemanden, der zu so extremen Mitteln griff, um sein Geld zu verdienen, hatte Jonathan nicht die geringste Anlage zum Geizkragen. Geld an sich besaß keinerlei Reiz für ihn. Güter, Annehmlichkeiten und Besitztümer – das war etwas ganz anderes. Es versetzte ihn in Hochstimmung, wenn er sich vorstellte, daß er morgen einen typischen Pointillisten wie Pissarro besitzen würde. Er ließ die Blicke über die Wände schweifen, überlegte sich, wo er ihn am besten aufhängen könnte, und dabei fiel sein Auge auf den Cézanne, den Henri Baq in Budapest für ihn gestohlen und ihm zum Geburtstag geschenkt hatte. Erinnerungen an Henri stiegen in ihm auf: an seinen verschrobenen baskischen Witz... ihr gemeinsames Lachen, wenn sie sich anvertrauten, wie sie wieder einmal ums Haar erwischt worden wären... jenes herrliche Besäufnis in Arles, bei dem sie Stierkampf gespielt, ihre Jacken als Capa benutzt und sich nicht im geringsten um das aufgeregte Gehupe des stockenden Verkehrs gekümmert hatten.

Aber er erinnerte sich auch an den Tag, an dem Henri gestorben war, wie er versucht hatte, die hervorquellenden Gedärme mit den Händen zurückzuhalten, und nach einer geistreichen Bemerkung gesucht hatte, um mit ihr auf den Lippen zu sterben – und ihm einfach nichts hatte einfallen wollen.

Jonathan schüttelte kurz den Kopf, um diese Bilder zu verscheuchen, doch das half nichts. Er setzte sich an den Flügel und schlug ziellos ein paar Akkorde an. Sie waren ein richtiges Gespann gewesen – er und Henri und Miles Mellough. Miles arbeitete für die Abteilung »Spürhund«, Jonathan für »Strafaktion« und Henri für das französische Pendant zum CII. Rasch und geschickt erledigten sie ihre Aufträge, und immer fanden sie Zeit, in Bars herumzusitzen, über Kunst, Frauen und … über Gott und die Welt zu reden.

Dann hatte Miles Henri in den Tod geschickt.

Jonathan leitete über zu einem Stück von Händel. Dragon hatte gesagt, irgendwie habe Miles mit dieser Strafaktion zu tun, die er Jonathan aufzwingen wollte. Seit nunmehr zwei Jahren hatte Jonathan auf den Tag gewartet, an dem er Miles wiedersehen würde.

Denk nicht daran! Jemima kommt!

Er verließ die Krypta, schloß die Tür hinter sich ab und schlenderte über sein Grundstück, um sich die langsam verrinnende Zeit bis zu ihrer Ankunft zu vertreiben. Es wehte eine frische Brise, und die Blätter der Platanen, die die Auffahrt säumten, blitzten in der Sonne. Der Himmel über ihm war stahlblau, doch am nördlichen Horizont überm Meer lastete drohend eine Wolkenbank, die für diesen Abend einen neuen Sturm ankündigte. Jonathan liebte den Sturm.

Er streifte durch die strenge französische Parkanlage mit den frisch geschnittenen Buchsbaumhecken, die einen wahren Irrgarten von Beeten umschlossen. Aus der Tiefe des Labyrinths konnte er das wütende Klick, Klick, Klick von Mr. Monks Heckenschere hören.

»Uhh! Da!« *Klick!* »Das wird dich lehren, du Strohkopf von einem Busch!« *Klick! Klick!* »Okay, du vorwitziger Zweig du, steck ihn nur raus, ich werd ihn dir schon abschneiden! Einfach so!« *Klick!*

Jonathan versuchte, aufgrund der Stimme und des Klickens herauszufinden, wo im Labyrinth der Gärtner arbeitete, um einem Zusammentreffen mit Mr. Monk zu entgehen. Verstohlen bewegte er sich den Heckenweg hinunter und setzte die Füße behutsam auf, um sich nicht zu verraten.

»Du hast wohl was gegen die anderen Zweige, was?« Mr. Monks Stimme klang honigsüß. »Oho, ihre Gesellschaft gefällt dir wohl nicht, was? Na ja, ich versteh schon. Du bist eben ein Einzelgänger, der sich von den anderen absondert.« Und plötzlich röhrte seine Stimme geradezu: »Stolz!

Das ist es, womit du nicht fertig wirst! Aber warte, gegen Stolz hab ich ein schönes Mittel!« *Klick!* »Siehst du?«
Jonathan hockte sich neben der Heckenwand nieder und wagte nicht, sich zu bewegen, denn er war sich nicht sicher, woher Mr. Monks Stimme eigentlich kam. Lange hörte er keinen Laut. Dann stellte er sich vor, wie er so dahockte, krümmte sich bei dem Gedanken, seinem Gärtner zu begegnen. Er lächelte, schüttelte den Kopf und stand auf.
»Was machen Sie'n hier, Dr. Hemlock?« fragte Monk unmittelbar hinter ihm.
»Ach so! Na ja! Guten Morgen.« Jonathan legte die Stirn in Falten und stieß mit der Fußspitze in den Rasen. »Dies – äh – dies Gras hier, Mr. Monk. Ich hab's mir genau angesehen. Sieht für meine Begriffe komisch aus. Finden Sie nicht auch?«
Mr. Monk war das noch nicht aufgefallen, er war jedoch jederzeit bereit, von allen Pflanzen das Schlimmste anzunehmen. »Komisch? Wie meinen Sie denn das, Dr. Hemlock?«
»Nun ja, es ist ... grüner als sonst. Grüner, als es sein sollte. Sie verstehen schon, was ich meine.«
Mr. Monk begutachtete den Rasen neben der Hecke, verglich ihn mit den anderen Rasenflächen. »Finden Sie?« Seine Augen wurden kugelrund vor Empörung über dieses Gras, das die Stirn hatte, ihn zu beleidigen.
Betont gleichmütig wanderte Jonathan den Gang hinunter und bog an der ersten Ecke ab. Als er mit beschleunigten Schritten auf das Haus zuging, hörte er Mr. Monks Stimme aus dem Labyrinth heraus.
»Blödes Gras! Immer alles anders machen, als man will. Bist du nicht braun und verrottet, bist du zu grün! Aber warte, damit werden wir schon fertig!« *Schnip!*

Jonathan fuhr die baumgesäumte Straße zum Bahnhof entlang. Wahrscheinlich würde der Zug nach alter Long-Island-Tradition Verspätung haben, aber er konnte es sich nicht leisen, Jemima warten zu lassen. Er fuhr einen uralten Avanti – einen Wagen, der ganz zu seinem hedonistischen Lebensstil paßte. Der Wagen war in schlechtem Zustand, weil er ihn rücksichtlos fuhr und wenig pflegte, aber die Linienführung, überhaupt seine ganze Form, gefiel ihm. Wenn er einmal völlig zusammenbrach, wollte er ihn vorne auf dem Rasen aufstellen und Blumen einpflanzen.
Er parkte in der Nähe des Bahnsteigs, die Stoßstange berührte die graue, verwitterte Holzplanke, der unter dem Einfluß der wärmenden Sonnenstrahlen ein leichter Karbolineumgeruch entströmte. Da es Sonntag war, lagen Bahnsteig und Parkplatz verlassen da. Er lehnte sich zurück und

wartete schläfrig. Sich auf einen Bahnsteig zu stellen, um jemanden abzuholen, kam für ihn nie mehr in Frage, denn...

... Henri Baq hatte es am Ankunftsbahnsteig des Gare St. Lazare erwischt. Jonathan mußte oft an das dumpfe, von feuchter Luft und Metallgeschepper erfüllte Innere des riesigen, von einer Stahlkonstruktion überdachten Bahnhofs denken. Und an den monströsen, grinsenden Clown.

Henri war überhaupt nicht darauf gefaßt gewesen. Er hatte gerade einen Auftrag erledigt, und zum erstenmal wollte er ohne Frau und Kinder in die Ferien fahren. Jonathan hatte versprochen, ihn an den Zug zu bringen, war jedoch auf der Place de L'Europe in einen fürchterlichen Verkehrsstau geraten.

Er entdeckte Henri, und über die Köpfe der Menge hinweg winkten sie sich zu. Genau in diesem Augenblick mußte der Killer Henri das Messer in den Bauch gestoßen haben. Der Fahrdienstleiter ließ seine unverständliche Lautsprecherstimme inmitten des zischend entweichenden Dampfes und des Geratters der Güterwagen erdröhnen. Bis es Jonathan gelungen war, sich seinen Weg durch die Menge zu bahnen, lehnte sich Henri bereits gegen das riesige Reklameplakat eines Winterzirkus.

»*Qu'as-tu?*« fragte Jonathan.

Henris matt werdende baskische Augen waren unsagbar traurig. Mit einer Hand krallte er sich an das Revers seines Jacketts, die andere hielt er gegen den Magen gepreßt. Er lächelte töricht und schüttelte den Kopf, als wollte er sagen: »Ich kann es einfach nicht glauben«; dann verzerrte sich das Lächeln zu einem schmerzlichen Grinsen, er glitt zu Boden, wo er dann mit weit von sich gestreckten Beinen dasaß wie ein Kind.

Als Jonathan sich aufrichtete, nachdem er an Henris Halsschlagader nach dem Puls gefühlt hatte, stand ihm das irre Grinsen des Clowns auf dem Plakat unmittelbar vor der Nase.

Marie Baq hatte nicht geweint. Sie dankte Jonathan, daß er gekommen sei, es ihr beizubringen, versammelte dann in einem Nebenzimmer die Kinder um sich, um mit ihnen zu reden. Als sie zurückkamen, waren ihre Augen rot und geschwollen, doch weinen tat keines mehr von ihnen. Der älteste Junge – er hieß Henri, wie sein Vater – übernahm sogleich seine neue Rolle und fragte Jonathan, ob er ihm einen Apéritif anbieten dürfe. Jonathan nahm an, und später führte er sie alle zum Abendessen in ein gegenüber gelegenes Café. Der Jüngste, der noch nicht so recht begriff, was eigentlich geschehen war, aß mit ausgezeichnetem Appetit, die anderen jedoch nicht. Und als das älteste Mädchen einen schluchzenden Laut von sich gab und die Dämme der Selbstbeherrschung brachen, zog sie sich eilends auf die Damentoilette zurück.

Jonathan saß die ganze Nacht über bei Marie und trank Kaffee mit ihr. Sie redeten über praktische und vor allem finanzielle Probleme, die sie über den mit einem Plastiktischtuch bedeckten Küchentisch hinweg besprachen, von dem verträumte Kinder gedankenlos hier und da die Plastikbeschichtung herausgepolkt hatten. Dann fiel ihnen lange Zeit nichts ein, worüber sie hätten reden können. Kurz vor Tagesanbruch raffte sie sich mit einem Seufzer – so tief, daß es fast schon ein Winseln war – von ihrem Stuhl hoch und sagte: »Das Leben geht weiter, Jonathan. Für die Kinder, es muß sein! Komm! Komm mit mir ins Bett!«

Es gibt nichts Lebensbejahenderes als miteinander zu schlafen. Potentielle Selbstmörder tun das fast nie. Zwei Wochen lebte Jonathan bei den Baqs, und Nacht für Nacht benutzte Marie ihn wie eine Medizin. An einem Abend sagte sie ruhig: »Du solltest jetzt gehen, Jonathan. Ich glaube, nun komme ich schon ohne dich zurecht. Wenn wir jetzt noch weitermachen würden, nachdem ich dich nicht mehr brauche, wäre das etwas anderes.«

Er nickte.

Als der Jüngste hörte, daß Jonathan fortgehen würde, war er bitter enttäuscht. Er hatte vorgehabt, Jonathan zu bitten, mit ihm in den Winterzirkus zu gehen.

Etliche Wochen später erfuhr Jonathan, daß Miles Mellough für den Mord verantwortlich war. Da Miles fast gleichzeitig aus dem CII ausgeschieden war, hatte Jonathan nie herausbringen können, welche Seite die Strafaktion nun eigentlich befohlen hatte.

»So lob ich mir das Abgeholtwerden«, sagte Jemima und blickte durch das Fenster neben dem Beifahrersitz.

Er fuhr zusammen. »Tut mir leid. Ich hab gar nicht gemerkt, daß der Zug einfuhr.« Er erkannte, wie fadenscheinig das klang angesichts des verlassenen Bahnsteigs.

Auf der Fahrt zu ihm nach Hause steckte sie die Hand aus dem Fenster und fing den Fahrtwind mit der gekrümmten Handfläche auf wie ein Kind. Er fand sie in ihrem weißen Leinenkleid mit dem hohen Mandarinkragen schick und frisch. Tief in ihren Sitz gekuschelt saß sie da – völlig entspannt.

»Ist das alles, was du zum Anziehen dabei hast?« fragte er und wandte sich ihr zu, hielt jedoch die Augen auf die Straße gerichtet.

»Natürlich. Ich wette, du hast dir gedacht, ich würde diskret in einer braunen Tüte irgendwelche Sachen für die Nacht mitbringen.«

»Welche Farbe die Tüte hätte, wäre mir völlig egal.« Er bremste, fuhr in einen Seitenweg und steuerte dann wieder zurück auf die Hauptstraße.

»Hast du etwas vergessen?«

»Nein. Wir fahren nur zurück ins Dorf. Um dir was zum Anziehen zu kaufen.«
»Gefällt dir mein Kleid nicht?«
»Doch, sehr sogar. Aber mir scheint, zum Arbeiten ist es nicht ganz das richtige.«
»Zum Arbeiten?«
»Ja. Oder hast du gedacht, es wären Ferien für dich?«
»Was für eine Arbeit?« fragte sie mißtrauisch.
»Ich dachte, es würde dir vielleicht Spaß machen, mir zu helfen, mein Boot zu streichen.«
»Da bleibt mir wohl nichts anderes übrig.«
Jonathan nickte gedankenverloren.
Sie hielten vor dem einzigen Geschäft im Ort, das am Sonntag geöffnet hatte, einem Haus im Pseudo-Cape-Cod-Stil mit Fischernetzen und Glaskugeln vor der Tür, wie sie die Wochenendausflügler aus der Stadt entzücken sollten. Der Besitzer jedoch war kein wortkarger Mann des Nordostens, sondern ein geschäftstüchtiger Mittvierziger, der nachgerade zur Fülle neigte, einen eng sitzenden Anzug à la Eduard VII. trug und dazu einen perlgrauen Ascotbinder. Beim Sprechen schob er das Kinn vor und genoß sichtlich seine nasal vorgebrachten Vokale.
Während Jemima im Hintergrund des Ladens Shorts, eine Hemdbluse und Leinenschuhe aussuchte, wählte Jonathan andere Sachen aus und verließ sich dabei, was die Größe betraf, völlig auf das Augenmaß des Ladeninhabers. Dieser gab seinen Rat nicht besonders liebenswürdig, sondern in einem Ton griesgrämiger Enttäuschung. »Ach, etwa Größe zehn würde ich schätzen«, sagte er, preßte dann die Lippen aufeinander und blickte beiseite. »Das ändert sich selbstverständlich, wenn sie erst ein paar Kinder hat. Das tun sie immer.« Seine Brauen befanden sich ständig in Bewegung, aber beide völlig unabhängig voneinander.
Jonathan und Gem hatten bereits eine ganze Strecke zurückgelegt, ehe sie sagte: »Das ist das erstemal, daß man mich beim Einkaufen irgendwelche Vorurteile hat spüren lassen.«
»Ich habe viele Frauen gekannt und bewundert«, sagte Jonathan und imitierte dabei vollkommen die näselnde Sprechweise des Ladeninhabers. »Einige meiner besten Freundinnen sind...«
»Können Sie sich vorstellen, daß Ihr Bruder eine Negerin heiratet?«
»Nun ja, Sie wissen ja, was mit den Grundstückspreisen passiert, wenn eine wie die in der Nachbarschaft einzieht.«
Die Schatten der Bäume links und rechts von der Straße huschten in regelmäßigen Abständen über das Wagendach, und das Sonnenlicht blitzte in ihren Augen auf und erlosch wieder.

Sie drückte an einem der Päckchen herum. »He, was ist denn das?«
»Tut mir leid, aber braune Tüten hatten sie leider nicht.«
Sie schwieg einen Moment. »Ach so.«
Der Wagen bog in die Auffahrt ein und fuhr um eine Zeile von Platanen herum, welche die Kirche dem Auge verbargen. Er machte den Wagenschlag auf und ließ sie vor ihm ins Haus eintreten. In der Mitte des Schiffes blieb sie stehen, drehte sich um und nahm das Ganze in sich auf. »Das ist kein Haus, Jonathan – das ist ja eine Filmkulisse.«

Er kam von seiner Seite des Bootes zu ihr herüber, um nachzusehen, wie sie zurechtkam. Die Nase nur zwanzig Zentimeter von der Bootswand entfernt und die Zunge vor Konzentration zwischen den Zähnen, verschmierte sie die Farbe auf einer etwa einen halben Quadratmeter großen Fläche – mehr hatte sie noch nicht geschafft.
»Die Stelle ist schon ganz gut getroffen«, sagte er, »bloß das Boot hast du verfehlt.«
»Halt die Klappe! Geh wieder rüber und mal deine Seite.«
»Damit bin ich schon fertig.«
»Hm – schlampige Arbeit, nehme ich an.«
»Meinst du, du schaffst es noch vor Einbruch des Winters?« fragte er.
»Nur keine Angst, Mann. Ich bin der zielstrebige Typ und bleib bei der Stange, bis alles fix und fertig ist. Nichts könnte mich von der Würde ehrlicher Arbeit weglocken.«
»Ich wollte dich aber gerade zum Essen locken.«
»Gewonnen!« Sie ließ den Pinsel in eine Büchse mit Verdünner fallen und wischte sich an einem Lappen die Hände ab.

Nachdem sie gebadet und sich umgezogen hatte, gesellte sie sich an der Bar zu ihm, um vor dem Essen einen Martini zu trinken.
»Das ist ja eine überdimensionale Badewanne, die du da hast.«
»Sie macht mir Spaß.«

Sie fuhren quer über die Insel, um in *The Better 'Ole* zu Mittag zu essen: Meeresfrüche und Champagner. Das Restaurant war fast völlig leer und angenehm schattig und kühl. Sie unterhielten sich über ihre Kindheit, dann über die Vorzüge des Chicagoer Jazz gegenüber dem Jazz von San Francisco, über Untergrundfilme und darüber, daß sie beide gern geeiste Melonenbällchen zum Nachtisch aßen.

Seite an Seite lagen sie im warmen Sand unter dem nicht mehr stahlblauen Himmel, der immer blässer wurde durch den leichten Dunst, wel-

cher unerbittlich der von Norden sich herüberschiebenden bleigrauen Wolkenwand voranging. Die Arbeitskleidung hatten sie wieder angezogen, nur zum Streichen waren sie nicht zurückgekehrt.
»Jetzt hab ich genug von Sand und Sonne, Sir«, sagte Jemima schließlich und stieß sich mit den Armen ab, bis sie saß. »Und ich hab auch keine Lust, mich hier vom Sturm überraschen zu lassen. Deshalb werde ich jetzt aufstehen und allmählich zum Haus zurückkehren. Einverstanden?«
Verschlafen brummte er seine Zustimmung.
»Hast du was dagegen, wenn ich mal telefoniere? Ich muß bei meiner Firma anrufen und sagen, wo ich bin.«
Er schlug die Augen nicht auf, denn er hatte Angst, ganz aus dem Halbschlaf herausgerissen zu werden, der ihm so teuer war. »Sprich aber nicht länger als drei Minuten«, murmelte er schläfrig.
Sie küßte ihn sanft auf die entspannten Lippen.
»Okay«, sagte er. »Also höchstens vier Minuten dann.«

Als er zum Haus zurückkehrte, war es später Nachmittag, und die Wolkenbank reichte ununterbrochen von einem Ende des Horizonts bis zum anderen. Er entdeckte Jemima, die es sich in der Bibliothek bequem gemacht hatte und sich eine Mappe mit Farbholzschnitten von Hokusai ansah. Eine Weile blickte er ihr über die Schulter, dann zog es ihn zur Bar.
»Es wird kalt. Lust auf einen Sherry?« Seine Stimme hallte im Längsschiff wider.
»Keine schlechte Idee. Aber deine Bar gefällt mir nicht besonders.«
»Wieso?«
Sie folgte ihm bis zum Altargitter. »Die ist mir ein bißchen zu gesucht und ausgeklügelt, verstehst du?«
»Wie in ›Ach, nun werd doch endlich mal erwachsen‹?«
»Ja, genau.« Sie nahm die Schale mit dem Sherry entgegen, ließ sich auf dem Altargitter nieder und nippte daran. Mit Besitzerstolz blickte er sie an.
»Ach, was ich noch sagen wollte!« Sie hörte plötzlich auf zu trinken. »Weißt du eigentlich, daß hier auf deinem Grundstück ein Wahnsinniger herumläuft?«
»Was du nicht sagst!«
»Bestimmt. Ich traf ihn auf dem Weg hierher. Er brummelte vor sich hin und grub ein Loch, das mir schrecklich nach einem Grab aussah.«
Jonathan runzelte die Stirn. »Ich kann mir gar nicht vorstellen, wer das wohl sein könnte.«
»Und mit sich selbst reden tat er auch.«
»So, tat er das?«

»Ja. Und zwar wirklich vulgäres Zeug.«
Er schüttelte den Kopf. »Dem muß ich doch einmal nachgehen.«

Sie machte den Salat an, während er die Steaks briet. Das Obst stand schon im Eisschrank, seit sie zurückgekommen waren, und die lila Trauben überzogen sich mit einem malvenfarbenen feinen Niederschlag, als sie mit der feuchten Luft des Gartens in Berührung kamen, wo sich die beiden ungeachtet des drohenden Regens an einen schmiedeeisernen Tisch setzten. Er machte eine Flasche Pichon-Longueville-Baron auf, und dann aßen sie, während sich die Dunkelheit sachte über die Baumkronen herabsenkte, bis sie nur noch von den flackernden Windlichtern auf dem Tisch erhellt wurde. Das Geflacker hörte auf, die Luft wurde drückend und stand förmlich, und die Sturmfront entlang zuckten gelegentlich Blitze auf. Sie schauten zu, wie die tieftreibenden Wolkenfetzen sich verdichteten, während kleine Böen, die dem eigentlichen Sturm vorangingen, die Flammen in den Lampen wieder bewegten und das silberschwarze Laub über ihnen zum Rascheln brachten. Lange, lange danach sollte Jonathan sich noch an die Sternschnuppenbahn erinnern, die Jemimas glimmende Zigarette beschrieb, sobald sie sie an den Mund hob, um zu rauchen.
Endlich unterbrach er das lange währende Schweigen. »Komm mit! Ich möchte dir was zeigen!«
Sie kehrte mit ihm ins Haus zurück. »Das Ganze hat etwas Verwunschenes, weißt du«, sagte sie, als er den Schlüssel hinten aus einer Küchenschublade hervorholte und sie die gewundene Treppe hinunterführte. »Hinab in die Katakomben? Wahrscheinlich eine Kalkgrube im Keller. Was weiß ich überhaupt von dir? Vielleicht sollte ich Brotkrumen hinter mich streuen, damit ich den Weg zurückfinde.«
Jonathan schaltete die Beleuchtung ein und trat beiseite. Angezogen von den Bildern, die von den Wänden herableuchteten, ging sie an ihm vorüber. »O Gott! Ach, Jonathan!«
Er setzte sich auf seinen Schreibtischstuhl und folgte ihr mit den Blicken, wie sie zögernd und dann wieder wie magisch getrieben von einer Leinwand zur anderen ging, vom nächsten Bild angezogen und doch unwillig, sich schon vom vorhergehenden zu trennen. Sie stieß kleine schnurrende Laute der Freude und der Bewunderung aus, fast wie ein glückliches Kind, das allein sein Frühstück ißt.
Mit runden Augen ließ sie sich auf der Klavierbank nieder und blickte eine Weile den Keschan an. »Du bist wirklich einmalig, Jonathan Hemlock!«
Er nickte.
»All das nur für dich allein. Dieses größenwahnsinnige Haus, diese ...«

Sie machte eine umfassende Bewegung mit der Hand und mit den Augen. »Und das alles ganz für dich allein.«

»Ich bin eben ein einmalig egozentrischer Mann. Möchtest du ein Glas Champagner?«

»Nein.«

Sie blickte zu Boden und schüttelte traurig den Kopf. »All das bedeutet dir wahnsinnig viel. Viel mehr noch, als Mr. Dragon mich hat glauben lassen.«

»Ja, es bedeutet mir viel, aber...«

... Einige Minuten hindurch sagten sie kein Wort. Sie hob nicht die Augen vom Boden, und er versuchte, nach einem ersten fassungslosen Blick zu ihr hinüber, seiner Verwirrung und seines Zorns Herr zu werden, indem er seine Augen zwang, über die Bilder zu schweifen.

Schließlich seufzte er und stemmte sich aus seinem Sessel hoch. »Na schön, meine Dame, ich glaube, es wird Zeit, daß ich Sie zum Bahnhof bringe. Der letzte Zug in die Stadt...«

Er sprach nicht weiter.

Gehorsam folgte sie ihm zu den Steinstufen. Während sie sich unten in der Galerie aufgehalten hatten, war der Sturm mit aller Gewalt losgebrochen, ohne daß sie es gehört hätten. Jetzt stiegen sie durch ganze Schichten von gedämpften Geräuschen nach oben – dem metallischen Geprassel des Regens an den Fenstern, dem Heulen und Rütteln des Windes und dem fernen bedrohlichen Donnergrollen.

In der Küche fragte sie: »Haben wir so viel Zeit, daß wir noch das Glas Champagner trinken können, das du mir vorhin angeboten hast?«

Wie sehr verletzt er war, verbarg sich unter trockener, eisiger Höflichkeit. »Gewiß. In der Bibliothek?«

Er wußte, daß sie unglücklich war, aber er schwang seinen aufgesetzten gesellschaftlichen Charme wie eine Keule, plapperte mühelos über die erbärmlich schlechten Zugverbindungen in dieser Ecke von Long Island sowie über die besonderen Schwierigkeiten, die es bereiten würde, in diesem Regen voranzukommen. Sie saßen einander in tiefen Ledersesseln gegenüber, der Regen schlug seitlich gegen die farbigen Glasfenster, und über Wände und Fußboden wogten leicht die roten, grünen und blauen Töne. Jemima fiel ihm mitten in seinem Geplauder, das so gar nichts von echter Kommunikation hatte, ins Wort.

»Ich nehme an, ich hätte es dir nicht so an den Kopf werfen sollen, Jonathan.«

»Nein? Wie hättest du es mir denn sonst beibringen sollen, Jemima?«

»Ich hab es nicht einfach laufen lassen können – ich meine, ich hätte es nicht ertragen, daß sich etwas zwischen uns weiterentwickelt hätte, ohne

daß du es wußtest. Und mir wollte einfach nichts einfallen, wie ich es dir auf schonendere Weise beibringen könnte.«
»Du hättest mir ja einen Ziegelstein über den Kopf hauen können«, schlug er vor. Dann lachte er. »Ich muß vollkommen blind gewesen sein. Ich hätte längst merken müssen, daß es solche Zufälle nicht gibt! Erst tauchst du im Flugzeug von Montreal nach New York auf – und dann kommst du ganz zufällig in diesem Taxi an Dragons Büro vorüber. Wie sollte denn das eigentlich alles laufen, Jemima? Solltest du mich vor Begierde zur Weißglut bringen und mir dann deinen Körper verweigern, es sei denn, ich übernähme diese Strafaktion für Dragon? Oder solltest du mir in der Euphorie postkoitaler Verwundbarkeit heimtückisch das Versprechen entlocken, sie zu übernehmen?«
»Nein, so eiskalt sollte ich nun doch nicht vorgehen. Ich hatte dir bloß das Honorar für die letzte Aktion zu stehlen.«
»Das nenne ich direktes Handeln!«
»Ich sah es unten auf deinem Schreibtisch. Und Mr. Dragon behauptet, du brauchst das Geld dringend.«
»Da hat er recht. Aber warum gerade du? Warum nicht eine von seinen anderen Kreaturen?«
»Weil er dachte, daß ich schnell an dich herankommen würde.«
»Ach so. Wie lange arbeitest du denn schon für Dragon?«
»Eigentlich arbeite ich gar nicht für ihn. Ich bin beim CII, aber nicht bei ›Spürhund‹ oder ›Strafaktion‹. Man suchte jemand, der nicht in diesen beiden Abteilungen arbeitet, um zu verhindern, daß du den Betreffenden zufällig erkennen würdest.«
»Sehr vernünftig. Und was machst du wirklich?«
»Ich bin Kurier. Der Job als Stewardeß eignet sich dafür besonders.«
Er nickte. »Hast du schon viele solche Aufträge wie diesen ausgeführt? Bei denen du deinen Körper benutzt, um an jemand heranzukommen?«
Sie überlegte, beschloß dann jedoch, es sich nicht mit einer Lüge leicht zu machen, sondern die Wahrheit zu sagen. »Ein paar.«
Für eine Weile schwieg er. Dann brach er in Lachen aus. »Wir sind vielleicht ein schönes Paar! Ein egoistischer Killer und eine patriotische Hure! Wir sollten uns zusammentun, schon allein um herauszukriegen, was für eine Brut dabei herauskommt. Ich hab nichts gegen egoistische Huren, aber patriotische Killer sind das Schlimmste, was es gibt.«
»Jonathan!« Sie schob den Oberkörper vor. Plötzlich war sie wütend. »Hast du überhaupt eine Ahnung, wie wichtig dieser Auftrag ist, den du für Mr. Dragon übernehmen sollst?«
Er betrachtete sie gelassen; er hatte nicht die Absicht, es ihr in irgendeiner Weise leicht zu machen.

»Ich weiß, daß er dich nicht in die Einzelheiten eingeweiht hat. Das konnte er doch nicht, es sei denn, er wäre sicher, daß du den Job übernehmen würdest. Wenn du aber wüßtest, was auf dem Spiel steht, würdest du mitmachen.«
»Das bezweifle ich.«
»Wenn ich es dir bloß sagen könnte. Aber man hat mich strengstens angewiesen...«
»Ich verstehe.«
Nach einer Pause sagte sie: »Ich hab versucht, aus dieser Sache auszusteigen.«
»Ach nein? Wirklich?«
»Heute nachmittag, während wir unten am Strand lagen, wurde mir klar, wie gemein es von mir wäre, jetzt, wo wir doch...«
»Wo wir doch was?« Mit kühler Neugier hob er die Brauen.
Sie schlug die Augen nieder. »Egal, jedenfalls ging ich weg, kam hier herauf und rief Dragon an, um ihn zu bitten, mir diesen Auftrag zu erlassen.«
»Ich nehme an, er hat dir deine Bitte abgeschlagen.«
»Er konnte nicht selbst mit mir sprechen. Er bekommt gerade eine Bluttransfusion oder so. Aber seine rechte Hand schlug es mir rundweg ab – wie heißt der Mann doch gleich?«
»Pope.« Jonathan trank seinen Champagner aus und setzte das Glas sorgfältig auf einem Tischchen ab. »Dir das abzunehmen fällt mir ein bißchen schwer, weißt du. Du bist schon eine ganze Zeit auf mich angesetzt – seit Montreal – und scheinst überzeugt zu sein, daß ich diesen Auftrag übernehmen soll...«
»Du *mußt*, Jonathan.«
»... und trotz alledem erwartest du von mir, dir zu glauben, ein schöner Nachmittag hätte genügt, dich anderen Sinnes werden zu lassen. Ich kann mir nicht helfen, aber ich habe das Gefühl, du begehst einen schweren Fehler, wenn du versuchst, einen Schwindler zu beschwindeln.«
»Ich hab's mir nicht anders überlegt. Ich wollte nur nicht, daß ich die Sache selbst mache. Und du weißt ganz genau, daß das heute nicht nur ein schöner Nachmittag war.«
Er blickte sie an, und seine Augen wanderten von einem ihrer Augen zum anderen. Dann nickte er. »Ja, es war mehr.«
»Und für mich war es nicht bloß dieser Nachmittag. Tagelang habe ich über deinen Personalakten gesessen – die übrigens in einem erschreckenden Maße vollständig sind. Ich weiß, was für eine Kindheit du durchgemacht hast. Ich weiß, wie das CII dich von Anfang an in diesen Job hineinmanövriert hat. Ich weiß darüber Bescheid, wie dein Freund in Frankreich

umgelegt worden ist. Und selbst vor diesem Auftrag hab ich dich schon im Studienprogramm des Fernsehens gesehen.« Sie grinste. »Wie du in deiner überheblichen, unverschämten Weise Vorträge über Kunst hieltest. Ach, mich hatte es zu neunzig Prozent schon gepackt, ehe ich dich überhaupt kennenlernte. Und dann, unten in deiner Sammlung – ich kann dir gar nicht sagen, wie glücklich ich war, als du mich aufgefordert hast, sie mir anzusehen. Ich konnte einfach nicht anders, ich mußte einfach so dummes Zeug reden. Aus den Akten wußte ich ja, daß du noch nie jemand mit hinuntergenommen hast. Aber wie dem auch sei, da unten, wie du glücklich auf deinem Schreibtischstuhl gesessen hast, und all diese herrlichen Bilder, und der blaue Umschlag mit dem Geld darin, der da ganz offen herumlag... Ich *mußte* es dir einfach sagen, das ist alles.«
»Und was anderes hast du nicht zu sagen?«
»Nein.«
»Du hast nicht zufällig Lust, auch noch über Schuhe oder Schiffe oder Siegellack zu reden?«
»Nein.«
»In diesem Fall« – er trat zu ihr hinüber und zog sie an den Händen aus ihrem Sessel zu sich empor – »werde ich so schnell wie möglich mit dir nach oben gehen.«
»Ich habe nichts dagegen.«

Ein vom Regen reflektiertes Bündel von Lichtstrahlen spielte auf ihren Augen und ließ den Goldflitter darin aufleuchten, wenn man es am wenigsten erwartete. Er senkte seine Stirn auf die ihre, schloß die Augen und brummte vor Zufriedenheit und Freude vor sich hin. Dann löste er sich wieder von ihr, um sie besser ansehen zu können. »Ich muß dir etwas sagen«, erklärte er dann, »aber du darfst nicht lachen.«
»Sag's mir.«
»Du hast wunderschöne Augen.«
Erfüllt von der ewigen weiblichen Ruhe blickte sie zu ihm auf. »Das ist sehr lieb von dir. Warum sollte ich darüber lachen?«
»Eines Tages werde ich es dir sagen.« Sanft küßte er sie. »Wenn ich's mir jedoch so überlege, dann erzähle ich es dir besser doch nicht. Aber die Warnung, nicht zu lachen, gilt trotzdem weiter.«
»Warum?«
»Wenn du lachst, wirst du mich verlieren.«
Die Vorstellung belustigte sie, also lachte sie und verlor ihn.
»Ich hab dich doch gewarnt. Obwohl das wirklich keine Rolle spielt, wo ich dir doch so viel Gutes getan habe.«
»Sprich nicht mehr darüber.«

Jetzt war es an ihm zu lachen. »Weißt du was? Und das wird für dich eine große Überraschung sein. Ausdauer ist nämlich meine Stärke, ehrlich, ich mach dir nichts vor. Und dabei ist das normalerweise dasjenige, wodurch ich mich empfehle. Ausdauer! Ist das kein Witz?«
»Wir haben doch unendlich viel Zeit. Zumindest hast du nicht nach einer Zigarette gegriffen.«
Er rollte von ihr herunter, ließ sich auf den Rücken fallen und sprach in das Dunkel über ihnen hinein. »Wenn man es richtig bedenkt, ist die Natur doch ein launisches Biest. Die Frauen, mit denen ich geschlafen habe, haben mir nie viel bedeutet – im allgemeinen fühle ich überhaupt nicht viel. Deshalb bin ich ein Musterbeispiel an Beherrschung. Und sie fahren, weiß Gott, gut dabei. Aber bei dir – wo es was bedeutete und weil es mir drauf ankam – da war ich plötzlich die schnellste Kanone im ganzen Osten. Wie ich schon sagte, die Natur ist ein launisches Biest.«
Gem drehte sich zu ihm hin. »He, was soll das eigentlich alles? Du redest, als wäre alles schon vorbei, während ich die ganze Zeit über gehofft habe, es wäre bloß ein Zwischenakt.«
Mit einem Schwung war er aus dem Bett. »Da hast du recht! Wir sind in einem Zwischenakt. Bleib du nur liegen und warte auf mich, ich hole uns bloß einen belebenden kleinen Champagner.«
»Nein, warte!« Sie setzte sich im Bett auf. Die Umrisse ihres Körpers zeichneten sich strahlend vor dem silbrigen Licht im Hintergrund ab. »Komm her. Ich muß dir etwas sagen.«
Er legte sich quer übers Fußende des Bettes und schmiegte seine Wange an ihre Fußsohlen. »Das klingt ja so ernst und unheilvoll.«
»Das soll es auch. Noch mal zu diesem Job für Mr. Dragon...«
»Bitte, Gem!«
»Nein. Nein, jetzt halte du für einen Augenblick mal den Mund! Es hat nämlich was mit einer biologischen Waffe zu tun, an der die Gegenseite arbeitet – etwas ganz Furchtbares. Wenn sie vor uns damit fertig sind... Das könnte entsetzlich sein, Jonathan.«
Er schlang seine Arme um ihre Füße und zog sie an sich. »Gem, es spielt doch keine Rolle, wer dem anderen in diesem Rennen voraus ist. Das ist doch, als ob zwei Jungs mit vor Angst schlotternden Knien einen Meter voneinander Aufstellung nehmen, um ein Handgranatenduell auszufechten. Es spielt doch wirklich keine Rolle, wer zuerst abzieht.«
»Aber es spielt sehr wohl eine Rolle, daß wir es wahrscheinlich nicht sein werden, die zuerst abziehen.«
»Wenn du behauptest, daß der durchschnittliche Ladenbesitzer in Seattle ein ganz menschlicher Bursche ist, hast du vollkommen recht. Aber das ist der durchschnittliche Ladenbesitzer in Petropawlowsk auch. Tatsache

ist doch, daß es von solchen Leuten wie Dragon abhängt, ob abgezogen wird oder nicht, oder, noch schlimmer, von irgendeinem Kurzschluß in irgendeinem unterirdisch aufgestellten Computer.«
»Aber Jonathan...«
»Ich werde den Auftrag nicht übernehmen, Gem. Ich führe nie eine Strafaktion aus, wenn ich genug Geld habe, um zurechtzukommen. Und jetzt möchte ich nicht mehr darüber reden, einverstanden?«
Sie schwieg. Dann faßte sie einen Entschluß. »Einverstanden.«
Jonathan küßte ihr die Füße und erhob sich. »Und wie steht es jetzt mit unserem Piccolo?«
Ihre Stimme ließ ihn an der Treppe von der Empore hinunter stehenbleiben. »Jonathan?«
»Madame?«
»Bin ich deine erste Schwarze?«
Er kehrte zurück. »Spielt das eine Rolle?«
»Selbstverständlich spielt das eine Rolle. Ich weiß, daß du Bilder sammelst, und da wollte ich nur wissen, ob...«
Er setzte sich auf den Bettrand. »Ich sollte dir den Hintern versohlen.«
»Tut mir leid.«
»Willst du immer noch ein Glas Champagner?«
Sie breitete die Arme aus und winkte mit dem Finger. »Hinterher.«

Long Island *13. Juni*

Jonathan machte einfach die Augen auf, und schon war er wach. Ruhig und glücklich. Zum erstenmal seit Jahren befand er sich nicht zwischen Schlaf und Wachsein in einer verschwommenen, unangenehmen Zwischenphase. Voller Behagen reckte er sich, wölbte den Rücken zur Brücke und streckte die Glieder, bis jeder einzelne Muskel vor Anstrengung tanzte. Ihm war, als müßte er laut hinausschreien, durch seinen Schrei kundtun, daß er lebe. Sein Bein berührte eine feuchte Stelle auf dem Laken, und er lächelte. Jemima war nicht im Bett, aber die Stelle, wo sie gelegen hatte, war immer noch warm, und ihr Kopfkissen duftete schwach nach ihrem Parfum und somit auch nach ihr.

Nackt und voller Schwung fuhr er aus dem Bett und lehnte sich über die Chorbalustrade. Der spitze Winkel, in dem die gefärbten Sonnenstrahlen das Schiff durchschnitten, verriet ihm, daß es später Vormittag war. Er rief nach Jemima, und seine Stimme hallte von den Gewölben wider.

Sie erschien auf der Schwelle zur Sakristeiküche. »Sie geruhten zu brüllen, Sir?«

»Guten Morgen!«

»Guten Morgen.« Sie trug das adrette, gut sitzende Leinenkleid, in dem sie gekommen war, und schien dort unten im Schatten weiß zu schimmern. »Wenn du gebadet hast, ist der Kaffee fertig«, sagte sie und verschwand wieder durch die Sakristeitür.

Er planschte in seinem römischen Bad und sang laut, wenn auch nicht gut. Was sollten sie heute unternehmen? In die Stadt fahren? Oder einfach herumgammeln? Es spielte keine Rolle. Er rubbelte sich trocken und zog den Kimono über. Seit Jahren war er nicht mehr so spät aufgestanden. Es mußte schon fast – Himmelherrgott! Der Pissarro! Er hatte dem Händler versprochen, ihn bis Mittag abzuholen.

Er saß auf dem Bettrand und wartete ungeduldig darauf, daß der Hörer am anderen Ende der Leitung abgenommen wurde.

»Hallo? Ja?« Die Stimme des Händlers beschrieb einen Tonbogen, der geheucheltes Interesse verriet.

»Hier spricht Jonathan Hemlock.«

»Ach ja. Wo sind Sie? Weshalb rufen Sie an?«

»Ich bin bei mir zu Hause.«

»Das verstehe ich nicht, Jonathan. Es ist doch schon nach elf. Wie wollen Sie denn bis zwölf Uhr hier sein?«

»Ich kann nicht. Hören Sie, ich möchte, daß Sie das Bild noch ein paar Stunden für mich festhalten. Ich mach mich jetzt auf die Socken.«

»Sie brauchen sich nicht zu beeilen. Ich kann das Gemälde nicht mehr zurückhalten. Ich habe Ihnen doch schon gesagt, daß ich noch einen anderen Interessenten habe. Er ist im Augenblick hier bei mir. Das ist zwar traurig für Sie, aber ich hatte Sie gewarnt und Ihnen gesagt, Sie sollten nicht zu spät hier sein. Geschäft ist Geschäft.«

»Geben Sie mir doch noch eine Stunde.«

»Mir sind die Hände gebunden.«

»Sie sagten, der andere Interessent hätte Ihnen zwölftausend geboten. Ich biete genausoviel.«

»Wenn ich nur könnte, mein Freund. Aber Geschäft...«

»Nennen Sie mir einen Preis.«

»Es tut mir leid, Jonathan. Aber der andere Interessent sagt, er werde jeden Preis, den Sie bieten, überbieten. Aber da Sie fünfzehntausend bieten, will ich ihn fragen.« Jonathan hörte undeutliches Stimmengemurmel. »Er sagt, er bietet sechzehn, Jonathan. Was kann ich da tun?«

»Wer ist der andere Interessent?«

»Aber Jonathan!« Seine Stimme verriet, daß er ehrlich schockiert war.

»Ich werde Ihnen einen Extratausender zahlen, nur um es zu wissen.«

»Wie soll ich es Ihnen sagen, Jonathan? Das läßt meine Geschäftsmoral nicht zu. Und außerdem steht er hier in meinem Zimmer neben mir.«

»Ich verstehe. Na schön, dann werde ich ihn beschreiben. Und Sie brauchen nichts weiter als ja zu sagen, wenn meine Beschreibung stimmt. Also tausend Dollar für eine einzige Silbe.«

»Bei einem Honorar von Tausend pro Silbe – was meinen Sie, was bei der Rate die *Megilloth* bringen würden.«

»Er ist blond, Bürstenschnitt, massig, kleine Augen – untersetzt, grobes, flaches Gesicht, trägt vermutlich eine Sportjacke, Krawatte und Socken von schlechtem Geschmack, und wahrscheinlich hat er auch bei Ihnen drinnen nicht den Hut abgenommen...«

»Das war das Tüpfelchen aufs *i*, Jonathan – *T*-üpfelchen, wie in *T*-ausend.«

Also war es Clement Pope. »Ich kenne den Mann. Er muß irgendwo ein Limit haben. Sein Auftraggeber würde ihm nie erlauben, unbegrenzt zu bieten. Ich biete achtzehntausend.«

Die Stimme des Händlers war voller Respekt. »Haben Sie wirklich so viel in bar, Jonathan?«

»Jawohl, das habe ich.«

Wieder gedämpftes Sprechen, ausgedehnter diesmal. »Jonathan, ich habe eine herrliche Nachricht für Sie. Er sagt, er könne das zwar überbieten, doch er habe nicht so viel Bargeld bei sich, und es würde ein paar Stunden dauern, ehe er es sich beschaffen könne. Also, bester Freund, wenn Sie

bis eins mit den neunzehntausend hier sind, haben Sie meinen Segen und das Bild.«
»Neunzehntausend?«
»Haben Sie das Honorar für die Information vergessen?«
Das Bild würde Jonathan fast seine gesamte Barschaft kosten, und er mußte Mittel und Wege finden, seine Schulden und den Lohn für Mr. Monk zu bezahlen – auf jeden Fall aber hätte er den Pissarro.
»Na schön, ich bin also bis eins bei Ihnen.«
»Wunderbar, Jonathan. Meine Frau wird ein Glas Tee für Sie bereit haben. Und nun sagen Sie mir, wie geht es Ihnen – und wie geht es den Kindern?«
Jonathan wiederholte die Bedingungen für ihre Abmachung, damit es auch ja kein Mißverständnis gäbe, und dann legte er auf.
Mehrere Minuten hindurch hockte er auf dem Rand des Bettes, seine Augen blickten ins Leere, und sein Haß auf Dragon und Pope verdichtete sich zu einem stahlharten Klumpen. Dann stieg ihm Kaffeeduft in die Nase, und damit fiel ihm Jemima wieder ein.

Sie war fort. Und mit ihr der blaue, prall mit Hundertdollarscheinen gefüllte Umschlag.
Er führte ein paar hektische Telefongespräche, um zumindest das Bild zu retten, erfuhr dabei, daß Dragon nach dem halbjährlich notwendigen Blutaustausch noch so schwach sei, daß er nicht mit ihm sprechen könne, und stellte fest, daß der Kunsthändler, wiewohl verständnisvoll für sein Mißgeschick, entschlossen war, den Pissarro an Pope zu verkaufen, sobald dieser das Geld brachte.
Allein saß Jonathan unten in der Galerie, die Augen auf jene Stelle an der Wand gerichtet, wo er den Pissarro hatte hinhängen wollen. Neben ihm auf dem Schreibtisch stand eine unberührte Tasse Milchkaffee. Und daneben lag eine Nachricht von Jemima:

Jonathan,
~~ich habe gestern abend versucht, Dir klarzumachen, wie wichtig dieser Auftrag~~
~~Darling, ich gäbe alles in der Welt, um~~
~~Was gestern und heute nacht passiert ist, bedeutet mir mehr, als ich Dir je sagen könnte, aber es gibt Dinge,~~
~~die~~ Ich mußte raten. Hoffentlich trinkst Du Deinen Kaffee mit Zucker.

Von ganzem Herzen (ehrlich)
Deine Jemima

Außer dem Geld hatte sie nichts mitgenommen. Die Kleider, die er ihr gekauft hatte, fand er sauber zusammengelegt auf dem Küchentisch. Selbst das Geschirr von gestern abend hatte sie gespült und fortgeräumt.

Er saß da. Die Stunden vergingen. Über ihm, im leeren Längsschiff, schwankten Bündel farbigen Lichts und dicke Schatten unmerklich in stummen Angeln; aber er hatte keinen Blick dafür. Der Abend brach herein.

Der bitterste Teil seines Zorns richtete sich nach innen, gegen ihn selbst. Er schämte sich, daß er so leichtgläubig gewesen war. Ihre Wärme und ihr strahlendes Wesen hatten ihn blind gemacht; er war selbst daran schuld, daß er sich derart hatte blenden lassen.

Der Liste in seinem Kopf, mit den Namen der Menschen, die Freundschaft als Waffe gegen ihn benutzt hatten, fügte er den Namen Jemimas hinzu – unter den von Miles Mellough.

»Der stumme Finger schreibt«, dachte er bei sich, »und nachdem er geschrieben hat, stößt er zu.«

Er machte die Tür zur Galerie in der Krypta zu und schloß sie ab – zum letztenmal in diesem Sommer.

»... die Anfechtungen des Fleisches, was, Hemlock?« Dragon verzerrte das Gesicht, setzte dann jedoch eine Miene auf, als sei er schwerelos unter den schwarzen Seidendecken. Sein Kopf mit den zarten Knochen drückte kaum in das ebenholzschwarze Kopfkissen, auf dem sich sein schafsvliesähnliches Haar feucht ringelte. Jonathan beobachtete, wie die schlanken, wachsweißen Hände kraftlos an den Säumen des zurückgeschlagenen Bettzeugs zupften. Ein gewisses Dämmerlicht zumindest war nötig für diejenigen, die ihn ärztlich betreuten, und gegen dieses schmerzende Licht waren seine Augen mit einer dicken, wattierten schwarzen Binde geschützt.

Mrs. Cerberus beugte sich über ihn, und ihr schuppiges Gesicht verzog sich besorgt, als sie eine große Nadel aus seiner Hüfte entfernte. Erneut verzerrte Dragon das Gesicht, setzte dann jedoch rasch wieder ein schwaches Lächeln auf.

Es war das erstemal, daß Jonathan in das hinter Dragons Büro gelegene Schlafzimmer hineingebeten worden war. Der Raum war klein, ganz in Schwarz ausgeschlagen, und der Krankenhausgeruch war überwältigend. Regungslos saß Jonathan auf einem Stuhl neben dem Bett.

»Ich werde nach jedem Blutaustausch ein paar Tage lang künstlich ernährt, mit einer Zucker- und Salzlösung. Nicht gerade ein Schlemmermahl, das werden Sie zugeben.« Dragon drehte auf dem Kissen seinen Kopf und wandte die schwarze Binde Jonathan zu. »Ihrem arktisch-eisigen Schweigen entnehme ich, daß Sie nicht gerade hingerissen sind von meiner stoischen Haltung und meiner zuversichtlichen guten Laune.«

Jonathan gab keine Antwort.

Mit einer Geste, die so schwach war, daß die Schwerkraft die Hand sogleich wieder aufs Laken herunterzog, entließ Dragon Mrs. Cerberus, die mit einem Rascheln ihrer gestärkten Schwesterntracht an ihm vorbeirauschte.

»Im allgemeinen genieße ich es, mich mit Ihnen zu unterhalten, Hemlock. Was Sie sagen, hat immer einen erheiternden Hauch von Abscheu an sich.« Wenn er sprach, holte er zwischendurch immer tief Luft, hielt mitten im Satz inne, wenn es nötig war, und gestattete seinem gequälten Ausatmen, willkürlich Wortgruppen zusammenzufügen. »Aber in diesem Zustand bin ich kein gleichwertiger intellektueller Partner für Sie. Verzeihen Sie mir daher, daß ich gleich zur Sache komme. Wo steckt Miß Brown?«

»Ach? Heißt sie wirklich so?«

»Zufälligerweise ja. Wo ist sie?«
»Wollen Sie mir weismachen, Sie wüßten es nicht?«
»Sie hat Mr. Pope gestern das Geld übergeben, und seither ist sie spurlos verschwunden. Sie werden mir verzeihen, wenn ich Sie in Verdacht habe.«
»Ich weiß nicht, wo sie ist. Aber ich bin interessiert. Falls Sie es herausbekommen, lassen Sie es mich bitte wissen.«
»Ich verstehe. Hemlock, sie ist eine von unseren Leuten. Und Sie sind, weiß Gott, in der Lage, zu wissen, was mit denen geschieht, die unseren Leuten etwas antun.«
»Reden wir über den Auftrag.«
»Miß Brown darf nichts passieren, Hemlock.«
»Reden wir über den Auftrag.«
»Nun gut.« Dragon seufzte, und die Anstrengung, die ihn das kostete, ließ ihn erschauern. »Aber ich bedaure, daß Sie Ihren Sportgeist verloren haben. Wie heißt es doch in Ihrer Sprache? Wer nicht wagt, der ...«
»Haben Sie als Kind Fliegen die Flügel ausgerissen, Dragon?«
»Bestimmt nicht! Zumindest keinen Fliegen.«
Jonathan zog es vor, der Sache nicht weiter auf den Grund zu gehen. »Ich nehme an, diese Strafaktion hat mit dem zweiten Mann in Montreal zu tun. Der Mann, der im Kampf mit – wie heißt er doch noch? – verwundet wurde.«
»Mit Agent Wormwood. Jawohl. Damals, als wir Sie nach Montreal schickten, wußte ›Spürhund‹ so gut wie nichts über diesen zweiten Mann. Seither haben wir Bruchstücke von Informationen zusammengesetzt – Gerüchte, zweite Blätter von Notizblöcken, Aussagen von Denunzianten, Ausschnitte aus abgehörten Telefongesprächen – der übliche Kleinkram, aus dem man eine Schuld ableitet. Aber offen gestanden, wir haben diesmal sehr wenig in der Hand, und mit so wenig haben wir noch niemals gearbeitet. Trotzdem ist es absolut notwendig, daß diese Strafaktion an diesem Mann ausgeführt wird. Und zwar schnellstens.«
»Warum? Es wäre nicht das erstemal, daß Ihre Leute nicht weiterkommen. Warum ist dieser Mann so wichtig?«
Dragons phosphoreszierende Brauen schoben sich zusammen, als er das Problem einen Moment überdachte, doch dann sagte er: »Na schön, ich werde es Ihnen sagen. Vielleicht verstehen Sie dann, warum wir Sie so hart angefaßt haben. Und vielleicht teilen Sie unseren Wunsch, diesen Mann zu beseitigen.« Er hielt inne, suchte nach einem Anfang. »Sagen Sie, Hemlock, Sie haben doch Erfahrungen gesammelt in Ihrer Zeit beim Geheimdienst der Armee: Wie würden Sie die ideale biologische Waffe beschreiben?«

»Ist das *small talk?*«
»Im Gegenteil. Es ist mir höchst wichtig.«
Jonathans Stimme nahm den pendelhaft schwingenden Rhythmus dessen an, der auswendig etwas herunterleiert. »Die Krankheit sollte tödlich verlaufen, der Tod jedoch nicht sofort eintreten. Die Befallenen sollten stationär behandelt werden müssen, so daß jeder einzelne Fall ein oder zwei Leute des Krankenhauspersonals aktionsunfähig macht. Die Krankheit sollte sich durch Kontakt und Ansteckung von selbst auszubreiten, um über die Grenzen der Einsatzzone hinauszugelangen und eine Panik hervorzurufen. Und außerdem muß es etwas sein, wogegen unsere eigenen Streitkräfte geschützt werden können.«
»Exakt. Kurz gesagt, Hemlock, wäre eine Erkrankung der Lymphknoten, ähnlich der Beulenpest, ideal. Nun hat die Gegenseite seit Jahren daran gearbeitet, eine biologische Waffe zu entwickeln, die das System der Lymphdrüsen in Mitleidenschaft zieht. Sie haben auf diesem Gebiet große Fortschritte gemacht. Sie haben die Art des Einsatzes vervollkommnet, haben einen Virusstamm mit idealen Charakteristika isoliert – und besitzen einen Impfstoff, der ihre Streitkräfte gegen diese Viren immun macht.«
»Na, dann reizen wir sie nicht, bis sie Dünnschiß kriegen.«
Dragon wand sich bei diesem Ausdruck. »Ach ja, die Slums! Ganz verleugnen können Sie die wohl nie, was, Hemlock? Glücklicherweise sind unsere eigenen Leute auch nicht faul gewesen. Wir haben in der gleichen Richtung erhebliche Fortschritte gemacht.«
»Aus rein defensiven Gründen, versteht sich.«
»Es handelt sich um eine Vergeltungswaffe.»
»Aber gewiß doch. Schließlich haben wir eine weiße Weste.«
»Ich fürchte, ich verstehe nicht ganz.«
»Ach, nur eine Redensart.«
»Ach so. Nun ja, jetzt sind beide Seiten in einen Engpaß geraten. Unsere Leute haben nichts, was gegen diesen Virus immun macht. Und der anderen Seite ist es noch nicht gelungen, Kulturen zu züchten, die unter den extremen Temperatur- und Schockbedingungen am Leben bleiben, denen sie beim Transport mit Interkontinentalraketen ausgesetzt sind. Wir arbeiten mit Hochdruck daran, ihrer Immunisierung auf die Spur zu kommen, und sie wüßten gern die Zusammensetzung unseres Trägerstoffes.«
»Haben Sie schon daran gedacht, auf direktem Wege eins gegen das andere auszutauschen?«
»Bitte, fühlen Sie sich nicht aufgerufen, mir meine Krankheit durch kleine Späße erleichtern zu wollen, Hemlock.«

»Und was habe ich mit dieser faszinierenden Geschichte zu tun?«
»Das CII ist mit der Aufgabe betraut worden, den Fortschritt der Gegenseite aufzuhalten.«
»Dem CII ist die Aufgabe zugedacht worden? Ausgerechnet dem CII, dem wir die Kuba-Invasion und den Gaza-Zwischenfall zu verdanken haben? Dem CII, unter dessen Kommando die Spionageschiffe stehen? Mir will scheinen, unsere Regierung spielt russisches Roulett mit einer automatischen Pistole.«
Dragons Stimme klang plötzlich glasklar. »Dr. Hemlock, tatsächlich ist es so, daß wir auf dem besten Wege sind, ihr gesamtes Programm für die Entwicklung biologischer Waffen zunichte zu machen.«
»Und wie haben Sie dieses Wunder vollbracht?«
»Dadurch, daß wir ihnen erlaubt haben, die Formel für den Trägerstoff unserer Kulturen abzufangen.« Dragons Stimme verriet einen gewissen Stolz.
»Aber nicht die richtige«, unterstellte Jonathan.
»Nein, nicht die richtige.«
»Und sie sind selbstverständlich so blöde, daß sie nicht dahinterkommen.«
»Das ist keine Frage der Dummheit. Der Trägerstoff übersteht jeden Laboratoriumstest. Als unsere Leute darüber stolperten...«
»Das kann auch bloß unseren Leuten passieren – darüber zu stolpern.«
»»... als unsere Leute auf diesen Trägerstoff stießen, haben sie geglaubt, sie hätten jetzt die Lösung des Problems gefunden, wie man den Virus unter allen Bedingungen am Leben erhalten kann. Wir haben ihn erschöpfend getestet. Hätten wir ihn nicht in der Praxis unter Kampfbedingungen getestet, würden wir dem Fehler nie auf die Spur gekommen sein.«
»Unter Kampfbedingungen?«
»Das geht Sie nichts an.« Dragon ärgerte sich, daß ihm diese Bemerkung entschlüpft war.
»Das geht nur unsere weiße Weste was an.«
Dragon schien vor Erschöpfung in sich zusammenzusacken, obgleich er sich nicht rührte. Es hatte vielmehr den Anschein, als würde er von innen her in sich zusammenfallen, kleiner auf der Brust werden und dünner im Gesicht. Er holte mehrere Male flach Atem und stieß ihn durch schlaffe Lippen und aufgeblähte Backen wieder aus.
»Also, Hemlock«, fuhr er fort, nachdem er sich einigermaßen erholt hatte, »jetzt verstehen Sie vielleicht, warum es für uns so dringlich ist.«
»Offen gestanden – ich begreife es nicht. Wenn wir in diesem kriminellen Konkurrenzkampf so weit vorn liegen...« Er zuckte mit den Achseln.

»Vor kurzem sind wir stark zurückgeworfen worden. Drei unserer wichtigsten Wissenschaftler sind innerhalb des letzten Monats umgekommen.«

»Ermordet?«

»Nein – nein.« Dragon fühlte sich sichtlich nicht wohl in seiner Haut. »Ich sagte Ihnen doch schon, daß wir bis jetzt kein ausreichendes Immunisierungsmittel gefunden hätten... Da gibt es nichts zu lachen, Hemlock.«

»Es tut mir leid.« Jonathan wischte sich die Tränen aus den Augen und versuchte, sich wieder zu fassen. »Aber die ausgleichende Gerechtigkeit...« Abermals mußte er lachen.

»Sie lassen sich leicht zum Lachen reizen.« Dragons Stimme klang eisig. »Darf ich jetzt fortfahren?«

Jonathan gab ihm durch eine Geste zu verstehen, er solle nur weitersprechen, kicherte aber weiter in sich hinein.

»Die Methode, die wir benutzten, um die Formel für den Trägerstoff in die Hand der Gegenseite fallen zu lassen, ist nicht ganz ohne Brillanz. Wir ließen sie einem unserer Agenten in Montreal, diesem Wormwood, übergeben.«

»Und auf irgendeine Art und Weise ließen Sie diese Tatsache bis zur anderen Seite durchsickern.«

»Viel raffinierter noch, Hemlock. Wir taten alles, um sie daran zu hindern, die Formel abzufangen – bis auf eine Kleinigkeit. Wir benutzten keinen besonders guten Agenten.«

»Sie ließen das arme Schwein einfach aus dem Verkehr ziehen, ihm den Bauch aufschlitzen und ihn durchsuchen?«

»Wormwood war ein Mann von gefährlich begrenzten Fähigkeiten. Früher oder später...« Er vollführte eine Geste, die Unausweichlichkeit andeutete. »Jedenfalls ist das der Punkt, wo Sie ins Spiel kommen. Damit unsere kleine List auch wirklich Erfolg hatte, mußten wir die Ermordung von Wormwood so rächen, als ob wir ernstlich böse wären über seinen Verlust. Angesichts der Bedeutung der Information muß die Gegenseite sogar mit einer Strafaktion rechnen, die mit mehr Nachdruck durchgeführt wird als normalerweise. Darin dürfen wir sie nicht enttäuschen. Das CII betrachtet es als eine Angelegenheit von höchster Bedeutung für die nationale Sicherheit, daß *beide* an der Ermordung beteiligten Agenten der Gegenseite liquidiert werden. Und aus ganz bestimmten Gründen sind Sie der einzige, der die zweite Strafaktion übernehmen kann.« Dragon hielt inne, und sein mathematischer Geist ging noch einmal die ganze Unterhaltung durch, um herauszufinden, ob auch alles Nötige gesagt worden sei. Das schien der Fall zu sein. »Begreifen Sie jetzt, warum wir einen solchen Druck auf Sie ausüben mußten?«

»Und warum bin ich der einzige, der diesen Job übernehmen kann?«
»Darf ich zunächst einmal fragen, ob Sie den Auftrag annehmen?«
»Ja, ich nehme ihn an.«
Die Wattebauschbrauen hoben sich kaum merklich. »Einfach so? Ohne weitere Aggressionen?«
»Sie werden dafür bezahlen.«
»Damit rechne ich. Aber natürlich nicht zuviel.«
»Darüber werden wir uns schon noch einigen. Sagen Sie mir jetzt, um wen es sich handelt.«
Dragon legte eine Pause ein, um seine Kräfte zu sammeln. »Gestatten Sie mir, daß ich zunächst mit den Einzelheiten der Ermordung Wormwoods beginne. Daran waren zwei Männer beteiligt. Die aktive Rolle spielte Garcia Kruger, der ja nicht mehr unter den Lebenden weilt. Vermutlich war er es, der den ersten Schlag ausführte. Es ist so gut wie sicher, daß er es war, der Wormwood die Kehle durchschnitt und ihm mit dem Taschenmesser den Bauch aufschlitzte, um an den Kassiber heranzukommen, den er verschluckt hatte. Auf so etwas war der zweite Mann offenbar nicht gefaßt. Ihm wurde von dem Vorgehen seines Kollegen übel, denn er übergab sich auf den Fußboden. Das erzähle ich Ihnen, damit Sie Bescheid wissen, mit welcher Art von Mann Sie es zu tun haben. Aus dem, wie er sich in dem Hotelzimmer und auch hinterher benommen hat, schließt ›Spürhund‹, daß es sich nicht um einen Profi der anderen Seite handelt. Vermutlich ist er des Geldes wegen in die ganze Sache verwickelt – ein Motiv, für das Sie Verständnis haben sollten.«
»Und wie heißt der Mann, auf den ich angesetzt werden soll?«
»Das wissen wir nicht.«
»Und wo befindet er sich im Augenblick?«
»Das wissen wir auch nicht.«
Jonathans Skepsis wuchs, und so fragte er: »Aber Sie werden doch zumindest eine Art Beschreibung haben, oder?«
»Leider nur eine ganz vage. Fest steht, daß es sich um einen Mann handelt und nicht um eine Frau, daß er kein kanadischer Bürger ist, offensichtlich aber ein geübter Bergsteiger. Soviel konnten wir einem Brief entnehmen, der einige Tage nach seiner Abreise im Hotel für ihn abgegeben wurde.«
»Das ist ja wunderbar! Soll ich etwa jeden Bergsteiger umbringen, der nicht das Glück hat, Kanadier zu sein?«
»Nein, nicht ganz. Unser Mann wird an einer ganz bestimmten Bergbesteigung in den Alpen teilnehmen, die dieses Jahr stattfinden soll.«
»Damit beläuft sich die Auswahl immer noch auf drei- oder viertausend Mann.«
»Nein, weniger, Hemlock. Wir wissen, welchen Berg er besteigen wird.«

»Und zwar?«
»Den Eiger.« Dragon wartete, welche Wirkung das auf Jonathan haben würde.
Nach einer Weile, die angefüllt war mit den schlimmsten Bildern aus seiner bisherigen Karriere als Bergsteiger, fragte Jonathan mit fatalistischer Ergebenheit: »Die Nordwand natürlich?«
»Ja.« Dragon genoß die Sorge, die Jonathans Stimme unüberhörbar verriet. Er wußte von den beiden katastrophal endenden Versuchen, die Jonathan unternommen hatte, diese tückische Wand zu bezwingen – bei beiden Versuchen hatte sein Leben an einem seidenen Faden gehangen.
»Wenn dieser Mann sich die Eiger-Nordwand vornimmt, ist die Wahrscheinlichkeit groß, daß mir meine Arbeit abgenommen wird.«
Jonathan bewunderte den Mann, wer immer er sein mochte.
»Ich bin kein Pantheist, Hemlock. Gott ist zwar zugegebenermaßen auf unserer Seite, aber was die Natur betrifft, so sind wir weniger sicher. Schließlich haben Sie zweimal einen Versuch gemacht, und Sie leben auch noch.« Dragon genoß es, ihn daran zu erinnern. »Und selbstverständlich hatten Sie beide Male keinen Erfolg.«
»Ich bin beide Male lebend wieder heruntergekommen. Für die Eiger-Nordwand bedeutet das schon eine Art Erfolg.« Jonathan kam zurück auf das Sachliche. »Sagen Sie mir, wie viele Seilschaften bereiten sich im Moment auf eine Besteigung der Nordwand vor?«
»Zwei. Eine italienische...«
»Die können Sie streichen. Nach der Katastrophe von 1957 würde kein Mann mit gesundem Menschenverstand sich einer italienischen Seilschaft anschließen.«
»Das sagen mir meine Gewährsleute auch. Die andere Besteigung soll in sechs Wochen stattfinden. Der Internationale Alpenverein hat die Schirmherrschaft über eine Freundschaftsbesteigung übernommen, an der qualifizierte Bergsteiger aus Deutschland, Österreich, Frankreich und den Vereinigten Staaten teilnehmen sollen.«
»Davon habe ich gelesen.«
»Der Amerikaner, der teilnehmen sollte, ist Mr. Lawrence Scott.«
Jonathan lachte. »Scotty kenne ich gut, wir sind schon zusammen geklettert. Es wäre hirnverbrannt, anzunehmen, daß er etwas mit der Sache in Montreal zu tun haben könnte.«
»Ich bin nicht hirnverbrannt. Ich leide an *Acroma*, nicht an *Acromanie*. Was Mr. Scotts Unschuld betrifft, so teilen wir Ihre Ansicht. Bedenken Sie, daß ich sagte, er *sollte* teilnehmen. Unglücklicherweise hat er gestern einen Autounfall gehabt und wird auf Jahre hinaus nicht mehr bergsteigen können, falls überhaupt je wieder.«

Jonathan erinnerte sich an Scottys lockeren Stil, der etwas von der Grazie eines Ballettanzes und der Präzision einer mathematischen Beweisführung hatte. »Ich muß schon sagen, Sie sind wirklich der letzte Dreck.«

»Wie dem auch sei, der Amerikanische Alpenverein wird bald an Sie herantreten und Sie bitten, an Mr. Scotts Stelle zu treten. Vom Internationalen Alpenverein wird es keine Einwände geben. Ihr Ruf als Bergsteiger eilt Ihnen voraus.«

»Der Amerikanische Alpenverein wird bestimmt nicht an mich herantreten. Ich bin seit etlichen Jahren nicht mehr in den Bergen gewesen. Das wissen die genau. Sie wissen, daß ich nicht in Form bin, um mir am Eiger die Zähne auszubeißen.«

»Man wird trotzdem an Sie herantreten. Das State Department übt einen gewissen behutsamen Druck auf sie aus. Also, Hemlock«, sagte Dragon, als wolle er das Ganze zusammenfassen, »der Mann, auf den Sie angesetzt sind, ist entweder der Franzose, der Österreicher oder der Deutsche. Wir werden mit Sicherheit vor Beginn der Besteigung herausfinden, wer es genau ist. Um jedoch dem Deckmantel, unter dem Sie arbeiten, das Ansehen von Wahrscheinlichkeit zu verleihen, werden Sie trainieren, als ob Sie die Besteigung wirklich mitmachen wollten. Außerdem besteht ja auch die Möglichkeit, daß die Liquidierung in der Wand selbst stattfindet. Übrigens, ein alter Freund von Ihnen wird in der Schweiz dabeisein: Mr. Benjamin Bowman.«

»Big Ben?« Den Umständen zum Trotz machte Jonathan die Vorstellung Spaß, zusammen mit Big Ben Bier zu trinken und Witze zu reißen. »Aber Ben kann diesen Aufstieg doch gar nicht mitmachen. Für den Eiger ist er nun wirklich zu alt. Wie ich selbst übrigens auch.«

»Der Alpenverein hat ihn auch nicht als Bergsteiger ins Auge gefaßt. Er wird für die Ausrüstung und den Transport der gesamten Seilschaft sorgen und alles Drum und Dran organisieren. Es gibt einen Fachausdruck dafür.«

»Bodenmann.«

»Als Bodenmann also. Wir haben eigentlich gehofft, daß Mr. Bowman über Ihre Beziehung zu uns Bescheid weiß. Ist es so?«

»Aber bestimmt nicht.«

»Schade. Es könnte sich als nützlich erweisen, einen Mann dabei zu haben, den Sie kennen und auf den Sie sich verlassen können, falls wir vor Beginn des Aufstiegs nicht herausfinden sollten, wer nun eigentlich unser Mann ist. Vielleicht ist es ratsam, ihn ins Vertrauen zu ziehen.«

Jonathan verwarf diesen Gedanken augenblicklich. Big Ben mit seinen simplen und soliden Moralvorstellungen würde nie Verständnis dafür haben, daß jemand für Geld andere Leute umbrachte. Aus Sportgeist her-

aus sein Leben zu riskieren, das war etwas ganz anderes. Dafür hatte Ben jedes Verständnis.
Da Dragon erwähnt hatte, er werde einen früheren Bekannten bei dieser Gelegenheit wiedersehen, mußte Jonathan flüchtig an Miles Mellough denken. Ihm fiel ein, daß Dragon ihn bei ihrer letzten Unterhaltung erwähnt hatte. »Und was für eine Rolle spielt Mellough bei der Sache?«
»Diese Frage habe ich erwartet. Offen gestanden, wir wissen das selbst nicht genau. Er traf zwei Tage vor Wormwoods Tod in Montreal ein und verließ die Stadt einen Tag darauf. Wir beide kennen Mr. Mellough gut genug, so daß wir einen Zufall eigentlich ausschließen können. Ich nehme an, daß er als Überbringer der Formel für den Virus-Träger fungieren sollte. Selbstverständlich unternahmen wir gegen ihn nichts, ehe er nicht die Formel abgeliefert hatte. Jetzt, wo das passiert ist, habe ich nichts dagegen, daß er ihrer geradezu ausschweifenden Vorstellung von Treue und Ehre zum Opfer fällt – wie damals dieser Grieche. Wenn Sie so wollen, bieten wir Ihnen Mr. Mellough als eine Art von Nebenverdienst bei dieser Sache.«
»Sechs Wochen«, überlegte Jonathan. »Da muß ich hart trainieren, um wieder in Form zu kommen.«
»Das ist Ihre Sache.«
»Big Ben leitet unten in Arizona eine Bergsteigerschule. Dort möchte ich für einen Monat hin.«
»Wenn Sie wollen.«
»Auf Ihre Kosten.«
Dragons Stimme troff vor Sarkasmus, wie er ihn für die Instinkte der Habgier bei seinen Agenten aufsparte. »Selbstverständlich, Hemlock!« Er tastete nach der Klingel, um Mrs. Cerberus hereinzurufen. Jonathan sah, wie er sich vergeblich abmühte, sie zu finden, erbot sich jedoch nicht, ihm behilflich zu sein. »Jetzt, da Sie das Drumherum kennen, Hemlock, werden Sie auch verstehen, warum wir gerade Sie brauchen – und zwar nur Sie –, warum wir auf Sie – und zwar nur auf Sie – angewiesen sind. Sie sind Bergsteiger gewesen, und dann scheint auch noch eine Reihe von Leuten aus Ihrem Bekanntenkreis in diese Sache verwickelt zu sein. Es ist, als hätte das Schicksal hier seine Hand im Spiel.«
Mrs. Cerberus trat mit dem geschäftigen Rascheln ihrer frisch gestärkten Schwesterntracht ein, rauschte an Jonathan vorüber und stieß mit ihrer gewaltigen Hüfte gegen seinen Stuhl. Er überlegte flüchtig, ob dieses gespenstische Paar wohl miteinander ins Bett ging. Wer sonst wollte Dragon schon diesen Gefallen tun? Er sah sie sich beide an und kam zu dem Schluß, falls sie Kinder hätten, würden diese Hieronymus Bosch Modell stehen können.

Als sei damit das Gespräch beendet, sagte Dragon: »Ich werde Sie über alles, was wichtig für Sie sein dürfte, auf dem laufenden halten.«
»Fällt Ihnen nicht auf, daß wir noch nicht über das Honorar gesprochen haben?«
»Aber selbstverständlich. Wir haben die Absicht, angesichts der Gefährlichkeit dieses Auftrags und der emotioanlen Schwierigkeiten, denen Sie unserer kleinen Willenskonfrontation wegen ausgesetzt waren, besonders großzügig zu sein. Sie werden nach erfolgreich abgeschlossener Strafaktion dreißigtausend Dollar erhalten. Die gestohlenen zwanzigtausend sind selbstverständlich bereits wieder auf dem Weg zu Ihnen. Und was den Pissarro betrifft, so hat Miß Brown uns neulich nicht im Zweifel darüber gelassen, daß sie ihre Aufgabe nicht zu Ende führen würde, falls wir nicht versprächen, Ihnen das Bild zum Geschenk zu machen. Und das werden wir. Ich bin überzeugt, das ist mehr, als Sie erwartet haben.«
»Offen gestanden ist das mehr, als ich von Ihnen erwartet hatte – aber weit weniger, als ich tatsächlich bekommen werde.«
»Wie bitte?« Mrs. Cerberus legte Dragon beruhigend eine Hand auf dem Arm, damit sein Blutdruck nicht unversehens stieg.
»Sie haben ganz richtig gehört«, fuhr Jonathan ungerührt fort. »Ich werde den Pissarro sofort bekommen und einhunderttausend Dollar nach Erledigung des Auftrags. Plus Spesen selbstverständlich.«
»Sie sind sich doch darüber im klaren, daß das ungeheuerlich ist.«
»Jawohl. Aber ich sehe darin eine Art Abschiedshonorar, das es mir erlaubt, mich zur Ruhe zu setzen. Das ist die letzte Aufgabe, die ich für Sie übernehmen werde.«
»Das liegt selbstverständlich bei Ihnen. Im Unterschied zur gegnerischen Seite haben wir nicht die Absicht, Sie zu zwingen, bei uns zu bleiben, wenn Ihre Liebe zu uns erkaltet ist. Aber wir haben nicht die Absicht, bis ans Ende Ihrer Tage für Ihren Lebensunterhalt zu sorgen.«
»Hunderttausend reichen nur für vier Jahre.«
»Und danach?«
»Bis dahin wird mir schon was einfallen.«
»Daran zweifle ich nicht. Aber hunderttausend Dollar – das kommt überhaupt nicht in Frage!«
»Oh, da irren Sie sich. Ich habe geduldig zugehört, wie Sie mir die Dringlichkeit dieser Strafaktion auseinandergesetzt haben – ganz abgesehen von der Tatsache, daß Sie dabei auf mich – und auf niemand sonst – angewiesen sind. Es bleibt Ihnen gar nichts anderes übrig, als mir zu zahlen, was ich verlange.«
Dragon versank in Nachdenken. »Sie wollen uns wegen Miß Brown bestrafen – ist es das?«

In Jonathans Augen blitzte es zornig auf. »Mir geht es um nichts weiter, als daß Sie bezahlen.«
»Ich habe schon seit geraumer Zeit erwartet, daß Sie sich von unserer Organisation zurückziehen werden, Hemlock. Noch heute vormittag haben Mr. Pope und ich diese Möglichkeit erörtert.«
»Das hat damit gar nichts zu tun. Und wenn Ihnen an einem heilen und gesunden Pope etwas liegt, dann halten Sie ihn mir vom Leibe.«
»Sie laufen Amok, nicht wahr?« Dragon überlegte einen Augenblick. »Dahinter steckt wohl etwas. Sie wissen doch genau, daß ich Ihnen das Geld jetzt versprechen könnte, dann entweder nicht bezahlen oder es mir hinterher irgendwie wieder beschaffen könnte.«
»Das passiert mir nicht ein zweites Mal«, erklärte Jonathan kalt, »Sie werden mir das Geld sofort anweisen – und zwar werden Sie einen Verrechnungsscheck an meine Bank schicken mit der Weisung, mir den Betrag auf Verlangen persönlich auszuzahlen oder auf weitere Instruktionen von Ihnen zu warten – und zwar nicht vor sieben Wochen, von heute an gerechnet. Wenn es mir nicht gelingt, die Aktion erfolgreich durchzuführen, werde ich wahrscheinlich tot sein und der Scheck wird niemals eingelöst. Schaffe ich es, bekomme ich das Geld und ziehe mich zurück. Schaffe ich es nicht, können Sie die Bank dahingehend instruieren, daß das Geld bei Vorlage eines Totenscheins an Sie zurückzuzahlen ist.«
Dragon drückte die schwarze Binde gegen die Augen und suchte in der Dunkelheit nach einem Pferdefuß in Jonathans Vorschlag. Dann fielen seine Hände auf die schwarze Bettdecke zurück. Er lachte seine drei Ha. »Wissen Sie was, Hemlock? Ich glaube, Sie haben uns in der Zange. Wir sitzen in einer Zwickmühle.« Bewunderung schwang in seiner Stimme mit, aber auch Verwunderung. »Der Scheck wird Ihren Angaben entsprechend an Ihre Bank geschickt werden, und das Gemälde werden Sie bei Ihrer Rückkehr zu Hause vorfinden.«
»Gut.«
»Ich nehme an, das ist das letzte Mal, daß ich das Vergnügen habe, Ihre Gesellschaft zu genießen. Sie werden mir fehlen, Hemlock.«
»Sie haben ja immer noch Mrs. Cerberus.«
Unverhohlene Traurigkeit sprach aus dem einen Wort, das Dragon daraufhin sagte: »Richtig.«
Jonathan erhob sich, um zu gehen, doch eine letzte Frage Dragons hielt ihn zurück. »Sind Sie auch ganz sicher, daß Sie mit dem Verschwinden von Miß Brown nichts zu tun haben?«
»Ganz sicher. Aber ich vermute, sie wird früher oder später wieder auftauchen.«

Der Himmel bei Sonnenuntergang war malven- und zinnfarben; die bleierne Haut des Ozeans wogte flach; richtig lebendig war sie nur am schmalen Gischtstreifen, den die Tide träge bis nahe an seine Füße heraufgeschoben hatte.
Seit Stunden, schon seit er aus der Stadt zurückgekommen war, saß er nun bereits auf dem festen Sand am unteren Strand. Da er müde und abgespannt war, erhob er sich grunzend und klopfte sich den Sand von der Hose. Im Haus war er noch nicht gewesen; er hatte es – nach einem Augenblick der Unschlüssigkeit an der Tür – vorgezogen, durch sein Anwesen zu streifen.
Im Vorraum entdeckte er jetzt ein großes rechteckiges, in braunes Papier gehülltes und verschnürtes Paket. Der Pissarro vermutlich. Doch er machte sich nicht die Mühe nachzusehen, ja er rührte es überhaupt nicht an. Aus Prinzip hatte er darauf bestanden, daß es ihm von Dragon zugestellt werde, aber der ursprüngliche Appetit darauf war vergangen.
Das Längsschiff war kühl und von dichten Schatten erfüllt. Er durchmaß es und stieg die Stufen zu seiner Bar empor, wo er sich ein großes Whiskyglas mit Laphroaig halb einschenkte, es austrank, noch einmal einschenkte, sich dem Schiff zuwandte und die Ellbogen auf die Bar stützte. Aus den Augenwinkeln heraus sah er, wie ein schwacher Glutpunkt einen Bogen beschrieb – das Ende einer Zigarette.
»Gem?«
Rasch eilte Jonathan auf die verschwommene Frauengestalt zu, die im Wintergarten saß.
»Was machst du denn hier?«
»Mich zur Verfügung stellen, wie immer«, erklärte Cherry. »Soll das für mich sein?« Sie deutete auf das Glas Whisky.
»Nein! Geh nach Haus!« Jonathan setzte sich auf den Korbstuhl ihr gegenüber; er hatte zwar nicht ganz soviel gegen ihre Gesellschaft, wie er sich den Anschein gab, spürte jedoch schmerzlich das Aufhören des Adrenalinstoßes, das diese Enttäuschung zur Folge hatte.
»Ich weiß wirklich nicht, was ich mit Ihnen machen soll, Dr. Hemlock.« Cherry stand auf, um sich den Whisky zu holen, den er ihr verweigert hatte. »Sie versuchen dauernd, mich hochzukriegen«, sagte sie über die Schulter hinweg, während sie zur Bar hinüberging. »Ich weiß genau, was dieses ganze Gerede von ›Nein! Geh nach Haus!‹ soll. Sie wollen mich bloß schwach machen. Vielleicht besteht die einzige Möglichkeit, Sie loszuwerden, darin, daß ich endlich nachgebe.« Sie hielt inne, wollte ihm

Gelegenheit geben, darauf einzugehen, doch er blieb stumm. »Tz, tz, tz«, fuhr sie fort, ihn unter einem Schwall balsamischer Worte weiter zu reizen. »Ich nehme an, das ist die einzige Möglichkeit, Ruhe vor Ihnen zu haben. He, übrigens: Gibt es so etwas wie eine Freudsche Fehlleistung in Wortspielen?« Auch daß sie wieder schwieg, entlockte ihm keinerlei Kommentar. Inzwischen war sie mit ihrem Drink zurückgekommen und ließ sich mutwillig in den Korbstuhl fallen. »Na schön. Was hältst du von den Filmen von Marcel Carné? Glaubst du, die Vorteile des Kochens mit teflonbeschichteten Töpfen rechtfertigen die gewaltigen Ausgaben für das Raumfahrtprogramm? Oder was hältst du von dem taktischen Problem des Massenrückzugs, sollte es jemals zwischen den Italienern und den Arabern zum Krieg kommen?« Abermals hielt sie inne, und dann fragte sie: »Wer ist Gem?«

»Geh nach Haus!«

»Woraus ich schließe, daß es sich um eine Frau handelt. Eigentlich müßte sie schon was anderes sein, nach der Schnelligkeit zu urteilen, mit der du grade eben von der Bar 'rübergekommen bist.«

Jonathans Stimme klang väterlich. »Hör zu, Kleines, ich hab heute abend keine Lust dazu.«

»Das sprüht ja heute abend nur so von Doppeldeutigkeiten. Soll ich dir noch einen Drink holen?«

»Bitte.«

»Du willst doch nicht wirklich, daß ich nach Hause gehe, oder?« fragte sie, als sie wieder zur Bar hinüberging. »Du fühlst dich mies, und du möchtest dich darüber aussprechen.«

»Wenn du wüßtest, wie weit du danebengeraten hast!«

»Als ich sagte, daß es dir mies geht?«

»Als du sagtest, daß ich mich darüber aussprechen möchte.«

»Diese Gem muß dir ja verdammt schwer im Magen liegen. Ich hasse sie schon, ohne daß ich sie kenne. Hier.« Sie reichte ihm sein Glas. »Ich werd dich heute besoffen machen und den Suff ausnützen, um dich zu verführen.« Sie tat ihr Bestes, so zu kichern wie eine Hexe.

Jonathan war wütend und deshalb verlegen. »Verdammt noch mal, mich kriegt man auch im Suff nicht herum!«

»Jetzt hab ich dich, jetzt hab ich dich, du bist ja pfefferscharf auf mich. Ich wette, du bist's wirklich!«

»Ach, geh nach Haus!«

»War sie denn jedenfalls einigermaßen gut im Bett?«

Jonathans Stimme wurde augenblicklich eisig. »Jetzt gehst du aber wirklich!«

Cherry machte ein betretenes Gesicht. »Es tut mir leid, Jonathan. Blöd, so was zu sagen. Aber Menschenskind, wie, glaubst du denn, wirkt das auf ein Mädchen, wenn es immer und immer wieder versucht, einen Mann 'rumzukriegen, und dann kommt eine andere Frau mit einem unwahrscheinlichen Namen und schafft das – im Handumdrehen, so.« Sie versuchte mehrere Male, mit den Fingern zu schnippen, doch es wollte kein Laut hervorkommen. »Ich hab das noch nie gekonnt.«

Trotz allem mußte Jonathan lachen. »Hör zu, Kleines! Morgen früh fahre ich weg.«

»Für wie lange?«

»Fast den ganzen Sommer über.«

»Wegen dieser Frau?«

»Nein. Ich will nur mal wieder ein bißchen klettern.«

»Und darauf kommst du ganz zufällig, nachdem du diese Frau kennengelernt hast, stimmt's?«

»Die hat nichts damit zu tun.«

»Das möchte ich aber stark bezweifeln. Na schön. Wann fährst du?«

»In aller Herrgottsfrühe.«

»Na großartig! Dann haben wir ja noch die ganze Nacht. Was sagen Sie dazu, Mister? Na? Na? Wie finden Sie das. Werden Sie mich von der Last meiner Jungfernschaft befreien, ehe Sie wegfahren? Bedenken Sie, das wird ein langer Sommer für uns jungfräuliche Pastorentöchter.«

»Kümmerst du dich um das Haus, während ich fort bin?«

»Mit Vergnügen. Und jetzt reden wir mal von dem Gefallen, den du *mir* dafür tust.«

»Trink aus und geh nach Haus. Ich muß jedenfalls ein bißchen schlafen.«

Resigniert nickte Cherry. »Okay! Diese Frau muß dir wirklich ganz schön an die Nieren gegangen sein. Ich hasse sie.«

»Ich auch«, sagte er ruhig.

»Ach, scheiß doch drauf, Jonathan!«

»Welch neue Bereicherung deines Wortschatzes höre ich da!«

Er brachte sie an die Tür und gab ihr einen Kuß auf die Stirn. »Wir sehen uns, wenn ich wieder hier bin.«

»He, was sagt man eigentlich zu einem Bergsteiger? Einem Schauspieler wünscht man Hals- und Beinbruch, einem Segler Mast- und Schotbruch, aber für einen Bergsteiger hört sich das ein bißchen makaber an.«

»Man sagt: Berg heil!«

»Alsdann: Berg heil!«

»Dank dir. Und gute Nacht.«

»Das wirft mich um. Vielen Dank für dieses ›Gute Nacht!‹ Daran werd ich mich die ganze Nacht klammern.«

Arizona *15. Juni*

Jonathan stand am grasbewachsenen Rand eines bescheidenen Flugplatzes zwischen seinen Koffern und sah zu, wie der Mini-Jet des CII, dem er gerade entstiegen war, wendete und mit einer majestätischen Verwandlung von Kraft in Luftverschmutzung auf das im Windschutz gelegene Ende der Startbahn zurollte. Die Hitzewelle, die den Düsen entwich, ließ die Landschaft dahinter erzittern; das Heulen der Düsen tat den Ohren weh.
Von der gegenüberliegenden Seite der Rollbahn schoß zwischen zwei Wellblechhangars ein neuer, aber bereits ziemlich mitgenommener Landrover hervor, schlidderte in eine scharfe Kurve, so daß die schimpfenden Mechaniker von einer Staubwolke eingehüllt wurden, sprang mit allen vier Rädern über einen Steinhaufen, hätte ums Haar eine Piper gestreift, die dort warmlief, und löste dadurch ein heftiges Wortgefecht zwischen Fahrer und Piloten aus, sauste dann mit Höchstgeschwindigkeit auf Jonathan zu, bis in letzter Sekunde die Allradbremse betätigt wurde und der Wagen quietschend und rutschend zum Stehen kam, so daß die Stoßstange am Ende nur Zentimeter von Jonathans Schienbein entfernt war.
Big Ben Bowman stand bereits neben dem Landrover, noch ehe dieser zu rucken aufgehört hatte. »Jon! Gottverdammmich, wie geht's dir?« Er entriß Jonathans Hand einen Koffer und feuerte ihn in den Fond des Wagens, ohne sich im geringsten darum zu kümmern, was wohl darin sein könnte. »Eins will ich dir gleich sagen, altes Haus: Wir werden etliche Dosen Bier knacken, ehe du wieder abhaust. Hej!« Seine breiten behaarten Pranken schlossen sich um Jonathans Oberarme, und nach einer linkischen, bärenhaften Umarmung hielt er seinen Freund auf Armeslänge von sich und betrachtete ihn eingehend. »Gut siehst du aus, altes Haus, 'n bißchen weich vielleicht, aber ich will verdammt sein, wenn es mir nicht in der Seele wohltut, dich wiederzusehen. Wart nur, bis du meine Klitsche siehst. Dort hat sich allerhand...« Das Aufheulen des CII-Jets, der zum Start ansetzte, erstickte jeden anderen Laut, doch Big Ben redete unbekümmert weiter, während er Jonathans zweiten Koffer auflud und seinen Besitzer in dem Landrover verfrachtete. Dann sprang er herum, klemmte sich hinters Steuer, legte den Gang ein, und ab ging's – mit einem Satz waren sie über den Regenwassergraben am Rande des Flugplatzes hinweg, beschrieben einen weiten Bogen und drohten ständig seitwärts wegzurutschen. Jonathan hielt sich an seinem Sitz fest und schrie etwas, als er sah, wie der CII-Jet von links auf sie zugerast kam. Big Ben lachte nur, riß das Steuer nach rechts herum, und kurze Zeit rasten sie

unter dem Schatten der Tragfläche neben dem Jet dahin. »Aussichtslos!« Ben versuchte, den verdoppelten Lärm von Jet und Auto zu überschreien, dann steuerte er nach links und überquerte die Startbahn so dicht hinter der Maschine, daß Jonathan der Gluthauch der Düsen und der aufgewirbelte Sand ins Gesicht schlugen.
»Um Gottes willen, Ben!«
»Nichts zu machen! Einen Jet kannst du nicht überholen!« Dann brüllte er vor Lachen und setzte den Fuß unnachgiebig aufs Gaspedal. Ohne sich an den vorgezeichneten Weg zu halten, kurvten sie um die zerstreut liegenden Flugplatzgebäude herum, setzten über den Bordstein hinweg, landeten auf der mehrspurigen Autobahn, wendeten schnittig, um auf die Gegenfahrbahn zu gelangen, ohne sich im geringsten um das Kreischen der Bremsen und das wütende Gehupe um sie herum zu kümmern. Ben zeigte den beleidigten Fahrern der anderen Wagen die klassische Geste – ihr könnt mich mal...
Etwa eine Meile hinter der Stadt verließen sie mit schliddernden Reifen die Autobahn und fuhren in einen staubigen Feldweg hinein, der praktisch nur an den Radspuren zu erkennen war. »Nur noch 'n Stück hier 'runter, altes Haus!« rief Ben. »Weißt du noch?«
»Ungefähr zwanzig Meilen, stimmt's?«
»Hm, in etwa. Achtzehn Minuten, wenn ich's nicht grade eilig hab.«
Jonathan packte den »Hühnerstange« genannten Griff vor ihm und sagte so beiläufig, wie es ihm nur irgend möglich war: »Ich sehe keinen besonderen Grund, daß wir uns beeilen, Ben.«
»Du wirst die Klitsche nicht wiedererkennen.«
»Hoffentlich krieg ich sie überhaupt noch zu sehen.«
»Was?«
»Nichts.«
Während sie dahinrasten und über tiefe Schlaglöcher hinwegflitzten, beschrieb ihm Ben einige Verbesserungen, die er in den letzten Jahren vorgenommen hatte. Offenbar war aus seiner spartanischen Bergsteigerschule eine Art Ferienranch geworden. Er sah Jonathan an, während er erzählte, und blickte auf die Straße nur, um den Wagen wieder in die richtige Richtung zu lenken, wenn er das Gefühl hatte, daß die Räder in den weichen Sand der Seitenstreifen gerieten. Jonathan hatte Bens verrückten Fahrstil völlig vergessen. An einer steilen Felswand, nichts weiter als hartes Gestein vor sich, an das er sich klammern konnte, hatte er keinen Menschen lieber neben sich als Ben, aber auf dem Beifahrersitz eines Autos...
»Hoho! Halt dich fest!«
Plötzlich waren sie in einer Haarnadelkurve und hatten zuviel drauf, um

sie zu schaffen. Der Rover sprang über die Böschung, und die Räder auf Jonathans Seite mahlten sich in den weichen Sand. Einen schier endlosen Augenblick hindurch balancierten sie auf diesen beiden Rädern, dann scherte Ben nach rechts aus, die Räder wühlten sich wieder in den Sand hinein und rutschten hin und her. Noch während sie schleuderten, drückte Ben schon wieder aufs Gaspedal, und aus dem unkontrollierten Schleudern wurde ein gerade aufs Ziel zusteuernder Powerslide, der sie wieder auf die Fahrbahn zurückbrachte. »Gottverdammich, ich vergeß doch diese Kurve jedesmal!«

»Ben, ich glaube, ich gehe lieber zu Fuß.«

»Okay, okay!« Er lachte und ging für eine Weile mit dem Tempo etwas herunter, doch dann beschleunigte er unversehens wieder, und es dauerte nicht lange, da waren die Knöchel an Jonathans Hand, welche die »Hühnerstange« gepackt hielt, wieder weiß. Er fand, daß nichts gewonnen sei, wenn er sich aufregte und den Landrover durch positive Konzentration lenken wollte; also ergab er sich in sein Schicksal und versuchte, überhaupt nichts zu denken.

Big Ben kicherte in sich hinein.

»Was hast du denn?« fragte Jonathan.

»Ich mußte grad an den Aconcagua denken. Weißt du noch, wie ich dem Scheißkerl zugesetzt hab?«

»Ich weiß.«

Kennengelernt hatten sie sich in den Alpen. Vom Temperament her waren sie so grundverschieden, daß kein Mensch gedacht hätte, sie würden jemals eine gute Seilschaft abgeben. Weder Ben noch Jonathan war besonders erfreut gewesen, als sie aufeinander angewiesen waren, da ihre Partner diese Besteigung, die sie sich nun einmal vorgenommen hatten, aus irgendwelchen Gründen nicht mitmachen konnten. Mit den schlimmsten Befürchtungen kamen sie überein, die Besteigung zusammen zu machen, und behandelten einander mit jener Höflichkeit und Zuvorkommenheit, die äußerlich so aussieht wie Freundschaft. Allmählich und voller Widerstreben kamen sie dahinter, daß gerade ihre diametral entgegengesetzten Fähigkeiten als Alpinisten einander wunderbar ergänzten und sie zu einer außerordentlich tüchtigen Seilschaft zusammenschmiedeten. Jonathan ging einen Berg an wie ein mathematisches Problem, entschied sich nach längeren Überlegungen für eine der verschiedenen Aufstiegsrouten und wog Ausrüstung gegen Energie und Zeit ab; Ben hingegen unterwarf sich eine Wand mit seiner ungewöhnlichen Kraft und seinem unbezwingbaren Willen. In Alpinistenkreisen nannte man sie bald »Keule« und »Degen« – Spitznamen, die bald die Phantasie der Schriftsteller beflügelten, welche in den Bergsteigerblättern über ihre Leistungen schrieben. Jonathan brillierte besonders an der nackten Felswand, wo die ausgeklügelte Taktik von Hebelkraft und Beinarbeit seinem besonderen intellektuellen Stil voll und ganz entsprach. Big Ben übernahm die Führung, sobald es Eis und Schnee zu bezwingen galt. Dort arbeitete er sich keuchend wie ein Stier durch die Verwehungen und ging eine Steigung an wie eine Maschine.

Beim Biwakieren wirkten sich ihre unterschiedlichen Persönlichkeitsstrukturen als segensreich angesichts der menschlichen Reibungen aus, die bisweilen in diesen gefährlichen Situationen auftauchen. Ben war zehn Jahre älter als Jonathan, redete gern und hatte sehr viel Sinn für Humor. Ihr Herkommen und ihre Wertvorstellungen waren so grundverschieden, daß sie gesellschaftlich niemals in Konkurrenz miteinander gerieten. Selbst in der Hütte, nach der Besteigung, feierten sie ihren Sieg ganz verschieden und mit verschiedenen Leuten – und in der Nacht gönnten sie sich zur Belohnung ganz verschiedene Frauen.

Sechs Jahre hindurch verbrachten sie die Bergsteigersaison gemeinsam und nahmen sich einen Gipfel nach dem andern vor: den Walker, den Dru, die kanadischen Rocky Mountains. Und selbstverständlich tat es ihrem internationalen Ruhm keinen Abbruch, daß Jonathan Beiträge für Bergsteigerzeitschriften schrieb, in denen ihre Besteigungen mit jenem wohlberechneten, geradezu phlegmatischen Understatement geschildert wurden, das schließlich typisch wurde für den Stil dieser Blätter.

Es war daher eine Selbstverständlichkeit, als eine Gruppe von jungen Deutschen sich zu einer Besteigung des Aconcagua, dem höchsten Gipfel der westlichen Hemisphäre, entschloß, daß sie Jonathan und Ben aufforderten, mitzumachen. Ben war von dieser Idee besonders begeistert – das war ein Aufstieg nach seinem Herzen, ein kräfteverschleißendes, mörderisches Unternehmen, bei dem es nicht so sehr auf bergsteigerische Taktik ankam, als vielmehr auf Zähigkeit und auf kluges Haushalten mit den Kraftreserven.

Jonathan reagierte wesentlich kühler auf diese Aufforderung. In Anbetracht der Tatsache, daß die Deutschen ja überhaupt erst den Plan gefaßt hatten, sollten sie auch die ersten sein, die den Gipfel angingen; Jonathan und Ben waren zur Unterstützung da und sollten den Gipfel selbst nur dann besteigen, falls den Deutschen etwas Unvorhergesehenes zustieß. Diese Abmachung war nur fair, aber keineswegs nach Jonathans Geschmack. Im Gegensatz zu Ben, für den jeder einzelne Schritt bei einer Besteigung wichtig war, kletterte Jonathan einzig um des Sieges willen. Auch setzten die beträchtlichen Ausgaben, die mit diesem Unternehmen verbunden waren, seinem Enthusiasmus einen Dämpfer auf – ganz abge-

sehen davon, daß bei einer Besteigung wie dieser seine besonderen Fähigkeiten nur von zweitrangiger Bedeutung waren.
Ben jedoch konnte man das nicht abschlagen. Die finanziellen Probleme löste er dadurch, daß er die kleine Ranch verkaufte, von der er bisher gelebt hatte – und dann versuchte er Jonathan in einem langen Telefongespräch davon zu überzeugen, daß dies in Anbetracht seines Alters vermutlich die letzte große Besteigung sein würde, die er noch machen könne.
Wie sich herausstellte, hatte er recht.
Vom Meer aus gesehen scheint sich der Aconcagua unmittelbar hinter Valparaiso zu erheben, ein regelmäßiger und – aus dieser Entfernung betrachtet – ziemlich sanft ansteigender Bergkegel. Aber allein erst einmal dorthin zu gelangen, ist die Hölle. Das Grundmassiv ist zwischen einem Gewirr von niedrigen Bergen verankert, und die Bergsteigergruppe brauchte eine ganze Woche, um überhaupt erst einmal hinzukommen, wobei sie sich abwechselnd durch den feuchten und verseuchten Dschungel und über die staubigen Paßpfade quälen mußte, als sie der alten Fitzgerald-Route folgte, die bis zum Fuße des Aconcagua führt.
Auf der ganzen Welt gibt es keinen zermürbenderen Aufstieg als den über diesen Riesenhaufen von Geröll, Fels und Eis. Er zermalmt die Menschen – nicht durch erhabene Schläge, wie die Eiger-Nordwand oder der Nanga Parbat sie austeilt, sondern dadurch, daß er einem Menschen die Nerven zerrüttet und ihn körperlich zermürbt, bis er nur noch ein vor sich hin wankender, wimmernder Irrer ist. Nicht, daß ein Teilabschnitt der Besteigung dieses Berges besondere Schwierigkeiten aufwiese oder auch nur alpinistisch gesehen interessant wäre! Es ist wohl nicht übertrieben, wenn man sagt, daß jeder sportlich durchtrainierte Laie, sofern er entsprechend ausgerüstet und an die dünne Höhenluft gewöhnt ist, jede beliebige Dreihundertmeterstrecke dieses Berges schaffen kann. Allerdings ragt der Aconcagua viele, viele hundert Meter empor, und man muß sich stundenlang durch Schiefergestein und zerklüfteten Fels, durch Moränen und über zerrissene Gletscherspalten emporarbeiten, muß sich tagelang abrackern, ohne auch nur im geringsten das Gefühl zu haben, etwas geschafft zu haben oder dem Gipfel nähergerückt zu sein. Dabei halten die Blitzstürme, die den Gipfel umtoben, die Bergsteiger immer wieder, wer weiß wie lange, an einer Stelle fest – möglicherweise für alle Zeiten. Und immer noch nimmt dieser Abfallhaufen der Schöpfung kein Ende und reckt sich in den Himmel.
Neunhundert Meter unterhalb des Gipfels gab einer der Deutschen auf. Er war zermürbt von der Bergkrankheit und der Eiseskälte, die sich in ihn hineingefressen hatte. »Was hat es denn für einen Sinn?« fragte er. »Es

lohnt sich doch nicht.« Alle wußten, was er damit meinte. Technisch gesehen stellt der Aconcagua keine besondere Schwierigkeit dar, und so reizt er denn weniger als Meilenstein in der Laufbahn eines Alpinisten, sondern eher als ein Zugeständnis an die latente Todessehnsucht im Menschen, die so viele von ihnen hinauftreibt.

Aber kein solcher Teufelsberg brachte Big Ben dazu, klein beizugeben! Und es war für Jonathan unvorstellbar, ihn sich allein die Zähne daran ausbeißen zu lassen. Man beschloß, daß die Deutschen in dem Lager zurückbleiben sollten, in dem sie waren, es ausbauten und herrichteten, um die neuen Gipfelstürmer in Empfang zu nehmen, wenn sie zurückgewankt kämen.

Fünfhundert Meter kosteten Ben und Jonathan einen ganzen Tag, und als sie einmal um Haaresbreite einem Absturz entgingen, verloren sie die Hälfte ihrer Ausrüstung.

Den folgenden Tag tobte ein Blitzsturm über ihnen. Elmsfeuer tanzten auf den Spitzen ihrer Eispickel. Mit erstarrten Fingern krallten sie sich in die Ränder der Persenning, ihrem einzigen Schutz vor dem heulenden Wind. Die Persenning flatterte und knatterte wie Maschinengewehrfeuer und zerrte und riß an ihren gefühllosen Händen wie ein verwundetes, vom Wahnsinn getriebenes Tier, das sich rächen will.

Bei Einbruch der Dunkelheit legte sich der Sturm, und sie mußten die Persenning von ihren Händen abschütteln, die nicht mehr die Kraft hatten, sich zu entspannen. Jonathan reichte es. Er erklärte Ben, daß sie am nächsten Morgen zurück müßten.

Ben konnte die Zähne kaum auseinanderbringen, und Tränen der Verzweiflung rannen ihm aus den Augenwinkeln und gefroren in seinen Bartstoppeln. »Verdammt!« schluchzte er. »Dieser verdammte, beschissene Berg!« Dann ging es mit ihm durch, und er bearbeitete den Fels mit seinem Eispickel; er ließ seine Wut an ihm aus und zerfetzte ihn, bis die dünne Luft und die Erschöpfung dafür sorgten, daß er nach Atem ringend auf dem Schnee lag. Jonathan riß ihn hoch und holte ihn zurück in ihren spärlichen Unterschlupf. Als es stockfinster war, hatten sie sich so behaglich wie möglich eingegraben. Der Wind stöhnte, aber der Sturm selbst lauerte nur im Hintergrund, so daß sie jedenfalls ein bißchen Ruhe fanden.

»Weißt du, woran das liegt, altes Haus?« fragte Ben in der undurchdringlichen Dunkelheit. Er hatte sich zwar wieder beruhigt, aber seine Zähne klapperten vor Kälte, und das verlieh seiner Stimme etwas erschreckend Unsicheres. »Ich werde alt, Jon. Das hier muß mein letzter Berg sein. Und ich will verdammt sein, wenn dieser Scheißberg mich zugrunde richtet. Du verstehst, was ich meine?«

Jonathan griff in der Dunkelheit zu ihm hinüber und drückte ihm die Hand.
Eine Viertelstunde darauf war Bens Stimme wieder ruhig und klang völlig normal, als er sagte: »Morgen früh versuchen wir's noch mal, einverstanden?«
»Einverstanden«, sagte Jonathan, doch er glaubte nicht daran.
Die Morgendämmerung brachte schlechtes Wetter, und Jonathan ließ das letzte bißchen Hoffnung fahren, daß sie den Gipfel vielleicht doch noch schaffen würden. Jetzt interessierte ihn nur noch, wie sie lebendig wieder hinunterkämen.
Gegen Mittag klarte das Wetter auf, und sie gruben sich aus. Noch ehe Jonathan dazu kam, seinem Gefährten die Gründe auseinanderzusetzen, die ihm den Abstieg ratsam erscheinen ließen, hatte Ben sich bereits entschlossen an den Aufstieg gemacht. Es blieb Jonathan nichts anderes übrig, als ihm zu folgen.
Sechs Stunden später standen sie auf dem Gipfel. Jonathans Erinnerung an diese letzte Etappe ist ziemlich verschwommen. Schritt um Schritt arbeiteten sie gegen die Windwand an, versanken sie bis zu den Hüften im lockeren Schnee, arbeiteten sie sich blindlings voran, stolperten, rutschten aus, und ihr ganzer Verstand, all ihre Vernunft konzentrierte sich auf nichts anderes als auf den nächsten, auf noch einen Schritt voran.
Aber sie standen auf dem Gipfel. Sehen konnten sie nicht weiter als eine Seillänge, so dicht wirbelten die Wolkenfetzen um sie herum.
»Noch nicht mal 'n anständiger Ausblick!« beklagte Ben sich. Dann nestelte er an der Verschnürung seiner Plastikhose, die er über allem anderen trug, und warf sie ab. Nach einem verbissenen Kampf mit seinen wollenen Schiunterhosen richtete er sich zu voller Größe auf und verlieh seiner Verachtung für den Aconcagua auf uralte, beredte Weise Ausdruck.
Als sie sich an den Abstieg machten, rutschten und hinunterdrängten, ganz darauf bedacht, keine Zeit zu verlieren, und doch ständig von der Furcht bedroht, eine Lawine auszulösen, merkte Jonathan, daß Bens Elastizität nachgelassen hatte, daß seine Bewegungen ein bißchen steif und längst nicht mehr so sicher waren wie zuvor.
»Was ist los mit dir?«
»Fühl meine Füße nicht mehr, altes Haus.«
»Seit wann schon nicht mehr?«
»Seit 'n paar Stunden schon, nehm ich an.«
Jonathan scharrte eine flache Mulde in den Schnee und zerrte Ben die Stiefel von den Füßen. Die Zehen waren weiß und hart wie Elfenbein. Eine Viertelstunde lang hielt Jonathan die steifen, abgestorbenen Füße in

seinem Parka gegen die bloße Brust gedrückt. Ben überschüttete ihn mit Verwünschungen und heulte nur so, als aus einem Fuß die Gefühllosigkeit wich und jetzt Wellen von Schmerz einsetzten. Der andere Fuß jedoch blieb steif und weiß, und Jonathan wußte, daß mit dieser Art von Erster Hilfe nichts weiter gewonnen werden konnte. Die größere Gefahr bestand jetzt darin, daß sie womöglich von einem neuen Sturm überrascht wurden. Also machten sie sich wieder an den Abstieg.

Die Deutschen waren großartig. Als die beiden ins Lager gewankt kamen, nahmen sie Jonathan Ben ab und trugen ihn mehr oder weniger zu Tal. Jonathan blieb nichts anderes übrig, als hinter ihnen dreinzustolpern, vom Wind gebrochen und vom Schnee halb blind.

Ben machte ein höchst unbehagliches Gesicht und kam sich sichtlich fehl am Platz vor, wie er da im Krankenhaus in Valparaiso mit einem Haufen Kissen im Rücken im Bett saß. Im freundschaftlichen Wortgeplänkel beschuldigte Jonathan ihn, er bliebe nur deshalb so lange dort, weil er jede Nacht mit den Schwestern schlafe.

»Die würd ich nicht mit 'ner Kneifzange anfassen, altes Haus! Wer einem Mann die Zehen abbricht, wenn er mal grade nicht aufpaßt, bringt es auch fertig, ihm was anderes abzubrechen.«

Das war das letztemal, daß die amputierten Zehen zwischen ihnen erwähnt wurden. Beide wußten, daß Ben niemals wieder eine größere Besteigung machen konnte.

Sie fühlten weder Erleichterung noch Stolz, als sie zusahen, wie der Berg hinter dem Heck ihres Dampfers im Meer versank. Sie empfanden keine Genugtuung darüber, es geschafft zu haben – genausowenig, wie die Deutschen sich schämten, aufgegeben zu haben. So ist das nun mal mit diesem Haufen versteinerter Scheiße aus der Urzeit.

Als sie wieder in den Staaten waren, machte Ben sich daran, in einer Ecke von Arizona, wo es eine Fülle von natürlichen Übungsfelsen mit allen möglichen Problemen gab, eine Bergsteigerschule aufzuziehen. Aber es gab nur wenige Leute, die für jene fortgeschrittene Schulung, wie Ben sie geben konnte, in Frage kamen, so daß Jonathan sich oft wunderte, wie er sich überhaupt über Wasser halten konnte. Selbstverständlich machten er und zwei Dutzend anderer Alpinisten es sich zur Gewohnheit, Bens Schule zu beehren, aber auf weiter als das lief es auch nicht hinaus – eine Art Unterstützung. Daß es jedesmal einen Kampf kostete, Ben zu bewegen, sich für Unterkunft und Training bezahlen zu lassen, brachte Jonathan so in Verlegenheit, daß er schließlich ganz aufhörte, zu ihm zu fahren. Bald danach gab er die Bergsteigerei überhaupt auf, und sein neues Heim sowie seine Bildersammlung nahmen sein Interesse voll in Anspruch.

»Tja!« rief Ben, als sie nach einem schlimmen Stoß wieder einmal auf ihren Sitzen landeten, »dem Teufelskerl von einem Berg hab ich's gezeigt, was?«
»Hast du jemals darüber nachgedacht, was passiert wäre, wenn du noch an anderen Stellen Erfrierungen abbekommen hättest?«
Ben lachte. »Ach, du liebes bißchen! Hätte das ein Heulen und Zähneklappern gegeben hier im Reservat – so manches schöne Indianermädchen hätte bittere Tränen vergossen, altes Haus!«
Sie schossen über eine kleine Erhebung und fuhren dann die gewundene Straße hinunter, die zu Bens Tal führte, wobei sie eine riesige Staubwolke hinter sich aufwirbelten. Jonathan war überrascht, als er auf Bens Anwesen hinunterblickte. Dort hatte sich weiß Gott eine Menge verändert. Die paar bescheidenen Blockhütten, die um die Küche herum gestanden hatten, waren verschwunden. Smaragden blitzte ein riesiger Swimmingpool, der auf drei Seiten vom Hauptgebäude und den Flügeln eines Bungalows im pseudoindianischen Stil eingefaßt wurde; auf einer Fläche, die offenbar eine Art Mittelding zwischen Terrasse und Atrium war, leuchteten die hellen Tupfer der Badehosen und Bikinis von Leuten auf, die alles andere als Bergsteiger zu sein schienen. Das hier hielt keinen Vergleich mit der spartanischen Bergsteigerschule aus, die Jonathan gekannt hatte.
»Wie lange ist denn das hier schon so?« fragte er, als sie die steile Straße hinunterschlidderten.
»Na ja, so zwei Jahre. Gefällt's dir?«
»Eindrucksvoll.«
Sie preschten über den kiesbestreuten Parkplatz und prallten gegen einen erstaunlich widerstandsfähigen Rundpfahl, ehe der Wagen ausschaukelte und zum Stillstand kam. Langsam kletterte Jonathan hinaus und reckte das Rückgrat, um seine Knochen wieder zusammenzufinden. Es war eine reine Freude, wieder festen Boden unter den Füßen zu spüren.
Erst als sie in der schattigen Kühle der Bar beieinander saßen und sich auf ein heißersehntes Glas Bier konzentrierten, hatte Jonathan Muße, sich seinen Gastgeber genauer anzusehen. Jede Einzelheit von Bens Gesicht strahlte eine robuste Männlichkeit aus: das volle, kurz geschorene Silberhaar genauso wie das breite, ledrige Gesicht, das so aussah, als hätte Hormel es entworfen und als wäre es von einem schartigen Schwert zurechtgehauen worden. Zwei tiefe Falten gruben sich in seine außerordentlich stark gebräunten Wangen, und von seinen Augenwinkeln verzweigte sich ein Netz von Krähenfüßen, das aussah wie eine Luftaufnahme vom Nildelta.
Nachdem die ersten beiden Gläser Bier leer waren, winkte Ben dem indianischen Barmann, zwei neue zu bringen. Jonathan fiel Bens geradezu

grenzenlose Vorliebe für Bier wieder ein, die unter Bergsteigern Gegenstand des Klatsches und der Bewunderung gewesen war.
»Todschick«, lautete Jonathans Kommentar, nachdem er seine Umgebung in Augenschein genommen hatte.
»Tja, sieht ganz so aus, als ob ich über den Winter käme.«
Die Bar war von der Halle durch eine niedrige Mauer aus einheimischem Stein getrennt, und durch die ganze Halle hindurch schlängelte sich ein künstlicher Bach um die Tische herum, die jeweils auf einer kleinen Insel standen, welche mittels einer leicht gewölbten Brücke mit den Gängen verbunden war. Etliche sportlich gekleidete Paare plauderten ruhig über herzhaften Eisgetränken, genossen die Klimaanlage und ignorierten die fade Musik, die aus offensichtlich allgegenwärtigen, aber gut versteckten Lautsprechern quoll. Die eine Wand der Halle bestand ganz aus Glas, so daß man das Bassin und die Badenden beobachten konnte. Überall sah man wohlhabend aussehende Männer mit Sonnenbräune, die offensichtlich im Liegestuhl erworben worden war. Gläser vor sich, saßen sie an kleinen weißen Eisentischen oder auf dem Rand von farbenfroh gepolsterten Sonnenstühlen und vertieften sich in Börsenzeitungen, während ihre Bäuche zwischen den Oberschenkeln hingen. Ein paar schlenderten ziellos um den Swimming-pool herum.
Junge Damen räkelten sich hoffnungsvoll auf Strandstühlen. Die meisten von ihnen hatten ein Bein hochgezogen und enthüllten das schinkenrote Innere ihrer Schenkel. Sonnenbrillen waren auf Bücher und Zeitschriften gerichtet, doch über sie hinweg verfolgten die Augen, was um sie herum vorging.
Ben betrachtete Jonathan einen Moment, und um seine nach unten gerichteten Augen herum vertieften sich die Krähenfüße. Er nickte. »Tja, tut richtig wohl, dich zu sehen, altes Haus. Meine Talmi-Gäste kotzen mich an. Was hast du denn so gemacht die letzte Zeit? Dir die Welt vom Leib gehalten, nehm ich an, oder?«
»Man lebt so.«
»Und was ist mit deiner verrückten Kirche?«
»Die hält mir den Regen vom Leib.«
»Gut.« Einen Augenblick lang war er in Nachdenken versunken. »Sag mal, was hat das eigentlich alles zu bedeuten, Jon? Ich krieg da dieses Telegramm, in dem es heißt, ich soll mich deiner annehmen und Konditionstraining mit dir treiben, daß du eine richtige Besteigung machen kannst. Sie kabeln, daß sie für sämtliche Ausgaben aufkommen werden. Was bedeutet das, altes Haus? ›Sämtliche Ausgaben‹ – darunter kann man viel verstehen. Sind das Freunde von dir? Soll ich ihnen nur die Selbstkosten berechnen?«

»Bloß nicht! Nein, Freunde sind das nicht. Schröpf sie, soviel du kannst. Gib mir deine besten Zimmer, und setz alles, was ich eß und trink, auf die Rechnung.«
»Sieh mal einer an! Wie schön! Dann freß ich 'n Besen, wenn wir es uns nicht auf ihre Kosten wohl sein lassen werden. Hej! Da wir grade vom Bergsteigen reden: Man hat mich aufgefordert, Bodenmann für eine Gruppe zu spielen, die sich den Eiger vornimmt. Was sagst du dazu?«
»Na, das ist doch großartig.« Jonathan wußte, daß seine nächste Feststellung nicht ohne Kommentar bleiben würde. Deshalb versuchte er, sie so beiläufig wie möglich vorzubringen. »Das ist übrigens die Tour, auf die ich mich hier vorbereiten soll.« Er wartete auf die Reaktion.
Bens Lächeln erstarb auf seinem Gesicht, und eine Sekunde lang starrte er Jonathan an. »Du willst mich wohl auf 'n Arm nehmen.«
»Nein, das will ich nicht.«
»Was ist denn mit Scotty passiert?«
»Der hat einen Autounfall gehabt.«
»Armer Kerl! Dabei hatte er sich so darauf gefreut.« Für eine Weile kommunizierte Ben mit seinem Bier. »Wieso sind sie denn grade auf dich gekommen?«
»Weiß ich nicht. Vermutlich wollen sie einer unbedeutenden Seilschaft etwas Glanz verleihen.«
»Nun hör mal! Veräpple mich nicht, altes Haus.«
»Ich hab, ehrlich gesagt, keine Ahnung, wieso sie ausgerechnet auf mich verfallen sind.«
»Aber du machst mit?«
»Ja, das werde ich.«
Ein Mädchen in der Miniaturausgabe eines Bikinis trat an die Bar und hievte ihr noch feuchtes Gesäß auf den übernächsten Hocker neben Jonathan, der auf ihr automatisches Begrüßungslächeln nicht einging.
»Zieh Leine, Buns«, sagte Ben und knallte ihr die Hand auf den Hintern, daß es feucht klatschte. Sie kicherte und kehrte zurück an den Swimming-pool.
»Bist du denn in der letzten Zeit viel geklettert?« fragte Jonathan.
»Och, ich wetz ab und zu 'n paar kleine Berge hoch, nur so zum Vergnügen. Aber, ehrlich gesagt, mit dem Teil meines Jobs hier ist es längst vorbei. Wie du siehst, kommen meine Gönner heutzutage her, um Jagd auf gewisses Wild zu machen, nicht um auf Berge zu steigen.« Er griff über die Theke hinweg und angelte sich eine neue Flasche Bier. »Komm, Jon. Gehen wir 'n bißchen 'rum und unterhalten uns.«
Sie durchschritten den Mittelgang der Halle und traten dann über die Brücke auf die abgeschlossenste der Sitzinseln.

Nachdem er dem Kellner bedeutet hatte, sie wollten in Ruhe gelassen werden, trank Ben langsam sein Bier und versuchte, seine Gedanken zu sammeln. Dann wischte er sorgsam den Staub von der Tischplatte vor sich. »Du bist jetzt – äh – wie alt genau? Fünfunddreißig?«

»Siebenunddreißig.«

»Hm.« Ben blickte über die Halle hinaus auf den Swimming-pool. Er hatte offensichtlich das Gefühl, deutlich genug ausgedrückt zu haben, was er meinte.

»Ich weiß, was du denkst, Ben. Aber ich muß.«

»Du bist doch schon mal auf dem Eiger gewesen? Zweimal sogar, wenn ich mich nicht irre.«

»Stimmt.«

»Dann brauch ich dir ja nichts weiter zu sagen.«

»Nein, das brauchst du nicht.«

Ben seufzte resigniert, dann nahm seine Stimme eine andere Färbung an, wie es sich für einen Freund geziemte. »Na schön, schließlich ist das deine Sache. Die Besteigung soll in sechs Wochen losgehen. Vorher wirst du noch in die Schweiz wollen, um ein paar praktische Übungen zu machen, und wenn ich dich aus meinen Händen entlasse, brauchst du auch ein paar Tage Ruhe. Wie lange, meinst du, willst du hier Konditionstraining treiben?«

»Drei, vier Wochen.«

Ben nickte. »Na schön. Zumindest bist du nicht fett geworden. Aber schwitzen wirst du trotzdem müssen, altes Haus. Wie steht's mit den Beinen?«

»Sie reichen immer noch von den Eiern bis zum Boden. Mehr gibt's über sie eigentlich nicht zu sagen.«

»Hahaha! Genieß dein Bier, Jon. Es wird für die nächste Woche dein letztes sein.«

Jonathan trank es langsam aus.

Das hartnäckige Schnarren des Summers an seiner Tür zwängte sich in die Handlung von Jonathans Traum, dann sprengte es seinen tiefen Schlaf auf, und die Wirklichkeit drang durch die Risse. Er wankte auf die Tür zu, brachte sie mühsam auf, ohne es zu schaffen, beide Augen gleichzeitig zu öffnen. Als er im Türrahmen lehnte und den Kopf hängen ließ, wünschte der indianische Zimmerkellner ihm fröhlich einen guten Morgen und erklärte ihm, Mr. Browman habe ihm aufgetragen, dafür zu sorgen, daß Dr. Hemlock auch wirklich wach würde.
»*Wiespädiss'n?*«
»Wie bitte, Sir?«
»Wie spät... ist... es?«
»Halb vier, Sir.«
Jonathan drehte sich um und ließ sich der Länge nach aufs Bett fallen. »Das kann doch nicht wahr sein!« brummelte er dann vor sich hin.
Kaum war er wieder im Strudel des Schlafs untergegangen, da klingelte das Telefon. »Leck mich!« murmelte er, ohne den Hörer aufzunehmen, doch gnadenlos schrillte es weiter. Er riß den Apparat herüber aufs Bett, tapste mit geschlossenen Augen herum, bis er den Hörer gefunden hatte.
»Morgenstund' hat Gold im Mund, altes Haus.«
»Ben... oah...« Er hustete. »Warum tust du mir das an?«
»In zehn Minuten gibt's Frühstück.«
»Nein!«
»Willst du, daß ich jemand mit einem Eimer kaltem Wasser raufschicke?«
»Dann sorg dafür, daß es jemand ist, den du sowieso loswerden willst.«
Ben lachte und legte auf. Jonathan rollte sich aus dem Bett und tastete sich herum, als er durch Zufall auf das Badezimmer stieß, wo er von einer kalten Dusche Bewußtsein in sich hineintrommeln ließ, bis er das Gefühl hatte, daß die Gefahr, hinzufallen, abgewendet war.

Ben schob Jonathan noch zwei Eier auf den Teller. »Stopf sie rein, altes Haus. Und iß das Steak da auf.«
Sie saßen allein in der Küche des Bungalows, und um sie herum war nichts als blitzendes, unpersönliches rostfreies Stahlgeschirr. Ihre Stimmen hallten wider wie in einem Gefängnis.
Voller Widerwillen blickte Jonathan auf die Eier. Es schnürte ihm die Kehle zu. »Ben, ich hab dich doch noch nie angelogen, oder? Ehrlich, ich glaube, ich sterbe. Und ich hab immer im Bett sterben wollen.«

»Mach den Rücken grade und iß jetzt den Teller leer!«
Sich die Eier und das Steak in den Mund zu schieben war etwas ganz anderes, als beides dann auch noch hinunterzuschlucken.
Ungerührt von Jonathans haßerfüllten Blicken plauderte Ben vor sich hin. »Ich bin die halbe Nacht aufgeblieben und hab mir Gedanken über die Einzelheiten der Eigerbesteigung gemacht. Die Grundausrüstung für die Seilschaft werd ich hier kaufen und mit rüberbringen. Deinen Rucksack werd ich zusammen mit den anderen bestellen. Hier kannst du die ersten Tage von mir aus in Jeans und mit weichen Stiefeln rumlaufen. Wir werden's langsam angehen lassen. Komm! Trink das Glas Milch aus!« Ben trank sein Bier und machte eine weitere Büchse auf. Bier zum Frühstück – das war mehr, als Jonathan vertragen konnte. Ihm wurde schon vom Zusehen schlecht davon. »Beziehst du deine Kletterschuhe immer noch aus Spanien?«
Jonathan nickte nachdrücklich und fand die untere Region dieser Bewegung derart angenehm, daß er den Kopf dort hängen ließ und versuchte, wieder einzuschlafen.
»Okay! Schreib mir den Namen der Firma sowie dein Konto auf, von dem sie's abbuchen können, und ich schick ihnen heute noch ein Telegramm. Komm! Wir verschwenden nur Zeit! Iß!«

Die Fahrt von einer Meile, die sie im tintigen Dunkel vor der Dämmerung innerhalb von zwei Minuten über das offene Grasland zurücklegten, machte Jonathan endgültig wach.
Drei Stunden lang kletterten sie dann ohne Pause einen rauhen, immer wieder im Zickzack sich windenden Weg an einer der Felswände hinauf, welche um die flache, talähnliche Senke herum aufragten, in der Ben seinen Bungalow gebaut hatte. Der Morgen dämmerte herauf, als sie sich mühselig emporarbeiteten, doch Jonathan empfand beim Anblick des rotübergossenen Horizonts keinerlei Freude. Wo der Weg breit genug war, ging Ben neben ihm her und redete in einem fort. Daß er wegen der amputierten Zehen leicht hinkte, fiel kaum auf – höchstens, daß er sich mit dem einen Fuß eben doch ein bißchen kräftiger abstieß als mit dem anderen. Jonathan war ziemlich einsilbig. Er trottete neben Ben dahin und konzentrierte sich auf die einsetzenden Schmerzen in Oberschenkeln und Fersen. Er trug einen fünfunddreißig Pfund schweren Übungsrucksack, weil Ben es für richtig hielt, daß er sich gar nicht erst daran gewöhnte, ohne Gepäck zu arbeiten. Damit würde man am Eiger bestimmt nicht weit kommen.
Gegen acht blickte Ben den Pfad hinan und winkte. Im tiefen Schatten des Felsens hockte eine Gestalt und wartete offensichtlich auf sie.

»So, jetzt werd ich umkehren, altes Haus.«
»Gott sei Dank!«
»Nein, du nicht. Du hast zu arbeiten. George Hotfort da drüben wird dich jetzt in die Mangel nehmen.«
Die Gestalt kam ihnen entgegen.
Jonathan protestierte: »Hej, das ist ja eine Frau!«
»Ja, das haben schon eine Menge Leute festgestellt. Also, George«, wandte er sich dann an die junge Indianerin, die auf sie zugetreten war, »das hier ist Jonathan Hemlock, mein alter Bergkamerad. Jon, ich möchte dich mit George Hotfort bekanntmachen. Nun hör mal zu, George, du scheuchst ihn jetzt noch ein paar Stunden durchs Gelände, und zum Mittagessen seid ihr wieder unten.« Die junge Frau nickte und bedachte dann Jonathan mit einem verächtlichen und überheblichen Blick.
»Bis später, altes Haus.« Damit machte Ben auf dem Pfad kehrt. Als Jonathan ihm nachsah, haßte er ihn von ganzem Herzen. Dann wandte er sich George zu. »Sie brauchen nicht alles zu tun, was er Ihnen aufträgt, verstanden? Nehmen Sie Ihre Chance wahr, sich einmal an dem weißen Mann zu rächen.«
Das Mädchen sah ihn an, und ihr indianisches Gesicht mit den breiten Backenknochen zeigte keinerlei Ausdruck.
»Georgette?« riet er aufs Geratewohl.
Sie machte eine knappe Bewegung mit dem Kopf und schritt den Berg hinan, wobei ihre langen kräftigen Beine den Pfad mühelos unter ihrem schwingenden Hinterteil hinweggleiten ließen.
»Wie wär's mit Georgianna?« Beleidigt strampelte er sich hinter ihr ab.
Jedesmal, wenn sie ihm ein Stück voraus war, blieb sie stehen, lehnte den Rücken gegen einen Felsen und nahm gelassen zur Kenntnis, wie er hinter ihr herkeuchte. Doch sobald er nahe genug herangekommen war, um ihr wohlgefülltes dünnes baumwollenes Hemd genauer in Augenschein nehmen zu können, pflegte sie sich vom Felsen abzustoßen und weiterzugehen, wobei sie ihre Hüften regelmäßig im Rhythmus ihrer weit ausholenden Beine hin- und herschwenkte. Selbst wenn es sehr steil bergan ging, waren ihre Fußgelenke so beweglich, daß ihre Fersen immer noch den Boden berührten, genau wie bei sehr geübten Bergführern. Jonathans Fußgelenke waren steif und unelastisch; er ging hauptsächlich auf den Zehenspitzen und spürte jeden einzelnen Schritt.
Der Pfad wurde steiler, und seine Beine begannen zu zittern, was zur Folge hatte, daß sein Fuß ab und zu den Halt verlor. Jedesmal, wenn ihm das passierte, blickte er auf, und unweigerlich fand er dann ihre Augen verächtlich auf sich gerichtet.
Der Schweiß rann ihm aus dem Haar in die Augen, und er spürte, wie

sein Blut in den Schläfen klopfte. Die Rucksackriemen schnitten ihm ins Fleisch. Er atmete jetzt mühsam durch den Mund, und seine Lippen waren geschwollen und staubbedeckt.
Er wischte sich den Schweiß aus den Augen und blickte ihr nach. Unmittelbar vor ihnen erhob sich beinahe senkrecht eine etwa zehn Meter hohe Felswand, und nur wenige Vertiefungen in dem ausgebrannten Gestein versprachen Halt für Hände und Füße. Sie stand oben und blickte auf ihn herab. Er schüttelte entschieden den Kopf und ließ sich auf dem Pfad nieder. »Ach nein. Nein, nein, nein!«
Aber nach einigen Minuten – die Stille war nur durch das ferne Tirilieren einer Lerche unterbrochen worden – drehte er sich um und entdeckte, daß sie sich nicht geregt hatte und immer noch gelassen auf ihn wartete. Ihr Gesicht war glatt und staubbedeckt, ohne die geringste Spur von Schweiß. Er haßte sie deshalb.
»Na schön, George! Dein Wille geschehe!«
Unter ungezählten Schmerzen krallte er sich an die Bergwand und schob sich Zoll für Zoll nach oben. Als er oben ankam, grinste er sie an und erwartete irgendeine Art von Lob. Statt dessen schlug sie einen Bogen um ihn herum, kam ihm dabei bestenfalls auf Armeslänge näher und machte sich an den Abstieg. Er sah ihr zu, wie sie behend die Wand hinunterglitt und den Pfad zurück zum Bungalow einschlug.
»Sie sind eine Barbarin, George Hotfort. Ich bin froh, daß wir euch das Land weggenommen haben!«
Als er wieder unten in der steinernen Halle des Bungalows saß, verzehrte er ein enormes Mittagessen mit der Konzentration eines frischgebackenen Zen-Adepten. Er hatte geduscht und sich umgezogen und kam sich schon ein bißchen mehr wie ein Mensch vor, obgleich Beine und Schultern ihm so sehr schmerzten, daß er nicht so recht daran glauben konnte. Ben saß ihm gegenüber, aß mit seinem üblichen Appetit und spülte das Essen mit großen Schlucken Bier hinunter. George hatte ihn ein paar hundert Meter vom Bungalow entfernt verlassen und war wortlos denselben Pfad zurückgegangen.
»Na, wie findest du George?« fragte Ben und tupfte sich das Gesicht mit einer Serviette ab.
»Eine bezaubernde Person. So warmherzig und so menschlich. Und noch dazu eine Plauderin von beachtlichen Graden.«
»Tja, und klettern kann sie, was?« Ben sprach mit geradezu väterlichem Stolz in der Stimme.
Jonathan gestand, daß sie das könne.
»Sie hilft mir, die Handvoll Bergsteiger wieder in Form zu bringen, die ab und zu noch herkommen, um bei mir zu trainieren.«

»Kein Wunder, daß dein Geschäft so schlecht geht. Wie heißt sie denn nun richtig?«
»Sie heißt wirklich George.«
»Wieso denn das?«
»Nach ihrer Mutter.«
»Ach so.«
Ben versuchte einen Augenblick lang, in Jonathans Gesicht zu lesen, und hoffte auf ein Zeichen der Entmutigung, daß er den Plan, die Eiger-Nordwand zu besteigen, aufgeben würde. »Na, 'n bißchen abgeschlafft?«
»Ein bißchen. Diese Schinderei werde ich mein Lebtag nicht vergessen. Aber morgen werde ich schon wieder fit sein, um weitermachen zu können.«
»Quatsch, morgen! Das war doch nur ein Appetitanreger. In einer Stunde geht's noch mal rauf.«
Jonathan machte Anstalten zu protestieren.
»Halt den Mund und hör zu, was dir dein alter Freund zu sagen hat.« In Bens breitem Geischt bildeten sich um die Augen herum dicke Wülste, als er für einen Augenblick ernst wurde. »Jon, du bist kein Jüngling mehr. Und der Eiger ist ein Teufelsbraten von einem Berg. Also – wenn ich bei dieser Sache was zu sagen hätte, würd ich dich schon dazu bringen, dir diese ganze Schnapsidee aus dem Kopf zu schlagen.«
»Das kann ich nicht.«
»Warum nicht?«
»Glaub mir einfach. Mein Wort muß dir genügen.«
»Na schön! Ich glaub zwar, du hast 'ne Meise, aber wenn du dich schon mal drauf versteifst, es zu tun, dann will ich verdammt sein, wenn ich nicht dafür sorge, daß du zumindest in Hochform bist. Denn wenn du das nicht bist, ist die Wahrscheinlichkeit groß, daß du als Fettfleck auf dieser Teufelswand dein Ende findest. Und dabei geht es nicht nur um dich allein. Ich spiele den Bodenmann bei dieser Besteigung. Also bin ich für *alle* verantwortlich, und ich werde nicht zulassen, daß sie durch irgendeinen störrischen alten Esel, nämlich dich, aufgehalten werden, bloß weil der sich nicht richtig vorbereitet hat.« Ben unterstrich diese ungewöhnlich lange Tirade dadurch, daß er einen tiefen Schluck aus dem Glas nahm. »So, und jetzt schwimmst du ein bißchen im Swimming-pool, haust dich hin und läßt dich von der Sonne bescheinen. Ich werd dich rufen lassen, wenn es soweit ist.«
Jonathan tat, wie ihm geheißen. Er hatte angefangen, Freude daran zu finden, die ballistischen Fähigkeiten der verschiedenen jungen Damen rund um den Swimming-pool herum abzuschätzen, da kam der Kellner und sagte ihm, die Ruhepause sei vorbei.

Abermals brachte Ben ihn einen Teil des Pfades hinauf, dann wurde er George übergeben, die weiter und rascher vor ihm ausschritt als am Morgen. Mehrmals versuchte Jonathan, sie anzusprechen, doch es gelang ihm nicht, einen Eindruck in dieser ausdruckslosen Fassade hervorzurufen, geschweige denn, sie zu einem Wort zu bewegen. Der Abend dämmerte bereits, als sie ihn stehenließ wie zuvor und er in sein Zimmer humpelte. Er duschte, ließ sich aufs Bett fallen und hatte nichts weiter im Sinn, als zu schlafen. Doch Ben machte ihm einen Strich durch die Rechnung.
»Nein, soweit ist es noch nicht. Erst mußt du noch einmal tüchtig essen, altes Haus.«
Obgleich er verschiedene Male über seinem Teller einzunicken drohte, brachte Jonathan doch ein riesiges Steak und eine Schüssel Salat hinunter. An diesem Abend schlief er ohne die einlullende Wirkung seines Lautrec-Artikels ein.

Am nächsten Morgen (sofern man halb vier das Recht zugestehen will, sich Morgen zu nennen) waren seine Gelenke steif und schmerzten. Aber um halb fünf waren Ben und er bereits wieder auf dem Weg – einem anderen Pfad diesmal, der merklich steiler bergan ging; und wieder wurde er nach der Hälfte des Weges George übergeben. Abermals zogen die mühelos schwingenden Hüften ihn hinan, wenn er auch über seine Schmerzen, die Hitze, seine zitternden Beine und alle Indianer fluchte. Wieder sah George mit belustigten, verachtungsvollen Augen kommentarlos zu, wie er sich abrackerte.
Mittagessen – Schwimmen – dann am Nachmittag abermals los.
Und das gleiche am folgenden Tag, dem nächsten und dem übernächsten.
Seine Kondition kehrte rascher zurück, als er zu hoffen gewagt hatte –, und schneller als Ben zugeben mochte. Am sechsten Tag genoß er das Training bereits und blieb die ganze Strecke über nicht hinter George zurück. Tag für Tag bewegten sie sich schneller, schlugen sie steilere Pfade ein, legten in der gleichen Zeit längere Strecken zurück, und manchmal war es sogar so, daß Jonathan führte und George ihm folgte. Am siebten Tag kletterte er eine nicht allzu steile Böschung hoch, und als er sich umdrehte, erblickte er (ach, welch eine Belohnung!) Schweißperlen auf Georges Stirn. Als sie ihn erreichte, setzte sie sich und atmete schwer.
»Ach, nun kommen Sie doch schon, George!« redete Jonathan auf sie ein. »Wir können doch nicht stundenlang hier herumsitzen. Höher, höher! Bringen Sie ihre schwingenden Hüften in Gang!« Da sie nie sprach, hatte er es sich angewöhnt, auf sie einzureden, als ob sie ihn nicht verstünde. George warf einen abschätzenden Blick auf den Überhang von zerklüfte-

tem Fels über ihnen und schüttelte den Kopf. Ihr Baumwollhemd war unter den Achseln und an jeder Tasche, wo ihre Brust gegen den Stoff preßte, dunkel verschwitzt. Zum erstenmal lächelte sie ihn an und trat den Rückweg an.
Kein einziges Mal hatte sie ihn zuvor ganz bis zum Bungalow zurückbegleitet, doch diesmal, während Jonathan duschte, führten Ben und sie ein langes Gespräch miteinander. An diesem Abend erschien neben dem Abendessen ein Eiskühler mit einer Flasche Sekt und einem halben Dutzend Flaschen Bier, und Ben erklärte Jonathan, der erste Teil seines Konditionstrainings sei jetzt abgeschlossen. Jetzt sei es vorbei mit der Arbeit in weichen Schuhen. Seine Ausrüstung sei vollständig, und am nächsten Morgen würden sie sich einen Steilhang vornehmen.
Sie tranken in Bens Wohnung eine zweite Sechserpackung leer, und Ben ließ sich über seine Pläne für die nächsten paar Tage aus. Anfangen würden sie mit leichten Hängen, nicht höher als dreißig bis fünfzig Meter über dem Geröll, damit Jonathan das Gefühl für richtigen Fels zurückgewann. Sobald Ben mit seinen Fortschritten zufrieden wäre, würden sie dann höher klettern, damit sie ein bißchen Leere unter sich spürten.
Nachdem sie ihre Pläne gemacht hatten, plauderten die beiden Männer noch eine Stunde und tranken Bier. Ben konnte das Behagen durchaus nachempfinden, das sein Kamerad an diesem Gebräu fand, denn Jonathan trank mit, was ihm die gesamte erste Phase des Trainings hindurch verboten gewesen war; obgleich Ben zugab, er würde jedem Mann mißtrauen, der es fertigbrachte, so lange ohne Bier zu leben.
Jonathan war sich schon seit geraumer Zeit bewußt gewesen, daß es seinen gestählten Körper mehr und mehr nach Liebe verlangte, nicht als Ausdruck eines Gefühls, sondern als biologischen Ausbruch. Das war der Grund, warum er Ben mehr oder weniger aufs Geratewohl fragte: »Wie steht's eigentlich, ist etwas zwischen dir und George?«
»Was? Aber nein!« Er errötete sogar. »Um Himmels willen, ich bin schließlich fünfundzwanzig Jahre älter als sie. Warum willst du das wissen?«
»Ach, kein besonderer Grund. Ich hab bloß das Gefühl, ich bin jetzt in Hochform und voll von Samen. Sie ist nun mal da, und sie macht den Eindruck, als ob sie in der Beziehung ganz tüchtig wäre.«
»Nun, sie ist ein erwachsenes Mädchen. Ich nehme an, sie kann ins Bett gehen, mit wem sie will.«
»Da könnte es Schwierigkeiten geben. Man kann nicht gerade behaupten, daß sie mich mit Aufmerksamkeiten überschüttet hätte.«
»Ach was, sie mag dich, bestimmt. Das merke ich an der Art, wie sie von dir spricht.«

»Spricht sie eigentlich jemals mit jemand anderem außer mit dir, Ben?«
»Nicht daß ich wüßte.« Ben trank sein Bier mit einem langen Zug aus und machte ein anderes auf. »Komisch«, sagte er dann.
»Was?«
»Daß du scharf bist auf George. Wenn man bedenkt, wie sie dich in die Mangel genommen hat, da sollte man eher annehmen, daß du sie haßt.«
»Wer kennt sich schon aus in den verschlungenen Pfaden des Id? Vielleicht hege ich im Unterbewußtsein den Wunsch, sie zu pfählen – sie zu erdolchen oder was weiß ich?«
Als zucke er innerlich zusammen, warf Ben Jonathan rasch einen Blick zu. »Weißt du was, altes Haus? Ganz tief in dir hast du das Zeug, ein wirklich schlimmer Bösewicht zu sein. Ich weiß nicht, ob es mir großen Spaß machen würde, ganz allein mit dir auf einer verlassenen Insel zu sein und dabei zu wissen, daß der Nahrungsmittelvorrat nicht mehr lange reicht.«
»Keine Angst. Du bist ja mein Freund.«
»Hast du je Feinde gehabt?«
»Ein paar schon.«
»Noch einer so quicklebendig, daß er die Beine vor Freude in die Luft wirft?«
»Einer«, sagte Jonathan, überlegte dann aber und sagte: »Nein, zwei.«

Sie hatten ziemlich viel Bier getrunken, und Jonathan war rasch eingeschlafen. Der Jemima-Traum setzte – wie jede Nacht zuvor – verführerisch sanft ein; es war eine Wiederholung sämtlicher Stadien ihrer Beziehung, vom ersten Zusammentreffen im Flugzeug an. Das plötzliche Auftauchen von Dragons höhnischem Gesicht war wie eine Einblendung in einem Film, dauerte aber niemals so lange, daß Jonathan davon aufgewacht wäre. Die flackernden Sturmlaternen verschwammen und verwandelten sich in Goldflitter. Das glühende Ende ihrer Zigarette beschrieb einen Bogen in der Dunkelheit. Er griff nach ihr, und sie war so wirklich, daß er ihre Haut geradezu körperlich zu spüren vermeinte, als er mit der Handfläche über ihren straffen und doch so weichen Bauch hinwegfuhr. Er spürte, wie er sich gegen sie drängte – und dann war er hellwach! Ehe er sich aufsetzen konnte, zog George ihn fest an sich, packte ihn mit ihren kräftigen Armen und schlang ihre geschmeidigen Beine um ihn. Auch ihre Augen hatten diesen mandelförmigen Schnitt, und so fiel es nicht schwer, die eine für die andere zu nehmen.

Erst nach fünf wachte er auf. Da er in den letzten Tagen immer sehr früh aufgewesen war, so daß es ihm schon zur Gewohnheit geworden war, wollte er sich wegen dieser Verspätung bereits Vorwürfe machen, doch da fiel ihm ein, daß er heute mit der Arbeit an der Steilwand beginnen würde, und an Steilwänden konnte man nicht vor Morgengrauen arbeiten. George war fort. Sie war so lautlos gegangen, wie sie gekommen war. Eine gewisse Steifheit im Kreuz, das behagliche Gefühl des Leerseins in den Lenden und ein leicht alkalischer Geruch unter dem Laken erinnerte ihn an die Nacht. Zwar war er wach gewesen, als sie gegangen war, doch er hatte so getan, als schliefe er, denn er hatte Angst, er müsse noch einmal ran.

Als er duschte, nahm er sich vor, sich des Mädchens nur von Zeit zu Zeit zu bedienen. Wenn er da keinen Riegel vorschob, konnte sie einen Mann innerhalb von vierzehn Tagen so schaffen, daß er reif war für ein Sanatorium. Sie erlangte rasch den Höhepunkt und hatte einen Orgasmus nach dem anderen. Das Liebesspiel war für sie nicht eine sanfte Folge von Zielsetzungen und dem Erreichen dieser Ziele, sondern eine nicht enden wollende Jagd von einer explodierenden Spannungslösung zur anderen – eine flache Hochebene von Erregungszuständen, die man nicht verlassen durfte, nicht eine Folge von Graten, die es immer aufs neue zu erklimmen galt. Sobald ihr Partner in seinem Bemühen nachzulassen schien, ersann sie rasch eine neue Variation, die ganz darauf abzielte, sein Interesse und seine Energie wieder zu wecken.

Beim Bergsteigen ist es wie beim Schwimmen: Wenn man eine Technik erst einmal beherrscht, verlernt man sie nie wieder. Freilich war Jonathan sich bewußt, daß er herausfinden mußte, welche neuen Grenzen ihm jetzt durch die Jahre der Entwöhnung und sein fortgeschrittenes Alter gesetzt wurden.

Ein erfahrener Bergsteiger kommt auch eine Steilwand hinauf, an der er nirgendwo einen natürlichen Halt findet. Eine regelmäßige, im voraus feststehende Abfolge von Bewegungen, die von einem Punkt außerhalb der Balance zu seinem Gegenpol führt, hält ihn an der Wand, solange er in Bewegung bleibt – so, wie ja auch ein Radfahrer kaum Schwierigkeiten mit dem Gleichgewicht hat, es sei denn, er fährt zu langsam. Dabei ist es nötig, den Schwierigkeitsgrad einer Strecke genauestens abzuschätzen, sich die Bewegungen vorher genau zu überlegen und im Geist nach kinesodischen Gesichtspunkten durchzuspielen, sie sodann von einem Halt zum anderen auszuführen und genau dort zu landen, wo man hingelangen will und ein fester Halt gewährleistet ist. Genau dieses Zusammenspiel von Fähigkeiten war in der Vergangenheit Jonathans Stärke gewesen, doch jetzt unterliefen ihm am ersten Tag, da er wirklich in der Wand hing, eine Reihe von Fehleinschätzungen, was dazu führte, daß er drei bis vier Meter hinunterschlidderte, bis er wieder auf dem Geröll angelangt war; dabei schürfte er sich an Knien und Ellbogen ein bißchen Haut ab, doch was am meisten darunter litt, war sein Selbstbewußtsein. Es dauerte eine Weile, bis er sein Problem erkannt hatte. Seine analytischen Fähigkeiten hatten in den Jahren seit seiner letzten Bergtour nicht gelitten; was jedoch in dieser Zeit in Mitleidenschaft gezogen worden war, das war seine physische Geschicklichkeit, die bislang außerordentlich verfeinert gewesen war. Diese Vergröberung, um es einmal so zu nennen, war einfach nicht wieder zu beheben, und so erkannte er, daß er sich darin üben mußte, innerhalb der Grenzen seiner neuen, nicht mehr ganz so hochgezüchteten physischen Fähigkeiten zu denken.

Zuerst bestand Ben aus Gründen der Sicherheit darauf, daß sie viele Felshaken benutzten; der Fels sah hinterher aus, als ob Damen oder Deutsche auf ihm herumgeklettert wären. Doch es dauerte nicht lange, und sie bewältigten kurze Strecken der Schwierigkeitsgrade fünf oder sechs mit einer mehr angelsächsischen Sparsamkeit im Verbrauch von Eisenwaren. Ein Problem jedoch plagte Jonathan weiterhin und machte ihn ganz wütend auf sich selbst. Es kam immer wieder vor, daß er mitten in einer Folge von geschickten und kalt überlegten Bewegungen plötzlich mit dem Felsen kämpfte, dem natürlichen, gleichwohl tödlichen Wunsch nachgab, sich mit dem ganzen Körper an ihn zu drücken. Das beraubte ihn nicht nur der Möglichkeit, die Hebelwirkung seines Körpers auszunutzen und festen Halt für seine Füße zu gewinnen, sondern machte es ihm auch noch schwer, die Wand über sich nach Spalten im Fels abzusuchen. Sobald ein Bergsteiger sich an den Fels selbst schmiegt, setzt ein gefährlicher Kreislauf ein. Was ihn anfänglich dazu bringt, sich an den Fels zu klammern, ist ein unmerkliches Aufwallen animalischer Angst; klammert er sich an, schwächt er dadurch den Halt seines Fußes, und dann ist er einfach blind für Ansatzpunkte, die durchaus in greifbarer Nähe sein können – was wiederum, und das ist das Gefährlichste dabei, seine ursprüngliche Angst nur noch verstärkt.

Einmal – Jonathan dachte gerade, er hätte diesen amateurhaften Impuls überwunden – war er unversehens mitten drin in diesem Kreislauf. Seine eisenbeschlagenen Stiefel konnten keinen Halt finden, und plötzlich stürzte er.

Er fiel nur drei von den vierzig Metern zwischen ihm und dem Fels unter ihm, da straffte sich das Seil, und er hing im Leeren und drehte sich um sich selbst. Der Felshaken hielt ihn.

»Hej!« rief Ben von oben. »Verdammt noch mal, was machst du denn?«

»Ich hänge am Haken, du Schlaumeier! Und was machst du?«

»Ich halte nur dein Gewicht in meinen kräftigen und erfahrenen Händen

und seh zu, wie du am Haken baumelst. Wirklich, ein hinreißender Anblick! 'n bißchen blöde, aber sonst hinreißend!«
Wütend stieß Jonathan sich vom Fels ab, segelte ins Freie und pendelte dann zurück, fand jedoch nirgends Halt.
»Um Gottes willen, altes Haus! Wart einen Augenblick! Tu jetzt gar nichts! Bleib fürs erste hübsch ruhig hängen!«
Jonathan schwebte am Seil und kam sich ziemlich idiotisch vor.
»Jetzt denk mal nach!« Ben ließ ihm Zeit. »Weißt du, woran es liegt?«
»Ja.« Jonathan war wütend, sowohl auf sich selbst als auch auf die herablassende Art, mit der Ben ihn behandelte.
»Dann sag's mir!«
Wie auswendig gelernt leierte Jonathan herunter: »Ich dräng mich an den Fels.«
»Richtig. Jetzt komm zurück an die Wand, und dann klettern wir runter.«
Jonathan holte tief Luft, um seinen Kopf klarzubekommen, stieß sich ab und segelte im Schwung zurück an die Wand. Während des gesamten Abstiegs bewegte er sich mit größter.Behendigkeit und Präzision, vergaß, daß es steil unter ihm nach unten ging und reagierte ganz natürlich auf die diagonale Verteilung der Schwerkraft auf Gewicht und Seil, die es ihm ermöglichte, sich die Felswand vom Hals zu halten.
Unten im Tal setzten sie sich auf einen Haufen Geröll. Jonathan schoß das Seil auf, während Ben eine Flasche Bier trank, die er im Schatten des Felsens verstaut hatte. Wie Zwerge wirkten sie neben den neun »Nadeln«, die senkrecht um sie herum aufragten. An einer von diesen »Nadeln« hatten sie geübt, einer Säule aus gekritztem rötlichem Felsgestein, die gleich dem Stamm eines seiner Krone beraubten, gigantischen, vorsintflutlichen Baumes aus der Erde ragte.
»Was würdest du davon halten, wenn wir uns morgen Big Ben vornähmen?« fragte Ben nach einem längeren Schweigen. Wovon er sprach, das war die größte der Säulen, ein hundertdreißig Meter in die Höhe ragender Pfeiler, an dem ganze Äonen von Wind genagt hatten und der oben breiter war als an der Basis. Die Nachbarschaft solcher besonderen Felsbildungen war es gewesen, die Ben einst bewogen hatte, hier seine Bergsteigerschule aufzuschlagen – und prompt hatte er auch den größten dieser Pfeiler nach sich selbst benannt.
Jonathan ließ die Augen die »Nadel« hinaufwandern und entdeckte ein halbes Dutzend außerordentlich prekärer Partien, ehe sie auch nur bis zur Hälfte gekommen waren. »Glaubst du, ich bin schon so weit?«
»Längst, altes Haus. Übrigens glaub ich, daß darin überhaupt dein Problem liegt. Du bist übertrainiert oder zu schnell wieder in Kondition ge-

bracht worden. Du wirst allmählich ein bißchen übermütig.« Ben fuhr fort, ihm zu erklären, er habe beobachtet, daß Jonathan sich zu heftig abstemme, wenn er bis zum äußersten angespannt dastehe, und kleine, unüberlegte Schritte mache, ohne sich über das, was er erreichen wolle, völlig im klaren zu sein, und sich nicht auf den Felsen konzentriere, sondern in Gedanken woanders scheine, wenn es nicht gerade sehr schwierig sei. Während einer dieser Augenblicke nachlassender Aufmerksamkeit sei es denn auch geschehen, daß er sich plötzlich an den Fels habe klammern wollen. Das beste Mittel gegen all das sei vielleicht ein Aufstieg, bei dem es vornehmlich auf Ausdauer ankomme – etwas, was geeignet sein könne, ihm die überstrapazierten Beine zu brechen und das übermütige, gefährlich zuversichtliche Tier in Jonathan zu demütigen.
Jonathans Augen suchten sich einen Weg von einem möglichen Haltepunkt zum anderen; geschlagene zwanzig Minuten spielte er den Aufstieg auf diese Weise durch, bis er mit den Augen ganz oben angelangt war. »Sieht hundsgemein schwer aus, Ben. Besonders der vorkragende Wulst oben.«
»Na ja, 'n Bettpfosten ist das nicht gerade.« Ben stand auf. »Aber ich will 'n Besen fressen, wenn ich da nicht richtig mitmache, morgen.«
Jonathan warf einen Blick auf Bens Fuß. Er konnte einfach nicht anders. »Du willst wirklich mitkommen?«
»Bloß keine Bange. Da bin ich schon mal raufgekraxelt. Was sagst du jetzt?«
»Dann sag ich: Machen wir also den Spaziergang morgen gemeinsam.«
»Wunderbar. Ja, und damit könntest du dir eigentlich den Rest des Tages um die Ohren schlagen, wie du willst, altes Haus.«
Als sie zum Bungalow zurückgingen, spürte Jonathan eine geistige Schwerelosigkeit ohnegleichen und war mit einer solchen Vorfreude auf den morgigen Tag erfüllt – Empfindungen, wie sie früher seine Liebe zum Bergsteigen zutiefst bestimmt hatten. Sein ganzes Sein konzentrierte sich auf Probleme des Felsens, auf seine Kraft sowie auf Fragen des taktischen Vorgehens und hatte die ganze Außenwelt mit all ihren Dragons und Jemimas völlig verdrängt.
Er hatte gut gegessen, wunderbar geschlafen, hart trainiert, viel Bier getrunken und maßvoll mit George geschlafen. Diese Art von elementarem Leben würde ihm in ein paar Wochen zwar unerträglich langweilig sein, aber im Augenblick war es einfach herrlich.
Er lehnte sich gegen den größten Tisch des Bungalows und las eine schillernde Postkarte von Cherry, auf der viele Wörter unterstrichen waren, mit Ausrufungszeichen versehen, Stellen mit drei Punkten, die ihn den Gedanken selbst zu Ende führen lassen sollten, manches in Parenthese

und ein paar Hahahas. Immerhin, offensichtlich hatte niemand sein Haus angezündet, und Mr. Monk spuckte Gift und Galle wie eh und je. Außerdem wollte Cherry wissen, ob er ihr ein paar Bücher empfehlen könne, aus denen hervorgehe, wie man ein Aphrodisiakum zusammenbraue, das sie für eine Freundin brauche (jemand, den er nie kennengelernt habe) und die wiederum für einen Mann (den er gleichfalls nie kennengelernt habe und vermutlich nicht ausstehen könne), alldieweil dieses namenlose Subjekt ein so herzloses *Arschloch* sei und einfach mitansehen könne, daß lebenslustige Mädchen *nicht* defloriert würden.

Jonathan spürte, daß irgend etwas seinen Fuß berührte, und als er nach unten blickte, sah er einen kleinen nervösen Spitz mit einem mit Bergkristallen besetzten Halsband daran herumschnüffeln. Er gab nicht weiter darauf acht und wandte sich wieder seiner Postkarte zu, doch im nächsten Augenblick sah er sein Bein von dem kleinen Hund wie liebestoll attakkiert. Er stieß ihn beiseite, eine Bewegung, die das Hündchen jedoch als mädchenhaft verschämte Ziererei auffaßte, woraufhin es sich neuerlich darauf stürzte.

»Laß Dr. Hemlock in Ruhe, Bündelchen. Es tut mir leid, Jonathan, aber Bündelchen hat es noch nicht gelernt, normale Männer von Tunten zu unterscheiden, und bringt einfach nicht die Geduld auf, in Ruhe abzuwarten, bis man ihm eine Einladung schickt.«

Ohne aufzublicken erkannte Jonathan an diesem schokoladenen Bariton – Miles Mellough.

Jonathan verfolgte, wie die aus Spitzenmanschetten hervorschauenden makellos manikürten Hände sich auf den Spitz hinabsenkten und ihn aufhoben. Seine Augen folgten dem Hund bis zu Miles' wie immer tief gebräuntem und hübschem Gesicht, aus dem unter langen, schwarzen Lidern große blaue Augen schmachtend hervorblickten; er sah die breite, glatte Stirn, die eine Fülle wohlgepflegter, weich gewellter Haare trug, welche ihm in scheinbarer Unordnung um die Schläfen hingen, jedoch der ganze Stolz von Miles' Friseur waren. Der Hund gab Miles eine Menge Küßchen auf die Wange, eine Liebesbezeigung, die dieser hinnahm, ohne freilich dabei die Augen von Jonathan zu lassen.
»Wie geht es dir, Jonathan?« Seine Augen lächelten ein wenig spöttisch, bewegten sich jedoch mit größter Flinkheit, bereit, jede drohende Attacke zu erkennen und ihr auszuweichen.
»Miles.« Das war keine Begrüßung, sondern eine Feststellung. Jonathan steckte die Postkarte in die Tasche und wartete ab, was Miles jetzt tun würde.
»Wie lange es doch schon her ist!« Miles senkte die Augen und schüttelte den Kopf. »Sehr lange. Denk nur, wir haben uns zuletzt in Arles gesehen. Wir hatten gerade diese spanische Sache hinter uns gebracht – du und ich und Henri.«
In Jonathans Augen flackerte es kurz auf, als der Name von Henri Baq fiel.
»Nein, Jonathan.« Miles legte ihm beschwichtigend eine Hand auf den Arm. »Denk nicht, das wäre mir nur so rausgerutscht. Gerade über Henri möchte ich mit dir reden. Hast du ein bißchen Zeit?« Als er spürte, daß Jonathans Armmuskeln sich strafften, klopfte er ihm beschwichtigend auf den Arm und zog die Hand zurück.
»Da gibt es nur eins, Miles: Du leidest an einer unheilbaren Krankheit und hast nicht den Mumm, dich selbst umzubringen.«
Miles lächelte. »Sehr gut gesagt, Jonathan. Aber du irrst. Wie wär's mit einem Drink?«
»Gut.«
»Wie in alten Zeiten!«
»Alles andere als in alten Zeiten!«
Die Augen sämtlicher in der Halle anwesenden jungen Damen folgten Miles, als er Jonathan auf dem Hauptgang voranging und über eine gewölbte Steinbrücke auf einen alleinstehenden Tisch zusteuerte. Sein ungewöhnlich gutes Aussehen, die Anmut und die Kraft seines Tänzer-

schritts sowie seine überstilisierte Kleidung hätten einen Mann von weniger Format einfach lächerlich gemacht; doch Miles bewegte sich gemessenen Schrittes unter den Mädchen, schenkte ihnen die Huld seines Lächelns und bedauerte sie aufrichtig; denn letzten Endes war er für sie unerreichbar.

Nachdem sie Platz genommen hatten, ließ Miles den Hund frei, der vor angespannter Energie förmlich vibrierte, bis seine Krallen auf dem Steinboden klickten, der Spitz wie wild geworden im Kreis herumwirbelte und dann auf einen der näherstehenden Tische zuschoß, wo er winselte, als drei junge Damen im Bikini ihn hochhoben, die offensichtlich überglücklich waren, sich auf diese Weise Zugang zu dem schönsten Mann verschaffen zu können, den sie je gesehen hatten. Eine von ihnen näherte sich mit dem zitternden, strampelnden Tier auf dem Arm ihrem Tisch. Miles ließ seinen Blick schmachtend auf ihrem Busen ruhen, und sie brachte ein nervöses Lächeln zustande. »Wie heißt er denn?« fragte sie.

»Bündelchen, meine Liebe.«

»Ach, wie süß. Warum denn ausgerechnet Bündelchen?«

»Weil er ein Nervenbündel ist.«

Der Groschen fiel bei ihr offensichtlich nicht, und so sagte sie nur: »Ja, ist der süß!«

Miles winkte dem Mädchen, näherzutreten, und legte ihr leicht die Hand aufs Gesäß. »Würden Sie mir einen großen Gefallen tun, meine Liebe?«

Sie kicherte bei dem unerwarteten Kontakt, wehrte sich aber nicht dagegen. »Klar. Mit Vergnügen.«

»Dann nehmen Sie Bündelchen und spielen Sie eine Weile mit ihm!«

»Gern«, sagte sie. Und dann: »Vielen Dank.«

»Das ist lieb von Ihnen.« Mit einem leichten Klaps auf das Hinterteil entließ er sie, und das Mädchen verließ die Halle. Ihre Gefährtinnen umringten sie und schienen fast umzukommen vor Neugierde zu erfahren, was geschehen war.

»Niedliche kleine Tricks, nicht war, Jonathan? Und ab und zu recht nützlich. Bienen zieht es nun mal zum Honig.«

»Drohnen aber auch«, fügte Jonathan hinzu.

Ein junger indianischer Kellner stand neben dem Tisch.

»Einen doppelten Laphroaig für meinen Freund, und einen Cocktail Alexander für mich«, bestellte Miles und schaute dem Kellner dabei tief in die Augen.

Mit dem Blick folgte er dem Kellner, wie dieser durch den Hauptgang und über die künstlichen Bäche leise plätschernden Wassers zur Bar hinüberging. »Ein gut aussehender Bursche«, meinte er. Doch dann wandte er seine Aufmerksamkeit wieder Jonathan zu, legte die Handflächen zusammen und hielt die Zeigefinger vor die Lippen, wobei die Daumen das Kinn stützten. Über die Fingerspitzen hinweg lächelten seine Augen Jonathan kühl, wenn nicht gar frostig an, und Jonathan kam es wieder zum Bewußtsein, wie gefährlich dieser skrupellose Mann seiner ganzen Erscheinung zum Trotz sein konnte. Eine volle Minute hindurch sprach keiner von ihnen ein Wort. Dann brach Miles das Schweigen mit einem volltönenden Lachen. »Ach, Jonathan, es gibt niemand, der dir in dem Spiel, ungerührt zu schweigen, überlegen wäre. Ich hätte das wissen müssen. Hat meine Erinnerung mich getrogen mit dem Laphroaig?«

»Nein.«

»Eine ganze, vollständige Silbe! Nein, diese Liebenswürdigkeit!«

Jonathan nahm an, daß Miles von selbst auf Henri zu sprechen kommen würde, und er hatte nicht die Absicht, ihm auf die Sprünge zu helfen. Bis die Drinks kamen, ließ Miles den Blick über die jungen Männer und Mädchen um den Swimming-pool herum schweifen. Gelassen saß er in seinem schwarzen Samtanzug mit dem hohen, an den Ecken leicht gewellten Leinenkragen über der schlaff herabhängenden Samtkrawatte sowie seinen schmalen, teuren italienischen Schuhen da. Allem Anschein nach ging es ihm gut. Gerüchteweise hieß es, nach dem Weggang vom CII habe er sich in San Francisco selbständig gemacht und handele mit allem möglichen, vornehmlich jedoch mit Rauschgift.

Im Grunde genommen hatte Miles sich nicht verändert. Großgewachsen und körperlich durchtrainiert, machte er kein Hehl aus seiner überwältigenden Homosexualität, tat es jedoch mit so viel Stil, daß einfache Gemüter es nicht merkten und Männer von Welt nichts dagegen hatten. Wie stets wurden Mädchen scharenweise von ihm angelockt, und er behandelte sie mit der belustigten Herablassung einer eleganten, überkandidelten Tante aus Paris, die Verwandte in Nebraska besucht. Jonathan hatte Miles während ihrer gemeinsamen Zeit beim CII in mancher Klemme und in vielen gefährlichen Situationen erlebt – niemals jedoch hatte er bemerkt, daß etwa eine Haarsträhne verrutscht oder eine Manschette nicht makellos gewesen wäre. Henri hatte oft genug gesagt, er kenne keinen Menschen, der Miles gleichkomme, was schieren physischen Mut betreffe.

Weder Jonathan noch Henri hatten etwas gegen die sexuelle Veranlagung ihres Freundes einzuwenden gehabt; ja, sie hatten bei Gelegenheit sogar von den vielen Frauen profitiert, die ihn umschwärmten, jedoch bei ihm nicht auf ihre Kosten kommen konnten. Miles' Abartigkeit war für das CII einer ihrer wertvollsten Aktivposten gewesen. Sie hatte ihn mit Leuten und Quellen in Verbindung gebracht, die normalen Männern nicht offenstanden, und außerdem hatte sie ihm die Möglichkeit gegeben,

einige hochstehende Persönlichkeiten des amerikanischen politischen Lebens jederzeit erpressen zu können.
Als der Kellner die Gläser auf den Tisch setzte, sprach Miles ihn an: »Sie sind außerordentlich attraktiv, junger Mann. Das ist eine Gabe, die Gott Ihnen gegeben hat, und Sie sollten dankbar für sie sein. Ich hoffe, daß Sie sich dessen bewußt sind. Aber jetzt trollen Sie sich, und tun Sie Ihre Pflicht.«
Der Kellner lächelte und ging. Als er außer Hörweite war, seufzte Miles und sagte: »Ich würde sagen, das ist geritzt. Meinst du nicht auch?«
»Wenn dir Zeit genug bleibt.«
Miles lachte und hob sein Glas. »Prost!« Nachdenklich nippte er an dem schaumigen Cocktail. »Weißt du, Jonathan, wir haben der Liebe oder – wenn dir das lieber ist – dem Bumsen gegenüber eine ähnliche Einstellung. Wir sind beide dahintergekommen, daß sich durch selbstsicheres, abgebrühtes Herangehen an die Sache mehr Leute aufs Kreuz legen lassen als mit dem ganzen romantischen Getue, mit dem die sexuell unter uns Stehenden ihre kleinen Eroberungen ködern wollen. Schließlich möchten die, auf die wir es abgesehen haben, ja selbst, daß man sie aufs Kreuz legt. Sie wollen ja nichts weiter, als das man sie vor Schuldgefühlen bewahrt, indem man ihnen das Gefühl gibt, sie hätten nicht anders gekonnt und wären einfach umgefallen. Dabei ist es für sie erfrischend, wenn man ihnen den Weg des Bösen mit Weltläufigkeit pflastert. Meinst du nicht auch?«
»Ich nehme an, du wirst beschattet?«
»Selbstverständlich.«
»Wer ist es?«
»Er steht hinter dir. An der Bar.«
Jonathan wandte den Kopf und blickte zur Bar hinüber, bis er, ganz am Ende, einen blonden Primaten sichtete, der gut und gern seine zweihundertzwanzig Pfund wog. Jonathan schätzte, daß er Mitte Vierzig sein müsse, obgleich seine Haut den leicht violetten Ton allzu intensiver Höhensonnenbestrahlung aufwies und er das lange gebleichte Haar über dem Kragen trug: ein typisches Beispiel für die abgetakelten Ringkämpfer und Strandhechte, mit denen Miles herumzog und die halb Leibwächter, halb Liebhaber bei ihm spielten, wenn ihm einmal nichts Besseres über den Weg lief.
»Und das ist deine ganze Leibwache?« fragte Jonathan und wandte sich wieder seinem Whisky zu.
»Dewayne ist bärenstark, Jonathan. Er war mal Weltmeister.«
»Waren sie das nicht allemal?«
»Ich werde Dewayne wegschicken, wenn er dich nervös macht.«

»Er sieht mir nicht sehr danach aus, als ob er gefährlich werden könnte.«
»Darauf würde ich mich lieber nicht verlassen. Er wird sehr gut bezahlt und ist mir voll und ganz ergeben.« Miles' Filmstarlächeln ließ seine vollkommenen Zähne erkennen, als er den Eisrand an seinem Glas mit einem Cocktailquirl auseinanderschob. Dann begann er höchst vorsichtig: »Es muß dir seltsam vorkommen, daß ich dich aufsuche, statt darauf zu warten, daß du eines Tages auf mich zutrittst und mich von der Last dieses Daseins befreist.«
»Wie schön du es ausdrückst! Damit sind sämtliche Fragen beantwortet, die ich vielleicht noch hätte haben können.«
»Ja, ich hab es satt, daß mir jedesmal das Blut in den Adern gefriert, wenn ich einen Mann sehe, der dir ähnlich sieht.« Er lächelte. »Du hast keine Ahnung, wie schändlich sich solch ein Erlebnis auf meine Gemütsruhe auswirkt.«
»Das wird bald vorüber sein.«
»So oder so. Und ich glaube, ich bin in einer guten Position, mit dir zu verhandeln.«
»Vergiß es.«
»Kein bißchen neugierig?«
»Nur auf eines. Woher wußtest du, daß ich hier bin?«
»Ach, du erinnerst dich doch gewiß noch daran, wie wir immer sagten: Geheimnisse des CII und allgemein Bekanntes unterscheiden sich nur darin, daß allgemein Bekanntes ...«
»... schwerer in Erfahrung zu bringen ist. Doch, ich erinnere mich.«
Miles ließ seine großen, sanften Augen auf Jonathan ruhen.
»Ich habe Henri nicht umgebracht, und ich möchte, daß du das weißt.«
»Du hast ihn ans Messer geliefert. Du warst sein Freund und hast ihn ans Messer geliefert.«
»Aber umgelegt hab ich ihn nicht.«
Auch ich werde dich wahrscheinlich nicht mit eigener Hand umlegen.«
»Ich wäre aber viel lieber tot, als daß es mir so erginge wie dem Griechen, dem du Stechapfel zu trinken gegeben hast.«
Jonathan lächelte und zeigte sein leeres, freundliches Gesicht, wie er es immer vor dem Kampf aufzusetzen pflegte. »Ich habe den Stechapfel nicht selbst in den Arrak getan. Ich hab jemand dafür bezahlt, es für mich zu tun.«
Miles seufzte und blickte zu Boden, so daß seine langen schwarzen Wimpern die Augen verdeckten. »Ich verstehe, was du meinst.«
Dann sah er auf und versuchte es auf eine andere Weise. »Hast du eigentlich gewußt, daß Henri ein Doppelagent war?«
In der Tat war Jonathan etliche Monate nach Henris Tod hinter dieses Ge-

heimnis gekommen, doch das spielte keine Rolle. »Er war dein Freund. Und meiner.«
»Verdammt noch mal, Jonathan, es war doch nur eine Frage der Zeit! Beide Seiten wollten seinen Tod.«
»Du warst sein Freund.«
Miles Stimme bekam etwas Schrilles. »Du verstehst hoffentlich, was ich meine, wenn ich sage, daß ich dieses ewige Pochen auf ethische Grundsätze bei einem bezahlten Killer etwas anmaßend finde.«
»Ich habe ihn in meinen Armen gehalten, als er starb.«
Miles' Stimme wurde augenblicklich etwas sanfter. »Ich weiß. Und das tut mir ehrlich leid.«
»Weißt du noch, wie er immer seine Witze gemacht hat? Darüber, daß er mit einer geistreichen Bemerkung hinübergehen wolle? In diesen letzten Augenblicken wollte und wollte ihm nichts einfallen, und so kam er sich recht dämlich vor, als er starb.« Allmählich bröckelte etwas von Jonathans Selbstbeherrschung ab.
»Es tut mir leid, Jonathan.«
»Ach, wie lieb und schön! Es tut dir also von Herzen leid! Damit wäre dann ja alles in Ordnung.«
»Ich hab getan, was ich konnte. Ich hab dafür gesorgt, daß Marie und die Kinder eine kleine Rente bekommen. Und was hast du getan? Du hast gleich die erste Nacht deinen Schwanz in sie reingesteckt.«
Wie der Blitz fuhr Jonathans Hand über den Tisch, und Miles wurde von einem Rückhandschlag auf seinem Stuhl zur Seite gefegt. Sofort rutschte der blonde Ringer von seinem Barhocker herunter und schickte sich an, auf den Tisch zuzugehen. Haßerfüllt starrte Miles Jonathan an, Tränen stiegen ihm in die Augen, doch dann, nachdem er kurz mit seiner Selbstbeherrschung gekämpft hatte, hob er die Hand, und der Ringer blieb stehen, wo er stand. Traurig blickte Miles Jonathan an und gab seinem Leibwächter mit einem Schnippen seiner Finger zu verstehen, er solle sich verziehen. Wütend, um seine Beute gebracht worden zu sein, funkelte der Blonde einen Augenblick zu ihnen herüber, ehe er sich wieder an die Bar verzog.
In diesem Moment erkannte Jonathan, daß er vor allem erst einmal dem Leibwächter den Wind aus den Segeln nehmen müsse.
»Wahrscheinlich meine Schuld, Jonathan. Ich hätte dich nicht reizen sollen. Meine Wange ist vermutlich rot und unansehnlich?«
Jonathan war selbst wütend auf sich, daß er Miles erlaubt hatte, ihn vorzeitig zum Handeln zu provozieren. Er trank seinen Laphroaig aus und winkte dem Kellner.
Bis dieser den Tisch wieder verlassen hatte, sprachen weder Miles noch

Jonathan ein Wort; auch blickten sie einander nicht an, ehe der Adrenalinstoß, der ihre Erregungszentren im Gehirn mobilisiert hatte, nicht abgeklungen war. Miles hatte sich abgewandt; er wollte nicht, daß der indianische Kellner seine brennende Wange sah.
Dann lächelte er Jonathan nachsichtig an. Die Tränen hatte er nicht abgewischt, weil er hoffte, sie würden ihm nützen. »Ich möchte dir eine gewisse Information verraten, als Versöhnungsgabe sozusagen.«
Jonathan erwiderte nichts.
»Der Mann, der die finanziellen Bedingungen für Henris Tod mit mir aushandelte, war Clement Pope – Dragons Mann.«
»Gut zu wissen.«
»Jonathan – sag mir: Was wäre geschehen, wenn Henri *mich* ans Messer geliefert hätte?«
»Das hätte er einem Freund nie angetan.«
»Wenn er es nun aber getan hätte – wärest du hinter ihm hergewesen, wie du jetzt hinter mir her bist?«
»Ja.«
Miles nickte. »Das hatte ich mir gedacht.« Er setzte ein mattes Lächeln auf. »Und damit ist mein Anliegen wohl ziemlich hinfällig. Aber ich mag nun einmal immer noch nicht zulassen, daß ich als Opfer deiner besonderen Achtung vor den heroischen Traditionen der Freundschaft ins Gras beiße. Weder die Aussicht auf den Himmel noch auf die Wiedergeburt finde ich besonders verlockend. Der eine scheint mir langweilig, die andere kaum wünschenswert. Und so kann ich nicht umhin, dieses mein so geruhsam dahinfließendes Leben mit aller Kraft zu schützen. Selbst wenn das bedeutet, daß ich dich umbringen muß, lieber Jonathan.«
»Was bleibt dir schon anderes übrig?«
»Ich wäre wohl kaum auf den Marktplatz gekommen, wenn ich nicht in der Lage wäre, etwas anzubieten.«
Big Ben betrat die Halle. Mit seinem gewohnheitsmäßigen breiten Lächeln schickte er sich an, auf Jonathan zuzueilen, da erblickte er Miles und setzte sich statt dessen an die Bar, wo er den blonden Ringkämpfer mit offensichtlichem Abscheu in Augenschein nahm.
»Du könntest mir zumindest deine Aufmerksamkeit schenken, Jonathan.«
»Gerade ist ein Freund von mir hereingekommen.«
»Ist der sich denn darüber im klaren, was das Vorrecht, dein Freund zu sein, ihn unter Umständen kosten kann?«
»Du vergeudest deine Zeit, Miles.«
»Vielleicht rette ich dir das Leben.«
Jonathan zog sich hinter sein sanftes Kampfeslächeln zurück.

»Als ich mich vom CII trennte, Jonathan, hab ich in San Francisco ein Geschäft aufgezogen. Ich bin im Speditionswesen. Ich transportiere Dinge von einem Ort zum anderen und verteile sie. Alle möglichen Dinge. Und das ist erstaunlich lukrativ. Allerdings ist das Leben für mich nicht allzu behaglich gewesen, wo doch dein Gespenst in jedem Schatten lauern konnte.«
»Wie betrüblich!«
»Dann, Anfang des Monats, erhielt ich den Auftrag, eine gewisse Information von Montreal nach... egal, wohin, zu bringen. Um in den Besitz dieser Information zu kommen, war es nötig, einen Agenten zu beseitigen. An der Liquidierung selbst war ich nicht beteiligt, denn im Gegensatz zu dir bin ich nicht blutrünstig.« Er blickte scharf hin, um die Reaktion in Jonathans Gesicht abzulesen. Es hatte keine gegeben. »Aber ich weiß, wer es getan hat. Einen von ihnen hast du kurz darauf erledigt. Und jetzt bist du hinter dem anderen her. Dragon hat mir gesagt, daß er bis zum Termin der Strafaktion genau festgestellt haben wird, um wen es sich handelt. Vielleicht gelingt es ihm. Vielleicht aber auch nicht. Ich weiß, wer es war, Jonathan. Und bis du die Information hast, schwebst du in großer Gefahr.«
»Wieso?«
»Wenn ich es dem Betreffenden stecke, wer und was du bist, wird aus dem Jäger der Gejagte werden.«
»Aber du bist bereit, mir den Namen dieses Mannes zu verkaufen?«
»Wobei ich als Gegenleistung erwarte, daß du mir versprichst, mir nicht mehr nachzustellen. Laß dir dieses Geschäft nicht entgehen.«
Jonathan blickte durch das Fenster hinaus zu einer Schar von Mädchen, die am Swimming-pool lachend und kreischend mit dem neurotischen Spitz spielten, der wie wahnsinnig immer auf derselben Stelle herumhüpfte. Seine Krallen machten klick-klick auf den Steinplatten, Urin tröpfelte unter ihm hervor. Jonathan wandte den Kopf und sah zum Ringkämpfer hinüber, der an der Bar saß und ihn nicht aus den Augen ließ.
»Ich werd's mir überlegen, Miles.«
Miles lächelte geduldig und ergeben. »Bitte, tu nicht so, als ob ich ein Amateur wäre. Ich kann nicht tatenlos und unbeschützt zusehen, während du dir's überlegst. Ich glaube, du bist es gewesen, der mir zuerst den Rat gegeben hat, niemals zu versuchen, einen Schwindler reinlegen zu wollen.«
»Du wirst meine Entscheidung innerhalb von fünf Minuten erfahren. Einverstanden?« Dann wurde Jonathans Stimme sehr sanft. »Wie es auch ausgehen mag, Miles: Wir sind einmal Freunde gewesen... und deshalb...« Er reichte ihm die Hand. Miles war überrascht, aber auch erfreut.

Und so schüttelten sie einander kräftig die Hand, ehe Jonathan zur Bar hinüberging, an der nur Ben und der Leibwächter saßen. Der letztere hatte seinen Barhocker nach hinten gekippt, so daß er nur auf zwei Beinen stand, hatte die Bar im Rücken und stützte sich mit beiden Ellenbogen auf die Theke. Mit verschlagenem Ausdruck betrachtete er Jonathan, der sich ihm schüchtern und wie um Nachsicht bittend näherte. »Nun, wie Sie gesehen haben: Miles und ich haben uns geeinigt«, sagte Jonathan mit dem Anflug eines unsicheren Lächelns. »Darf ich Sie zu einem Glas einladen?«
Der Ringkämpfer kratzte sich hinter dem Ohr, hüllte sich in verächtliches Schweigen und lehnte sich auf seinem Hocker noch weiter zurück, um mehr Abstand zwischen sich und diesen katzbuckelnden Niemand zu bringen, der es gewagt hatte, Mr. Mellough zu ohrfeigen.
Jonathan ging über diese Abfuhr hinweg. »Mann, bin ich froh, daß alles in Ordnung gekommen ist. Kein Mann von meiner Statur freut sich darauf, es mit einem Kerl zu tun zu kriegen, der so gebaut ist wie Sie.«
Der Ringer nickte verständnisvoll und drückte die Schultern nach unten, um seine Brustmuskeln zu zeigen.
»Nun ja, nur, damit Sie es wissen«, sagte Jonathan. Er tat, als ob er sich zum Gehen anschicke, aber unversehens wurde aus dieser harmlosen Bewegung ein heftiger Fußtritt, der den nach hinten gekippten Barhocker unter dem Ringer hinwegfegte. Erst krachte die Bar selbst, dann die Messingstange, die um sie herumlief, als der Blondkopf daraufschlug. Benommen und angeschlagen, wie er war, fuhr dem Ringkämpfer das lange Haar ins Gesicht, und ehe er sich's versah, hatte Jonathan ihm den Stiefel ins Gesicht gesetzt und seinen Absatz darin herumgedreht. Die Nase krachte und wurde unter dem Absatz plattgedrückt. Das mahlende Geräusch, das dabei entstand, trieb Jonathan die Galle hoch, und er zog die Backen ein, so übel wurde ihm. Aber er wußte, daß es in einer solchen Situation nicht anders ging: Man mußte dafür sorgen, daß Burschen wie dieser den Schmerz nicht so leicht vergaßen.
Jonathan kniete über dem Ringer und zog ihn an den Haaren hoch, bis sein Gesicht nur wenige Zentimeter von dem des anderen entfernt war. »Hör mir gut zu! Ich hab keine Lust, dich mir nichts dir nichts umzubringen. Das kotzt mich an, und das hab ich gar nicht gern. Also merk dir: Komm mir niemals zu nahe, sonst bist du ein toter Mann. Hej! Hör doch zu! Werd nicht gleich ohnmächtig, während ich mit dir rede!«
Die Augen des Ringers waren glasig vor Schmerz und vor Verwirrung, und er entgegnete nichts.
Jonathan schüttelte ihn an den Haaren, bis etliche Strähnen in seinen Fingern zurückblieben. »Hast du kapiert, was ich dir gesagt habe?«

»Ja.« Die Antwort kam ganz schwach.

»Braver Junge!« Jonathan ließ den Kopf sanft auf den Boden gleiten. Dann stand er auf und blickte Ben ins Gesicht, der das Ganze mitangesehen hatte, ohne sich zu rühren. »Würdest du dich jetzt bitte um ihn kümmern, Ben?«

»Okay, altes Haus! Aber ich will 'n Besen fressen, wenn ich begreife, was hier vorgeht.«

»Darüber reden wir später.«

Zwei indianische Pikkolos stöhnten unter der Aufgabe, den immer wieder torkelnden Giganten auf sein Zimmer zu bringen, während Jonathan auf den Ausgang der Halle zuging. Dort hielt er inne und blickte zu Miles hinüber, der als einziger von allen Gästen mitbekommen hatte, was vorgefallen war. Ihre Augen, die das gleiche kalte Blau aufwiesen, kreuzten sich für einen Moment. Dann nickte Miles bedächtig und wandte sich ab, wobei er ein unsichtbares Stäubchen vom Ärmel seines Samtjacketts schnippte. Er hatte seine Antwort.

Den Rücken gegen ein hochgestelltes Kissen gelehnt, die Beine gerade vor sich ausgestreckt, saß Jonathan auf seinem Bett. Er rollte sich seine zweite Zigarette, leckte das Papier an, vergaß sie dann jedoch anzuzünden und starrte, ohne irgend etwas direkt anzublicken, in das immer dunkler werdende Dämmern hinein.
Er legte sich in groben Zügen zurecht, wie er Miles beseitigen wollte. Er hatte keine Chance, an ihn heranzukommen, bevor er dem Mann, an dem die Strafaktion vollzogen werden sollte, hinsichtlich seiner Person ein Licht aufstecken und ihn warnen könnte. Alles in der Schweiz hing davon ab, daß »Spürhund« so schnell wie möglich feststellte, um wen es sich nun eigentlich handelte.
Jonathan kehrte augenblicklich wieder in die Gegenwart zurück, als er draußen vor seiner Tür ein schwaches metallisches Klicken hörte. Langsam erhob er sich von seinem Bett und drückte dabei nachhaltig auf die Matratze nieder, damit die Sprungfedern nicht quietschten. Es pochte leise an der Tür, offensichtlich in der Absicht, ihn nicht zu wecken, falls er schliefe. Er hatte nicht damit gerechnet, daß Miles so rasch in Aktion treten würde und bedauerte, keine Schußwaffe bei sich zu haben. Das Pochen wiederholte sich, und abermals vernahm er das schwache metallische Klicken. Lautlos huschte er auf die Seite der Tür, wo diese in den Angeln hing. Ein Schlüssel drehte sich im Schloß, die Tür ging einen Spalt weit auf, und ein Lichtstreifen teilte das Zimmer in der Mitte. Jonathan spannte alle Muskeln an und wartete. Die Tür wurde absichtlich weit aufgestoßen, und jemand flüsterte draußen. Zwei Schatten erschienen auf dem Teppich, der eines Mannes und der einer monströsen Gestalt mit einer riesigen Scheibe auf dem Kopf. Als die Schatten näherkamen, versetzte Jonathan der Tür einen Fußtritt, daß sie zuflog, und dann stemmte er sich mit aller Kraft dagegen. Draußen vernahm man ein Krachen, das Scheppern von Metall und das Klirren und Splittern von Glas, und er erkannte sofort, worum es sich dabei handelte.
Betreten machte er die Tür auf und blickte hinaus. Big Ben lehnte an der Korridorwand gegenüber, und ein indianischer Kellner saß benommen auf dem Boden inmitten eines Durcheinanders von zerbrochenen Tellern und Silbergeschirr; seine weiße Kellnerjacke war eine illustrierte Speisekarte.
»Du wirst es vielleicht nicht glauben, altes Haus, aber es gibt Leute, die machen einfach den Mund auf und sagen, wenn sie keinen Hunger haben.«

»Ich dachte, da wäre jemand anders.«
»Na, das will ich aber auch hoffen.«
»Komm schon rein.«
»Was führst du denn diesmal im Schilde? Willst du mich etwa mit einer alten Kommode zusammenkloppen?« Ben gab Anweisungen, das Durcheinander zu beseitigen und ein anderes Essen herüberzubringen, dann trat er in Jonathans Zimmer und machte viel Wesens, vorsichtig über die Schwelle zu springen und das Licht anzuknipsen, ehe jemand über ihn herfiel.
Jonathan gab sich möglichst sachlich, teils, weil er seinem Plan gemäß vorgehen wollte, den er sich in der Dunkelheit zurechtgelegt hatte, und teils, weil er nicht wollte, daß sie sich länger über den Fauxpas aufhielten, den er soeben begangen hatte.
»Ben, was weißt du eigentlich über die drei Männer, mit denen zusammen ich den Eiger besteigen soll?«
»Nicht viel. Wir haben nur ein paar Briefe getauscht, und in denen ging es ausschließlich um den Aufstieg.«
»Dürfte ich die wohl mal lesen?«
»Klar.«
»Danke. Und jetzt etwas anderes. Besitzt du eine detaillierte Karte von der Gegend hier?«
»Klar.«
»Kann ich die mal haben?«
»Klar.«
»Was liegt eigentlich westlich von hier?«
»Nichts.«
»Danach schien es mir von größerer Höhe aus auch auszusehen. Um was für eine Art Nichts handelt es sich denn?«
»Um ödes, beschissenes Land, das zu nichts zu gebrauchen ist. Nur Fels und Sand und sonst nichts. Endlos. Dagegen kommt einem Death Valley wie eine Oase vor. Setz dir bloß nicht in den Kopf, da mal rauszufahren, altes Haus. Zwei Tage da draußen, und man ist ein toter Mann. Um diese Jahreszeit mißt man dort Temperaturen bis zu fünfzig Grad im Schatten, und du mußt schon verdammt lange suchen, ehe du so etwas wie Schatten findest.«
Ben griff nach dem Telefonhörer, bat um die Geländekarte sowie um einen bestimmten Ordner mit Briefen aus seinem Büro; außerdem solle man eine Sechserpackung Bier gleich mitbringen. Dann rief er Jonathan, der ins Badezimmer gegangen war, um einen Aschenbecher zu leeren.
»Ich will 'n Besen fressen, wenn ich weiß, was hier eigentlich los ist! Du brauchst es mir natürlich nicht zu erzählen, wenn du nicht willst.«

Jonathan erklärte, daran werde er sich halten.
»Nein, du brauchst es mir wirklich nicht zu erzählen. Wozu auch! Haust irgendwelchen Kerlen in meiner Halle eine runter. Zertrümmerst Nasen an meiner Bar! Haust mein Geschirr zu Klump! Und all das geht mich nichts an.«
Jonathan kam ins Zimmer zurück. »Du hast doch Gewehre, Ben?«
»Ach, auch das noch!«
»Hast du ein Gewehr?«
»Nun mal langsam, altes Haus...«
Jonathan setzte sich in den Sessel Ben gegenüber. »Ich sitze in der Klemme. Ich brauche Hilfe.« Der Ton seiner Stimme ließ erkennen, daß er sie von einem Freund erwartete.
»Du weißt doch, daß du von mir jede Hilfe bekommst, die ich dir geben kann, Jon. Aber wenn hier auf meinem Grund und Boden Leute umgelegt werden sollen, wäre es vielleicht doch besser, ich wüßte, worum es sich handelt.«
Es klopfte. Ben machte auf, und draußen stand ein Kellner mit dem Bier, dem Ordner und der Karte. Er trat ein, jedoch nicht ohne sich vorher vergewissert zu haben, was hinter der Tür war; dann verzog er sich, so rasch er konnte.
»Auch ein Bier?« fragte Ben und riß den Ringverschluß von einer Dose ab.
»Nein, danke.«
»Auch besser so. Sind sowieso nur sechs da.«
»Was weißt du eigentlich über diesen Miles Mellough, Ben?«
»Ist das der Bursche, mit dem du geredet hast? Nicht viel. Sieht aus, als ob er einem 'nen Neun-Dollar-Schein wechseln könnte, und zwar in Drei-Dollar-Scheine. Das ist so ziemlich alles, was ich von ihm weiß. Er ist heute morgen hier eingetrudelt. Möchtest du, daß ich ihn an die Luft setze?«
»Aber nein, im Gegenteil. Mir ist es gerade recht, daß er hier ist.«
Ben kicherte stillvergnügt in sich hinein. »Mann, bringt der es fertig, den Mädchen schlaflose Nächte zu bereiten! Die kommen ja in ganzen Scharen, als ob er 'n Patent auf 'n Penis hätte. Ich habe gesehen, wie sogar George große Augen machte.«
»Bei dem würde sie aber nicht auf ihre Kosten kommen.«
»Tja, hab ich mir fast gedacht.«
»Und was ist mit dem anderen? Dem großen Blonden?«
»Der ist gleichzeitig mit ihm gekommen. Ihre Zimmer liegen nebeneinander. Ich hab den Arzt aus der Stadt kommen lassen, und der hat ihm zwar erst mal seine Nase wieder zurechtgebastelt, aber ich kann mir nicht

vorstellen, daß er jemals 'n Feund von dir werden wird.« Ben zerdrückte die leere Bierdose mit den Händen und riß nachdenklich eine neue auf. »Weißt du was, Jon? Diese Rauferei ist mir wirklich an die Nieren gegangen. Für 'n alten College-Professor hast du den Burschen ganz schön überrumpelt und fertiggemacht.«
»Du hast mich ja schließlich auch topfit gemacht.«
»Hm, hm. Nee, das allein ist es nicht. Du hast ihn fertiggemacht, als wärst du es gewohnt, Leute fertigzumachen. Außerdem hast du ihn derart überrumpelt – der arme Kerl hatte ja überhaupt keine Chance. Erinnerst du dich, daß ich dir neulich sagte, mir wär's im höchsten Maße unangenehm, ohne Lebensmittel allein mit dir auf einer einsamen Insel zu sitzen? Nun ja, so ungefähr mein ich das. Wie du diesem Schrank von einem Kerl die Nase zermalmt hast! Dabei hattest du's ihm doch schon gezeigt! Man könnte fast das Gefühl kriegen, irgendwo in dir steckt ein ganz gemeiner Schuft.«
Es war klar, daß er Ben zumindest in Grenzen eine Erklärung schuldig war. »Ben, diese Leute haben einen Freund von mir umgebracht.«
»So?« Ben sann darüber nach. »Weiß die Polizei davon?«
»Die Polizei kann nichts tun.«
»Wieso?«
Jonathan schüttelte den Kopf. Er hatte nicht die Absicht, sich länger über diese Angelegenheit auszulassen.
»Hej! Nun mal langsam! Du hast mir eben wirklich Angst eingejagt. Ich hatte plötzlich das Gefühl, all das hätte irgendwie was mit der Eiger-Besteigung zu tun. Woher sollten sie sonst wissen, daß du hier bist?«
»Halt dich da raus, Ben.«
»Nun hör mir mal gut zu! Dieser Aufstieg ist schwer genug, du brauchst dir nicht noch mehr Schwierigkeiten aufzuhalsen. Gesagt hab ich's dir ja noch nicht, aber vielleicht ist es besser, ich sag's doch. Du trainierst verdammt gut, und du bist immer noch ein As im Bergsteigen. Aber ich hab dich sehr genau beobachtet, Jon. Und ehrlich - für den Eiger hast du bestenfalls eine Chance fünfzig zu fünfzig. Davon, daß du dich hier mausig machst und versuchst, Leute umzulegen, die versuchen, dich umzulegen, mal ganz zu schweigen. Ich hab nicht die Absicht, dein Selbstvertrauen und deine Zuversicht zu erschüttern, altes Haus, aber wissen solltest du das immerhin.«
»Ich dank dir, Ben.«
Ein Kellner klopfte und brachte ein Tablett mit einer Trainingsmahlzeit für zwei, die sie schweigend verzehrten, während Jonathan über der Geländekarte brütete und Ben die restlichen Dosen Bier austrank.
Als von der Mahlzeit nichts weiter übrig war als ein Durcheinander von

abgegessenen Tellern und leeren Schüsseln, hatte Jonathan die Karte zusammengelegt und in die Tasche gesteckt. Er begann, Ben nach seinen Partnern bei der bevorstehenden Eiger-Besteigung auszufragen. »Wie eingehend hast du mit ihnen korrespondiert?«

»Ach, nur ganz allgemein. Halt das übliche: Hotel, Verpflegung, Seile, Felshaken, wie wir's mit den Journalisten halten – solche Sachen eben. Am meisten schreibt dieser Deutsche. Er ist derjenige, der überhaupt auf die Idee gekommen ist, und führt sich dementsprechend auf, als wäre er der Anführer. Ach, übrigens, dabei fällt mir ein: Fliegen wir beide eigentlich zusammen rüber?«

»Das glaube ich nicht. Wir treffen uns dort. Hör mal zu, Ben, ist einer von ihnen... Ich meine, sind sie körperlich alle tadellos in Ordnung?«

»Zumindest so wie du.«

»Ist irgendeiner von ihnen in letzter Zeit verwundet worden? Oder verletzt?«

»*Verwundet?* Nicht, daß ich wüßte. Einer von ihnen – der Deutsche – schrieb, er wäre Anfang des Monats ein bißchen gestürzt. Aber nichts Ernsthaftes.«

»Was für eine Art Sturz?«

»Weiß ich nicht. Mit Hautabschürfungen am Bein.«

»So schlimm, daß er vielleicht hinkt?«

»Na, ich weiß nicht, aber wer kann das auch schon aus der Handschrift eines Menschen rauslesen? Sag mal, warum fragst du mich all diesen Quatsch?«

»Laß nur! Ach, läßt du mir diesen Ordner mit der Korrespondenz für eine Weile? Ich möchte sie gern durchlesen. Mir kommt es darauf an, die Männer ein bißchen kennenzulernen.«

»Wüßte nicht, daß mir das weh täte.« Ben streckte sich und grunzte wie ein satter Bär, der sich den Bauch vollgeschlagen hat. »Hast du immer noch vor, morgen früh diese Nadel zu ersteigen?«

»Selbstverständlich. Warum sollte ich nicht?«

»Nun ja, könnte mir vorstellen, daß es etwas mühselig ist, mit einem Schießgewehr überm Arm raufzuklettern.«

Jonathan lachte. »Da mach dir mal bloß keine Sorgen.«

»Schön, dann gehen wir beide wohl besser noch ein bißchen in die Falle. Diese Nadel ist schließlich kein Zeltpfosten.«

»Bettpfosten, meinst du.«

»Weder das eine noch das andere.«

Kurz nachdem Ben gegangen war, saß Jonathan im Bett und studierte die Briefe seiner künftigen Bergkameraden. Bei allen klang der erste Brief ziemlich steif und höflich. Offenbar waren Bens Antworten jedoch geradezu und einigermaßen saftig ausgefallen, denn in allen folgenden Briefen ging es ausschließlich um rein technische Dinge der Bergsteigerei: um Wetterberichte, Beobachtungen über die Verhältnisse an der Nordwand, Beschreibungen von kürzlich unternommenen Trainingsbesteigungen, Vorschläge für die Ausrüstung. In einem dieser Briefe erwähnte der Deutsche einen kurzen Absturz, bei dem er sich eine Beinwunde gerissen habe, die aber, wie er Ben versicherte, bis zur Besteigung wieder völlig ausgeheilt sein werde.

Jonathan war ganz in die Korrespondenz vertieft und versuchte, zwischen den trockenen, nüchternen Zeilen herauszulesen, was für eine Persönlichkeit sich wohl hinter den einzelnen Schreibern verbarg, da vernahm er das schabende Klopfen von George Hotfort, die hereingelassen werden wollte.

Die Begegnung mit Mellough am Nachmittag machte ihn vorsichtig. Erst knipste er die Leselampe aus, ehe er zur Tür hinüberging, um aufzuschließen. Unsicher trat George in die Dunkelheit, doch Jonathan verriegelte die Tür hinter ihr wieder und führte sie zum Bett. Es verlangte ihn danach, sie als sexuelles Beruhigungsmittel zu benutzen, um die Anspannung vom Nachmittag loszuwerden, doch dabei wußte er genau, daß es bei ihm zu nichts weiter kommen würde als zu einer Entladung und Erleichterung ohne jene lokalisierbare Empfindung, wie man sie gemeinhin mit einem Orgasmus gleichsetzt.

Während sie bei ihm war, ließ George ihre Augen nicht von ihm, diese ausdruckslosen indianischen Augen, die überhaupt nichts mit ihrem aggressiven und fordernden Körper zu tun zu haben schienen. Etwas später, als er bereits schlief, schlich sie ohne ein Wort hinaus.

Er spürte, daß er großartig sein würde.
Gleich nach dem Erwachen konnte er es kaum erwarten, die Big-Ben-Nadel zu erklettern. Nur ein- oder zweimal in seiner gesamten Laufbahn als Bergsteiger hatte er diese Siegesgewißheit erlebt – hatte er dieses ganz bestimmte leise Ziehen in seinen Eingeweiden verspürt; einmal, unmittelbar bevor er den Aufstieg zur Spitze des Grand Teton in Weltrekordzeit schaffte, und dann noch einmal, als er eine neue Route für die Besteigung des Dru ausprobierte, die dann in die Handbücher der Alpinisten eingehen sollte. Er hatte das Gefühl, so viel Kraft in den Händen zu haben, daß er Haltepunkte in den Fels hämmern könnte, falls es nötig sein sollte, und seine Beine trugen ihn mit mehr als bloßer Kraft und Leichtigkeit – ihm war, als bewegten sie sich schwerelos wie auf dem Mond. Er war so unglaublich gut auf diesen Aufstieg eingestimmt, daß seine Hände, wenn er sie rieb, sich anfühlten, als trüge er feinste Ziegenlederhandschuhe, mit denen er sich selbst an glattem Fels festklammern könnte.
Nachdem er geduscht hatte, machte er sich nicht einmal die Mühe, sich zu rasieren oder sich die Haare zu kämmen: Er wollte rauh und stachlig sein, wenn er den Fels attackierte.
Als Ben an seine Tür klopfte, war er bereits dabei, sich die Stiefel zuzuschnüren. Sie fühlten sich wunderbar an: bereits eingelaufen bei den Übungstouren der letzten Tage, aber die Schuhnägel in ausgezeichnetem Zustand.
»Du scheinst ja schon ganz geil zu sein.« Ben war gerade eben erst aufgestanden und trug noch Pyjama und Morgenmantel. Er war grau im Gesicht und hielt die erste Dose Bier in der Hand.
»Ich fühl mich phantastisch, Ben. Diese Nadel ist schon so gut wie bezwungen.«
»Oho, ich würd mich aber gar nicht wundern, wenn sie dich erst mal ganz schön mürbe macht. Sie ist beinahe hundertdreißig Meter hoch und weist fast durchgängig Schwierigkeitsgrad sechs auf.«
»Sag deinen Köchen, daß wir zum Mittagessen wieder zurück sind.«
»Das bezweifle ich. Besonders wenn ich bedenke, daß du einen schlappen alten Mann hinter dir herzerren mußt. Komm rüber zu mir, ich muß mich noch fertigmachen.«
Er folgte Ben in dessen Wohnung, lehnte dort ein Bier ab, setzte sich hin und sah zu, wie die Morgendämmerung immer rascher heraufzog. Ben suchte währenddessen seine Ausrüstung für diese Besteigung zusammen und zog sich an. Die Sucherei fiel ihm offenbar schwer, denn Ben brum-

melte und fluchte in einem fort vor sich hin, als er seine Sachen aus den Schränken herausriß und auf den Boden feuerte und Kartons mit allem möglichen Kram auf dem zerwühlten Bett auskippte.

»Hast du gesagt, daß ich dich hinter mir herzerren werde, Ben? Ich hatte gedacht, die Führung übernimmst du. Schließlich kennst du die Route. Für dich ist es ja auch nicht das erstemal.«

»Stimmt. Aber warum soll ich den ganzen Spaß für mich allein haben? Verdammt noch mal, wo steckt bloß meine zweite Socke! Ich kann's nun mal nicht ausstehen, Socken zu tragen, die nicht zusammenpassen. Das bringt mich glatt aus dem Gleichgewicht. Hej! Wenn ich's genau ausprobiere, könnte ich die fehlenden Zehen an diesem Fuß vielleicht dadurch ausgleichen, daß ich an dem gesunden Fuß 'ne dünnere Socke trage. 'türlich könnte es mir dann passieren, daß ich mir dadurch das Gegenteil von Hinken einhandle. Wer weiß, dann schweb ich vielleicht 'n paar Zentimeter überm Boden, und wie sollte ich mich dann 'nen Berg hochhebeln?! Hej, tummle dich mal und such in diesem Kram, ob du nicht meinen alten Kletterpullover findest. Du weißt schon, den alten grünen.«

»Den hast du doch schon an.«

»Ach, was du nicht sagst. Ja, stimmt. Aber guck mal her: Da hab ich doch wahrhaftig kein Hemd drunter an.«

»Das ist nicht meine Schuld.«

»Na, 'ne große Hilfe bist du gerade nicht.«

»Ich habe Angst, wenn ich mich bis in die Mitte des Zimmers vorwage, finden sie mich nie wieder.«

»Ach was, George würd schon auf dich stoßen, wenn sie dieses ganze Durcheinander wieder wegräumt.«

»Was, George hält dir deine Wohnung in Ordnung?«

»Sie steht auf meiner Gehaltsliste, und da muß sie schon ein bißchen mehr tun als nur Spucknapf für dein Sperma spielen.«

»Du hast wirklich Sinn für passende Vergleiche, Ben.«

»Willst du mich auf den Arm nehmen? Na schön, ich geb's auf. Ich will verdammt sein, wenn ich nicht endlich meine Stiefel finde. Warum leihst du mir nicht deine?«

»Und ich steige barfuß rauf?«

»Ich dachte, da du doch so jibberig und super in Form bist, merkst du den Unterschied vielleicht gar nicht.«

Jonathan lehnte sich im Sessel zurück, entspannte sich und genoß dabei die Morgendämmerung. »Ich fühl mich wirklich groß in Form, Ben. So hab ich mich schon lange nicht mehr gefühlt.«

Seine charakteristische Bullerigkeit verließ Ben für einen kurzen Augenblick.

»Das ist schön. Freut mich. Ich weiß noch sehr gut, wie ich dieses Gefühl immer genossen hab.«

»Geht dir die Kletterei eigentlich sehr ab, Ben?«

Ben ließ sich auf der Bettkante nieder. »Würde dir was abgehen, wenn jemand plötzlich mit deinem Pimmel auf und davon ginge? Na klar fehlt mir das. Seit meinem neunzehnten Lebensjahr bin ich auf Berge geklettert. Zuerst wußt ich nicht so recht, was ich mit mir anfangen sollte. Aber dann...« Er klatschte sich auf die Knie und erhob sich. »Ja, dann kaufte ich mir diese Klitsche hier, und seither leb ich auf Teufel komm raus. Aber trotzdem...« Ben trat auf den Einbauschrank zu. »Da sind ja meine Stiefel! Gott verdamm mich!«

»Wo waren sie denn?«

»Im Schuhregal. George muß sie dort hingestellt haben. Gott verdamm sie!«

Beim Frühstück in der blitzenden leeren Küche des Restaurants erkundigte Jonathan sich, ob Miles Mellough nach dem Kampf irgend etwas von Interesse getan habe.

»Beunruhigt er dich, Jon?«

»Im Augenblick mache ich mir einzig und allein wegen des Aufstiegs Sorgen. Aber wenn ich wieder zurück bin, werde ich mich mit ihm befassen müssen.«

»Falls er sich nicht vorher mit dir befaßt.«

»Sag's schon, wenn du was weißt.«

»Tja, einer von meinen Angestellten hörte, wie dieser Mellough und sein Freund in ihren Zimmern eine kleine Auseinandersetzung hatten.«

»Ist das so gang und gäbe, daß deine Angestellten an den Türen deiner Gäste lauschen?«

»Normalerweise nicht. Ich dachte nur, du wärst vielleicht ganz froh, wenn ich diese Kerle ein bißchen im Auge behielte. Aber wie dem auch sei, der Überkandidelte war jedenfalls verdammt sauer auf den anderen, daß der sich von dir so hat zurichten lassen. Und der blonde Riese erklärte, nächstesmal würd's anders ausgehen. 'n bißchen später bestellten sie einen Leihwagen aus der Stadt. Der steht jetzt draußen vorm Haus.«

»Vielleicht wollen sie einen kleinen Ausflug ins Grüne machen.«

»Was hast du denn gegen die Wagen unserer Gäste? Nein, ich glaub, die wollen ganz schnell irgendwohin. Vielleicht, nachdem sie irgend was ausgefressen haben, dessen sie sich schämen müßten. Wie zum Beispiel jemand umlegen.«

»Wie kommst du auf den Gedanken, daß sie jemand umlegen wollen?«

Ben machte eine Pause, denn er hoffte, was er als nächstes zu sagen hätte,

würde Jonathan beeindrucken. »Der Kellner erzählte, daß der Blonde 'ne Knarre mit sich rumschleppt.« Jonathan schlürfte hingegeben an seinem Kaffee und brachte Ben um die erwartete Reaktion.
Ben riß eine Bierdose auf. »Scheint dich nicht weiter aufzuregen, daß der Kerl bewaffnet ist.«
»Ich wußte, daß er das ist. Ich sah sie unter seiner Jacke. Deshalb bin ich ihm ja so auf die Nase gestiegen – damit er nicht mehr klar sehen konnte. Ich brauchte ja zumindest Zeit, mich verziehen zu können.«
»Da bilde ich mir die ganze Zeit über ein, du hättest irgendwo 'ne ganz gemeine Ader, und dabei hast du nur getan, was du tun mußtest.«
»Du solltest dich schämen!«
»Ich könnte dem Kerl die Zunge abschneiden, die da so schlecht von dir gesprochen hat, altes Haus.«
»Ich hab nichts anderes versucht, als am Leben zu bleiben.«
»Und deshalb möchtest du wohl auch ein Gewehr haben?«
»Nein, nicht um mich zu beschützen. Das brauche ich zum Angriff. Komm schon! Sonst fällt die Nadel noch der Erosion zum Opfer. Viel wird sowieso nicht mehr davon übrig sein, bis du mal fertig bist.«
Jonathans Stiefel knirschten über das Steingeröll am Fuß der Nadel, die sich über ihm pilzförmig verdickte und an der Westseite zu dieser frühen Morgenstunde noch schwarz war. Ein Gesteinsbohrer, ein Hammer sowie fünfzehn Pfund Felshaken, Karabiner- und Bohrhaken hingen klirrend an seinem breiten Gurt, den er sich um den Rumpf gebunden hatte.
»Ziemlich genau hier«, meinte er und schätzte die Lage eines langen, vertikal nach oben sich hinziehenden Spalts, den er am Tag zuvor entdeckt hatte. Der im Durchschnitt etwa zwölf Zentimeter breite Riß, der sich vom Fuß an bis etwa dreißig Meter in die Höhe erstreckte, wollte ihm als ideale Route für das erste Viertel der Felswand erscheinen. Dort, wo er endete, fing das Pilzdach gerade an auszukragen, was bedeutete, daß es von da an wirklich schwierig werden würde.
»Bist du ihn auch so angegangen, Ben?«
»Es ist *eine* Route, will ich mal sagen«, erklärte Ben, ohne sich festzulegen.
Sie seilten sich an. »Du hast offensichtlich nicht die Absicht, mir besonders zu helfen, nicht wahr?« fragte Jonathan, als er seinem Partner das locker aufgeschossene Seil reichte.
»Verdammt noch mal, ich bin es doch schließlich nicht, der die Praxis braucht. Ich bin doch bloß der Beifahrer.«
Jonathan zurrte die Riemen des leichten Rucksacks fest, den Ben für das Training vorgeschrieben hatte. Unmittelbar, bevor sie sich an den Felsen selbst heranmachten, schlugen sie ihr Wasser auf dem ausgedörrten Ge-

lände ab und versuchten, auch noch den letzten Tropfen herauszupressen. Unzählige Anfänger haben in ihrem Übereifer, nun endlich loszuklettern, dieses passende Trankopfer an die Götter der Schwerkraft übersehen und das bitter bereut, wenn sie später an der Wand mit diesem natürlichen Problem fertigwerden mußten und ihre Hände mit Dingen beschäftigt waren, die für das Überleben noch wichtiger waren. Die unter solchen Umständen einzig mögliche Lösung des Problems trägt nicht gerade dazu bei, den erfolgreichen Alpinisten nach dem Abstieg bei der Entgegennahme der Glückwünsche seitens der Presse gesellschaftlich zu einem Erfolg zu verhelfen.

»Okay, dann wollen wir mal!«

Der Aufstieg den Spalt entlang ging rasch vonstatten und verlief ohne Zwischenfall. Höchstens dort, wo der Spalt zu breit war, um einem Fuß sicheren Halt zu gewähren, wurde es etwas schwieriger. Jonathan trieb für das Steigen selbst keine Haken in den Fels, höchstens alle zehn Meter einen, um die Fallhöhe zu verkürzen, sollte es zu einem Absturz kommen.

Er genoß den innigen Kontakt mit dem Fels, der Charakter hatte, harte Zähne besaß und sich auf zupackende Hände auswirkte wie Schmirgelpapier. Kleine Spalte, in die sich die Felshaken gut hineintreiben ließen, waren kaum vorhanden. Die meisten erwiesen sich als zu breit, so daß er noch ein oder zwei Haken dazu einschlagen mußte, um sie zu verkeilen; auch drangen sie nicht mit dem harten, hellen Klang ein, der einem verrät, daß sie gut sitzen. Doch darauf zu achten wurde erst wichtig, als sie den achtzig Meter langen Aufstieg über den vorkragenden oberen Teil des Felsens begannen. Jonathan dämmerte es, daß er Bohrer und Borhaken häufiger würde benutzen müssen, als ihm lieb war. Zwischen dem Gebrauch von Felshaken und Bohrhaken hatte es für ihn stets einen feinen, aber bedeutsamen Unterschied gegeben. Eine Felswand mittels Haken zu bezwingen, das hatte etwas von einer Verführung an sich; Bohrer und Bohrhaken zu gebrauchen – das war schon fast eine Vergewaltigung.

Sie kamen glatt voran und waren wunderbar aufeinander eingespielt. Ben nahm das Seil aus den Karabinern und sicherte von unten, während Jonathan sich so weit vorschob, wie sein Seil es erlaubte, ehe er einen annehmbaren Halt fand, von dem aus er das Seil belegen und seinerseits Ben beim Aufstieg sichern konnte. Ben schaffte die Strecke jedesmal schneller als Jonathan. Immerhin hatte er ja auch den psychologischen Vorteil, daß sein Aufstieg vorgeschrieben war – denn er mußte ja die Tritte und Griffe benutzen, die Jonathan herausgehauen hatte.

Selbst nachdem der Spalt auslief und sie nun langsamer vorankamen, tat das Jonathans Gefühl der Unbesiegbarkeit keinen Abbruch. Jeder Quadratmeter Felswand stellte für ihn ein Spielbrett für taktisches Vorgehen dar, war ein Kampf gegen den starren, geistlosen Widerstand der Schwerkraft; denn darin war der Fels wahrhaftig ein windiger Verbündeter, jederzeit bereit, sich auf die gegnerische Seite zu schlagen, sobald es ein bißchen prekär wurde.

Einen halben Meter nach dem anderen schoben sie sich nach oben. Bens erfahrene und einfühlsame Hand am Seil machte die Zusammenarbeit zu einem wahren Erlebnis. Sobald Jonathan sich bewegte, gab er Seil, und straff hielt er es gepackt, wenn das Seil Jonathans einziger Halt an der Felswand war. Schon seit geraumer Zeit hatten sie keinen Vorsprung mehr gefunden, auf dem einer von ihnen ohne die Hilfe von Felshaken und Seil sicher hätte stehen können.

Jonathan begann zu ermüden. Die Last seines Rucksacks sowie die Verkrampfungen in Schenkeln und Waden ließen ihn die Gefährlichkeit des Unternehmens keinen Augenblick vergessen. Aber seine Hände besaßen immer noch Kraft, und er fühlte sich sehr gut. Besonders die Berührung mit dem Felsen genoß er, denn der war warm, wo er der Sonnenbestrahlung ausgesetzt war, und kühl im Schatten. Die Luft war so rein, daß sie förmlich einen grünen Beigeschmack hatte; ja, selbst der salzige Geschmack seines Schweißes tat ihm wohl. Trotzdem hatte er nichts dagegen, als Ben, nachdem sie zwei Drittel des Berges in drei Stunden geschafft hatten, eine Rast einlegen wollte.

Freilich dauerte es noch eine weitere Viertelstunde, bis sie einen Felsvorsprung gefunden hatten, auf dem ihre Füße sicher ruhen konnten. Jonathan trieb zur Sicherheit noch ein paar Haken in den Fels, und so hingen sie Seite an Seite in den Seilen, blickten nach außen und hockten sich auf das Hinterteil, um ihre Beine auszuruhen. Ihre Körper stemmten sich etwa um zwanzig Grad von der Felswand ab, die ihrerseits um zehn Grad über die Senkrechte hinaushing. Ben kämpfte mit seinem Rucksack und holte einen Laib Brot mit röscher Kruste sowie eine dicke Scheibe Käse hervor, die er nach alter Alpinistentradition mit heraufgeschleppt hatte. Hochbefriedigt kauten sie langsam vor sich hin, lehnten sich gegen die Seile und blickten hinunter auf die kleine Ansammlung von sensationslüsternen Gaffern, die sich am Fuß der Nadel eingefunden hatten, kaum daß jemand vom Bungalow aus entdeckt hatte, daß Menschen diesen offenbar unmöglichen Pfeiler bezwingen wollten.

»Wie fühlst du dich, altes Haus?«

»Ganz einfach... wirklich großartig, Ben.«

»Du kletterst ausgezeichnet. So gut hab ich dich noch nie erlebt.«

»Ja, ich weiß.« Jonathan machte aus seiner Bewunderung kein Hehl; es war, als spräche er über jemand anderen und nicht von sich selbst. »Viel-

leicht ist es ja bloß Zufall – ein glückliches Zusammentreffen von Training und Temperament –, aber wenn ich in diesem Augenblick an der Eigerwand...« Seine Stimme verhallte, als im Geist die berüchtigten Schwierigkeiten des Eiger vor ihm aufstiegen.
Ben konnte es einfach nicht lassen, und so sagte er: »Warum willst du dich eigentlich unbedingt an diesem Aufstieg beteiligen, Jon? Wem willst du denn was beweisen? Das hier ist doch eine großartige Kletterleistung. Laß es doch dabei bewenden!«
Jonathan lachte. »Auf den Eiger hast du wohl wirklich einen Rochus, was?«
»Es ist bloß dieses unangenehme Gefühl, das ich hab. Der Eiger ist nicht dein Berg, altes Haus. Zweimal hat er dich schon abgeworfen! Ist dir das nicht Warnung genug? Die ganze Sache stinkt mir. Die Tunte da unten, die nur darauf wartet, dich abzuknallen. Oder du, der nur darauf wartet, ihn abzuknallen. Wer weiß, wer's auf wen abgesehen hat! Und dann dies Herumschnüffeln an den Leuten, mit denen du aufsteigen willst. Ich hab keine Ahnung, worum es hier eigentlich geht, und ich hab auch gar keine Lust, es zu erfahren. Aber ich hab so das Gefühl, wenn du versuchst, den Eiger zu bezwingen, und in Gedanken bist du die ganze Zeit über all bei diesen anderen Dingen, dann schnippt dieser Berg dich runter wie ein Staubkorn, und du bleibst irgendwo zerschmettert in den Felsen liegen. Und du weißt sehr wohl, daß du da nicht mit 'n paar Hautabschürfungen davonkommst.«
Jonathan lehnte sich hinaus. Er hatte keine Lust, über diese Dinge zu reden. »Guck sie dir an, da unten, Ben! Zwergmenschen! Zur Miniaturausgabe zusammengeschrumpft durch die japanische Technik, langsam, aber sicher das Auftanken von Mut und Pesönlichkeit zu drosseln, bis sie zu nichts weiter fähig sind, als in Ausschüssen rumzusitzen und über Umweltverschmutzung zu quasseln.«
»Tja, viel los ist nicht mehr mit ihnen, das stimmt. Wär das 'n Gaumenkitzel für sie, wenn einer von uns hier abstürzte! Da hätten sie was drüber zu reden für den Nachmittag.« Ben winkte hinunter. »Hallo, ihr Arschlöcher!«
Die unten konnten ihn ja nicht hören, winkten aber lebhaft zurück und grinsten.
»Wie wär's mit 'm Bier, altes Haus?«
»Herrlich wäre das. Warum rufst du nicht den Zimmerkellner rauf? Allerdings, der Bursche hätte sich ein reichliches Trinkgeld verdient.«
»Bier haben wir.«
»Du willst mich wohl auf die Schippe nehmen?«
»Um Gottes willen! Ich mach mich lustig über die Liebe, das Leben, die

Überbevölkerung, über Atombomben und allen möglichen Scheißkram – aber über ein Bier nie!«
Ungläubig starrte Jonathan ihn an. »Du willst doch nicht etwa behaupten, du hättest eine Sechserpackung Bier hier heraufgeschleppt? Du hast doch wirklich eine Meise!«
»Vielleicht hab ich 'ne Meise – aber bekloppt bin ich nicht. Ich hab sie nicht raufgeschleppt. Das hast du getan. Ich hab sie dir in den Tornister gesteckt.«
Jonathan krümmte und wand sich und holte tatsächlich eine Sechserpackung Bier aus seinem Tornister. »Ich glaub, ich seh nicht recht! Ich sollte dich diesen Aasgeiern da unten zum Fraß vorwerfen.«
»Damit warte bitte, bis ich mein Bier ausgetrunken hab.«
Jonathan riß den Ringverschluß einer Dose auf und saugte am Schaum. »Das ist ja warm!«
»Tut mir leid. Aber ich dachte, ich könnte es dir nicht zumuten, auch noch das Eis raufzuschleppen.«
Schweigend aßen und tranken sie. Jonathan verspürte bisweilen ein leichtes Unbehagen in der Magengrube, wenn er in die Leere unter sich hinabblickte, kaum merklich und sanft wie das Flattern eines Schmetterlings. Solange er Berge bestieg – dieses Flattern im Magen und das Kribbeln in den Lenden hatte er nie ganz überwunden, wenn er sich nicht auf die Probleme des Felsens konzentrierte. Dabei war dieses Gefühl nicht einmal richtig unangenehm – es gehörte nun einmal für ihn unabdingbar zum Bergsteigen dazu.
»Wie weit, meinst du, haben wir es wohl geschafft, Ben?«
»Was die Strecke betrifft, ungefähr zwei Drittel. Und die Zeit – na, sagen wir die Hälfte.«
Jonathan nickte zustimmend. Sie hatten sich ja schon am Vortag darüber verständigt, daß das letzte Viertel der Strecke, also jener Teil, wo das Pilzdach anfing, wirklich weit vorzukragen, am schwersten zu bewältigen sein würde. Jonathan brannte darauf, diesen Teil des Aufstiegs in Angriff zu nehmen. »Komm, laß uns weitermachen.«
»Ich hab aber mein Bier noch nicht ausgetrunken.« Ben war ehrlich beleidigt.
»Du hast doch schon zwei Dosen intus.«
»Ich sprach aber von der dritten.« Damit riß er am Ring der Dose und hielt sie in die Höhe, bis sie leer war, wobei er mit großen Schlucken trank und ein wenig Bier ihm an den Mundwinkeln herunterrann.
Die nächsten drei Stunden bildeten eine einzige Folge von taktischen Problemen, eins nach dem anderen; kaum war das eine vergessen, stellte sich auch schon das nächste. Für Jonathan gab es auf der ganzen Welt nichts

weiter als ihn selbst und den Fels – der nächste Schritt, wie ein Haken saß, der Schweiß in seinem Haar. Totale Freiheit – erkauft mit dem Risiko eines Absturzes. Die einzige Möglichkeit zu fliegen, wenn man nun mal ein flügelloses Tier war.
Die letzten anderthalb Meter hatten es verdammt in sich.
Die Unbilden der Witterung hatten unablässig an dem zerbrechlichen Kranz rings um das flache Plateau oben auf der Nadel genagt. Er stieß in einem Winkel von dreißig Grad vor, und der Fels war verwittert und flößte nicht gerade Vertrauen ein. Jonathan bewegte sich seitlich voran, soweit es ging, aber der Fels wurde nicht solider, und er konnte auch keinen festen Ankergrund für seinen Haken finden, dem er sich hätte anvertrauen mögen. Er schob sich wieder zurück, bis er direkt über Ben hing.
»Was ist los?« rief Ben herauf.
»Wie soll ich da raufkommen? Wie hast du es geschafft?«
»Ach, dazu brauchst du doch bloß Mumm, Können, Entschlossenheit. Was'n sonst?«
»Leck mich!«
»Hej, hör mal zu, altes Haus. Nur jetzt nichts überstürzen. Dieser Felshaken da ist doch schon reine Angabe.«
»Wenn ich abstürze, ist auch das Bier futsch.«
»Du lieber Himmel!«
Es gab einfach keinen sicheren Weg, um über den aufgeworfenen Kranz hinwegzukommen. Jonathan fluchte halblaut vor sich hin, als er keuchend dahing und das Problem überdachte. Eine unwahrscheinliche Lösung bot sich.
»Gib etwas Seil!« rief er nach unten.
»Werd jetzt bloß nicht leichtsinnig, Jon! Es ist eine wirklich schöne Tour gewesen. Laß es gut sein.«
»Neunundneunzig Prozent geschafft zu haben, bedeutet immer noch ein Mißlingen. Verdammt noch mal, nun gib mir schon Seil.«
Mit angezogenen Knien unter dem Kranz hängend, den Blick ins Leere gerichtet, legte Jonathan seine Handflächen flach gegen die Felsplatte über ihm. Indem er sich zwischen Beinen und Handballen verspreizte und einen ständigen Druck aufrechterhielt, vermochte er sich langsam, Hand über Hand, weiter nach oben zu schieben. Als der Winkel, den sein Körper bildete, immer stumpfer wurde, mußte er immer mehr Kraft aufwenden, um sich dergestalt verspreizt zu halten, bis er schließlich keine Handfläche mehr vom Fels lösen konnte, ohne abzustürzen. Zentimeter um Zentimeter mußte er die Hände vorwärtsschieben, schürfte sich dabei die Haut von den Handflächen und tränkte das Gestein mit Blut. Endlich – seine Beine zitterten bereits von der übermäßigen Anstrengung – er-

reichten die Finger den Rand des Kranzes und krümmten sich über ihm. Wie haltbar diese Lippe war, vermochte er nicht abzuschätzen, und er wußte, wenn er jetzt die Knie heraufzog, schwang sein Körper womöglich so weit hinaus, daß die Finger den Halt verloren. Aber um eine Entscheidung ging es schon gar nicht mehr. Er konnte diese Lage nicht mehr lange ertragen, und ein Zurück gab es auch nicht mehr. Seine Kraft war nahezu erschöpft.

Er drückte zu, bis seine Fingerknochen durch das Fleisch auf den Fingerkuppen hindurch in direktem Kontakt mit dem Fels waren. Dann ließ er den Fußhalt fahren und schwang sich durch eine Kombination von Klimmzug und Überschlag mit angezogenen Knien hinauf.

Für einen Augenblick waren nur seine Beine von den Hüften abwärts über den Kranz hinweg; der schwerere Teil seines Körpers und sein Rucksack begannen, ihn kopfüber in die Tiefe hinabzuziehen. Er fuchtelte mit den Beinen, kämpfte dagegen an, rutschte auf seinem Bauch ohne jedes Raffinement und ohne jede Technik, kämpfte einen verzweifelten tierischen Kampf gegen die Schwerkraft.

Das Gesicht auf dem Boden, keuchend und mit offenem Mund lag er da, und der Speichel tropfte auf das flache heiße Gestein des Plateaus. Schmerzlich empfand er in seinen Ohren, wie sein Herz klopfte, und seine Handflächen brannten von den Gesteinspartikelchen, die sich ihm ins rohe Fleisch gedrückt hatten. Eine leichte Brise fuhr ihm durchs Haar, das dick und verschwitzt am Kopf klebte. Als er dazu imstande war, setzte er sich auf und blickte sich auf der öden Felsplatte um, die das Ziel all dieser Anstrengungen gewesen war. Trotzdem – er fühlte sich einfach großartig. Mit der Erleichterung, die der Sieg mit sich bringt, grinste er vor sich hin.

»Hej, Jon?« Bens Stimme kam von unten, unter dem Kranz hervor. »Wenn du fertig bist mit deiner Selbstbeweihräucherung, könntest du mich nach oben bringen.«

Jonathan belegte das Seil an einem kleinen Felshöcker und gab Ben sitzend Sicherung, als dieser über den Rand heraufgeklettert kam.

Geschlagene zehn Minuten hindurch sprachen sie kein Wort. Sie waren überwältigt – von der Anstrengung ebensosehr wie von der Aussicht, die sich ihnen bot. Sie saßen auf dem höchsten Punkt über der gesamten Talsenke. Nach Westen erstreckte sich endlos die Wüste, schimmernd und formlos. Von einem Ende des Plateaus konnten sie auf Bens Bungalow hinuntersehen, der durch die Entfernung ganz klein wirkte; der Swimming-pool sah nur noch wie eine Spiegelscherbe aus, die in der Sonne glitzerte. Ab und zu fegte eine Böe die lastende Hitze vom Felsen hinunter und kühlte ihnen die schweißfeuchten Hemden.

Dann machten sie die letzten beiden Dosen Bier auf.

»Herzlichen Glückwunsch, altes Haus. Damit hättest du wieder 'ne Erstbesteigung in der Tasche.«
»Was soll das heißen?« Dankbar schlürfte Jonathan den lauwarmen Schaum.
»Ich hab nie geglaubt, daß jemand diese Nadel noch mal schaffen würde.«
»Aber du hast sie doch selbst schon bestiegen.«
»Wer hat dir denn das gesagt?«
»Du.«
»Du wirst es niemals weit im Leben bringen, wenn du stadtbekannten Lügnern Glauben schenkst.«
Eine Weile sagte Jonathan kein Wort.
»Na schön. Dann erklär's mir, Ben.«
»Ach, ich hab dich doch nur reinlegen wollen – und nun ist der Schuß nach hinten rausgegangen. Ein paar ganz gute Bergsteiger haben sich an dieser Nadel die Zähne ausgebissen, aber sie ist jungfräulich geblieben. Genau diese letzten paar Zentimeter sind es gewesen, vor denen sie kapituliert haben. Du mußt ja selber zugeben, daß es eine ziemlich knifflige Sache war. Tatsächlich hätte ja auch kein vernünftiger Mensch es gewagt. Ganz besonders dann nicht, wenn er auch noch einen Freund hinter sich hergeschleppt hätte.«
»Tut mir leid, Ben. Daran hatte ich gar nicht gedacht.«
»Du bist eben nicht der Typ, der an so was denkt. Ist ja auch egal. Ich hatte mir jedenfalls gedacht, wenn du eine Besteigung nicht schaffst, von der du annahmst, daß ich sie geschafft hätte, und das noch dazu mit meinem verkrüppelten Fuß, würdest du es dir mit dem Eiger doch noch mal überlegen.«
»Du bist also ganz und gar dagegen, daß ich mitmache?«
»Richtig. Und daran gibt's auch gar nichts zu rütteln. Ich hab irgendwo einen Heidenschiß davor, altes Haus.« Ben seufzte und zerquetschte die Bierdose. »Aber, wie ich schon gesagt hab, mein schöner Plan ist nun mal in die Hose gegangen. Jetzt, wo du diese Nadel geschafft hast, nehme ich an, kann nichts auf der Welt dich vom Eiger abhalten.«
»Mir bleibt gar keine Wahl, Ben. Alles hängt von dieser Besteigung ab. Mein Haus. Meine Bilder.«
»Soviel ich gehört hab, haben Tote nicht sonderlich viel von Häusern und Bildern.«
»Hör zu! Vielleicht fühlst du dich wohler, wenn ich dir sage, daß, wenn alles gutgeht, ich die Besteigung unter Umständen überhaupt nicht zu machen brauche. Es besteht immer noch eine Chance, daß ich mein Geschäft noch vor Beginn der Besteigung unter Dach und Fach bringe.«

Ben schüttelte den Kopf, als hätte er das Gefühl, irgend etwas in seinem Inneren wäre locker. »Ich kapier das alles nicht. Das ist mir alles viel zu kompliziert!«

Jonathan preßte die Handflächen zusammen, um festzustellen, wie sehr es schmerzte. Sie waren rauh von der dicken Kruste des geronnenen Blutes, aber weh taten sie ihm nicht besonders. »Komm, laß uns runterklettern.«

Indem sie die Felshaken für andere Bergsteiger zurückließen und sich in großen Schwüngen abseilten, erreichten sie innerhalb von vierzig Minuten das flache Land, und das schien irgendwie unfair nach den strapaziösen sechs Stunden des Aufstiegs.

Augenblicklich waren sie umringt von einer Schar von Zuschauern, die ihnen auf den Rücken klopften und gratulierten, sie zu einem Drink einluden und kluge Reden darüber führten, wie sie anstelle der beiden den Aufstieg angegangen wären. Ben hatte die Arme links und rechts um zwei hübsche junge Dinger gelegt und führte die Menge zurück zum Bungalow, während sich Jonathan jetzt, wo seine Nervenkraft ihn nicht mehr aufrecht halten mußte, plötzlich ganz ausgelaugt und zerschlagen vorkam und hinter dem lebenslustigen Dreiergespann hertrottete. Es war ihm in die Glieder gefahren, als er sah, daß Miles Mellough sich ein wenig abseits von der Gruppe der sie Begrüßenden hielt. Kühl und reserviert in seinem himmelblauen rohseidenen Anzug stand er da, den wohlgebürsteten Spitz winselnd auf dem Arm. Miles gesellte sich zu ihm und ging neben ihm her.

»Eine eindrucksvolle Darbietung. Weißt du eigentlich, Jonathan, daß ich dich in der ganzen Zeit, wo wir befreundet waren, nicht ein einziges Mal habe klettern sehen? Auf seine Weise ist das sehr anmutig.«

Jonathan ging weiter und würdigte ihn keines Wortes.

»Die letze kleine Phase war besonders aufregend. Mir ist richtig ein Schauer nach dem anderen über den Rücken gelaufen. Aber du hast es ja geschafft. Was ist denn los? Du machst ja einen ziemlich mitgenommenen Eindruck.«

»Da laß dich nur nicht täuschen.«

»Oh, ich unterschätze dich keineswegs.« Er nahm den zitternden und hechelnden Hund von einem Arm auf den anderen, und Jonathan bemerkte, daß der Spitz diesmal ein Halsband trug, das aus der gleichen himmelblauen Rohseide gearbeitet war wie Miles' Anzug. »Du bist es, der mich einfach unterschätzen will.«

»Wo ist denn dein Knabe?«

»Der hockt in seinem Zimmer und schmollt, wie ich annehme. Und freut sich auf die nächste Begegnung mit dir.«

»Es wäre besser, es käme zu keiner. Wenn ich ihm noch mal auf meiner Seite der Straße begegne, mache ich Hundekuchen aus ihm.«
Miles kuschelte seine Nase in Bündelchens Fell und gurrte: »Du mußt nicht immer gleich beleidigt sein, Kleiner. Dr. Hemlock hat doch nicht dich gemeint, sondern nur einen kleinen Vulgärausdruck seines Berufsstandes gebraucht.«
Der Hund winselte und leckte lebhaft an Miles' Nasenlöchern.
»Ich hoffe, du hast es dir noch einmal überlegt, Jonathan.« Die professionelle Sachlichkeit von Miles' Ton stand in scharfem Gegensatz zu dem Gegurre und Geschnurre, das er dem Hund gegenüber anschlug. Jonathan mußte unwillkürlich daran denken, wie viele Männer sich wohl durch Miles' feminine Fassade einlullen und in Sicherheit wiegen lassen.
Er blieb stehen und drehte sich zu Miles um. »Ich glaube, zwischen uns gibt es nichts mehr zu bereden.«
Miles nahm eine andere Stellung ein, verlegte sein ganzes Gewicht auf einen Fuß und wies mit dem Zeh des anderen nach außen: eine lässige Variante der vierten Position beim Ballett, die den Schnitt seines Anzugs nur um so vorteilhafter zur Geltung brachte. »Als Bergsteiger ist dein Sinn für den Tanz über dem Abgrund fabelhaft entwickelt. Du willst mir also sagen, daß du es vorziehst, einem unbekannten Gegner gegenüberzutreten, als deinen Frieden mit mir zu schließen. Na schön. Bitte erlaube mir, den Einsatz noch ein bißchen zu erhöhen. Nimm an, ich nehme Verbindung mit dem Ziel der Strafaktion auf und erzähle ihm, was du vorhast. Damit stünde er im Schatten und du im Licht. Wie gefällt dir die Vorstellung? Eine interessante Umkehrung der normalen Ausgangsposition, nicht wahr?«
Jonathan hatte diese unbequeme Möglichkeit bereits in Erwägung gezogen. »So aufregend, wie du meinst, ist dein Einsatz nun auch wieder nicht, Miles. ›Spürhund‹ ist diesem Mann dicht auf den Fersen.«
Miles ließ ein unbekümmertes Lachen ertönen, das Bündelchen erschreckte. »Das ist wirklich großartig, Jonathan! Du bist bereit, dein Leben aufs Spiel zu setzen und dich dabei auf die Tüchtigkeit des CII zu verlassen? Läßt du dich etwa von deinem Friseur operieren?«
»Woher soll ich wissen, daß du nicht längst Verbindung mit diesem Mann aufgenommen hast?«
»Meine letzte Karte aus der Hand geben? Aber ich bitte dich, Jonathan!«
Er barg die Nase in Bündelchens Fell und zerrte mit den Zähnen spielerisch an seinen Nackenhaaren.
Jonathan ging auf den Bungalos zu.
Miles rief hinter ihm her: »Du läßt mir keine große Wahl, Jonathan!«
Dann brachte er den Mund an Bündelchens Ohr und sagte: »Deinem

Daddy bleibt wirklich keine andere Wahl, nicht wahr? Er muß eben Dr. Hemlock verpfeifen.« Er blickte der entschwindenden Gestalt nach. »Oder ihn umlegen.«

Ben war das ganze Abendessen über mürrisch und wortkarg, stopfte aber mannhaft gewaltige Mengen Essen und Bier in sich hinein. Jonathan machte keinen Versuch, eine Unterhaltung in Gang zu bringen, und oft ließ seine Aufmerksamkeit vom Essen ab und richtete sich auf einen unbestimmten Punkt irgendwo im Leeren. Zuletzt sprach er und schaute dabei weiter ins Leere. »Irgendwas Neues von deiner Telefonistin?«
Ben schüttelte den Kopf. »Keiner von ihnen hat versucht, nach auswärts zu telefonieren, falls es das ist, was du meinst. Keine Telegramme. Nichts.«
Jonathan nickte. »Gut. Mach, was du willst, Ben, aber laß auf keinen Fall zu, daß sie Kontakt mit der Außenwelt aufnehmen.«
»Ich würd meinen Logenplatz in der Hölle dafür hergeben, um zu erfahren, was hier vorgeht.«
Lange blickte Jonathan ihn an, und dann fragte er ihn: »Kann ich mir morgen mal deinen Landrover ausleihen?«
»Klar. Wohin willst du denn?«
Jonathan überhörte die Frage. »Tu mir einen Gefallen, ja? Laß ihn von einem deiner Leute auftanken und sag dem, er soll zwei Reservekanister Benzin und einen mit Wasser hinten reinstellen.«
»Hat das irgendwas mit Mellough zu tun?«
»Ja.«
Mißmutig schwieg Ben eine Weile. »Na schön, Jon. Du sollst haben, was du brauchst.«
»Danke.«
»Du brauchst mir nicht dafür zu danken, daß ich dir helfe, eine Schlinge um deinen Arsch zu legen.«
»Erinnerst du dich noch an das Gewehr, von dem wir gestern sprachen? Würdest du das bitte laden und gleichfalls hinten im Rover verstauen?«
»Was immer der Herr befehlen.« Bens Stimme klang grimmig.
Da er keinen Schlaf fand, saß Jonathan noch spät im Bett und arbeitete lustlos an seinem Lautrec-Artikel, mit dem er seit fast einem Monat seine Freizeit verbrachte. Georges schabendes Klopfen bot ihm einen guten Vorwand, diese trockene Arbeit zu unterbrechen. Wie üblich trug sie Jeans und ein Baumwollhemd, dessen Kragen sie unter ihrem langen schwarzen Haar hochgestellt hatte und dessen oberste drei Knöpfe offenstanden. Ihre nicht in einen Büstenhalter gezwängten Brüste spannten das von den Jeans festgehaltene Hemd. »Wie geht's, George?«

Sie setzte sich auf den Bettrand und betrachtete ihn sanft mit ihren großen dunklen Augen.
»Hast du Ben und mir bei unserer Besteigung heute zugesehen? Na, war das nichts?« Er hielt inne, und dann antwortete er für sie: »Doch, das war was.«
Sie streifte die Schuhe ab und stand dann auf, um ihre Jeans aufzuknöpfen und den Reißverschluß mit den zielbewußten Bewegungen eines Menschen aufzuziehen, der etwas zu erledigen hat.
»Es sieht so aus, als ob ich morgen oder übermorgen abfahre. Irgendwie werde ich dich vermissen, George.«
Unter schlenkernden Bewegungen ihres Gesäßes zwängte sie die Jenas über ihre Hüften.
»Kein Mensch könnte behaupten, du hättest unsere Beziehung durch klebrige Gefühlsduselei oder unnötiges Gerede belastet, und das weiß ich zu schätzen.«
Eine Sekunde lang stand sie da, die Hemdschöße umspielten ihre olivfarbenen Schenkel, dann begann sie sich auch das Hemd aufzuknöpfen, wobei ihre ruhigen Augen sich nie von den seinen lösten.
»Ich weiß was, George. Warum lassen wir nicht dieses banale Geplauder und schlafen miteinander?« Er fand kaum Zeit, seine Notizen vom Bett zu räumen und das Licht auszuknipsen, da waren ihre Glieder auch schon mit den seinen verschlungen.

Er lag auf dem Bauch, hatte die Arme schlaff vor sich über das Bett gebreitet, und jeder einzelne seiner Muskeln war weich und entspannt, als George ihre Finger von den Hüften bis zu seinem Hinterkopf wandern ließ und ihn sanft massierte. Solange er konnte, verweilte er vor der Schwelle des Schlafs und bemühte sich, das erregende Kribbeln nicht vorwegzunehmen, das ihre Fingernägel auf seiner Haut hervorriefen, als sie federleicht und kaum wahrnehmbar um seine Hüften kurvten, an den Seiten hinaufeilten und sich oben auf seinen Oberarmen entlangtasteten. Als eine Art von Dank brummte er ein paarmal vor Behagen, obwohl es ihm lieber gewesen wäre, er brauchte auch diese Anstrengung nicht zu machen.
Sie hörte auf, ihn zu streicheln, und er begann, über den Rand des Bewußtseins hinwegzurutschen.
»Au!«
Er verspürte so etwas wie einen Wespenstich in seiner Schulter. George sprang aus dem Bett und verkroch sich in der dunkelsten Ecke des Zimmers. Unsicher tastete er nach dem Lichtschalter und blickte sich blinzelnd in der plötzlichen Helligkeit um. Splitternackt drückte George sich

in die Ecke, die Spritze noch in der Hand, beide Daumen gegen den Kolben gedrückt und die Spitze der Nadel auf ihn gerichtet wie den Lauf einer Pistole, mit der sie sich schützen könnte.

»Du kleines Luder!« Jonathan, gleichfalls splitternackt, ging auf sie los. Angst und Haß glommen in ihren Augen, sie sprang mit der Nadel auf ihn zu, aber mit einem weit ausholenden Rückhandschlag ließ er sie die Wand entlang in die andere Ecke segeln, wo sie sich wie ein auf den Baum getriebener Puma duckte. Blut rann ihr aus den Mundwinkeln und dem einen Nasenloch, die Lippen hatte sie wie in einem erstarrten Fauchen hochgezogen, so daß ihre unteren Zähne sichtbar wurden. Er bewegte sich auf sie zu, um die Bestrafung noch etwas auszudehnen, da verlagerte sich das Gesumm in seinen Ohren und wurde zu einem Ziehen in seinem Magen, das ihn wankend machte. Er drehte sich um, wandte sich der Tür zu, die jetzt ein wogendes trapezartiges Gebilde war, erkannte jedoch, daß er sie niemals erreichen würde. Er wankte auf das Telefon zu. Seine Beine gaben unter ihm nach, und er ging in die Knie, stieß dabei das Nachttischchen um und tauchte das Zimmer wieder in Dunkelheit, als die Birne der Nachttischlampe mit einem lauten Knall zersprang. Das Summen wurde zugleich mit dem Aufsprühen heller Flecke hinter seinen Augen lauter und ging immer rascher auf und ab.

»Empfang«, antwortete eine dünne, gelangweilte Stimme nahe bei ihm irgendwo in dem Durcheinander von zersprungenem Glas auf dem Fußboden. Blind tastete er um sich und versuchte, den Hörer zu packen. »Empfang.« Er spürte eine ganze Breitseite von Schmerzen in seinem Hinterkopf, und er wußte, daß die kleine Hexe ihn mit der erbarmungslosen Raserei traktierte, wie sie Angst mit Zorn gepaart entspringt. »Empfang.« Die Stimme klang ungeduldig. Er konnte die Fußtritte nicht abwehren; das einzige, was ihm blieb, war, sich um den Hörer herum zusammenzurollen und ihn festzuhalten. Die Schmerzen wurden dumpfer und dumpfer, bis sie nur mehr ein bleiernes Druckgefühl waren. »Empfang.« Jonathans Zunge lag ihm dick und wie etwas Fremdes im Mund. Die ungehorsamen Lippen an die Sprechmuschel pressend, kämpfte er damit, ein Wort hervorzubringen.

»Ben!« blubberte er schließlich mit einem dreifachen Wimmerton hervor, und das Wort jagte ihn hinunter in warmes, schwarzes Wasser.

Ein Lichtfleck tanzte auf dem schwarzen Wasser, und körperlos flog Jonathan durch unendliche Räume darauf zu. Er näherte sich dem hellen Punkt, der immer größer wurde und sich schließlich als ein Fenster entpuppte, dessen Jalousie Streifen grellen Sonnenlichts hindurchließ. Er war in seinem Zimmer. Ein großer fleischfarbener Kürbis hing über ihm.
»Wie geht's, altes Haus?«
Er versuchte, sich aufzusetzen, doch der heftige Schmerz, der ihn durchschoß, nagelte ihn aufs Kissen.
»Nur entspannen! Der Doktor sagt, es ist weiter nichts. Er meint, 'n paar Tage wird's vielleicht beim Pinkeln noch weh tun. George hat deine Nieren weiß Gott malträtiert.«
»Gib mir was zu trinken.«
»Bier?«
»Irgendwas.« Mühselig raffte Jonathan sich zum Sitzen auf. Er mußte ganze Schichten von Kopfschmerzen dabei durchstoßen.
Ben machte einen linkischen Versuch, ihm das Bier einzuflößen, doch ersparte Jonathan ihm diese fürsorgliche Geste, indem er ihm die Dose aus der Hand riß, nachdem ein Drittel des Bieres ihm auf die Brust gekleckert war. »Wo ist sie?« fragte er, nachdem sein erster Durst gestillt war.
»Ich hab sie einsperren lassen, und ein paar von meinen Leuten bewachen sie. Möchtest du, daß ich den Sheriff hole?«
»Nein, noch nicht. Sag mal, Ben...«
»Nein, das ist er nicht. Ich hatte mir schon gedacht, daß es dich interessieren würde, ob dieser Mellough abgehauen ist. Der Empfang ruft mich, sobald er seine Rechnung bezahlen will.«
»Dann war es also Miles?«
»Das sagt jedenfalls George.«
»Na schön. Hat er sich eben verrechnet. Jetzt laß mich mal duschen.«
»Aber der Doktor hat gesagt...«
Jonathans Empfehlung bezüglich dessen, was der Arzt gesagt hatte, ging weit über den Routinebereich der Heilkunde hinaus und überstieg darüber hinaus jedes Maß ballistischer Wahrscheinlichkeit.
Ben mußte ihn fast zum Badezimmer tragen, wo Jonathan das Wasser andrehte und den kalten Strahl der Dusche auf sich niederprasseln ließ, so daß der ganze Filz aus seinem Denken weggeschwemmt wurde. »Warum nur, Ben? So schlimm bin ich doch gar nicht.«
»Das älteste Motiv der Welt, altes Haus«, überschrie Ben das Rauschen der Dusche.

»Liebe?«
»Geld!«
Das Wasser verrichtete sein Werk, doch als das Gefühl in seinen Körper zurückkehrte, stellten sich auch klopfendes Kopfweh und Nierenschmerzen ein. »Wirf mir mal das Röhrchen Aspirin rüber. Was hat sie mir denn gespritzt?«
»Da, nimm!« Bens mächtige Pranke reichte ihm das Röhrchen durch den Vorhang. »Der Doktor sagt, es wäre Morphiumderivat. Er hat auch gesagt, wie's heißt. Aber es war keine tödliche Dosis.«
»Wie man sieht.« Das Aspirin in seiner Hand löste sich im herumspritzenden Wasser sofort auf, und so setzte er das Röhrchen an die Lippen und spülte die Tabletten mit dem Wasser hinunter, das aus der Dusche kam. Er mußte würgen, als Aspirinkrumen sich in seiner Kehle festsetzten. »Morphium paßt. Miles ist nämlich im Rauschgiftgeschäft.«
»So? Aber wie kommt es denn, daß er, wo er schon mal so weit war, dir nicht gleich 'ne tödliche Dosis verpaßt hat? George sagt, er hätte ihr versprochen, daß dir nichts Ernsthaftes passieren würde. Er wolle dir nur einen Denkzettel verpassen.«
»Soviel Rücksichtnahme rührt mich.«
»Vielleicht wollte sie bloß nicht als Mörderin auf dem elektrischen Stuhl landen.«
»Das klingt schon wahrscheinlicher.« Jonathan stellte das Wasser ab und rubbelte sich trocken, allerdings nicht allzu heftig, denn bei jeder ruckartigen Bewegung schwappte der Schmerz gegen seine Schädeldecke. »Ich würde denken, daß Miles die Absicht hatte, reinzukommen, nachdem George mich kampfunfähig gemacht hatte – und mich dann mit dem Zeugs vollpumpen wollte. Dann wäre eine Überdosis als Todesursache festgestellt worden. Typisch für Mellough. Immer auf Nummer sicher und immer auf die krumme Tour.«
»Er ist schon ein Galgenvogel. Und was hast du nun mit ihm vor?«
»Etwas höchst Massives.«

Nachdem Jonathan sich angezogen hatte, gingen sie den Korridor hinunter zu dem Raum, in dem George festgehalten wurde. Bedauern durchzuckte ihn, als er das geschwollene Auge und die aufgesprungene Lippe sah, die von seinem Schlag herrührten, doch dieses Mitleid schwand rasch, als die Quetschungen sein Rückgrat entlang ihn daran erinnerten, wie sie versucht hatte, ihm das Morphium hineinzujagen.
Die Wolldecke um die Schultern gezogen, hockte sie da und sah indianischer aus denn je. Darunter war sie noch genauso nackt, wie sie es gewesen war, als Ben die Tür aufgebrochen hatte, um ihn zu retten.

»Wieviel hat er dir bezahlt, George?« fragte er.
Sie spuckte ihm fast ihre Antwort ins Gesicht.
»Deine verdammten Augen, du Hund!«
Das waren die einzigen Worte, die er jemals aus ihrem Mund vernommen hatte.
Ben mußte kichern, als sie in Jonathans Zimmer zurückkehrten. »Ich glaub, sie hat zuviel von mir angenommen.«
»Nein, das ist es nicht, Ben. Die Frauen fangen hinterher immer an, von meinen Augen zu reden. Hör mal zu, ich werde jetzt ein paar Stunden schlafen. Würdest du dafür sorgen, daß die Leute am Empfang die Rechnung für mich fertig machen?«
»Du willst also gleich abreisen?«
»Bald. Ist der Landrover bereit?«
»Mhm.«
»Und das Gewehr?«
»Das findest du unten auf dem Boden. Ich nehme an, du legst keinen besonderen Wert darauf, daß Mellough erfährt, daß du abfährst?«
»Im Gegenteil. Aber da brauchst du dir keine besondere Mühe zu machen. Er findet es bestimmt heraus. Miles ist ein Spezialist im Aufspüren von Informationen.«

Drei Stunden später wachte er erfrischt wieder auf. Die Wirkung des Morphiums hatte nachgelassen, und die Kopfschmerzen waren verflogen, nur seine Nieren fühlten sich noch etwas zermatscht an. Mit besonderer Sorgfalt zog er einen seiner besseren Anzüge an, packte seine Koffer und rief beim Empfang an, man möge sie im Landrover verstauen.
Als er die Halle betrat, sah er den blonden Ringkämpfer mit einem breiten Streifen Leukoplast über seiner geschwollenen Nase an der Bar sitzen.
»Guten Tag, Dewayne.« Ohne auf das Haßgefunkel in den Augen des Leibwächters zu achten, durchmaß er die Halle, folgte einem der Pfade und trat über eine Brücke an den Tisch heran, an dem – in einem makellosen Anzug aus metallisch schimmerndem Gold – Miles posierte.
»Willst du dich zu mir setzen, Jonathan?«
»Ich bin dir noch einen Drink schuldig.«
»Richtig. Und wir alle wissen, wie penibel du bist, wenn es um das Begleichen alter Schulden geht. Du siehst übrigens fabelhaft aus. Dein Schneider arbeitet akkurat, wenn auch ein wenig phantasielos.«
»Es geht mir nicht allzu gut. Hab eine schlechte Nacht hinter mir.«
»Ach? Tut mir leid, das zu hören.«
Der junge indianische Kellner, der sie am ersten Tag bedient hatte, näherte sich ihrem Tisch, und die Blicke, mit denen er Miles bedachte, waren

voll warmer Erinnerungen. Jonathan bestellte, und dann beobachteten die beiden die Badenden draußen am Swimming-pool, bis die Drinks kamen und der Kellner wieder gegangen war.

»Prost, Jonathan.«

Jonathan trank den Laphroaig in einem Zug aus und setzte das Glas auf den Tisch. »Ich habe beschlossen, die Sache mit dir vorerst zu vergessen, Miles.«

»Ach nein! Einfach so?«

»Ich will noch ein paar Wochen hierbleiben und trainieren, und da kann ich mich nicht konzentrieren, wenn ich immer an dich denken muß. Ich habe eine große Besteigung vor mir.« Jonathan war überzeugt, daß Miles wußte, daß er abreisen wollte. Die offensichtliche Lüge sollte ihn dazu verleiten anzunehmen, er sei auf der Flucht, und Miles gehörte nun einmal zu den Typen, die einen Vorteil nicht ungenutzt lassen.

»Ich habe vollstes Verständnis für deine Probleme, Jonathan. Ehrlich. Aber sofern das nicht bedeutet, daß du mich für immer von deiner Liste streichst...« Er zuckte in einer Geste hilflosen Bedauerns die Achseln.

»Warum eigentlich nicht? Laß uns heute abend zusammen essen. Dann unterhalten wir uns darüber.«

»Eine reizende Idee.«

Jonathan konnte nicht umhin, Miles' seidenglatte Selbstbeherrschung zu bewundern.

Er erhob sich. »Bis heute abend dann.«

»Ich freue mich darauf.« Prostend hob Miles sein Glas.

Der Landrover war in der Ladezone vor dem Bungalow geparkt. Als Jonathan hineinkletterte, bemerkte er auf dem Boden neben dem Gewehr ein aufmerksames Geschenk von Ben: eine Sechserpackung Bier. Er machte eine Dose auf und nippte daran, während er die Geländekarte auf seinem Schoß studierte. Er hatte schon früher einen langen staubigen Feldweg entdeckt, der in einer unterbrochenen Linie tief in die Wüste hineinführte. Ben hatte ihm gesagt, es handele sich um eine kaum befahrene Route, die praktisch nur aus Fahrspuren bestand und die eigentlich nur die Polizei benutzte. Sie stieß rund zweihundertfünfzig Kilometer mitten hinein in die westliche Wüste, wo sie dann unvermittelt endete.

Als er die Linie mit dem Finger zurückverfolgte, fand er die Stelle, wo diese Piste westwärts von einer in nordsüdlicher Richtung verlaufenden beschotterten Zufahrtsstraße abging, die wiederum anderthalb Kilometer westlich von der Zufahrt zu Bens Bungalow auf die Autobahn führte. In Anbetracht der unterschiedlichen Geschwindigkeit zwischen dem Rover und dem Leihwagen, der Miles zur Verfügung stand, versprachen diese anderthalb Kilometer die gefährlichste Strecke zu werden.

Jonathan prägte sich die Route ein, faltete dann die Karte zusammen, steckte sie fort und fuhr los, wobei er sich langsam aus der Talsohle in die Höhe schob. Von einem der Abkürzungswege warf er einen Blick hinunter und entdeckte, daß Miles' Wagen ihn bereits verfolgte. Er drückte aufs Gas.

Auf dem Beifahrersitz neben Dewayne, Bündelchen auf dem Arm, entging Miles Jonathans plötzliche Beschleunigung nicht. »Er weiß, daß wir ihm folgen. Jetzt hol ihn dir, Dewayne. Hier hast du deine Chance, meine Huld wieder zurückzugewinnen.« Zärtlich kraulte er Bündelchen hinter den Ohren.

Die überlegene Zugkraft und Federung des Landrovers machten den Nachteil des geringeren Tempos wieder wett, und so blieb der Abstand zwischen den beiden Wagen das ganze Wettrennen hindurch bis auf die letzten paar hundert Meter vor der Autobahn ziemlich gleich. Auf dieser Strecke holte Miles beträchtlich auf, und Dewayne riß die automatische Pistole aus dem Schulterhalfter.

»Noch nicht!« befahl Miles. »Wir werden auf der Autobahn längsseits von ihm gehen, dann kannst du besser ziehen.« Miles wußte, daß der Rover keine Chance hatte, ihm auf den acht Kilometern der guten Straße bis zur Stadt davonzujagen. Jonathan fuhr mit Höchstgeschwindigkeit auf die Autobahn, wendete dort jedoch und lenkte nach Westen – von der Stadt fort.

Für einen Augenblick war Miles verwirrt von diesem unerwarteten Schachzug, kam dann jedoch zu dem Schluß, Jonathan müsse erkannt haben, wie aussichtslos ein offenes Rennen für ihn sein werde, und suche daher nach einem unausgebauten Weg, auf dem die Qualitäten des Rovers ihm vielleicht doch noch eine Chance böten.

»Ich glaube, der Augenblick ist günstig, ihn zu erwischen, Dewayne.«

Der Wagen drückte die Stoßdämpfer ganz durch, als er auf die Autobahn hinausschoß und kreischend in die Kurve ging, um hinter dem Rover herzujagen.

Jonathan trat das Gaspedal voll durch, aber mehr als einhundertzehn schaffte der Rover nicht, und sein Verfolger holte rasch auf. Die beschotterte Zubringerstraße mußte einen knappen Kilometer weiter abbiegen, aber der Wagen hinter ihm war jetzt schon so nahe, daß er Miles durch den Rückspiegel erkennen konnte. Gleich würden sie ausscheren und mit ihm gleichziehen. Er sah, wie Miles das Fenster herunterkurbelte und sich zurücklehnte, um Dewayne freies Schußfeld zu geben.

Als sie fast seine Stoßstange berührten, griff Jonathan nach unten und schaltete die Scheinwerfer ein.

Dewayne sah die Schlußlichter aufleuchten und dachte, Jonathan sei auf

die Bremse getreten; mit voller Wucht trat er auf sein Bremspedal, so daß die Räder kreischten und rauchten, während der Rover in Höchstgeschwindigkeit davonsauste.
Bis Dewayne den Fuß wieder auf das Gaspedal setzte, hatte Jonathan genügend Abstand zwischen sie gelegt, um mit fünfzig Meter Vorsprung die Schotterstraße zu erreichen. Miles fluchte vor sich hin. Henri war es gewesen, der ihnen den Trick mit den Scheinwerfern verraten hatte.
Auf dem Schotterweg riß Jonathan das Lenkrad verschiedene Male hin und her, wenn sein Vorsprung bedroht war, und fuhr im Zickzack, so daß blendender Staub aufwirbelte, der Miles' Wagen zwang, wieder etwas zurückzufallen. Auf diese Weise gelang es ihm, seinen Vorsprung einzuhalten, bis er auf die Piste der Polizeifahrzeuge kam, die in die Wüste hinausführte. Sobald er erst einmal auf dieser mäanderförmig sich dahinschlängelnden Route voller Schlaglöcher, ohne jeden festen Seitenstreifen in den Kurven und mit zum Teil tief ausgewaschenen Fahrrinnen war, so daß der Leihwagen stellenweise gewissermaßen auf dem Bauch kroch, hatte er keine Schwierigkeit, weiter in Führung zu bleiben. Er konnte es sich sogar leisten, noch eine Dose Bier aufzureißen, obgleich er viel davon verschüttete, wenn der Rover unversehens in ein Schlagloch geriet.
»Verlier ihn bloß nicht aus den Augen, Dewayne.« Bei der Abzweigung zur Piste hatte Miles ein altes verwittertes Schild gesehen, durch das Autofahrer gewarnt wurden, daß es hier keine Ausweichstellen gäbe. Die Piste, die sich oft zwischen gigantischen monolithischen Sandsteinerhebungen hindurchwand, war nicht breit genug, zwei Fahrzeuge aneinander vorbeizulassen. Er hatte Jonathan in der Tasche.
Fast eine Stunde lang preschten die beiden Autos über das flache, graue Land, auf dessen staubiger, versengter Erde nichts gedieh. Dewayne hatte die Pistole zurückgeschoben in das Schulterhalfter, das ihn stark schwitzen ließ. Bündelchen winselte und kratzte mit seinen scharfen Krallen auf Miles' Schoß. Da er bei jeder schärferen Kurve von einer Seite auf die andere geschleudert wurde, zwängte Miles sich mittels Druck zwischen Füßen und Rücken auf seinem Sitz fest. Er hatte die Lippen aufeinandergepreßt vor Ärger darüber, daß er nicht seine übliche lässige Haltung einnehmen konnte. Selbst Bündelchens hektische und feuchte Liebesbezeigungen irritierten ihn.
Die Wagen jagten und holperten durch die Wüste und zogen zwei hohe Staubwolken hinter sich her.
Trotz des Luftstroms, der durch die offenen Seiten des Rovers hereinkam, klebte Jonathans schweißnasser Rücken an der Plastiklehne. Als er über eine alte Radspur hinwegsetzte, klapperten die Benzinkanister hinter ihm

und erinnerten ihn daran, daß es nicht gut wäre, wenn seinen Verfolgern der Treibstoff ausginge, und er begann, nach einer für sein Vorhaben geeigneten Stelle Ausschau zu halten.
Dewayne hing über dem Lenkrad und versuchte blinzelnd, den Staub vor ihm zu durchdringen. Seine Kinnmuskeln zuckten vor Vorfreude auf seine Rache.

Nach etwa drei Kilometern erspähte Jonathan einen ragenden Felsen, einen einzelnen verwitterten Sandsteinblock, um den die Piste in einer S-förmigen Kurve herumführte. Das schien ihm ideal. Langsam nahm er das Gas weg und erlaubte seinen Verfolgern, bis auf hundert Meter an ihn heranzukommen. Kaum hatte er die erste Kurve hinter sich, bremste er scharf, kam schliddernd zum Stehen und wirbelte dicke Wolken von erstickendem Staub auf. Er nahm das Gewehr vom Nebensitz und sprang auf den Felsen zu. Er wußte, daß er nur wenige Sekunden hatte, um den Fels herumzuhasten und seinen Verfolgern in den Rücken zu fallen.

Als Dewayne in die erste Kurve ging, blendete ihn der aufgewirbelte Staub. Der Landrover ragte vor ihm auf, und er trat mit aller Kraft auf die Bremse. Noch ehe der Wagen zum Stehen kam, hatte Miles die Tür aufgerissen und sich hinausrollen lassen. Dewayne kurbelte das Fenster herunter und fummelte verzweifelt nach seiner Automatik. Hemlock! Die Läufe des Gewehrs wurden ihm schmerzhaft in die linke Seite gerammt. Den Schuß hörte er nicht mehr.

Jonathan spannte die Hähne des Gewehrs, während er verzweifelt um den Felsen herumhechtete. Er hörte das Aufkreischen der Bremsen und spurtete durch den dichten Staub. Dewaynes Gesicht tauchte nun in der aufwirbelnden weißen Staubwolke auf. Er versuchte, sein Fenster herunterzukurbeln. Jonathan steckte das Gewehr durch das halboffene Fenster und drückte beide Abzüge gleichzeitig ab. Der Schuß dröhnte ohrenbetäubend.

Dewayne grunzte wie ein Stier, dem man eins mit dem Hammer vor den Schädel gegeben hatte, als die Wucht der Einschläge ihn über die Vordersitze und halb zur offenen Tür hinausschliddern ließ, wo er hing und zuckte, bis seine Nerven tot waren.

Jonathan ging um den Kühler herum und griff unter Dewaynes herabhängenden Arm, um die automatische Pistole herauszuziehen. Die klebrigen Finger wischte er an einem Fetzen von Dewaynes Jacke ab, den er etliche Schritte vom Wagen entfernt fand.

Miles stand inmitten des zu Boden sinkenden Staubs, zog sich die Ärmel glatt und klopfte sich den Schmutz von seinem goldfarbenen Anzug. Der Spitz sprang ihm wie in einem epileptischen Anfall um die Beine.
»Wirklich, Jonathan, dieser Anzug kostet mich dreihundert Dollar, und, was noch viel schlimmer ist, fünf Anproben.«
»Steig in meinen Wagen!«
Miles nahm den sich windenden Hund auf den Arm und ging vor Jonathan her auf den Rover zu; seine gelassenen Tänzerschritte verrieten durch nichts, daß das, was soeben geschehen war, ihn in irgendeiner Weise beunruhigte.
Sie fuhren weiter nach Westen, tiefer in die Wüste hinein. Ihre Lippen sprangen von dem Salz auf, das die äußerst spärliche Vegetation daran hinderte, sich zu entwickeln. Jonathan hielt die Automatik hoch in der linken Hand, um jeden Versuch von Miles abzuwehren, sich der Waffe zu bemächtigen.
Eine ganze Stunde lang rasten sie durch den zitternden Glast der Wüste. Jonathan wußte, daß Miles versuchen würde, an die Waffe heranzukommen. Ein leichtes Zusammenziehen seiner Hand, die er im Schoß liegen hatte, sowie ein kaum wahrnehmbares Straffen seiner Schultern verrieten Miles' Absicht. Genau in dem Augenblick, da er sich abschnellte, trat Jonathan mit aller Macht auf die Bremse, und Miles sauste mit dem Gesicht voran gegen die Scheibe. Jonathan riß die Handbremse hoch, sprang hinaus und zerrte Miles am Kragen hinter sich her. Dann stieß er ihn auf den rissigen Boden und war mit einem Satz wieder hinterm Steuer. Als Miles sich hochrappelte – mit Schmutz verschmiertes Blut rann ihm aus der Nase –, hatte Jonathan in einer scharfen Kurve zurückgesetzt. Miles stand auf der Straße und blockierte mit seinem Körper die Durchfahrt.
»Du wirst mich doch nicht hier draußen zurücklassen!« Ihm dämmerte, was Jonathan mit ihm vorhatte, und dieser Plan erfüllte ihn mit größerem Entsetzen, als eine Kugel in seinem Kopf es vermocht hätte.
Jonathan versuchte, um ihn herumzusteuern, doch ehe er genug beschleunigen konnte, war Miles auf die Kühlerhaube gesprungen. Er lag darauf und preßte das Gesicht gegen die Windschutzscheibe.
»Um Gottes willen, Jonathan!« kreischte er. »Erschieß mich doch!«
Jonathan raste vorwärts, dann trat er heftig auf die Bremse, und Miles rutschte mit einem Schwung von der Kühlerhaube. Im Rückwärtsgang fuhr Jonathan von dem zusammengekrümmten Körper fort, dann fuhr er mit hoher Geschwindigkeit vorwärts und schlug einen weiten Bogen um ihn herum.
Als Jonathan seine auf und ab tanzende Gestalt im Rückspiegel sehen konnte, hatte Miles die für ihn charakteristische gelassene Pose bereits

zurückgewonnen: Den Hund auf dem Arm, stand er da und blickte dem entschwindenden Landrover nach.
Jonathan vergaß dieses letzte Bild von Miles nie – sein goldfarbener Anzug schimmerte im Sonnenlicht. Miles hatte den Hund niedergesetzt und seinen Kamm aus der Tasche gezogen. Damit fuhr er sich durchs Haar und kämmte es an den Schläfen zurück.

Kleine Scheidegg *5. Juli*

Jonathan saß auf der Terrasse des Hotels auf der Kleinen Scheidegg an einem runden Tisch, nippte an einem Glas grasfarbenem Vaudois und genoß den leichten Ansatz von Moussieren, der in diesem Wein steckte. Er blickte über die Matte hinweg, die sich vor der Eiger-Nordwand hochzog. Die unbeständige Wärme des gewichtlosen Bergsonnenlichts wurde von Zeit zu Zeit von kurzen Stößen des kühlen Hochlandwindes hinweggefegt.

Die dunkle konkave Wand bekam nur einmal am Tag Sonne ab, und auch dann nur für kurze Zeit – bedrohlich ragte sie über ihm auf. Es sah aus, als wäre sie von einer olympischen Schaufel aus dem Bergmassiv herausgekratzt worden. Der spröde, grauschwarze, leicht gekrümmte Grat schnitt hinein in das Blau des Himmels.

Eine Brise kam auf, und unwillkürlich erschauerte er. Er mußte an seine beiden früheren Versuche an der Wand denken; beide Male war er von jenen brutalen Gewittern zurückgeworfen worden, die von Norden heranrollen, sich im natürlichen Halbrund der Eigerwand fangen und dort nur um so heftiger wüten. Diese Einfälle von Schnee und Wind sind dort oben so sehr an der Tagesordnung, daß die wortkargen Bergführer des Berner Oberlandes sie einfach »Eiger-Wetter« nennen. Nach dem letzten, neun Stunden dauernden und höchst gefährlichen Rückzug von dem hochgelegenen, »Spinne« genannten Eisfeld – diesem Inbegriff der Tücke des Berges – hatte er sich geschworen, es nie wieder zu versuchen.

Und dennoch... Es mußte herrlich sein, diesen Berg zu besteigen.

Er schob die Sonnenbrille zurück und blickte, widerstrebend angezogen, zu der furchteinflößenden Erhabenheit des Eiger hinüber. Was er sah, bekam man nicht alle Tage zu sehen: Normalerweise wallen dichte Nebelschleier um den Grat herum, verbergen den Blick in die Stürme, welche ihn umtosen, und dämpfen das Getöse und das Grollen der Lawinen, der mächtigsten Verteidigungswaffe des Berges. Seine Augen verweilten bei jedem einzelnen Hindernis, das verknüpft war mit der Niederlage oder gar dem Tod eines Bergsteigers.

Er hatte Angst vor dem Berg; ein leises Kribbeln lief durch seine Lenden. Gleichzeitig jedoch juckte es ihn in den Fingern, mit dem kalten Felsgestein in Berührung zu kommen, und der Gedanke, sich nochmals an diesem schönen zerklüfteten Berg zu versuchen, beschwingte ihn. Dieses widernatürliche Zwiegespräch zwischen dem zurückschreckenden Geist und dem ungestümen Körper hat jeder Bergsteiger irgendwann einmal kennengelernt. Ein Jammer, wenn ihm das Opfer der Strafaktion benannt werden sollte, ehe der Aufstieg begann. Vielleicht aber doch erst hinterher...

Eine langbeinige Blondine mit Bergbräune zwängte sich zwischen den dicht beieinander stehenden Tischen hindurch und streifte Jonathan mit ihrer Hüfte, so daß ein wenig Wein aus seinem Glas schwappte; dabei war sonst kein Mensch auf der Terrasse.

»Ach, das tut mir wirklich leid«, sagte sie, offensichtlich darauf aus, auf diese Weise eine Unterhaltung anzuknüpfen.

Jonathan nickte nur und nahm ihre Entschuldigung schweigend entgegen, und sie arbeitete sich weiter voran zum Münzfernrohr, das in direkter Linie zwischen ihm und dem Berg stand; dabei waren noch sechs andere Fernrohre vorhanden. Sie neigte sich über das Instrument, richtete ihr prachtvolles Hinterteil auf ihn, und er konnte nicht umhin zu bemerken, daß sie ihre Sonnenbräune in eben diesen Shorts erworben haben mußte. Ihrer Aussprache nach mußte sie Engländerin sein, und sie sah so aus wie eine Reiterin: Ihre langen Beine schien sie dadurch bekommen zu haben, daß sie ständig Pferde zwischen den Schenkeln bearbeitete. Ihren Schuhen nach konnte sie jedoch eigentlich keine Engländerin sein. Doch seit dem Aufkommen der Minimode waren die englischen Frauen von jenen bemerkenswerten Tretern abgekommen, aufgrund derer sie sich früher auf Anhieb als solche zu erkennen gegeben hatten. Damals sagte man ja, die Schuhe der Engländerinnen wären von ausgezeichneten Handwerkern gearbeitet worden, denen man eingehend erklärt hätte, was Schuhe seien, die jedoch niemals ein echtes Paar Schuhe mit eigenen Augen gesehen hätten. Allerdings waren sie bequem und paßten ausgezeichnet, und das wiederum waren auch die vornehmsten Tugenden ihrer Trägerinnen.

Er folgte der Richtung ihres Fernrohres und ließ seine Augen abermals auf dem Eiger ruhen.

Der Eiger – welch passender Name! Als die ersten Christen in diese Almgebiete kamen, bedachten sie die höheren Berge des Massivs mit sehr freundlichen Namen: Jungfrau und Mönch. Dieser bösartige Gipfel jedoch erhielt seinen Namen nach einem heidnischen Geist: Eiger – oder Oger, ein menschenfressendes Ungeheuer.

Vor der Jahrhundertwende waren sämtliche Wände des Eiger von Bergsteigern bezwungen worden – mit einer Ausnahme: der Eiger-Nordwand, der Wand des Oger. Erfahrene Alpinisten hatten sie unter die »unmöglichen« Wände eingereiht – und unmöglich zu besteigen war sie in den Tagen des reinen Bergsteigens auch gewesen, ehe die Sportler sich mit Felshaken und Karabinerhaken bewaffneten.

Später, unter den hellen Schlägen des Felshammers, fielen die »unmögli-

chen« Wände eine nach der anderen und gingen in die Annalen des Alpinismus ein – nur die Eiger-Nordwand bewahrte ihre Jungfräulichkeit. Doch dann, Mitte der dreißiger Jahre, kam unter dem Nazikult von Bergen und Wolken eine Welle junger Deutscher nach der anderen, die nichts sehnlicher wünschten, als Ruhm für ihr entehrtes Vaterland zu ernten, und Sturm liefen gegen den widerborstigen Eiger. Hitler stiftete eine Goldmedaille für denjenigen, der diese Wand als erster bezwänge, und so fanden die flachshaarigen Romantiker in wohlgeordneter Folge einer nach dem anderen den Tod. Der Berg jedoch blieb jungfräulich.
Mitte August des Jahres 1935 kamen Max Sedlmayer und Karl Mehringer, zwei junge Burschen mit beträchtlicher Erfahrung von schwierigen Aufstiegen her und beseelt von dem heißen Wunsch, die Eiger-Nordwand an die Fahne des großdeutschen Alpinismus zu heften. Touristen verfolgten ihren Aufstieg durch die Fernrohre von genau dieser Terrasse aus. Diese Voyeure des Todes waren die Ahnen der modernen »Eiger-Vögel«, diesen Aasgeiern des Jet-Set, die in Scharen im Hotel auf der Kleinen Scheidegg einfallen um des Prickelns willen, gewissermaßen teilzuhaben an der Aufregung, welche die Bergsteiger durchmachen, die hier dem Tod ins Angesicht sehen; erfrischt und voller Tatendrang kehren diese Geier dann zu ihrem gewohnten Leben des »Bettchen-wechsle-dich« zurück.
Sedlmayer und Mehringer schafften die ersten zweihundertfünfzig Meter, die zwar nicht besonders schwierig sind, auf denen man allerdings schutzlos dem Steinschlag ausgesetzt ist. Beobachtern auf der Terrasse wollte es scheinen, als gehe es mit dem Aufstieg glatt voran. Eine Seillänge nach der anderen sicherten sie einander gegenseitig beim Aufstieg. Am Ende des ersten Tages biwakierten sie in einer Höhe von dreitausend Metern über den Fenstern des Eiger-Wandtunnels der Jungfrau-Bahn, einem bemerkenswerten Werk der Ingenieurskunst, welche das gesamte Massiv durchstößt und ganze Eisenbahnzüge voller Touristen ins Berner Oberland bringt. Diese Fenster hatten ursprünglich dazu gedient, das beim Tunnelbau abfallende Gestein loszuwerden und den Tunnel zu lüften; später jedoch spielten sie eine wichtige Rolle bei den Versuchen, Bergsteiger zu retten.
Den ganzen folgenden Tag erfreuten Sedlmayer und Mehringer sich ganz ungewöhnlich günstigen Wetters und erreichten den oberen Rand des Ersten Eisfeldes, kamen jedoch nur sehr langsam voran. Die Aasgeier an den Fernrohren konnten sehen, daß die Bergsteiger sich die Rucksäcke über den Kopf halten mußten, um sich vor dem herunterfallenden Gestein und Eis zu schützen, mit dem der Oger sie begrüßte. Immer wieder waren sie gezwungen, haltzumachen und unter einem schmalen Überhang Schutz zu suchen, um dem dichteren Geprassel von oben zu entgehen. Gerade

als sie den Rand des Zweiten Eisfeldes erreichten, senkte sich eine Dunstwand hernieder, und einen ganzen und einen halben Tag hindurch waren die Deutschen den Blicken der murrenden Touristen entzogen. In der Nacht tobte ein Sturm um den Gipfel des Eiger und ließ derartig große Brocken die Wand hinunter, daß verschiedene Gäste sich beklagten, sie wären von dem Getöse immer wieder aufgeweckt worden. Man kann sich vorstellen, daß auch Sedlmayer und Mehringer schlecht schliefen. Die Temperatur im Tal sank auf −22 Grad. Wer will wissen, wie kalt es da oben an der Wand war? Das gute Wetter, mit dem die Spinne die jungen Männer ins Netz gelockt hatte, war vorüber. Eiger-Wetter setzte ein.
Als die Wolken sich am Sonntag verzogen, wurden die Bergsteiger gesichtet: Sie waren immer noch beim Anstieg. Die Hotelgäste frohlockten, tranken einander zu, und es wurden Wetten darüber abgeschlossen, in welcher Zeit die jungen Deutschen den Gipfel schaffen würden. Erfahrene Bergsteiger und Bergführer jedoch sahen sich betreten an und sonderten sich ab. Sie wußten, daß die Burschen keine Chance mehr hatten und nur deshalb weiterkletterten, weil Lawinen ihnen den Rückweg abgeschnitten hatten; alles war besser, als tatenlos Felshaken an Felshaken zu hängen und auf den Tod zu warten.
Langsam schoben sie sich zum »Bügeleisen« hinauf (dem höchsten Punkt, den Jonathans Seilschaft beim ersten Versuch, den Oger zu besteigen, erreicht hatte). Wieder senkten sich Wolken herab, und die Touristen wurden um das prickelnde Schauspiel gebracht, zuzusehen, wie sie starben.
In dieser Nacht peitschte ein Sturm die Nordwand.
Man machte einen halbherzigen Versuch, eine Rettungsmannschaft auf die Beine zu stellen, wobei man allerdings mehr dem Wunsch nachgab, überhaupt etwas zu tun, als daß man ernstlich Hoffnungen hegte, sie noch lebend zu erreichen. Ein unerschrockener deutscher Flieger, Ernst Udet, wagte es, sich den trügerischen Luftströmungen anzuvertrauen und dicht an die Wand heranzufliegen und nach den Bergsteigern zu suchen. Er entdeckte die Burschen, wie sie erfroren in ihren Seilen hingen.
Das war der Beginn einer ganzen Serie menschlicher Tragödien am Eiger. Heute noch wird jene Stelle oben auf dem Bügeleisen oberhalb des Dritten Eisfeldes Todesbiwak genannt. Das Spiel zwischen Eiger und Mensch hat begonnen.
Es stand zwei zu null für den Oger.

Anfang 1936 kamen zwei Deutsche, um die Leichen ihrer beiden Landsleute zu bergen, die ein halbes Jahr hindurch erfroren an der Wand gehangen hatten – an klaren Tagen das Ziel, auf das die Fernrohre gerichtet waren. Sofern es möglich war, wollten sie gleichzeitig versuchen, den

Gipfel zu erreichen. Sie beschlossen, zuerst eine Übungsbesteigung zu machen. Dabei wurde einer von ihnen von einer Lawine erfaßt und gegen einen Felsen geschleudert – er brach sich das Genick.
Oger : Mensch – 3:0

Im Juli desselben Jahres forderte die Jugend Deutschlands den Oger abermals heraus. Diesmal handelte es sich um eine Viererseilschaft: Rainer, Angerer, Kurz und Hinterstoisser. Wieder verfolgten die Touristen den Aufstieg mit dem Fernrohr und schlossen Wetten ab. Die jungen Männer, die ganz durchdrungen waren von dem Zeitgeist der frühen Tage Hitlers, gaben der Presse gegenüber melodramatische Erklärungen wie die folgende ab: »Entweder wir bezwingen die Wand, oder aber die Wand bezwingt uns.«
Sie bezwang sie.
Das erfahrenste Mitglied der Seilschaft, Andreas Hinterstoisser, entdeckte einen kniffligen Quergang über die Wand, der sich später als Schlüssel aller folgenden Aufstiege erwies. Sie waren jedoch derart siegesgewiß, daß sie das Seil einholten, nachdem der letzte der Gruppe den Quergang geschafft hatte. Diese übermütige Geste kostete sie das Leben.
Die Seilschaft kletterte ausgezeichnet, obgleich Angerer verletzt schien, vermutlich durch einen fallenden Stein, und die anderen ihr Tempo verlangsamen mußten, um ihm weiterzuhelfen. Ihr erstes Biwak schlugen sie unmittelbar oberhalb der Roten Fluh auf, jener Klippe aus rotem Fels, die eine der auffälligsten Charakteristika der Wand ist. Innerhalb eines Tages hatten sie mehr als die Hälfte des Weges bis zum Gipfel geschafft.
Am nächsten Tag erreichten sie mit dem Verletzten, der allmählich immer schwächer wurde, das Dritte Eisfeld und seilten sich ab, um direkt unter dem Todesbiwak zu kampieren. Als die Morgendämmerung es den Schaulustigen an den Münzfernrohren erlaubte, das Drama weiter zu verfolgen, hatte die Seilschaft bereits den Abstieg begonnen. Offensichtlich hinderte der Zustand des Verletzten sie daran, weiter hinaufzuklettern.
Glatt und in einer in Anbetracht des kletterunfähigen Verletzten bemerkenswert kurzen Zeit stiegen sie die ersten beiden Eisfelder hinunter. Doch die Nacht überraschte sie, und sie waren gezwungen, noch ein drittes Mal zu übernachten. Diese Nacht, in der das Eiger-Wetter ihnen die feuchte Kleidung zu einem klirrenden Eispanzer gefrieren ließ, muß brutal gewesen sein.
Ihre Kraftreserven wurden von der Kälte verbraucht, und den folgenden Tag über schafften sie nur ganze dreihundert Meter.
Zum viertenmal waren sie gezwungen zu übernachten, und diesmal die

Nacht auch noch ohne Verpflegung an der ungastlichen Wand zu verbringen.
Einige Neulinge im Hotel vertraten die Meinung, die Seilschaft habe noch eine gute Chance. Schließlich hatten sie ja nur noch den Hinterstoisser–Quergang sowie den »Schweren Riß« vor sich.
Die Seilschaft hatte jedoch in übertriebener Zuversicht das Seil über den Quergang abgenommen.
Und am nächsten Morgen war dieser vollständig vereist. Immer wieder und mit ständig wachsender Verzweiflung, die ihn freilich niemals in seiner Tüchtigkeit beeinträchtigte, versuchte der begabte Hinterstoisser, den vereisten Quergang zu schaffen, doch jedesmal wurde ihm von dem hungrigen Oger Einhalt geboten.
Die Nebel senkten sich herab, und die Touristen konnten das Grollen der Lawinen die ganze Nacht hindurch hören. Wieder bekam ein Teil der Nordwand einen neuen Namen: Hinterstoisser-Quergang.
Oger : Mensch – 7:0

Das ganze Jahr 1937 hindurch machte eine Seilschaft nach der anderen sich daran, die Wand zu bezwingen, doch alle mußten sie wieder umkehren. Ums Haar hätte der Berg während des bemerkenswerten Rückzugs von Vörg und Rebitsch aus dem Todesbiwak noch mehr Opfer gefordert. Es ging noch einmal gut.
Im Juni 1938 stürzten zwei Italiener (auch Italien hatte damals ja seine nationalen Bewegungen) in der Nähe des Schweren Risses ab und kamen ums Leben.
Doch Seil- und Hakentechnik wurden ständig vervollkommnet, wohingegen die natürlichen Verteidigungswaffen des Berges die gleichen blieben, wie sie es seit Menschengedenken gewesen waren, und so gelang es im Juli dieses Jahres einer deutschen Seilschaft schließlich, die Eiger-Nordwand aus der Liste der »unmöglichen Aufstiege« zu streichen.
Oger : Mensch – 9:1

Den ganzen Krieg hindurch war der Eiger davor sicher, in seiner Gipfeleinsamkeit gestört zu werden. Die Regierungen gaben jungen Männern auf andere Weise Gelegenheit, ihre Namen in die Ruhmestafeln einzugraben – wobei aus Selbstmord Mord wurde und alles mit dem Mantel der Vaterlandsliebe zugedeckt wurde.
Doch kaum waren auch diese Wege zur Gefahr durch das Kriegsende verschlossen, bleckte die Steilwand des Eiger wieder verlockend die Zähne. In den letzten Jahren sind über dreißig Männer den letzten Schneehang hinauf gekeucht, haben geweint und geschworen, den Fels des Oger nie

wieder zu berühren. Die meisten Versuche wurden jedoch durch Wetter und Lawinen zurückgeschlagen, und die Zahl der Todesopfer, die dieser Berg heischt, steigt ständig. Das kritische Eisfeld, die »Spinne«, hat den Gegenspieler in den meisten der letzten Tragödien gespielt – wie zum Beispiel auch jener im Jahre 1957, in deren Verlauf drei Männer den Tod fanden und ein vierter erst gerettet wurde, nachdem Hunger und Durst ihn dazu getrieben hatten, sich seine Zähne in dem Versuch, irgend etwas in den Magen zu bekommen, am Gletschereis auszubeißen.

Jonathan starrte vor sich hin. Die Todesliste des Eiger ging ihm im Kopf herum.
»Stimmt irgendwas nicht?« fragte das Mädchen am Fernrohr.
Er hatte sie ganz vergessen.
»Warum starren Sie mich so an?« Sie lächelte, denn sie glaubte den Grund im voraus zu kennen.
»Ich starre Sie nicht an, meine Liebe – ich habe durch Sie hindurchgesehen.«
»Wie enttäuschend! Darf ich mich zu Ihnen setzen?« Sie nahm sein Schweigen als Einladung. »Sie haben so gesammelt zum Berg hinaufgesehen, daß ich nicht umhinkonnte, Sie zu betrachten. Ich hoffe, Sie haben nicht vor, dort hinaufzuklettern.«
»O nein! Nie wieder!«
»Dann sind Sie also schon mal hochgeklettert?«
»Ich hab's versucht.«
»Ist er wirklich so schwer?«
»Wahnsinnig.«
»Ich habe eine Theorie über Bergsteiger. Übrigens, ich heiße Randie – Randie Nickers.«
»Jonathan Hemlock. Und was ist das für eine Theorie, Randie?«
»Nun ja... Ach, dürfte ich einen Schluck Wein haben? Danke. Ich trinke aus Ihrem Glas, wenn Sie nichts dagegen haben. Nun ja, nach meiner Theorie klettern Bergsteiger aus einer Art Frustration auf Berge. Ich halte das für eine Sublimierung ihrer anderen Begierden.«
»Womit Sie natürlich sexuelle Begierden meinen.«
Randie nickte ernsthaft, während sie einen Schluck von dem Wein nahm. »Ja, wahrscheinlich. Der Wein moussiert ein bißchen, nicht wahr?«
Er legte einen Fuß auf einen leeren Stuhl und lehnte sich zurück, um etwas von der Sonne mitzubekommen. »Der Wein hat was von dem Gekicher Schweizer Mädchen, die zwar erröten, sich aber trotzdem die Artigkeiten ihrer Verehrer vom Lande gefallen lassen; doch diese gehobene Stimmung ist nichts gegen die untergründige Herbheit des Bauern aus

dem Berner Oberland, die im Prozeß der Milchsäuregärung dieses Weins so wunderbar herauskommt.«

Randie war für einen Augenblick wie vor den Mund geschlagen. »Ich hoffe, Sie scherzen«, meinte sie dann.

»Selbstverständlich tue ich das, Randie. Scherzen die Leute im allgemeinen nicht mit Ihnen?«

»Männer im allgemeinen nicht. Es ist eher typisch, daß sie versuchen, mit mir ins Bett zu gehen.«

»Und wie stellen sie das an – eher typisch, meine ich?«

»Na ja, in letzter Zeit haben sie sich eigentlich wirklich recht gut dabei angestellt. Ich verbringe hier in der Schweiz so eine Art Ferien, ehe ich zurückkehre, um zu heiraten und ein höchst ehrbares Eheleben zu führen.«

»Und so teilen Sie die Beglückungen ihres Körpers mit vollen Händen aus, solange dazu noch Zeit ist?«

»So ungefähr. Nicht, daß ich Rodney nicht liebte. Er ist wirklich ein Schatz. Aber er ist nun einmal Rodney.«

»Und reich.«

»Ach, das nehme ich an.« Ihre Stirn schien für einen Augenblick umwölkt. »Zumindest hoffe ich, daß er es ist. Ja, selbstverständlich ist er das. Sie haben mir da richtig Angst gemacht. Aber das Schönste an ihm ist doch sein Name.«

»Und wie lautet der, wenn ich fragen darf?«

»Smith. Rodney Smith.«

»Und das soll das Schönste an ihm sein?«

»Nicht, daß Smith an und für sich so überwältigend wäre. Ich glaub sogar, es ist ein ziemlich häufiger Name. Aber er bedeutet, daß ich endlich den meinen los bin, und der hat mir mein Leben lang Kummer gemacht.«

»Für mich klingt Randie Nickers durchaus annehmbar.«

»Das tut er nur, weil Sie Amerikaner sind, wie ich an Ihrer Aussprache höre. Aber ›knicker‹ ist nun mal das englische Slangwort für Höschen. Und wie die Mädchen in meiner Schulzeit mich damit aufgezogen haben, können Sie sich ja vorstellen.«

»Ich verstehe.« Er nahm sein Glas wieder in Empfang, schenkte sich selbst ein wenig Wein ein und überlegte dabei, was ihn für nuttige Frauen eigentlich so anziehend machte.

»Verstehen Sie, was ich meine?« fragte Randie und vergaß, daß sie eigentlich mehr laut dachte, als daß sie gesprochen hätte.

»Nicht so ganz.«

»Nun, ich hab da so meine eigene Theorie. Meiner Meinung nach stürzen Fremde sich sofort auf Themen, die sie am meisten gemeinsam interessie-

ren. Und siehe da: Wir beide zum Beispiel reden über Höschen. Verrät eine ganze Menge über uns, finden Sie nicht auch?«
»Sie sind Reiterin, nicht wahr?« sagte er und unterlag damit dem Gesetz des *small talk*, wie Randies Geist es verlangte.
»Ja, stimmt. Ich bin Vorreiterin bei meinem Onkel. Aber woher, um alles in der Welt, wissen Sie das?«
»Ehrlich gesagt, ich wußte es gar nicht wirklich. Ich habe es eigentlich mehr gehofft. Haben Sie da nicht auch eine eigene Theorie, derzufolge es das Entzücken der Frauen bildet, kräftige Tiere zwischen den Schenkeln zu haben?«
Sie runzelte die Stirn. »Darüber hab ich noch gar nicht nachgedacht. Aber wahrscheinlich haben Sie recht. So ähnlich wie mit Ihrer Bergsteigerei, nicht wahr? Ich finde es herrlich, wenn man irgendwelche Gemeinsamkeiten entdeckt.« Sie blickte ihn forschend an. »Kenne ich Sie nicht von irgendwo her? Der Name kommt mir so bekannt vor.« Sie überlegte. »Jonathan Hemlock... Ach ja, sind Sie nicht ein Dichter?«
»Nur ein Schriftsteller.«
»Ja. Ich hab's. Sie schreiben Bücher über Kunst und so. Am Slade-College gibt man ganz große Stücke auf Sie.«
»Ja, Slade ist eben ein gutes College. Was möchten Sie lieber, Randie? Erst einen Spaziergang durchs Dorf? Oder sollen wir gleich ins Bett gehen?«
»Ein Spaziergang durchs Dorf wäre phantastisch. Romantisch sogar. Ich bin froh, daß wir miteinander schlafen werden. Ich habe nämlich meine eigene Theorie über das Miteinander-Schlafen. Man schläft mit einem Mann, und ehe man sich's versieht, geht man händchenhaltend miteinander rum und nennt sich beim Vornamen. Ich mag Vornamen lieber. Wahrscheinlich wegen meines Familiennamens. Hab ich Ihnen schon gesagt, was ›knickers‹ bedeutet?«
»Ja.«
»Nun, dann verstehen Sie vielleicht meine Haltung Nachnamen gegenüber. Ich hab nämlich meine eigene Theorie über Haltungen...«
Man kann nicht behaupten, daß Jonathan untröstlich gewesen wäre, als er erfuhr, daß Randie am nächsten Morgen nach London zurückfahren sollte.

Kleine Scheidegg *6. bis 7. Juli*

An diesem Morgen hatten sie sich zweimal anziehen müssen, und ums Haar hätten sie sogar den Zug verpaßt. Das letzte, was Jonathan von Miß Nickers sah, als der Zug aus dem Bahnhof hinausfuhr, war, daß sie ihr Abteilfenster herunterzog und rief: »Du hast wirklich hinreißende Augen, Jonathan!« Dann ließ sie sich neben einem Paar Skiern auf ihrem Platz nieder und fing an, mit ihrem Abteilnachbarn zu plaudern.
Jonathan mußte lächeln, als er an ihre Taktik der Selbsterregung dachte, die darin bestand, Körperteile, erogene Zonen und Stellungen mit höchst saftigen Ausdrücken zu belegen.
Er machte kehrt und schlug die steile Kopfsteinpflasterstraße ein, die das Dorf mit dem Hotel verband. Er hatte sich mit einem der Bergführer zu einer Übungstour an der Westflanke des Eiger verabredet. Wenn auch bei weitem nicht so gefährlich wie die Nordwand, hatte diese Westroute oft genug Blut gesehen, um Respekt zu heischen.
Abgesehen von dem Training und der Gewöhnung an das Klima, hatte er noch einen Grund, sich dem Hotel so oft und so lange wie möglich fernzuhalten. Irgendwie, und wie immer trotz strengster Vorsichtsmaßnahmen, hatte die Hotelleitung Wind davon bekommen, daß der Versuch einer Eigerbesteigung gemacht werden sollte. Diskret hatte man Telegramme ausgeschickt, und die besten Zimmer wurden für die reichen »Eiger-Vögel« reserviert, die zweifellos bald in dem Hotel einfallen würden. Wie alle Bergsteiger verabscheute Jonathan die sensationslüsternen Angehörigen des Jet-Set, die versuchten, ihre verhärteten Nervenenden durch optische Spannungserlebnisse zum Vibrieren zu bringen. Er war froh, daß Ben und die anderen Mitglieder der Seilschaft noch nicht angekommen waren, denn dann würden die Aasgeier in ganzen Schwärmen herbeieilen.
Als er die Kopfsteinpflasterstraße halb zurückgelegt hatte, schaute Jonathan in ein Gartencafé hinein, um ein Glas Vaudois zu trinken. Die Strahlen der spröden Bergsonne lagen ihm angenehm auf der Wange.
»Wie ist es: Lädst du ein Mädchen, das du in einer Bar triffst, zu einem Glas Wein ein?«
Sie hatte sich ihm von hinten genähert, war aus dem dunklen Inneren des Cafés herausgekommen. Der Klang ihrer Stimme traf ihn wie etwas Körperliches. Ohne sich umzudrehen und ganz Selbstbeherrschung, langte er hinüber und schob einen Stuhl für sie zurück. Sie setzte sich und sah ihn eine Weile an. Trauer und Freude hielten sich in ihren Augen die Waage.

Der Kellner kam, nahm die Bestellung entgegen, kehrte mit dem Wein zurück und ging wieder. Sie ließ ihr Glas in einer kleinen Wasserlache auf dem Tisch kreisen und konzentrierte sich mehr darauf als auf seine kühlen, nicht gerade einladend blickenden Augen. »Ach, weißt du, ich hatte mir bis ins kleinste zurechtgelegt, was ich sagen wollte. Ich hatte es so gut ausgearbeitet und konnte es ganz schnell runtersagen, ehe du mich unterbrechen oder fortgehen würdest.«

»Und wie ging es?«

Sie blickte zu ihm auf, dann wandte sie die Augen ab. »Ich hab's vergessen.«

»Na, nun hör mal. Leiere deinen Spruch schon herunter. Du weißt ja, wie leicht man mich reinlegen kann.«

Sie schüttelte den Kopf und setzte ein schwaches Lächeln auf. »Ich geb's auf. Auf diesem Niveau kann ich's nicht mit dir aufnehmen. Ich kann nicht hiersitzen und kühl und überlegen mit dir plaudern. Es...« Sie blickte auf, schien verzweifelt über die Dürftigkeit der Sprache, menschliche Gefühle auszudrücken. »Es tut mir leid. Wirklich.«

»Warum hast du es getan?« Er würde nicht einfach dahinschmelzen.

»Versuch doch, ein bißchen gerecht zu sein, Jonathan. Ich hab's getan, weil ich glaubte – weil ich immer noch glaube –, daß du diesen Auftrag übernehmen mußt.«

»Ich habe den Auftrag ja übernommen, Jemima. Es hat sich doch alles so ergeben, wie du wolltest.«

»Hör auf! Begreifst du denn nicht, was es bedeuten würde, wenn die andere Seite vor uns im Besitz dieser biologischen Vernichtungswaffe wäre?«

»Aber selbstverständlich begreife ich das. Wir müssen verhindern, daß sie sie in die Hand bekommen, koste es, was es wolle. Schließlich sind sie skrupellose Kerle, die dieses Zeug auf irgendeine ahnungslose japanische Stadt abwerfen könnten.«

Sie schlug die Augen nieder. »Ich weiß, deiner Meinung nach ist es ganz egal, wer anfängt. Wir haben ja neulich abends ausgiebig darüber gesprochen. Erinnerst du dich noch?«

»Ob ich mich erinnere? Du bist im Nahkampf gar nicht so schlecht.«

Sie nippte an ihrem Wein, und das Schweigen fiel ihr alles andere als leicht. »Zumindest haben sie mir versprochen, daß du dein Bild nicht verlieren würdest.«

»Sie haben Wort gehalten. Dein Gewissen ist rein.«

»Ja.« Sie seufzte. »Aber ich habe noch ein Problem.«

»Und zwar?«

Ganz sachlich sagte sie: »Ich liebe dich.«

Nach einer Weile lächelte er still vor sich hin und schüttelte den Kopf. »Ich habe dich doch unterschätzt. Du bist sogar phantastisch im Nahkampf.«

Das Schweigen verdichtete sich, und sie erkannte, daß sie von diesem ernsten Thema ablassen müsse, sonst würde er einfach gehen und sie sitzen lassen. »Sag mal, ich hab dich gestern mit diesem ganz unjemimahaften Typ rumziehen sehen – blond und angelsächsisch und so. War sie gut?«

»Einigermaßen.«

»Genausogut wie...«

»Nein.«

»Herrgott, bin ich froh darüber!«

Jonathan konnte nicht umhin, über ihre Offenheit zu lächeln. »Woher wußtest du überhaupt, daß ich hier bin?«

»Weißt du nicht mehr, daß ich in Mr. Dragons Büro deine Akte studiert habe? Dieser Auftrag war in allen Einzelheiten darin aufgeführt.«

»So, so.« Ergo war Dragon seiner so sicher gewesen, daß er sogar diese Strafaktion schon darin aufgeführt hatte. Jonathan haßte die Vorstellung, daß man im voraus sagen könnte, wie er handeln würde.

»Sehen wir uns heute abend, Jonathan?« Man merkte ihrer Stimme an, daß sie allen Mut zusammennahm. Sie war bereit, auch eine Abfuhr hinzunehmen, und wenn es noch so weh tat.

»Ich hab eine Verabredung zu einem Trainingsklettern. Wir werden über Nacht am Berg bleiben.«

»Und wie steht's mit morgen?«

»Bitte, geh fort. Ich habe keine Lust, dich zu bestrafen. Ich möchte dich auch nicht hassen oder lieben oder sonst was. Ich möchte nichts anderes, als daß du fortgehst.«

Sie legte ihre Handschuhe auf dem Schoß zusammen. Ihr Entschluß stand fest. »Ich werde hier sein, wenn du vom Berg zurückkommst.«

Jonathan stand auf und warf einen Geldschein auf den Tisch. »Bitte tu's nicht.«

Plötzlich füllten sich ihre Augen mit Tränen. »Warum tust du das, Jonathan? Ich weiß ganz genau, daß es diesmal nicht einseitig ist. Ich weiß, du liebst mich genauso wie ich dich.«

»Ich werde drüber wegkommen.« Er verließ das Café und eilte mit kräftigen Schritten zurück zum Hotel.

Der Schweizer Bergführer brummelte unzufrieden vor sich hin und klagte, sie hätten schon bei Morgengrauen aufbrechen sollen. So wie die Dinge lagen, würden sie die Nacht draußen am Berg zubringen müssen. Jonathan erklärte, daß er ohnehin die Absicht gehabt habe, die Nacht dort zu verbringen, um sich daran zu gewöhnen. Der Führer klassifizierte sich selber: Zuerst verstand er nicht (Genus: teutonisch), dann weigerte er sich, sich von der Stelle zu rühren (Spezies: helvetisch). Doch als Jonathan sich erbot, das Honorar zu verdoppeln, begriff er plötzlich sehr rasch und versicherte, es sei eine glänzende Idee, die Nacht draußen am Berg zu verbringen.

Die Tour hatte es zwar durchaus in sich, aber sie verlief eigentlich ohne besondere Ereignisse. Das endlose Gejammer des Führers, der sich über die Kälte des Biwaks am Berg bitter beklagte, wäre Jonathan ziemlich auf die Nerven gegangen, hätte es ihn nicht davon abgehalten, ständig über Jemima nachzudenken.

Als er am nächsten Tag wieder im Hotel war, erhielt er seine Rechnung präsentiert. Wie es schien, waren trotz des doppelten Honorars viele kleine Einzelposten aufgeführt, die noch beglichen werden mußten. Unter anderem waren aufgeführt: Medikamente (die sie nicht benutzt hatten), Essen (Abendessen und Frühstück an der Wand, obgleich Jonathan seine eigene Verpflegung mitgebracht hatte, um gefriergetrocknetes Essen auszuprobieren) sowie ein Sonderposten für »1/4 Paar Schuhe«. Letzteres ging ihm nun doch über die Hutschnur. Er ließ den Führer auf sein Zimmer kommen und fragte nach. Der Bergführer schien bereitwilligst Auskunft geben zu wollen, tat jedoch so, als müsse er sich wirklich in Geduld fassen, als er erklärte, was da so klar auf der Hand liege: »Schuhe tragen sich ab, das würden Sie doch nicht leugnen. Schließlich kann man doch nicht barfuß auf einen Berg klettern. Hab ich recht? Für eine Besteigung des Matterhorns verlange ich für gewöhnlich ein halbes Paar Schuhe. Der Eiger ist mehr als halb so hoch wie das Matterhorn, und trotzdem hab ich Ihnen nur ein viertel Paar berechnet. Das hab ich bloß deshalb getan, weil Sie ein so angenehmer Klettergefährte waren.«

»Es überrascht mich, daß Sie mir nicht auch noch den Seilverschluß in Rechnung gestellt haben.«

Der Bergführer schob die Augenbrauen in die Höhe. »Wie?« Er nahm die Rechnung zur Hand und sah sie eingehend durch. »Sie haben völlig recht, mein Herr.« Er zog einen Bleistift aus der Tasche, leckte die Spitze an, schrieb den vergessenen Posten mühselig hin und berechnete dann die Endsumme. »Kann ich Ihnen noch irgendwie zu Diensten sein?« fragte er.

Jonathan wies auf die Tür, und mit einer knappen Verbeugung verließ der Bergführer ihn.

Während Jonathan ziellos um das Hotel herumspazierte, traf er auf eine Gruppe von Eiger-Vögeln der Unterklasse, die das Fondue-Kirsch-Kuß-Spiel spielten und blöde herumkicherten. Voller Abscheu kehrte er in sein Zimmer zurück.
Immer wieder durchmaß er es. Vor morgen würde Ben nicht eintreffen, und Jonathan wollte einen Besen fressen, wenn er auch nur einen Tag länger als nötig in diesem Hotel zubrachte, unter diesen Leuten, als Gegenstand der Neugier für die früh gelandeten Eiger-Vögel.
Sein Telefon klingelte.
»Was ist?« schnarrte er in den Hörer.
»Woher weißt du denn, daß ich es bin?« fragte Jemima.
»Was hast du heute abend vor?«
»Mit dir zu schlafen«, antwortete sie, ohne zu zögern.
»Vorher Abendessen bei dir im Café?«
»Wunderbar. Bedeutet das, daß zwischen uns alles wieder in Ordnung ist?«
»Nein.« Daß sie das hatte annehmen können, wunderte ihn.
»Oh.« In der Leitung war es für einen Augenblick still. »Dann sehe ich dich also in zwanzig Minuten?«
»Wie wär's mit fünfzehn?«

Es war rasch dunkel geworden auf der Terrasse des Cafés, wie es in den Bergen oft geschieht, und schweigend tranken sie ihren Cognac. Jemima hütete sich, irgendwelche Anspielungen auf die Zeit zu machen, die sie gemeinsam auf Long Island verbracht hatten. Er war im Geiste weit weg und bemerkte nicht einmal, wie die kühlere Luft von den Hängen des Eiger herunterwehte.
»Jonathan?«
»Hm-m?«
»Hast du mir verziehen?«
Langsam schüttelte er den Kopf. »Darum geht es nicht. Es ist einfach so, daß ich dir nie mehr vertrauen könnte.«
»Aber du möchtest es?«
»Klar.«
»Dann heißt das doch, daß wir wirklich etwas draus hätten machen können, oder?«
»Ich bin ziemlich sicher, daß wir das hätten tun können.«
»Und jetzt besteht keine Chance mehr dazu? Niemals?«
Er blieb ihr die Antwort schuldig.
»Du bist wirklich ein komischer Kauz. Und noch was. Weißt du, daß du mich überhaupt noch nicht geküßt hast?«

Diese Unterlassungsgründe holte er nach. Als sich ihre Gesichter langsam voneinander lösten, seufzte Jemima. »Getreide aus Ägyptenland, Mann! Ich hab gar nicht gewußt, daß Lippen ein eigenes Erinnerungsvermögen besitzen.«

Sie sahen zu, wie das letzte gelbliche Licht um die zerklüfteten Grate, die sie umgaben, schwand.

»Jonathan? Noch einmal zu dieser Geschichte bei dir zu Hause...«

»Ich möchte nicht darüber reden.«

»Es war nicht das Geld, was dich so sehr getroffen hat, nicht wahr? Ich meine – wir waren so gut miteinander. Den ganzen Tag über, meine ich. Nicht bloß im Bett. Hej, weißt du was?«

»Nein, sag's mir.«

Sie mußte über sich selbst lachen. »Selbst nachdem ich dein Geld bereits eingesteckt hatte, mußte ich mich verdammt zusammennehmen, um nicht noch einmal zu dir zurückzukommen und mit dir zu schlafen, ehe ich endgültig ging. Aber das hätte dich wirklich erbost, wenn du dahintergekommen wärst, stimmt's?«

»Verdammt noch mal, ja.«

»Sag mal, wie geht's denn eigentlich dem Verrückten? Wie heißt er doch gleich noch?«

»Mr. Monk? Weiß nicht. Bin lange nicht mehr da gewesen.«

»Ach.« Sie wußte, das verhieß nichts Gutes für sie.

»Nein.« Jonathan erhob sich. »Ich nehme an, in deinem Zimmer gibt es ein Bett.«

»Das ist aber ziemlich schmal.«

»Wir werden schon damit fertig werden.«

Sie hütete sich, in dieser Nacht noch einmal auf die Vergangenheit zurückzukommen.

An einem etwas abseits von den anderen stehenden Tisch im Speisesaal aß er noch spät zu Abend – kaum gestört von dem gedämpften Geplauder der übrigen Gäste.
Er war alles andere als zufrieden mit sich. Er spürte deutlich, daß er die Sache mit Jemima schlecht angepackt hatte. Sie waren früh wieder aufgestanden, hatten einen Spaziergang durch die steil ansteigenden Almwiesen gemacht, hatten zugesehen, wie der Tau ihre Schuhspitzen zum Glänzen brachte, auf der Terrrasse ihres Cafés Kaffee getrunken, Unsinn geredet und sich auf Kosten der Vorübergehenden lustig gemacht.
Dann hatten sie sich die Hand gegeben, und er war in sein Hotel zurückgekehrt. Die ganze Angelegenheit hatte etwas Unsauberes. Ein Wust von Gefühlen haftete an ihrer Beziehung. Er war sich ihrer Gegenwart dort unten im Dorf bewußt, spürte, daß sie wartete, und war gleichzeitig unzufrieden mit sich selbst, daß er es nicht fertiggebracht hatte, endgültig mit ihr zu brechen. Er wußte jetzt, daß er sie ihres perfiden Verrats wegen nicht mehr bestrafen konnte, aber er wußte auch, daß er ihr niemals verzeihen konnte. Er konnte sich nicht erinnern, jemals jemand verziehen zu haben.
Etliche Gäste hatten sich zum Abendessen umgezogen – Eiger-Vögel, die frühzeitig eingefallen waren. Jonathan bemerkte, daß man die Hälfte der Fernrohre auf der Terrasse zum privaten Gebrauch von besonderen Gästen abmontiert hatte.
Lustlos stocherte er in seinem Essen herum. Zu viele unerledigte Dinge rumorten in seinem Unterbewußtsein: Jemima, die Strafaktion, die man ihm mehr oder weniger aufgezwungen hatte, das Wissen, daß Mellough sein Opfer immerhin informiert haben könnte, und die verachteten Eiger-Vögel. Zweimal schon hatte er bemerkt, daß man auf ihn gezeigt hatte – Männer im Smoking hatten ihre jungen und hübschen und hirnlosen Gefährtinnen auf ihn aufmerksam gemacht. Eine Bewunderin in mittleren Jahren hatte ihm versuchsweise mit der Serviette ein ganzes Blinkfeuer von Grüßen herübergeschickt.
Er war daher erleichtert, als er von der Hotelhalle her eine vertraute Stimme durch den Speisesaal dröhnen hörte.
»Na, ich freß 'n Besen! Was soll das – keine Zimmer für mich?«
Jonathan ließ Kaffee und Cognac stehen und eilte durch den Speisesaal hinüber zum Empfang. Der Manager des Hotels, ein verkrampfter kleiner Schweizer mit der ganzen unsicheren Gediegenheit seines Standes, versuchte, Big Ben zu beschwichtigen.

»Mein lieber Herr Bowman...«
»Sie können mich mal mit Ihrem ›lieben Herrn Bowman‹! Stecken Sie doch bloß noch mal Ihre Nase in das dicke Buch da und suchen Sie meine Reservierung raus. Hej, altes Haus! Gut siehst du aus.«
Jonathan ergriff Bens Pranke. »Wo brennt's denn?«
»Ach, dieser Blödmann hat meine Reservierung verschusselt und behauptet, er kann mein Telegramm nicht finden. So, wie der aussieht, findet der sein Hauptbuch nicht mal mit sechs Fährtenlesern.«
Jonathan begriff, was hier vor sich ging. »Die Eiger-Vögel fangen an, einzufallen«, erklärte er.
»Ah so, da wird mir einiges klar.«
»Und unser Freund hier tut alles, soviel Zimmer wie möglich freizukriegen, um sie dann zum x-fachen Preis zu vermieten.« Jonathan wandte sich an den Manager, der neugierig zuhörte. »Stimmt's?«
»Ich hatte ja keine Ahnung, daß dieser Herr hier ein Freund von Ihnen ist, Dr. Hemlock.«
»Er ist für den Aufstieg verantwortlich.«
»Ach?« fragte der Manager, als könnte er kein Wässerchen trüben. »Will denn irgend jemand den Berg besteigen?«
»Nun hören Sie doch schon auf.«
»Vielleicht gelingt es Herrn Bowman, unten im Dorf ein Zimmer zu finden. Es gibt dort Cafés...«
»Er wird hier bleiben.«
»Es tut mir leid, aber ich fürchte, das ist unmöglich, Herr Doktor.« Der Manager kräuselte leicht die Lippen.
»Na schön.« Jonathan zog die Brieftasche. »Wenn ich dann um meine Rechnung bitten darf.«
»Aber wenn Sie abreisen...«
»... wird es keinen Aufstieg geben. Sie haben schon richtig verstanden. Und Ihre Gäste, die jetzt eintrudeln, werden sehr erbost darüber sein.«
Der Manager war die leibhaftige Angst und zögernde Unentschlossenheit.
»Wissen Sie, was ich glaube?« sagte Jonathan. »Ich glaube, ich habe vorhin gesehen, wie einer Ihrer Leute einen Stapel Telegramme durchsah, hinten, in Ihrem Büro. Vielleicht war das von Mr. Bowman dabei. Warum gehen Sie nicht hin und sehen sie noch einmal durch?«
Der Manager ergriff die ihm gebotene Möglichkeit, das Gesicht zu wahren, und verließ sie mit einer flüchtigen Verbeugung.
»Hast du die anderen schon gesehen?« fragte Ben und blickte sich in der Halle mit der unverhohlenen Verachtung des Konkurrenten um.
»Sie sind noch nicht da.«

»Ehrlich? Na, dann werden sie ja morgen kommen. Mir persönlich kann's nur recht sein, ich kann ein bißchen Ruhe noch gut gebrauchen. Mein Treter hat sich in den letzten paar Tagen ziemlich mausig gemacht. Wahrscheinlich hab ich ihm zuviel zugemutet, als du bei mir warst.«
»Wie geht's denn George Hotfort?«
»Sagen wir mal: Sie ist still.«
»Ist sie nicht dankbar, daß ich sie nicht den Behörden übergeben habe?«
»Ich schätze schon. Sie ist nun mal nicht der Typ, der vor Freude an die Decke springt.«
Der Manager kehrte zurück und spielte ganz den Überraschten und Entzückten. Er habe Bens Telegramm doch noch gefunden, und alles sei in Ordnung.
»Willst du gleich auf dein Zimmer?« fragte Jonathan, als livrierte Pagen sich Bens Gepäck bemächtigten.
»Nein. Bring mich an die Bar und spendier mir ein Bier.«
Sie redeten bis tief in die Nacht hinein, vornehmlich über technische Probleme der Eigerwand. Zweimal kam Ben auf den Zwischenfall mit Mellough zu sprechen, doch beide Male lenkte Jonathan ab und erklärte, darüber könnten sie später einmal sprechen, vielleicht nach der Besteigung. Seit er in der Schweiz war, war Jonathan mehr und mehr zu der Überzeugung gelangt, daß er diesen Aufstieg doch mitmachen würde. Lange Zeit hindurch vergaß er überhaupt, was seine Hauptaufgabe hier war. Aber diese Faszination war ein Luxus, den er sich eigentlich nicht erlauben konnte, und deshalb bat er Ben, kurz bevor sie zu Bett gingen, ihm nochmals die Korrespondenz zwischen ihm und den anderen Bergsteigern zu borgen, die morgen früh eintreffen sollten.

Jonathan saß im Bett und hatte die Briefe in drei Stapeln vor sich aufgeschichtet – für jeden Mann einen. Seine Aufmerksamkeit ging nicht über den kleinen Lichtkreis hinaus, den die Nachttischlampe warf. Er trank einen Laphroaig und versuchte, aus den spärlichen Hinweisen, welche die Korrespondenz ihm gab, sich ein Bild von den Personen zu machen, die diese Briefe geschrieben hatten.

Jean-Paul Bidet. Zweiundvierzig Jahre alt. Ein wohlhabender Unternehmer, der kraft schonungslosen persönlichen Einsatzes aus dem bescheidenen Betrieb seines Vaters Frankreichs bedeutendste Herstellerfirma von Aerosol-Kanistern gemacht hatte. Er hatte ziemlich spät geheiratet und die Bergsteigerei als Sport während seiner Flitterwochen in den Alpen entdeckt. Außerhalb Europas hatte er keinerlei Bergerfahrungen, doch die Liste seiner Eroberungen in den Alpen war achtunggebietend. Die mei-

sten Besteigungen hatte er mit berühmten und teuren Bergführern unternommen, und in gewisser Weise konnte man ihm schon vorhalten, sich seine Gipfel »gekauft« zu haben.
Dem Ton seiner in Handelsenglisch abgefaßten Briefe nach zu urteilen, mußte Bidet ein sympathischer, energischer und realistischer Mann sein. Eines freilich überraschte Jonathan: Er hatte die Absicht, seine Frau mitzubringen, damit sie Zeuge sei, wie er den gemeinsten aller Berge bezwang.

Karl Freytag. Sechsundzwanzig Jahre alt. Alleinerbe der Freytag-Werke, einer Firma der chemischen Industrie, die sich auf die Herstellung von Industriechemikalien spezialisiert hatte, insbesondere auf Insekten- und Unkrautvernichtungsmittel. Mit der Bergsteigerei hatte er bereits während seiner Schulferien angefangen, und noch ehe er zwanzig war, hatte er eine Organisation deutscher Bergsteiger gegründet, deren Vorsitzender er war und die eine sehr angesehene Vierteljahreszeitschrift herausgab, deren Chefredakteur er auch noch war. Ein Stoß von Sonderdrucken war beigefügt, in denen er (in der dritten Person) seine Besteigungen schilderte und seine Fähigkeiten als Führer und Entdecker neuer Routen herausstrich.
Seine Briefe waren in sprödem, gleichwohl fehlerfreiem Englisch abgefaßt, wie man es knapper nicht schreiben konnte. Dem Ton des Ganzen konnte man entnehmen, daß Freytag bereit sei, mit Herrn Bowman und dem Internationalen Komitee zusammenzuarbeiten, welches die Schirmherrschaft über diese Besteigung übernommen hatte, doch wurde der Leser immer wieder daran erinnert, daß er, Freytag, als erster den Plan zu dieser Besteigung gefaßt habe und es daher auch seine Absicht sei, die Seilschaft auf den Gipfel zu führen.

Anderl Meyer. Fünfundzwanzig Jahre alt. Da ihm die Mittel ausgegangen waren, hatte er sein Medizinstudium in Wien abbrechen müssen, und jetzt verdiente er sich seinen Lebensunterhalt als Zimmermann im Geschäft seines Vaters. Während der Saison arbeitete er als Bergführer in seiner Heimat Tirol. Damit war er praktisch der einzige Profi der Seilschaft. Gleich nachdem er das Studium hatte an den Nagel hängen müssen, hatte ihn die Leidenschaft für das Bergsteigen gepackt. Mit allen Mitteln, von größter Sparsamkeit bis zu ausgemachter Bettelei, hatte er es fertiggebracht, bei fast sämtlichen bedeutenderen Aufstiegen der letzten drei Jahre mitgenommen zu werden. Jonathan wußte aus den einschlägigen Publikationen von seiner Teilnahme an Besteigungen in den Alpen, Neuseeland, im Himalaja, in Südamerika und – erst vor kurzem – im At-

las. In jedem Artikel waren rückhaltlos sein Können und seine Kraft gelobt worden (man nannte ihn sogar einen »jungen Hermann Buhl«), doch einige der Artikelschreiber hatten auf seine Neigung zum Einzelgängertum hingewiesen und nicht verhehlt, daß er ein schlechter Teampartner sei, der die weniger begabten Mitglieder einer Mannschaft behandelte, als wären sie ein Klotz am Bein, der ihn bei seinem stürmischen Aufsteigen nur behinderte. Er war, was man in der Welt des Glücksspiels einen Hasardeur nennt. Aufzugeben war für ihn das Schändlichste, was er sich vorstellen konnte; und an der Wand wagte er Schritte, die für Männer mit weniger guten physischen und psychischen Voraussetzungen reiner Selbstmord wären. Ähnliche Anwürfe hatte sich übrigens auch Jonathan während seiner aktiven Zeit als Bergsteiger oft gefallen lassen müssen.
Aus den Briefen konnte Jonathan sich nur ein höchst ungefähres Bild von Meyers Persönlichkeit machen. Der Mensch Anderl Meyer kam in der Übersetzung nicht klar zum Ausdruck; sein Englisch war gestelzt und voller Fehler, ja oft sogar von komischer Unverständlichkeit, da er, das Wörterbuch offensichtlich neben sich, die deutsche Syntax direkt ins Englische übertrug, so daß es gelegentlich zu einem Potpourrie zusammengesetzter Substantive kam, die sinnlos nebeneinander zu stehen schienen, bis am Schluß irgendein Verb doch noch eine Ahnung von dem vermittelte, was sie besagen sollten. Eine Eigenschaft kam allerdings trotz der schwerfälligen Übersetzung zum Vorschein: ein gewisses zurückhaltendes Selbstvertrauen.
Jonathan saß im Bett, blickte auf die Stapel von Briefen und nippte an seinem Whisky. Bidet, Freytag und Meyer. Wer auch immer – es war durchaus möglich, daß Mellough einem von ihnen die Augen über Jonathan geöffnet hatte.

Kleine Scheidegg *9. Juli*

Er schlief lange. Bis er sich rasiert und angezogen hatte, stand die Sonne schon hoch am Himmel, und die Matte, die ziemlich steil gegen die Nordwand hinführt, war bereits frei von Tau. In der Halle ging er an einer Gruppe von durcheinanderredenden jungen Leuten mit leuchtenden Augen und von der frischen dünnen Luft zusammengezogenen Gesichtern vorüber. Sie hatten offensichtlich draußen in den Bergen herumgetobt, und ihre Pullover strahlten noch die Kälte aus.

Der Hotelmanager kam um die Empfangstheke herum und sagte vertraulich: »Sie sind da, Herr Doktor. Sie erwarten Sie.«

Jonathan nickte und ging weiter auf den Eingang des Speisesaals zu. Als er sich suchend umblickte, entdeckte er die Gruppe sofort. Sie saßen bei dem Panoramafenster, das auf den Berg hinausging. Ihren Tisch überflutete strahlendes Sonnenlicht, und ihre leuchtenden Pullover in dem ansonsten dämmerigen und kaum besetzten Raum waren geradezu eine Wohltat. Es sah ganz danach aus, als ob Ben, wohl aufgrund seiner Erfahrung und seines Alters, gesellschaftlich den Mittelpunkt der Gruppe bildete.

Als Jonathan sich näherte, erhoben sich die Männer, und Ben übernahm die Vorstellung.

»Jonathan Hemlock – und das hier ist Dschien-Paul Bidette.« Offensichtlich wollte Ben mit dieser angeberischen ausländischen Aussprache der Namen nichts zu tun haben.

Jonathan streckte die Hand aus. »Monsieur Bidet.«

»Ich habe mich schon so darauf gefreut, Sie kennenzulernen, Monsieur Hemlock.« Bidets schmale Bauernaugen machten kein Hehl daraus, daß sie ihr Gegenüber abschätzend betrachteten.

»Und das hier ist Karl Freytag.«

Belustigt setzte Jonathan Freytags unnötig forschem Händedruck die gleiche Kraft entgegen. »Herr Freytag?«

»Herr Doktor?« Er nickte kurz und setzte sich dann.

»Und das hier ist Änderil Mayor.«

Jonathan schenkte Meyers etwas querstehenden, klaren blauen Augen ein kurzes Lächeln, das professionelle Anerkennung ausdrückte.

»Ich habe von Ihnen gelesen, Anderl«, sagte er auf deutsch.

»Und ich von Ihnen«, erwiderte Anderl mit seiner weichen österreichischen Aussprache.

»Nun«, sagte Jonathan, »dann haben wir ja einer über den anderen gelesen.«

Anderl grinste.
»Und diese Dame hier ist Missus Bidette.« Kaum, daß er sich dieser unangenehmen gesellschaftlichen Pflicht entledigt hatte, setzte sich Ben.
Jonathan drückte die ihm dargebotenen Finger und sah sein Spiegelbild in den Gläsern ihrer dunklen Sonnenbrille. »Madame Bidet?«
Sie neigte den Kopf ganz leicht, eine Geste, die gleichermaßen eine Begrüßung, ein Achselzucken über die Tatsache, Madame Bidet zu sein, und der Ausdruck davon war, daß sie Jonathan sympathisch fand – also eine ganz und gar pariserische Geste.
»Wir haben nur geplaudert und uns den Berg angeguckt«, erklärte Ben, nachdem Jonathan den Kellner gebeten hatte, eine neue Kanne Kaffee zu holen.
»Ich hatte ja keine Ahnung, daß dieser Berg, von dem Jean-Paul seit über einem Jahr redet, so wunderschön ist«, sagte Madame Bidet, nahm zum erstenmal an diesem Morgen die Sonnenbrille ab und ließ ihre stillen Augen auf Jonathan ruhen.
Er warf einen Blick auf die kalte, im Schatten liegende Eigerwand sowie auf die langen Wolkenstreifen, die sich um den Gipfel herum verfangen hatten.
»Nun, wunderschön würde ich ihn nicht gerade nennen«, ließ Bidet sich vernehmen. »Erhaben vielleicht, aber nicht schön.«
»Schön an ihm ist nur die Möglichkeit, sich mit ihm auseinanderzusetzen und ihn zu erobern«, stellte Freytag für alle Zeiten und für alle Menschen verbindlich fest.
Anderl warf einen kurzen Blick auf den Berg und zuckte mit den Schultern. Offensichtlich war es ihm nie in den Sinn gekommen, einen Berg schön oder häßlich zu nennen – für ihn gab es wohl nur schwierige und leichte Berge.
»Soll das Ihr ganzes Frühstück sein, Herr Doktor?« erkundigte Freytag sich, als der Kaffee kam.
»Ja.«
»Richtiges Essen gehört dazu, wenn man sich richtig in Form bringen will«, ermahnte Freytag ihn.
»Ich werde es mir merken.«
»Meyer hat die gleichen schlimmen Eßgewohnheiten wie Sie.«
»So? Ich hatte gar nicht gewußt, daß Sie sich kennen.«
»O doch«, sagte der Deutsche. »Ich nahm sogleich Verbindung mit ihm auf, nachdem ich diese Besteigung organisiert hatte, und wir haben verschiedene kleinere Aufstiege zusammen gemacht, damit er sich an meinen Rhythmus gewöhnt.«
»Und Sie sich an den seinen, nehme ich an.«

Bidet reagierte auf den kühlen Ton dieses Wortwechsels, indem er ein wenig überstürzt etwas von Wärme und Kameradschaftlichkeit in die Unterhaltung brachte. »Wir müssen uns alle beim Vornamen nennen. Findet ihr nicht auch?«
»Es tut mir leid, aber ich kenne den Vornamen Ihrer Frau nicht«, sagte Jonathan.
»Anna«, gab sie bereitwilligst Auskunft.
Jonathan sprach den ganzen Namen vor sich hin und mußte ein Lächeln unterdrücken, das nur ein geborener Engländer verstanden hätte.
»Wie sehen denn die Wetterberichte aus?« fragte Karl Ben förmlich.
»Nicht besonders gut. Heute wird's klar sein, vielleicht auch morgen noch. Aber es kommt ein ganzer Haufen von Schlechtwetterfronten auf uns zu, so daß es danach ziemlich mulmig aussieht.«
»Dann ist ja alles entschieden«, verkündete Karl.
»Was ist entschieden?« fragte Jonathan zwischen zwei kurzen Schlucken aus der Kaffeetasse.
»Daß wir gleich aufbrechen müssen.«
»Darf ich meinen Kaffee noch austrinken?«
»Ich meine, wir sollten so bald wie möglich aufbrechen.«
Ben blickte Karl fassungslos an. »Mit der Aussicht, daß wir in drei Tagen Sturm haben?«
»Den Eiger hat man schon in zwei Tagen geschafft.« Karl war kurz angebunden und offensichtlich in der Defensive.
»Und wenn man es nun nicht in drei Tagen schafft? Wenn schlechtes Wetter einen da oben festnagelt?«
»Benjamin hat da nicht so ganz unrecht«, warf Jean-Paul dazwischen. »Wir sollten keine kindischen Risiken auf uns nehmen.«
Das Wort »kindisch« wurmte Karl. »Ohne Risiko kann man nicht klettern. Vielleicht sind die Jungen eher dazu bereit, ein Risiko auf sich zu nehmen.«
Jonathan blickte vom Berg auf Ben, der die Mundwinkel herabzog, die Augen schloß und nachdrücklich den Kopf schüttelte.
Anderl hatte an dieser Unterhaltung nicht teilgenommen, sondern seine Aufmerksamkeit vielmehr einer Schar von attraktiven jungen Mädchen draußen auf der Terrasse zugewendet. Jonathan fragte ihn, ob es wohl ratsam sei, sich an den Aufstieg zu machen, obwohl das Wetter nur zwei Tage beständig zu bleiben versprach. Anderl schob die Unterlippe vor und zuckte die Achseln. Ihm schien es gleichgültig zu sein, ob sie bei gutem oder schlechtem Wetter kletterten. Beides habe seine Reize. Sofern sie sich jedoch nicht heute oder morgen an den Aufstieg machen würden, dürfe er seine Aufmerksamkeit wohl anderen Dingen zuwenden.

Jonathan mochte ihn.
»Also stecken wir in einer Zwickmühle«, sagte Karl. »Zwei sind dafür, sofort mit dem Aufstieg zu beginnen, und zwei dagegen. Da zeigt sich das Dilemma demokratischen Vorgehens. Habt ihr einen Kompromißvorschlag? Sollen wir vielleicht halb raufklettern?« Offensichtlich sollte das geistreich klingen.
»Nein, *drei* sind dagegen«, berichtigte Jonathan ihn. »Ben hat schließlich auch eine Stimme.«
»Aber er klettert doch nicht mit uns.«
»Er ist unser Bodenmann. Bis wir Felsberührung haben, hat er sogar mehr als eine Stimme: Es hat sich alles nach ihm zu richten.«
»So? Hat man sich dahingehend geeinigt?«
Anderl sprach, ohne die Augen von den Mädchen draußen auf der Terrasse zu wenden. »Das wird immer so gemacht«, erklärte er mit Nachdruck. »Das letzte Wort hat hier der Bodenmann – und der Führer, sobald wir an der Wand sind.«
»Sehr schön«, sagte Karl, um die Unterhaltung an einem Punkt abzubrechen, wo er verlor. »Das bringt uns zu einem weiteren Problem. Wer soll der Führer sein?« Karl blickte um den Tisch herum, bereit, sich gegen jede Opposition zur Wehr zu setzen.
Jonathan goß sich noch eine Tasse ein und schwenkte einladend die Kanne; sein Angebot wurde von Karl mit einem energischen kurzen Kopfschütteln abgelehnt, von Jean-Paul dadurch, daß er die Hand über die Tasse legte, von Anna durch ein leichtes Anheben der Fingerspitzen, von Anderl dadurch, daß er überhaupt nicht hinsah, und von Ben mit einer Grimasse – sein Bierseidel war noch viertel voll. »Ich dachte, es stünde so gut wie fest, daß Sie den Führer machen, Karl«, sagte Jonathan gelassen.
»Das war auch der Fall. Aber zu dieser Entscheidung waren wir gekommen, bevor das amerikanische Mitglied seinen unglücklichen Unfall hatte und durch einen Mann von – bis vor einigen Jahren zumindest – großem internationalen Ruf ersetzt wurde.«
Jonathan vermochte ein Lächeln nicht zu unterdrücken.
»Damit es hinterher keine Schwierigkeiten gibt«, fuhr Karl fort. »Ich möchte, daß alle sich darüber einig sind, wer die Führung übernimmt.«
»Das, was Sie da sagen, hat etwas für sich«, sagte Jean-Paul. »Es stimmt, Jonathan hat den Berg schon zweimal bestiegen.«
Gallischer Vernünftigkeit wurde mit teutonischer Genauigkeit gekontert. »Ich bitte, das richtigstellen zu dürfen. Dem Herrn Doktor ist es zweimal mißlungen, den Berg zu besteigen. Ich möchte Sie nicht beleidigen, Herr

Doktor, aber ich finde, es muß gesagt werden, daß zwei mißlungene Besteigungsversuche Ihnen nicht automatisch das Recht geben, eine Gruppe zu führen.«

»Ich bin nicht beleidigt. Ist es denn für Sie so wichtig, daß Sie den Anführer machen?«

»Es ist für unsere Seilschaft wichtig. Ich habe Monate darauf verwandt, eine neue Route ausfindig zu machen, die in bedeutsamer Weise vom klassischen Aufstieg abweicht. Ich bin sicher, wenn ich sie mit euch durchgegangen bin, dann seid ihr überzeugt, daß diese Route gut ausgedacht und durchaus zu bewältigen ist. Und wenn wir die Wand auf einer neuen Route bezwingen, finden wir damit Eingang in die Annalen.«

»Und das ist für Sie so wichtig?«

Verwundert blickte Karl ihn an. »Selbstverständlich.«

Anderl hatte seinen Stuhl vom Tisch zurückgeschoben und verfolgte diesen Machtkampf mit einem belustigten Ausdruck auf seinem schmalen, tief gebräunten Gesicht.

Anna versuchte die Langeweile abzuschütteln, indem sie ihren Blick von Jonathan auf Karl richtete – beide waren sie die geborenen Führer innerhalb dieser Gruppe, und Jonathan spürte instinktiv, daß sie eine Wahl traf.

»Warum belassen wir es nicht dabei?« sagte Jean-Paul begütigend. »Heute nachmittag sehen wir uns die Route an, die Sie ausgetüftelt haben, Karl. Wenn sie uns gut erscheint, sind Sie auf dem Berg der Anführer. Aber bis wir Bergberührung haben, führt Benjamin das Kommando.«

Karl war einverstanden. Er war sicher, daß seine Route sie überzeugen würde. Ben blickte Karl finster und schweigend an und gab dadurch sein Einverständnis zu verstehen. Jonathan war einverstanden, und Anderl war es völlig gleichgültig.

»Also.« Jean-Paul klatschte in die Hände, um das Ende dieses für ihn unangenehmen Zusammenpralls zu unterstreichen. »Jetzt wollen wir unseren Kaffee trinken und einander besser kennenlernen. Einverstanden?«

»Ach?« sagte Jonathan. »Ich dachte, Sie und Karl, Sie kennen einander bereits?«

»Wie kommen Sie denn darauf?« fragte Jean-Paul lächelnd.

»Auf geschäftlicher Basis gewissermaßen. Ihre Firma stellt Aerosol-Kanister her, seine Schädlingsbekämpfungsmittel. Es wäre doch ganz natürlich, wenn...« Jonathan zuckte die Achseln.

Karl runzelte bei der Erwähnung der Schädlingsbekämpfungsmittel die Stirn.

»Ah, ich verstehe«, sagte Jean-Paul. »Ja, ein höchst begreiflicher Irrtum.

Trotzdem, wir treffen uns hier zum erstenmal. Es ist reiner Zufall, daß wir in zwei Branchen arbeiten, die etwas miteinander zu tun haben.«
Anna sah aus dem Fenster und sprach zu niemandem im besonderen: »Dabei war ich fest davon überzeugt, daß jeder Hersteller von irgendwelchen Flüssigkeiten in ganz Europa irgendwann einmal Gast in unserem Haus gewesen ist.«
Jean-Paul lachte und zwinkerte Jonathan zu. »Sie findet manche meiner Kollegen ein wenig langweilig.«
»So?« fragte Jonathan und machte große Augen.
Die Unterhaltung wandte sich gesellschaftlichen Belanglosigkeiten zu, und eine Viertelstunde später erhob sich Ben und entschuldigte sich damit, noch einmal die Ausrüstung überprüfen zu wollen. Anderl beschloß, ihm dabei zu helfen, und so gingen beide.
Jonathan sah Ben mit dem für ihn charakteristischen energiegeladenen wiegenden Gang davongehen, durch den er sein leichtes Hinken kompensierte. Ein Gedanke schoß ihm durch den Kopf.
»Wie ich hörte, haben Sie sich vorigen Monat eine Verletzung zugezogen«, sagte er gesprächsweise zu Karl.
»Ja. Ein kleiner Absturz. Nichts Ernsthaftes.«
»War es nicht am Bein?«
»Ja, ich habe es mir an einem Felsen aufgerissen. Aber Sie können unbesorgt sein, meine Kletterei wird dadurch nicht im geringsten beeinträchtigt.«
»Das ist gut.«
Karl und Jean-Paul gerieten ins Plaudern und unterhielten sich über Berge, die sie beide einmal bestiegen hatten, verglichen Routen und Erlebnisse. Für Jonathan war das eine gute Gelegenheit, sich – die Kaffeetasse in der Hand – zurückzulehnen und die drei in aller Ruhe in Augenschein zu nehmen. Nichts im Benehmen der gesamten Seilschaft hatte darauf schließen lassen, daß einer von ihnen wußte, wer Jonathan war und warum er hier war.
Anna Bidet hatte ihre Gedanken wieder nach innen gerichtet, verbarg sie hinter ihren langen Wimpern, die ihre flinken, intelligenten Augen verschleierten. Schon eine ganze Weile hatte sie sich so in sich zurückgezogen und schien sich in der Gesellschaft ihres eigenen Geistes durchaus wohl zu fühlen. Von Zeit zu Zeit wandte sich ihr Blick nach außen, richtete sie ihn auf die Männer um sie herum, hörte sie einen Moment zu, ehe sie dann wieder zu dem Schluß kam, daß nichts gesprochen wurde, was für sie von Interesse sei, und sich daraufhin wieder in sich zurückzog.
Jonathan ließ die Augen auf ihr ruhen. Ihre Kleidung, ihre gelegentlichen Beiträge zum Gespräch, das Aufleuchten ihrer Augen, wenn etwas sie er-

heiterte oder sie gern nachgefragt hätte, was jedoch auf dem Höhepunkt abrupt wie ausgelöscht war, wenn sich ihre Lider darüber senkten – all das war gekonnt und wirksam. Sie war gleichzeitig ganz Würde und ganz Herausforderung, eine Kombination, wie sie Pariserinnen einer gewissen Klasse und einer bestimmten Altersstufe eigen ist.

Offensichtlich spürte sie Jonathans Blick auf sich ruhen, denn sie schien aus ihrer Träumerei zu erwachen und erwiderte diesen Blick offen und belustigt.

»Eine interessante Kombination«, stellte sie dann gelassen fest.

»Wie bitte?«

»Kunstkritiker, Gelehrter und Bergsteiger. Und ich bin überzeugt, es steckt noch einiges andere dahinter.«

»Und was halten Sie davon?«

»Nichts.«

Jonathan nickte und wandte seine Aufmerksamkeit Jean-Paul zu, der ganz offensichtlich nicht aus der gleichen Welt stammte wie sie. Der noch junge Reichtum paßte ihm wie sein Anzug, daß heißt, er saß nicht ganz vollkommen, einfach deshalb, weil es ihm an dem bißchen Angeberei mangelte, die dazu beiträgt, diese Dinge vollkommen zu beherrschen. Eigentlich war er über das Alter für die ganz großen Besteigungen bereits hinaus, aber es saß kein Gramm Fett an seinem robusten, etwas bäurischen Körper. Ein Auge nach unten gerichtet wie bei einem Clown, hatte sein Gesicht doch etwas sehr Waches und Lebenslustiges. Seine Nase beschrieb einen langen, schmalen Bogen, der etwas zu hoch oberhalb der Augen ansetzte und in der Mitte einen eigenwilligen Ruck zur Seite machte. Der Mund war schief und beweglich genug, ihm jene Lebhaftigkeit des Gesichtsausdrucks zu verleihen, die wesentlich zur Sprechweise des Franzosen vom Lande dazugehört. Alles in allem machte sein Gesicht den Eindruck, als hätte die Natur eine vollkommen nichtssagende Form gestaltet, dann, während der Ton noch weich war, die Handfläche auf den Mund gedrückt und ihm einen leichten Dreh nach links gegeben.

Jonathan schätzte seine Art. Sein Abscheu vor Streitereien und die Art und Weise, wie er mit Hilfe der Logik die Gemüter beschwichtigte, machten ihn zu einem idealen ausgleichenden Element bei den dynamischen und aggressiven Persönlichkeiten, die man oft unter Bergsteigern findet. Ein Jammer, daß er so offensichtlich ein Hahnrei war – zumindest geistig betrog seine Frau ihn. Jonathan stellte ihn sich unwillkürlich mit der Zipfelmütze auf dem Kopf, der Kerze in der einen Hand und dem Nachtgeschirr in der anderen vor.

Das war allerdings ein unfreundliches Bild, und so wandte er seine Aufmerksamkeit von ihm ab und Karl Freytag zu, der in diesem Augenblick ausführlich und bedeutsam klarzumachen versuchte, daß die Route, die Jean-Paul im vorigen Jahr bei der Besteigung des Dru gewählt habe, eine schlechte Wahl gewesen sei. Als Jean-Paul lachte und sagte: »Für mich ist entscheidend, daß ich auf dieser Route den Gipfel erreicht habe und auch wieder hinuntergekommen bin«, zuckte Karl die Achseln; es war offenkundig, daß er keine Lust hatte, sich weiter mit einem Mann auseinanderzusetzen, der so etwas einfach auf die leichte Schulter nahm.

Karl hatte ein breites und ebenmäßig geschnittenes Gesicht, doch war es zu unbeweglich, als daß es wirklich interessant hätte sein können; er war hübsch, ohne dabei attraktiv zu sein. Sein blondes – oder besser: farbloses Haar war dünn und glatt und streng von seiner breiten, aggressiv-intelligenten Stirn zurückgekämmt. Er war der Größte von ihnen allen, und seine ausgezeichnete körperliche Verfassung erlaubte es ihm, eine starre sitzende Haltung einzunehmen, ohne deshalb lächerlich zu wirken.

»Na schön«, sagte Jean-Paul, brach damit die Unterhaltung mit Karl ab und wandte sich Jonathan und Anna zu. »Ihr beiden scheint euch nicht viel zu sagen zu haben, oder?«

»Wir haben unser Schweigen miteinander verglichen«, sagte Jonathan, »und ihres erwies sich als interessanter als meines.«

»Sie ist eine bemerkenswerte Frau.« Jean-Paul sah seine Frau mit unverhohlenem Stolz an.

»Das glaube ich.«

»Vor ihrer unseligen Heirat war sie beim Ballett, wissen Sie.« Es war eine Art Selbstschutz von Jean-Paul, daß er andere glauben machen wollte, ihre Ehe sei gesellschaftlich wie gefühlsmäßig eine Mesalliance. Nicht nur, daß er ein Fabrikant war – seine Firma stellte auch noch einen allgemein gebräuchlichen, aber etwas lächerlichen Haushaltsartikel her.

Anna lachte leise. »Jean-Paul sonnt sich in der Vorstellung, er hätte mich auf dem Höhepunkt meiner Karriere von der Bühne weggeholt, und dabei haben Alter und schwindende Beliebtheit auf das gleiche Ziel hingearbeitet.«

»Unsinn!« erklärte Jean-Paul. »Kein Mensch errät, wie alt du bist. Für wie alt würden Sie sie denn schätzen, Jonathan?«

Diese Frage versetzte Jonathan in Verlegenheit – beiden gegenüber.

»Mein Mann bewundert rückhaltlose Offenheit, Dr. Hemlock. Takt ist für ihn gleichbedeutend mit Kneifen.«

»Aber nicht doch! Kommen Sie, Jonathan. Wie alt, würden Sie sagen, ist Anna?«

Jonathan hob beide Hände, die Handflächen nach vorn – eine Geste der Hilflosigkeit. »Ich – äh – ich würde meinen, ein Mann käme nur dann auf die Idee, herauszubekommen, wie alt sie wohl sein könnte, wenn er

nicht recht weiß, ob er den Apfel nun der Natur oder der Dame selbst reichen soll.«
Sehr gut hatte er sich nicht aus der Affäre gezogen, doch Anna applaudierte spöttisch, indem sie lautlos mit den Spitzen dreier Finger in die Handfläche klopfte.
Da er spürte, daß hier nichts weiter von Wichtigkeit besprochen werden würde, erhob sich Karl und entschuldigte sich. Jean-Paul rückte einen Stuhl näher heran, damit sie nicht so weit auseinandersäßen.
»Kein Zweifel – er ist großartig«, sagte er und sah verträumt nach draußen zum Eiger hinüber. »Genau der richtige Berg für meine letzte Besteigung.«
»Ihre letzte?«
»Ich bin nicht mehr der Jüngste, Jonathan. Denken Sie doch nur: Mit zweiundvierzig werde ich der älteste Mann sein, der diesen Berg besteigt. Diese beiden jungen Burschen sind phantastische Kletterer. Wir werden uns verdammt anstrengen müssen – Sie und ich. Sie sind – verzeihen Sie, aber – wie alt, wenn ich fragen darf?«
»Siebenunddreißig.«
»Ah, genauso alt wie meine Frau.«
Sie schloß die Augen und machte sie resigniert wieder auf. Um von etwas anderem zu reden, fragte Jonathan. »Interessieren Sie sich für die Bergsteigerei, Anna?«
»Nicht sonderlich.«
»Aber sie wird stolz auf mich sein, wenn ich zurückkomme, nicht wahr, Chérie?«
»Sehr stolz.«
»Ich kann mich nicht erinnern, mich jemals so ausgezeichnet gefühlt zu haben«, sagte Jean-Paul, reckte seine athletischen Arme und ließ einen auf Annas Schulter fallen. »Ich spüre geradezu, daß ich ausgezeichnet trainiert habe und in der besten Kondition bin, die man in meinem Alter haben kann. In den letzten sechs Monaten habe ich Abend für Abend ein kompliziertes System von gymnastischen Übungen durchgemacht und mich fanatisch daran gehalten. Dabei arbeite ich immer so spät bis in die Nacht hinein, daß meine arme Frau für gewöhnlich schon schläft, wenn ich ins Bett gehe.« Er lachte und klopfte ihr auf die Schulter.
»Dann muß sie ja jetzt ganz versessen darauf sein«, erklärte Jonathan, »daß Sie diese Besteigung endlich hinter sich bringen.«
Anna blickte ihn an, wandte dann jedoch die Augen ab und sah nach draußen, wo Regentropfen leicht gegen die Scheiben zu fallen begannen.
Rein gewohnheitsmäßig verwünschte Jean-Paul diesen Wetterumschwung, dabei mußte seine Erfahrung mit dem Berner Oberland ihm sa-

gen, daß der Sonnenschein heute morgen, nicht aber der Regen die Ausnahme war.
»Das bedeutet, daß in größerer Höhe Schnee liegen wird«, erklärte er. Es klang nicht anders als eine sachliche Feststellung.
»Ja, ein bißchen schon«, pflichtete Jonathan ihm bei. Er schenkte sich noch eine Tasse ein und entschuldigte sich, weil er hinaus wollte auf die Terrasse, wo er sich unter das überhängende Dach stellte und den Geruch des Regens genoß.
Der Himmel war zinkfarben. Das Grün der wenigen knorrigen Latschenkiefern, die hier im felsigen Boden der Kleinen Scheidegg Wurzel gefaßt hatten, war nun, da ihnen das Sonnenlicht entzogen war, ein langweiliges Olivbraun geworden. Es herrschte Windstille.
Sie waren schon eine eiskalte Bande. Zumindest einer von ihnen war verdammt eiskalt. Er hatte sein mögliches Opfer kennengelernt, doch nichts, keine Geste, keine Nervosität, kein Seitenblick, hatte ihm irgendeinen Hinweis gegeben. Jonathan würde sich auf höchst unsicherem Boden bewegen, solange »Spürhund« keinen Kontakt mit ihm aufnahm und ihm sagte, wer das Opfer sei.
Graue Nebelschwaden verhüllten das obere Drittel der Nordwand. Ihm fiel das makabre Wortspiel ein, das die deutschen Sportjournalisten jedesmal wieder aufgriffen, wenn eine Seilschaft die Nordwand hinauf wollte: Die Nordwand nannten sie dann Mord-Wand. Vergangen waren die Zeiten, da Deutsche und Österreicher mit rücksichtsloser, wagnerischer Todesliebe die Eigerwand attackierten. Große Namen hatten sie bezwungen: Hermann Buhl, Lionel Terray, Gaston Rébuffat; und Dutzende weniger bedeutender Männer waren sie hinaufgeklettert – jeder von ihnen beanspruchte durch seinen Erfolg ein Stück von dem Ruhm, der mit der Bezwingung dieser Aufgabe verbunden war. Nichtsdestoweniger spürte Jonathan, während er halb geschützt unter dem Dachvorsprung stand, seinen Kaffee schlürfte und über die Matte hinüberblickte, wie der Wunsch, sich noch einmal an dieser Wand zu versuchen, die ihn zweimal zurückgewiesen hatte, seine Brust immer mehr erfüllte.

Auf dem Weg nach oben zu Bens Zimmer begegnete er Anderl im Flur. Sie begrüßten einander mit einem Kopfnicken. Er hatte diesen untersetzten, sehnigen Burschen spontan gemocht – mit seinem Wust dunkler Haare, der offensichtlich den Kamm kaum kannte, und den langen kräftigen Fingern, welche die Natur eigens geschaffen zu haben schien, damit sie noch den kleinsten Vorsprung und die kleinste Spalte im Felsen fanden und sich an ihnen festklammerten. Zu schade, wenn sich herausstellen sollte, daß Anderl sein Opfer sein sollte.

Als er an Bens Tür klopfte, vernahm er ein dröhnendes »Verkrümeln Sie sich!«
Jonathan öffnete die Tür trotzdem und steckte den Kopf hinein.
»Ach, du bist's, altes Haus. Komm rein. Aber schließ die Tür hinter dir zu!«
Jonathan nahm ein aufgeschossenes Seil vom Extrabett und streckte sich auf diesem aus. »Warum denn diese liebenswürdige Begrüßung?«
Ben war dabei, die Provianttaschen zu packen und das Gewicht gleichmäßig zu verteilen, ohne freilich zu vergessen, wie wichtig es war, daß jeder Beutel alles Nötige für ein gutes Biwak enthielt, falls die Mannschaft auseinandergerissen und zwei Seilschaften bilden würde. »Ach, ich hab nur gedacht, da wär wieder einer von diesen Reportern.« Er brummelte irgend etwas in sich hinein, als er einen Riemen straff zog. Und dann: »Verdammt noch mal, die klopfen alle paar Minuten an meine Tür. Sogar Leute vom Fernsehen sind hier. Hast du das gewußt?«
»Nein, aber es überrascht mich nicht. Die Eiger-Vögel sind jetzt in ganzen Scharen hier eingefallen. Das Hotel ist bis obenhin voll von ihnen. Selbst in Alpiglen und Grindelwald sitzen sie.«
»Verdammte Geier!«
»Aber die fettesten Vögel hocken doch hier im Hotel.«
Mit einem Grunzlaut schnürte Ben einen der Proviantsäcke zu. »Wie zum Beispiel?«
Jonathan erwähnte die Namen eines griechischen Industriellen und seiner neuerworbenen Ehefrau, einer Dame der amerikanischen High-Society. Die Hotelleitung hatte vor dem Hotel ein großes, rechteckiges, orientalisches Zelt errichtet, das über eines der Fernrohre auf der Terrasse hinausging. Das Zelt war mit Seidenstoffen ausgekleidet sowie mit Heizröhren und einem kleinen Eisschrank ausgestattet, und das Fernrohr war für ihren persönlichen Gebrauch reserviert, nachdem es sorgfältig mit Desinfektionsmitteln geschrubbt worden war. Man hatte jede Vorsichtsmaßnahme getroffen, um sie vor dem Kontakt mit den weniger hochgestellten Eiger-Vögeln zu bewahren, doch die Vorliebe des Griechen für Verschwendung und plumpe Scherze hatte sofort die Aufmerksamkeit der Presse erregt.
Jonathan bemerkte ein mächtiges Teleskop aus Messing in einer Zimmerecke. »Hast du das mitgebracht?«
»Na klar. Denkst du etwa, ich stell mich mit einer Tasche voll Kleingeld an, um euch bei eurem Aufstieg an der Wand zu verfolgen?«
»Ich fürchte aber doch, daß du mit den Leuten von der Presse deinen Frieden schließen mußt.«
»Warum?«

»Das beste wäre, du würdest sie immer auf dem laufenden halten, sobald wir auf dem Berg sind. Du brauchst ja nur reine Fakten mitzuteilen: wie hoch wir sind, wie das Wetter ist, welche Route wir nehmen – solche Sachen.«
»Mein Motto ist: Sag ihnen nichts! Soll'n sie doch abhauen!«
»Nein, ich glaube, du solltest doch ein bißchen mit ihnen zusammenarbeiten. Sonst saugen sie sich die tollsten Dinge aus den Fingern.«
Ben verschnürte den letzten Proviantsack und machte eine Dose Bier aus seinem Vorrat auf dem Nachttisch auf. »Huuu! Ich hab mich mehr abgerackert als ein Einbeiniger beim Wettbewerb im Arschtreten. Aber von mir aus könnt ihr von einer Minute zur anderen aufbrechen. Hier ist der Bericht über einen Hochdruckkeil, der sich hierher vorschiebt, und daß dieser Teufelsbraten von einem Berg euch nicht mehr als zwei, höchstens drei Tage gleichbleibendes Wetter beschert, müßtest du eigentlich am besten wissen.« Er schob einen Ring mit Eishaken vom Bett und streckte sich darauf aus.
Jonathan fragte ihn, wie er seine Partner einschätze, und Ben schnitt eine Grimasse. »Ich weiß nicht. Zu unterschiedliche Charaktere für meinen Geschmack. Dieser Deutsche ist mir ein bißchen zu draufgängerisch.«
»Ich habe aber das Gefühl, er ist ein guter Bergsteiger.«
»Schon möglich. Aber in einem Biwak bringt der keinen zum Grinsen. Er hat ganz das Zeug dazu, rotzfrech zu werden. Der scheint sich wohl nicht darüber im klaren zu sein, daß wir schon sämtliche wichtigen Berge raufgeklettert sind, als er noch in die Windeln kackte. Allerdings, dieser österreichische Bursche ...«
»Anderl?«
»Ja, Anderl. Das ist ein echter Bergsteiger. Richtig zünftig. Sieht übrigens so 'n bißchen aus wie du.« Ben stützte sich auf einen Ellbogen und fügte vielsagend hinzu: »Vor dreizehn Jahren.«
»Schon gut, schon gut.«
»Na, altes Haus! Dann wirf deinem armen verkrüppelten Freund noch ein Bier rüber, ja?«
Mit einem Grunzer richtete Jonathan sich auf und tat ihm den Gefallen, wobei er zum erstenmal bemerkte, daß Ben amerikanisches Bier trank. Wie die meisten amerikanischen Biertrinker konnte Ben dem vergleichsweise dickflüssigen Gebräu der Deutschen und der Schweizer keinen Geschmack abgewinnen. Jonathan stützte sich aufs Fensterbrett und sah in den Regen hinaus. Draußen war Anderl, einen Arm um ein Mädchen gelegt, das seine Jacke über dem Kopf trug. Sie kehrten ins Hotel zurück.
»Was hältst du von Jean-Paul, Ben?«
»Nicht besonders viel. Wie ich die Sache sehe, stehst du grade noch mit

einem Bein in der Altersgruppe, die diese Begehung machen kann. Er steht aber schon mit beiden Beinen draußen.«

Jonathan konnte sich dieser Ansicht nicht anschließen. »Mir sieht er aber ganz danach aus, als ob er enormes Durchhaltevermögen hätte. Der hat die Zähigkeit von Generationen von Bauern in sich.«

»Wenn du meinst, altes Haus.« Ben nahm die Beine schwungvoll vom Bett herunter und setzte sich auf. Seine Stimme bekam unversehens einen ganz anderen Ton, wie von jemand, der plötzlich auf etwas zu sprechen kommt, worauf er schon lange gewartet hat. »Bei mir in Arizona hast du mir gesagt, vielleicht würdest du an dieser Besteigung doch nicht teilnehmen. Wie steht's damit?«

Jonathan saß auf der Fensterbank. »Ich weiß nicht. Ich hab hier was zu erledigen. Die Kletterei ist dabei nur eine Nebensache.«

»Ziemlich großkotzig für eine Nebensache, finde ich.«

»Stimmt.«

»Und was hast du zu erledigen?«

Jonathan blickte in Bens von Lachfältchen überzogenes Gesicht. Er konnte es ihm einfach nicht erzählen. Draußen, auf der anderen Seite der Fensterscheibe, gab es auf der vom Regen grauen und durchweichten Matte hier und da Flecken voller Schnee. »Die Skiläufer müssen diesen Regen ja verfluchen«, sagte er, um überhaupt etwas zu sagen.

»Was hast du zu erledigen?« Ben ließ nicht locker. »Hat das irgendwas mit diesem Mellough zu tun?«

»Nur indirekt. Vergiß es, Ben.«

»Das ist nicht so einfach, wie du dir das vorstellst. Nachdem du fort warst, ist bei mir die Hölle losgewesen. Der ganze Bungalow wimmelte nur so von Polizisten, die hochtrabend daherredeten und sich ansonsten ziemlich lächerlich benahmen. Sie fuhren Patrouillen in die Wüste und knatterten mit ihren Hubschraubern rum. Die ganze Gegend war in Aufruhr, bis die Sache endlich vorbei war.«

Jonathan mußte lächeln, als er sich die Geschäftigkeit ausmalte, wie das CII sie bei solchen Gelegenheiten entwickelte: diese hervorragende Zusammenarbeit – als ob Italiener und Araber gemeinsam eine Invasion geplant hätten. »Das nennen die Geheimhaltung, Ben.«

»So, nennen sie das so? Was is'n da draußen überhaupt passiert? Als du das Gewehr zurückbrachtest, war daraus geschossen worden. Und von diesem Mellough und seinem Freund hat niemand jemals wieder was gesehen.«

»Ich möchte nicht darüber reden. Ich muß tun, was ich tun muß, Ben. Täte ich es nicht, würde ich mein Haus und die Sachen verlieren, die ich in all den Jahren mühsam gesammelt habe.«

»So? Dein Haus würdest du verlieren? Aber du könntest doch immer noch unterrichten. Du unterrichtest doch gern, nicht wahr?«
Jonathan sah Ben an. Nie hatte er ernsthaft darüber nachgedacht, ob er nun seine Arbeit am College gern tat oder nicht. »Nein, ich glaube nicht. Ich bin gern mit klugen Köpfen zusammen, die meinen Geist und meinen Geschmack zu schätzen wissen, aber was das reine Unterrichten betrifft – nein. Das ist bloß ein Job.«
Ben schwieg eine Weile. Er trank sein Bier aus und zerdrückte die Dose in der Hand. »Laß uns doch diese ganze Besteigung abblasen«, sagte er mit fester Stimme. »Wir erklären ihnen, du wärst krank oder so. Meinetwegen, daß deine Hämorrhoiden dir zu schaffen machen.«
»Mit meinem Achilles-After? Nein, nichts zu machen, Ben. Vergiß es.«
Jonathan wischte mit dem Handrücken über die beschlagene Scheibe und sah angestrengt zu dem dunstverhangenen Berg hinüber. »Weißt du, was komisch ist, Ben?«
»Du.«
»Nein. Wirklich komisch ist, daß ich mir an diesem Berg tatsächlich nochmal die Zähne ausbeißen möchte. Ganz abgesehen von der Sache, derentwegen ich eigentlich hier bin, reizt es mich wirklich. Verstehst du dieses Gefühl?«
Ben spielte eine Weile mit einem aufgeschossenen Nylonseil. »Selbstverständlich verstehe ich das. Aber ich will dir mal was sagen, altes Haus: Was hier so süßlich duftet, das ist der Modergeruch der Verwesung.«
Jonathan nickte.

Beim Mittagessen drehte sich die Unterhaltung hauptsächlich ums Wetter; es hatte sich eingeregnet, der Regen fiel gleichmäßig, und hin und wieder fuhren Regenböen prasselnd gegen die Fensterscheiben. Sie wußten, daß das Neuschnee auf dem Dritten Eisfeld und, in noch größerer Höhe, auf der Spinne bedeutete. Viel hing von der Temperatur ab, die an der Wand herrschte. Wenn es kalt war und der Schnee pulverig und trokken, würde er zischend in die Tiefe gehen und das ewige Gletschereis und den festen Schnee auf dem Gletscher begehbar machen. Stieg jedoch die Temperatur, wurde der Schnee dabei feucht, und klebte er, dann würde er liegenbleiben, immer dickere Schichten bilden und sich zu Verwehungen auf den bis zu sechzig Grad ansteigenden Gletschern auftürmen, jederzeit bereit, bei der kleinsten Störung als Lawine zu Tal zu donnern. Ben wußte, daß Jonathan die Oberfläche der Nordwand während seiner Trainingsbesteigung auf der Westflanke vor zwei Tagen genau in Augenschein genommen hatte.
»Haben Sie viel sehen können?«

»Ja, das Wetter war klar.«
»Na und?« fragte Karl.
»Es sah schön aus – für den Eiger. Der Schnee war alt und verharscht. Und die ganze Wand war so trocken, wie ich sie noch nie erlebt habe.«
Worauf Jonathan anspielte, war das unerklärliche »Austrocknen« der Nordwand, das in den vergangenen dreißig Jahren immer weiter fortgeschritten war. Bestimmte Flächen waren in den späten dreißiger Jahren ausgedehnte Schneefelder gewesen – seit Ende der fünfziger Jahre gab es da nur noch feuchten und vereisten Fels. »Eines war wirklich gut. Der Hinterstoisser-Quergang war fast eisfrei.«
»Das betrifft uns nicht«, verkündete Karl. »Meine Route geht nicht über den Hinterstoisser-Quergang.«
Selbst der phlegmatische Anderl spürte das allgemeine Schweigen, welches diese Feststellung hervorrief. Jonathans Tasse mit heißer Schokolade verharrte für einen Moment in der Luft, als er sie gerade an die Lippen führen wollte, doch faßte er sich rasch und trank kommentarlos, womit er Karl die Genugtuung nahm, ihn schockiert zu haben. Dieser Quergang, dem der junge Deutsche mit seinem Tod den Namen gegeben hatte, war der Schlüssel für alle erfolgreichen Besteigungen des Eiger gewesen. Keine Seilschaft hatte jemals diese kritische Brücke umgangen und den Gipfel erreicht, und nur eine Gruppe, die das gewagt hatte, war mit heiler Haut wieder heruntergekommen.
»Nach dem Mittagessen werde ich meine Route im einzelnen mit euch durchgehen«, sagte Karl und brach damit das lastende Schweigen.
Mit einem sanften Lächeln, hinter dem er seine Gedanken verbarg, beobachtete Jonathan über seine Tasse hinweg einen Augenblick lang Karl, dann lenkte er sein Augenmerk auf die Matte und den Berg draußen.
Die Bergsteiger hatten sich einen Tisch am Panoramafenster reservieren lassen, das auf die Matte hinausging, und im allgemeinen saßen sie so, daß sie dem Restaurant den Rücken zuwandten, und versuchten, all die Eiger-Vögel zu ignorieren, die mittlerweile in hellen Scharen angeschwirrt gekommen waren.
Während des Essens waren verschiedentlich Kellner gekommen, die Einladungen der wohlhabenderen oder weniger zurückhaltenden Eiger-Vögel zum Essen oder zu irgendwelchen abendlichen Geselligkeiten überbrachten, die, hätte man sie angenommen, den Gastgeber in den Augen von seinesgleichen beträchtlich erhöht hätten. Diese Briefchen wurden stets an Ben weitergegeben, der sich ein Vergnügen daraus machte, sie ungelesen vor den Augen der lächelnd winkenden Absender in kleine Stücke zu zerreißen.
Ein geübter Ornithologe hätte drei Arten von Eiger-Vögeln in dem auf-

geregt flatternden Schwarm unterschieden, der in einem halben Dutzend Sprachen durcheinanderzwitscherte.
Die Crème der Eiger-Vögel bildeten die international berühmten Müßiggänger, die von ihren Mittsommer-Etappen auf ihren jährlichen Vergnügungszügen herangeflogen waren, um ihre sensationslüsternen Nerven durch das Sexualstimulans Tod kitzeln zu lassen. Sie flogen aus allen Ekken und Enden der Erde herbei, aber nicht einer kam aus den ehemals berühmten Zufluchtsorten, die von den Imitatoren aus der Mittelklasse verseucht worden waren: der Riviera, Acapulco, den Bahamas, den Azoren und der marokkanischen Küste, die erst seit kurzem an die gesellschaftlichen Parvenüs verlorengegangen war. Ihre Hackordnung wurde streng eingehalten, und jeder Neuankömmling nahm gehorsam den Rang ein, der ihm zustand und der mehr durch jene definiert wurde, welche unter ihm standen, als durch jene, die über ihm standen. Der griechische Industrielle und seine Frau nahmen es als selbstverständliches Recht ihres Reichtums an, die Spitze der Pyramide für sich zu beanspruchen; der dünnblütige und schmalgesichtige italienische Adel mit beschränkten Mitteln bildete die unterste Schicht.
Die unteren Ränge der Nekrophilen aus Müßiggang waren zahlenmäßig am stärksten vertreten. Man erkannte sie leicht an den schreienden Farben ihres Gefieders sowie an den verbissenen und kurzweiligen Liebesgewohnheiten. Da waren die ziemlich beleibten Männer mit violettbrauner Haut, den Zigarren und dem schütter werdenden Haar sowie den lauten und linkischen Gesten, die darauf abzielten, den Eindruck jugendlicher Energie zu vermitteln. Während der Fütterzeiten konnte man sie sehen, wie sie die Hände nach ihren vollbusigen Gespielinnen ausstreckten, die kicherten und einen leeren Ausdruck im Gesicht bekamen, wenn sie angerührt wurden.
Die Weibchen dieser Unterart waren Frauen unbestimmbaren Alters, mit harten Zügen, durchwegs gefärbten Haaren und einer Haut, die an den Schläfen durch Schönheitsoperationen gestrafft war. Ihre flinken und mißtrauischen Augen schossen hin und her und den jungen Griechen und Sizilianern nach, die sie vorsorglich mitbrachten und deren sie sich bedienten.
Und am Rande wachten virile Lesbierinnen über ihre aufgeregt zwitschernden, malvenfarbenen und spitzenbekleideten Besitztümer, wohingegen männliche Homosexuelle zänkisch schnatterten und sich voreinander aufplusterten.
Den untersten Rang der Eiger-Vögel nahmen die Zeitungs- und Fernsehleute ein, die von den Brosamen der anderen lebten. Sie erkannte man auf den ersten Blick, weil sie dauernd zusammengluckten und Konfek-

tionsanzüge trugen, die oft arg zerknittert waren und gewissermaßen das Erkennungszeichen ihres ungebundenen Wanderlebens darstellten. Das war eine leichtfertige, redegewandte und viel zuviel trinkende Bande, die zynisch von den herabgesetzten Preisen Gebrauch machte, die das Hotel ihnen für die Reklame bot, welche sie für die Kleine Scheidegg der Nachsaison machten.
Eine als Verbindungsglied dienende Subkultur eigener Art bildeten die Filmschauspieler. Zwar besaßen sie nicht die Kreditwürdigkeit der Elite, aber dafür waren sie so unübersehbar und berichtenswert, daß sie für alle jene unentbehrlich waren, die es gern hatten, daß sie gesehen wurden und daß man über sie schrieb. Schauspieler behandelte man nicht als Persönlichkeiten, sondern als gesellschaftliche Besitztümer. In dieser Hinsicht wiesen sie Ähnlichkeit mit den Grand-Prix-Rennfahrern auf.
Eine Ausnahme innerhalb dieser allgemeinen Gattung von Filmstars bildete ein Schauspielerehepaar, das aufgrund seines in kurzer Zeit erworbenen Reichtums und wegen seines aufwendigen Lebensstils in sich wieder so etwas wie eine Crème de la Crème bildete. Seit ihrer Ankunft heute morgen, die von viel Flügelschlagen, lauten Begrüßungen von Zufallsbekannten und bühnenwirksamen, übertriebenen Trinkgeldern begleitet wurde, waren sie schon zweimal an die Bergsteiger herangetreten, hatten aber beide Male eine Abfuhr erlitten. Der Schauspieler hatte diese Zurückweisung mit stoischer Resignation hingenommen; seine Frau, die Schauspielerin, war zwar offensichtlich beleidigt gewesen, hatte sich jedoch sichtlich von dieser Schlappe erholt, als sie hörte, daß es der Frau des griechischen Industriellen auch nicht besser ergangen war.
Ganz anders als die Eiger-Vögel, und ohne im geringsten etwas mit ihnen zu tun zu haben, benahm sich eine kleine Schar junger Männer, die das Gerücht von einer bevorstehenden Eigerbesteigung herbeigelockt hatte. Sie waren die einzigen, mit denen die Bergsteiger verkehrten oder denen sie Sympathie entgegenbrachten. Schüchtern, zu zweit oder zu dritt, waren sie per Bahn und Motorrad aus Deutschland, Österreich und Chamonix herbeigeeilt, um ihre roten oder gelben Zelte auf der Matte aufzuschlagen oder sich in den billigeren Cafés von Alpiglen oder Grindelwald ein Zimmer zu nehmen. Da sie sich unter den reichen Hotelgästen nicht so recht wohl fühlten, machten sie sich still an Ben heran, um ihm viel Glück für die Besteigung zu wünschen oder ihm die Hand zu schütteln. Manche von ihnen drückten Ben dabei ein Stück Papier in die Hand, auf dem ihre Adresse oder die Lage ihres Zeltes angegeben war; dann gingen sie rasch wieder, ohne jemals die angebotenen Erfrischungen anzunehmen. Die Zettel mit den Adressen waren für Ben bestimmt, falls es einmal nötig sein sollte, eine Rettungsmannschaft zusammenzustellen. Die we-

niger Gehemmten unter diesen jungen Männern wagten es, Jonathan und Anderl die Hand zu drücken, den beiden Mitgliedern der Seilschaft, von denen sie in den Alpinistenblättern bereits gelesen hatten. Und das gefiel Karl gar nicht.
Das ganze Mittagessen über hatte Anderl sich damit vergnügt, mit den Augen kleine Duelle mit zwei Schnepfen auszufechten, die zusammen mit einem Kaufmannstyp mit lauter Stimme und einer Neigung zu höchst handfesten Aufmerksamkeiten angekommen waren. Der Kaufmann machte aus seiner Verstimmung über diesen Flirt kein Hehl, was Anderl nur noch mehr belustigte.
In Bens Augen leuchtete wohlwollender, väterlicher Spott auf, als er zu Anderl sagte: »Nun paß bloß auf, mein Junge, du wirst deine ganze Energie für diese Besteigung brauchen.«
Ohne die Augen von den Mädchen zu wenden, sagte Anderl: »Zum Klettern brauch ich nur meine Hände und Füße.«
Jonathan trank seinen Kaffee aus, stand auf und versprach, in einer halben Stunde in Bens Zimmer zu sein, um dort die von Karl vorgeschlagene Aufstiegsroute zu besprechen. Anna erhob sich gleichfalls. Sie hatte offensichtlich keine Lust, sich von der geplanten Vorbesprechung langweilen zu lassen. Gemeinsam gingen sie hinüber in die Halle, wo Jonathan am Empfang seine Post holte. Einer der Umschläge trug weder Briefmarke noch Stempel; deshalb riß er den zuerst auf und warf einen Blick auf eine Einladung zu einem intimen Abendessen mit dem griechischen Industriellen und seiner Frau. Außerdem wurde – in der runden, ungelenkten Handschrift der Frau – erwähnt, sie hätten durch Sotheby's vor kurzem einen Haufen Gemälde erworben, und es wäre ihr eine Freude, wenn Jonathan sie sich ansehen und begutachten würde. Sie unterließ es nicht, ihn daran zu erinnern, daß er ihrem ersten Mann einen ähnlichen Dienst erwiesen habe.
Jonathan trat an den Empfangstisch heran und warf hastig ein paar Zeilen hin: Ein Gutachten sei für ihn eine berufliche, nicht eine gesellschaftliche Angelegenheit. Außerdem, so fügte er hinzu, müsse er die Einladung zum Abendessen ablehnen, da er mit den Vorbereitungen für die Besteigung beschäftigt sei, und im übrigen mache ihm ein Niednagel zu schaffen.
Anna sah ihn seltsam von der anderen Seite des Aufzugs her an; der Ausdruck defensiver Belustigung umspielte ihre Augen.
»Das muß Ihnen ein reines Vergnügen gewesen sein.«
»Sie haben über meine Schulter hinweg gelesen?«
»Selbstverständlich. Sie sind übrigens ganz wie mein Mann, wissen Sie?«
»Hätte der auch eine Einladung von diesen Leuten abgeschlagen?«

»Niemals. Die Vorstellung, die er von seiner Person hat, hätte ihn dazu getrieben, anzunehmen.«
»Wo bleibt denn da die Ähnlichkeit?«
»Darin, daß Sie keinen Moment gezögert haben, was Sie tun sollten. Die Vorstellung, die Sie von sich haben, hat Sie veranlaßt, abzulehnen.« Vor der Tür zu ihrem Zimmer blieb sie einen Augenblick unschlüssig stehen.
»Hätten Sie Lust, einen Moment mit hereinzukommen?«
»Ich denke nicht, nein, vielen Dank.«
Sie zuckte mit den Achseln. »Wie Sie wollen. Es scheint Ihnen heute reichlich Gelegenheit gegeben zu werden, etwas abzulehnen.«
»Wenn ich die Zeichen richtig gelesen habe, bin ich sowieso nicht derjenige, für den Sie sich entschieden haben.«
Fragend schob sie die Augenbrauen in die Höhe, sagte jedoch nichts.
»Ich nehme an, das ist Karl«, fuhr er fort.
»Und ich nehme an, daß Sie das nichts angeht.«
»Ich muß mit beiden auf den Berg steigen. Also seien Sie vorsichtig.«
»Und ich dachte, für gewöhnlich würden Sie für Ihre Gutachten bezahlt.«
Sie trat in ihr Zimmer und schloß die Tür hinter sich.

Jonathan saß im Sessel neben dem Fenster. Er hatte gerade eine Zigarette zu Ende geraucht und war ganz entspannt. Auf seinem Schoß lag ein kleiner Stoß Briefe, welche – den übereinandergesetzten Stempel nach zu urteilen – schon seit geraumer Zeit mit der Post hinter ihm hergereist sein mußten. Der Regen, in den sich jetzt auch noch tanzende Hagelkörner mischten, fuhr mit hellem Geprassel gegen die Fensterscheiben, und das Licht, welches das Zimmer erfüllte, war graugrün und kalt.
Ohne besonders bei der Sache zu sein, ging er die Post durch.
Vom Dekan seiner Fakultät: »... freue ich mich, Ihnen mitteilen zu können, daß Sie für das nächste akademische Jahr eine größere Gehaltszulage bekommen. Selbstverständlich läßt sich Ihre Arbeit nicht in Dollars bewerten...«
So, so. Ritsch-ratsch in den Papierkorb.
Eine Rechnung fürs Haus. Ritsch-ratsch.
»Die Universitätsverwaltung hat die Mittel für ein Komitee zur Bekämpfung der Studentenunruhen bereitgestellt, dessen Hauptaufgabe es sein soll, die gesellschaftliche Energie dieser Kreise in produktive und...«
Ritsch-ratsch. Er verfehlte den Papierkorb. Er hatte es sich strikt zur Regel gemacht, niemals in irgendwelchen Komitees mitzuarbeiten.
Noch eine Rechnung fürs Haus. Ritsch-ratsch.
Die Kunstzeitschrift brauchte dringend den Artikel über Lautrec. Ritsch-ratsch.

Zuletzt kam ein briefmarkenfreier offizieller Umschlag von der amerikanischen Botschaft in Bern, der die Fotokopie einer verschlüsselten Nachricht von Dragon enthielt.
»Beginn der Nachricht... Hemlock... Stop... Spürhund hat Identität des Gesuchten noch nicht festgestellt... Stop... Alternativplan jetzt angelaufen... Stop... Haben Einzelheiten der Durchführung in die Hände von Clement Pope gelegt... Stop... Plan dürfte morgen für Sie greifbare Resultate aufweisen... Stop... Kann man etwas machen, um die Aufmerksamkeit von Funk, Presse und Fernsehen von der geplanten Besteigung abzulenken... Fragezeichen... Stop... Aufenthaltsort von Miß Brown bei uns weiterhin unbekannt... Stop... Viele Grüße... Stop, stop... Ende der Nachricht.«
Ritsch-ratsch.
Jonathan ließ sich entspannt in die Tiefen des Sessels sinken und beobachtete, wie die Hagelkörner von der Fensterbank draußen abprallten. Ein zweimaliges dumpfes Donnergrollen bewirkte, daß er aufmerksam und angespannt durch das Geprassel von Regen und Hagel hindurch lauschte. Er hätte viel darum gegeben, das Getöse einer Lawine an der Wand zu hören, denn wenn Lawinen die Wand nicht von Schneeansammlungen und Geröll reinfegten...
Mit Jemima mußte irgend etwas geschehen.
Es kam aber auch wirklich zuviel auf einmal!
Er rollte sich eine neue Zigarette.
Was führte Dragon im Schilde, daß er Pope darauf angesetzt hatte, das Opfer ausfindig zu machen? Trotz seines Gebarens als Kriminalfilmdetektiv hatte Pope bei »Spürhund« keinen besonderen Ruf genossen, ehe Dragon ihn zum zweiten Mann in der Abteilung SS gemacht hatte.
Daß Pope plötzlich auf den Plan trat, beunruhigte ihn, aber wer wollte schon das Spiel von Beschattung und Doppelbeschattung entwirren, diese Koppelung von Mißtrauen und Aufwand, die für das CII so etwas wie ein Sicherheitsfaktor darstellte? Folglich versuchte Jonathan, im Augenblick nicht weiter darüber nachzudenken.
Er ließ sich tiefer in seinen Sessel hineinsinken und schloß die Augen, während der Rauch ihn noch mehr entspannte. Zum erstenmal war er seit seiner Begegnung mit seinen Teamkameraden allein, und er nahm daher die Gelegenheit wahr, sich zu vergegenwärtigen, wie jeder einzelne reagiert hatte. Nichts hatte den geringsten Verdacht oder auch Furcht verraten. Gut. Er war sich ziemlich sicher, daß Miles Mellough vor dem Zwischenfall in der Wüste keine Gelegenheit mehr gehabt hatte, Kontakt mit dem Opfer aufzunehmen; trotzdem war er erleichtert, dafür auch noch den Beweis ihres Verhaltens zu haben.

Das Schrillen seines Telefons riß ihn aus seinen Gedanken.
»Rat mal, von wo aus ich anrufe.«
»Woher soll ich das wissen Gem?« Daß seine Stimme so müde klang, überraschte ihn selber.
»Aus Bern. Was sagst du dazu?«
»Was treibst du denn in Bern?« Er war erleichtert und doch auch wieder sonderbar beunruhigt.
»Ich bin ja gar nicht in Bern. Das ist es ja gerade. Ich sitze hier in meinem Café, einen Spaziergang von einer Viertelstunde vom Hotel entfernt. Was du als Einladung auffassen kannst, falls dir danach ist.«
Jonathan wartete. Er nahm an, daß sie den Widerspruch näher erklären würde.
»Sie haben meinen Anruf über Bern laufen lassen. Ist das nicht verrückt?«
»Eigentlich nicht.« Jonathan hatte Erfahrungen mit dem Schweizer Telefonsystem, dem, was die Leistungsfähigkeit betrifft, nur noch das französische gleichkommt. »Das Ganze beruht auf der Überlegung, daß der kürzeste Weg zwischen zwei Punkten ein Würfel ist.«
»Na, für meine Begriffe war es jedenfalls verrückt.«
Er hatte den Verdacht, daß sie nicht eigentlich einen Grund für ihren Anruf hätte, und spürte so etwas wie Hilflosigkeit und Verlegenheit im Klang ihrer Stimme mitschwingen.
»Ich werde zusehen, daß wir uns morgen sehen, Gem.«
»Okay. Falls du jedoch den unwiderstehlichen Drang verspüren solltest, mich heute abend zu überfallen, werde ich versuchen, mir meinen Zeitplan so einzurichten...« Sie gab es auf, diesen Ton weiter durchzuhalten. Und dann, nach einer Pause, sagte sie: »Ich liebe dich, Jonathan.« Das Schweigen, welches sie dem folgen ließ, war wie eine flehentliche Bitte um Antwort. Als keine kam, lachte sie grundlos auf. »Ich will mich dir ja nicht aufdrängen.«
»Ich weiß.«
Was dann von ihr kam, war wieder von aufgesetzter Fröhlichkeit.»Na schön! Dann also bis morgen?«
»Bis dann.« Er hielt den Hörer noch eine Weile ans Ohr in der Hoffnung, daß sie zuerst auflegen werde. Als sie das nicht tat, legte er den Hörer sanft auf die Gabel, als wolle er die Unterhaltung so schmerzlos wie möglich beenden.

Die Sonne blinzelte durch einen Riß in den Wolken, und Hagel und Regen fielen in silbrigen Diagonalen durch Bündel von Sonnenlicht.
Zwei Stunden später saßen die fünf Männer in Bens Zimmer um einen

Tisch herum, der in der Mitte des Zimmers stand. Sie beugten sich über eine riesige Vergrößerung der Eigerwand; die Ecken der Aufnahme wurden von ringförmig angeordneten Felshaken festgehalten. Mit dem Finger folgte Karl einer Linie, die er mit weißer Tinte auf die glänzende Oberfläche gezeichnet hatte.

Jonathan erkannte mit einem Blick, daß es sich bei der Route, die Karl ins Auge gefaßt hatte, um eine Verbindung des Sedlmayer/Mehringer-Aufstiegs mit der klassischen Besteigung handelte. Sie stellte einen direkten Angriff auf die Wand dar, einen linearen Aufstieg, der die Hindernisse nahm, wie sie sich ihm entgegenstellten, ohne viel zu vorsichtigen Quergängen Zuflucht zu nehmen. Fast folgte sie dem Weg, den ein Felsbrocken nehmen würde, wenn er vom Gipfel herunterfiel.

»Hier fangen wir mit der Direttissima an«, sagte Karl und wies auf einen Punkt dreihundert Meter links vom Ersten Pfeiler, »und steigen direkt zur Eigerwand-Station auf. Ein schwieriger Weg – Schwierigkeitsgrad fünf, manchmal sogar sechs –, aber er ist zu schaffen.«

»Die ersten zweihundertfünfzig Meter sind vollkommen ungeschützt«, hielt Ben ihm entgegen. Das stimmte: Die erste Teilstrecke bot keinerlei Schutz vor Steinschlag und Eis, die jeden Morgen die Wand herunterdonnerten, wenn die Sonnenstrahlen jenes Eis auftauten, welches das Geröll während der Nacht am Berg hatte festfrieren lassen.

»Darüber bin ich mir natürlich vollkommen im klaren«, erwiderte Karl. »Ich habe alle Gefahren wohl erwogen. Es ist daher unbedingt notwendig, daß wir diesen ersten Teil in den frühen Morgenstunden schaffen.«

»Weiter«, drängte Jean-Paul, der bereits der verführerischen Aussicht erlegen war, zu den wenigen zu gehören, die die Wand in der Direttissima bezwungen hatten.

»Wenn alles gutgeht, sollten wir unser erstes Biwak hier aufschlagen.« Karls Finger tippte auf einen dunklen Punkt auf der schneeverkrusteten Wand, der unmittelbar oberhalb der Eigerwand-Station lag. Beim Bau der Jungfrau-Bahn hatte man hier eine lange Galerie durch den Berg gebrochen, um die Luftzufuhr für den Haupttunnel sicherzustellen und den Schutt hinauszubefördern. Sie stellte einen beliebten Aussichtspunkt für Touristen dar, die sich bis an den wohlgeschützten Rand vorwagten und von dort aus in die atemberaubende Leere hinunterblickten. »Möglicherweise schaffen wir es an diesem ersten Tag sogar bis zum Todesbiwak.« Karls Finger fuhr weiter bis zu einem geriffelten Schatten, der aus Eis und Geröll gebildet wurde. »Und von hier an handelt es sich darum, dem klassischen Aufstieg zu folgen.« Freytag war sich bewußt, daß er den bisher unbestiegenen Teil der Wand mit Stillschweigen übergangen hatte, und blickte sich jetzt im Kreis um, bereit, Einwänden entgegenzutreten.

Anderl neigte sich über die Vergrößerung und heftete seine Augen für einige Minuten intensiv auf ein schmales, diagonal verlaufendes Band unterhalb des Fensters der Eigerwand-Station. Bedächtig nickte er. »Das könnte gehen. Aber wir müßten uns aus dem Eis raushalten – müssen nach Möglichkeit am nackten Fels bleiben. Das Ganze ist eine Rinne, Karl. Ich wette, daß den ganzen Tag über Wasser runterläuft. Und außerdem ist sie der natürlichste Weg für eine Lawine, und ich hätte keine Lust, drinzustehen und den Verkehr zu regeln, wenn eine solche Lawine runtergerauscht kommt.«
Das Gelächter, mit dem dieser Vergleich begrüßt wurde, verstummte. Jonathan kehrte dem Tisch den Rücken zu und blickte hinaus auf die Matte draußen vor dem Fenster.
Ben sprach sehr bedächtig. »Kein Mensch ist jemals auf diesem Teil der Wand gewesen. Wir haben keine Ahnung, in was für einem Zustand sie ist. Was macht ihr, wenn er unbegehbar ist? Was ist, wenn ihr gezwungen werdet, in diese Rinne runterzusteigen?«
»Ich habe kein Interesse daran, Selbstmord zu begehen, Herr Bowman. Wenn die Ränder nicht halten, gehen wir zurück und folgen der Sedlmayer/Mehringer-Route.«
»Der Route, die sie zum Todesbiwak führte«, sagte Ben zur Verdeutlichung.
»Was sie umgebracht hat, das war das Wetter, Herr Bowman! Nicht die Route!«
»Und haben Sie mit dem lieben Gott einen Pakt übers Wetter geschlossen? «
»Bitte, bitte!« mischte Jean-Paul sich ein. »Wenn Benjamin Ihre Route in Frage stellt, Karl, greift er Sie damit doch nicht persönlich an. Ich selbst finde Ihre Route sehr verlockend.« Er wandte sich an Jonathan, der am Fenster stand. »Sie haben noch gar nichts gesagt, Jonathan. Was denken Sie?«
Der Dunst vor der Wand hatte sich gelichtet, und so konnte Jonathan gewissermaßen das, was er zu sagen hatte, direkt an den Berg richten. »Lassen Sie mich ein paar Dinge klarstellen, Karl. Nehmen wir einmal an, wir schaffen es bis zum Dritten Eisfeld, wie Sie es vorhaben – dann folgt der Rest des Aufstiegs der klassischen Route, nicht wahr? Die Rampe rauf, den Götterquergang entlang, in die Spinne hinein und dann die Ausstiegsrisse rauf bis zum Gipfeleisfeld?«
»Genau.«
Jonathan nickte und hakte gleichsam mit den Augen die wichtigsten und hervorstechendsten Stationen auf der Wand ab.
Dann wanderte sein Blick zurück zu Karls diagonal verlaufender Rinne.

»Sie sind sich bestimmt darüber im klaren, daß wir uns auf dieser Route nicht an den Abstieg machen könnten, falls wir in größerer Höhe festsäßen.«
»Ich bin der Meinung, daß man eine Niederlage geradezu herausfordert, wenn man von vornherein einen Rückzug mit einkalkuliert.«
»Und ich halte es für dumm, wenn man das nicht tut.«
»Dumm!« Karl mußte sich beherrschen, um nicht in die Luft zu gehen. Doch dann zuckte er die Schultern und gab mit deutlichen Anzeichen von Widerwillen nach.
»Sehr schön. Den Rückzugsweg zu planen überlasse ich dann Dr. Hemlock. Schließlich hat er mehr Erfahrung in Rückzügen als ich.«
Ben warf einen Blick zu Jonathan hinüber und war überrascht, daß der mit einem Lächeln über diesen Stich hinwegging.
»Kann ich dann davon ausgehen, daß mein Plan akzeptiert ist?« fragte Karl.
Jonathan nickte. »Unter der Bedingung, daß das Wetter aufklart und der Neuschnee anfriert. Sonst wäre ein paar Tage lang keine Route begehbar.«
Jean-Paul war erfreut über die erzielte Einigkeit und ging die Route noch einmal Schritt für Schritt mit Karl durch, während Jonathan Anderl beiseite nahm und ihn fragte, was er von ihr halte.
»Es muß Spaß machen, diese diagonale Rinne zu versuchen«, war das einzige, was Anderl dazu zu sagen hatte.
Ben war offensichtlich unglücklich über diese Route, über die Mannschaft und überhaupt über den ganzen Plan der Besteigung. Jonathan gesellte sich zu ihm.
»Darf ich dich zu einem Bier einladen?«
»Nein, danke.«
»Was?«
»Mir ist nicht nach einem Bier zumute. Am liebsten möchte ich aus der ganzen Geschichte aussteigen.«
»Wir brauchen dich aber.«
»Trotzdem gefällt sie mir nicht.«
»Wie sieht denn der Wetterbericht aus?«
Ben mußte widerstrebend zugeben, daß die Vorhersage für die nächsten drei Tage wirklich gut aussah: ein kräftiges Hoch und Absinken der Temperatur. Jonathan übermittelte diese gute Neuigkeit den anderen, und so trennten sie sich allgemein gut gelaunt und zuversichtlich. Sie kamen überein, gemeinsam zu Abend zu essen.
Als es Zeit zum Abendessen war, hatte das Wetter im Tal aufgeklart, und die Temperatur war empfindlich gefallen. Mondlicht lag auf dem Schnee,

und man konnte die Sterne zählen. Dieser erfreuliche Wetterumschwung sowie gewisse orthographische Fehler auf der Speisekarte stellten die Hauptthemen der allgemeinen Unterhaltung beim Beginn des Essens dar, doch schon bald splitterten sich die sechs in vier Inseln der Konzentration auf.

Jean-Paul und Karl unterhielten sich auf französisch, und zwar ausschließlich über die Besteigung und ihre Probleme. Karl genoß es sichtlich, immer wieder beweisen zu können, wie gründlich er jeden einzelnen Schritt und jedes Problem überlegt und durchdacht habe, und Jean-Paul machte es Freude, diese Überlegungen nachzuvollziehen.

Anna richtete ihre Aufmerksamkeit auf Anderl und bewirkte, daß aus seinem trockenen Humor sprühender Witz wurde; manche erfahrenen Frauen verstehen es, durch winzige Gesten der Zustimmung und durch aufmerksames Zuhören dieses Wunder zu vollbringen, und bald wirkte Anderl wie der geistreichste Plauderer. Jonathan entging es nicht, daß sie Anderl als außerehelichen Strohmann aufbaute, freute sich jedoch darüber, daß der sonst so wortkarge Österreicher sich aus was für einem Grund auch immer wohl fühlte.

Ben machte kein Hehl daraus, daß er großen Bammel hatte. Lustlos schob er das Essen auf seinem Teller hin und her. Im Grunde seines Herzens wollte er mit der Besteigung nichts mehr zu tun haben; er gehörte nicht mehr zur Seilschaft, obgleich er seinen Pflichten selbstverständlich in voller Verantwortung nachkommen würde.

Eine Zeitlang befand Jonathan sich gewissermaßen im Schnittpunkt beider Unterhaltungen und warf nur hier und da eine Bemerkung ein, wenn sie ins Stocken zu geraten schienen oder ein Blick ihn dazu aufforderte. Bald jedoch konnte er sich ganz in sich selbst zurückziehen, ohne daß es aufgefallen wäre und ohne daß man ihn vermißt hätte. Der Ton, in dem Dragons Nachricht abgefaßt gewesen war, beunruhigte ihn. Bis jetzt hatte Spürhund den Namen des Opfers noch nicht festgestellt. Was, wenn der ihm erst unmittelbar vor dem Aufstieg übermittelt wurde? Konnte er den Auftrag denn direkt in der Wand ausführen?

Und um wen handelte es sich nur? Am schwersten würde es ihm fallen, Anderl umzubringen, am leichtesten Karl. Aber auch das nicht wirklich leicht. Bislang war jedes Opfer einer Strafaktion für ihn ein Name, eine Liste von Gewohnheiten gewesen, die in der sterilen Behördensprache abgefaßt worden war. Stets hatte er das Gesicht seines Opfers erst unmittelbar vor der Tat gesehen.

»... interessiert Sie so wenig?« Belustigung in den Augen, hatte Anna sich an ihn gewandt.

»Wie bitte?« Jonathan tauchte aus seiner Träumerei auf.

»Sie haben den ganzen Abend über noch keine zwanzig Worte gesagt. Interessieren wir Sie denn so wenig?«
»Durchaus nicht. Ich hatte nur nichts Wichtiges oder Lustiges beizutragen.«
»Und das hat Sie davon abgehalten, etwas zu sagen?« Karl lachte aus vollem Herzen. »Wie unamerikanisch.«
Jonathan lächelte ihm zu und dachte, daß er es wirklich verdammt nötig hätte, einmal richtig übers Knie gelegt zu werden.
Ben erhob sich und brummelte eine Entschuldigung. Wenn das Wetter anhielt – und das würden sie mit Sicherheit erst morgen früh wissen –, würde der Aufstieg in neunundzwanzig Stunden beginnen, weshalb er vorschlage, daß jeder soviel wie möglich Schlaf bekäme und noch einmal seine persönlichen Dinge durchgehe. Abrupt verließ er den Tisch, und als er in der Halle von einem Reporter angesprochen wurde, war er besonders kurz angebunden und warf mit Flüchen aus der Fäkalsphäre nur so um sich.
Karl erhob sich gleichfalls. »Was Herr Bowman sagt, stimmt. Wenn das Wetter bleibt, müssen wir übermorgen früh um drei Uhr aufbrechen.«
»Dann ist heute also unser letzter Abend?« Gelassen sah Anna ihn an und ließ dann ihre Augen genauso lange auf jedem anderen in diesem Kreise ruhen.
»Nicht notwendigerweise unser letzter Abend«, sagte Jonathan. »Vielleicht kommen wir ja auch wieder runter.«
»Das war ein schlechter Scherz«, ließ Karl sich vernehmen.
Jonathan wünschte den Scheidenden eine gute Nacht und ließ sich hinterher wieder zu Kaffee und Cognac nieder. Abermals überließ er sich seinen düsteren Gedanken. Dragon blieben nur mehr vierundzwanzig Stunden, das Opfer zu benennen.
Der Berg, das Opfer, Jemima. Und hinter alledem: sein Haus und seine Bilder – um all das ging es.
Er ertappte sich dabei, wie er sich anspannte, und so schickte er kleine Beruhigungsmeldungen durch sein Nervensystem, um die Anspannung zu beschwichtigen und unter Kontrolle zu bekommen. Trotzdem waren seine Schultern noch steif, und es bedurfte gezielter Muskelkontraktionen, um das Stirnrunzeln zu glätten.
»Darf ich mich zu Ihnen setzen?« Das war eine Frage, aber ihr Ton duldete keinen Widerspruch, und Karl saß bereits, noch ehe Jonathan geantwortet hatte.
Es folgte ein kurzes Schweigen, während Jonathan seinen letzten Cognac austrank. Freytag war sichtlich unwohl in seiner Haut, und seine für gewöhnlich aufrechte Haltung war so verkrampft, daß er fast zu zittern

schien. »Ich bin gekommen, weil ich etwas mit Ihnen besprechen möchte.«
»Das habe ich mir gedacht.«
»Ich wollte Ihnen danken für heute nachmittag.«
»Mir danken?«
»Ich hatte erwartet, daß Sie gegen meine Route sein würden – und dagegen, daß ich den Anführer mache. Wären Sie das gewesen, hätten die anderen sich auf Ihre Seite gestellt. Herr Bowman ist ja sowieso Ihr Mann, und Bidet hängt sein Mäntelchen nach dem Wind.« Ohne seine eckige Haltung abzulegen, schlug Karl die Augen nieder. »Es ist wichtig für mich, wissen Sie«, sagte er. »Der Führer dieser Seilschaft zu sein ist äußerst wichtig für mich.«
»Es sieht ganz danach aus.«
Freytag nahm einen Löffel und legte ihn sorgsam wieder dort nieder, wo er hingehörte. »Herr Doktor«, fragte er, ohne aufzublicken, »Sie mögen mich nicht besonders, nicht wahr?«
»Nein. Nicht besonders.«
Karl nickte. »Das hatte ich mir gedacht. Finden Sie mich – unangenehm?« Ein schwaches Lächeln mutig im Gesicht, blickte er Jonathan an.
»Unangenehm, ja. Außerdem gesellschaftlich unmöglich und persönlich schrecklich unsicher.«
Karl stieß ein heiseres Lächeln aus. »Ich und unsicher?«
»Mhm. Mit der üblichen Überkompensation für völlig gerechtfertigte Minderwertigkeitsgefühle, wie sie der typische Deutsche aufweist.«
»Finden Sie Leute immer für dieses oder jenes typisch?«
»Nur diejenigen, die eben typisch sind.«
»Wie einfach muß das Leben für Sie sein!«
»Nein, nicht das Leben an sich ist einfach. Nur die meisten Menschen, mit denen ich es zu tun habe.«
Geringfügig veränderte Freytag mit dem Zeigefinger die Lage des Löffels. »Sie haben die Freundlichkeit besessen, mir gegenüber offen zu sein, Herr Doktor. Jetzt will ich Ihnen gegenüber offen sein. Ich möchte, daß Sie verstehen, warum es für mich von so großer Wichtigkeit ist, daß ich diese Seilschaft anführe.«
»Das ist nicht nötig.«
»Mein Vater...«
»Wirklich. Karl. Es ist mir egal.«
»Mein Vater betrachtet mein Interesse für die Bergsteigerei mit Mißfallen. Ich bin der letzte der Familie, und er hat den Wunsch, daß ich im Geschäft seine Nachfolge antrete. Wissen Sie, was unsere Firma herstellt?«
Jonathan antwortete nicht; er war überrascht und empfand ein gewisses

Unbehagen angesichts des verletzlichen Tons in Karls Stimme, wollte aber auch nicht Abladeplatz für die Schwierigkeiten und Probleme dieses jungen Mannes werden.
»Wir, das heißt: meine Familie, stellen Insektenvernichtungsmittel her.« Karl blickte durchs Fenster hinaus auf die im Mondlicht schimmernden Schneeflecken. »Und das ist ziemlich komisch, wenn man bedenkt, daß wir während des Krieges... daß wir während des Krieges...« Karl preßte die Oberlippe gegen die Zähne und versuchte, das verräterische Glänzen in seinen Augen zu verscheuchen.
»Sie waren doch bei Kriegsende erst fünf Jahre alt, Karl.«
»Wollen Sie damit sagen, daß es nicht meine Schuld war?«
»Womit ich sagen möchte, daß Sie kein Recht auf diese künstlich aufgesetzte Tragödie haben, die Sie so gerne spielen.«
Voller Bitterkeit sah Karl ihn an, dann blickte er beiseite. »Mein Vater hält mich für unfähig... nicht ernst genug, meinen Mann zu stehen und Verantwortung zu übernehmen. Aber bald wird er mich bewundern müssen. Sie haben gesagt, daß Sie mich unangenehm finden – gesellschaftlich unmöglich. Nun, lassen Sie mich Ihnen eines sagen: Ich bin nicht auf gesellschaftlichen Firlefanz angewiesen, um zu erreichen... ja, was ich eben erreichen will. Ich bin ein großer Bergsteiger. Sowohl was meine natürlichen Anlagen betrifft als auch mein Training – ich bin ein großer Bergsteiger. Ein besserer als Sie. Ein besserer als Anderl. Wenn Sie hinter mir am Seil hängen, werden Sie das begreifen.« Seine Augen hatten einen intensiven Ausdruck. »Eines Tages wird jeder sagen, daß ich ein großer Bergsteiger bin. Ja.« Er nickte ruckhaft. »Ja, und mein Vater wird seinen Geschäftsfreunden gegenüber mit mir angeben.«
In diesem Augenblick war Jonathan richtig wütend auf diesen jungen Mann. Jetzt würde die Strafaktion schwierig sein – ganz gleich, wer das Opfer auch sein sollte. »Ist das alles, was Sie mir sagen wollten, Karl?«
»Ja.«
»Dann wäre es wohl besser, Sie gingen jetzt. Ich nehme an, Madame Bidet wartet schon auf Sie.«
»Sie hat Ihnen gesagt...«
»Nein.« Jonathan wandte sich ab und blickte zum Fenster hinaus, wo der Berg eine unförmige Masse war, welche die Sterne verdeckte. Nach einer Weile hörte er, wie Karl aufstand und den Speisesaal verließ.

Kleine Scheidegg *10. Juli*

Als Jonathan erwachte, war es schon spät. Die Sonnenstrahlen drangen hell durch das Fenster und bildeten Flecken von warmem Licht auf seiner Bettdecke. Er hatte noch bis spät in die Nacht unten im Speisesaal gesessen und das schwarze Viereck des Fensters angestarrt, hinter dem sich unsichtbar der Eiger reckte. Seine Gedanken hatten immer wieder um den Aufstieg, die Strafaktion und Jemima gekreist. Als er sich schließlich gezwungen hatte, in sein Zimmer hinaufzugehen, um zu schlafen, hatte er draußen auf dem Gang Anna getroffen – sie war gerade im Begriff, die Tür von Karls Zimmer hinter sich zu schließen.
Kein Haar, das nicht dort gelegen hätte, wo es liegen sollte, und das Kleid ohne jede Falte – so stand sie da und blickte ihn ruhig, ja fast verächtlich an. Sie war seiner Diskretion absolut sicher.
»Wie wär's mit einem Schlummertrunk?« fragte er, indem er die Tür zu seinem Zimmer aufstieß.
»Das wäre schön.« An ihm vorbei trat sie wie selbstverständlich in sein Zimmer.
Schweigend nippten sie an ihrem Laphroaig. Das sonderbare Band von Kameradschaftlichkeit zwischen ihnen gründete sich auf die beiderseitige Erkenntnis, daß sie füreinander keine Bedrohung darstellten. Sie würden niemals miteinander schlafen – die gefühlsmäßigen Vorbehalte und die Ausnutzung anderer, Eigenschaften, die ihnen beiden gemeinsam waren, ließen sie nicht zueinander kommen.
»Selig sind die Sanftmütigen«, sagte Anna nachdenklich, »denn sie werden uns in den Schoß fallen.«
Jonathan lächelte zustimmend, doch plötzlich gefror das Lächeln auf seinen Lippen, und er lauschte angestrengt auf ein fernes Grollen.
»Donnert es?« fragte Anna.
Jonathan schüttelte den Kopf. »Eine Lawine.«
Das Grollen schwoll zweimal deutlich erkennbar an, dann erstarb es. Jonathan trank seinen Whisky aus.
»Das muß furchtbar sein, wenn man es auf dem Berg hört«, meinte Anna.
»Das ist es auch.«
»Ich begreife nicht, warum Jean-Paul sich so sehr darauf versteift hat, diese Tour in seinem Alter noch mitzumachen.«
»Wirklich nicht?«
Zweifelnd blickte sie ihn an. »Meinetwegen?«
»Das wissen Sie doch ganz genau.«

Sie senkte ihre langen Wimpern und blickte in ihr Whiskyglas. »Pauvre être«, sagte sie ruhig.

Als sie um den Frühstückstisch herum saßen, hatte sich die Stimmung eines jeden einzelnen seit dem letzten Beisammensein merklich geändert. Bens Angst hatte sich gelegt, und der für ihn charakteristische trockene Humor war zurückgekehrt. Das frische Wetter und ein kräftiger Hochdruckkeil, der sich von Norden her vorschob, hatten ihm wieder Hoffnung auf einen Erfolg dieser Besteigung gemacht. Der kürzlich gefallene Schnee oben auf den Gletschern hatte keine Zeit gehabt, zu Firn zu gefrieren und mit dem ewigen Eis zu verschmelzen, doch solange das Wetter sich hielt, war die Lawinengefahr nicht sehr groß.
»Es sei denn, wir bekommen Föhn«, wandte Karl mißmutig ein.
Die Möglichkeit, daß Föhn einsetzen könnte, hatte im Hinterkopf eines jeden von ihnen herumgespukt, aber es war nichts damit gewonnen, das auszusprechen. Diese launenhaften Wirbel warmer Luft, die sich ab und zu ins Berner Oberland verirren, ließen sich nicht vorhersehen, und vor allem konnte man sich nicht vor ihnen schützen. Wenn Föhn einsetzte, dann bedeutete das, daß wütende Stürme den Eiger umtosen würden; die wärmere Luft würde bewirken, daß man sich auf den Schnee nicht verlassen konnte, und vergrößerte die Lawinengefahr.
Auch Karls Stimmung hatte sich seit gestern abend merklich verändert. Eine Art selbstquälerische Gereiztheit war an die Stelle seiner üblichen nervösen Aggressivität getreten. Das mochte, wie Jonathan überlegte, zum Teil daher rühren, daß er es bedauerte, Jonathan seinen ganzen emotionalen Abfall vor die Füße geschüttet zu haben; zum Teil aber auch daher, daß er mit Anna geschlafen hatte – das war eine Belastung, der sein protestantisches Sündenbewußtsein am nächsten Morgen und noch dazu in der Gegenwart des Ehegatten der betreffenden Dame nicht so ohne weiteres gewachsen war.
Und in der Tat: Jean-Paul war an diesem Morgen weiß Gott sauertöpfisch. Er war innerlich angespannt, leicht irritierbar, und ihr Ober – der allerdings wirklich keine Leuchte seines Berufes war – bekam die Wucht seines Mißvergnügens deutlich zu spüren. Jonathan war fest davon überzeugt, daß Jean-Paul jetzt, da der Aufstieg unausweichlich näherrückte, innerlich mit seinen Zweifeln über sein Alter und seine Fähigkeiten zu kämpfen hatte.
Anderl hingegen mit seinem nichtssagenden Lächeln, das sein Gesicht mit zahllosen Fältchen überzog, strahlte eine fast jogihafte Gelassenheit aus. Er blickte unbestimmt vor sich hin, und seine ganze Aufmerksamkeit war nach innen gerichtet. Jonathan spürte, daß er sich innerlich auf die Bestei-

gung einstimmte, von der sie jetzt nur noch achtzehn Stunden entfernt waren.
Da also die anderen die gesellschaftlichen Formen außer acht ließen und nur mit sich selbst beschäftigt waren, oblag es Jonathan und Anna, die Tischunterhaltung zu bestreiten. Anna hörte plötzlich mitten in einem Satz auf zu sprechen – ihre Augen hatten etwas wahrgenommen, was sich am Eingang des Speisesaals abspielte. »Großer Gott«, sagte sie leise und legte Jonathan die Hand auf den Unterarm.
Als er sich umblickte, sah er das international bekannte Schauspielerehepaar, das tags zuvor angekommen war, um sich den Eiger-Vögeln anzuschließen. Sie waren am Eingang stehengeblieben und hielten in aller Ruhe nach einem freien Tisch in dem halbleeren Raum Ausschau, bis sie voller Genugtuung feststellten, daß niemandem von Bedeutung ihre Anwesenheit entgangen war. Ein Ober, der sich vor Unterwürfigkeit fast umbrachte, geleitete sie an einen Tisch in der Nähe der Bergsteiger. Der Schauspieler war in ein weißes Nehru-Jackett gekleidet und trug eine Perlenkette um den Hals, die in ihrer Glätte im krassen Gegensatz zu seinem aufgedunsenen, pockennarbigen und längst nicht mehr jungen Gesicht stand. Sein Figaro hatte es verstanden, sein Haar dergestalt zu legen, daß es in natürlicher Unbekümmertheit zu fallen schien. Seine Frau war auffällig in bauschige, orientalisch bedruckte Hosen sowie in eine stramm sitzende, in schreiendem Farbgegensatz dazu stehende Bluse gekleidet, deren lockerer Fall viel dazu beitrug, ihre gewöhnliche Plumpheit etwas zu kaschieren; und die Linie ihres Halses war dazu angetan, das Auge auf wohlgefälligere Üppigkeiten zu geleiten. Zwischen ihren Brüsten baumelte ein Diamant von wahrhaftig vulgären Ausmaßen. Ihre Augen allerdings waren immer noch außergewöhnlich schön.
Nachdem die Frau geräuschvoll Platz genommen hatte, trat der Mann an Jonathans Tisch heran, legte die eine Hand auf Anderls Schulter, die andere auf Bens und neigte sich über den Tisch.
»Ich möchte euch nur einfach alles Glück auf der Welt wünschen«, sagte er schlicht und einfach, wobei er freilich achtgab, daß seine wohlmodulierten Vokale auch richtig zur Geltung kämen. »In mancher Hinsicht beneide ich euch.« Seine klaren braunen Augen bekamen vor lauter persönlichem Kummer etwas Verschleiertes. »Das ist etwas, was mir Spaß gemacht hätte – früher, meine ich.« Dann lächelte er tapfer, und das Lächeln drängte den Kummer zurück. »Nun ja.« Er drückte die Schultern, auf die er die Hände gelegt hatte. »Nochmals – viel Glück!« Damit kehrte er zu seiner Frau zurück, die ungeduldig mit einer unangezündeten Zigarette in ihrer Zigarettenspitze herumgefuchtelt hatte und sich jetzt, ohne Dankeschön zu sagen, von ihrem Mann Feuer geben ließ.

»Was war denn das?« fragte Ben leise.
»Er hat uns seinen Segen gegeben, glaube ich«, sagte Jonathan.
»Auf jeden Fall«, erklärte Karl, »halten sie uns wohl für einige Zeit die Reporter vom Hals.«
»Wo, zum Teufel, bleibt denn bloß dieser Ober?« knurrte Jean-Paul verdrossen. »Der Kaffee war ja schon kalt, als er ihn brachte.«
Karl bedachte die anderen mit einem unübersehbaren Zwinkern. »Anderl, halt dem Ober doch mal dein Messer unter die Nase. Was meinst du, wie der angehüpft kommt.«
Anderl errötete und wandte den Blick ab, und Jonathan erkannte, daß Freytag mit dem Versuch, einen Witz zu machen, ein heikles Thema berührt hatte. Verwirrt von der kühlen Reaktion, den sein Fauxpas am Tisch hervorgerufen hatte, folgte Karl dem typisch deutschen Instinkt, die Dinge wiedergutzumachen, indem er alles nur noch schlimmer machte. »Haben Sie das nicht gewußt, Herr Doktor? Meyer trägt immer ein Messer mit sich herum. Zeig's uns doch mal, Anderl!«
Anderl schüttelte den Kopf und sah weg. Jean-Paul versuchte, Freytags Taktlosigkeit auszubügeln, indem er Jonathan und Ben rasch erklärte: »Tatsache ist, daß Anderl überall auf der Welt auf Berge steigt. Normalerweise allein. Und die Einheimischen, die er als Träger anheuert, sind im allgemeinen nicht gerade die verläßlichsten Leute, die man sich vorstellen kann, besonders in Südamerika, wie Sie zweifellos aus eigener Erfahrung wissen. Nun, wie gesagt, vergangenes Jahr kletterte Anderl allein in den Anden herum, und da ist etwas mit einem der Träger passiert, der Vorräte gestohlen hatte und... Na, wie dem auch sei – der Träger starb jedenfalls.«
»Notwehr ist kein Mord«, erklärte Ben, nur um überhaupt etwas zu sagen.
»Er hat mich aber gar nicht angegriffen«, gab Anderl zu. »Er hat mir nur meine Vorräte gestohlen.«
Wieder mischte Freytag sich in die Unterhaltung. »Und du meinst, Tod ist eine angemessene Strafe für Diebstahl?«
Mit argloser Verwirrung blickte Anderl ihn an. »Du verstehst das nicht. Wir waren seit einer Woche in den Bergen. Ohne die Vorräte hätte ich den Aufstieg abblasen müssen. Es war nicht angenehm. Im Gegenteil – krank gemacht hat es mich. Aber sonst hätte ich wohl die Chance, diesen Berg zu bezwingen, verpaßt.« Offensichtlich hielt er das für eine ausreichende Rechtfertigung.
Jonathan fragte sich unwillkürlich, wie Anderl, der ja arm war, es wohl fertiggebracht hatte, soviel Geld aufzubringen, daß er an der Eigerbesteigung teilnehmen konnte.

»Nun, Jonathan«, sagte Jean-Paul, offensichtlich bemüht, das Thema zu wechseln, »haben Sie letzte Nacht gut geschlafen?«
»Sehr gut, danke. Und Sie?«
»Alles andere als gut.«
»Das tut mir leid. Vielleicht ist es dann besser, Sie legen sich heute nachmittag noch etwas hin. Ich hab Schlaftabletten, falls Sie welche brauchen.«
»Ich nehme nie welche«, erklärte Bidet kurz angebunden.
Karl fragte: »Nehmen Sie Schlaftabletten im Biwak, Herr Doktor?«
»Im allgemeinen ja.«
»Warum? Wegen der Unbequemlichkeit? Oder aus Angst?«
»Beides.«
Karl lachte. »Eine interessante Taktik! Dadurch, daß Sie in aller Gemütsruhe zugeben, daß Sie Angst haben, erwecken Sie den Eindruck, als wären Sie mutig. Das muß ich mir merken.«
»Ach! Haben Sie das denn nötig?«
»Wahrscheinlich nicht. Ich mache im Biwak nie ein Auge zu. Aber bei mir hat das mit Angst nichts zu tun. Ich bin eben zu aufgeregt über die Besteigung. Aber sehen Sie sich Anderl an! Der ist einfach umwerfend. Er lehnt sich an der schieren Felswand an und schläft ein, als ob er friedlich zu Hause in seinem Federbett läge.«
»Warum denn nicht?« fragte Anderl. »Nehmen wir mal das Schlimmste an – was nützt es, wach zu sein, wenn man abstürzt? Ein letzter Blick auf das schöne Panorama?«
»Ah!« entfuhr es Jean-Paul. »Endlich hat der Ober bei seinen vielen Verpflichtungen wieder einmal einen Augenblick Zeit für uns.«
Doch der Ober kam mit einem Zettel für Jonathan, den er ihm auf einem kleinen silbernen Tablett überreichte.
»Von dem Herrn dort drüben«, sagte er erklärend.
Jonathan blickte in die angegebene Richtung, und sein Magen verkrampfte sich.
Es war Clement Pope. Er saß an einem nahegelegenen Tisch, trug eine karierte Sportjacke und einen breiten, kanariengelben Schlips. Frech winkte er Jonathan zu; offensichtlich war er sich völlig im klaren darüber, daß er damit Jonathans Inkognito aufs Spiel setzte. Nach und nach kehrte sein neutrales, wenn auch noch schwaches Lächeln in Jonathans Gesicht zurück, während er des Magenflatterns Herr zu werden versuchte. Ganz auf der Hut, blickte er von einem zum anderen um den Tisch herum und versuchte herauszubekommen, ob nicht irgendein Zeichen des Erkennens oder der Angst sich auf ihren Gesichtern zeigte. Er vermochte jedoch nichts dergleichen zu entdecken.

Er entfaltete den Zettel, überflog ihn, nickte und dankte dem Ober.»Da Sie schon einmal hier sind, können Sie Monsieur Bidet auch gleich eine Kanne frischen Kaffee bringen.«

»Nein, nur keine Umstände«, sagte Jean-Paul. »Jetzt hab ich keine Lust mehr. Ich glaube, ich gehe zurück auf mein Zimmer und ruhe mich noch ein wenig aus, wenn Sie mich bitte entschuldigen wollen.« Damit verließ er sie. Sein Gang verriet Zorn und Entschlossenheit.

»Was hat Jena-Paul denn bloß?« fragte Jonathan Anna leise.

Sie zuckte nur mit den Achseln. Offensichtlich interessierte sie das im Augenblick nicht sonderlich. »Kennen Sie den Mann, der Ihnen diese Nachricht geschickt hat?« fragte sie.

»Ich glaube, ich habe ihn irgendwo mal kennengelernt. Aber von mir aus hätte ich ihn nicht erkannt. Warum?«

»Wenn Sie ihn sprechen, dann sollten Sie ihm wirklich einen Wink wegen seiner Kleidung geben. Es sei denn, er hätte es absichtlich darauf abgesehen, als Schnulzensänger oder Amerikaner erkannt zu werden.«

»Das werde ich tun. Falls ich ihn spreche.«

Anderls Aufmerksamkeit wurde von den beiden Schnepfen von gestern gefangengenommen, die am Fenster vorübergingen und ihm fröhlich zuwinkten. Schicksalergeben zuckte er mit den Schultern, entschuldigte sich und ging nach draußen, um sich ihnen anzuschließen.

Gleich darauf fragte Karl Anna, ob sie nicht einen Spaziergang durchs Dorf mit ihm machen wolle.

Und so war die Gesellschaft innerhalb von drei Minuten nach Popes Auftauchen bis auf Jonathan und Ben zusammengeschmolzen. Eine Weile saßen sie schweigend da und tranken ihren kalten Kaffee. Als er sich ganz nebenbei umblickte, sah Jonathan, daß Pope gegangen war.

»Hej, altes Haus. Was ist denn bloß mit diesem Dschon-Paul los?« Ben sprach den Namen immer noch falsch aus, nur beruhte das jetzt nicht mehr auf der Schreibweise, sondern auf dem Gehör.

»Ach, ich glaube, der ist bloß nervös.«

»Nun, Nervosität ist bei einem Bergsteiger keine schlechte Eigenschaft. Nein, das ist es nicht, der ist sauer über irgendwas. Hast du dir seine Frau an die Brust gezogen?«

Jonathan mußte über die Direktheit der Frage lachen. »Nein, Ben, das habe ich nicht.«

»Bist du da auch ganz sicher?«

»Das müßte ich doch immerhin wissen, oder?«

»Tja, das stimmt wohl. Das, was ihr jetzt am wenigsten brauchen könnt, ist böses Blut. Ich seh euch schon an der Wand, wie ihr mit Eispickeln aufeinander losgeht.«

Dieses Bild war Jonathans Phantasie nicht gerade fremd.
Ben versank eine Weile in Nachdenken, ehe er sagte: »Weißt du, wenn ich mit jemandem auf diesen Berg raufklettern würde – mit Ausnahme von dir, selbstverständlich –, dann wäre es mir am liebsten, ich würde mit Anderl an einem Seil hängen.«
»Das begreife ich gut. Aber du läßt wirklich die Finger besser davon.«
»Naja. Hat man so was schon mal gehört? Wenn der sich mal in den Kopf gesetzt hat, einen Berg zu bezwingen, dann macht der nicht viel Federlesens.«
»Offensichtlich nicht.« Jonathan stand auf. »Ich geh jetzt auf mein Zimmer. Wir sehen uns beim Abendessen.«
Und was ist mit dem Mittagessen?«
»Da bin ich nicht hier. Ich geh runter ins Dorf.«
»Hast du da wen, der auf dich wartet?«
»Ja.«

Jonathan saß in seinem Zimmer am Fenster, starrte auf den Berg hinaus und versuchte, Ordnung in seine Gedanken zu bringen. Das unverfrorene Auftauchen von Pope war eine Überraschung für ihn gewesen. Einen Augenblick hatte es ihn völlig aus dem Gleichgewicht geworfen. Er hatte keine Zeit gehabt, sich genau zu überlegen, welche Gründe Dragon dazu bewogen haben mochten, sein Inkognito so offenkundig preiszugeben. Da Dragon an seine abgedunkelte, antiseptische Zelle in New York gebunden war, galt ja allgemein Pope als der Leiter der Abteilung »Spürhund« und »Strafaktion«. Es konnte nur einen Grund geben, der ihn dazu bewog, so offen für alle Welt erkennbar Kontakt mit ihm aufzunehmen. Jonathan erstarrte innerlich vor Zorn, als ihm aufging, was das für ein Grund war.
Wie erwartet, klopfte es. Jonathan ging an die Tür und machte auf.
»Na, wie ist es gegangen, Hemlock?« Pope streckte seine breite Hand aus, die Jonathan geflissentlich übersah. Er schloß die Tür hinter seinem Besucher. Pope ließ sich grunzend auf dem Sessel nieder, in dem zuvor Jonathan gesessen hatte. »Hübsches Zimmer haben Sie hier. Wollen Sie mir keinen Drink anbieten?«
»Schießen Sie los, Pope.«
Popes Lachen verriet keine Freude. »Okay, Kumpel, wenn Sie das Spiel so spielen wollen, dann wollen wir uns mal darauf einstellen. Weg mit allen Formalitäten und ran an den Speck, stimmt's?«
Als Pope einen kleinen Stapel von Karteikarten mit handgeschriebenen Notizen darauf aus der Innentasche seiner Jacke hervorholte, bemerkte Jonathan, daß er anfing, dick zu werden. Da er in seiner Collegezeit aktiv Sport getrieben hatte, war Pope auf seine langsame und massive Weise

immer noch kräftig, doch Jonathan schätzte, daß er trotzdem mit Leichtigkeit mit ihm fertig werden konnte. Und er hatte durchaus die Absicht, ihn fertigzumachen – freilich erst, wenn er einige nützliche Informationen aus ihm herausbekommen hatte.

»Lassen wir zunächst einmal die kleinen Fische aus dem Teich, Hemlock, damit wir die Schußlinie klar kriegen.«

Jonathan lehnte sich neben der Tür an die Wand und kreuzte die Arme vor der Brust. »Von mir aus können wir so viele Metaphern durcheinanderbringen, wie Sie wollen.«

Pope warf einen Blick auf die erste Karteikarte. »Sie wissen nicht zufällig irgendwas Neues über den Aufenthaltsort von 365/55 – eine gewisse Jemima Brown, oder?«

»Nein, das weiß ich nicht.«

»Sie würden gut daran tun, es uns zu sagen, Kumpel. Mr. Dragon wäre verdammt sauer, wenn er erfahren müßte, daß Sie ihr was angetan haben. Sie hat nichts weiter getan, als unsere Befehle ausgeführt. Und jetzt ist sie verschwunden.«

Jonathan dachte über die Tatsache nach, daß Jemima unten im Dorf war und er sich in einer Stunde mit ihr treffen wollte. »Ich bezweifle, daß ihr sie jemals findet.«

»Darauf würd ich mich nicht so verlassen, Baby. ›Spürhund‹ und ›Strafaktion‹ haben einen langen Arm.«

»Nächste Karte?«

Pope ließ die oberste seiner Karteikarten unter den anderen verschwinden und warf einen Blick auf die nächste. »Ach ja. Da haben Sie uns ja eine schöne Schweinerei hinterlassen, Baby.«

Jonathan lächelte. Seine Augen wurden ganz sanft und ruhig. »Das ist jetzt das zweitemal, daß Sie mich Baby genannt haben.«

»Das liegt Ihnen wohl schwer im Magen, was?«

»Ja. Ja, das tut es«, gestand Jonathan mit gelassener Würde.

»Na, da sind wir jetzt doch wohl längst drüber raus, Kumpel. Daß wir uns Ihrer Gefühle wegen Sorgen machen mußten, die Tage haben wir doch nun schon lange hinter uns.«

Jonathan holte tief Atem, um nicht aus der Haut zu fahren.

»Sagten Sie eben nicht etwas von einer Schweinerei?«

»Richtig. Wir mußten die ganze Wüste von Suchtrupps durchkämmen lassen, um rauszukriegen, was nun eigentlich passiert war.«

»Na und, haben Sie es rausgekriegt?«

»Am zweiten Tag stießen wir auf das Auto und auf den Kerl, dem Sie das Lebenslicht ausgeblasen hatten.«

»Und was ist mit dem anderen?«

»Miles Mellough? Ich mußte weg, ehe wir ihn fanden. Aber kurz bevor ich New York verließ, erhielten wir noch eine Mitteilung, daß einer der Suchtrupps ihn gefunden hatte.«
»Tot, nehme ich an.«
»Mausetot. Hitze, Hunger, Durst. Woran er nun zuerst gestorben war, wissen wir nicht. Auf jeden Fall war er beaucoup tot. Sie haben ihn draußen in der Wüste begraben.« Pope kicherte. »Scheußliche Vorstellung.«
»Scheußlich?«
»Er muß vor seinem Ende verdammt Kohldampf gehabt haben.«
»So?«
»Tja. Er hat einen Hund aufgegessen.«
Jonathan blickte zu Boden.
Pope fuhr fort: »Wissen Sie, was uns das gekostet hat? Diese Untersuchung, meine ich? Und die ganze Sache zu vertuschen?«
»Nein. Aber ich nehme an, Sie möchten es mir sagen.«
»Nein, das werde ich nicht tun. Geheime Verschlußsache! Aber wir sind es allmählich satt, zuzusehen, wie ihr freien Mitarbeiter das Geld zum Fenster rausschmeißt – als ob Geld was völlig Altmodisches wäre.«
»Das hat Ihnen wohl schon immer schwer im Magen gelegen, was, Pope? Die Tatsache, daß Männer wie ich mit einem Auftrag mehr verdienen als Sie in drei Jahren.«
Pope lächelte höhnisch und schnitt dabei eine Grimasse, für die sein Gesicht geradezu gemacht schien.
»Ich geb ja zu, daß es billiger wäre«, sagte Jonathan, »wenn ihr festen Mitarbeiter die Strafaktionen selber übernehmen würdet. Aber dazu gehört nun mal Können und eine ganze Portion Mut. Und das sind Eigenschaften, für die es auf den Bewerbungsformularen der Behörde keine eigenen Rubriken gibt.«
»Auf jeden Fall bin ich nicht sauer wegen dem Geld, das Sie für diesen Job kriegen. Diesmal werden Sie sich's sauer verdienen müssen, Baby.«
»Ich hatte gehofft, daß Sie auch darauf zu sprechen kommen würden.«
»Sie werden's ja schon selbst erraten haben. 'n großer Universitätsprofessor wie Sie muß doch schon selber auf den Trichter gekommen sein.«
»Es bereitet mir ausgesprochenes Vergnügen, es aus Ihrem Munde zu vernehmen.«
»Wenn Sie unbedingt wollen... Jedem das seine, nehme ich an.«
Er kam zur nächsten Karte. »Was das Opfer Ihrer Strafaktion betrifft, so tappt Spürhund immer noch im dunkeln. Wir wissen, daß es hier ist. Und daß es an der Besteigung mit Ihnen teilnimmt. Aber wer es genau ist, das wissen wir nicht.«
»Miles Mellough wußte es.«

»Hat er es Ihnen gesagt?«
»Er hat sich erboten, es mir zu verraten. Aber der Preis war mir zu hoch.«
»Was wollte er denn haben?«
»Daß er weiterleben durfte.«
Pope sah von seinen Karteikarten auf. Er tat sein Bestes, den Anschein eines eiskalten Profis zu erwecken, und nickte verständnisvoll. Doch die Karten fielen ihm von den Knien, und er mußte sie wieder mühsam zusammenklauben.
Jonathan sah ihm dabei voller Abscheu zu. »Und jetzt haben Sie mich als Köder ausgeworfen, damit das Opfer sich zu erkennen gibt, stimmt's?«
»Was blieb uns anderes übrig, Kumpel? Wir dachten uns, daß der Mann mich sofort erkennen würde. Und jetzt weiß er, daß Sie derjenige sind, der die Strafaktion an ihm vollziehen soll. Also muß er versuchen, an Sie heranzukommen, ehe Sie ihn umlegen. Und wenn er das tut, dann wissen wir, wer es ist.«
»Und wer würde dann die Strafaktion ausführen, wenn er mich vorher umlegte?« Gelassen ließ Jonathan seine Augen auf Pope ruhen. »Sie?«
»Sie meinen, ich würde damit nicht fertig werden?«
Jonathan lächelte. »In einem verschlossenen Schrank vielleicht. Mit einer Handgranate.«
»Darauf würde ich kein Gift nehmen, Kumpel. Aber zufälligerweise werden wir noch einen anderen Strafvollstrecker herbeiholen, der die Sache dann übernimmt.«
»Ich darf annehmen, daß das auf Ihrem Mist gewachsen ist?«
»Dragon war damit einverstanden, aber ursprünglich stammt die Idee von mir.«
Jonathans Gesicht straffte sich und nahm dann seinen lächelnden sanften Kampfausdruck an. »Es spielt ja auch weiter keine Rolle, daß Sie in alle Welt hinausposaunt haben, wer ich bin, jetzt, wo ich mich entschlossen habe, nicht mehr für Sie zu arbeiten.«
»Man sollte es nicht meinen, aber Sie haben es völlig richtig erfaßt.«
Pope genoß den Augenblick des Triumphes über Jonathan, nachdem er jahrelang unter dessen unverhohlener Verachtung hatte leiden müssen.
»Und was passiert, wenn ich nun einfach abschwirre und die ganze Sache auf sich beruhen lasse?«
»So einfach ist das nicht, Kumpel. Erstens würden Sie nicht zu Ihren Hunderttausend kommen, zweitens wären Sie Ihr Haus los, und drittens würden wir auch noch Ihre Bilder einziehen müssen; immerhin dürften Sie ja wohl ein bißchen Zeit brauchen, sie aufs Land hinauszuschmuggeln. Na, wie ist das, wenn man so in der Patsche sitzt, Kumpel?«

Jonathan durchmaß das Zimmer, um sich einen Laphroaig einzugießen. »Das haben Sie phantastisch hingekriegt, Pope. Wirklich saubere Arbeit. Wie steht's? Ein Drink?«
Pope wußte nicht so recht, was er von diesem plötzlich so herzlichen Ton halten sollte. »Hm, das ist verdammt anständig von Ihnen, Hemlock.« Er lachte, als er sein Glas in Empfang nahm. »Hej! Ich hab grade gesagt, ich finde das verdammt anständig von Ihnen. Ich wette, das hat diese Jemima Brown Ihnen nie gesagt, stimmt's?«
Ein beseligtes Lächeln umspielte Jonathans Lippen. »Nein, das hat sie wirklich nicht getan.«
»Hej, sagen Sie mal: Wie ist denn so 'ne Schwarze nun eigentlich? Gut, was?«
Jonathan trank sein Glas halb aus, setzte sich dann auf den Sessel Pope gegenüber und neigte sich vertraulich vor. »Wissen Sie, Pope, ich sollte es Ihnen wirklich im voraus sagen, daß ich dic Absicht habe, Ihnen ein kleines Straffes aufzubrummen.« Er zwinkerte ihm heiter zu. »Das verstehen Sie doch, in einem Fall wie diesem, daß ich nicht anders kann, nicht wahr?«
»Mir ein Straffes aufbrummen? Was meinen Sie damit?«
»Ach, nichts, das ist bloß West-Side-Slang. Sehen Sie, wenn es Dragon lieber wäre, daß ich diese Strafaktion persönlich übernehme – und ich setze voraus, es wäre ihm lieber –, dann brauche ich doch wenigstens ein paar Informationen. Lassen Sie uns doch die Montrealer Sache noch einmal gemeinsam durchsprechen. Es waren also zwei Männer daran beteiligt, diesen – wie hieß der Kerl doch gleich noch? – umzulegen, stimmt's?«
»Wormwood hieß er. Das war ein guter Mann. Einer von den festen Mitarbeitern.« Pope durchflog rasch die Notizen, die er sich auf einer der Karten gemacht hatte. »Ja, das stimmt. Es waren zwei Männer.«
»Sind Sie dessen auch ganz sicher? Nicht vielleicht doch ein Mann und eine Frau?«
»Hier steht: zwei Männer.«
»Na schön. Sind Sie sicher, daß Wormwood einen der Männer verwundete?«
»So steht es in dem Bericht. Einer von den beiden Männern hinkte beim Verlassen des Hotels.«
»Aber sind Sie auch sicher, daß er verwundet war? Könnte er sich nicht irgendwann vorher verletzt haben? Vielleicht bei einem Unfall beim Bergsteigen?«
»Nach dem Bericht hat er gehumpelt. Warum fragen Sie? Ist einer von Ihren Leuten hier bei irgendeinem Unfall verletzt worden?«

»Karl Freytag sagt, daß er sich bei einem kleinen Absturz vergangenen Monat das Bein verletzt hat.«
»Dann könnte Freytag Ihr Mann sein.«
»Vielleicht. Was haben unsere Spürhunde sonst noch über den Mann herausgebracht?«
»So gut wie nichts. Ein Profi kann's nicht gewesen sein. Wenn er das gewesen wäre, wüßten wir jetzt bestimmt schon Genaueres über ihn.«
»Könnte er derjenige gewesen sein, der Wormwood den Bauch aufschlitzte?«
»Das ist möglich. Allerdings sind wir immer davon ausgegangen, daß diesen Teil der Arbeit Kruger übernahm. Aber es könnte natürlich auch genau umgekehrt gewesen sein, nehme ich an. Warum?«
»Einer von den Bergsteigern hier ist in der Lage, einen Menschen mit einem Messer umzubringen. Das bringen nur wenige Leute fertig.«
»Vielleicht ist das dann Ihr Mann. Wer es auch immer sein mag, auf jeden Fall ist er 'n bißchen schwach auf dem Magen.«
»Weil er auf den Boden gekotzt hat?«
»Richtig.«
»Das könnte einer Frau passieren.«
»Ist hier eine Frau dabei?«
»Die Frau von Bidet. Sie hätte Männerkleidung tragen können. Und die Humpelei – das könnte doch alle möglichen Ursachen haben – ein verstauchter Fuß zum Beispiel.«
»Sie haben da ja eine ganz schöne Büchse voll mit Würmern, Baby.«
Aus irgendeinem perversen Grund genoß Jonathan es, Pope durch das geistige Labyrinth hindurchzuführen, in dem er während der vergangenen beiden Nächte so lange umhergeirrt war. »Ach, das wimmelt nur so von Würmern – von mehr, als Sie denken. Wenn man bedenkt, daß es in der ganzen Angelegenheit letztlich um eine Formel für bakteriologische Kriegführung geht, ist es immerhin interessant, daß einer von den Beteiligten hier eine Fabrik besitzt, die Aerosol-Kanister herstellt.«
»Wer?«
»Bidet.«
Pope lehnte sich vor, die Augen vor lauter Anstrengung, sich zu konzentrieren, nach oben gerichtet. »Da könnten Sie auf etwas höchst Wichtiges gestoßen sein.«
Jonathan mußte lächeln. »Vielleicht. Aber andererseits ist einer von ihnen auch noch in der Branche, die Insektenvernichtungsmittel herstellt – und es besteht Grund zu der Annahme, daß sie während des Krieges noch viel häßlichere Dinge hergestellt haben.«
»Einer von den beiden, stimmt's? So haben Sie sich das gedacht?»

Pope blickte auf, als sei ihm unversehens eine Erleuchtung gekommen. »Oder vielleicht überhaupt *beide?*«
»Das ist eine Möglichkeit, Pope. Fragt sich nur – warum? Auf das Geld ist keiner von beiden angewiesen. Die hätten es sich leisten können, jemand zu bezahlen, die Schmutzarbeit für sie zu erledigen. Tja, und damit kämen wir zum Dritten im Bunde – Meyer , der ist nämlich arm. Und der brauchte Geld, um sich an dieser Besteigung beteiligen zu können.«
Pope nickte bedeutsam. »Dann könnte dieser Meyer durchaus unser Mann sein.« Er blickte Jonathan in die Augen und errötete, als ihm plötzlich voller Wut ein Licht darüber aufging, daß er hier auf den Arm genommen wurde. Er kippte den Rest seines Drinks hinunter.
»Und wann werden Sie zu Ihrem Schlag ausholen?«
»Ach, ich hatte gedacht, ich warte, bis ich genau wüßte, wer denn nun eigentlich der Auserwählte ist.«
»Ich werde mich hier im Hotel aufhalten, bis die Sache vorüber ist.«
»Nein, das werden Sie nicht tun. Sie werden augenblicklich in die Staaten zurückkehren.«
»Das geht nicht, Kumpel.«
»Hm, das werden wir ja sehen. Aber noch eins, ehe Sie gehen. Mellough erzählte mir, daß Sie derjenige wären, der ihn dafür bezahlt hätte, daß er die Strafaktion an Henri Baq vollzog. Stimmt das?«
»Wir waren dahintergekommen, daß er seine kleinen Privatgeschäftchen mit der anderen Seite machte.«
»Aber Sie waren es, der ihn auf die Abschußliste gesetzt hat?«
»Das ist doch mein Job, Kumpel.«
Jonathan nickte. Seine Augen schienen in eine unbestimmte Ferne zu blicken. »Tja, ich glaube, das wär's dann wohl.« Er erhob sich, um Pope bis an die Tür zu bringen. »Sie können wirklich mit sich zufrieden sein, wissen Sie. Selbst wenn ich in der Patsche sitze, kann ich doch nicht umhin, zu bewundern, wie umsichtig Sie mich hineinmanövriert haben.«
Pope blieb in der Mitte des Zimmers stehen, und seine Augen wurden ganz schmal, als er versuchte, sich darüber schlüssig zu werden, ob er nun auf den Arm genommen wurde oder nicht. Er kam zu dem Schluß, daß dem wohl nicht so sei. »Wissen Sie was, Kumpel? Wenn wir uns gegenseitig nur eine Chance gegeben hätten, wir hätten vielleicht sogar Freunde werden können.«
»Wer weiß, Pope.«
»Ach, noch was. Ihre Kanone. Ich hab unten beim Empfang eine für Sie abgegeben. Eine CII-Standard-Pistole ohne Seriennummer und mit Schalldämpfer. In einer Pralinenschachtel mit Geschenkpapier verpackt.«

Jonathan machte die Tür auf für Pope, der hinausging, sich dann jedoch umdrehte und sich mit beiden Händen am Türrahmen festhielt. »Und was war das noch, von wegen mir ein Straffes aufbrummen?«
Jonathan bemerkte, daß Pope sich mit den Fingern im Schließblech verkrallt hatte. Das würde wehtun. »Wollen Sie das wirklich wissen?«
Abermals argwöhnend, daß er auf den Arm genommen wurde, setzte Pope den verwegensten Gesichtsausdruck auf, dessen er fähig war. »Eines sollten Sie sich merken, Baby. Was mich betrifft, so seid ihr freien Mitarbeiter das Überflüssigste, was es seit der Erfindung der Präservative gibt.«
»Stimmt.«
Zwei von Popes Fingern brachen, als Jonathan die Tür zuknallte. Als er sie wieder aufriß, war der Schrei des Schmerzes in Popes Augen, doch reichte die Zeit nicht für ihn, auch noch in seine Kehle zu kommen. Jonathan packte ihn beim Gürtel, riß ihn an sich und rammte ihm dabei das Knie zwischen die Beine. Es war ein Zufallstreffer. Jonathan spürte, wie Popes Hoden zerquetscht wurden. Pope krümmte sich mit einem nasalen Grunzer zusammen, daß ihm der Rotz auf die Brust spritzte. Jonathan packte ihn am Jackenaufschlag und wirbelte den Mann im Kreis herum, so daß sein Kopf gegen die Wand fuhr. Popes Knie gaben unter ihm nach, doch Jonathan zerrte ihn auf die Füße und riß ihm die karierte Sportjacke über die Arme, ehe er das Bewußtsein verlor. Jonathan lenkte Popes Fall dergestalt, daß er mit dem Gesicht nach unten über sein Bett fiel, wo er, das Gesicht in der Matratze und die Arme von der Jacke an seinen Körper gezwängt, liegenblieb. Jonathans Daumen versteiften sich, als er die Stelle unmittelbar unter den Rippen erkannte, wo er ihm die Nieren kaputtmachen konnte.
Aber er trieb die Daumen nicht hinein.
Verwirrt und plötzlich leer, hielt er inne. Er würde Pope laufenlassen. Er wußte, daß er es tun würde, obgleich er das kaum glauben konnte. Pope hatte dafür gesorgt, daß Henri Baq starb. Pope hatte ihn in die Falle gelockt! Pope hatte sogar gewagt, so über Jemima zu sprechen.
Und trotzdem würde er Pope laufenlassen. Er blickte hinunter auf die in sich zusammengesunkene Gestalt, auf die lächerliche Sportjacke, auf die in der Bewußtlosigkeit nach innen gebogenen Füße, auf die schlaff herunterhängenden Beine – und doch spürte er nicht den kalten Haß, der ihn sonst im Kampf auszeichnete. Irgend etwas ging ihm in diesem Augenblick ab.
Er rollte Pope auf den Rücken, ging dann hinüber ins Badezimmer und stopfte ein Handtuch in die Toilette, hielt es so lange mit einer Hand, bis es sich vollgesogen hatte. Als er wieder im Zimmer war, ließ er das nasse

Handtuch Pope aufs Gesicht fallen. Der Schock des kalten Wassers hatte eine sofortige Verkrampfung des bewußtlosen Körpers zur Folge. Dann schenkte er sich einen kleinen Laphroaig ein, setzte sich auf den Sessel und wartete darauf, daß Pope wieder zu sich kam.

Unter viel unterdrücktem Gestöhn, daß es schon unmännlich wirkte, kam Pope schließlich wieder zu Bewußtsein. Zweimal versuchte er, sich aufzusetzen, ehe es ihm beim drittenmal gelang. Die Schmerzen, die ihn peinigten – in den Fingern, im Unterleib und im Kopf –, waren so groß, daß er es nicht einmal fertigbrachte, seine Jacke wieder hochzuziehen. Er rutschte vom Bett und saß dann völlig fassungslos auf dem Boden.

Jonathan sprach ganz ruhig. »Es wird schon alles wieder gut werden. Aber hier sind Sie jetzt überflüssig. Und deshalb werden Sie so schnell wie möglich wieder in die Staaten zurückkehren. Haben Sie das verstanden?«

Mit hervorquellenden, fassungslosen Augen starrte Pope ihn an. Er begriff immer noch nicht, was mit ihm geschehen war.

Jonathan sprach sehr präzise und ganz langsam. »Sie werden in die Staaten zurückkehren. Und zwar sofort. Und Sie werden sich bei mir nie wieder blicken lassen. Damit sind Sie doch einverstanden, oder?«

Pope nickte schwerfällig.

Jonathan half ihm auf die Füße und brachte ihn bis zur Tür, wobei er ihn freilich mehr trug als geleitete. Pope suchte wieder am Türrahmen Halt.

Der Lehrer in Jonathan ließ sich nicht verleugnen: »Jemand ein Straffes aufbrummen ist West-Side-Slang und heißt soviel wie: jemand zerreißen, fertigmachen, körperlich züchtigen oder züchtigen lassen.«

Pope suchte schwankend seinen Weg hinaus, und Jonathan schloß die Tür hinter ihm.

Jonathan nahm den Deckel seiner Reiseschreibmaschine ab und holte seine Rauchutensilien hervor. Dann ließ er sich in den Sessel sinken und behielt den Rauch so lange wie möglich in den Lungen, ehe er ihn wieder entströmen ließ. Henri Baq war sein Freund gewesen. Und er hatte Pope laufenlasen.

Jemima saß Jonathan schweigend eine geschlagene Viertelstunde im dämmerigen Inneren des Cafés gegenüber; ihre Augen suchten forschend in seinem Gesicht und in dem distanzierten, abwesenden Ausdruck darin.

»Es ist nicht dein Schweigen, was mich beunruhigt«, sagte sie zuletzt, »sondern deine Höflichkeit.«

Jonathan nahm sich zusammen und kehrte in die Gegenwart zurück.

»Wie bitte?«

Traurig lächelte sie. »Genau das ist es.«

Jonathan holte tief Luft und heftete dann seinen Blick auf sie. »Es tut mir leid. Ich bin schon ganz bei dem, was morgen passiert.«
»Solche Sachen sagst du immer wieder – es tut mir leid, entschuldige bitte, und bitte, reich mir doch mal das Salz. Und weißt du, was mir dabei wirklich an die Nieren geht?«
»Was denn?«
»Daß ich nicht mal das Salz hab.«
Jonathan lachte. »Sie sind phantastisch, Madame.«
»Schon, bloß – was hab ich davon? Entschuldigungen. Tut mir leid. Verzeih mir.«
Er lächelte. »Du hast recht. Es tut mir...«
»Sag's, und du kriegst einen Tritt vors Schienbein.«
Er berührte ihre Finger. Der spielerische Ton verflüchtigte sich augenblicklich.
Unterm Tisch zwängte sie seinen Fuß zwischen ihre Beine. »Was hast du jetzt mit mir vor, Jonathan?«
»Was meinst du damit?«
»Ich bin dein, aber du bist es, der was mit mir anfangen muß, Mann! Du könntest mich küssen, oder mir die Hand drücken, oder mit mir schlafen, oder mich heiraten, oder mit mir reden, oder mich schlagen, oder... Stattdessen wiegst du den Kopf langsam von einer Seite auf die andere, was bedeutet, daß du nicht die Absicht hast, mich zu schlagen, oder mit mir ins Bett zu gehen, oder überhaupt irgendwas anzufangen – richtig?«
»Ich möchte, daß du nach Hause fliegst, Gem.«
Sie starrte ihn an, und ihre Augen blitzten vor Gekränktsein und Stolz. »Gott verdamm dich, Jonathan Hemlock! Bildest du dir ein, du wärest der liebe Gott, oder was ist los? Du stellst deine Regeln auf, und wenn jemand dich verletzt oder austrickst, dann fährst du auf ihn hernieder wie ein Roboter des Schicksals!« Sie war wütend, weil ihr wider Willen die Tränen in die Augen gestiegen waren. Mit dem Handrücken wischte sie sie fort. »Du machst keinen Unterschied zwischen einem Menschen wie Miles Mellough oder jemand wie mir – jemand, der dich liebt.« Sie hatte die Stimme nicht erhoben, aber ihre harten Konsonanten verrieten ihren Zorn.
Jonathan konterte im gleichen harten Tonfall. »Jetzt mach mal einen Punkt! Ich würde nicht in diesem ganzen Schlamassel stecken, wenn du mich nicht bestohlen hättest. Ich hab dir meine Bilder gezeigt. Und hab dich kurze Zeit geliebt. Und weißt du, was du getan hast? Du hast Dragon die Handhabe gegeben, mich mit Gewalt in diese Situation hineinzumanövrieren. Eine Situation, in der ich – Gott verdammt noch mal – wenig Chancen habe zu überleben. Erzähl du mir was von Liebe!«

»Aber – ich hab dich doch überhaupt nicht gekannt, als ich diesen Auftrag übernahm!«
»Das Geld hast du am Morgen genommen. *Hinterher!*«
Durch ihr Schweigen gab sie zu, daß sie erkannte, wie bedeutsam diese Reihenfolge war. Nach einer Weile fing sie an, zu erklären, doch nach ein paar Worten gab sie es auf.
Der Kellner kam mit einer Kanne Kaffee, und seine Gegenwart zwang sie in ein verlegenes Schweigen. Während dieses Schweigens kühlte sich ihr Gemüt merklich ab. Als der Kellner ging, riß Jemima sich mit einem tiefen Seufzer zusammen und sagte lächelnd: »Es tut mir leid, Jonathan.«
»Sag das noch mal, und du kriegst einen Tritt vors Schienbein.«
Der Streit hatte seinen Stachel verloren.
Sie nahm einen kleinen Schluck von ihrem Kaffee. »Wird es denn so schlimm werden, diese Sache auf dem Berg, meine ich?«
»Naß wird's werden.«
Sie erschauerte. »Ich hab den Ausdruck immer gehaßt: nasse Arbeit. Gibt es nichts, was ich dabei tun könnte?«
»Nein, gar nichts, Jemima. Halt dich raus! Flieg nach Hause.«
Als sie danach wieder sprach, klang ihre Stimme trocken, und sie versuchte, die Situation unvoreingenommen und objektiv zu bewerten. »Ich glaube, wir machen uns alles kaputt, Jonathan. Menschen wie wir verlieben sich nur höchst selten ineinander. Es hat sogar was Komisches, sich vorzustellen, daß ausgerechnet zwei Menschen wie wir sich *lieben*. Aber es ist nun mal geschehen, und wir haben uns geliebt. Und es wäre eine Schande ... es wäre, verdammt noch mal, eine Schande ...« Sie zuckte die Achseln und blickte zu Boden.
»Gem, mir passieren komische Sachen. Ich, äh ...« Er schämte sich fast, es zu sagen. »Ich habe Pope heute laufenlassen. Ich weiß auch nicht, warum. Es hat mir ... nun, einfach nichts bedeutet.«
»Was soll das heißen? Du hast Pope laufenlassen?«
»Die Einzelheiten spielen keine Rolle. Aber irgendwas Komisches ... irgendwas, was mich beunruhigt ... geht mit mir vor. Vielleicht in ein paar Jahren ...«
»Nein!«
Daß sie das so spontan von sich wies, überraschte ihn.
»Nein, Jonathan. Ich bin eine erwachsene, begehrenswerte Frau. Und ich seh mich nicht rumsitzen und darauf warten, bis du reifer wirst oder müde genug, bis du es über dich bringst, an meine Tür zu klopfen.«
Er dachte darüber nach, ehe er antwortete. »Das kann ich gut verstehen, Gem.«
Ohne zu sprechen, tranken sie ihren Kaffee. Dann blickte sie mit ihren

Goldflitteraugen auf, und ihr ging immer mehr auf, was er da eigentlich gesagt hatte. »Himmelherrgott!« flüsterte sie fassungslos.
»Es passiert wirklich. Wir machen es uns kaputt. Wir werden Abschied voneinander nehmen. Und damit hat sich's dann.«
Jonathans Stimme klang sanft, als er spach. »Kannst du noch heute abend eine Maschine nach New York bekommen?«
Sie konzentrierte sich auf die Serviette, die sie auf dem Schoß liegen hatte, und strich sie immer wieder mit den Händen glatt. »Ich weiß nicht. Aber ich denke doch.«
Jonathan stand auf, fuhr mit den Fingerrücken über ihre Wange und verließ das Café.
Er ging zurück in sein Hotel.

Die letzte gemeinsame Mahlzeit der Bergsteiger vor ihrem Aufstieg war ziemlich spannungsgeladen; fast alle aßen sie nicht besonders viel, außer Anderl, dem das Gefühl für Angst vollkommen abging, und Ben, der schließlich und endlich ja an der Besteigung nicht direkt teilzunehmen brauchte. Jonathan beobachtete jeden einzelnen seiner Gefährten und suchte nach irgendwelchen Reaktionen auf das Auftauchen von Clement Pope, doch wiewohl es mancherlei Anzeichen dafür gab, daß alle ein wenig verstört waren, machte der nur allzu natürliche Druck des bevorstehenden Aufstiegs es unmöglich, die Ursachen auseinanderzuhalten. Bidets schlechte Laune von heute morgen war in kühle Höflichkeit übergegangen, und Anna bemühte sich nicht im mindesten, sich aus ihrer gewohnheitsmäßig amüsierten Defensive herauslocken zu lassen. Karl nahm die selbstaufgebürdeten Verantwortungen viel zu ernst, als daß er sich in gesellschaftlichen Trivialitäten hätte ergehen können. Trotz der Flasche Champagner, die der griechische Großindustrielle ihnen herübergeschickt hatte, machte sich im Verlauf der Mahlzeit immer wieder Schweigen breit, das sich so unmerklich ausweitete, bis seine Last so drückend wurde, daß plötzlich alle es spürten und versuchten, es durch übertrieben heiteres und unbeschwertes Geplauder zu vertreiben, das dann wieder in halben Sätzen und bedeutungslosem Wortgeklingel versickerte.
Obwohl der Speisesaal gesteckt voll war mit Eiger-Vögeln in farbenfrohem, lässigem Gefieder, hatte ihre Unterhaltung einen spürbar anderen Ton angenommen. Es saß kein echter Dampf dahinter. Ab und zu lachte ein Mädchen, *allegro vivace sforzando*, das übliche gesetzt-männliche Gedröhn des *ponderoso* übertönend. Doch unter allem lag ein *basso ostinato* der Ungeduld. Wann würde dieser Aufstieg beginnen? Zwei Tage waren sie jetzt schon da. Geschäftsabschlüsse wie Vergnügen gab es zu

tätigen. Wann mochte es wohl zu diesen Abstürzen kommen – Gott behüte, daß es jemals dazu kam!
Der Schauspieler und seine üppige Gattin betraten wie üblich den Saal erst spät und winkten den Bergsteigern ausgiebig zu, wobei sie zweifellos hofften, den Eindruck zu erwecken, als genössen sie das Vorrecht, akzeptiert zu werden.
Das Abendessen schloß mit dem sachlichen Ton von Karls überflüssiger Ermahnung, daß jeder sich so früh wie möglich schlafen legen solle. Er erklärte seinen Kameraden, daß er persönlich zwei Stunden vor Morgengrauen die Runde durch die Zimmer machen und jeden einzelnen wecken würde, damit sie sich hinausstehlen könnten, bevor die Gäste und die Reporter überhaupt wüßten, daß sie schon aufgebrochen seien.
Das Licht in Jonathans Zimmer war ausgeschaltet. Durch den Schnee vorm Fenster gefiltertes Mondlicht brachte das gestärkte Bettzeug auf seine Weise zum Schimmern. Er saß im Dunkeln, auf dem Schoß die Pistole, die Pope ihm zurückgelassen hatte, ein schweres Ungetüm mit einem Schalldämpfer, der ihr ein Aussehen verlieh, als sei sie das Eigenfabrikat eines Schrotthändlers. Als er das Päckchen an der Rezeption in Empfang genommen hatte (Pralinen von einem Mann für einen anderen Mann – das ließ den Mann hinter der Theke die Augenbrauen hochziehen), hatte er erfahren, daß Pope in die Staaten zurückgekehrt sei, nachdem ihm Erste Hilfe für das verabreicht worden war, was er phantasievoll als eine Folge von Stürzen im Badezimmer beschrieben hatte.
Obwohl er den Schlaf vor dem Aufstieg dringend brauchte, wagte Jonathan es nicht, eine Schlaftablette zu nehmen. Diese Nacht war die letzte Chance für das Opfer, seinen Präventivschlag auszuführen, falls es sich nicht entschlossen hatte zu warten, bis sie auf dem Berg wären. Dabei konnte freilich ein solcher Schlag bei einem so schwierigen Aufstieg die gesamte Seilschaft in Gefahr bringen; Spuren würden allerdings nicht zurückbleiben. Jonathan überlegte, wie verzweifelt das Opfer wohl sein mochte – und wie gerissen.
Aber es hatte wirklich keinen Sinn, hier herumzusitzen und zu warten! Er stemmte sich aus dem Sessel hoch und entrollte seinen Schlafsack gegenüber von der Tür, wo jeder, der eintrat, als klare Silhouette vor dem hellen Licht auf dem Flur zu sehen sein mußte. Nachdem er in den Schlafsack hineingekrochen war, entsicherte er die Pistole und spannte den Hahn – zwei Geräusche, die er dann später nicht zu machen brauchte, wenn jedes Geräusch von Bedeutung sein konnte. Er legte die Waffe neben sich auf den Fußboden und versuchte zu schlafen.
Er hatte nicht sonderlich viel Zutrauen zu derlei Vorbereitungen. Zwar machte er sie bei seinen Strafaktionen immer, aber sie waren im Grunde

nicht von Bedeutung. Sein Mißtrauen war wohlbegründet. Während er sich hin- und herwälzte, um die für seinen Körper bequemste Lage und doch ein bißchen Schlaf zu finden, rollte er sich auch über die Pistole, und so war sie unter seinem Schlafsack durchaus nicht so ohne weiteres greifbar.

Er mußte doch eingeschlafen sein, denn ihm war, als sackte er in die Tiefe, als er, ohne die Augen aufzumachen, plötzlich merkte, daß Licht und Bewegung im Zimmer waren.

Er schlug die Augen auf. Die Tür schwang weit auf, und ein Mann – Bidet – stand eingerahmt im gelben Rechteck. Der Revolver in seiner Hand schimmerte silbrig vor dem schwarzen Rand der Tür, als er sie verstohlen auf dem Rücken hielt. Jonathan verhielt sich mucksmäuschenstill. Er spürte den Druck der eigenen Waffe im Nacken und verfluchte das böswillige Geschick, das sie dorthin manipuliert hatte. Der massige Schatten von Bidet näherte sich seinem Bett.

Obwohl er ganz leise sprach, schien Jonathans Stimme den dunklen Raum vollständig zu erfüllen. »Keine Bewegung, Jean-Paul!«

Bidet erstarrte, begriff nicht, woher die Stimme kam.

Jonathan erkannte, wie er hier vorzugehen hatte. Er mußte den gedämpften, aber bestimmten Tonfall beibehalten. »Ich sehe Sie ausgezeichnet, Jean-Paul, und ich werde Sie ganz gewiß umlegen, wenn Sie auch nur die geringste Bewegung machen. Verstehen Sie mich?«

»Ja.« Bidets Stimme klang heiser vor Angst nach diesem langen Schweigen.

»Gleich rechts neben Ihnen steht die Nachttischlampe. Greifen Sie bitte hin, aber knipsen Sie sie erst an, wenn ich es sage.«

Man hörte, wie er sie suchte, und dann sagte Jean-Paul: »Ich berühre sie.«

Jonathan veränderte die hypnotisierende Monotonie seiner Stimme nicht im geringsten, spürte jedoch instinktiv, daß der Bluff nicht lange anhalten würde. »Knipsen Sie das Licht an. Aber sehen Sie nicht zu mir her. Halten Sie Ihre Augen weiter in das Dunkel gerichtet. Verstanden?« Jonathan wagte keine übertriebenen Bewegungen, die er eigentlich benötigte, um aus dem Schlafsack herauszukommen und um unter ihm nach der Pistole herumzusuchen.

»Haben Sie verstanden, Jean-Paul?«

»Ja.«

»Dann also langsam. Jetzt!« Jonathan wußte, daß es nicht klappen würde.

Er hatte recht. Bidet tat es, aber nicht langsam. Im selben Augenblick, da das Zimmer mit blendender Helligkeit erfüllt war, wirbelte er herum und zielte mit seinem Revolver auf ihn, der, der Lage völlig unangemessen, eingesponnen in seinem Kokon aus Eiderdaunen lag. Aber er schoß nicht, sondern starrte Jonathan an, wobei sich Angst und Zorn in seinen Augen die Waage hielten.

Sehr langsam hob Jonathan die Hand im Schlafsack und wies mit dem Finger auf Bidet, der trocken schlucken mußte, als er erkannte, daß die Ausbuchtung im Schlafsack direkt auf seinen Bauch gerichtet war. Etliche Sekunden vergingen, ohne daß einer von beiden sich bewegte. Wie erbost Jonathan über die schmerzhaft sich in seine Schulter bohrende Pistole war! Aber er lächelte. »Bei uns in Amerika nennt man so was ein mexikanisches Unentschieden. Gleichgültig, wer von uns beiden zuerst schießt, sterben würden wir beide.«

Jonathan bewunderte Bidets Selbstbeherrschung, als der sagte: »Wie löst man eine solche Situation normalerweise? Bei Ihnen in Amerika, meine ich?«

»Im allgemeinen dadurch, daß beide Männer die Waffen weglegen und sich miteinander aussprechen. Auf diese Weise sind schon eine Unmenge Schlafsäcke vor dem Durchlöchertwerden bewahrt worden.«

Bidet lachte. »Ich hatte nicht die Absicht, Sie zu erschießen, Jonathan.«

»Ich nehme an, es ist Ihr Revolver, der mich so durcheinandergebracht hat, Jean-Paul.«

»Damit wollte ich Ihnen doch nur imponieren – vielleicht auch Angst einjagen. Ich weiß es nicht. Auf jeden Fall war es dumm von mir. Das Ding ist noch nicht mal geladen.«

»In welchem Fall Sie vielleicht nichts dagegen haben, ihn dort drüben aufs Bett zu werfen.«

Einen Augenblick lang stand Bidet reglos da, dann sackten seine Schultern zusammen, und er ließ die Waffe aufs Bett fallen. Jonathan erhob sich langsam auf einen Ellbogen, hielt aber immer noch den Finger im Schlafsack auf Jean-Paul gerichtet, wöhrend er mit der anderen Hand unter den Schlafsack griff und seine Pistole hervorholte. Als Bidet sie unter dem wasserdichten imprägnierten Gewebe auftauchen sah, zuckte er in einer gallischen Geste fatalistischer Ergebenheit mit den Achseln.

»Sie sind sehr mutig, Jonathan.«

»Es blieb mir wirklich keine andere Wahl.«

»Auf jeden Fall wissen Sie sich verdammt gut zu helfen. Aber das war nicht nötig. Wie ich Ihnen schon sagte, habe ich das Ding nicht einmal geladen.«

Jonathan arbeitete sich aus dem Schlafsack heraus und ging dann zu seinem Sessel hinüber, die Pistole immer noch auf Bidet gerichtet. »Gott sei Dank, daß Sie nicht geschossen haben. Ich wäre mir verdammt albern

vorgekommen, mit meinem Daumen unter der Decke zu wackeln und päng, päng zu sagen.«
»Legen nicht *beide* Männer die Waffen beiseite, bei einem mexikanischen Unentschieden, oder wie das heißt?«
»Trau nie einem Gringo!« Jonathan war entspannt und voller Selbstvertrauen. Eines war gewiß: Jean-Paul war ein Amateur. »Sie verfolgten doch einen Zweck, als Sie sich hier hereinschlichen, nehme ich an?«
Jean-Paul betrachtete seine Handfläche und strich sich mit dem Daumen über die darin eingegrabenen Linien. »Ich glaube, ich kehre jetzt besser in mein Zimmer zurück, wenn Sie nichts dagegen haben. Ich hab mich in Ihren Augen genug zum Esel gemacht. Es ist nichts gewonnen, wenn ich diesen Eindruck noch verstärke.«
»Ich glaube aber, ich habe ein gewisses Recht auf eine Art von Erklärung. Daß Sie hier in mein Zimmer eingedrungen sind, war – Zufall?«
Bidet ließ sich schwer aufs Bett plumpsen, sein Körper sackte in sich zusammen, die Augen hielt er abgewendet, und sein ganzes Gehabe hatte etwas so Niedergeschlagenes, daß Jonathan keinerlei Angst hatte, seine Waffe wieder in seiner Reichweite zu wissen. »Es gibt nichts Lächerlicheres auf der Welt als einen aufgebrachten, betrogenen Ehemann, Jonathan.« Er lächelte schmerzlich. »Ich habe nie geglaubt, daß ausgerechnet ich einmal den Pantalone spielen würde.«
Jonathan fühlte jene höchst ungemütliche Verbindung von Mitleid und Abscheu in sich aufsteigen, die er stets den emotional Weichen gegenüber empfand, insbesondere jenen gegenüber, die es nicht fertigbrachten, ihr Liebesleben in Ordnung zu halten.
»Aber ich kann mich in Ihren Augen ja kaum noch lächerlicher machen«, fuhr Bidet fort. »Ich nehme an, Sie sind bestens über die Grenzen informiert, die meinen physischen Möglichkeiten gesetzt sind. Anna läßt ihre Hengste im allgemeinen darüber nicht im unklaren. Aus irgendeinem mir unerfindlichen Grunde inspiriert sie das ihrerseits zu um so größerer Leistungsfähigkeit.«
»Sie versetzen mich in die unangenehme Lage, meine Unschuld beteuern zu müssen, Jean-Paul.«
Unverhohlenen Abscheu in den Augen, blickte Jean-Paul Jonathan an. »Sie brauchen sich keine Mühe zu geben.«
»Es liegt mir aber daran, das ins reine zu bringen. Wir sollen morgen schließlich gemeinsam einen Aufstieg machen. Lassen Sie es mich ohne Umschweife sagen: Ich habe weder mit Anna geschlafen, noch habe ich Grund zur Annahme, daß irgendwelche Avancen meinerseits bei ihr auf etwas anderes als auf Spott stoßen würden.«
»Aber gestern abend...«

»Was soll mit gestern abend sein?«
»Sie war hier.«
»Woher wissen Sie das?«
»Ich habe sie vermißt... nach ihr gesucht... an Ihrer Tür gelauscht.« Er blickte beiseite. »Abscheulich, nicht wahr?«
»Ja, in der Tat. Aber es stimmt, Anna war gestern abend hier. Ich traf sie auf dem Flur und lud sie zu einem Schlummertrunk ein. Aber geschlafen haben wir nicht miteinander.«
Wie abwesend nahm Jean-Paul seine Waffe auf und spielte damit, als er sprach. Jonathan fühlte keine Gefahr; für ihn war Bidet kein potentieller Mörder mehr. »Nein, das stimmt nicht. Sie hat gestern mit jemand geschlafen. Ich habe sie angerührt. Ich weiß das, weil sie...«
»Davon möchte ich nichts hören. Ich interessiere mich nicht für klinische Einzelheiten, und wir befinden uns hier nicht im Beichtstuhl.«
Jean-Paul spielte mit der kleinen italienischen Automatik. »Ich hätte nicht hierherkommen sollen. Was ich getan habe, war geschmacklos. Und das ist schlimmer als das, was Anna getan hat – die war bloß unmoralisch. Bitte, halten Sie das dem Streß vor der Besteigung zugute. Ich hatte so große Hoffnungen auf diese Tour gesetzt. Ich dachte, wenn Anna sehen würde, daß ich mich an einen Berg wage, den die wenigsten Männer kaum anzurühren wagen, dann würde das... irgendwie... Ich weiß nicht. Was immer es war, es war eine sinnlose Hoffnung.« Mit mutlosen Augen blickte er zu Jonathan hinüber. »Verachten Sie mich jetzt?«
»Meine Bewunderung für Sie hat neue Grenzen gefunden.«
»Sie verstehen es, sich elegant auszudrücken. Aber Sie haben ja auch den Vorteil, keine Gefühle zu kennen.«
»Glauben Sie mir das mit Anna?«
Ein schmerzliches Lächeln umspielte Jean-Pauls Mund. »Nein, Jonathan, das nehme ich Ihnen nicht ab. Ich mag zwar ein Hahnrei sein, aber deswegen bin ich noch lange kein Narr. Wenn Sie nichts zu fürchten hatten, – weshalb haben Sie dann da auf dem Boden gelegen und geahnt, daß ich mich rächen würde?«
Das konnte Jonathan nun wirklich nicht erklären, und so versuchte er auch gar nicht, irgendeine Ausrede zu erfinden.
Jean-Paul seufzte. »Nun, ich werde jetzt in mein Zimmer zurückkehren und dort allein für mich erröten und Sie von der unangenehmen Pflicht befreien, mich zu bemitleiden und zu verachten.« Mit einer Geste von dramatischer Endgültigkeit zog er das Magazin seiner Automatik heraus, und eine Kugel sprang aus der Kammer, schlug gegen die Wand und fiel dann tanzend auf den Teppich. Beide Männer blickten überrascht auf das schimmernde Messing. Jean-Paul lachte ohne jede Freude. »Ich glaube,

mich führt man leichter hinters Licht, als ich angenommen hatte. Ich hätte geschworen, daß sie ungeladen war.«

Er ging hinaus, ohne gute Nacht zu sagen.

Jonathan rauchte noch eine Zigarette und schluckte eine Schlaftablette, ehe er versuchte, wieder einzuschlafen, und zwar diesmal in seinem Bett – wozu ihn ein ähnlich abergläubisches Vertrauen auf die Unwiederholbarkeit des Zufalls bewog, das Bomberpiloten dazu bringt, Kurs auf Sprengwölkchen zu halten. oder Waldarbeiter, beim Sturm unter Bäumen Schutz zu suchen, die bereits einmal vom Blitz getroffen wurden.

Die einzigen Geräusche, die sie machten, als sie im Gänsemarsch auf den Fuß des Berges zumarschierten, waren das leise Knirschen unter ihren Sohlen und das schwache Zischen, wenn ihre mit Gamaschen geschützten Schuhe durch das taufeuchte, schimmernde Gras fuhren. Jonathan, der die Nachhut bildete, blickte zu den Sternen empor, die immer noch kalt funkelten, obwohl die Morgendämmerung drohte, ihr Gefunkel bald verblassen zu lassen. Die Bergsteiger marschierten unbeschwert von der Last der Rucksäcke, der Seile, Haken und Steigeisen. Ben und drei von den jungen Bergsteigern, die ihre Zelte auf der Matte aufgeschlagen hatten, waren mit der schweren Ausrüstung bis zum Fuß des Geröllhangs vorausgegangen.

Das Team reagierte auf das Schweigen, die frühe Stunde und das Gewicht ihres Vorhabens mit jenem Gefühl von Unwirklichkeit und emotionaler Unausgeglichenheit, wie es sich vor einer bedeutenden Besteigung stets einzustellen pflegt. Wie immer kurz vor einem Aufstieg, machte Jonathan gierig von sämtlichen Möglichkeiten Gebrauch, sich physisch anzuregen. Er spürte in seinem Körper jedem erwartungsvollen Kribbeln und Zittern nach. Seine Beine, die er dieser schweren Aufgabe wegen in Hochform gebracht hatte, ließen das flache Land weitausgreifend und mit geradezu schwindelnder Mühelosigkeit unter sich hinweggleiten. Daß ein leichter Wind vor Morgengrauen frisch seinen Nacken umfächelte, daß das Gras würzig roch, daß die Dunkelheit ihn ölig umfloß – auf all das konzentrierte Jonathan sich nacheinander, genoß die Empfindungen, die sie hervorriefen, brachte sie in Verbindung mit seinem Erinnerungsvermögen, freilich nicht mit einer abstrakten, sondern einer höchst sinnlichen Erinnerung. Er staunte immer wieder darüber, welche merkwürdige Bedeutung er diesen einfachen Erfahrungen kurz vor einer schwierigen Besteigung beimaß. Er erkannte, daß dieses Auffächern alles Erdhaften das Ergebnis der plötzlich veränderten Welt der Sinne war. Und er wußte auch, daß es nicht der Wind, das Gras und die Nacht waren, die vom Sterben bedroht waren, sondern vielmehr das instinktbesessene Tier in ihm. Aber darüber dachte er nie weiter nach.

Jean-Paul verlangsamte seinen Schritt und fiel zurück, bis er neben Jonathan einherschritt, der ihm dieses Eindringen in sein geradezu sakramentales Verhältnis zu einfachen Empfindungen übelnahm.

»Das von gestern abend, Jonathan...«

»Vergessen Sie's.«

»Tun Sie's auch?«

»Aber gewiß.«
»Das bezweifle ich.«
Jonathan schritt weiter aus und ließ Jean-Paul hinter sich zurück.
Sie näherten sich den wie Glühwürmchen herumtanzenden Lichtpunkten, welche sie über die Matte geführt hatten, und stießen auf Ben und seine Freiwilligen, die im Licht von Taschenlampen die Ausrüstung in eine Reihe legten und einer letzten Inspektion unterzogen. Karl hielt es in seiner Stellung als Führer des Teams für angemessen, noch eine Reihe von höchst überflüssigen Instruktionen von sich zu geben, während die Bergsteiger sich rasch fertigmachten und ihre Ausrüstung aufnahmen. Ben murrte ständig über die Kälte und die frühe Morgenstunde, doch im Grunde wollte er mit seinem Gebrummel nur gegen die allgemeine Stille ankämpfen. Er kam sich leer und unnütz vor. Sein Beitrag zu diesem Unternehmen war geleistet; jetzt blieb ihm nichts anderes übrig, als ins Hotel auf der Kleinen Scheidegg zurückzukehren, sich um die Reporter zu kümmern und mit Hilfe des Fernrohrs, das er zu diesem Zweck mitgebracht hatte, den Aufstieg der Seilschaft zu verfolgen. Nur wenn etwas passierte und er etwa eine Rettungsmannschaft zusammenstellen mußte, würde er wieder ein aktives Mitglied werden.
Ben stand direkt neben Jonathan, blickte jedoch weg und zum Berg hinauf, der eine noch dunklere Masse innerhalb der allgemeinen Dunkelheit bildete, zupfte an seiner gewaltigen Nase und sagte: »Jetzt hör mir mal zu, altes Haus. Paß bloß auf, daß du mit heilen Knochen von diesem Berg wieder runterkommst, sonst kriegst du von mir einen Tritt in den Arsch.«
»Du bist ein sentimentaler Schleimscheißer, Ben.«
»Tja, mag sein.« Damit drehte Ben sich um, ging fort und bedeutete den jungen Freiwilligen bullerig, ihn ins Hotel zurückzubegleiten. Wären sie jünger gewesen und hätten sie mehr Sinn fürs Dramatische gehabt, hätte er Jonathan wahrscheinlich die Hand geschüttelt.
Die Bergsteiger zogen hinaus ins Dunkel, kletterten die Geröllhalde hinauf bis an das Felsgestein unmittelbar am Fuß des Berges. Als sie die eigentliche Wand erreichten, ließ das erste Licht des Tages Formen in der schwarzen Masse erkennbar werden. In dieser heraufkriechenden Helligkeit nahmen sich Felsen und Schneeflächen gleichermaßen einfach schmutziggrau aus. Doch der Fels des Eiger ist von einem kräftigen organischen Grau, das durch eine ausgewogene Mischung der unterschiedlichsten Farbelemente hervorgerufen wird und nicht durch ein einfaches Gemenge von Schwarz und Weiß. Auch war der Schnee in Wirklichkeit von einem strahlenden, völlig fleckenlosen und noch nicht angetauten Weiß. Es war das schmutzige Licht, das alles befleckte, was es erhellte.

Sie seilten sich an und folgten ihrem Plan, die untere Strecke der Felswand auf zwei unabhängigen, parallel zueinander verlaufenden Routen in Angriff zu nehmen. Das bedeutete, daß Freytag und Bidet eine Seilschaft bildeten und Karl die meisten der Ringe mit den Felshaken um die Hüfte baumeln hatte. Er beabsichtigte, die ganze Strecke über zu führen und es Bidet zu überlassen, die Felshaken wieder einzusammeln, die etwa eingeschlagen werden mußten. Jonathan und Anderl hatten ihre Haken gleichmäßig untereinander aufgeteilt, weil sie stillschweigend übereingekommen waren, im »Bocksprung« aufzusteigen, sich also im Aufspüren der Route und im Führen abzuwechseln. Selbstverständlich kamen sie auf diese Weise viel rascher voran als die beiden anderen.

Es war neun Uhr morgens, und die Sonne fiel – was nur zweimal täglich für kurze Zeit vorkam – auf die nach innen gewölbte Eigerwand. Das Hauptgesprächsthema der Eiger-Vögel im Speisesaal bildete ein Streich, den der griechische Industrielle seinen Gästen während der Party gestern abend gespielt hatte. Er hatte sämtliche Klopapierrollen in Wasser eingeweicht. Seine Frau, die Dame aus der amerikanischen High-Society, fand, dieser Streich verrate einen schlechten Geschmack, sei aber vor allem, was noch schlimmer war, die reinste Geldverschwendung.
Ben wurde jäh beim Frühstück gestört, als ein Ruf auf der Terrasse erscholl, auf den hin ein ganzer Schwarm von Eiger-Vögeln aufgeregt nach draußen flatterte und sich auf die Fernrohre stürzte. Die Bergsteiger waren ausgemacht worden. Jetzt setzte sich die wirtschaftliche Maschinerie des Hotels, durch sorgfältige Vorbereitungen gewissermaßen gut geschmiert, in Bewegung. Uniformierte Bedienstete nahmen neben jedem der Fernrohre Aufstellung (mit Ausnahme dessen, das der griechische Industrielle unter großen Kosten für sich hatte reservieren lassen). Diese Bediensteten waren mit Benutzungskarten versehen – jeweils in einer anderen Farbe für jedes Instrument –, auf denen genaue Zeitangaben für die jeweils drei Minuten währende Mietdauer des Fernrohres gedruckt waren. Diese Karten wurden den Eiger-Vögeln zum Zehnfachen des normalen Preises für die sonstige Benutzung der Münzfernrohre verkauft, und augenblicklich war jedes der Instrumente von Neugierigen umringt. Die Benutzungskarten wurden unter der Voraussetzung verkauft, daß die Hotelleitung nichts zurückerstatten würde, falls schlechtes Wetter oder Wolken die Bergsteiger den Blicken der Neugierigen entzogen.
Ben spürte, wie eine Welle von bitterem Abscheu in ihm hochstieg, als er diese durcheinanderschnatternden Aasgeier sah, aber gleichzeitig war ihm auch ein Stein von der Seele gefallen, daß man das Team endlich ausgemacht hatte. Jetzt konnte er sein eigenes Fernrohr ein wenig weiter weg

vom Hotel auf der offenen Matte aufstellen und ein wachsames Auge auf die Kletterer haben.

Er stand gerade im Begriff, sich von seinem Kaffee zu erheben, als ein halbes Dutzend Reporter gegen den Strom der nach draußen Eilenden in den Speisesaal hereingestürmt kam, ihn umringte und ihn mit Fragen über den Aufstieg im allgemeinen und die Bergsteiger im besonderen bombardierte. Wie geplant, verteilte Ben kurze, hektographierte biographische Abrisse über jeden der Beteiligten. Diese Abrisse hatte man vorbereitet, um die Zeitungsleute davon abzuhalten, zu ihrer eigenen blühenden Phantasie Zuflucht zu nehmen. Doch stellten diese persönlichen Berichte, die nichts weiter als Geburtsort und -datum, Berufsangaben und etwas über die alpinistische Laufbahn des Betreffenden enthielten, eine kärgliche Quelle für die Journalisten dar, die hinter Dingen von allgemein menschlichem Interesse und hinter Sensationen herjagten, und so war es kein Wunder, daß sie Ben mit einem Schwall von zudringlichen Fragen überschütteten. Sein Frühstücksbier mit sich nehmend, die Kinnlade schweigend zusammengepreßt, bahnte Ben sich den Weg durch sie hindurch, doch ein amerikanischer Reporter packte ihn am Jackenärmel und hielt ihn fest.

»Sind Sie sicher, daß Sie für diese Hand keine weitere Verwendung haben?« fragte Ben, woraufhin ihn die Hand unverzüglich freigab.

Zäh folgten sie ihm, als er die Hotelhalle mit seinen energischen, federnden Schritten durchmaß, doch ehe er die Tür des Aufzugs erreichte, stellte sich eine in Tweed gekleidete englische Journalistin – zäh, sehnig, geschlechtslos und mit höchst präziser und abgehackter Redeweise – zwischen ihn und den Aufzug.

»Sagen Sie, Mr. Bowman, klettern diese Männer Ihrer Meinung nach auf den Eiger, um ihre Männlichkeit zu beweisen, oder mehr, um ihre Minderwertigkeitsgefühle zu kompensieren?« Den Bleistift gezückt, wartete sie darauf, daß Ben antwortete.

»Warum geh'n Sie nicht hin und lassen sich mal gründlich vögeln? Das würde Ihnen verdammt gut tun!«

Sie hatte die ersten Wörter bereits hinstenographiert, als ihr aufging, was man ihr da eben gesagt hatte, und sie hielt im Schreiben inne. Ben flüchtete sich in den Aufzug.

Jonathan und Anderl hatten ein wenig westlich vom Eingang jener diagonalen Rinne, die für Karl den Schlüssel zur neuen Aufstiegsroute bildete, einen schmalen Sims gefunden. Sie hämmerten einen Felshaken ein und seilten sich fest, um auf diese Weise gesichert die Ankunft von Karl und Jean-Paul abzuwarten. Obwohl von der vorspringenden Klippe über ihnen ein ständiger Strom von eisigem Schmelzwasser herniederrieselte, schützte diese sie immerhin auch vor dem Steinschlag, der sie während der vergangenen halben Stunde des Aufstiegs belästigt hatte. Noch während sie Seilrollen unter sich zurechtlegten, um sich vor der Nässe zu schützen, sprangen Fels- und Eisbrocken über den Rand dieser Klippe, sausten mit Pfeiftönen unterschiedlicher Stärke nur einen halben Meter oder einen Meter von ihnen entfernt in die Tiefe und schlugen mit lautem Knall schrapnellgleich auf den Fels dort unten auf.

Dieser Sims war so schmal, daß sie Hüfte an Hüfte nebeneinander sitzen mußten. Ihre Beine baumelten im Leeren. Sie waren sehr rasch vorangekommen, und es war großartig gewesen. Der Ausblick, der sich ihnen jetzt bot, war atemberaubend schön, und als Anderl eine Tafel harter Schokolade aus der Tasche seiner Jacke hervorholte und sie sich mit Jonathan teilte, waren sie bester Stimmung und kauten schweigend vor sich hin.

Jonathan konnte das Geräusch, das sie genauso vollkommen einhüllte wie eine Totenstille, einfach nicht überhören. Während der letzten halben Stunde, als sie sich dem Eingang zur Rinne auf einer Linie näherten, die etwas rechts von ihr selbst gelegen war, hatte das Geräusch herniederrinnenden Wassers immer mehr an Stärke zugenommen. Obgleich er das von dieser Stelle aus selbstverständlich nicht feststellen konnte, nahm er an, daß der Kamin ein wahrer Katarakt von Schmelzwasser sein müsse. Er war auch früher schon durch Wasserfälle dieser Art emporgestiegen (der Eisschlauch drüben auf der normalen Route war kein schlechtes Beispiel dafür), doch seine Erfahrung hatte ihm höchstens noch größeren Respekt vor den Gefahren eines solchen Aufstiegs eingeflößt.

Er warf einen Blick auf Anderl, um zu sehen, ob dieser seine Sorge teilte, doch das selbstvergessene, fast leere Lächeln auf dem Gesicht des Österreichers bewies, daß dieser sich so richtig in seinem Element fühlte und restlos zufrieden war. Einige Menschen fühlen sich in den Bergen nun einmal wie zu Hause; während sie an einer Wand hängen, existiert das Tal unter ihnen für sie überhaupt nicht, es sei denn als Brennpunkt jener geduldigen und immer vorhandenen Schwerkraft, gegen die sie ständig anzukämpfen haben. Jonathan teilte Anderls Zufriedenheit und Unbekümmertheit nicht. Solange sie geklettert waren, hatte die Welt aus nichts weiter bestanden als aus Seil, Fels, Trittstufen und Körperrhythmus. Aber jetzt, wo sie in sicherem Halt saßen und Zeit hatten nachzudenken, stellten sich die Sorgen von drunten im Tal wieder ein.

Zum Beispiel konnte es selbstverständlich Anderl sein. Ja, Anderl konnte sein Opfer sein – und wäre dann selber ein Jäger aus eigenem Recht. Wenigstens ein halbes Dutzend Mal hätte Anderl in den vergangenen drei

Stunden nur das Seil durchzuschneiden oder leicht daran zu ziehen brauchen, und Jonathan hätte keine Bedrohung mehr für ihn dargestellt. Die Tatsache, daß er es nicht getan hatte, schloß ihn allerdings als potentielles Opfer nicht aus. Bis jetzt waren sie dem Ausgangspunkt ihres Aufstiegs immer noch viel zu nahe. Hier würde man noch Spuren sichern können, und ein durchschnittenes Seil sieht nun einmal ganz anders aus als ein durchgescheuertes. Außerdem verfolgte man sicher jede einzelne ihrer Bewegungen von der spielzeugkleinen Terrasse des Hotels aus, wo vermutlich ein Dutzend optisch verstärkter Augen sie beobachtete.

Jonathan kam zu dem Schluß, daß er völlig ruhig sein konnte. Falls es geschah, dann bestimmt weiter oben, in größerer Höhe, wo sie bei dieser Entfernung zu kleinen Punkten zusammenschnurren würden und wo selbst das stärkste Fernrohr sie kaum noch erkennen konnte. Vielleicht passierte es, wenn Wolken oder Nebel sich herniedersenkten und sie vollständig den Blicken der Zurückgebliebenen entzogen, oder hoch oben, in größter Höhe, wo es Monate, vielleicht sogar Jahre dauern würde, ehe man die Leiche und das durchschnittene Seil fand.

»Worüber runzeln Sie denn so die Stirn?« fragte Anderl.

Jonathan lachte. »Morbide Gedanken. Übers Abstürzen.«

»Ich denke nie ans Abstürzen. Wenn es zu einem Absturz kommen soll, dann wird es geschehen, ohne daß ich daran denke. Ich denke nur ans Klettern. Alles andere lenkt mich nur ab.« Er unterstrich seine einfache Philosophie, indem er den letzten Brocken Schokolade in den Mund schob.

Das war die längste Rede, die Jonathan jemals aus Anderls Mund vernommen hatte. Es lag auf der Hand, hier war ein Mann, der erst auf einem Berg richtig er selber wurde.

Zuerst kam Karls Hand über dem vorkragenden Fels unter ihnen zum Vorschein, dann sein Kopf, und sobald er auf dem unmittelbar unter ihrem Sims befindlichen Halt Fuß gefaßt hatte, holte er stetig das Seil ein, das hinunterführte zu Jean-Paul, bis auch der sich auf den Felsvorsprung hinaufgeschwungen hatte. Sein Gesicht war gerötet, aber er strahlte triumphierend. Die Neuangekommenen fanden gleichfalls einen Sims und ruhten sich aus.

»Wie finden Sie meine Route jetzt, Herr Doktor?« schrie Karl herauf.

»So weit, so gut.« Jonathan dachte an das rauschende Schmelzwasser über ihnen.

»Ich habe ja gewußt, daß es so sein würde.«

Jean-Paul trank einen kräftigen Schluck aus seiner Feldflasche, lehnte sich dann gegen das Seil, das mittels eines Sicherheitskarabiners mit dem Felshaken verbunden war, und ruhte sich aus. »Ich hatte ja keine Ahnung,

daß ihr vorhattet, den Berg hinaufzurennen! Bitte, habt Einsehen mit einem alten Mann!« Er beeilte sich, über seine eigenen Worte zu lachen, falls doch jemand auf die Idee kommen sollte, sie für bare Münze zu nehmen.
»Sie werden jetzt Zeit haben, sich auszuruhen«, sagte Karl. »Hier bleiben wir mindestens eine Stunde.«
»Eine ganze Stunde!« protestierte Jean-Paul. »So lange sollen wir hier rumsitzen?«
Jonathan stimmte völlig mit Karl überein. Wenn auch ein Bergsteiger an der Eigerwand stets gewärtig sein muß, in einen regelrechten Stein- und Eishagel hineinzugeraten, so hat es doch erst recht keinen Sinn, sich bewußt diesen wahren Salven auszusetzen, die der Berg um die Mitte des Vormittags herum auf seine Flanken abfeuert. Gestein und Geröll, das im Laufe der Nacht an das Massiv anfriert, gerät durch die auftauende Berührung der Morgensonne in Bewegung und kommt vom großen Sammeltrog der Spinne, die direkt, wenn auch in größerer Höhe über ihnen gelegen war, in hohem Bogen heruntergeflogen, -gesprungen und -gehüpft, um unten zu zerbersten. Normalerweise bewältigt man den Aufstieg wesentlich weiter westlich, wo man aus der Schußlinie dieses Steinschlags heraus ist.
»Wir werden erst einmal abwarten, bis der Berg seinen Morgenabfall abwirft, ehe wir uns an die Rinne heranmachen«, erklärte Karl. »Bis dahin laßt uns das Panorama genießen und etwas essen. Ja?«
Jonathan spürte hinter Karls aufgesetzter Fröhlichkeit, daß auch ihm nicht entgangen war, mit welcher Gewalt das Wasser diese Rinne herunterrutschte; genauso klar war es jedoch auch, daß er irgendwelcher Kritik oder Ratschlägen gegenüber sich unzugänglich zeigen würde.
Trotzdem: »Hört sich an, als ob wir uns auf was Nasses gefaßt machen müssen, Karl.«
»Sie haben doch gewiß nichts gegen eine Morgendusche, Herr Doktor?«
»Das wird uns ganz schön mitnehmen, selbst wenn wir es dann schaffen.«
»Ja, Bergsteigen ist eine anstrengende Sache.«
»Rotzjunge!«
»Was?«
»Nichts.«
Jean-Paul nahm noch einen Schluck Wasser und reichte dann die Plastikfeldlfasche weiter an Karl, der sie ihm jedoch sogleich wieder zurückgab – er wolle nicht trinken. Nachdem er unter Mühen die Flasche wieder in seinem Gepäck verstaut hatte, blickte Jean-Paul voller Ehrfurcht und anerkennend um sich. »Wunderschön, nicht wahr? Einfach wunderschön.

Anna beobachtet uns wahrscheinlich gerade in diesem Augenblick durchs Fernrohr.«
»Wahrscheinlich«, sagte Jonathan, obwohl er es stark bezweifelte.
»Den Durchgang durch die Rinne machen wir im Viererseil«, sagte Karl. »Ich übernehme die Führung, Anderl bildet die Nachhut.«
Jonathan lauschte wieder auf das Rauschen des Wassers.
»Im Winter, wenn es kein Schmelzwasser gibt, wäre diese Route leichter.«
Anderl lachte. »Meinen Sie, wir sollten solange warten?«

Ben vernahm aufgeregtes Durcheinandergerede draußen auf der Terrasse, unmittelbar unter seinem Fenster, und dann hörte er deutlich, wie eine texanische Stimme den allgemeinen Klageton von Beschwerden auf die kürzeste Formel brachte.
»Scheiße! Stell sich das einer vor! Da glotz ich meine drei Minuten durch das Ding, bloß um zu sehen, wie die da auf dem Felsen hocken, und kaum ist meine Zeit rum, brechen sie auf und tun was! Hej, Floyd! Wieviel gute Dollars haben wir dafür berappen müssen?«
Ben eilte aus seinem Zimmer hinunter zur Wiese, in einiger Entfernung vom Hotel und von den Eiger-Vögeln. Er brauchte zehn Minuten, um sein Fernrohr aufzubauen. Von Anfang an hatte Karls lange, schräg verlaufende Rinne ihn mehr beunruhigt als jede andere Teilstrecke des Aufstiegs. Jetzt rückte die ferne Wand deutlich im Fernrohr heran und wurde erkennbar, rutschte ihm dann wieder aus dem Visier, um endlich wieder klar vor Augen zu stehen. Er begann am unteren Ende der Rinne, ließ dann das Rohr nach rechts in die Höhe schwenken und folgte der schwarzen Narbe auf der Wand. Unten am Ausgang schäumte es weiß auf, was ihm verriet, daß drinnen ein regelrechtes Wildwasser aus geschmolzenem Eis und Schnee herniederrauschen mußte, und er wußte, daß die Bergsteiger sich gegen den Strom hinaufarbeiten mußten, wobei das heftig strömende Wasser ihnen die Hände von jedem Halt reißen würde, den sie gefunden hatten, und sie außerdem die ganze Zeit über auch noch dem völlig unberechenbaren Steinschlag ausgesetzt waren, der seinen Weg durch diesen natürlichen Kanal nahm. Seine Hände waren ihm feucht geworden, als er endlich den letzten der Bergsteiger ins Blickfeld bekam: gelbe Jacke – also Anderl. Weiter oben an dem spinnfadendünnen Seil eine weiße Jacke: Jean-Paul. Über ihm wiederum die hellblaue Windjacke von Jonathan. Karl war nicht zu sehen – offenbar steckte er hinter einem Felsvorsprung. Ruckweise und nur sehr langsam kamen sie voran. Dieses schäumende Wasser und die Eisteilchen darin mußten die Hölle sein, dachte Ben. Warum brechen sie das Ganze nicht ab? Dann wurde ihm

klar, daß sie ja gar nicht mehr zurückkonnten. Sobald sie sich einmal dazu entschlossen hatten, sich in einer Viererseilschaft gegen die Wucht des herunterrauschenden Wassers emporzuarbeiten, mußten sie einfach weitermachen. Das kleinste Nachgeben, die geringste Anpassung an das Abwärtsströmen, und sie liefen Gefahr, die Rinne hinunterzupurzeln und durch den schäumenden unteren Ausgang in hohem Bogen ins Nichts hinausgeschleudert zu werden.

Aber sie schoben sich hinauf, und das war immerhin schon etwas. Es kletterte immer nur einer, während die anderen so gut wie möglich Halt suchten, um dem im Augenblick am meisten gefährdeten Kameraden so gut wie möglich Seilsicherung zu geben. Vielleicht hatte Karl irgendwo außerhalb der Sicht irgendeinen besonders guten Standort gefunden, sagte Ben sich. Vielleicht waren sie doch sicherer, als es sich von hier aus ausnahm.

Plötzlich straffte sich das Seil mit den bunten Punkten daran.

Sie kamen nicht weiter. Die Erfahrung sagte Ben, daß irgend etwas geschehen sein müsse.

Er fluchte vor sich hin, daß er nicht besser sehen konnte. Eine leichte, unvorsichtige Bewegung mit dem Fernrohr, und er hatte sie aus den Augen verloren. Wüste Beschimpfungen über dieses Mißgeschick ausstoßend, hatte er sie dann endlich doch wieder im Visier. Der Faden über Anderl hing schlaff herab. Die weiße Jacke – Bidet – hing kopfunter am Seil. Er war abgestürzt. Das Seil über ihm war straff gespannt und führte zur blauen Windjacke – Jonathan, der sich mit weit ausgestreckten Armen und Beinen an den Felsen krallte. Das bedeutete, daß er durch die Wucht des Sturzes seines Kameraden von seiner Trittstufe heruntergerissen worden war und jetzt nicht nur sein eigenes Gewicht, sondern auch noch das von Bidet mit seinen Händen halten mußte.

»Wo zum Teufel steckt denn bloß dieser Karl!« schrie Ben. »Dieses gottverdammte Arschloch!«

Jonathan biß die Zähne zusammen und konzentrierte sich vollkommen darauf, die Finger um den Felsspalt über ihm herumgelegt zu halten. Er war allein in seiner übermenschlichen Anstrengung, vom Kontakt mit den anderen abgeschnitten durch das alles übertönende Rauschen des Wassers unmittelbar links neben ihm. Ununterbrochen rann ihm ein kleines Rinnsal, das ihm allmählich jedes Gefühl in den Händen raubte, in die Ärmel hinein und sammelte sich eiskalt auf der Brust und in den Achselhöhlen. Zu rufen wäre jetzt nur Atem- und Energieverschwendung gewesen. Er wußte, daß Anderl unter ihm tat, was er konnte, und er hoffte, daß Karl, der über ihm war und den er nicht sehen konnte, einen

Spalt im Fels fand und endlich einen Felshaken hineintrieb und sie dann alle an dem langen Seil sicher hielt. Das schwere Gewicht von Jean-Paul an dem Seil, das ihm um die Taille ging, preßte die Luft aus ihm heraus, und er wußte nicht, wie lange er es noch aushalten würde. ein rascher Blick über die Schulter zurück bewies ihm, daß Anderl sich bereits offen und ungeschützt den rauschenden Trog hinauf auf Jean-Paul zu arbeitete, der sich nicht mehr geregt hatte, seit der Felsbrocken, der sausend an Jonathans Ohr vorbeigerast war, ihn an der Schulter getroffen und von seinem Halt heruntergerissen hatte. Den Kopf nach unten, lag Jean-Paul mitten im brodelnden Wildwasser. Flüchtig mußte Jonathan daran denken, welche Laune des Schicksals es wäre, ausgerechnet auf einem Berg zu ertrinken.

Seine Hände schmerzten ihn nicht – er hatte überhaupt kein Gefühl mehr darin. Er vermochte nicht abzuschätzen, ob er überhaupt fest genug zupackte, um nicht abzurutschen, und so drückte er vorsichtshalber einfach noch fester zu, bis es in den Muskeln seines Unterarms klopfte. Wenn das Wasser oder der Steinschlag jetzt auch noch Anderl umriß – beide konnte er unmöglich halten. Was dieser Karl da oben nur vorhatte!

Dann ließ der Druck um seine Hüfte nach, und eine Welle von immer größer werdendem Schmerz stieg statt dessen in ihm hoch. Anderl hatte Jean-Paul erreicht und sich quer in der Rinne verspreizt, hielt ihn gewissermaßen auf dem Schoß und gab auf diese Weise Jonathan Leine, die er brauchte, um seine Trittstufe wiederzufinden.

Jonathan zog sich nach oben, bis seine Arme vor Anstrengung zitterten; nach nicht enden wollenden Sekunden fand er mit einem Schuh endlich einen kleinen Halt, und das Gewicht seines Körpers zerrte nicht mehr an seinen Händen. Sie waren zwar tief eingeschnitten, aber nicht allzu tief, und das stetig rinnende eiskalte Wasser verhinderte, daß es in ihnen klopfte. So schnell, wie er es eben wagen konnte, wickelte er so viel Seil ab, wie er brauchte, um weiter hinaufzuklettern, wobei er dem straff und bogenförmig hinaufführenden zweiten Seil des Doppelseils folgte, das über einen Felsvorsprung hinüberführte, auf dem er Karl fand.

»Helfen Sie mir!«

»Was ist denn los?«

Karl hatte eine Nische gefunden und sich fest darin verspreizt, um seinen Kameraden Seilsicherung zu geben. Er hatte keine Ahnung von dem, was sich unter ihm abgespielt hatte.

»Packen Sie an!« rief Jonathan, und dann hievten sie Jean-Paul mit reiner Muskelkraft von Anderls verkeiltem Körper frei. Es war keinen Augenblick zu früh. Dem kräftigen Österreicher hatten bereits die Beine zu zittern begonnen, so sehr strengte es ihn an, Bidet zu halten.

Anderl kletterte um Jean-Paul reglos dahängenden Körper herum und erreichte die Trittstufe, auf der vorher Jonathan gestanden hatte. Jetzt, da Bidet von zwei Seiten Seilsicherung hatte, konnte ihm nichts mehr passieren. Von ihrem Standort aus konnten weder Jonathan noch Karl sehen, was sich unter ihnen abspielte, doch erzählte Anderl später, Jean-Paul habe ein seltsam fassungsloses Gesicht gemacht, als dann endlich das Bewußtsein wieder in ihn zurückgekehrt war und er erkannte, daß er mitten in einem steil nach unten rauschenden Wildwasser baumelte. Der heruntersausende Felsbrocken hatte ihm keinen ernstlichen Schaden zugefügt, doch war er beim Fallen mit dem Kopf gegen das Gestein geprallt. Mit den automatischen Reaktionen des geübten Bergsteigers, der versucht, seine Benommenheit zu überwinden, begann er sich dann emporzuarbeiten. Dann dauerte es nicht mehr lange, und alle vier drängten sich in Karls kleiner, aber sicherer Nische.

Als die letzte bunte Jacke hinter der Felsfalte oben am Ausgang der Rinne verschwand, richtete sich Ben hinter seinem Fernrohr auf und holte zum erstenmal seit mindestens zehn Minuten tief Atem. Er sah sich nach tiefem Gras um, und dann erbrach er.
Zwei von den jungen Bergsteigern, die sich in seiner Nähe aufhielten, sich Sorgen machten und doch nicht wußten, was sie tun sollten, wandten sich ab, um Ben das peinliche Gefühl zu ersparen, beobachtet zu werden. Vor lauter Verlegenheit grinsten sie einander an.

»Naß und kalt, aber immerhin – hier kann man's aushalten«, lautete Karls Diagnose. »Das Schlimmste haben wir hinter uns.«
»Den Abstieg können wir durch diese Rinne nicht machen«, erklärte Jonathan mit einer Stimme, die keinen Widerspruch zuließ.
»Glücklicherweise haben wir das auch nicht nötig.«
»Und falls es zu einem Rückzug kommt...«
»Sie haben wirklich eine Maginot-Mentalität, Herr Doktor. Wir werden nicht umkehren. Wir werden ganz einfach aus dieser Wand herausklettern.«
Jonathan empfand heftigen Widerwillen gegen Karls Tollkühnheit, sagte jedoch kein Wort mehr. Statt dessen wandte er sich an Anderl, der bibbernd auf der vorspringenden Felsplatte neben ihm hockte. »Vielen Dank, Anderl. Sie waren großartig.«
Anderl nickte, nicht selbstgefällig, sondern weil er ehrlich fand, daß jeder seiner Schritte sicher und völlig richtig gewesen war. Er hörte nur das, was er sich selbst gegenüber empfand. Dann blickte er zu Karl hinauf. »Und du hast nicht gewußt, daß wir in Schwierigkeiten waren?«

»Nein.«
»Du hast es nicht am Seil gespürt?«
»Nein.«
»Das ist nicht gut.«
Anderls schlichtes Urteil wurmte Karl mehr, als alle Vorhaltungen es hätten tun können.
Jonathan beneidete Anderl um seine Gelassenheit, wie er da auf der schmalen Felsklippe saß, über den Abgrund hinwegblickte und sinnend in die Unendlichkeit des Raums hinausschaute. Jonathan war alles andere als gelassen. Er zitterte, war völlig durchnäßt, fror; außerdem machte ihm der plötzliche und ungewohnt mächtige Adrenalinstoß noch so zu schaffen, daß ihm fast übel wurde.
Bidet wiederum saß auf der anderen Seite neben Jonathan und betastete vorsichtig die dicke Beule an der Seite seines Schädels. Plötzlich lachte er laut auf. »Komisch, nicht wahr? Ich kann mich an nichts mehr erinnern, was passierte, nachdem der Felsbrocken mich runtergerissen hatte. Das muß eine ganz schöne Geschichte gewesen sein. Ein Jammer, daß ich's verschlafen habe.«
»Das ist die richtige Einstellung!« sagte Karl, wobei er das erste Wort ein wenig überbetonte, so, als wolle er den Unterschied zwischen Jean-Pauls und Jonathans Haltung deutlich machen. »Jetzt werden wir uns hier ein bißchen ausruhen, versuchen, unsere fünf Sinne wieder zusammenzukriegen, und dann geht's weiter! So, wie ich die Route einschätze, müßten die nächsten vierhundert Meter ein Kinderspiel sein.«

Jede Faser in Bens Körper war müde, ausgelaugt von den nach- und mitempfundenen Spannungen und Anstrengungen, mit denen er versucht hatte, den Bergsteigern zu helfen, indem er ihre Bewegungen gewissermaßen durch Telekinese zu lenken versuchte. Die Augen brannten ihm vor lauter Anstrengung, und seine Stirn hatte sich in Sorgenfalten gelegt. Widerwillig gestand er Karl zu, daß er das Team, nachdem das Wildwasser in der Rinne erst einmal überwunden war, in einem sauberen, zügigen Aufstieg in jungfräuliches Gestein hinaufgeführt hatte; vorbei an den Fenstern der Eigerwand-Station und durch eine lange Rinne, die voll Eis und Schnee lag, hinauf zu einem gut erkennbaren Pfeiler, der vor dem Wandstück aufragte, welcher das Erste vom Zweiten Eisfeld trennte. Diesen Pfeiler zu bezwingen hatte sie zwei Stunden Knochenarbeit gekostet. Nach zwei vergeblichen Versuchen hatte Karl schließlich sein Gepäck abgelegt und ihn mit solch akrobatischer Hingegebenheit in Angriff genommen, daß es ihm einen wenn auch für seine Ohren unhörbaren Applaus seitens der Hotelgäste auf der Terrasse eingetragen hatte, als er endlich oben war. Unter Seilsicherung von ihm hatten die anderen Bergsteiger den Pfeiler dann vergleichsweise spielend geschafft.

Wie jeden Tag hatte die Wolkenkappe des Eiger sich herabgesenkt und die Bergsteiger am Nachmittag für zwei Stunden den Blicken der Neugierigen entzogen. In dieser Zeit versuchte Ben, seinen verkrampften Rükken zu entspannen und hielt sich hartnäckige Reporter mit Grunzlauten und einsilbigen Flüchen vom Leib. Diejenigen unter den Eiger-Vögeln, die auf diese Weise um ihren Nervenkitzel beim Zuschauen gekommen waren, beklagten sich bitterlich, doch die Hotelleitung weigerte sich standhaft, den Betroffenen ihr »Schaugeld« zurückzuerstatten, und erklärte mit einer Demut, die sonst eigentlich gar nicht zu ihr paßte, sie könne schließlich Gottes Handlungen nicht beeinflussen.

Rasch sich emporarbeitend, um das Tageslicht, das ihnen noch blieb, auszunutzen, kletterte die Seilschaft durch den Nebel und stieg den Eiskorridor hinauf, der über das Zweite zum Dritten Eisfeld hinüberführte. Als die Wolken sich wieder hoben, konnte Ben sehen, daß die Bergsteiger sich ein wenig links vom Bügeleisen und unterhalb des Todesbiwaks zu einem zwar ungemütlichen, aber sicheren Biwak einrichteten. Überzeugt, daß die Kletterei für heute beendet war, gestattete sich Ben, den unsichtbaren Faden der Beobachtung, der ihn mit dem Team verbunden hatte, abreißen zu lassen. Er war mit der Leistung dieses Tages zufrieden. Mehr als die Hälfte der Wand lag unter ihnen. Andere hatten zwar am ersten Tag schon mehr geschafft (ja, Waschak und Forstenlachner hatten die Nordwand unter geradezu idealen Witterungsverhältnissen auf einen Schlag, das heißt in achtzehn Stunden, bezwungen), aber auf einer bisher noch nicht begangenen Route hatte noch niemand es besser gemacht als sie. Von diesem Punkt an würden sie der klassischen Aufstiegsroute folgen, und Ben schätzte ihre Chancen, es zu schaffen, jetzt größer ein – vorausgesetzt allerdings, das Wetter hielt sich.
Ausgelaugt und ein wenig übel von dem sauren Klumpen in seinem Magen, schob Ben die Beine seines Stativs zusammen und überquerte mit müden Schritten die Terrasse. Seit dem Frühstück hatte er noch keinen Bissen gegessen, sich allerdings sechs Flaschen deutsches Bier zu Gemüte geführt. Er hatte kein Auge für die Eiger-Vögel, die immer noch in Trauben um die Fernrohre herumhingen. Doch auch sie ließen jetzt von den Bergsteigern ab, die, wie es schien, an diesem Tag nichts mehr riskierten und folglich auch nichts Aufregendes mehr hergaben.
»Ist das nicht köstlich?« rief eine der entschlossen Jugendlichkeit vortäuschenden älteren Frauen und stürzte auf ihren bezahlten Begleiter zu, der

ihr pflichtschuldigst die Hand drückte und sein italienisches Profil in die gewünschte Richtung drehte. »Diese bezaubernden Wolkentupfer!« schwärmte die Frau. »Alle golden und rosig vom letzten Tageslicht überhaucht! Das sieht wirklich wunder-, wunderschön aus!«
Ben hob den Blick und erstarrte. Eine ganze Herde von Schäfchenwolken schob sich rasch aus südöstlicher Richtung heran. *Föhn!*
Mit verzweifelter Zähigkeit attackierte Ben das Schweizer Telefonsystem, und obgleich schwer behindert dadurch, daß er kein Deutsch konnte, gelang es ihm schließlich trotzdem, mit der Wetterstation Verbindung aufzunehmen. Er erfuhr, daß ohne jede Vorwarnung Föhn ins Berner Oberland eingefallen war. Die Nacht über würde der Föhn noch anhalten, wütende Stürme würden die Eigerwände umtoben und durch die Wärme der mitgebrachten Luft viel Eis und Schnee wegtauen. Allerdings, so versicherte man ihm, nähere sich von Norden her ein starker Hochdruckkeil, der den Föhn bis zum Mittag vertrieben haben würde. Zusammen mit diesem Hoch erwarte man allerdings Rekordkälte.
Ben legte den Hörer auf die Gabel und starrte, ohne etwas wahrzunehmen, auf die zur Gedächtnisstütze hingekritzelten Zahlen in der Telefonzelle. Sturm und Schneeschmelze, und hinterher Rekordkälte! Die gesamte Wand würde mit einer Eisschicht überzogen sein. Ein Abstieg unter solchen Bedingungen würde sich als außerordentlich schwierig erweisen, der Hinterstoisser-Quergang, falls vereist, wäre praktisch wohl unbegehbar. Ben legte den Hörer auf die Gabel und starrte, ohne etwas wahrzunehmen, wußten, was das Eigerwetter für sie bereithielt.

Die beiden Felslippen, die sie gefunden hatten, waren im Grunde kaum für ein Biwak geeignet, doch hatten sie beschlossen, die letzte halbe Stunde bei Tageslicht nicht weiterzuklettern, weil sie unter Umständen Gefahr liefen, überhaupt keinen Schutz zu finden. In der Reihenfolge, wie sie am Seil gehangen hatten, hockten sie jetzt da: Karl und Jonathan auf der oberen Lippe, Anderl und Jean-Paul auf der darunter, die breiter war und etwas mehr Raum bot. Mit ihren Eispickeln kratzten sie den Schnee heraus und trieben dann ein ganzes System von Felshaken in das Gestein, um sich und ihre Ausrüstung abzusichern. So hatten sie sich, so gut es an der kargen Wand eben ging, eingenistet. Als sie mit dem Biwak endlich fertig waren, kamen am immer dunkler werdenden Himmel die ersten mutigen Sterne zum Vorschein. Die Nacht senkte sich rasch hernieder, und der Himmel war übersät mit einer Unzahl von leuchtenden, kalten, gleichgültigen Sternen. Hier, an der Nordwand, hatten sie keine Ahnung, daß sich von Südosten ein Föhnsturm heranschob.
Einen zusammenklappbaren Spiritusbrenner zwischen sich und Jean-Paul

auf dem Rand des Felsvorsprungs wacklig plaziert, braute Anderl einen Becher lauen Tee nach dem anderen, und zwar aus Wasser, das kochte, ehe es wirklich heiß war. Sie saßen nahe genug beieinander, um den Becher herumgehen zu lassen, und schweigend und mit Genuß tranken sie. Zwar zwang sich jeder von den vieren dazu, zumindest ein paar Bissen handfestes Essen hinunterzuwürgen, das klebrig und fade in ihren ausgetrockneten Mündern lag, doch war es der Tee, der gegen Kälte und Durst half. Das Teekochen dauerte über eine Stunde, wobei sie den Tee gelegentlich durch einen Becher Bouillon ersetzten.
Jonathan strampelte sich ab, um endlich in seinen mit Eiderdaunen gefüllten Schlafsack hineinzukommen, und stellte fest, daß er, wenn er sich zwang, sich zu entspannen, sein Zähneklappern unter Kontrolle bekam. Außer beim direkten Klettern hatte nach dem Durchnäßtwerden in der Rinne die Kälte ihn konvulsiv geschüttelt, ihn sehr viel Energie gekostet und an seinen Nerven gezerrt. Der Felsvorsprung war so schmal, daß er rittlings auf seinem Rucksack sitzen mußte, um nicht dauernd auf der Hut sein zu müssen, und selbst dann hing er fast immer noch senkrecht im Seil. Sein Seilgeschirr war hinter ihm zur Vorsicht an zwei verschiedenen Seilen festgemacht – falls Karl versuchen sollte, eins durchzuschneiden, während er döste. Zwar glaubte Jonathan, diese vernünftige Vorsichtsmaßnahme treffen zu müssen, doch hielt er sich für ziemlich sicher. Die Männer unter ihm konnten ihn nicht ohne Schwierigkeit erreichen, und da er direkt über ihnen hing, bedeutete das, daß er, falls Karl ihn hinunterstieß oder die Seile durchschnitt, die beiden Männer mit in die Tiefe reißen würde, und er bezweifelte, daß Karl gern allein hier auf dem Berg war.
Nächst seiner eigenen Sicherheit war Jonathan vor allem um Jean-Paul besorgt, der nur die allernotwendigsten Vorkehrungen getroffen hatte, um sich für die Nacht einzurichten. Jetzt hing er mit seinem ganzen Gewicht in den Sicherungsseilen, starrte in die schwarze Tiefe hinunter und nahm mechanisch den Tee, den man ihm anbot, entgegen. Jonathan spürte, daß hier etwas nicht stimmte.
Das Seil, das zwei Männer auf einem Berg miteinander verbindet, ist mehr als nur ein Sicherheit gewährleistendes Gebilde; es muß etwas Organisches in ihm sein, das kaum erkennbare Botschaften über Absichten und Gemütsverfassung von einem Menschen zum anderen übermittelt; eine Verlängerung des Tastsinns, ein psychisches Band, eine Leitung, in dem Kommunikationsströme hin- und hergehen. Jonathan hatte etwas von der Energie und der verzweifelten Entschlossenheit Karls über ihm gespürt, genauso aber auch die unbestimmten und zufälligen Bewegungen Jean-Pauls unter ihm – sonderbar manische Stromstöße von Kraft,

die wieder abwechselten mit fast unterschwelligen Hemmungen und Verunsicherungen.
Als bei hereinbrechender Nacht mit ihrer physischen Untätigkeit die Kälte noch spürbarer wurde, schüttelte Anderl Jean-Paul aus seinem Dahindämmern auf und half ihm, in seinen Schlafsack hineinzuklettern. Jonathan erkannte an der Beflissenheit, mit der Anderl seinem Kameraden half, daß auch dieser über das Seil, das sein Nervensystem mit dem Jean-Pauls verband, gespürt haben mußte, daß etwas nicht stimmte.
Jonathan unterbrach die Stille, indem er hinunterrief: »Wie geht's denn, Jean-Paul?«
Jean-Paul wand sich in seinem Geschirr und zeigte, als er den Kopf hob, ein optimistisches Grinsen. Blut tröpfelte ihm aus Nase und Ohren, und die Pupillen seiner Augen hatten sich zusammengezogen. Also eine schwere Gehirnerschütterung.
»Mir geht's großartig, Jonathan. Aber es ist komisch, nicht wahr? Ich kann mich an nichts mehr erinnern, was geschehen ist, nachdem dieser Brocken mich runtergerissen hat. Das muß eine ganz schöne Geschichte gewesen sein. Schade, daß ich's verschlafen hab.«
Karl und Jonathan tauschten einen Blick. Karl war schon im Begriff, etwas zu sagen, doch da wurde er von Anderl unterbrochen.
»Seht nur! Die Sterne!«
Feine Wolkenfetzen rasten zwischen ihnen und den Sternen dahin und enthüllten und verbargen abwechselnd ihr Gefunkel in einem eigentümlich wogenden Muster. Dann waren die Sterne plötzlich wie ausgelöscht.
Das Unheimliche dieses Vorgangs wurde noch vestärkt durch die Tatsache, daß hier an der Wand völlige Windstille herrschte. Zum erstenmal, solange Jonathan sich erinnern konnte, stand die Luft an der Eigerwand. Und, was noch Schlimmeres verhieß: Diese Luft war auch noch warm. Niemand sprach und brach das allgemeine Schweigen. Das Ölige der Luft erinnerte Jonathan an Taifune im Südchinesischen Meer.
Dann, leise erst, doch allmählich immer lauter werdend, erhob sich ein Gesumm wie von einem riesigen Dynamo. Dieses Dröhnen schien aus der Tiefe des Gesteins selbst hervorzudringen. Die Luft hatte etwas Prickelndes. Und Jonathan ertappte sich dabei, wie er plötzlich auf die Spitze seines Eispickels starrte, der kaum einen halben Meter von ihm entfernt war. Sie war von der grünlichen Aureole eines Elmsfeuers umgeben, das flakkerte und bebte, ehe es knisternd aufleuchtete und ins Gestein sprang.
Bis zum letzten seiner teutonischen Neigung getreu, zu betonen, was doch so klar auf der Hand lag, formten Karls Lippen nur das eine Wort: *Föhn.* Genau in diesem Augenblick grollte der erste felserschütternde Donner, und in seinem Grollen erstarb jeder andere Laut.

Ben fuhr aus seinem leichten Schlummer auf und schnappte nach Luft – wie jemand, der in seinem eigenen Unbewußten ertrinkt. Das ferne Getöse einer Lawine bildete eine sinnliche Brücke zwischen seinem unruhigen Schlaf und der hell erleuchteten, unwirklichen Hotelhalle. Er zwinkerte, blickte sich um und versuchte, seinen Platz in Zeit und Raum wiederzufinden. Es war drei Uhr morgens. Zwei Reporter in zerknitterten Anzügen schliefen in den Sesseln, die Glieder weit von sich gestreckt und irgendwie locker in den Gelenken, als wären sie ausrangierte Schaufensterpuppen. Der Nachtportier übertrug irgendwelche Daten auf Karteikarten, seine Bewegungen waren schläfrig und hatten etwas Automatisches. Das Kratzen seiner Feder drang durch den ganzen Raum. Ben erhob sich. Hinterbacken und Rücken waren verschwitzt und klebten am Plastikbezug des Sessels. In der Halle war es durchaus angenehm kühl; seine Träume waren es, die ihn so ins Schwitzen gebracht hatten.

Er streckte sich, um die Steifheit und die Verkrampfungen aus seinem Rücken zu vertreiben. In der Ferne grollte Donner, ein Laut, über den sich greller das unheimlichere Rauschen herunterrutschender Schneemassen lagerte. Er durchquerte die Halle und warf einen Blick auf die verlassene Terrasse, die im schräg einfallenden Licht leblos dalag wie eine Theaterkulisse, die man beiseite geschoben hatte. Im Tal hatte es aufgehört zu regnen. Der ganze Sturm hatte sich in dem konkaven Amphitheater der Eigerwand gefangen. Und selbst dort toste er längst nicht mehr so laut wie zuvor, da ein eiskaltes Hoch aus dem Norden ihn hinausdrängte. Sobald es tagte, würde es aufgeklart haben und die Wand sichtbar sein – falls es dort überhaupt noch etwas zu sehen gab.

Ratternd ging die Tür des Aufzugs auf, und das klang ungewohnt laut, da das Geräusch nicht im üblichen Gesumm des Tages unterging. Ben drehte sich um und sah Anna auf sich zukommen. Ihre Haltung und ihre Entschlossenheit strafte ein Make-up Lügen, das schon dreißig Stunden alt war.

Sie stand nahe bei ihm und blickte aus dem Fenster. Sie hatten keine Begrüßungsworte getauscht. »Das Wetter klart ein wenig auf, wie es scheint«, sagte sie.

»Ja«, brummte Ben. Ihm war nicht nach Reden zumute.

»Ich hörte gerade, daß Jean-Paul einen Unfall hatte.«

»Sie haben es *gerade* gehört?«

Sie wandte sich ihm zu und sprach mit zornigem Nachdruck. »Jawohl, ich habe es gerade eben gehört. Von einem jungen Mann, mit dem ich zu-

sammen war. Schockiert Sie das?« Das klang bitter; offenbar wollte sie sich selbst bestrafen.
Ben fuhr fort, wie benommen in die Nacht hinauszustarren. »Es ist mir völlig schnuppe, mit wem Sie schlafen, Lady.«
Sie schlug die Lider nieder und holte tief Atem. »Ist Jean-Paul schwer verletzt?«
Ben hielt unwillkürlich die Luft an, ehe er antwortete: »Nein.«
Anna musterte sein breites, zerfurchtes Gesicht. »Sie lügen natürlich.«
Wieder wurde ein jetzt entfernteres Donnergrollen als Echo vom Berg zurückgeworfen. Ben schlug sich auf den Nacken, wandte sich vom Fenster ab und ging quer durch die Halle. Anna folgte ihm.
Ben fragte den Nachtportier, ob der ihm ein paar Flaschen Bier besorgen könne, was dieser umständlich bedauerte; nein, um diese Nachtzeit sähe er im Rahmen der strengen, schriftlich niedergelegten Dienstvorschrift keine Möglichkeit, ihm zu Diensten zu sein.
»Ich habe Cognac in meinem Zimmer«, bot Anna an.
»Nein, vielen Dank.« Ben warf den Kopf in die Höhe und blickte sie an. »Na schön. In Ordnung.«
Als sie im Aufzug waren, sagte Anna: »Sie haben mir keine Antwort gegeben, als ich sagte, Sie lügen. Bedeutet das, daß Jean-Pauls Absturz ernsthaft war?«
Die Müdigkeit nach der langen Wache strömte in seine Glieder ein und erfüllte seinen ganzen Körper. »Ich weiß es nicht«, gestand er.
»Seine Bewegungen sahen nach dem Absturz komisch aus, anders als sonst. Nicht, als ob er sich irgendwas gebrochen hätte, nur – komisch. Ich hatte das Gefühl, daß er verletzt sein müsse.«
Anna schloß die Tür zu ihrem Zimmer auf, ging vor Ben hinein und knipste, während sie hindurchging, die Lichter an. Ben zögerte ein wenig, ehe er dann eintrat.
»Kommen Sie herein, Mr. Bowman. Was ist los?« Sie lachte trocken auf. »Ach so, ich verstehe. Sie haben wohl mehr oder weniger erwartet, den jungen Mann hier vorzufinden, den ich erwähnte.« Sie schenkte ihm ein großes Glas Cognac ein und kehrte damit zu ihm zurück. »Nein, Mr. Bowman. Niemals in dem Bett, das ich mit meinem Mann teile.«
»Sie belieben, Ihre Grenzen an absonderlichen Orten zu ziehen. Vielen Dank!« Er trank das Glas auf einen Zug aus.
»Ich liebe Jean-Paul.«
»Hm.«
»Ich habe nicht gesagt, daß ich ihm körperlich treu wäre, sondern daß ich ihn liebe. Manche Frauen haben Bedürfnisse, die über die Möglichkeiten ihrer Männer hinausgehen. Gleich Alkoholikern sind sie zu bedauern.«

»Ich bin müde, Lady.«
»Glauben Sie etwa, ich wollte Sie verführen?«
»Ich habe Hoden. Und andere Voraussetzungen braucht es da anscheinend nicht.«
Anna flüchtete sich ins Lachen. Unmittelbar darauf war sie wieder ernst.
»Sie werden doch lebend wieder runterkommen, oder?«
Der Alkohol entfaltete in Bens übermüdetem Körper rasch seine Wirkung. Er mußte dagegen ankämpfen, daß er sich entspannte.
»Ich weiß es nicht. Vielleicht sind sie...« Er stellte das Glas hin.
»Danke. Wir sehen uns später.« Er ging auf die Tür zu.
Sie beendete seinen Gedanken ruhig und ohne die Stimme zu heben.
»Vielleicht sind sie jetzt schon tot.«
»Das ist möglich.«
Nachdem Ben gegangen war, setzte Anna sich an ihren Frisiertisch, nahm absichtlos den Kristallglasstöpsel eines Parfümfläschchens auf und ließ ihn fallen. Sie war mindestens vierzig.

Die vier Gestalten waren genauso reglos wie der Berg, an den sie sich drückten. Ihre Kleidung war steif und mit einer spröden Eisschicht überzogen – ebenso wie der Berg mit einer Hülle aus gefrorenem Regen und Schmelzwasser überzogen war. Es tagte noch nicht, doch im Osten begann die tiefste Schwärze der Nacht sich aufzulösen. Jonathan konnte undeutlich seine eisüberkrusteten wasserdichten Hosen erkennen. Über vier Stunden hatte er zusammengekauert dagehockt und in seinen Schoß gestarrt, ohne allerdings irgend etwas wahrzunehmen; seither war der Sturm immerhin so weit abgeflaut, daß er die Augen hatte aufmachen können. Trotz der schneidenden Kälte, die nach dem Sturm über sie hereingebrochen war, hatte er keinen Muskel bewegt. Genau diese zusammengekauerte Haltung hatte er eingenommen, als der Föhn aufgekommen war – er hatte sich zu einer Kugel zusammengerollt und sich so klein gemacht, wie das auf dem beschränkten Raum überhaupt möglich war, um dem Sturm das kleinstmögliche Ziel zu bieten.
Der war ohne jede Warnung über sie hergefallen, und es war unmöglich abzuschätzen, wie lange er gedauert hatte, eine Ewigkeit von Schrecken und Chaos, das sich zusammensetzte aus peitschendem Regen, stechendem Hagel und zerrendem Wind, der um sie herumfuhr und sich zwischen Mensch und Gestein zu zwängen versuchte, um sie auseinanderzureißen. Blendende Blitze und blinde Dunkelheit, Schmerzen von der Anstrengung, sich festzuhalten, und Gefühllosigkeit vor Kälte. Vor allem aber Getöse: ohrenbetäubende Donnerschläge nach Blitzen, die ganz in ihrer Nähe einschlugen, das ununterbrochene Heulen des Windes, das

Rauschen und Getöse der Lawine, die links und rechts von ihnen herunterraste und in exzentrischem Muster über die Felsbuckel hinwegbrauste, die sie beschützten.

Jetzt herrschte Stille. Der Sturm war vorüber.

Der Sturzbach der Aufregungen, die über sie herniedergegangen waren, hatte Jonathans Geist saubergewaschen, und langsam und bruchstückweise kehrte das Denken zurück. Mit einfachen Worten sagte er sich, daß das, was er da vor Augen hatte, seine Hose sei. Dann machte er sich klar, daß sie mit einer Eiskruste überzogen war. Schließlich kam er zu dem Schluß, daß der Schmerz eine Folge der Kälte sei. Und erst da, unter Zweifeln und mit Verwunderung, jedoch ohne die geringste Erregung, wußte er, daß er lebte. Es konnte nicht anders sein.

Der Sturm war zwar vorbei, aber das Dunkel und die Kälte zogen sich nur langsam aus seinem Bewußtsein zurück, und der Übergang von Schmerz und Sturm zu Ruhe und Kälte vollzog sich fast unmerklich. Sein Körper und seine Nerven konnten den Aufruhr der Elemente nicht so leicht vergessen, und wenn seine Sinne ihm auch sagten, daß es jetzt vorüber sei, vermochte er doch nicht genau zu sagen, wann der Sturm aufgehört und die Stille eingesetzt hatte.

Er bewegte einen Arm und vernahm ein Geräusch, ein leises knirschendes Klirren, als durch die Bewegung das Eis auf seinem Ärmel zersprang. Er ballte die Hand zur Faust und streckte sie wieder, drückte mit den Zehen gegen die Schuhsohlen und zwang auf diese Weise sein Blut, rascher zu zirkulieren und wieder in seine Extremitäten einzufließen. Aus der Gefühllosigkeit wurde zuerst ein stechendes Kribbeln, dann ein klopfender Schmerz, doch waren das keine unangenehmen Empfindungen, denn sie bewiesen, daß er lebte. Die Dunkelheit hatte sich so weit gelichtet, daß er den gebeugten und reglosen Rücken von Karl erkennen konnte, doch verschwendete er keinen Gedanken daran, wie es Karl wohl gehen mochte; all seine Aufmerksamkeit war auf das zurückkehrende Gefühl zu leben gerichtet.

Unmittelbar unter ihm vernahm er einen Laut.

»Anderl?« Jonathans Stimme klang erstickt und trocken.

Vorsichtig bewegte Anderl sich, wie jemand, der prüft, ob alles noch funktioniert. Die Eisschicht auf ihm zersprang dabei, die Splitter rieselten mit hellem Klang über sein Gesicht und sprangen in die Tiefe. »Heut nacht war ein Sturm.« Seine Stimme klang rauh, aber fröhlich. »Ich nehme an, Sie haben's bemerkt.«

Zugleich mit der Dämmerung kam ein Wind auf, hartnäckig, trocken und sehr kalt. Anderl warf einen Blick auf den Höhenmesser, den er wie eine Uhr am Handgelenk trug. »Vierzig Meter tief«, verkündete er sachlich.

Vierzig Meter tief! Das bedeutete, daß der Barometerdruck zwei Strich höher lag als normal. Und das wiederum hieß, daß sie sich in einer starken Hochdruckzone befanden, die große Kälte brachte und ziemlich lange andauernd konnte.
Er sah, wie Anderl sich vorsichtig am Felsrand vorschob, um nach Jean-Paul zu schauen, der sich bis jetzt noch nicht gerührt hatte. Kurz darauf machte Anderl sich daran, Tee zu kochen, wobei er den Spirituskocher gegen Jean-Pauls Bein lehnte, um ihm Halt zu geben.
Jonathan blickte sich um. Durch die Wärme, die der Föhn mitgebracht hatte, war die oberste Schneeschicht aufgetaut, doch unter dem Einfluß der Kaltfront war sie wieder gefroren. Ein paar Zentimeter war der Schnee jetzt mit einer Eisschicht bedeckt, spiegelglatt und scharf, jedoch nicht so dick, daß sie das Gewicht eines Menschen tragen könnte. Das Gestein war mit einer Eishülle aus gefrorenem Schmelzwasser überzogen, an der man keinerlei Halt finden konnte. Dennoch war auch diese Schicht nicht so dick, daß Eisnägel darin halten würden. In der zunehmenden Helligkeit versuchte er, sich über die Oberflächenbedingungen klar zu werden. Es waren die tückischsten, die man sich vorstellen konnte.
Karl bewegte sich. Er hatte nicht geschlafen, sondern sich genauso wie Anderl und Jonathan in einen schützenden Kokon von halber Bewußtlosigkeit eingesponnen. Nachdem er sich aus diesem Zustand herausgearbeitet hatte, machte er sich unverzüglich und methodisch daran zu prüfen, ob die Felshaken, an denen er und Jonathan hingen, sich auch nicht gelockert hätten, dann vollführte er mit Händen und Füßen kleine gymnastische Übungen, um die Blutzirkulation wieder in Gang zu bekommen, und schließlich machte er sich an die an sich einfache, doch hier oben höchst mühselige Arbeit, etwas zu essen aus seinem Rucksack zu holen – gefrorene Schokolade und Trockenfleisch. Er war niedergeschlagen und von den Ereignissen der Nacht sichtlich mitgenommen. Er war kein Führer mehr.
Anderl zog sich, gegen das Seil gelehnt, das ihn hielt, in die Höhe und reichte Jonathan einen Becher lauwarmen Tee. »Jean-Paul...«
Gierig trank Jonathan den Becher auf einen Zug aus. »Was ist mit ihm?« Er reichte den Blechbecher hinunter und fuhr sich mit der Zunge über die Stelle, wo seine Lippe am Metall geklebt hatte und aufgerissen war.
»Er ist tot.« Anderl goß den Becher wieder voll und reichte ihn Karl. »Muß während des Sturms hinübergegangen sein«, fügte er dann still hinzu.
Karl nahm den Becher entgegen und hielt ihn dann zwischen den Handflächen, während er hinabstarrte auf die verknitterte Gestalt in dem eisüberzogenen Paket, das Jean-Paul gewesen war.

»Trinken Sie«, befahl Jonathan, doch Karl rührte sich nicht. Er atmete durch den Mund – kurze, flache Atemstöße über dem Becher, aus dem mit dem kondensierten Atem der Dampf des Tees aufstieg.
»Woher weißt du, daß er tot ist?« fragte Karl mit unnatürlich lauter, monotoner Stimme.
»Ich habe ihn mir angesehen«, sagte Anderl, als er den kleinen Topf mit Eisbröckchen füllte.
»Du hast gesehen, daß er tot ist! Und dann stellst du dich einfach hin und machst Tee?«
Anderl zuckte mit den Achseln. Er machte sich nicht einmal die Mühe, von seiner Arbeit aufzuschauen.
»Trinken Sie den Tee«, wiederholte Jonathan. »Oder geben Sie her und lassen Sie mich ihn trinken, sonst wird er kalt.«
Karl bedachte ihn mit einem Blick, der tiefsten Abscheu verriet, doch er trank den Tee.
»Er hatte eine Gehirnerschütterung«, sagte Anderl. »Der Sturm war zuviel für ihn. Der Mann drinnen konnte den Mann draußen nicht vom Sterben zurückhalten.«
Während der nächsten halben Stunde aßen sie, soviel sie konnten, machten immer wieder kleine gymnastische Übungen, um gegen die Kälte anzukämpfen, und besänftigten ihren unendlichen Durst mit einer Tasse Tee oder Bouillon nach der anderen. Sie konnten einfach nicht genug trinken, um endlich keinen Durst mehr zu verspüren, doch dann kam die Zeit, da sie weiter mußten, und so trank Anderl den letzten Tropfen des geschmolzenen Eises und verstaute die Kanne und den zusammenklappbaren Spirituskocher in seinem Rucksack.
Als Jonathan in groben Zügen darlegte, wie er sich das weitere Vorgehen vorstellte, widersetzte Karl sich dem Führerwechsel nicht. Ihm war die Lust vergangen, irgendwelche Entscheidungen zu treffen. Immer und immer wieder schweiften seine Gedanken ab und richtete sich seine Aufmerksamkeit auf den Toten unter ihm. Tod – das war etwas, was in seinen Bergerfahrungen bisher gefehlt hatte.
Jonathan faßte die Situation in wenigen Worten zusammen. Der Fels war vereist und der Schnee zu Bruchharsch geworden, beide trugen also eine dünne Eisschicht; weiter hinaufzuklettern kam nicht in Frage. Ein solches, Kaltluft heranbringendes Hoch, wie es sie jetzt mit seiner Kälte quälte, konnte sich Tage, ja Wochen halten. Eingraben konnten sie sich hier, wo sie waren, auch nicht. Sie mußten einfach den Rückzug antreten.
Den Rückzug durch Karls Rinne anzutreten kam nicht in Frage. Die war zweifellos völlig vereist. Jonathan machte daher den Vorschlag, daß sie

versuchen sollten, bis zu einer Stelle unmittelbar über dem Fenster der Eigerwand-Station zu gelangen. Vielleicht konnten sie sich von dort trotz des weit vorspringenden Überhangs abseilen. Ben wartete auf sie und verfolgte zweifellos von unten jede ihrer Bewegungen – also würde er ihre Absicht erraten und mit Helfern am Fenster auf sie warten. Als er sprach, las Jonathan in Anderls Gesicht, daß dieser wenig Zutrauen zu ihren Chancen hatte, sich von oberhalb des Fensters der Eigerwand-Station abzuseilen; er erhob jedoch keine Einwände – wahrscheinlich erkannte er, daß sie schon aus Gründen der Moral gar nicht anders konnten, als zu versuchen, von hier wegzukommen. Sie durften unmöglich hierbleiben und sich der Gefahr aussetzen, in diesem Biwak zu Tode zu frieren wie vor vielen Jahren Sedlmayer und Mehringer kaum hundert Meter über ihnen.

Jonathan bestimmte, wie die Seilschaft gehen sollte. Er wollte führen und langsam große, muldenförmige Trittstufen in den verharschten Schnee hineinschlagen. Als nächster würde dann Karl am Seil folgen. An einem zweiten, mit dem anderen nicht verbundenen Seil wollten sie Jean-Pauls Leiche zwischen sich schweben lassen. Auf diese Weise konnte Karl Jonathan halten und sichern, ohne dabei von Jean-Pauls Gewicht belastet zu werden. Hatten sie beide sicheren Halt gefunden, konnten sie ihre Ladung hinunterlassen, wobei es Jonathans Aufgabe war, sie um Hindernisse herumzubugsieren, während Karl gegen die Schwerkraft ankämpfte, sie aber andererseits auch ausnutzte. Als Kräftigster sollte Anderl der letzte am Seil sein, immer bemüht, eine wirklich sichere Trittstufe zu finden, falls die anderen abrutschten und er plötzlich das Gewicht von allen dreien halten mußte.

Obgleich die Gefahren des Abstiegs dadurch, daß sie Jean-Pauls Leichnam mitnahmen, vervielfältigt wurden, kam keiner von ihnen auf den Gedanken, ihn etwa zurückzulassen. Es entsprach der Bergtradition, daß man seine Toten mit zurückbrachte ins Tal. Außerdem wollte keiner den Eiger-Vögeln den Gefallen tun und ein schauriges Zeichen zurücklassen, das ihnen hinter ihren Fernrohren noch wochen-, unter Umständen sogar monatelang wollüstige Schauer über den Rücken jagte, bis eine Rettungsmannschaft den Toten herunterholen konnte.

Als sie packten und Jean-Paul in seinen Schlafsack verschnürten, der als eine Art Segeltuchschlitten dienen sollte, stieß Karl brummelnd halbherzige Verwünschungen gegen das Pech aus, das es ihnen verwehrt hatte, sich diesen Berg als Trophäe an den Hut stecken zu können. Anderl jedoch hatte nichts gegen einen Rückzug. Bei Oberflächenbedingungen wie diesen waren Aufstieg wie Abstieg gleichermaßen schwierig, und für ihn galt einzig die Herausforderung des Kletterns an sich.

Als Jonathan die beiden Männer bei den Vorbereitungen beobachtete, wußte er, daß er von seinem Opfer nichts zu befürchten hatte, wer immer es auch sein mochte. Wenn sie lebendig wieder hinunterkommen wollten, dann mußten sie jetzt mit dem ganzen Einsatz ihrer Kraft und ihres Könnens zusammenarbeiten. Die Angelegenheit würde unten im Tal erledigt werden, falls sie das flache Land überhaupt mit heiler Haut erreichten. In der Tat hatte der ganze Auftrag der Abteilung »Strafaktion« angesichts der drohenden Wirklichkeit des Berges etwas so Unwirkliches wie eine phantastische Operette.

Der Abstieg vollzog sich mit quälender Langsamkeit. Der Harsch war so hart, daß das Steigeisen keinen Halt darauf fand, man jedoch beim nächsten Schritt unversehens mit dem ganzen Bein in den darunterliegenden weicheren Schnee einbrach, versank und das Gleichgewicht verlor. Das Eisfeld krallte sich in einem Winkel von fünfzig Grad in die Felswand, und Jonathan mußte sich bei jedem Schritt, den er machen wollte, vorbeugen und hinunterlehnen, um die nächste Trittstufe mit seinem Eispickel herauszuhacken. Er konnte sich nicht damit zufriedengeben, mit den üblichen beiden sicher geführten Schlägen jene eleganten Stufen herauszuschlagen, die bestenfalls den Zehen Halt gewährten, sondern er mußte Löcher herausarbeiten, die groß genug waren, ihn zu halten, wenn er sich hinauslehnte, um das nächste freizumachen – vor allem groß genug, damit Anderl bei jedem Schritt mit beiden Füßen Halt darin fand und mit dem Seil die anderen sichern konnte.

Das war zwar ein eintöniges, aber durchaus kompliziertes Vorgehen, das viel Energie erforderte. Jonathan stieg um eine Seillänge allein ab; seine Sicherung übernahm Karl, der seinerseits wieder von Anderl gehalten wurde. Sodann machte er eine ganz besonders große Trittstufe frei, in deren Schutz er sorgfältig das Abseilen der Leiche Jean-Pauls dirigierte, die Karl Armlänge um Armlänge hinuntergleiten ließ, wobei er ständig auf der Hut sein mußte, daß die Last ihm nicht das Seil aus der Hand zog, die Wand hinunterraste und sie dabei alle drei mit in die Tiefe riß. Sobald das Segeltuchbündel ihn erreichte, belegte er es, so gut er konnte, indem er Jean-Pauls Eispickel in den Firn rammte und das Seil daran festmachte. Dann machte Karl sich auf, zu ihm zu gelangen, was natürlich wesentlich schneller ging, da er sich nur von einer großen Trittstufe zur anderen vorzuarbeiten brauchte. Die dritte Phase dieses Abstiegsschemas war die gefährlichste. Anderl mußte den halben Weg bis zu ihnen hinunterkommen und sich in einer der größeren Trittstufen verspreizen, um ihnen Seilsicherung zu geben, wenn sie den Zyklus wiederholten. Anderl arbeitete im wesentlichen ohne Sicherung, bis auf das »psychologische Seil«, das zwischen ihm und Karl jedesmal schlaff wurde. Jedes Ausrutschen oder

Abgleiten konnte seine Kameraden aus ihrem Halt herausreißen, und selbst wenn er an ihnen vorbeifiel, so bestand für sie kaum eine Chance, dem Ruck zu widerstehen, den das Seil machen würde, wenn es sich nach einem Absturz von einer doppelten Seillänge straffte. Anderl wußte, was für eine Verantwortung er trug, und so bewegte er sich mit größter Umsicht, wenn er auch ständig fröhlich zu ihnen hinunterrief und über ihr langsames Vorwärtskommen, das Wetter oder irgendwelche anderen Mißlichkeiten schimpfte.
Obwohl sie nur im Schneckentempo vorankamen, hatte sich Jonathan verzweifelt anzustrengen, da er jede einzelne Stufe aus dem Eis und dem Schnee mühsam heraushacken und -schaufeln mußte und sich nur dann ausruhen konnte, wenn die beiden anderen von oben nachrückten.
Drei Stunden – zweihundertfünfzig Meter.
Er keuchte vor Erschöpfung; die eisige Luft fuhr ihm stechend in die Lungen; seine Arme waren vom ständigen Gebrauch des Eispickels bleiern. Und wenn er stehenblieb, um Jean-Paul in Empfang zu nehmen und den anderen Gelegenheit zu geben, nachzurücken, wurde nur eine Qual gegen die andere eingetauscht.
In jeder Ruhepause fiel der Wind über ihn her, bewirkte, daß der Schweiß an seiner Haut gefror und er von schüttelfrostähnlichen Anfällen gepackt wurde. Er weinte vor Übermüdung und Kälte, und die Tränen gefroren auf seinen Bartstoppeln zu Eis.
Ihr Ziel, die Klippen über der Eigerwand-Station, lag immer noch in allzu entmutigender Ferne, als daß es sich gelohnt hätte, über sie nachzudenken. Also konzentrierte er sich auf Dinge, die in Reichweite lagen: noch ein Schlag mit dem Eispickel, noch eine Trittstufe, die herausgehackt werden mußte, dann weiter.
Fünf Stunden – dreihundertundfünfundzwanzig Meter.
Sie kamen langsamer voran. Sie mußten eine Ruhepause einlegen.
Jonathan betrog seinen Körper, verführte ihn geradezu, holte durch falsche Versprechungen das Letzte aus ihm heraus. Noch ein Schritt, dann darfst du dich ausruhen. Ist ja schon gut. Ist ja schon gut. Und jetzt wirklich nur noch einen Schritt weiter.
Die zackigen und schartigen Ränder der Eiskruste um jede tiefe Trittstufe herum zerrissen seine wasserdichte Hose, wenn er sich hinauslehnte. Sie schnitten durch seine Skihose, bohrten sich in sein Fleisch, aber die Kälte ließ ihn den Schmerz nur undeutlich wahrnehmen.
Noch ein Schritt, dann darfst du dich ausruhen.

Seit Morgengrauen befand Ben sich auf der Matte und suchte mit dem Fernrohr sorgfältig die Wand ab. Die jungen Bergsteiger, die sich freiwillig für die Rettungsaktion zur Verfügung gestellt hatten, scharten sich mit besorgten Mienen um ihn. Keiner von ihnen konnte sich erinnern, im Hochsommer jemals eine derartige Kälte erlebt zu haben, und leise redend ergingen sie sich in Mutmaßungen, wie es wohl an der Wand selbst aussehen mochte.

Psychologisch hatte Ben sich darauf vorbereitet, nichts an der Wand zu finden. Er hatte sich bereits vorgenommen, wie er völlig gelassen ins Hotel zurückkehren und entsprechende Telegramme an die verschiedenen Alpenvereine schicken wollte, welche die Schirmherrschaft über diese Begehung übernommen hatten. Dann würde er in seinem Zimmer abwarten, und zwar möglicherweise tagelang, bis das Wetter besser wurde und er eine Mannschaft zusammenstellen konnte, um die Leichen zu bergen. Ein Ventil hatte er sich für seine Gefühle versprochen: Er wollte jemand schlagen – einen Reporter oder besser noch einen Eiger-Vogel. Immer wieder ließ er das Fernrohr über die dunkle Rinne neben dem Bügeleisen gleiten, wo er sie kurz vor Einbruch der Nacht das Biwak hatte aufschlagen sehen. Nichts. Da ihre Kleidung eisverkrustet sein mußte, waren die Bergsteiger auf dem gleichfalls vereisten Felsen einfach nicht zu erkennen.

Auf der Terrasse standen die Eiger-Vögel bereits Schlange vor den Fernrohren, stampften mit den Füßen auf, um sich zu wärmen, und ließen sich von geschäftig hin- und hereilenden Kellnern heißen Kaffee reichen. Die ersten Gerüchte, daß von den Bergsteigern auf der Wand keine Spur zu sehen sein sollte, hatten sie elektrisiert. Sensationslüstern und begierig, tiefes menschliches Mitgefühl zu bekunden, gackerten die Eiger-Hennen untereinander, wie schrecklich alles sei und daß sie schon in der Nacht von dunklen Vorahnungen heimgesucht worden seien. Eine der Schnepfen, deren Anderl sich bedient hatte, brach plötzlich in Tränen aus, lief zurück ins Hotel und wollte sich von ihrer Freundin nicht trösten lassen. Als man sie beim Wort nahm und sie in der leeren Hotelhalle ganze zwanzig Minuten allein ließ, fand sie schließlich die Kraft, auf die Terrasse zurückzukehren – mit rotgeweinten Augen, aber mutig.

Die Eiger-Hähne nickten einander vielsagend zu und sagten, sie hätten es ja schon von Anfang an gewußt. Wäre man so vernünftig gewesen, sie um Rat zu fragen, hätten sie ihnen schon gesagt, daß das Wetter nichts Gutes verhieß und wechselhaft aussah.

Warm gegen die Kälte eingehüllt und von dienstbeflissenem Personal begleitet, gingen der griechische Industrielle und seine amerikanische Frau nach draußen und mischten sich unter die Menge, die sogleich verstummte und auseinanderwich, um ihnen Platz zu machen. Nach links und rechts grüßend, schlüpften sie in ihre Rollen als Hauptleidtragende, und jeder sagte, daß es sie ja wirklich ganz besonders schwer treffen müsse. Ihr Zelt war die ganze Nacht über durch die tragbaren Gasöfen warm gehalten worden, trotzdem mußten sie sich der Kälte aussetzen, immer wieder vom Frühstückstisch aufstehen und den Berg mit dem Fernrohr absuchen.

Ben stand auf der Matte und nahm abwesend einen Schluck aus dem Zinnbecher, den einer der jungen Bergsteiger ihm in die Hand gedrückt hatte. Da kam erst ein Murmeln, dann ein schrilles Geschrei von der Terrasse. Jemand glaubte, so etwas wie eine Bewegung wahrgenommen zu haben. Er ließ den Becher ins bereifte Gras fallen und klemmte sich augenblicklich wieder hinters Fernrohr. Er entdeckte, daß drei von ihnen langsam herniederstiegen. Drei – und noch etwas anderes. Ein Bündel. Als sie erst einmal aus dem Schnee heraus waren, konnte Ben die Farben ihrer Windjacken erkennen. Blau (Jonathan) hatte die Führung übernommen. Er bewegte sich äußerst langsam abwärts und war offensichtlich damit beschäftigt, große Trittstufen herauszuhacken, was sehr viel Zeit und Kraft erforderte. Dergestalt arbeitete er sich fast um eine Seillänge nach unten, ehe der zweite Mann – rot (Karl) – anfing, ein graugrünes Etwas – ein Bündel – zu ihm hinabzulassen. Dann stieg Karl relativ rasch ab und gesellte sich zu Jonathan. Der letzte – gelb (Anderl) – kletterte offensichtlich mit äußerster Vorsicht in die Tiefe und hielt auf halbem Wege inne, um sich sorgfältig zu verspreizen und den anderen Seilsicherung zu geben. Nach Anderl kam niemand mehr.

Das Bündel mußte also Jean-Paul sein – verwundet oder... tot.

Ben konnte sich nur allzugut vorstellen, wie die Oberfläche des Felsens nach dem warmen Föhn und der nachfolgenden Eiseskälte aussehen mußte. Eine heimtückische Eiskruste, die sich jeden Augenblick von dem darunterliegenden Schnee lösen und zu Tal fahren konnte.

Zwanzig Minuten blieb Ben hinter dem Fernrohr. Es war eine körperliche Qual, nichts tun zu können, um ihnen zu helfen, und sich außerdem auch noch nicht einmal über die Absichten der Seilschaft im klaren zu sein. Zuletzt zwang er sich, aufzustehen und aufzuhören, sich in unnützen Mutmaßungen zu ergehen und mit unsinnigen Hoffnungen zu quälen. Da sie so schrecklich langsam vorankamen, würde es noch Stunden dauern, ehe er sicher sein konnte, wie sie ihren Rückzug bewerkstelligen wollten.

Er zog es vor, in seinem Zimmer weiter zu warten, wo niemand sehen konnte, welche Angst er um sie ausstand. Vielleicht würden sie versuchen, dem langen Quergang über die klassische Route zu folgen. Möglicherweise aber würden sie auch versuchen, auf demselben Wege zurückzukehren, auf dem sie aufgestiegen waren – vielleicht würden sie gar nicht auf den Gedanken kommen, daß Karls Rinne jetzt völlig vereist sein mußte. Es gab aber auch noch eine dritte Möglichkeit, und Ben hoffte inständig, daß Jonathan noch soviel Übersicht besaß, diese Route zu wählen. Sie konnten nämlich versuchen, die Klippen oberhalb der Eigerwand-Station zu erreichen. Immerhin mußte es möglich sein, sich von dort bis zu diesem Seitentunnel abzuseilen. Zwar hatte das bisher noch nie jemand vesucht, doch schien das noch die beste von lauter schlechten Möglichkeiten zu sein.

»Morgen! Ist Ihr Fernrohr vielleicht gerade frei?«

Ben drehte sich um und gewahrte das zuversichtliche jungenhafte Lächeln, mit dem der Schauspieler ihn begrüßte. Die Schauspielersgattin mit dem maskenhaften Make-up stand neben ihrem Mann, ihr fettes Kinn war von einem leuchtenden Seidentuch umhüllt, und sie bibberte in dem eleganten Skidreß, der eigens geschaffen worden war, sie größer und weniger pummelig wirken zu lassen.

Der Schauspieler entfaltete die ganze Modulationsfähigkeit seiner Stimme. »Meine Gattin würde es außerordentlich bedauern, wenn sie wieder hineingehen müßte, ohne etwas gesehen zu haben, aber es geht wirklich nicht an, daß sie mit all diesen anderen Leuten Schlange steht. Ich weiß, daß Sie das verstehen werden.«

»Sie wollen *mein* Fernrohr benutzen?« fragte Ben ungläubig.

»Sag ihm, daß wir bereit sind, dafür zu bezahlen, Liebling«, mischte sich die Frau jetzt ein, um gleich darauf die jungen Bergsteiger mit einem huldvollen Blick aus ihren schönen Augen zu beglücken.

Der Schauspieler lächelte und sagte dann mit seiner schokoladigsten Stimme: »Selbstverständlich werden wir dafür bezahlen.« Er griff nach dem Instrument und produzierte dabei die ganze Zeit sein entwaffnendes Lächeln.

Entgegen späteren Berichten in den Zeitungen schlug Ben ihn nicht wirklich.

Der Schauspieler reagierte blitzschnell auf Bens Handbewegung und zuckte mit überraschender Geistesgegenwart zurück. Diese Bewegung kostete ihn das Gleichgewicht, und er fiel auf dem gefrorenen Boden auf den Rücken. Augenblicklich schrie seine Frau auf und warf sich über ihren gefallenen Partner, um ihn vor weiteren Brutalitäten zu schützen. Ben zog sie am Haar in die Höhe, beugte sich über die beiden und redete rasch und mit halblauter Stimme auf sie ein. »Ich gehe jetzt hinauf auf mein Zimmer, und mein Fernrohr lasse ich hier stehen, wo es jetzt steht. Falls einer von euch verdammten Aasgeiern wagt, es anzurühren, wird der Arzt seine ganze Kunst aufwenden müssen, euch wieder zusammenzuflicken.«

Unter dem Gelächter der jungen Bergsteiger und etlichen Spritzern ob-

szönen Vitriols aus dem Munde der Schauspielerin, die bewiesen, daß sie die meisten sexuellen Varianten kennen mußte, marschierte Ben davon.
Mit seinem energischen und federnden Gang und ohne auch nur eine Handbreit von dem einmal gewählten Kurs abzuweichen, bahnte Ben sich den Weg durch das Gewühl der Gäste auf der Terrasse. Es bereitete ihm jedesmal ein unheimliches Vergnügen, wenn irgendeiner der Eiger-Vögel zurückzuckte, der von ihm angerempelt wurde, und höchst verwundert hinter ihm herblickte. In der verlassenen Bar bestellte er drei Flaschen Bier und ein Sandwich. Während er darauf wartete, kam Anna herbei, zwängte sich durch die Menge auf der Terrasse, um sich zu ihm zu gesellen. Er wollte nicht mit ihr reden, doch der Barmann war ein langsamer Bursche.
»Ist alles in Ordnung mit Jean-Paul?« fragte sie ihn bereits, als sie noch gar nicht bei ihm war.
»Nein!« Er nahm die klirrenden Flaschen zwischen die Finger der einen, das Sandwich in die andere Hand und verließ die Bar, um auf sein Zimmer zu gehen.
Düster vor sich hinstarrend saß er auf seinem Bettrand und aß und trank. Dann legte er sich nieder, verschränkte die Finger im Nacken und blickte zur Decke hinauf. Schließlich stand er auf, ging im Zimmer auf und ab und blieb jedesmal am Fenster stehen. Dann legte er sich wieder hin. Und stand abermals auf. Zwei Stunden zogen sich auf diese Weise in die Länge, ehe er es aufgab, Ruhe finden zu wollen.
Als er endlich wieder unten bei seinem Fernrohr auf der Matte war, glaubte Ben so gut wie sicher sein zu dürfen, daß die Bergsteiger es auf die Klippen oberhalb des Fensters der Eigerwand-Station abgesehen hatten. Sie befanden sich jetzt fast am Ende jenes Felsstreifens, der das Eisfeld von dem kleinen Schneewulst oberhalb des Fensters trennte. Die Entfernung zwischen ihnen und dem Sicherheit verheißenden Fenster ließ sich mit einem auf Armeslänge weggestreckten Daumen verdecken, doch Ben wußte, daß noch Stunden härtester Arbeit und größter Gefahr vor ihnen liegen würden, ehe sie diese Strecke geschafft hätten. Außerdem ging auch noch die Sonne unter. Er hatte für die Rettungsmannschaft einen Sonderzug der Zahnradbahn angefordert, die mitten durch den Berg hindurchführte. Sie würden abfahren, wenn es an der Zeit wäre, und rechtzeitig am Fenster sein, um die Bergsteiger dort in Empfang zu nehmen.
Er kauerte hinter seinem Fernrohr und schickte über die Linie des visuellen Kontakts Mitgefühl und Energie hinauf.
Sein ganzer Körper zuckte konvulsivisch zusammen, als er Anderl abrutschen sah.

Es gab ein knirschendes Geräusch, und Anderl merkte, daß sich der Firn unter ihm bewegte. Eine riesige Scholle von dem verkrusteten und festgefrorenen Schnee hatte sich von der Wand gelöst und rutschte zu Tal, langsam zuerst, dann rascher, und er mitten auf dieser zum Untergang verdammten Insel. Es war sinnlos, sich eingraben zu wollen – da hätte er sich genausogut an einen in die Tiefe donnernden Felsbrocken festklammern können. Instinktiv versuchte er, auf allen Vieren Höhe zu gewinnen und festen Schnee aufzusuchen. Dann wurde er umgerissen. Er streckte alle Viere von sich, um das tödliche Abrutschen aufzuhalten, rammte seinen Eispickel in die Kruste und schob seinen Körper darüber. Trotzdem glitt er weiter seitlich nach unten, und über ihm grub die Spitze seines Pickels eine tiefe Furche.

Jonathan hatte sich zusammen mit Karl und Jean-Paul in dem tiefen Loch zusammengekauert, das er kurz zuvor freigehackt und -geschaufelt hatte. Seine Augen waren starr auf den Schnee vor ihm gerichtet, sein Geist leer, und er zitterte konvulsivisch, wie er es noch bei jeder Etappe getan hatte. Auf Karls Schrei hin machte ein plötzlicher Adrenalinstoß seinem Zittern augenblicklich ein Ende, und aus Augen, die vor Müdigkeit ganz glasig waren, beobachtete er mit einer völlig stumpfsinnigen Gelassenheit, wie das Schneebrett auf sie zukam.

Karl stieß Jonathan über den verschnürten Leichnam Jean-Pauls, warf sich selber schützend darüber und krallte die Hände um den Eispickel, der ihr Belegnagel war. Das Schneebrett donnerte über sie hinweg, ohrenbetäubend, erstickend, riß und zerrte an ihnen, zwängte sich unter sie und versuchte, sie aus ihrer Trittstufe herauszureißen.

Und dann, mit einer Stille, die sie genauso betäubte wie der Lärm zuvor, war plötzlich alles vorüber.

Jonathan kroch unter dem wie leblos daliegenden Karl heraus und schaufelte ihr Loch von dem frischen Schnee frei. Dann rappelte auch Karl sich hoch, schwer atmend, mit blutigen Händen, die Haut festgefroren an dem kalten Eispickel. Jean-Paul war zwar halb unterm Schnee vergraben, aber er war immer noch da.

»Ich kann mich nicht rühren!« Die Stimme kam von einer Stelle, die nicht weit von ihnen war.

Anderl lag, alle Viere von sich gestreckt, oben auf dem Schnee, die Füße keine drei Meter vom Rand des Abgrunds entfernt. Das Schneebrett hatte ihn hinuntergetragen und ihn dann aus unerfindlichen Gründen beiseite gefegt, über die anderen hinweg, das Gesicht nach unten und den Körper noch über dem Eispickel, der die rutschende Scholle gesprengt hatte. Er war unverletzt, doch jeder Versuch, sich zu bewegen, bewirkte, daß er noch ein paar Zentimeter tiefer hinabrutschte. Zweimal versuchte er es, doch dann kam er zu dem Schluß, daß es klüger wäre, er ließ es bleiben. Er lag gerade außer Reichweite, und der von der Firnschicht befreite Schnee war viel zu locker, als daß man sich ihm hätte anvertrauen können. Das Seil zwischen Karl und Anderl bildete eine haarnadelgleich zu der Stelle hinaufführende Schlaufe, wo Anderl zuletzt gestanden hatte, und führte von oben wieder zu Anderl hinunter, allerdings war es fast vollständig unterm Schnee vergraben – nur seine beiden Enden lagen frei.

Anderl rutschte noch um etliche Zentimeter weiter auf den Abgrund zu, obwohl er diesmal nicht versucht hatte, sich zu bewegen.

Jonathan und Karl rissen und zerrten am Seil und bemühten sich verzweifelt, es freizubekommen. Freilich wagten sie nicht, mit aller Kraft zu ziehen, vor lauter Angst, sie könnten es allzu ruckartig freibekommen und damit von der Wand hinuntergeschleudert werden.

»Ich komm mir so lächerlich vor«, rief Anderl. Und abermals rutschte er ein Stück tiefer.

»Halt den Mund!« krächzte Jonathan. Es war unmöglich, irgendwo einen Eisnagel einzuschlagen, deshalb trieb er in aller Eile seinen und Karls Eispickel tief in den lockeren Schnee, schlang dann jenen Teil von Anderls Seil, den sie freibekommen und herausgezogen hatten, zwischen den beiden Pickelstielen hin und her. »Leg dich drüber!« befahl er, und Karl gehorchte stumm.

Dann befreite er sich von seiner eigenen Seilsicherung und hangelte sich an Anderls unter dem Schnee vergrabenen Seil voran, wobei er sich immer wieder daran festhielt und es aus dem Schnee herausriß. Jedesmal, wenn er ein Stück freibekommen hatte, verharrte er reglos auf dem steil geneigten Hang, während Karl das lockere Ende um die Pickel schlang. Es war von größter Wichtigkeit, daß so wenig wie möglich lockeres Seil sich straffen konnte. Sobald er die Stelle erreichte, wo das Seil hinunterging zu der Stelle, wo Anderl lag, mußte es schnellgehen, denn er wußte, daß er ganz nahe bei Anderl sein mußte, wenn das Seil freikam. Seine Bewegungen hatten jetzt etwas schrecklich Unbeholfenes. Das Adrenalin, das Jonathans Körper befeuert hatte, war mittlerweile verbrannt, und was blieb, war eine überaus beschwerliche Übelkeit. Er schlang die Beine um das Seil und zerrte es mit einer Hand frei, wobei er jeden Augenblick erwartete, auf Anderl draufzurutschen, ehe das Seil wieder straff war und sie hielt.

Es geschah, als sie beide nur noch drei Meter voneinander entfernt waren, und das Schicksal meinte es gut mit ihnen. Das Seil glitt langsam wie eine Schlange aus dem Schnee heraus, und sie rutschten beide sanft zur Seite, Jonathan über Anderl, bis sie direkt unter Karl und dem Schutz der gro-

ßen Trittstufe hingen, wobei ihre Beine über dem Abgrund im Freien baumelten. Es war nicht besonders schwierig, sich hochzuziehen.
Im selben Augenblick, da er auf den Boden der fast waagrechten Schneemulde fiel, klappte Jonathan innerlich zusammen. Er kroch nahe an Jean-Pauls Leiche heran und konnte sein Zittern nicht beherrschen. Sämtliche Glieder waren kraftlos.
Anderl hingegen war fröhlich und redselig, und Karl hatte sich in sein Schicksal ergeben. Gemeinsam vergrößerten sie die Mulde noch mehr, und Anderl machte sich daran, Tee zu kochen. Den ersten Becher reichte er Jonathan zusammen mit zwei roten Pillen, einem Herzstärkungsmittel.
»Ihr habt ja keine Ahnung, wie dämlich ich mir da draußen vorgekommen bin. Ich wollte lachen, doch ich wußte, daß jede Bewegung mich ins Rutschen bringen konnte, und so hab ich mir auf die Lippen gebissen. Es war phantastisch, wie Sie runtergekommen sind, um mich zu holen, Jonathan. Aber für die Zukunft bitte ich mir aus, daß Sie mich nicht wieder als Schlitten benutzen. Ich weiß genau, warum Sie das getan haben. Das war reine Angabe vor den Leuten da unten auf der Terrasse, stimmt's?« So redete und redete er, brühte Tee auf und reichte ihn den anderen wie eine geflissentlich ihre Gäste bedienende österreichische Tante.
Das Herzmittel und der Tee begannen zu wirken und Jonathans Müdigkeit zu vertreiben. Er bemühte sich, das Zittern zu beherrschen, während er zusah, wie sich die rotbraunen Blutflecken an seinen zerrissenen Hosen vergrößerten. Er wußte, daß er eine weitere Nacht im offenen Biwak nicht aushalten würde. Sie mußten weiter. Jedesmal, wenn er ausatmete, stieß er einen wimmernden Ton aus – ein Zeichen, daß er kurz vor dem völligen Zusammenbruch stand. Er war sich nicht sicher, wie lange er es noch schaffen würde, den Eispickel zu schwingen. Die Muskeln seiner Unterarme waren verknotet und steif, seine Handflächen sahen aus wie rostiges Metall. Er vermochte sie aufzumachen und zur Faust zu ballen, aber über die Stadien dazwischen besaß er keine Kontrolle.
Er war sich völlig im klaren darüber, daß er unter diesen Umständen eigentlich die Führung nicht wieder übernehmen durfte. Trotzdem wagte er es nicht, das Seil einem der beiden Jüngeren anzuvertrauen. Karl schien niedergeschlagen, hatte sich ganz in sich zurückgezogen und bewegte sich wie ein Automat, und Anderls unablässiges schnoddriges Gerede klang verdächtig nach Hysterie.
Sie machten sich fertig zum Aufbruch. Als Anderl den Blechbecher entgegennahm, schaute er Jonathan forschend in die graugrünen Augen, als ob er ihn zum erstenmal sähe. »Sie sind wirklich sehr gut, Jonathan. Es hat mir großen Spaß gemacht, mit Ihnen zu klettern.«

Jonathan zwang sich zu einem Lächeln. »Wir werden's schon schaffen.«
Anderl grinste und schüttelte den Kopf. »Nein, das glaube ich nicht. Aber trotzdem werden wir weitermachen, wie es sich gehört.«
Die Klippe schafften sie in kurzer Zeit, indem sie sich an einem Doppelseil abseilten. Das, was für die Eiger-Vögel unten auf der Hotelterrasse so tollkühn aussah, war in Wirklichkeit weit weniger anstrengend, als sich mühsam durch die Eisfelder hinunterzuarbeiten. Es wurde Abend, und so verschwendeten sie keine Zeit darauf, Anderls Seil einzuholen.
Monate später konnte man es noch halb verrottet herunterhängen sehen.
Noch ein Eisfeld galt es zu überwinden, dann würden sie den Überhang über den Fenstern der Eigerwand-Station erreicht haben. Wieder begann der mörderische Kreislauf. Jetzt, da die Sonne unterging, war es womöglich nocht kälter als zuvor. Jonathan biß die Zähne zusammen und beschloß, einfach nicht mehr daran zu denken. Trittstufe nach Trittstufe hieb er aus Firn und Eis heraus, und der Aufprall des Pickels wurde über seinen klopfenden Arm direkt weitergeleitet bis in seinen Nacken. Schlagen. Hinuntersteigen. Sich hinauslehnen. Schlagen. Und konvulsivisch zitternd dahocken, während die anderen nachkamen. Die Minuten zogen sich schmerzlich in die Länge, die Stunden über das hinaus, was der Mensch sich an Zeit vorstellen konnte.

Die Zeit war auch für Ben zur Qual geworden. Etwas zu tun, wäre schon ein Trost gewesen, doch widerstand er dem Impuls, aufzubrechen, bevor er sich nicht ganz sicher war, welche Route sie nahmen und was ihr Ziel war. Als er gesehen hatte, daß der letzte Mann sich von der Klippe abseilte und auf das verhältnismäßig schmale Erste Eisfeld hinausging, erhob er sich von seinem Fernrohr. »Okay«, sagte er ruhig, »laßt uns gehen.«
Die Rettungsmannschaft trottete zum Bahnhof; sie schlug einen weiten Bogen um das Hotel, weil sie vermeiden wollte, das Interesse der Reporter und der Schaulustigen zu erwecken. Einige Zeitungsleute hatten jedoch von der für Public Relations aufgeschlossenen Eisenbahnbehörde Hinweise erhalten und warteten auf dem Bahnhof. Ben hatte es satt, sich mit ihnen herumzustreiten, und so erhob er keinen Einspruch dagegen, daß sie mitkamen, doch ließ er keinen Zweifel daran, was dem ersten von ihnen passieren würde, der ihnen in die Quere kam.
Trotz der zuvor getroffenen Abmachungen verloren sie viel Zeit, ehe sie die Bahnbeamten überzeugt hatten, daß der Sonderzug auch wirklich von den Organisationen bezahlt werden würde, die die Schirmherrschaft über diese Besteigung übernommen hatten, doch schließlich ging es los, und die jungen Männer saßen schweigend Seite an Seite im Wagen, als er rat-

ternd und schaukelnd in den schwarzen Tunnel einfuhr. Nach dreißig Minuten erreichten sie ihr Ziel.

Das Geklirr der Bergsteigerausrüstung und das Schlurfen der Schuhe hallten hohl in dem künstlich erleuchteten Tunnel wider, als sie vom Bahnhof der Eigerwand-Station den leicht abwärts führenden Seitentunnel entlanggingen, der zu den Beobachtungsfenstern führte. Es herrschte eine so gedrückte Stimmung in der Gruppe, daß sogar die Reporter aufhörten, dumme Fragen zu stellen, und sich erboten, einige von den aufgeschossenen Extraseilen zu tragen.

Wortkarg machte die Mannschaft sich an die Arbeit. Die hölzernen Trennwände am Ende des Tunnels wurden mit den Eispickeln herausgerissen, und der erste junge Mann kletterte hinaus an die Wand, um eine Reihe von Felshaken einzuschlagen. Der Eishauch, der ihnen plötzlich entgegenschlug, machte alle kleinlaut. Sie wußten, wie diese Kälte an den Kräften der Bergsteiger über ihnen zehren mußte.

Ben hätte alles darum gegeben, die Gruppe zu führen, die die eigentliche Rettung übernehmen sollte, doch seine Erfahrung sagte ihm, daß diese jungen Männer, die noch sämtliche Zehen hatten und jugendliche Kraftreserven besaßen, es besser schaffen würden als er. Dennoch mußte er den Drang, kleinere Verbesserungsvorschläge zu machen, in sich bekämpfen; es kam ihm vor, als machten sie alles eben doch nicht ganz richtig.

Als der junge Anführer die Wand erkundet hatte, kroch er zurück in den Tunnel. Was er berichtete, war nicht gerade ermutigend. Der Fels war mit einer zentimeterdicken Eisschicht bedeckt – zu dünn also und zu zerbrechlich, um einen Eisnagel aufzunehmen, aber doch dick genug, sämtliche Ritzen und Spalten zu verdecken, die zum Einschlagen von Felshaken geeignet gewesen wären. Folglich mußten sie mit den Eispickeln zunächst einmal dieses Eis abklopfen, um den Fels freizulegen und die Haken einschlagen zu können. Und das würde viel Zeit beanspruchen.

Die besorgniserregendste Neuigkeit war jedoch die, daß es nicht möglich sein würde, ihnen mehr als zehn Meter entgegenzuklettern. Darüber kragte der Fels weit vor und bildete einen unbegehbaren Überhang. Es sah so aus, als könne ein sehr gewandter Bergsteiger zwar dreißig Meter nach links oder nach rechts klettern, nicht aber in die Höhe.

Während der junge Mann diese Dinge berichtete, klopfte er sich mit den Händen auf die Knie, um die Blutzirkulation wieder anzuregen. Dabei war er nicht länger als zwanzig Minuten draußen an der Wand gewesen – trotzdem hatte er bereits vor Kälte steife und gefühllose Finger. Als die Sonne unterging, wurde es im Tunnel merklich kühler. Für diese Nacht mußte man sich auf Kälterekorde gefaßt machen.

Da sie unmittelbar am Fenster Verankerungen festgemacht hatten, blieb ihnen nichts weiter übrig, als abzuwarten. Die Wahrscheinlichkeit, daß die Bergsteiger sich genau über diesem Fenster abseilen würden, war sehr gering. Aber selbst angenommen, es wäre möglich – woher sollten sie von oben genau wissen, wo sich dieses Fenster befand? Des Überhangs wegen würde der erste, der herunterkam, etliche Meter vom Fels entfernt frei in der Luft schweben. Man würde also irgendwie versuchen müssen, an ihn heranzukommen, ein Seil zu ihm hinzubringen und ihn dann hereinzuziehen. Hatte man erst einmal dieses Seil festgemacht, mußte die Bergung der anderen leichter sein... falls sie noch so viel Kraft besaßen, es bis herunter überhaupt zu schaffen... und falls sie Seil genug hatten, über den Überhang herüberzukommen... falls sich ihr Seil nicht verfing... falls ihre Verankerung oberhalb der Klippe hielt.

Alle paar Minuten kletterte einer der jungen Leute hinaus auf die Wand und jodelte hinauf. Ben schritt im Tunnel auf und ab, und die Zeitungsreporter drückten sich wohlweislich an die Wand, um ihm aus dem Weg zu gehen. Als er einmal wieder zurückgekommen war, blieb er fluchend stehen und trat selber hinaus ins Freie; nicht angeseilt, hielt er sich mit der einen Hand an einem der Felshaken fest und lehnte sich mit seinem ganzen früheren bedenkenlosen Wagemut hinaus. »Nun komm schon, Jon!« schrie er hinauf. »Mach, daß du von diesem verdammten Berg runterkommst!«

Keine Antwort.

Doch etwas anderes fiel Ben bei dieser Gelegenheit auf. Seine Stimme war mit ganz ungewöhnlicher Resonanz erschollen. Es herrschte Windstille am Eiger. Es war merkwürdig still, und die Kälte senkte sich lautlos und bösartig hernieder. Er lauschte in die unheimliche Stille hinaus, die nur ab und zu von dem geschützfeuerähnlichen Knall irgendeines Felsbrokkens unterbrochen wurde, der irgendwo heruntersprang und tief unten aufprallte, daß es nur so krachte.

Als er zurückkletterte in das Fenster, lehnte er sich mit dem Rücken gegen die Tunnelwand und saß in Hockstellung unter der wartenden Rettungsmannschaft, umschlang die Knie mit den Armen, bis das Zittern aufhörte, und leckte sich die Hand, wo Haut am Felshaken zurückgeblieben war.

Jemand entzündete einen Spirituskocher, und der unvermeidliche, lebenspendende Tee wurde herumgereicht.

Die Temperatur sank in dem Maße, wie das Tageslicht am Ende der Galerie schwand und es dort blauer wurde.

Einer von den jungen Männern am Tunnelfenster jodelte, hielt inne und jodelte dann nochmals.

Und dann kam Antwort von oben, ein Ruf!

Aufgeregtes Gemurmel erhob sich im Tunnel, dann war es plötzlich wieder ganz still, als der junge Mann noch einmal jodelte... Und wieder bekam er klar Antwort. Einer der Reporter warf einen Blick auf die Uhr und schrieb sich die Uhrzeit auf seinen Notizblock, als Ben zusammen mit den drei Männern, die er ausgesucht hatte, auf den Felsvorsprung hinaustrat, um Verbindung mit den Bergsteigern aufzunehmen. Wieder wurden Rufe ausgetauscht. In der Windstille und bei dieser allgemeinen Ruhe war unmöglich abzuschätzen, aus welcher Höhe die Antworten kamen. Der Jodler versuchte es nochmals, und mit eigentümlicher Klarheit erwiderte Anderls Stimme: »Was soll das? Ein Jodelwettbewerb?«
Ein junger Österreicher von der Rettungsmannschaft grinste und stieß seinen Nachbarn an. »Na siehst du, das ist unser Anderl Meyer!« Ben hingegen entdeckte in Anderls Stimme die letzte, verzweifelte Gebärde eines stolzen Mannes, der am Ende ist. Er hob die Hand, und diejenigen, die zusammen mit ihm draußen auf dem Vorsprung standen, schwiegen. Über ihnen, ein klein wenig linker Hand, vernahmen sie ein scharrendes, schabendes Geräusch. Irgend etwas wurde über den weit vorspringenden Felsen hinuntergelassen, viel zu weit links – dreißig, vierzig Meter vom rettenden Fenster entfernt. Dem Klirren von Karabinerhaken entnahm Ben, daß derjenige, der herunterkam, sich in einem improvisierten Seilgurt herabließ. Dann wurden die Schuhe sichtbar, und Jonathan glitt langsam herunter, krümmte sich an seinem Seil und hing drei, vier Meter von der Wand entfernt im Freien. Das Zwielicht wurde rasch zur Dunkelheit. Während sich Jonathan langsam am Seil kreiselnd herunterließ, begannen die drei Retter sich ihm im Quergang zu nähern, klopften das trügerische Eis ab, trieben jedesmal, wenn sie einen geeigneten Spalt fanden, einen Felshaken ein. Ben blieb auf dem schmalen Vorsprung vorm Fenster und dirigierte von dort aus die Manöver der drei. Für andere Hilfswillige war draußen kein Platz mehr.
Ben rief Jonathan nichts zu, was diesem Mut gemacht hätte. Er erkannte an der Art, wie er in sich zusammengesackt am Seil hing, daß er am Rande dessen war, was er ertragen konnte; schließlich hatte er seit Morgengrauen den Weg für die anderen gebahnt, und er durfte einfach keinen Atem beim Reden verschwenden. Ben flehte innerlich darum, daß Jonathan jetzt nicht jenen Zusammenbruch erlitt, wie so viele Bergsteiger ihn gerade in dem Augenblick erleiden, wo die Rettung fast in Reichweite ist.
Die drei jungen Männer kamen nicht sehr rasch voran. Die Wand fiel hier fast senkrecht ab, und es gab nur einen vereisten, fünf bis sieben Zentimeter breiten Vorsprung, auf dem sie die Zehen aufsetzen konnten. Hätten sie nicht Erfahrung in solchen Quergängen gehabt, wären sie überhaupt nicht in der Lage gewesen, voranzukommen.

Dann blieb Jonathan plötzlich mitten im Herniedergleiten hängen. Er blickte nach oben, konnte jedoch über den Rand des Überhangs nicht hinwegsehen.
»Was ist los da oben?« rief Ben.
»Seil...!« Anderls Stimme hörte man an, daß er mit den Zähnen knirschte.« ...festgeklemmt.«
»Kannst du das beheben?«
»Nein! Kann Jonathan an die Wand heran und uns ein bißchen Leine geben?«
»Nein!«
Jonathan hatte absolut keine Möglichkeit, sich selbst zu helfen. Langsam drehte er sich um sich selbst, zweihundert Meter gähnende Leere unter sich. Wonach es ihn am allermeisten verlangte, das war Schlaf.
Obgleich er tief unter ihnen stand, konnte Ben die Stimme von Karl und Anderl durch die stille, eiskalte Luft hören. Die Worte selbst verstand er nicht, doch schienen sie in einem heftigen Wortwechsel begriffen.
Die drei jungen Männer fuhren fort, sich weiter vorzuschieben. Die Hälfte der Strecke bis zu Jonathan hatten sie etwa geschafft, und jetzt fingen sie an, die Vorsicht beiseite zu lassen, und schlugen weniger Felshaken in die Wand, um schneller voranzukommen.
»Na gut!« ließ sich Anderls Stimme von oben vernehmen. »Ich werde sehen, was ich tun kann.«
»Nein!« schrie Karl. »Beweg dich nicht!«
»Du brauchst mich doch bloß zu halten.«
»Ich kann nicht!« Der Laut, der diesem Ausruf folgte, war fast so etwas wie ein Schluchzen. »Anderl, ich kann nicht!«
Ben sah den Schnee zuerst über den Rand des Überhangs herüberkommen, ein wundervolles, goldüberhauchtes Sprühen in den letzten Strahlen der untergehenden Sonne. Automatisch drückte er sich fest an die Wand. In Sekundenschnelle, wie eine Momentaufnahme, die in einen Film eingeblendet worden ist, sah er die beiden Gestalten an ihm vorbeifliegen, eingehüllt in einen Schleier von herabfallendem Schnee und Eis. Einer von ihnen schlug auf dem Sims auf, und es gab einen dumpfen, häßlichen Laut – dann waren sie verschwunden.
Langsam rieselte weiter Schnee herunter. Dann hörte auch das auf. Und Totenstille herrschte an der Wand.
Den drei jungen Männern war nichts passiert, doch waren sie wie erstarrt von dem, was sie mitangesehen hatten.
»Macht, daß ihr vorankommt!« schrie Ben, und sie faßten sich und gehorchten.
Der erste Aufprall ließ Jonathan in seinem Gurt kippen, dann hing er

kopfüber da und schwankte heftig; sein Geist drehte sich in einem Strudel von halber Bewußtlosigkeit. Abermals wurde er getroffen, und Blut schoß ihm aus der Nase. Er wollte schlafen, und er wollte nicht noch einmal getroffen werden. Doch sie prallten noch ein drittes Mal zusammen. Es war mehr ein Gestreiftwerden diesmal, dann drehten sich ihre Seile umeinander. Instinktiv griff Jonathan danach und hielt es fest. Es war Jean-Paul, der da in seiner Totenstarre halb aus seinem Schlafsackbündel heraushing. Aber Jonathan klammerte sich daran fest.
Als Anderl und Karl abstürzten, zerriß durch diese plötzliche Belastung das Seil zwischen ihnen und der Leiche, die über den Überhang hinüberschlidderte und auf Jonathan hinuntersauste. Das bewahrte ihn davor, selber in die Tiefe zu stürzen; denn Jean-Paul bildete das Gegengewicht zu ihm an einem Seil, das über einen Karabinerhaken und einen Felshaken hoch über ihm hindurch- und wieder zu Jean-Paul hinunterführte. Seite an Seite schwangen sie in der eisigen Kälte.
»Setz dich auf!«
Jonathan hörte Bens Stimme wie aus weiter Ferne, leise und unwirklich.
»Setz dich auf!«
Jonathan machte es nichts aus, kopfüber dazuhängen. Er war durch! Für ihn war es vorüber. *Laß mich doch schlafen. Warum soll ich mich aufsetzen?*
»Jetzt zieh dich hoch und setz dich auf, verdammt noch mal!«
Sie lassen mich nicht in Ruhe, wenn ich nicht tue, was sie sagen. Was soll's also? Er versuchte, sich an Jean-Pauls Seil in die Höhe zu ziehen, aber seine Finger wollten sich nicht darum schließen. Er hatte überhaupt kein Gefühl in ihnen. *Was soll's schon?*
»Jon! Um Himmels willen!«
»Laß mich in Ruh!« murmelte er. »Hau ab!« Das Tal unter ihm war dunkel, und er spürte die Kälte nicht mehr. Er spürte, daß der Schlaf ihn überwältigte.
Nein, das ist kein Schlaf. Das ist etwas anderes. Na schön, versuch, dich aufzusetzen. Vielleicht lassen sie mich dann in Ruhe. Krieg keine Luft mehr. Die Nase vom Blut verstopft. Schlaf.
Jonathan versuchte es noch einmal, doch in seinen Fingern klopfte es. Sie waren dick wie Würste und völlig nutzlos. Er griff nach oben und schlang den Arm um das Seil. Halb schaffte er es, sich hochzuziehen, doch dann rutschte er mit dem Arm ab. Wild strampelte er mit den Beinen, versuchte er, sie um Jean-Pauls Leichnam zu schlingen, und auf diese Weise gelang es ihm, sich hochzuziehen, bis seine Stirn an sein Seil schlug.
So. Jetzt sitz ich. Und jetzt laßt mich in Ruhe. Blödes Spiel. Alles egal.
»Versuch, das zu fangen.«

Jonathan preßte die Augen zusammen, um den Eisfilm darüber zum Zerspringen zu bringen. Da waren drei Männer draußen vor ihm. Ziemlich nahe. Saßen an der Wand fest. *Was, zum Teufel, wollen die jetzt noch? Warum lassen die mich nicht in Ruhe?*

»Fang das und schling das um dich!«

»Haut ab!« murmelte er.

Bens Stimme brüllte ihn aus einiger Entfernung an. »Jetzt schling das endlich um dich, verdammt noch mal!«

Darf Ben nicht sauer machen. Er wird hundsgemein, wenn er sauer ist.

Bleiern streifte Jonathan sich die Schlinge des Lassos über. *So, das wär's. Jetzt verlangt nicht noch mehr. Laßt mich schlafen. Hört auf, mir den Atem aus dem Leib zu quetschen!*

Jonathan hörte, wie die jungen Männer Ben besorgt zuriefen: »Wir können ihn nicht ranziehen! Das Seil ist nicht lang genug.«

Egal! Dann laßt mich eben hängen.

»Jon?« Diesmal klang Bens Stimme nicht wütend. Das war eine Stimme, die versuchte, ein kleines Kind zu etwas zu überreden. »Jon, du hast immer noch den Pickel am Handgelenk.«

Na und?

»Trenn das Seil über dir durch, Jon!«

Ben ist verrückt geworden. Er braucht dringend Schlaf.

»Schneid das Seil durch, altes Haus. Du wirst nur 'n kurzes Stück fallen. Wir haben dich.«

Los, tu's! Sie lassen dir sonst doch keine Ruhe. Blindlings hackte er auf das Nylonseil über ihm los. Immer wieder, mit kraftlosen Hieben, die nur selten zweimal dieselbe Stelle trafen. Dann kam ihm doch ein halbwegs klarer Gedanke in sein benommenes Bewußtsein, und er hielt inne.

»Was hat er gesagt?« fragte Ben die Männer an der Wand.

»Er sagt, daß Jean-Paul fällt, wenn er das Seil durchschneidet.«

»Jon? Hörst du? Es macht nichts. Jean-Paul ist tot.«

Tot? Ach ja, ich erinnere mich. Er ist hier, aber er ist tot. Wo ist Anderl? Und wo ist Karl? Sie sind irgendwo anders, denn sie sind nicht tot wie Jean-Paul. Stimmt das auch? Ich begreif das nicht. Aber das ist ja auch egal. Wobei war ich doch gerade? Ach ja. Das verdammte Seil kappen.

Immer und immer wieder hackte er drauflos.

Und plötzlich riß es. Eine Sekunde fielen die beiden Körper gemeinsam, dann war es nur noch Jean-Paul, der weiterfiel. Jonathan verlor das Bewußtsein, als das Lasso sich mit einem schmerzlichen Ruck um seinen Brustkorb zusammenzog. Und das war eine Gnade, denn auf diese Weise spürte er nicht, wie er auf die Felswand aufprallte.

Zürich *6. August*

Jonathan lag im Bett, in einem sterilen Einzelzimmer innerhalb des labyrinthischen Riesenkomplexes von Zürichs ultramodernem Krankenhaus. Er langweile sich schrecklich.

»... Siebzehn, achtzehn, neunzehn – runter; und rauf – eins, zwei, drei, vier, fünf...«

Mit unendlicher Geduld, ja geradezu mit Hingabe errechnete er, wie viele Löcher jedes Viereck der schalldämpfenden Decke im Durchschnitt hatte. Diese Zahl im Kopf, machte er sich daran, abzuzählen, wie viele Platten die Decke in der einen und in der anderen Richtung hatte, um beide miteinander zu multiplizieren, diese Summe wiederum mit der Summe der Löcher malzunehmen und auf diese Weise herauszubekommen, wie viele Löcher insgesamt die Decke aufwies.

Er langweilte sich schrecklich. Dabei reichte diese Langeweile erst ein paar Tage zurück. Die meiste Zeit im Krankenhaus über hatte er sich mit Angst, Schmerzen und der Dankbarkeit darüber beschäftigt, überhaupt noch am Leben zu sein. Einmal noch, oben im Tunnel, war er kurz und wie durch einen Nebel sich hindurchkämpfend zu Bewußtsein gekommen und hatte ein danteskes Durcheinander von Licht und Durchgeschütteltwerden wahrgenommen, als der Zug schwankend und ratternd durch einen Tunnel hinabfuhr. Er hatte Bens Gesicht über sich erkannt und sich mit dicker Zunge beklagt:

»Von der Hüfte abwärts hab ich überhaupt kein Gefühl.«

Ben hatte etwas gemurmelt und sich dann in nichts aufgelöst.

Als Jonathan wieder Kontakt mit der Welt aufnahm, war Dante von Kafka abgelöst worden. Eine strahlende Decke war über ihm dahingeglitten, und eine mechanisch verstärkte Stimme hatte einen Arzt nach dem anderen aufgerufen. Ein weiblicher Oberkörper, gestärkt und weiß, hatte sich umgekehrt über ihn geneigt und einen pausbäckigen Kopf geschüttelt. Dann hatte man ihn rasch weitergerollt. Die Decke hatte aufgehört, schwindelerregend vorüberzugleiten, und ganz in der Nähe hatten sehr ernst und sehr rasch männliche Stimmen durcheinandergeredet. Er hatte ihnen erzählen wollen, daß er von der Hüfte abwärts überhaupt kein Gefühl habe, doch niemand schien sich dafür zu interessieren. Sie hatten ihm die Schnürsenkel aufgeschnitten und ihm die Hosen ausgezogen. Eine Schwester hatte mit der Zunge geschnalzt und in einer Mischung aus Mitgefühl und Eifer gesagt: »Den wird man wohl amputieren müssen.«

»Nein!« wollte Jonathan rufen, doch verlor er das Bewußtsein, ehe er ihnen hatte sagen können, daß er lieber sterben würde.

Schließlich war der fragliche Zeh sogar gerettet worden, doch erst, nachdem Jonathan tagelang unter einem Plastikzelt, in dem seine erfrorenen Gliedmaßen in einer Atmosphäre von reinem Sauerstoff badeten, an seinem Bett festgeschnallt, schreckliche Schmerzen hatte durchmachen müssen. Die einzige Erleichterung bei dieser knochenschindenden Unbeweglichkeit hatte darin bestanden, daß man ihn jeden Tag mit Watte und Alkohol abgetupft hatte. Doch selbst dieses kurze Labsal war nicht frei gewesen von berechneten Unwürdigkeiten, denn ein Mannweib von Krankenschwester, der diese Aufgabe oblag, ging mit seinen Genitalien um, als wären es billige Nippesfiguren, die hochgenommen werden mußten, wenn man darunter Staub wischte.

Die Verletzungen waren zwar über seinen ganzen Körper verteilt, doch nicht ernst. Außer den Erfrierungen war sein Nasenbein durch den Aufprall von Jean-Pauls Leiche gebrochen; zwei seiner Rippen waren angeknackst, als die Lassoschlinge sich mit einem Ruck um ihn festgezogen hatte; und der Aufprall auf der Wand hatte eine leichte Gehirnerschütterung zur Folge gehabt. Von allem machte ihm die Nase am meisten zu schaffen. Selbst nachdem das Sauerstoffzelt fortgenommen worden war und er sich etwas freier bewegen konnte, die Rippen einigermaßen wieder zusammengeflickt worden waren, so daß das Heftpflaster unangenehmer war als die Schmerzen, hatte der umfangreiche Verband über der Nase ihn weiterhin gequält. Er konnte nicht einmal lesen, da das Weiß des Verbandzeugs ihn dazu verleitete, zu schielen.

Aber die Langeweile war doch das Schlimmste. Er empfing keine Besucher. Ben hatte ihn nicht nach Zürich begleitet. Er war vielmehr im Hotel geblieben, hatte Rechnungen bezahlt und sich um die Bergung sowie den Abtransport der Toten gekümmert. Anna war gleichfalls dort geblieben, und die beiden hatten ein paarmal miteinander geschlafen.

Die Langeweile war so groß, daß Jonathan sich getrieben fühlte, den Lautrec-Artikel fertigzuschreiben. Doch als er ihn am nächsten Morgen durchlas, stöhnte er und warf ihn in den Papierkorb neben seinem Bett.

Der Aufstieg war beendet. Die Eiger-Vögel flogen, fürs erste einmal gesättigt mit Sensationen, gen Süden in ihre gepolsterten Nester. Ein paar Tage hatten noch Zeitungsleute gewartet, doch als es klar war, daß Jonathan durchkommen würde, hatten sie die Stadt unter lautstarkem Flügelschlagen verlassen wie Aasgeier, die bei einem Kadaver gestört werden. Gegen Ende der Woche besaß die Besteigung keinen Neuigkeitswert mehr, und bald wandte sich die Aufmerksamkeit der Presse dem am meisten beschriebenen Ereignis des Jahrzehnts zu. Die Vereinigten Staaten hatten zwei grinsende Farmboys auf dem Mond abgesetzt, womit die

Amerikaner hofften, der Menschheit angesichts der kosmischen Entfernung und der Leistung der amerikanischen Technik eine »neue Demut« einzuflößen.

Die einzige Post, die er erhielt, war eine Postkarte von Cherry, deren eine Seite voll war mit Briefmarken und Poststempeln, aus denen hervorging, daß sie zunächst von Long Island nach Arizona gegangen war, von dort zurück nach Long Island, von Long Island zur Kleinen Scheidegg und nach Sizilien und von dort über die Kleine Scheidegg nach Zürich. Sizilien? Die Handschrift war zuerst wohlgerundet und groß und dann immer kleiner und eckiger geworden, in dem Maße, wie der Platz abnahm.
»Großartige Neuigkeit!!! Man hat mich von der Last befreit (hem, hem), die ich so lange mit mir rumgeschleppt habe! Endgültig befreit! Phantastischer Mann! Still, sanft, ruhig und geistreich – vor allem aber jemand, der *mich* liebt. Ist ganz auf die Schnelle passiert (hat nicht länger gedauert als ein Fingerschnippen)! Kennengelernt, geheiratet, ins Bett gegangen! Und zwar in dieser Reihenfolge! Was ist bloß aus dieser Welt geworden? Du hast die Chance Deines Lebens verpaßt! Wein Dir die Augen aus dem Kopf! Mein Gott, er ist wunderbar! Ach, Jonathan! Wir wohnen in meinem Haus. Mußt uns unbedingt besuchen, wenn Du wiederkommst. A propos – gehe ab und zu rüber und sehe nach, ob auch niemand Deine Kirche geklaut hat. Bis jetzt noch nicht. Nur eine schlechte Nachricht: Mr. Monk hat gekündigt. Hat jetzt eine feste Anstellung in irgendeinem Nationalpark. Was macht Arizona? Befreit, sag ich Dir! Erzähl Dir alles, wenn Du wieder hier bist.«
Ritsch-ratsch.

Jonathan war wach und starrte die Decke an.
Am ersten Tag, nachdem das Besuchsverbot gelockert worden war, hatte ihn ein Mann vom amerikanischen Konsulat besucht. Gedrungen und mit Embonpoint, das lange Haar die kreuz und die quer über die Glatze gelegt, Froschaugen, die hinter stahlgefaßter Brille blinkerten – also ganz jener unauffällige Typ, aus dem das CII seine Leute mit Vorliebe rekrutiert, weil sie nicht der normalen Vorstellung von einem Spion entsprechen. Solcher Männer bedient sich das CII mit einer derartigen Hartnäckigkeit, daß sie längst zu einem Klischee geworden sind und jeder ausländische Agent sie in einer Menschenmenge auf den ersten Blick herausfinden kann.
Der Besucher ließ ein kleines Bandgerät bei Jonathan zurück, ein neues CII-Modell, bei dem die Tasten für »Spielen« und »Löschen« ausgetauscht waren und beide in Richtung »Abspielen« funktionierten, so daß

die Nachricht beim Abspielen schon gelöscht wurde. Dieses Modell galt als ein bedeutender Fortschritt gegenüber seinem viel verschwiegeneren Vorgänger, der löschte, ehe er abspielte.

Sobald er allein war, klappte Jonathan den Deckel hoch und entdeckte, daß darunter ein Umschlag festgeklebt war. Es war eine Bestätigung seiner Bank, daß hunderttausend Dollar auf sein Konto überwiesen worden waren. Ein wenig verwirrt drückte Jonathan auf die Abspieltaste, und augenblicklich hörte er Dragons Stimme durch den kleinen Lautsprecher, dünner und metallischer womöglich, als er sie sonst vernommen hatte. Er brauchte bloß die Augen zu schließen, und dann sah er das geisterhafte, elfenbeinblasse Gesicht und die rosa Augen unter buschigen, watteweißen Augenbrauen aus dem Dämmer auftauchen.

»Mein lieber Mr. Hemlock... Sie werden jetzt den Umschlag aufgemacht und – überrascht und erfreut, wie ich hoffe – festgestellt haben, daß wir uns dazu durchgerungen haben, Ihnen die gesamte Summe auszuzahlen, trotz unserer früheren Drohung, Ihnen die Kosten für die kostspieligen Extratouren abzuziehen, die Sie sich geleistet haben... Ich halte das jedoch nur für fair angesichts der Unannehmlichkeiten und Kosten, die Ihnen durch Ihre Verletzungen entstanden sind... Für uns liegt es klar auf der Hand, daß es Ihnen nicht gelungen ist, das Opfer der Strafaktion dazu zu bringen, sich selber zu verraten, und Sie deshalb den sicheren, wenngleich grausam harten Weg wählten, alle drei Männer sterben zu lassen... Aber Sie haben ja immer schon zu ungewöhnlichen Lösungen geneigt. Wir nehmen an, daß die Beseitigung von Monsieur Bidet in der ersten Nacht im Schutze der Dunkelheit geschah... Wie es Ihnen gelang, die beiden anderen Männer in die Tiefe zu stürzen, ist uns nicht klar, interessiert uns aber im einzelnen auch nicht... Die Ergebnisse sind uns, wie Sie sich gewiß erinnern werden, wichtiger als das Wie und das Wo. Doch jetzt sollte ich Ihnen wirklich Vorhaltungen machen wegen des wahrhaft erbarmungswürdigen Zustands, in dem Sie Clement Pope zu uns zurückgeschickt haben... Sie entgehen meinem Zorn nur deshalb, weil ich seit längerem vorhatte, ihm eine wohlverdiente Strafe angedeihen zu lassen. Und warum sollte er die nicht durch Ihre Hand empfangen?... Pope war die Aufgabe zugefallen, das Opfer dieser Strafaktion zu identifizieren, und das ist ihm nicht gelungen... Als Rettung in letzter Minute kam er auf die Idee, Sie als Köder zu opfern... Das war zweifellos eine zweitklassige intellektuelle Leistung und das Ergebnis eines in die Enge getriebenen und mit dieser Aufgabe völlig überforderten Mannes, doch leider blieb uns keine andere Wahl... Ich habe fest daran geglaubt, daß Sie diese zugegebenermaßen unangenehme Situation überstehen würden, und wie Sie sehen, habe ich recht behalten... Pope ist versetzt worden und arbeitet jetzt nicht mehr für die Abteilungen ›Spürhund‹ und ›Strafaktion‹; ihm ist die zweifellos weniger Können erfordernde Arbeit zugewiesen worden, die Reden des Vizepräsidenten der Vereinigten Staaten zu schreiben ... So, wie Sie ihn zugerichtet haben, ist er für uns vollkommen wertlos ... Er leidet unter dem, was man bei einem guten Jagdhund Feuerangst nennen würde.

Nur mit äußerstem Zögern reihe ich Ihre Akte jetzt unter die der ›Inaktiven‹ ein, wiewohl ich Ihnen nicht verhehlen will, daß Mrs. Cerberus meine Wehmut in dieser Beziehung nicht teilt ... Um Ihnen die Wahrheit zu gestehen, nehme ich ganz, ganz insgeheim an, daß wir früher oder später doch wieder zusammenarbeiten werden ... In Anbetracht Ihrer kostspieligen Neigungen reicht dieses Geld für Sie höchstens vier Jahre, und danach – wer weiß!

Ich darf Ihnen noch zu der genialen Lösung gratulieren, mit der Sie diese Krise bewältigt haben, und möchte Ihnen viel Glück in dem Schrein wünschen, den Sie Ihrem Selbst-Image errichtet haben.«

Das Ende des Tonbandes flatterte, als die Spule leer war. Jonathan stellte das Gerät ab und legte es beiseite. Langsam schüttelte er den Kopf und sagte dann hilflos zu sich selbst: »O Gott!«

Er mußte gähnen.

»Wie war das doch noch? Zweiundvierzig Löcher vorwärts mal – eins, zwei, drei, vier ...«

Ben hatte Mühe, durch die Tür zu kommen. Er fluchte und stieß erbost mit dem Fuß danach, als er hereingestolpert kam, einen riesigen, in Plastikfolie gehüllten Geschenkkorb auf dem Arm.

»Was bringst du mir denn da Schönes?« fragte Jonathan zwischen zwei Lachanfällen.

»Weiß nicht. Obst und so 'n Zeug. Das verhökern sie da unten in der Halle. Was ist 'n daran so verdammt komisch?«

»Nichts.« Jonathan tat alles weh vor Lachen. »Es ist nur – nun ja, so was Süßes hat wirklich noch nie jemand für mich mitgebracht.«

»Nun mach mal nicht in die Hose!«

Das Bett wackelte, als Jonathan von einem neuen Lachanfall gepackt wurde. Zwar stimmte es, daß Ben ziemlich lächerlich aussah, wie er mit dem bändergeschmückten Geschenkkorb in den mächtigen Pranken dastand, doch Jonathans Gelächter hatte durchaus etwas Hysterisches, so sehr wirkte Bens Erscheinen als Befreiung von Platzangst und Langeweile.

Ben stellte den Geschenkkorb auf den Bolden und ließ sich in einen Sessel neben dem Bett hineinfallen; die Arme vor der Brust gekreuzt, sah er aus

wie jemand, der sich knurrend und widerwillig in Geduld faßt. »Es tut mir richtig wohl zu sehen, wie sehr ich dich aufheitere.«
»Es tut mir leid, schau. Schon gut.« Er schluckte das letzte trockene Gelächter hinunter. »Ich hab deine Postkarte bekommen. Ausgerechnet du und Anna?«
Ben wedelte mit der Hand. »Es passieren eben die komischsten Dinge.«
Jonathan nickte. »Habt ihr sie gefunden...?«
»Ja, wir haben sie unten am Fuß der Wand gefunden. Anderls Vater beschloß, ihn auf der Matte vor dieser Wand begraben zu lassen.«
»Gut.«
»Ja, das ist gut.«
Und dann hatten sie einander nichts mehr zu sagen. Es war das erstemal, daß Ben Jonathan im Krankenhaus besuchte, doch Jonathan verstand es. Was soll man einem kranken Mann schon sagen?
Nach einer Pause fragte Ben, ob er auch gut behandelt werde. Und Jonathan sagte, ja. Und Ben sagte, gut.
Ben erwähnte das Krankenhaus in Valparaiso, nach der Bezwingung des Aconcagua, wo die Rollen allerdings vertauscht gewesen waren und Ben sich von der Amputation seiner Zehen erholt hatte. Jonathan erinnerte sich und tat sogar noch ein übriges – er holte aus der Tiefe seiner Erinnerung ein paar Namen von Menschen und Orten herauf, zu denen sie beide energisch nicken konnten – um sie dann wieder zu vergessen.
Ben ging im Zimmer umher und sah aus dem Fenster.
»Wie sind denn die Schwestern?«
»Gestärkt.«
»Hast du schon mal eine an Bord geholt?«
»Nein. Sie sind samt und sonders ziemlich häßlich.«
»Schade.«
»Ja, schade.«
Ben nahm wieder Platz und beschäftigte sich eine Weile damit, Fussel von seinen Hosenbeinen zu schnippen. Dann erzählte er Jonathan, daß er vorhabe, noch heute nachmittag in die Staaten zurückzufliegen. »Morgen früh bin ich wieder in Arizona.«
»Grüß George von mir!«
»Das werde ich tun.«
Ben seufzte, streckte sich ausgiebig, sagte etwas von gut auf sich aufpassen und erhob sich dann, um zu gehen. Als er den Geschenkkorb aufhob und näher ans Bett herantragen wollte, fing Jonathan von neuem an zu lachen. Diesmal fand Ben sich damit ab. Lachen war besser als dieses lange Schweigen. Allerdings, nach einer Weile kam er sich denn doch komisch vor, und so setzte er den Korb nieder und ging auf die Tür zu.

»Ach, was ich noch sagen wollte, Ben.«
»Ja?«
Jonathan wischte sich die Lachtränen fort. »Wie bist du denn überhaupt in diese Sache in Montreal reingeschliddert?«

...Ben stand lange am Fenster, die Stirn ans Fensterkreuz gelehnt, und blickte auf den Verkehr hinunter, der die farblose, von hoffnungsvollen jungen Bäumen gesäumte Straße entlangkroch. Als er dann sprach, klang seine Stimme belegt und ein wenig gepreßt. »Das hat mich aber wirklich aus den Latschen gekippt.«
»So hab ich's mir immer und immer wieder ausgemalt, während ich hier lag und die Löcher in der Decke zählte.«
»Na, die Überraschung ist dir vollkommen gelungen, altes Haus. Seit wann weißt du's denn?«
»Erst seit ein paar Tagen. Zuerst waren's nur Kleinigkeiten, die ich mir zusammenzureimen versuchte. Ich hab mir immer wieder diesen humpelnden Mann in Montreal vorgestellt, und von den Männern am Berg paßte eigentlich keiner auf die Beschreibung. Du warst der einzige, der noch etwas mit dem Aufstieg zu tun hatte. Und dann paßte eines zum anderen. Die rein zufällige Begegnung mit Mellough bei dir, zum Beispiel. Und warum sollte George Hotfort mir wirklich nur die Hälfte von dem Zeugs reinjagen? Miles hätte das bestimmt nicht getan. Der kannte meine Antwort ja schon. Und warum sollte George Hotfort es für ihn tun? Soweit ich weiß, gab es nur eines, was sie wirklich interessierte, und das konnte Miles ihr bestimmt nicht geben. Für dich allerdings hätte sie so etwas schon tun können. Und dir hätte daran gelegen sein können, daß sie es tat, weil du wolltest, daß ich Miles ohne viel Federlesens um die Ecke brachte, ehe er mir stecken konnte, um wen es sich bei dem Mann in Montreal handelte.«
Ben nickte schicksalsergeben. »Ich bin immer wieder schweißgebadet aufgewacht und malte mir aus, Mellough hätte es dir draußen in der Wüste erzählt, und du spielst jetzt nur Katz und Maus mit mir.«
»Ich hab Miles erst gar nicht die Gelegenheit gegeben, es mir noch zu erzählen.«
Jonathan war es schließlich, der das Schweigen, das dieser Feststellung folgte, brach. »Wie bist du denn überhaupt mit dem zusammengekommen?«
Ben fuhr fort, aus dem Fenster hinauszustarren auf den Verkehr.
Der Abend senkte sich herab, und die ersten Straßenlaternen gingen an.
»Du weißt doch, wie ich mich mit dieser kleinen Bergsteigerschule durchzubringen versuchte, nachdem ich nicht mehr aktiv klettern konnte. Nun,

die Sache hat sich nie bezahlt gemacht. Es kamen ohnehin nicht viele Leute, und diejenigen, die es taten – wie du –, waren meistens alte Bergkameraden, denen ich einfach kein Geld abnehmen mochte. Und viele Anzeigen bei den Stellenangeboten für ehemalige Bergsteiger gab's auch nicht. Ich hätte vermutlich irgendeinen Bürojob finden können, von neun Uhr früh bis nachmittags um fünf, aber an den Gedanken konnte ich mich nie so recht gewöhnen. Du verstehst wohl, was ich meine, wenn ich mir überlege, auf welche Weise du dein Geld verdienst.«

»Ich tu's nicht mehr. Ich habe damit aufgehört.«

Ben blickte ihn ernsthaft an. »Das freut mich, Jon.« Dann wandte er sich wieder dem Verkehr unten auf der Straße zu, der sich durch die zunehmende Dunkelheit schob. Seine Stimme klang trocken, als er wieder sprach. »Eines Tages kommt dieser Miles Mellough wie aus heiterem Himmel bei mir reingeschneit und sagt, er hätt' mir 'nen Vorschlag zu machen. Er würde mir 'n stinkfeinen Laden einrichten mit 'ner kleinen Bergsteigerschule nebenbei; ich brauche nichts weiter zu tun, als seine Leute kommen und gehen zu lassen, ohne irgendwelche Fragen zu stellen. Da wußte ich selbstverständlich, daß es nicht ganz koscher war. Das hat Mellough übrigens auch nie behauptet. Aber ich war ziemlich tief verschuldet... und...« Seine Stimme verlor sich.

Jonathan brach durch die rauchfarbene Plastikfolie und holte sich einen Apfel aus dem Geschenkkorb. »Miles war ganz groß im Rauschgiftgeschäft. Ich nehme an, deine Klitsche fungierte als ein Ferienheim, in dem seine Helfershelfer für eine Weile verschwinden konnten, und außerdem als Durchgangslager für den Ost-West-Verkehr.«

»Das wird's wohl gewesen sein. Es ging auch ein paar Jahre ganz gut. Und die ganze Zeit über hatte ich keine Ahnung, daß du und dieser Mellough Feinde wart. Ich habe nicht einmal gewußt, daß ihr euch überhaupt kanntet.«

»Na schön, das erklärt, warum du an Mellough gebunden warst. Aber wieso bist du denn nach Montreal gekommen?«

»Ich hab keine besondere Lust, darüber zu reden.«

»Ich glaube aber, du bist mir eine Erklärung schuldig. Ich wäre nie auf diesen Berg gestiegen, wenn du es mir vorher erzählt hättest.«

Ben schnob verächtlich durch die Nase. »Nein! Dann hättest du mich abgeknallt und dein Honorar kassiert.«

»Das glaube ich nicht.«

»Du willst mir doch nicht weismachen, daß du dein Haus und deine Bilder und alles aufgegeben hättest?«

Jonthan schwieg.

»Da bist du dir nicht mehr so ganz sicher, was, Jon?«

Ben sah ihn aufmerksam an.
»Nein, ich bin nicht ganz sicher.«
»Ehrlich sein genügt hier nicht, Jon. Aber wie dem auch sei, ich hab immerhin viele Male versucht, dich davon abzubringen, an dieser Besteigung teilzunehmen. Ich wollte nicht sterben, aber ich wollte auch nicht, daß du meinetwegen auf diesem Berg stirbst.«
Doch Jonathan ließ sich nicht ablenken. »Sag mir, wie du nach Montreal gekommen bist.«
Ben seufzte röchelnd auf. »Oh, ich hab 'ne ganze Menge Dummheiten gemacht, altes Haus. Dinge, die ein erfahrener Mann wie du niemals tun würde. Ich stand für ein paar Schiffsladungen gerade – solche Sachen. Und dann...« Er kniff die Augen zusammen und rieb mit Daumen und Zeigefinger an der Nasenwurzel. »Und dann rutschte meine Tochter so in Rauschgiftsachen rein, wurde süchtig... Mellough hat sich ihrer angenommen. Brachte sie in einer Klinik unter, wo man sie wieder hinkriegte. Danach hatte er mich in der Hand. Ich war ihm verpflichtet.«
Jonathan runzelte die Stirn. »Deine Tochter, Ben?«
Bens Augen bekamen etwas Leuchtendes. »Ja. Das ist etwas, was du nicht gewußt hast, Doktor. George Hotfort ist meine kleine Tochter.«
Jonathan mußte daran denken, daß er mit ihr geschlafen und sie hinterher verdroschen hatte. Er senkte die Augen, blickte auf den noch nicht angebissenen Apfel und fing an, ihn langsam auf der Bettdecke blank zu reiben. »Da hast du recht. Das ist etwas, was ich nicht gewußt habe.«
Ben zog es vor, nicht länger bei diesem Thema zu verweilen. »Und Mellough wußte selbstverständlich die ganze Zeit über, daß wir beide Freunde waren. Es ging ihm darum, mich irgendwie in Teufels Küche zu bringen, um was in der Hand zu haben, womit er sich bei dir freikaufen konnte – damit du ihn von der Abschußliste streichst und er zur Abwechslung mal wieder ruhig schlafen konnte.«
»Typisch für seine Handlungsweise: nie direkt, immer auf die krumme Tour.«
»Und diese Geschichte in Montreal gab ihm die Gelegenheit, mich in sein Spiel reinzuziehen. Er sagte mir, ich müßte mitkommen. Ich sollte so eine Scheißtype, Kruger hieß er, begleiten, wenn der irgendwelche Sachen in Empfang nehmen sollte. Ich hatte keine Ahnung, daß dabei jemand draufgehen könnte. Aber selbst wenn ich das gewußt hätte – mir wäre ja doch keine andere Wahl geblieben.«
»Aber mit dem Umbringen selbst hast du doch nicht direkt zu tun gehabt, oder?«
Ben wand sich.
»Na ja, wie soll ich mich ausdrücken? Immerhin hab ich's nicht verhin-

dert, oder? Ich hab dabeigestanden und zugesehen, wie's passierte.« Seine Stimme klang bitter, voll von Selbstvorwürfen. »Und als dieser Kruger anfing, ihm den Bauch aufzuschlitzen, da habe ich...«
»Gekotzt.«
»Ja, das stimmt. Ich bin eben kein Killer.« Er wandte sich wieder dem Fenster zu. »Wie du, altes Haus.«
»Hör mir damit auf! Theoretisch hast du ja gar nichts gegen das Killen, Du hattest doch zum Beispiel auch nicht das geringste dagegen, daß ich Mellough für dich um die Ecke brachte. Du kannst es eben bloß nicht mit eigenen Händen tun.«
»Da hast du wohl recht.«
Jonathan warf den Apfel wieder zurück in den Korb. Es war ein Geschenk von Ben gewesen. »Sag mir: Warum bist du denn raufgekommen und hast mich vom Berg runtergeholt? Wenn ich zusammen mit den anderen gestorben wäre, dann wärst du doch endgültig alle Sorgen losgewesen.«
Ben lächelte und schüttelte den Kopf. »Glaub bloß nicht, daß ich mit dem Gedanken nicht gespielt hätte, altes Haus.«
»Aber du bist eben kein Killer.«
»Ja, das ist es wohl. Und dann schuldete ich dir ja auch noch was für das, was du auf dem Aconcagua für mich getan hast.« Ben drehte sich um und blickte Jonathan an. »Und was passiert jetzt?«
»Nichts.«
»Du würdest doch wohl nicht 'n alten Kumpel hinters Licht führen, oder?«
»Die Leute vom CII sind fest davon überzeugt, daß sie ihren Mann haben. Und ich sehe keinen Grund, sie eines Besseren zu belehren. Vor allem, wo ich doch schon bezahlt worden bin.«
»Und wie steht es mit mir? Ich weiß, wie du über Freunde denkst, die dich mal hintergangen haben.«
»Ich hab keine Freunde, die mich hintergangen hätten.«
Ben dachte darüber nach. »Na schön. Aber sag mir, altes Haus, hast du überhaupt irgendwelche Freunde?«
»Deine Sorge rührt mich, Ben. Wann fliegst du?«
»Ich muß sofort los.«
»Schön.«
An der Tür blieb Ben noch einmal stehen. »Paß auf dich auf, altes Haus!«
»Danke für das Obst.«
Nachdem die Tür sich hinter Ben geschlossen hatte, starrte Jonathan etliche Minuten darauf. Er kam sich innerlich vollkommen ausgehöhlt vor. Seit einigen Tagen hatte er gewußt, daß er nie wieder bergsteigen würde.

Er hatte einfach nicht mehr den Nerv dazu. Und Ben war fort. Und Jemima war fort. Und er war es müde, die Löcher in der Decke zu zählen...
Er knipste das Licht aus, und das Blau des späten Abends flutete durch das Zimmer.
Er schloß die Augen und versuchte zu schlafen.
Ach, zum Teufel! Er brauchte sie nicht. Er brauchte überhaupt nichts! Wenn er in die Staaten zurückkehrte, würde er die verdammte Kirche verkaufen.
Aber die Bilder nicht!